四部要籍選刊·集部

李太白文集

八

【唐】李白 撰 【清】王琦 注

浙江大學出版社

本册目録

第八册

李太白文集卷之三十四　附錄四

錢塘　王琦琢崖編輯

燧葆光　復曾宗武較

叢說　二百二十則

國朝能爲歌詩者不少獨李太白爲稱首蓋氣骨高舉不失頌咏風刺之道　吳融禪月集序

歌詩之風蕩來久矣大抵喪於南朝壞於陳叔寶然今之業是者苟不能求古於建安卽江左矣苟不能求麗於江左卽南朝矣或過爲艷傷麗病者卽南朝之罪人也吾唐來有業是者言出天地外思出鬼神

衣讀之則神馳八極測之則心懷四溟磊磊落落眞非世間語者有李太白皮日休劉棗强碑文

張碧貞元中人自序其詩云碧嘗讀李長吉集謂春拆紅翠闢開蟄戶其奇峭者不可攻也及覽李太白辭天與俱高青且無際鵾觸巨海瀾濤怒翻則觀長吉之篇若陟嵩之巔視諸阜者耶唐詩紀事

宋景文諸公在館嘗評唐人詩云太白仙才長吉鬼才文獻通考

人言太白仙才長吉鬼才不然太白天仙之詞長吉鬼仙之詞耳滄浪詩話

世傳杜甫詩天才也李白詩仙才也長吉詩鬼才也迂齋詩話　唐人以李白爲天才絶白樂天人才絶李賀鬼才絶海録碎事

詩總不離乎才也有天才有地才有人才吾于天才得李太白於地才得杜子美於人才得王摩詰太白以氣韻勝子美以格律勝摩詰以理趣勝太白千秋逸調子美一代規模摩詰精大雄氏之學句句皆合聖教徐而菴說唐詩

嘗戲論唐人詩王維佛語孟浩然菩薩語李白飛仙語杜甫聖語李賀才鬼語居易録

荆公云詩人各有所得清水出芙蓉天然去雕飾此李白所得也或看翡翠蘭苕上未掣鯨魚碧海中此老杜所得也横空盤硬語妥帖力排奡此韓愈所得也漁隱叢話

李文叔云予嘗與宋遐叔言孟子之言道如項羽用兵直行曲施逆見錯出皆當大敗而舉世莫能當者何其横也左丘明之於辭令亦甚横自漢後千年唯韓退之之於文李太白之於詩亦皆横者墨莊漫錄

李唐群英唯韓文公之文李太白之詩務去陳言多出新意至於盧仝貫休輩效其聲張籍皇甫湜輩學

其步則怪且醜僵且仆矣（珊瑚鉤詩話）

雪浪齋日記爲詩欲氣格豪逸當看退之太白（詩人玉屑）

莊周李白神于文者也非工于文者所及也文非至工則不可爲神然神非工之所可至也（楊升菴外集）

文至莊詩至太白草書至懷素皆兵法所謂奇也正有法可循奇則非神解不能及（顧璘息園存稿）

觀太白詩者要識眞太白處太白天才豪逸語多卒然而成者學者於每篇中要識其安身立命處可也

太白發句謂之開門見山（滄浪詩話）

臞翁詩評李太白如劉安雞犬遺響白雲覈其歸存

恍無定處（詩人玉屑）

李太白詩語帶烟霞肺腑纏錦繡（釋德洪跋蘇養直詩）

李太白周覽四海名山大川一泉之旁一山之阻神林鬼冢魑魅之穴猿狖所家魚龍所宫往往遊焉故其爲詩疎宕有奇氣（孫覿送刪定姪歸角安序）

太白歌詩度越六代與漢魏樂府爭衡（黄山谷文集）

明皇世章句之風大得建安體論者推李翰林杜工部爲尤（皮日休郢州孟亭記）

詩眼云建安詩辯而不華質而不俚風調高雅格力遒壯其言直致而少對偶指事情而綺麗得風雅騷

人之氣骨最爲近古者也唐諸詩人高者學陶謝下者學徐庾惟老杜李太白韓退之早年皆學建安晚乃各自變成一家耳如老杜崆峒小麥熟人生不相見皆全體作建安語今所存集第一第二卷中頗多韓退之孤臣昔放逐暮行河堤上亦皆此體但頗自加新奇李太白亦多建安句法而罕全篇多雜以鮑明遠體 漁隱叢話

李太白始終學選詩所以好杜子美詩好者亦多是做選詩後漸放手夔州諸詩則不然也 朱子語類

李杜韓柳初亦皆學選詩者然杜韓變多而李柳變

少變不可學而不變可學朱考亭跋病翁先生詩

鮑明遠才健其詩乃選之變體李太白專學之朱子語類

雪浪齋日記云或云太白詩其源流出于鮑明遠如樂府多用白紵故子美云俊逸鮑參軍蓋有識也漁隱叢話

李杜二子往往推重鮑謝用其全句甚多李夢陽章園餞會詩引

郭璞構思險怪而造語精圓李杜精奇處皆取此

謝靈運以險爲主以自然爲宗李杜深處多取此

六朝文氣衰緩惟劉越石鮑明遠有西漢氣骨李杜

筋　取此陳繹曾詩譜

李太白詩逸態凌雲映照千載然時作齊梁間人體段畧不近渾厚西清詩話

李太白詩非無法度乃從容于法度之中蓋聖於詩者也古風兩卷多效陳子昂亦有全用其句處太白去子昂不遠其尊慕之如此然多爲人所亂有一篇分爲三篇者有二篇合爲一篇者朱子語類

唐之有天下陳子昂蘇源明元結李白杜甫李觀皆各以其所能鳴韓退之送孟東野序

陳子昂懸文宗之正鵠李太白曜風雅之絕麟楊升菴四

川總志序

陳子昂爲海內文宗李太白爲古今詩聖（楊升菴周受菴詩選）

序

王荆公嘗謂太白才高而識卑山谷又云好作奇語自是文章之病建安以來好作奇語故其氣象衰薾愚謂二公所言太白病處正在裏許（古賦辯體）

太白詩飄逸絶塵而傷於易學之者又不至玉川子是也猶有可觀者有狂入李赤乃敢自比謫仙比律不應從重又有樸顯者曾未豁達李老作黃鶴樓詩頗似上士遊山水而世俗云李白蓋與徐凝一塲決

殺醉中聯爲一笑蘇東坡集

周伯弼云言詩而本於唐非因於唐也自河梁而後詩之變至於唐而止也謫仙號爲雄俊而法度最爲森嚴況餘者乎趙宧光彈雅

潘禎應昌嘗言其父受子鄉先輩曰詩有五聲全備者少惟得宮聲者爲最優蓋可以兼衆聲也李太白杜子美之詩爲宮韓退之之詩爲角以此例之雖百家可知也懷麓堂詩話

詩人多蹇如陳子昂杜甫名授一拾遺而逺斥至死李白孟浩然輩不及一命窮悴終身白樂天與元微之書

人徒知李杜爲詩人而已矣而不知其行之高識之卓也杜甫能知君故罵賊能自拔而從明肅於搶攘之中也李白能知人故罵賊而有救以能知郭汾陽於卒伍之中也草木子

李白杜甫陶淵明皆有志於吾道陸象山語錄

新唐書杜甫傳贊曰昌黎韓愈於文章慎許可至歌詩獨推曰李杜文章在光燄萬丈長誠可信云予讀韓詩其稱李杜者數端石鼓歌曰少陵無人謫仙死才薄將奈石鼓何酬盧雲夫曰高揖群公謝名譽遠追甫白感至誠薦士曰國朝盛文章子昂始高蹈勃

興得李杜薦類困淩暴醉酣東野月昔年因讀李白杜甫詩長恨二人不相從感春日近憐李杜無檢束爛熳長醉多文辭并唐書所引蓋六用之（容齋四筆）

予嘗論書以爲鍾王之跡蕭散簡遠妙在筆墨之外至顔柳始集古今筆法而盡發之極書之變天下翕然以爲宗師而鍾王之法益微至于詩亦然蘇李之天成曹劉之自得陶謝之超然蓋亦至矣而李太白杜子美以英瑋絶世之姿淩跨百代古今詩人盡廢然魏晉以來高風絶塵亦少衰矣（蘇東坡書黄子思詩集後）

作詩先看李杜如士人治本經本既立方可看蘇黄

以次諸家（朱子語類）

詩之極至有一曰入神詩而入神至矣盡矣蔑以加矣惟李杜得之他人得之蓋寡也（滄浪詩話）

李杜數公如金翅劈海香象渡河下視郊島輩直蟲吟草間耳（滄浪詩話）

李太白杜子美詩皆掣鯨手也余觀太白古風子美偶題二篇然後知二子之源流遠矣李云大雅久不作吾衰竟誰陳王風委蔓草戰國多荊榛則知李之所得在雅杜云文章千古事得失寸心知騷人嗟不見漢道盛於斯則知杜之所得在騷（韻語陽秋）

作詩者陶冶萬物體會光景必貴乎自得葢格有高下才有分限不可強力至也譬之秦武陽氣葢全燕見秦王則戰掉失色淮南王安雖爲神仙謁帝猶輕其舉止此豈由素習哉予以爲少陵太白當險阻艱難流離困躓意欲卑而語未嘗不高至于羅隱貫休得意於偏霸誇彤逞奇語欲高而意未嘗不卑乃知天稟自然有不能易也詩人玉屑

唐自李杜之出焜燿一世後之言詩者皆莫能及呂居仁江西宗派圖序

詩之所以爲詩所以歌咏性情者祇見三百篇耳秦

漢之際騷賦始盛大抵怨讟煩寃從諛侈靡之文性情之作衰矣至蘇李贈荅下逮建安後世之詩始立根柢簡靜高古不事夫辭猶有三代之遺風至潘陸顏謝則始事夫辭以及齊梁辭遂盛矣至李杜兼魏晉以追風雅尚辭以詠性情則後世詩之至也然而高古不逮夫蘇李之初矣郝經與撖彥舉論詩書

唐人諸體之作與代終始而李杜爲正宗虞伯生傅子礪詩序

詩之尊李杜文之尚韓歐此猶山之有泰華水之有江河無不仰止而取益焉吳偉業與宋尚木論詩書

天寶末詩人杜甫與李白齊名而白自負文格放達

譏甫齷齪而有飯顆山之嘲誚元和中詞人元稹論李杜之優劣曰予讀詩至杜子美而知小大之有所總萃焉始堯舜之時君臣以賡歌相和是後詩人繼作歷夏殷周千餘年仲尼緝拾選揀取其干預教化之尤者三百餘無所聞騷人作而怨憤之態繁然猶去風雅日近尚相比擬秦漢以還採詩之官既廢天下妖謡民謳歌頌諷賦曲度嬉戲之辭亦隨時間作至漢武賦柏梁而七言之體興蘇子卿李少卿之徒尤工爲五言雖句讀文律各異雅鄭之音亦雜而辭意簡遠指事言情自非有爲而爲則文不妄作建安

之後天下之士遭羅兵戰曹氏父子鞍馬間爲文往往横槊賦詩故其遒壯抑揚寃哀悲離之作尤極於古晉世風槩稍存宋齊之間教失根本士以簡謾歙習舒徐相尚文章以風容色澤放曠精清爲高蓋吟寫性靈流連光景之文也意義格力無取焉陵遲至於梁陳淫艷刻飾佻巧小碎之詞劇又宋齊之所不取也唐興官學大振歷世之文能者互出而又沈宋之流研練精切穩順聲勢謂之爲律詩由是之後文體之變極焉然而莫不好古者遺近務華者去實效齊梁則不逮於魏晉工樂府則力屈於五言律切則

骨格不存閒暇則纖濃莫備至于子美蓋所謂上薄風騷下該沈宋言奪蘇李氣吞曹劉掩顔謝之孤高雜徐庾之流麗盡得古今之體勢而兼人之所獨專矣使仲尼考鍛其旨要尚不知貴其多乎哉苟以爲能所不能無可無不可則詩人以來未有如子美者是時山東人李白亦以奇文取稱時人謂之李杜余觀其壯浪縱恣擺去拘束摸寫物象及樂府歌詩誠亦差肩於子美矣至若鋪陳終始排比聲韻大或千言次猶數百詞氣豪邁而風調清深屬對律切而脫棄凡近則李尚不能歷其藩翰況堂奥乎自後屬文

者以稹論爲是舊唐書杜甫傳

元微之作李杜優劣論謂太白不能窺杜甫之藩籬況堂奧乎唐人未嘗有此論而稹始爲之至退之曰李杜文章在光燄萬丈長不知群兒愚那用故謗傷則不復爲優劣矣洪慶善作韓文辯証著魏道輔之言謂退之此詩爲微之作也微之雖不當自作優劣然指稹爲愚兒豈退之之意乎竹坡詩話

予評李白詩如黄帝張樂於洞庭之野無首無尾不主故常非墨工槧人所可議擬吾友黄介讀李杜優劣論曰論文正不當如此予以爲知言黄山谷文集

李杜二公正不當優劣太白有一二妙處子美不能道子美有一二妙處太白不能作　子美不能爲太白之飄逸太白不能爲子美之沉鬱太白夢遊天姥吟遠別離等子美不能道子美北征兵車行垂老別等太白不能作論詩以李杜爲準挾天子以令諸侯也　少陵詩法如孫吳太白詩法如李廣滄浪詩話

杜甫李白以詩齊名韓退之云李杜文章在光燄萬丈長似未易以優劣也然杜詩思苦而語奇李詩思疾而語豪杜集中言李白詩處甚多如李白一斗詩百篇清新庾開府俊逸鮑參軍何時一樽酒重與細

論文之句似譏其太俊快李白論杜甫則曰飯顆山頭逢杜甫頭戴笠子日卓午爲問因何太瘦生只爲從來作詩苦似譏其太愁肝腎也杜牧云杜詩韓筆愁來讀似倩麻姑癢處搔天外鳳凰誰得髓何人解合續鸞膠則杜甫詩唐朝已來一人而已豈白所能望耶 韻語陽秋

李太白一斗百篇援筆立成杜子美改罷長吟一字不苟二公蓋亦互相譏嘲太白贈子美云借問因何太瘦生只爲從前作詩苦苦之一辭譏其困雕鐫也子美寄太白云何時一樽酒重與細論文細之一字

譏其次縝密也　鴻休玉露

詩之豪者世稱李白李之作才矣奇矣人不逮矣索其風雅比興十無一焉杜詩最多可傳者千餘首至於貫穿古今覼縷格律盡工盡善又過于李焉然撮其新安石壕潼關吏蘆子關花門之章朱門酒肉臭路有凍死骨之句亦不過十三四　白樂天與元微之書

李杜號詩人之雄而白之詩多在于風月草木之間神仙虛無之說亦何補於教化哉惟杜陵野老負王佐之才有意當世而骯髒不偶胷中所蘊一切寫之於詩　趙次公杜工部草堂記

李太白當王室多難海宇横潰之日作爲歌詩不過豪俠使氣狂醉於花月之間耳社稷蒼生曾不繫其心膂其視杜少陵之憂國憂民豈可同年語哉唐人每以李杜並稱韓退之識見高邁亦惟曰李杜文章在光燄萬丈長無所優劣也至宋朝諸公始知推尊少陵東坡云古今詩人多矣而惟稱杜子美爲首豈非以其饑寒流落而一飯未嘗忘君也歟又曰北征詩識君臣大體忠義之氣與秋色爭高可貴也朱文公曰李白見永王璘反便從臾之詩人没頭腦至於如此杜子美以稷契自許未知做得與否然子美却

高其救房琯亦正 鶴林玉露

李謫仙詩中龍也矯矯焉不受約束杜則麟遊靈囿鳳鳴朝陽自是人間瑞物施諸工用則力牛服箱德驥駕輅李亦不能爲也 藝圃折中

李杜詩雖齊名而器識迥不侔子美之言曰廟堂知至理風俗盡還淳舜舉十六相身尊道何高秦時任商鞅法令如牛毛用爲義和天道平用爲水土地爲厚其志意可知若太白所謂爲君談笑靖胡沙又如調笑可以安儲皇此皆何等語也 水東日記

清新俊逸子美嘗稱太白自謂不如也耶太白得古

詩之奇放專恣之者久則索然老杜以平實敘悲苦而備衆體是以平實無奇而得自在者也方以智通雅

太白天才放逸故其詩自爲一體子美學優才贍故其詩兼備衆體而植綱常繫風化爲多三百篇以後之詩子美其集大成也傅若金清江集

李白詩類其爲人駿發豪放華而不實好事喜名而不知義理之所在也語用兵則先登陷陣不以爲難語游俠則白晝殺人不以爲非此豈其誠能也哉白始以詩酒奉事明皇遇讒而去所至不改其舊永王將竊據江淮白起而從之不疑遂以放死今觀其詩

固然唐詩人李杜稱首今其詩皆在杜甫有好義之心白所不及也漢高祖歸豐沛作歌曰大風起兮雲飛揚威加海內兮歸故鄉安得猛士兮守四方高祖豈以文字高世者哉帝王之度固然發於中而不自知也白詩反之曰但歌大風雲飛揚安用猛士守四方其不達理如此老杜贈白詩有細論文之句謂此類也哉蘇欒城集

唐以詩取士三百年中能詩者不啻千餘家專其美者獨李杜二人而已李頻不及止又一杜子草木

李杜光㷔千古人人知之滄浪並極推尊而不能致

辨元微之獨重子美宋人以爲談柄近時楊用修爲李左袒輕俊之士往往耳傳要其所得俱影響之間五言選體及七言歌行太白以氣爲主以自然爲宗以俊逸高暢爲貴子美以意爲主以獨造爲宗以奇拔沉雄爲貴其歌行之妙咏之使人飄飄欲仙者太白也使人慷慨激烈歔欷欲絶者子美也選體太白多露語率語子美多穉語累語置之陶謝間便覺傖父面目乃欲使之奪曹氏父子位耶五言律七言歌行子美神矣七言律聖矣五七言絶太白神矣七言歌行聖矣五言次之太白之七言律子美之七言絶

皆變體間爲之可耳不足多法也　十首以前少陵較難入百首以後青蓮較易厭揚之則高華抑之則沉實有色有聲有氣有骨有味有態濃淡深淺奇正開闔各極其則吾不能不服膺少陵也　青蓮擬古樂府而以己意己才發之尚沿六朝舊習不如少陵以時事創新題也少陵自是卓識惜不盡得本來面目耳　太白不成語者少老杜不成語者多如無食無兒一婦入舉家閒若欵及麻鞋見天子垢膩脚不韈之類凡看二公詩不必病其累句亦不必曲爲之護正使瑕瑜不掩亦是大家　太白五言沿洄漢魏

晉樂府出入齊梁近體周旋開寶獨絕句超然自得冠絕古今子美五言北征述懷新婚垂老等作雖格本前人而調由己創五七言律廣大悉備上自垂拱下逮元和宋人之蒼元人之綺靡不兼總故古體則脫棄陳規近體則兼該衆善此杜所獨長也　太白筆力變化極於歌行少陵筆力變化極於近體李變化在調與辭杜變化在意與格然歌行無常𤫊易於錯綜近體有定規難於伸縮詞調超逸驟如駭耳索之易窮意格精深始若無奇繹之難盡此其微不同者也　以古詩爲律詩其調自高太白浩然所長儲

侍御亦多此體以律詩爲古詩其格易卑雖子美不免藝苑卮言

才逸一代者李也體兼一代者杜也李如星懸日揭照耀太虛杜若地負海涵包羅萬彙李唯逸出一代故高華莫並色相難求杜唯兼綜一代故利鈍雜陳巨細咸蓄　李才高氣逸而調雄杜體大思精而格渾逸出唐人而不離唐人者李也不盡唐調而兼得唐調者杜也　備諸體於建安者陳王也集大成於開元者工部也青蓮才之逸並駕陳王氣之雄齊驅工部可謂撮勝二家苐古風既乏温醇律體微乖整

栗故令評者不無軒輊　少陵不效四言不倣離騷不用樂府舊題自是此老胸中壁立處然風騷樂府遺意往往得之太白以百憂等篇擬風雅鳴皐等作擬離騷俱相去懸遠樂府奇偉高出六朝古拙不如兩漢較輸杜一籌也　胡應麟詩藪

四明沈明臣嘉則嘗言今人多稱李杜率無定品余謂李如春草秋波無不可愛然注目易盡耳至如老杜如堪輿中然太山喬岳長河巨海纖草穠花怪松古柏惠風微波嚴霜烈日何所不有吾嘗李則雁行當杜則北面闇者驚愕

王安石所選杜韓歐李詩其置李於末而歐反在其上或亦謂有抑揚云文獻通考

舒王以李太白杜子美韓退之歐陽永叔編爲四家詩而以歐公居太白之上世莫曉其意舒王嘗曰太白詞語迅快無疎脫處然其識汚下詩詞十句九句言婦人酒耳冷齋夜話

荆公論李杜韓歐四家詩而以歐公居太白之上曰李白詩詞迅快無疎脫處然其識汚下十句九句言婦人酒耳予謂詩者妙思逸想所寓而已太白之神氣當游戲萬物之表其於詩寓意焉耳豈以婦人與

酒敗其志乎不然則淵明篇篇有酒謝安石每遊山必攜妓亦可謂之其識不高耶歐陽公文字寓興高遠多喜爲風月閑適之語蓋效太白爲之故東坡作歐公集序亦云詩賦似李白此未可以優劣論也捫虱新話

世言荆公四家詩後李白以其十首九首說酒及婦人恐非荆公之言白詩樂府外及婦人者亦少言酒固多比之陶淵明輩亦未爲過此乃讀白詩未熟者妄立此論耳四家詩未必有次序使誠不喜白當自有故蓋白識度甚淺觀其詩中如中宵出飲三百杯

明朝歸揖二千石揄揚九重萬乘主謔浪赤墀青瑣賢王公大人借顏色金章紫綬來相邀一別蹉跎朝市間青雲之交不可攀歸來入咸陽談笑皆王公高冠佩雄劍長揖韓荆州之類淺陋有索客之風集中此等語至多世但以其辭豪俊動人故不深考耳又如以布衣得一翰林供奉此何足道遂云當時笑我微賤者却來請謁爲交歡宜其終身坎壈也 老學菴筆記

鍾山語錄云荆公次第四家詩以李白最下俗人多疑之公曰白詩近俗人易悅故也白識見汚下十首九說婦人與酒然其材豪俊亦可取也王定國聞見

錄云黃魯直嘗問王荊公世謂四選詩丞相以韓歐高於李太白耶荊公曰不然陳和叔嘗問四家之詩乘間簽示和叔時書史適先持杜詩來而和叔遂以其所送先後編集初無高下也李杜自昔齊名者也何可下之魯直歸問和叔和叔與荊公之說同今乃以太白下韓歐而不可破也遯齋閑覽云或問王荊公云編四家詩以杜甫爲第一太白爲第四豈白之才格詞致不逮甫耶公曰白之歌詩豪放飄逸人固莫及然其格止於此而已不知變也至於甫則悲歡窮泰發斂抑揚疾徐縱橫無施不可故其詩有平淡

簡易者有綺麗精確者有嚴重威武若三軍之帥者有奮迅馳驟若泛駕之馬者有淡泊閑靜若山谷隱士者有風流藴籍若貴介公子者葢其緒密而思深觀者苟不能臻其閫奧未易識其妙處夫豈淺近者所能窺哉此甫所以光掩前人而後來無繼也元稹以爲兼人所獨專斯言信矣或者又曰評詩謂甫期白太過反爲白所誚公曰不然子美贈白詩則曰清新庾開府俊逸鮑參軍但比之庾信鮑照而已又曰李侯有佳句往往似陰鏗鏗之詩又在庾鮑下矣飯顆之嘲雖一時戲劇之談然二人名既相逼亦不能

無相忌也漁隱叢話

介甫選四家之詩第其質文以爲先後之序余謂子美詩閎深典麗集諸家之大成永叔詩温潤藻艷有廊廟富貴之器退之詩雄厚雅健毅然不可屈太白詩豪邁清逸飄然有凌雲之志皆詩傑也其先後固自有次第誦其詩者可以想見其爲人乃知心聲之發言志咏情得於自然不可以勉强到也李綱讀四家詩選序

子美之詩非無文也而質勝文永叔之詩非無質也而文勝質退之之詩質而無文太白之詩文而無質介甫選四家詩而次第之其序如此李綱書四家詩選後

王荆公以杜詩後來莫繼信矣若子美第一太白第四無乃太遠子美憐君如弟兄之句正可爲二家詩評耳或謂杜稱李太過反爲所諂不然也斗酒百篇遺逸多矣韓退之詩已有泰山毫芒之慨當時相贈荅者可盡見耶太白雖天仙之才豈無心人黄鶴樓推崔顥不啻已出乃輕子美耶或又以杜比李於庾鮑爲輕之又不然庾鮑豈可易者耶文人齊名如李杜之相得者足爲古今美談後人乃以浮薄意妄測前賢耳　方弘靜千一録

五言長篇自古樂府焦仲卿而下繼者絶少唐初亦

不多見逮李杜二公始盛至其鋪陳終始排比聲韻大或千言次猶數百詞意曲折隊仗森嚴人皆雕飾乎語言我則直露其肺腑人皆專犯乎忌諱我則回護其褒貶此少陵所長也太白次之唐詩品彙

李青蓮是快活人當其得意斗酒百篇無一語一字不是高華氣象及流竄夜郎後作詩甚少當由興趣消索杜少陵是固窮之士平生無大得意事中間兵戈亂離飢寒老病皆其實歷而所閱苦楚都于詩中寫出故讀少陵詩即當得少陵年譜看江盈科雪濤詩評

李杜齊名古今不敢軒輊予謂太白才由天縱故能

以其高敵子美之大至論其胎骨則淸新庾開府俊逸鮑參軍杜之目李確不可易豈與攀屈宋而駕曹劉者可同日論哉黄生白山杜詩說

李白詩祖風騷宗漢魏下至鮑照徐庾亦時用之善揮弄造出奇怪驚動心目忽然撇出妙入無聲其詩家之仙者乎格高於杜變化不及陳繹曾詩譜

杜子美上薄風雅下該沈宋才奪蘇李氣吞曹劉掩顔謝之孤高雜徐庾之流麗眞所謂集大成者而諸作皆廢矣並時而作有李太白宗風騷及建安七子其格極高其變化若神龍之不可羈宋濂荅章秀才論詩書

或謂杜萬景皆實李萬景皆虛乃右實而左虛遂謂李杜優劣在虛實之間顧詩有虛有實有虛虛有實實有虛而實有實而虛並行錯出何可端倪且杜若秋興諸篇託意深遠畫馬行諸作神情橫逸直將播弄三才鼓鑄群品安在其萬景皆實李如古風數十首感時託物慷慨沉着安在其萬景皆虛屠緯真文集

太白詩宗風騷薄聲律開口成文揮翰霧散似天仙之詞而樂府詩連類引義尤多諷興爲近古所未有迄今稱詩者推曰與少陵爲兩大家曰李杜莫能軒輊云李詩通

鍾山語錄云杜甫固奇就其分擇之好句亦自有數李白雖無深意大體俊逸無疏謬處漁隱叢話

歐公不甚喜杜詩謂韓吏部絕倫吏部於唐世文章未嘗屈下獨稱道李杜不已歐貴韓而不悅子美所不可曉然於李白甚賞愛將由李白超趠飛揚爲感動也中山詩話

唐世詩稱李杜文章稱韓柳今杜詩語及太白處無論數十篇而太白未嘗有與杜子美詩只有飯顆一篇意頗輕甚論者謂以此可知子美傾倒太白至難

晏元獻公嘗言韓退之扶導聖教剗除異端是其所

長若其祖述墳典憲章騷雅上傳三古下籠百氏横行闊視於綴述之場子厚一人而已然學者至今但雷同稱述其實李杜韓柳豈無優劣達者觀之自可默喻捫虱新話

論詩文雅正則少陵昌黎若倚馬千言放辭追古則杜韓恐不及太白子厚也楊升菴外集

楊誠齋云李太白之詩列子之御風也杜少陵之詩靈均之乘桂舟駕玉車也無待者神於詩者與有待而未嘗有待者聖於詩者與宋則東坡似太白山谷似少陵徐仲車云太白之詩神鷹瞥漢少陵之詩駿

馬絕塵二公之評意同而語亦相近予謂太白詩仙翁劍客之語少陵詩雅士騷人之詞比之文太白則史記少陵則漢書也楊升菴外集

工部老而或失於俚趙宋籍爲帡幪翰林逸而或流於滑朔元拾爲香草歌行李飄逸而失之輕率杜沉雄而失之粗硬選家辨其兩短斯爲失之詩辨

以天分勝者近李以學力勝者近杜學者各自審焉可也陶開虞說杜

李白樂府三卷於三綱五常之道數致意焉慮君臣之義不篤也則有君道曲之篇所謂軒后爪牙常先

太山稽如心之使臂小白鴻翼於夷吾劉葛魚水本無二慮父子之義不篤也則有東海勇婦之篇所謂淳于免詔獄漢主爲緹縈津妾一棹歌脫父於嚴刑十子若不肖不如一女英慮兄弟之義不篤也則有上留田之篇所謂田氏倉卒骨肉分青天白日擢紫荆交柯之木本同形東枝顦顇西枝榮無心之物尚如此參商胡乃尋天兵慮朋友之義不篤也則有箜篌謠之篇所謂貴賤結交心不移惟有嚴陵及光武輕言託朋友對面九疑峰管鮑久已死何人繼其踪慮夫婦之情不篤也則有雙燕離之篇所謂雙燕復

雙燕雙飛令人羨玉樓珠閣不獨棲金窗繡戶長相見韻語陽秋

近讀古樂府始知後作者皆有所本至李謫仙絶出衆作眞詩豪也然古詞務協律而猶未工陳仲孚嘗問詩工所從始予謂謝元暉杜子美云謝朓每篇堪諷詠蒸嘗得法於此耳李云解道澄江靜如練令人却憶謝元暉與子美同意陳傳良記陳仲孚問語

予嘗評諸家之作李太白最高而微短於韻周紫芝古今諸家樂府序

古樂府暫出白門前楊柳可藏烏歡作沉水香儂作

博山爐李白用其意衍爲楊叛兒歌曰君歌楊叛兒妾勸新豐酒何許最關情烏啼白門柳烏啼隱楊花君醉留妾家博山爐中沉香火雙烟一氣凌紫霞古樂府朝見黄牛暮見黄牛三朝三暮黄牛如故李白則云三朝見黄牛三暮行太遲三朝又三暮不覺鬢成絲古樂府云郎今欲渡畏風波李白則云郎今欲渡縁何事如此風波不可行古樂府云春風復多情吹我羅裳開李反其意云春風復無情吹我夢魂散古人謂李詩出自樂府古選信矣其楊叛兒一篇即暫出白門前之鄭箋也因其拈用而古樂府之意益

顯其妙益見如李光弼將子儀軍旗幟益精明又如神僧拈佛祖語信口無非妙道豈生吞義山拆洗杜詩者比乎故其贈杜甫詩有飯顆山前之句蓋譏其拘束也楊升菴外集

太白古樂府杳冥惝恍縱横變幻極才人之致然自是太白樂府藝苑巵言

樂府則太白擅奇古今少陵嗣跡風雅蜀道難遠別離等篇出鬼入神惝恍莫測兵車行新婚別等作述情陳事懇惻如見張王欲以拙勝所謂差之毫釐溫李欲以巧勝所謂謬以千里詩藪

樂府體不尚論宗而敘事故每以緩失之故杜少陵無樂府也太白篇什雖繁而自放者多矣然有出乎唐人之上者似晉雜曲而淸雋過之天實生才豈易言哉吾定古唐諸樂府必其正變則其人與世可知矣而獨於太白尤低佪三復云李詩緯

太白偪於群小乃放還山而縱酒以浪遊豈得已哉故於樂府多淸怨蓋不敢忘君也夫怨生於情而情每於兒女間爲切切焉讀者勿以辭害意可矣李詩緯

詩至開元天寶間神秀聲律粲然大備李翰林天才縱逸軼蕩人群上薄曹劉下該沈鮑其樂府古調能

使儲光羲王昌齡失步高適岑參絕倒況其下乎唐詩品彙

唐五言古詩凡數變約而舉之奪魏晉之風骨變梁陳之俳優陳伯玉之力最大曲江公繼之太白又繼之感寓古風諸篇可追嗣宗咏懷景陽雜詩王阮亭五言詩選凡例

唐五言詩杜甫沉鬱多出變調李白韋應物超然復古然李詩有古調有唐調要須分別觀之居易錄

新城阮亭王先生五言詩選於漢取全於魏晉以下遞嚴而遞有所錄而猶不廢夫齊梁陳隋之作者於

唐僅得五人曰陳子昂張九齡李白韋應物柳宗元

蓋以齊梁陳隋之詩雖遠於古尚不失爲古詩之餘

派唐賢風氣自爲畛域成其爲唐人之詩而已而五

人者其力足以存古詩於唐詩之中則以其類合之

明其變而不失於古云爾　姜宸英阮亭選五言古詩序

七言古詩要鋪敘要開合要風度要迢遞險怪雄峻

鏗鏘忌庸俗軟腐須是波瀾開合如江海之波一波

未平一波復起又如兵家之陣方以爲正又復爲奇

方以爲奇忽復是正奇正出入變化不可紀極備此

法者惟李杜也　范德機詩評

盛唐工七言古調者多張皇氣勢陟頓始終綜覈乎古今博大其文辭則李杜尚矣唐詩品彙

太白天仙之詞語多率然而成者故樂府歌詞咸善或謂其始以蜀道難一篇見賞於知音爲明主所愛重此豈淺材者徼幸際其時而馳騁哉不然也白之所蘊非止是今觀其遠别離長相思烏棲曲鳴皐歌梁園吟天姥吟廬山謡等作長篇短韻驅駕氣勢殆與南山秋氣並高可也雖少陵猶有讓焉餘子瑣瑣矣唐詩品彙

七言古詩惟杜子美不失初唐氣格而縱横有之太

白縱橫往往強弩之末間雜長語英雄欺人耳　李攀龍選

唐詩序

七言古初唐以才藻勝盛唐以風神勝李杜以氣槩勝而才藻風神稱之加以變化靈異遂爲大家　七言歌行垂拱四子詞極藻艷然未脫梁陳也張李沈宋稍汰浮華漸趨平實唐體肇矣然而未暢也高岑王李音節鮮明情致委折濃纖修短得衷合度暢矣然而未大也太白少陵大而化矣能事畢矣　歌行至唐大暢王楊四子婉轉流麗李杜二家逸宕縱橫

闔闢縱橫變幻超忽疾雷震霆凄風急雨歌也位

置森嚴筋脈聯絡走月流雲輕車熟路行也太白多近歌少陵多近行　李杜歌行擴漢魏而大之而古質不及盧駱歌行衍齊梁而暢之而富麗有餘　古詩窘於格調近體束於聲律惟歌行大小短長錯綜闔闢素無定體故極能發人才思李杜之才不盡於古詩而盡於歌行　李杜歌行雖沉鬱逸宕不同然皆才大氣雄非子建淵明判不相入者比詩藪

七言歌行唐代盧駱組壯沈宋軒華高岑豪激而近質李杜迂佚而好變元白迤邐而詳盡溫李朦朧而綺密陳其格律校其高下各有耑詣不容班雜　太

白天縱逸才落筆警挺其歌行跌宕自喜不閑整栗唐初規制掃地欲盡矣詩辨坻

開元大曆諸作者七言爲盛王李高岑四家篇什尤多李太白馳騁筆力自成一家大抵嘉州之奇峭供奉之豪放更爲創獲王阮亭七言詩歌行鈔

七言古詩惟杜甫横絶古今同時大匠無敢抗行李白岑參二家别出機杼語羞雷同亦稱奇特居易錄

盛唐五言律句之妙李翰林氣象雄逸唐詩品彙

太白恥爲鄭衛之作律詩故少編者多以律類入古中不知其近體猶存雅調耳集中五言仄律亦多千一

錄

青蓮五言律自流水法外頗近正始不似子美達夫諸公創體迥異昔觀詩辯坻

吾讀五言律一體知唐人反正之功爲多云靡麗如南五季文敝甚矣文質彬彬唐人有之向使唐人無所取裁其不流爲宋元未尚也幾希然或失之矜持蓋從齊梁而變也若太白五律猶爲古詩之遺情深而詞顯又出乎自然要其旨趣所歸開鬱宣滯特於風騷爲近焉李詩緯

畢忠吉曰予觀唐三百年以二律並稱擅長者獨子

美一人供奉長於五而短於七碑疆園杜詩註解序

李白古風六十首當於子昂之感遇儉於嗣宗之咏懷其詩宗風騷薄聲律故終身作七言近體僅八首而已陸生口號○按陽冰詩序謂太白著述十喪其九當時翰林應制之作集賢倡和之章所作七言近體今皆不見大抵亡失者多耳陸氏謂其終身所作僅只集中所存之八首誤矣

李杜爲有唐宗匠而子美不長於文太白不長於七律故集中厥體遂少柴虎臣家誡

五言排律開元後作者爲盛聲律之備獨王右丞李翰林爲多而孟襄陽高渤海輩實相與並鳴唐詩品彙

讀盛唐排律太白輕爽雄麗如明堂黼黻冠蓋輝煌

武庫甲兵旌旗飛動少陵變幻閎深如涉崑崙泛溟渤千峰羅列萬派汪洋（詩藪）

排律宋沈二氏藻贍精工太白右丞明秀高爽（詩藪）

唐人樂府多唱詩人絶句王少伯李太白爲多（楊升菴外集）

絶句之源出於樂府貴有風人之致其聲可歌其趣在有意無意之間使人莫可捉着盛唐惟青蓮龍標二家（李維楨）

五七言絶句李青蓮王龍標最稱擅場爲有唐絶唱少陵雖工力悉敵風韻殊不逮也（藝苑卮言）

天生太白少伯以主絕句之席勿論有唐三百年兩人爲政亘古今來無復有驂乘者矣子美恰與兩公同時又與太白同遊乃恣其崛強之性頹然自放獨成一家可謂巧於用拙長於用短精於用粗婉於用戇者也盧世㴶紫房餘論

予嘗品唐人之詩樂府本效古體而意反近絕句本自近體而意實遠欲求風雅之彷彿者莫如絕句唐人之所偏長獨至而後人力追莫嗣者也擅長則王江寧驂乘則李彰明偏美則劉中山遺響則杜樊川少陵雖號大家不能兼善一則拘於對偶二則汩於

典故拘則未成之律詩而非絕體汨則儒生之書袠而乏性情故觀其全集自錦城絲管之外咸無譏焉近世有愛而忘其醜者專取而効之惑矣楊升菴唐絕增奇序

盛唐長五言絕而不長七言絕者孟浩然也長七言絕而不長五言絕者高達夫也五七言各極其工者太白五七言俱無所解者少陵也　少陵太白七言律絕獨出詞場然少陵律多險拗太白絕間率露大家故宜有此　杜之律李之絕皆天授神詣然杜以律爲絕如窗含西嶺千秋雪門泊東吳萬里船等句本七律壯語而以爲絕句則斷錦裂繒類也李以絕

爲律如十月吳山曉梅花落敬亭等句本五言絶句而以爲律詩則駢拇枝指類也　古人作詩各成己調未嘗互相師襲以太白之才就聲律卽不能爲杜何至遽減嘉州以少陵之才攻絶句卽不能爲李詎謂不若摩詰彼自有不可磨滅者無事更屑屑也詩藪

詩以神行使人得其意於言之外若遠若近若無若有若雲之於天月之於水心得而會之口不得而言之斯詩之神者也而五七言絶尤貴以此道行之昔之擅其妙者在唐有太白一人蓋非摩詰龍標之所及吾嘗以太白爲五七言絶之聖所謂鼓之舞之以

盡神竅神入化爲盛德之至者也屈紹隆粵遊雜咏序

小樂府之遺唐人裁爲絕句體之流變益微有辨焉惟李白所製猶得其遺篇什雖簡而如入思婦勞人之心何婉曲可諷耶濟南李氏曰李白五七言絕句實唐三百年一人蓋以不用意得之即太白亦不自知其所至而工者顧失焉至哉言乎自唐以來能爲詩者多矣其詞與理未始不璀璨焉然而觀止矣予讀李白詩想見其心如入天際渺乎莫從其所之太史公曰詩有之高山仰止景行行止雖不能至然心鄉往之予於李詩亦云李詩緒

丁龍友曰李白樂府本晉三調雜曲其絶句從六朝清商小樂府來至其氣槩揮斥迴飈掣電且令人縹緲天際此殆天授非人力也李詩緯

五言絶句開元後李白王維尤勝諸人唐詩品彙

五言絶句起自古樂府至唐而盛李白崔國輔號爲擅場宋牧仲漫堂說詩

五言絶句惟太白擅場杜子美詩曰李侯有佳句往往似陰鏗陰鏗工此體子美之稱太白者在是徐而菴說唐詩

五言絶句李太白氣體高妙王阮亭唐人萬首絶句選凡例

七言絶句太白高於諸人王少伯次之唐詩品彙

七言絕句王少伯與太白爭勝毫釐俱是神品藝苑卮言

七言絕太白江寧各有至處大槩李寫景入神王言情造極王宮辭樂府李不能爲李覽勝紀行王不能作詩藪

龍標隴西真七絕當家足稱聯璧焦弱侯詩評

三唐七絕並堪不朽太白龍標絕倫逸群漫堂說詩

七言絕起忌矜勢太白多直抒旨卷兩言後只用溢思作波掉唱嘆有餘響措手往往安排起法欲留佳思在後作好首既嚼蠟後十四字中地窄而舞拙意滿而詞滯詩辯坻

李太白詩不專是豪放亦有雍容和緩的如首篇大雅久不作多少和緩朱子語類

古風第四十四首不言棄絕但言恩畢斯得怨而不怒之意欲言難言而又不能無言將何爲三字無限深情嚴滄浪評

朱文公題廣成子像云陳光澤見示此像偶記李太白詩云世道日交喪澆風變淳源不求桂樹枝反棲惡木根所以桃李樹吐花竟不言大運有興沒群動爭飛奔歸來廣成子去入無窮門因寫以示之今人捨命作詩開口便說李杜以此觀之何曾夢見他脚

板耶（鶴林玉露）

李太白遠別離蜀道難與子美寓居同谷七歌風騷之極致不在屈原之下（李廌師友記聞）

遠別離篇最有楚人風所貴乎楚言者斷如復斷亂如復亂而詞義反復屈折行乎其間實未嘗斷而亂也使人一唱三嘆而有遺音至於收淚謳吟又足以興夫三綱五典之重者豈虛也哉茲太白所以爲不可及也（范德機評）

文章如精金美玉經百鍊歷萬選而後見今觀昔人所選雖互有得失至其盡善盡美則所謂鳳凰芝草

人人皆以爲瑞閲數千百年經千萬人而莫有異議焉如李太白遠別離蜀道難杜子美秋興諸將咏懷古跡新婚別兵車行終日誦之不厭也懷麓堂詩話

古律詩各有音節然皆限於字數求之不難惟樂府長短句初無定數最難調疊然亦有自然之聲古所謂聲依永者謂有長短之節非徒永也故隨其長短皆可以播之律呂而其太長太短之無節者則不足以爲樂若往復諷咏久而自有所得得之於心而發之乎聲則雖千變萬化如珠之走盤自不越乎法度之外矣如李太白遠別離杜子美桃竹杖皆極其操

縱宕嘗按古人聲調而和順委曲乃如此固初學所未到然學而未至於是亦未可與言詩也懷麓堂詩話

太白公無渡河乃從堯禹治水說起迂癡有致然筆墨率肆無足取焉蜀道難等篇亦然開後人惡道詩辯坻

李白性嗜酒志不拘檢常林棲十數載故其爲文章率皆縱逸至如蜀道難等篇可謂奇之又奇自騷人以還鮮有此體調也河岳英靈集

李太白作蜀道難乃爲房杜危之也其畧曰劍閣崢嶸而崔嵬一夫當關萬夫莫開所守或非人化爲狼

與豺朝避猛虎夕避長蛇磨牙吮血殺人如麻錦城雖云樂不如早還家蜀道之難難於上青天側身西望長咨嗟李翰林作此歌朝右聞之疑嚴武有劉焉之志雲溪友議

李白嘗爲蜀道難歌曰蜀道難難於上青天以刺嚴武也太平廣記

蜀道難或曰作於天寶初或曰作於天寶末二說皆出於後世以意逆之曰此爲房杜危之也陸暢去白未遠作蜀道易以美韋皋傳之當時而蜀道難之詞曰錦城雖云樂不如早還家其意必有所屬房杜之

說益近之矣南部新書

嚴武傳武爲劍南節度使房琯以故相爲部內刺史武慢倨不爲禮最厚杜甫然欲殺甫數矣李白爲蜀道難者乃爲房杜危之也韋皐傳天寶時李白爲蜀道難以斥嚴武陸暢更爲蜀道易以美韋皐摭言云太白自蜀至京以新業贄謁賀知章知章覽蜀道難一篇揚眉謂之曰公非人世人豈非太白星精耶然則蜀道難之作久矣非爲房杜也唐詩紀事

嚴武傳李白作蜀道難者乃爲房杜危之也此宋人穿鑿之論其說又見韋皐傳蓋因陸暢之蜀道易而

造爲之耳李白蜀道難之作當在開元天寶間時人共言錦城之樂而不知畏塗之險異地之虞即事成篇別無寓意及元宗西幸升爲南京則又爲詩曰誰道君王行路難六龍西幸萬人歡地轉錦江成渭水山迴玉壘作長安一人之作前後不同如此亦時爲之矣日知錄

蜀道之難難於上青天篇中凡三見與莊子逍遥篇同吾嘗謂作古詩長篇須讀莊子史記子美歌行純學史記太白歌行純學莊子徐而菴說唐詩

李太白古風兩卷近七十篇身欲爲神仙者殆十三

四或欲把芙蓉而躡太清或欲挾兩龍而凌倒影或欲留玉舃而上蓬山或欲折若木而遊八極或欲結交王子晉或欲高揖衛叔卿或欲借白鹿於赤松或欲飡金光於安期豈非因賀季真有謫仙之目而因爲是以信其說耶抑身不用鬱鬱不得志而思高舉遠引耶嘗觀其所作梁父吟首言釣叟遇文王又言酒徒遇高祖卒自嘆己之不遇有云我欲攀龍見明主雷公砰訇震天鼓帝旁投壺多玉女三時大笑開電光倏爍晦冥起風雨閶闔九門不可通以額扣關閽者怒人閉門戸尚不可入則太清倒景豈易凌躡

乎太白忤楊妃而去國所謂玉女起風雨者乃怨懟妃子之詞也韻語陽秋

黃雲城邊烏欲棲邊一作南聲調便惡此用字陰陽之殊趙宧光彈雅

漢魏詩多不可點所以爲好者其氣象自不同耳李詩好處亦難點點之則全篇有所不可擇焉若烏棲曲與烏夜啼可謂精金粹玉矣范德機評

國初人有作九言者謂昨夜西風擺落千林稍渡頭小艇捲入寒塘坳以爲可備一體不知九言起於高貴鄉公鮑明遠沈休文亦有此體唐人則李太白蜀

道難然後天梯石棧相鉤連上有六龍迴日之高標下有衝波逆折之回川杜集中烱如一段清冰出萬壑置在迎風露寒之玉壺又何時眼前突兀見此屋吾廬獨破受凍死亦足此九言之最妙者詩有十字成句者太白黃帝鑄鼎於荆山鍊丹砂丹砂成騎龍飛上太清家又有十一字成句者杜詩王郎酒酣拔劍斫地歌莫哀我能拔爾抑塞磊落之奇才李詩紫皇乃賜白兔所擣之藥方韋應物詩一百二十鳳凰羅列含明珠若拔公山中故人應有招我歸來篇似可讀作兩句矣懷麓堂詩話

揚子雲長楊賦西壓月峭古窟字東震日域服虔註以爲日月所生恐非李太白詩天馬來出月支窟月窟卽指月支之國日域指日逐單于也蓋借日月字以形容威伏四夷之遠耳太白妙得其解矣楊升菴外集

王彦輔曰古之善賦詩者工於用人語渾然若出於己意予於李杜見之顏延年赭白馬賦曰旦刷幽燕晝秣荆楚子美驄馬行云晝洗須騰涇渭深夕移可刷幽并夜太白天馬歌云雞鳴刷燕晡秣越蓋皆用顏賦也韓退之曰李杜文章在光燄萬丈長信哉楊升菴外集

客言李杜詩中說馬如相馬經有能過之者乎僕曰毛詩過之曰六經固不可擬然亦未嘗仔細說馬態相行步也僕曰願熟讀之兩驂如舞此騣語所謂花踏羊蹄行也兩驂如手此騣語所謂熟使喚也思之便覺走過掣電傾城知與神行電邁躡恍惚爲難騎耳許彦周詩話

東坡寫李白行路難闕其中間八句道子胥屈原陸機李斯事此老不應有所遺忘意其刪去必嘗有說朱子語類

蔡寬夫詩話云唐末五代俗流以詩自名者多好妄

亢格法取前人詩句爲例議論鋒出甚有獅子跳躑毒龍顧尾等勢覽之每使人拊掌不已大抵皆宗賈島輩謂之賈島格而於李杜詩不少假借李白女媧戲黄土摶作愚下人散在六合間濛濛若埃塵目曰調笑格以爲調笑之資子美冉冉谷中寺娟娟林外峰闌干更上處結縮坐來重目爲病格以爲言語突兀聲勢蹇澀此豈韓退之所謂蚍蜉撼大木可笑不自量者耶漁隱叢話

李太白北風行云燕山雪花大如席秋浦歌云白髮三千丈其句可謂豪矣奈無此理何漁隱叢話

李太白俠客行云事了拂衣去深藏身與名元微之俠客行云俠客不怕死怕死事不成事成不肯藏姓名或云二詩同詠俠客而意不同如此予謂不然太白詠俠不肯受報如朱家終身不見季布是也微之詠俠欲有聞於後世如聶政姊之死恐終滅吾賢弟之名是也邵氏聞見後録

呂氏童蒙訓云曉月出天山蒼茫雲海間長風幾萬里吹度玉門關及沙墩至梁苑二十五長亭大艑夾雙櫓中流鵝鸛鳴之類皆氣蓋一世學者能熟味之自然不褊淺矣漁隱叢話

李太白詩過人其生平所享如浮花浪蘂其詩云羅帷舒卷似有人開明月直入無心可猜不可及也蘇灤城集

詩言窮則盡意褻則醜顏歡則庳杜少陵麗人行李太白楊叛兒一以雅道行之故君子言有則也陸時雍詩

李太白荊州歌有漢謠之風　唐人詩可入漢魏樂府者惟太白此首及張文昌白鼉謠李長吉鄴城謠三首而止杜子美都無一篇可入此格楊升菴外集

太白白頭吟二首頗有優劣其一蓋初本也天仙之才不廢討潤何必不加點今人落筆便刊布縱云揮

珠無竪多類耳千錄

閨裏佳人年十餘顰有四傑風格差逸宕耳要之此等是太白佳作詩辯坻

太白集中少年行只有數句類太白其他皆淺近浮俗決非太白所作必誤入也滄浪詩話

六一居士曰落日欲沒峴山西倒著接䍦花下迷襄陽小兒齊拍手大家爭唱白銅鞮此常語也至於清風明月不用一錢買玉山自倒非人推然後見太白之橫發所以驚動千古者固不在此乎漁隱叢話

杜子美飲中八仙歌知章騎馬似乘船又天子呼來

不上船用兩船字韻汝陽三斗始朝天又舉觴白眼望青天用二天字韻蘇晉長齋繡佛前又皎如玉樹臨風前又脫帽露頂王公前用三前字韻眼花落井水底眠又長安市上酒家眠用兩眠字韻牽牛織女詩蛛絲小人態曲綴瓜果中又防身動如律竭力機杼中用兩中字韻李太白襄陽歌鸕鷀杓鸚鵡杯百年三萬六千日一日須傾三百杯用兩杯字韻廬山謠影落前湖青黛光金闕前開二峰長又翠影紅霞映朝日鳥飛不到吳江長用兩長字韻韓退之李花詩冰盤夏薦碧實脆斥去不御慚其花又誰惟平地

萬堆雪剪刻作此連天花用兩花字韻雙鳥詩兩鳥各閉口萬象銜口頭又百舌舊饒聲從此甞低頭用兩頭字韻示爽詩冬夜豈不長遠且燈燭然又此來南北近閭里故依然用兩然字韻猛虎行猛虎死不辭但慙前所爲又親故且不保人誰信汝爲用兩爲字韻子美太白退之於詩無遺恨矣當自有體耶邵氏聞見後録

絶句字少意多四句而反覆議論如李白橫江詞氣格合歌行之盛使人嘆咏其贈汪倫非必其詩之佳要見古人風致如此范德機評

太白横江辭六首章雖分局意如貫珠俗本以第一首編入長短句後五首編入七言絶句首尾衡决殊失作者之意如杜詩秋興八首亦分作二處予特正之凡古人詩歌不可分類以此此楊升菴外集

東坡送人守嘉州古詩其中云峨眉山月半輪秋影入平羌江水流謫仙此語誰解道請君見月時登樓上兩句全是李謫仙詩故繼之以謫仙此語誰解道請君見月時登樓之句此格本出於李謫仙其詩云解道澄江静如練令人還憶謝元暉蓋澄江淨如練即元暉全句也後人襲用此格愈變愈工漁隱叢話

金沙集有公取古詩一條謂始於太白未必也任華贈白詩已用海風吹不斷及雲垂大鵬飛等句則知彼時作此格者蓋多矣譚雅

元宗棄國出奔太白乃盛稱蜀中之美西巡果盛事乎猗嗟譏莊而贊其藝刺宣而美其容太白雖爲亡國諱而亡國之恥正在言表唐汝詢唐詩解

沈雲卿詩船如天上坐人似鏡中行原於王逸少語所謂山陰路上行如在鏡中遊之句然李太白入清溪山詩云人行明鏡中鳥度屏風裏雖有所襲而語益工胡元任評

竹未嘗香也而杜子美詩云雨洗娟娟靜風吹細細香雪未嘗香也而李太白詩云瑶臺雪花數千點片片吹落春風香韻語陽秋

詩用淚字若沾衣沾裳之類不爲剽竊然亦有出奇者潘岳溯淚應情隕杜子美近淚無乾土李太白淚盡日南珠劉禹錫巴人淚應猿聲落賈島淚落故山遠孟雲卿至哀反無淚謝榛四溟山人集

李太白以布衣入翰林既而不得官唐史言高力士以脫靴爲恥摘其詩以激楊貴妃爲妃所沮止今集中有雪讒詩一章大率言婦人淫亂敗國其畧云彼

婦人之猖狂不如鵲之彊彊彼婦人之淫昏不如鶉之奔奔坦蕩君子無容覆言又云妲己滅紂褒女惑周漢祖呂氏食其在旁秦皇太后毒亦淫荒蝃蝀作昏遂掩太陽萬乘尚爾匹夫何傷詞殫意窮心切理直如或妄談昊天是疵予味此詩豈貴妃與祿山淫亂而太白曾發其奸乎不然則飛燕在朝陽之句何足深怨也容齋隨筆

宋之問不愁明月盡自有夜珠來李白只愁歌舞散化作彩雲飛語意皆殊調亦不類高下則差足雁行宋又有夜絃響松月朝楫弄苔泉李有蘿月挂朝鏡

松風鳴夜絃詞意皆同李直出數丈彈雅

李白跌宕不羈鍾情於花酒風月則有矣而肯自縛於枯禪則知淡泊之味賢於膾炙遠矣白始學於白眉空得大地了徹鏡迴旋寄輪風之旨中謁太山君得冥機發天光獨照謝世氛之旨晚見道崖則此心豁然更無凝滯矣所謂啟開八窓牖託宿掣雷霆又有談玄之作云茫茫大夢中惟我獨先覺騰轉風火來假合作容貌問語前後際始知金仙妙則所得於佛氏者益邃韻語陽秋

李杜長篇全集中不多見北征一首況着森嚴龍門

敘事之筆也憶舊書懷一首飄揚恣肆南華寓言之遺也光燄萬丈於此乎見之柳亭詩話

李白詩清水出芙蕖天然去彫飾論詩者謂只一出字便是去彫飾也餘冬序錄

子美詩以後二句續前二句處甚多如寄張山人詩云曹植休前輩張芝更後身數篇吟可老一字買堪貧喜杜觀到詩云待爾嗔烏鵲拋書示鶺鴒枝間喜不去原上急曾經晴詩云啼烏爭引子鳴鶴不歸林下食遭泥去高飛恨久陰臥病詩云滑憶彫胡飯香聞錦帶羹溜匙兼暖腹誰欲致杯罌如此之類多矣

此格起於謝靈運廬陵王之墓下詩云延州協心許楚老惜蘭芳解劍竟何及撫墳徒自傷李太白亦時有此格毛遂不墮井曾參寧殺人虛言誤公子投杼惑慈親是也韻語陽秋

梁虞騫詩落暉散長足細雨織斜文太白亦用其字曰日足森海嶠然其驚人泣鬼所謂自鑄偉辭前無古人者乎楊升菴外集

太白楊花落盡與樂天殘燈無燄體同題類而風趣高卑自覺天壤詩辯坻

曹植怨詩願作東北風吹我入君懷懷徐幹詩將心

寄明月流影入君懷太白詩我寄愁心與明月隨風直到夜郎西兼裁其意撰成奇語梅禹金

詩眼云山谷言學者若不見古人用意處但得其皮毛所以去之愈遠若風吹柳花滿店香若人能復爲此句亦未是太白至於吳姬壓酒勸客嘗壓字他人亦難及金陵子弟來相送欲行不行各盡觴蓋不同請君試問東流水別意與之誰短長此乃眞太白妙處當潛心焉故學者先以識爲主禪家所謂正法眼直須具此眼目方可入道漁隱叢話

金陵酒肆留別山谷云此乃眞太白妙處而須溪云

終是太白語別予許須溪知言云（詩辯坻）

李太白詩風吹柳花滿店香温庭筠咏柳詩香隨靜婉歌塵起影伴嬌嬈舞袖垂傳奇詩莫唱踏陽春令人離腸結郎行久不歸柳自飄香雪其實柳花亦有微香詩人之言非誣也　柳花之香非太白不能道竹之香非子美不能道（楊升菴外集）

太白詩吳姬壓酒喚客嘗說者以爲工在壓字不知吳人方言至酒家有旋壓酒子相待之語（雲麓漫抄）

李白人分千里外興在一杯中高適功名萬里外心事一杯中如武夫之對韻士而胡元瑞云二詩甚類

予謂字面則同句意懸絕彈雅

杜之北征述懷皆長篇敘事然高者尚有漢人遺意平者遂爲元白濫觴李送魏萬等篇自是齊梁但才力加雄辭藻加富耳詩藪

太白詩浮雲遊子意落日故人情對景懷人意味深永少陵詩寒空巫峽曙落日渭陽情亦是寫景贈別而語意淺短杜詩佳處固多此等句法却不如李仇蒼柱杜詩詳註

太白讀書匡山十年不下山潯陽獄中猶讀留侯傳以彼仙才苦心如此今忽忽白日而嘐嘐古人是自

絆而希千里也千一錄

詩貴意意貴遠不貴近貴淡不貴濃濃而近者易識淡而遠者難知如杜子美鉤簾宿鷺起丸藥流鶯轉李太白桃花流水窅然去別有天地非人間王摩詰反景入深林復照青苔上皆淡而愈濃近而愈遠可爲知者道難與俗人言也懷麓堂詩話

曹子建詩譬海出明珠與太白如天落雲錦句法同

太白五言如菖蒲花紫茸及登華不注峰與此句皆奇崛異常楊升菴外集

世多言李太白以醉入水捉月溺死此談者好奇之

過太白對月能作今人不見古時月今月曾經照古人之句意氣本自超出宇宙對影三人雖醉豈復狂惑至此玉淵雜書

李太白云剗却君山好平鋪湘水流杜子美云斫却月中桂淸光應更多二公所以爲詩人冠冕者胸衿闊大故也此皆自然流出不假安排鶴林玉露

洞庭西望楚江分水盡南天不見雲日落長沙秋色遠不知何處弔湘君此詩之妙不待贊前句云不見後句云不知讀之不覺其複此二不字決不可易大抵盛唐大家正宗作詩取其流暢不似後人之拘拘

耳楊升菴絕句衍義

宋之問所得駱氏靈隱詩何樓觀滄海日門對浙江潮李太白天台曉望詩門標赤城霞樓棲滄島月最相似文翔鳳雲夢藥溪談

吟咏瀑水衆矣大抵比況耳未有得於所見鑿空下語爲興詩者太白獨日海風吹不斷江月照還空氣象雄傑古今絕唱王阮義豐集

李白鸚鵡洲詩調既迅急而多複字兼離唐韻當是五言古詩耳詩辯坻

七言絕句初唐風調未諧開元天寶諸名家無美不

備李白王昌齡尤爲擅場昔李滄溟推秦時明月漢時關一首壓卷余以爲未允必求壓卷則王維之渭城朝雨李白之朝辭白帝王昌齡之奉帚平明王之渙之黄河遠上其庶幾乎而終唐之世絶句亦無出四章之右者矣王阮亭唐人萬首絶句選凡例

盛弘之荆州記狀巫峽江水之迅云朝發白帝暮到江陵其間千二百里雖乘奔御風不以疾也杜子美詩朝發白帝暮江陵頃來目擊信有徵李太白詩朝辭白帝彩雲間千里江陵一日還兩岸猿聲啼不盡扁舟已過萬重山雖全用盛弘之語而優劣自別今

人謂李杜不可以優劣論此語亦太憒憒楊升菴外集

盛弘之荆州記云白帝至江陵一千二百里春水盛時行舟朝發夕至雲飛鳥逝不是過也太白述之爲韻語驚風雨而泣鬼神矣楊升菴絶句衍義

越中覽古詩前三句賦昔日豪華之盛末一句咏今日凄涼之景大抵唐人弔古之作多以今昔盛衰搆意而縱横變化存乎體裁　此與韓退之遊山江寄白舍人詩漠漠輕陰晚自開青天白日映樓臺曲江水滿千花樹有底忙時不肯來元微之劉阮天台詩芙蓉脂肉綠雲鬟畫樓臺金碧山千樹桃花萬年藥不知何事憶人間皆以落句轉合有抑揚有開合此格唐詩中亦不多

得敫子發

太白詩牛渚西江夜青天無片雲登舟望秋月空憶謝將軍余亦能高詠斯人不可聞明朝挂帆席楓樹落紛紛襄陽詩挂席幾千里名山都未逢泊舟潯陽郭始見香爐峰嘗讀遠公傳永懷塵外蹤東林不可見日暮空聞鐘詩至此色相俱空如羚羊挂角無跡可求畫家所謂逸品是也王阮亭分甘餘話

寧國府志載胡荌定先生石壁詩一首其序曰余嘗覽李翰林題涇川汪倫別業二章其詞俊逸欲屬和之今十月自新安歷旌德而仙尉曾公堂同遊石壁

蓋勝境也奇峯對聳清溪中流路出半嶂佳秀可愛傳聞新建汪公所居不遠掩映溪岫率類於此且欲尋訪迫暮不獲因思旌川即涇川接境也而幽勝過之汪公亦倫之別派也而儒雅勝之豈可使諷詠不及於古乎輒成一首題於汪公屋壁雖不及藻飾佳境比肩英流庶俾謫仙之詩不獨專美其詩曰李白好溪山浩蕩涇川遊題詩汪氏壁聲動桃花渊英辭逸無繼爾來三百秋云云按太白本集詩題祇云過汪氏別業而此序乃云題涇川汪倫別業先生非妄言者又去唐時未遠當必有據

詩五平五仄句或謂自宋始有之非也顔延年詩獨靜闕偶語陰蟲先秋聞李太白詩處世若大夢胡為勞其生孟東野詩夜鏡不照物朝光何時升餘冬序錄

法藏碎金云太白夜懷有句云宴坐寂不動大千入毫髮潘佑獨坐有句云凝神入混茫萬象成虛宇予愛二子吐辭精敏之力入道深密之狀合而書之聊為己用漁隱叢話

今人作詩多忌重疊右丞早朝妙絕古今猶未免五用衣冠之論太白訪戴天山道上不遇詩水聲飛泉樹松桃竹語皆犯重可古人言外求作今人於句中

求隙夫之遠矣唐詩解

太白詩斗酒渭城邊爐頭耐醉眠乃岑參之詩誤入塞上曲驅馬薊路白玉鞍乃王昌齡之詩亦誤入昌齡本有二篇前篇乃秦時明月漢時關也滄浪詩話

蜀國曾聞子規鳥宣城還見杜鵑花一叫一迴腸一斷三春三月憶三巴此太白寓宣州懷西蜀故鄉之作也太白爲蜀人見於劉全白誌銘曾南豐集序楊遂故宅記及自敘書不一而足此詩又一證也近日吾鄉一士夫爲山東人作詩序云太白非蜀人乃山東人也予以前所引證詰之荅曰且謟山東人所綽

楔資何暇核實楊升菴外集

哭宣城善釀紀叟子家古本作夜臺無李白此句絕妙不但齊一生死又且雄視幽明矣昧者改爲夜臺無曉日夜臺自無曉日又與下句何人字不相干甚矣士俗不可醫也楊升菴外集

小山有咸陽沽酒寶釵空之句云是李白所製然李白集中有清平樂詞四首獨欠是詩而花間集所載咸陽沽酒寶釵空乃云是張泌所爲莫知孰是夢溪筆談

李太白文集卷之三十六　附錄六

錢塘　王琦琢崖編輯

趙樹元石堂較

外記一百九十四則

李太白少時夢所用之筆頭上生花後天才贍逸名聞天下天寶遺事

李白有天才俊逸之譽每與人談論皆成句讀如春葩麗藻粲於齒牙之下時人號曰李白粲花之論天寶遺事

李白嗜酒不拘小節然沉酣中所撰文章未嘗錯誤

而與不醉之人相對議事皆不出太白所見時人號爲醉聖天寶遺事

李白於便殿對明皇撰詔誥時十月大寒筆凍莫能書字帝敕宮嬪數十人侍白左右各執牙筆呵之遂取而書其詔其受聖眷如此天寶遺事

明皇召諸學士宴於便殿因酒酣顧謂李白曰我朝與天后之朝何如白曰天后朝政出多門國由奸幸任人之道如小兒市瓜不擇香味惟揀肥大者我朝任人如淘沙取金剖石采玉皆得其精粹明皇笑曰學士過有所飾天寶遺事

寧王宫有樂妓寵姐美姿色善謳唱每宴外客其諸妓女盡在目前惟寵姊客莫能見飲故半酣詞客李太白恃醉戲曰白久聞王有寵姊善歌今酒殽醉飽群公宴倦王何怯此女示於衆王笑謂左右曰設七寶花障名寵姊於障後歌之白起謝曰雖不許見面聞其聲亦幸矣天寶遺事

李白登華山落雁峯曰此山最高呼吸之氣想通天帝座矣恨不携謝脁驚人詩來搔首問青天耳搔首集雲仙雜記

李白遊慈恩寺寺僧用水松牌刷以吳膠粉捧乞新

詩白爲題訖僧獻元沙鉢綠英梅檀香筆蘭縑袴紫瓊霜海墨微言雲仙雜記

李白開元中謁宰相封一板上題云海上釣鰲客李白相問曰先生臨滄海釣巨鰲以何物爲鉤線白曰以風浪逸其情乾坤縱其志以虹蜺爲絲明月爲鉤相曰何物爲餌曰以天下無義丈夫爲餌時相悚然侯鯖錄

唐劍具稍短常施於脇下者名腰品隴西人韋景珍有四方志呼盧酣酒衣玉篆袍佩玉靶兒腰品修飾若神人李太白常識之見感寓詩云玉劍誰家子西

秦豪俠兒謂景珍也　清異錄

舊聞李太白好飲玉浮粱不知其果何物余得吳婢使釀酒因促其功荅曰尚未熟但浮粱耳試取一盞至則浮蛆酒脂也乃悟太白所飲葢此耳　清異錄

薛稷天后朝位至少保文章學術名冠當時學書師褚河南書蹤閒令秘書省有畫鶴時號一絕曾旅遊新安郡遇李白因留連書永安寺額兼畫西方像一壁筆力瀟灑風姿逸發曹張之亞也二跡之美李翰林題贊見在　太平廣記。按薛稷本傳稷坐竇懷貞事賜死開元元年七月中事也是時太白年甫十五未出蜀中安得與稷相遇於新安郡盖傳聞之譌也

李太白有薛稷之畫贊宣和畫譜○按薛稷畫贊本集不載蓋已佚之矣

許雲封樂工知笛者貞元初韋應物自蘭臺郎出爲和州牧輕舟東下夜泊靈壁驛時雲天初瑩秋露凝冷舟中吟瓢將以屬詞忽聞雲封笛聲嗟歎良久韋公洞曉音律謂其笛聲酷似天寶中梨園法曲李謩所吹者遂召雲封問之乃是李外孫也雲封曰某任城舊士多年不歸天寶改元初生一月時東封迴駕次至任城按元宗東封泰山乃開元十三年事去天寶改元時凡十八年小說家言固多舛誤外祖聞某初生相見甚喜乃抱詣李白學士乞撰令名李公方坐旗亭高聲命酒當壚賀蘭氏年且九十

餘邀李置飲於樓上外祖送酒李公握管醉書某胸前曰樹下彼何人不語真吾好語若及日中㶚霏謝成寶外祖辭曰本於學士乞名今不解所書之語李公曰此即名在其間也樹下人是木子木子李字也不語是莫言莫言暮也好是女子女子外孫也語及日中是言午言午許也㶚霏謝成寶是雲出封中乃是雲封也即李暮外孫許雲封也後遂名之楊巨源李暮吹笛記及甘澤謠

李白前後三擬文選不如意悉焚之惟留恨別賦酉陽雜俎

李白才逸氣高與陳拾遺齊名先後合德其論詩云梁陳以來艷薄斯極沈休文又尚以聲律將復古道非我而誰與故陳李二集律詩殊少嘗言興寄深微五言不如四言七言又其靡也况使束於聲調俳優哉故戲杜曰飯顆山頭逢杜甫頭戴笠子日卓午借問别來太瘦生總爲從前作詩苦蓋譏其拘束也本事詩

李白有馬名黄芝採蘭雜志瑯嬛記

每宴飲無不先及每慶具無不先霑中廄之馬代其勞內廚之膳給其食李白傳合璧事類

李白外傳云白作樂章賜錦袍　蔡夢弼杜詩註

李白遊華陰縣令開門方決事白乘醉跨驢過門宰怒引至庭下汝何人輒敢無禮白乞供狀曰無姓名曾用龍巾拭吐御手調羹力士脫靴貴妃捧硯天子殿前尚容走馬華陰縣裏不得騎驢　合璧事類

毛文岐李太白騎驢處詩華陰道上華山側想見當年李太白縣令不許騎驢過自稱天子殿中客一斗百篇逸興豪到處山水皆故宅胸懷放曠天地小應是玉皇香案謫予亦廿載喜遨遊勞勞萬里覊行役

吳筠東遊會稽嘗於天台剡中往來與詩人李白孔巢父詩篇酬和逍遥泉石人多從之舊唐書吳筠所善孔巢父李白歌詩畧相甲乙云新唐書

唐司馬承禎與陳子昂盧藏用宋之問王適畢構李白孟浩然王維賀知章爲仙宗十友海錄碎事

李太白僧伽歌曰此僧本住南天竺爲法頭陀來此國又云嗟予落泊江淮久罕遇真僧說空有時僧伽已顯於淮泗之上矣豪傑中識郭子儀隱逸中識司馬子微浮屠中識僧伽則太白亦異人也哉邵氏聞見後錄

杜甫與李白高適衛賓相友善時賓年最少號小友唐史拾遺

許宣平新安歙人也睿宗景雲中隱於城陽山南塢結菴以居不知其服餌但見不食顏若四十許人輕健行疾奔馬時或負薪以賣薪擔常挂一花瓢及曲竹杖每醉行騰騰以歸吟曰負薪朝出賣沽酒日西歸借問家何處穿雲入翠微邇來三十餘年或濟人危急或救人疾苦城市之人多訪之不見但覽菴壁題詩曰隱居三十載築室南山巔靜夜翫明月閑朝飲碧泉樵人歌壠上谷鳥戲巖前樂矣不知老都忘

甲子年好事者多誦其詩有抵長安者於驛路洛陽同華間傳舍是處題之天寶中李白自翰林出東遊經傳舍覽詩吟之嘆曰此仙人詩也詰之于人得宣平之實白於是遊新安涉溪登山累訪之不得乃題詩於菴壁曰我吟傳舍詩來訪仙人居烟嶺迷高跡雲林隔太虛窺庭但蕭索倚杖空躊躕應化遼天鶴歸當千歲餘宣平歸菴見壁詩又吟曰一池荷葉衣無盡兩畝黃精食有餘又被人來尋討著移菴不免更深居其菴後爲野火燒之莫知宣平蹤跡續仙傳

李白來訪許宣平於紫陽山下過渡得破船有老翁

在問宣平家老翁指船篙賦詩曰面前一竿竹便是許公家卽宣平也二仙相遇甚奇方虛谷詩集

州南數里有岸特高號浣紗阜隔溪對龍非山望城陽不遠相傳李太白訪許宣平徘徊岸上甚久羅願新安郡志

浣沙阜在徽州府南二里相傳李白來訪許宣平阜上待渡江南通志

南康軍圖經云李白性喜名山飄然有物外志以廬阜水石佳處遂徙遊焉至五老峰愛其險峭奇勝曰天下之壯觀也卜築於此吾將老焉今峰下有書堂舊基白後北歸猶不忍去乃指廬山曰與君再會不

敢寒盟丹崖綠壑神其鑒之黃鶴杜詩註

唐人言李白不能屈身以腰間有傲骨鼠璞

李太白作玉闕定望遠黃鶴樓玉堂清對月吟楊表正琴譜。琦按譜中對月吟凡十二段并有詞詞不類太白其第八段隱括漢下白登道一詩在內第十一段有彷彿浮槎遨遊赤壁之句乃後人所擬也故不錄

唐文宗嘗以時諺謂杜甫李白輩爲四絶問丁居晦冊府元龜

李白嘗作長相思樂府一章末曰不信妾腸斷歸來看取明鏡前其婦從旁觀之曰君不聞武后詩乎不信比來常下淚開箱驗取石榴裙太白爽然自失此

郎所謂相門女也具此才情故當與尋真騰空為伍

第不知嬌女平陽能繼林下風否柳亭詩話

右記逸事三十三則

龍安府平武縣有蠻婆渡在江油青蓮壩相傳李白母浣紗於此有魚躍入籃內烹食之覺有孕是生白廣輿記白生蜀之青蓮鄉舊志以為彰明人蓋平武實割江彰劍梓之地以為邑今蠻婆渡青蓮鄉俱隸平武則白生之地在今平武無疑矣四川總志

李白故宅在綿州彰明縣南二十里古碑刻猶有存者四川總志

清廉壩一名青蓮鄉太白故宅在焉去江油縣三十里壩有太白墨池　朱樟白舫集

楊遂李太白故宅記先生諱白字太白事蹟已具范傳正姑孰碑及李陽冰文集序矣夫蛟龍能神於雲雨不能爲人用鳳凰能瑞於王者不能爲人畜先生以天成之材能神於爲文異人之表能瑞於當世始投袂而來竟解組而去所謂不能爲人用與人畜也爍哉庚星儲精參絡屬開元天子御宇日久天下無事肆修文教卷四溟而袂裒宇頓八紘而羅英傑先生拖屐劍閣西入長安天子開

其名祈若有得名見之日前席禮之延於金鑾待如僚友自是晴浴若采濟俾草奏造膝説詞人莫知者恩隆寵洽王公向風不浹日而聲烜於華夏亦先生之遇代之盛也夫有高世之德則訕謗者伺其隙有趍人之行則嫉妒者窺其釁故士無賢與不肖女無美與醜睹先生以興嘆也值非常之時遭非常之主宜必立非常之事建非常之功以開元之盛非謂無時矣以元宗之明非謂無主矣然而青蠅之營營棘藩斯止貝錦之萋菲豺虎可投賈誼既疎莊騆亦棄豈非得時不難得君難得

君不難立事難立事不難建功難故功難成而易敗事難就而易毀者歟先生所以卷舒無悔吝遇合有進退遂乃北遊燕趙東訪梁宋南憩郢楚周流數十載思與喬松遊而餌金丹爲事耳由是縱情肆志劉伯倫之遨世也賦詩寓懷阮嗣宗之窮途也學仙養生嵇叔夜之遺俗也觀其才思駿發浩蕩無涯組繡史籍紛繪經典若鼓號鐘而鬼神雜沓闘武庫而劍戟森羅而又縹緲悠揚迴出風塵之外不作人間之語故當時號爲謫仙人焉如蜀道難可以戒爲政之人矣梁甫吟可以勵有志

之臣矣猛虎行可以勵立節之士矣上雲曲可以化愚夫之懵矣懷古可以革澆風之俗矣其餘所作雖以感物因事而發終以輔世匡君為意自西竄夜郎南流江左坎壈顛躓飄泊羈屑悲夫僕嘗論蜀中自古多出名人才士其尤者漢則司馬長卿王子淵揚子雲唐則陳子昂暨先生耳長卿遇武皇之重終臥病而閑子淵獲宣帝之好亦無用於世子雲會王莽之亂復貧困而卒子昂憤文章之壞一變有道又以貶為退先生振風雅之綱再革今弊竟以放而去噫天厚其才而薄其命乎不

然以褒貶聖賢毀譽今古主陰者罰之乎又不然以才學富多器識儁茂司命者黜之乎是烏可知也然此數子千百年後莫不聳慕宗爲楷則亦可謂拔乎其萃者矣先生舊宅在清廉鄉後徙戴天山讀書今舊宅已爲浮屠者居之僕少覽先生之文每爲太息辛卯謫沆斯邑因暇披莽挐侶來尋嘆乎城郭皆是邱陵如故其人已徃其迹空在遂海元鶴尚千年而郄歸蒼梧白雲竟一去而不返爲銘勒石眞之金田其辭曰岷山之精上爲金星毋乃協夢先生以生厥名與字則而象之山風塵

表標天人資詞源學派若溯尾閭自古王佐欲致唐虞謂予兆起蒼生其如遂來京師荃芬藺藹天子諮我金鑾賜對禮爲前席千載一會王公卿士莫不傾慕英聲雷飛軼於區外有始有卒其惟聖人孰謂誰來我思奉身稽顙丹陛願乞骸骨天子從之出蒼龍闕鶴返青漢雲歸碧天緬追安期邈尋偓佺夕餌瓊蕊晨漱玉泉放情肆志養吾浩然詩吟千首酒飲百船西浮南泛夫何繫焉龍飲山前涪江之涘先生一去宅嗤故里數變喬木幾千人世草蔓荒蹊榛羅廢址鄉人故老猶誦厥美吁

哉先生不爲不遇命也如何拂衣自去蓬萊金闕崑崙珠樹定往遊否孰知其故悠悠我思傷心日暮

遵義府有太白宅在夜郎里有題碑記四川總志

磨鍼溪在眉州象耳山下世傳李太白讀書山中未成棄去過小溪逢老媼方磨鐵杵問之曰欲作鍼太白感其意還卒業媼自言姓武今溪旁有武氏巖方輿勝覽

讀書臺在四川眉州象耳山唐李白嘗讀書於此上有石刻白詞宋杜光庭詩山中猶有讀書臺風掃晴

嵐晝嶂開華月冰壺依舊在青蓮居士幾時來一統志

太白臺在龍州江油縣太白與江油尉往來故有臺在尉廳蒲翰爲之記方輿勝覽

太白讀書臺在龍安府平武縣牛心山宋州守史祁手書石刻并太白贈江油尉詩一在大匡山四川總志

太白臺在四川龍州牛心山上太白嘗讀書於此遺趾尚存一統志

龍安府江油縣大明寺在治西南有李白讀書臺四川總志

龍安府平武縣有明月沉潭在明月渡舊傳每夜有

月影李白有詩歲久漫滅今石壁上存宋宇文通詩刻四川通志

龍安府平武縣有匡山碑鐫李白出山詩或云在江油縣四川通志

龍安府江油縣有大匡山在縣治西三十里山勢高聳狀如匡字唐李白讀書處全蜀總志

大匡山在保寧府江油縣西三十里唐李白嘗讀書於此一統志

大匡山在成都府彰明縣北三十里一名康山唐杜甫寄李白詩匡山讀書處頭白好歸來亦名戴天山

一統志

彰明縣北五十里有李白讀書臺四川通志

點燈山在龍安府江油縣南二十里一名小匡山夜有光如燈故名上有李白讀書臺及白祠四川通志

杜詩云匡山讀書處頭白早歸來李太白青州人多遊匡廬故謂之匡山綿州圖經云戴天山在縣北五十里有大明寺開元中李白讀書於此寺又名大康山即杜甫所謂康山讀書處也恐圖經之妄西溪叢語

載籍之間所言地理訛舛甚多不可勝述李白讀書於匡山正綿州大匡山小匡山之處而寰海記舊註

乃指江州匡廬山爲白讀書之所野客叢書

璘按太白卧廬山爲永王璘迫致幕府坐是得罪杜少陵匡山讀書處頭白早歸來之句當以匡廬之解爲正至於太白讀書之處不但地志所云歷歷可據卽鄭谷蜀中詩亦有雪下文君沽酒店雲藏李白讀書山之句在唐時已相傳若此矣因杜詩之援引未確乃并太白讀書之地而亦疑其出於附會抑又偏矣

濯筆溪在潼川州西一里古傳李白訪趙蕤習書於此四川通志

李白彰明人周遊四方涇宕渠過南陽有詩四川通志

白雲寺在夔州奉節縣治北李白寓夔州有白雲寺詩刻懸崖間四川總志

太白巖在夔州府萬縣西山上有絕塵龕三字在石壁有唐人詩刻相傳太白讀書於此潛確居類書

曹學佺萬縣西太白祠堂記縣西有太白巖在西山即絕塵龕也王象之輿地碑目云絕塵龕三字在西山上石壁字畫瘦勁類晉宋間物唐人題咏甚多相傳李太白讀書於此有大醉西巖一局棋之語太白蜀人也其詩之見於蜀者若成都散花

樓漢嘉峨眉山白帝城蜀道難等篇在集中可考
而紀事稱其爲彰明小吏時令屬辭不偶輒爲援
之令遜其佳以此見妒則東蜀楊天惠所載也予
得諸碑刻有題江油主簿廳爲米芾書及象耳山
留題云夜來醉臥月下花影零亂滿人衣袖恍如
濯魄於冰壺也此眞天仙語本集皆不載而涪陵
有渡曰李渡以太白曾渡此卽婦人稚子能知之
矣獨萬縣西山者不甚著問至爲天仙橋以别之
而過者未嘗問也予詩落句云一自金陵問消息
無人指向萬州看益甚致慨然黄魯直勒風院記

謂西山之勝東望巫峽西盡郁鄢不敢與之爭抗魯直在蜀久斯言不誣予謂太白讀書此巖中宜有太白祠而萬令方君好古樂善子門人典客陸昇彤等唯唯叶力遂書原委於道士常明且係以詞曰太白先生金行之精隴西帝裔產於昌明起家小吏不習逢迎牽牛堂下諸謔隨聲逢彼之怒離鄉遂輕扁舟下峽出白帝城顧瞻西山剜巉崢嶸挺然拔出巧類削成青開練石翠點秋屏絕塵龕上夫非世情棲泊厥跡讀書著名何時非醉而忍獨醒何事非局遑問變更事在有無語類不經

人心愛之夸謝爲真樹若曾倚其色敷榮泉若曾
酌其聲清泠何以祠之丁屭上平裁虹爲棟架鼇
作楹岐江蒼蒼白雲自橫飛鳥時過嚶彼其鳴薄
言訪之而懷友生悵然不見涕淚沾巾聿觀茲役
堂構以新懷賢迹古二美則并江山勝辭文明道
亭千秋之後令名不湮

錦江山在四川嘉定州北四十里太白亭在錦江山
之巔唐李白嘗於此賦詩宋黃庭堅因以名亭一統志
太白亭在嘉定州北十里錦岡山上下即平羌峽相
傳太白曾遊此黃庭堅建亭於山之絕頂遂以太白

名之亭今廢尚有石斗石鯨在荒址中四川志

竹溪六逸堂在徂徠山西北巉石峰下唐天寶間孔巢父李白韓準裴政張叔明陶沔隱居於此有金翰林承旨黨懷英撰碑石刻一統志

方豪竹溪記李白與孔巢父韓準裴政張叔明陶沔居徂徠山日沉飲號竹溪六逸而竹溪之名滿天下自予有知即慕其地意必清流之上修竹萬竿蕭森潔爽若神仙之居使人即之而忘去去之思復即也近予以審錄之行登太山望徂徠詢所謂竹溪者不過荒烟野草之區溪既非舊竹亦何

嘗一幹之存哉然而言竹溪者不絶焉無乃六逸之力耶夫六逸者固一時之英也而唯太白爲最顯其他若孔巢父人亦稍知其姓名而已餘則併姓名而昧之嗚呼白於竹溪可謂有獨力者矣

李白自幼好酒於兖州習業平居多飲又於任城縣搆酒樓日與同志荒宴客至少有醒時邑人皆以白重名望其里而加敬焉 太平廣記

李白酒樓在濟寧州南城上唐李白客任城時縣令賀知章觴之於此今樓與當時碑刻俱存元著作郎陳儼重修李白酒樓記其末有歌曰公昔去兮乘龍

霄雲氣兮蓬萊宮衿青霞兮佩明月橫四海兮焉窮濟水兮無波泰山嶽兮巀嶭我思故國兮神遊恍臨風兮浩歌醉而生兮醉而死曩孰非兮今孰是千鍾百榼兮彼且奚適操一瓢兮吉其止攬香風兮折瓊芳援北斗兮酌桂漿浩溟溟兮徙倚以望歸來歸來兮臯我觴一統志。按太白任城縣廳壁記所云邑宰賀公其名不可考後人遽以賀知章當之誤也據新舊二書知章初未嘗爲任城令憶因一人之誤致後人訛文遂因之而皆誤識蒐討者可不愼歟

濟寧州太白樓下俯漕河憑高眺遠據一州之勝碑板林立惟唐人李光記大篆最古碑製六面如幢其

左爲二賢祠祀太白賀監其東有太白浣筆泉王阮亭泰蜀驛程後記

沈光李白酒樓記有唐咸通辛巳歲正月壬午吳興沈光過任城題李白酒樓夫觸强者靦緬而不發乘險者帖薾而不進潰毒者隱忍而不能就其鍼砭搏猛者持疑而不能盡其膽勇而復視其强者弱之險者夷之毒者甘之猛者柔之信乎酒之作於人也如是翰林李公太白聰明才韻至今爲天下倡首業術匡救天必付之矣致其君如古帝王進其臣如古藥石揮直刃以血其邪者推義轂

以華其正者豈憑酒而作也憑酒而作者强非真勇太白既以峭訐矯時之狀不得大用流斥齊魯眼明耳聰恐䀏聵蹄故狎弄杯觴沉溺麴蘗耳一渾雅目混黑白或酒酣神健視聽鋭發振筆著紙乃以聰明移於月露風雲使之涓潔飛動移於草木禽魚使之妍茂軒騰移於邊情閨思使之壯氣激人離情溢目移於幽巖邃谷使之遼歷物外爽人精魄移於車馬弓矢悲憤酬歌使之馳騁決發如聰幽并而失意放懷盡見窮通焉嗚呼太白觸文之强乘文之險潰文之毒搏文之猛而作狎弄

杯觴沉溺麴蘖是真塞其聰翳其明醒則移于賦詠宜乎醉而生醉而死予徐思之使太白疎其聰決其明移於行事强犯時忌其不得醉而生死也當時骨鯁忠赤遮有其人收其逸才孰於太白至於齊魯結搆凌雲者無限獨斯樓也廣不踰數席瓦飲椽蠹雖樵兒牧豎過亦指之曰李白嘗醉於此矣

劉楚登太白酒樓記太白酒樓在故濟州今濟寧府南城門上壯麗雄偉四望爽曠有汶泗二水經其前闕河安山山湖諸水匯其西鳧繹龜蒙徂徠

岱宗諸山復左顧聯絡於東北皆紆青浮白以舒斂出沒於雲烟縹緲之際而齊魯方千里之勝可指顧而見矣樓之規制不知重修何時其與昔之高卑大小殆不可辯意其上下千數百年間其修葺而因仍者殆皆類此耳右階西南上有古石柱高可丈四五觚植而溯蓋其上周圍刻小篆記文者唐沈光之所作也其左階東南隅有二賢祠記石刻二通蓋昔之州人嘗祀太白與知章賀公於其上者也祠有二賢何舊傳開元中以知章爲任城宰而來其來而止也嘗飲於此此樓之所以名

也惟李白負奇氣好仙遊其足跡幾半天下凡江漢荊湘吳楚巴蜀與夫秦晉齊魯山水名勝之區亦何所不登眺何日不酣暢而以酒樓名天下有二焉其在洛陽天津橋南董糟邱所造者其事尤奇偉卓絕今其存亡興廢類不可知獨茲樓以沈光記文遂留傳至今豈偶然哉

趙弼太白酒樓賦濟城之巔有樓巋焉檐阿翼以四出觚棱揭其高騫謝瀾瀾於埃壒煥金碧於雲煙可以騁遐矚寫幽悄慕太白昔所登臨而盤桓者也粵惟濟郡唐爲任城雜舟車於水陸紛人物

之俊英俗尚詩書而民勤稼穡夫豈他邦可與抗
衡於是四明狂客適宰茲邑溫恭克脩儼碩有立
訟庭闃其虛閒聊遊衍乎原隰爾其長庚眞人與
聖孫子薄遊東魯寄家於此邂逅之間亶其樂只
想夫二賢之登斯樓也形忘兮有終心超兮無始
藩五嶽兮張屏隱三山兮列几興天漢兮爲漿舉
斗筐兮作匕左浮邱伯喬以振衣右安期羨門而
正履豪吟吐萬丈之虹醉吻涸三江之水嘯歌玩
空界之日月震盪駐人寰之風雨睨空四海氣蓋
千古風流豪邁直使人精神飛越欲凌風而遐舉

爰有豪梁趙子博饕好脩倦遊湖海養痾林邱乘休暇偕朋儔携濁醪昇芳羞而相與登茲樓仰天宇兮嵺廓俯山川兮樛流草木黃落兮氣蕭瑟禽獸號鳴兮悲窮秋凭闌兮四望豁我兮遙眸東則鳧嶧突起嶔崟摧嵬削芙蓉於半空插蒼翠於百里悵禹祠之安在慨秦碑之就毀西則平湖浸空灝漾皎潔霜露降而潦水瀓蒲荷瘁而蒹葭折惟戲艇與鷗羣互出沒而明滅前則野蕪蒼蒼而流湯湯濤瀰波雪激注呂梁微神禹之疏鑿民何由而奠康北則平原漭漫一望無極泰山巖巖遠露

秋色顧彼泗之縈迴知發源乎其側周覽既畢遂
巡就席浩歌起舞痛飲盡石客有裵回歔欷淚下
霑襟而告趙子曰太白不云乎既無長繩繫白日
又無大藥駐朱顔昔人安在登高望遠但見山青
青而水潺潺而況吾儕小人皇皇朝夕汩汩塵埃
死與草木同腐不亦可哀也哉趙子逌爾而笑舉
酒觴客而詔之曰吾亦聞諸太白云天地者萬物
之逆旅光陰者百代之過客故由今而賦昔則既
往之日焉窮由今而眡後則方來之日未啻徒以
區區百年之身欲與之計銖兩而較尋尺亘非惑

與吾聞之也君子見其大而畧其細薄於人而厚於躬惟脩身以俟命舍聖哲吾誰從故遇則伊尹周公道行於當時不遇則仲尼孟軻言垂於無窮彼死生得喪如聶蚉之過乎前曾何足以滯芥乎胸中且夫夏蟲不可與語氷井鼃不可與言大非達人之大觀其孰能邈圜方而無外也客於是驩然而歎灑然而僨洗觴酌酒爲太白之酹已而長烟羃於林薄明月出於東山衆客皆醉盡興而思還矣履霜磴之濶滑挾天風之高寒各扶携而雲散及清夜之未闌念玆會兮不偶獨喟然而永歎

也

趙孟頫太白酒樓詩城迥當平野樓高屬暮陰謫仙何俊逸此地昔登臨慷慨空懷古徘徊獨賞心嶧山明眼望百里見遙岑

陳中孚題太白酒樓昔聞李太白山東飲酒有酒樓我今登樓來北風吹髮寒颼颼太白天酒仙人間不可留金光絳氣九萬里翩然而上騎赤虬左蹴大江濤右翻黃河流手攀北斗招搖柄瓊田倒瀉銀灣秋銀灣吸乾日月波蟾驚兔泣黃姑愁太白方悠然掀髯送汀鷗烟如曉霞一點映秋水紅

痕微溺玉色浮太虛變化如蜉蝣仙今何在不可
求惟有胸中燦爛五色錦化爲元氣包神州我欲
起從仙之遊安得羽翮飛上崑崙邱

宋裴太白酒樓詩我昔在髫年知有謫仙人少壯
讀所作天才氣凌雲潯陽紫極宮往歲聞佳句采
石青山頭前月拜荒墓夜宿詹下雲秋弄江上月
何如任城樓狂飲興豪發況有任城宰具酒復知
音酒酣溢八極世事徒駸駸內子香閨夢伯禽嬌
且啼人間火宅謾煎逼正是玉山傾倒時散披紫
綺裘倒著白接離銀臺金馬直一吐方瀛絳闕行

將去仙之酒杯失遺基樓觀雄埴表暗題詠石榴
海栢森西東謫仙人今何在汶水凫山暗蒼靄手
揮玉鞭騎玉鯨應在浮雲九州外仙人魂魄茫氛
氳望之不見矧可親明朝我亦玉京去願謁蓬山

賀季真

周權謫仙樓詩大羅仙人李太白秋水踈蓮浮玉
色笑倣玉堂金馬中詩酒猖狂天子客飄飄豪氣
秋風起登樓曾醉山東市放浪形骸宮錦袍榮華
富貴東流水酒酣揮灑翻河筆險語能令鬼神泣
至今光燄照塵寰一字堪償雙白璧我來懷古空

悽愴風月千年尚無恙何時相見崑崙邱汗漫從遊九天上

趙文粹登太白酒樓詩火冷昆明棟宇新笑談應覺半天聞坐邀采石江頭月臥看徂徠頂上雲寓意自知非嗜酒傷心誰與共論文騎鯨一去無消息雲海茫茫澹夕曛

劉基李白酒樓詩小徑紆行客危樓含酒星河分洮水碧天倚嶧山青貽代空文藻斯人憶斷萍登臨無賀老誰與共忘形

王世貞太白酒樓詩昔聞李供奉長嘯獨登樓此

地一垂顧高名百代流白雲海色曙明月天門秋
欲竟重來者瀠溪濟水流
陸深登太白樓詩夜郎一去幾千秋尚有任城太
白樓身後功名空自好眼前汶泗只交流當年狂
客心偏戀近代風人誰與儔拍碎闌干呼不起月
明風細憶神遊
屠應峻太白樓詩當時不見謫仙人城上高樓空
復春勢極中原臨岱岳境非吾土異三秦遥鄰避
世東方朔生有相知賀季真斗酒狂歌自今古志
存删述與誰論

莫如忠太白樓詩縹緲層樓霄漢隈南城山色鏡中開不知仙馭遊何處長擬星辰謫上台林杪鶴巢珠樹徧日邊鯨負海濤來秦碑魯殿供銷歇未覺浮名勝酒杯

鄺堯齡太白樓詩謫仙人去已千秋河水依然盡日流滿地濕雲生紫閣半天晴雨落滄洲名從白雪空詞苑興到青山買酒樓遥憶賀公能醉客齊名二老至今留

汪琬李太白酒樓歌任城酒樓高插天樓東桃樹非昔年騎鯨仙人不知處狂客還歸四明路誰能

醉卧胡姬壚帷見春風拂花絮我作東門遊揚尊
樓上頭可憐魯酒薄無復蘭陵鬱借問當時造酒
者何如紀叟董糟邱兆祠遺蹟空荒荊遠望徂徠
何限情放歌一曲下樓去汶水東流日夕聲
汪琬濟寧太白樓詩先生本非狂古之天人也至
今瞻遺像丰采猶瀟灑憶當供奉時才譽傾朝野
高標南山松駿氣西極馬動名不能羈況乃富貴
假一醉詩百篇吐納皆大雅吆然鍾呂鳴餘子悉
喑啞游戲酒人中夫豈沈湎者遺阯任城隅千年
搆廣廈隱隱而層巒鱗鱗俛萬瓦尊罍時見酹碑

文每爭打其碑記爲吾家文節公所作神爽遊八極乘雲儻來下

王士正雨中登太白樓詩開元陳跡去悠悠猶有城南舊酒樓哭語會呼狂太白洛陽何必董糟邱黿鼉縹緲當窗出汶泗蒼茫遶檻流眼底無人具賓主任城烟雨可憐秋

浣筆泉在兖州府濟寧州東門外舊傳李太白浣筆處嘉靖間主事白沛築亭其上潛確居類書

浣筆泉在濟寧州城東關外大會通河不數武出土中一方池一圓池相傳爲李太白浣筆處行水金鑑

太白山在汶上縣東五十里李白遊魯嘗登其上山東通志

濟南西北匡山濟河路由其下世傳李白嘗讀書于此元好問濟南行記○按山東通志濟南府無匡山而有箕山山在府城西十里其形如箕故名疑元氏記中所云之匡山即此山也謂李白嘗讀書于此殆彼土之人將依附杜詩匡山讀書處頭白好歸來之句以證太白爲山東人耳

浮休旣投跡少陵一日有以水磨求售者相其地乃古之宜春苑也今謂之韋曲自漢唐以來諸韋居之與後周逍遙公晒書臺唐杜岐公韓退之舊業鄭都官之園池鄰里籬落垠堮皆在又云李太白常居此

也仰終南之雲物俯漓水之清漪喬木隱天修竹蔽日眞天下之奇觀關中之絶景也張舜民水磨賦序

唐吳融題兗州泗河中石牀詩一片苔牀水漱痕何人清賞動乾坤謫仙醉後雲爲態野客吟時月作魂光景不同波自遠風流難問石無心邇來多少登臨客千載誰將勝事論註云李白杜甫皆此飲咏

李白書堂在五老峯下唐李白嘗至此愛其險峭嘆曰天下之壯觀因卜築讀書於此一統志

李太白書堂在南康府靑玉峽西一里太白過此愛其峭峻嘆爲天下壯觀因築堂讀書於此杜子美贈

白詩曰匡廬讀書處頭白好歸來遂因以傳焉江西通志

簡寂觀後有樵徑涉石澗攀崇岡屈折而上五六里許則日照菴四圍山色空翠欲滴香爐犀牛漢陽三峰縹緲插雲即太白讀書處也吳道賢匡廬紀遊

太白書堂在華頂峰李白嘗遊天台後人因爲建堂天台山志

諸葛羲太白書堂詩太白已千載書堂今在茲丹青銷畫壁苔蘚沒殘碑山暝泉生早天長鳥去遲屋梁新月色彷彿見鬚眉

佐雪山在安慶府望江縣西十八里上有平岡相傳

唐李白遊此山値雪故名一統志

太白書堂在安慶府望江縣唐李白避祿山之亂於此讀書遺趾尚存江南通志

獨阜山在安慶府太湖縣北五十里上有石刻隴西字世傳李白嘗避地於此江南通志

對酌亭在安慶府宿松縣南臺李白舉杯邀月處江南通志

讀書臺在安慶府宿松縣南三里唐李白避祿山亂至宿松依邑宰閭邱築臺讀書江南通志

李太白書堂在化城寺龍女泉之側天寶間李白訪

道江漢遙望九子山顧而樂之易號九華會故人韋仲堪爲邑令遂僑居焉建讀書堂於其地宋南渡後蕪沒不存九華山志

九華山龍女泉其旁乃李太白書堂今爲張氏墳地或謂書堂在半霄亭旁者非周必大泛舟遊山錄

醉石在香泉溪滸昔李青蓮遊此遶石醉呼故名黃山志

有醉石酩酊層巖上行者懼其迎風墮也相傳李謫仙曾踏歌其旁汪灝遊黃山記

婺源縣西七十里有湖山山外有太白渡相傳唐李

白過此故名弘治徽州府志

施懸山歙城西太平十寺詩曰數峰存十字紺宇入蒼烟得徑穿雲竇從僧問雪泉江橋秋樹外山郭夕嵐邊大好留詩處何人繼謫仙註云李太白經此留詩又有集河西太平寺詩曰僧廬路入披雲嶺仙客詩留碎月篇註云唐許宣平隱居披雲嶺李白有灘前流碎月之何學僚詩集

李白書堂在五松山李白來遊樂其山水之勝建堂讀書於此一統志

林桷太白五松書院詩翰林最愛五松山嘗說

年未擬還而我抗塵且自媿來遊只得片時閑

李白巖在梧州藤縣東六十里赤水峽深闊丈餘頂有竅通日光相傳唐李白謫夜郎時過此一統志

太白巖在柳州懷遠縣下石門李白謫夜郎築石嘯咏於此廣西通志

問月亭在湖廣施州衞城北有臺孤高獨出碧波峰之中建亭其上相傳李白謫夜郎嘗于此賞月一統志

湖廣武昌府治南三十里有李白讀書堂一統志

大安山在湖廣德安府城西六十里唐相許圉師家此山下李白忤高力士放還許相家以孫女娶之黄

晦叔桃花巖詩云大安婦翁舍時來枕流眠正謂此
事見方輿勝覽及一統志考太白娶于許氏
在未入長安之前謂忤力士以後事大繆

太白湖在漢陽九真山南一名白湖周二百餘里半
屬沔陽州舊傳李太白游泛于此潛確居類書

梁山在靖州會同縣東四十里昔李白遊其巔手引
一泉清凉甘美久旱不竭俗名凉山湖廣通志

輿地紀勝白社山在靖州會同縣李白流夜郎時于
此結社潛確居類書

李白宅在當塗縣青山麓白至姑熟依當塗令族人
陽冰見茲山幽邃營宅以居裴敬碑云余過當塗訪

李翰林舊宅即此江南通志

采石山在太平府城北二十五里牛渚北昔人于此取石因名臨江有磯曰采石磯唐李白嘗乘月與崔宗之自采石至金陵著宮錦袍坐舟中即此一統志

牟存叟端明名子才守當塗日郡圃有脫靴亭以謫仙采石得名存叟繪以爲圖系以讚曰錦袍兮烏幘神清兮氣逸凌轢兮萬象麾斥兮八極我思古人伊李太白號爲使之朝禁林而慕采石也其天資之變幸與疏擿詞章浸潤宮掖吾觀脫靴之圖未嘗不嫉小人之情狀而傷君子之跡自夫之高躅兮霍神龍之

不可以羈紲羇宦貴如敝屣兮其得失又何所欣戚也齊東野語○或以謂詞爲元人貫酸齋之作自大寶之變李以下摘去五十餘字未知孰是

捉月亭在采石山世傳李白過采石酒狂水中捉月後人因以名亭一統志

暮雲亭在采石鎮唐賢坊神霄宮內舊名捉月亭元時比後重建乃藏李白宦錦處太平府志

王綬暮雲亭記余治郡之二年防禦使王侯明護軍犀渚江波不動烽燧不驚鎮以無事顧瞻唐李翰林墓下祠宇卑陋勿稱揭虔三年春撤而新之築亭其旁高明爽塏足爲游觀吟眺之勝閒與見

者咸咨嗟嘆異謂俟能爲人所未暇爲之事是可喜也余曰太白聲名在天地間猶青天白日鳳凰芝草孰不知爲美瑞何待騷人墨客始知敬耶又世之論太白者徒知錦繡心口明月肺腸才思清新歌詞婉麗獨步當時然此餘事耳方高力士驟貴公卿大夫爭相取容惴惴然恐失其意而太白使脫靴殿上奴視弗顧可謂氣蓋天下矣士以氣爲主脂韋婉熟脅肩諂笑同流合汚者氣之不足也富貴不能淫威武不能屈稱大丈夫者氣之所充也使太白得時行志寄命託孤臨大節而不可

奪非斯人吾誰與昔畢文簡公以王佐期之豈過論哉晚歲脫屣軒冕縱情詩酒樂天知命遺形釋智澹乎若深淵之靚泛乎若不繫之舟飄然超世之志曾不以生死動其心未可以清狂少之也余遂書其事俾刻諸石且摭杜少陵春日憶白之句名其亭曰暮雲宋紹定六年

李白墓在太平府城東青山之北白嘗依族人當塗令李陽冰悅謝家青山欲終焉及卒葬采石之龍山後改葬青山宋郡守趙松年爲建祠給田付僧看護一統志

姑熟青山李白墓生蘆其形如筆號筆蘆續溪舒頔道原有詩云筆蘆蕭蕭青山巔池北偶談

筆蘆星竹生青山李白墓上陶安李翰林墓詩云自別金鑾抵夜郎江南有夢到朝堂酒酣采石風生袂崖老青山月滿梁龍管鳳笙遺韻事筆蘆星竹借文章雲飛荒野苔碑斷時有詩人酹一觴註云墓上產蘆如筆有竹散點如星太平府志

李白墳在太平州采石鎮民家菜圃中遊人亦多留詩然州之南有青山乃有正墳或曰太白平生愛謝家青山葬其處采石特空墳耳世傳太白過采石酒

狂捉月竊意當時藁葬於此至范侍郎爲遷窆之青山焉侯鯖錄

采石江之南岸田畈間有墓世傳爲李白葬所累甓圍之其墳略可高三尺許前有小祠堂甚草草中繪白像布袍裹軟脚幞頭不知其傳真否也白嘗供奉翰林終不得官則所衣白袍是矣范傳正作白碑曰白之孫女言曰嘗殯龍山之東麓墳高三尺傳正時爲宣歙觀察使諭當塗令諸葛縱改葬于青山則在舊塋之東六里矣其時元和十二年也然則龍山青山兩地皆著白墳亦有實矣至謂白以捉月自投於

江則傳者誤也曾鞏曰范傳正志白墓稱白偶乘扁舟一日千里自之歌詩亦自云如此或者因其豪逸又嘗草瘞江邊乃飾爲此說耳正史及范碑皆無捉月事則可證矣演繁露

采石江頭李太白墓在焉往來詩人題詠殆徧有客書一絶云采石江邊一抔土李白詩名耀千古來的去的寫兩行魯班門前掉大斧亦確論也蓬軒別記

白居易李白墓詩采石江邊李白墳遶田無限草連雲可憐荒隴窮泉骨曾有驚天動地文但是詩人多薄命就中淪落不過君

項斯經李白墓詩夜郎歸未老醉死此江邊葬闕
官家禮詩殘樂府篇遊魂應到蜀小碣豈旌賢身
沒猶何罪遺墳野火燃
許渾途經李白翰林墓詩氣逸何人識才高舉世
疑禰生狂善賦陶令醉能詩碧水鱸魚興青山鵬
鳥悲不堪遺冢在荊棘楚江湄
杜荀鶴經謝公青山弔李翰林詩何謂先生死先
先道日新青山明月夜千古一詩人天地空銷骨
聲名不傍身誰移耒陽冢來此作吟鄰
姚合送潘秀才歸宣州詩李白墳三尺嵯峨萬古

名因君還故里爲我弔先生晴日移虹影空山出
鶴聲老郎閑未得無計此中行
殷文圭經李翰林墓詩詩中日月酒中仙平地雄
飛上九天身謫蓬萊金籍外寶裝方丈玉堂前虎
鞾醉索將軍脫鴻筆悲無令子傳十字遺碑三尺
墓只應吟客弔秋烟
曾鞏謁李白墓詩世間遺草三千首林下荒墳二
百年信矣輝光爭日月依然精爽動山川曾無近
屬持門戶空有鄉人拂几筵顧我自慚才力薄欲
將何物弔前賢

晁補之采石李白墓詩客星一點太微旁談笑青蠅玉失光戴酒五湖狂到死只今天地不能藏

陸游弔李翰林墓詩飲似長鯨快吸川思如渴驥勇奔泉客從縣令初何有醉忤將軍亦偶然駿馬名姬如昨日斷碑喬木不知年浮生今古同歸此同首桓公亦故阡桓溫塚亦在當塗

尤袤李白墓嗚呼謫仙一世之英乘雲御風捉月騎鯨來遊人間蛻骨遺形其卓然不朽與江山相爲終始者則有萬古之名吾意其崢嶸犖落決不與化俱盡或吐爲長虹而聚爲華星青山之下埋

玉荒塋祠貌巍然斷碑誰銘

高翥經李謫仙墓詩蕭蕭高塚倚雲根父老相傳太白墳白骨定隨風月冷青山常共姓名存平生出處猶如見一死浮沉那可論客子開元書記後故來澆酒些清魂

宋無李翰林墓詩嗜酒傲明時何因賀監知承恩金馬詔失意玉環詞名與三閭並身將四皓期匡山有書讀應亦嘆歸遲　一騎紫鯨去空掩謝山塋落月今誰弔長庚夜自明乾坤沉秀氣江水帶哀聲天上多官府文章不可輕

白珽李翰林墓詩出城得佳山兩峰特奇詭一如植躬圭一峰拱而侍我見猶愛之而況謫仙子孤墳在其下政爾直一死謫仙真天人出處見諸史豈敢傲吾君辛苦植唐祀嗟予偪偪者塵土正如此停車不忍發再拜顙有泚仰止青山高清風與終始孰謂千載人不在天地裏

施閏章經李太白墓詩共說騎鯨捉月遊孤墳細草野風秋夜郎幽憤無多淚萬古長江楚水流

右記遺跡七十則

退之嘗言李太白得仙去元和初有人自北海來見

太白與一道士在高山上笑語久之頃道士於碧霧中跨赤虬而去太白聳身健步追及共乘之而東走此亦可駭也龍城錄

白龜年樂天之後一日至嵩山遥望東岩古木簾幕窣地往觀之一人至前曰李翰林相招龜年乃趨入其人褒衣博帶風姿秀發曰吾李白也向水解今爲仙矣上帝令吾掌牋奏於此已將百年汝祖樂天亦已爲仙現在五臺掌功德所因出素書一卷遺龜年曰讀之可辯九天禽語九地獸言後白海瓊亦云李白今爲東華上清監清逸真人廣列仙傳

頊在秘閣抄書得續樹萱錄一卷其中載隱君子元撰夜見吳王夫差與唐諸詩人吟詠事李翰林詩曰芙蓉露濃紅壓枝幽禽感秋花畔啼玉人一去未回馬梁間燕子三見歸張司業曰綠頭鴨兒咂萍藻採蓮女郎笑花老杜舍人曰鼓鼙夜戰北窗風霜葉沿階貼亂紅三人皆全篇杜工部曰紫領寬袍漉酒巾江頭蕭散作閑人白少傅曰不因霜葉辭林去的當山翁未覺秋李賀曰魚鱗砌空排嫩碧露桂梢寒挂團璧三人皆未終篇細味其體格語句往往逼真後閱秦少游集有秋興九首皆擬唐人前所載咸在焉

闕子東爲秦集序云擬古數篇曲盡唐人之體正謂是也容齋隨筆○何子楚云續樹萱錄乃王性之所撰而託名他人今其書才有三事其一曰賈博喻一曰全若虛一曰元撰詳命名之義蓋取諸子虛亡是公云

東坡先生在嶺南言元祐中有見李白酒肆中誦其近詩云朝披夢澤雲笠釣青茫茫此非世人語也少游嘗手錄其全篇少游敘云觀頃在京師有道人相訪風骨甚異語論不凡自云嘗與物外諸公往還口誦二篇云東華上清監清逸真人李白作也詩云人生燭上花光滅巧妍盡春風遶樹頭日與化工進只知雨露貪不念零落近昔我飛骨時慘見當塗墳青

松靄朝霞縹緲山下村旣死明月魄無復玻瓈魂明月玻瓈太白二子名念此一脫灑長嘯登崑崙醉着鸞鳳衣星斗俯可捫又云朝披夢澤雲笠釣青茫茫尋流得雙鯉中有三元章篆字若丹蛇逸勢如飛翔歸來問天姥妙義不可量金刀割青紫靈文爛煌煌咽服十二環想見仙人房暮跨紫鱗去海氣侵肌涼龍子善變化化作梅花粧遺我纍纍珠靡靡明月光勸我穿絳縷繫作裙間璫揖予以疾去談笑聞餘香侯鯖錄○東坡志林都下見有人攜一紙文書字則顏魯公也墨跡如未乾紙亦新健其首兩句云朝披夢澤雲笠釣青茫茫此語非太白不能道也仇池筆記予頃在都下有傳太白詩者其畧曰朝披夢澤雲笠釣青茫茫此非世

人語也蓋有見太白在酒肆中而得此詩者神仙之道真不可以意度胡應麟筆叢太白逸詩人生蜀上花朝披夢澤雲二章見宋人詩話云元祐八年東坡師定武李方叔送別於惠濟出示南岳典寶東華李真人像又出此二詩曰此李真人作近有人于江上遇得之云即太白也其詞瑰瑋跌宕即非真太白語亦非李赤張碧所能辨紫桃軒又綴東坡自云于京師遇一道人風骨秀異語論不凡口誦此二章云東華上清監清逸真人李太白作也詩句妙麗誠然太白口吻顧予竊疑坡公好奇或擬作以詒人觀其所稱龍山九日語宛是晉人語脉豈難一青蓮哉漁隱叢話太白詩暮跨紫鱗去海氣侵肌凉亦奇語也

東坡集中載李白謫仙詩一首其詞曰我居清空裏君隱黄埃中聲形不相弔心事難形容欲乘明月光訪君開素懷天盃飲清露展翼登蓬萊佳人持玉尺度君多少才玉尺不可盡君才無時休對面一笑語

共躡金鰲頭絳宫樓闕百千仞霞衣誰與雲烟浮○東觀餘論曰我居青空表君處紅埃中仙人持玉尺度君多少才玉尺不可盡君才無時休此上清寶典李太白詩也按此詩首二句亦似觀化之後所言非生前所作而遺逸者也疑其出自乩仙之筆否則好事者爲之歟

處士張孜寫李白真處禱忽夢白自天降與語詩因爲歌以紀之其畧曰上天知我憶其人使向人間夢中見全唐詩○世傳張孜夢李白歌有華山秀作英雄骨黄河瀉出縱横材又云夢破青霄春烟霞無去塵若誇郭璞五色筆江淹郄是尋常人唐詩紀事

紹聖二年四月甲申山谷以史事謫黔南道間作竹枝辭二篇題歌羅驛曰撑崖拄谷蝮蛇愁入箐攀天猿掉頭鬼門關外莫言遠五十三驛是皇州浮雲一百八盤縈落日四十九渡明鬼門關外莫言遠四海一家皆弟兄又自書其後曰古樂府有巴東三峽巫峽長猿鳴三聲淚沾裳但以抑怨之音和爲數疊惜其聲今不傳余自荊州上峽入黔中備嘗山川險阻因作二疊傳與巴娘令以竹枝歌之前一疊可和云鬼門關外莫言遠五十三驛是皇州後一疊可和云鬼門關外莫言遠四海一家皆弟兄或各用四句入

陽關小秦王亦可歌也是夜宿于驛夢李白相見於山間曰予往謫夜郎於此聞杜鵑作竹枝詞三疊世傳之否予細憶集中無有三誦而使之傳焉其辭曰一聲望帝花片飛萬里明妃雪打圍馬上胡兒那解聽琵琶應道不如歸竹竿坡面蛇倒退摩圍山腰胡孫愁杜鵑無血可續淚何日金雞赦九州命輕人鮓甕頭船日瘦鬼門關外天北人墮淚南人笑青壁無梯聞杜鵑今豫章集所刊盜白謂夢中語也音響節奏似矣而不能掩其真亦寓言之流歟桯史

先伯父熙寧九年四月二十七日夜夢至一處牓曰

淸香館東偏有別院東壁有詩牌云題冀公功德院山東李白其詩曰秋風吹桂子只在此山中待得春風起還應生桂叢桂叢日以滿淸香何時斷只爲愛淸香故號淸香館伯父自作記夢一篇書之甚詳許彥周詩話

徐積夢李白詩烏紗巾紫綺裘夢中太白從吾遊陶陶爛醉江山秋半夜起來覓不見頭背長安淚如霰

陳廷敬夢太白詩太白天上人入世思沉冥昔過酒樓下扁舟繫客情昨夜忽夢公千載猶崢嶸花

月十年醉聲名一日榮此義我贈君出處亦甚明年至不歸去惜哉身後名風雅亦細故所患在有生無生斯無死天人渾一成餘語不可悉孤蓬急晨征明當過酒樓靈爽使人驚自註十年花月酉囷醉一日聲名北斗高予庚子歲夢中所得句

貞元五年李白子伯禽充嘉興監徐浦下塲糶鹽官塲界有蔡侍郎廟伯禽因謁廟廟顧見廟中神女數人中有美麗者因戲言曰娶婦得如此足矣遂瀝酒祝語之後數日正晝視事忽聞門外有車騎聲伯禽驚起良久具服迎於門折旋而入人吏驚愕莫知其出

乃命酒殽久之祇叙而去後乃語蔡侍郎來明日又來旁人並不知見伯禽迎於門庭言叙云幸蒙見錄得事高門再拜而坐竟夕飲食而去伯禽乃告其家曰吾已許蔡侍郎論親治家事别親黨數日而卒出

通幽錄 太平廣記。紫桃軒又綴通幽錄載貞元中李白子伯禽爲乍浦下塲鹽官戲侮神祠玉女發狂而卒魏顥李翰林集叙載白初娶許生子曰明月奴又合於魯一婦人生子曰玻璃所謂伯禽者其即明月奴耶太白一生作詩喜言酒與婦人又喜言神仙最不耐塵俗事其子縱誕乃至垂情木偶自取夭折豈其氣類鍾育固有自也璃按范傳正新墓碑據其二女所云伯禽以貞元八年不祿而卒與通幽錄所傳貞元五年者不合又云父存無官則又與所傳充嘉興鹽徐浦下塲糴鹽官者不合蓋一時誤傳而小說家以爲異而記之其真僞固不得而定也胡應麟筆叢似欲爲太白諱者乃云有兩李伯禽一

太白子一嘉興監與神
昏析而二之亦恐未是

滄州李巡官之子夜讀書有皂衣肥短人被酒而入子懼走其人曰李白尚與我友乃延坐皂衣以席帽盛酒共飲其父以磚擲之皂衣走帽乃酒榼蓋也明日糞壤中得榼故老云此李翰林宅也唐餘錄

右記異聞十二則

李白字太白生於巴西彌月之初母夢長庚故因以取名卯歲知通書及長好擊劍落落不羈束喜與酒徒縱飲世有六逸八仙之目賀知章一見號謫仙人薦之明皇以布衣名見金鑾殿爲降輦步迎如見園

綺論當世務草荅藩書筆不停綴帝嘉之以寶牀賜食于前手爲和羹令待詔金馬門當時榮之未幾不爲親近所喜有詔放還徘徊江左依李陽冰愛謝家青山有終焉之志澄江月滿拏舟夜渡著宫錦袍吟嘯其間端是風塵表物也唐人作詩未有如杜甫時白亦得差肩于甫至其名章俊語鬱鬱芊芊之氣見於毫端者罔已逼人是豈可與泥筆墨蹊徑者爭工拙哉嘗作行書有乘興踏月西入酒家不覺人物兩忘身在世外一帖字畫尤飄逸乃知白不特以詩名也今御府所藏五行書太華峯乘興帖草書歲時文

咏酒詩醉中帖宣和書譜

中興館閣儲藏名賢墨蹟一百二十六軸有李白廿日醉題詩一送賀八歸越詩一陳騤中興館閣錄

賈似道酉心書畫家藏名蹟多至千卷其宣和紹興秘府故物往往幺請得之有李白乘興帖清河書畫舫

予評李白詩如黃帝張樂於洞庭之野無首無尾不主故常非墨工槧人所可擬議及觀其藁書大類其詩彌使人遠想慨然白在開元至德間不以能書傳今其行草殊不減古人蓋所謂不煩繩削而自合者與黃山谷題李白詩草後

潤州蘇氏家有李太白天馬歌真跡 墨莊漫錄

李翰林醉墨是葛八叔忱贗作以嘗其婦翁諸蘇果不能別蓋叔忱翰墨亦自度越諸賢可寶藏也 黄山谷跋

翟公巽所藏石刻

李太白醉草葛叔忱戲欺其婦公者山谷嘗言之矣○雖自九天分派不與萬李同林步處雷驚電繞空餘翰墨窺壽此趙德麟跋遂所藏李太白醉草後其實自謂也 何蘧春渚紀聞

世傳李太白草書數軸乃葛叔忱僞書叔忱豪放不群或嘆太白無字畫可傳叔忱偶在僧舍縱筆作字

一軸題之曰李太白書且與其僧約異日無語人蓋欲其僧信於人也其所謂得之丹徒僧舍者乃書之丹徒僧舍也今世所傳法書要錄法書苑墨藪等書著古今能書人姓名盡矣皆無太白書之品第也太白自負王霸之畧飲酒鼓琴論兵擊劍鍊丹燒金乘雲仙去其志之所存者靡不振發之而草書奇崛如此寧謙退自晦無一言及之乎叔恍翰墨自絶人故可以戲一世之士也是以道爲予言如此 邵氏聞見後錄

藁書世傳李太白遺文或謂謝氏子弟誰武功蘇才元所書更不復詳考所由而推舉過重便謂不減魯

公然此書雖少繩墨不可考以法度要是前輩後度越凌突令人想見酒酣賦詩時也王僧虔論書或以其人可想或以其法可存世人惡惡小篆愛字李太白名至僞書一卷亦聲價倍重豈以人可想故耶廣川書跋

李白在開元間不以能書名今其行草不減古人龍江夢餘録載其二帖是也　本事詩言太白筆迹遒利鳳跌龍拏今世傳有二帖楊升菴外集

蜀之石泉禹生之地謂之禹穴其石杳深人跡不到頃巡撫儀封劉遠夫脩蜀志搜訪古碑刻有禹穴二字乃李白所書楊升菴外集　○禹穴在四川石泉縣治之

北石紐村大禹生此石穴杳深人跡不到掘地得古碑有禹穴二字乃李白所書識者因疑會稽禹穴之誤潛確居類書

壯觀碑在金鄉縣儒學明倫堂前二大字乃唐李白所書碑陰題云賀知章為任城令與太白友善過城鎮有所覽觀書此二字元至治初新豐里人得此碑於沛中置諸堂元末兵起付於草萊明初置今所山東通志

滕陽驛廳事前古槐之下有石碣刻壯觀二字殊勁挺蓋青蓮筆也六研齋筆記

壯觀唐李太白書刻於大同府懷仁縣磁峽東崖上筆力遒勁人多摹榻山西通志

宴喜臺在徐州碭城縣東五十步臺上有石刻三大字相傳唐李白筆江南通志

吳天章雯說薊州獨樂寺觀音閣凡三層其額乃李太白書居易錄

宋牧仲薊州獨樂寺詩曰署書傳太白遺碣有蒙哥註云寺有李太白書觀音之閣四字及元蒙哥帝爲賽典赤所立賢牧碑西陂類稿

李白清風亭墨蹟舊在化城寺今亡太平府志

金陵僧志安於化城寺得會昌中所傳李太白真本知縣滕宗諒繪傳之（太平府志）

太白書得無法之法（鄭杓衍極）

李士訓紀異曰大曆初霸上耕得石函絹素古文孝經初傳李白受李陽冰盡通其法皆三十二章今本亦如之（墨池編）

張長史旭傳顏平原真卿李翰林白徐會稽浩（解縉春雨雜述中序書學傳授一條）

右記法書二十五則

中興館閣儲藏圖畫有李白像一不知名氏（宋中興館閣續

錄

秘閣畫有小本李白寫真崔令欽題周必大二老堂雜志

釋貫休觀李翰林真二首曰角浮紫氣凜然塵外清雖稱李太白知是那星精御宴千鍾飲蕃書一筆成宜哉杜工部不錯道騎鯨　譙氏子丹青毫端曲有靈屹如山忽墮爽似酒初醒天馬難攏勒仙房向閑扃若非如此輩何以傲形庭

蘇軾書丹元子所示李太白真詩天人幾何同一漚謫仙非謫乃其遊麾斥八極隘九州化爲兩鳥鳴相酬一鳴一止三千秋開元有道爲少留縻之

不得翦背求西望太白橫峩岷眼高四海空無人大兒汾陽中令君小兒天台坐忘身生平不識高將軍手汚吾足乃敢嗔作詩一笑君應聞春渚紀聞士之所尚忠義節氣不以摛詞摛句爲勝唐室宦官用事呼吸之間生殺隨之李太白以天挺之才自結明王意有所疾殺身不顧王舒公言太白人品汚下詩中十句九句說婦人與酒先生作太白贊則曰開元有道爲少留縻之不得翦背求又平生不識高將軍手汚吾足乃敢嗔二公立論正以見二公胸次也○漁隱叢話李杜畫像古今詩人題詠多矣若杜子美其詩高妙固不待言要當知其平生用心處則半山老人之詩得之矣若太白其高氣蓋世千載之下猶可嘆想則東坡居士之贊盡之矣

饒節李太白畫像歌先生之氣蓋天下當時流輩

退百合醉中咳唾落珠璣身後聲名滿夷夏青山

木拱三百年今晨乃拜先生畫烏紗之巾白紵袍

岸巾攘臂方出遨神遊八極氣自穩冰壺玉斗霜

風高嗚呼先生態絶倫仙風道骨語甚真蕭然可

望不可親懸知野鶴非雞群天寶之初天子逸先

生辭去不肯屈采石江頭明月出鼓枻酣歌志願

畢只今遺像粉墨間尚有英風爽毛骨宣州長史

粉黛工誰令寫此人中龍細看筆意有俯仰妙處

果在阿堵中人云此畫人莫比哭侯得之喜不寐

意侯所愛豈徒爾亦惜真才死泥滓先生朽骨如

可起誰爲獵之奉天子作爲文章文聖世千秋萬古誦盛美再拜先生泪如洗振衣濯足吾往矣

陳師道和饒節咏周昉畫李白真詩君不見浣花老翁醉騎驢熊兒提轡驥子扶金華仙伯哦七字好事不勝千金摹青蓮居士亦其亞斗酒百篇天所借英姿秀骨尚可似逸氣高懷那得畫周郎韻勝筆有神解衣磅礴未必真一朝寫此英妙質似悔只識如花人醉色欲盡玉色起分明尚帶金井水烏紗白苧真天人不須更着山巖裏平生潦倒飽郎園禁省不識將軍尊袖手猶懷脱靴氣豈是

從來骨相屯仰視雲空鴻鵠舉眼前紛紛那得顧
是非榮辱不到處正恐朝來有新句勿言身後不
要名尚得吳侯費有金江西勝士與長吟後來不
憂身陸沉文獻通考後村劉氏曰陳後山題太白
畫像云江西勝士與我吟後來不憂身
陸沉勝士謂饒德操按德操詩去手涉吾足之
作大爭地位太白非德操遂陸沉耶似非篤論
周紫芝李太白畫像二首欲與天仙論等差為長
何止但詞華誰人解屈將軍手為脫烏皮六縫靴
少陵詩瘦平生苦太白才高一醉間捉得江心
波底月却歸天上玉京仙
李俊民李太白圖謫在人間凡幾年詩中豪傑酒

中仙不因采石江頭月那得騎鯨去上天

李端甫李白扇頭巖冰澗雪謫仙才碧海騎鯨望不回今日霜紈見遺像飄然疑自月中來

王夔題李太白像青天無人代天語一星西落銀雲渚嫦娥戲弄青瑶波傾向人間金叵羅龍孫醉吸海為酒日月雙飛織錦梭仙鬼千年王母宴謫來醉臥金鑾殿玉環腮上桃花小玉尖香膩龍涎硯靴塵暖撲貂璫見踏破青天捉月飛一聲叫斷扶桑雞海枯化作蓬萊雪夢裏長庚大如月

高啟題謫仙像妃子莫來供奉歸金陵酒泓舊宮

衣若教直上樓船去此像人間寫亦稀

徐賁題謫仙像鼙鼓聲來已亂離錦袍脫却恨歸遲秋風江上長吟裏不唱清平古調詞

倪大圭題太白像歌罷秦樓月滿闌天風雨袖錦袍寛花前莫草清平調飛燕深宫不耐寒

王澤李太白像春殿龍香試綵毫詩成奪得錦宫袍歸來笑擁如花妓卧看薔薇月上高

沈周題李太白像風骨神仙品文章浩蕩人世間金鑾鶩天上玉麒麟江月狂歌夜宫花醉眼春獨

輸蕭穎士不見永王璘

文徵明題太白像宮袍錯落洒春風玉雪淋漓殢酒容殘夜屋梁棲落月碧天秋水洗芙蓉麒麟豈是人間物眉宇今從畫裏逢一語不酬千載詬匡廬山下有雲松

宋濂李太白像贊元行臺治書侍御史亦憐真班所藏李太白像係秘閣傳本吾友危君太樸嘗爲之贊自後流落於金陵駱氏酒家洪武己酉秋郡士王宗溥購獲之請以摹本見貺因造贊曰長庚降精下爲列仙陵厲日月呼噏風烟錦衣玉顔揮毫帝前氣吞閹豎視若烏鳶頓挫萬象隨機回旋

金童來迎絡節翠旛下土穢濁孰堪後先覵然一笑騎鯨上天

唐韓幹畫御府所藏有李白封官圖宣和畫譜

賀知章李白合像不知誰作

樓鑰題賀監李謫仙二像詩不有風流賀季真更誰能識謫仙人金龜換酒今何在相對畫圖如有神　斗酒澆詩動百篇鑑湖牛渚兩俱仙早知今日猶相對不向稽山回酒船

李白送别杜子美圖

華燮題李白送别杜子美發魯郡圖杜陵有客才

名早歸與東山李白好短褐飄飄泗水春登臨落日同傾倒浮踪轉盼各飛蓬石門一別風烟渺同心之誼祛形骸桂期直在雲霞表渭北江東日渺莽王孫不見萋芳草由來造化蹟英賢奈爾風流天地老

李白脫靴圖

陳旅題李白脫靴圖威鳳翔寥廓妖蟇循廣寒翻令趙飛燕無處倚闌干

李白還山圖

劉秉忠太白還山圖一片靈臺照世明共傳太白

是元精心中有道時時樂眼底無塵物物清千首未知詩作癖百杯尋與酒爲盟長安多少風和月不盡先生吟醉情

李白騎驢圖

元好問李白騎驢圖八表神遊下筆難畫師胸次自酸寒風流五鳳樓前客枉作襄陽雪裏看

御寶太白像仙人騎驢如騎鯨興飄塵海思東瀛等閑相逢但叱咤誰知萬古千秋情醉來天地小於斗鞭策雷霆鬼神走豪竒自比齊東人大雅猶屐魯中叟青春想像華淸宫解識仙人圖畫中拍

浮緑酒喚不醒葛巾颯颯生天風

喬仲常有李白捉月圖書繼

蔡珪太白捉月圖寒江覓得釣魚船月影江心月在天世上不能容此老畫圖常看水中仙

程鉅夫謫仙捉月圖牛渚磯前白錦袍蛾眉亭上月初高江波滿眼不如地醉倒長庚一世豪

王惲李白捫月圖詩中無敵飲中豪四海飄蕭一錦袍千丈醉魂無處着青山磯上月輪高

李白泛月圖

宋九嘉題李白泛月圖江心月影盡一掬船頭月

影盡一吸夜凉風露點官袍天地之間一李白

李白玩月圖

余闕李白玩月圖 春池細雨柳纖纖手倦揮毫日上簾想得停杯江海夜月明照見水精盤

嚴氏書畫記有戴文進李白問月圖汪砢玉珊瑚網

張以寧題李白問月圖 誰提明月天上懸九州蕩蕩青無煙天東天西走不駐姮娥鬢霜垂兩肩中有桂樹萬里長吳剛玉斧聲闐闐顧兔杵藥宵不眠天翁下視爲爾憐頗聞昔時錦袍客乃是月中之謫仙帝命和予羽衣曲虹橋一斷心茫然竹王

祠前霧如雨躑躅花開啼杜鵑月在天上缺復圓
人間塵土多英賢舉杯問月月不言風吹海水秋
無邊滄波盡捲金尊裏淸影長隨舞袖前相期迢
迢在雲漢嗚呼此意誰能傳騎鯨寥廓忽千年金
蘺青熒垂萬篇浮雲起滅焉足異終古明月懸青
天

張以寧題李白問月圖青天出皓月碧海收微煙
與杯一問月我本月中仙醉狂謫人世於今幾何
年桂樹日已老我別何當還兎藥日巳熟我鬢何
由亥迢迢夜郎外垂光一何偏問月月不語舉杯

復陶然青天自萬古皓月長在天明當躡倒影飛步崑崙巔

李白獨酌圖宣和所藏李伯時筆 元遺山集

元好問太白獨酌圖謫仙去世三百年海中鯨魚渺翩翩欲拜龍眠天馬筆忽有玉樹秋風前金鑾歸來身散仙世事悠悠白髮邊會稽賀老何處在千里名山入酒船清景已隨詩句盡風流合向畫圖傳往時長安酒家眠焦遂不狂張不顛想得三更風露下醉和江月美江烟

王惲太白獨酌圖九重春色醉仙桃何似江山照

賜袍千丈氣豪愁不胥青山磯上月輪高

李白醉飲圖

詹同李白醉飲圖百川鯨吸散清狂豈但文章萬丈光最是有功唐社稷眼中先識郭汾陽

李白扶醉圖

李東陽太白扶醉圖半擁宮袍拂錦韉有誰扶醉敢朝天玉堂記得風流事知是吾宗老謫仙

李白醉歸圖

呂子羽李白醉歸圖春風醉袖玉山頹落魄長安酒肆迴忙殺中官尋不得沉香亭北牡丹開

劉秉忠太白醉歸圖五斗先生未解酲一生愛酒不曾醒人間詞翰傳名字天上星辰粹性靈雁帶煖回波泛綠燕銜春至草抽青紗巾醉岸南山道幾處哦詩補畫屏

顧觀太白醉歸圖歌成芍藥倒金壺並轡宫官馬上扶樂部餘音隨彩旆仙班小隊下清都長庚萬丈文章燄後世千年粉墨圖江左青山舊時月一杯誰慰客墳孤

王惲李白醉歸圖雲陣横陳大渡河一書能解六蠻和仙韶莫詫君王寵七寶莊嚴未是多

陳顒太白醉歸圖偶向長安醉市沽春風十里倩人扶金鑾殿上文章客不減高陽舊酒徒

李白舟中醉臥圖

劉秉忠太白舟中醉臥圖仙籍標名世不收錦袍當在酒家樓水天上下兩輪月吳越經過一葉舟壺内乾坤無晝夜江邊花鳥自春秋浮雲能蔽長安日萬事紛紛一醉休

李白酒船圖

趙孟頫題太白酒船圖二首載酒向何處稽山鏡水邊若爲無賀老興盡便回船　瀟洒稽山道風

流賀季真相思不相見愁殺謫仙人

李白扁舟圖

宋無太白扁舟圖錦袍烟艇夜郎西酒思金鑾入直時不道相思杜陵老愁吟落月屋梁詩

潘伯修題李伯時畫太白泛舟小像李白自號謫仙人更得龍眠爲寫真一箇青蓮初出水千年金粟再來身胷中元氣詩如海物外還丹酒借春一笑撚髭鬚緣底事桃花潭上見汪倫

李白納凉圖

陳高題太白納凉圖六月炎天飛火鳥土焦石爍

河流枯涸來衰病更畏熱呼叫欲狂揮汗珠飲冰嚼藕廢朝夕小室如爐眠不得閒將圖畫懸四壁漫想深山好泉石就中此圖尤絕奇青林飛瀑吹涼飔何人展席坐蒼蘚乃是謫仙初醉時露頂裸裎搖羽扇仰看雲生白成練松陰如雨毛骨寒豈識人間絆促倦只今匡廬道阻修雁蕩天台近可遊便欲致身邱壑裏挂巾石壁繼風流

李白泰山觀日出圖

段輔題李白泰山觀日出圖岱宗鬱鬱天下雄謫仙落落人中龍茲山茲人乃相從氣奪直宰愁豐

隆玉堂一任雲霧封長嘯飛渡秦皇松夜呼日出滄海東再爲斯世開鴻濛對天帝居深九重醉舞踏碎青芙蓉天孫玉女爲斂容却視五岳秋毫同長鯨一去不復逢乾坤萬里號秋蟲當年咳唾留絶峰至今樹石生春風我欲追之杳無蹤不意邂逅會此中屋梁六月依然空

成化戊戌仲秋姚子購得趙孟頫所製李白廬山觀瀑圖尺紙而匡廬五老宛如目擊妙入神品國朝鉅公珠玉輝映誠古圖史中之奇品也姚綬穀菴集

王世貞爾雅樓所藏名畫有錢舜舉李白觀瀑圖珊瑚

綢

錢選舜舉寫李青蓮觀開先瀑布圖無論此君神采欲飛動卽一騎一從亦見生色唯兩瀑不甚雄乏直下三千尺勢當由小窘邊幅耳圖後綴舜舉一詩不免蛇足又有劉文成宋文憲胡文穆題詩皆名手而首則解大紳印記及小楷五字極佳當是劉宋題後歸大紳而文穆始題之耳後爲上海朱太學邦憲家物邦憲予故人也白晳美姿容洒態絕出青蓮上詩亦雁行沒可二十年矣嗣子上林家教舉以遺予意在人間世作太白觀在上林所作邦憲觀亦可也予

何所與爲成二歌題後還之上林瑯寓雪鴻之跡而已弇州續集

張黃門靖之先生性喜繪事不輕與人點染余曾見其李白看廬山瀑布圖泉聲樹石縱橫森布一唐帽紅衫人仰面掀髯豪態溢出如其有傾河倒峽之氣鬱盤於胸也紫桃軒雜綴

張翁題李白觀瀑泉圖玻璃杯中春酒綠醉墨淋漓牡丹曲平生合罥七寶牀白紵烏紗美如玉阿瞞荒宴百不理寧計宫花銜野鹿何物老嫗生此兒偷向金雞帳中宿高將軍纔奴隸耳誤使脫靴

吾所辱要留汗韈蹋鯨魚鼠子何堪煩一蹴尋常溝瀆不可濯何處容伸遭汙足翩然却下匡廬雲五老峯前看飛瀑

僧大訢題太白觀瀑布圖我本白雲人見山每回首披圖得松泉感我塵埃久我家只在九江口從此扁舟到牛斗翻愁天下銀濤堆不轉雲崩萬雷吼水行地底不上天龍湫豈與滄溟連風葉無聲飛鳥絶月光雲影天茫然丈人何來自空谷謫仙捨隱當不辱林梢噴雪舞飛華尚想隨風唾珠玉馬首青山如喚人歸來好及松花春泉香入新釀

解公頭上巾今者孰不樂荒墳委荆榛遂令畫師意萬古悲酸辛酸辛復何益東海飛紅塵

劉基題李太白觀瀑布圖憶昔李謫仙泛舟彭湖東遂登廬山頂直上香爐峰遥望瀑布水自天垂白虹大聲回九地浮光散虚空萬木震碎易千崖殷鐘鏞清凉入肌骨如歸廣寒宫賦詩留人間至今響颯颯丹青極摹寫欲代元造功逸駕不可追舉頭睇飛鴻倚歌無人和引氣垂長風

宋濂題李太白觀瀑布圖長庚曄曄天之章精英下化爲酒狂臣廬五老森開張銀河萬丈挂石梁

下馬傲睨立欲偏聳肩袖手神揚揚憶昔開元朝上皇宮中賜食七寶牀淋漓醉墨蛟龍驤人疑錦繡爲肝腸麾斥力士如犬羊營營青蠅集於房金鑾不復承龍光并州幸識郭汾陽不幸丹陽逢永王大風吹沙日爲黃狻猊哀啼聞夜郎蒼天欲使詩道昌頓挫萬物歸奚囊何處更覓延年方北海天師八尺長芙蓉作冠雲爲裳授以藥笈青琳瑯蓬萊屹起滄海洋群仙遲汝相翱翔誰將粉墨圖縑緗顧我一見心悵悵詩成仰視天茫茫夜半太白生寒芒

方孝孺題李太白觀瀑圖天寶之亂唐已亡中興幸有汾陽王孤軍疋馬跨河北手扶紅日照萬方凌烟功臣世爭羨李侯先識英雄面沉香亭北對蛾眉眼中已見漁陽亂故令邊將備虎臣爲君談笑清胡塵朝廷策勳當第一珪組不敢縻天人西遊夜郎探月窟南浮萬里窮楚越雲山勝地有匡廬銀河挂空洒飛雪醉中信馬踏清秋白眼望天天爲愁金闕老奴污吾足更欲坐濯清溪流英風逸氣掀宇宙千載人間寧復有夢魂飛度南斗旁笑酹廬山一卮酒雲松可巢今在無九江落照連

蒼梧欲從李侯叫虞舜盡傾江水洗寰區

王世貞題錢舜舉太白觀瀑圖匡廬萬古瀑太白千秋才兩奇偶相值後人何有哉及展舜舉圖恍登文殊臺立起青蓮枯來聽萬壑雷始知丹青力可以迴寒荄

王世貞爾雅樓所藏名畫有周官飲中八仙圖 珊瑚網

鄭虔遺跡傳世絕少新都王氏藏虔竹溪六逸卷紙本淺絳色極佳後有蘇子瞻題跋米元暉鑒定紹興御府等印記 清河書畫舫

錢舜舉有竹溪六逸圖 都穆寓意編

陳旅題竹溪六逸圖千畝松篁野徑開一溪流水碧于苔山樽共醉徂徠石何用楊妃七寶杯

舊有唐人出遊圖謂宋之問王維李白高適史白岑參六人多畫七賢不知第七人爲誰或云是潘逍遥然未見據樓鑰攻媿集

世傳七賢過關圖或以爲即竹林七賢屢有人持其畫來求題跋漫無所據觀其畫衣冠騎從當是晉魏間人物意態若將避地者或謂即論語作者七人像而爲畫爾姜南賓舉人曰是開元間冬雪後張說張九齡李白李華王維鄭虔孟浩然出藍田關遊龍門

寺鄭虔圖之虞伯生有題孟浩然像詩風雪空堂破帽溫七人圖裏一人存又有槎溪張輅詩二李清狂狎二張吟鞭遥指孟襄陽鄭虔筆底春風滿摩詰圖中詩興長是必有所傳云玉堂漫筆○琦按開元時太白未嘗至京師至天寶改元則張説已亡矣安得有並轡出藍田關事至攷孃集所載之七人其生死先後更不同時蓋出自後人以生平所慕好者而妄指以實圖畫中人何足據乎

論七賢過關圖者多矣會稽劉孟熙霏雪錄所載差詳蓋黄山谷嘗題之曰眉山老書生作此圖人物各有意態又謂七子者皆詩人此筆乃少陵祕意以爲趙雲子之苗裔摹擬湔刷而放浪閑遠則不逮其言

止此不指爲誰某也元曹文貞公伯啓集有詩曰清
談飄逸事陵遲七子高風世所師公室傾危無底柱
服牛乘馬欲何之意指當代清談之流不知何據今
漢泉集乃無此詩不知有别本否也錄又稱虞邵菴
有題孟浩然像詩曰風雪高堂破帽温七人圖裏一
人存又稱國初唐愚士有詩曰七騎從容出帝閽蹇
驢驄馬襆山椁瀛洲學士參差出十八人中一半人
則是皆以爲唐人矣予觀雪樓程鉅夫集有詩曰長
庚自是謫仙人子美逢時稷契臣風雪茫茫五君子
醉吟猶得繼清塵又嘗聞吾友倪文毅公岳稱其父

文僖公嘗見舊圖人各有標目有王維史白者而不能悉記也吾甥崔禮部傑世興近得錢舜卿白描卷自題曰七賢相顧度關時正是天寒雪又飛大抵功名俱有分跨鞍何事不知歸卷後西河李進者題長句有曰開元天寶全盛時閭閻巷陌皆能詩又曰承平何事有行役況復衝寒欲何適無乃漁陽兵亂後奔走天涯共爲客又曰宋公七言變風雅崔李王岑各相亞誰言行輩不同時雪裏芭蕉古曾畫又游鹽李孟璿題曰摩詰也知偏善畫謫仙應是最能詩又三山泰戀題曰輞川圖繪吳興畫太白文章構李詩

海鹽李季衡曰謫仙之問詩無敵輞川繪事尤難匹高岑崔史總奇才豈少佳章紀行役大抵以爲唐人也今此圖摹寫徧天下而牛驢羸馬氊裘大帽關山風雪之狀皆畧相似蓋必有所本者而鑒賞考索之家竟不能得其本末何哉崔甥開以質予予亦不能悉也姑録舊聞以俟

李東陽七賢過關圖跋

七賢過關事不經見於書傳而畫家乃徧傳於好事者之家究其姓名未的其誰何先師李文正公嘗辨之慎近見洪武中高得暘題錢舜舉寒林七賢圖古風云尚疑高李六君子當時未見潘逍遥道同氣合

志相感雖曠百世如同儕書史貌出有深意況白昔
日傳今朝屋梁落月見顏色妙氣不待窮摹描又能
直題云七賢之名奚所徵七賢去國身何輕歲晚征
途天雨雪數騎聯翩行欲歇不如灞陵橋上翁破帽
吟詩自清絕惜哉命不偶奔走半道周人生遇坎軻
窮苦奚足尤左遷與投散逝者具悠悠他人未足說
所惜柳與劉天涯相聚一回首往事了人亦何有莫
僉元都舊種桃且往愚溪賸栽柳風流畫史真絕倫
毫端點染太精神據此則高適李白孟浩然與劉禹
錫柳宗元不同時滑逍遙宋人又在後矣合而圖之

繆甚亦不足深辨也博雅之士賞其畫則可必湊合姓名不不亦鑿乎楊升菴集

右記圖畫三十二則

太白祠在彰明縣治南四川總志

銅陵縣有寳雲寺李白祠堂在焉周必大乾道庚寅奏事錄

李白祠舊在銅陵縣五松山後移置縣學之側一統志

李綱遊五松山觀李太白祠堂詩大江東南流鼓棹江水上薄遊五松山獲見謫仙像嗚呼天寳間治亂如反掌兵戈暗中原豪傑多長往謫仙當此時逸氣溢天壤脫身來江東縹緲青霞賞作詩幾

千篇醉筆籠萬象迄今有遺祠識者共瞻仰嗟予豈後裔愚拙誰復尚珥筆玉殿螭謫官閩嶺瘴荷恩許生還冒險理歸槳於焉覩仙風足以慰遐想願言繼清芬何由挹英爽

戲昺五松山太白祠堂詩纔冊來訪寶雲寺快上山頭尋五松提月仙人呼不醒一間老屋戰西風

自註太白讀書之地詩有要洞長舞袖拂盡五松山即此地也

李白書院有四一在貴池苦竹嶺一在青陽九華山化城寺西斷碑存焉一在銅陵五松山一在石埭杉山江南通志

李翰林祠在寧國府涇縣晨山祀唐李白江南通志

李白祠在漢陽府郎官湖北宋咸淳間學官蕭鑒因其亭久廢重建祠塑太白像一統志

范梈題郎官湖李白祠詩當時郎官奉使出咸京仙人千里來相迎畫船吹笛弄綠水何意芳洲遺舊名唐祠蕪沒知何代惟有東流水長在黎侯獨起梁棟之彷彿雲中昔軒蓋南飛越鳥北飛鴻今古悠悠去住同富貴何如一杯酒愁來無地辭西風大別山高幾千尺隔城正與祠相值青猿夜抱月光啼挂在東湖之石壁黎侯本在斗南家枕戈

猶自憶煙霞祗擬將身報天子不負胸中書五車昨者相逢玉闕下別來幾日秋瀟灑黃葉當頭亂打入門前繫著青驄馬君今歸去釣晴湖我亦明年辭帝都若過湖邊定相見爲問仙人安穩無

屈紹隆太白祠詩翰林餘俎豆宫錦至今香光復真由汝功名亦可王山川增氣勢風雅有輝光一片郎官水風流未忍忘

太平府有謫仙樓即采石山太白祠始基於唐明正統間巡撫周忱建清風亭於江滸祀之皇清順治間燬知府吳季瀛命僧募建江南通志

程大約采石阻風謁太白祠詩北風遥阻渡江船因喜從容覲謫仙一代詩名誰與共千秋酒態自堪憐錦袍却憶清波映玉貌長瞻白日懸欲薦渚蘋行又迫不堪回首隔雲烟

屈紹隆采石題太白祠四首才人自古蛟龍得太白三閭兩水仙辭賦已同雙日月精靈還作一山川江間絶壁丹青出木末飛樓俎豆懸千載人稱詩聖好風流長在少陵前朱紫陽嘗謂太白聖于詩祠上有亭當翠螺山頂予因題曰詩聖亭英雄有命在文章豈惜飄零蜀道長談笑不須同太傅功名自可比汾陽青蓮一去無

仙客金粟重來只醉鄉白玉盤中雙照影輸君華髮似秋霜　牛渚西江月色新清光常見謫仙人詩多諷諫因天寶道在佯狂得季真金鉉已鎖飛燕口錦袍空映鳳凰身垂輝不用多刪述天與英雄只老春　樂府篇篇是楚詞湘纍之後汝爲師烏棲豈寫亡吳怨猿嘯唯傳幸蜀悲湘水蒼茫投賦地霜林寂歷禮魂時重華一別無消息終古魚龍恨在兹

王士正太白祠詩白也祠堂在前臨牛渚磯風流映江左山水尚清暉小謝東田近開元舊事非姑

溪好風月遊子亦忘歸

端宏謫仙樓詩謫仙樓閣倚江頭一度登臨一繫舟遺像有涯天地老雄才無敵古今留天門雨過雙蛾出牛渚潮平萬馬收倚徧闌干追往事斷雲殘照若爲愁

李東陽采石登謫仙樓詩江天日暮雨蕭蕭城邊野亭春寂寥浮雲東來蔽江色明月墮地誰當招我懷古人坐不寐鯨背之子神仙標風鬟露鬣事恍惚豈有赤脚凌青霄舉杯問天天不語子亦沉吟俯江渚縱有神仙亦妒才不然豈謫來中土耶

陽殿前牝雞午老鳳低飛入簾戸網羅横空鎩其羽雝雝和鳴竟何補燕雀之輩安足數平生豪氣臨九區寸地未可容公軀有才如此不得意自古非一誰當吁杜陵野老憐才客思君不負青山色千古波濤百丈深至今猶恐蛟龍得英雄一去俱陳迹楚水吳山眼中碧鳳去龍飛不復還仗劍悲歌竟何益

玉龍月夜謫仙樓詩秋月出海珊瑚明舉眼忽見太白精雲光錯落照顔色草堂拂拭蛟龍驚修眉玉頰桃李春虬鬚如戟真天人屋梁落月想像真

彷彿猶得交其神我聞王孫豪氣昔如龍天然不
與凡骨同江湖落魄黃金盡昂霄吐氣成飛虹蓬
萊閬苑在掌上長覺兩腋生淸風天子不能屈四
海不足容飄飄九華山自有靑芙蓉獨留神采照
天地令人萬古如相逢

鄭廉謫仙樓上作昔日曾聞太白樓偶經牛渚暫
維舟攀巖竹樹襟前動躡磴風雲脚下浮圖畫兩
間驚絶調龍蛇千載枕寒流夜郞遷客留遺像記
取人豪據上游

太平府采石鎮唐賢坊神霄宮內有太白祠宋嘉泰

年建江南通志

唐拾遺李白祠在太平府治青山麓每歲清明前一日祭太平府志

李太白祠堂在青山之西北距山尚十五里墓在祠後有小岡阜起伏蓊亦青山之別支也祠莫知其始有唐劉全白所作墓碣及近歲張眞甫舍人所作重修祠碑太白烏巾白衣錦袍又有道帽氅裘侑食於側者郭功甫也陸放翁入蜀記○按郭功甫名祥正當塗人舉進士元豐中知端州元祐初階至朝請大夫請老歸家青山下其生也母夢李白而生少有詩名句調俊逸梅聖俞嘗稱之曰天才如此眞太白後身也有贈功甫詩曰采石月下訪謫仙夜披錦袍坐釣船醉中愛月江底懸以手弄月身

翻然不應暴落飢蛟涎便當騎鯨上青天青山有冢人謾傳却來人間知幾年在昔熟識汾陽王納官貰死義難忘今觀郭裔前後郎胄目真似工文章死生往復如康莊樹穴探環知姓羊蓋用其事後人以功父配享太白以此哉

隆慶府有李杜祠按劍門題詩以太白子美爲重而世未有並祠之者會從李參預壁得所賜阜陵御書蜀道難又從李左史得趙忠定汝愚大書劍門詩因建祠刻二書于前榜其堂曰文焰取韓退之詩語也方輿勝覽

李杜祠在秦州天靖山玉泉觀祀李翰林白杜工部甫陝西通志

楊恩李杜祠詩吁嗟天水一抔土兩賢遺跡留今古磊落崎嶔千載人流離奔走一生苦淋漓醉墨帝王前怨起清平第二篇言路豈能留闊相覆師不見濤斜川禍福自掇寧自保當時無乃惑草草失腳千重雲霧深去國一日乾坤老蜀道崎嶇走欲偪何日金雞下夜郎耒陽縣外船難進采石江頭事可傷當時不得一日樂後世徒瞻萬丈光秦川城下聊迴步手拂塵埃開像塑安知天靖山頭今日祠不是二賢昔日經行處並袂聯榻儼若生安得杯酒一相賡瓣香拜罷高回首滿目山川無

限情

濟寧州太白樓旁有二賢祠祀唐李太白賀知章一統志

二仙祠在寧國府治後祀謝朓李白江南通志

五賢祠在寧國府敬亭山祀南齊謝朓唐李白韓愈宋晏殊范仲淹江南通志

三賢祠在開封府城東南三里吹臺上祀唐李白杜甫高適以天寶中三人相遇於梁宋間共飲吹臺上酒酣悲嘯懷古賦詩後人因立祠以祀之河南通志

十賢堂在綿州學東繪麗統蔣瑰杜微尹默李白陳

該蘇易簡王仲華歐陽修黃庭堅十八人之像以祀之一統志

思賢堂在綿州治東內繪揚雄杜甫李白樊紹述蘇易簡歐陽修司馬光蘇軾唐庚九賢之像以祀之一統志

尊賢堂在嘉定州治有唐李太白等八畫像一統志

名世堂在潼川府治畫屈原司馬相如王褒揚雄嚴君平陳子昂李太白蘇子瞻八人方輿勝覽

思賢樓在劍州東北七十五里劍門關水門上有張載李白杜甫柳宗元畫像一統志

安賢祠在寧國府南陵縣開化寺祀張巡李白杜牧李經何琦吳景江南通志

右記祠廟二十二則

太白事蹟自新舊二史外其雜書所載半出于好事者僞簒乃愛古嗜奇之士多樂引之非以其人可思慕故耶余既采正史及諸家文集之傳信者以補薛氏年譜之闕其附會匪信及流傳細瑣諸事另録爲外記一卷并蒐輯後人詩賦碑記綴于其下自笑不免爲蛇畫足蕊亦愛古嗜奇之癖有明知而故蹈者曹石倉作萬縣西山太白祠堂記

有云事在有無語類不經人心愛之夸詡爲真樹若曾倚其色敷榮泉若曾酌其聲清泠數語余最喜其警策夫非其人爲人所深思而極慕者何以能至是後之人苟得斯意以讀斯編一展卷而太白宛然在矣彼事之雜于真僞有無又遑論乎哉

李太白文集卷三十六

跋五則

太白詩文當天寶之末嘗命魏萬集錄遭亂盡失去及將終取草藁手授其族叔陽冰俾令爲序者乃得之時人所傳錄于生平著述僅存十之一二而已然其詩要皆膾炙人口而無闌入他人所作可知也陽冰序中不言卷數舊唐書李白列傳云有文集二十卷行于時新唐書藝文志云李白草堂集二十卷李陽冰錄乃樂史作序則云翰林歌詩李陽冰纂爲草堂集十卷豈其時草堂原本已有亡其半者抑或未亡而後人并爲十卷耶史别收其歌詩十卷與草堂

集互相校勘排爲二十卷號曰李翰林集又于三館中得其賦表書序等文排爲十卷號曰李翰林別集凡得詩七百七十六篇雜文若干篇熙寧中宋敏求廣搜逸稿又得詩二百二十五篇并其舊集總爲編次題以類別析爲二十四卷雜文六十五篇析爲六卷共三十卷篇數雖多于舊然不免闌入他人所作元豐中晏知止爲蘇守出其本刻之郡中廣行于代樂史本後佚不傳陳振生書錄解題言其家藏李翰林集不知何處本前二十卷爲詩後十卷爲雜著其本最爲完善余嘗臆擬其分卷與樂史本相符豈即

樂史本耶陳氏又言其首載李陽冰樂史魏顥曾鞏四序李華劉全白范傳正裴敬碑誌卷末有宋祁新史本傳而姑熟十詠笑矣悲來草書三歌行亦附焉兼綴以東坡辯誥夫宋與曾蘇三公皆生樂氏後據此驗之即使其本出自樂氏已爲後人增益而非咸平中所定之原本矣楊升菴集中亦言其家藏太白詩有樂史本最善未知即七百七十六篇之本否今之傳世者皆宋氏增定之本也噫自樂氏校勘之本出而草堂原本遂湮自宋氏分類之本出而樂氏之本又亡後起之士欲求古本而觀之有若丹書綠圖

邈然不可得見能無爲之慨嘆哉

李詩全集之有評自滄浪嚴氏始也世人多尊尚之然求其批郤導窾指肯綮以示人者十不得一二其有註自子見楊氏始子見名齊賢永州寧遠人古春陵城在其地故稱春陵楊齊賢云宋慶元五年進士爾應制試第一乾政舉賢良方正爲授通直郎繼之者粹齋蕭氏作分類補註李太白集附楊註後今刊之粹齋名士贇一字粹可贛州寧都人淳祐進士蕭立之之仲子潛心篤學入元遂隱居不出之蕭譏楊取唐廣德以後事及宋儒記錄詩詞爲祖併引用杜詩僞蘇註之非因爲節文而存其善者今所傳楊註非全文也然蕭註亦不能無冗泛踳駁處明季孝轅胡氏作

李詩通二十一卷頗有發明及駁正舊註之紕繆最爲精確但惜其不廣（胡名震亨號遯叟浙江海鹽人萬曆丁酉舉人累官兵部職方員外郎）選本則有愈光張氏之李詩選（張名含雲南永昌衞人正德丁卯舉人）選而評則有泗源應氏之李詩緯（應　本朝康熙閒人）余所見祇此夫自太白至今已及千載後人評註寧僅僅止此大抵散亡磨滅而不傳者有矣即傳而余所未見者又不知其有焉否耶

宋時李詩刊本始自蘇守晏公所謂蘇本也其後又有蜀本有當塗本據書録解題謂其時蘇本已不復有家藏蜀刻有大小二本卷數相同首卷專載碑序

餘二十三卷爲歌詩六卷爲雜著末有宋敏求曾鞏毛漸題序以此考之而知蜀本蓋傳自蘇本云晁公武讀書志謂近時蜀本附入左綿邑人所裒太白少年詩六十篇而書錄不之及似其本又在陳氏所藏二本之外蕭粹齋得巴陵李粹甫家藏左縣所刊楊齊賢註本斯又蜀刻而有註者之一種其當塗本周益公二老堂詩話謂當塗太白集後有續刻司空山瀑布詩一首陸放翁渭南集中一跋謂當塗本雖字大可喜然極多謬誤宋刊之見于書傳而可考者有此數種今則漸已銷亡不能復覩流傳于世者惟蕭

氏註本爲多其本㧞古賦八篇列于前爲一卷次以歌詩二十四卷凡二十五卷而止明嘉靖間吳中郭氏取而重刊之以其註之泛且複也刪節約半于古風五十九首增入徐昌穀評語又取雜文五卷另爲編次附其後共成三十卷跋云是集三十卷余合別集而成之者有緣舊註繁雜倣徐迪功先生古風例將不切題義者刪去且恨其文之不載更以別集編次五卷附于詩後俾成全書冀四方觀者免瀚漫分散之嘆嘉靖癸卯春正月吳人郭雲鵬謹識嗣後有依郭氏增刪之本而刊者爲霏玉堂本有依舊註原本而刊者爲玉几山人本爲長洲許元祐本有全去其註且分析其體爲五七言古律絕句者爲劉世教本劉書雖

缺訓詁然校訂同異改正譌舛殊見苦心又余三十年前于古書肆中見有毛氏汲古閣刊本問其值書之主人亦數十年前所稱時文名士也性頗怪傲邂逅閒不肯遽售余念毛氏所梓書多本宋刻有與俗本異者足以資考訂另託友人往問則益不肯售友人謂予毛氏刻去今未遠其印本行世者尚多何難別購而乃刺刺不休儼若借荆州于彼哉洎求之歷年竟不能得追憶前書不知歸于誰氏架中噫板行之書甫及百年僅得之而竟失之殆有緣在耶會姑蘇繆氏獲崑山傳是樓所藏宋刊本重梓行于時其

書字畫悉倣古刻精整可玩賈人漬染之宛然故紙翦去卷尾重刊諸字及弁首小序僞作宋板以欺人不知者多以重價購去其本敘次先後卷帙多寡與蕭郭二本稍異而與陳氏所言蜀本相合卽非蘇本亦蜀本也苐不知較汲古閣本何如其中亦有譌字顯然誤筆未正者據序尚有考異一卷然未付剞劂俟之多年竟不出

序云李翰林集三十卷常山宋次道編類而南豐曾氏所考次者也歲久譌缺俗本雜出增損互異無所是正余嘗病之癸巳秋得崑山徐氏所藏臨川晏處善本重加校正梓之家塾其與俗本不同者别爲考異一卷庶使讀是編者不失古人之舊而余亦得以廣其傳焉康熙五十六年五月吳門繆日芑題于城西之雙泉草堂

兹本自二十五卷以前畧

依蕭本雜文四卷略依郭本而以繆本參訂其間郭本雜文五卷今依繆本合序文二卷爲一卷别採蕭本所逸而繆本有者得詩九首繆本較蕭本多十首其送倩公歸漢東一絶已載序後不復重錄故祗九首及他書所錄集外諸作彙爲拾遺一卷以合三十卷之數友人詰予曾非宋氏本闕入他人所作今拾遺所蒐緝確知其僞槩收錄之而不忍棄何耶予曰是不相妨也昔人編韓柳集者咸有外集附于後錢牧齋作杜詩箋註亦附錄逸詩四十八篇皆有僞作在其間夫不慊于宋者爲其混之而至于不可别也若先别之而使其無可混正足以資

後學之考核而甄別其體裁矣夫又何尤

南豐曾氏序謂太白詩之存者千有一篇雜著六十五篇今蕭本詩祇九百八十八篇繆本祇九百九十八篇咸不及曾氏所云之數賦與文六十六篇較舊文又多其一疑非曾氏所攷次原本矣意者曾氏并數魏萬崔宗之崔成甫三詩于內故云千有一篇其送倩公歸漢東序已冠于小詩之首序中不應重見而後人誤增入之歟世稱太白斗酒百篇計其詩章不下萬餘陽冰作序已云十喪八九今集中所存若長干行去婦詞送別軍行等作互見他人集中若懷

素草書等作詞意淺鄙與太白手筆判若仙凡復雜然並列東坡嘗言太白詩爲庸俗所亂可爲太息説者以咎宋次道貪多務得之所致嗟乎真者不能盡傳傳者又未必皆真更有妄庸之人憑臆而談舉其佳者譏譏焉妄以爲贋顛倒錯謬以眩後人之心目不尤可怪哉昔人稱太白天才英麗其詩逸蕩俊偉飄然有超世之心非常人所及讀者自可别其真僞余以爲才不俊識不卓學不充則是非淆雜視朱若紫混鄭爲雅者多矣學者欲區别其真贋而無所差失寧可輕易言之歟

世之論太白者，毀譽多過其實。譽之者以其脱子儀之刑責，俾得奮起而遂以成中興之功；辱高力士于上前，而稱其氣蓋天下；作清平調、宫中行樂詞，得國風諷諫之體。毀之者謂十章之詩，言婦人與酒者有九，而議其人品汚下；又謂其當王室多難，海宇横潰之日，作爲歌詩，不過豪俠任氣，狂醉花月之間，視杜少陵之憂國憂民，不可同年而語。試爲平情論之：識子儀爲豪傑之士，救免其刑責而力爲推獎，知人之明，誠足稱矣。若夫雲蒸霧變，戡大難而奏膚功，爲一朝名佐，太白初亦不料其至是，謂中興勳業太白與有力焉此豈通人之論哉力士獲寵于君士大夫爭趨附焉太白醉中令其脫靴儼以僕隸相視此其平日必先有惡之之念存于中故酒酣之後忽焉觸發而故于帝前辱之其氣可謂豪矣然非沉醉亦未必若是後人深快其事而多爲溢美之言以稱之然核其實太白亦安能如論者之期許哉若夫清平調宮中行樂詞皆應詔而賦者其辭以富麗爲工其意以頌美爲主刺譏之語無庸涉其筆端理也或乃尋撦其引用之故事鉤稽其點綴之虛詞曰此爲隱諷此爲譎諫支離其辭娓娓動人然按之正文皆節外生

枝杳無當于詩人之本意殆有似夫讒人險士吹毛洗垢而求索其疵瘢以爲口實者馴致其弊爲梗于語言文字者不淺不但有悖于温柔敦厚之教而已善言詩者駭之而勿敢道也至謂其詩多甘酒愛色之語遂目以人品汚下是蓋忘唐時風俗而又未明其詩之義旨也唐時侑觴多以女伎故青蛾皓齒歌扇舞衫見之宴飲詩中即老杜亦未能免俗他文士又無論已豈惟太白哉若其古風樂府怨情感興等篇多屬寓言意有託寄陽冰所謂言多諷興者也而反以是相詆訾然則指楚詞之望有娀留二姚捐玦

採芳以遺湘君下女之辭而謂靈均之人品汚下指閑情賦語之褻又指其詩中篇篇有酒而謂靖節之人品汚下可乎若謂彼皆有所託而言之爲無害則太白又何以異于彼耶至謂其當國家多難之日而酣歌縱飲無杜少陵憂國憂民之心以此爲優劣則又不然詩者性情之所寄性情不能無偏或偏于多樂或偏于多憂本自不同況少陵奔走隴蜀僻遠之地頻遭喪亂困頓流離妻子不免飢寒太白往來吳楚安富之壤所至郊迎而致禮者非二千石則百里宰樂飲賦詩無間日夕其境遇又異兼之少陵爵祿

嘗列于朝出入嘗詣于國白頭幕府職授郎官太白則白衣供奉未霑一命逍遥人外蟬蛻塵埃一以國事爲憂一以自適爲樂又事理之各殊者奈何欲比而同之而以是爲優劣耶後之文士左袒太白者不甘其説而思有以矯之以杜有詩史之名則擇李集中憂時憫亂之辭而据摭史事以釋之曰此亦可稱詩史以杜有一飯未嘗忘君之譽則索李集中思君戀主之句而極力表揚曰身在江湖心存魏闕與杜初無少異此其意不過欲揩抑李者之口而與之相抗豈知論説杜詩而沾沾于是顛倒事實强合歲時

昔人已有厭而闢之者何乃拾其牙後慧而又爲李集之駢拇枝指哉讀者當盡去一切偏曲泛駁之說惟深溯其源流熟參其指趣反覆玩味于二體六義之間而明夫敷陳情理託物比興之各有攸當即事感時是非美刺之不可淆混更考其時代之治亂合其生平之通塞不以無稽之毀譽入而爲主于中庶幾于太白之歌詩有以得其情性之真太白之人品亦可以得其是非之實夫

乾隆己卯秋九月王琦漫識

傳古樓景印

四部要籍選刊·集部

李太白文集

二

【唐】李白 撰　【清】王琦 注

浙江大學出版社

本册目録

第二册

卷之三　樂府三十首

卷之四　樂府三十七首

卷之五　樂府四十四首

卷之六　樂府三十八首

卷之七　古近體詩共二十八首

李太白文集卷之三

錢塘　王琦琢崖輯註

㷆　葆光
復會宗武　較

樂府三十首

遠別離

江淹作古別離梁簡文帝作生別離太白之遠別離久別離二作大槩本此

遠別離古有皇（繆本作黃誤）英之二女乃在洞庭之南瀟湘之浦海水直下萬里深誰人不言此離苦日慘慘兮雲冥冥猩猩啼烟兮鬼嘯雨我縱言之將何補皇穹竊恐不照余之忠誠雷（蕭本作雲）憑憑兮欲吼怒堯舜當之亦禪禹君失臣兮龍爲魚權歸臣兮鼠變虎或

云蕭本作言堯幽囚舜野死九疑聯綿皆相似重瞳孤墳竟何是帝子泣兮綠雲間隨風波兮去無還慟哭兮遠望見蒼梧之深山蒼梧山崩湘水絶竹上之淚乃可滅列女傳有虞二妃者帝堯之二女也長娥皇次女英娥皇爲后女英爲妃水經註大舜之涉方也二妃從征溺於湘江神遊洞庭之淵瀟湘之浦瀟者水清深也湘中記曰湘川清照五六丈下見底石如樗蒲矣五色鮮明白沙如霜雪赤崖如朝霞是納瀟湘之名矣故民爲立祠於水側焉海水直下二句是倒裴句法謂生死之别永無見期其苦如海水之深無有底止也慘慘無光貌冥冥陰晦貌楚辭九嘆雲冥冥而暗前左思蜀都賦猩猩夜啼劉逵註猩猩生交趾封溪似猿人面能言語夜聞其聲如小兒啼潘岳寡婦賦仰皇穹兮嘆息李善註皇穹天也史記正義括地志云故堯城在濮陽鄄城縣東北十五里竹書云昔堯德衰爲舜所囚也又有偃朱故城在縣西北十五里竹書云舜囚堯復偃塞丹朱使不與父

相見也廣弘明集汲冢竹書云舜囚堯於平陽取之帝位今見有囚堯城琦按今竹書並無此荒謬之說意者起自六朝君臣之間多有慚德乃僞造此辭謂古聖人已有行之者以自文釋其過歟太白雖用其事而以或云冠其上以見其說之不可信也國語舜勤民事而野死韋昭註野死謂征有苗死於蒼梧之野山海經南方蒼梧之邱蒼梧之淵其中有九疑山舜之所葬在長沙零陵界中郭璞註山今在零陵營道縣南其山九谿皆相似故云九疑古者總名其地爲蒼梧也述異記九疑山隔湘江跨蒼梧野連營道縣界九山相似行者望之有疑因名九疑山宋書舜生於姚墟目重瞳子故名重華楚辭帝子降兮北渚王逸註帝子謂堯女也鮑照詩垂綵綠雲中述異記舜南巡葬於蒼梧之野堯之二女娥皇女英追之不及相與慟哭淚下沾竹竹上文爲之斑斑然蕭士贇曰此篇前輩咸以爲上元間李輔國張后矯制遷上皇於西內時太白有感而作余曰非也此詩大意謂無借人國柄借人國柄則失其權失其權則雖聖哲不能保其社稷妻子其禍有必至之勢詩之作其在天寶之末乎按唐史高力士傳曰天寶中帝嘗曰朕

春秋高朝廷細務問宰相蕃夷不襲付諸將寧不暇耶又嘗齋大同殿力士侍帝曰海內無事朕將吐納導引以天下事付林甫若何力士對曰天下大柄不可假人威權既振誰敢議者自是國權卒歸於林甫國忠兵權卒歸於祿山舒翰太白熟觀時事欲言則懼禍及已不得已而形之詩聊以致其愛君憂國之志所謂皇英之事特借之以隱喻耳曰日曰黃穹比其君也曰雲比其臣也曰慘慘兮雲冥冥喻君昏於上而權臣障蔽於下也猩猩啼烟鬼嘯雨極小人之形容而政亂之甚也堯舜當之亦禪禹而下乃太白所欲言之事權歸臣下禍必至此詩意切直著明流出胷臆非識時憂世之士存懷君忠國之心者其孰能與於此哉胡震亨曰此篇借舜二妃追舜不及淚染湘竹之事言遠別離之苦并借竹書雜記見逼舜禹南巡野死之說點綴其間以著人君失權之戒使其詞閃幻可駭增奇險之趣蓋體幹於楚騷而韻調於漢鐃歌諸曲以成為一家語參觀之當得其源流所自

公無渡河

王僧虔技錄相和歌瑟調三十八曲中有公無渡河行即箜篌引也古今

註箜篌引朝鮮津卒霍里子高妻麗玉所作也子高晨起刺船而濯有一白首狂夫披髮提壺亂流而渡其妻隨呼止之不及遂墮河水死於是援箜篌而鼓之作公無渡河之歌聲甚悽愴曲終亦投河而死子高還以其聲語妻麗玉麗玉傷之乃引箜篌而寫其聲聞者莫不墮淚飲泣麗玉以其聲傳鄰女麗容名曰箜篌引焉

黃河西來決崑崙咆哮萬里觸龍門波滔天堯咨嗟大禹理百川兒啼不窺家殺湍堙（蕭本作湮）洪水九州始蠶（一作桑）麻其害乃去茫然風沙披髮之叟狂而癡清晨徑（一作臨）流欲奚爲旁人不惜妻止之公無渡河苦渡之虎可搏河難馮公果溺死流海湄有長鯨白齒若雪山公乎公乎挂罥（繆本作骨）於其間箜篌所悲竟不

初學記按水經註及山海經註河源出崑崙之墟還東流潛行地下至規期山北流分爲兩源一出葱嶺一出于闐其河復合東注蒲昌海復潛行地下南出積石山西南流又東廻入塞過燉煌酒泉張掖郡南與洮河合過安定北地郡北流過朔方郡西又南流過五原郡南又東流過雲中西河郡東又南流過上都河東郡西而出龍門至華陰潼關與渭水合又東廻過砥柱及洛陽云云按龍門山在今陝西西安府韓城縣東北五十里黃河經其間兩岸對峙高數百尺望之若門禹貢導河積石至於龍門即此是也凡塞外諸河率皆歸此故水勢最盛酈道元謂其崩浪萬尋懸流千丈渾洪贔怒鼓若山騰李復謂禹鑿龍門起於東受降城之東自北而南兩岸石壁峭立大河盤束於山峽間千數百里至此山開岸闊豁然奔放怒氣噴風聲如萬雷其險可觀矣史記堯曰嗟四岳湯湯洪水滔天浩浩懷山襄陵下民其憂有能使治者漢書夏乘四載百川是道列女傳塗山氏長女夏禹娶以爲妃既生啓辛壬癸甲啓呱呱泣禹去而治水三過其家不入其門顔師古漢書註急流曰湍莊子昔者禹之湮洪水決江湖而通四夷九州也

陸德明註堙塞也詩小雅不敢暴虎不敢馮河毛傳云徒搏曰暴虎徒涉曰馮河海湄海濱也洛陽伽藍記鉢和國之南界有大雪山朝融夕結望若玉峰木華海賦或挂罥於岑嶅之峰李善註聲類曰罥係也通典箜篌漢武帝使樂人侯調所造以祀太一或云侯輝所作其聲坎坎應節謂之坎侯聲訛爲箜篌侯者因樂工人姓耳古施郊廟雅樂近代專用於楚聲或謂師延靡靡之樂非也舊說亦依琴制今按其形似瑟而小七弦用撥彈之如琵琶也蕭士贇曰詩謂洪水滔天下民昏墊天之作孽不可違也當地平天成上下相安之時乃無故馮河而死是則所謂自作孽者其亦可哀而不足惜也矣故詩曰旁人不惜妻止之諷當時不靖之人自投天網借以爲喻云耳○堙音因鮮音孽罥音絹

蜀道難

按樂府詩集王僧虔技錄相和歌瑟調三十八曲內有蜀道難行樂府古題要解蜀道難備言銅梁玉壘之險

噫吁嚱危乎高哉蜀道之難難於上青天宋景文公筆記蜀人

見物驚異輒曰噫嘻嚱李白作蜀道難因用之○噫音衣嚱音希蠶叢及魚鳧開國何茫然爾來四萬八千歲不一作乃與秦塞通人烟西當太白有鳥道可一作何以橫絶峨眉巔地崩山摧壯士死然後天梯石棧相一作方鉤連劉逵三都賦註揚雄蜀王本紀曰蜀王之先名蠶叢栢灌魚鳧蒲澤開明是時人民椎髻哤言不曉文字未有禮樂從開明上至蠶叢積三萬四千歲華陽國志蜀侯蠶叢其目縱始稱王死作石棺石槨國人從之故俗以石棺槨爲縱目人冢次王曰栢灌次王曰魚鳧魚鳧田於湔山忽得仙道蜀人思之爲立祠元和郡縣志太白山在鳳翔府郿縣東南五十里愼蒙名山記太白山在鳳翔府郿縣東南四十里鍾西方金宿之秀關中諸山莫高於此其山巔高寒不生草木常有積雪不消盛夏視之猶爛然故以太白名上有湫池雖三伏亦凝冰關中遇旱則登山取湫水山旣高寒冰雪常凝身弱衣薄登山者多死俗傳以爲太白神能留人非也鳥道謂連山高

峻其少低缺處惟飛鳥過此以爲徑路纔見人跡所不能至也太平寰宇記嘉州峨眉縣有峨眉山按益州記云峨眉山在南安縣界兩山相對狀似蛾眉張華博物志以爲牙門山一統志峨眉山在四川眉州城南二百里來自岷山連岡疊嶂延袤三百餘里至此突起三峯其二峯對峙宛若蛾眉自州城望之又如人之拱揖於前也華陽國志秦惠王知蜀王好色許嫁五女於蜀蜀遣五丁迎之還到梓潼見一大蛇入穴中一人攬其尾掣之不禁至五人相助大呼拽蛇山崩時壓殺五人及秦五女并將從而山分爲五嶺

上有六龍回日之高標一作橫河斷海之浮雲下有衝波逆折之回川黃鶴之飛尚不得過繆本少過字猿猱欲度愁攀援繆本作緣一作牽青泥何盤盤百步九折縈巖巒捫參歷井仰脅息以手撫膺坐長嘆初學記淮南子云爰止羲和爰息六螭是謂懸車註曰日乘車駕以六龍羲和御之日至此而薄於虞泉羲和至此而回六螭蜀都賦羲和假道於

峻岐陽烏回翼乎高標琦按高標是指蜀山之最高而爲一方之標識者言也呂延濟註以爲高樹之枝恐非蕭士贇曰圖經高標山一名高望乃嘉定府之主山巋然高峙萬象在前是亦一說上林賦橫流逆折轉騰潎洌司馬彪註逆折旋回也顏師古急就篇註黃鵠一舉千里其鳴聲鵠鵠云合璧事類鵠禽之大者色白又有黃者善高翔湖海江漢間有之埤雅猿猴屬長臂善嘯便攀援韻會猱母猴也似人嚴氏曰猱即王孫杜詩胡孫是也爾雅猱猿善援郭璞註便攀援也蕭士贇曰黃鶴飛之至高者猿猱最便捷者尚不得度其險絕可知矣元和郡縣志青泥嶺在興州長舉縣西北五十三里接溪山東即今通路也懸崖萬仞上多雲雨行者屢逢泥淖故號爲青泥嶺九域志興州有青泥嶺山頂常有烟霧霰雪中巖聞有龍洞其嶺上入蜀之路爾雅巒山嶞郭璞註謂山形長狹者荆州謂之巒捫參歷井者謂仰視天星去人不遠若可以手捫及之極言其嶺之高也參井二宿本相近參三星居西方七宿之末占度十爲蜀之分野井八星居南方七宿之首占度三十三爲秦之分野青泥嶺乃自秦入蜀之路故舉二方分野之星

相聯者言之漢書豪强脅息顔師古註脅歙也屏氣而息高唐賦脅息增欷李善註脅息縮氣也胡三省通鑑註脅息者屏氣鼻不敢息唯兩脅潛動以舒氣息耳○猱音鐃參音森問君西遊何時還畏途巉巖不可攀但見悲鳥號古木雄飛雌從蕭本作從雌繞林間又聞子規啼夜月愁空山蜀道之難難於上青天使人聽此凋朱顔李善文選註巉巖山石高峻之貌雉子班古辭雉子高飛止黃鵠高飛已千里雄來飛從雌視張華禽經註望帝修道處西山而隱化爲杜鵑鳥或云杜宇鳥亦云子規鳥至春則啼聞者悽惻按子規卽杜鵑也蜀中最多南方亦有之狀如雀鷂而色慘黑赤口有小冠春暮卽鳴夜啼達旦至夏尤甚晝夜不止鳴必向北若云不如歸去聲甚哀切王康琚詩凝霜凋朱顔連峰去天不盈尺一作入烟幾千尺枯松倒挂倚絕壁飛湍瀑流爭喧豗砯崖轉石萬壑雷其險也若蕭本

作如此嗟爾遠道之人胡爲乎來哉木華海賦磊匒匌而相豗李善註相豗相擊也韻會豗喧聲郭璞江賦砯巖鼓作李善註砯水擊巖之聲也○瀑音僕豗音灰砯音烹劒閣崢嶸而崔嵬一夫當關萬夫一作人莫開所守或匪親一作人化爲狼與豺華陽國志梓潼郡有劒閣道三十里至險水經註又東南徑小劒戍北西去大劒三十里連山絕嶮飛閣通衢故謂之劒閣也張載銘曰一人守嶮萬夫趦趄信然故李特至劒閣而嘆曰劉氏有如此地而面縛於人豈不奴才也圖書編蜀地之險甲於天下而劒閣之險尤甲於蜀葢以群峰劒插兩山如門信有所謂一夫當關萬夫莫敵者左思蜀都賦一人守隘萬夫莫向張載劒閣銘一人荷戟萬夫趦趄形勝之地匪親勿居朝避猛虎夕避長蛇磨牙吮血殺人如麻錦城雖云樂不如早還家蜀道之難難於上青天側身西望長咨一作令人嗟左傳吳爲封豕長蛇以薦食上

國山海經圖贊長蛇百尋其鬣如彘飛群走類靡不吞噬極物之惡盡毒之利廣韻吮漱也陳子昂書殺人如麻流血成澤初學記益州記曰錦城在益州南窄橋東流江南岸昔蜀時故錦官處也號錦里城墉猶在元和郡縣志錦城在成都縣南十里故錦官城也古詩客行雖樂不如早旋歸張衡四愁詩側身西望涕沾裳○蕭士贇曰有客曰洪駒父詩話云新唐書嚴武傳武在蜀放肆房琯以故宰相爲巡內刺史武慢倨不爲禮最厚杜甫然欲殺甫數矣李白作蜀道難者乃爲房與杜危之也書據范攄雲溪友議言之耳按唐書摭言載李白始自西蜀至京道未甚振因以所業贄謁賀知章知章覽蜀道難一篇曰子謫仙人也按白本傳天寶初因吳筠被名亦至長安時往見賀知章則與嚴武帥蜀歲月懸遠嘗見李集一本於蜀道難題下註諷章仇兼瓊也考其年月近之矣謂危房杜者非也新唐書苐勿深考耳沈存中筆談曰前史稱嚴武爲劍南節度不法李白爲作蜀道難按孟棨所記白初至京師賀知章聞其名首詣之自出蜀道難讀未畢稱歎數四時乃天寶初也嚴武爲劍南在至德以後肅宗時年代甚遠小說所記

率多舛訛子以何説爲是乎予曰以臆斷之其説皆非也史不足徵小説傳記反足信乎所謂嘗見李集一本於蜀道難下註諷章仇兼瓊者黄魯直嘗於宜州用三錢買雞毛筆爲周維深作草書蜀道難亦於題下註云諷章仇兼瓊也然天寶初天下乂安四郊無警劍閣乃長安入蜀之道太白乃拳拳然欲嚴劍閣之守不知將何所拒乎以此知其不爲章仇兼瓊也嘗以全篇詩意與唐史參考之蓋太白初聞祿山亂華天子幸蜀時作也若曰爲房琯杜甫章仇兼瓊而作何至始引蠶叢開國終言劍閣之險復及所守匪親化爲豺狼等語哉引喻非倫是以知其不爲章與房杜也唐史哥舒翰兵敗潼關不守楊國忠首倡幸蜀之策當時臣庶皆非之馬嵬父老遮道諫曰宫闕陛下家居陵寢陛下墳墓今捨此欲何之又告太子曰若殿下與至尊皆入蜀中原百姓誰爲主建寧王倓亦曰今殿下從至尊入蜀若賊兵燒絶棧道則中原之地拱手授賊旣上至扶風士卒潛懷去就往往流言不遜比至成都從官及六軍至者千三百人而已太白深知幸蜀之非計欲言則不在其位不言則愛君憂國之情不能自已故作詩以達意也噫吁

巇危乎高哉蜀道之難難於上青天極路險難之形容言當時欲從君於難者至蜀之難如上天之難也蠶叢及魚鳧開國何茫然爾來四萬八千歲不與秦塞通人烟言蕞爾之蜀僻在一隅自古聲教所不暨雖秦塞之近且不相通非可為中國帝王之都也西當太白有鳥道可以橫絕峨眉巔言五丁未開道之前惟長安正西太白山僅有鳥道可以橫絕峨眉之巔非人跡所能往來也地崩山摧壯士死然後天梯石棧相鉤連言五丁既開道之後梯棧相連始與秦通今焉安處於蜀設若燒絕棧道則中原道斷矣上有六龍回日之高標下有衝波逆折之回川言其險上際於天下極於地也黃鶴之飛尚不得過猿猱欲度愁攀援言鳥獸猶憚其險人其可知也青泥何盤盤百步九折縈巖巒歷言蜀道險難之所也捫參歷井仰脅息以手撫膺坐長嘆參與井為蜀分野捫參歷井言環蜀之境道里險難所在皆然令人脅歛屏氣而息惟有撫膺長嘆而已也問君西遊何時還君字實指明皇非泛然而言猶杜子美北征詩恐君有遺失及君誠中興主之義言既西幸蜀矣何時可還中原而為生靈之主也畏途巉巖不可攀言忠臣義

士雖欲從君於難道路險阻不可以猝然攀附也但見悲鳥號古木雄飛雌從繞林間又聞子規啼夜月愁空山言朝夕之間空山叢木惟有禽鳥飛鳴則人跡之稀少可知也復申之曰蜀道之難難於上青天言其險之極一言之不足再言之也使人聽此凋朱顏乃太白自述感傷於心而形諸顏色也連峰去天不盈尺枯松倒挂倚絶壁飛湍瀑流爭喧豗砯崖轉石萬壑雷其險也如此嗟爾遠道之人胡爲乎來哉備言蜀道險難之狀疎遠之臣若白者雖欲從君於難胡爲而能來也劍閣崢嶸而崔嵬一夫當關萬人莫開所守或匪親化爲狼與豺言贊帝幸蜀者不過謂有劍閣之險而已然守關者任非其人豺狼反噬此則尤可憂也朝避猛虎夕避長蛇磨牙吮血殺人如麻言蜀與羌夷雜處如虎如蛇朝夕皆當避之其或變生肘腋是又可憂之大者也錦城雖云樂不如早還家言蜀都之樂不如早還中國之樂也復申之曰蜀道之難難于上青天側身西望長咨嗟再言之不足故三言之謂從君於難者至蜀之難真如上天之難矣夫如是則白也側身西望吾君惟有長嘆咨嗟以致吾惓戀之意云耳詩意亦微而顯矣客曰是

則然矣上皇西巡南京歌胡爲而作耶子曰蜀道難是初聞上皇倉卒幸蜀之時見得事理不便者如此情發於中不得已而言也西巡南京歌是事已定之後所作成事不說遂事不諫朝廷處分已定何必更爲異議乎客又曰太白爲宋中丞撰請都金陵表胡爲稱美蜀中欲使上皇安居之耶子曰操辭者太白也命意者宋中丞也太白方依於中丞乃不從中丞之意而自爲異論乎此又不待辯而自明者也胡震亨曰此詩說者不一有謂爲嚴武鎮蜀放恣危房琯杜甫而作者出范攄雲溪友議新史所採也有謂爲章仇兼瓊作者沈存中洪駒父駁前說而爲之說者也有謂諷玄宗幸蜀之非者蕭士贇註語也兼瓊在蜀無據險跋扈之跡可當斯語而嚴武出鎮在至德後玄宗幸蜀在天寳末與此詩見賞賀監在天寳初者年歲亦皆不合則此數說似並屬揣摩愚謂蜀道難自是古相和歌曲梁陳間擬者不乏詎必盡有爲而作白蜀人自爲蜀詠耳言其險更著其戒如云所守或匪親化爲狼與豺風人之義遠矣必求一時一人之事以實之不幾失之鑿乎○吮徂兖切前上聲

梁甫吟 按樂府詩集古今樂錄曰王僧虔技錄相和歌楚調曲有梁父吟行今不歌謝逸希琴論曰諸葛亮作梁父吟陳武別傳曰武常騎驢牧羊諸家牧豎數十人或有知歌謠者武遂學太山梁甫吟幽州馬客吟及行路難之屬蜀志曰諸葛亮好爲梁甫吟然則不起於亮矣李勉琴說曰梁甫吟曾子撰琴操曰曾子耕泰山之下天雨雪凍旬日不得歸思其父母作梁山歌蔡邕琴頌曰梁甫悲吟周公越裳西溪叢語樂府解題有梁父吟不知名爲梁父吟何義張衡四愁詩云欲往從之梁父艱註云泰山東岳也君有德則封此山願輔佐君王致於有德而爲小人讒邪之所阻梁父泰山下小山名諸葛亮好爲梁父吟恐取此義

長嘯梁甫吟何時見陽春楚辭恐溘死而不得見乎陽春君不見朝歌屠叟辭棘津八十西來釣渭濱寧羞白髮照清繆本作滌水逢時壯一作吐氣思經綸廣張三千六百鉤一作釣

風期暗與文王親大賢虎變愚不測當年頗似尋常人韓詩外傳太公望少爲人壻老而見去屠牛朝歌賃於棘津釣於磻溪文王舉而用之封於齊路史註冀之棗陽東北二十里有棘津城呂望乞食於此有賣漿臺水經註徐廣曰棘津在廣川司馬彪曰縣北有棘津城呂尚賣食之困疑在此也劉澄之曰譙郡酇縣東北有棘津亭故邑也呂尚所困處也司馬遷曰呂望東海上人也老而無遇以釣干周文王又云呂望行年五十賣食棘津七十則屠牛朝歌行年九十身爲帝師史記呂尚之遇文王也身爲漁父而釣於渭濱耳若是者交疎也已說而立爲太師載與俱歸者其言深也風期猶風度也晉書習鑿齒風期俊邁世說註支遁風期高亮周易大人虎變君不見高陽酒徒起草中長揖山東隆準公入門不拜一作入門開說一作一開遊說騁雄辯兩女輟洗來趨風東下齊城七十二指揮繆本作麾楚漢如旋蓬狂客一作生落魄繆本作拓

尚如此何況壯士當羣雄史記酈生食其者陳留高陽人也好讀書家貧落魄無以爲衣食業縣中皆謂之狂生沛公畧地陳留郊麾下騎士適酈生里中子也酈生見謂之曰若見沛公謂曰臣里中有酈生年六十餘長八尺人皆謂之狂生生自謂我非狂生騎士從容言如酈生所誡者沛公至高陽傳舍使人名酈生酈生至入謁沛公方倨牀使兩女子洗足而見酈生酈生入則長揖不拜曰足下欲助秦攻諸侯乎且欲率諸侯破秦也沛公罵曰豎儒天下同苦秦久矣故諸侯相率而攻秦何謂助秦攻諸侯乎酈生曰必聚徒合義兵誅無道秦不宜倨見長者於是沛公輟洗起攝衣延酈生上坐謝之酈生因言六國縱横時沛公喜號爲廣野君嘗爲說客馳使諸侯漢三年漢王使酈生說齊王伏軾下齊七十餘城又曰初沛公引兵過陳留酈生踵軍門上謁使者入通沛公方洗問使者曰何如人也使者曰狀貌類大儒衣儒衣冠側注沛公曰爲我謝之言我方以天下爲事未暇見儒人也使者出謝酈生瞋目按劒叱使者曰吾高陽酒徒非儒人也使者懼而失謁跪拾謁還走復入報曰客天下壯士也叱臣

臣恐至失謅沛公遽延入鄭氏曰魄音薄應劭註落魄志行衰惡之貌也顏師古註落魄失業無次也鄭音是漢書高祖爲人隆準而龍顏應劭註隆高也準頰權準也李斐註準鼻也吳邁遠詩正爲隆準公杖劍入紫微南史驄黃馬之劇談縱碧雞之雄辯左傳免胄而趨風杜預註疾如風也漢書高祖孽子悼惠王王齊七十二城○準音拙

我欲攀龍見明主雷公砰訇震天鼓帝旁投壺多玉女三時大笑開電光倏爍晦冥起風雨閶闔九門不可通以額扣關閽者怒

後漢書其計罔望其攀龍鱗附鳳翼以成其所志耳初學記雷天之鼓也雷神曰雷公顧凱之雷電賦砰訇輪轉倏閃羅曜廣韻砰訇大聲也神異經東王公與玉女投壺每投千二百嬌設有入不出者天爲之噫噓嬌出而脫誤不接者天爲之笑張華註言笑者天口流火炤灼今天不雨而有電光是天笑也漢書雷電晦冥顏師古註晦冥謂暗也後漢書閶闔九重章懷太子註閶闔天門也淮南子道出一原通九門高誘註九門天之門也庾

肩吾詩鉤陳萬乘轉閶闔九門通說文闔閉門隸也○砰音烹訇音烘白日不照吾精誠杞國無事憂天傾猰貐磨牙競人肉騶虞不折生草莖手接飛猱搏彫虎側足焦原未言苦智者可卷愚者豪世人見我輕鴻毛力排南山三壯士齊相殺之費二桃吳楚弄兵無劇孟亞夫咍爾爲徒勞列子杞國有人憂天地崩墜身無所寄廢寢食者山海經少咸之山有獸焉其狀如牛而赤身人面馬足名曰窫窳其音如嬰兒是食人窫窳即猰貐也餘詳大獵賦註陸機詩疏騶虞即白虎也黑文尾長於軀不食生物不履生草君有德則見應信而至者也張衡思玄賦註尸子中黃伯曰予左執太行之猱而右搏彫虎惟象之未與吾心試焉有力者則又願爲牛欲與象鬭以自試今二三子以爲義矣將烏乎試之夫貧窮太行之猱也疎賤義之彫虎也而吾日遇之亦足以試矣莒國有石焦原者廣五十步臨百仞之溪莒國莫

敢近也有以勇見莒子者獨刼行齊踵焉所以稱於世夫義之爲焦原也亦高矣賢者之於義必且齊踵此所以服一時也太平寰宇記焦原在莒縣南三十六里俗名横山抱朴子愚夫行之自矜爲豪漢書司馬遷傳死有重於泰山或輕於鴻毛晏子春秋公孫接田開彊古冶子事景公以勇力搏虎聞晏子過而趨三子者不起晏子入見公曰臣聞明君之蓄勇力之士也上有君臣之義下有長率之倫内可以禁暴外可以威敵故尊其位重其祿今君之蓄勇力之士也上無君臣之義下無長率之倫内不以禁暴外不可威敵此危國之器也不若去之公曰三子者搏之恐不得刺之恐不中也晏子因請公使人少餽之二桃曰三子何不計功而食桃公孫接曰接一搏豣而再搏乳虎若接之功可以食桃而無與人同矣援桃而起田開彊曰吾仗兵而却三軍者再若開彊之功亦可以食桃而無與人同矣援桃而起古冶子曰吾嘗從君濟於河黿銜左驂以入砥柱之流冶逆流百步順流九里得黿而殺之左操驂尾右挈黿頭鶴躍而出津人皆曰河伯也冶視之則大黿之首若冶之功亦可以食桃而無與人同矣二子何不反桃公孫

接田開疆曰吾勇不子若功不子逮取桃不讓是貪也然而不死無勇也皆反其桃挈領而死古冶子曰二子死之冶獨生之不仁恥人以言而夸其聲不義恨乎所行不死無勇亦反其桃挈領而死公飱之以服葬之以士禮焉諸葛亮梁父吟步出齊南城遥望蕩陰里里中有三墳纍纍正相似問是誰家冢田疆古冶氏力能排南山文能絶地紀一朝被讒言二桃殺三士誰能有此謀相國齊晏子漢書吳楚反時條侯爲太尉乗傳東將至河南得劇孟喜曰吳楚舉大事而不求劇孟吾知其無能爲巳天下騷動大將軍得之若一敵國云說文咍嗤笑也王逸楚辭註楚人謂相啁笑曰咍此節詩意婉轉曲折若斷若聯驟讀之幾不知爲何語以意逆之大抵謂君旣不能照鑒我之精誠我亦無容以國事爲憂何則廷臣之中賢奸不一其傾險一流如食人之惡獸一犯其怒立見死亡其忠良一流則專一保全善類如騶虞之不肯有傷草木我處貧窮疎賤之中而確然踐義以行雖履險犯難亦所不卹然揣時度勢在智者惟有卷而懷之一着若不顧利害逞其豪氣直言峻節以蹈危機則愚甚矣世人見我處而不出輕我如鴻毛是豈

知予之心哉試觀古來如公孫接等爲時相所忌致之死地初不費力我安可復蹈其覆轍耶若夫愛惜人才之大臣知士之用與不用實有關於國家大計而思得人爲我用如周亞夫得一劇孟而以爲喜者世固不乏也我亦俟之而已○猰音札揄音與劇音極哈呼來切海平聲

梁甫吟聲正悲張公兩龍劍神物合有時風雲感會起屠釣大人峴屼當安之

晉書吳之未滅也斗牛之間常有紫氣道術者皆以吳方强盛未可圖也惟張華以爲不然及吳平之後紫氣愈明華聞豫章雷煥妙達緯象乃要煥宿屏人曰可共尋天文知將來吉凶因登樓仰觀煥曰僕察之久矣惟斗牛之間頗有異氣華曰是何祥也煥曰寶劍之精上徹於天耳華曰在何郡煥曰在豫章豐城華曰欲屈君爲宰密共尋之即補煥爲豐城令煥到縣掘獄屋基入地四丈餘得一石函光氣非常中有雙劍幷刻題一曰龍泉一曰太阿其夕斗牛間氣不復見焉煥以南昌西山北巖下土以拭劍光芒艶發遣使送一劍并土與華留一自佩或謂煥曰得兩送一張公豈可欺乎煥曰本朝

將亂張公當受其禍此劍當繫徐君墓樹耳靈異之物終當化去不永爲人服也華得寶劒愛之常置座側報煥書曰詳觀劍文乃干將也莫邪何復不至雖然天生神物終當合耳華誅失劍所在煥卒子華爲州從事持劍行經延平津劍忽於腰間躍出墮水使人没水取之不見劍但見兩龍各長數丈蟠縈有文章没者懼而反須臾光彩照水波浪驚沸華嘆曰先君化去之言張公終合之論此其驗乎後漢書咸能感會風雲奮其智勇峴屼不安貌書曰邦之杌隉易曰困於臲卼其義一也○蕭士贇曰長嘯梁父吟何時見陽春喻有志之士何時而遇主也君不見兩段聊自慰解謂太公之老食其之狂當時視爲尋常落魄之人猶遇合如此則爲士者終有遇合之時也我欲攀龍見明主於時事有所見而欲告於君也雷公砰訇震天鼓帝旁投壺多玉女三時大笑開電光倏爍晦冥起風雨喻權奸女謁用事政令無常也閶闔九門不可通以額扣關閽者怒喻言路壅塞下情不得以上達而言者往往獲罪於權近也白日不照吾精誠杞國無事憂天傾太白灼見當時貴妃國忠林甫祿山竊弄權柄禍已胎而未形欲諫則言無證而

不信倘使君不鑒吾之誠則正所謂杞人憂天之類
耳猰㺄磨牙競人肉騶虞不折生草莖嘆當時小人
在位爲政害民有如猰㺄磨牙競食人肉使有道之
朝則當仁如騶虞雖生草不履況肯以肉爲食哉況
肯輕殺一士哉手接飛猱搏雕虎側足焦原未言苦
智者可卷愚者豪世人見我輕鴻毛力排南山三壯
士齊相殺之費二桃白意謂當有道之朝得君而佐
之爲國出力刺奸擊邪不憚勤勞如接搏猱虎雖側
足焦原未足言苦今時事若此則當卷其智而爲愚
乃爲人豪世不我知謂爲真愚而輕我如鴻毛我亦
卒不改行者思古之壯士勇力如此一忤齊相用計
殺之特費二桃殊不勞力白也倘不卷其智而懷之
適足使權近得以甘心焉耳吳楚弄兵無劇孟亞夫
咍爾爲徒勞又自慰解當國者終須得人爲用必有
遇合之時也梁甫吟聲正悲張公兩龍劍神物合有
時風雲感會起屠釣大人峴屼當安之申言有志之
士終當感會風雲如神劍之會合有時則夫大人君
子遭時屯否峴屼不安且當安時以俟命可也琦按
蕭氏解騶虞數句似與詩意不
甚相合當分别觀之○峴音孽

烏夜啼 樂府古題要解烏夜啼宋臨川王義慶所造也宋元嘉中徙彭城王義康於豫章郡義慶時爲江州相見而哭文帝聞而怪之徵還宅義慶大懼妓妾聞烏夜啼叩齋閣云明日應有赦及旦改南兗州刺史因作此歌故其詞云籠窻窻不開夜夜望郎來亦有烏棲曲不知與此同否樂府詩集古今樂錄曰西曲歌有烏夜啼

黃雲城邊一作南烏欲棲歸飛啞啞枝上啼機中織錦秦川女一作閨中織婦一作秦家女碧紗如烟隔窻語停梭悵然憶遠人獨宿孤房淚如雨一作停梭向人問故夫知在關西淚如雨又悵然憶遠人一作悵然望遠人一作問人憶故夫又獨宿孤房一作獨宿空堂一作知在流沙一作欲說遼西○吳均詩惟聞啞啞城上烏晉書竇滔妻蘇氏始平人名蕙字若蘭善屬文符堅時滔爲秦州刺史被徙流沙蘇氏思之織錦爲迴文旋圖詩以贈滔宛轉循環以讀之詞甚悽惋凡八百四十字庾信詩彈琴蜀郡卓家

女織錦秦川竇氏妻胡三省通鑑註關中之地沃野千里秦之故國謂之秦川魏武帝詩惋嘆淚如雨

烏棲曲

梁簡文帝梁元帝蕭子顯並有此題之作樂府詩集列於西曲歌中烏夜啼之後

姑蘇臺上烏棲時吳王宮裏醉西施吳歌楚舞歡未畢青山欲繆本作猶啣半邊日銀箭金壺一作金壺丁丁漏水多起看秋月墜江波東方漸高奈樂一作爾何

述異記吳王夫差築姑蘇之臺三年乃成周旋詰曲橫亘五里崇飾土木殫耗人力宮妓千人上別立春宵宮爲長夜之飲造千石酒鍾作天池池中造青龍舟舟中盛陳妓樂日與西施爲水嬉晉書吳歌雜曲並出江南漢書爲我楚舞江總詩虬水銀箭莫相催鮑照詩金壺啟夕淪劉良註金壺貯刻漏水者以銅爲之故曰金壺本事詩李白初自蜀至京師賀知章見其烏棲曲歎賞苦吟曰此詩可以泣鬼神矣或言是烏夜啼二篇未知

孰是

戰城南 按宋書漢鼓吹鐃歌十八曲中有戰城南曲樂府古題要解戰城南其辭大畧言戰城南死郭北野死不得葬爲烏烏所食願爲忠臣朝出攻戰而暮不得歸也

去年戰桑乾源今年戰葱河道洗兵條支海上波放馬天山雪中草萬里長征戰三軍盡衰老匈奴以殺戮爲耕作古來惟見白骨黃沙田秦家築城備蕭本作避胡處漢家還有烽火燃烽火燃不息征戰一作長征無已時野戰格鬬死敗馬號鳴向天悲烏鳶啄人腸銜飛上挂枯樹枝一作銜飛上枯枝士卒塗草莽將軍空爾爲乃知兵者是凶器聖人一作君不得已而用之太平寰宇記桑乾河

在朔州馬邑縣東三十里源出北山下一統志桑乾河在山西大同府城南六十里源出馬邑縣北洪濤山下與金龍池水合流東南入蘆溝河漢書西域傳其河有兩源一出葱嶺山一出于闐于闐在南山下其河北流與葱嶺河合東注蒲昌海太平寰宇記西河舊事云葱嶺在燉煌西八千里其山高大上悉生葱故曰葱嶺河源潛發其嶺分爲二水涼州異物志云葱嶺水分流東西西入大海東爲河源張騫使大宛而窮河源謂極於此不達崑崙也說苑武王伐紂風霽而乘以大雨散宜生曰此其妖歟武王曰非也天洗兵也左思魏都賦洗兵海島李善註魏武兵接要曰大將將行雨濡衣冠是謂洗兵後漢書西域傳條支國城在山上周圍四十餘里臨西海海水曲環其南及東北三面路絶惟西北隅通陸道元和郡縣志天山一名白山一名時羅漫山在伊州北一百二十里春夏有雪出好木及金鐵匈奴謂之天山過之皆下馬拜史記索隱西河舊事云祁連山在張掖酒泉二界上東西二百餘里南北百里有松栢五木美水草冬溫夏涼宜畜牧養一名天山亦曰白山也王褒四子講德論匈奴百蠻之最强者也其耒邦則弓

矢鞍馬播種則捍絃掌拊收秋則奔狐馳兎穫刈則顛倒殪仆太白匈奴以殺戮爲耕作二語葢本於此而鍛鍊之妙更覺精采不侔史記秦巳并天下乃使蒙恬將三十萬衆北逐戎翟收河南築長城因地形用險制塞起臨洮至遼東延袤萬餘里漢書音義文頴曰邊方備胡寇作高土櫓櫓上作桔槔桔槔頭兜零以薪草置其中常低之有寇卽燃火擧之以相告曰烽古戰城南詞梟騎格鬭死駑馬徘徊鳴章懷太子後漢書註相拒而殺之曰格六韜聖人號兵爲凶器不得巳而用之蕭士贇曰開元天寶中上好邊功征伐無時此詩葢以諷也○乾音干

將進酒 一作惜空酒樽○宋書漢鼓吹鐃歌十八曲有將進酒曲樂府詩集將進酒古詞云將進酒乘大白大畧以飲酒放歌爲言宋何承天將進酒篇曰將進酒慶三朝備繁禮薦佳肴則言朝會進酒且以濡首荒志爲戒若梁昭明太子云洛陽輕薄子但敘遊樂飲酒而巳

君不見黃河之水天上來奔流到蕭本作倒海不復回君

不見高堂明鏡悲白髮朝如青絲暮成一作如雪人生

得意須盡歡莫使金樽空對月天生我材必有用一作天生我身必有財又作天生吾徒有俊材又用一作開千一作黃金散盡還復來

烹羊宰牛且爲樂會須一飲三百杯岑夫子丹邱生

進酒君莫停一作將進酒杯莫停與君歌一曲請君謂我傾蕭本作側耳聽鐘鼓饌玉不足貴一作鐘鼎玉帛豈足貴但願長醉不

用一作復蕭本作願醒古來聖賢皆寂寞一作死盡惟有飲者留

其名陳王昔時一作日宴平樂斗酒十千恣歡謔主人

何爲言少錢徑須沽取對君酌一作且須沽酒共君酌五花馬

千金裘呼兒將出換美酒與爾同銷萬古愁曹植詩中廚辦

豐膳烹羊宰肥牛世說註鄭玄別傳曰袁紹辟玄及去餞之城東欲玄必醉會者三百餘人皆離席奉觴自旦及暮度玄飲三百餘杯而温克之容終日無怠陳暄與兄子秀書鄭康成一飲三百杯吾不以爲多岑夫子即集中所稱岑徵君是丹邱生即集中所稱元丹邱是皆太白好友也鮑照詩爲君歌一曲禮記傾耳聽之不可得而聞也何晏論語註饌飲食也左思吳都賦矜其宴居則珠服玉饌李周翰註玉饌言珍美可比於玉曹植以太和六年封爲陳王其所作名都篇有曰歸來宴平樂美酒斗十千李善註平樂觀名五花馬謂馬之毛色作五花文者讀杜甫高都護驄馬行云五花散作雲滿身厥狀可覩矣杜陽雜編謂代宗御馬九花虬以身被九花故名亦是此義或謂據圖畫見聞志云唐開元天寶之間承平日久世尚輕肥三花飾馬舊有家藏韓幹畫貴戚閱馬圖中有三花馬兼曾見蘇大參家有韓幹畫三花御馬晏元獻家張萱畫虢國出行圖中有三花馬三花者剪鬣爲三辦白樂天詩云鳳箋裁五色馬鬣剪三花乃知所謂五花者亦是剪馬鬣爲五辦耳其說亦通蕭註謂其義出於隋丹元子步天歌五个吐花王良

文言馬之紋上應星宿而喝杜註無舉此者則大謬矣史記孟嘗君有一狐白裘直千金天下無雙

行行且遊獵篇 胡震亨曰行行且遊獵篇始梁劉孝威其辭詠天子遊獵事太白詠邊城兒遊獵爲不同耳

邊城兒生年不讀一字書但知蕭本作將遊獵誇輕趫胡馬秋肥宜白草騎來躡影何矜一作可怜誤驕金鞭拂雪揮鳴鞘半酣呼鷹出遠郊弓彎一作彎弧滿月不虛發雙鶬迸落連飛髇繆本作髆海邊觀者皆辟易猛氣英風振沙磧儒生不及遊俠人白首下繆本作垂帷復何益韻會趫捷也梁簡文帝詩邊秋胡馬肥漢書鄯善國多白草孟康註白草草之白者顏師古註白草似莠而細無芒其乾熟時正白色牛馬所嗜也曹植七啟忽躡景而輕騖逸奔驥而超遺風李善註景日景也躡之言疾

也廣韻鞘鞭鞘也蕭士贇曰滿月彎弓圓滿之狀子虛賦弓不虛發中必決眥列子蒲且子之弋也弱弓纖繳乘風振之連雙鶬於青雲之際鶬鶬雞也詳見大獵賦註韻會髇鳴鏑也或作辟辟易却退而易其本處詳見二卷註孔稚珪北山移文張英風於海甸沙磧即沙漠也唐人多變稱沙磧唐書秦隴以西多沙磧少行人胡三省通鑑註磧大磧也即所謂大漠荀悅漢紀立氣勢作威福結私交以立強於世者謂之遊俠漢書董仲舒少治春秋孝景時爲博士下帷講誦弟子傳以久次相受業或莫見其面○趫音蹺鞘音梢髇音囂辟音闢磧音跡

飛龍引二首 按樂府詩集飛龍引乃琴曲歌辭太白二篇皆借黃帝上昇事爲言乃遊仙詩也

黃帝鑄鼎於荊山鍊丹砂丹砂成黃金騎龍飛上太清繆本作飛去太上家雲愁海思令人嗟宮中綵女顏如花

飄然揮手淩紫霞，從風縱體登鸞（一作鑾）車。登鸞車，侍軒轅，遨遊青天中，其樂不可言。史記：黃帝採首山銅，鑄鼎於荆山下。鼎既成，有龍垂胡髯下迎黃帝。黃帝上騎，群臣後宫從上者七十餘人，龍乃上去。餘小臣不得上，乃悉持龍髯，龍髯拔，墮，墮黃帝之弓。百姓仰望黃帝既上天，乃抱其弓與龍髯號，故後世因名其處曰鼎湖，其弓曰烏號。李少君言上曰：祠竈則致物，致物而丹砂可化爲黃金，黃金成以爲飲食器則益壽，益壽而海中蓬萊仙者乃可見，見之以封禪則不死，黃帝是也。黃帝九鼎神丹經：乘雲駕龍，上下太清。梁豫章王詩：雲悲海思徒捬抑。抱朴子：黃帝以千二百女昇天。鮑照詩：合神丹，戲紫房，紫房綵女弄明璫。宋之問詩：越女顔如花。陸機詩：輕舉乘紫霞。曹植洛神賦：忽焉縱體，以遨以嬉。吕延濟註：縱體，輕舉之貌。太平御覽尺素訣曰：太微天帝登白鸞之車，駕黑羽之鳳。史記：黃帝者，少典之子，姓公孫，名曰軒轅，有土德之瑞，故號黃帝。

其二

鼎湖流水清且閑軒轅去時有弓劍古人傳道留其間後宫嬋娟多花顏乘鸞飛烟亦不還騎龍攀天造天關造天關聞天語屯蕭本作長雲河車載玉女載玉女過紫皇紫皇乃賜白兔所擣之藥方後天而老凋三光下視瑶池見王母蛾眉蕭颯如秋霜通典弘農郡湖城縣故曰胡漢武帝更爲湖縣有荆山黄帝鑄鼎於荆山其下曰鼎湖即此也九域志陝州陝郡有鼎湖黄帝采首山之銅鑄鼎於荆山之下帝升天因名其地史記正義括地志云湖水源出虢州湖城縣南三十五里夸父山北流入河即鼎湖也閑者是水止而不動之意陸機詩惠心清且閑水經註黄帝崩惟弓劍存焉故世稱黄帝仙矣韻會嬋娟美好貌宋書堯夢攀天而上漢武内傳上元夫歌步玄之曲曰負笈造天關借問太上家列子化人之宫出雲雨之上而不知下之據望之若屯雲焉此言屯雲河車言車之多若屯雲

也楚辭建日月以爲蓋兮載玉女於後車呂氏春秋身好玉女高誘註玉女好女也仙傳多稱侍女爲玉女亦是此義謂其美如玉也沈約郊居賦降紫皇於天闕延二妃於湘渚太平御覽秘要經曰太清九宫皆有僚屬其最高者稱天皇紫皇玉皇古董逃行敎敕凡吏受言採取神藥若木端白兎長跪擣藥蝦蟆丸奉上陛下一玉柈服此藥可得神仙拾遺記服之得道後天而老初學記日月星謂之三辰亦曰三光楊齊賢曰凋三光者言三光有時凋落而真身則常存也太平廣記西王母所居宫室九層玄室紫翠丹房左帶瑶池右環翠水司馬相如大人賦吾乃今日覩西王母暠然白首戴勝而穴處所謂蛾眉蕭颯如秋霜即白首之意嫌王母已有衰老之容以反明軒轅之後天而老也

天馬歌

漢書武帝紀元鼎四年秋馬生渥洼水中作天馬之歌太初四年春貳師將軍廣利斬大宛王首獲汗血馬來作西極天馬之歌胡震亨曰漢郊祀天馬二歌皆以歌瑞應太白所擬則以馬之老而見棄自況思蒙收贖似去翰林後所作

天馬來出月支（蕭本作氏）窟，背爲虎文龍翼骨，嘶青雲，振綠髮，蘭筋權奇走滅沒。騰崑崙，歷西極，四足無一蹶。雞鳴刷燕晡秣越，神行電邁躡恍惚。史記：天子得烏孫馬好，名曰天馬。及得大宛汗血馬，益壯，更名烏孫馬曰西極，名大宛馬曰天馬云。郭璞山海經註：月支國多好馬。史記正義：萬震南州志云：大月支在天竺北可七千里，地高燥而遠，國中騎乘常數十萬匹，城郭宮殿與大秦國同，人民赤白色，便習弓馬，土地所出及奇偉珍物，被服鮮好，天竺不及也。外國稱天下有三衆，中國爲人衆，大秦爲寶衆，月支爲馬衆。漢天馬歌：虎脊兩，化若鬼。應劭註：馬毛色如虎脊者有兩也。顏延年赭白馬賦：垂稍植髮。李善註：髮，額上毛也。陳琳爲曹洪與魏文帝書：整蘭筋。李善註：相馬經云：一筋從玄中出，謂之蘭筋。玄中者，目上陷如井字。蘭筋堅者千里。呂向註：蘭筋，馬筋節堅者，千里足也。漢天馬歌：志俶儻，精權奇。赭白馬賦：精權奇兮。張銑註：權奇，善行貌。列子：天下之馬者，若滅若沒，若亡若失，若此者絶塵弭

蹴淮南子經紀山川蹈騰崑崙高誘註騰上也崑崙
山名在西北其高萬九千里漢天馬歌天馬徠從西
極涉流沙九夷服說文蹶僵也赭白馬賦且刷幽燕
晝秣荊越劉良註刷括也秣飼也幽燕北地名荊越
南地名韻會晡日加申時也杜
預左傳註秣穀馬也○晡音逋天馬呼飛龍一作黃趨
目明長庚臆雙鳧尾如流星首渴烏口噴紅光汗溝
珠當作朱曾陪時龍躍蕭本作躡天衢羈金絡月照皇一作星
都逸氣稜稜凌九區白璧如山誰敢沽回頭笑紫燕
但覺爾輩愚黃伯仁龍馬頌耳如削筩目象明星初學記長庚太白星也史記索隱韓詩云
太白晨出東方爲啟明昏見西方爲長庚齊民要術
馬胸欲直而出鳧間欲開望之如雙鳧又曰雙鳧欲
大而上註飛鳧胸兩邊肉如鳧埤雅舊說相馬擎頭
如鷹垂尾如彗後漢書作翻車渴烏施於橋西用灑
南北郊路章懷太子註渴烏爲曲筒以氣引水上也
此言馬尾流轉有似奔星馬首昂矯狀類渴烏郞如

彗如鷹之意齊民要術相馬之法口中欲得紅而有光又曰口中欲得色紅白如火光爲善材氣多良且壽張率舞馬賦露沫噴紅沾汗流赭赭白馬賦膺門沫赭汗溝走血李善註相馬經云膺門欲開汗溝欲深孔融薦禰衡表龍躍天衢振翼雲漢楚辭躡天衢兮長驅王逸註衢路也說文羈馬絡頭也莊子齊之以月題陸德明註月題馬額上當顱如月形者也赭白馬賦兩權協月李善註相馬經曰頰欲圓如懸璧因謂之雙璧其盈滿如月異相之表也黃伯仁龍馬頌曰雙璧似月曹植詩應會皇都赭白馬賦磬九區而率順李善註九區九服也沈約詩紫燕光陸離李善註尸子曰我得民而治則馬有紫燕蘭池呂延濟註紫燕良馬也○臆音益天馬奔戀君軒駷躍驚矯浮雲翻萬里足躑躅遙瞻閶闔門不逢寒風子誰採逸景孫鮑照詩疲馬戀君軒公羊傳臨南駷馬而由乎孟氏何休註駷捶馬銜走也漢天馬歌天馬來龍之媒遊閶闔觀玉臺應劭註閶闔天門也呂氏春秋古之善相馬者寒風氏相口齒天下之良工也陸雲與陸典書逸影之

迹一永縶幽冥之坂○竦音聳白雲在青天邱陵遠崔嵬鹽車上峻坂倒行逆施畏日晚伯樂翦拂中道遺少盡其力老棄之願逢田子方惻然為我悲一作思雖有玉山禾不能療苦一作我飢繆本作肌嚴霜五月凋桂枝伏櫪銜冤摧兩眉請君贖獻穆天子猶堪弄影舞瑤池王母謠白雲在天邱陵自出戰國策夫驥之齒至矣服鹽車而上太行蹄申膝折尾湛胕潰漉汁灑地白汗交流外坂遷延負轅而不能上伯樂遭之下車攀而哭之解紵衣以冪之驥於是俛而噴仰而鳴聲達於天若出金石者何也彼見伯樂之知已也劉峻廣絕交論曰翦拂使其長鳴正用此事翦拂謂修翦其毛鬣洗拭其塵垢史記伍子胥曰吾日暮塗遠吾故倒行而逆施之陸德明莊子音義伯樂姓孫名陽善馭馬石氏星經云伯樂天星名主典天馬孫陽善馭故以為名韓詩外傳田子方出見老馬於道喟然有志焉以問於御者曰

此何馬也曰故公家畜也罷而不爲用故出放也田子方曰少盡其力而老棄其身仁者不爲也束帛而贖之窮士聞之知所歸心矣鮑照詩誠不及青鳥遠食玉山禾張協七命瓊山之禾李善註瓊山禾即崑崙山之木禾山海經曰崑崙之上有木禾長五尋大五圍韻會櫪牛馬皁也通作歷蓋今之馬槽也漢書馬不伏歷不可以趨道顔師古註伏歷謂伏槽歷而秣之也列子穆王肆意遠遊命駕八駿之乘馳驅千里遂賓於西王母觴於瑤池之上楊師道咏飲馬詩清晨控龍馬弄影出花林王融曲水詩序穆滿八駿如舞瑶水之陰劉良註如舞謂馬行貌○蕭士贇曰此詩爲逸群絶倫之士不遇知巳者嘆也

行路難三首

樂府古題要解行路難備言世路艱難及離别傷悲之意多以君不見爲首

金樽清酒斗十千玉盤珍羞直萬錢停杯投筯不能食拔劒四顧心茫然欲渡黄河冰塞川將登太行雪

滿山一作晴天閑來垂釣碧一作坐溪上忽復乘舟夢日邊

行路難行路難多岐路今安在長風破浪會有時直

挂雲帆濟滄海曹植詩美酒斗十千北史韓晉明好酒縱誕招飲賓客一席之費動至萬錢猶恨儉率鮑照詩對案不能食拔劍擊柱長嘆息古詩四顧何茫然鮑照舞鶴賦冰塞長川雪滿群山太行山見明堂賦註宋書伊摯將應湯命夢乘船過日月之旁列子楊子之鄰人亡羊既率其黨又請楊子之豎追之楊子曰亡一羊何追者之衆鄰人曰多岐路宋書宗愨少時叔父炳問其志愨曰願乘長風破萬里浪馬融廣成頌張雲帆施蜺幬釋名隨風張幔曰帆

其二

大道如青天我獨不得出羞逐長安社中兒赤雞白

狗一作雉賭梨栗彈劍作歌奏苦聲曳裾王門不稱情

淮陰市井笑韓信漢朝公卿忌賈生君不見昔時燕家重郭隗擁篲折節無嫌猜劇辛樂毅感恩分輸肝剖膽效英一作俊才昭王白骨縈蔓蕭本作爛草誰人更掃黄金臺行路難歸去來舊唐書京師秦之咸陽漢之長安也隋開皇二年自漢長安故城東南移二十里置新都今京師是也史記馮驩聞孟嘗君好客躡屩而見之孟嘗君置傳舍十日孟嘗君問傳舍長曰客何所爲荅曰馮先生甚貧猶有一劍耳又蒯緱彈其劍而歌曰長鋏歸來乎食無魚孟嘗君遷之幸舍食有魚矣五日又問傳舍長荅曰客復彈劍而歌曰長鋏歸來乎出無輿孟嘗君遷之代舍出入乘輿車矣五日孟嘗君復問傳舍長荅曰先生又嘗彈劍而歌曰長鋏歸來乎無以爲家孟嘗君不悦漢書鄒陽曰飾固陋之心則何王之門不可曳長裾乎史記韓信淮陰人淮陰屠中少年有侮信者曰若雖長大好帶刀劍中情怯耳衆辱之曰信能死刺我不能死出我胯下於是信熟視之俯出胯

下蒲伏一市人皆笑信以爲怯又史記天子議以爲賈生任公卿之位絳灌東陽侯馮敬之屬盡害之乃短賈生曰洛陽之人年少初學專欲擅權紛亂諸事於是天子後亦疏之不用其議又史記鄒衍如燕燕昭王擁篲先驅索隱曰篲帚也爲之掃地以衣袂擁帚而却行恐塵埃之及其長者所以爲敬也戰國策主折節以下其臣臣推體以下死士鮑彪註折節屈折肢節也江淹恨賦蔓草縈骨昭王郭隗及黃金臺事俱見二卷註○隗音危篲音遂劇音極

其三 此首一作古興

有耳莫洗潁川水，有口莫食首陽蕨。含光混世貴無名，何用孤高比雲月。吾觀自古賢達人，功成不退皆殞身。子胥既棄吳江上，屈原終投湘水濱。陸機雄才豈自保，李斯稅駕苦不早。華亭鶴唳詎可聞，上蔡蒼鷹何足道君不見吳中張翰稱一作真達生秋風忽憶江東行且樂生前一杯酒何須身後千載名高士傳許由耕於中岳潁水之陽箕山之下堯名爲九州長由不欲聞之洗耳於潁水濱史記武王已平殷亂天下宗周而伯夷叔齊恥之義不食周粟隱於首陽山採薇而食之索隱曰薇蕨也梁書阮孝緒傳周德雖興夷齊不厭薇蕨漢道方盛黄綺無悶山林薇蕨本二草而古人亦多混稱太白叺以叶韻蓋有自也吳越春秋吳王聞子胥之怨恨也乃使人賜屬鏤之劍子胥伏劍而死吳王取子胥尸盛以鴟夷之器投之於江中子胥因隨流揚波依潮來往蕩激崩岸拾遺記屈原以忠見斥隱於沅湘披榛茹草混同禽獸不交世務採柏實以和桂膏用養心神被王逼逐乃赴清冷之水楚人思慕謂之水仙其神遊於天河精靈時降湘浦晉書成都王穎起兵討長沙王乂假陸機後將軍河北大都督督北中郎將王粹冠軍牽秀等諸軍二十餘萬人戰於鹿苑機軍大敗宦人孟玖譖機於穎言其有異志穎怒使秀収機機釋戎服著白帢與

秀相見神色自若既而歎曰華亭鶴唳豈可復聞乎
遂遇害於軍中世說註八王故事曰華亭吳由拳縣
郊外墅也有清泉茂林吳平後陸機兄弟共遊於此
十餘年語林曰機爲河北都督聞警角之聲謂孫丞
曰聞此不如華亭鶴唳故臨刑而有此歎說文唳鶴
鳴也史記李斯爲丞相長男由爲三川守諸男皆尚
秦公主女悉嫁秦諸公子李由告歸咸陽李斯置酒
於家百官長皆前爲壽門庭車騎以千數李斯喟然
歎曰吾聞之荀卿曰物禁太盛夫斯乃上蔡布衣閭
巷之黔首上不知其駑下遂擢至此當今人臣之位
無居臣上者可謂富貴極矣物極則衰吾未知所稅
駕也索隱曰稅駕猶解駕言休息也李斯言已今日
富貴已極未知向後吉凶止泊在何處也太平御覽
史記曰李斯臨刑思牽黃犬臂蒼鷹出上蔡東門不
可得矣考今本史記李斯傳中無臂蒼鷹字而太白
詩中屢用其事當另有所本晉書張翰字季鷹吳郡
吳人也有清才善屬文而縱任不拘齊王冏辟爲大
司馬東曹掾冏時執權翰因見秋風起乃思吳中菰
菜蓴羹鱸魚膾曰人生貴得適志何能羈宦數千里
以要名爵乎遂命駕而歸俄而冏敗人皆謂之見機

翰任心自適不求當世或謂之曰卿乃可縱適一時獨不爲身後名耶荅曰使我有身後名不如卽時一杯酒時人貴其曠達○唳音麗

長相思 長相思本漢人詩中語古詩客從遠方來遺我一書札上言長相思下言久離別蘇武詩生當復來歸死當長相思李陵詩行人難久畱各言長相思六朝始以名篇如陳後主長相思久相憶徐陵長相思望歸難江總長相思久別離諸作並以長相思發端太白此篇正擬其格

長相思在長安絡緯秋啼金井闌繆本作欄微一作凝霜淒淒簟色寒孤燈不明一作眠一作寐思欲絕卷帷望月空長嘆美人如花一作佳期迢迢隔雲端上有青冥之高蕭本作長天下有淥水之波瀾天長路遠魂飛苦夢魂不到關山

難長相思摧心肝吳均詩絡緯井邊啼古今註莎雞一名促織一名絡緯一名蟋蟀促織謂其鳴聲如急織絡緯謂其鳴聲如紡績也按今之所謂絡緯似蚱蜢而大翅作聲絕類紡績秋夜露涼風冷鳴尤凄緊俗謂之紡績娘非蟋蟀也或古今稱謂不同歟金井闌井上闌干也古樂府多有玉牀金井之辭蓋言其木石美麗價值金玉云耳宋玉神女賦煒乎如花溫乎如玉枚乘詩美人在雲端天路隔無期楚辭據青冥而攄虹兮陳後主孫瑒銘天長路遠地久雲多歐陽建詩痛哭摧心肝

上留田行繆本少行字○按樂府詩集王僧虔技錄相和歌瑟調三十八曲有上留田田行古今註上留田地名也其地人有父母死兄不字其孤弟者鄰人爲其弟作悲歌以風其兄故曰上留田太白所謂弟死不葬他人舉鎰旌之事與古今註所說不同豈别有異詞之傳聞抑於時實有斯事而借古題以詠新聞耶

行至上留田孤墳何崢嶸積此萬古恨春草不復生

悲風四邊來腸斷白楊聲借問誰家地埋沒蒿里塋古老向予言言是上留田蓬科馬鬣今已平昔之弟死兄不葬他人於此舉銘旌一鳥死百鳥鳴一獸走百獸驚桓（一作常）山之禽別離苦欲去迴翔不能征田氏倉卒骨肉分青天白日摧紫荊交讓（蕭本作柯）之木本同形東枝顦顇西枝榮無心之物尚如此參商胡乃尋天兵孤竹延陵讓國揚名高風緬邈頹波激清尺布之謠塞耳不能聽

本草拾遺白楊北土極多人種墟墓間樹大皮白古詩出郭門直視但見邱與墳白楊多悲風蕭蕭愁殺人七哀詩借問誰家墳古薤露歌蒿里誰家地漢書蒿里名兮郭門宏顏師古註蒿里死人里說文塋墓也賈山至言使其後世曾不得蓬顆蔽冢而託葬焉顏師古註

顆謂土塊蓬顆言塊上生蓬者耳蓬科蓬顆義同禮
記孔子之喪有自燕來觀者舍於子夏氏子夏曰昔
夫子言之曰吾見封之若堂者矣見若防者矣見若
覆夏屋者矣見若斧者矣從若斧者焉馬鬛封之謂
也正義曰子夏既道從若斧形恐燕人不識故舉俗
稱馬鬛封之謂也以語燕人馬騣鬛之上其肉薄封
形似之又禮記銘明旌也以死者爲不可別巳故以
其旗識之家語孔子在衞昧旦晨興顔回侍側聞哭
者之聲甚哀子曰回汝知此何所哭乎對曰回以此
哭聲非但爲死者而巳又有生離別者也子曰何以
知之對曰回聞桓山之鳥生四子焉羽翼既成將分
於四海其母悲鳴而送之哀聲有似於此爲其往而
不返也回竊以音類知之孔子使人問哭者果曰父
死家貧賣子以葬與之長訣子曰回也善於識音矣
楚辭歸雁兮於征王逸註征行也言將去續齊諧記
京兆田真兄弟三人共議分財生貲皆平均唯堂前
一株紫荆樹共議欲破三片明日就截之其樹卽枯
死狀如火然真往見之大驚謂諸弟曰樹本同株聞
將分斫所以憔悴是人不如木也因悲不自勝不復
解樹樹應聲榮茂兄弟相感更合財寶遂爲孝門述

異記黄金山有楠樹一年東邊榮西邊枯後年西邊榮東邊枯年年如此張華云交讓樹也左傳昔高辛氏有二子伯曰閼伯季曰實沈居於曠林不相能也日尋干戈以相征討后帝不臧遷閼伯於商丘主辰商人是因故辰爲商星遷實沈於大夏主參唐人是因以服事夏商杜預註尋用也史記伯夷叔齊孤竹君之二子也父欲立叔齊及父卒叔齊讓伯夷伯夷曰父命也遂逃去叔齊亦不肯立而逃之又史記吳王壽夢有子四人長曰諸樊次曰餘祭次曰餘昧次曰季札季札賢而壽夢欲立之季札讓不可於是乃立長子諸樊攝行事當國諸樊已除喪讓位季札季札謝曰曹宣公之卒也諸侯與曹人不義曹君將立子臧子臧去之以成曹君君子曰能守節矣札雖不才願附於子臧之義吳人固立季札季札棄其室而耕乃舍之季札封於延陵故號曰延陵季子潘岳寡婦賦緬邈兮長乖呂延濟註緬邈長遠貌漢書淮南厲王長令男子但等七十人與棘蒲侯柴武太子奇謀以輂車四十乘反谷口令人使閩越匈奴事覺治之當棄市制曰其赦長死罪廢勿王有司奏請處蜀嚴道卭郵淮南王不食而死民有作歌歌淮南王曰

一尺布尚可縫一斗粟尚可舂兄弟二人不相容李陵詩游子暮思歸塞耳不能聽○瑩音營參音森緬音勉

春日行

胡震亨曰鮑照春日行詠春遊太白則擬君王遊樂之辭

深宮高樓入紫清金作蛟龍盤繡一作繡作楹佳人當窗弄白日絃將手語彈鳴箏春風吹落君王耳此曲乃是昇天行因出天池泛蓬瀛樓船蕭本作臺蹙沓波浪驚三千雙蛾獻歌笑撾鐘考鼓宮殿傾萬姓聚舞歌太平我無爲人自寧三十六帝欲相迎仙人飄翩下雲軿帝不去留鎬京安能爲軒轅獨往入窅冥小臣拜獻南山壽陛下萬古垂鴻名真誥仰聃太霞宮金閣曜紫清何子朗詩美人

弄白日灼灼當春牖弦將手語謂絃與手相戞而成聲也風俗通箏謹案禮樂記五絃筑身今并凉二州箏形如瑟不知誰所改作也或曰秦蒙恬所造隋書箏十三絃所謂秦聲蒙恬所作者也通典傳玄箏賦序曰代以爲蒙恬所造今觀其器上崇似天下平似地中空准六合絃柱擬十二月設之則四象在鼓之則五音發斯乃仁智之器豈蒙恬亡國之臣所能關思哉曹植詩撫絃彈鳴箏昇天行古樂府名樂府古題要解昇天行曹植日月何肯留鮑照家世宅關輔皆傷人世不永俗情險囏當求神仙翺翔六合之外其辭蓋出楚辭遠遊篇也天池指御苑池沼而言史記太液池中有蓬萊方丈瀛洲壺梁象海中神山龜魚之屬西京雜記昆明池中有樓船數百艘上建樓櫓韻會撾擊也毛萇詩傳考擊也書武成萬姓悅服老子我無爲而民自化按道書有三十六天上帝東方八天太皇黄曾天帝太明玉完天帝清明何童天帝玄胎平育天帝元明文舉天帝上明七曜摩夷天帝虛無玉衡天帝太極濛翳天帝南方八天赤明和陽天帝玄明恭華天帝曜明宗飄天帝竺落皇笳天帝虛明靈曜天帝觀明端靖天帝元明恭慶天帝太

煥極瑶天帝西方八天元載孔昇天帝太安皇崖天帝顯定極風天帝始皇孝芒天帝太皇翁重浮容天帝無思江油天帝上撰阮樂天帝無極曇誓天帝北方八天皓庭霄度天帝淵通元洞天帝太文翰寵妙成天帝太素秀樂禁上天帝太虛無上常融天帝太釋玉隆騰勝天帝龍變梵度天帝太極平育賈奕天帝中央四帝昊天金闕玉皇上帝先天聖祖長生大帝上天紫微天皇大帝中天北極紫微大帝真誥盧江灊山中有學道者鄭景世張重華以四月十九日北京老太一迎以雲軿白日升天蒼頡篇軿衣車也詩大雅宅是鎬京元和郡縣志周武王鎬京在長安縣西北十八里自漢武帝穿昆明池於此鎬京遺趾遂淪陷焉莊子黄帝再拜稽首而問曰敢問治身奈何而可以長久廣成子曰我爲汝遂於大明之上矣至彼至陽之原也爲汝入於窅冥之門矣至彼至陰之原也詩大雅如南山之壽不騫不崩獨斷陛下者陛階也所由升堂也天子必有近臣執兵陳於陛側以戒不虞謂之陛下者群臣與天子言不敢指斥天子故呼在陛下者而告之因卑達尊之意也上書亦如之封禪書前聖之所以永保鴻名而常爲稱首呂

向註鴻大也○擖張爪切音鬡䰃音𣮑鎬音浩窅音窈

前有樽酒行二首

郎古樂府之前有一樽酒也傅玄張正見諸作皆言置酒以祝賓主長壽之意太白則變而爲當及時行樂之辭

春風東來忽相過金樽淥酒生微波落花紛紛稍覺多美人欲醉朱顏酡青軒桃李能幾何流光欺人忽蹉跎君起舞日西一作將夕當年意氣不肯傾蕭本作平白髮如一作首垂絲嘆何益水清曰淥所謂淥酒即清酒之義也楚辭美人既醉朱顏酡韻會酡飲而赭色著面也虞炎詩青軒明月時王適詩青軒桃李落紛紛紫庭蘭蕙日氛氳流光日月之光也曹植詩流光正徘徊說文蹉跎失時也王融詩暢哉人外賞遲遲眷西夕○酡音駄

其二

琴奏龍門之綠桐玉壺美酒清若空催絃拂柱與君飲看朱成碧顔始紅一作眼白看杯顔色紅胡姬貌如花當壚笑春風笑春風舞羅衣君今不醉將緫本作欲安歸周禮龍門之琴瑟於宗廟中奏之鄭康成註龍門山名枚乘七發龍門之桐高百尺而無枝使琴摯斫斬以爲琴王僧儒詩誰知心眼亂看朱忽成碧古樂府胡姬年十五春日獨當壚漢書乃令文君當盧顔師古註賣酒之處累土爲盧以居酒甕四邊隆起其一面高形如鍛爐故名盧而俗之學者皆謂當盧爲對温酒火爐失其義矣

夜坐吟

夜坐吟始自鮑照其辭曰冬夜沉沉夜坐吟含情未發已知心霜入幕風度林朱燈滅朱顔尋體君歌逐君音不貴聲貴意深蕊言聽歌逐音因音託意也

冬夜夜寒覺夜長沉吟久坐坐北堂冰合井泉月入

闔金釭青凝照悲啼金釭滅啼轉多掩妾淚聽君歌歌有聲妾有情情聲合兩無違一語不入意從君萬曲梁塵飛古詩天寒知夜長西都賦金釭啣壁呂延濟註金釭燈盞也鮑照詩萬曲不關心陸機詩再唱梁塵飛劉向別錄漢興以來善雅歌者魯人虞公發聲清哀蓋動梁塵○釭音江

野田黃雀行按王僧虔技錄相和歌瑟調三十八曲中有野田黃雀行

遊莫逐炎洲翠棲莫近吳宮燕吳宮火起焚巢繆本作爾窠炎洲逐翠遭網羅蕭條兩翅蓬蒿下縱有鷹鸇奈爾一作若何郭璞山海經註翠似燕而紺色陳子昂詩翡翠巢南海雌雄珠樹林殺身炎洲裏委羽玉堂陰炎洲謂海南之地在漢為朱崖儋耳二郡唐為崖儋振三州今為瓊州其地居大海之中廣袤數千里四時常燠故曰炎洲多產翡翠越絕書記吳地傳有東宮西宮東宮周一里二百七十步西宮在

長秋周一里二十六步秦始皇帝十一年守宮者照燕失火燒之鮑照詩猶勝吳宮燕無罪得焚窠爾雅翼鷹鳥之鷙者雌大雄小一名鷞鳩陸機詩疏鸇似鷂青黃色燕頷勾喙嚮風搖翅乃因風飛急疾擊鳩鴿燕雀食之

箜篌謠

樂府詩集箜篌謠不詳所起大畧言結交當有終始與箜篌引異舊註以爲即箜篌引誤矣

攀天莫登龍走山莫騎虎貴賤結交心不移惟有嚴陵及光武周公稱大聖管蔡寧相容漢謠一斗粟不與淮南春兄弟尚路人一作行路吾心安所從他人方寸間山海幾千重輕言託朋友對面九疑峯多蕭本作開花必早落桃李不如松管鮑久巳死何人繼其蹤嚴子陵事

見二卷註史記武王崩成王少周公旦專王室管叔蔡叔疑周公之爲不利於成王乃挾武庚以作亂周公承成王命伐誅武庚殺管叔而放蔡叔斗粟謡見本卷上留田註方寸心也列子吾見子之心矣方寸之地虛矣方輿勝覽九疑山在道州寧遠縣南六十里亦名蒼梧山九峰相似望而疑之謂之九疑一曰朱明峰二曰石城峰三曰石樓峰四曰娥皇峰五曰舜源峰六曰女英峰七曰簫韶峰八曰桂林峰九曰梓林峰說苑鮑叔死管仲舉上袵而哭之涙下如雨從者曰非君父子也此亦有說乎管仲曰非夫子所知也吾嘗與鮑子負販於南陽吾三辱於市鮑子不以我爲怯知我之欲有所明也鮑子嘗與我有所說君者而三不見聽鮑子不以我爲不肖知我之不遇明君也鮑子嘗與我臨財分貨吾自取多者三鮑子不以我爲貪知我之不足於財也生我者父母知我者鮑子也士爲知巳者死而況爲之哀乎

雉朝飛

一本作雉朝飛絃○古今註雉朝飛者犢牧子所作也犢牧子齊處士湣宣王時人年五十無妻出薪於野見雉雌雄相隨而飛意動心悲乃作雉朝飛之操將以自傷焉

麥隴青青三月時白雉朝飛挾兩雌錦衣綺蕭本作繡翼何離褷犢牧採薪感之悲春天和白日暖啄食飲泉勇氣滿爭雄鬬死繡頸斷雉子班奏急管絃心傾美酒蕭本作傾心酒美盡玉椀枯楊枯楊爾生稊繆本作荑我獨七十而孤棲彈絃寫恨意不盡瞑目歸黃泥王僧達詩麥隴多秀色爾雅釋雉有十四種白雉其一種也名鶾雉江東呼白鶾校乘七發麥秀漸兮雉朝飛潘岳射雉賦逸群之儁擅場挾兩徐爰註逸群儁異之雉不但欲擅一場又挾兩雌也吳均雉朝飛曲何辭碎錦衣射雉賦鶯綺翼而頳撾木華海賦鳥雛離褷李善註離褷羽毛始生貌埤雅雉死耿介妬壟護疆善鬬雖飛不越分域一界之內要以一雉爲主餘者雖衆莫敢鳴雊射雉賦灼繡頸而衮背徐爰註頸毛如繡宋書漢鼓吹鐃歌十八曲有雉子班曲梁元帝詩金巵玉椀共君傾周易枯楊生稊老夫得其女妻無不利王弼

註稊者楊之秀也虞翻註稊稺也楊葉未舒稱稊○禠音斯犢音讀稊音題

上雲樂

原註老胡文康辭或云范雲及周捨所作今擬之○胡震亨曰梁武帝製上雲樂設西方老胡文康生自上古者青眼高鼻白髮導弄孔雀鳳凰白鹿慕梁朝來遊伏拜祝千歲壽周捨爲之詞太白擬作覩捨本詞加肆而龍飛咸陽數語似又謂此胡遊肅宗朝者亦各從其時備一代俳樂爾琦按隋書樂志梁三朝樂第四十四設寺子導安息孔雀鳳凰文鹿胡舞登連上雲樂歌舞伎知上雲樂者乃舞之名色令樂人扮作老胡之狀率珍禽奇獸而爲胡舞以祝天子萬壽其時所歌之辭卽捨所作之辭也捨本辭曰西方老胡厥名文康遨遊六合傲誕三皇西觀濛汜東戲扶桑南泛大蒙之海北至無通之鄉昔與若士爲友共弄彭祖扶牀往年暫到崑崙復値瑤池舉觴周帝迎以上席王母贈以玉漿故乃壽如南山老若金剛青眼眢眢白髮長長蛾眉臨髭高鼻垂口非直能俳又善飲酒簫歌從前門徒從後濟濟翼翼各有

分部鳳凰是老胡家雞師子是老胡家狗陛下撥亂反正再朗三光澤與雨施化與風翔覘雲候呂來遊大梁重驅修路始届帝鄉伏拜金闕瞻仰玉堂從者小子羅列成行悉知廉節皆識義方歌管愔愔鏗鼓鏘鏘響震鈞天聲若鵷凰前却中規矩進退得宫商舉伎無不佳胡舞最所長老胡寄篋中復有奇樂章賫持數萬里願以奉聖皇乃欲次第說老耄多所忘但願明陛下壽千萬歲歡樂未渠央太白此篇擬之而作辭義多相出入故全錄之以見其所自焉耳

金天之西白日所沒康老胡雛生彼月窟巉巖容儀戌削風骨碧玉炅炅一作皎皎雙目瞳黃金拳拳兩鬢一作鬢髮紅華蓋垂下睫嵩岳臨上脣不覩詭譎貌豈知造化神張衡思玄賦顧金天而嘆息兮吾欲往乎西嬉呂向註金天西方少昊所主也長楊賦西壓月窟月窟謂近西月沒之處蓋指西域極遠之地而言上林賦眇閻易以戌削徐廣註戌削言如刻畫作之

碧玉炅炅言其眼色碧而有光黃金拳拳言其髮色黃而稍卷華蓋垂下睫言其眉長而下覆於目嵩岳臨上唇言其鼻巨而上壓於唇黃庭內景經眉號華蓋覆明珠又云外應中岳鼻齊位梁邱子註中岳鼻也王褒洞簫賦驚合遝以詭譎李善註詭詭猶奇怪也○戌音恤炅音憬睫音接

大道是文康之嚴父元氣乃文康之老親撫頂弄盤古推車轉天輪云見日月初生時鑄冶火精與水銀陽烏未出谷顧兎半藏身女媧戲黃土團作愚下人散在六合間濛濛若沙塵生死了不盡誰明此胡是仙真西海栽若木東溟植扶桑別來幾多時枝葉萬里長道德指歸論道德爲父神明爲母孫楚石人銘大象無形元氣爲母杳兮冥兮陶冶衆有述異記盤古氏天地萬物之祖也路史渾敦氏即代所謂盤古氏神靈一日九變蓋元混之初陶融造化之主也木華海賦狀如天

輪膠戾而激轉李善註呂氏春秋曰天地如車輪終則復始淮南子積陽之熱氣生火火氣之精者爲日積陰之寒氣爲水水氣之精者爲月初學記范子計然曰日者火精也陽烏日中烏也詳明堂賦註顧兔月中兔也楚辭夜光何德死則又育厥利維何而顧兔在腹太平御覽風俗通曰俗説天地初開闢未有人民女媧團黃土爲人劇務力不暇供乃引繩於泥中舉以爲人故凡富貴賢智者黃土人也貧賤凡愚者引絙人也錄異記房州上庸界有伏羲女媧廟云是摶土爲人民之所古跡在焉淮南子若木在建木西末有十日其花照下地高誘註末端也若木端有十日狀如蓮花光照其下也東溟東海也顏延之詩日觀臨東溟十洲記扶桑在碧海之中地方萬里有椹樹長數千丈大二千圍樹兩兩同根偶生更相依倚是以名爲扶桑仙人食其椹而一體皆作金光色飛翔空玄其樹雖大其葉椹故如中夏之桑也但椹稀而色赤九千歲一生實耳味絕甘香美齊民要術玄中記云天下之高者扶桑無枝木焉上至天盤蜿而下屈通三泉也○媧音戈

中國有七聖半路頹鴻蕭本作洪**荒陛下**

應運起龍飛入咸陽赤眉立盆子白水興漢光叱咤四海動洪濤爲籛揚舉足蹋紫微天關自開張中國有七聖謂高祖太宗高宗中宗睿宗玄宗六君其一則武后也考先天二年睿宗誥有運光五聖業盛百齡之辭貞元二十一年順宗誥有九聖儲祥萬邦咸休之語皆數武后在內知當時稱謂如此也半路頽鴻荒[骨俞]祿山倡亂兩京覆沒有似鴻荒之世也陛下應運起謂肅宗即位於靈武龍飛入咸陽謂西京尅復大駕還都也赤眉立盆子謂祿山旣死群賊又立安慶緒爲主也叱咤四海動洪濤爲籛揚[骨俞]天下震動寰宇洗清也舉足踏紫微[骨俞]踐天子之位也天關自開張[骨俞]四遠關塞悉開通出入不事閉守也魯靈光殿賦鴻荒樸畧張載註鴻大也上古之世爲鴻荒之世也東京賦龍飛白水鳳翔參墟薛綜註龍飛鳳翔以[骨俞]聖人之興後漢書建武元年赤眉賊率樊崇逢安等共立劉盆子爲天子然崇等視之如小兒百事自由初不恤錄宋書光武起於春陵之白水鄉章懷太子後漢書註光武舊宅在今隨州棗陽東南宅旁二

里有白水焉即張衡所謂龍飛白水也太平御覽天官星占曰紫微者天帝之座也老胡感至德東來進仙倡五色師子九苞鳳凰是老胡雞犬鳴舞飛帝鄉淋漓颯沓進退成行能胡歌獻漢酒跪雙膝並蕭本作立兩肘散花指天舉素手拜龍顏獻聖壽北斗戾南山摧天子九九八十一萬歲長傾萬歲一作年杯西京賦總會仙倡薛綜註仙倡僞作假形謂如神也束晳發蒙記獅子五色而食虎於巨山之岫一噬則百人仆惟畏鈎戟南齊書王敬則夢騎五色獅子論語摘衰聖鳳有九苞九苞者一曰口包命二曰心合度三曰耳聽達四曰舌詘伸五曰彩光色六曰冠矩朱七曰距銳鈎八曰音激揚九曰腹文戶傳敎舞賦颯沓合并張銑註颯沓盤旋貌春秋元命苞黃帝龍顏得天庭陽文王龍顏柔肩望羊宋玉大言賦北斗戾兮太山夷說文戾曲也九九八十一萬六字出戰國策

夷則格上白鳩拂舞辭　通典白鳩吳朝拂舞曲也琦按拂舞者樂人執拂而舞以爲容節也樂府詩集古今樂錄曰鞞鐸巾拂四舞梁並夷則格鐘磬鳩拂和故白擬之爲夷則格上白鳩拂舞辭

鏗鳴鐘考朗鼓歌白鳩引拂舞白鳩之白誰與鄰霜衣雪襟誠可珍含哺七子能平均食不噎繆本作咽性安一作可馴首農政鳴陽春天子刻玉杖鏤形賜耆人白鷺一作鷹之繆本作亦白非純真外潔其色心匪仁闕五德無司晨胡爲啄我葭下之紫鱗鷹鸇鵰鶚貪而好殺鳳凰雖大聖不願以爲臣　楚辭鏗鐘搖簴王逸註鏗撞也詩國風我有鐘鼓勿鼓勿考毛傳考擊也何承天歌朗鼓節鳴笳鳩類甚多毛色各異白者不常有有則以爲異故瑞應圖曰

白鳩成湯時至王者養耆老尊道德不以新失舊則
至詩國風鳲鳩在桑其子七兮陸璣疏鳲鳩有均一
之德飼其子旦從上而下暮從下而上平均如一爾
雅翼鳲鳩一名鵠鵴又名布穀以此鳥鳴時布種其
穀似鷂長尾牝牡飛鳴翼相摩拂月令云鳴鳩拂其
羽是也按鳴鳩拂羽乃三月中候也張華禽經註鳴
鳩此鳥鳴時耕事方作農人以爲候後漢書禮儀志
仲秋之月縣道皆按戶比民年始七十者授之以玉
杖餔之糜粥八十九十禮有加賜玉杖長九尺端以
鳩鳥爲飾鳩者不噎之鳥也欲老人不噎釋名人六
十曰耆耆指也不從力役指事使人也陸璣詩疏鷺
水鳥也好而潔白汶陽謂之白鳥齊魯之間謂之舂
鉏遼東樂浪吳揚人皆謂之白鷺大小如鴟青脚高
尺七八寸尾如鷹尾喙長三寸頭上有毛十數枚長
寸餘毿毿然與衆毛異甚好欲取魚時則弭之韓詩
外傳君獨不見夫雞乎首戴冠者文也足搏距者武
也敵在前敢鬬者勇也得食相告仁也守夜不失時
信也雞有此五德襄陽記雞主司晨犬主吠盜毛萇
詩傳葭蘆也說文葭葦之未秀者蜀都賦鮮以紫鱗
鷹古者謂之鷞鳩一歲色黃曰黃鷹二歲色變次赤

曰鵪鷹又曰鵰鷹三歲以後色變蒼白曰蒼鷹隋魏彦深鷹賦所謂毛衣屢改厥色無常寅生酉就總號爲黄二周作鷂三歲成蒼是也世俗通謂之角鷹以其頂有毛角微起也鸇詩所謂晨風似鷹而小好乘風展翅鳴則風生世俗謂之鶻鵰與鷹極類惟尾長翅短爲異猛悍多力鶚尤勇健善搏乃鷙鳥中之殊特者故鄒陽書曰鷙鳥累百不如一鶚禽經曰鷙鳥之善摶者曰鶚孟康漢書註鶚大雕也詩經正義鵰之大者又名鶚葢言其似鵰而大也或以鵰鶚混爲一物或以鶚爲王雎魚鷹之異名皆非也四鳥皆禽中之鷙者形狀亦相似曲喙金睛劒翮利爪盤旋空中俟物而擊之鸇形最小所搏者惟鴿雀小鳥之類鷹稍大能摶雉兔雕則大於鷹能擒鴻鵠大鳥鶚則又大於鵰能摶狐鹿羊豕鷹多生北地鶚則是處有之鵰鶚惟産邊境世人不辯或多混稱故詳釋之○哺音步葭音嘉鵰音刁鶚音諤

日出入行

胡震亨曰漢郊祀歌日出入言日出入無窮人命獨短願乘六龍仙而升天太白反其意言人安能如日月不息不當違天矯誣貴放心自然與涬溟同科也

日出東方隈似從地底來歷天又入海繆本作歷天又復入西海六龍所舍安在哉其始與終古不息一作其行終古不休息人非元氣安得與之久徘徊草不謝榮於春風木不怨落於秋天誰揮鞭策驅四運萬物興歇皆自然羲和羲和汝奚汩沒於荒淫之波魯陽何德駐景揮戈逆道違天矯誣實多吾將囊括大塊浩然與溟涬同科

莊子日出於東方而入於西極說文隈水曲隩也六龍見蜀道難註莊子日月得之終古不息陸德明註崔云終古久也鄭玄註周禮云終古猶言常也法苑珠林元氣者依河圖曰元氣無形匈匈蒙蒙偃者爲地伏者爲天禮統曰天地者元氣之所生萬物之祖帝王世紀曰元氣始萌謂之太初三五曆紀曰未有天地之時混沌如雞子溟涬鴻濛滋分歲起攝提元氣啟肇郭象莊子註暖焉若陽春之自和故蒙澤者

不謝淒乎若秋霜之自降故凋落者不怨太白謝榮怨落二語本此殷仲文詩四運雖鱗次呂向註四運四時也廣雅日御謂之羲和淮南子百姓曼衍於荒淫之陂而失其大宗之本劉勰新論蔓衍於荒淫之波留連於是非之境淮南子魯陽公與韓搆戰酣日暮援戈而揮之日爲之反三舍郭璞詩塊無魯陽德回日向三舍書仲虺之誥矯誣上天賈誼過秦論囊括四海之意淮南子大塊載我以形高誘註大塊天地之間也莊子大同於涬溟司馬彪曰涬溟自然元氣也張衡靈憲太素之前幽清玄靜寂寞冥默不可爲象厥中惟靈厥外惟無如是者永久焉斯謂溟涬蓋乃道之根也葛洪枕中書二儀未分溟涬鴻濛未有成形天地日月未具狀如雞子混沌玄黃○隈音近威汨音骨溟音茗涬音悻

胡無人

按樂府詩集王僧虔技錄相和歌瑟調三十八曲中有胡無人行

嚴風吹霜海草凋筋幹精堅胡馬驕漢家戰士三十萬將軍兼領一作誰者霍嫖姚流星白羽腰間插劍花秋

蓮光出匣天兵照雪下玉關虜箭如沙射金甲雲龍風虎盡一作畫交回太白入月敵可摧敵可摧旄頭滅履胡之腸涉胡血懸胡青天上埋胡紫塞旁胡無人漢道昌初學記梁元帝纂要曰冬風曰嚴風周禮凡爲弓冬析幹而春液角夏治筋秋合三材韻會驕馬壯貌漢書武帝元光二年遣五將軍三十萬衆伏馬邑下欲襲單于單于覺之而去漢書霍去病善騎射再從大將軍大將軍受詔予壯士爲票姚校尉與輕勇騎八百直棄大將軍數百里赴利斬捕首虜過當服虔註票姚音飄搖顏師古曰票音頻妙反姚音羊名反票姚勁疾之貌也荀悅漢紀作票鷂字去病後爲票騎將軍尚取票姚之字耳今讀者音飄搖則不當其義也按唐人詩中用嫖姚字者多從服音不從顏說即杜工部亦然不獨太白是詩矣上林賦彎繁弱滿白羽文穎註以白羽羽箭故言白羽也揚雄長楊賦天兵四臨李善註天兵言兵威之盛如天也漢書地理志敦煌郡龍勒縣有玉門關史記正

義拓地志曰玉門關在沙州壽昌縣西北一百十八里元和郡縣志玉門關在瓜州晉昌縣東二十里一統志玉門關在陝西故瓜州西北十八里漢霍去病破走月支開玉門關班超在西域上書願生入玉門關即此雲龍風虎皆陣名李衞公問對太宗曰天地風雲龍虎鳥蛇斯八陣何義也靖曰古人秘藏此法故詭說八名於八陣本一也舊註引周易雲從龍風從虎之文恐於詩義未當後漢書永平十五年十一月乙丑太白入月中爲大將戮晉書凡五星入月歲其野有逐相太白將戮元帝太興三年十二月巳未太白入月在斗成帝咸康元年二月乙未太白入月六年二月乙未太白入月其占又皆另有所主俱未嘗爲摧敵之兆太白斯語其别有所據歟漢書昴曰旄頭胡星也淮南子白刃合流矢接涉血履腸輿死扶傷古今註秦築長城土色皆紫漢塞亦然故稱紫塞焉

陛下之壽三千霜但歌大風雲飛揚安用猛士兮守四方

漢高祖歌詩大風起兮雲飛揚威加海內兮歸故鄉安得猛士兮守四方蘇子由譏此詩末三句爲不達理蕭士贇曰詩至漢道昌一篇之意

已足一本云無此三句者是也使蘇子由見之必不肯輕致不識理之誚矣東坡云今太白集有悲來乎笑巳乎贈懷素草書數詩決非太白之作蓋唐末五代間齊巳輩詩也僕亦曰此詩末後三句安知非此輩所增乎致使太白貽譏於數百載之後惜哉今遂刪去後人具正法眼藏者必蒙賞音後人錄此詩者悉刪去後三句蓋多從蕭本也○琦按酉陽雜俎云祿山反太白蝕月無人言太白入月敵可摧及祿山死太白蝕月蕭氏註從之謂此詩必作於上元間據太史之占而言今考唐書天文志初未嘗有太白入月之事而蕭妄引上元元年三年月掩昴之文以當之誤矣玩天兵照雪下玉關之句當是開元天寶之間爲征討四夷而作庶幾近是

北風行

鮑照有北風行傷北風雨雪行人不歸太白擬之而作

燭龍棲寒門光耀猶旦開日月照之何不及此一作日月之賜不及此惟有北風號怒天上來燕山雪花大如席片

片吹落軒轅臺幽州思婦十二月停歌罷笑雙蛾摧
倚門望行人念君長城苦寒良可哀別時提劍救邊
去遺此虎文金鞞靫中有一蕭本作二雙白羽箭蜘蛛結
網生塵埃箭空在人今戰死不復回不忍見此物焚
之巳成一作以爲灰黃河捧土尚可塞北風雨雪恨難裁
一作裁○淮南子燭龍在雁門北蔽於委羽之山不
見日其神人面龍身而無足高誘註龍啣燭以照太
陰蓋長千里視爲晝瞑爲夜吹爲冬呼爲夏又淮南
子北方曰北極之山曰寒門高誘註積寒所在故曰
寒門太平寰宇記燕山在薊州漁陽縣東南七十里
一統志燕山在薊州玉田縣西北二十五里自西山
一帶迤邐東來延袤數百里抵海崖然詩家用燕山
字槩舉燕地之山猶秦山楚山之類不專指一山也
直隸名勝志軒轅臺在保安州西南界之喬山上山
海經云大荒內有軒轅臺射者不敢西向畏軒轅故

也唐之幽州又謂之范陽郡屬河北道鞞鞁當作鞴鞁爲是韻會鞴鞁盛箭室子虚賦作步又北史突厥傳帝取桃竹白羽箭一枚以賜射匱後漢書朱浮傳此猶河濵之人捧土以塞孟津多見其不知量也○鞞音丙鞴音步鞁音差

俠客行

趙客縵胡纓吳鈎霜雪明銀鞍照白馬颯沓如流星十步殺一人千里不留行事了拂衣去深藏身與名閑過信陵飲脱劍膝前一作上横將炙啖朱亥持觴勸侯嬴三杯吐然諾五岳倒爲輕眼花耳熱後意氣素霓生救趙揮金槌邯鄲先震驚千秋二壯士烜繆本作炟赫大梁城縱死蕭本作使俠骨香不慚世上英誰能書閣

蕭本作閣下白首太玄經莊子趙太子曰吾王所見劍士皆蓬頭突鬢垂冠縵胡之纓短後之衣司馬彪曰曼胡之纓謂粗纓無文理也鮑照詩錦帶佩吳鉤吳鉤李周翰註吳鉤鉤頭少曲夢溪筆談吳鉤刀名也刀彎今南蠻用之謂之葛黨刀辛延年詩銀鞍何煜爚杜篤論都賦軍如流星莊子臣之劍十步一人千里不留行司馬彪曰十步與一人相擊輒殺之故千里不留於行也韻會將奉也賚也持也邱遲詩丈夫吐然諾受命本遺家張華輕薄篇三雅來何遲耳熱眼中花張華壯士篇慷慨成素霓嘯咤起清風史記魏公子無忌者魏昭王少子而魏安釐王異母弟也安釐王即位封公子為信陵君魏有隱士曰侯嬴年七十家貧為大梁夷門監者公子聞之往請欲厚遺之不肯受公子於是乃置酒大會賓客坐定公子從車騎虛左自迎侯生至家引侯生坐上坐徧贊賓客賓客皆驚於是罷酒侯生遂為上客侯生謂公子曰屠者朱亥此子賢者世莫能知故隱屠間耳公子數往請之朱亥故不復謝魏安釐王二十年秦已破趙長平軍又進兵圍邯鄲魏王使將軍晉鄙將十萬衆救趙秦王使使告魏王曰吾攻趙旦

暮且下諸侯敢救者已拔趙必移兵先擊之魏王恐
使人止晉鄙留軍壁鄴名爲救趙實持兩端以觀望
公子數請魏王及賓客辯士說王萬端魏王畏秦終
不聽公子侯生曰嬴聞晉鄙之兵符常在王臥内而
如姬最幸出入王臥内力能竊之嬴聞如姬父爲人
所殺如姬爲公子泣公子使客斬其仇頭敬進如姬
如姬之欲爲公子死無所辭公子誠一開口請如姬
如姬必許諾則得虎符奪晉鄙軍北救趙而西却秦
此五霸之伐也公子從其計請如姬如姬果盜晉鄙
兵符與公子侯生曰將在外主令有所不受以便國
家公子卽合符而晉鄙不授公子兵而復請之事必
危矣臣客屠者朱亥可與俱此人力士晉鄙聽大善
不聽可使擊之於是公子請朱亥朱亥笑曰臣乃市
井鼓刀屠者而公子親數存之所以不報謝者以爲
小禮無所用今公子有急此乃臣効命之秋也遂與
公子俱至鄴矯魏王令代晉鄙晉鄙合符疑之欲無
聽朱亥袖四十斤鐵錐錐殺晉鄙公子遂將晉鄙軍
進兵擊秦軍秦軍解去遂救邯鄲存趙韻會烜赫明
照貌又云烜光明也詩赫兮烜兮註宣著貌一曰有
威儀貌通作咺禮記引詩赫兮咺兮又作喧琦按後

漢書張讓傳有威形諠赫之語諠赫烜赫赫皆倒用赫咺字以成文耳字雖異而義則一也張華遊俠曲生從命子遊死聞俠骨香李密詩寄言世上英虛生真可愧揚雄草太玄經及校書天祿閣詳見二卷註○縵音幔

邯音寒

李太白文集卷三

李太白文集卷之四

錢塘　王琦琢崖輯註

趙樹元[illegible]較

樂府三十七首

關山月

樂府古題要解關山月傷離別也蕭士贇曰關山月者樂府鼓角橫吹十五曲之一王褒詩云無復漢地關山月

明月出天山蒼茫雲海間長風幾萬里吹度玉門關漢下白登道胡窺青海灣由來征戰地不見有人還戍客望邊色一作邑思歸多苦顏高樓當此夜嘆息未應閑一作還○漢書貳師將軍與右賢王戰於天山晉灼註天山在西域近蒲類國去長安八千餘

里顏師古註天山卽祁連山也匈奴謂天爲祁連今
鮮卑語尚然輿地廣記伊州伊吾縣有天山胡人呼
爲折漫羅山每過之皆下馬拜一名雪山北邊備對
天山卽祈連山也又名時漫羅山又名祁漫羅山葢
虜語謂祁連也時漫羅也祁漫羅也皆天也通典元
和志於張掖縣旣著祁連山矣而伊西庭三州皆有
此山則是自甘張掖而西至於庭州相去三千五六
百里而天山皆能周徧其地則此山亦廣長矣月出
於東而天山在西今日明月出天山葢自征夫而言
巳過天山之西而迴首東望則儼然見明月出於天
山之外也陸機詩長風萬里舉玉門關詳見前卷註
漢書匈奴引兵南踰句注攻太原至晉陽下高帝自
將兵往擊之會冬大寒雨雪卒之墮指者十二三於
是冒頓陽敗走誘漢兵漢兵逐擊冒頓冒頓匿其精
兵見其羸弱於是漢悉兵三十二萬北逐之高帝先
至平城步兵未盡到冒頓縱精兵三十餘萬騎圍高
帝於白登七日漢兵中外不得相救餉顏師古註白
登在平城東南去平城十餘里輿地廣記雲州雲中
縣有白登山匈奴圍漢高祖於此周書吐谷渾治伏
俟城在青海西十五里青海周圍千餘里建德五年

其國大亂高祖詔皇太子征之軍渡青海至伏俟城夸呂遁去虜其餘衆而還一統志西海在陝西西寧衛城西三百餘里海方數百里一名卑禾羌海俗呼青海潛確居類書洮州衛有青海在洮水之西周圍千里中有小山隋將段文振西征逐虜於青海即此琦按青海隋時屬吐欲渾唐高宗時爲吐蕃所據儀鳳中李敬元開元中王君㚟張景順崔希逸皇甫惟明王忠嗣先後與吐蕃攻戰皆近其地相去不遠

獨漉篇

蕭士贇曰獨漉篇卽拂舞歌五曲中之獨祿篇也特太白集中祿字作漉字其間命意造辭亦模倣規擬但古詞爲父報仇太白言爲國雪恥耳古詞曰獨祿獨祿水深泥濁泥濁尚可水深殺我喈喈雙雁遊戲田畔我欲射雁念子孤散翩翩浮萍得風遥輕我心何合與之同并空牀低幃誰知無人夜衣錦繡誰別僞真刀鳴削中倚牀無施父寃不報欲活何爲猛虎斑斑遊戲山間虎欲殺人不避豪賢琦按樂府諸書亦有引古詞作獨鹿者亦有作獨漉者是祿鹿漉古者通用非始於太白也

獨漉水中泥水濁不見月不見月尚可水深行人沒右爲一解劉履曰獨漉疑地名琦按上谷郡涿州有地名獨鹿一名濁鹿者是也又小網名罜麗荀子作獨鹿成相辭曰恐爲子胥身離凶進諫不聽剄而獨鹿棄之江楊倞註國語曰鳥獸成水蟲孕水虞於是禁罝罜麗賈云罜麗小罟也或謂此未可知越鳥從南來胡雁蕭本作鷹亦北度蕭本作渡我欲彎弓向天射惜其中道失歸路右爲二解落葉別樹飄零隨風客無所託悲與此同右爲三解羅帷舒卷似有人開明月直入無心可猜右爲四解雄劍挂壁時時龍鳴不斷犀象繡繆本作羞澀苔生國恥未雪何由成名右爲五解梁簡文帝七勵拭龍泉之雄劍瑩魏國之寶刀拾遺記帝顓頊有曳影之劍騰空而舒若四方有兵此劍則飛起指其方則尅伐未用之時常於匣裏如龍虎之吟曹植七啟步光之劍華藻繁縟

陸斷犀象未足稱雋李周翰註言劒之利也犀象之獸其皮堅晉書國恥未雪夙夜憂憤

神鷹夢澤不顧鴟鳶爲君一擊鵬摶繆本作摶鵬九天右爲六解太平廣記楚文王好獵有人獻一鷹王見其殊常故爲獵於雲夢之澤毛群羽族爭噬共搏此鷹瞪目遠瞻雲際俄有一物鮮白不辨其鷹竦翮而升矗若飛電須臾羽墮如雪血下如雨良久有大鳥墜地其兩翅廣十餘里喙邊有黃衆莫能知時有博物君子曰此大鵬雛也出幽明錄蕭士贇曰此比興之意謂士之用世當爲國雪恥立大功以成名如神鷹之不顧凡鳥而但擊九天之鵬也○琦按此詩依約古辭當分六解解各一意峯斷雲連似離似合其體固如是也若强作一意釋去更無是處

登高丘而望遠海

此題舊無傳聞郭茂倩樂府詩集編是詩於相和曲中魏文帝登山而遠望一篇之後疑太白擬此也然文意却不類

登高丘望遠海六鼇骨已霜三山流安在扶桑半摧

折白日沉光彩銀臺金闕如夢中秦皇漢武空相待精衞費木石黿鼉無所憑君不見驪山茂陵盡灰滅牧羊之子來攀登盜賊劫寶玉精靈竟何能窮兵黷武令如此鼎湖飛龍安可乘

列子渤海之東不知幾億萬里有大壑焉實惟無底之谷其中有五山焉一曰岱輿二曰員嶠三曰方壺四曰瀛洲五曰蓬萊五山之根無所連着常隨潮波上下往還不得暫峙焉仙聖毒之訴之於帝帝恐流於西極失群聖之居乃命禺彊使巨鼇十五舉首而戴之迭爲三番六萬歲一交焉五山始峙而龍伯之國有大人舉足不盈數步而暨五山之所一釣而連六鼇合負而趣歸其國灼其骨以數焉於是岱輿員嶠二山流於北極沉於大海仙聖之播遷者巨億計山海經湯谷上有扶桑十日所浴在黑齒北居水中有大木九日居下枝一日居上枝江淹別賦日下壁而沉彩張衡思玄賦聘王母於銀臺註云銀臺王母所居史記自威宣燕昭使人入海求蓬萊方丈

瀛洲此三神山者其傳在渤海中去人不遠患且至則船風引而去蓋嘗有至者仙人及不死之藥皆在焉其物禽獸盡白而黄金銀爲宫闕未至望之如雲及到三神山反居水下臨之風輒引去終莫能至云及至秦始皇并天下至海上則方士言之不可勝數始皇自以爲至海上而恐不及矣使人乃齎童女入海求之船交海中皆以風爲解曰未能至望見之焉今天子遣方士入海求蓬萊安期生之屬居久之求蓬萊安期生莫能得精衛鳥常銜西山木石以湮東海詳見大鵬賦註竹書紀年穆王三十七年大起九師東至於九江架黿鼉以爲梁遂伐越至于紆精衛二句蓋言海之深廣非木石可填而黿鼉爲梁之説亦虚而無所憑據以明三山之必不可到也漢書秦始皇帝葬於驪山之阿下錮三泉上崇山墳其高五十餘丈周回五里有餘石槨爲游館人膏爲燈燭水銀爲江海黄金爲鳧雁珍寶之藏機械之變棺槨之麗宫館之盛不可勝原又多殺宫人生埋工匠計以萬數天下苦其役而反之驪山之作未成而周章百萬之師至其下矣項籍燔其宫室營宇往者咸見發掘其後牧兒亡羊羊入其鑿牧者持火照求羊失火

燒其藏椁漢武外傳元狩二年二月丁卯帝崩三月葬茂陵兆齊書終自灰滅晉書漢天子卽位一年而爲陵天下供賦三分之一供宗廟一供賓客一充山陵漢武帝享年久長比葬而茂陵不復容物其樹皆巳可拱赤眉取陵中物不能減半於今猶有朽帛委積金玉未盡三國志陸抗傳窮兵黷武動費萬計抱朴子黃帝於荆山之下鼎湖之中飛九丹成乃乘龍登天也

陽春歌 宋吳邁遠作陽春歌梁沈約作陽春曲此詩似擬之而作

長安白日照春空綠楊結烟桑一作垂裊風披香殿前花始紅流芳發色繡戶中繡戶中相經過飛燕皇后輕身舞紫宮夫人絕世歌聖君三萬六千日歲歲年年奈樂何 三輔黃圖未央宮有披香殿雍錄慶善宮有披香殿鮑照詩文窗繡戶垂羅幕趙后外傳飛燕緣主家大人得入宮名幸自此特幸號趙皇后獨異志趙飛燕身輕能爲掌上舞西京賦正紫

宫於未央薛綜註天有紫微宫王者象之李善註辛氏三秦記曰未央宫一名紫微宫然未央爲總稱紫宫其中別名漢書孝武李夫人本以倡進初夫人兄延年性知音善歌舞武帝愛之延年侍上起舞歌曰北方有佳人絶世而獨立一顧傾人城再顧傾人國寧不知傾城與傾國佳人難再得上嘆息曰世豈有此人乎平陽主因言延年有女弟上乃召見之實妙麗善舞由是得幸

楊叛兒

通典楊叛兒本童謡也齊隆昌時女巫之子曰楊旻少隨母入内及長爲太后所寵童謡云楊婆兒共戲來而歌語訛遂成楊叛兒

君歌楊叛兒妾勸新豐酒何許最關人烏啼白門柳烏啼隱楊花君醉畱妾家博山爐中沉香火雙烟一氣凌紫霞梁元帝詩試酌新豐酒遥勸陽臺人宋書宣陽門民間謂之白門胡三省通鑑註白門建康城西門也西方色白故以爲稱古楊叛曲暫出白門前楊柳可藏烏歡作沉水香儂作博山爐吕

大臨考古圖按漢朝故事諸王出閣則賜博山香爐晉東宮舊事曰太子服用則有博山香爐一云爐象海中博山下有盤貯湯使潤氣蒸香以象海之回環此器世多有之形製大小不一南方草木狀交趾有蜜香樹幹似柜柳其花白而繁其葉如橘欲取香伐之經年其根幹枝節各有别色也木心與節堅黑沉水者爲沉香法苑珠林南州異物志曰沉水香出日南欲取當先斫壞樹著地積久外自朽爛其心至堅者置水則沉名曰沉香楊升菴曰古楊叛曲僅二十字太白衍之爲四十四字而樂府之妙思益顯隱語益彰其筆力似烏獲扛龍文之鼎其精光似光弼領子儀之軍矣書曰葛伯仇餉非孟子解之後人不知仇餉爲何語沉水博山之句非太白以雙烟一氣解之樂府之妙亦隱矣

雙燕離　初學記琴歷曰琴曲有雙燕離

雙燕復雙燕雙飛令人羨玉樓珠閣不獨棲金窗繡戶長相見栢梁去火去因入吳王宮吳宮又焚蕩雛

盡巢亦空憔悴一身在孀雌憶故雄雙飛難再得傷我寸心中張超靈帝河間舊廬碑金窓鬱律玉璧內瑲漢武內傳太初元年十一月巳酉天火燒栢梁臺三輔黃圖栢梁臺武帝元鼎二年春起此臺在長安城中北闕內三輔舊事云以香栢爲梁也太初中臺災太平御覽吳地記曰春申君都吳宮加巧飾春申君死吏照燕窟失火遂焚沈約詩可憐桂樹枝單雄憶故雌列女傳夜半悲鳴想其故雄

山人勸酒此題未詳所始而樂府詩集編太白是作入琴曲歌辭中

蒼蒼雲松落落綺皓春風爾來爲阿誰胡蝶忽然滿芳草秀眉霜雪顏桃花繆本作桃花貌骨青髓綠繆本作青髓綠髮長美好稱是秦時避世人勸酒相歡不知老各守麋一作兎鹿志恥隨龍虎爭欻起佐一作安太子漢皇乃復

驚顧謂戚夫人彼翁羽翼成歸來商山下泛若雲無情舉觴酹巢由洗耳何獨（一作太）清浩歌望嵩岳意氣還（一作遥）相傾（史記上欲廢太子立戚夫人子趙王如意呂后恐畱侯爲畫計曰上不能致者天下有四人四人者年老矣皆以爲上慢侮人故逃匿山中義不爲漢臣然上高此四人今誠能無愛金玉璧帛令太子爲書卑辭安車因使辯士固請宜來來以爲客時時從入朝令上見之則必異而問之上知此四人賢則一助也於是呂后令呂澤使人奉太子書卑辭厚禮迎此四人十二年上疾益甚愈欲易太子及燕置酒太子侍四人從太子年皆八十有餘鬚眉皓白衣冠甚偉上怪之問曰彼何爲者四人前對各言姓名曰東園公角里先生綺里季夏黄公上大驚曰吾求公數歲公避逃我今公何自從吾兒遊乎四人皆曰陛下輕士善罵臣等義不受辱故恐而亡匿竊聞太子爲人仁孝恭敬愛士天下莫不延頸欲爲太子死者故臣等來耳上曰煩公幸卒調護太子四人爲壽已畢趨去上目送之名戚夫人指示四

人曰我欲易之彼四人輔之羽翼已成難動矣吕后真而主矣戚夫人泣上曰爲我楚舞我爲若楚歌歌曰鴻鵠高飛一舉千里羽翮已就横絶四海横絶四海當可奈何雖有矰繳尚安所施歌數闋戚夫人嘘唏流涕上起去罷酒竟不易太子者留侯本招此四人之力也路史園公綺里季夏黄公角里先生代之所謂四皓者遭秦苛政避地商之藍田山中漢高招之以皇帝善慢士不至迨帝爲戚姬故欲易太子高后以留侯計致之太子以定四老人之力也去勿復見後俱葬於安陵三國志龐統傳向者之論阿誰爲失古詩不知貽阿誰後漢書鄭玄秀眉明目容儀温偉神仙傳魯女生絶穀八十餘年日少壯色如桃花黄庭内景經骨青筋赤髓如霜阮籍詩自非王子晉誰能長美好陶潛詩丈夫志四海我願不知老張華詩龍虎方交争七國並抗衡北史陛下不以劉裕欻起納其貢使韻會欻暴起也通典商州上洛縣有商山亦名地肺山亦名楚山四皓所隱通鑑地理通釋商山在商州商洛縣南一里廣韻酹以酒沃地也李善文選註琴操曰堯大許由之志禪爲天子由以其言不善乃臨河而洗耳李陵詩曰許由不洗耳後世

有何徵魏子曰昔者許由之立身也恬然守志存已不甘祿位洗耳不受帝堯之讓謙退之高也葢部耆舊傳秦宓對王商曰昔堯優許由非不弘也洗其兩耳皇甫謐逸士傳曰巢父者堯時隱人也及堯讓位乎許由也由以告巢父巢父責由曰汝何不隱汝光見若身揚若名令聞若汝非吾友也乃擊其膺而下之由悵然不自得乃過清泠之水洗其耳皇甫謐高士傳曰巢父聞許由之爲堯所讓也以爲汚乃臨池水而洗耳譙周古史考曰許由堯時人也隱箕山恬泊養性無欲於世堯禮待之終不肯就時人高其無欲遂崇大之曰堯將以天下讓許由由恥聞之乃洗其耳或曰又有巢父與許由同志或云許由夏常居巢故一號巢父不可知也凡書傳言許由則多言巢父者少矣范曄後漢書嚴子陵謂光武曰昔唐堯著德巢父洗耳士各有志何至相迫乎書傳之說洗耳參差不同楚詞臨風怳兮浩歌劉良註浩大也初學記嵩高山者五岳之中岳也南有許由山高大四絶其北有潁水堯聘許由其處猶有壇墠鮑照詩握君手執杯酒意氣相傾死何有蕭士贇曰太白葢爲明皇欲廢太子瑛有感而作是詩時盧鴻王希夷隱

居嵩山李元愷吳筠之徒皆以隱逸稱或名至闕庭或遺問政事徒爾高談未有能如四皓之一言而太子得不易也末句曰浩歌望嵩岳意氣還相傾深不滿於當時嵩岳之隱者歟琦按此詩大意美四皓當暴秦之際能避世隱居及漢有天下雖一出而輔佐太子乃功成身退曾不繫情爵位真可以希風巢許者矣箕山潁水是二子洗耳盤桓之地俱在嵩山故望之而慨焉生慕巢由如在意氣可以相傾此正尚友古人之意初無譏評獨清之說明皇一證其見左矣○欻許勿切音近旭或音忽酹音類

于闐採花

胡震亨曰于闐採花陳隋時曲名本辭云山川雖異所草木尚同春亦如溱洧地自有採花人太白則借明妃陷虜傷君子不逢明時爲讒妒所蔽賢不肖易置無可辨葢亦以自寓意焉漢書西域傳于闐國王治西城去長安九千六百七十里周書于闐國在葱嶺之北二百餘里東去長安七千七百里○闐音田

于闐採花人自言花相似明妃一朝西入胡胡中美

女多羞死乃知漢地多明姝胡中無花可方比丹青能令醜者妍無鹽翻在深宮裏自古妒蛾眉胡沙埋皓齒

西京雜記元帝後宮既多不得常見乃使畫工圖其形按圖名幸之諸宮人皆賂畫工多者十萬少者亦不減五萬獨昭君不肯遂不得見後匈奴入朝求美人爲閼氏於是上按圖以昭君行及去名見貌爲後宮第一善應對舉止閑雅帝悔之而名籍已定重失信於外國故不復更人乃窮案其事畫工皆棄市籍其家資皆巨萬野客叢書晉文帝諱昭以昭君爲明妃新序齊有婦人極醜無雙號曰無鹽女其爲人也臼頭深目長指大節昂鼻結喉肥項少髮折腰出胸皮膚若漆行年三十無所容人衒嫁不售流棄莫執於是乃拂拭短褐自詣宣王謂謁者曰妾齊之不售女也聞君王之聖德願備後宮之掃除頓首司馬門外唯王幸許之謁者以聞宣王方置酒於漸臺名而見之無鹽女揚目銜齒舉手拊肘曰殆哉殆哉如此者四宣王曰願遂聞命無鹽女對曰今大王之君國也西有衡秦之患南有强楚之讐外有三

國之難內聚奸臣衆人不附春秋四十壯男不立一旦山陵崩弛社稷不定此一殆也漸臺五重黃金白玉琅玕龍疏翡翠珠璣莫落連飾萬民疲極此二殆也賢者伏匿於山林諂諛强於左右邪僞立於本朝諫者不得通入此三殆也酒漿流湎以夜續朝女樂俳優縱橫大笑外不修諸侯之禮內不秉國家之治此四殆也故曰殆哉殆哉宣王喟然而嘆曰痛乎無鹽君之言吾今乃一聞寡人之殆幾不全於是立停漸臺罷女樂退諂諛去雕琢選兵馬實府庫四闢公門招進直言延及側陋擇吉日立太子進慈母拜無鹽君爲王后而國大安者醜女之力也呂覽靡曼皓齒高誘註皓齒詩所謂齒如瓠犀者也琦按昭君事本是畫工醜圖其形以致不得名見太白則謂丹青能令醜者妍無鹽翻在深宮裏熟事化新精采一變眞所謂聖於詩者也○姝音樞

鞠歌行

陸機鞠歌行序按漢宮閣有含章鞠室靈芝鞠室後漢馬防第宅卜臨道連閣通池鞠城彌於街路鞠歌將謂此也又東阿王詩連騎擊壤或謂蹙鞠乎三言七言雖奇寶名

器不遇知已終不見重願逢知己以託意焉按樂府詩集王僧虔伎錄平調有七曲其七曰鞠歌行

玉不自言如桃李魚目笑之卞和恥楚國青蠅何太多連城白璧遭讒毀荆山長號泣血人忠臣死爲刖足鬼聽曲知甯戚夷吾因小妻秦穆五羊皮買死百里奚洗拂青雲上當時賤如泥朝歌鼓刀叟虎變磻溪中一舉釣六合遂荒營邱東平生渭水曲誰識一作數此老翁奈何今之人雙目送飛鴻史記桃李不言下自成蹊張協詩魚目笑明月新序荆人卞和得玉璞而獻之荆厲王使玉尹相之曰石也王以和爲謾而斷其左足厲王薨武王即位和復奉玉璞而獻之武王使玉尹相之曰石也又以爲謾而斷其右足武王薨共王即位

和乃奉玉璞而哭於荆山中三日三夜泣盡而繼之以血共王聞之使人問之曰天下之刑者衆矣子刑何哭之怨也對曰寶玉而名之曰石貞士而戮之以謾此臣之所以悲也共王乃使人理其璞而得寶焉故名之曰和氏之璧詩小雅營營青蠅止於樊豈弟君子無信讒言鄭箋曰蠅之爲蟲汙白使黑汙黑使白粉佞人變亂善惡也史記趙惠文王得楚和氏璧秦昭王聞之使人遺趙王書願以十五城易璧後人所謂連城之價正指此事列女傳甯戚欲見桓公道無從乃爲人僕將車宿齊東門之外桓公因出甯戚擊牛角而商歌甚悲桓公異之使管仲迎之甯戚稱曰浩浩乎白水管仲不知所謂不朝五日而有憂色其妾倩進曰君不朝五日而有憂色敢問國家之事耶君之謀也管仲曰昔日公使我迎甯戚甯戚曰浩浩乎白水吾不知其所謂是故憂之其妾笑曰人已語君矣君不知識耶古有白水之詩詩不云乎浩浩白水儵儵之魚君來名我我將安居國家未定從我焉如此甯戚之欲得仕國家也管仲大悦以報桓公桓公乃修官府齋戒五日見甯子因以爲相齊國以治吕氏春秋百里奚之未遇時也亡虢而虜虞飯牛

於秦傳鬻以五羊之皮公孫枝得而悅之獻諸穆公三日請屬事焉穆公曰買之五羊之皮而屬事焉無乃天下笑乎公孫枝對曰信賢而任之君之明也讓賢而任之臣之忠也君爲明君臣爲忠臣彼信賢境內將服敵國且畏夫誰暇笑哉穆公遂用之謀無不當舉必有功史記范雎傳不意君能自致於青雲之上楚詞呂望之鼓刀兮遭周文而得舉王逸註鼓鳴也言太公避紂居東海之濵聞文王作與盍往歸之至朝歌道窮困自鼓刀而屠遂西釣於渭濵文王夢得聖人於是出獵而見之遂載以歸用以爲師宋書文王將田史編卜之曰將大獲非熊非羆天遺汝師以佐昌臣太祖史疇爲禹卜畋得皋陶其兆如此王至磻溪之水呂尚釣於涯王下趨拜曰望公七年乃今見光景於斯尚立變名荅曰望釣得玉璜其文要曰姬受命昌來提撰爾雒鈐報在齊詩魯頌遂荒大東毛萇傳荒有也史記武王已平商而王天下封師尚父於齊營邱正義曰括地志云營邱在青州臨淄北百步外城中史記衞靈公與孔子語見蜚雁仰視之色不在孔子孔子遂行雙目送飛鴻正用其事以喻不好賢之意蕭士贇曰太白此詞始傷士之遭讒

廢棄中羡昔賢之遇合有時末則嘆今人不能如古人之識士亦聊以自况云爾

幽澗泉 樂府詩集以此首入琴曲歌辭中

拂彼白石彈吾素琴幽澗愀兮流泉深善手明徽高張清心寂歷似千古松颸飀兮萬尋中見愁猿弔影而危處兮叫秋木而長吟客有哀時失職一作志而聽者淚淋浪以霑襟乃緝商綴羽潺湲成音吾但寫聲發情繆本作憤於妙指殊不知此曲之古今幽澗泉鳴深林韻會琴節曰徽樂書作暉云琴之爲樂絃合聲以作王徽分律以配臣古徽十有三象十二月其一象閏用螺蚌爲之近代用金玉瑟瑟水晶等寶以示明瑩顏延年詩高張生絶絃聲急由調起李善註物理論曰琴欲高張瑟欲下聲江淹詩寂歷百草晦李善註寂歷凋疎貌颸飀風聲也江淹山中楚辭風颸

飀兮木道寒嵇康琴賦紛淋浪以流離東方朔七諫泣歔欷而霑襟說文潺湲水聲張衡歸田賦彈五絃之妙指。飀音搜

王昭君一作昭君怨二首

樂府古題要解王昭君舊史王嬙字昭君漢元帝時匈奴入朝詔以王嬙配之號寧胡閼氏一說漢元帝後宮既多不得常見乃使畫工圖其形按圖名幸宮人皆賂畫工多者十萬少者亦不減五萬昭君自恃容貌獨不肯與工人乃醜圖之遂不得見及後匈奴入朝選美人配之昭君之圖當行及入辭光彩射人悚動左右天子方重失信外國悔恨不及窮究其事畫工有杜陵毛延壽安陵陳敞新豐劉白龔寛下杜陽望樊青皆同日棄市籍其資財漢人憐昭君遠嫁爲作歌詩晉文王諱昭故晉人改爲明君石崇有妓曰綠珠善歌舞以此曲教之而自製王明君歌其文悲雅我本漢家子是也按樂府詩集張永元嘉技錄相和歌吟嘆四曲其二曰王明君

漢家秦地月流影照一作送明妃一上玉關道天涯去不歸漢月還從東海一作方出明妃西嫁無來日燕支長寒雪作花蛾眉憔悴沒胡沙生乏黃金枉圖畫死留青冢使人嗟

元和郡縣志燕支山一名刪丹山在甘州刪丹縣南五十里東西百餘里南北二十里水草茂美與祁連同楊炎燕支山神寧濟公祠堂碑西北之巨鎮曰燕支本匈奴王庭漢武納渾邪開右地置武威張掖而山界二郡間連峰委會雲蔚黛起積高之勢四面千里太平寰宇記青冢在振武軍金河縣西北漢王昭君葬於此其上草色常青故曰青冢一統志王昭君墓在古豐州西六十里地多白草此冢獨青故名青冢○顧寧人曰按史記言匈奴左方王將直上谷以東右方王將直上郡以西而單于之庭直代雲中漢書言呼韓邪單于自請留居光祿塞下又言天子遣使送單于出朔方雞鹿塞後單于竟北歸庭乃知漢與匈奴往來之道大抵從雲中五原朔方明妃之行亦必出此故江淹之

賦李陵但云情往上郡心留雁門而玉關與西域相通自是公主嫁烏孫所經太白詩漢家秦地月流影照明妃一上玉關道天涯去不歸誤矣顏氏家訓謂文章地理必須愜當其論梁簡文雁門太守行而言日逐康居大宛月支蕭子暉隴頭水而云北注黃龍東流白馬沈存中論白樂天長恨歌峨眉山下少人行謂峨眉在嘉州非幸蜀路文人之病蓋有同者

其二

昭君拂玉鞍上馬啼紅頰今日漢宮人明朝胡地妾

中山孺子妾歌 樂府詩集漢書曰詔賜中山靖王噲及孺子妾冰未央才人歌詩四篇如淳曰孺子幼少稱孺子妾宮人也顏師古曰孺子王妾之有品號者妾王之衆妾也冰其名才人天子內官按此謂以歌詩賜中山王及孺子妾未央才人等耳累言之故云及也而陸厥作歌乃謂之中山孺子妾失之遠矣太白是題蓋仍陸氏之誤也

中山孺子妾特以色見珍雖一本下多一然字不如延年妹亦是當時絶世人桃李出深井花艷驚上春一貴復一賤關天豈由身芙蓉老秋霜團扇羞網塵戚姬髠髪作翦本入春市萬古共悲辛李延年妹事已見本卷陽春歌註深井郎令庭中天井是周禮太府職云上春釁寶鎮及寶器鄭玄註上春孟春也漢書一貴一賤北史事乃關天漢書高祖得定陶戚姬愛幸生趙王如意高祖崩惠帝立吕后爲皇太后乃令永巷囚戚夫人髠鉗衣赭衣令舂戚夫人舂且歌曰子爲王母爲虜終日舂薄暮常與死爲伍相離三千里當誰使告汝

荆州歌唐時荆州隷山南東道領江陵枝江當陽長林石首松滋公安荆門八縣天寶元年改爲江陵郡

白帝城邊足風波瞿塘五月誰敢過荆州麥熟繭成

繰絲憶君頭緒多撥穀飛鳴奈妾何通典夔州奉節縣有白帝城按唐之奉節縣即漢之魚復縣也王莽時公孫述據蜀有白龍出殿前井中述以爲瑞自稱白帝更號魚復曰白帝城劉先主改曰永安宮即其地在夔州府城東山上初學記荆州圖記曰白帝城西臨大江東南高二百丈西北高一千丈水經註廣溪峽中有瞿塘黃龍二灘夏水洄復沿泝所忌太平寰宇記瞿塘峽在夔州東一里古西陵峽也連崖千丈奔流電激舟人爲之恐懼本草陳藏器曰布穀鳴鳩也江東呼爲獲穀亦曰郭公北人名撥穀似鷂長尾牝牡飛鳴以翼相摩擊

設辟邪伎鼓吹雉子班曲辭雉子班樂府解題曰古詞云雉子高飛止黃鵠飛之以千里雄來飛從雌視蓋取首二字以命名也若梁簡文帝妒塲時向隴則竟全篇咏雉矣宋何承天有雉子遊原澤篇則言避世之士抗志清霄視卿相功名猶冰炭之不相入太白此詩蓋擬何氏而作又樂府詩集古今樂錄曰梁三朝樂第四十一設辟邪伎鼓吹

作雉子班曲引去來辟邪獸名孟康漢書註桃拔一名符拔似鹿長尾一角者或爲天鹿兩角者或爲辟邪辟邪伎者蓋假爲辟邪獸之形而舞者也

辟邪伎作鼓吹驚雉子班之奏曲成喔咿振迅欲飛鳴扇錦翼雄風生雙雌同飲啄趫悍誰能爭乍向草中耿介死不求黃金籠下生天地至廣大何惜遂物情善卷讓天子務光亦逃名所貴曠士懷朗然合太清

韓詩外傳翾翾十步之雀喔咿而笑之鮑照舞鶴賦振迅騰摧西京賦趫悍虓豁李善文選註薛君韓詩章句曰雉耿介之鳥也禮記正義或謂雉鳥耿介被人所獲必自屈折其頭而死莊子舜以天下讓善卷善卷曰予立於宇宙之中冬日衣皮毛夏日衣葛絺春耕種形足以勞動秋收斂身足以休食日出而作日入而息逍遥於天地之間而心意自得吾何以天下爲哉悲夫子之不知予也遂不受於是去而

入深山莫知其處湯伐桀尅之讓務光曰智者謀之武者遂之仁者居之古之道也吾子胡不立乎務光曰廢上非義也殺民非仁也人犯其難我享其利非廉也吾聞之曰非其義者不受其祿無道之世不踐其土況尊我乎吾不忍久見也乃負石而自沉於廬水鮑照詩安知曠士懷。蹻音蹺

相逢行 樂府詩集相逢行一曰相逢狹路間行亦曰長安有狹邪行樂府解題曰古詞文意與雞鳴曲同

相逢紅塵內高揖黃金鞭萬戶垂楊裏君家阿那邊 西都賦紅塵四合烟雲相連傅縡詩本珍白玉鐙因飾黃金鞭陸機詩皎皎彼姝女阿那當軒織呂向註阿那柔順貌

古有所思 蕭本作古有所思行。宋書漢鼓吹鐃歌十八曲有有所思曲樂府古題要解有所思其詞大畧言有所思乃在大海南何用問遺君雙珠瑇瑁簪聞君有他心燒之當

風揚其灰從今已往勿復相思而與君絕也若齊王融如何有所思梁劉繪別離安可再但言離思而已

我思仙一作佳人乃在碧許本作北海之東隅海寒多天風白波連山一作天倒蓬壺長鯨噴湧不可涉撫心茫茫淚如珠西來青鳥東飛去願寄一書謝麻姑十洲記東海之東登岸一萬里東復有碧海海廣狹浩汗與東海等水旣不鹹苦正作碧色甘香味美木華海賦波如連山拾遺記蓬壺蓬萊也陸厥李夫人及貴人歌洞房明月夜對此淚如珠漢武故事七月七日上於承華殿齋正中忽有一青鳥從西方來集殿前上問東方朔朔曰此西王母欲來也有頃王母至有二青鳥如烏夾侍王母旁神仙傳王遠遣人名麻姑麻姑至是好女子年可十八九許於頂上作髻餘髮散垂至腰衣有文采而非錦綺光彩耀目不可名狀

久别離

胡震亨曰江淹擬古始有古别離後乃有長别離生别離等名此久别離及遠别離皆自爲之名其源則出於古别離也

别來幾春未還家玉窻五見櫻桃花況有錦字書開緘使一作令人嗟至繆本無至字此腸斷彼心絶雲鬟緑鬢罷梳繆本作攬結愁如回飈亂白雪去年寄書報陽臺今年寄書重相摧東風兮東風繆本作胡爲乎東風爲我吹行雲使西來待來竟不來落花寂寂委青苔本草櫻桃樹不甚高春初開白花繁英如雪説文鬟總髮也髻總髮也謝靈運詩回飈流輕雪回飈回旋之風也陽臺行雲俱見二卷註○緘音兼髻音計飈音標

白頭吟

西京雜記司馬相如將聘茂陵人女爲妾卓文君作白頭吟以自絶相如乃止

詞曰皚如山上雪皎若雲間月聞君有兩意故來相訣絶今日斗酒會明日溝水頭蹀躞御溝上溝水東西流淒淒重淒淒嫁娶不須啼願得一心人白頭不相離

錦水東北流波蕩雙鴛鴦雄巢漢宮樹雌弄秦草芳寧同萬死碎綺翼不忍雲間兩分張華陽國志錦江織錦濯其中則鮮明濯他江則不好一統志二江一名汶江一名流江經成都府城南七里蜀守李冰既鑿離堆又開二渠一渠由永康過新繁入成都謂之外江一渠由永康過郫入成都謂之內江蜀人以此水濯錦鮮明故又名錦江古今註鴛鴦水鳥鳧類也雌雄未嘗相離人得其一則一思而至死故曰匹鳥魏書彭城王傳在南百口生死分張分張猶分離也此時阿嬌正嬌妒獨坐長門愁日暮但願君恩顧妾深豈惜黃金買詞賦相如作賦得黃金丈夫好新多異心一朝將聘茂陵女文君因贈

一作賦白頭吟東流不作西歸水落花辭條羞故林阿嬌漢武帝陳皇后之小字見本卷後註司馬相如長門賦序孝武皇帝陳皇后時得幸頗妒別在長門宮愁悶悲思聞蜀郡成都司馬相如天下工爲文奉黃金百斤爲相如文君取酒因於解悲愁之詞而相如爲文以悟主上皇后復得親幸傳言苦相篇玉顏隨年變丈夫多好新子夜歌不見東流水何時復歸西兎絲故蕭本作固無情隨風任傾倒誰使女蘿枝而來强縈抱兩草猶一心人心不如草莫捲龍鬚席從他生網絲且留琥珀枕或有夢來時覆水再收豈滿杯棄妾已去難重回古來繆本作時得意不相負秖今惟見青陵臺爾雅翼女蘿兎絲其實二物也然皆附木上釋草云唐蒙女蘿女蘿兎絲郭曰别四名則是謂一物矣廣雅云女蘿松蘿也菟邱菟絲也則是兩物陸璣亦云今兎絲蔓連草上生黃赤如金藥中兎絲

子是也非松蘿松蘿自蔓松上生枝正青與兔絲殊
異以予考之誠然今女蘿正青而細長無雜蔓故山
鬼章云被薜荔兮帶女蘿蘿青而長如帶也何與兎
絲事然兩者皆附木或當有時相蔓古樂府云南山
冪冪兎絲花北陵青青女蘿樹由來花葉同一心今
日枝條分兩處唐樂府亦云兎絲故無情隨風任傾
倒誰使女蘿枝而來强縈抱兩草猶一心人心不如
草則古今多疑其爲二物者博物志魏文帝所記諸
物相似亂者女蘿寄生兎絲兎絲寄生木上根不著
地然則女蘿有寄生兎絲上者釋草女蘿兎絲或亦
此義耳長樂佳古辭玉枕龍鬚席郎眠何處牀胡三
省通鑑註龍鬚席以龍鬚草織成今淮上安慶府居
人多能織龍鬚席西京雜記趙飛燕女弟遺飛燕琥
珀枕太平御覽廣雅曰琥珀珠也生地中其上及旁
不生草淺者四五尺深者八九尺大如斛削去皮成
琥珀初時如桃膠凝堅乃成其方人以爲枕出博南
縣後漢書覆水不收宜深思之獨異志搜神記曰宋
康王以韓朋妻美而奪之使朋築青陵臺然後殺之
其妻請臨喪遂投身而死王命分埋臺左右期年各
生一梓樹及大樹枝條相交有二鳥哀鳴其上因號

之曰相思樹太平寰宇記河南道濟州鄆城縣有青陵臺郡國志云宋王納韓憑之妻使憑運土築青陵臺至今臺跡依約一統志青陵臺在開封府封邱縣界宋康王欲奪其舍人韓憑之妻乃築臺望之憑妻作詩曰南山有鳥北山張羅鳥自高飛羅當奈何遂自縊死

其二 蕭士贇曰按此篇出入前篇語意多同或謂初本云

錦水東流碧波蕩雙鴛鴦雄巢漢宮樹雌弄秦草芳相如去蜀謁武帝赤車駟馬生輝光一朝再覽大人作萬乘忽欲淩雲翔聞道阿嬌失恩寵千金買賦要君王 華陽國志司馬相如初入長安題市門曰不乘赤車駟馬不過汝下也史記司馬相如見上好仙道因曰上林之事未足美也尚有靡者臣嘗爲大人賦未就請具而奏之相如以爲列仙之傳居山澤間形容甚臞此非帝王之仙意也乃遂就大人賦相如既奏大人之頌天子大悅飄飄有凌雲之氣似遊

天地之間意相如不憶貧賤日位繆本作官高金多聘私室茂陵姝子皆見求文君歡愛從此畢淚如雙泉水行墮紫羅襟五起雞三唱清晨白頭吟長吁不整綠雲鬢仰訴青天哀怨深城崩杞梁妻誰道土無心東流不作西歸水落花辭枝羞故林史記蘇秦笑謂其嫂曰何前倨而後恭也嫂曰見季子位高金多也太平御覽尸子曰孝已一夕五起視親衣之厚薄枕之高下此用其字以言寢不安席之意舊註解作五更而起者恐非是古今註杞梁妻杞植妻妹明月所作也杞植戰死妻嘆曰上則無父中則無夫下則無子生人之苦至矣乃抗聲長哭杞都城感之而頹遂投水而死其妹悲其姐之貞操乃爲作歌名曰杞梁妻焉梁植字也論衡傳書言杞梁之妻向城而哭城爲之崩言杞梁從軍不還其妻痛之向城而哭至誠悲痛精氣動城故城爲之崩也夫言向城而哭者實也城爲之崩者虛也城土也無

心腹之藏安能爲悲哭感動而崩太白土無心句似借其言而反之用古若此左右逢源非聖於詩者不能○姝音樞

頭上玉燕釵是妾嫁時物贈君表相思羅袖幸時拂莫捲龍鬚席從他生網絲且留琥珀枕還有夢來時鷫鸘裘在錦屏上自君一挂無由一作人披妾有秦樓鏡照心勝照井願持照新人雙對可憐影述異記漢武帝元鼎元年起招靈閣有神女留一玉釵與帝帝以賜趙婕好至昭帝元鳳中宮人見此釵光瑩甚異共謀欲碎之明視釵匣惟見白燕直升天去後宮人作玉釵因名玉燕釵西京雜記司馬相如初與卓文君還成都居貧愁懣以所著鷫鸘裘就市人楊昌貰酒與文君爲歡西京雜記咸陽宮有方鏡廣四尺高五尺九寸表裏有明人直來照之影則倒見以手捫心而來則見腸胃五臟歷然無礙人有疾病在內掩心而照之則知病之所在又女子有邪心則膽張心動始皇常以照宮人膽張心動者則殺之湯僧

濟詩昔日娼家女摘花露井邊摘花還自插照井還自憐覆水却收不滿杯相如還謝文君回古來得意不相負祇今惟有青陵臺

採蓮曲採蓮曲起梁武帝父子後人多擬之

若耶溪旁採蓮女笑隔荷花共人語日照新粧水底明風飄香袂繆本作袖空中舉岸上誰家遊冶郎三三五五映垂楊紫騮嘶入落花去見此踟躕空斷腸太平寰宇記若耶溪在越州會稽縣東南二十八里一統志若耶溪在紹興府城南二十五里西施採蓮於此古孟珠曲道逢遊冶郎恨不早相識鄭玄毛詩箋赤身黑鬣曰騮南史帝賜羊侃河南國紫騮○嘶音西

臨江王節士歌漢書藝文志有臨江王及愁思節士歌詩四篇宋陸厥作臨江王節士歌蓋誤合而爲一也太白此題殆仍其失者歟

洞庭白波木葉稀燕鴻（繆本作鴈）始入吳雲飛吳雲寒燕鴻（繆本作鴈）苦風號沙宿瀟湘浦節士悲（繆本作感）秋淚如雨白日當天心照之可以事明主壯士（一作氣）憤雄（一作寒）風生安得倚天劍跨海斬長鯨（楚辭洞庭波兮木葉下宋玉大言賦長劍耿耿倚天外梁元帝亘覽賦戮洎天之封豕斬橫海之長鯨）

司馬將軍歌

（原註代隴上健兒陳安○十六國春秋陳安善於撫綏吉凶夷險與衆共之及其死隴上人思之爲作壯士之歌曰隴上健士有陳安軀幹雖小腹中寬愛養將士同心肝騄驄駿馬鐵瑕鞍七尺寶刀配齊環丈八蛇矛左右盤十盪十決無當前百騎俱出如雲浮追者千萬騎悠悠戰始三交失虵矛十騎俱盪九騎留棄我騄驄竄巖幽大雨降後追者休爲我外援而懸頭西河之水東河流阿阿嗚呼奈子何阿阿嗚呼奈子何劉曜聞而嘉傷命

樂府
歌之

狂風吹古月竊弄章華臺北落明星動光彩南征猛將如雲雷一作南方有事將軍來手中電曳一作曳電蕭本作電擊倚天劍直斬長鯨海水開我見樓船壯心目頗似龍驤下三蜀揚兵習戰張虎旗江中白浪如銀屋身居玉帳臨河魁紫髯若戟冠崔嵬細柳開營揖天子始知灞上爲嬰孩羌笛橫吹阿嚲迴向月樓中吹落梅將軍自起舞長劍壯士呼聲動九垓功成獻凱見明主丹青畫像麒麟臺十六國春秋新平王彫爲太史令言於符堅曰謹按讖云古月之末亂中州洪水大起健西流惟有雄子定九州九域志江陵府有章華臺圖經云楚靈王與伍舉登章華之臺是

也夢溪筆談楚章華臺亳州城父縣陳州商水縣荆州江陵縣長林縣復州監利縣皆有之據左傳楚靈王七年成章華之臺與諸侯落之杜預註章華臺在華容城中華容即今之監利縣非岳州之華容也至今有章華故臺在縣郭中與杜預之說相符亳州城父縣有乾谿其側亦有章華臺故基臺下往往得人骨云楚靈王戰死於此商水縣章華之側亦有乾谿薛綜註張衡東京賦引左氏傳乃云楚子成章華之臺於乾谿皆誤說也左傳實無此文甘氏星經北落師門一星在羽林軍西主侯兵星明大而角軍兵安小暗天下兵晉書天文志北落師門一星在羽林西南北者宿在北方也落天之藩落也師衆也師門猶軍門也長安城北門曰北落門以象此也主非常以候兵有星守之虜入塞中兵起李陵報蘇武書猛將如雲倚天劒斬長鯨俱見前首註通典樓船船上建樓三重列女牆戰格樹旛幟開弩窗矛穴置抛車壘石鐵汁狀如城壘忽遇暴風人力不能制此亦非便於事然爲水軍不可不設以成形勢晉書王濬爲益州刺史武帝謀伐吴詔濬修舟艦濬乃作大船連舫方百二十步受二千餘人以木爲城起樓櫓開四出

門其上皆得馳馬來往又畫鷁首怪獸於船首以懼江神舟棹之盛自古未有尋以謠言拜濬爲龍驤將軍監益梁諸軍事太康元年濬自發蜀兵不血刃攻無堅城夏口武昌無相支抗於是順流鼓棹徑造三山左思蜀都賦三蜀之豪劉逵註三蜀蜀郡廣漢犍爲也本一蜀國漢高祖分置廣漢漢武帝分置犍爲周禮熊虎爲旗抱朴子兵在太乙玉帳之中不可攻也雲谷雜記藝文志有玉帳經一卷乃兵家壓勝之方位謂主將於其方置軍帳則堅不可犯猶玉帳然其法出於黃帝遁甲以月建前三位取之如正月建寅則巳爲玉帳主將宜居李太白司馬將軍歌云身居玉帳臨河魁戌爲河魁謂主將之帳宜在戌也非深識其法者不能爲此語三國志註獻帝春秋曰張遼問吳降人向有紫髯將軍長上短下便馬善射是誰降人曰是孫會稽南史褚彥回傳君鬚髯如戟楚辭冠切雲之崔嵬王逸註崔嵬高貌史記文帝後六年匈奴大入邊乃以劉禮爲將軍軍霸上徐厲爲將軍軍棘門周亞夫爲將軍軍細柳以備胡上自勞軍至霸上及棘門軍直馳入將以下騎送迎已而之細柳軍軍吏士被甲鋭兵刃彀弓矢持滿天子先驅至

不得入先驅曰天子且至軍門都尉曰將軍令曰軍
中聞將軍令不聞天子之詔居無何上至又不得入
乃使使持節詔將軍吾欲入勞軍亞夫乃傳言開壁
門壁門士吏謂從屬車騎曰將軍約軍中不得驅馳
天子乃按轡徐行至營亞夫持兵揖曰介胄之士不
拜請以軍禮見天子爲動改容式車使人稱謝皇帝
敬勞將軍成禮而去既出軍門群臣皆驚文帝曰此
真將軍矣曩者灞上及棘門軍若兒戲耳其將固可
襲而虜也至於亞夫可得而犯耶文獻通考羌笛五
孔陳氏樂書曰馬融賦笛以爲出於羌中舊制四孔
而已京房因加一孔以備五音風俗通漢武帝時邱
仲作尺四寸笛後更名羌笛焉楊升菴外集阿鞞迴
番曲名即阿濫堆也番曲本無字止以聲傳故隨中
國所書人各不同難以意求琦按唐詩紀事驪宫小
禽名阿濫堆明皇御玉笛採其聲翻爲曲且名焉遠
近以笛爭効之張祜華清宫詩紅樹蕭蕭閣半開玉
皇曾幸此宫來至今風俗驪山下村笛猶吹阿濫堆
據此則阿濫堆非番曲也又鞞字丁可切讀作多上
聲據揚說當作旦聲讀字書皆無之俱未詳是否樂
府雜錄笛羌樂也古有落梅花曲漢書楚戰士無不

一當十呼聲動天地封禪書上暢九垓服虔註垓重也天有九重舊唐書凱樂鼓吹之歌曲也周官大司樂王師大獻則奏凱樂註云獻功之樂也又大司馬之職師有功則凱獻於社註云兵樂曰凱司馬法曰得意則凱樂所以示喜也漢書甘露三年單于始入朝上思股肱之美乃圖畫其人於麒麟閣署其官爵姓名唯霍光不名曰大司馬大將軍博陸侯姓霍氏次曰衛將軍富平侯張安世次曰車騎將軍龍頟侯韓增次曰後將軍營平侯趙充國次曰丞相高平侯魏相次曰丞相博陽侯丙吉次曰御史大夫建平侯杜延年次曰宗正陽城侯劉德次曰少府梁丘賀次曰太子太傅蕭望之次曰典屬國蘇武皆有功德知名當世是以表而揚之明著中興輔佐列於方叔名虎仲山甫焉張晏註武帝獲麒麟時作此閣圖畫其象於閣故以爲名琦按通鑑乾元二年九月襄州亂將張延嘉襲破荆州據之此詩當是是時所作故有狂風吹古月竊弄章華臺之句延嘉疑亦蕃將否則故安史部下之降兵也其時鄰郡多發兵爲備故太白又有九日登巴陵置酒望洞庭水軍詩此詩所謂江中樓船其卽洞庭之水軍歟○垓音該

君道曲○太白自註梁之雅歌有五章今作一章○按樂府詩集古今樂錄曰梁有雅歌五曲一曰應王受圖曲二曰臣道曲三曰積惡篇四曰積善篇五曰宴酒篇無君道曲疑太白擬作者郎應王受圖曲琦謂非也葢後人訛臣字爲君字耳

大君若天覆廣運無不至軒后爪牙常先太山稽如心之使臂小白鴻翼於夷吾劉葛魚水本無二土扶蕭本作校可成牆積德爲厚地漢書陛下聖德天覆子愛海內國語廣運百里韋昭註東西爲廣南北爲運後漢書備位方伯爲國瓜牙章懷太子註爪牙以猛獸爲喻言爲國之捍衞也詩曰祈父予王之爪牙也史記黃帝舉風后力牧常先大鴻以治民淮南子黃帝治天下而力牧太山稽輔之高誘註力牧太山稽黃帝師漢書如身之使臂臂之使指莫不制從管子桓公在位管仲隰朋見立有間有二鴻飛而過之桓公嘆曰仲父今彼鴻鵠有時而南有時而北有時而往有時而來四方無遠所欲

至而至焉非唯有羽翼之故是以能通其意於天下乎管仲隰朋不對桓公曰二子何故不對管子曰君有霸王之心而夷吾非霸王之臣也是以不敢對桓公曰寡人之有仲父也猶飛鴻之有羽翼也仲父不一言教寡人寡人之有耳將安聞道而得度哉華陽國志先主與諸葛亮情安日密自以爲猶魚得水也北齊書尉景曰土相扶爲牆人相扶爲王淮南子山爲積德高誘註山仁萬物生焉故爲積德

結襪子 北魏温子昇有結襪子詩疑是當時曲名樂府詩集引文王張釋之結襪事爲解非也然太白之作與子昇原作辭旨又復不同

燕南壯士吳門豪筑中置鉛魚隱刀感君恩重許君命太山一擲輕鴻毛 史記秦滅燕太子丹荆軻之客皆亡高漸離變姓名爲人傭保匿作於宋子使擊筑而歌客無不流涕而去者聞於秦始皇秦始皇名見人有識者乃曰高漸離也秦皇帝惜其善擊筑重赦之乃矐其目使擊筑未嘗不稱善稍益近之高漸離乃以鉛置筑中復進得近舉筑

扑秦皇帝不中於是遂誅高漸離又史記伍子胥知公子光之欲殺吳王僚乃進專諸於公子光光伏甲士於窟室中而具酒請王僚王僚使兵陳自宮至光之家門戶階陛左右皆王僚之親戚也夾立侍皆持長鈹酒既酣公子光佯爲足疾入窟室中使專諸置匕首魚炙之腹中而進之既至王前專諸擘魚因以匕首刺王僚王僚立死左右亦殺專諸燕丹子烈士之節死有重於太山有輕於鴻毛者但問用之所在耳○筑音竹

結客少年場行 樂府古題要解結客少年場行言輕生重義慷慨以立功名也蕭士贇曰結客少年場取曹植詩結客少客塲報怨洛北邙爲題始自鮑照

紫燕黃金瞳啾啾一作稜稜搖綠鬉平明相馳逐結客洛門東少年學劒術淩轢白猿公珠袍曳錦帶匕首插吳鴻由來萬夫勇挾此生繆本作英雄風託交從劇孟買

醉入新豐笑盡一杯酒殺人都市中羞道易水寒從一作徒令日貫虹燕丹事不立虛沒秦帝宫武陽死灰人安可與成功

劉劭趙郡賦其良馬則飛兔奚斯常驪紫燕豐鬛𩑔顱龍身鵠頸目如黄金蘭筋參精山海經有文馬縞身朱鬣目若黄金楚辭鳴玉鸞之啾啾王逸註啾啾鳴聲漢書先平明飽照詩車馬相馳逐賔朋好容華漢書灌夫傳轅轢宗室侵犯骨肉顔師古註轅轢謂蹈踐之也後漢書帝以朱浮陵轢同列章懐太子註陵轢猶欺蔑也吳越春秋越有處女出於南林越王使使聘之問以劍㦸之術處女北行見於王道逢一翁自稱曰袁公問處女吾聞子善劍願一見之女曰妾不敢有所隱唯公試之於是袁公即杖箖箊竹竹枝上頡橋末墮地女即接末袁公則飛上樹變爲白猨搜神記以一珠袍與之藝文類聚通俗文曰匕首劍屬其頭類匕故曰匕首短而便用吳越春秋闔閭命於國中作金鉤令曰能善爲鉤者賞之百金吳作鉤者甚衆有人貪王之重賞也殺其二子以血釁金遂成二鉤獻於闔閭

詣宮門而求賞王曰爲鈎者衆而子獨求賞何以異於衆夫子之鈎乎作鈎者曰吾之作鈎也貪而殺二子釁成二鈎王乃舉衆鈎以視之何者是也王鈎甚多形體相類不知其所在於是鈎師向鈎而呼二子之名吳鴻扈稽我在於此王不知汝之神也聲絶於口兩鈎俱飛着父之胸吳王大驚曰寡人誠負於子乃賞百金遂服而不離身史記劇孟以任俠顯行大類朱家而好博多年少之戲李善文選註三輔舊事曰太上皇不樂關中思慕鄉里高祖徙豐沛屠兒酤酒煮餅商人立爲新豐左延年詩殺人都市中邀我都巷西燕丹子荆軻與武陽入秦秦王陛戟而見燕使旣鼓鐘並發武陽大恐面如死灰色餘詳擬恨賦註〇啾即油切酒平聲變音
宗轢音歷乜音彼劇音極

長干行二首

劉逵吳都賦註建鄴南五里有山岡其間平地吏民雜居號長干中有大長干小長干皆相連大長干在越城東小長干在越城西地有長短故號大小長干韓詩曰考槃在干地下而廣曰干方輿勝覽建康府有長干里去上元縣五里李白長干行所謂同

居長干里乃秣陵縣東里巷江東謂山壠之間曰干景定建康志長干里在秦淮南

妾髮初覆額折花門前劇郎騎竹馬來遶牀弄青梅同居長干里兩小無嫌猜十四爲君婦羞顔未嘗開低頭向暗壁千喚不一回十五始展眉願同塵與灰常存抱柱信豈一作恥上望夫臺十六君遠行瞿塘灧澦堆五月不可觸猿聲天上哀門前遲一作舊行跡一一生緑一作蒼苔苔深不能掃落葉秋風早八月胡蝶來一作黃雙飛西園草感此傷妾心坐愁紅顔老早晚下三巴預將書報家相迎不道遠直至長風沙劇戲也塵與灰言其合同而無分也史記尾生與女子期於梁下女子不來水至不去抱柱而死蘇欒城集望夫臺

在忠州南數十里南史巴東有㴩預石高出水二十餘丈及秋水至纔如見焉次有瞿塘大灘行旅忌之㴩預石卽灎澦堆也一統志瞿塘在夔州府城東舊名西陵峽乃三峽之門兩崖對峙中貫一江灎澦堆當其口太平寰宇記灎澦堆周回二十丈在夔州西南二百步蜀江中心瞿塘峽口冬水淺屹然露百餘尺夏水漲没數十丈其狀如馬舟人不敢進諺曰灎澦大如馬瞿塘不可下灎澦大如鱉瞿塘行舟絶灎澦大如龜瞿塘不可窺灎澦大如襆瞿塘不可觸又曰猶與言舟子取途不决水脉故猶與也蜀外紀瞿塘卽峽内江水深沉處灎澦乃一石笋樹兩峽之中若青螺盤於波中寶劒插於鏡面江總詩自悲行處綠苔生何悟啼多紅粉落楊升菴謂胡蝶或黑或白或五彩皆具惟黄色一種至秋乃多蓋感金氣也引太白八月胡蝶黄之句以爲深中物理而評今本來字爲淺琦謂以文義論之終以來字爲長鮑照詩安能行嘆復坐愁華陽國志獻帝初平元年征東中郎將安漢趙潁建議分巴爲三郡潁欲得巴舊名故白益州牧劉璋以墊江以上爲巴郡江南龐羲爲太守治安漢以江州至臨江爲永寧郡朐忍至魚復爲固

陵郡巴遂分矣建安六年魚復蹇胤白璋爭巴名璋乃改永寧爲巴郡以固陵爲巴東徙龐羲爲巴西太守是爲三巴小學紺珠三巴巴郡今重慶府巴東今夔州巴西今合州太平寰宇記長風沙在舒州懷寧縣東一百九十里置在江界以防寇盜李白長干行云相迎不道遠直至長風沙即其處也陸游入蜀記太白長干行云早晚下三巴預將書報家相迎不道遠直至長風沙蓋自金陵至長風沙七百里而室家來迎其夫甚言其遠也地屬舒州舊最湍險唐詩紀長風沙地名在池州之雁汊下八十里○劇音極

其二

憶妾（一作昔）深閨裏烟塵不曾識嫁與長干人沙頭候風色五月南風興思君下巴陵八月西風起想君發楊子去來悲如何見少別離（蕭本作離別）多湘潭幾日到妾夢越風波昨夜狂風度吹折江頭樹淼淼暗無邊

行人在何處好乘浮雲驄佳期蘭渚東鴛鴦綠蒲上翡翠錦屏中繆本作北客至王公朱衣滿汀中日暮來投宿數朝不肯東又至一作真汀一作江又好乘浮雲驄佳期蘭渚東一作北客浮雲驄經過新市中自憐十五餘顏色桃花一作李紅那作商人婦愁水復愁風唐時巴陵郡本巴州也武德六年更名岳州屬江南西道圖經楊子江在真州楊子縣左與鎮江分界江南志楊子江發源岷山合湘漢豫章諸水繞江寧府城之西南經西北至鎮江始名爲楊子江東流入海元和郡縣志潭州有湘潭縣東北至州一百四里西京雜記文帝有良馬九匹皆天下之駿馬也一名浮雲庾抱詩櫪上浮雲驄本出吳門中楚辭與佳期兮夕張曹植詩朝發鸞臺夕宿蘭渚說文翡赤羽雀也翠青羽雀也出鬱林禽經註翡翠狀如鵁鶄而色正碧鮮縟可愛飲啄於澄瀾洄淵之側尤惜其羽日濯於水中異物志翠鳥形如燕赤而雄曰翡青而雌曰翠其羽可以飾帷帳此篇唐詩紀事以爲張朝作而自昨夜狂風度以下斷爲

二首黃山谷則以爲李益作未知孰是山谷之言曰太白集中長干行二篇妾髮初覆額真太白作也憶妾深閨裏李益尚書作所謂癡妒尚書李十郎者也辭意亦清麗可喜亂之太白詩中亦不甚遠大儒曾子固刊定亦不能別也太白豪放人中鳳凰麒麟譬如生富貴人雖醉飽瞑暗嗆嚶中作無義語終不作寒乞聲耳今太白詩中謬入他人作者畧有十之二三欲刪正者當以吾言考之○淼音藐渚音主翡音費

古朗月行（鮑照有朗月行疑始於照）

小時不識月呼作白玉盤又疑瑤臺鏡飛在（一作上）青（蕭本作白）雲端仙人垂兩足桂樹何（一作作）團團（繆本作團圓）白兔擣藥成問言與誰（蕭本作誰與）餐蟾蜍蝕圓影大（一作天）明夜已殘羿昔落九烏天人清且安陰精此淪惑去

去不足觀憂來其如何悽繆本作惻愴摧心肝應劭漢官儀封禪壇有白玉盤初學記虞喜安天論曰俗傳月中仙人桂樹今觀其初生見仙人之足漸巳成形桂樹後生傳玄擬天問月中何有白兎擣藥蟾蜍蝕月詳見二卷註曹植詩圓影光未滿木華海賦大明攄轡於金樞之穴李善註大明月也楚辭章句淮南言堯時十日並出草木焦枯堯令羿仰射十日中其九日日中九烏皆死墮其羽翼張衡靈憲月者陰精之宗春秋元命苞陰精爲月歐陽建詩痛酷摧心肝

上之回　按宋書漢鼓吹鐃歌十八曲中有上之回樂府古題要解上之回漢武帝元封初因至雍遂通回中道後數遊幸焉其歌稱帝游石關望諸國月支臣匈奴服皆美當時事也

三十六離宮樓臺與天通閣道步行月美人愁烟空恩疎寵不及桃李傷春風淫樂意何極金輿向回中萬乘出黃道千騎揚彩虹前軍細柳北後騎甘泉東

豈問渭川老，寧邀襄野童。但慕一作秋暮瑤池宴，歸來樂未窮。西都賦離宮別館三十六所章懷太子註三輔黃圖曰上林有建章承光等一十一宮平樂繭觀等二十五館凡三十六所與天通極言其高與天相近也西京賦閣道穹窿呂向註閣道飛陛也沈約詩騰蓋隱奔星低鑾避行月史記人體安駕乘為之金輿錯衡以繁其飾漢書元封四年冬十月行幸雍祠五畤通回中道應劭曰回中在安定高平有險阻蕭關在其北又史記正義括地志云秦回中宮在岐州雍縣西四十里太平寰宇記回中宮在鳳翔府天興縣西宋之問詩囂聲引颺聞黃道王氣周回入紫宸蕭士贇曰前漢天文志日有中道中道者黃道也日君象故天子所行之道亦曰黃道魏文帝詩丹霞蔽日彩虹垂天漢書註細柳服虔曰在長安西北如淳曰長安圖細柳倉在渭北近石徼張揖曰在昆明池南今有柳市是也三輔黃圖關輔記林光宮一曰甘泉宮秦所造在今池陽縣西故甘泉山宮以山為名宮周匝十餘里漢武帝建元中增廣之周十九里去長安三百里望見長安城黃帝以來圓邱祭天處遁甲開山圖云雲陽先生之墟也梁簡文帝上之回云前旆拂回中後車偶桂宮太白蓋用其句法史記呂尚蓋嘗窮困年老矣以魚釣奸周西伯西伯將出獵卜之曰所獲非龍非彲非虎非羆所獲霸王之輔於是周西伯獵果遇太公於渭之陽與語大悅曰自吾先君太公曰當有聖人適周周以興子真是耶吾太公望子久矣故號之曰太公望載與俱歸立爲師莊子黄帝將見大隗乎具茨之山至於襄城之野七聖皆迷無所問塗適遇牧馬童子問塗焉曰若知具茨之山乎曰然若知大隗之所存乎曰然黄帝曰異哉小童非徒知具茨之山又知大隗之所存請問爲天下小童曰予少而自游於六合之内予適有瞀病有長者教予曰若乘日之車而遊於襄城之野今予病少痊予又且復遊於六合之外夫爲天下亦若此而已矣又奚事哉黄帝再拜稽首稱天師而退梁簡文帝詩聊驅式道候無勞襄野童列子周穆王升崑崙之邱遂賓於西王母觴於瑶池之上蕭士贇曰詩言漢武巡幸回中不過溺志於神仙之事豈爲求賢哉明皇亦好神仙此其諷諫之作與

獨不見樂府古題要解獨不見言思而不得見
也胡震亨曰梁柳惲本辭奉帚長信宮
誰知獨不見唐人擬
者多用獨不見三字

白馬誰家子黃龍邊塞兒天山三丈雪豈是遠行時
春蕙忽秋草莎雞鳴曲蕭本作西池風催繆本作摧寒梭一作樓許
本作樓響月入霜閨悲憶與君別年種桃齊蛾眉桃今
百餘尺花落成枯枝終然獨不見流淚空自知曹植詩白
馬飾金羈連翩西北馳借問誰家子幽并遊俠兒水
經註白狼水又北徑黃龍城東十三州志曰遼東屬
國都尉治昌黎道有黃龍亭者也魏營州刺史治魏
氏土地記曰黃龍城西南有白狼河東北流附城東
北下即是也新唐書北狄列傳契丹逃潢水之南黃
龍之北又云室韋契丹別種地據黃龍北傍猺越河
直京師東北七千里太平寰宇記天山一名白山今
名折羅漫山在伊州伊吾縣北一百二十里西河舊

事云天山最高冬夏有雪故曰白山山中有好木鐵匈奴謂之天山過之皆下馬拜在蒲類海東百里卽漢貳師擊右賢王處爾雅翼蕙大抵似蘭花亦春開蘭先而蕙繼之皆柔荑其端作花蘭一荑一花蕙一荑五六花香次於蘭陸璣草木疏莎雞如蝗而斑色毛翅數重其翅正赤或謂之天雞六月中飛而振羽索索作聲幽州謂之蒲錯爾雅翼莎雞其狀頭小而羽大有青褐兩種率以六月振羽作聲連夜札札不止其聲如紡絲之聲故一名梭雞一名絡緯今俗謂之絡絲娘古今註曰莎雞一名促織一名絡緯一名蟋蟀促織謂其鳴聲如急織也絡緯謂其鳴聲如紡緯也又曰促織一名促機絡緯一名紡緯其言促織如急織絡緯如紡緯是矣但蟋蟀與促織是一物莎雞與絡緯是一物不當合而言之耳○塞音賽莎音梭

白紵辭三首

樂府古題要解白紵歌古辭盛稱舞者之美宜及芳時行樂其譽白紵曰質如輕雲色如銀制以爲袍餘作巾袍以光軀巾拂塵按舊史稱白紵吳地所出白紵舞

本吳舞也梁武帝令沈約改其辭爲四時之歌若蘭葉參差桃半紅卽其春歌也

揚清歌一作音發皓齒北方佳人東鄰子且吟白紵停綠水長袖拂面爲君起寒雲夜卷繆本作卷霜海空胡風吹天飄塞鴻玉顏滿堂樂未終嵇康詩微歌發皓齒李延年詩北方有佳人絕世而獨立司馬相如美人賦臣之東鄰有一女子雲髮豐艷蛾眉皓齒顏盛色茂景曜光起恆翹翹而相顧欲留臣而共止淮南子手會綠水之趨高誘註綠水舞曲也一日綠水古詩也沈約白紵辭長袖拂面爲君施鮑照詩霜高落塞鴻按鮑照白紵辭朱脣動素袖舉洛陽少年邯鄲女古稱綠水今白紵催絃急管爲君舞窮秋九月荷葉黃北風驅雁天雨霜夜長酒多樂未央太白此篇句法蓋全擬之蕭本以館娃日落歌吹濛一句續作末句便不相類今從古本

其二

館娃日落歌吹深，月寒江（胡本作天）清夜沉沉。美人一笑千黃金，垂羅舞縠揚哀音。郢中白雪且莫吟，子夜吳歌動君心。動君心，冀君賞，願作天池雙鴛鴦，一朝飛去青雲上。太平寰宇記：越絕書云：吳人於硯石山置館娃宮。劉逵註吳都賦引揚雄方言云：吳有館娃宮，吳人呼美女爲娃，故三都賦云幸乎館娃之宮，中張女樂而宴羣臣。今吳縣有館娃鄉。崔駰七依：回眸百萬，一笑千金。廣韻：縠，縐也。新序：客有歌於郢中爲陽春白雪，國中屬而和者數十人。唐書：子夜，晉曲也。○娃音哇，縠音斛。

其三

吳刀剪綵（一作綺）縫舞衣，明粧麗服奪春暉。揚眉轉袖若雪飛，傾城獨立世所稀。激楚結風醉忘歸，高堂月落燭已微玉釵挂纓君莫違鮑照詩吳刀楚製爲佩褘長安有狹邪曲麗服鮮芳春李延年歌北方有佳人絕世而獨立一顧傾人城再顧傾人國上林賦鄢郢繽紛激楚結風郭璞註激楚歌曲也列女傳曰聽激楚之遺風也顏師古註結風亦曲名也史記索隱曰激楚急風也結風回風亦急風也楚地風旣自漂疾然歌樂者猶復依激結之急風以爲節其樂促迅哀切也司馬相如美人賦玉釵挂臣冠羅袖拂臣衣江總詩挂纓銀燭下莫笑玉釵長

鳴鴈行胡震亨曰鮑照本辭嘆鴈之辛苦霜雪太白更嘆其遭彈射似爲已之逢難寓感觀湘吳一語可見

胡鴈鳴辭燕山昨發委羽朝度關一一啣蘆枝南飛散落天地間連行接翼往復還客居烟波寄湘吳凌霜觸雪毛體枯畏逢矰繳驚相呼聞弦虛墜良可吁

君更彈射何爲乎淮南子北方曰委羽高誘註委羽山名也在北極之陰不見日也謝靈運詩嗷嗷雲中鴈舉翮自委羽淮南子夫鴈順風以愛氣力啣蘆而翔以備矰弋高誘註未秀曰蘆已秀曰葦矰矢弋繳啣蘆所以令繳不得截其翼也古今註鴈自河北渡江南瘦瘠能高飛不畏繳矰江南沃饒每至還河北體肥不能高飛恐爲虞人所獲常啣蘆數寸以防矰繳焉一說代山高峻鳥飛不越惟有一缺門鴈往來向此缺中過人號曰鴈門山出鷹鴈過鷹多捉而食之鴈欲過皆相待兩兩相隨口中啣蘆一枝然後過缺中鷹見蘆懼之不敢捉謝惠連雪賦酌湘吳之醇酎鄭玄周禮註結繳於矢謂之矰賈公彥疏繳繩也謂結繩於矢以弋射鳥獸史記集解韋昭曰繳弋射也其矢曰矰西都賦矰繳相纏張銑註矰繳箭上加縷而射更羸引弓虛發而下鴈見大獵賦註○繳音灼

妾薄命樂府古題要解妾薄命曹植日月既逝西藏葢恨宴私之歡不久如梁簡文名都多麗質傷良人不返王嬙遠聘盧姬嫁遲

漢帝重一作寵阿嬌，貯之黄金屋。咳唾落九天，隨風生珠玉。寵極愛還歇，妒深情却疎。長門一步地，不肯暫迴車。雨落不上天，水覆難再一作難重，一作重難收。君情一作恩與妾意，各自東西流。昔日芙蓉花，今成斷根一作素秋草。以色事他人，能得幾時好。

漢武故事：武帝數歲，長公主抱置膝上，問曰：兒欲得婦否？指左右長御百餘人，皆曰不用。指其女阿嬌，好否？笑對曰：好。若得阿嬌作婦，當作金屋貯之。長主大悅，乃苦要上，遂成婚焉。立爲太子，年十四卽位。長主求欲無厭，上患之，皇后寵遂衰。驕妒滋甚，女巫楚服自言有術能令上意回，晝夜祭祀，合藥服之。巫著男子衣冠幘帶，素與皇后寢居，相愛若夫婦。上聞，窮治侍御巫與后諸妖蠱呪詛，女而男淫，皆伏辜。廢皇后，處長門宮。夏侯湛抵疑：咳吐成珠玉，揮袂出風雲。裴松之三國志註：覆水不可收也。鮑照詩：寫水置平地，各自東西南北流。郤氏聞見後錄：李太白詩云：昔作芙蓉花今爲斷腸草以色事他人能得幾時好按陶弘景仙方註云斷腸草不可食其花美好名芙蓉琦按此說似乎新穎而揆之取義斷腸不若斷根之當也史記以色事人者色衰而愛弛

幽州胡馬客歌樂府詩集梁鼓角橫吹曲有幽州馬客吟卽此也胡震亨曰梁鼓角橫吹本詞言勦兒苦貧又言男女燕游太白則依題立義敘邊塞逐虜之事

幽州胡馬客綠眼虎皮冠笑拂兩隻箭萬人不可干彎弓若轉月白雁落雲端雙雙掉鞭行游獵向樓蘭出門不顧後報國死何難天驕五單于狼戾好凶殘牛馬散北海割鮮若虎餐雖居燕支山不道朔雪寒婦女馬上笑顏如赬玉盤翻飛射鳥獸花月醉雕鞍旄頭四光芒爭戰若繆本作如蜂攢白刃灑赤血流沙爲

之丹名將古誰是疲兵良可嘆何時天狼滅父子得安閑

爾雅翼今北方有白鴈似鴻而小色白秋深乃來來則霜降河北謂之霜信本草綱目鴈狀似鵝有蒼白二色今以白而小者爲鴈大者爲鴻蒼者爲野鵝說文掉搖也漢書西域傳樓蘭王治扜尼城去陽關千六百里去長安六千一百里樓蘭國最在東垂近漢當白龍堆乏水草常主發導負水儋糧迎接漢使漢書宣帝紀匈奴虛閭權渠單于病死右賢王屠耆堂代立骨肉大臣立虛閭權渠單于子爲呼韓邪單于擊殺屠耆堂諸王並自立分爲五單于更相攻擊死者以萬數又嚴助傳今閩越王狼戾不仁殺其骨肉離其親戚顏師古註狼性貪戾凡言狼戾者謂貪而戾也北海匈奴中地名漢書蘇武傳徙武北海上無人處使牧羝又匈奴傳單于留郭吉不歸遷辱之北海上蓋與中國絶遠處西都賦割鮮野食孔安國尚書傳鳥獸新殺曰鮮燕支山已見一本卷王昭君詩下史記昴曰髦頭胡星也正義曰昴一星爲髦頭胡星六星明與大星等大水且至其兵大起動搖若跳躍者胡兵大起楊齊賢曰蜂攢猶蜂之聚叢

也水經流沙地在張掖居延縣東北唐六典註流沙在沙州以北連延數千里裴松之三國志註每一交戰血流丹野史記參東有大星曰狼狼角變色多盜賊晉書狼一星在井東南狼爲野將主侵掠色有常不欲動也

李太白文集卷四

李太白文集卷之五

錢塘　王琦琢崖輯註

慶霄周春較

樂府四十四首

門有車馬客行樂府古題要解門有車馬客行曹植等皆言問訊其客或得故舊鄉里或駕自京師備述市朝遷謝親戚彫喪之意也樂府詩集王僧虔技錄相和歌瑟調三十八曲中有門有車馬客行

門有車馬賓一作客金鞍耀朱輪謂從丹一作雲霄落乃是故鄉親呼兒掃中堂坐客論悲辛對酒兩不飲停觴淚盈巾歎我萬里遊飄飄蕭本作飄飄三十春空談帝

繆本作霸王晜紫綬不挂身雄劒藏玉匣陰符生素塵廓落無所合流離湘水濱借問宗黨間多爲泉下人生苦百戰役死託萬鬼鄰北風揚胡沙埋翳周與秦大運且如此蒼穹寧匪仁惻愴竟何道存亡任大鈞漢書楊惲家方隆盛時乘朱輪者十人抱朴子出則朱輪耀路李善文選註東觀漢紀曰漢制公侯紫綬九卿青綬後漢書古者君臣佩玉尊卑有度上有韍貴賤有殊佩所以章德服之衷也韍所以執事禮之共也故禮有其度威儀之制三代同之五伯迭興戰兵不息佩非戰器韍非兵旗於是解去韍佩留其係璲以爲章表韍佩既廢秦乃以采組連結於璲光明章表轉相結受故謂之綬漢承秦制用而勿改舊唐書二品三品紫綬三綵紫黄赤紅紫質長一丈六尺一百八十首廣八寸戰國策蘇秦夜發書陳篋數十得太公陰符之謀宋玉九辯廓落兮羇旅而無友生呂延濟註廓落空寂也唐六典註湘水出桂州湘源縣北

流歷永衡潭岳四州界入洞庭陸機詩昔居四民宅今託萬鬼鄰何晏景福殿賦乃大運之攸戾賈誼鵩賦大鈞播物如淳註陶者作器於鈞上此以造化爲大鈞也顏師古註今造瓦者謂所轉者爲鈞言造化爲人亦猶陶之造瓦耳史記索隱虞喜志林云大鈞造化之神鈞陶萬物品授羣形者也此詩有北風揚胡沙埋翳周與秦之句當是天寶末年兩京覆陷之後所作

君子有所思行 樂府古題要解君子有所思行陸機命駕登北山鮑照西上登雀臺沈約晨策終南首其旨言雕室麗色不足爲久歡晏安鴆毒滿盈所宜敬忌與君子行異也

紫閣連終南青冥天倪色憑崖望咸陽宫闕羅北極萬井驚畫出九衢如絃直渭水銀河清繆本作橫天淸銀河流不息朝野盛文物衣冠何翕赩廄馬散連山軍容

威絶域伊皐運元化衞霍輸筋力歌鐘樂未休榮去老還逼圓光過滿缺太陽移中昃不散東海金何爭西輝蕭本作何曾西飛匿無作牛山悲惻愴淚沾臆太平廣記終南山紫閣峯去長安城七十里陝西志紫閣峯在西安府鄠縣東南三十里旭日射之爛然而紫其形上聳若樓閣然杜甫詩云紫閣峰陰入渼波即此是也初學記五經要義云終南山長安南山也一名太一漢書云太一山古文以爲終南山潘岳關中記云其山一名中南言在天之中居都之南故曰中南福地記云其山東接驪山太華西連太白至於隴山北去長安城八十里南入楚塞連屬東西諸山周迴數百里名曰福地王逸九思增逝兮青冥註云青冥太清也天霓天之邊際也詳見明堂賦註爾雅北極謂之北辰此以喻天子之居而言宮闕羅列於其中也鄭玄周禮註方百里爲一同積萬井九萬夫此借用其字作里巷解鮑照詩九衢平若水楊炯詩官路直如絃雍錄唐都本隋都也在漢長安故城東南南直終南

山子午谷北據渭水東臨滻灞西次灃水三輔黄圖
引渭水貫都以象天漢横橋南渡以法牽牛初學記
天河亦日銀河嵇康琴賦瑶瑾翕赩李善註翕赩盛
貌歷代名畫記玄宗好大馬御廐至四十萬遂有沛
艾大馬命王毛仲爲監牧使燕公張説作駉牧頌新
唐書開元初馬二十四萬至十三年乃四十三萬其
後突厥款塞玄宗厚撫之歲許朔方軍西受降城爲
互市以金帛市馬於河東朔方左右牧之既雜胡種
馬乃益壯天寶後諸軍戰馬動以萬計王侯將相外
戚牛駝羊馬之牧布諸道百倍於縣官皆以封邑號
名爲印自别將校亦備私馬議者謂秦漢以來唐馬
最盛十一載詔二京旁五百里勿置私牧十三載隴
右群牧都使奏馬牛駝羊總六十萬五千五百而馬
三十二萬五千七百通鑑唐自武德以來開拓邊境
地連西域皆置都督府州縣開元中置朔方隴右河
西安西北庭諸節度使以統之歲發山東丁壯爲戍
卒繒帛爲軍資開屯田供糗糧設監牧畜馬牛軍城
戍邏萬里相望漢書討絶域不羈之君係萬里難制
之虜伊尹皐陶以諭美宰臣衞青霍去病以喻美將
帥歌鐘歌時所奏之鐘見擬恨賦註圓光謂望日之

月後漢書日者太陽之精周易日中則昃月盈則食漢書疏廣東海蘭陵人也爲太傅五歲上疏乞骸骨上以其年篤老許之加賜黄金二十斤皇太子贈以五十斤廣既歸鄉里日令家共具設酒食請族人故舊賓客與相娱樂數問其家金餘尚有幾所趣賣以共具曰此金者聖主所以惠養老臣也故樂與鄉黨宗族共饗其賜以盡吾餘日不亦可乎吳均詩王孫猶未歸且聽西光匿齊景公遊牛山北臨其國城而流涕詳見二卷註沈約詩那知神傷者潺湲淚沾臆說文臆胸骨也○絶音釋又音赫愴音昌臆音益

東海有勇婦 原註代關中有貞女○按晉書關東有賢女乃鞞舞舊曲五篇之一其辭已亡關中有貞女當是關東有賢女之訛

梁山感杞妻慟蕭本作痛哭爲之傾金石忽暫開都由激深情東海有勇婦何慙蘇子卿學劒越處子超騰蕭本作然若流星捐軀報夫讎萬死不顧生白刃耀素雪蒼

天感精誠十步兩躩（一作跳）躍三呼一交兵斬首掉國門蹴踏五藏行豁此伉儷憤粲然大義明北海李使（繆本作史）君飛章奏天庭捨罪驚風俗流芳播滄瀛名（繆本作志）在列女籍竹帛已光榮淳于免詔獄漢主爲緹縈津妾一棹歌脫父於嚴刑十子若不肖不如一女英豫讓斬空衣有心竟無成要離殺慶忌壯夫所素（繆本作素所）輕妻子亦何辜焚之買虛聲豈如東海婦事立獨揚名（列女傳齊杞梁殖之妻莊公襲莒殖戰而死無子內外皆無五屬之親既無所歸乃枕其夫之尸於城下而哭內誠動人道路過者莫不爲之揮涕十日而城爲之崩曹植詩乃云杞妻哭死夫梁山爲之傾與列女傳諸書所載殊異太白用梁山事蓋本之曹詩也後漢書精誠所加金石爲開蘇子卿

無報讎殺人事以此相擬殊非倫類按曹植精微篇關東有賢女自字蘇來卿壯年報父仇身沒垂功名是知蘇子卿乃蘇來卿之誤也越有處子出於南林善劍術詳見四卷結客少年場註史記瞋目張膽出萬死不顧一生之計左傳已不能庇其伉儷而亡之杜預註伉敵也儷耦也孔穎達曰伉儷者言是相敵之匹耦李邕爲北海太守世稱李北海所謂北海李使君疑卽其人也後漢書遂作飛章以被於臣滄瀛謂東方海隅之地又滄州景城郡瀛州河間郡與青州北海郡相鄰近似謂其聲名播於旁郡也曹植詩名在壯士籍求自試表名稱垂於竹帛呂延濟註古無紙史書皆書竹帛陸機詩竹帛無所宣李周翰註竹帛謂史籍也古人書於竹簡及素帛漢書齊太倉令淳于公有罪當刑詔獄逮繫長安淳于公無男有五女當行會逮罵其女曰生子不生男緩急非有益也其少女緹縈自傷悲泣乃隨其父至長安上書曰妾父爲吏齊中皆稱其廉平今坐法當刑妾傷夫死者不可復生刑者不可復屬雖後欲改過自新其道無由也妾願沒入爲官婢以贖父刑罪使得自新書奏天子悲憐其意遂下令除肉刑列女傳趙津女涓

者趙河津吏之女也趙簡子南擊楚與津吏期簡子至津吏醉卧不能渡簡子欲殺之涓曰妾父聞主君來渡不測之水恐風波之起水神動駭故禱九江三淮之神供具備禮御釐受福不勝巫祝杯酌餘瀝醉至於此君欲殺之妾願以鄙軀易父之死簡子曰非女子之罪也娟曰主君欲因其醉而殺之妾恐其身之不知痛而心不知罪也若不知罪而殺之是殺不辜也願醒而殺之使知其罪簡子曰善遂釋不誅簡子將渡用楫者少一人涓攘袂操楫而請中流爲簡子發何激之歌其詞曰升彼阿兮面觀清水揚波兮杳冥冥禱求福兮醉不醒誅將加兮妾心驚罰既釋兮瀆乃清妾持楫兮操其維蛟龍助兮主將歸呼來渡兮行勿疑簡子大悅以爲夫人戰國策豫讓始事范中行氏而不悅去而就智伯智伯寵之及三晉分智氏趙襄子最怨智伯而將其頭以爲飲器豫讓曰士爲知已者死女爲悅已者容吾其報智氏之讐矣乃變姓名爲刑人入宫塗厠欲以刺襄子襄子如厠心動執問塗者則豫讓也刃其扞曰欲爲智伯報讐趙襄子曰義士也卒釋之豫讓又漆身爲厲滅鬚去眉自刑以變其容又吞炭爲啞變其音居頃之襄子

當出豫讓伏所當過橋下襄子至橋而馬驚襄子曰此必豫讓也使人問之果豫讓襄子曰豫子之爲智伯名既成矣寡人舍子亦已足矣子自爲計使兵環之豫讓曰臣聞明主不掩人之義忠臣不愛死以成名今日之事臣故伏誅然願請君之衣而擊之雖死不恨襄子義之使使者持衣與豫讓豫讓拔劒三躍呼天擊之曰可以報智伯矣遂伏劒而死吳越春秋吳王既殺王僚又慮慶忌之在鄰國要離乃與子胥見吳王曰臣國東千里之人細小無力迎風則偃負風則伏大王有命臣敢不盡力大王患慶忌乎臣能殺之王曰慶忌之勇世所聞也今子之力不如也要離曰臣能殺之臣詐以負罪出奔願王戮臣妻子斷臣右手慶忌必信臣矣要離乃詐得罪出奔吳王取其妻子焚棄於市要離奔諸侯而行怨言以無罪聞於天下遂如衞求見慶忌慶忌信其謀揀練士卒遂之吳將渡江於中流要離力微坐於上風因風勢以矛鈎其冠順風而刺慶忌慶忌顧而揮之三捽其頭於水中乃加於膝上嘻嘻哉天下之勇士也乃敢加兵刃於我左右欲殺之慶忌止之曰此是天下勇士可令還吳以旌其忠於是慶忌死要離渡至江陵慜

然不行曰殺吾妻子以事吾君非仁也爲新君而殺故君之子非義也貪生棄行非勇也夫人有三惡以立於世何面目以視天下之士遂投身於江從者出之要離曰吾寧能不死乎乃自斷手足伏劍而死。捽音猝緹音題縈音榮

黄葛篇

黄葛生洛溪黄花自綿冪青烟蔓長條繚繞幾百尺閨人費素手採緝作絺綌縫爲絶國衣遠寄日南客蒼梧大火落暑服莫輕擲此物雖過時是妾手中跡

葛草延蔓而生引長二三丈其葉有三尖如楓葉而長面青背淡莖亦青色取其皮漚練作絲以爲絺綌謂之黄葛者是取既成絺綌之色而名之以別於蔓草中之白葛紫葛赤葛諸名不致相混耳七八月開花成穗纍纍相承紅紫色古前溪歌黄葛結蒙籠生在洛溪邊葛花紅紫而此云黄花恐誤綿冪密而相

覆之意小爾雅葛之精者曰絺粗者曰綌謝惠連詩裁用笥中刀縫爲萬里衣漢書及使絶國者顔師古註遠絶之國謂聲教之外漢書地理志蒼梧郡武帝元鼎六年開日南郡故秦象郡武帝元鼎六年開更名俱屬交州顔師古註日南言其在日之南所謂開北戸以向日者舊唐書漢武帝開百越於交趾郡南三千里置日南郡唐時所謂日南郡卽驩州也去西京一萬二千四百餘里去東京一萬一千五百餘里所謂蒼梧郡卽梧州也去西京五千五百里去東京五千一百里俱屬嶺南道詩國風七月流火毛傳曰火大火也鄭箋曰大火者寒暑之候也火星中而寒暑退朱傳曰火大火心星也以六月之昏加於地之南方至七月之昏則下而西流矣末四句卽周南葛覃服之無斁意也○斁音覔

白馬篇

樂府古題要解白馬篇曹植白馬飾金羈鮑照白馬騂角弓沈約白馬紫金鞍皆言邊塞征戰之狀按樂府詩集白馬篇是雜曲歌之齊瑟行

龍馬花雪毛蕭本作白金鞍五陵豪秋霜切玉劒落日明

珠袍鬬雞事萬乘軒蓋一何高弓摧南繆本作宜山虎手接太行繆本作山猱酒後競風采三杯弄寶刀殺人如翦草劇孟同遊遨發憤去函谷從軍向臨洮叱咤經百戰一作萬戰場匈奴盡奔逃一作波濤歸來使酒氣未肯拜一作下蕭曹羞入原憲室荒徑蕭本作滛誤隱蓬蒿周禮馬八尺以上爲龍梁簡文帝詩金鞍照龍馬羅袖拂春桑漢書原涉傳郡國諸豪及長安五陵諸爲節氣者皆歸慕之顔師古註五陵謂長陵安陵陽陵茂陵平陵也班固西都賦曰南望杜霸北眺五陵是知霸陵杜陵非此五陵之數也而說者以爲高祖以下至茂陵爲五陵失其本意北堂書鈔魏文帝歌辭云歐氏寶劒何爲低昂白如積雪利若秋霜淮南子云寶劒之色如秋霜列子周穆王大征西戎西戎獻錕鋙之劒其劒長尺有咫鍊鋼赤刃用之切玉如切泥焉王僧孺詩朔風吹錦帶落日映珠袍鬬雞事詳見二卷註中晉書南

山白額猛獸爲患周處入山射殺猛獸西京雜記李廣與兄弟共獵於冥山之北見臥虎焉射之一矢卽斃斷其髑髏以爲枕示服猛也冥山或作宜山所謂宜山虎也曹植詩仰手接飛猱李善註凡物飛迎前射之曰接尸子中黄伯曰予左執太行之猱而右搏雕虎穀梁傳孟勞者魯之寶刀也後漢書殺人如刈草然漢書布衣游俠劇孟郭解之徒馳騖於閭閻權行州域力折公卿衆庶榮其名節覬而慕之史記正義括地志云函谷關在陝州桃林縣西南十二里秦函谷關也圖記云西去長安四百餘里路在谷中故以爲名雍錄秦函谷關在唐陝州靈寶縣南十里靈寶縣者漢弘農縣也漢函谷關在唐河南府新安縣之東一里葢漢世楊僕移秦函谷關而立之於此也以比秦舊則移東三百七十八里自此關移在新安縣而秦關之在靈寶者廢矣又云自潼關東二百里至陝州靈寶縣則秦函谷關也自靈寶縣東三百餘里至河南新安縣則漢函谷關也舊唐書臨洮軍在鄯州城内管兵萬五千人南史檀道濟左右腹心並經百戰漢書灌夫爲人剛直使酒顔師古註使酒因酒而使氣也韓詩外傳原憲居魯環堵之室茨以蒿

萊蓬戸甕牖桷桑而爲樞上漏下濕匡坐而絃歌謝
朓詩淸淮左長薄荒徑隱蒿蓬○猱音鐃劇音極洮
音桃又音叨

鳳笙篇

仙人十五愛吹笙學得崑邱彩鳳鳴始聞鍊氣飡金
液復道朝天赴玉京玉京迢迢幾千里鳳笙去去無
窮已欲嘆離聲發絳唇更嗟別調流纖指此時惜別
詎堪聞此地相看未忍分重吟真曲和淸吹却奏仙
歌響緑雲緑雲紫氣向函關訪道應尋緱氏山莫學
吹笙王子晉一遇浮邱斷不還邢昺爾雅疏崑崙山記云崑崙山一名崑
邱鮑照詩淮南王學長生服食鍊氣讀仙經神仙傳
藥之上者有九轉還丹太乙金液服之皆立登天靈

樞金景內經下離塵世上界玉京註云玉京無爲之天也三十二帝之都步虛經玉京山在無上大羅天中玉京之上七寶京臺居五億五萬五十五重天最上頂也枕中書京都玉京七寶山周圍九萬里在大羅天之上城上七寶宮宮內七寶臺有上中下三宮如一宮城一面二百四十門方生八行寶樹綠葉朱實五色芝英上有萬二千種芝沼中蓮花徑度十丈上宮是盤古真人元始天皇太元聖母所治中宮是太上真人金闕老君所治下宮是九天真王三天真王所治玉京有八十一萬天路通八十一萬山岳洞室夫以得道大聖衆並賜其宮第居宅皆七寶宮闕或在名山山岳群真所居都有八十一萬處古今有言九九八十一萬終天路玉京山也王勃春思賦狂夫去去無窮已賤妾春眠春未起梁簡文帝詩淸謳出絳脣陸機詩泠泠纖指彈藝文類聚關令內傳曰關令尹喜登樓四望見東極有紫氣西邁喜曰夫陽氣盡九星宿值合歲月並王九十日之外應有聖人經過京邑至期乃齋戒其日果見老子元和郡縣志緱氏山在河南府緱氏縣東南二十九里王子晉得仙處列仙傳王子喬者周靈王太子晉也好吹笙作

鳳凰鳴游伊洛之間遇道士浮邱公接以上嵩高山三十餘年後於山上見桓良曰告我家七月七日待我於緱氏山巔至時果乘白鶴駐山頭望之不得到舉手謝時人數日而去琦按此詩是送一道流應詔入京之作所謂仙人十五愛吹笙正實指其人非泛用古事所謂朝天赴玉京者言其入京朝見非謂其超昇輕舉舊註以遊仙詩擬之失其旨矣○飡與餐同液音亦緱音鉤

怨歌行

自註長安見內人出嫁友人令予代爲怨歌行○文選有班婕妤怨歌行即新裂齊紈素一首也李善註歌錄曰怨歌行古辭言古有此曲而班婕妤擬之

十五入漢宮花顏笑一作如春紅君王選玉色侍寢金一作錦屏中薦枕嬌夕月卷衣戀春一作香風寧知趙飛燕奪寵恨無窮沉憂能傷人綠鬢成霜蓬一朝不得意世事徒一作信爲空鷫鸘換美酒舞衣罷雕龍一作籠

寒苦不忍言爲君奏絲桐腸斷絃亦絶悲心夜忡忡

傳亱怨歌行十五入君門一别終華髮楚辭玉色頩以晩顔繁欽定情篇侍寢執衣巾何遜詩掩泣閉金屏宋玉高唐賦願薦枕席李善註薦進也欲親進於枕席求親昵之意也古樂府有秦王卷衣曲庾信燈賦卷衣秦后之牀送枕荆臺之上漢書趙飛燕娣弟從自微賤興踰越禮制寖盛於前班倢伃及許皇后皆失寵稀復進見陸機詩沉憂萃我心張銑註沉深也孔融論盛孝章書若使憂能傷人此子不得復永年矣吳均詩緑鬢愁中改司馬相如以鷫鸘裘就市人楊昌貰酒詳見四卷註蕭士贇曰雕龍謂舞衣上之雕畫龍文也詩國風憂心忡忡○忡音冲

塞下曲六首樂府詩集晉書樂志曰出塞入塞曲李延年造唐人有塞上塞下曲蓋出於此

五月天山雪無花祇有寒笛中聞折柳春色未曾看

曉戰隨金鼓宵眠抱玉鞍願將腰下劍直爲斬樓蘭

天山冬夏有雪見四卷註按白帖笛有折楊柳之曲釋名金鼓金禁也爲進退之禁也太白以玉鞍對金鼓則金鼓自是一物有引鼓以進軍金以退軍解者恐未是漢書樓蘭王爲匈奴反間數遮殺漢使大將軍霍光遣平樂監傅介子往刺其王介子輕將勇敢士齎金帛揚言以賜外國爲名至樓蘭詐其王欲賜之王喜與介子飲醉將其王屏語壯士二人從後刺殺之貴人左右皆散走介子告諭以王負漢罪天子遣我誅王當立王弟尉屠耆在漢者漢兵方至毋敢動自令滅國矣介子遂斬王嘗歸首馳傳詣闕懸首北闕下封介子爲義陽侯

其二

天兵下北荒胡馬欲南飲橫戈從百戰直爲銜恩甚握雪海上飡拂沙隴頭寢何當破月氏然後方高枕

宋書李孝伯曰我今當南飲江湖以療渴耳吕氏春秋行人燭過免冑横戈而進後漢書餘羌復與燒何大豪寇張掖攻沒鉅鹿塢殺屬國吏民段熲追之且鬭且行晝夜相攻割肉食雪四十餘日遂至河首積石山出塞二千餘里漢書大月氏國本居敦煌祁連間至冒頓單于攻破月氏月氏乃遠去過大宛西擊大夏而臣之都嬀北爲王庭其餘小衆不能去者保南山羌號小月氏又匈奴傳北狄不服中國未得高枕安寢也○飡與餐同氏與支同

其三

駿馬似繆本作如風飈鳴鞭出渭橋彎弓辭漢月插羽破天驕陣解星芒盡營空海霧消功成畫麟閣獨有霍嫖姚謝靈運詩鳴鞭適大河史記正義括地志云渭橋本名横橋架渭水上在雍州咸陽縣東南二十二里雍錄中渭橋舊止單名渭橋水經敘渭曰水上有梁謂之渭橋者是也後世加中以冠橋上者爲

長安之西别有便民橋萬年縣之東更有東渭橋故不得不以中别也陜西通志西渭橋在咸陽縣西南百步漢武帝造名便橋唐名咸陽橋中渭橋在咸陽縣東二十五里秦時造所謂渭水貫都以象天漢横橋南渡以法牽牛者也東渭橋在高陵縣南十里不知始於何時或云漢高祖造以通櫟陽之道者也古來單稱渭橋者大槩專指中渭橋也庾信詩關山連漢月隴水向秦城薛道衡詩邊庭烽火驚插羽夜徵兵魏武奏事曰今邊有小警輒露檄插羽詳見二卷羽檄註下漢書胡者天之驕子也後漢書客星芒氣白爲兵初學記星光曰芒楊素詩兵寢星芒落戰解月輪空三輔黄圖麒麟閣廟記云麒麟閣蕭何造漢書宣帝思股肱之美乃圖畫霍光等十一人於麒麟閣按彎弓以上三句狀出師之景插羽以下三句狀戰勝之景末言功成奏凱圖形麟閣者止上將一人不能偏及血戰之士太白用一獨字葢有感乎其中歟然其言又何婉而多風也○飈音標

其四

白馬黄金塞雲砂繞夢思那堪愁苦節遠憶邊城兒螢飛秋窻滿月度霜閨遲摧殘梧桐葉蕭颯沙棠枝無時獨不見淚流空自知黄金塞邊上地名未詳所在鮑照詩實是愁苦節呂氏春秋果之美者沙棠之實上林賦沙棠櫟櫧華楓枰櫨張揖註沙棠狀如棠黄華赤實其味似李無核

其五

塞虜乘秋下天兵出漢家將軍分虎竹戰士卧龍沙邊月隨弓影胡霜拂劒花玉關殊未入少婦莫長嗟長楊賦天兵四臨漢書文帝紀初與郡守爲銅虎符竹使符應劭曰銅虎符第一至第五國家當發兵遣使者至郡合符符合乃聽受之竹使符者以竹箭五枚長五寸鐫刻篆書第一至第五顔師古註與郡守爲符者謂各分其半右留京師左以與之鮑照詩留我一白羽將以分虎竹後漢書坦步葱雪咫尺龍沙

章懷太子註葱嶺雪山白龍堆沙漠也鮑照詩旌甲被胡霜明餘慶詩劍花寒不落漢書太初元年以李廣利爲貳師將軍發屬國六千騎及郡國惡少年數萬人以往期至貳師城取善馬比至郁城郁城距之引而還往來二歲至敦煌士不過什一二使使上書言罷兵天子大怒使使遮玉門關曰軍有敢入斬之貳師恐因留屯敦煌天子赦囚徒扞寇盜發惡少年及邊騎出敦煌六萬人負私從者不與行至宛城宛貴人共殺王貳師取其善馬數十匹中馬以下牝牡三千匹軍還入玉門關者萬餘人

其六

烽火動沙漠連照甘泉雲漢皇按劍起還召李將軍兵一作殺氣天上合鼓聲隴底聞橫行負勇氣一戰靜妖氛史記胡騎入代句注邊烽火通於甘泉長安李陵歌徑萬里兮度沙漠按沙漠亦作沙幕一曰大磧漢時謂之幕唐時謂之磧在古敦煌郡之外東西數千里南北遠者千里絕無水草不可駐牧雖鳥

獸亦不能居之鮑照詩天子按劒怒史記匈奴入殺遼西大守敗韓將軍於是天子乃名拜李廣爲右北平太守匈奴聞之號曰漢之飛將軍避之數歲不敢入右北平說文隴大坂也隴底謂山隴之下天水郡之大坂名曰隴坂亦曰隴底與此不同漢書高皇后嘗忿匈奴群臣庭議樊噲請以十萬衆横行匈奴中北史何以報天子沙漠静妖氛

來日大難來日大難卽古善哉行也蓋摘首句以命題耳樂府古題要解善哉行古詞來日大難口噪脣乾言人命不可保當樂見親友且求長生術與王喬八公遊焉按樂府詩集王僧虔技錄善哉行乃相和歌瑟調三十八曲之一

來日一身攜糧負薪道長蕭本作長鳴食盡苦口焦脣今日醉飽樂過千春仙人相存誘我遠學海淩繆本作陵三山陸憩五岳乘龍天飛目瞻兩角繆本作乘龍上三天飛目瞻兩角

授以神蕭本作仙藥金丹滿握蟪蛄蒙恩深媿短促思塡東海强銜一木道重天地軒師廣成蟬翼九五以求長生下士大笑如蒼蠅聲

來日謂已來之日猶往日也韓詩外傳乾餱焦脣仰天而嘆梁宣帝賦餐霞永日靜坐千春魏武帝詩越陌度阡枉用相存說文存恤問也謝靈運詩越海凌三山李周翰註三山蓬萊方丈瀛洲也鄭康成周禮註五岳東曰岱宗南曰衡山西曰華山北曰恒山中曰嵩高山莊子蟪蛄不知春秋陸德明註司馬云蟪蛄寒蟬也一名蝭蟧春生夏死夏生秋死崔云蛁蟧也或曰山蟪秋鳴者不及春春鳴者不及秋廣雅云蟪蛄蛁蟧也即楚辭所謂寒螿也述異記昔炎帝女溺死東海中化爲精衛其名自呼常銜西山木石塡東海偶海燕而生子生雌狀如精衛生雄如海燕今東海精衛誓水處曾溺於此川誓不飲其水詩意言人命短促有如蟪蛄今蒙恩而授之神藥使得長生其德深矣思欲報之却如精衛銜一木以塡東海耳甚言其德之深而無以爲報也抱朴子黃帝過崆峒

從廣成子受自然之經蟬翼九五視九五天子之位如蟬翼之輕也老子下士聞道大笑之詩國風蒼蠅之聲

塞上曲

大漢無中策匈奴犯渭橋五原秋草緑胡馬一何驕命將征西極橫行陰山側燕支落漢家婦女無花色轉戰渡黃河休兵樂事多蕭條清萬里瀚海寂無波

漢書匈奴爲害所從來久矣周秦漢征之未有得上策者也周得中策漢得下策秦無策焉當周宣王時獫狁內侵至於涇陽命將征之盡境而還其視戎翟之侵譬猶蚊虻之螫毆之而已故天下稱明是爲中策漢武帝選將練兵約齎輕糧深入遠戍雖有克獲之功胡輒報之兵連禍結三十餘年中國疲耗匈奴亦創艾而天下稱武是爲下策秦始皇不忍小恥而輕民力築長城之固延袤萬里轉輸之行起於負海

疆境既完中國内竭以喪社稷是爲無策雍錄秦漢唐駕渭者凡三橋在咸陽西十里者名便橋漢武帝造在咸陽東南二十二里者爲中渭橋秦始皇造在萬年縣東四十里者爲東渭橋不知始於何世唐時頡利所犯者在便橋之北謂之西渭橋者是也五原郡漢武帝所置其後更變不一至西魏改大興郡爲五原郡後又改鹽州隋末爲梁師都所據唐貞觀二年平師都復置鹽州及五原縣天寶元年改鹽州爲五原郡在太宗時但稱鹽州不稱五原史言突厥頡利建牙直五原之北正指五原縣也其地卽漢北地郡之馬嶺縣地西接靈州靈武郡東抵夏州朔方郡南界慶州安化郡北與突厥相距今約其處當在寧夏衞界中若漢之五原郡領縣十六延袤甚廣在唐時豐州九原郡勝州榆林郡皆其地矣漢書北邊塞至遼東外有陰山東西千餘里草木茂盛多禽獸本冒頓單于依阻其中治作弓矢來出爲寇是其苑囿也至孝武世出師征伐斥奪此地攘之於漠北括地志陰山在北塞外突厥界史記正義括地志云焉支山一名刪丹山在甘州刪丹縣東南五十里西河舊事祈連燕支二山在張掖酒泉二界上東西二百餘

里南北百里有松栢五木美水草冬温夏涼宜畜牧
匈奴失二山乃歌曰失我祈連山使我六畜不蕃息
失我燕支山使我婦女無顔色北邊備對通典甘州
刪丹縣有焉支山匈奴失之乃歌曰失我焉支山使
我婦女無顔色說者曰焉支閼氏也今之燕脂也此
山産紅藍可爲燕脂而閼氏資以爲飾故失之則婦
女無顔色其說或然也班固燕然山銘蕭條萬里野
無遺寇漢書驃騎將軍封狼居胥山禪於姑衍登臨
瀚海如淳註瀚海北海名也正義曰按瀚海自一大
海群鳥解羽伏乳於此因名也耶律楚材曰伊州之
西北有瀚海○此篇蓋追美太宗武功之盛而作也
按唐書突厥傳言頡利可汗嗣立高祖以中原初定
不遑外畧每優容之賜與不可勝計頡利言辭悖慠
求請無厭所謂大漢無中策也傳言武德九年七月
頡利自率十萬餘騎進寇武功京師戒嚴癸未頡利
至於渭水便橋之北太宗與侍中高士廉中書令房
元齡馳六騎幸渭水之上與頡利隔津而語責以負
約其酋帥大驚皆下馬羅拜俄而衆軍繼至軍容大
盛太宗獨與頡利臨水交言麾諸軍却而陣焉頡利
請和乙酉幸城西刑白馬與頡利同盟於便橋之上

頡利引兵而退所謂匈奴犯渭橋之事也傳言頡利設牙直五原之北承父兄之資兵馬强盛有憑陵中國之志所謂五原秋草緑胡馬一何驕之事也又李靖傳言貞觀三年突厥諸部離叛朝廷將圖進取以靖爲代州道行軍總管率驍騎三千自馬邑出其不意直趨惡陽嶺以逼之四年進擊定襄破之可汗僅以身遁太宗謂曰卿以三千輕騎深入虜庭克復定襄威振北狄古今所未有足報往年渭水之役自破定襄後頡利大懼退保鐵山遣使入朝謝罪請舉國内附以靖爲定襄道行軍總管往迎頡利頡利雖外請朝謁而潛懷猶豫靖選精騎一萬齎二十日糧引兵自白道襲之師至陰山遇其斥堠千餘帳皆俘以隨軍將逼其牙帳十五里虜始覺頡利畏威先走部衆因而潰散靖斬萬餘級俘男女十餘萬頡利乘千里馬走投吐谷渾西道行軍總管張寶相擒之以獻俄而突利可汗來奔遂復定襄常安之地斥土界自陰山北至於大漠此詩所謂命將征西極横行陰山側以下之事是也或曰此詩亦可定爲泛詠邊事何以決其爲耑美太宗武功歟曰兩漢而下匈奴犯邊未有至於渭橋者至唐武德年間始有此事以此知

之彧曰既美本朝矣又何以用大漢漢家字耶曰太白本以唐之初年與頡利和好爲非是而不可直言故借漢以喻而嘆其失禦戎之策也至漢家二字唐人用入詩章以爲中國二字之代稱歷宋元明皆然何必滯此爲疑耶洪邁選萬首唐人絶句分此詩爲三章頗覺無味不若合作一首之善

玉階怨 題始自謝朓太白蓋擬之

玉階生白露夜久侵羅襪却下水精簾玲瓏繆本作眕朧望秋月 西京賦金戺玉階宋之問詩雲母帳前初泛灩水精簾外轉逶迤沈佺期詩水精簾外金波下雲母窗前銀漢回蕭士贇曰水精簾以水精爲之如今之琉璃簾也無一字言怨而隱然幽怨之意見於言外晦菴所謂聖於詩者此歟韻會玲瓏明貌毛氏韻增云眕朧月光也然用眕朧不如玲瓏爲勝

襄陽曲四首 襄陽曲卽襄陽樂也舊唐書襄陽樂宋隨王誕所作也誕始爲襄陽郡元嘉二十六年仍爲雍州夜聞諸女歌謠因作之其歌曰朝發襄陽來暮至大堤宿大堤諸

女兒花艷驚郎目裴子野宋畧稱晉安侯劉道産爲雍州刺史有惠化百姓歌之號襄陽樂其辭非也

襄陽行樂處歌舞白銅鞮江城回淥水花月使人迷

隋書梁武帝之在雍鎮有童謡曰襄陽白銅蹄反縛揚州兒識者言銅蹄謂馬也白金色也及義師之興實以鐵騎揚州之士皆面縛如謡言故卽位之後更造新聲帝自爲之詞三曲又令沈約爲三曲以被絃管後人改蹄爲鞮未詳其義○鞮音題

其二

山公醉酒時酩酊高一作襄陽下頭上白接籬倒著還騎馬

世說山季倫爲荆州時出酣暢人爲之歌曰山公時一醉徑造高陽池日暮倒載歸酩酊無所知復能乘駿馬倒著白接籬舉手問葛彊何如并州兒高陽池在襄陽彊是其愛將并州人也說文酩酊

醉也廣韻接䍦白帽也○酩音茗酊音頂

其三

峴山臨漢江水綠沙如雪一作水色如霜雪上有墮淚碑青苔久磨滅元和郡縣志峴山在襄州襄陽縣東南九里東臨漢水古今大路水經註峴山羊祜之鎮襄陽也與鄒潤甫嘗登之及祜薨後後人立碑於故處望者悲感杜元凱謂之墮淚碑湘中記白沙如霜雪

其四

且醉習家池莫看墮淚碑山公欲上馬笑殺襄陽兒世說註襄陽記曰漢侍中習郁於峴山南依范蠡養魚法作魚池池邊有高堤種竹及長楸芙蓉菱芡覆水是游宴名處也山簡每臨此池未嘗不大醉而還曰此是我高陽池也襄陽小兒歌之

大堤曲

按梁簡文帝作雍州十曲內有大堤南湖北渚等曲其源蓋本於此

漢水臨一作橫襄陽花開大堤暖佳期大堤下淚向南雲滿春風復無情吹我夢魂散不見眼中人天長音信斷

一統志大堤在襄陽府城外湖廣志大堤東臨漢江西自萬山經𧹞溪土門白龍池東津渡繞城北老龍堤復至萬山之麓周圍四十餘里陸機賦指南雲以寄欵江總詩心逐南雲逝形隨北鴈來何遜詩不見眼中人空想南山寺

宮中行樂詞八首

原註奉詔作五言。本事詩玄宗嘗因宮中行樂謂高力士曰對此良辰美景豈可獨以聲伎爲娛倘時得逸才詞人咏出之可以誇耀於後遂命召李白時寧王邀白飲酒已醉既至拜舞頹然上知其薄聲律謂非所長命爲宮中行樂五言律詩十首白頓首曰寧王賜臣酒今已醉倘陛下賜臣無畏始可盡臣薄技上曰可卽遣二內臣掖扶之命研墨濡筆以授之又令二人張朱絲欄於其前白取筆抒思畧不停輟十篇立就更無加點筆跡遒利鳳跌龍拏律度對偶無不精絶據此則當時本作十篇今存八首想已逸其二矣

小小生金屋盈盈在紫微山花插寶髻石竹繡羅衣每出深宫裏常隨步輦歸只愁歌舞散一作罷化作綵雲飛

古詩盈盈樓上女李善註廣雅曰嬴容也盈與嬴同古字通陸機詩來步紫微吕向註紫微天子宫也通志畧石竹其葉細嫩花如錢可愛唐人多像此爲衣服之飾所謂石竹繡羅衣也按石竹乃草花中之纖細者枝葉青翠花色紅紫狀同剪刻人多植作盆盎之玩或以爲卽藥品中之瞿麥未詳是否唐陸龜蒙咏石竹花云曾看南朝畫國娃古羅衣上碎明霞據此則衣上繡畫石竹花者六朝時已有此製矣西都賦乘茵步輦唯所息晏胡三省通鑑註步輦不駕馬使人挽之

其二

柳色黄金嫩，梨花白雪香。玉樓巢（一作關）翡翠，珠（一作金）殿鎖鴛鴦。選妓隨雕（一作朝）輦，徵歌出洞房。宫中誰第一，飛燕在昭陽。

柳色黄金嫩，梨花白雪香，二句本陰鏗詩，太白全用之。東京賦：下雕輦於東廂。薛綜註：輦，人挽車。雕，謂有雕飾也。楚辭：姱容修態絙洞房。西京雜記：趙后體輕腰弱，善行步進退，女弟昭儀不能及也。但昭儀弱骨豐肌，尤工語笑。二人並色如紅玉，爲當時第一，皆擅寵後宫。漢書：孝成趙皇后本長安宫人，及壯，屬陽阿主家，學歌舞，號曰飛燕。成帝嘗微行出，過陽阿主，作樂，上見飛燕而悅之，名入宫，大幸。有女弟復名入，俱爲倢伃，貴傾後宫。許后之廢也，乃立倢伃爲皇后。皇后既立，後寵少衰，而弟絶幸，爲昭儀，居昭陽舍。其中庭彤朱，而殿上髤漆，切皆銅沓冒黄金塗，白玉階，壁帶往往爲黄金釭，函藍田壁，明珠翠羽飾之，自後宫未嘗有焉。是在昭陽舍者，乃其女弟合德，非飛燕也。然三輔黄圖：成帝趙

皇后居昭陽殿沈佺期詩飛燕侍寵昭陽殿班姬飲恨長信宮古人亦有此誤飛燕在昭陽之句葢有所自矣

其三

盧橘爲秦樹蒲桃出一作是漢宮烟花宜落日絲管醉春風笛奏龍鳴一作吟水簫吟一作鳴鳳下空君王多樂事還與萬方同一作何必向回中一作何必在回中○上林賦盧橘夏熟郭璞註今蜀中有給客橙似橘而非若柚而芬香冬夏華實相繼或如彈丸或如拳通歲食之即盧橘也史記索隱應劭云伊尹書云果之美者箕山之東青馬之所有盧橘夏熟晉灼曰此雖賦上林博引異方珍奇不係於一也案廣州記云盧橘皮厚大小如甘酢多九月結實正赤明年二月更青黑夏熟吳錄云建安有橘冬月樹上覆裹明年夏色變青黑其味甚甘美盧即黑色是也史記大宛左右以蒲萄爲酒俗嗜酒馬嗜苜蓿

漢使取其實來於是天子始種苜蓿蒲萄肥饒地及天馬多外國使來衆則離宮别觀旁盡種蒲萄苜蓿極望沈約詩烟花繞層曲馬融笛賦近世雙笛從羌起羌人伐竹未及巳龍鳴水中不見巳截竹吹之聲相似張銑註羌西戎也其人伐竹未畢之間有龍鳴水中不見其身羌人旋即截竹吹之聲與龍相似也盧思道詩笙随山上鶴笛奏水中龍荀子鳳凰秋秋其翼若干其聲若簫又列仙傳蕭史善吹簫鳳凰來止其屋事見後六卷註唐仲言曰此章句法以蒲橘發端而以烟花承之開而合也以絲管起下而以簫管分對合而開也說者以起伏開合獨推工部豈其然乎

其四

玉樹一作殿春歸日一作好金宮樂事多後庭朝未入輕輦夜相過笑出花間語嬌來燭蕭本作竹下歌莫教明月去留著醉姮蕭本作嫦娥藝文類聚漢武故事曰上起神屋前庭植玉樹以珊瑚爲枝碧

玉爲葉華子青赤以珠玉爲之空其中如小鈴鎗鎗有聲然詩人用玉樹多是言樹美好如琪樹珍樹之類不關漢武事也張衡靈憲羿請無死之藥於西王母姮娥竊之以奔月將往枚筮之於有黄有黄筮之曰吉翩翩歸妹獨將西行逢天晦芒毋驚毋恐後且大昌姮娥遂託身於月是爲蟾蜍○姮音恒

其五

繡戸香風暖紗窗曙色新宫花爭笑日池草暗生春綠樹聞歌鳥青樓見舞人昭陽桃李月羅綺自一作坐相親說文曙曉也劉勰新論春葩含日似笑秋葉泫露如泣南史齊武帝興光樓上施青漆世人謂之青樓

其六

今日明光裏還須結伴遊春風開紫殿天樂下珠樓

艷舞全知巧嬌歌半欲羞更憐花月夜宮女笑藏鉤

三輔黄圖武帝求仙起明光宫發燕趙美女二千人充之又三輔黄圖漢武帝起紫殿雕文刻鏤黼黻以玉飾之度人經珠樓埬琳庭藝文類聚風土記曰義陽臘日飲祭之後叟嫗兒童爲藏鉤之戲分爲二曹以較勝負若人偶即敵對人奇即使一人爲游附或屬上曹或屬下曹名爲飛鳥以齊二曹人數一鉤藏在數手中曹人當射知所在一藏爲一籌三籌爲一都辛氏三秦記曰昭帝母鉤弋夫人手拳而有國色先帝寵之世人藏鉤法此也酉陽雜俎舊言藏鉤起於鉤弋蓋依辛氏三秦記云漢武鉤弋夫人手拳時人効之因爲藏鉤也列子云瓦摳者巧鉤摳者憚黄金摳者昏殷敬順敬訓曰彄與摳同衆人分曹手藏物探取之又令藏鉤剩一人則往來於兩朋謂之餓鴟又今爲此戲必於正月據風土記在臘祭後也庾闡藏鉤賦序云予以臘後命中外以行鉤爲戲矣

其七

寒雪梅中盡春風柳上歸宮鶯嬌欲醉簷燕語還飛遲日明歌席新花艷舞衣晚來移綵仗行樂好蕭本作泥光輝詩國風春日遲遲毛傳曰遲遲舒緩也正義曰遲遲者日長而暄之意故爲舒緩計春秋漏刻多少正等而秋言淒淒春言遲遲者陰陽之氣感人不同張衡西京賦云人在陽則舒在陰則慘然則人遇春暄則四體舒泰春覺晝景之稍長謂日行遲緩故以遲遲言之及遇秋景四體褊燥不見日行急促惟見寒氣襲人故以淒淒言之淒淒是涼遲遲是暄二者觀文似同本意實異也盧照鄰詩落日明歌席行雲逐舞人韻會仗兵器五刃總名兵人所執曰仗又唐制殿下兵衛曰仗宋之問詩綵仗紅旗遶香閣沈佺期詩北闕晴空綵仗來

其八

水綠繆本作淥南薰殿花紅北闕樓鶯歌聞太液鳳吹遶

瀛洲素女鳴珠佩，天人弄綵毬。今朝風日好，宜入未央遊。長安志：興慶殿前有瀛洲門，內有南薰殿，北有龍池。史記：蕭丞相營未央宮，立東闕、北闕。集解云：關中記曰：東有蒼龍闕，北有玄武闕，玄武所謂北闕也。三輔黃圖：太液池在長安故城西，建章宮北，未央宮西南。太液者，言其津潤所及廣也。關輔記云：建章宮北有池，以象北海，刻石爲鯨魚，長三丈。漢書曰：建章宮北治大池，名曰太液，池中起三山，以象瀛洲、蓬萊、方丈，刻金石爲魚龍奇禽異獸之屬。雍錄閣本大明宮圖：蓬萊殿北有太液池，池中有蓬萊山。邱遲詩：馳道聞鳳吹。呂延濟註：鳳吹，笙也。笙體鳳，故也。風俗通：泰帝使素女鼓瑟而悲。魏畧：太祖遣邯鄲淳詣臨淄侯植，淳歸，對其所知，嘆植之才，謂之天人。開天傳信記：上與諸王靡日不會聚，或講經義，論道理，閒以毬獵蒲博，賦詩飲食，歡笑戲謔，未嘗怠墮，近古帝王友愛之道無與比也。文獻通考：蹙毬蓋始於唐，植兩脩竹，高數丈，絡網於上爲門，以度毬。毬工分左右，以角勝負，豈非蹙鞠之變歟。庾信詩：今朝好風日，園苑足芳菲。三輔黃圖：未央宮周迴二十八里，前殿東西五十丈深十五丈高三十五丈營未央宮因龍首山以制前殿至孝武以木蘭爲棼橑文杏爲梁柱金鋪玉戶華榱璧璫雕楹玉碣重軒鏤檻青瑣丹墀左墄右平黃金爲壁帶間以珍玉風至其聲玲瓏然也○蕭士贇曰太白詩用意深遠非洞悟三百篇之旨趣未易窺其藩籬晦菴所謂聖於詩者也清平調詞宮中行樂詞其中數首全得國風諷諫之體如曰玉樓巢翡翠金殿鎖鴛鴦是諷其玉樓金殿不爲延賢之地徒使女子小人居之也選妓隨雕輦徵歌出洞房是諷其不好德而好色不聽雅樂而聽鄭聲也宮中誰第一飛燕在昭陽是以飛燕比貴妃妃與飛燕事迹相類欲使明皇以古爲鑒知飛燕之爲漢禍水而不惑溺於貴妃也君王多樂事還與萬方同是諷其與民同樂也今朝風日好宜向未央遊是諷其輟遊宴之樂而臨政視事於未央也是時明皇有聲色之惑多不視朝故因及之也言在於此意在於彼正得譎諫之體太白纔得近君當時人所難言者即寓諷諫之意於詩內使明皇因詩有悟其社稷蒼生庶有瘳乎豈曰小補之哉琦按蕭氏此說甚鑿使解詩者必執此見於胸中而句度字權之則古今之詩無

一而非譏時誹政之作而忠厚和平之旨蓋於是失矣尤而效之幾何不爲讒邪之嚆矢哉

清平調詞三首

太真外傳開元中禁中重木芍藥即今牡丹也得數本紅紫淺紅通白者上因移植於興慶池東沉香亭前會花方繁開上乗照夜白妃以步輦從詔選梨園弟子中尤者得樂一十六色李龜年以歌擅一時之名手捧檀板押衆樂前將欲歌之上曰賞名花對妃子焉用舊樂詞爲遽命龜年持金花箋宣賜翰林學士李白立進清平樂詞三章承旨由若宿酲因援筆賦之龜年捧詞進上命梨園弟子畧約詞調撫絲竹遂促龜年以歌之太真妃持頗棃七寶杯酌西凉州蒲桃酒笑領歌辭意甚厚上因調玉笛以倚曲每曲徧將換則遲其聲以媚之妃飲罷斂繡巾再拜上自是顧李翰林尤異於諸學士通典平調清調瑟調皆周房中之遺聲也漢代謂之三調琦按唐書禮樂志俗樂二十八調中有正平調高平調則知所謂清平調者亦其類也蓋天寶中所製供奉新曲如荔枝香伊州曲凉州曲甘州曲霓裳羽

衣曲之儔歟

雲想衣裳花想容春風拂檻露華濃若非群玉山頭見會向瑤臺月下逢山海經玉山是西王母所居也郭璞註此山多玉石因以名云穆天子傳謂之群玉之山見其山阿無險四轍中繩先王之所謂策府寡草木無鳥獸楚辭望瑶臺之偃蹇兮見有娀之佚女王逸註有娀國名佚美也謂帝嚳之妃契母簡狄也太平御覽登真隱訣曰崑崙瑶臺是西王母之宫所謂西瑶上臺上真秘文盡在其中矣沈約詩含吐瑤臺月琦按蔡君謨書此詩以雲想作葉想近世吳舒鳧遵之且云葉想衣裳花想容與王昌齡荷葉羅裙一色裁芙蓉向臉兩邊開俱從梁簡文蓮花亂臉色荷葉雜衣香脫出而李用二想字化實爲虛尤見新穎不知何人誤作雲字而解者附會楚辭青雲衣兮白霓裳甚覺無謂云云不知改雲作葉便同嚼蠟索然無味矣此必君謨一時落筆之誤非有意點金成鐵若謂太白原本是葉字則更大謬不然

其二

一枝紅許本作濃艷露凝香雲雨巫山枉斷腸借問漢宮誰得似可憐飛燕倚新粧水經註丹山西即巫山者帝之季女名曰瑤姬未行而亡封於巫山之臺精魂爲草實爲靈芝所謂巫山之女高唐之姬旦爲行雲暮爲行雨朝朝暮暮陽臺之下旦早視之果如其言故爲立廟號朝雲焉飛燕已見本卷註蕭士贇曰傳者謂高力士指摘飛燕之事以激怒貴妃予謂使力士知書則雲雨巫山不尤甚乎高唐賦序謂神女常薦先王之枕席矣後序又曰襄王復夢遇焉此云枉斷腸者亦譏貴妃曾爲壽王妃使壽王而未能忘情是枉斷腸矣詩人比事引興深切著明特讀者以爲常事而忽之耳琦按力士之譖惡矣蕭氏所解則尤甚而揆之太白起草之時則安有是哉巫山雲雨漢宮飛燕唐人用之已爲數見不鮮之典實若如二子之說巫山一事只可以喻聚淫之艷冶飛燕一事只可以喻微賤之宮娃外此皆非所宜言何三唐諸子

初不以此爲忌耶古來新臺艾豭諸作言而無忌者大抵出自野人之口若清平調是奉詔而作非其比也乃敢以宮闈暗昧之事君上所諱言者而微辭隱諭之將蘄君知之耶亦不蘄君知之耶如其不知言亦何益如其知之是批龍之逆鱗而履虎尾也非至愚極妄之人當不爲此又太真入宮至此時幾將十載斯時即有忠君愛主之親臣亦祇以成事不說既往不咎付之無可奈何而謂新進如太白者顧託之無益之空言而期君之一悟何其不智之甚哉古來文字之累大抵出於不自知而成於莫須有若蘇軾雙檜之詩而譖其求知於地下之蟄龍蔡確車蓋亭之十絶而箋註其五篇悉涉譏諷小人機穽深是可畏然小人以陷人爲事其言無足怪而詞人學士品騭詩文於數百載之下亦效爲巧詞曲解以擬議前人辭外之旨不亦異乎

其三

名花傾國兩相歡長得君王帶笑看解釋春風無限

恨沉香亭北倚闌干 楊齊賢曰名花指牡丹傾國指妃子沉香亭以沉香爲之如栢梁臺以香柏爲之也按雍錄閣本興慶宮圖龍池東有沉香亭

鼓吹入朝曲 按樂府詩集齊永明八年謝朓奉鎮西隨王教於荆州道中作鼓吹曲一曰元會曲二曰郊祀曲三曰鈞天曲四曰入朝曲五曰出藩曲六曰校獵曲七曰從戎曲八曰送遠曲九曰登山曲十曰泛水曲鈞天以上三曲頌帝功校獵以上三曲頌藩德太白鼓吹入朝曲之作蓋本於此

金陵控海浦淥水帶吳京鐃歌列騎吹颯沓引公卿搥鐘速嚴妝伐鼓啟重城天子凭玉几繆本作案劒履若雲行日出照萬戶簪裾爛明星朝罷沐浴閑遊遊閬風亭濟濟雙闕下歡娛樂恩榮 景定建康志金陵古揚州之域在周爲吳

春秋末屬越楚滅越并有其地以其地有王氣埋金以鎮之號曰金陵宋書金甲燭天庭囂聲震海浦謝朓鼓吹入朝曲逶迤帶淥水迢遞起朱樓顏延年詩巖險去漢宇襟衞徙吳京李善註宋都吳地故曰吳京也宋書漢鼓吹曲曰鐃歌樂府詩集漢有朱鷺等二十二曲列於鼓吹謂之鐃歌宋書建初錄云務成黃爵亰雲遠期皆騎吹曲非鼓吹曲此則列於殿庭者爲鼓吹今之從行鼓吹爲騎吹鮑照詩實御紛颯沓劉良註颯沓衆盛貌後漢書清河孝王慶每朝謁陵廟常夜分嚴妝衣冠待明詩小雅征人伐鼓毛傳曰伐擊也漢書天子負黻依襲翠被憑玉几隋書大臣優禮皆劒履上殿非侍臣解之蓋防刃也盧思道詩臺苑盛簪裾太平御覽郡國志曰潤州覆舟山有閬風亭李善文選註劉璠梁典曰天監七年正月戊戌詔曰昔晉氏青蓋南移日不暇給兩觀莫築懸法無所今禮盛化光役務簡便可營建象闕以表舊章於是遣匠量功鐫石爲闕窮極壯麗冠絕古今奇禽異羽莫不畢備六朝事跡建康縣北五里有二石闕在臺城之門南高五丈廣三丈六寸梁武帝所造及成朝士銘之時陸倕字佐公其文甚佳士流推服景

定建康志南朝宫苑記曰晉元帝於宫前立闕衆議未定王導指牛頭山爲天闕不别立闕宋孝武大明七年於博望梁山立雙闕梁置石闕在端門外陸倕爲銘琦按此篇葢擬六朝人之作故以金陵吳京爲辭蕭氏以爲諷永王入朝而作則天子當在長安與金陵吳京何預而朝罷遨遊之地亦不當在閶風亭矣其説非是○浦音普鐃音撓搥音椎

秦女休行

原註古詞魏朝協律都尉左延年所作今擬之○左詩曰步出上西門遥望秦氏廬秦氏有好女自名爲女休休年十四五爲宗行報仇左執白楊刃右據魯宛矛仇家便東南仆僵秦女休女休西上山上山四五里關吏呵問女休女休前置詞平生爲燕王婦於今爲詔獄囚平生衣參差當今無領襦明知殺人當死兄言怏怏弟言無道憂女休堅詞爲宗報仇死不疑殺人都市中徼我都巷西丞卿羅東向坐女休凄凄曳梏前兩徒夾我持刀刀五尺餘刀未下朧朧擊鼓赦書下

西門秦氏女秀色如瓊花手揮白楊刀淸晝殺讎家
羅袖灑赤血英聲許本作氣凌紫霞直上西山去關吏相
邀遮壻爲燕國王身被詔獄加犯刑若履虎不畏落
爪牙素頸未及斷摧眉伏泥沙金雞忽放赦大辟得
寬賒何慙聶政姐萬古共驚嗟羽獵賦前後邀遮漢書淳于公有罪當刑
詔獄逮繫長安周易履虎尾隋書齊赦日則武庫令
設金雞及鼓於閶闔門外之右勒集囚徒於闕前撾
鼓千聲釋枷鎖焉談苑宋孝王問司馬膺之後魏北
齊赦日樹金雞事膺之曰按海中星占云天雞星動
爲有赦北齊赦日令武庫設金雞於闕門右撾鼓千
聲宣赦建金雞或云起於西京呂光究其旨蓋西方
主兌爲澤金西方也雞者巽之神巽爲號令故合二
物制其形揭長竿使衆人覩之尚書大辟疑赦孔傳
曰大辟死刑也戰國策聶政刺殺韓傀因自皮面抉
眼屠腸以死韓取聶政屍暴於市懸購之千金久之

莫知誰政姊嫈聞之曰吾弟至賢不可愛妾之軀滅吾弟之名乃之韓視之曰勇哉氣矜之隆是其軼賁育高成荆矣今死而無名父母已沒矣兄弟無有此爲我故也夫愛身不揚弟之名吾不忍也乃抱屍而哭之曰此吾弟軹深井里聶政也亦自殺於屍下晉楚齊衛聞之曰非獨聶政之能乃其姊者烈女也聶政之所以名施於後世者其姊不避菹醢之誅以揚其名也胡震亨曰按女休事奇烈第重述一過便堪擊節太白擬樂府有不與本辭爲異正復難及者此類是也

秦女卷衣

樂府古題要解有秦王卷衣曲言咸陽春景及宫闕之美秦王卷衣以贈所歡也太白作秦女卷衣辭旨各殊未詳所本

天子居未央妾侍繆本作來卷衣裳顧無紫宫寵敢拂黄金牀水至亦不去熊來尚可當微身奉繆本作捧日月飄若螢之繆本作火光願君採葑菲無以下體妨未央紫宫俱見前註

法苑珠林賢愚經云坐黄金牀紡黄金縷列女傳楚昭王出遊留夫人漸臺之上而去王聞江水大至使使者迎夫人忘持其符夫人曰王與宫人約令召宫人必以符今使者不持符妾不敢行於是使返取符則水大至臺崩夫人流而死漢書上幸虎圈鬬獸後宫皆坐熊逸出圈攀檻欲上殿左右貴人皆驚走馮婕妤直前當熊而立左右格殺熊上問人情驚懼何故前當熊婕妤對曰猛獸得人而止妾恐熊至御座故以身當之元帝嗟嘆以此倍敬重焉沈約爲六宫拜章奉日月之華侍巾屣之末魏書螢火之光猶增日月之曜詩國風采葑采菲無以下體毛傳曰葑須也菲芴也下體根莖也鄭箋曰此二菜者蔓菁與葍之類也皆上下可食然而其根有美時有惡時采之者不可以根惡時并棄其葉喻夫婦以禮義合顔色相親亦不可以顔色衰棄其相與之禮正義曰言采葑菲之菜者無以下體根莖之惡并棄其葉以興爲室家之法無以其妻顔色之衰并棄其德。菲音斐

東武吟 一作出金門後書懷留别翰林諸公。

樂府詩集古今樂錄曰王僧虔技錄有

東武吟行今不歌樂府解題曰鮑照云主人且勿諠沈約云天德深且廣傷時移事異榮華徂謝也左思齊都賦註云東武太山皆齊之土風弦歌謳吟之曲名也通典曰漢有東武郡今高密諸城縣是也元和郡縣志密州諸城縣即漢東武縣也屬琅邪郡樂府章所謂東武吟者也海錄碎事東武吟樂府詩人有少壯從征伐年老被棄遊於東武者不敢論功但戀君耳

好古笑流俗素聞賢達風方希佐明主長揖辭成功白日在高天迴光燭微躬恭承鳳凰詔欻起雲蘿中清切紫霄迥優游丹禁通君王賜顏色聲價凌烟虹乘輿擁翠蓋扈從金城東寶馬麗絕景錦衣入新豐依繆本作倚巖望松雪對酒鳴絲桐因學楊子雲獻賦甘泉宮天書美片善清芬播無窮歸來入咸陽談笑皆

王公（許本誤失去此二句）一朝去金馬飄落成飛蓬賓客（繆本作友）日疎散玉樽亦已空才力猶可倚（一作恃）不慙世上雄閑作東武吟曲盡情未終書此謝知己吾尋黃綺翁

一作扁舟尋釣翁。劉峻廣絕交論斯賢達之素交沈約詩便欲息微躬漢書恭承嘉惠兮顏師古註恭敬也十六國春秋石虎在臺上有詔書以五色紙着鳳凰口中鳳既啣詔侍人放數百丈緋繩轆轤迴轉狀若飛翔飛下端門鳳以木作之五色文身脚皆用金宋書殷淳居黃門爲清切魏書對九重之清切望八襲之崢嶸梁簡文帝圍城賦升紫霄之丹地排玉殿之金扉隋書分司丹禁侍衛左右上官儀詩清切丹禁靜顏之推詩楚王賜顏色出入章華裏鮑照詩耀石亂烟虹賈誼新書天子車曰乘輿淮南子建翠蓋高誘註翠蓋以翠鳥羽飾蓋也上林賦扈從橫行出乎四校之中晉灼註扈大也封氏聞見記百官從駕謂之扈從蓋臣下侍從至尊各供所職猶僕御扈養以從上故謂之扈從耳上林賦云扈從橫行顏監

釋云謂扈從縱恣而行也據顔此解乃讀從爲放縱
不取行從之義所未詳也石林燕語從駕謂之扈從
始司馬相如上林賦晉灼以扈爲大張揖謂跋扈從
橫不安鹵簿故顔師古因之亦以爲跋扈恣縱而行
果爾從蓋作去聲侍天子而言跋扈可乎唐封演以
爲扈養以從猶之僕御此或近之張協詩朱軒燿金
城劉良註金城長安城也史記中廐之寶馬臣得賜
之水經註魏武與張繡戰於宛馬名絕景爲流矢所
中舊唐書京兆府有昭應縣本隋之新豐縣治古新
豐城北天寶三載分新豐萬年置會昌縣七載省新
豐縣改會昌爲昭應治温泉宮之西北琦按自乘輿
擁翠葢而下是指其侍從温泉宮而言宮在新豐縣
之驪山下正直唐京師之東太白入朝在天寶二三
載是時新豐尚未省也顔延年詩依巖聽緒風又曰
庭昏見野陰山明望松雪漢書揚雄待詔承明之庭
正月從上甘泉還奏甘泉賦以風桓譚新論楊子雲
從成帝祠甘泉詔雄作賦思精苦困倦小臥夢五臟
出外以手收而納之及覺病喘悸少氣王筠詩自知
心所愛獻賦甘泉宮鮑照詩片善辭草萊漢書公孫
弘拜爲博士待詔金馬門曹植詩玉樽盈桂酒夏黄

公綺里季事見四卷註○欻音旭又音忽

邯鄲才人嫁爲厮養卒婦胡震亨曰謝朓有此詩薪僕曰厮炊僕曰養朓蓋設言其事寓臣妾淪擲之感楊升菴以爲此卒即御趙王武臣歸者恐未必然○邯音寒

妾本叢蕭本作崇臺女揚蛾繆本作娥入丹闕自倚顔如花寧知有彫歇一辭玉階下去若朝雲沒每憶邯鄲城深宫夢秋月君王不可見惆悵至明發漢書趙王宫叢臺災顔師古註連聚非一故名叢臺蓋本六國時趙王故臺也在邯鄲城中元和郡縣志叢臺在磁州邯鄲縣城内東北隅沈約詩揚蛾一含睇㛹娟好且修明發天光初發謂明旦時也註見二卷註

出自薊北門行樂府古題要解出自薊北門行其詞與從軍行同而兼言燕薊

風物及突騎悍勇之狀與吳趨行同也

虜陣橫北荒，胡星耀精芒。羽書速驚電，烽火晝連光。虎竹救邊急，戎車森已行。明主不安席，按劍心飛揚。推轂出猛將，連旗登戰場。兵威衝絕幕本作漠，殺氣凌穹蒼。列卒一作陣赤山下，開營紫塞傍。孟冬風沙緊，旌旗一作旆颯凋傷。晝角悲海月，征衣卷天霜。揮刃斬樓蘭，彎弓射賢王。單于一平蕩，種落自奔亡。收功報天子，行歌一作歌舞歸咸陽。漢書昴曰旄頭胡星也後漢書傷敗踵係羽書日聞章懷太子註羽書即檄書也魏武奏事曰邊有警急即插羽以示急也虎竹見五卷註詩小雅戎車既安宋書戎車立乘夏曰鉤車殷曰寅車周曰元戎建牙麾邪注之載金鼓羽幢置甲弩於軾上史記項羽曰國兵新破王坐不安席鮑照詩天子按劍怒楚辭心飛揚兮浩蕩漢書上古王者遣將也跪而推轂曰閫以内寡人制之閫以外將軍制之晉書温嶠傳西陽太守鄧岳尋陽太守褚誕等連旗相繼漢書衛青復將六將軍絶幕大克獲應劭註幕沙幕匈奴之南界也臣瓚註沙土曰幕直度曰絶顔師古註應瓚二説皆是也而説者或云是塞外地名非矣幕者即今之突厥中磧耳李陵歌曰徑萬里兮度沙幕爾雅穹蒼蒼天也邪昺疏李巡云仰視天形穹窿而高其色蒼蒼故曰穹蒼後漢書遼東太守祭肜使鮮卑擊赤山烏桓大破之斬其渠帥又烏桓傳赤山在遼東西北數千里紫塞詳見三卷註廣雅緊急也説文颯翔風也廣韻大角軍器徐廣車服儀制曰角前世書記所不載或曰本出羌胡以驚中國之馬太平御覽宋樂志曰角長五尺形如竹筒本細末稍大未詳所起今鹵簿及軍中用之或以竹木或以皮為之無定制按古軍法有吹角此器俗名拔邏迴盎胡虜警軍之音所以書傳無之海内離亂至侯景圍臺城方用之也梁簡文帝詩城高短簫發林空畫角悲傳介子斬樓蘭王事見本卷註漢書匈奴傳單于姓攣鞮氏其國稱之曰撐

犂孤塗單于匈奴謂天爲撐犂謂子爲孤塗單于者廣大之貌也言其象天單于然也置左右賢王自左右賢王以下至當戶大者萬餘騎小者數千凡二十四長立號曰萬騎種落謂其種類及部落也魏志正始七年韓那奚等數十國各率種落降○單音蟬

洛陽陌 胡震亨曰郎橫吹曲之洛陽道也

白玉誰家郎回車渡天津看花東陌上驚動洛陽人

天津洛陽橋名見二卷註

北上行 樂府古題要解苦寒行晉樂奏魏武帝北上太行山備言氷雪谿谷之苦或謂北上行蓋因魏武帝作此詞今人效之

北上何所苦北上緣太行磴道盤且峻巉巖凌穹蒼
馬足蹶側石車輪摧高岡沙塵接幽州烽火連朔方

殺氣毒劒戟，嚴風裂衣裳。奔鯨夾黃河，鑿齒屯洛陽。前行無歸日，返顧思舊鄉。慘慽繆本作戚冰雪裏，悲號絶中腸。尺布不掩體，皮膚劇枯桑。汲水澗谷阻，採薪隴坂長。猛虎又掉尾，磨牙皓秋霜。草木不可飡，飢飲零露漿。嘆此北上苦，停驂爲之傷。何日王道平，開顔覩天光。

北邊備對太行山南自河陽懷縣迤邐北出直至燕北無有間斷此其爲山不同他地蓋數百千里自麓至脊皆陡峻不可登越獨有八處粗通微徑名之曰陘西京賦磴道邐倚而正東李善註磴道閣道也廣韻磴小坂也韻會磴登陟之道也廣雅巉巖高也魏武帝苦寒行北上太行山艱哉何巍巍羊腸坂詰屈車輪爲之摧初學記冬風曰嚴風十六國春秋志鉞奔鯨截彼醜類淮南子堯之時鑿齒爲民害堯乃使羿誅鑿齒於疇華之野高誘註鑿齒獸名齒長三尺其狀如鑿下徹頷下而持戈盾羿善射堯

使羿射殺之按天寶十四載安祿山反於范陽引兵南向河北州縣望風瓦解遂克太原速破靈昌陳畱滎陽諸郡遂陷東京范陽本唐幽州之地詩所謂沙塵接幽州者蓋指此事而言其曰烽火連朔方者祿山遣其黨高秀巖寇振武軍朔方節度使郭子儀擊敗之振武軍去朔方治所甚遠其烽火相望告急可知其曰奔鯨夾黃河者指從逆諸將如崔乾祐之徒縱橫於汲鄴諸郡也其曰鑿齒屯洛陽者謂祿山據東京僭號也魏文帝詩向風長歎息斷絶我中腸說文劇尤甚也隴坂謂山之岡隴坡坂後漢書上隴阪陟高岡是也或引三秦記天水之隴坂爲註者非是陸機詩渴飲堅冰漿飢待零露飡鄭康成毛詩箋驂兩騑也左傳正義初駕馬者以二馬夾轅而已又駕一馬與兩服爲參故謂之驂又駕一馬乃謂之駟說文云驂駕三馬也駟一乘也兩服爲主以漸參之兩旁二馬遂名爲驂故總舉一乘則謂之駟指其騑馬則謂之驂詩稱兩驂如舞二馬皆稱驂禮記說驂而賻之一馬亦稱驂是本其初參遂以爲名也又禮記正義車有一轅而駟馬駕之中央兩馬夾轅者名服馬兩邊名騑馬亦曰驂馬故詩云兩服上襄兩驂雁

行通鑑辯誤史炤釋文曰三馬爲驂余按王肅云古者一轅之車夏后駕兩馬謂之麗殷盇以一騑謂之驂周又盇以一騑謂之駟自時厥後夾轅曰服兩旁曰驂詩所謂兩服上襄兩驂鴈行者也書洪範王道平平謝靈運詩開顏披心胷○磴音凳劇音極壠音籠掉徒了切倏上聲又徒弔切倏去聲飡同餐

短歌行 按樂府詩集短歌行乃相和歌平調七曲之一樂府解題曰短歌行魏武帝對酒當歌人生幾何晉陸機置酒高堂悲歌臨觴皆言當及時爲樂也又按古今註謂長歌短歌言人生壽命長短有定分不可妄求也考之魏武帝陸士衡及唐人諸篇皆言人運短促當及時自勉然二曲一致初無壽夭之分李善曰古詩云長歌正激烈魏文帝燕歌行曰短歌微吟不能長傅玄艷歌行曰咄來長歌續短歌皆指歌聲之長短耳非言壽命也斯蓋命題之意歟

白日何短短百年苦易滿蒼穹浩茫茫萬劫太極長
麻姑垂兩鬢一半已成霜天公見玉女大笑億千場

吾欲攬六龍迴車挂扶桑北斗酌美酒勸龍各一觴

富貴非所願爲一作與人駐頹一作顏一作流光拾遺記天清地曠浩茫茫法苑珠林夫劫者蓋是紀時之名猶年號耳高誘淮南子註太極天地始形之時也蕭士贇註麻姑鬢成霜事未詳所祖恐只大人賦西王母曜然白首之意天公與玉女投壺大笑事見三卷註劉向九嘆維六龍於扶桑楚辭小司命援北斗兮酌桂漿歸去來詞富貴非吾願

空城雀樂府詩集樂府解題曰鮑照空城雀云雀乳四鷇空城之阿言輕飛近集茹腹辛傷免網羅而已

嗷嗷空城雀身計何戚促本與鷦鷯群不隨鳳凰族

提攜四黃口飲乳未嘗足食君糠秕餘嘗恐烏鳶逐

恥涉太行險羞營覆車粟天命有定端守分絕所欲

說文噭衆口愁也高唐賦衆雀噭噭埤雅釋鳥云桃蟲鷦其雌鴱陸機曰今鷦鷯是也似黄雀而小說苑曰鷦鷯巢於葦苕繫之以髮鳩性拙鷦性巧故鷦俗呼巧婦一名工雀一名女匠其喙尖如錐取茅秀爲巢巢至精密以麻紩之如刺韈然故一名韈雀家語孔子見羅雀者所得皆黄口小雀說文穉穀皮也秕不成粟也韻會鳶鷙鳥也似鴟而小歐陽建詩不涉太行險誰知斯路難藝文類聚益部耆舊傳曰楊宣爲河内太守行縣有群雀鳴桑樹上宣謂吏曰前有覆車粟此雀相隨欲往食之行數里果如其言○鷯音僚鳶音緣

菩薩蠻

平林漠漠烟如織寒山一帶傷心碧暝色入高樓有人樓上愁玉階空佇立宿鳥歸飛急何處是歸程長亭連一作更短亭謝朓詩生烟紛漠漠呂向註漠漠分散也謝靈運詩林壑斂暝色詩國風

佇立以泣毛傳曰佇立久立也王褒燕歌行長望閨中空佇立庾信哀江南賦十里五里長亭短亭海錄碎事十里一長亭五里一短亭詩人玉屑鼎州滄水驛有菩薩蠻云平林漠漠烟如織云云曾子宣家有古風集此詞乃太白作也見古今詩話湘山野錄平林漠漠烟如織云云此詞不知何人寫在鼎州滄水驛樓復不知何人所撰魏道輔泰見而愛之後至長沙得古集於曾子宣內翰家乃知李白所作寄園寄所寄筆談小曲有咸陽沽酒寶釵空之句云李白作花間集乃云張泌所爲未知孰是楊繪本事曲子云近傳一闋云李白製即今菩薩蠻其詞非白不能及此皆定其爲太白之作者也胡應麟筆叢菩薩蠻之名當起於晚唐世按杜陽雜編云大中初女蠻國貢雙龍犀明霞錦其國人危髻金冠瓔珞被體故謂之菩薩蠻當時倡優遂制菩薩蠻曲文士亦往往聲其詞南部新書亦載此事則太白之世尚未有斯題何得預製其曲耶此則辯其非太白之作者也餘見下首註

憶秦娥

簫聲咽秦娥夢斷秦樓月秦樓月年年柳色灞陵傷別樂遊原上清秋節咸陽古道音塵絶音塵絶西風殘照漢家陵一作宮闕三輔黃圖霸橋在長安東跨水作橋漢人送客至此橋折柳贈別天寶遺事長安東灞陵有橋來迎去送皆至此爲離別之地故人呼之爲銷䰟橋雍錄漢世凡東出函潼必自灞陵始故贈行者於此折柳爲別也長安志樂游原在萬年縣南八里漢書宣帝起樂遊廟在曲江北亦曰樂遊原雍錄唐曲江本秦豈州至漢爲宣帝樂遊廟亦名樂遊苑亦名樂遊原基地最高四望寬敞隋營京城宇文愷以其地在京城東南隅地高不便故闕此地不爲居人坊巷而鑿之爲池以厭勝之又會黃渠水自城外南來可以穿城而入故隋世遂從城外包之入城爲芙蓉池且爲芙蓉園也長安中太平公主於原上置亭游賞後賜寧申岐薛四王正月晦日三月三日九月九日京城士女咸卽此祓禊帟幕雲布車馬塡塞詞人樂飲賦詩蔡琰胡笳故鄉隔兮音塵絶○筆叢云今詩餘名望江南外菩薩

蠻憶秦娥稱最古以草堂二詞出太白也近世文人學士咸以爲然予謂太白在當時直以風雅自任卽近體盛行七言律鄙不肯爲寧屑事此且二詞雖工麗而氣亦衰颯于太白超然之致不啻穹壤藉令真出青蓮必不作如是語詳其意調絶類温方城輩葢晚唐人詞嫁名太白若懷素草書李赤姑孰耳原二詞嫁名太白亦有故草堂詞宋人編青蓮詩亦稱草堂集後世以二詞出唐人而無名氏故僞題太白以冠斯編耶琦按宋黄玉林絶妙詞選以太白菩薩蠻憶秦娥二詞爲百代詞曲之祖然考古本太白集中缺此二首蕭本乃有之其真贋誠未易定決筆叢所辯未爲無見至謂其出自草堂詩餘之僞題則非也葢菩薩蠻一詞自北宋時已傳爲太白之作矣

李太白文集卷五

李太白文集卷之六

錢塘　王琦琢崖輯註

濟　魯川較

樂府三十八首

發白馬　題始於梁費昶太白蓋擬之樂府詩集通典曰白馬春秋時衞國曹邑有黎陽津一曰白馬津酈生云守白馬之津是也發白馬言征戍而發兵於此也

將軍發白馬旌節渡黃河簫鼓聒川岳滄溟湧濤一作洪波武安有震瓦易水無寒歌鐵騎若雪山飲流涸滹沱揚兵獵月窟轉戰略朝那倚劍登燕然邊烽列嵯峨蕭條萬里外耕作五原多一掃清大漠包虎戢

金戈 史記正義括地志云黎陽一名白馬津在滑州白馬縣北三十里唐六典旌節之制命大將帥及遣使於四方則請而假之旌以專賞節以專殺唐書百官志旌以絳帛五丈粉畫虎有銅龍一首纏緋幡紫縑爲袋油囊爲表節垂畫木盤三相去數寸隅垂尺麻餘與旌同劉履曰簫鼓軍中鼓吹之樂也史記秦伐韓軍於閼與趙王令趙奢救之秦軍軍武安西鼓譟勒兵武安屋瓦盡震荆軻歌風蕭蕭兮易水寒壯士一去兮不復還晉書精甲耀日鐵騎前驅蕭士贇曰鐵騎馬之帶甲者山海經泰戲之山滹沱之水出焉而東流注於漊水郭璞註今滹沱水出鴈門鹵成縣南武夫山史記索隱滹沱水名并州之川也地理志云鹵城縣名屬代郡滹沱河自縣東至參合又東至文安入海史記正義滹沱出代州繁峙縣東南流經五臺山北東南流過定州入海揚雄長楊賦西壓月窟顔會畧取也漢書張晏畧地唐蒙畧通夜郎顔師古曰凡言畧地謂行而取之史記匈奴單于十四萬騎入朝那蕭關正義曰漢朝那故城在原州百泉縣西七十里屬安定郡後漢書車騎將軍竇憲出雞鹿塞度遼將軍鄧鴻出稒陽塞南單于出滿夷

谷與北匈奴戰於稽落山大破之追至和渠北鞮海竇憲遂登燕然山刻石勒功而還太平寰宇記郎君戍又直北三千里至燕然山又北行千里至瀚海班固封燕然山銘序蕭條萬里野無遺寇漢書元鼎五年匈奴入五原殺太守元和郡縣志鹽州禹貢雍州之域春秋爲戎翟所居地及始皇并天下屬梁州漢武元朔二年置五原郡地有原五所故號五原五原謂龍游原乞地千原青嶺原岢嵐原横槽原也後漢書醜虜破碎遂掃厥庭北邊備對漢趙信既降匈奴與之畫謀令遠度幕北以要疲漢軍故武帝必欲越漠征之而大漠之名始通中國幕者漠也言沙積廣莫望之漠漠然也漢以後史家變稱爲磧磧者沙積也其義一也禮記武王克殷反商倒載干戈包之以虎皮鄭玄註包干戈以虎皮明能以武服兵也正義曰虎皮武猛之物也用此虎皮包裹兵器示武王威猛能包制服天下兵戈也或以虎皮有文欲以現文止武也詩周頌載戢干戈說文戢藏兵也○滹音呼沱音駝

陌上桑 樂府古題要解陌上桑古詞曰日出東南隅照我秦氏樓舊說邯鄲女子姓秦

名羅敷爲邑人千乘王仁妻仁後爲趙王家令羅敷出採桑陌上趙王登臺見而悅之置酒欲奪焉羅敷善彈箏作陌上桑以自明不從按其歌辭稱羅敷採桑陌上爲使君所邀羅敷盛誇其夫爲侍中郎以拒之與舊說不同按樂府詩集張永元嘉伎錄相和歌有十五曲其第十五曲曰陌上桑

美一作遊女渭橋東一作湘綺衣春還一作還來事蠶作五馬如飛龍一作如花飛一作飛如花青絲結金絡不知誰家子調笑來相謔妾本秦羅敷玉顏艷名都綠條映素手採桑向城隅使君且不顧況復論秋胡寒螿愛碧草鳴鳳棲青梧託心自有處但怪旁人愚徒令白日暮高駕空踟躕渭橋已見五卷註鮑照詩季春梅始落工女事蠶作五馬事古今說者不一據墨客揮犀云世

謂太守爲五馬人罕知其故事或言詩云孑孑干旟在浚之都素絲組之良馬五之鄭註謂周禮州長建旟漢太守比州長法御五馬故云後一見麗幾先朝奉云古乘駟馬車至漢時太守出則增一馬事見漢官儀也演繁露云太守五馬莫知的據古樂府五馬立踟躕則其來已久或言詩有良馬五之侯國事也然上言良馬四之下言良馬六之則或四或六原非定制也漢有駟馬車正用四馬而鄭亰註詩曰周禮州長建旟漢太守比州長法御五馬亰以州長比方漢州大小相絕遠矣周州之州乃反統隸於縣比漢太守品秩殊不侔不足爲據然鄭後漢時人則太守之用五馬後漢已然矣至唐白樂天和春深二十首詩曰五匹鳴珂馬雙輪畫軾車至其自杭分司有詩曰錢塘五五馬留三匹還擬騎游攪擾春杜詩亦曰使君五馬一馬驄則似真有五馬矣若其制之所始則未有知者琦按今本毛詩鄭註但云周禮州長建旟謂州長之屬無漢太守比州長法御五馬之文是康成未嘗以太守比州長也師古杜詩註云王羲之出守永嘉庭列五馬後人遂據爲太守事今按晉書及古今傳記羲之並未嘗爲永嘉太守則其說亦僞也宋人

五色線集北齊柳元伯五子同時領郡時五馬參差於庭故時人呼太守爲五馬今按羅敷行古詞已有五馬踟躕之句則非自北齊始矣潘子真詩話禮天子六馬左右驂三公九卿駟馬右驂漢制九卿則中二千石亦右驂太守駟馬而已其有加秩中二千石乃右驂故以五馬爲太守美稱遯齋閑覽及學林新編云漢時朝臣出使以駟馬太守加一馬故爲五馬與麗說相符然無他證確然可據惟沈約宋書引逸禮王度記曰天子駕六諸侯駕五卿駕四大夫三士二庶人一後之太守即古之諸侯故有五馬之稱庶幾近之前之數說似皆未的王融詩車馬若飛龍長衢無極已古羅敷行青絲繫馬尾黃金絡馬頭江淹詩不知誰家子看花桃李津曹植詩名都多妖女古羅敷行羅敷善採桑採桑城南隅漢書使君顓生殺之柄顏師古註爲使者故謂之使君西京雜記魯人秋胡娶妻三月而游宦三年休還家其婦採桑於郊胡至郊而不識其妻也見而悅之乃遺黃金一鎰妻曰妾有夫游宦不返幽閨獨處三年於茲未有被辱於今日也採不顧胡慚而退至家問家人妻何在曰行採桑於郊未返既還乃向所挑之婦也夫妻並慙

妻赴沂水而死郭璞爾雅註寒螿似蟬而小青色謝朓詩餘曲詎幾許高駕且踟躕踟躕欲行不進之貌○踟音池躕音除

枯魚過河泣

按樂府詩集枯魚過河泣乃雜曲歌辭古詞曰枯魚過河泣何時悔復及作書與魴鱮相敎愼出入

白龍改常服偶被豫且制誰使爾爲魚徒勞繆本作爲訴天帝作書報鯨鯢勿恃風濤勢濤落歸泥沙翻遭螻蟻噬萬乘愼出入柏人以爲誡一作識○說苑吳王欲從民飲酒伍子胥諫曰不可昔白龍下淸冷之淵化爲魚漁者豫且射中其目白龍上訴天天帝天帝曰當是之時若安置而形白龍對曰我下淸冷之淵化爲魚天帝曰魚固人之所射也豫且何罪夫白龍天帝貴畜也豫且宋國賤臣也白龍不化豫且不射今棄萬乘之位而從布衣之士飲酒臣恐其有豫且之患矣王乃止廣韻鯨

大魚也雄曰鯨雌曰鯢太平御覽魏武四時食制曰東海有大魚如山長五六丈謂之鯨鯢次有如屋者時死岸上膏流九頃其鬚長一丈二三尺厚六寸瞬子如三升碗大骨可爲方臼淮南子吞舟之魚蕩而失水則制於螻蟻離其居也史記高祖從平城過趙趙王朝夕袒韝蔽自上食禮甚卑有子壻禮高祖箕踞詈甚慢易之趙相貫高怒八年上從東垣還過趙貫高等乃壁人柏人要之置上欲過宿心動問曰縣名爲何曰柏人柏人者迫於人也不宿而去○且於余切音苴鯨音擎鯢音倪

丁都一作督護歌 宋書督護歌者彭城內史徐逵之爲魯軌所殺宋高祖使府督護丁昕收斂殯埋之逵之妻高祖長女也呼昕至閣下自問斂送之事每問輒嘆息曰丁督護其聲哀切後人因其聲廣其曲焉

雲陽上征去兩岸饒商賈吳牛喘月時拖船一何苦水濁不可飲壺漿半成土一唱都護歌心摧淚如雨

萬人鑿繆本作繫盤石無由達江滸君看石芒碭掩淚悲千古

元和郡縣志江南道潤州丹陽縣本舊雲陽縣秦時望氣者云有王氣故鑿之以敗其勢截其直道使之阿曲故曰曲阿天寶元年改爲丹陽縣馮衍顯志賦泝淮濟而上征世説滿奮曰臣猶吳牛見月而喘劉孝標註今之水牛惟生江淮間故謂之吳牛也南土多暑而此牛畏熱見人疑是日所以見月則喘漢書拕舟而入水顔師古註拕曳也音它成公綏嘯賦坐盤石漱清泉李善註聲類曰盤大石也毛長詩傳水涯曰滸漢書高祖隱於芒碭山澤間應劭註芒屬沛國碭屬梁國二縣之界有山澤之固故隱其間此篇蕭註謂是詠秦皇鑿北阬以壓天子氣一事或曰爲韋堅開廣運潭而作借秦爲喻又引吳孫權嘗遣校尉陳勳將屯田及作士三萬人鑿句容中道自小坻至雲陽西城通會市作邸閣以首句觀之似咏其事琦嘗以全篇詩意參繹三事皆不類知其皆非也考芒碭諸山實產文石或者是時官司取石於此山僦舟搬運適當天旱水涸牽挽而行期令峻急役者勞苦太白憫之而作此詩鑿字舊本或作繫

字萬人繫盤石無由達江滸詩旨益覺顯然卽作鑿字謂此萬夫所鑿之盤石爲數甚多無由卽達江滸如此詮釋自亦無礙督護似謂當時監督之有司君看石芒碭掩淚悲千古者謂芒碭產此文石千古不絕則千古嘗爲民累有心者能不覩之而生悲哉臆見如此較之舊說似覺稍當○拖與拕同喘音舛芒音忙碭音唐又音蕩

相逢行一作有贈○樂府詩相逢行乃相和歌清調六曲之一一曰相逢狹路間行亦曰長安有狹邪行樂府解題曰古詞文意與雞鳴曲同

朝蕭本作胡騎五花馬謁帝出銀臺秀色誰家子雲車一作中珠箔開金鞭遙指點玉勒近遲迴夾轂相借問疑一作知從天上來一本下多憐腸愁欲斷斜日復相催下車何輕盈飄然似落梅四句蹙繆本作邀入青綺門當歌共啣杯一作嬌羞初解珮語笑共銜盃啣杯映

歌扇似月雲中見相見不得一作相親不如不相見相見情已深未語可知心胡爲守空閨孤眠愁錦衾錦衾與羅幃纏綿會有時春風正澹蕩暮雨來何遲一作春風正糾結青鳥來何遲願因三青鳥更報長相思光景不待人須臾髮成絲當年失行樂老去徒傷悲持此道密意無令曠佳期

五花馬詳見三卷註曹植詩謁帝承明盧按雍錄所載六典大明宮圖紫宸殿側有右銀臺門左銀臺門李肇記曰學士下直出門相謔謂之小三昧出銀臺乘馬謂之大三昧三昧者釋氏語言其去纏縛而得自在也用此言之則學士自出院門而至右銀臺門皆步行直至已出宮城銀臺門外乃得乘馬也三輔黄圖金玉珠璣爲簾箔薛道衡詩臥馳飛玉勒立騎轉銀鞍說文勒馬頭絡銜也古相逢行夾轂問君家水經註長安東出第三門本名霸城門民見門色青又名青城門或曰青綺門

亦曰青門劉伶酒德頌捧甖承槽啣杯漱醪曹植詩妾身守空閨詩國風錦衾爛兮鮑照詩春風澹蕩俠思多陳子昂詩春風正澹蕩白露已清冷山海經西山經三危之山三青鳥居之郭璞註三青鳥主爲西王母取食者别自棲息於此山也竹書曰穆王西征至於青鳥所解也又大荒西經沃之野有三青鳥赤首黑目一名曰大鵹一名曰少鵹一名曰青鳥郭璞註皆西王母所使也古長歌行老大徒傷悲楊升菴外集載太白相逢行云此詩予家藏樂史本最善今本無憐腸愁欲斷斜日復相催下車何輕盈飄然似落梅四句他句亦不同數字故備錄之太白號斗酒百篇而其詩精鍊若此所以不可及也琦嘗細校其文所謂不同數字者雲車作雲中疑從作知從處入青綺門當歌共啣杯作嬌羞初解珮語笑共啣杯不得親作不相親他本亦有同者若近遲回作乍遲迴願因作願言更報作邦寄當年失行樂作壯年不行樂老去作老大而中間又無春風正澹蕩三句則諸本絶無同者矣據此樂史原本明中葉時尚有存者今則斷帙殘編絶無覩矣不深可惜乎○箔音薄

千里思一作千里曲○魏祖叔辨有此詩以細君辭漢宇王嬙卽虜衢爲辭太白擬之又以蘇李相思爲辭

李陵沒胡沙蘇武還漢家迢迢五原關朔雪亂邊花一作愁見雪如花一去隔絕國思歸但長嗟鴻雁向西北因一作飛書報天涯史記使李陵將其射士步兵五千人出居延北可千餘里欲以分匈奴兵毋令專走貳師也陵旣至期還而單于以兵八萬圍擊陵軍陵軍五千人兵矢旣盡士死者過半而所殺傷匈奴亦萬餘人且引且戰連鬬八日還未到居延百餘里匈奴遮狹絕道陵食乏而救兵不到虜急擊招降陵陵遂降匈奴其兵盡沒餘亡散得歸漢者四百餘人漢書地理志代郡有五原關太平寰宇記鹽州五原郡今理五原縣唐貞觀二年縣與州同立以其地勢有五原原舊有五原原關因爲郡邑之稱江淹別賦一去絕國詎相見期李善註絕國絕遠之國也琦按文選有李少卿荅蘇武書李周翰註漢書曰李陵

字少卿天漢二年陵率步卒五千人出塞與單于戰力屈乃降在匈奴中與蘇武相見武得歸爲書與陵令歸漢陵作此書荅之此詩末聯正用其事又按文苑英華載唐人省試詩題有李都尉重陽日得蘇屬國書其事他書所不見更屬異聞因並錄之

樹中草　梁簡文帝作樹中草詩其辭曰幸有青袍色聊因翠幄凋雖間珊瑚帶非是合歡條

鳥啣野田草誤入枯桑裏客土植危根逢春猶不死草木雖無情因依尚可生如何同枝葉各自有枯榮

謝靈運詩青青野田草漢書客土疏惡潘岳楊仲武誄如彼危根當此衝飆

君馬黃　按宋書漢鼓吹鐃歌十八曲有君馬黃歌古辭云君馬黃臣馬蒼二馬同逐臣馬良易之有騩蔡有赭美人歸以南駕車馳馬美人傷我心佳人歸以北駕車馳馬美人安終

極

君馬黃我馬白馬色雖不同人心本無隔共作遊冶盤雙行洛陽陌長劒旣照曜高冠何艴赫各有千金裘俱爲五侯客猛虎落陷穽壯士繆本作夫時屈厄相知在急難獨好亦一作知何益車轂驄馬詩意欲驂驛走先作野遊盤後漢書高冠長劒紆金懷紫潘岳射雉賦摛朱冠之艴赫徐爰註艴赫赤色貌漢紀五侯群弟皆通敏人事好士養賢傾財施與以相高尚時谷永與齊人樓護俱爲五侯上客漢書司馬遷傳猛虎處深山百獸震恐及其在穽檻之中搖尾而求食積威約之漸也詩小雅兄弟急難○艴音釋

擬古

融融白玉輝映我青蛾眉寶鏡似空水落花如風吹

出門望帝（繆本作同）子蕩漾不可期安得黃鶴羽一報佳人知（庾信詠鏡詩光如一片水江淹詩北渚有帝子蕩漾不可期呂延濟註帝子娥皇女英蕩漾言隨波上下不可與之結期江淹去故鄉賦願使黃鶴兮報佳人）

折楊柳（文獻通考鼓角橫吹十五曲中有折楊柳）

垂楊（一作楊柳）拂淥水搖豔（一作豔裔）東風年花明玉關雪葉暖金窗煙美人結長想對此心悽然攀條折春色遠寄龍庭前（一作泌邊○漢紀匈奴五月大會龍庭而祭其先祖天地鬼神）

少年子（齊王融梁吳均皆有少年子）

青雲少年子挾彈章臺左鞍馬四邊開突如流星過金丸落飛鳥夜入瓊樓臥夷齊是何人獨守西山餓

史記樗里子葬於渭南章臺之東玉海秦有章臺宮蘇秦傳云朝於章臺之下揚雄云藺生收功於章臺西京雜記韓嫣好彈常以金爲丸所失者日有十餘長安爲之語曰苦飢寒逐金丸京師兒童每聞嫣出彈輒隨之望丸所落輒拾焉沈佺期詩今春芳苑游接武上瓊樓史記伯夷叔齊隱於首陽山采薇而食之及餓且死作歌曰登彼西山兮采其薇矣以暴易暴兮不知其非矣神農虞夏忽焉沒兮我安適歸矣吁嗟徂兮命之衰矣遂餓死於首陽山索隱曰西山即首陽山

紫騮馬　按樂府詩集横吹十八曲中有紫騮馬古今樂錄曰紫騮馬古辭曰十五從軍征八十始得歸道逢鄉里人家中有阿誰又梁曲曰獨柯不成樹獨樹不成林念郎錦褌襠恒長不忘心蓋從軍久戍懷歸而作也若梁簡文帝梁元帝陳後主徐陵諸作多咏馬而已

紫騮行一作驕且嘶雙翻碧玉蹄臨流不肯渡似惜錦障泥白雪關山一作城遠黃雲海戍迷揮鞭萬里去安

一作何得一作戀念春閨紫騮赤色馬也唐人謂之紫騮今人謂之棗騮沈佺期驄馬詩四蹄碧玉片雙眼黃金瞳晉書王濟善解馬性嘗乘一馬著連乾障泥前有水終不肯渡濟云此必是惜障泥使人解去便渡按障泥是披馬鞍旁者胡三省通鑑註類篇馬障泥曰韉蜀註云擁護泥濘也白雪黃雲皆唐時戍名白雪戍在蜀地與吐蕃接壤杜詩屢用之黃雲戍未詳所在戎昱詩擒生黑山北殺敵黃雲西薛逢詩豈知萬里黃雲戍血迸金瘡臥鐵衣○障音帳亦音章

少年行二首樂府詩集以少年行少年子皆入雜曲歌辭中

擊筑飲美酒劍歌易水湄經過燕太子結託并州兒

少年負壯氣奮烈自有時因聲蕭本作擊魯句踐爭博一作情勿相欺漢書音義筑應劭曰狀似琴而大頭安絃以竹擊之故名曰筑顏師古曰今筑形似瑟而細頸太平御覽樂書曰筑者形如頌琴施十三絃項細肩圓品聲按柱鼓法以左手扼之右手以竹

尺擊之隨調應律唐代編入雅樂釋名曰筑以竹鼓之也如箏細項古襄陽歌舉鞭問葛彊何如幷州兒徐悱詩少年負壯氣耿介立衡冠史記荊軻遊於邯鄲魯勾踐與荊軻博爭道魯勾踐怒而叱之荊軻嘿而逃去至燕愛燕之狗屠及善擊筑者高漸離日與狗屠及高漸離飲於燕市酒酣以往高漸離擊筑荊軻和而歌於市中相樂也已而相泣旁若無人者魯勾踐已聞荊軻之刺秦王私曰嗟乎惜哉其不講於刺劒之術也甚矣吾不知人也曩者吾叱之彼乃以我爲非人也餘見擬恨賦註

其二　此首一作小放歌行

五陵年少金市東銀鞍白馬度春風落花踏盡遊何處笑入胡姬酒肆中　水經註淩雲臺西有金市北對洛陽壘藝文類聚西征記曰洛陽舊有三市一曰金市在宮西大城內太平寰宇記三市洛陽記云大市名金市在大城西南市在大城南馬市在大城東按金市在臨商觀西兑爲金故曰金市

白鼻騧 按樂府詩集高陽樂人歌古今樂錄曰魏高陽王樂人所作也又有白鼻騧蓋出於此其詞曰可憐白鼻騧相將入酒家無錢但共飲畫地作交賒

銀（一作金）鞍白鼻騧綠地（一作池）障泥錦細雨春風花落時（一作春風細雨落花時）揮鞭直就胡姬飲 毛萇詩傳黃馬黑喙曰騧西京雜記武帝得貳師天馬以玫瑰石為鞍鏤以金銀鍮石以綠地五色錦為蔽泥綠地字本此楊升菴外集引此詩作綠池又曲為池字作解甚謬蔽泥即障泥也詳見前紫騮馬註中○騧音瓜又音戈

豫章行 蕭士贇曰王僧虔技錄相和歌清調六曲有豫章行

胡風吹代馬（一作燕人）北擁魯陽關吳兵照海雪西討何時還半渡上遼津黃雲慘無顏老母與子別呼天野草間白馬（一作百鳥）繞旌旗悲鳴相追攀白楊秋月

苦旱落豫章山本爲休明人斬虜素不閑豈惜戰鬪
死爲君掃凶頑精感石沒羽豈云憚險艱樓船若鯨
飛波蕩落星灣此曲不可奏三軍髮繆本作鬢成斑鮑照詩胡
風吹朔雪元和郡縣志魯陽關在鄧州向城縣北八
十里今鄧汝二州於此分境荆豫徑途斯爲險要張
景陽詩云朝登魯陽關峽路峭且深太平寰宇記汝
州魯山縣有魯陽關淮南子云魯陽公與韓戰酣日
暮援戈而揮之日爲之返三舍即此地也漢改爲關
曰魯陽關按唐書來瑱傳上元二年春破史思明餘
黨於魯山俘賊渠又戰汝州獲牛馬槖駝知是時汝
鄧之間爲賊所往來之處胡風吹代馬北擁魯陽關
蓋指安史之兵歟水經註僚水又徑海昏縣謂之上
僚水又謂之海昏江分爲二水縣東津上有亭爲濟
度之要其水東北徑昌邑而東出豫章大江豫章古
今記上遼津在海昏縣東二十里通典豫章郡建昌
縣有上遼津江西志上繚水在南昌府城西北一百
二十里源出建昌縣經奉新縣流入僚遼繚三字雖

異其實一也古豫章行白楊初生時乃在豫章山鮑照蕪城賦白楊早落爾雅閑習也漢紀李廣嘗獵見草中石以爲伏虎射之入石没羽視之石也他日射之終不能入太平寰宇記落星山在盧山東周圍一百五十步高丈許圖經云昔有星墜水化爲石當彭蠡灣中俗呼爲落星灣一統志落星湖在江西彭蠡湖西北湖有小山相傳星墜水所化陳王僧辯破侯景於落星灣卽此處蕭士贇曰落星灣在今南康軍城之右唐時屬江州及洪州輿地廣記曰昔有星墜水化爲石夏秋之交湖水方漲則星石浮於波瀾之上降冬水涸可以步涉寺居其上曰法安院○鯨音擎

沐浴子 胡震亨曰沐浴子梁陳間曲也古辭澡身經蘭汜濯髮傃芳洲折榮聊躑躅攀桂且淹畱

沐芳莫彈冠浴蘭莫振衣處世忌太潔至一作志人貴藏暉滄浪有釣叟吾與爾同歸楚辭漁父篇屈原既放遊於江潭行吟澤

畔顏色憔悴形容枯槁漁父見而問之曰子非三閭大夫歟何故至於斯屈原曰舉世皆濁而我獨清衆人皆醉而我獨醒是以見放漁父曰夫聖人者不凝滯於物而能與世推移舉世皆濁何不淈其泥而揚其波衆人皆醉何不餔其糟而歠其釃何故懷瑾握瑜而自令見放爲屈原曰吾聞之新沐者必彈冠新浴者必振衣安能以身之察察受物之汶汶者乎寧赴湘流葬於江魚之腹中又安能以皎皎之白而蒙世俗之塵埃乎漁父莞爾而笑鼓枻而去歌曰滄浪之水清兮可以濯吾纓滄浪之水濁兮可以濯吾足遂去不復與言又雲中君篇浴蘭湯兮沐芳

高句驪

後漢書東夷傳高句驪在遼東之東千里南與朝鮮穢貊東與沃沮北與夫餘接地方二千里唐書高麗本扶餘別種也地東跨海距新羅南亦跨海距百濟西北度遼水與營州接北靺鞨其君居平壤城亦謂長安城漢東樂浪郡也去京師五千里而嬴石林燕語高驪自三國以來見於史者句驪其國號高其姓也隋去句字故自唐以來止稱高麗

金花折風帽白馬小遲回翩翩舞廣袖似鳥海東來北史高句麗傳人皆頭着折風形如弁士人加插二鳥羽貴者其冠曰蘇骨多用紫羅爲之飾以金銀服大袖衫大口袴素皮帶黃革履

靜夜思

牀前看月光疑是地上霜舉頭望山月低頭思故鄉梁簡文帝詩夜月似秋霜

淥水曲

緑水本琴曲名太白襲用其題以寫所見其實則采菱采蓮之遺意也

淥水明秋日蕭本作月南湖採白蘋荷花嬌欲語愁殺蕩舟人楚辭登白蘋兮騁望王逸註蘋草秋生今南方湖澤皆有之爾雅翼苹蓱其大者蘋葉正四方中折如十字根生水底葉敷水上不若小浮萍之無根而漂浮也五月有花白色故謂之白蘋韓非子蔡

女爲齊桓公妻桓公與之乘舟夫人蕩舟桓公大懼

鳳凰曲

嬴女吹玉簫吟弄天上春青鸞不獨去更有攜手人影滅綵雲斷遺聲落西秦列仙傳簫史者秦穆公時人也善吹簫能致孔雀白鶴於庭穆公有女字弄玉好之公遂以女妻焉日教弄玉作鳳鳴居數年吹似鳳聲鳳凰來止其屋公爲作鳳臺夫婦止其上不下數年一旦皆隨鳳凰飛去故秦人爲作鳳女祠於雍宮中時有簫聲而已秦嬴姓也故稱秦女曰嬴女陳子昂詩結交嬴臺女吟弄昇天行藝文類聚決疑註曰凡象鳳者有五多赤色者鳳多青色者鸞多黃色者鵷雛多紫色者鸑鷟多白色者鵠鮑照詩鳳臺無還駕簫管有遺聲○嬴音盈

鳳臺曲

按樂府詩集梁武帝製上雲樂七曲其一曰鳳臺曲

嘗聞秦帝女傳得鳳凰聲是日逢仙子當時別有情人吹彩簫去天借綠雲迎曲一在心在身不返空餘弄玉名已見上首註

從軍行樂府古題要解從軍行皆述軍旅辛苦之詞也按樂府詩集從軍行乃相和歌平調七曲之一

從軍玉門道逐虜金微山笛奏梅花曲刀開明月環鼓聲鳴海上兵氣擁雲間願斬單于首長驅靜鐵關北史史祥出玉門道擊虜破之後漢書竇憲遣左校尉耿夔出居延塞圍北單于於金微山破之按白帖笛有落梅花之曲顏師古漢書註單于匈奴天子之號也戰國策輕卒銳兵長驅至國唐書地理志自焉者西五十里過鐵門關法苑珠林自高昌至於鐵門凡經一十六國其鐵門者卽是漢之西屏鐵門之關

見漢門扇一豎一臥外鐵裏木加懸諸鈴必掩此闗實惟天固釋迦方誌鐵門闗左右石壁其色如鐵鐵固門扉懸鈴尚在卽漢塞之西門也出鐵門闗便至覩貨邏國○單音蟬

秋思

春陽如昨日碧樹鳴黃鸝蕪然蕙草暮颯爾涼風吹天秋木葉下月冷莎雞悲坐愁群芳歇白露凋華滋

江淹詩碧樹先秋落張華禽經註倉庚今謂之黃鸎黃鸝是也野民曰黃栗留語聲轉耳其色黧黑而黃故名黧黃詩云黃鳥以色呼也北人呼爲楚雀云此鳥鳴時蠶事方興蠶婦以爲候歲華紀麗秋風日涼風楚辭洞庭波兮木葉下莎雞卽今之紡績孃詳見四卷註又鄭樵爾雅註莎雞一名酸雞一名樗雞黑身赤頭似斑猫似另是一種恐非是楚辭蘋衡稿而節離兮芳以歇而不止詩人用芳歇字本此古詩綠葉發華滋○鸝音離莎音梭

春思

燕草如碧絲秦桑低綠枝當君懷歸日是妾斷腸時

春風不相識何事入羅帷　蕭士贇曰燕北地寒生草遲當秦地柔桑低綠之時則燕草方生興其夫方萌懷歸之志猶燕草之方生妾則思君之久猶秦桑之已低綠也末句喻此心貞絜非外物所能動此詩可謂得國風不淫不誹之體矣

秋思

燕支　繆本作閼氏　黄葉落妾望白　蕭本作自　登臺海上　一作月出　碧

雲斷單于　一作蟬聲　秋色來胡兵沙塞合漢使玉關回征

客無歸日空悲蕙草摧　慎蒙名山記焉支山在陝西山丹衞東南五十里一名山丹山漢霍去病將萬騎涉狐奴水過焉支山即此燕支即焉支也史記正義括地志云删州定襄縣本漢

平城縣縣東北三十里有白登山山上有臺名曰白登臺漢書匈奴傳曰冒頓圍高帝於白登七日卽此也服虔曰白登臺名去平城七里如淳曰平城旁之高地若卯陵也李穆叔趙記云平城東七里有土山高百餘尺方十餘里亦謂此也水經註今平城東十七里有臺卽白登臺也臺南對岡阜卽白登山也故漢書稱上遂至平城上白登者也爲匈奴所圍處太平寰宇記白登臺在雲州雲中縣東北三十里山西通志白登山在大同府大同縣城東一百四十里上有白登臺卽冒頓圍漢高帝處梁元帝横吹曲云朝跋青陂道暮上白登臺謂此舊唐書單于都護府秦漢時雲中郡地也唐龍朔三年置雲中都護府麟德元年改爲單于大都護府東北至朔州五百五十七里在京師東北二千三百五十里去東都三千里○單音蟬

子夜吳歌四首

宋書子夜歌者有女子名子夜造此聲晉孝武太元中瑯琊王軻之家有鬼歌子夜殷允爲豫章時豫章僑人庾僧度家亦有鬼歌子夜殷允爲豫章亦是太

元中則子夜是此時以前人也樂府古題要解子夜舊史云晉有女子曰子夜所作聲至哀後人因爲四時行樂之詞謂之子夜四時歌吳聲也

秦地羅敷女採桑綠水邊素手青條上紅粧白日鮮蠶飢妾欲去五馬莫畱連陌上桑古辭日出東南隅照我秦氏樓秦氏有好女自名爲羅敷羅敷善蠶桑採桑城南隅青絲爲籠系桂枝爲籠鈎頭上倭墮髻耳中明月珠緗綺爲下裙紫綺爲上襦使君從南來五馬立踟躕使君遣吏往問是誰家姝秦氏有好女自名爲羅敷羅敷年幾何二十尚不足十五頗有餘使君謝羅敷寧可共載不羅敷前致辭使君一何愚使君自有婦羅敷自有夫梁武帝子夜四時歌君住馬已疲妾去蠶欲飢

其二

鏡湖三百里菡萏發荷花五月西施採人看隘若耶

回舟不待月歸去越王家通典漢順帝永和五年馬臻爲會稽太守創立鏡湖在會稽山陰兩縣界築塘蓄水水高丈餘田又高海丈餘若水少則洩湖灌田如水多則閉湖洩田中水入海所以無凶年其堤塘周圍三百一十里都溉田九千餘頃毛萇詩傳菡萏荷花也說文芙蓉未發爲菡萏已發爲芙蓉方輿勝覽若耶溪在會稽縣東南二十五里北流與鏡湖合西施採蓮歐冶鑄劍之所○菡戶感切音撼萏徒感切談上聲

其三

長安一片月萬戶擣衣聲秋風吹不盡總是玉關情何日平胡虜良人罷遠征詩國風見此良人正義曰妻謂夫曰良人

其四

明朝驛使發一夜絮征袍素手抽針冷那堪把剪刀

裁縫寄遠道幾日到臨洮鄭玄周禮註女奴曉裁縫者唐時臨洮郡即洮州也屬隴右道與吐蕃相近有莫門軍神策軍在古為西羌之地○洮音桃又音叨

對酒行繆本少行字○樂府古題要解對酒行關古詞曹魏樂奏武帝所賦對酒歌太平其旨言王者德澤廣被政理人和萬物咸遂若范雲對酒心自足則言但當為樂勿狥名自歎也樂府詩集張永元嘉技錄相和歌十五曲十日對酒行

松子棲金華安期入蓬海此人古之仙羽化竟何在浮生速流電倏忽變光彩天地無彫換容顏有遷改對酒不肯飲含情欲誰待曹植詩松子久吾欺阮籍詩安期步天路松子與世違稱赤松子曰松子本此元和郡縣志金華山在婺州金華縣北二十里赤松子得道處路史鄺氏水經謂赤松子游金華山自燒而化故今山上有赤松壇抱朴子安期先生者賣藥於海邊瑯琊人傳世見之

訃已千年秦始皇請與語三日三夜其言高其旨遠博而有證始皇異之乃賜之金璧可值數千萬安期受而置之於阜鄉亭以赤玉舄一量爲報留書曰復數千歲求我於蓬萊山道家謂仙去曰羽化陶潛詩一生復能幾倏如流電驚費昶詩人生百年如流電陶潛詩有酒不肯飲王仲宣詩今日不極歡含情欲待誰李善註含情謂含其歡情而不暢也

估客行

繆本作估客樂○通典估客樂者齊武帝之所製也布衣時常游樊鄧登祚以後追憶往事而作歌曰昔經樊鄧役阻潮梅根渚感憶追往事意滿情不敘使太樂令劉瑤教習百日無成或啟釋寶月善音律帝使寶月奏之便就勑歌者重爲感憶之聲梁改其名爲商旅行

海客乘天風將船遠行役譬如雲中鳥一去無蹤跡

擣衣篇

閨裏佳人年十餘嚬蛾對影恨離居忽逢江上春歸燕銜得雲中尺素書玉手開緘長歎息狂夫猶戍交河北萬里交河水北流願爲雙鳥蕭本作燕泛中洲君邊雲擁青絲騎妾處苔生紅粉樓樓上春風日將歇誰能攬鏡看愁髮曉吹員胡本作筼管隨落花夜擣戎衣向明月明月高高刻漏長真珠簾箔掩蘭堂橫垂寶幄同心結半拂瓊筵蘇合香瓊筵寶幄連枝錦燈燭熒熒照孤寢有使蕭本作便憑將金剪刀爲君留下相思枕摘盡庭蘭不見君紅巾拭淚生繆本作坐氤氳明年若更繆本作更若征邊塞願作陽臺一段雲嚬蛾蹙眉也古詩同心而離居憂傷

以終老江淹詩袖中有短書願寄雙飛燕古詩中有
尺素書呂向註尺素絹也古人爲書多書於絹漢書
車師前國王治交河城河水分流繞城下故號交河
去長安八千一百五十里元和郡縣志交河縣本漢
車師前王庭也按車師前王國治交河城自漢訖於
後魏車師君長相承不絶後魏之後湮滅無聞蓋爲
匈奴所并高昌據其地貞觀十四年於此置交河縣
交河出縣北天山水分流於城下因以爲名按新唐
書隴右道有西州交河郡都督府貞觀十四年平高
昌以其地置開元中改曰金山都督府天寶元年改
爲郡有縣五一曰交河縣自縣北出四百餘里至北
庭都護府府有瀚海軍清海軍神山鎮沙鉢城耶勒
城等處十守捉其地水皆北流入磧及入夷播海楚
詞蹇誰畱兮中洲王逸註中洲洲中也水中可居者
爲洲劉孝綽詩未見青絲騎徒勞紅粉粧杜審言詩
紅粉樓中應計日燕支山下莫經年毛詩正義漏刻
謂置箭壺內刻以爲節而浮之水上令水漏而刻下
以記晝夜昏明之度數也十六國春秋京州人胡據
盜發張駿墓得真珠簾箔南都賦宴於蘭堂呂延濟
註蘭者取其芬芳也沈約爲竟陵王發講疏星羅寶

幄雲開梵筵飛燕外傳趙婕妤奏書於后奉五色同心大結一盤謝朓詩瓊筵妙舞絶法苑珠林蘇合香續漢書曰大秦國合諸香煎其汁謂之蘇合廣志曰蘇合香出大秦國或云蘇合國國人採之笮其汁以爲香膏乃賣其滓與賈客或云合諸香草煎爲蘇合非自然一種物也傳子曰西國胡言蘇合香者獸所作也中國皆以爲怪鮑令暉詩臨當欲去時復留相思枕劉孝威詩紅巾向後結金簪臨鬢斜胡三省通鑑註富貴之家帨巾率以胭脂染之爲真紅色唐之遺俗也陽臺雲用巫山神女語見二卷註○嚬音貧緘音兼戍音恕塞音賽

少年行

君不見淮南少年游俠客白日毬獵夜擁擲呼盧百萬終不惜報讎千里如咫尺少年游俠好經過渾身蕭本作成裝束皆綺羅蘭蕙相隨喧妓女風光去處滿笙

歌驕矜自言不可有俠士堂中養來久好鞍好馬乞與人十千五千旋沽酒赤心用盡爲知已黄金不惜栽桃李桃李栽來幾度春一回花落一回新府縣盡爲門下客王侯皆是平交人男兒百年且樂命何須狗書受貧病男兒百年且榮身何須狗節甘風塵衣冠半是征戰士窮儒浪作林泉民遮莫枝根長百丈不如當代多還往遮莫姻親繆本作親姻連帝城不如當身自簪纓看取富貴眼前者何用悠悠身後名珊瑚鉤詩話樗蒲起自老子今謂之呼盧取純色而勝之之義以名之耳說文八寸謂之咫徐陵與裴之横書文辭簡畧禮等平交三國志先軫喪元王蠋絶脰殞身狗節前代美之狗謂以身從物也鶴林玉露詩家用遮

莫字蓋今俗語所謂儘教是也漁隱叢話藝苑雌黄云遮莫俚語猶言儘教也自唐以來有之故當時有遮莫你古時五帝何如我今日三郎之說然詞人亦稍有用之者杜詩云久拚野鶴如霜鬢遮莫鄰雞下五更李太白詩云遮莫枝根長百丈不如當代多還往遮莫親姻連帝城不如當身自簪纓琦按遮莫你古時五帝二語乃明皇時劉朝霞温泉宫賦中語也然搜神記中已有遮莫千試萬試之辭則自晋時已有此語矣漢書陳萬年傳郎蒙子公力得入帝城蕭士贇曰末章十二句辭意追切似非太白之作巨眼者必能辯之

長歌行

樂府古題要解長歌行古辭青青園中葵朝露待日晞言榮華不久當努力爲樂無至老大乃傷悲也曹魏改奏文帝所賦西山一何高言仙道洪濛不可識如王喬赤松皆空言虚詞迂怪難信當觀聖道而已晋陸士衡逝矣經天日復言人運短促當乘閑長歌不與古文合按樂府詩集長歌行乃相和歌平調七曲之一

桃李得蕭本作待日開榮華照當年東風動百物草木盡欲言枯枝無醜葉涸水吐清泉大力運天地羲和無停鞭功名不早著竹帛將何宜桃李務青春誰能貰蕭本作貫白日富貴與神仙蹉跎成兩失金石猶銷鑠風霜無久質畏落日月後强歡蕭本作飲歌與酒秋霜不惜人倏忽侵蒲柳說文涸竭也廣雅日御謂之羲和竹帛已見五卷註世說顧悅與簡文同年而髮早白簡文曰卿何以先白對曰蒲柳之姿望秋而落松柏之姿經霜愈茂○涸音鶴貰音世或音射

長相思

日色欲一作已盡花含烟月明如一作欲素愁不眠趙瑟

初停鳳凰柱，蜀琴欲奏鴛鴦絃。此曲有意無人傳，願隨春風寄燕然。憶君迢迢隔青天，昔時橫波目，今作繆本作爲流淚泉。不信妾腸斷，歸來看取明鏡前。王勃詩：狹路塵閒黯將暮，雲開月色明如素。吳均詩：趙瑟鳳凰柱，吳醥金罍尊。楊齊賢曰：鳳凰柱，刻瑟柱爲鳳凰形也。鮑照詩：蜀琴抽白雪。李善註：相如工琴而處蜀，故曰蜀琴。漢書匈奴傳：貳師引兵還，至速邪烏燕然山。顏師古註：速邪烏，地名也。燕然山在其中。燕音一千反。後漢書竇憲傳：遂登燕然山，去塞三千餘里，刻石勒功，紀漢威德。是知燕然山爲漠北極遠之地。又唐時有燕然州，寄在靈州迴樂縣界，是突厥九姓部落所處，見舊唐書地理志。傳毅舞賦：目流睇而橫波。李善註：橫波，言目邪視如水之橫流也。王筠詩：淚滿橫波目。

猛虎行

一作猛虎吟。○樂府古題要解：猛虎行，陸士衡渴不飲盜泉水，言從遠役猶耿介，不以艱險改節也。按樂府詩集，王僧虔技錄相和歌平調七曲内有猛虎行，古辭云：飢不從

猛虎食暮不從野雀棲野雀安無巢遊子爲誰驕蓋取首句二字以命題也

朝作猛虎行暮作猛虎吟一作行亦猛虎吟坐亦猛虎吟腸斷非關隴頭水淚下不爲雍門琴旌旗繆本作旍旌誤旍字即旌字也繽紛兩河道戰鼓驚山欲傾蕭本作顛倒秦人半作燕地囚胡馬翻銜洛陽草一輸一失關下兵朝降夕叛幽薊城巨鼇未斬海水動魚龍奔走安得寧

隴頭歌隴頭流水鳴聲幽咽遙望秦川肝腸斷絕詳見二卷註說苑雍門子周以琴見孟嘗君孟嘗君曰先生鼓琴亦能令文悲乎雍門子周曰臣之所能令悲者窮窮焉固無樂巳臣一爲之徽膠援琴而長太息則流涕沾襟矣今若足下千乘之君也雖有善鼓琴者固未能令足下悲也然臣之所爲足下悲者事也夫聲敵帝而困秦者君也連五國之約南面而伐楚者又君也天下未嘗無事不從則橫從成則楚王橫成則秦帝楚王秦帝而報讐

於弱薛嘗之摩蕭斧而伐朝菌也必不留行矣天下有識之士無不爲足下寒心者千秋萬歲之後廟堂必不血食矣高臺既以壞曲池既以漸墳墓既以下而青廷矣嬰兒豎子樵採薪蕘者躑躅其足而歌其上衆人見之無不愀焉爲足下悲之曰夫以孟嘗君尊貴乃可使若此乎於是孟嘗君泫然泣涕承睫而未隕雍門子周引琴而鼓之徐動宫徵微揮羽角切終而成曲孟嘗君涕浪汗增欷而就之曰先生之鼓琴令文若破國亡邑之人也家語旌旗繽紛下蟠於地韻會繽紛雜亂之貌一曰盛也兩河道謂河南河北兩道也太平御覽三秦記曰荊軻入秦爲燕太子報仇把秦王衣袖曰寧爲秦地鬼不爲燕地囚按通鑑天寶十四載十一月安祿山發所部兵及同羅奚契丹室韋凡十五萬衆號二十萬反於范陽引兵而南步騎精鋭烟塵千里鼓譟震地時海内久承平百姓累世不識兵革猝聞范陽兵起遠近震駭河北皆祿山統内所過州縣望風瓦解守令或開門出迎或棄城竄匿或爲所擒戮無敢拒之者十二月祿山陷東京丙戌高仙芝將五萬人發長安上遣宦者邊令誠監其軍屯於陜會封常清戰敗帥餘衆至陜謂仙

芝曰潼關無兵若賊豕突入關則長安危矣陝不可守不如引兵先據潼關以拒之仙芝乃帥見兵西趣潼關賊尋至官軍狼狽走無復部伍士馬相騰踐死者甚衆至潼關修完守備賊至不得入而去祿山使其將崔乾祐屯陝臨汝弘農濟陰濮陽雲中諸郡皆降於祿山邊令誠入奏事具言仙芝常清撓敗之狀且云常清以賊搖衆而仙芝棄陝地數百里上大怒遣令誠齎勅即軍中斬仙芝常清太白意以仙芝不戰而走損傷士馬既一輸矣明皇不責以桑榆之效而按以失律之誅非又一失着乎蓋高將本非孱帥棄靈寶而守潼關舊史謂賊騎至關已有備不能攻而去仙芝之力也是其策亦非謬計自出軍至被戮僅僅十八日驅烏合之兵當鴟張之虜爲日無多徒以宦者之一言而遽棄干城之將太白蓋深以爲非矣又按通鑑十二月常山太守顔杲卿起兵命崔安石等徇諸郡云大軍已下井陘朝夕當至先平河北諸郡先下者賞後至者誅於是河北諸郡響應凡十七郡皆歸朝廷其附祿山者唯范陽盧龍密雲漁陽汲鄴六郡而已杲卿起兵纔八日守備未完史思明蔡希德引兵皆至城下壬戌城陷史思明蔡希德引

兵擊諸郡之不從者所過殘滅於是廣平鉅鹿趙上谷博陵文安魏信都等郡復爲賊守朝降夕叛幽薊城當指此事舊註引史思明歸降復叛事非是頗似楚漢時翻覆無定止朝過博浪沙暮入淮陰市張良未遇韓信貧劉項存亡在兩臣暫到下邳受兵略來投漂母作主人賢哲栖栖古如此今時亦棄青雲士有策不敢犯龍鱗竄身南國避胡塵寶書玉劍挂高閣金鞍駿馬散故人昨日方爲宣城客掣鈴交通二千石有時六博快壯一作寸心遶牀三匝呼一擲潛夫論留侯張良韓公族姬姓也秦始皇滅韓良散家貲千萬爲韓報仇擊始皇於博浪沙中誤椎副車秦索賊急良乃變姓爲張匿於下邳遇神仙黃石公遺之兵法又沛公之起也良往屬焉史記韓信淮陰人也釣於城下諸母漂有一母見信飢飯信竟漂數十日

信謂漂母曰吾必有以重報母母怒曰大丈夫不能自食吾哀王孫而進食豈望報乎項梁渡淮信從之項梁敗又屬項羽羽數以策干羽羽不用信亡歸漢漢王以爲大將漢五年信爲楚王都下邳信至國名所從食漂母賜千金韋昭曰以水擊絮爲漂故曰漂母晉書熊遠傳劉項存亡在此一舉韓非子夫龍之爲蟲也可擾狎而騎也然其喉下有逆鱗徑尺人有嬰之則必殺人人主亦有逆鱗說之者能無嬰人主之逆鱗則幾矣春秋考異郵孔子使子夏等十四人求周史記得百二十國寶書說苑襄成君衣翠衣帶玉劍掣曳也唐時官署多懸鈴於外出入則引鈴以代傳呼漢書郡守秦官掌治其郡秩二千石景帝中二年更名太守册府元龜二千石者今之刺史也史記鬭雞走狗六博蹋鞠索隱曰王逸云博著也行六棋故云六博說文簙局戲也六箸十二棋也古者烏曹作簙晉書劉毅於東府聚樗蒲大擲一判應至數百萬餘人並黑犢以還惟劉毅次擲得雉大喜褰衣遶牀叫謂同坐曰非不能盧不事此耳。邳音批掣音徹

楚人每道張旭奇心藏風雲世莫知三吳邦伯皆

一作多顧盼許本作盼繆本作眄四海雄俠兩追隨一作皆相推蕭曹曾作沛中吏攀龍附鳳當有時溧陽酒樓三月春楊花茫茫一作漠漠愁殺人胡雛綠眼吹玉笛吳歌白紵飛梁塵丈夫相見一作到處且爲樂槌牛撾鼓會衆賓我從此去釣東海得魚笑寄情相寄宣和書譜張旭蘇州人官至長史初爲常熟尉時有老人持牒求判信宿又來旭怒而責之老人曰愛公墨妙欲家藏無他也老人因復出其父書旭視之天下奇筆也自是盡其法旭喜酒呼叫狂走方落筆一日酣以髮濡墨作大字既醒視之自以爲神不可復得嘗言初見擔夫爭道又聞鼓吹而知筆意及觀公孫大娘舞劍然後得其神其名本以顛草至於小楷行書又復不減草字之妙其草字雖奇怪百出而求其源流無一點畫不該規矩者或謂張顛不顛者是也後之論書凡歐虞褚薛皆有異論至旭無非短者水經註吳後分爲三世號三吳吳興吳郡

會稽也書名詁命庶殷侯甸男邦伯孔傳曰邦伯方伯卽州牧也史記曹參者沛人也秦時爲沛獄掾而蕭何爲主吏居縣爲豪吏矣漢書攀龍附鳳並乘天衢溧陽縣以在溧水之陽而名本漢舊縣屬丹陽郡唐時屬江南道之宣州上元元年隸昇州昇州廢還隸宣州晉書白紵舞按舞辭有巾袍之言紵本吳地所出宜是吳舞也晉俳歌又云皎皎白緒節節爲雙吳音呼緒爲紵疑白紵卽白緒也七畧漢興魯人虞公善雅歌發聲盡動梁上塵史記魏尚爲雲中守五日一椎牛饗賓客軍吏舍人說文椎擊也韻會撾擊也莊子任公子投竿東海旦旦而釣○琦按是詩當是天寶十五載之春太白與張旭相遇於溧陽而太白又將遨遊東越與旭宴別而作也於時祿山叛逆河北河南州郡相繼陷沒故有旌旗繽紛兩河道戰鼓驚山欲傾倒之句高仙芝所率之兵多關中子弟今既敗走半爲賊所擒虜故有秦人半作燕地囚之句又唐書李泌傳言賊掠子女玉帛悉送范陽是又燕地囚之一証也東京既陷則胡騎充斥徧於郊圻故有胡馬翻銜洛陽草之句明皇聽宦者之讒不責仙芝以孟明之效而卽加以子玉之誅是賊再勝而

官軍再敗也故有一輸一失關下兵之句常山太守顔杲卿起兵討賊河北十七郡皆歸朝廷及杲卿被陷河北諸郡復爲賊守故有朝降夕叛幽薊城之句祿山方熾未能授首天下將帥疲於奔命故有巨鰲未斬海水動魚龍奔走安得寧之句以下泛引張韓未遇之事以起巳之懷長策而見棄當時竄身南國流寓宣城書劍蕭條僅寄壯心於六博宜其有腸斷淚下之悲矣張旭以下六句皆是美旭之詞旭嘗爲嘗熟尉故以沛中豪吏比之而賞其胷藏風雲知其必有遇合之時也溧陽酒樓指其相會之地三月楊花記其相遇之時丈夫相見且爲樂槌牛撾鼓會衆賓想見一時在會諸人多有四海雄俠非握齪儔伍傾心倒意其樂宜矣而太白於此又將有東越之游故曰我從此去釣東海得魚笑寄情相親以示眷戀不忘之意詩之大旨最爲明晰楊蕭二氏以秦人半作燕地囚爲西京破後之事一輸一失關下兵爲哥舒翰靈寶敗績潼關失守朝降夕叛幽薊城爲史思明奉表歸降巳復背叛此皆十五載春三月以後事引證殊欠精確或曰天寶十五載以前長安未破則與秦人半作燕地囚之句不合河北十七郡雖歸朝

廷而幽州乃范陽郡薊州乃漁陽郡二州實爲賊守則與朝降夕叛幽薊城之句不合吾以爲舊說是而子說非矣琦按舊唐書高仙芝領飛騎彍騎及朔方河西隴西應赴京兵馬并名募關輔五萬人繼封常清出潼關進討是其兵多秦人也旣敗之後半爲燕人囚執以此引證有何不合至於河北一道俱爲祿山所管轄之地故舉其大勢而言曰幽薊又按唐書地理志河北道蓋古幽冀二州之境薊字或是冀字之訛亦未可定若必據文責實則思明之以幽薊降也在至德二載之十二月其叛也在乾元元年之十月相去一年朝降夕叛之句與此大不相合而與杲卿起兵八日之間而諸郡降叛相尋則甚合矣况思明背逆之時正太白流夜郎之後也詩中並無一語言及而竄身南國作客宣城正天寶十五載之事乃歷歷言之故予斷以爲是年所作之詩而無疑耳或曰張旭生卒諸書皆無考何以知是時尚在而與白相遇耶琦按長史有乾元二年帖見山谷集中據此推之則其時尚在可知矣至蕭氏甞此詩非太白之作以爲用事無倫理徒爾肆爲狂誕之詞首尾不相照脉絡不相貫語意斐率悲歡失據必是他人詩竄

入集中者蘇東坡黃山谷於懷素草書悲來乎笑矣乎等作嘗致辯矣愚於此篇亦有疑焉云云今細閱之其所謂無倫理肆狂誕者必是楚漢翻覆劉項存亡等字疑其有高視祿山之意而不知正是傷時之不能收攬英雄遂使豎子得以蒼狂耳何爲以數字之辭而害一章之意耶至其悲也以時遇之艱其歡也以得朋之慶兩意本不相礙首尾一貫脉絡分明浩氣神行渾然無跡乃七古之佳者有識之士自能別之不知蕭氏何以云云耶○盼普患切攀去聲盻音係眄音免三字音既不同義亦各別世多混書非也槌與椎同傳追切音鎚撾職瓜切音髽

去婦詞

古來有棄婦棄婦有歸處今日妾辭君辭君遣何去本家零落盡慟哭來時路憶昔未嫁君聞君却周旋綺羅錦繡段有贈黃金千十五許嫁君二十移所天

自從二字衍文結髮日未幾，離君緬山川。家家盡歡喜，孤妾長自憐。幽閨多怨思，盛色無十年。相思若循環，枕席生流泉。張衡四愁詩：美人贈我錦繡段。李善文選註：蔡伯喈女賦曰：當三春之嘉月，將言歸於所天。列女傳：婦人未嫁則以父母爲天，既嫁則以夫爲天。方弘靜曰：去婦辭本五言詩，自從二字必衍文也。後又云自從離別久，豈得重用？蘇武詩：結髮爲夫妻。李善註：結髮始成人也，謂男年二十、女年十五時，笄冠爲義也。琦按：古人結髮事君、結髮與匈奴戰之類，皆謂髮初結起勝冠笄時。後人專指夫婦之少年諧婚者曰結髮，蓋祖用蘇詩耳。廣韻：緬，遠也。王筠詩：幽閨多怨思，停織坐嬌春。傅玄怨歌行：情思如循環，憂來不能還。劉琨扶風歌：據鞍長嘆息，淚下如流泉。○緬音勉 流泉咽不掃，獨夢關山道。及此見君歸，君歸妾已老。物情繆本作華惡衰賤，新寵方妍好。掩淚出故房，傷心劇秋草。自妾爲君妻，君東妾在西羅幃到曉恨玉貌一生啼自從離別久不覺塵埃厚常嫌玳瑁孤猶羨鴛鴦偶歲華逐霜霰賤妾何能久寒沼落芙蓉秋風散楊柳以許本作似此顦顇顏空持舊物還餘生欲何寄誰肯相牽攀酉陽雜俎不再交者虎鴛與玳瑁也桂海虞衡志玳瑁形如龜黿輩背甲十三片黑白斑文相錯鱗差以成一背其邊裙闌闕嚙如鋸齒無足而有四鬣前兩鬣長狀如檝後兩鬣極短其上皆有鱗甲以四鬣櫂水而行爾雅翼鴛鴦鳧屬也雄名爲鴛雌名爲鴦雌雄未嘗相捨飛止相匹人得其一則其一思而死凡鳥多好以頸相勾惟此鳥尤甚其大如鶩其質杏黃色頭戴長白毛垂之至尾尾與翅俱黑謝朓詩歲華春有酒說文霰稷雪也初學記雨與雪雜下曰霰○劇音極瑁音妹霰音線

君恩既斷絕相見何年月悔傾連理杯虛作同心結女蘿附青松貴欲相

依投浮萍失綠水教作若爲流不嘆君棄妾自嘆妾

緣業憶昔初嫁君小姑纔倚牀今日妾辭君小姑如

妾長回頭語小姑莫嫁如兒夫江總詩未眠解著同心結欲醉那堪連理

杯焦仲卿詩新婦初來時小姑始扶牀今日被驅遣

小姑如我長○蕭士贇曰此篇是顧況棄婦辭也後

人添增數句竄入太白集中語俗意重矣嫛

之痕班班可見可謂作僞心勞日拙者矣

李太白文集卷六

李太白文集卷之七

錢塘　王琦琢崖輯注
燧　復會

古近體詩共二十八首

襄陽歌

落日欲沒峴山西倒着接䍦一作行客辭歸花下迷襄陽小兒齊拍手攔街爭唱白銅鞮傍人借問笑何事笑殺山公蕭本作翁醉似泥峴山接䍦白銅鞮山公醉俱見五卷襄陽曲註漢官儀一日不齋醉如泥○峴胡典切賢上聲鞮音題鸕鷀杓鸚鵡杯百年三萬六千日一日須傾三百杯遥看漢水鴨頭綠繆本作淥恰似葡萄

初醱醅此江若變作春酒壘麴便築糟邱臺千金駿馬換小繆本作少妾笑繆本作醉坐雕鞍歌落梅車旁側挂一壺酒鳳笙龍管行相催咸陽市中嘆黃犬何如月下傾金罍

楊齊賢曰鸕鷀水鳥其頸長刻杓爲之形太平廣記鸚鵡螺旋尖處屈而朱如鸚鵡嘴故以爲名殼上青綠斑大者可受二升殼内光瑩如雲母裝爲酒盃奇而可玩薛道衡詩同傾鸚鵡杯瑯嬛記金母名群仙宴於赤水坐有碧玉鸚鵡杯白玉鸕鷀杓杯乾則杓自挹欲飲則杯自舉故太白詩云鸕鷀杓鸚鵡杯非指廣南海螺杯也謝氏詩源亦載此事說頗新僻然他書未有言及者恐是因太白詩語而僞造此事未可知也鄭康成一飲三百杯見三卷註顔師古急就篇註春草雞翹鳧翁皆謂染采而色似之若今染家言鴨頭綠翠毛碧云博物志西域有蒲萄酒積年不敗彼俗云可十年飲之醉彌日乃解演繁露錢希白南部新書曰太宗破高昌收馬乳蒲萄種於苑中并得酒法仍自損益之造酒綠色長安

始識其味太白命蒲萄之酒以爲緑者蓋本此也庾信春賦石榴聊泛蒲萄醱醅廣韻醱醅酘酒也醅酒未漉也韻會酘謂之醱又云酘重釀酒也然則醱醅者其重釀之酒而未漉者歟詩國風爲此春酒論衡紂沉湎於酒以糟爲邱以酒爲池韓詩外傳桀爲酒池可以運舟糟邱足以望十里獨異志後魏曹彰性倜儻偶逢駿馬愛之其主所惜也彰曰予有美妾可換惟君所選馬主因指一妓彰遂換之風俗通謹案世本隨作笙長四寸十三簧像鳳之身正月之音也咸陽市中嘆黄犬李斯事詳擬恨賦註詩國風我姑酌彼金罍孔穎達正義罍制韓詩說金罍大夫器也天子以玉諸侯大夫皆以金士以梓毛詩說金罍酒器也諸臣之所酬人君以黄金飾尊大一碩金飾龜目蓋刻爲雲雷之象○鸕音慈醱音撥醅音坏罍音雷

君不見晉朝羊公一片石繆本作一片古碑材龜頭剝落生莓苔淚亦不能爲之墮心亦不能爲之哀繆本於哀字下多誰能憂彼身後事金鳧銀鴨葬死灰二句清風朗月不用一錢買玉山自

倒非人推舒州杓力士鐺一作黃金爵白玉瓶李白一作酒仙與爾同死生襄王雲雨今安在江水東流猿夜聲世說註晉諸公贊曰羊祜在南夏吳人悅服稱曰羊公莫敢名者晉書羊祜樂山水每風景必造峴山置酒言咏終日不倦卒時年五十八襄陽百姓於峴山祜平生遊憩之所建碑立廟歲時享祭焉望其碑者莫不流涕杜預因名爲墮淚碑朝野僉載溫子昇作韓陵山寺碑庾信見而寫其本南人問信曰北方文字何如信曰惟有韓陵山一片石堪共語韻會莓苔也世說稽叔夜之爲人也巖巖若孤松之獨立其醉也傀俄若玉山之將崩新唐書地理志舒州同安郡隷淮南道土貢酒器鐵器又韋堅傳有豫章力士甆飲器茗鐺釜楚襄王與宋玉遊於雲夢之臺望高唐之觀其上獨有雲氣王以問王玉對以巫山神女旦爲朝雲暮爲行雨事詳見一二卷註

○莓音梅鐺音撑

南都行

文選有張衡南都賦李善註摯虞曰南陽郡治宛在京之南故曰南都按南陽

是光武舊里卽位之後建都洛陽以南陽爲別都謂之南都

南都信佳麗武闕橫西關白水真人居萬商羅鄽闠

高樓對紫陌甲第連青山此地多英豪邈然不可攀

陶朱與五羖名播天壤間麗華秀玉色漢女嬌朱顏

清歌遏流雲艷舞有餘閒遨遊盛宛洛冠蓋隨風還

走馬紅陽城呼鷹白河灣誰識臥龍客長吟愁鬢斑

張衡南都賦爾其地勢則武闕關其西桐栢揭其東李善註武闕山爲關而在西弘農界也後漢書王莽篡位忌惡劉氏以錢文有金刀故改爲貨泉或以貨泉字爲白水真人宋書王莽忌惡漢而錢文有金乃改鑄貨泉以易之旣而光武起於春陵之白水鄉貨泉之文爲白水真人也元和郡縣志後漢代祖宅在隨州棗陽縣東南三十里宅南三里有白水東京賦所謂龍飛白水也漢書南陽其俗夸奢上氣力好商

賈蜀都賦市鄽所會萬商之淵趙岐孟子註廛市宅也說文闤市垣也劉孝綽詩紆餘出紫陌迤邐度青樓漢書霍光傳賞賜甲第一區釋常談好宅謂之甲第甲者首也史記越世家范蠡懷其重寶閒行以去止於陶以爲此天下之中交易有無之路通爲生可以致富矣於是自謂陶朱公秦本紀晉獻公滅虞虜百里傒以爲秦穆公夫人媵於秦百里傒亡秦走宛楚鄙人執之繆公聞百里傒賢欲重贖之恐楚人不與乃使人謂楚曰吾媵臣百里傒在焉請以五羖羊皮贖之楚人遂許與之當是時百里傒年已七十餘繆公釋其囚與語國事三日繆公大悅授之國政號曰五羖大夫史記集解素王妙論曰范蠡南陽人史記正義百里奚南陽宛人水經註百里奚宛人也於秦爲賢大夫所謂迷虞智秦者也又曰宛城南三十里有一城名三公城城側有范蠡祠蠡宛人祠即故宅也後漢書光烈陰皇后諱麗華南陽新野人初光武適新野聞后美心悅之後至長安見執金吾車騎甚盛因嘆曰仕宦當作執金吾娶妻當得陰麗華更始元年遂納后於宛當成里列子薛譚學謳於秦青未窮青之技自謂盡之遂辭歸秦青弗止餞於郊衢

撫節悲歌聲振林木響遏行雲謝脁詩宛洛佳遨遊春色滿皇州古詩驅車策駑馬游戲宛與洛李周翰註宛南陽也洛洛陽也曹植詩輕裾隨風還漢書地里志南陽郡有紅陽侯國張景陽七命駕紅陽之飛燕驂唐公之驌驦一統志淯水在南陽府城東三里俗名白河其源出自嵩縣雙雞嶺東南流經南陽新野會梅溪湏灌湍水畱山黄渠栗鵶泗潦刁等河與泌水合流南至襄陽入漢江三國志諸葛亮字孔明躬耕隴畝好爲梁父吟先主屯新野徐庶謂先主曰諸葛孔明者臥龍也將軍豈願見之乎漢晉春秋亮家於南陽之鄧縣在襄陽城西二十里號曰隆中出師表所謂臣本布衣躬耕南陽是也○鄽音纏闤音環陌音麥

江上吟（一作江上遊）

木蘭之枻沙棠舟玉簫金管坐兩頭美酒樽（一作當）中置千斛載妓隨波任去畱（繆本作流非）仙人有待乘黃鶴

海客無心隨一作狎白鷗屈平詞賦懸日月楚王臺榭空山邱興酣落筆搖五岳詩成笑繆本作嘯傲淩滄洲功名富貴若長在漢水亦應西北流楚辭桂櫂兮蘭枻王逸註枻船旁板也韻會枻楫也一曰柂劉逵蜀都賦註木蘭大樹也葉似長生冬夏榮常以冬花其實如小柿甘美南人以爲梅其皮可食述異記漢成帝與趙飛燕遊太液池以沙棠木爲舟其木出崑崙山食其實入水不溺沈約詩金管玉柱響洞房穆天子傳獻酒千斛郭璞山海經贊安得沙棠制爲龍舟聊以逍遙任波去留吳書鄭泉博學有奇志而性嗜酒其閑居每曰願得美酒滿五百斛船以四時甘脆置兩頭反覆沒飲之憊即住而啖肴膳酒有斗升減隨即益之不亦快乎太白詩意蓋出於此蕭士贇曰黃鶴樓在鄂州西南隅黃鶴山上南齊志云仙人子安乘黃鶴過此一統志黃鶴樓在武昌府城西黃鶴磯上世傳仙人子安乘黃鶴過此又云費文禕登仙駕黃鶴返憩於此唐閻伯理作記以文禕爲信或者又引述異記謂駕鶴

之賓是荀叔偉後人誤作費文禕今按述異記荀瓌字叔偉嘗東遊憩江夏黃鶴樓上望西南有物飄然降自霄漢俄頃已至乃駕鶴之賓也鶴止戶側仙者就席羽衣虹裳賓主歡對已而辭去跨鶴騰空而滅是言叔偉於此遇駕鶴之仙非謂駕鶴之仙卽叔偉也又或以與蜀漢之大將軍費禕字文偉者其姓字相同遂駁其旣爲降人郭循所害何以又能登仙駕黃鶴返憩此樓夫古今同姓名者甚多安得謂此二人卽是一人以此相難更屬孟浪列子海上之人有好鷗鳥者每旦之海上從鷗鳥遊鷗鳥之至者百住而不止班孟堅離騷經序屈原之文弘博麗雅爲辭賦宗後世莫不斟酌其英華則象其從容自宋玉唐勒景差之徒漢興枚乘司馬相如劉向揚雄騁極文辭好而悲之自謂不能及也劉歆荅揚雄書是懸諸日月不刊之書也楚王臺榭若章華臺陽雲臺之類皆楚君所嘗游憩者鄭康成禮記註闍者謂之臺有木者謂之榭是榭乃臺上有屋者也琦按仙人一聯謂篤志求仙未必卽能沖舉而忘機狎物自可縱適一時屈平一聯謂畱心著作可以傳千秋不刊之文而溺志豪華不過取一時盤遊之樂有孰得孰失之

意然上聯實承上文泛册行樂而言下聯又照下文典酣落筆而言也特以四古人事排列於中頓覺五色迷目令人驟然不得其解似此章法雖出自逸才未必不少加慘澹經營恐非斗酒百篇時所能搆耳

○枻以制切音曳榭音謝

侍從宜春苑奉詔賦龍池柳色初青聽新鶯百囀歌 雍錄天寶中即東宮置宜春北苑唐詩紀事龍池與興慶宮池也明皇潛龍之地長安志龍池在躍龍門南本是平地自垂拱載初後因雨水流潦成小池後又引龍首渠支分溉之日以滋廣至神龍景雲中彌亘數頃澄澹皎潔深至數丈常有雲氣或見黃龍出其中本以坊名池俗呼五王子池置宮後謂之龍池

東風已綠瀛洲草紫殿紅樓覺春好池南柳色半青青縈烟裊娜拂綺城垂絲百尺挂雕楹上有好鳥相

和鳴間關早得春風情春風卷入碧雲去千門萬戶皆春聲是時君王在鎬京五雲垂暉耀紫清仗出金宮隨日轉天回玉輦繞花行始向蓬萊看舞鶴還過茝若蕭本作石聽新鶯新鶯飛繞上林苑願入簫韶雜鳳笙

謝朓詩紫殿肅陰陰江總詩紅樓千愁色西京賦雕楹玉碣呂延濟註雕刻也楹柱也張駿東門行鳩鵲與鷙黃間關相和鳴史記作建章宮度爲千門萬戶鎬京紫清俱見三卷註又紫清似謂紫微清都之所天帝之所居也五雲五色雲也宋書雲有五色太平之應也又曰若雲非雲若烟非烟五色紛縕謂之慶雲潘岳籍田賦天子乃御玉輦李善註玉輦大輦也通典輦秦爲人君之乘漢因之以雕玉爲之方徑六尺或使人挽或駕果下馬雍錄唐東內大明宮宮南端門名丹鳳門北三殿相沓皆在山上至紫宸又北則爲蓬萊殿殿北有池亦名蓬萊池三輔黃圖未央宮有茝若殿西都賦作茝若芷茝古字通用又

三輔黄圖漢武帝建元三年開上林苑東南至藍田宜春鼎湖御宿昆吾旁南山而西至長楊五柞北繞黄山頻渭水而東周袤三百里離宫七十所皆容千乘萬騎尚書簫韶九成鳳凰來儀孔傳曰韶舜樂名言簫見細器之備公羊傳疏鄭註云簫韶舜所制樂宋均註樂説云簫之言肅舜時民樂其肅敬而紹堯道故謂之簫韶或云韶舜樂名舜樂者其秉簫乎説文笙十三簧象鳳之身也梁簡文帝詩行潦承椒奠按歌雜鳳笙○鎬音浩茝音止

玉壺吟

烈士擊玉壺壯心惜暮年三盃拂劒舞秋月忽然高詠涕泗漣二句一作三盃拂劍舞秋月忽高懸鳳凰初下紫泥詔謁帝稱觴登御筵揄揚九重萬乘主謔浪赤墀青瑣賢朝天數換飛龍馬敕賜珊瑚白玉鞭世人不識東方朔

大隱金門是謫仙西施宜笑復宜嚬醜女效之徒累
繆本作集身君王雖愛蛾眉好無奈宮中妒殺人世說王處仲每
酒後輒詠老驥伏櫪志在千里烈士暮年壯心不已
以如意擊唾壺壺口盡缺詩國風涕泗滂沱毛傳曰
自目曰涕自鼻曰泗鳳凰詔見五卷註太平寰宇記
隴右記云武都紫水有泥其色亦紫而粘貢之用封
璽書故詔誥有紫泥之美東漢會要漢舊儀曰璽皆
玉螭虎紐凡六璽皆以武都紫泥封之班固兩都賦
序雍容揄揚著於後嗣李善註揄引也揚舉也爾雅
謔浪笑傲戲謔也漢書元后傳曲陽侯根驕奢僭上
赤墀青瑣孟康註青瑣以青畫戶邊鏤中天子制也
如淳註門楣格再重如人衣領再重裏者青名曰青
瑣天子門制也顏師古註孟說是青瑣者刻爲連瑣
文而以青塗之也又梅福傳涉赤墀之塗應劭註以
丹掩泥塗殿上也李善文選註說文曰墀塗地也禮
天子赤墀也胡三省通鑑註仗內六廐飛龍廐最爲
上乘馬元微之詩自註學士初入例借飛龍馬錦繡
萬花谷學士新入院飛龍廐賜馬一匹銀閙鞍裝轡

何遜詩玉羈瑪瑙勒金絡珊瑚鞭史記東方朔行殿中郎謂之曰人皆以先生爲狂朔曰如朔者所謂避世於朝廷間者也古之人乃避世於深山中時坐席中酒酣據地歌曰陸沉於俗避世金馬門宮殿中可以避世全身何必深山之中蒿蘆之下金馬門者宦署門也門旁有銅馬故謂之金馬門王康琚詩小隱隱林藪大隱隱朝市梁簡文帝鴛鴦賦亦有佳麗自如神宜羞宜笑復宜嚬莊子西施病心而嚬其里之醜人美之亦捧心而嚬詳見二卷註

豳歌行上新平長史兄粲

輿地廣記邠州古豳國西魏置豳州後周及隋皆因之煬帝初州廢義寧二年復置豳州唐開元十三年以字類幽改作邠焉天寶三載以爲新平郡唐制州之佐職有長史一人上州者從五品上中州者正六品下下州則不設其位在別駕之下司馬之上如今之通判是也

豳谷稍稍振庭柯涇水浩浩揚湍波哀鴻酸嘶暮聲

急愁雲蒼慘寒氣多憶昨去家此許本作早爲客荷花初紅柳條碧中宵出許本作長飲三百杯明朝歸揖二千石寧知流寓變光輝胡霜蕭颯繞客衣寒灰寂寞憑繆本作竟誰暖落葉飄揚何處歸吾兄行樂窮曛旭滿堂有美顔如玉趙女長歌入彩雲燕姬醉舞嬌紅燭狐裘獸炭酌流霞壯士悲吟寧見嗟前榮後枯相翻覆何惜餘光及棣華太平寰宇記古豳地在邠州三水縣西南三十里有古豳城在龐川水西蓋古公劉之邑即此城也國都城記豳國者后稷之曾孫曰公劉始都焉豳谷名也與故栒邑城相去約五十餘里漢志註云豳鄉是也何大復雍大記豳谷在邠州東北三十里故三水縣公劉立國處陜西通志三水廢城在邠州三水縣東五里故豳谷謝朓詩稍稍枝早勁呂向註稍稍樹枝勁强無葉之貌陶潛

歸去來辭盼庭柯以怡顏郭璞山海經註涇水出安定朝那縣西笄頭山東南經新平扶風至京兆高陵縣入渭詩地理考涇水出原州百泉縣涇谷東南流至涇州臨涇保定二縣又東南流至邠州之宜祿新平永壽三縣又東北流至京兆之醴泉高陵雲陽三縣以入渭僧寶月詩君不見孤雁關外發酸嘶度越揚空城鄭康成一飲三百杯見三卷註後漢書每郡置太守一人二千石三國志起烟於寒灰之上生華於已枯之木廣韻曛日入也又黄昏時旭日旦出貌初學記日初出日旭古詩燕趙多佳人美者顏如玉吳均詩燕姬及趙女挾瑟夜經過晉書羊琇性豪侈屑炭和作獸形以温酒洛下豪貴咸競效之江總瑪瑙盤賦翠羽流霞之杯史記甘茂之亡秦奔齊逢蘇代代爲齊使於秦甘茂曰臣得罪於秦懼而逃遁無所容跡臣聞貧人女與富人女會績貧人女曰我無以買燭而子之燭光幸有餘子可分我餘光無損子明而得一斯便焉今臣困而君方使秦而當路矣茂之妻子在焉願君以餘光振之詩小雅常棣之華鄂不韡韡鄭箋曰承花者鄂不當作拊拊鄂足也鄂足得華之光明則韡韡然盛興者喻弟以敬兄兄以榮

以榮覆弟恩義之顯亦韡韡然○涇音京嘶音西棣音弟

西岳雲臺歌送丹邱子 爾雅華山爲西岳在今陝西西安府華陰縣南十里高數千仞石壁層疊有如削成上有芙蓉落雁玉女三峰又有八卦池太乙池白蓮池菖蒲池二十八宿池細辛坪玉女洗頭盆老君洞仙棊臺蒼龍嶺日月崖仙掌巖諸勝所謂雲臺者乃其東北之峰也兩巘競高四面懸絶崔嵬獨秀有若臺形下有穴昔有人入此穴出東方山而行云經黃河底聞上有流水之聲

西岳崢嶸何壯哉黃河如絲天際來黃河萬里觸山動盤渦轂一作谷轉秦地雷榮光休氣紛五彩千年一清聖人在巨靈咆哮擘兩山洪波噴流射東海一作箭流射東海蕭本作噴箭射東海三峰却立如欲摧許本作玉翠崖丹谷高

掌開白帝金精運元氣石作蓮花雲作臺雲臺閣道連窈冥一作人不到中有不死丹邱生明星玉女備灑掃麻姑搔背指爪輕我皇手把天地戸丹邱談天與天語九重出入生光輝東求蕭本作來蓬萊復西歸玉漿儻惠蕭本作或故人飲騎二茅龍上天飛

癸辛雜識五岳惟華岳極峻直上四十五里遇無路處皆挽鐵絙以上有西岳廟在山頂望黃河一衣帶水耳郭璞江賦盤渦轂轉凌濤山頽李善註渦水旋流也張銑註盤渦言水深風壯流急相衝盤旋作深渦渦如轂之轉尚書中候堯帥政七十載修壇河洛仲月辛日昧明禮備至於日稷榮光出河休氣四塞鄭玄註榮光五色從河水中出休美也四塞炫燿四方也拾遺記黃河千年一清至聖之君以爲大瑞西京賦綴以二華巨靈贔屓高掌遠蹠以流河曲厥跡猶存薛綜註巨靈河神也華山對河東首陽山黃河流於二山之間古語云此本一山當河

河水過之而曲行河之神以手擘開其上以足踏離其下中分爲二以通河流手足之跡於今尚在遁甲開山圖曰有巨靈胡者徧得坤元之道能造山川出江河太平寰宇記名山記云華岳有三峯直上數千仞基廣而峰峻自下小岑疊秀迄於嶺表有如削成今博山香爐形實象之華山記太華山削成而四方直上至頂列爲三峯其西爲蓮花峯峯之石竅隆不一皆如蓮葉倒垂故名是峯曰蓮花其南曰落雁峯上多松檜故亦曰松檜峯白帝宫在其間俯眺三秦曠莽無際黄河如一縷水繚繞岳下其東峯曰朝陽峯峯之左脇中有一峯狀甚秀異如爲東峯所抱者曰玉女峯乃東峰之支峰也世之談三峯者數玉女而不數朝陽非矣山之東北則爲仙人掌即所謂巨靈掌也巖壁黑色石膏自疊中流出凝結成痕黄白相間遠望之見其大者五岐如指好奇者遂傳爲巨靈劈山之掌跡掌長三十丈許五指參差中指直冠峯頂長二十丈唐王涯作太華仙掌辯謂太華之首峯有五崖比鑿破巖而列自下遠望之偶爲掌形俗傳則曰巨靈劈剖掌跡猶存賈氏談錄華岳掌其色丹紫正如肉色每太陽對照則盡見之及日暮則漸

隱而不見樵者曰仙掌者蓋絶地之上群壑聚會之所石色頳然望之適類於掌耳其説皆闢巨靈掌跡之訛似矣而猶不得其體狀明王履遊華山坐玉女峰東北巖上細察而後得之乃曰王涯所辨似得於傳聞未嘗如吾之近觀也蓋山石本黑膏出於壘從上灑下作淡黄微白色間之黑壁中上則五岐下則片屬岐者如指屬者如掌復有細灑無數雜五岐間自遠望之細者不見惟見其大者故五岐如指耳寧有五崖比壑破巖而列哉且膏所灑處比比皆有豈惟此掌爲然此掌之外日月巖最多其次則東峰西壁近於楊氏石室者其色狀與此掌漏痕不殊但彼不類物形故不以爲異而見稱耳枕中書金天氏爲白帝治華陰山慎蒙名山記李白詩石作蓮花雲作臺今觀山形外羅諸山如蓮瓣中間三峰特出如蓮心其下爲雲臺峰自遠望之宛如青色蓮花開於雲臺之上也郭璞山海經註太華山上有明星玉女持玉漿得上服之卽成仙道險僻不通詩含神霧云神仙傳麻姑手爪似鳥蔡經見之心中念曰背大痒時得此爪以爬背當佳也王遠已知經心中所言卽使人牽經鞭之曰麻姑神人也汝何忽謂其爪可爬背

耶漢武帝內傳王母命侍女法安嬰歌元靈之曲曰天地雖廓寥我把天地戶李善文選註史記齊人爲諺曰談天衍劉向別錄曰鄒衍之所言五德終始天地廣大書言天事故曰談天列仙傳呼子先者漢中關下卜師也老壽百餘歲臨去呼酒家老嫗曰急裝當與嫗共應中陵王夜有仙人持二茅狗來至呼子先子先持一與酒家嫗得而騎之乃龍也上華陰山常於山上大呼言子先酒家母在此云○渦音窩學音劈

元丹邱歌

元丹邱愛一作好神仙朝飲潁川一作水之清流暮還嵩岑之紫烟三十六峯常周旋長周旋躡星虹身騎飛龍耳生風橫河跨海與天通我知爾遊心無窮水經潁水出潁川陽城縣西北少室山酈道元註山海經曰潁水出少室山地理志曰出陽城縣陽乾山今潁水有

三源岐發右水出陽乾山之穎谷其水東北流中水導源少室通阜東南流徑負黍亭東與右水合左水出少室南溪東合穎水河南通志嵩山居四山之中故謂之中岳其山二峯東曰太室西曰少室南跨登封北跨鞏邑西跨洛陽東跨密縣綿亘一百五十餘里少室山穎水之源出焉其山有三十六峰曰朝岳曰望洛曰太陽曰少陽曰石城曰石筍曰檀香曰丹砂曰鉢盂曰香爐曰連天曰紫霄曰羅漢曰七佛曰來仙曰清凉曰寶勝曰瑞應曰璚璧曰紫蓋曰翠華曰藥室曰紫微曰白道曰帝宇曰卓劍曰白雲曰金牛曰明月曰凝壁曰迎霞曰玉華曰寶柱曰繫馬曰白鹿曰靈隱星虹字出劉孝標辨命論星虹樞電昭聖德之符然彼是用春秋元命苞大星如虹下流華渚女節夢意感生朱宣事太白則指星宿虹霓而言文同而義殊矣○穎音頴岑音近層

扶風豪士歌

按唐書地理志關內道扶風郡本岐州也至德元載更郡名曰鳳翔二載復名扶風郡蕭士贇曰此太白避亂東土時詩扶風乃三輔郡意豪士亦必同時避亂於

東吳而與太白卸杯酒接殷勤之歡者

洛陽三月飛胡沙洛陽城中人怨嗟天津流水波赤血白骨相撐如亂麻我亦東奔向吳國一作來奔溧溪上浮雲四塞道路賒東方日出啼早鴉城門人開掃落花梧桐楊柳拂金井來醉扶風豪士家扶風豪士天下奇意氣相傾山可移作人不倚將軍勢飲酒豈顧尚書期雕盤綺食會衆客吳歌趙舞香風吹原嘗春陵六國時開心寫意君所知堂中各有三千士明日報恩知是誰撫長劍一揚眉清水白石何離離脫吾帽向君笑飲君酒爲君吟張良未逐赤松去橋邊黃石

知我心天津橋名駕洛水上詳見二卷註陳琳詩君獨不見長城下死人骸骨相撐拄說文撐邪柱也史記死人如亂麻司馬相如長門賦浮雲鬱而四塞韻會睒遠也詩辯坻扶風豪士歌方敘東奔忽著東方日出二語奇宕入妙此等乃眞太白獨長蕭士贇曰言道路艱阻京國亂離而東土之太平自若也鮑照詩握君手執杯酒意氣相傾死何有江總詩太山言應可轉移辛延年詩昔有霍家奴姓馮名子都依款將軍勢調笑酒家胡漢書陳遵嗜酒每大飲賓客滿堂輒關門取客車轄投井中雖有急終不得去嘗有部刺史奏事過遵值其方飲刺史大窮候遵沾醉時突入見遵母叩頭自白當對尚書有期會狀母乃令從後閤出去劉禎瓜賦承之以雕盤羃之以纖絺何遜詩玉盤傳綺食論衡齊之孟嘗魏之信陵趙之平原楚之春申待客下士招會四方各三千人江暉詩恐君不見信撫劍一揚眉古艷歌行語卿且勿盼水清石自見清水白石何離離卽水清石見之意蕭氏註以清水喻目白石喻齒恐未是高士傳黃石公者下邳人也遭秦亂自隱姓名時人莫知者張良易姓爲長自匿下邳步遊沂水圯上與黃石公相

過黃石公故墜履圯下顧謂良曰孺子取履良素不知誰諤然欲毆之爲其老人也强忍下取履因跪進焉公以足受笑而去良殊驚公行里所還謂良曰孺子可教也後五日平明與我期此良愈怪之復跪曰諾五日平明良往公已先在怒曰與老人期何後也後五日早會良雞鳴往公又先在復怒曰何後也後五日早會良夜半往有頃公亦至喜曰當如是乃出一編書與良曰讀是則爲王者師矣後十三年孺子見我濟北穀城山下黃石卽我矣遂去不見良旦視其書乃太公兵法良異之因講習以說他人皆不能用後與沛公遇於陳留沛公用其言輒有功後十三年從高祖過濟北穀城下得黃石良乃寶祠之及良死與石并葬焉史記漢六年正月封功臣封張良爲留侯留侯乃稱曰家世相韓及韓滅不愛萬金之資爲韓報仇强秦天下振動今以三寸舌爲帝者師封萬戶位列侯此布衣之極於良足矣願棄人間事欲從赤松子遊耳乃學辟穀道引輕身○撐抽庚切音瞠賒音奢

同族弟金城尉叔一作升卿燭照山水壁畫歌按唐

書地理志京兆興平縣本名始平景龍二年中宗送金城公主降吐蕃至此改曰金城至德二載更名興平延州敷政縣本名固城武德二年徙治金城鎮更名金城天寶元年更名敷政蘭州五泉縣咸亨二年更名金城天寶元年復名五泉蘭州廣武縣乾元二年更名金城凡金城更名者有四處未知孰是李季卿三墳記先侍郎之子曰叔卿字萬天質琅琅德光文蔚識度標邁弱冠以明經擢國授薦邑虞樂二尉魏守崔公沔洎相國晉公甲科第之進等舉之轉金城尉吏

不敢欺

高堂粉壁圖蓬瀛燭前一見滄洲清洪波洶湧山崢嶸皎若丹邱隔海望赤城光中乍喜嵐氣滅謂逢山陰晴後雪迴谿碧流寂無喧又如秦人月下窺花源了然不覺清心魂秖將疊嶂鳴秋猿與君對此歡未

歇放歌行吟達明發却顧海客揚雲帆便欲因之向溟渤楚辭仍羽人於丹邱王逸註丹邱晝夜常明也太平御覽孔靈符會稽記曰赤城山土色皆赤巖岫連沓狀似雲霞懸霤十仞謂之瀑布飛流灑散冬夏不竭山谷絕澗崢嶸無底長松葛藟幽藹其上方輿勝覽赤城山在台州天台縣北六里一名燒山其上石壁皆如霞色望之如雉堞然故人以此名山天台山志赤城山天台山之一小山也石皆赤色壁立如城韻會嵐山氣也新唐書地里志會稽郡有山陰縣以其在會稽山之北故名水經註山陰縣川明土秀亦爲勝地故王逸少云從山陰道上猶如鏡中行也謝脁詩下屬帶回溪呂延濟註回曲也花源謂武陵之桃花源見二卷註任昉詩疊嶂易成響重以夜猿悲劉良註疊嶂重山也明發見二卷註馬融廣成頌張雲帆鮑照詩穿池類溟渤李善註溟渤二海名郭璞山海經註渤海海岸曲崎頭也○嵐盧含切音婪嶂音帳

白毫子歌

淮南小山白毫子，乃在淮南小山裏。夜臥松下雲，繆本作雪。朝飡石中髓。小山連一作聯綿向江開，碧峰巉巖淥水迴。余配白毫子，獨酌流霞杯。拂花弄琴坐青苔，綠蘿樹下春風來。南窻蕭颯松聲起，憑崖一聽清心耳。可得見，未一作不得親。八公攜手五雲去，空餘桂樹愁殺人。

王逸楚辭序：招隱士者，淮南小山之所作也。昔淮南王安好古，招懷天下俊偉之士，自八公之徒，咸慕其德而歸其仁，各竭才智，著作篇章，分造辭賦，以類相從，故或稱大山，或稱小山，其意猶詩有大雅小雅也。古今註：淮南王，淮南小山之所作也。淮南服食求仙，徧禮方士，遂與八公相攜俱去，莫知所在。小山之徒思戀不已，乃作淮南王之曲焉。琦按：上句之淮南小山，本楚辭序，以贊美白毫子之才；下句之淮南小山，則指白毫子隱居之地而言。白毫子蓋當時逸人，嚴滄浪以爲太白呼八公爲白毫子，非矣。列仙傳卭疏者周封史也能行氣鍊形煮石髓而服之謂之石鍾乳神仙傳王烈獨之太行山中忽聞山東崩地殷殷如雷聲烈往視之乃見山破石裂數百丈兩畔皆是青石石中一穴口徑闊尺許中有青泥流出如髓烈取泥試丸之須臾成石如投熱蠟之狀隨手堅凝氣如粳米飯嚼之亦然烈合數丸如桃大用携少許歸與嵇叔夜曰吾得異物叔夜甚喜取而視之已成青石擊之琿琿如銅聲叔夜卽與烈往視之斷山已復如故烈曰叔夜未合得道故也按神仙經曰神山五百年輒開其中石髓出得而食之壽與天相畢烈前得者必是也謝靈運詩洲縈渚連縣劉良註連縣不絕貌論衡項曼都曰有數仙人將我上天口飢欲食仙人輒飲我以流霞一杯每飲一杯數月不飢水經註淮南王劉安折節下士篤好儒學養方術之徒數十人皆爲俊異焉多神仙秘法鴻寶之道忽有八公皆鬚眉皓素詣門希見門者曰吾王好長生今先生無住衰之術未敢相聞八公咸變成童王甚敬之八士並能鍊金化丹出入無間乃與安登山埋金於地白日升天餘藥在器雞犬舐之者俱得上昇淮南王招隱士桂樹叢生兮山之幽

梁園吟一作梁苑醉酒歌○一統志梁園在河南開封府城東南一名梁苑漢梁孝王遊賞之所

我浮一作乘黃河一作雲去京闕繆本作關挂席欲進一作往波連山天長水闊厭遠涉訪古始及平臺間平臺爲客憂思多對酒一作醉來遂作梁園歌却憶蓬池阮公詠因吟淥水揚洪波謝靈運詩挂席拾海月木華海賦波如連山漢書梁孝王大治宮室爲複道自宮連屬於平臺如淳註平臺在大梁東北離宮所在也顏師古註今其城東二十里所有故臺基其處寬博土俗云平臺也水經註晉灼曰平臺在城中東北角亦或言兔園在平臺側如淳曰平臺離宮所在今城東二十里有臺寬廣而不甚極高俗謂之平臺予按漢書梁孝王傳稱王以功親爲大國築東苑方三百里廣睢陽城七十里大治宮室爲複道自宮連屬於平臺三十餘里複道自宮東出揚州之門左

陽門卽睢陽東門也連屬於平臺則近矣屬之城隅則不能是知平臺不在城中也梁王與鄒枚司馬相如之徒極遊於其上故齊隨郡王山居序所謂西園多士平臺盛賓鄒馬之客咸在伐木之歌屢陳是用追芳昔娛神遊千古故亦一時之盛事謝氏雪賦亦云梁王不悅遊於兔園今也歌堂淪宇律管埋音孤基塊立無復曩日之望矣元和郡縣志平臺在宋州虞城縣西四十里左傳宋皇國父爲宋平公所築漢梁孝王大治宮室爲複道自宮連屬於平臺三十餘里與鄒枚相如之徒並游其上卽此也阮籍詠懷詩徘徊蓬池上還顧望大梁淥水揚洪波曠野莽茫茫走獸交橫馳飛鳥相隨翔是時鶉火中日月正相望朔風厲嚴寒陰氣下微霜羇旅無儔匹俛仰懷哀傷

洪波浩蕩迷舊國路遠西歸安可得人生達命豈暇（繆本作假）愁且飲美酒登高樓平頭奴子搖大扇五月不熱疑（一作如）清秋玉（一作素）盤楊（一作青）梅爲君設吳鹽如花皎白（一作如）雪持鹽把酒

但飲之莫學夷齊事高潔一作何用孤高比雲月一作咄咄書空字還滅○梁武帝詩平頭奴子擎履箱昔人豪貴信陵君今人耕種信陵墳荒城虛一作遠照碧山月古木盡入蒼梧雲梁王宮闕一作賓客今安在枚馬先歸不相待舞影歌聲散淥池空餘汴水東流海按史記魏公子無忌封信陵君仁而下士士無賢不肖皆謙而禮交之不敢以其富貴驕士士以此方數千里爭往歸之致食客三千人諸侯以公子賢多客不敢加兵謀魏後奪晉鄙兵進擊秦軍秦軍解去遂救邯鄲存趙又率五國之兵破秦軍於河外乘勝逐秦軍至函谷關抑秦兵秦兵不敢出當是時公子威震天下太平寰宇記信陵君墓在開封府浚儀縣南十二里藝文類聚歸藏曰有白雲出自蒼梧入於大梁漢書枚乘淮陰人游梁梁客皆善屬詞賦乘尤高司馬相如成都人爲武騎常侍非其好也是時梁孝王來朝從游說之士鄒陽枚乘之徒相如見而說之因病免客游梁得與諸侯

遊士居一統志汴河舊自滎陽縣東經開封府城南又東合蔡河名蒗若渠又名通濟渠東注泗州下入於淮作梁園歌而忽間以信陵數語意謂以信陵之賢名震一世至今日而墓域且不克保況梁孝王之賢不及信陵其歌臺舞榭又焉能保其常在乎此文章襯托法不是爲信陵致慨乃是爲梁王釋恨并爲自已解愁以見不如及時行樂之爲得也故下遂接以沉吟此事淚滿衣云云

沉吟此事淚滿衣黃金買醉未能一作莫言歸連呼五白行一作投六博分曹賭酒酣一作看馳暉歌且謠意方遠東山高臥時一作還一作忽起來欲濟蒼生未應晚

招魂蓖蔽象棊有六簙些分曹並進遒相迫些成梟而牟呼五白些王逸註投六箸行六棊故爲六簙也倍勝爲牟五白簙齒也言已棊已梟當成牟勝射張食棊下兆於屈故呼五白以助投也吳曾漫錄五木之戲其四爲王采貴也其八爲珉采賤也五木之中有采曰白蓋五木俱白也楚詞成梟而牟呼五白梟二爲珉采牟者勝也欲勝其梟必呼五白

也海錄碎事六博用十二棊分黑白各半擲之分曹賭酒分爲二曹以賭酒之勝負也謝朓詩馳暉不可接李善註馳暉日也詩國風我歌且謡毛傳曰曲合樂曰歌徒歌曰謡世説謝公在東山朝命屢降而不動後出爲桓宣武司馬將發新亭朝士咸出瞻送高靈時爲中丞亦往相祖先時多少飲酒因倚如醉戲曰卿屢違朝旨高臥東山諸人每相與言安石不肯出將如蒼生何今亦蒼生將如君何謝笑而不荅

鳴臯歌送岑徵君 原註時梁園三尺雪在清泠池作○元和郡縣志鳴臯山在河南府陸渾縣東北十五里河南通志鳴臯山在河南府嵩縣東北五十里一名九臯山昔有白鶴鳴其上故名太平寰宇記清泠池在宋州宋城縣東北二里梁孝王故宫有釣臺謂之清泠臺今號清泠池神州古史考清泠池在歸德府城東梁園內

若有人兮思鳴臯阻積雪兮心煩勞洪河凌兢不可以徑度冰龍鱗兮難容舠邈仙山一作神仙之峻極兮聞

天籟之嘈嘈霜崖縞皓以合沓兮若長風一作虹扇海湧滄溟之波濤玄猿綠羆舔舕崟岌繆本作岌危一作岑危危柯繆本作咆振石駭膽慄魄群呼而相號峰崢嶸以路絕掛星辰於巖嶅楚辭若有人兮山之阿四愁詩何為懷憂心煩勞西都賦帶以洪河涇渭之川呂向註洪河大河也甘泉賦馳閶闔而入凌兢[illegible]凌註凌兢恐懼也顏師古註凌兢者言寒凉戰栗之處也冰龍鱗者冰有鋸齒參差如鱗也韻會刕小船也形如刀集韻或作舠通作刀詩曾不容刀釋名云三百斛以上曰艇三百斛曰刀莊子子游曰地籟則衆竅是已人籟則比竹是已敢問天籟子綦曰夫吹萬不同而使其自已也天籟謂空中因風氣作聲不假物而成者也埤蒼嘈嘈聲衆也鮑照詩霜崖滅土膏謝朓詩合沓與雲齊呂向註合沓高貌袁宏三國名臣贊洪飈扇海二溟揚波上林賦玄猿素雌李善註玄猿猿之雄者玄色也西京雜記熊羆毛有綠光皆長二尺者直百金舔舕吐舌貌木華海賦戛巖

嶅釋名山多小石曰嶅嶅堯也每石堯堯獨處而出見也○縞音稿崟音吟碌音飭琰音演送君之歸兮動鳴皋之新作交鼓吹兮彈絲觴清泠之池閣君不行兮何待若返顧之黃鵠掃梁園之群英振大雅於東洛巾征軒兮歷阻折尋幽居兮越巘崿盤白石兮坐素月琴松風兮寂一作昇萬壑蘇武詩黃鵠一遠別千里顧徘徊庾信詩黃鵠一反顧徘徊應悽然史記梁孝王築東苑方三百餘里招延四方豪傑自山以東游說之士莫不畢至江淹別賦金閨之諸彥蘭臺之群英孔叢子巾車命駕鄭玄周禮巾車註巾猶衣也李善文選註軒車通稱也巾征軒者以帷蒙征車之上也謝靈運詩連嶂疊巘崿李善註巘崿崖之別名謝莊月賦素月流天白帖琴曲有風入松樂府詩集琴集曰風入松晉嵇康所作也○巘語蹇切年上聲崿音諤望不見兮心氛氳蘿冥冥兮霰紛紛水橫洞以下

淥波小聲而上聞虎嘯谷而生風龍藏溪而吐雲冥一作寡鶴淸唳飢鼯嚬呻塊蕭本作魂獨處此幽默兮愀一作啼空山而一作兮愁人謝惠連雪賦氛氳蕭索李善註氛氳盛貌毛萇詩傳霰暴雪也鄭箋曰將大雨雪始必微溫雪自上下遇溫氣而摶謂之霰久而寒勝則大雪矣淮南子虎嘯而谷風至龍舉而景雲屬管輅別傳龍者陽精以潛爲陰幽靈上通和氣感神二物相扶故能與雲虎者陰精而居於陽依木長嘯動於巽林二氣相感故能運風謝朓詩獨鶴方朝唳飢鼯此夜啼韻會唳鶴鳴也按本草鼯鼠鳥名一名鸓鼠一名夷由一名飛生鳥狀如蝙蝠肉翅連尾大如鴟鳶毛紫色好夜飛但能向下不能向上恒夜鳴鳴聲如人呼湖嶺山中多有之○氛音分又音焚氳於云切醞平聲唳音麗愀音悄又音秋雞聚族以爭食鳳孤飛而無鄰蝘蜓嘲龍魚目混珍嫫母衣錦西施負薪若使巢由桎梏於軒冕兮亦

奚異於夔龍蹩躠於風塵哭何苦而救楚笑何誇而却秦吾誠不能學二子沽名矯節以耀世兮固將棄天地而遺身白鷗兮飛來長與君兮相親爾雅翼蝘蜓似蜥蜴灰褐色在人家屋壁間狀雖似龍人所玩習故淮南云禹南濟於江黃龍負舟禹視龍猶蝘蜓龍亡而去比之蝘蜓言不足畏揚子云執蝘蜓而嘲龜龍蓋陋之也一名守宮又名壁宮特善捕蝎俗號蝎虎李善文選註雜書曰秦失金鏡魚日入珠鄭玄曰魚目亂珍珠尚書大傳黃帝妃嫫母於四妃之班最下貌甚醜而最賢心每自退高誘淮南子註嫫母古之醜女吳越春秋越王使相者於國中得苧蘿山鬻薪之女曰西施鄭旦鄭玄禮記註桎梏今械也在足曰桎在手曰梏莊子蹩躠爲仁踶跂爲義廣韻蹩躠旋行貌一曰跛也巢山以隱居自樂爲志夔龍以行道濟時爲志若使巢山羈身於軒冕之中與夔龍廢棄於風塵之內無異是皆不適其志願也戰國策吳與楚戰於柏舉三戰入郢棼冒勃蘇曰吾披堅執銳赴强敵

而死此猶一卒也不若奔諸侯於是贏糧潛行上崢山踰深溪蹠穿膝暴七日而薄秦王之朝鶴立不轉晝吟宵哭七日不得告水漿無入口瘨而殫悶旄不知人秦王聞而走冠帶不相及左捧其首右濡其口勃蘇乃蘇秦王身問之子孰誰也棼冒勃蘇對曰臣非異楚使新造執邱棼冒勃蘇吳與楚戰於柏舉三戰入郢寡君身出大夫悉屬百姓離散使下臣來告亡且求救秦王遂出革車千乘卒萬人屬之子蒲子虎下塞以東與吳人戰於濁水而大敗之左太冲詩吾慕魯仲連談笑却秦軍詳見二卷註○晁補之曰李白天才俊麗不可矩蒦然要長於詩而文非其所能也賦近於文故白大鵬賦辭非不壯不若其詩盛行於世至鳴皐歌一篇本末楚辭也而世誤以爲詩因爲出之其畧曰蝘蜓嘲龍魚目混珍嫫母衣錦西施負薪此諄諄放屈原卜居及賈誼弔屈原語而白才自逸蕩故或離而去之云楚辭後語曰白天才絶出尤長於詩而賦不能及晉魏偶此篇近楚辭然歸來子猶以爲白才自逸蕩故或離而去之亦爲知言云○蝘音偃蜓音殄嫫音模蹩匹滅切篇入聲又音別躠音薩又音屑

鳴臯歌奉餞從翁清歸五崖山居

憶昨〔繆本作昨憶〕鳴臯夢裏還手弄素月清潭間覺時枕席非碧山側身西望阻秦關麒麟閣上春還早著書却憶伊陽好青松來風吹古〔繆本作石〕道綠蘿飛花覆烟草我家仙翁〔繆本作公〕愛清真才雄草聖凌古人欲臥鳴臯絶世塵鳴臯微茫在何處五崖峽〔一作溪蕭本作狹〕水横樵路身披翠雲裘袖拂紫烟〔一作雲〕去去時應過嵩少間相思爲折三花樹〔太平寰宇記鳴臯山在河南府伊陽縣東三十五里伊陽縣本陸渾地唐先天元年十二月割陸渾縣置伊陽縣在伊水之陽去伊水一里張衡詩側身西望涕沾裳太平御覽漢宮殿疏曰麒麟閣蕭何造以藏秘書畫賢臣宋書沈儀篤學有雄才以儒素自業北齊書才雄

氣猛英畧蓋世法書要錄弘農張芝高尚不仕善草書精勁絕倫家之衣帛必先書而後練臨池學書池水盡墨每書云匆匆不暇草書人謂之草聖宋玉諷賦主人之女翳承日之華披翠雲之裘水經嵩高爲中岳在潁川陽城縣西北酈道元註爾雅曰山大而高曰嵩合而言之爲嵩高分而名之爲二室西南爲少室東北爲太室三花樹卽貝多樹也齊民要術嵩山記曰嵩寺中忽有思惟樹卽貝多也昔有人坐貝多樹下思惟因以名焉漢道士從外國來將子於西山脚下種極高大今有四樹一年三花

勞勞亭歌

原註在江寧縣南十五里古送別之所一名臨滄觀○太平御覽輿地志曰丹陽郡秣陵縣新亭隴上有望遠樓又名勞勞亭宋改爲臨滄觀行人分別之所一統志勞勞亭在應天府治西南吳時置

金陵勞勞送客堂蔓草離離生道旁古情不盡東流水此地悲風愁白楊我乘素舸同康樂朗詠清川飛

夜霜昔聞牛渚吟五章今來何謝袁家郎苦竹寒聲動秋月獨宿空簾歸夢長古詩白楊多悲風蕭蕭愁殺人韻會舸大船也謝靈運詩可憐誰家郎緣流乘素舸康樂即靈運以其襲封康樂公故世稱之曰謝康樂孫綽天台山賦朗詠長川胡震亨曰清川飛夜霜疑引謝詩今謝集無此句或亡之耳世說註續晉陽秋曰袁虎少有逸才文章絕麗曾有詠史詩是其風情所寄少孤而貧以運租爲業鎮西謝尚時鎮牛渚乘秋佳風月率爾與左右微服泛江會虎在運租船中諷詠聲既清會辭又藻拔非尚所曾聞遂往聽之乃遣問訊荅曰是袁臨汝郎誦詩即其詠史之作也尚佳其率有興致即遣要迎談話申旦自此名譽日茂竹有淡竹苦竹二種莖葉不異以其笋味之苦淡而名此詩大意太白自誇山水之趣既同康樂而吟咏之妙又不減袁宏惜無相賞之人與之談話申旦空簾獨宿殊覺寂寥兩事並用各不相妨楊註謂康樂乃謝靈運邀袁虎者乃謝尚疑太白誤作一事用者非也○舸音歌又音哥

橫江詞六首 太平寰宇記橫江浦在和州歷陽縣東南二十六里孫策自壽春欲經略江東揚州刺史劉繇遣將樊能於糜屯橫江孫策破之於此對江南岸之采石往來濟渡處隋將韓擒虎平陳自采石濟亦此處也

人道繆本作言橫江好，儂道橫江惡。一風三日吹倒山，一作猛風吹倒天門山白浪高於瓦官閣。胡三省通鑑註吳人率自稱曰儂幽怪錄上元縣有瓦棺寺寺上有閣倚山瞰江萬里在日亦江湖之極境游人彌棹莫不登眺江南通志昇元閣在江寧城外一名瓦官閣即瓦官寺也閣乃梁朝所建高二百四十尺南唐時猶存今在城之西南角楊吳未城時正與越臺相近長干之西北也唐以前江水逼石頭李白詩白浪高于瓦官閣以此

其二

海潮南去過尋陽，牛渚由來險馬當。橫江欲渡風波

惡一水牽愁萬里長唐時江南西道有九江郡即江州也治潯陽縣天寶元年改名潯陽郡乾元初復爲江州今爲江西之九江府江水經其中下至揚州入海方輿勝覽牛渚山在太平州當塗縣北三十里山下有磯古津渡也與和州橫江渡相對隋師伐陳賀若弼從此北渡六朝以來爲屯戍之地陸放翁入蜀記采石一名牛渚與和州對岸江面比瓜州爲狹故隋韓擒虎平陳及本朝曹彬下江南皆自此渡然微風輙浪作不可行劉賓客云蘆葦晚風起秋江鱗甲生王文公云一風微吹萬舟阻皆謂此磯也太平府志牛渚磯屹然立江流之衝水勢湍急大爲舟楫之害元和郡縣志馬當山在江州彭澤縣東北一百里橫入大江甚爲險絕往來多覆溺之懼太平御覽九江記曰馬當山高八十丈周迴四里在古彭澤縣北一百二十里其山橫枕大江山象馬形回風急擊波浪涌沸舟船上下多懷憂恐山際立馬當山廟以祀之

其三

橫江西望阻西秦漢水東連一作楚水東流楊子津白浪如山那可渡狂風愁殺峭帆人漢水出嶓家山至漢口與岷江合流東至揚州爲楊子江入於海胡三省通鑑註楊子津在今真州楊子縣南

其四

海神來過惡風迴浪打天門石壁開浙江八月何如此濤似連山噴雪來方輿勝覽天門山在太平州當塗縣西南三十里又名蛾眉山夾大江東曰博望西曰梁山水經註錢塘縣東有定巳諸山皆西臨浙江水流於兩山之間江川急濬兼濤水晝夜再來來應時刻常以月晦及望尤大至二月八月最高峨峨二丈有餘木華海賦波如連山

其五

橫江館前津吏迎向余東指海雲生郎今欲渡緣何

事如此風波不可行太平府志采石驛在采石鎮濱江卽唐時之横江館也在明爲皇華驛按唐書百官志津尉掌舟梁之事永徽後廢津尉置津吏上關八人中關六人下關四人無津者不置梁簡文帝詩采菱渡頭擬黃河郎今欲渡畏風波茫德機云絶句一句一絶乃其大本其次句少意多極四詠而反覆議論此篇氣格合歌行之風使人嗟歎而有無窮之思乃唐人所長也諸家詩非不佳然視李杜氣格音調特異熟讀自見

其六

月暈天風霧不開海鯨東蹙百一作衆川迴驚波一起三山動公無一作莫渡河歸去來日暈主雨月暈主風木華海賦魚則横海之鯨突扤孤遊驕波則洪漣踧踖吹澇則百川倒流山謙之丹陽記江寧縣北十二里濱江有三山相接卽名爲三山舊時津濟道也一統志三山在應天府西南五十七里下臨大江三峯排列故名古樂府公

無渡河公竟渡河

金陵城西樓月下吟

金陵夜寂一作靜涼風發獨上高一作西樓望吳越白雲映水搖空一作秋城白露垂珠滴一作沾衣濕秋月月下沉一作長吟久不歸古來一作今相接眼中稀解道澄江淨如練令人長一作還憶謝玄暉江淹別賦秋露如珠謝玄暉晚登三山還望京邑詩餘霞散成綺澄江淨如練

東山吟

一作醉過謝安東山○原註去江寧城三十五里晉謝安携妓之所太平寰宇記土山在昇州上元縣南三十里按丹陽記晉太傅謝安舊隱會稽東山因築土像之無巖石故謂土山也有林木臺觀娛遊之所安就帝請朝中賢士子姓親屬會宴土山一統志東山在

應天府東南三十里一名土山晉謝安舊隱會稽東山築土擬之常放情游賞

攜妓東土山悵然悲謝安我妓今朝如花月他妓古墳荒草寒白雞夢後三一作五百歲洒酒澆君同所懽酣來自作青海舞秋風吹落紫綺冠彼亦一時此亦一時浩浩洪流之一作高詠何必奇晉書謝安於土山營墅樓館林竹甚盛每攜中外子姪往來游集又云安雖受朝寄然東山之志始末不渝每形於言色及鎮新城盡室而行造汎海之裝欲須經畧粗定自江道還東雅志未就遂遇疾篤因悵然謂所親曰昔桓溫在時吾懼不全忽夢乘溫輿行十六里見一白雞而止乘溫輿者代其位也十六里止今十六年矣白雞主酉今太歲在酉吾病殆不起乎乃上疏遜位尋薨楊齊賢曰自安至太白三百餘歲作五百歲非世說桓公伏甲設饌廣延朝士因此欲誅謝安王坦之王甚遽問謝曰當作何計謝神意不變謂文度曰晉祚存亡在此一行

相與俱前王之恐狀轉見於色謝之寬容愈表於貌望階趨席方作洛生咏諷浩浩洪流桓憚其曠遠乃趣解兵

僧伽歌

太平廣記僧伽大師西域人姓何氏唐龍朔初來遊北土隷名於楚州龍興寺後於泗州臨淮縣信義坊乞地施標將建伽藍於標下掘得古香積寺銘記并金像一軀上有普照王佛字遂建寺焉景龍二年中宗皇帝遣使迎師入內道場尊爲國師尋出居薦福寺常獨處一室其頂上有一穴恒以絮塞之夜則去絮香從頂穴中出烟氣滿房非常芬馥及曉香還入頂穴中又以絮窒之師嘗濯足人取其水飲之痼疾皆愈一日中宗於內殿語師曰京師無雨已是數月願師慈悲解朕憂迫師乃將瓶水泛洒俄頃陰雲驟起甘雨大降中宗大喜詔賜所修寺額以臨淮寺爲名師請以普照王字爲名蓋欲依金像上字也中宗以照字是天后廟諱乃改爲普光王寺仍御筆親書以賜焉至景龍四年三月二日端坐而終中宗即令於薦

福寺起塔漆身供養俄而大風欻起臭氣滿於長安中宗問曰是何祥也近臣奏曰僧伽大師化緣在臨淮恐是欲歸彼處故現此變中宗心許其臭頓息頃刻之間奇香馥烈即以其年五月送至臨淮起塔供養中宗問萬迴師曰僧伽大師何人萬迴曰是觀音化身也如法華經普門品云應以比丘比丘尼等身得度者即皆見之而爲說法此即是也傳燈錄泗州僧伽大師世謂觀音大士應化也推本則過去阿僧祇殑伽沙劫值觀世音如來從三慧門而入道以音聲爲佛事但以此土有緣之衆乃謂大師自西國來唐高宗時至長安洛陽行化歷吳楚間身執楊枝混於緇流或問師何姓答曰我姓何又問師是何國人師曰我何國人尋於泗上欲搆伽藍因宿州民賀跋氏捨所居師曰此本爲佛宇令掘地果得古碑云香積寺即齊李龍建所刱又獲金像衆謂然燈如來師曰普光王佛也因以爲寺額景龍二年中宗遣使迎大師至輦轂深加禮異命住大薦福寺帝及百官咸稱弟子三年三月三日大師示滅○伽具牙切音茄

真僧法號號僧伽有時與我論三車問言誦呪幾千徧口道恒河沙復沙此僧本住南天竺爲法頭陀來此國戒得長天秋月明心如世上青蓮色意清淨貌稜稜亦不減亦不增瓶裏千年舍利（蕭本作鐵柱）骨手中萬歲胡孫藤嗟予落泊（蕭本作魄）江淮久罕遇真僧說空有一言懺（許本作散）盡波羅夷再禮渾除犯輕垢（三車謂羊車鹿車牛車也法華經長者告諸子言羊車鹿車牛車今在門外可以遊戲汝等於此火宅宜速出來註云羊車喻聲聞乘鹿車喻緣覺乘牛車喻菩薩乘俱以運載爲義方便設施舊說聲聞不能化他如羊不顧後羣故以羊車譬聲聞乘緣覺是法行人從他聞法少自推義多故以鹿車譬緣覺乘鹿不依人故也或云譬鹿猶有回顧之慈菩薩慈悲化物如牛之安忍運載故以牛車譬菩薩乘琦謂當是以三獸之力有大

小三車之所載有多寡喻三乘諸賢聖道力之淺深耳恒河西域中水名釋典謂西域香山頂上有無熱惱池四方流出四水其東方之水謂之殑伽河即恒河也廣四十里水中之沙微細如麪佛說法之處皆與此河相近故常取以爲喻云如恒河中所有沙數蓋言其數之極多非算數所能知者耳舊唐書天竺國即漢之身毒國或云婆羅門地也在葱嶺西北周三萬餘里其中分爲五天竺一曰中天竺二曰東天竺三曰南天竺四曰西天竺五曰北天竺地各數千里城邑數百南天竺際大海北天竺拒雪山四周有山爲壁南面一谷通爲國門東天竺東際大海與扶南林邑鄰接西天竺與罽賓波斯相接中天竺據四天竺之會其都城周圍七十餘里北臨禪連河云法苑珠林西云頭陀此云抖擻能行此法即能抖擻煩惱去離貪著如衣抖擻能去塵垢是故從喻爲名錦繡萬花谷頭陀梵語云杜多漢言抖擻謂三毒如塵坌真心此人能振擢除去故今訛稱頭陀陳永陽王解講疏戒與秋月共明禪與春池共潔華嚴經菩提心者猶如蓮花不染一切諸罪垢故僧肇維摩詰經註天竺有青蓮花其葉修而廣青白分明世說孫興

公見林公稜稜露其爽心經是諸法空相不生不滅不垢不淨不減不增魏書佛旣謝世香木焚尸靈骨分碎大小如粒擊之不壞焚亦不焦或有光明神驗胡言謂之舍利弟子收奉置之寶瓶竭香花致敬慕法苑珠林舍利者西域梵語此云骨身恐濫凡夫死人之骨故存梵本之名舍利有三種一是骨舍利其色白二是髮舍利其色黑三是肉舍利其色赤是佛舍利椎打不碎是弟子舍利椎擊便破矣楊齊賢曰胡孫藤乃藤杖手所執者後漢書西域傳清心釋累之訓空有兼遣之宗章懷太子註不執着爲空執着爲有兼遣謂不空不有虛實兩忘也鳩摩羅什維摩詰經註佛法有二種一者有二者空若常在有則累於想着若常在空則捨於善本若空有迭用則不設二過猶日月代明萬物以成胡三省通鑑註釋氏以面陳悔過爲懺波羅夷者華言棄謂犯此罪者永棄佛法邊外法苑珠林云波羅夷者此云極重罪是也輕垢罪者比重減輕一等凡玷汙淨行之類皆是據梵網經重戒有十犯者得波羅夷罪輕戒有四十八犯者爲輕垢罪廣川書跋僧伽傳蔣穎叔作其謂李太白嘗以詩與師論三車者誤也詩鄙近知非太白

所作世以昔人類在集中信而不疑且未嘗深求其言而知其不類予爲之校其年始知之太白死在代宗元年上距大足二年壬寅爲六十年而白生當景龍四年白生九歲固不與僧伽接然則其詩爲出於世俗而復不考歲月殆逞其服者托白以爲重而儒者信之又增異也○巉叉鑑切攙去聲

白雲歌送劉十六歸山

楚山秦山皆白雲白雲處處長隨君長隨君君入楚山裏雲亦隨君渡湘水湘水上女蘿衣白雲堪臥君早歸通鑑地理通釋湘水出全州淸湘縣陽朔山東入洞庭北至衡州衡陽縣入江楚辭被薜荔兮帶女蘿方弘靜曰太白賦新鶯百囀與白雲歌無咏物句自是天仙語他人稍有擬象卽屬凡辭

金陵歌送別范宣

石頭巉巖如虎踞凌波欲過滄江去鍾山龍盤走勢

來秀色橫分歷陽樹四十餘帝三百秋功名事跡隨東流白馬小兒誰家子泰清之歲來闕囚一作白馬金鞍誰家子吹唇虎嘯鳳凰樓金陵昔時何壯哉席卷英豪天下來冠蓋散爲烟霧盡金輿玉座成寒灰扣劍悲吟空咄嗟梁陳白骨亂如麻天子龍沉景陽井誰歌玉樹後庭花此地傷心不能道目一作日下離離長春草送爾長江萬里心他年來訪南山皓蕭本作老。張勃吳錄劉備曾使諸葛亮至京因覩秣陵山阜乃嘆曰鍾山龍蟠石頭虎踞帝王之宅也景定建康志石頭山在城西二里按輿地志環七里一百步緣大江南抵秦淮口去臺城九里自六朝以來皆守石頭以爲固以王公大臣領戍軍爲鎮其形勝蓋必爭之地也一統志石頭山在應天府西二里蜀漢諸葛亮云石頭虎踞是也陸放翁入蜀記望石頭山不甚高然峭立江中繚繞如垣牆凡舟皆由此下至建康故江左有變必先固守石頭真控扼要地也元和郡縣志鍾山在潤州上元縣西北十八里按輿地志古金陵山也邑縣之名由此而立吳大帝時蔣子文發神異於此封爲蔣侯改山曰蔣山宋復名鍾山江表上巳常游於此爲衆山之傑六朝事跡鍾阜圖經云在縣東北周迴六十里高一百五十八丈東連青龍山西臨青溪南自鍾浦下入秦淮北接雉亭山漢末秣陵尉蔣子文逐盜死於鍾山吳大帝爲立廟封曰蔣侯大帝祖諱鍾因改名曰蔣山按丹陽記云京師南北並連山嶺而蔣山岧嶤嶷異其形象龍實作揚都之鎮諸葛亮嘗至京觀秣陵山阜云鍾山龍蟠葢謂此也楊齊賢曰和州歷陽郡治歷陽縣建康圖經西至本府界十里自界首至和州八十三里從采石而濟葢南北往來要津又曰按紀年自孫權定都建鄴傳四主五十九年而晉并之元帝渡江傳十一主一百三年而宋代之宋傳八主六十年而齊代之齊傳七主二十四年而梁代之梁傳四主五十六年而陳代之陳傳五主三十三年而隋并之凡三十九主三百三十五年蕭士贇曰按史書自吳大

帝建都金陵後歷晉宋齊梁陳凡六代共三十九主此言四十餘帝者併其推尊者而混言之也自吳大帝黄武元年壬寅歲至陳禎明三年巳酉共三百六十八年吳亡後歇三十六年只三百三十二年此言三百秋者舉成數而言耳按六代建都之歲只三百三十二年楊氏於宋齊梁交代之歲各重數一年故讖爲三百三十五也白馬小兒謂侯景隋書大同中童謠曰青絲白馬壽陽來其後侯景破丹陽乘白馬以青絲爲羈勒梁書太清二年八月侯景舉兵反十月巳亥景自橫江濟於采石辛亥景師至京三年三月攻陷宮城南齊書元嘉七年太一在八宮關四惡歲南史侯景矯詔禪位將登太極殿醜徒數萬同共吹脣唱吼而上後漢書雷震四海席卷天下章懷太子註席卷言無餘也江淹恨賦褒金輿及玉乘謝莊孝武宣貴妃誄金釭曖兮玉座寒曹植酒賦或揚袂屢舞或扣劍清歌陳書後主閣兵至從宮人十餘出後堂景陽殿將自投於井袁憲侍側苦諫不從後閣舍人夏侯公韻又以身蔽井後主與爭久之方得入焉及夜爲隋軍所執六朝事跡景陽井臺城中景陽宮井也按南史隋克臺城陳後主與張麗華孔貴嬪

俱入井隋軍出之故杜牧之詩云三人出眢井謂此也其井有石欄上多題字舊傳云欄有石脉以帛拭之作臙脂痕或云石脉之色類臙脂故云陳書後主每引賓客對貴妃等游宴使諸貴人及女學士與狎客共賦新詩互相贈荅採其尤艶麗者以爲曲詞被以新聲選宫女有容色者以千百數令習而歌之分部迭進持以相樂其曲有玉樹後庭花臨春樂等大指所歸皆美張貴妃孔貴嬪之容色也其畧曰璧月夜夜滿瓊樹朝朝新通典玉樹後庭花堂堂黄鸝留金釵兩臂垂並陳後主所造恒與宫中女學士及朝臣相唱和爲詩太樂令何胥採其尤輕艶者以爲此曲南山皓謂漢之四皓四皓在秦時始入藍田山後又入地肺山漢時匿終南山終南山廣八百餘里横亘關中南面故亦謂之南山凡藍田地肺諸山亦南山之支脉矣四皓事詳後廿二卷註

笑歌行

笑矣乎笑矣乎君不見曲如鈎古人知爾封公侯君

不見直如絃古人知爾死道邊張儀所以只掉三寸舌蘇秦所以不墾二頃田後漢書順帝之末京師童謡曰直如絃死道邊曲如鉤反封侯後漢紀載此謡作曲如鉤封公侯漢書酈生一士伏軾掉三寸舌下齊七十餘城顏師古註掉搖也太白借用其語作張儀遊説事用史記蘇秦曰使我有洛陽負郭田二頃吾豈能佩六國相印乎○掉條上聲又去聲二音笑矣乎笑矣乎君不見滄浪老人歌一曲還道滄浪濯吾足平生不解謀此身虛作離騷遣人讀笑矣乎笑矣乎趙有豫讓楚屈平賣身買得千年名巢由洗耳有何益夷齊餓死終無成君愛身後名我愛眼前酒飲酒眼前樂虛名何處有男兒窮通當有時曲腰向君君不知猛虎不看機上肉洪爐不

屈平、漁父、豫讓、巢由，俱見前註。晉書張翰曰：使我有身後名，不如即時一杯酒。後漢書：鼓洪爐燎毛髮。史記：譬若錐之處囊中。

鑄囊中錐

笑矣乎，笑矣乎。甯武子，朱買臣，叩角行歌背負薪。今日逢君君不識，豈得不如佯狂人。

呂氏春秋：甯戚欲干齊桓公，窮困無以自進，於是爲商旅，將任車以至齊，暮宿於郭門之外。桓公郊迎客，夜開門，辟任車，爝火甚盛，從者甚衆。甯戚飯牛車下，望桓公而悲，擊牛角疾歌。桓公聞之，撫其僕之手曰：異哉之歌者，非常人也。命後車載之。桓公反至，從者以請。桓公賜之衣冠，見之。甯戚說桓公以治境內。明日復見，說桓公以爲天下。桓公大悅。此詩以甯戚爲甯武子，恐誤。然太平御覽尸子曰：鮑叔爲桓公祝曰：使臣無忘在莒時，管子無忘在魯時，甯武子無忘車下時。則前此已有稱甯戚爲甯武子者矣。豈武子是戚之字耶？晉書：或叩角以干齊。漢書：朱買臣家貧，好讀書，不治產業，常艾薪樵，賣以給食。擔束薪，行且讀書。其妻亦負戴相隨，數止買臣無歌嘔道中。買臣愈益疾歌，妻羞之，求去。買臣曰：我年五十當富貴

今已四十餘矣汝苦日久待我富貴報汝功妻恚怒曰如公等終餓死溝中耳何能富貴買臣不能留即聽去其後買臣獨行歌道中負薪墓間

悲歌行

悲來乎悲來乎主人有酒且莫斟聽我一曲悲來吟悲來不吟還不笑天下無人知我心君有數斗酒我有三尺琴琴鳴酒樂兩相得一杯不啻千鈞金博雅神農氏琴長三尺六寸六分說文鈞三十斤也悲來乎悲來乎天雖長地雖久金玉滿堂應不守富貴百年能幾何死生一度人皆有孤猿坐啼墳上月且須一盡杯中酒老子天長地久天地所以能長且久者以其不自生故能長生又老子金玉滿堂莫之能守悲來乎悲來乎鳳

鳥（蕭本作凰）不至河無圖微子去之箕子奴漢帝不憶李將軍楚王放却屈大夫悲來乎悲來乎秦家李斯早追悔虛名撥向身之外范子何曾愛五湖功成名遂身自退劍是一夫用書能知姓名惠施不肯干萬乘卜式未必窮一經還須黑頭取方伯莫謾白首爲儒生（李廣屈原李斯范蠡事俱見前註老子功成名遂身退天之道也史記項籍少時學書不成去學劍又不成項梁怒之籍曰書足以記名姓而已劍一人敵不足學呂氏春秋魏惠王謂惠子曰上世之有國必賢者也今寡人實不若先生願得傳國惠子辭王又固請曰寡人莫有之國於此者也而傳之賢者民之貪爭之心止矣欲先生之以此聽寡人也惠子曰若王之言則施不可而聽矣王固萬乘之主也以國與人猶尚可今施布衣也可以有萬乘之國而辭之此其止貪之心愈甚也漢書卜式河南人以田畜爲

事會渾邪等降縣官費衆倉府空貧民大徙皆仰給縣官無以盡贍式持錢二十萬與河南太守以給徙民上乃賜式外繇四百人式又盡復與官上乃名拜式爲郎中賜爵左庶長田十頃布告天下尊顯以風百姓試使治民拜緱氏令緱氏便之遷成皐令將漕最拜爲齊王太傅轉爲相會呂嘉反式上書願與子男及臨菑習弩博昌習船者請行死之以盡臣節上賢之賜式爵關内侯黄金四十斤田十頃元鼎中代石慶爲御史大夫明年當封禪式不習文章貶秩爲太子太傅以壽終漢書何武傳刺史古之方伯上所委任一州表率也○蘇東坡曰今太白集中有悲來乎笑矣乎及贈懷素草書數詩決非太白作蓋唐末五代間貫休齊巳輩詩也予舊在富陽見國清院太白詩絶凡近過彭澤唐興院又見太白詩亦非是良由太白豪俊語不甚擇集中往往有臨時率然之句故使妄庸敢爾若杜子美世豈復有僞撰者耶

李太白文集卷七

傳古樓景印

四部要籍選刊·集部

李太白文集

四

【唐】李白 撰
【清】王琦 注

浙江大學出版社

本册目録

卷之十四　古近體詩共二十六首

卷之十五　古近體詩共三十五首

卷之十六　古近體詩共二十一首

卷之十七　古近體詩共四十四首

卷之十八　古近體詩共三十五首

李太白文集卷之十三

錢塘　王琦琢崖輯註

緖端臣　思謙蘊山　較

古近體詩共二十五首

安陸白兆山桃花巖寄劉侍御綰一作春歸桃花巖貽許侍御

〇太平寰宇記白兆山在安州安陸縣西三十里一統志白兆山在德安府城西三十里下有桃花巖及李太白讀書堂〇綰烏板切彎上聲

雲臥三十年好閑復愛仙蓬壺雖冥絶鸞鳳心悠然歸來桃花巖得憩雲窻眠一作幼采紫房談早愛滄溟仙心跡頗相誤世事空徂遷歸來丹巖曲得憩青霞眠對嶺人共語飲潭猿相連時昇翠微

上邈若羅浮巔兩岑抱東壑一嶂橫西天樹雜日易隱崖傾月難圓芳草换野色飛蘿摇春烟入遠構石室選幽開山田獨此林下意杳無區中緣永辭霜臺一作繡衣客千載方來旋

鮑照詩雲臥恣天行拾遺記蓬壺蓬萊也埤雅猿不踐土好上茂木渴則接臂而飲爾雅翼猿好攀援其飲水輒自高崖或大木上纍纍相接下飲飲畢復相收而上翠微者山未及頂上而在旁坡陀之處詳見十卷註太平寰宇記廣州增城縣東有羅浮山浮水出焉是爲浮山與羅山並體故曰羅浮非羽化莫有登其極者嶮尖之峯四百四十有二同歸於羅山上則三峯爭竦各五六千仞其穴冥然莫測其極北通句曲之山茅君內傳云第七洞名朱明耀真之天瓊房瑶室七十有二峴崿穹窿自然雲竦爾雅山小而高岑邢昺疏山形雖小而高嶔崟者名岑也韻會嶂山峯如屏障者謝靈運詩緬邈區中緣張鳳翼註區中世間也緣塵緣也霜臺御史臺也詳十一卷註

淮南臥病書懷寄蜀中趙徵君蕤 唐書地理志淮南道壽州壽春郡本淮南郡天寶元年更名唐書藝文志趙蕤字太賓梓州人開元中名之不赴有長短要術十卷北夢瑣言趙蕤者梓州鹽亭人博學韜鈐長於經世夫妻俱有節操不受交辟撰長短經十卷王霸之道見行於世四川志趙蕤鹽亭人隱於梓州郪縣長平山安昌巖博考六經諸家同異著長短經十卷明王霸大畧其文亦申鑒論衡之流凡六十三篇又註闗朗易傳明皇屢徵之不就李白嘗造其廬訪焉

吳會一浮雲，飄如遠行客。一作萬里無主人一身獨爲客功業莫從就，歲光屢奔迫。良圖俄棄捐，衰疾乃綿劇。古琴藏虛匣，長劍挂空壁。楚懷奏鍾儀，越吟比莊舄。二句一作臥來恨已久興發思逾積又蕭本上句作楚冠懷鍾儀國門遥天外，鄉路遠山隔。朝憶相如臺夜夢子雲宅旅情初結緝一作如結骨秋氣方寂歷風入松下清露出草間白故人不可見幽夢誰與適一作故人不在此而我誰與適寄書西飛鴻贈爾慰離析魏文帝詩西北有浮雲亭亭如車蓋惜哉時不遇適與飄風會吹我東南行行行至吳會潘岳詩人居天地間飄飄若遠行客左傳晉侯觀於軍府見鍾儀問之曰南冠而縶者誰也有司對曰鄭人所獻楚囚也使稅之問其族對曰泠人也公曰能樂乎對曰先父之職官也敢有二事使與之琴操南音范文子曰樂操土風不忘舊也杜預註南音楚聲王粲登樓賦莊舄顯而越吟詳見九卷贈崔侍御詩註初學記王褒益州記曰司馬相如宅在州西笮橋北百步許李膺云市橋西二百步得相如舊宅今海安寺南有琴臺故墟太平寰宇記益部耆舊傳云相如宅在少城中笮橋下北百餘步是也有琴臺在焉今為金花寺成都志相如琴臺在城外浣花溪之海安寺南今為金花寺元魏伐蜀下營於此掘塹得大甕二十餘口蓋所以響琴也

太平御覽成都記曰成都縣南百步有揚雄宅今草玄亭遺跡尚存太平寰宇記子雲宅在益州少城西南角一名草玄堂一統志揚雄宅在成都府城內西南內有草玄堂及墨池今成都縣治卽其地也江淹詩寂歷百草晦李善註寂歷凋疎貌謝靈運詩路阻莫贈問云何慰離析何晏論語註不可聚會曰離析

寄弄月溪吳山人

嘗聞龐德公家住洞蕭本作洞湖水終身栖鹿門不入襄陽市夫君弄明月滅影淸淮裏高蹤邈難追可與古人比淸揚杳莫覿白雲空望美待號辭人間攜手訪松子

後漢書龐公者南郡襄陽人也居峴山之南未嘗入城府夫妻相敬如賓荆州刺史劉表數延請不能屈乃就候之後攜其妻子登鹿門山因採藥不反章懷太子註襄陽記曰司馬德操年小德公十歲兄事之呼作龐公故俗人謂龐公是德公名非也鹿門山舊名蘇嶺山建武中襄陽侯習郁立神祠於

山刻二石鹿夾神道口俗因謂之鹿門廟遂以廟名山也洞湖事無所考證孟浩然詩亦有聞就龐公隱移居近洞湖之句按酈道元水經註蔡洲大岸西有洄湖停水數十畝長數里廣減百步水色常綠楊儀居上洄楊顒居下洄與蔡洲相對在峴山南廣昌里云云與後漢書峴山之南相合豈洞湖卽洄湖之訛與然道元不言洞湖爲德公所居而以魚梁洲爲德公所居則又未敢據也謝靈運山居賦廣滅影於崆峒許遁音於箕山傳咸詩豈不企高蹤麟趾邈難追詩國風有美一人清揚婉兮毛萇傳清揚眉目之間松子赤松子也詳見六卷註又抱朴子赤松子以玄蟲血漬玉爲水而服之能乘烟上下真誥我之所師南岳松子松子爲太虛真人左仙公

秋山寄衞尉張卿及王徵君衞尉卿見九卷註

何以折相贈白花青桂枝月華若夜雪見此令人思雖然剡溪興不異山陰時明發懷二子空吟招隱詩

沈約詩月華臨靜夜夜靜滅氛埃晉書王徽之嘗居山陰夜雪初霽月色清朗四望浩然獨酌酒咏左思招隱詩忽憶戴逵逵時在剡便夜乘小船詣之經宿方至造門不前而反人問其故徽之曰本乘興而來興盡而返何必見安道耶明發猶明早也詳見二卷註

望終南山寄紫閣隱者史記正義括地志云終南山一名中南山一名太乙山一名南山一名橘山一名楚山一名秦山一名周南山一名地肺山在雍州萬年縣南五十里圖書編終南乃關中南山西起隴鳳東踰商洛綿亘千里有餘其南北亦然隨地異名總言之則曰南山耳西安志紫閣峰乃終南山之一峰也詳見五卷註

出門見南山引領意無限秀色難爲名蒼翠日在眼有時白雲起天際自舒卷心中與之然託興每不淺何當造幽人滅跡棲絕巘後漢書昔人之隱遭時則放聲滅跡巢棲茹薇張協

七命發絶巘迎長風張銑註絶巘高峰也○巘語蹇切年上聲

夕霽杜陵登樓寄韋繇 元和郡縣志杜陵在京兆府萬年縣東南二十里胡三省通鑑註自漢宣帝起杜陵邑至後漢爲縣屬京兆隋遷京城并杜陵入大興縣唐改大興曰萬年

浮陽滅霽景萬物生秋容登樓送遠目伏檻觀群峰原野曠超緬關河紛錯蕭本作雜重清暉映竹日一作水竹翠色明雲松蹈海寄遐想還山迷舊蹤徒然迫晚暮未果諧心胷結桂空佇立折麻恨莫從一作採菊竟誰舉游蘭恨莫從思君達永夜長樂聞疎鐘張協詩浮陽映翠林呂向註浮陽日光也謝靈運詩浮陽滅清暉楚辭坐堂伏檻臨曲池些王逸註檻楯也鮑照詩綺肴紛錯重楚辭結桂枝兮延佇王逸註

延長也佇立也結木爲誓長立而望也楚辭折疏麻兮瑶花將以遺兮離居謝靈運詩行觴奏悲歌永夜繼白日徐陵玉臺新咏序厭長樂之疎鐘三輔黄圖長樂宫本秦之興樂宫也高皇帝始居櫟陽七年長樂宫成從居長安城三輔舊事宫殿疏皆云興樂宫秦始皇造漢修飾之周迴二十里

秋夜宿龍門香山寺奉寄王方城十七丈奉國瑩蕭本作營上人從弟幼成令問河南通志龍門山在河南府城西南三十里兩山對峙東曰香山西曰龍門石壁峭立伊水出其間故又名伊闕左氏傳晉趙鞅納王使女寬守闕塞服虔謂南山伊闕是也杜預註洛陽西南伊闕口也而今謂龍門矣壁間石佛大小數百皆後魏及唐時所鑿香山寺在龍門山上後魏時建白居易修香山寺記洛陽四郊山水之勝龍門首焉龍門十寺游觀之勝香山首焉唐山南東道之唐州有方城縣

朝發汝海東暮棲龍門中水寒夕波急木落秋山空

望極九霄迥賞幽萬壑通目皓沙上月心清松下（一作裏）風玉斗横（一作生）網戶銀河耿花宮興在趣方逸歡餘情未終（一作咫尺世喧隔微冥真理融）鳳駕憶王子虎溪懷遠公桂枝坐蕭瑟（一作銷歇）棣華不復同流恨（一作淚）寄伊水盈盈焉可窮

劉琨詩朝發廣莫門暮宿丹水山枚乘七發南望荆山北望汝海李善註汝海大言之也郭璞山海經註汝水出南陽魯陽縣大孟山東北至河南梁縣東南經襄城潁川汝南至汝陰褒信縣入淮梁簡文帝詩夕波照孤月九霄卽九天也詳見明堂賦註玉斗卽北斗色明朗如玉故曰玉斗網戶門扉上刻爲方目如羅網狀若今之隔亮也楚辭網戶朱綴刻方連些詳見明堂賦註初學記天河亦曰銀河謝脁詩秋河曙耿耿呂延濟註耿耿明淨也花宮佛寺也佛說法處天雨衆花故詩人以佛寺爲花宮何遜詩鳳駕啟千群王子謂仙人王子喬一統志虎溪在九江府城南晉僧惠遠送客過此虎輒

鳴號因名道書以虎溪山爲七十二福地之一鮑照詩容華坐消歇棣華詳見七卷註王子以喻王方城遠公以比國瑩上人棣華謂幼成令問二弟水經註伊水出南陽縣西蔓渠山東北過伊闕中又東北至洛陽縣南北入於洛元和郡縣志伊闕山在河南府伊闕縣北四十五里兩山相對望之若闕伊水流其間故名古詩盈盈一水間脉脉不得語

春日獨坐寄鄭明府

燕麥青青遊子悲河堤弱柳鬱金枝長條一拂春風去盡日飄揚無定時我在河南別離久那堪對此當蕭本作坐此對窗牖情人道來竟不來何人共醉新豐酒邢昺爾雅疏蘥一名雀麥一名燕麥本草云生故墟野林下苗似小麥而弱實似穬麥而細在處有之本草綱目燕麥野麥也燕雀所食故名宗奭曰苗與麥同但穗細長而疎唐劉夢得所謂菟葵燕麥搖蕩春風者

也河堤弱柳鬱金枝言弱柳之枝似鬱金之黄也本草鬱金生蜀地及西戎苗似薑黄花白質紅末秋出莖心而無實其根黄赤梁元帝詩試酌新豐酒遥勸陽臺人

寄淮南友人

紅顔悲舊國青歲歇芳洲不待金門詔空持寶劍游海雲迷驛道江月隱鄉樓復作淮南客因逢桂樹留陳子昂春臺引遲美人兮不見恐青歲之還遒楊齊賢曰青歲猶青春也漢書東方朔傳待詔金門稍得親近三輔黄圖東方朔主父偃嚴安徐樂皆待詔金馬門淮南王招隱士詞桂樹叢生兮山之幽攀援桂樹兮聊淹留

沙邱城下寄杜甫楊齊賢曰趙有沙邱宫在鉅鹿此沙邱當在魯琦按在鉅鹿者乃沙邱臺趙於其地作宫故有沙邱宫非沙邱城也太平寰宇記萊州掖縣有沙邱城殷

紂所築始皇崩處夫紂所築始皇崩處古今皆指在鉅鹿者是不云在萊州樂史所証亦誤據此詩而約其地當與汶水相近唐書杜甫字子美襄陽人少貧不自振客吳越齊趙間李邕奇其才先往見之舉進士不中第困長安天寶十三載玄宗朝獻太清宮饗廟及郊甫奏賦三篇帝奇之使待制集賢院權河西尉不拜改右衛率府胄曹參軍至德二年拜右拾遺出爲華州司戶參軍嚴武節度劍南東西川表爲參謀檢校工部員外郎

我來竟何事高臥沙邱城城邊有古樹日夕連秋聲

魯酒不可醉齊歌空復情思君若汶水浩蕩寄南征

莊子魯酒薄而邯鄲圍謝朓詩嬋娟空復情一統志汶水其源有三一發泰山之旁仙臺嶺一發萊蕪縣原山之陽一發萊蕪縣寨子村至泰安州靜封鎮合焉名曰塹汶西南流與徂徠山之陽小汶河合又西南流注洸河入濟按水經有五汶北汶嬴汶柴汶浯汶牟汶名雖有五而其流則同

聞丹邱子於城北山（蕭本缺山字）營石門幽居中有高鳳遺跡僕離群遠懷亦有棲遁之志因敘舊以寄之

春華（一作天）滄江月秋色碧海雲離居盈寒暑對此長思君思君楚水南望君淮山北夢魂雖飛來會面不可得疇昔在嵩陽同衾臥羲皇綠蘿笑簪紱丹壑賤巖廊晚途各分析乘興任所適僕在雁門關君爲峨嵋客心懸萬里外影滯兩鄉隔長劍復歸來相逢洛陽陌陌上何喧喧都令心意煩迷津覺路失託勢隨風翻以茲謝朝列長嘯歸故園（古詩同心而離居憂傷以終老禮記子疇

昔之夜鄭玄註嚋發聲也昔猶前也嵩陽嵩山之陽羲皇猶云自謂是羲皇上人鮑照詩姸容逐丹壑漢書游於巖廊之上文頴曰巖廊殿下小屋也晉灼曰廊堂邊廡巖廊謂巖峻之廊也韻會巖廊殿旁高廡也太平寰宇記雁門關在忻州東南六十里屬天池縣雁門鄉其關東臨汾水西倚高山接嵐朔州一統志雁門關在山西馬邑縣東南七十里東西山巖峭拔中有路盤旋崎嶇絶頂置關南通代州元和郡縣志峨眉山在嘉州峨眉縣西七里蜀都賦云抗峨眉於重阻兩山相對望之如峨眉故名此山亦有洞天石室高七十六里吳均詩陌上何喧喧匈奴圍塞垣謝靈運詩脱冠謝朝列潘岳詩長嘯歸東山

故園恣閑逸求古散縹帙久欲入一作尋名山婚娶殊未畢人生信多故世事豈惟一念此憂如焚悵然若有失聞君卧石門宿昔契彌敦方從桂樹隱不羨桃花源高風繆本作鳳起遐曠幽人跡復存松風清瑤瑟溪月

湛芳樽安居偶佳賞丹心期此論徐陵玉臺新詠序開茲縹帙散此緗編後漢書向長字子平隱居不仕建武中男女娶嫁旣畢敕斷家事勿相關當如我死於是遂肆意與同好北海禽慶俱游五岳名山不知所終沈約詩早欲尋名山期待婚嫁畢謝靈運詩中飲顧宿心悵焉若有失淮南王招隱士桂樹叢生兮山之幽桃花源見二卷註劉孝綽詩華茵藉初卉芳樽散緒寒○湛林減切饞上聲澄也又直禁切沈去聲投物水中也又子禁切音浸浸也

淮陰書懷寄王宋城一作宗城繆本作宗成○唐書地理志淮南道楚州淮陰郡有淮陰縣河南道宋州睢陽郡有宋城縣

沙墩至梁苑二十五長亭大舶夾雙艣中流鵝鸛鳴

雲天掃空碧川岳涵餘清飛鳧從西來適與佳興并

眷言王喬舄婉孌故人情復此親懿會而增交道榮

沿洄且不定飄忽悵徂征暝投淮陰宿欣得漂母迎斗酒烹黃雞一餐感素誠予爲楚壯士不是魯諸生有德必報之千金恥爲輕緬書羈孤意遠寄棹歌聲

按通典宋城縣即漢睢陽縣其地有漢梁孝王兎園平臺雁鶩池長亭即斥堠也古制十里一長亭二十五長亭則二百五十里矣唐書釋音舶大舟艫與櫓同鵝鸛鳴謂舟人喧聒有似鵝鸛之聲耳王喬鳬詳見十一卷註後漢書婉孌龍姿章懷太子註婉孌猶親愛也謝莊月賦親懿莫從李善註親懿懿親也左氏傳富辰曰兄弟雖有小忿不廢懿親杜預曰懿美也沿逆流而上也洄順流而下也陸機詩駕言遠徂征漂母事已見六卷註琦按太白因在淮陰故用淮陰古事爲喻所謂楚壯士者正指韓信而言楊氏以淮陰侯傳中辱信少年當之未是史記叔孫通使徵魯諸生三十餘人謝莊月賦羈孤遞進李善註羈孤羈客孤子也西京賦縱棹歌李善註棹歌引棹而歌也○舶音白孌音戀

聞王昌齡左遷龍標遥有此寄 唐書王昌齡字少伯江寧人第進士補校書郎又中宏辭遷汜水尉不護細行貶龍標尉以世亂還鄉里爲刺史閭邱曉所殺昌齡工詩緒密而思清時謂王江寧云漢書周昌傳吾極知其左遷顔師古註是時尊右而卑左故謂貶秩位爲左遷唐書地理志黔中道敘州潭陽郡有龍標縣

楊花落盡一作揚州花落子規啼聞道龍標過五溪我寄愁心與明月隨風繆本作君直到夜郎西 通典五溪一辰溪二酉溪三巫溪四武溪五沅溪今黔中道謂之五溪又云五溪中地歸漢以後列代開拓今播州涪川夜郎義泉龍溪溱溪等郡地

寄王屋山人孟大融 河南通志王屋山在懷慶府濟源縣西北九十里接山西平陽府垣曲縣及澤州陽城縣界山有三重其狀如屋或曰以其山形如王者車蓋故名

或曰山空其中列仙居之其內廣闊如王者之宮也其絶頂曰天壇山峰突兀即濟水發源處常有雲氣覆之輪囷紛郁雷雨在其下相傳古仙靈朝會之所其東峰曰日精其西峰曰月華道書謂之淸虛小有洞天唐司馬承禎修道於此

我昔東海上勞山湌紫霞親見安期公食棗大如瓜中年謁漢主不愜還歸家朱顏謝春暉白髮見生涯所期就金液飛步登雲車願隨夫子天壇上閑與仙人掃落花

太平寰宇記萊州即墨縣有大勞山小勞山按郡國志云吳王夫差登之得靈寶度人經晏謨齊記云太山雖言高不如東海勞昔鄭康成領徒於此山高二十五里周迴八十里在縣東南三十八里山東通志勞山在萊州府即墨縣東南六十里海濵山有二其一高大曰大勞山其一差小曰小勞山二山相聯又名牢盛山秦始皇登牢盛山望蓬萊即此處顔延年詩本自餐霞人李周翰註餐霞

仙者之流真誥九華真妃曰日者霞之實霞者日之精君惟聞服日之法未知餐霞之精也夫餐霞之經甚秘致霞之道甚易此謂體生玉光霞映上清之法也史記李少君曰臣常游海上見安期生安期生食巨棗大如瓜抱朴子金液太乙所服而仙者也合之用古秤黃金一斤并用玄明龍膏太乙旬首中石冰石紫游女玄水液金化石丹砂封之百日成水眞經云金液入口則其身皆金色郭璞詩翹手攀金梯飛步登玉闕洛神賦載雲車之容裔劉良註神以雲爲車

憶舊遊寄譙郡元參軍

唐時所稱譙郡即亳州也隸河南道

憶昔洛陽董糟邱爲余天津橋南造酒樓黃金白璧買歌笑一醉累月輕王侯海內賢豪青雲客就中與君一作與君一見心莫逆迴山轉海不作難傾情倒意無所惜天津橋在河南縣北洛水上詳見二卷註蜀都賦樂飲今夕一醉累月莊子子桑戶孟子反子琴張

三人相與爲友曰孰能相與於無相與相爲於無相爲孰能登天游霧撓挑無極相忘以生無所終窮三人相視而笑莫逆於心遂相與友我向淮南攀桂枝君留洛北愁夢思不忍别還相隨相隨迢迢訪仙城三十六曲水迴縈一溪初入千花明萬壑度盡松風聲銀鞍金絡到平地蕭本作倒漢東太守來相迎紫陽之真人邀我吹玉笙飡霞樓上動仙樂嘈然宛似鸞鳳鳴袖長管催欲輕舉漢中太守醉起舞一作漢東太守醻歌舞手持錦袍覆我身我醉横眠枕其股當筵意氣凌九霄星離雨散不終朝分飛楚關山水遥余旣還山尋故巢君亦歸家度渭橋淮南王招隱士攀援桂枝兮聊淹留李善文選註凡草木花實榮茂謂之明枝葉凋傷謂

之晦辛延年詩銀鞍何煜爚陌上桑古辭驄馬金絡頭唐時漢東郡卽隨州也隷山南東道漢中郡卽梁州也本名漢川天寶元年始更名漢中隷山南西道紫陽先生於隨州苦竹院置飡霞樓詳見三十卷紫陽碑銘毛萇詩傳自旦及食時爲終朝史記索隱渭橋有三所一在城西北咸陽路曰西渭橋一在東北高陵路曰東渭橋其中渭橋在故城之北君家嚴君勇貔虎作尹并州遏戎虜五月相呼渡太行摧輪不道羊腸苦行來北涼當作京歲月深感君貴義輕黃金瓊杯綺食青玉案使我醉飽無歸心時時出向城西曲晉祠流水如碧玉浮舟弄水簫鼓鳴微波龍鱗莎草綠興來攜妓恣經過其若楊花似雪何紅一作鮮粧欲醉宜斜日一作如花落百尺清潭寫翠娥翠娥嬋娟初月輝美人更唱舞羅

衣清風吹歌入空去歌曲自繞行雲飛周易家人有嚴君焉父母之謂也書牧誓勗哉夫子尚桓桓如虎如貔如熊如羆於商郊陸璣詩疏貔似虎或曰似熊一名執夷一名白狐其子爲縠遼東人謂之白羆唐書百官志開元十一年太原府置尹及少尹以尹爲留守少尹爲副留守舊唐書開元十一年改并州爲太原府史記正義括地志云太行山在懷州河內縣北二十五里有羊腸坂又云羊腸坂道在太行山上南口懷州北口潞州李善文選註羊腸其山盤紆如羊腸魏武帝詩北上太行山艱哉何巍巍羊腸坂詰屈車輪爲之摧北涼即張掖郡按漢武帝始置張掖郡魏晉時隸涼州及沮渠蒙遜立國於此號爲北涼以涼州五郡張掖在其北也唐時爲甘州又謂之張掖郡然上文言并州太行下文言晉祠中間忽言北涼不合當是北京之訛耳蓋天寶之初號太原爲北京也張衡詩何以報之青玉案李善註玉案君所憑依劉良註玉案美器可以致食楊升菴曰古詩青玉案即盤也今以爲桌非矣孟光舉案即舉盤也若桌安事舉乎琦按周禮玉人案有十二寸史記高祖過趙趙王自持

案進食萬石君對案不食皆指柈禁之類而言不謂几案也元和郡縣志晉祠一名王祠周唐叔虞祠也在太原府晉陽縣西南十二里山西通志唐叔虞祠在太原府太原縣西南十里懸甕山之麓乃晉水發源處今謂之晉祠叔虞始受封爲唐侯後改國號曰晉祠亦以名魏地形志云晉陽有晉王祠即此水經註山海經曰懸甕之山晉水出焉今在縣之西南昔智伯之遏晉水以灌晉陽其川上泝後人踵其遺跡蓄以爲沼沼西際山枕水有唐叔虞祠水側有凉堂結飛梁於水上左右雜樹交蔭希見曦景至有淫朋密友羈游宦子莫不尋梁契集用相娛慰於晉川之中最爲勝處漢武帝秋風辭簫鼓鳴兮發棹歌潘岳詩濫泉龍鱗瀾埤雅夫須莎草也可以爲笠又可以爲簑踈而無温故字從沙廣韻嬋娟好姿態貌高唐賦更唱迭和赴曲隨流列子秦青撫節悲歌聲振林木響遏行雲。貔音近皮

此時行一作歡樂難再遇西遊因獻長楊賦北闕青雲不可期東山白首一作髮還歸去渭橋南頭一作渭水橋南一作渦水橋南一遇君

鄧臺之北又離群問余別恨今（蕭作作知）多少落花春暮

爭紛紛（一作鶯飛求友滿芳樹落花送客何紛紛）言（一作情）亦不可盡情（一作

帝）亦不可及呼兒長跪緘此辭寄君千里遙相憶（揚雄

從成帝至射熊館還上長楊賦詳見一卷大獵賦註漢書蕭何治未央宫立東闕北闕顏師古註未央殿雖南嚮而上書奏事謁見之徒皆詣北闕公車司馬亦在北焉是以北闕爲正門陶潛詩帝鄉不可期太平寰宇記鄧縣漢縣屬沛郡古今地名即鄧亭是也輿地志云魏以鄧縣屬譙郡漢封蕭何爲鄧侯茂陵書云何封國在南陽姚崇曰兩縣同作鄧字南陽鄧音贊沛郡鄧音嵯班固泗水亭高祖碑云文昌四友漢有蕭何序功第一受封於鄧以韻而言則非南陽者音贊也錦繡萬花谷鄧有二縣音字多亂其屬沛郡者音嵯屬南陽者音贊此所云鄧臺者屬於譙郡當作嵯音讀○唐仲言曰歷敘舊游之事凡合而離者四焉在洛則我就君遊適淮則君隨我往并州戎馬之地而攜妓相過西遊落魄之餘而不忘晤對敘

事四轉語若貫珠絶非初唐牽合之比

月夜江行寄崔員外宗之崔宗之事見十卷註

飄颻蕭本作飄飄江風起蕭颯海樹秋登艫美清夜挂席移輕舟月隨碧山轉水合青天流杳如一作然星河上但覺雲林幽歸路方浩浩徂川去悠悠徒悲蕙草歇復聽菱歌愁岸曲迷後浦沙明瞰前洲懷君不可見望遠增離憂江總詩海樹一邊出鮑照詩登艫眺淮甸李善註李斐曰艫船前頭刺櫂處也謝靈運詩挂席拾海月廣韻瞰視也楚辭思公子兮徒離憂○瞰音勘

宿白鷺洲寄楊江寧太平御覽丹陽記曰白鷺洲在縣西三里隔江中心南邊新林浦西邊白鷺洲洲上多聚白鷺因名之唐書地理志江南東道有上元縣本江寧縣

肅宗上元二年更名上元隷昇州江寧郡

朝别朱雀門暮棲白鷺洲波一作沙光摇海月星影入城樓望美金陵宰如思瓊樹憂徒令魂作蕭本作入夢翻覺夜成秋緑水解人意爲余西北流因聲玉琴裏蕩漾寄君愁六朝事跡晉咸康二年作朱雀門新立朱雀浮航在縣城東南四里對朱雀門南渡淮水亦名朱雀橋地志云朱雀門北對吴都城宣陽門相去六里又云朱雀門晉都城南門也按晉作新宫立三門於南面正中曰宣陽與朱雀門相對吴均詩思君甚瓊樹不見方離憂

新林浦阻風寄友人一作金陵阻風雪書懷寄楊江寧○景定建康志新林浦在城西南二十里闊三丈深一丈長十二里源出牛頭山西七里入大江秋夏勝五十石舟春冬涸一統志新林浦在應天府西南二十里一名新林港

潮水定可信天風難與期清晨西北轉薄暮東南吹以此難挂席佳期益相思一本作洄沿頗淹遲其下又多使索金陵書又叩賢宰知絃歌止過客惠化聞京師四句海月破圓一作團景菰蔣生綠池昨日北湖梅開花已滿枝一作昨日北湖花初開未滿枝今朝一作看白蕭本作東門柳夾道垂青絲歲物忽如此我來定一作復幾時紛紛江上雪草草客中悲明發新林一作板橋浦空吟謝脁詩潮水晝夜再來其大小早晏依期而至不爽時刻故人謂之潮信藝文類聚日將暮曰薄暮謝靈運詩挂席拾海月楚辭與佳期兮夕張謝靈運詩圓景早已滿梁書濱中並饒菰蔣爾雅翼菰者蔣草也生水中葉如蔗荻江東人呼爲茭草刈以飼馬甚肥其苗有莖梗者謂之菰蔣至秋則爲菰米徐爰釋問晉大興三年始創北湖築長堤以壅北山之水東自覆舟山西至宣武城六里宋元嘉中有黑龍

見因改名元武湖江南通志元武湖在江寧府太平門外一名蔣陵湖晉元帝始名北湖宋文帝改名習武湖元嘉中又名元武湖白門柳詳見四卷楊叛兒註庾信詩岸柳被青絲詩小雅勞人草草毛傳云草草勞心也謝朓有之宣城出新林浦向板橋浦詩

寄韋南陵冰余江上乘輿訪之遇尋顏尚書笑有此贈唐時江南西道有南陵縣隸宣州宣城郡唐書肅宗即位顏真卿拜工部尚書兼御史大夫乾元二年拜浙西節度使

南船正東風北船來自緩江上相逢借問君語笑一作聲未了風吹斷聞君攜妓訪情人應爲尚書不顧身堂上三千珠履客甕中百斛金陵春恨我阻此樂淹留楚一作此江濱月色醉遠客山花開欲燃春風狂殺

人一日劇三年乘興嫌太遲焚却子猷船夢見五柳枝已堪挂馬鞭何日到彭澤長（一作狂）歌陶令前（身猶我也）

魏晉後多自稱曰身史記春申君客三千餘人其上客皆躡珠履金陵春酒名也唐人名酒多以春杜子美詩云聞道雲安麴米春韓退之詩且須勤買拋青春劉夢得詩鸚鵡杯中若下春白樂天詩註云杭州釀酒趁梨花時熟號爲梨花春國史補云酒則有滎陽之土窟春富平之石凍春劍南之燒春裴鉶傳奇有松醪春之類詩國風一日不見如三歲兮王子猷乘船訪戴安道陶淵明宅邊有五柳樹及爲彭澤令俱已見前註

題情深樹寄象公

腸斷枝上猿淚添山下樽白雲（蕭本作虎誤）見我去亦爲我飛翻（格物論猿性急而腸狹哀鳴則腸俱斷而死）

北山獨酌寄韋六

巢父將許由未聞買山隱道存跡自高何憚去人近紛吾下兹嶺地閑諠亦泯門横群岫開水鑿泉泉引屏高而在雲竇深莫能準川光晝昏凝林氣夕凄緊於焉摘朱果兼得養玄牝坐月觀寶書拂霜弄瑶軫傾壺事幽酌顧影還獨盡念君風塵遊傲爾令自哂

一作安知世世上人名利空蠢蠢○韻會將與也偕也世説支道林就深公買印山深公曰未聞巢由買山而隱南史劉虬以江陵西沙洲去人遠乃徙居之説文岫山穴也殷仲文詩風物自凄緊朱果謂果中之朱色者耳蕭註以爲火棗異名未是老子谷神不死是謂玄牝玄牝之門是爲天地根河上公註玄天也在人爲鼻牡地也於人爲口夫五炁從鼻歸五臟出入於口也江淹詩寶書爲君掩李善註道學傳曰夏

禹擬真靈之玄要集天官之寶書李周翰註寶書真經也琴下繫絃之柱謂之軫或以玉之故曰瑶軫陶潛詩傾壺絕餘瀝又飲酒詩序偶有名酒無夕不歡顧影獨盡忽焉復醉○岫音就

寄當塗趙少府炎　當塗少府俱見八卷註

晚登高樓望木落雙江清寒山饒積翠秀色連州城目送楚雲盡心悲胡雁聲相思不可見迴首故人情

寄東魯二稚子　在金陵作

吳地桑葉綠吳蠶已三眠我家寄東魯誰種龜陰田春事已不及江行復茫然南風吹歸心飛墮酒樓前樓東一株桃枝葉拂青烟此樹我所種别來向三年桃今與樓齊我行尚未旋嬌女字平陽折花倚桃邊

折花不見我淚下如流泉小兒名伯禽與姐亦齊肩雙行桃樹下撫背復誰憐念此失次第肝腸日憂煎裂素寫遠意因之汶陽川蠶將蛻輒臥不食古人謂之俯荀卿蠶賦三俯三起事乃大已是也後人謂之眠本草蠶三眠三起二十七日而老是也水經註龜山北即龜陰之田也春秋定公十年齊人來歸龜陰之田是也太平廣記李白自幼好酒於兗州習業平居多飲又於任城縣搆酒樓日與同志荒晏客至少有醒時邑人皆以白重名望其里而加敬焉劉琨詩據鞍長嘆息淚下如流泉劉楨詩起坐失次第一日三四遷鄭康成禮記註素生帛也顏師古急就篇註素謂絹之精白者即所用寫書之素也汶水已見本卷註

獨酌清溪江似鈌一祖字石上寄權昭夷清溪江祖石俱在池州註見八卷秋浦歌下

我攜一樽酒獨上江祖石自從天地開更長幾千尺
舉杯向天笑天迴日西照永願蕭本作穎坐此石長垂嚴
陵釣寄謝山中人可與爾同調蘇武詩我有一尊酒欲以贈遠人嚴陵釣臺詳見二卷註

禪房懷友人岑倫

太白自註南游羅浮兼泛桂海自春徂秋不返僕旅江外書情寄之○一統志羅浮山在廣東惠州府博羅縣西北三十里即道書十大洞天之一昔有山浮海而來博於羅山合而爲一故曰羅浮又曰博羅南越志山高三千六百丈周迴三百餘里嶺十五峯三十二其峯之秀者曰飛雲玉鵝麻姑仙女會真會仙錦繡玳瑁洞之幽者曰金沙石白朱明黃龍朱陵黃猿水簾蝴蝶大小二石樓登之可望滄海樓前一石門方廣可容几席二山相接處有石磴狀如橋梁名曰鐵橋橋端兩石柱亦曰鐵柱人跡罕到又有跳魚石

伏虎石阿耨池夜樂池桌錫泉皆茲山之奇勝
唐六典註桂水出桂州臨源縣歷昭富梧三州界入鬱水江淹詩文軫薄桂海李善註南海有桂故曰桂海是以南海爲桂海太白所云桂海雖襲其文而實則指桂州之桂水也亦猶枚乘七發稱汝水爲汝海其義一也

嬋娟羅浮月搖艷桂水雲美人竟獨往而我安能群一朝語笑隔萬里懽情分沉吟綵霞沒夢寐群繆本作瓊芳歇歸鴻度三湘遊子在百越蕭本作粵邊塵染衣劍白日凋華髮春氣蕭本作風變楚關秋聲落吳山草木結悲緒風沙凄苦顏凋來已永久頹思如循環飄飄一作飄颻限江裔想像空留滯離憂每醉心別淚徒盈袂坐愁青天末出望黃雲蔽目極何悠悠梅花南嶺頭空長

滅征鳥水闊無還舟寶劍終難託金囊非易求歸來儻有問桂樹山之幽

廣韻嬋娟好恣態貌三湘見一卷悲清秋賦註通典自嶺而南當唐虞三代爲蠻夷之國是百越之地亦謂之南越古謂之雕題漢書高帝紀從百粤之兵服虔註非一種若今言百蠻也謝靈運詩覽物起悲緒何遜行經孫氏陵詩揭來已永久年代曖微微蜀都賦始而揭來相與劉淵林註揭去也韻會揭去也又發語辭長門賦遂頹思而就牀李善註頹懷也淮南子注喙江裔高誘註裔邊也漢書太史公留滯周南不得與從事楚辭思公子兮徒離憂詩國風行邁靡靡中心如醉鮑照詩安能行嘆復坐愁楚辭目極千里兮傷春心南嶺卽大庾嶺在廣東南雄府其上多梅亦曰梅嶺史記高祖使陸賈賜尉陀印爲南越王尉陀賜陸生橐中裝直千金宋之問詩不求漢使金囊贈蓋用其事也淮南王招隱士桂樹叢生兮山之幽〇揭邱謁切音近揭

李太白文集卷十三

李太白文集卷之十四

錢塘　王琦琢崖輯註

濟　魯川較

古近體詩共二十六首

廬山謠寄盧侍御虛舟

太平寰宇記廬山在江州南高三千三百六十丈周迴二百五十里其山九疊川亦九派郡國志云廬山疊嶂九層崇巖萬仞山海經所謂三天子鄣亦曰天子都也周武王時匡俗字子孝兄弟七人皆有道術結廬於此仙去空廬尚存故曰廬山李華三賢論范陽盧虛舟幼真質方而清賈至有授盧虛舟殿中侍御史制云勑大理司直盧虛舟閑邪存誠遯世頤養操持有清廉之譽在公推幹蠱之才可殿中侍御史云云殆其人也

我本楚狂人鳳歌笑(一作哭非)孔丘手持綠玉杖(一作枝)朝別黃鶴樓五岳尋仙不辭遠一生好入名山游廬山秀出南斗傍屏風九疊雲錦張影落明湖青黛光金闕前開二峯長(繆本作帳)銀河倒挂(一作瀉)三石梁香爐瀑布遥相望迴崖沓嶂凌(一作何繆本作崚)蒼蒼翠影紅霞映朝日(一作照千里)鳥飛不到吳天長登高壯觀天地間大江茫茫去不還黃雲萬里動風色白波九道流雪山好爲廬山謠興因廬山發閑窺石鏡清我心謝公行處蒼苔沒(一作綠蘿開處懸明月)早服還丹無世情琴心三疊道初成遥見仙人綵雲裏手把芙蓉朝玉京先期汗

漫九垓上願接盧敖遊太清高士傳陸通字接輿楚人也好養性躬耕以爲食楚昭王時通見楚政無常乃佯狂不仕時人謂之楚狂孔子適楚接輿游其門曰鳳兮鳳兮何如德之衰也來世不可待往世不可追也天下有道聖人成焉天下無道聖人生焉方今之時僅免刑焉福輕乎羽莫之知載禍重乎地莫之知避巳乎巳乎臨人以德殆乎殆乎畫地而趨迷陽迷陽無傷吾行却曲却曲無傷吾足山木自寇也膏火自煎也桂可食故伐之漆可用故割之人皆知有用之用而不知無用之用也孔子下車欲與之言趨而避之不得與之言楚王聞陸通賢遣使者持金百鎰車馬二駟往聘曰王請先生治江南通笑而不應使者去夫負釜甑妻戴紝器變名易姓游諸名山食桂櫨實服黄精子隱蜀峨眉山壽數百年俗傳以爲仙云湖廣通志黄鶴樓在武昌府城西南隅黄鶴磯上周省齋曰宋陳令舉廬山記舊志云漢武帝過九江築羽章館於屏風疊下臨相思澗今五老一峯疊石如屏嶂蓋其故地水經註廬山之北有石門水水出嶺端有雙石高竦其狀若門因有石門之目焉水導雙石之中懸流飛瀑

近三百步許散漫數十步上望之連天若曳飛練於霄中矣尋陽記曰廬山上有三石梁長數十丈廣不盈尺杳然無底查悔餘曰元李洞言三石梁在開先寺西黎崱言在五老峰上或云在簡寂觀及上霄紫霄二峰間桑喬廬山紀事則竟以爲無如竹林之幻境衆說紛然莫知所指今三疊泉在九疊屏之左水勢三折而下如銀河之挂石梁與太白詩句正相脗合非此外别有三石梁也後人必欲求其地以實之失之鑿矣釋慧遠廬山記其山大嶺凡七重圓基周迴垂五百里其南嶺臨宫亭湖下有神廟七嶺會同莫有升之者東南有香爐峰游氣籠其上氤氲若香烟西南有石門山其形似雙闕壁立千餘仞而瀑布流焉其中鳥獸草木之美靈藥芳林之奇所稱名代楊齊賢曰廬山記山南山北瀑布無慮十餘處香爐峯與雙劍峰在瀑布之旁水源在山頂人未有窮者或曰西入康王谷爲水簾東爲開元禪院之瀑布楊烱詩重巖窅不極疊嶂凌蒼蒼尚書九江孔殷孔安國註江於此州界分爲九道尚書音釋九江潯陽記云一曰烏白江二曰蜯江三曰烏江四曰嘉靡江五曰畎江六曰源江七曰廪江八曰提江九曰箘江張

須元緣江圖云一曰三里江二曰五州江三曰嘉靡江四曰烏土江五曰白蚌江六曰白烏江七曰箘江八曰沙堤江九曰廩江參差隨水長短或百里或五十里始於鄂陵終於江口會於桑落洲太康地記曰九江劉歆以爲湖漢九水入彭蠡澤也太平寰宇記潯陽記云九江在潯陽去州五里名白馬江是大禹所疏會於桑落洲上下三百餘里合流昔秦皇漢武並登廬山以望九江也琦按太史公曰予南登廬山觀禹疏九江淮南子曰禹鑿江而通九路應劭曰江自尋陽分爲九郭璞江賦曰流九派於尋陽自西漢迄東晉皆言大江至尋陽分爲九江尋陽記緣江圖又備列其名而朱子九江辯獨闢之不從其說林少穎曰九江之名與地勢久遠不可强通然各自別源而下流入江則可以意臆也當由水道通塞離合古今各異之故斯言當矣藝文類聚宫亭湖邊旁山間有石數枚形圓若鏡明可以鑑人謂之石鏡太平寰宇記石鏡在東山懸崖之上其狀團圓近之則照見形影一統志石鏡峰在南康府西二十六里有一員石懸崖明浄照人見影隱見無時謝靈運詩攀崖照石鏡卽此謝靈運有登廬山絶頂望諸嶠詩抱朴子

還丹服一刀圭百日仙也朱鳥鳳凰翔覆其上玉女至旁廣弘明集燒丹成水銀還水銀成丹故曰還丹黃庭內景經琴心三疊舞胎仙梁邱子註琴和也疊積也存三丹田使和積如一枕中書元始天王在天中心之上名曰玉京山山中宮殿並金玉飾之淮南子盧敖遊於北海經乎太陰入乎玄闕至於蒙穀之上見一士焉深目而玄鬢淚注而鳶肩豐上而殺下軒軒然方迎風而舞顧見盧敖慢然下其臂遯逃乎碑下盧敖就而視之方倦龜殼而食蛤梨盧敖與之語曰惟敖爲背群離黨窮觀於六合之外者非敖而已乎敖幼而好遊至長不渝周行四極惟北陰之未闚今卒覩夫子於是子殆可與敖爲友乎若士者齤然而笑曰吾與汗漫期於九垓之外吾不可以久駐若士舉臂而竦身遂入雲中高誘註盧敖燕人秦始皇名以爲博士使求神仙亡而不反汗漫不可知之也九垓九天之外○瀑音僕

下尋陽城汎彭蠡寄黃判官　唐時潯陽郡即江州也隸江南西道

元和郡縣志彭蠡湖在江州都昌縣西六十里

按彭蠡湖今江西之鄱陽湖是也在南昌府城

東北一百五十里饒州府城西四十里南康府城東五里九江府城東南九十里四州諸水皆入焉周圍四百五十里春水漲時茫無涯畔足配洞庭又北歷星子都昌德化湖口注於大江

浪動灌嬰井尋陽一作吾知江上風開帆入天鏡直向彭湖東落影轉疎雨晴雲散遠空名山發佳興三句一作返影照疎雨輕烟澹遠空中流得佳興清賞亦何窮石鏡挂遙月香爐滅彩虹一作瀑布洒青壁遥山挂彩虹相思俱對此舉目與君同元和郡縣志江州城古之湓口城也漢高帝六年灌嬰所築建安中孫權經此城自標井地令工掘之正得古井銘曰漢六年潁陰侯開卜云三百年當塞塞後不滿百年當爲應運者所開權以爲巳瑞井極深大江中風浪井水輒自動陸放翁入蜀記泛彭蠡口四望無際乃知太白開帆入天鏡之句爲妙彭湖卽彭蠡湖也石鏡香爐俱見上首註

書情寄從弟邠州長史昭 唐書地理志關內道邠州新平郡義寧二年折北地郡之新平三水置邠故作豳開元十三年以字類幽改長史詳見七卷註

自笑客行久我行定幾時綠楊已可折攀取最長枝翩翩 一作翻翻 弄春色延佇寄相思誰言貴此物意願 一作厚 重瓊蕤昨夢見惠連朝吟謝公詩東風引碧草不覺生華池臨玩忽云夕杜鵑夜鳴悲懷君芳歲歇庭樹落紅滋 楚辭結幽蘭以延佇延佇長立也陸機詩玉顏侔瓊蕤張銑註瓊蕤玉花也鍾嶸詩品謝氏家錄云康樂每對惠連輒得佳語後在永嘉西堂思詩竟日不就寤寐間忽見惠連即得池塘生春草故常云此詩有神助非吾語也楚辭蛙黽遊乎華池王逸註華池芳華之池也埤雅杜鵑一名子規苦啼啼血不止一名怨鳥夜啼達旦血漬草木凡鳴皆北向啼苦則倒懸於樹說文所謂蜀王望帝化爲

子巂今謂之子規是也華陽風俗錄杜鵑大如鵲而羽烏聲哀而吻有血春至則鳴臨海異物志杜鵑至三月鳴晝夜不止芳歲猶芳春也鮑照詩泉涸甘井竭節徙芳歲殘

寄王漢陽 唐時江南西道有漢陽縣隸沔州漢陽郡

南湖秋月白王宰夜相邀錦帳郎官醉羅衣舞女嬌繆本作驕笛聲喧沔鄂歌曲上雲霄别後空愁我相思一水遥 此詩是泛沔州城南郎官湖之後所作王宰謂漢陽令王公郎官謂尚書郎張謂詳見二十卷詩序後漢書郎官上應列宿出宰百里唐之沔州郎漢陽郡今爲漢陽府唐之鄂州郎江夏郡今爲武昌府二郡相對中間隔江七里

春日歸山寄孟浩然 繆本作孟六浩然○胡震亨曰玩詩意乃偕一顯者游禪寺和詩疑題有誤琦按孟六浩然恐是孟贊府之訛

朱紱遺塵境，青山謁梵筵。金繩開覺路，寶筏度迷川。嶺樹攢飛栱，嵒花覆谷泉。塔形標海日，蕭本作月。樓勢出江烟。香氣三天下，鐘聲萬壑連。荷秋珠已滿，松密益初圓。鳥聚疑聞法，龍參若護禪。媿非流水韻，叨入伯牙絃。

朱紱詳見十一卷註。陳子昂詩：山水開精舍，琴歌列梵筵。法華經：國名離垢，琉璃爲地，有八交道，黄金爲繩，以界其側。法苑珠林：涉迷津於曩識，微塵之數易窮；逐覺路於初心，僧祇之期難滿。翻譯名義：功德施論云：如欲濟川，先應取筏，至彼岸已，舍之而去。韻會：筏，說文：海中大船。廣韻：大曰筏，小曰桴。方言：簰謂之筏，編竹木浮河以運物，南土名簰，北土名筏。三天，卽三界也，謂欲界、色界、無色界。玉策記：千歲松四邊披起，上秋不長，望而視之，有如偃蓋。法苑珠林：舍衛國祇樹精舍衆集之時，獼猴飛鳥群類數千，悉來聽法，寂寞無聲，事竟卽去，各還所止，揵椎適鳴，已復來集。呂氏春秋：伯牙鼓琴，鍾子期聽之，志在流水鍾子期曰善哉乎鼓琴湯湯乎若流水駱賓王詩成風郢匠斲流水伯牙絃○瀛奎律髓云太白負不羈之才樂府大篇翕忽變化而律詩工夫縝密如此與杜審言宋之問相伯仲別有贈浩然詩曰醉月頻中聖迷花不事君雖飄逸不如此詩之端整

流夜郎永華寺寄潯陽群官

朝别凌烟樓暝投永華寺賢豪滿行舟賓散予獨醉
繆本作朝别凌烟樓賢豪滿行舟暝投永華寺賓散余獨醉

願結九江流添成萬行淚寫意寄廬岳何當來此地天命有所懸安得苦愁思
凌烟樓宋臨川王造鮑照凌烟樓銘序云伏見所製凌烟樓樓置崇迴延瞰平寂郎秀神皋因基地勢東臨吳甸西眺楚闗奔江永寫鱗嶺相葺重樹穹天通原盡目九江已見本卷註滙方生詩彭蠡紀三江盧岳岳主衆阜呂氏春秋晏子曰鹿生於山命懸於廚今嬰之命有所懸矣

流夜郎至西塞驛寄裴隱西塞驛當在西塞山邊元和郡縣志西塞山在鄂州武昌縣東八十五里太平御覽江夏風俗記曰西塞山高一百六十丈周迴三十七里峻崿橫江危峯斷岸長波阻以東注高浪爲之西翻袤宏東征賦云沿西塞之之峻崿是也

揚帆借天風水驛苦不緩平明及西塞已先投沙伴
迴巒引群峯橫蹙楚山斷砯衝萬壑會震沓百川滿
龍怪潛溟波侯許本作俟時救炎旱我行望雷雨安得霑
枯散鳥去天路長人愁繆本作悲春光短空將澤畔吟寄
爾江南管裴隱疑亦當時逐臣故用賈誼投沙事謝靈運詩投沙理既迫詳見十卷贈崔秋浦詩註廣韻砯水擊山巖聲也國語水之怪曰龍罔象韋昭註龍神獸也非常所見故曰怪曹植詩天路安可窮楚辭屈原既放游於江潭行吟澤畔顏色憔悴形容枯槁謝朓詩要取洛陽人共命江南管○砯披

冰切音烹

自漢陽病酒歸寄王明府

去歲左遷夜郎道琉璃硯水長枯槁今年勅放巫山陽蛟龍筆翰生輝光聖主還聽子虛賦相如却欲蕭本作與論文章願掃鸚鵡洲與君醉百場嘯起白雲飛七澤歌吟淥水動三湘莫惜連船沽美酒千金一擲買春芳史記周昌傳高祖曰吾極知其左遷索隱曰地道尊右右賢左賤故謂貶秩爲左遷演繁露古人得罪下遷者皆曰左遷太白無官而用左遷字蓋借作竄逐字用史記通夜郎道爲置吏甚易徐陵玉臺新詠序琉璃硯匣終日隨身通典夔州巫山縣有巫山及高邱山即楚辭所謂巫山之陽高邱之岨也史記蜀人楊得意爲狗監侍上上讀子虛賦而善之曰朕獨不得與此人同時哉得意曰臣邑人司馬相

如自言爲此賦上驚乃召問相如相如曰有是然此乃諸侯之事未足觀也請爲天子游獵賦賦成奏之上許令尚書給筆札相如以子虛虛言也爲楚稱烏有先生者烏有此事也爲齊難無是公者無是人也明天子之義故空藉此三人爲辭以推天子諸侯之苑囿其卒章歸之於節儉因以諷諫奏之天子天子大說太平御覽江夏記曰鸚鵡洲在荆北黃祖爲江夏太守賓客大會有獻鸚鵡於此洲者故以爲名荆州記曰江夏郡城西臨江有黃鶴磯有鸚鵡洲七澤見七卷註三湘見一卷註

望漢陽柳色寄王宰

漢陽江上柳望客引東枝樹樹花如雪紛紛亂若絲春風傳我意草木度前知一作別前知一作發前墀寄謝絃歌宰西來定未遲沈約詩楊柳亂如絲綺羅不自持

江夏寄漢陽輔錄事錄事詳見十一卷註

誰道此水廣狹如一匹練江夏黄鶴樓青山漢陽縣大語猶可聞故人難可見君草陳琳檄我書魯連箭報國有壯心龍顔不迴眷西飛精衛鳥東海何由填鼓角徒悲鳴樓船習征戰抽劍步霜月夜行空庭徧長呼結浮雲埋没顧榮扇他日觀軍容投壺接高宴

楊齊賢曰唐鄂州江夏郡治江夏縣黄鶴樓在郡城之東南與漢陽縣大别山相望止隔一水陸放翁入蜀記鄂州西與漢陽相對止隔一水人物草木可數三國志太祖以陳琳阮瑀爲司空軍謀祭酒管記室軍國書檄多琳瑀所作戰國策燕將攻聊城人或讒之燕將懼誅遂保守聊城不敢歸田單攻之歲餘士卒多死而聊城不下魯連乃爲書約之矢以射城中遺燕將燕將因罷兵倒鬭而去故解齊國之危救百姓之死仲連之説也精衛啣西山木石以填東海詳見一卷大鵬賦註唐六典凡諸道行軍皆給鼓角通

典軍城及野營行軍在外日出日沒時撾鼓千搥三百三十三搥爲一通鼓音止角音動吹十二聲爲一疊角音止鼓音動如此三角三鼓而昏明畢史記樓船十萬師應劭曰作大船船上施樓故曰樓船晉書陳敏率萬餘人將與甘卓戰未獲濟顧榮以白羽扇揮之敏衆潰散後漢書祭遵爲將軍取士皆用儒術對酒設樂必雅歌投壺

早春寄王漢陽

聞道春還未相識走傍寒梅訪消息昨夜東風入武昌（一作陽）陌頭楊柳黃金色碧水浩浩雲茫茫美人不來空斷腸預拂青山一片石與君連日醉壺觴

江上寄巴東故人（唐時巴東郡卽歸州也隸山南東道）

漢水波浪遠巫山雲雨飛東風吹客夢西落此中時

覺後思白帝佳人與我違瞿塘饒賈客音信莫令希漢水巫山白帝瞿塘俱見前註楊齊賢曰白帝城在夔州瞿塘關山上下瞰灩澦堆一統志白帝城在四川夔州府治東公孫述據蜀自稱白帝更號魚復曰白帝城

江上寄元六林宗

霜落江始寒楓葉綠未脫客行悲清秋永路苦不達滄波眇川汜白日隱天末停棹依林巒驚猿相叫聒夜分河漢轉起視溟漲闊凉風何蕭蕭流水鳴活活浦沙淨如洗海月明可掇蘭交空懷思瓊樹詎解渴勗哉滄洲心歲晚庶不奪幽賞頗自得興遠與誰豁陸雲詩永路隔萬里爾雅水決復入爲汜邢昺疏凡水決之岐流復還大水者名汜說文汜水別復入水

也一曰汜窮瀆也江淹詩白日隱寒樹謝莊月賦氣霽地表雲斂天末曹植上責躬應詔詩表夜分而寢張銑註夜分夜半時也謝靈運詩溟漲無端倪詩國風北流活活廣韻活活水流聲韻會浦水濱也風土記云大水有小口别通曰浦魏武帝詩明明如月如何可掇李善註掇拾取也李嶠詩桂友尋東閣蘭交聚北堂李陵詩思得瓊樹枝以解長渴飢○汜音祀活音括

寄從弟宣州長史昭

爾佐宣城蕭本作州郡守官清且閑常誇雲月好邀我敬亭山五落洞庭葉三江游未還相思不可見嘆息損朱顏唐官制每州有長史一人位在别駕之下司馬之上乃太守之佐職也宣州又謂之宣城郡隸江南西道唐書宣州宣城縣有敬亭山楚辭洞庭波兮木葉下水經註巴陵城跨岡嶺濵阻三江巴陵西對長洲其洲南廨湘浦北對大江故曰三江也三水所會亦或謂之三江口矣一統志三江在岳州府城

下岷江爲西江澧江爲中江湘江爲南江皆會於此故名

涇溪東亭寄鄭少府諤　一統志賞溪在寧國府涇縣西一名涇溪源出石埭支流出太平縣流至涇縣南陵宣城踰蕪湖入於江○涇音京

我遊東亭不見君沙上行將白鷺群白鷺閑蕭本作行時散飛去又如雪點青山雲欲往涇溪不辭遠龍門蹙波虎眼轉杜鵑花開春已闌歸向陵陽釣魚晚江南通志龍門山在寧國府太平縣西北四十里林麓幽深巖壁峭拔中有石竇若門産茶及諸藥草虎眼轉謂水波旋轉有光相映若虎眼之光劉禹錫詩汴水東流虎眼文是也杜鵑花一名紅躑躅一名山石榴一名映山紅處處山谷有之高二三尺春時蘂葉齊出一枝數萼花色紅麗二三月中徧滿山谷爛然若火入夏方歇韻會闌晚也太平寰宇記陵陽山在涇縣西南百三十里石埭縣北三里按輿地志陵陽令竇子

明於溪側釣魚一日釣得白龍子明懼而放之又數年釣得一白魚剖其腹中乃有書教子明服餌之術三年後白龍來迎子明遂得上昇溪環遶山足今有仙壇祭醮不絶

宣城蕭本作州九日聞崔四侍御與宇文太守遊敬亭余時登響山不同此賞醉後寄崔侍御二首

潛確居類書響山在宣城縣當鰲峯之前兩崖對峙下瞰響潭潭上有釣臺

九日茱萸熟插鬢傷早白登高望山海滿目悲古昔遠訪投沙人因爲逃名客故交竟誰在獨有崔亭伯重陽不相知載酒任所適手持一枝菊調笑二千石日暮岸幘歸傳呼隘阡陌彤襜雙白鹿賓從何輝赫夫子在其間遂成雲霄隔良辰與美景兩地方虛擲

晩從南峰歸蘿月下水壁却登郡樓望松色寒轉碧

咫尺一作望美不可親棄我如遺舄藝文類聚風土記曰茱萸椴也九月九日熟色赤可採時也太平御覽風土記曰九月九日律中無射而數九俗尚此日以茱萸氣烈成熟可折其房以插頭言辟惡氣而禦初寒按沙用賈誼論長沙事以論崔四侍御見十卷贈崔秋浦註後漢書崔駰字亭伯涿郡平安人博學有偉才盡通古今訓詁百家之言善屬文少游太學與班固傅毅同時齊名晉書劉隗岸幘大言意氣自若胡三省曰岸幘幘微脫額也毛詩正義以幃障車之旁如裳爲容飾故或謂之幃裳或謂之童容其上有蓋四旁垂而下謂之幨章懷太子後漢書註襜帷也車上施帷以屏蔽者白帖刺史形幨皂蓋朱幡謝承後漢書鄭弘爲臨淮太守行春有兩白鹿隨車夾轂而行謝靈運詩序天下良辰美景賞心樂事四者難并盧照鄰五悲文蕭月寡色風泉罷聲古詩不念攜手好棄我如遺跡

其二

九卿天上落五馬道傍來列戟朱門曉褰帷碧帳繆本作幛開登高望遠海名客得英才紫綬繆本作絲誤歡情洽黃花逸興催山從圖上見溪卽一作向鏡中迴遙羨重陽作應過戲馬臺周弘正詩將軍天上落童子棄繻來五馬太守事詳見六卷註舊唐書唐制三品以上門皆列棨戟後漢書賈琮爲冀州刺史舊典傳車驂駕垂赤帷裳迎於州界及琮之部升車言曰刺史當遠視廣聽糾察美惡何有反垂帷裳以自掩塞乎乃命御者褰之百僚聞風自然竦震唐制二品三品得服紫綬詳見五卷註太平寰宇記戲馬臺在彭城縣南三里項羽所築戲馬於此宋武北征至彭城遣長史王虞等立第舍於項羽戲馬臺起齋作閣橋度池重九日公引賓佐登此臺令將佐百僚賦詩以觀志作者百餘人獨謝靈運詩最工云季秋邊朔苦旅雁違霜雪淒淒陽卉腓皎皎寒潭絜良辰感聖心雲旗興暮節鳴笳戾朱宮蘭巵獻時哲餞宴光有孚和樂隆所缺云云太白詩意葢謂崔侍

御重陽之作過於謝公戲馬臺之詩也

寄崔待御

宛溪霜夜聽猿愁去國長如繆本作爲不繫舟獨憐一雁飛南海却羨雙溪解北流高人屢解陳蕃榻過客難登謝朓樓蕭本作舟此處别離同落葉明朝分散敬亭秋

宛溪在寧國府城東雙溪以二水合流而名環遶寧國府城而北去敬亭山在寧國府城北俱見前註賈誼服賦汜兮若不繫之舟江南通志謝公樓在寧國府城内郡治之後因山爲基即謝朓爲宣城太守時之高齋地一名北樓唐咸通間刺史獨孤霖改建易名疊嶂樓後漢書徐穉傳陳蕃爲太守以禮請署功曹穉不就之既謁而退蕃在郡不接賓客惟穉來特設一榻去則懸之

涇溪南藍山下有落星潭可以卜築余泊舟石

上寄何判官昌浩

江南通志涇溪在寧國府涇縣西南一里一名賞溪其源有三一出石埭縣舒姑泉一出太平黄山一出績溪下有賞溪橋沙堤其西爲新河藍山在涇縣西五十里高千仞李白詩藍岑聳天壁突兀如鯨額卽此落星潭在涇縣西五十里藍山下晋有陳霸兄弟捕魚於此見一星落潭中故名

藍岑聳繆本作竦天壁突兀如鯨額奔蹙横澄潭勢吞落星石沙帶秋月明水摇寒山碧佳境宜緩棹清輝能留客恨君阻歡游使我自驚惕所期俱卜築結茅鍊金液宋之問詩崖口衆山斷嶔崟聳天壁木華海賦横海之鯨突杌孤游李善註突杌高貌謝靈運詩山水含清暉清暉能娛人鮑照詩結茅野中宿鍊金液詳見十三卷寄王屋山人孟大融註

早過漆林渡寄萬巨

西經大藍山南來漆林渡水色倒空青林烟横積素漏流昔吞翕沓浪競奔注潭落天上星龍開水中霧嶢繆本作巉巖注公柵突兀陳焦墓嶺峭紛上千川明屢迴顧因思萬夫子解渴同瓊樹何日覩清光相歡詠佳句落星潭見上首註胡震亨曰注公疑是左公隋末左難當築城柵拒輔公祏於涇與大藍山近江南通志晉陳焦墓在涇縣五城山左三國志永安四年安吳民陳焦埋之六日更生穿土中出按安吳縣名舊屬宣城郡隋時併入涇縣子虛賦交錯糾紛上干青雲宋之問詩放溜覿前潋連山紛上干李陵詩思得瓊樹枝以解長渴飢

遊敬亭寄崔侍御一作登古城望府中奉寄崔侍御

我家敬亭下輒繼謝公作一作我登謝公樓輒繼敬亭作相去數百

年風期宛如昨登高素秋月一作高城素秋日下望青山郭俯視鴛鷺群一作府中鴻鷺群飲啄自鳴躍夫子雖蹭蹬瑶臺雪中鶴獨立窺浮雲其心在寥廓時來一顧我笑飯葵與藿一作時來顧我笑一飯與葵藿世路如秋風相逢盡蕭索腰間玉具劍意許無遺諾一作願爲經冬柏不逐天霜落又玉具劍繆本作玉巨劍壯士不可輕一作疎相期在一作隨集雲閣元和郡縣志敬亭山在宣州宣城縣北十二里卽謝朓賦詩之所朓詩云茲山亘百里合沓與雲齊隱淪旣已託靈異居然棲上干蔽白日下屬帶回谿交藤荒且蔓樛枝聳復低云云韻會蹭蹬困頓也漢書焦明已翔於寥廓顔師古註寥廓天上寬廣之處李善文選註寥廓高遠也陸機詩取笑葵與藿魏文帝詩秋風蕭瑟天氣凉漢書賜以玉具劍孟康註標首鐔衞盡用玉爲之顔師古註鐔劍口旁橫出者也衞劍鼻也意許無遺諾用延陵

季子事已見十二卷註十六國春秋振纓雲閣耀價連城梁元帝與蕭挹書握蘭雲閣解紱龍樓雲閣猶雲臺也

三山望金陵寄殷淑太平寰宇記三山在昇州江寧縣西南五十七里周回四里其山孤絕面東西絕大江輿地志云其山積石濵於大江有三峰南北接故曰三山舊為吳津所謝玄暉晚登三山還望京邑詩云灞涘望長安河陽視京縣白日麗飛甍參差皆可見餘霞散成綺澄江靜如練即此地也

三山懷謝朓水澹一作綠水望長安燕沒河陽縣秋江正北看盧龍霜氣冷鳷鵲月光寒耿耿憶瓊樹天涯寄一歡太平寰宇記盧龍山在昇州上元縣西北二十里周迴五里西臨大江按舊經晉元帝初渡江北地盡為虜寇所有以其山連石頭為固關塞以盧龍名焉六朝事跡盧龍山圖經云在城西北十六里

周迴五里高三十六丈東有水下注平陸西臨大江舊經云晉元帝初渡江到此見嶺山連緜接石頭城真江上之關塞似北地盧龍因以爲名一統志獅子山在應天府西二十里與馬鞍山接晉元帝初渡江見此山綿連以擬北地盧龍山故易名盧龍山鳩鵲樓名詳見八卷永王東巡歌註瓊樹已見前二首註

自金陵泝流過白壁山翫月達天門寄句容王主簿

江南通志白壁山在太平府城北三十里有三峰中峰最峻赤壁在其北一統志無白壁山而有白壁水葢字誤也太平府志白壁山一名石壁在郡治北二十五里化洽鄉濱江三峰中拔起如至有石似龜狀俗名龜山傳言上有白玉采之者衆遂絶李白與崔宗之乘舟月夜自金陵泝流過白壁山玩月白衣宫錦袍坐舟中兩岸觀者如堵白笑傲自若旁若無人今按白詩秋月照白壁皓如山陰雪十字殆不可方真與會所到也一統志天門山在太平府城西南三十里二山夾大江東曰北望西曰梁山對峙如門亦名蛾眉山又曰東梁山西梁山

唐書地理志江南東道昇州江寧郡有句容縣唐制每縣設主簿一人九品官京縣則二人八品官

滄江泝流歸白壁見秋月秋月照白壁皓如山陰雪幽人停宵征賈客忘早發進帆天門山迴首牛渚沒川長信風來日出宿霧歇故人在咫尺新賞成胡越寄君青蘭花惠好庶不絕

廣韻泝逆流而上也世說王子猷居山陰夜大雪眠覺開室命酌酒四望皎然詩國風肅肅宵征一統志牛渚山在太平府城北二十五里下有磯曰牛渚磯去采石磯近一里舊爲險要備禦之地亦名燃犀浦鮑照詩洲迴風正悲江寒霧未歇陶弘景荅謝中書書曉霧將歇猿鳥亂鳴胡地在北越地在南成胡越蓋言其隔遠而不能相見之意後漢紀形神不接雖兄弟親戚可仝之於吳越

寄上吴王三首　按唐書吴王祗太宗第三子吴王恪之孫張掖郡王琨之子襲封嗣吴王出爲東平太守安禄山反河南陳留滎陽靈昌相繼陷祗募兵拒戰𤣥宗壯之累遷陳留太守持節河南道節度採訪使歷太僕宗正卿其爲廬江太守無考蓋史失載也

淮王愛八公攜手緑雲中小子忝枝葉亦攀丹桂叢謬以詞賦重而將枚馬同何日背淮水東之觀土風

神仙傳淮南王劉安好方術之士於是有八公詣門皆鬚眉皓白門吏先密以白王王使閽人自以意難問之曰我王上欲求延年長生不老之道今先生年已耆矣似無駐衰之術八公笑曰聞王尊禮賢士故遠致其身何以年老而逆見嫌耶王必若見年少則謂之有道皓首則謂之庸叟薄吾老今則少矣言未竟八公皆變爲童子年可十四五角髻青絲色如桃花門吏大驚走以白王王聞之足不履洗而迎登思仙之臺執弟子之禮北面叩首八童子乃復爲老人後雷被伍被誣告稱安謀反天子使宗正持節治之

八公曰可以去矣即白日升天八公與安所踏山石皆陷成跡左傳公族公室之枝葉也楊齊賢曰太白興聖皇帝九世孫與唐同出故云忝枝葉淮南王招隱士攀援桂枝兮聊淹留沈約詩岸側青莎被巖間丹桂叢南方草木狀桂有三種葉如柏葉皮赤者爲丹桂葉似柹葉者爲菌桂葉似枇杷葉者爲牡桂鄒陽諫吳王書臣所以歷數王之朝背淮千里而自致者非惡臣國而樂吳民也竊高下風之行尤說大王之義

其二

坐嘯廬江靜閑聞進玉觴去時無一物東壁挂胡牀

後漢書南陽太守成瑨委公曹岑晊郡爲謡曰南陽太守岑公孝弘農成瑨但坐嘯唐廬江郡即廬州也隸淮南道傅毅舞賦溢金罍而列玉觴李善註玉觴玉爵也三國志註魏畧曰裴潛爲兖州時嘗作一胡牀及其去也留以挂柱

其三

英明廬江守聲譽廣平籍灑掃繆本作掃灑黃金臺招邀青雲客客曾與天通出入清禁中襄王憐宋玉願入蘭臺宮謝朓詩廣平聽方籍李善註王隱晉書曰郭袤曰賢叔大匠渾垂稱於平陽魏郡蒙惠化且盧子家王子邕繼踵此郡欲使世不乏賢故復相屈在郡先以德化善為條教百姓愛之上谷郡圖經黃金臺在易水東南十八里燕昭王置千金於臺上以延天下之士三輔黃圖漢宮中謂之禁中謂宮中門閤有禁非侍衛通籍之臣不得妄入宋玉風賦楚襄王游於蘭臺之宮宋玉景差侍

李太白文集卷十四

李太白文集卷之十五

錢塘　王琦琢崖輯註

燧葆光　復曾宗武　較

古近體詩共三十五首

秋日魯郡堯祠亭上宴別杜補闕范侍御 唐時魯郡即兖州也隸河南道元和郡縣志堯祠在兖州瑕邱縣南七里洙水之右通典武太后垂拱中置補闕拾遺二官以掌供奉諷諫自開元以來尤爲清選唐書百官志門下省有左補闕六人中書省有右補闕六人從七品酉陽雜俎衆言李白惟戲杜考功飯顆山頭之句成式偶見李白祠亭上宴別杜考功詩今錄首尾曰我覺秋興逸誰言秋興悲山將落日去水共晴空宜烟歸碧海夕雁度青天時相失各萬里茫然空爾思琦按成式此則謂杜考功即子美也然子美

未嘗爲考功且與太白同游時尚爲布衣未登仕籍而詩題又徵有不同疑成式所見另是一本

我覺秋興逸，誰云秋興悲。山將落日去，水與晴空宜。魯酒白玉壺，送行駐金羈。歇鞍憩古木，解帶挂横枝。歌鼓川上亭，曲度神飆吹。雲歸碧海夕，雁没青天時。相失各萬里，茫然空爾思。一本無歌鼓川上亭二句其下增入南歌憶郢客東囀見齊姬清波忽淡蕩白雪紛逶迤一隔范杜遊此歡各棄遺三韻○潘岳秋興賦善乎宋玉之言曰悲哉秋之爲氣也蕭瑟兮草木摇落而變衰憀慄兮若在遠行登山臨水送將歸曹植詩白馬飾金羈後漢書多聚聲樂曲度比諸郊廟章懷太子註曲度謂曲之節度也曹植詩神飆接丹轂李周翰註飆疾風也○胡震亨曰太白慣押宜字如山將落日去水與晴空宜月色不可盡空天交相宜又誰淚偏相宜置酒

正相宜春風與醉客今日乃
相宜凡五用而前兩韻尤佳

別魯頌 繆本題上多一畱字

誰道太山高下卻魯連節誰云秦軍衆摧卻魯連舌獨立天地間淸風洒蘭雪夫子還倜儻攻文繼前烈錯落石上松無爲秋霜折贈言鏤寶刀千歲庶不滅

魯連事詳見二卷註書武成公劉克篤前烈江淹詩故人贈寶劍鏤以瑶華文庾信詩山精鏤寶刀

別中都明府兄 唐時河南道有中都縣本平陸縣天寶元年更名隸兗州魯郡貞元十四年改隸鄆州東平郡

吾兄詩酒繼陶君試宰中都天下聞東樓喜奉連枝會南陌愁 繆本作還 爲落葉分城隅 一作江城 淥水明秋日海

上青山隔暮雲取醉不辭留夜月雁行中斷惜離群陶潛爲彭澤令見前註蘇武詩況我連枝樹與子同一身呂向註兄弟如木連枝而同本蕭綜詩昔朋舊愛各東西譬如落葉不更齊

夢遊天姥吟留别一作别東魯諸公○太平寰宇記天姥山在越州剡縣南八十里名山志云山有楓千餘丈蕭蕭然後吳錄云剡縣有天姥山傳云登者聞天姥歌謡之響謝靈運詩云暝抵剡中宿明登天姥岑高高入雲霓還期那可尋即此也一統志天姥峯在台州天台縣西北與天台山相對其峯孤峭下臨嵊縣仰望如在天表○姥音母

海客談瀛洲煙濤微茫一作瀰漫信難求越人語一作道天姥雲霞明滅或一作安可覩天姥連天向天横勢拔一作枝五岳掩赤城天台四當作一萬八千丈對此欲一作絶

倒東南傾十洲記瀛洲在東海中地方四千里大抵是對會稽去西岸七十萬里上生神芝仙草又有玉石高且千丈出泉如酒味甘名之爲玉醴飲之數升輒醉令人長生洲上多仙家風俗似吳人山川如中國也太平廣記章安縣西有赤城山周三十里一峰特高可三百餘丈海錄碎事顧野王輿地志云赤城山有赤石羅列長里餘遙望似赤城雲笈七籤天台山高一萬八千丈洞周圍五百里名上玉清平之天即桐柏王真人所理葛仙翁鍊丹得道處上應台宿故曰天台在台州天台縣楚辭康回馮怒地何故以東南傾

我欲因之一作冥搜夢吳越一夜飛度鏡湖月湖月照我影送我至剡溪謝公宿處今尚在淥水蕩漾清猿啼腳著謝公屐身登青雲梯半壁見海日空中聞天雞千巖萬轉路不定迷花倚石忽已暝熊咆龍吟殷巖泉慄深林兮驚層巔雲一作楓青青兮欲雨

水澹澹兮生烟列缺霹靂邱巒崩摧洞天石扇一作扉訇然中一作而開青冥浩蕩不見底日月照耀金銀臺霓爲衣兮風繆本作鳳爲馬雲之君兮紛紛而來下虎鼓瑟兮鸞回車仙之人兮列如麻忽魂悸以魄動怳驚起而長嗟惟覺時之枕席失向來之烟霞薛方山浙江志鑑湖又曰鏡湖在會稽縣西南三十里故南湖也圖經曰後漢馬臻爲太守創立鑑湖在會稽山陰二縣界元和郡縣志剡溪出越州剡縣西南北流入上虞縣界爲上虞江南史謝靈運尋山陟嶺必造幽峻巖嶂數十重莫不備盡登躡嘗著木屐上山則去其前齒下山去其後齒靈運詩共登青雲梯青雲梯謂山嶺高峻如上入青雲故名述異記東南有桃都山上有大樹曰桃都枝相去三千里日初出照此木天雞則鳴天下之雞皆隨之鳴淮南王招隱士虎豹鬭兮熊羆咆廣韻咆嗥熊虎聲高唐賦水澹澹而盤紆說文澹

水搖也揚雄校獵賦霹靂列缺吐火施鞭應劭曰霹靂雷也列缺天隙電光也通雅列缺電光也陽氣從雲決裂而出故曰列缺郭璞詩但見金銀臺傳玄吳楚歌雲爲車兮風爲馬西京賦總會仙倡戲豹舞羆白虎鼓瑟蒼龍吹篪太平御覽太微天帝登白鸞之車上元夫人步元曲忽過紫微垣真人列如麻說文悖心動也○咆音庖訇音甏悖音忌世間行樂亦如此古來萬事東流水別君去兮蕭本作時何時還且放白鹿青崖間須行卽騎訪名山安能摧眉折腰事權貴使我不得開心顏楚辭騎白鹿而容與江淹詩猨嘯青崖間摧眉低首也折腰曲躬也陶潛不能爲五斗米折腰已見前註○范德機云夢吳越以下夢之源也以次諸節夢之波瀾也其間顯而晦晦而顯至失向來之煙霞夢極而與人接矣非太白之胷次筆力亦不能發此枕席烟霞二句最有力結語平衍亦文勢當如此

留別曹南群官之江南穀梁傳宋公曹人邾人盟於曹南范甯註曹南

曹之南部唐人謂曹州爲曹南

我昔釣白龍放龍溪水傍道成本欲去揮手夌蒼蒼時來不關人談笑游軒皇獻納少成事歸休辭建章十年罷西笑攬鏡如秋霜閉劍琉璃匣鍊丹紫翠房身佩豁落圖腰垂虎盤囊仙人借蕭本作駕綵鳳志在窮遐荒戀子四五人徘徊未翺翔東流送白日驟歌蘭蕙芳仙宫兩無從人間久摧藏范蠡脱蕭本作說句踐屈平去懷王飄飄紫霞心流浪憶江鄉愁爲萬里别復此一銜觴淮水帝王州金陵繞丹陽樓臺照海色衣馬搖川光及此北望君相思淚成行朝雲落夢渚瑶

草空高唐蕭本作堂非帝子隔洞庭青楓滿瀟湘懷歸蕭本作君非路縣邈覽古情淒凉登岳眺百川杳然萬恨長却蕭本作知戀峨眉去弄景偶騎羊陵陽子明於旋溪釣得白龍解而放之詳見十二卷註不關人猶云不由人也兩都賦序朝夕論思日月獻納韓詩外傳田子爲相三年歸休三輔黃圖武帝作建章宮度爲千門萬戶桓譚新論人聞長安樂則出門西向而笑西京雜記雜廁五色琉璃爲劍匣十洲記又有墉城金臺玉樓相鮮如流精之闕光碧之堂瓊華之室紫翠丹房錦雲燭日朱霞九光西王母之所治也道經凡欲修行大洞真經三十九章雌一玉檢五老寶經元母簡十二上願佩神虎金虎符鎔落七元流金火鈴神仙傳王遠冠遠遊冠朱衣虎頭鞶囊五色綬帶劍通典按漢代著鞶囊者側在腰間或云旁囊或云綬囊然則以此囊盛綬也或盛或散各有其時漢書撫寧遐荒劉琨詩抱膝獨摧藏呂向註摧藏憂傷也范蠡屈平俱見二卷註脫句踐謂脫身辭句踐而去也魏書神與理宜形隨流

淚太平寰宇記淮水發源於華山在丹陽姑熟之界西北流經建康秣陵二縣之間縈紆京邑之內至於石頭入江縣流三百餘里景定建康志祥符江寧圖經曰淮水去縣一里其源從宣州東南溧水縣烏刹橋西入百五十里丹陽記云建康有淮源出華山入江輿地志云秦始皇巡會稽鑿山阜此淮即所鑿也亦名秦淮金陵山即鍾山也在唐之昇州上元縣西北一十八里丹陽謂潤州其地即古時丹陽郡唐天寶初亦改稱丹陽郡朝雲瑶草高唐見一卷註夢渚即雲夢之渚也范雲詩陽臺霧初解夢渚水裁淥山海經洞庭之山帝之二女居之是常游於江淵澧沅之風交瀟湘之浦是在九江之間出入必以飄風暴雨楚辭湘夫人云帝子降兮北渚目眇眇兮愁予嫋嫋兮秋風洞庭波兮木葉下招魂湛湛江水兮上有楓目極千里兮傷心悲搜神記葛由蜀羌人也周成王時好刻木作羊賣之一旦乘木羊入蜀中蜀中王侯貴人追之上綏山綏山多桃在峨眉山西南高無極也隨之者不得還皆得仙道

留别于十一兄逖裴十三遊塞垣蕭穎士蓮蘂散序友生于

逖張南容在大梁唐詩紀事于逖獨孤及李白皆有詩贈之蓋天寶間詩人也

太公渭川水李斯上蔡門釣周獵秦安黎元小魚䰾兔何足言天張雲卷有時節吾徒莫嘆羝觸藩于公白首大梁野使人悵望何可論旣知朱亥爲壯士且願束心秋毫裏秦趙虎爭血中原當去抱關救公子裴生覽千古龍鸞炳天蕭本作文章悲一作高吟雨雪動林木放書輟劍思一作悲高堂勸爾一杯酒拂爾裘上霜爾爲我楚舞吾爲爾楚歌且探虎穴向沙漠鳴鞭走馬凌黃河恥作易水別臨岐淚滂沲太公釣於渭水李斯牽黃犬出上蔡東門逐狡兔俱見一卷註封禪書以浸黎元呂延濟註黎元百姓也說文䰾狡兔也周易羝羊觸藩

嬴其角孔穎達正義藩籬也史記各與軍聚衆虎爭中原吳質荅魏太子牋摛藻下筆鸞龍之文奮矣李善註鸞龍鱗羽之有五彩故以喻焉藝文類聚琴操曰曾子耕太山之下天雨雪凍旬日不得歸思其父母作梁山歌史記爲我楚舞吾爲若楚歌三國志呂蒙年十五六竊隨鄧當擊賊當顧見大驚歸以告蒙母母恚欲罰之蒙曰貧賤難可居脱誤有功富貴可致且不探虎穴安得虎子太平御覽春秋後語曰荆軻將行太子及賓客知其事者二十餘人皆白衣冠以送之至易水上旣祖取道高漸離擊筑荆軻和歌爲濮上聲士皆流涕詩國風涕泗滂沱○[illegible]音俊又音逡又音詮瓶音低

留別王司馬嵩 按唐書百官志王府官屬及都督都護刺史之佐職皆有司馬有從四品正五品從五品正六品從六品之不同不知嵩爲何官

魯連賣談笑豈是顧千金陶朱雖相越本有五湖心余亦南陽子時爲梁甫吟蒼山容偃蹇白日惜頹侵

願一佐明主功成還舊林西來何所爲孤劍託知音
鳥愛碧山遠一作鳳集碧梧秀魚遊滄海深呼鷹過上蔡賣
畚向嵩岑他日閑相訪邱中有素琴魯連談笑而却秦軍平原君以千金爲壽魯連辭而去萬蠡乘扁舟以浮於五湖止於陶爲陶朱公諸葛亮躬耕南陽好爲梁父吟俱見前註左傳彼皆偃蹇杜預註偃蹇驕傲也郭璞客傲莊周偃蹇於漆園李斯臂蒼鷹出上蔡東門詳見三卷行路難註十六國春秋王猛少貧賤以鬻畚爲業嘗貨畚於洛陽有一人貴買其畚而云無直自言家去此無遠可隨我取直猛利其貴而從之行不覺遠忽至深山其人止猛且住樹下當先啟道君來須臾猛進見一老公踞胡床而坐鬚髮悉白侍從十許人有一人引猛曰大司馬可進猛因進拜老公曰王公何緣拜也乃十倍償畚直遣人送之既出顧視乃嵩高山也春秋經傳集解畚以草索爲之筥屬陸雲登遐頌北食中岳鍊形嵩岑左思詩巖穴無結構邱中有鳴琴○畚音本

還山留別金門知己一本作出金門後書懷留別翰林諸公

好古笑流俗素聞賢達風方希佐明主長揖辭成功白日在青天迴光矚一作照微躬恭承鳳凰詔欻起雲一作藤蘿中清切紫霄迴優游丹禁通君王賜顏色聲價凌烟虹乘輿擁翠蓋扈從金城東寶馬驟絕景錦衣入新豐倚巖望松雪對酒鳴絲桐方學揚子雲獻賦甘泉宮天書美片善清芳播無窮歸來入咸陽談笑皆王公一朝去金馬飄落成飛蓬賓友一作從日疎散玉樽亦一作尋已空長才猶可倚不慚世上雄閑來東武吟曲盡情未終書此謝知己扁舟一作倉波尋釣翁

此篇即五卷之東武吟也句字互有同異
今仍舊本兩存之註不重出○矚音竹

夜別張五

吾多張公子別酌酣高堂聽歌舞銀燭把酒輕羅霜
橫笛弄秋月琵琶彈陌桑龍泉解錦帶爲爾傾千觴
漢書諸公聞之皆多袁盎顏師古註多猶重也梁元
帝詩銀燭含朱火金爐對寶笙宋書傅玄琵琶賦曰
漢遣烏孫公主嫁昆彌念其行道思慕故使工人裁
箏筑爲馬上之樂欲從方俗語故曰琵琶取其易傳
於外國也風俗通曰以手琵琶因以爲名杜摯云長
城之役絃鼗而鼓之未詳孰是樂府雜錄琵琶古曲
有陌上桑水經註晉太康地理志曰西平縣有龍泉
水可以砥礪刀劍特堅利故有堅白之論矣是以龍
泉之劍爲
楚寶也

魏郡別蘇明府因北游

繆本作少 唐時魏郡即魏州屬河北道

魏都接燕趙美女誇芙蓉淇水流碧玉舟車日奔衝青樓夾兩岸萬室喧歌鐘天下稱豪貴遊此每相逢一作天下豪貴游此中每相逢洛陽蘇季子劍戟森詞鋒六印雖未佩一作說秦復過趙軒車若飛龍黃金數百鎰白璧有幾雙散盡空掉臂高歌賦還一作臨邛繆本此下多合從又連橫其意未可封二句落魄繆本作拓乃如此何一作誰人不相從遠別隔兩河雲山杳千重一作雲天滿愁容何時更杯酒再得論心胷西京雜記卓文君姣好眉色如望遠山臉際常若芙蓉尚書正義河內共縣淇水出焉東至魏郡黎陽縣入河史記蘇秦秦者東周洛陽人也說趙肅侯一韓魏齊楚燕趙以從親以畔秦趙王乃飾車百乘黃金千鎰白璧百雙錦繡千純以約諸侯於是六國從合而并力焉蘇秦爲從約長并相六國喟然嘆曰使我有洛陽

負郭田二頃豈能佩六國相印乎裴駰註譙周曰蘇秦字季子魯褒錢神論空手掉臂何所希望謝朓詩還邛歌賦似史記司馬相如家徒四壁立與文君俱之臨邛還邛蓏用此事也又史記酈食其家貧落魄無以爲衣食業

留別西河劉少府 唐時西河郡郎汾州屬河東道

秋一作我髮已種種所爲竟無成閑傾魯壺酒笑對劉公榮謂我是方朔人間落歲星白衣千萬乘何事去天庭君亦不得意高歌羨鴻冥世人若醯雞安可識梅生雖爲刀筆吏緬懷在赤城余亦如流萍隨波樂休明自有兩少妾雙騎駿馬行東山春酒綠歸隱謝浮名 左傳予髮如此種種予奚能爲杜預註種種短也世說王戎弱冠詣阮籍時劉公榮在坐阮謂

王曰偶有二斗美酒當與君共飲彼公榮者無預焉二人交觴酬酢公榮遂不得一杯而言語談戲三人無異或有問之者阮荅曰勝公榮者不得不與飲酒不如公榮者不可不與飲酒惟公榮者可不與飲酒初學記漢武帝內傳曰西王母使者至東方朔死上以問使者對曰朔是木帝精爲歲星下游人中以觀天下非陛下之臣法言鴻非冥冥弋人何篡焉莊子其猶醯雞與郭象註醯雞者甕中之蠛蠓梅生謂梅福福常爲南昌尉故以比劉少府史記堯年少刀筆吏耳正義曰古用簡札書有錯謬以刀削之故號曰刀筆吏漢書蕭何曹參皆起秦刀筆吏顏師古註刀所以削書也古者用簡牘故吏皆以刀筆自隨也洞天福地記赤城洞周圍三百里名上玉清平之天在台州唐興縣詳見七卷註

潁陽別元丹邱之淮陽舊唐書載初元年析河南伊闕嵩陽三縣置武臨縣開元十五年改爲潁陽隷河南府淮陽郡即陳州也屬河南道

吾將元夫子異姓爲天倫本無軒裳契素以烟霞親

嘗恨迫世網銘意俱未伸松柏雖寒苦羞逐桃李春

悠悠市朝間玉顏日緇磷所共當作失重山岳所得輕

埃塵精魄漸蕪穢衰老相憑因我有錦囊訣可以持

君身當餐黃金藥去爲紫陽賓萬事難並立百年猶

崇晨別爾東南去悠悠多悲辛前志庶不易遠途期

所遵已矣歸去來白雲飛天津韻會將與也穀梁傳兄弟天倫也范甯註兄先弟後天之倫次陸機詩世網嬰我身古詩含意俱未伸漢武帝内傳帝見王母巾器中有一卷書盛以紫錦之囊帝問此書是仙靈方耶抱朴子仙藥之上者丹砂次則黃金周氏冥通記第一紫陽左真人治葛衍山周君第二紫陽右真人治嶓冢山王君崇晨猶詩所謂崇朝謂從旦至食時也天津橋名在河南見二卷註

留別廣陵諸公一作留別邯鄲故人○唐時廣陵郡即揚州也屬淮南道

憶昔作少年結交趙與燕金羈絡駿馬錦帶橫龍泉寸心無疑事所向非徒然晚節覺此疎獵精草太玄空名束壯士薄俗棄高賢中迴聖明顧揮翰凌雲烟騎虎不敢下攀龍忽墮天還家守清真孤潔勵秋蟬煉丹費火石採藥窮山川臥海不關人租稅遼東田乘興忽復起棹歌繆本作我溪中船臨醉謝葛強山公欲倒鞭狂歌自此別垂釣滄浪前曹植詩白馬飾金羈龍泉劍名已見前註謝靈運詩晚節值衆賢李周翰註晚節暮年也漢書揚雄傳時雄方草太玄有以自守泊如也論衡楊子雲作太玄經造於助思極杳冥之深非庶幾之才不能成也蟬出自土壤升於高木之上吟風飲露不見

其食故郭璞蟬贊蟲之精潔可貴惟蟬潛蛻棄穢飲露恒鮮宋書或終身隱處不關人事謝朓詩言稅遼東田李善註魏志曰管寧聞公孫度令行海外遂至於遼東皇甫謐高士傳曰人或牛暴寧田者寧爲牽牛飼之其人大慙西京賦齊櫰女引棹歌晉書山簡出鎮襄陽優游卒歲惟酒是耽諸習氏荆土豪族有佳園池簡每出游嬉多之池上置酒輒醉名之曰高陽池時有兒童歌曰山公出何許往至高陽池日夕倒載歸酩酊無所知時時能騎馬倒著白接䍦舉鞭向葛彊何如并州兒彊家在并州簡愛將也

廣陵贈别

玉瓶沽美酒數里送君還繫馬垂楊下銜盃大道間天邊看綠水海上見青山興罷各分袂何須醉别蕭本作别醉顔

感時留别從兄徐王延年一作平從弟延陵按舊唐書

延年乃高祖第十子徐王元禮之後元禮子茂茂子璀璀之子則延年也開元二十六年封嗣徐王除員外洗馬天寶初拔汗那王入朝延年將嫁女與之爲右相李林甫所奏貶文安郡别駕彭城長史坐贓貶永嘉司士至德初爲餘杭郡司馬卒

天籟何參差噫然大塊吹交元包繆本作苞橐籥紫氣何逶迤一作融怡七葉運皇化千齡光本支繆本作枝仙風生指樹大雅歌螽斯諸王若鸞虬肅穆列藩維哲兄錫茅土聖代羅繆本作含榮滋九卿領徐方七步繼陳思莊子子綦

曰汝聞人籟而未聞地籟汝聞地籟而未聞天籟夫子游曰敢問其方子綦曰夫大塊噫氣其名爲風是唯無作作則萬竅怒呺通典乾封元年追號老君爲太上玄元皇帝老子天地之間其猶橐籥乎史記索隱列異傳老子西遊關令尹喜望見其上有紫氣浮關老子果乘青牛而過説文逶迤邪去貌唐自高祖

至肅宗凡七帝詩大雅文王孫子本支百世毛傳曰本本宗也支支子也神仙傳老子之母適至李樹下而生老子生而能言指李樹曰以此爲我姓詩國風螽斯羽詵詵兮宜爾子孫振振兮鄭箋曰凡物有陰陽情慾者無不妒忌惟螽斯不爾各得受氣而生子故能詵詵然衆多后妃之德如是則宜然也埤雅螽斯蟲之不妒忌一母百子者也故詩以爲子孫衆多之况一名舂黍亦或謂之舂箕草木疏云蝗類青色長角長股股鳴者也或曰似蝗而小股黑有文五月中以股相切作聲聞數步者是也江東謂之蚱蜢朱子集傳螽斯一生九十九子詩紀蘇氏曰螽斯一生八十一子數雖不同言其多子則均也説文虬龍子無角者爾雅穆穆肅肅敬也詩大雅价人維藩毛傳曰藩屏也後漢書諸王封者受茅土歸以立社稷禮也獨斷天子太社以五色土爲壇皇子封爲王者受天子之社土以所封之方色東方受青南方受赤他如其方色苴以白茅授之各以其所封方之色歸國以立社故謂之受茅土後漢書陶謙傳是時徐方百姓殷盛穀食甚豐胡三省通鑑註古語多謂州爲方故八州八伯謂之方伯書曰惟彼陶唐有此冀方詩

曰徐方不庭是也世説文帝嘗令東阿王七步中作詩不成者行大法應聲便爲詩曰煑豆持作羹漉枝以爲汁萁在釜下然豆在釜中泣本是同根生相煎何太急帝深有慚色東阿王卽曹植也太和三年徙封東阿王六年以陳四縣封爲陳王思者其諡也○噫音衣逶音威迤音夷

伊昔全盛日雄豪動京師冠劍朝鳳闕樓船侍龍池鼓鐘出朱邸金翠照丹墀君王一顧眄選色獻蛾眉列戟十八年未曾輒遷移大臣小喑嗚謫竄天南垂長沙不足舞貝錦且成詩佐郡浙江西病閑絶趨蕭本作驅馳階軒日苔蘚鳥雀噪簷帷時乘平蕭本作小肩輿出入畏人知北宅聊偃憩歡愉恤惸嫠羞言梁苑地烜赫耀旌旗

後漢書竇融傳賞賜恩寵傾動京師史記建章宮其東則鳳闕高二十餘丈索隱曰三輔黃圖云武帝營建章

起鳳闕高二十五丈三輔故事云北有圓闕高二十丈上有銅鳳凰故曰鳳闕也唐六典註興慶宫卽今上潛龍舊宅也初上居此第其里名協聖諱所居宅之東有舊井忽湧爲小池周袤纔數尺常有雲氣或見黃龍出其中至景龍中潛復出水其沿浸廣時卽連合爲一未半歲而里中人悉移居遂鴻洞爲龍池焉演繁露後世諸侯王及達官所居之屋皆飾以朱故曰朱門又曰朱邸西京賦青瑣丹墀李善註漢官典職曰以丹漆地故曰丹墀呂向註丹墀堦也以丹漆塗之太平御覽天子赤泥殿下曰丹墀唐制嗣王郡王皆列棨戟於門李涪刊誤凡戟天子二十四諸侯十通典天寶六年四月勅改儀制令嗣王郡王門十六戟後漢書郡處南垂不閑典訓潘岳西征賦歷敝邑之南垂劉良註南垂南界也廣韻垂疆也漢書長沙定王發以其母微無寵故王卑濕貧國應劭曰景帝後二年諸王來朝有詔更前稱壽歌舞定王但張袖小舉手左右笑其拙上怪問之對曰臣國小地狹不足迴旋帝乃以武陵零陵桂陽益焉詩小雅萋兮斐兮成是貝錦彼譖人者亦已太甚大臣小喑嗚讁竄天南垂言其爲李林甫所奏而遭貶讁也彭城

在南方故曰天南垂長沙不足舞謂爲長史不足展其才也貝錦且成詩謂又以臟而貶永嘉也司馬爲郡守之輔佐故曰佐郡餘杭郡即杭州也其地在浙江之西世說謝中郎嘗著白綸巾肩輿徑至揚州南齊書豫章文獻王嶷自以地位隆重深懷退素北宅舊有田園之美乃盛脩理之漢書梁孝王築東苑方三百餘里廣睢陽城七十里大治宮室爲複道自宮連屬於平臺三十餘里得賜天子旌旗從千乘萬騎出稱警入言蹕擬於天子○惸音窮蕤音離

兄弟八九人吳秦各分離大賢達機兆豈獨慮安危小子謝麟閣雁行忝肩隨令弟字延陵鳳毛出天姿清英神仙骨芬馥茝蘭蕤夢得春草句將非惠連誰深心紫河車與我特相宜金膏猶罔象玉液尚磷緇伏枕寄賓館宛同清漳湄藥物多見饋珍羞亦兼之誰道溟渤深猶言淺恩慈歐陽

建詩古人達機兆策馬游近闕三輔黃圖麒麟閣蕭何造以藏秘書處賢才禮記兄之齒雁行又曰五年以長則肩隨之世說王敬倫風姿似父作侍中加授桓公公服從大門入桓公望之曰大奴固自有鳳毛北齊書北平王貞武成第五子也沉審寬恕帝常曰此兒得我鳳毛廣韻茝香草字林云蘼蕪別名說文蕤草木花垂貌謝靈運夢見其弟惠連遂得池塘生春草之句大以爲工詳見十一卷註紫河車丹藥也詳見二卷註穆天子傳天子之珤玉果璿珠燭銀黃金之膏郭璞註金膏亦猶玉膏皆其精汋也張衡思玄賦沛以罔象李善註罔象卽彷像也楚詞吮玉液兮止渴王逸註玉液瓊蘂之精氣劉楨詩子嬰沉痼疾竄身清漳濵溟渤海也見七卷註○馥音伏茝音止

鳴蟬游子意促織念歸期驕陽何火赫海水爍龍龜百川盡凋枯舟檝閣中逵策馬搖繆本作採涼月通宵出郊圻繆本作岐泣別目眷眷傷心步遲遲願言保明德王室佇清夷摻袂何所道

援毫投此辭爾雅翼蟋蟀似蝗而小正黑有光澤一名蛬一名蜻蛚一名促織以夏生秋初鳴其聲如急織故幽州謂之促織其時正織之候故以戒婦功春秋說題辭曰趣織爲言趣織也織興事遽故趣織鳴女作兼又里語曰趣織鳴嬾婦驚詩意言鳴蟬促織之候已動游子之意而念歸期矣因天旱水涸舟楫沮閡故策馬於凉月之下乘夜而留別也春秋考郵異旱之爲言悍也陽驕蹇所致也說文赫火赤貌詩國風施於中逵毛萇傳逵九達之道也謝朓詩停琴佇凉月滅燭聽歸鴻謝靈運詩旅館眺郊岐楚辭九嘆志蛩蛩而懷顧兮魂眷眷而獨逝王逸註眷眷顧貌詩曰眷眷懷顧詩國風行道遲遲傳咸詩王度日清夷劉良註夷平也詩國風遵大路兮摻執子之袪兮毛傳曰摻擥也袪袂也鄭箋曰欲擥持其袂而留之。檝音接與楫同圻音纖摻所斬切衫上聲

別儲邕之剡中

唐時江南東道有剡縣隸越州會稽郡。剡音閃

借問剡中道東南指越鄉舟從廣陵去水入會稽長

竹色溪下綠荷花鏡裏香辭君向天姥拂石卧秋霜太平御覽郡國志曰天姥山與括蒼山相連石壁上有刊字科斗形高不可識春月樵者聞簫鼓笳吹之聲括耳元嘉中遺名畫寫狀於團扇卽此山也施宿會稽志天姥山在新昌縣東南五十里東接天台華頂峰西北聯沃洲山上有楓千餘丈道藏經云沃洲天姥福地也

留別金陵諸公

海水昔飛動三龍紛戰爭鍾山危波瀾傾側駭奔鯨黃旗一掃蕩割壤開吳京六代更霸王遺跡見都城一作遺都見空城至今秦淮間禮樂秀群英地扇鄒魯學詩騰顔謝名五月金陵西祖余白下亭欲尋廬峯頂先繞漢水行香爐紫烟滅瀑布落太清若攀星辰去揮

手綰含情劇秦美新海水群飛李善註海水喻萬民群飛言亂三龍蜀吳魏也太平寰宇記蔣山在昇州上元縣東北十五里周迴六十里面南顧東東連青龍雁門等山西臨青溪絶山南面有鍾浦水流下入秦淮北連雉亭山按輿地志云蔣山古曰金陵山縣之名因此而立漢輿地圖名鍾山吳大帝時有蔣子文發神驗於此封子文爲蔣侯改曰蔣山謝朓詩奔鯨自此曝顏延年詩禁衞徙吳京吳京金陵也以吳人所都故曰吳京景定建康志古都城按宮苑記吳大帝所築周迴二十里一十九步在淮水北五里晉元帝過江不改其舊宋齊梁陳皆都之輿地志曰晉琅邪王渡江鎮建業因吳舊都修而居之宋齊而下宮室有因有革而都城不改東南利便書曰孫權雖據石頭以扼江險然其都邑則在建業歷代所謂都城也東晉宋齊梁因之雖時有改築而其經畫皆吳之舊初學記孫盛晉陽秋曰秦始皇東遊望氣者云五百年後金陵有天子氣於是始皇於方山掘流西入江亦曰淮今在潤州江寧縣土俗號曰秦淮太平寰宇記丹陽記云始皇鑿金陵方山其斷處爲瀆卽今淮水經城中入大江是曰秦淮史記鄒

魯濱邾泗猶有周公遺風俗好儒備於禮漢書鄒魯守經學宋書顔延之與謝靈運俱以詞采齊名自潘岳陸機之後文士莫及也江左稱顔謝焉所著並傳於世鄭玄儀禮註將行而飲酒曰祖蕭士贇曰圖經白下亭在上元縣西北盧峰卽盧山也江西通志盧山在南康府治北二十里九江府城南二十五里脈接衡陽由武功來古南障山也高三千三百六十丈或云七千三百六十丈凡有七重周迴五百里山無主峰橫潰四出嶤嶤嵺嵺各爲尊高不相拱揖異於武當太岳諸名山出風降雨抱異懷靈道書稱爲第八洞天香爐峰在開先文殊寺後其形圓聳如爐山南山北皆見峰上常出雲氣有似香烟故名太平寰宇記盧山瀑布在山東亦名白水源出高峰挂流三百許丈遠望如匹布故名瀑布劉琨詩揮手長相謝

口號 口號卽口占也詳九卷註

食出野田美酒臨遠水傾東流若未盡應見別離情

金陵酒肆留別

風吹一作白門柳花滿一作酒店香，吳姬壓酒喚許本作使一本作勸客嘗。金陵子弟來相送，欲行不行各盡觴。請君試問繆本作問取東流水，別意與之誰短長。漁隱叢話詩眼云好句須要好字，如李太白詩吳姬壓酒喚客嘗，見新酒初熟，江南風物之美，工在壓字。

金陵白下亭留別楊齊賢曰：白下亭在今建康東門外。

驛亭三楊樹，正當白下門。吳烟暝長條，漢水齧古根。向來送行處，迴首阻笑言。別後若見之，爲余一攀翻。

別東林寺僧一統志：東林寺在廬山，晉僧慧遠與同門慧永居西林，學徒日衆，別居林之東，謝靈運爲鑿池種蓮。

東林送客處，月出白猿啼。笑別廬山遠，何煩過虎谿。

楊齊賢曰廬山在江州南三十里東林西林二寺在山之南五里許小嶺可到兩寺相鄰規制廣袤若一大縣水石深怪古跡無窮東林是遠法師所居三門內有小渠名虎谿遠師送客未嘗過谿西林是永法師所居規制稍不及東林蓮社高賢傳遠法師居東林其處流泉匝寺下入於谿每送客過此輒有虎號鳴因名虎谿後送客未嘗過獨陶淵明陸靜修至語道契合不覺過溪因相與大笑世傳爲三笑圖

竄夜郎於烏江留別宗十六璟

唐淮南道有烏江縣隸和州歷陽郡按潯陽記載九江之名一曰烏白江三曰烏江張須元緣江圖載九江之名四曰烏土江六曰白烏江太平寰宇記引潯陽記云九江在潯陽去州五里名曰烏江是大禹所疏知此詩所謂烏江者指潯陽江耳非和州之烏江縣也胡震亨曰舊註以太白娶許相國師女謂詩題別宗十六爲誤今按詩中斬鰲翼媧皇三入鳳凰池是言相武后又是入相三次者而國師爲高宗相又只入相一次與此不合此正是宗楚客耳安得謂贈別其後人爲誤哉白凡四娶始

娶許終娶宗皆相門女見魏顥白集序中舊註失考往往如是

君家全盛日台鼎何陸離斬鰲翼媧皇鍊石補天維一迴日月顧三入鳳凰池失勢青門傍種瓜復幾時猶會衆繆本作舊賔客三千光路岐皇恩雪憤濊松柏含榮滋我非東牀人令姊忝齊眉浪跡未出世空名動京師適遭雲羅解翻謫一作遣夜郎悲拙妻莫邪劍及此二龍隨慙君湍波苦千里遠從之白帝曉猿斷黃牛過客遲遙瞻明月峽西去益相思晉書三台六星三公之位也在人曰三公在天曰三台漢書鼎三足三公象初學記環濟要畧曰三公者象鼎三足共承其上也後漢書位登台鼎楚辭長余佩之陸離許慎云陸離美好貌淮南子往古之時四極廢九州裂天不兼覆地不兼

載於是女媧鍊五色石以補蒼天斷鰲足以立四極
高誘註三皇時天不足西北故補之師說如此鰲大
龜天廢頓以鰲足柱之楚辭曰鰲戴山抃其何以安
之是也宋玉大言賦壯士憤兮絕天維晉書荀勗守
尚書令勗久在中書專管機事及失之甚惘惘悵悵
或有賀之者勗曰奪我鳳凰池諸君賀我耶三輔黃
圖廣陵人邵平爲秦東陵侯秦破爲布衣種瓜青門
外世說郗太傅在京口遣門生與王丞相書求女壻
丞相語郗信君往東廂任意選之門生歸白郗曰王
家諸郎亦皆可佳聞來覓壻咸自矜持惟有一郎在
東牀上坦腹臥如不聞郗公曰此正好訪之乃是逸
少因嫁女與焉後漢書梁鴻每歸妻爲具食不敢於
鴻前仰視舉案齊眉江淹詩曠哉宇宙惠雲羅更四
陳吳越春秋干將者吳人也與歐冶子同師俱能爲
劍闔閭使作二枚一曰干將一曰莫耶莫耶干將之
妻也干將作劍采五山之鐵精六合之金英候天伺
地陰陽同光百神臨觀天氣下降而金鐵之精不銷
淪流於是干將不知其由莫耶曰子以善爲劍聞於
王使子作劍三月不成其有意乎干將曰吾不知其
理也莫耶曰神物之化須人而成今夫子作劍得無

得其人而後成乎干將曰昔吾師作冶金鐵之類不
銷夫妻俱入冶爐中然後成物至今後世卽山作冶
麻絰葌服然後敢鑄金於山今吾作劍不變化者其
若斯耶莫耶曰師知爍身以成物吾何難哉於是干
將妻乃斷髮剪爪投於爐中使童男童女三百人鼓
槖裝炭金鐵乃濡遂以成劍陽曰干將陰曰莫耶陽
作龜文陰作漫理一統志白帝山在四川夔州府城
東五里峽中視之孤特甚峭北緣馬嶺接赤甲山公
孫述據蜀殿前井中常有白龍出因稱白帝山亦以
名水經江水又東徑黃牛山酈道元註下有灘名黃
牛灘南岸重嶺疊起最外高崖間有石如人負刀牽
牛人黑牛黃成就分明既人跡所絕莫得究焉此巖
既高加以江湍紆迴雖途徑信宿猶望見此物故行
者謠曰朝發黃牛暮宿黃牛水路迂深迴望如一矣
太平寰宇記黃牛山在南鄭縣西南五十里山有石
黃色遠望如牛故曰黃牛山山下有黃牛川十道記
云黃牛川有再熟之稻土人重之太平御覽李膺益
州記曰明月峽在巴縣東峽前南岸壁高四十丈其
壁有圓孔形如滿月因以爲名楊齊賢曰白帝城隷
夔州黃牛峽隷峽州明月峽隷渝州○琦按唐書宗

楚客本傳及宰相表楚客字叔敖蒲州人武后從姊子長六尺八寸明晳美鬚髯進士及第累遷戶部侍郎坐贓流嶺外歲餘得還神功元年六月由尚方少監檢校夏官侍郎同鳳閣鸞臺平章事聖曆元年正月罷爲文昌左丞爲武懿宗所劾貶播州司馬稍爲豫州長史遷少府少監岐陝二州刺史長安四年三月復以夏官侍郎同鳳閣鸞臺平章事七月坐事貶原州都督神龍初爲太僕卿武三思引爲兵部尚書景龍元年九月同中書門下三品韋后安樂公親賴之尋遷中書令韋氏敗與誅傳又言其肙於權利外附韋氏內蓄逆謀故卒以敗其行跡若此乃太白有斬鰲翼媧皇鍊石補天維之褒誅後亦未聞放罪之辭贈葬之典乃太白有皇恩雪憤濊松柏含榮滋之美在詩人固多溢頌之辭又爲親者諱不得不然若深敘情親少序家世更爲得體矣○媧音戈濊草本切門上聲

畱別龔處士

龔子棲閑地都無人世喧柳深陶令宅竹暗辟疆園

我去黃牛峽遥愁白帝猿贈君卷施草心斷竟何言

陶淵明宅邊有五柳樹嘗爲彭澤令詳見前註世説王子猷自會稽經吳門聞顧辟彊有名園劉孝標註顧氏譜曰辟彊吳郡人歷郡功曹平北參軍范成大吳郡志辟彊園自東晉以來傳之池館林泉之勝號吳中第一辟彊姓顧氏晉唐人題咏甚多陸羽詩云辟彊舊林園怪石紛相向陸龜蒙云吳之辟彊園在昔勝槩敵皮日休云更葺園中景應爲顧辟彊本朝張伯玉云于公門館辟彊園放蕩襟懷水石間今莫知遺跡所在考龜蒙之詩則在唐爲任晦園亭今任園亦不可考矣唐詩紀事吳門有辟彊園按陸龜蒙詩吳之辟彊園在昔勝槩敵前聞富修竹後説紛怪石張南史詩深竹閑園暗辟彊蕪其地饒修竹多怪石往往見於題咏黃牛白帝已見前首註爾雅卷施草拔心不死邢昺疏卷施草一名宿莽拔其心亦不死也案離騷云朝搴毗之木蘭兮夕擥中洲之宿莽王逸云草冬生不死者楚人名之曰宿莽

贈別鄭判官

竄逐勿復哀慚君問寒灰浮雲本無繆本作無本意吹落章華臺遠別淚空盡長愁心已摧二蕭本作三年吟澤畔顦顇幾時迴通典春秋時楚章華臺在復州監利城內方輿勝覽江陵府有章華臺杜預云在今南郡華容城中華容即今監利楚辭卜居云屈原既放三年不得復見漁父云屈原既放游於江潭行吟澤畔顏色顦顇形容枯槁

黃鶴樓送孟浩然之廣陵

故人西辭黃鶴樓烟花三月下揚州孤帆遠影一作映碧山蕭本作空盡唯見長江天際流楊齊賢曰黃鶴樓以黃鶴山而名在鄂州通典廣陵郡今之揚州陸放翁入蜀記太白登黃鶴樓送孟浩然詩云征帆遠映碧山盡唯見長江天際流蓋帆檣映遠山尤可觀非江行久不能知也

將遊衡岳過漢陽雙松亭留别族弟浮屠談皓

通鑑地理通釋衡岳在潭州衡山縣西三十里衡州衡陽縣北七十里有五峰曰紫蓋天柱芙蓉石廪祝融一統志雙松亭在湖廣漢陽府秋輿亭東册府元龜浮居正號曰佛陀其聲相近皆西方言華言譯之則謂淨覺

秦欺趙氏璧却入邯鄲宮本是楚家玉還來荆山中符彩照（蕭本作丹彩瀉）滄溟清（繆本作精）輝凌白虹青蠅一相點流落此時同卓絕道門秀談玄乃支公延蘿結幽居剪竹繞芳叢凉花拂戶牖天籟（一作樂）鳴虛空憶我初來時蒲萄開景風今茲大火落秋葉黃梧桐水色夢沅湘長沙去何窮寄書訪衡嶠但與南飛鴻（史記趙惠文王

時得楚和氏璧秦昭王聞之遺趙王書願以十五城易璧趙王遣藺相如奉璧西入秦秦王坐章臺見相如相如奉璧奏秦王秦王大喜傳以示美人及左右相如視秦王無意償趙城乃前曰璧有瑕請指示王王授璧相如因持璧却立倚柱怒髮上冲冠謂秦王曰臣觀大王無意償趙王城邑故臣復取璧大王必欲急臣臣頭與璧俱碎於柱矣秦王恐其破璧乃辭謝名有司按圖指從此以往十五都予趙相如度秦王特以詐佯爲予趙城實不可得乃謂秦王曰趙王送璧時齋戒五日今大王亦宜齋戒五日秦王遂許齋五日相如乃使其從者衣褐懷璧從徑道亡歸趙秦王曰今殺相如終不能得璧也而絶秦趙之歡卒廷見相如畢禮而歸之楚人卞和得玉璞於荆山兩獻楚王兩刖其足見四卷註禮記氣如白虹天也孔穎達正義云白虹謂天之白氣言玉之白氣似天白氣也陳子昂詩青蠅一相點白璧遂成冤埤雅青蠅糞尤能敗物雖玉尤不免所謂蠅糞點玉是也三國志管寧德行卓絶海内無偶太平廣記支遁字道林本姓關氏陳留人或云河内林慮人年二十五出家每至講肆善標宗會而章句或有所遺時爲守文者

所陋謝安聞而喜之曰此乃古人之相馬也略其玄黃而取其駿逸於時殷浩王羲之等並一代名流皆著塵外之狎鮑照詩延蘿倚峰壁吳均詩剪竹製山扉莊子汝聞地籟而未聞天籟天籟乃虛空之際自然音響易緯通卦驗夏至景風至大火心星也落猶下也心星於夏月昏時當南方之位入秋則下而西流矣漢書竄九疑浮沅湘顏師古註沅水出牂牁湘水出零陵二水皆入江一統志湘江至沅州與沅水合曰沅湘古長沙郡秦始皇置在古荆州之域唐時之長沙巴陵衡陽零陵江華桂陽邵陽連山八郡皆其地也衡山及沅湘二水俱在境中蕭琛詩相思將安寄悵望南飛鴻○嶠音轎沅音元又音阮

留別賈舍人至二首 賈至見十一卷註

大梁白雲起飄飄來南洲徘徊蒼梧野十見羅浮秋鼇抃蕭本作挾山海傾四溟揚洪流意欲託孤鳳世本作鳫誤從之摩天遊鳳苦道路難翱翔還崑邱不肯銜我去

哀鳴慙不留繆本作周遠客謝主人明珠難暗投拂拭倚天劍西登岳陽樓長嘯萬里風掃清胷中憂誰念劉越石化爲繞指柔歸藏啟筮有白雲出自蒼梧入於大梁山海經南方蒼梧之邱蒼梧之淵其中有九疑山舜之所葬在長沙零陵界中郭璞註山在零陵營道縣南其山九谿皆相似故云九疑古者總名其地爲蒼梧也蓋古所稱蒼梧之野其地甚廣凡九疑山前後數百里粵西湖南之地兼跨而有之若漢之所置蒼梧郡視古之蒼梧野爲狹唐之所置蒼梧郡視漢之蒼梧郡則又狹皆祇在粵西一隅而長沙零陵非其所統矣或者據史記本紀舜崩於蒼梧之野葬於江南九疑是爲零陵因崩葬各紀其地疑蒼梧九疑不在一處者非也舜葬於蒼梧之野蓋檀弓先已記之矣名山志羅浮山在廣東增城博羅二縣之境本二山也在西者爲羅山在東者爲浮山二山合體故總稱羅浮舊記曰山高三千六百丈周圍二百七十七里舊說浮山從會稽來博於羅山故又稱博羅今羅浮山上獨有東方草木或云

浮山乃蓬萊之一島堯時洪水浮至依羅山而止焉二山斷處有石磴相聯接狀如橋梁號曰鐵橋奇禽靈卉不可勝紀楚辭鰲戴山抃王逸註鰲大龜也擊手曰抃列仙傳曰有巨靈之鰲背負蓬萊之山而抃滄海之中爾雅翼天問曰鰲戴山抃何以安之抃者兩手相擊也言鰲以首戴山儵用前兩手相擊則山上之仙聖何以安乎張衡思玄賦登蓬萊而容與兮鰲雖抃而不傾呂延濟註言巨鰲負蓬萊山雖抃擊而不傾側太白引此蓋以喻祿山之亂也張協詩雨足灑四溟李善註四溟四海也王粲詩鶺鴒摩天遊邪冐爾雅疏崑崙山記云崑崙山一名崑邱史記明月之珠夜光之璧以暗投人於道路人無不按劍相眄者何則無因而至前也王褒詩白璧求善價明珠難暗投宋玉大言賦長劍耿耿倚天外岳陽風土記岳陽樓城西門樓也下瞰洞庭景物寬闊唐開元四年中書令張說除守此州每與才士登樓賦詩自爾名著劉越石詩何意百鍊剛化爲繞指柔呂延濟註百鍊之鐵堅剛而今可繞指自喻今破敗而至柔弱也〇琦按賈之謫在岳陽去羅浮甚遠而太白行跡亦未嘗至廣惠間何云徘徊蒼梧野十見羅浮秋耶

又太白旅寓岳州約計只一二年而賈之謫在至德中名還故官在寳應初約計首尾亦不至十年之久所云十見更指何人耶恐是他人之作而誤入集中者否則筆字之訛歟

其二

秋風吹胡霜凋此簷下芳折芳怨歲晚離别悽以傷謬攀青瑣賢延我於此堂君爲長沙客我獨之夜郎勸此一杯酒豈唯道路長割珠兩分贈寸心貴蕭本作久不忘何必兒女仁相看淚成行劉昭後漢書補百官志注：漢官儀：青瑣門在南宮衛權注：吳都賦曰青瑣戶邊青鏤也一曰天子門内有楣格再重裏青畫曰瑣章懷太子後漢書註青瑣謂刻爲瑣文而以青飾之也西京賦青瑣丹墀呂向註青瑣窗也以青飾之吳都賦青瑣丹楹劉淵林註瑣爲瑣戶内邊以青畫爲瑣文呂延濟註青瑣門窓欒刻爲瑣文染以青色割珠事無考曹植詩無乃兒女仁

渡荆門送別通典荆門山後漢岑彭破田戎於此公孫述又遣將任滿拒吳漢作浮橋處在今峽州宜都縣西北五十里水經云江水東楚荆門虎牙之間荆門山在南上合下開若門虎牙山在北石壁危江間有白文類牙故以爲名荆門虎牙二山卽楚之西塞

渡遠荆門外來從楚國遊山隨平野盡江入大荒流月下飛天鏡雲生結海樓仍憐許本作連故鄉水萬里送行舟楊齊賢曰荆門軍有山名荆門蜀之諸山至此不復見矣史記海旁蜃氣象樓臺國史補海上居人時見飛樓如締構之狀甚壯麗○丁龍友曰胡元瑞謂山隨平野盡江入大荒流此太白壯語也子美詩星隨平野闊江入大荒流二語骨力過之予謂李是晝景杜是夜景李是行舟暫視杜是停舟細觀未可槩論

聞李太尉大舉秦兵百萬出征東南懦夫請纓

冀申一割之用半道病還留别金陵崔侍御十九韻通鑑上元二年五月以李光弼爲河南副元帥太尉兼侍中都統河南淮南東西山南東荆南江南西浙江東西八道行營節度出鎮臨淮漢書遣終軍使南越說其王欲令入朝比內諸侯軍自請願受長纓必羈南越王而致之闕下軍遂往說越王越王聽許請舉國內屬後漢書班超曰昔魏絳列國大夫尚能和輯諸戎況臣奉大漢之威而無鉛刀一割之用乎

秦出天下兵蹴踏燕趙傾黃河飲馬竭赤羽連天明太尉杖旄鉞雲騎繆本作旗繞彭城三軍受號令千里肅雷霆函谷絕飛鳥武關擁連營意在斬巨鰲何論鱠長鯨一作鯢與鯨恨無左車略多愧魯連生拂劍照嚴霜彫戈蔓當作縵胡纓願雪會稽恥將期報恩榮半道謝

病還無因（一作由）東南征亞夫未見顧劇孟阻先行天奪壯士心長吁別吳京金陵遇太守倒屣欣（一作相）逢迎群公咸祖餞四座羅朝英初發臨滄觀醉栖征虜亭舊國見秋月長江流寒聲帝車（一作居誤）信迴轉河漢復縱（繆本作縱復）橫孤鳳向西海飛鴻辭北溟因之出寥廓揮手謝公卿

家語由願得白羽若月赤羽若日史記師尚父左杖黃鉞右把白旄以誓謝靈運詩雲騎亂漢南呂向註雲騎言多如雲也唐之彭城郡即徐州也隸河南道舊唐書李光弼拜太尉充河南淮南山南東道荊南等副元帥侍中如故出鎮臨淮史朝義乘邙山之勝寇申光等十三州自領精騎圍李岑於宋州將士皆懼請南保揚州光弼徑赴徐州以鎮之遣田神功擊敗之浙東賊首袁晁攻剽郡縣浙東大亂光弼分兵除討尅定江左人心乃安光弼未至河南也田神功平劉展後逗遛於揚

府尚衡殷仲卿相攻於兖鄆來瑱旅距於襄陽朝廷患之及光弼輕騎至徐州史朝義退走神功遽歸河南尚衡殷仲卿來瑱皆懼其威名相繼赴闕又云光弼御軍嚴肅天下服其威名每申號令諸將不敢仰視元和郡縣志函谷故城在陝州靈寶縣南十里秦函關城漢弘農縣也西征記曰函谷關城路在谷中深險如函故以爲名其中劣通行路東西四十里絶岸壁立巖上柏林蔭映谷中殆不見日關去長安四百里日入則閉雞鳴則開秦法也東自殽山西至潼津通名函谷號曰天險所謂秦得百二也史記集解應劭曰武關秦南關通南陽文穎曰武關在析西百七十里弘農界太平寰宇記武關在商州商洛縣東南九十里春秋時少習也左氏傳曰將通於少習以聽命註少習商縣武關是也三國志樹柵連營七百餘里史記趙王成安君陳餘聞漢且襲之也聚兵井陘口號稱二十萬廣武君李佐車說成安君曰願足下假臣奇兵三萬人從間路絶其輜重足下深溝高壘堅營勿與戰不至二十日而兩將之頭可致於戲下成安君不聽韓信引兵出井陘口斬成安君泜水上禽趙王歇信乃令軍中毋殺廣武君有能生得者

購千金於是有縛廣武君而致戲下者信乃解其縛東鄉坐西鄉對師事之魯連事見二卷註國語穆公横雕戈出見使者韋昭註雕鏤也戈戟也莊子說劍篇垂冠縵胡之纓司馬彪曰縵胡之纓謂粗纓無文理也會稽恥見十卷註亞夫劇孟事見三卷註楊齊賢曰吳京建康也十六國春秋宋繇每聞儒士在門常倒屣出迎停寢政事引談經籍漢書丞相爲祖道顔師古註祖者送行之祭因宴飲焉左傳鄭六卿餞宣子於郊杜預註餞送行飲酒也太平寰宇記臨滄觀在勞勞山上有亭七間名曰新亭吳所築宋改爲臨滄觀周顗與王導等當春日登之會宴顗曰風景不殊舉目有江山之異即此處也謂之勞勞亭古送別之所胡三省曰臨滄觀在江寧縣南十五里世說註丹陽記曰征虜亭太安中征虜將軍謝石立此亭因以爲名胡三省通鑑註征虜亭在方山南自元武湖頭大路北出至征虜亭史記斗爲帝車運於中央臨置四方晉書斗爲帝車取乎運動之義也魏文帝詩天漢迴西流三五正縱横漢書焦明已翔於寥廓顔師古註寥廓天上寛廣之處

別韋少府

西出蒼龍門，南登白鹿原。欲尋商（一作南）山皓，猶戀漢皇恩。水國遠行邁，仙經深討論。洗心句溪（蕭本作向秋）月，清耳敬亭猿。築室在人境，閉關無世諠。多君枉高駕，贈我以微言。交乃意氣合，道因風雅存。別離有相思，瑤瑟與金樽。

史記集解：關中記曰：東有蒼龍闕，北有玄武闕。吳均詩：已蔽蒼龍門。元和郡縣志：白鹿原在京兆府萬年縣東二十里，亦謂之霸上。漢文帝葬其上，謂之霸陵。王仲宣詩曰「南登霸陵岸，回首望長安」即此也。太平寰宇記：白鹿原在藍田縣西六里。按三秦記云：周平王東遷之後，有白鹿游此原，是以得名。長安志：白鹿原在萬年縣東南二十里，自藍田縣界至滻水川盡，東西一十五里，南接終南，北至灞川盡，南北一十里，亦謂之灞上。雍錄：白鹿原者，自南山分支而下，行乎藍田縣以及漢城之東，古志云原接南山西北入萬年界抵漄水其東西可十五里南北可二十里也南山四皓見四卷註江南通志句溪在寧國府城東五里溪流迴曲形如句字源出籠叢天目諸山東北流二百餘里合衆流入江李白詩洗心句溪月蓋謂其清也隋書宣城郡宣城縣有敬亭山陶潛詩結廬在人境而無車馬喧章懷太子後漢書註多重也漢書仲尼沒而微言絶江淹詩瑶瑟詎能開

南陵別兒童入京 一作古意

白酒新一作初熟山中歸黃雞啄黍秋正肥呼童烹雞酌白酒兒女嬉繆本作歌笑牽人衣高歌取醉欲自慰起舞落日爭光輝遊說萬乘苦不早著鞭跨馬涉遠道會稽愚婦輕買臣余亦辭家西一作方入秦仰天大笑出門去我輩豈是蓬蒿人陶潛詩歸去來山中山中酒應熟詩小雅無啄我黍

漢書朱買臣家貧好讀書不治產業常刈薪樵賣以給食擔束薪行且誦書其妻亦負擔相隨數止買臣毋歌謳道中買臣愈益疾歌妻羞之求去買臣笑曰我年五十當富貴今已四十餘矣汝苦日久待我富貴報汝功妻恚怒曰如公等終餓死溝中耳何能富貴買臣不能留卽聽去史記淳于髡仰天大笑冠纓索絕

別山僧

何處名僧到水西乘舟一作杯弄月宿涇溪平明別我上山去手攜金策踏雲梯騰身轉覺三天近舉足迴看萬嶺低謔浪肯居支遁下風流還與遠公齊此度別離何日見相思一夜暝猿啼江南通志水西山在寧國府涇縣西五里林壑邃密下臨涇溪舊建寶勝崇慶白雲三寺浮屠對峙樓閣參差碧水浮烟咫尺萬狀晉葛洪劉遺民

唐李白杜牧之皆常游憩於此寶勝寺即水西寺白雲寺即水西首寺崇慶寺即天宮水西寺也涇溪在涇縣西南一里下流至蕪湖入江孫綽天台山賦振金策之鈴鈴李善註金策錫杖也雲梯謂山中磴道梯之而上如入雲中故曰雲梯法苑珠林沙門支遁字道林陳留人也神宇雋發爲老釋風流之宗神僧傳釋慧遠本姓賈氏雁門樓煩人也少爲諸生博綜六經尤善老莊性度弘偉風鑒朗拔雖宿儒英達莫不服其深致後聞沙門釋道安講波若經豁然而悟投簪落髮委命受業既入乎道厲然不群常欲總攝綱維以大法爲已任○唐詩品彙云七言排律唐人不多見如太白別山僧高適宿田家等作雖聯對精密而律調未純終是古詩體段

贈別王山人歸布山

王子析道論微言破秋毫還歸布山隱興入天雲高爾去安可遲瑤草恐衰歇我心亦懷歸屢夢松上月

許本作衣傲然遂獨往長嘯開巖扉林壑久已蕪石道生薔薇願言弄笙鶴歲晚來相依三國志註管輅别傳曰何尚書神明精微言皆巧妙巧妙之至殆破秋毫孫綽太尉庾亮碑微言散於秋毫亶風暢乎德音詩小雅豈不懷歸

江夏别宋之悌

楚水清若空遥將碧海通人分千里外興在一杯中谷鳥吟晴日江猿嘯晚風平生不下淚於此泣無窮劉須詩烟峯晦如畫寒水清若空陸放翁入蜀記自鸚鵡洲以南爲漢水水色澄澈可鑑太白云楚水清若空蓋言此也

李太白文集卷十五

李太白文集卷之十六

錢塘　王琦琢崖輯註

趙樹元石堂較

古近體詩共二十一首

南陽送客

斗酒勿爲一作與薄，寸心貴不忘。坐惜故人去，偏令遊子傷。離顏怨芳草，春思結垂楊。揮手再三別，臨岐空斷腸。古詩：斗酒相娛樂，聊厚不爲薄。謝朓詩：坐惜紅妝變。劉鑠詩：揮手從此辭。張銑註：揮手，舉手辭別也。

送張舍人之江東

張翰江東去正值秋風時天清一作晴一鴈遠海闊孤帆遲白日行欲暮滄波杳難期一作白日行已晚欲暮杳難期吳洲如一作好見月千里幸相思晉書張翰爲大司馬東曹掾因見秋風起乃思吳中菰菜蓴羹鱸魚膾曰人生貴得適意何能羈宦數千里以要名爵乎遂命駕而歸楊素詩千里悲無駕一見杳難期顔延年詩振楫發吳洲謝莊月賦隔千里兮共明月

送王屋山人魏萬還王屋唐詩紀事魏萬後名顥上元初登第始見李白於廣陵白曰爾後必著大名於天下無忘老夫與明月奴因盡出其文命顥集之詳見三十一卷魏顥序中

王屋山人魏萬云自嵩宋沿吳相訪繆本作遂數千里不遇乘興游台越經永嘉觀謝公石門後於廣陵

相見美其蕭本作而愛文好古浪跡方外因述其行而贈是詩一作見王屋山人魏萬云自嵩歷兗游梁入吳計程三千里相訪不遇因下江東尋諸名山往復百越後於廣陵一面遂乘興共過金陵此公愛奇好古獨往物表因述其行李遂有此作

仙人東方生，浩蕩弄雲海。沛然乘天遊，獨往失所在。一作東方不辭家獨訪紫泥海時人必相逢往往失所在魏侯繼大名，本家聊攝城。卷舒入元化，一作雜仙隱跡與古賢并。十三弄文史，揮筆如振綺。辯折田巴生，心齊魯連子。西涉清洛源，頗驚人世喧。採秀臥王屋，因窺洞天門。以上美萬之愛文好古而隱居王屋之事漢武內傳東方朔一旦乘龍飛去同時衆人見從西北上冉冉仰望良久大霧覆之不知所適左傳晉侯賜畢萬魏以爲大夫卜偃曰畢萬之後必大萬盈數也魏大名也以是始賞天啟之矣又左傳聊攝以東姑尤以西杜預註聊攝齊西界也平原聊城縣東北有攝城路史聊攝故博平是今聊城東北三十里有故攝城或以聊攝爲一城誤一統志聊城在東昌府城西北十五里攝城在博平縣西南二十里太平御覽魯連子曰齊之辯士田巴辯於徂丘議於稷下毀五帝罪三王訾五伯離堅白合同異一日而服千人有徐劫者其弟子曰魯連謂徐劫曰臣願得當田子使之不敢復談徐劫言之田巴曰走弟子年十二耳然千里駒也願得侍議於前可乎田巴曰可於是魯連往見曰臣聞堂上之糞不除郊草不芸白矢交前不救流矢何者急者不救緩者非務今楚軍南陽趙伐高唐燕人十萬之衆在聊城而不去國亡在旦暮先生將奈何田巴曰無可奈何魯連曰危不能爲安亡不能爲存則無貴學士矣今臣將罷南陽之師還高唐之兵却聊城之衆所貴談說者爲若此也若不能者如先生之言有似梟鳴出聲而人皆惡之願先生勿復談也田巴曰謹受教明日見徐劫曰先生之駒乃飛兔騕褭也豈特千里哉於是杜口

易業終身不復談潘岳藉田賦清洛濁渠引流激水史記正義括地志云洛水出商州洛南縣西冢嶺山東北流入河楚詞采三秀兮山間王逸註三秀謂芝草也元和郡縣志王屋山在河南府王屋縣北十五里周圍一百三十里高三十里尚書禹貢底柱析城至於王屋是也太平寰宇記王屋山在澤州陽城縣南五十里仙經云王屋山有仙宫洞天廣三千里號小有清虛洞天山高八千丈廣數百里太行析山爲佐命中條古鐘爲輔翼三十六洞小有爲群洞之尊四十九山王屋爲重山之最實不死之靈鄉真人之洞境也名山洞天福地記王屋洞周圍一萬里名小有清虛之天在東都朅來遊嵩峰羽客何雙雙朝攜月光子暮宿玉女窗鬼谷上窈窕龍潭下奔潨東浮汴河水訪我三千里逸興滿吳雲飄颻浙江汜揮手杭越間樟蕭本作章亭望潮還濤卷海門石雲繆本作雪橫天際山白馬走素車雷奔駭心顏以上敘其

自嵩宋沿吳相訪之事大人賦回車竭來兮絕道不周通雅竭來猶何來也元和郡縣志嵩高山在河南府登封縣北八里亦名方外山東曰太室西曰少室嵩高其總名卽中岳也山高二十里周圍一百三十里藝文類聚仙經云嵩高山東南大巖下石孔方圓一丈四方北入五六里有大室高三十餘丈周圍三百步自然明燭相見如日月無異中有十六仙人云月光童子常在天台時亦往來此中人非有道不得望見五色線圖經云嵩山有玉女窟漢武帝於窟中見玉女謝絳游嵩山書云進窺玉女窟擣衣石石誠異窟則亡是玉女窟在宋時巳無之矣元和郡縣志鬼谷在河南府告成縣北五里卽六國時鬼谷先生所居也一統志鬼谷在河南府登封縣北五里史記蘇秦洛陽人師事於齊而習於鬼谷卽此史記集解徐廣曰潁川陽城有鬼谷尉遲汾狀嵩高靈勝詩自註九龍潭在寺側崇崖對聳壁立千仞九曲分蓄瀐黑不測一統志龍潭在登封縣東二十五里嵩頂之東九潭相接其深莫測登封縣志九龍潭在太室東巖山巔有水流下激衝成潭盈坎而出復作一潭共有九潭遞相灌輸水色洞黑其深無際崖嶨險峻波

濤怒激登臨者至此輒凜然生畏焉有石記戒人游龍潭者勿語笑以黷龍神神怒則有雷恐毛萇詩傳潀水會也說文小水入大水曰潀玉海汴河蓋古莨蕩渠也首受黃河水隋開浚以通江淮漕運兼引汴水亦曰通濟渠一統志汴河源出滎陽縣大周山合東流須鄭四水東南至中牟縣北入於黃河聶心湯錢塘縣志錢塘江在縣之東南本名浙江虞喜云潮水投浙江下折而曲一云江有反濤水勢折歸故云浙江盧肇曰浙者折也蓋取其潮出海屈折而倒流也一名折河山海經云禹治水至於折河又名曲江枚乘七發曰觀濤於廣陵之曲江今名錢塘江其源發黟縣曲折而東以入於海潮水晝夜再上奔騰衝擊聲撼地軸陸機詩願假歸鴻翼翻飛浙江汜揮手以手指畫也杭謂杭州餘杭郡古時爲越國西境越謂越州會稽郡古時爲越國都城二郡中隔浙江江之北爲杭州江之南爲越州咸淳臨安志樟亭驛晏公輿地志云在錢塘縣舊治之南五里今爲浙江亭西溪叢語浙江夾岸有山南曰龕北曰赭二山相對謂之海門岸狹勢逼湧而爲濤枚乘七發觀濤於廣陵之曲江其始起也淋淋焉若白鷺之下翔其少進

也浩浩澧澧如素馬白馬帷蓋之張陵赤岸奪扶桑橫奔似雷行○潨音叢遥聞會稽美一弄一作且度耶溪水萬壑與千巖崢嶸鏡湖裏秀色不可名清輝滿江城人游月邊去舟在空中行此中久延佇入剡尋王許笑讀曹娥碑沉吟黃絹語天台連四明日入向國清五峯轉月色百里行松聲靈溪恣蕭本作溶沿越華頂殊趨忽石梁橫青天側足履半月以上敘其乘興游台越之事太平寰宇記若耶溪在越州會稽縣東南二十八里世說顧長康從會稽還人問山川之美顧云千巖競秀萬壑爭流草木蒙籠其上若雲興霞蔚施宿會稽志鏡湖在會稽縣東二里故南湖也一名長湖又名大湖通典云東漢永和五年太守馬臻始築塘立湖周三百一十里溉田九千餘頃人獲其利王逸少有云山陰路上行如在鏡中游鏡湖之得名以此輿地志云山陰南湖縈帶郊郭白

水翠巖互相暎發若鏡若圖延佇遷延企望之意楚辭延佇乎吾將返元和郡縣志剡縣西北去越州一百八十五里晉書會稽有佳山水名士多居之孫綽李充許詢支遁等皆以文義冠世並築室東土與王羲之同好太平寰宇記曹娥碑地志云餘姚有孝女曹娥父泝濤而死娥年十四號痛入水因抱父屍出而死縣令度尚使門生邯鄲子禮爲碑文後蔡邕過讀碑乃題八字曰黃絹幼婦外孫虀臼此碑今在上虞縣水濵世說魏武嘗過曹娥碑下楊修從碑背上見題作黃絹幼婦外孫虀臼八字魏武謂修曰解否荅曰解魏武曰卿未可言待我思之行三十里魏武乃曰吾已得令修別記所知修曰黃絹色絲也於字爲絶幼婦少女也於字爲妙外孫女子也於字爲好虀臼受辛也於字爲辭所謂絶妙好辭也魏武亦記之與修同太平寰宇記天台山在台州西一百一十里臨海記云天台山超然秀出山有八重視之如一凡高一萬八千丈周圍八百里又有飛泉懸流千仞似布登真隱訣註云此山在桐柏山後四明山東南三百里啟蒙記註云天台山去天不遠路經油溪水深險清冷前有石橋路徑不盈尺長數十丈下臨絶

冥之澗惟忘其身然後能躋躋者梯巖壁援蘿葛之
莖度得平路見天台山蔚然綺秀列雙嶺於青霄上
有瓊樓玉闕天堂碧林醴泉仙物畢具也晉隱士帛
道猷得過之獲醴泉紫芝靈藥今石橋名相山又道
書所謂玉堂天台山其山八重視之如一中有金庭
不死之鄉許邁與王逸少書云自山陰至臨海多有
金庭玉堂仙人芝草也四明山在越州餘姚縣西南
一百里會稽記云縣南有四明山高峰軼雲連岫蔽
日孫綽天台賦序云涉海則有方丈蓬萊登陸則有
四明天台寧波府志四明山發自天台屹峙於郡治
之坤隅上有二百八十峰綿亘明越台三州之境爲
三十六洞天之一九域志景德寺舊名國清寺隋煬
帝在藩日爲智顗禪師所建唐會昌五年廢大中五
年再建柳公權書額時以齊州靈巖荊州玉泉潤州
棲霞台州國清爲四絶天台山志國清寺在天台縣
北十里舊名天台寺昔智者大師初入天台游歷山
水宿石橋有一老僧謂之曰仁者若欲造寺山下有
皇太子寺基捨以仰給智者曰正如今日草舍尚難
當於何時能辦此寺老僧曰今非其時三國成一大
勢力人能起此寺寺若成國卽清當呼爲國清寺後

將滅時復標杙山下又畫殿堂爲圖以作樣式後晉王命司馬王弘依圖造寺高敞秀麗方之釋宫呼爲國清寺五峰在國清寺側其峰有五正北曰八桂東北曰靈禽東南曰祥雲西南曰靈芝西北曰映霞前有雙澗合流南注大溪鑿字巖在縣北三里巖上有萬松徑三字相傳昔時由巖至國清寺大松成列今無矣靈溪在縣北十五里福聖觀前今縣東三十里亦有靈溪蓋其名適類也孫綽賦云過靈溪而一濯疏煩想於心胸華頂峰在縣東北六十里乃天台第八重最高處高一萬八千丈周圍一百里少晴多晦夏有積雪中有黄金洞石色光明登降魔塔東望滄海瀰漫無際號望海尖可觀日之出没下瞰衆山如龍虎蟠踞旗鼓布列之狀草木薰郁殆非人世天台九峰崒嵂猶如蓮花此爲華心之頂故名華頂鮑照詩明澗予沿越飛蘿予縈牽王巾頭陀寺碑文東望平皋千里超忽呂向註超忽遠貌側足者言石橋險狹僅可側足而行半月喻石橋灣環之狀

眷一作忽然思永嘉不憚海路賒

挂席歷海嶠迴瞻赤城霞赤城漸微没孤嶼前嶢兀

水續萬古流亭空千霜月縉雲川谷難石門最可觀瀑布挂北斗莫窮此水端噴壁灑素雪空濛生晝寒却思繆本作尋惡溪去寧懼惡溪惡咆哮七十灘水石相噴薄路創李北海巖開謝康樂一作嶺路始北海巖詩題康樂楊升菴引此詩作遠尋惡溪溪去不憚惡溪惡途傳李北海灘閗謝康樂以巖字爲誤松風和猿聲搜索連洞壑徑出一作岸接梅花橋雙溪納歸潮落帆金華岸赤松若可招沈約八咏樓城西孤岧嶤岧嶤四荒外曠望群川會雲卷天地繆本作池開波連浙西大亂流新安口北指嚴光瀨釣臺碧雲中邈與蒼嶺繆本作梧對以上敘其自台州泛海至永嘉徧游縉雲金華諸名勝之事唐之永嘉郡即温州也隸江南東道謝靈運

詩挂席拾海月太平寰宇記赤城山在天台縣北六里孔靈符會稽記云赤城山土色皆赤狀似雲霞登真隱訣云此山下有洞在三十六小洞天數其山是赤城丹洞周迴三百里名上玉清平天也孫綽天台賦云赤城霞起以建標瀑布飛流而界道又述異記云赤城山一峰特高可三百丈丹壁爍日一統志孤嶼山在温州府城北有東西二峰峰上各有塔薛方山浙江通志永嘉縣北曰孤嶼山在永寧江中東西兩峰相峙唐之縉雲郡即處州也隸江南東道太平寰宇記處州縉雲縣有縉雲山名山記云孤石干雲高可三百丈黄帝鍊丹於此郡國志云縉雲有瀑布日照如晴虹風吹如細雨即此山方輿勝覽石門洞在處州青田縣西七十五里兩峰壁立高數十丈相對如門因名有瀑布直瀉至天壁凡三百尺自天壁飛洒至下潭凡四百尺有亭曰噴雪道書載青田山元鶴洞天即此薛方山浙江通志處州青田縣有石門山在石蓋山之西十里兩峰對峙如門中有洞曰石門洞道書所謂元鶴洞天乃三十六洞天之第三十也西南高谷有瀑布泉自上潭奔流至天壁三十餘丈自天壁至下潭四十餘丈舊在榛莽間至劉宋

時永嘉守謝靈運性好游覽始覓此洞說文濛微兩也元和郡縣志處州麗水縣有麗水本名惡溪以其湍流阻險九十里間五十九瀨名爲大惡開皇中改爲麗水皇朝因之以爲縣名太平寰宇記惡溪出處州麗水縣東北大甕山西南二百一十五里至括州城下謝靈運與從弟惠連書云出惡溪至大江水清如鏡輿地志云惡溪道間九十里而有五十九瀨兩岸連雲高巖壁立諸書皆云五十九灘而此云七十灘所未詳也太白自註李公邕昔爲括州開此嶺路唐書李邕傳開元二十三年起爲括州刺史後歷淄滑二州刺史上計京師出爲汲郡北海太守時稱李北海又太白自註惡谿有謝康樂題詩處方輿勝覽謝公巖在好溪上亦名康樂巖一統志謝公巖在縉雲縣南十里一名康樂巖謝靈運游宴之地王褒洞簫賦玄猿悲嘯搜索乎其間李善註搜索往來貌梅花橋今無考當在梅花溪之上薛方山浙江通志金華縣東石碕巖高十餘丈俯瞰大溪巖下有洞曰梅花洞又名梅花溪雙溪在金華縣南一曰東港一曰南港東港之源出東陽之大盆山過義烏合衆流西行入縣境又合杭慈溪白溪東溪西溪坦溪玉泉溪

赤松溪之水經馬鋪嶺石碕巖下與南港會南港之
源出縉雲之黃碧山過永康武義入縣境又合松溪
梅溪之水經屏山西北行與東港會於城下故曰雙
溪又名瀔溪西行受白沙溪桐溪盤溪之水入於蘭
溪會衢水北折於桐江同新安之水東流於浙江放
於海元和郡縣志金華山在婺州金華縣北二十里
赤松子得道處太平寰宇記金華縣有赤松澗赤松
子游金華山以火自燒而化故山上有赤松之祠澗
自山而出故曰赤松澗薛方山浙江通志金華縣北
有赤松山相傳黃初平叱石成羊處初平號赤松故
山以是名後人爲之立祠名赤松宫一統志八咏樓
在金華府治西南隅舊名玄暢樓南齊太守沈約建
有登臺望秋月會圃臨春風秋至愍衰草寒來悲落
桐夕行聞夜鶴晨征聽曉鴻解珮去朝市被褐守山
東八詠詩金華府志南齊隆昌元年沈約以吏部郎
出爲東陽太守題八詩於玄暢樓後人更爲八咏樓
云方輿勝覽八咏樓在婺州子城西即沈隱侯玄暢
樓至道間郡守馮伉更今名琦按自太白詩外崔顥
有題沈隱侯八詠樓詩及嚴維明月雙溪水清風八
咏樓之句八咏之名蓋不始於宋矣莊子南溟者天

池也唐六典註浙江水有三源一出歙州一出衢州一出婺州歷睦杭越三州界入海薛方山浙江通志新安江一名清溪出徽州自歙經淳安縣界至嚴州府城南合婺港東入浙江富春山在嚴州桐廬縣西三十五里一名嚴陵山清麗奇絶號錦峰繡嶺前臨大江乃漢嚴子陵釣處也人稱爲嚴陵瀨有東西二釣臺各高數百丈西征記云自桐君而西群山蜿蜒如兩蛇對走於平野之上三江之水並流於其間驚波問馳秀壁雙峙上有嚴子陵釣臺孤峰特操聳立千仞奔走名利汩沒塵埃者一過其下清風襲人毛髮豎立使人有遺世獨立之意又西曰七里灘太平寰宇記嚴子陵釣臺在桐廬縣南大江側壇下連七里瀨按東觀漢記云光武與子陵友舊及登位望之陵隱於孤亭山垂釣爲業時知天文者奏每日出常有客星同流帝曰嚴子陵耳訪得之陵不受封今郡有臺并壇亦謂嚴陵瀨一統志釣臺在嚴州府城東五十里東西二臺各高數百丈漢嚴子陵垂釣處避暑錄話嚴陵灘東西二釣臺各在山巔與灘不相及突然石出峰外畧如臺上平可坐數十人因以名耳薛方山浙江通志蒼嶺在台州仙居縣西北九十里

高五千丈周迴八十里界於縉雲重岡複徑隨勢高下其險峭峻絶爲東浙之最行者病焉又云處州縉雲縣有栝蒼山一名蒼嶺圖經載十六洞天栝蒼爲第十名成德隱真洞天周三百里東跨仙居南控臨海吳錄云括蒼山登之俯視雷雨高一萬六千丈稍棠溪赤溪管溪三水分流環遶其下○嶼音序

稍來吳都徘徊上姑蘇烟緜橫九疑漭蕩一作蕩漭繆本作漭蕩見五湖目極心更遠悲歌但長吁迴橈楚江濱揮策楊子津身著日本裘昂藏出風塵五月造我語知非佁繆本作儓擬人相逢樂無限水石日在眼徒干五諸侯不致百金產吾友楊子雲絃歌播清芬雖爲江寧宰好與山公群乘興但一行且知我愛君以上叙其自姑蘇至廣陵相見之事劉淵林三都賦註吳都者蘇州是也通典蘇州春秋吳國之都也自闔閭後並都於此藝

文類聚吳地記曰吳王闔閭十一年起臺於姑蘇山因山爲名西南去國三十五里春夏游焉後夫差復高而飾之越伐吳遂見焚太史公云余登姑蘇望五湖五湖去此臺二十餘里吳地記姑蘇臺在吳縣西南三十五里闔閭造經營九年始成其臺高三百丈望見三百里外作九曲路以登之宋范至能曰與客登蘇臺山頂正平有坳堂薛石可列坐相傳爲吳故宮閒臺別館其前湖光接松陵獨見孤塔之尖少北點墨一螺爲崑山其後西山競秀攢青叢碧與洞庭林屋相賓大約目力踰百里具登高臨遠之勝琦按登姑蘇以望五湖自是實景若九疑遠在湖廣南垂相去數千里豈目力所能及或者是設爲想像之辭耳否則是其所望見之山其時亦有冒九疑之名者因指而入咏亦未可定陸羽慧山寺記曰慧山古華山也顧歡吳地記云在吳城西北一百里其山有九隴俗謂之九隴山或云九龍山或曰鬬龍山九龍者言山隴之形若蒼虬縹螭合沓然鬬龍者相傳隋大業末山上有龍鬬六十日因名此山當太湖之西北隅縈竦四十餘里惟中峰有叢篁灌木餘盡古石嵌崒而已凡烟嵐所集發於蘿薜今石山横亘濃翠可

揄周柱史伯陽謂之神山豈虛言哉九疑或是指此耳江南通志五湖在吳郡西南三十餘里禹貢謂之震澤周禮謂之具區左氏謂之笠澤史記謂之五湖今之太湖也其大三萬六千頃東西二百餘里南北一百二十里延袤五百餘里湖中有七十二山跨蘇湖常三州北有百瀆納建康常潤數郡之水南有諸漊納宣歙臨安苕霅諸溪之水東南巨浸無大於此廣韻橈楫也韻會櫂之短者吳越人呼爲橈江南通志揚子津在揚州府城南十五里一名楊子渡唐高宗永淳間楊子縣也舊時建康有四津横江爲建康之西津楊子爲建康之東津太白自註裘則朝卿所贈日本布爲之朝卿事詳見後二十五卷註史記正義倭國武皇后改曰日本國在百濟國隔海依島而居凡百餘小國太平寰宇記倭有名日本自云國在日邊因以爲稱蓋惡舊名也陸機周孝侯碑昂藏僚采之上五月雖紀時節亦是暗用披裘公事耳廣韻佁儗不前也儓儗痴貌韻會佁儗固滯貌田汝成曰言人進退不果曰佁儗楊子雲謂楊利物太白有江寧宰楊利物畫贊即是此人陸機文賦誦先人之清芬世說山季倫爲荆州時出酣暢人爲之歌曰山公

時一醉徑造高陽池日暮倒載歸酩酊無所知復能乘駿馬倒著白接䍦舉手問葛彊何如并州兒○橈音饒佁儗音熾義儓儗音貸礙君來幾何時仙臺應有期東窗綠玉樹定長三五枝至一作如今天壇人當笑爾歸遲我苦惜遠別茫然使心悲黃河若不斷白首長相思以上欽其還山而相別也一統志天壇山在懷慶府濟源縣西一百二十里王屋山北山峯突兀其東曰日精西曰月華絕頂有石壇名清虛小有洞天旦有五色影夜有仙燈按天壇山即王屋山中之一峯也黃河若不斷白首長相思此是倒裝句法謂白首相思若黃河之水終無斷絕時耳

金陵詶翰林謫仙子　王屋山人魏萬

君抱碧海珠我懷藍田玉各稱希代寶萬里遙相燭長卿慕藺久子猷意已深平生風雲人暗合江

海心去秋忽乘興命駕來東土謫仙遊梁園愛子
在鄒魯二處一不見拂衣向江東五兩挂淮月扁
舟隨海風南游吳越徧高揖二千石雪上天台山
春逢翰林伯宣父敬項橐一作託林宗重黄生一長
復一夕相看如弟兄惕然意不盡更逐西南去同
舟入秦淮建業龍盤處楚歌對吳酒借問承恩初
宫買長門賦天迎駟馬車才高世難容道廢可推
命安石重攜妓子房空謝病金陵百萬戶六代帝
王都虎石踞西江鍾山臨北湖湖山信爲美王屋
人相待應爲岐路多不知歲寒在君遊早晚還勿

久風塵間此別未遠別秋期到仙山後漢書藍田出美玉長安志藍田山在長安縣東南三十里其山產玉亦名玉山漢書司馬相如字長卿少時名犬子既學慕藺相如之爲人也更名相如世說王子猷居山陰夜大雪眠覺開室命酌酒四望皎然忽憶戴安道卽便夜乘小船就之經宿方至造門不前而返人問其故王曰吾本乘興而行興盡而返何必見戴郭璞江賦覘五兩之動靜李善註許愼淮南子註曰綄候風也楚人謂之五兩漢書范蠡乃乘扁舟浮江湖孟康註扁舟特舟也唐書貞觀十一年詔尊孔子爲宣父史記項橐生七歲爲孔子師後漢書郭林宗少游汝南先過袁閎不宿而退後往從黃憲累日方還或以問林宗林宗曰奉高之器譬諸氾濫雖淸而易挹叔度汪汪若千頃陂澄之不淸淆之不濁不可量也方輿勝覽秦淮在上元縣南三里始皇時望氣者言金陵有天子氣使朱衣鑿山爲瀆以斷地脈以秦開故曰秦淮或曰淮水發源屈曲不類人工一統志秦始皇以金陵有都邑之氣改曰秣陵吳自京口徙都於此改爲建業

晉平吳改建業爲秣陵尋分秣陵北爲建業建興初改爲建康漢陳皇后退居長門宫奉黄金百斤爲司馬相如取酒相如爲作長門賦詳見四卷註漢書朱買臣拜會稽太守長安廐吏乘駟馬車來迎買臣遂乘傳去晉書謝安雖放情邱壑然每游賞必以妓女從史記酈侯性多病即道引不食穀杜門不出太平御覽丹陽記曰石頭城吳時悉土塢義熙初始加磚甓因山以爲城因江以爲池地形險固尤有奇勢故諸葛亮云鍾山龍蟠石城虎踞良有之矣六朝事跡吳孫權於江岸必爭之地築城名曰石頭常以腹心大臣鎮守之今石城故基乃楊行密稍遷近南夾淮带江以盡地利其形勢與長干山連接輿地志云環七里一百步在縣西五里去臺城九里南抵秦淮口今清凉寺之西是也諸葛亮論金陵地形云鍾阜龍蟠石城虎踞真帝王之宅正謂此也太平廣記鍾山今江寧東北蔣山是也江南通志玄武湖在江寧府太平門外一名蔣陵湖晉元帝改名北湖宋武帝改名習武湖元嘉中因黑龍見改名玄武湖

此詩楊蕭本不載今從繆本補錄

送當塗趙少府赴長蘆 唐時有二長蘆一是長蘆縣隷河北道之滄州

一是長蘆鎮在淮南道揚州之六合縣南二十五里陸放翁入蜀記曰發真州過瓜步山望長蘆寺樓墻重複江面湫瀰無際殊可畏李太白詩云維舟至長蘆目送烟雲高是也則謂是六合之長蘆也

我來揚都市送客迴輕舸因誇楚 繆本作吳 太子便覩廣陵濤仙尉趙家玉英風凌四豪維舟至長蘆目送烟雲高揺扇對酒樓持袂把蟹螯前途儻相思登嶽一長謡

唐書地理志揚州廣陵郡隷淮南道廣韻舸小船也枚乗七發楚太子有疾吳客往問之客曰將以八月之望與諸侯遠方交游兄弟並往觀濤乎廣陵之曲江陶弘景瘞鶴銘丹陽仙尉江陰真宰漢梅福爲南昌尉人傳以爲仙去稱尉曰仙尉本此漢書以信陵平原孟嘗春申四君爲四豪詳見十二卷

註世說畢茂世云一手持蟹螯一手持酒杯拍浮酒池中便足了一生趙景真與嵇茂齊書昔李叟入秦及關而嘆梁生適越登岳長謠夫以嘉遁之舉猶懷戀恨況乎不得已者哉李善註老子之嘆不爲入秦梁鴻長謠不由適越且復以至郊爲及關升邙爲登岳斯恭取意而畧文也太白引用取義又異於此可窺古人用事之法

送友人尋越中山水

聞道稽山去偏宜謝客才千巖泉灑落萬壑樹縈迴東海橫秦望西陵遶越臺湖清霜許本作雙誤鏡曉濤白雪山來八月枚乘筆三吳張翰杯此中多逸興早晚向天台晉書夏統傳先公惟寓稽山朝會萬國周書齊憲王傳與稽山之會總盟津之師爾會稽山爲稽山本此鍾嶸詩品錢塘杜明師夜夢東南有人來入其館是夕謝靈運生于會稽旬日而謝元亡

家以子孫難得送靈運於杜治養之十五方還都故名客兒世說顧長康從會稽還人問山川之美顧曰千巖競秀萬壑爭流鮑照詩千巖盛阻積萬壑勢縈迴水經註秦望山在州城正南爲衆峯之傑陟境便見史記云秦始皇登之以望南海自平地以取山頂七里懸磴孤危徑路險絕攀蘿捫葛然後能升山上無草木當由地迴多風所致施宿會稽志秦望山在會稽縣東南四十里舊經云衆嶺最高者水經註浙江又徑固陵城北昔范蠡築城於浙江之濱言可以固守謂之固陵今之西陵也有西陵湖亦謂之西城湖湖西有湖城山東有夏架山湖水上承妖皐谿而下注浙江嘉泰會稽志西陵城在蕭山縣西一十二里方輿勝覽西興渡在蕭山縣西十二里本名西陵吳越武肅王以非吉語改曰西興述異記勾踐延四方之士作臺於外而館之今會稽山有越王臺一統志越王臺舊在種山東北越王勾踐登眺之所宋汪綱復建在山之西麓太平御覽王羲之云每行山陰道上如鏡中遊王獻之望鏡湖澄澈清流瀉注乃云山川之美使人應接不暇八月枚乘筆用七發中八月觀濤事已見前首註晉書張翰吳郡吳人也任心

自適不求當世曰使我有
身後名不如卽時一杯酒

送族弟凝之滁求婚崔氏 唐時滁州隸淮南道

與爾情不淺忘筌已得魚玉臺挂寶鏡持此意何如
坦腹東牀下由來志氣疎遙知向前路擲果定盈車

筌與荃同莊子荃者所以在魚得魚而忘荃蹄者所以在兎得兎而忘蹄言者所以在意得意而忘言吾安得夫忘言之人而與之言哉陸德明註荃七全反崔音蓀香草也可以餌魚或云積柴水中使魚依而食焉一云魚笱也世說溫公喪婦從姑劉氏家值亂離散唯有一女甚有姿慧姑以屬公覓婚公密有自婚意荅曰佳壻難得但如嶠比云何姑曰喪亂之餘乞粗存活便足慰吾餘年何敢希汝比卻後少日公報姑曰已覓得婚處門第粗可壻身名宦盡不減嶠因下玉鏡臺一枚姑大喜旣婚交禮女以手披紗扇拊掌笑曰我固疑是老奴玉鏡臺是公爲劉越石長史北征劉聰所得晉書太尉郗鑒使門生求女壻於

王導導令就東廂徧觀子弟門生歸謂鑒曰王氏諸少並佳然聞信至咸自矜持惟一人在東牀坦腹食獨若不聞鑒曰此正佳壻耳訪之乃羲之也遂以女妻之世說註語林曰潘安仁至美每行老嫗以果擲之滿車〇

筌音詮

送友人遊梅湖

初學記始興有梅湖北堂書鈔地里志云梅湖者昔有梅筏沉於此湖有時浮出至春則開花流滿湖矣玩詩內新林浦金陵月之句此地當與金陵相近

送君遊梅湖應見梅花發有使寄我來無令紅芳歇

暫行新林浦定醉金陵月莫惜一雁書音塵坐胡越

太平御覽荊州記曰陸凱與范曄友善自江南寄梅花一枝詣長安與曄并贈詩曰折梅逢驛使寄與隴頭人江南無所有聊贈一枝春胡三省通鑑註新林浦去今建康城二十里西值白鷺洲詩人用雁書悉本漢書蘇武傳中詐匈奴事非實有其事也胡越者胡在北越在南以喻間隔而不相聞之意

送崔十二游天竺寺 咸淳臨安志：天竺寺者，餘杭之勝刹也。飛來峰者，武林之奇巘也。晉時梵僧慧理指此山乃靈鷲之一小嶺，不知何年飛來至此，挂錫置院，初曰翻經。隋開皇中法師真觀廣之，改爲天竺寺。琦按：杭州天竺寺有三：上天竺寺創自石晉天福間道翊禪師，得異木刻以爲大士像，吳越忠懿王即其地創佛廬奉之，號天竺觀音看經院者是也。中天竺寺創自宋太平興國元年，吳越王即寶掌禪師道場舊址改建，號崇壽院者是也。下天竺寺創自隋開皇中真觀法師，即慧理之翻經院改建，號南天竺寺者是也。上、中二寺皆唐以後所建，其始亦無天竺寺之名。唐之天竺寺，乃今之下天竺也。

還聞天竺寺，夢想懷東越。每年海樹霜，桂子落秋月。
送君游此地，已屬流芳歇。待我來歲行，相隨浮溟渤。

杭州春秋時爲越地，而在東方，故曰東越，與史漢稱東甌爲東越者不同。咸淳臨安志：舊俗所傳月墜桂子惟天竺素有之唐天寶中寺前一子成樹今月桂峰在焉刺史白居易詩云宿因月桂落醉爲海榴開註云天竺嘗有月中桂子落又東城桂詩云子墮本從天竺寺根盤今在闔閭城註云舊說杭州天竺寺每歲秋中有月桂子墜又刺史盧公輔詩云遠客偏求月桂子老僧不誌石蓮花劉鑠詩屢見流芳歇鮑照詩穿池類溟渤溟溟海渤渤海也

送楊山人歸天台

客有思天台東行路超忽濤落浙江秋沙明浦陽月今游方厭楚昨夢先歸越且盡秉燭歡無辭夌晨發我家小阮賢剖竹赤城邊詩人多見重官燭未曾然興引登山屐情催汎海船石橋如可度攜手弄雲煙王巾頭陀寺碑文東望平皐千里超忽呂向註超忽遠貌元和郡縣志浙江在杭州錢塘縣南一十二里

莊子云浙河即謂浙江蓋取其曲折爲名江濤每日晝夜再上常以月十日二十五日最小月三日十八日最大小則水漸漲不過數尺大則濤湧高至數丈每年八月十八日數百里士女共觀舟人漁子泝濤觸浪謂之弄濤浦陽江在婺州浦陽縣西北四十里出桑溪山嶺東入越州諸暨縣施宿會稽志浦陽江源出婺州浦陽北流一百二十里入諸暨縣溪又東北流由峽山直入臨浦灣以至海俗名小江一名錢清江古詩晝短苦夜長何不秉燭遊小阮謂阮籍之姪阮咸也後人謂姪曰小阮本此謝靈運詩剖竹守滄海太平寰宇記赤城山在台州天台縣北六里文獻通考唐李嘉祐別名從一趙州人天寶七年進士爲秘書正字袁台二州刺史善爲詩綺靡婉麗有齊梁之風時以比吳均何遜云唐詩紀事李嘉祐上元中嘗爲台州刺史大曆間刺袁州與嚴維劉長卿冷朝陽友善嘉祐有送從叔陽冰寄從弟紓及姪端詩蓋三子之族也藝文類聚謝承後漢書曰巴祗爲揚州刺史與客坐暗暝之中不燃官燭太平御覽會稽典錄曰陳修字奉遷烏傷人也爲豫章太守修性清潔履約恭儉十日一炊不燃官燭南史謝靈運尋山

陟嶺必造幽峻登躡嘗著木屐上山則去其前齒下山則去其後齒晉書謝安嘗與孫綽等汎海風起浪湧諸人並懼安吟嘯自若舟人以安爲悅猶去不止風轉急安徐曰如此將何歸耶舟人承言卽回衆咸服其雅量法苑珠林天台懸崖峻峙峯嶺切天古老相傳云上有往時精舍得道者居之雖有石橋跨澗而橫石斷人且莓苔青滑自終古以來無得至者

送溫處士歸黃山白鵝峯舊居　方輿勝覽黃山舊名黟山在徽州歙縣西北一百二十八里高一千一百八十仞郡志其山有摩天戞日之高宣歙池饒江等州山並是此山之支脉矣諸峯有如削成烟嵐無際雷雨在下其霞城洞室巖竇瀑泉則無峯不有信靈仙之窟宅山勢西北中坼望之類太華山有峯三十六其水源亦三十六溪二十四洞十有二巖八水流而下合揚之水爲浙江之源第四峯有泉沸如湯常湧硃砂世傳黃帝嘗命駕與容成子浮邱公同游合丹於此其後又有仙人曹阮之屬琦按黃山圖白鵝峯在石門

峰烏泥嶺之間志云吟嘯橋在白鵝嶺下名最著錢牧齋曰李白有送溫處士歸黃山白鵝峰詩今白鵝峰不在三十六峰之列蓋三十六峰皆高七百仞以上其外諸峰高二三百仞者不與焉白鵝峰亦諸峰之一也

黃山四千仞三十二蓮峰丹崖夾石柱菡萏金芙蓉伊昔昇絕頂下窺天目松仙人鍊玉處羽化留餘蹤亦聞溫伯雪一作雲獨往今相逢採秀辭五岳攀巖歷萬重歸休白鵝嶺渴飲丹沙井鳳吹我時來雲車爾當整去去陵陽東行行芳桂叢迴谿十六度碧嶂盡晴空他日還相訪乘橋躡綵虹黃山志江以南諸山最黃山其高四千仞

按黃山諸峰最高者志稱九百仞止矣四千仞者大抵自山麓平地而准擬之諸書皆言黃山之峰三十

有六而白詩只言三十有二蓋四峯唐以前未有名也山志云群峯聳秀羅列當前曰青鸞曰朱砂曰天都曰老人曰鉢盂盡作蓮花蓮蘂狀稽康琴賦丹崖嶮巇青壁萬尋廣韻菡萏荷花未舒也邢昺爾雅疏今江東人呼荷花爲芙蓉説文未發爲菡萏已發爲芙蓉埤雅蕚曰芙蓉秀曰菡萏樂府子夜歌玉藕金芙蓉按山志蓮花峯在硃砂峯北高九百仞石藥中尊千葉簇簇如瓣並峙諸山皆及肩而止無敢爭高者汪晉穀云峯巍然中立環視萬峯面面皆蓮而此峯爲衆蓮母石柱峯在碁石峯西北高七百九十仞亭亭獨上刺日撐霄其形儼如天幹芙蓉峯在松林峯西高七百五十仞巃嵸峭拔如菡萏一枝向天而開青天削出芙蓉惟此足當之是蓮花石柱芙蓉皆黄山峯名而詩意則謂黄山三十二峯皆如蓮花丹崖夾峙中植立若柱然其頂之圓平者如菡萏之未舒其頂之開敷者如芙蓉之已秀未嘗專指三峯而言也太平寰宇記杭州於潛縣有天目山上有兩湖若左右目故名天目也山極高峻上多美石泉水名茶咸淳臨安志天目山在臨安縣西五十里高三千九百丈周迴八百里有三十六洞爲仙靈所居水經

註於潛縣北天目山山極高峻崖嶺竦疊西臨後澗山上有霜木皆是數百年樹謂之翔鳳林山志引郡國志云浙江天目山高一萬八千丈僅及黃山之麓蓋地勢自高而下有如建瓴黃山上峙於高原天目峭拔乎卑壤以卑擬高則天目之頂僅及黃山之趾太白所謂昇絕頂而下窺天目松者良有以也鮑照詩至哉鍊玉人處此長自畢山志鍊丹峯高八百七十仞相傳浮邱公鍊丹峯頂經八甲子丹始成黃帝服七粒不籍雲霱昇空游戲石室內丹竈杵臼儼然尚存峯前有晒藥臺臺下深黝不可測羽化謂仙人解形而去也莊子溫伯雪子適齊反舍於魯仲尼見之而不言子路曰吾子欲見溫伯雪子久矣見之而不言何耶仲尼曰若夫人者目擊而道存矣亦不可以容聲矣太白借其名以喻溫處士若所謂河東郭有道吾友楊子雲洛陽蘇季子笑對劉公榮之類集中甚多皆借古人之名以謂今人而黃山志遽以伯雪為溫處士之名失其解矣楚辭採三秀兮山間王逸註三秀芝草也莊子歸休乎君予無所用天下為茗溪漁隱叢話湯泉多作硫黃氣浴之則襲人肌膚惟新安之黃山是硃砂泉圖經云黃山東峯下有硃

砂湯泉熱可點茗春時即色微紅江南通志黃山硃砂泉自硃砂峯來依巖連二小池上池瑩澈廣可七尺深半之豪髮可鑒泉出石底纍纍如貫珠不絕氣謐靜若湯酌之甘芳蓋非他硫黃泉比也浴者垢旋流出纖塵不留令人心境清廓氣爽體舒相傳沉疴者澡雪立差邱遲詩入馳道聞鳳吹水經註中山衞叔卿居華山中嘗乘雲車駕白鹿見漢武帝元和郡縣志陵陽山在宣州涇縣西南百三十里陵陽子明得仙處謝惠連詩行行道轉遠去去情彌遲枚乘七發依絕區兮臨迴溪李周翰註回溪曲澗也山志天橋在鍊丹臺一名仙人橋一名仙石橋爲黃山最險兩峯絕處各出峭石彼此相抵有若筍接接而不合似續若斷登者莫不嘆爲奇絕若圖經載唐開元中見於鍊丹峯側長三十餘丈近代謂見於蓮花峯西南又謂有採藥人宿橋下聞橋上笙歌聲天明覓橋不見皆虛誕不信石橋固真境非幻境也方拱乾游黃山記過獅子峯登清涼臺瞰天橋如長虹亘於巖上下而親至橋側三石合成兩石如橋柱一石覆之柱下無所着可以繩度上脊不盈五寸下大闕如都城闉俯視鳴絃泉恰覆之不知去此四十里也乘橋躡

彩虹蓋指天橋如彩虹耳又武夷山記武夷君於八月十五日大會村人於武夷山上置幔亭化虹橋通山下是以彩虹爲橋可以乘躡者又一說也○菡音憾萏談上聲

送方士趙叟之東平

方士謂方術之人史記封禪書燕齊海上之方士傳其術唐書地理志河南道有鄆州東平郡

長桑晚洞視五藏無全牛趙叟得祕訣還從方士游西過獲麟臺爲我弔孔丘念別復懷古潸然空淚流

史記扁鵲者渤海郡鄭人也姓秦氏名越人少時爲人舍長舍客長桑君過扁鵲獨奇之常謹遇之長桑君亦知扁鵲非常人也出入十餘年乃呼扁鵲私坐間與語曰我有禁方年老欲傳與公公毋泄扁鵲曰敬諾乃出其懷中藥與扁鵲飲是以上池之水三十日當知物矣乃悉取其禁方書盡與扁鵲忽然不見殆非人也扁鵲以其言飲藥三十日視垣見一方人以此視病盡見五臟癥結特以診脉爲名耳索隱曰

長桑君隱者葢神人也正義曰五藏謂心肝脾肺腎也莊子庖丁曰始臣解牛之時所見無非牛者三年之後未嘗見全牛也方今之時臣以神遇而不以目視左傳西狩於大野叔孫氏之車子鉏商獲麟以爲不祥以賜虞人仲尼觀之曰麟也然後取之史記正義括地志云獲麟堆在鄆州鉅野縣東十二里春秋哀十四年經云西狩獲麟國都城記云鉅野故城東十里澤中有土臺廣輪四五十步俗云獲麟堆去魯城可三百餘里一統志獲麟臺在鉅野縣東南五十里卽西狩獲麟之所後人於此築臺

送韓準裴政一作正孔巢父還山舊唐書孔巢父冀州人字弱翁

早勤文史少時與韓準裴政李白張叔明陶沔隱於徂徠山時號竹溪六逸永王璘起兵江淮聞其賢以從事辟之巢父知其必敗側身潛遁由是知名德宗幸奉天遷給事中河中陝華等州招討使尋兼御史大夫充魏博宣慰使遇害

獵客張兔罝不能挂龍虎所以青雲人高歌一作臥在

巖戸韓生信英（一作豪）彥裴子含清真孔侯復秀出俱與雲霞親峻節凌遠松同衾卧盤石斧冰漱寒泉三子同（一作傳）二屐時時或乘興往往（一作去去）雲無心出山揖牧伯長嘯輕衣簪昨宵夢裏還云弄竹溪月今晨魯東門帳飲與君别雪崖滑去馬蘿徑迷歸人相思若烟草歷亂無冬春（詩國風肅肅兔罝毛傳曰兔罝兔罟也成公綏嘯賦坐盤石漱清泉李善註聲類云盤大石也魏武帝苦寒行擔囊行取薪斧冰持作糜陶淵明歸去來詞雲無心而出岫尚書正義曲禮曰九州之長曰牧王制曰千里之外設方伯八州八伯然則牧伯一也伯者言一州之長牧者言牧養下民鄭玄曰殿之州牧曰伯虞夏及周曰牧後人稱太守曰牧伯本此帳飲謂於曠地張帳而飲也别賦帳飲東都送客金谷王融詩雪崖似留月蘿徑若披雲鮑照詩憂來無行伍歷亂如罥葛

送楊少府赴選

大國置衡鏡，準平天地心。群賢無邪人，朗鑒窮清蕭本作情深。吾君詠南風，袞冕彈鳴琴。時泰多美士，京國會纓簪。山苗落澗底，幽松出高岑。夫子有盛才，主司得球琳。流水非鄭曲，前行遇知音。衣工剪綺繡，一誤傷千金。何惜刀尺餘，不裁寒女衾。我非彈冠者，感別但開襟。空谷無白駒，賢人豈悲吟。大道安棄物，時來或招尋。爾見山吏部，當應無陸沉。庾信代人乞致仕表：出擁干旄，入參衡鏡。陸機詩：朗鑒豈遠假。呂延濟註：朗，明也；鑒，鏡也。淮南子：舜爲天子，彈五絃之琴，歌南風之詩，而天下治。儀禮：天子袞冕負斧依。左傳：袞冕黻珽。杜預註：袞，畫衣也；冕，冠也。孔穎達正義：畫衣，謂畫龍於衣也。毛萇詩傳豖晃者君之上服也任昉詩時泰玉階平左思詠史詩鬱鬱澗底松離離山上苗以與起世胄躡高位英俊沉下僚之意太白反而用之以喻因才器使高下各得其宜也陸機詩長秀被高岑淮南子西北方之美者有崑崙之球琳琅玕焉高誘註球琳琅玕皆美玉也呂氏春秋伯牙鼓琴鍾子期聽之志在流水鍾子期曰善哉乎鼓琴湯湯乎若流水史記鄭衛之曲動而心淫漢書王吉與貢禹爲友世稱王陽在位貢禹彈冠言其取舍同也毛萇詩傳白駒大夫刺宣王也宣王之末不能用賢賢人有乘白駒而去者其末章云皎皎白駒在彼空谷生芻一束其人如玉毋金玉爾音而有遐心傳云空大也晉書山濤爲吏部尚書前後選舉周徧內外而並得其才濤所奏甄拔人物各爲題目時稱山公啓事莊子是陸沉者也郭象註人中隱者譬無水而沉也

對雪奉餞任城六父秩滿歸京

鄭康成毛詩箋餞送行飲酒也

唐書地理志河南道兗州魯郡有任城縣

龍虎謝鞭策鵷鸞不司晨君看海上鶴何似籠中鶏
獨用天地心浮雲乃吾身雖將簪組狎若與烟霞親
季父有英風白眉超常倫一官即夢寐脫屣歸西秦
竇公敞華筵墨客盡來臻燕歌落胡雁郢曲迴陽春
征馬百度嘶游車動行塵躊躇未忍去戀此四座人
餞離駐高駕惜別空慇懃何時竹林下更與步兵鄰

抱朴子麟不吠守鳳不司晨維摩詰經是身如浮雲須臾變滅韻會將與也蜀志馬良字季常兄弟五人並有才名鄉里爲之諺曰馬氏五常白眉最良良眉中有白毛故以稱之魏志崔林爲幽州刺史曰刺史視去此州如脫屣寧當相累耶胡三省曰屣不躡跟曰屣言脫之易耳韻會敞開也古樂府有燕歌行李善文選註歌錄曰燕地名猶楚宛之類樂府古題要解燕歌行晉樂奏魏文帝秋風蕭瑟天氣凉別日何

易會日難二篇言時序遷換而行役不歸佳人怨曠無所訴也客有歌於郢中者其曲彌高其和彌寡詳見二卷註落胡雁謂其聲之精妙能令飛鳥感之而下集迴陽春謂其音之美善能令陽氣應之而潛動江淹別賦驅征馬而不顧見行塵之時起晉書阮咸任達不拘與叔父籍爲竹林之游

魯郡堯祠送吳五之瑯琊 太平寰宇記堯祠在兖州瑕邱縣東南七里通典魯郡今兖州瑯琊郡今沂州

堯沒三千歲青松古廟存送行奠桂酒拜舞淸心魂日色促歸人連歌倒芳樽馬嘶俱醉起分手 繆本更作首 何言 楚辭奠桂酒兮椒漿王逸註桂酒切桂置酒中也江淹詩何用苦心魂劉孝綽詩芳樽散緒寒謝瞻詩分手東城闉

魯郡堯祠送竇明府薄華還西京 時久病初起作

朝策犂眉騧，舉鞭力不堪。强扶愁疾向何處，角巾微服步一作堯祠南。長楊掃地不見日，石門噴作金沙潭。笑誇故人一作笑詫伯明指絶境，山光水色青於藍。廟中往往來擊鼓，堯本無心爾何苦。門前長跪雙石人，有女如花日歌舞。銀鞍繆本作鞭繡轂往復迴，簸林蹶石鳴風雷。遠烟空翠時明滅，白鷗歷亂長飛雪。紅泥亭子赤一作朱欄干，碧流環轉青錦湍。深沉百丈洞海底，那知不有蛟龍蟠繆本作盤。十六國春秋：姚襄所乘駿馬曰黧眉騧，日行千里。說文：騧，黃馬黑喙也。黧，黑也。黧眉騧，則黃馬而黑眉者矣。古犂黧字通用。胡三省通鑑註：幅巾以横幅爲之，角巾則巾之有角者。郭林宗遇雨，巾一角墊，則角巾也。梁簡文帝詩：枝中水上春併歸。長楊掃地桃花飛。荀子：青出於

藍而青於藍王勃詩銀鞍繡轂盛繁華西京賦蕩川
瀆簸林薄李周翰註蕩簸謂搖動張協七命飄林蹶
石扣拔幽叢李善註蹶動搖
之貌謝靈運詩空翠難爲名君不見綠珠潭水流東
海綠珠紅粉沉光彩一作白首同歸翳光彩綠珠樓下花滿園
今日曾無一枝在昨夜秋聲閶闔來洞庭木落騷人
哀遂將三五少年輩登高遠望繆本作送遠形神開生前
一笑輕九鼎魏武何悲銅雀臺洛陽伽藍記昭儀寺有池京師學徒謂之
翟泉後隱士趙逸云此地是晉侍中石崇家池池南
有綠珠樓於是學徒始悟經過者想見綠珠之容也
太平寰宇記洛陽縣石崇宅有綠珠樓今謂之狄泉
是也孔穎達春秋正義易緯通卦驗云秋分閶闔風
至王叔齋籟記閶闔風一曰盲風又曰飂風亦曰泰
風起自戌天之閶闔門從西方來楚辭洞庭波兮木
葉下高唐賦登高望遠使人心悴魏志建安十五年
冬作銅雀臺陸機弔魏武帝文魏武帝遺令曰吾婕

好妓人皆着銅雀臺於臺堂上施八尺牀張繐帳朝晡上脯糒之屬月朝十五輒向帳作伎汝等時時登銅雀臺望吾西陵墓田

我歌白雲倚窓牖一作大開口爾聞其聲但揮手長風吹月渡海來遥勸仙人一杯酒酒中樂酣宵向分舉觴酹堯堯可聞何不令臯繇一作陶擁篲橫八極直上青天掃一作揮浮雲高陽小飲真瑣瑣山公酩酊何如我竹林七子去道賒蘭亭雄筆安足誇堯祠笑殺五一作鏡湖水至今憔悴空荷花爾向西秦我東越暫向瀛洲訪金闕藍田太白若可期爲余掃灑石上月

上林賦於是酒中樂酣顔師古註酒中飲酒中半也樂酣奏樂洽也沈約詩月落宵向分紫烟鬱氛氳臯繇即臯陶字異音同本漢書古今人表漢書太公擁篲顔師古註篲者所以掃也水經註

襄陽侯習郁依范蠡養魚法作大陂陂長六十步廣四十步又作石伏逗引大池水於宅北作小魚池池長七十步廣十二步西枕大道東二邊限以高堤楸竹夾植蓮芡覆水是游宴之名處也山季倫之鎮襄陽每臨此池未嘗不大醉而還恒言此是我高陽池故時人爲之歌曰山公出何去往至高陽池日暮倒載歸酩酊無所知爾雅瑣瑣小也玉篇酩酊醉甚也群輔錄魏步兵校尉陳留阮籍字嗣宗中散大夫譙嵇康字叔夜晉司徒河内山濤字巨源建威參軍沛劉伶字伯倫始平太守陳留阮咸字仲容散騎常侍河内向秀字子期司徒瑯邪王戎字濬冲魏嘉平中並居河南山陽共爲竹林之遊世號竹林七賢何延之蘭亭始末記蘭亭者晉右將軍會稽内史瑯琊王羲之所書之序也右軍聯綿美胄蕭散名賢雅好山水尤善草隸以晉穆帝永和九年暮春三月三日宦游山陰與太原孫統孫綽廣漢王彬之陳郡謝安高平郄曇太原王蘊釋支遁并其子凝之徽之操之等四十有二人修祓禊之禮於山陰之蘭亭揮毫製序興樂而書用蠶繭紙鼠鬚筆遒媚勁健絕代更無凡二十八行三百二十四字字有重者皆搆别體就中

之字最多乃有二十許箇變轉悉異遂無同者其時乃有神助及醒後他日更書數十百本終無及者右軍亦自珍愛寶重此書留付子孫楊齊賢曰五湖太湖也東越會稽也瀛洲金闕事詳見四卷登高邱而望遠海註太平寰宇記藍田山在藍田縣西三十里一名玉山一名覆車山郭緣生述征記云山形如覆車之象也按後魏風土記云山嶺方二里仙聖游集之所劉雄鳴學道於此下有祠甚嚴灞水之源出於此圖書編太白山在郿縣東南關中諸山莫高於此上有鐵鑄山神牌三有湫池雖三伏亦疑冰山嶺常有積雪不消盛夏視之猶爛然故以太白名有鬼谷即鬼谷子授蘇秦押闔術處○雋音遂

金鄉送韋八之西京

按唐書地理志河南道兗州魯郡有金鄉縣

客自長安來還歸長安去狂一作秋風吹我心西挂咸陽樹此情不可道一作論此別何時遇望望不見君連山起烟霧鮑照詩連山湫烟霧長波迥難依

送薛九被讒去魯

宋人不辨玉，魯賤東家丘。我笑薛一作而我笑夫子，胡爲兩地遊。黃金消衆口，白璧竟難投。梧桐生蒺藜，綠竹乏佳實。鳳凰宿誰家，遂與群雞匹。田一作方家養老馬，窮士歸其門。蛾眉笑躄者，賓客去平原。卻斬美人首，三千還駿奔。毛公一挺劍，楚趙兩相存。孟嘗習一作悅狡兔，三窟賴馮諼。信陵奪兵符，爲用侯生言。一作朱生擊晉鄙，爲感信陵恩。春申一何愚，刎首爲李園。賢哉四公子，撫掌黃泉裏。借問笑何人，笑人不好士。爾去且勿諠一作論，桃李竟何言。沙邱無漂母，誰肯飯王孫。宋人得燕石以爲玉而藏之詳見二卷註沈約辯聖論當仲尼在世之時世人不言爲聖人也伐樹削跡干七十君而不一値或以爲東家丘或以爲喪家犬五臣文選註魯人不識孔子聖人乃曰彼東家丘者吾知之矣言輕孔子也國語衆口鑠金韋昭註鑠消也衆口所毀雖金石猶可消之也太平御覽風俗通曰衆口鑠金俗說有美金於此衆人咸共詆訾言其不純賣金者欲其售因取煅燒以見真此爲衆口鑠金史記明月之珠夜光之璧以暗投人於道路人無不按劍相眄者何則無因而至前也鄭康成毛詩箋鳳凰之性非梧桐不棲非竹實不食淮南子田子方見老馬於道喟然有志焉以問其御曰此何馬也其御曰此故公家畜也老罷而不爲用出而鬻之曰少而貪其力老而棄其身仁者弗爲也束帛以贖之罷武聞之知所歸心矣史記平原君家樓臨民家民家有躄者盤散行汲平原君美人居樓上臨見大笑之躄者至門請曰臣不幸有罷癃之病而君之後宮臨而笑臣臣願得笑臣者頭平原君笑應曰諾躄者去平原君曰豎子乃欲以一笑之故殺吾美人不亦甚乎終不殺居歲餘賓客門下舍人引去者過半平原君怪之曰勝所以待諸君

者未嘗敢失禮而去者何多也門下一人前對曰以君之不殺笑躄者以君爲愛色而賤士士卽去耳於是平原君斬笑躄者美人頭自造門進躄者因謝焉門下乃復稍稍來詩周頌駿奔走在廟鄭箋曰駿大也孔穎達曰大者多而疾來之意後漢書駿奔郊畤章懷太子註駿疾也史記秦之圍邯鄲趙使平原君求救合從於楚約與食客門下有勇力文武備具者二十人偕得十九人門下有毛遂者前自贊於平原君曰願君卽以遂備員而行矣平原君至楚與楚合縱日出而言之日中不決毛遂按劍歷階而上謂平原君曰縱之利害兩言而決耳今日出而言從日中不決何也楚王叱曰胡不下吾乃與而君言汝何爲者也毛遂按劍而前曰王之所以叱遂者以楚國之衆也今十步之內王不得恃楚國之衆也王之命懸於遂手吾君在前叱者何也楚地方五千里持戟百萬此霸王之資也以楚之強天下弗能當白起小豎子耳率數萬之衆興師以與楚戰一戰而舉鄢郢再戰而燒夷陵三戰而辱王之先人此百世之怨而趙之所羞而王勿知惡焉合從者爲楚非爲趙也楚王曰唯唯誠若先生之言謹奉社稷以從毛遂謂楚王

之左右曰取雞狗馬之血來毛遂奉銅盤而跪進之
楚王曰王當歃血而定從次者吾君次者遂遂定從
於殿上楚使春申君將兵赴救趙戰國策馮煖爲孟
嘗君收債於薛矯命以債賜諸民因燒其券長驅到
齊孟嘗君見之曰債畢收乎曰收畢矣以何市而反
煖曰君云視吾家所寡有者臣竊計君所寡有者以
義耳竊以爲君市義孟嘗君不悅期年孟嘗君就國
於薛民扶老攜幼迎君道中孟嘗君顧馮煖曰先生
所爲文市義者乃今日見之馮煖曰狡兔有三窟僅
得免其死耳今有一窟未得高枕而臥也請爲君復
鑿二窟西遊梁謂梁王曰齊放其大臣孟嘗君諸侯
先迎之者國富而兵强於是梁王遣使者聘孟嘗君
梁使三反齊王聞之遣太傅謝君曰寡人不祥沉於
諂諛之臣開罪於君寡人不足爲也願君顧先王之
宗廟反國統萬人乎馮煖戒孟嘗君曰願請先王之
祭器立宗廟於薛廟成還報君曰三窟已就君始高
枕爲樂矣孟嘗君爲相數十年無纖芥之禍馮煖之
計也信陵君用侯生計竊兵符奪晋鄙兵救趙詳見
三卷註史記李園陰養死士欲殺春申君國人頗有
知之者朱英謂春申君曰世有無望之福又有無望

之禍今君處無望之世事無望之主安可以無無望
之人乎春申君曰何謂無望之福曰君相楚二十餘
年矣雖名相國實楚王也今楚王病旦暮且卒而君
相少主因而代立當國如伊尹周公王長而反政不
即遂南面稱孤而有楚國此所謂無望之福也春申
君曰何謂無望之禍曰李園不治國而君之仇也不
爲兵而養死士之日久矣楚王卒李園必先入據權
而殺君以滅口此所謂無望之禍也春申君曰何謂
無望之人曰君置臣郎中楚王卒李園必先入臣爲
君殺李園此所謂無望之人也春申君曰李園弱人
也僕又善之且又何至此朱英知言不用恐禍及身
乃亡去後十七日考烈王卒李園果先入伏死士於
棘門之內春申君入棘門死士夾刺春申君斬其頭
投之棘門外李善文選註服虔左氏傳註曰天玄地
黄泉在地中故言黄泉論衡其死也葬之黄泉之下
史記桃李不言下自成蹊沙邱在魯地詳見十三卷
註漂母事見六卷註○琦按田家養老一馬以下十四
句蓋歷言古人好士之美而雜以春申一何愚刎首
爲李園似非倫類下文又接以賢哉四公子云云譬
之李家娘子纔入墨池忽登雪嶺矣太白斗酒百篇

信筆疾書不無疵纇然不應數句之間黑白不分明至此苟非缺文則爲譌筆葢無疑矣○璧音碧

單父東樓秋夜送族弟沈繆本作況之秦一作西京○太白自註時凝弟在席○單父縣名唐時屬河南道宋州睢陽郡○單音善父音甫

爾從咸陽來問我何勞苦沐猴而冠不足言身騎土牛滯東魯沈弟欲行凝弟留孤飛一雁秦雲秋坐來黃葉落四五北斗巳一作稍挂西城樓絲桐感人絃亦一作巳絕滿堂送客蕭本作君皆惜別卷簾見月清興來疑是山陰夜中雪明日斗酒別惆悵清路塵遥望長安日不見長安人長安宮闕九天上此地曾經爲近臣一朝復一朝髮白心不改屈平憔悴滯江潭亭伯流

離放遼海折翮翻飛隨轉蓬一作翼短天長去不窮聞弦虛墜下霜空聖朝久棄青雲士他日誰憐一作誰肯相思張長公

史記說者曰人言楚人沐猴而冠耳張晏曰沐猴獮猴也漢書蓼太子以爲漢廷公卿列侯皆如沐猴而冠耳言其雖著衣冠但傚似人形無他才能也獮猴騎土牛又何遲也是周泰荅鍾繇語詳見十二卷贈宣城趙太守詩註王粲詩絲桐感人情爲我發悲音世說王子猷居山陰夜大雪眠覺開室命酌酒四望皎然曹植詩君若淸路塵楚辭屈原既放游於江潭行吟澤畔顏色憔悴後漢書崔駰字亭伯爲竇憲主簿前後奏記數十切指長短憲不能容稍疎之因察駰高第出爲長岑長駰自以遠去不得意遂不之官而歸章懷太子註長岑縣屬樂浪郡其地在遼東曹植詩轉蓬離本根飄颻隨長風何意迴飈舉吹我入雲中高高上無極天路安可窮類此游客子捐軀遠從戎聞絃虛墜用戰國策更嬴引弓虛發而下鳥事詳見大獵賦註史記張釋之傳其子曰張摯字長公官至大夫免以不能取容當世故終身不仕

送族弟凝至晏堌單父三十里

雪滿原野白，戎裝出盤遊。揮鞭布獵騎，四顧登高邱。兔起馬足間，蒼鷹下平疇。喧呼相馳逐，取樂銷人憂。舍此戎禽荒，徵蕭本作徵聲列齊謳。鳴雞發晏堌，別雁鶩涑濤。西行有東音，寄與長河流。淮南子周視原野高誘註廣平日原郊外日野書五子之歌盤游無度孔安國傳盤樂遊逸也又五子之歌外作禽荒鮑照詩選色徧齊岱徵聲匝邛越說文謳齊歌也魏書東平郡范縣有涑濤山東通志單縣東門外有涑河源出汴水晉時所開北抵濟河南通徐沛元以後漸湮惟下流入沛者僅存水道呂氏春秋夏后氏孔甲作破斧之歌實始爲東音

魯城北郭曲腰桑下送張子還嵩陽

送別枯桑下，凋葉落半空。我行懵道遠，爾獨知天風。

誰念張仲蔚還依蒿與蓬何時一杯酒更與李膺同

古樂府枯桑知天風李善註枯桑無枝尚知天風説文憒不明也高士傳張仲蔚者平陵人也與同郡魏景卿俱修道德隱身不仕明天官博物善屬文好詩賦常居窮素所處蓬蒿沒人閉門養性不治榮名時人莫識惟劉龔知之○憒音夢

李太白文集卷十六

李太白文集卷之十七

錢塘　王琦琢崖輯注

繙思謙缾盦較

古近體詩共四十四首

送魯郡劉長史遷弘農長史魯郡卽兖州弘農郡卽虢州俱屬河南道爲上州上州剌史别駕之下有長史一人從五品

魯國一杯水難容横海鱗仲尼且不敬况乃尋常人白玉換斗粟黄金買尺薪閉繆本作閑門木葉下始覺秋非春聞君向西遷地卽鼎湖鄰寶鏡匣蒼蘚丹經埋素塵軒后上天時攀龍遺一作唯小臣及此留惠愛庶

幾風化淳魯縞如白烟五縑不成束臨行贈貧交一尺重山岳相國齊晏子贈行不及言託陰當樹李忘憂當樹萱他日見張祿綈袍懷舊恩抱朴子寸鮒遊牛跡之水不貴横海之巨鱗謝世基詩偉哉横海鱗壯矣垂天翼史記黄帝採首山銅鑄鼎於荆山下鼎既成有龍垂胡髯下迎黄帝黄帝上騎群臣後宫從上者七十餘人龍乃上去餘小臣不得上乃悉持龍髯龍髯拔墮墮黄帝之弓百姓仰望黄帝既上天乃抱其弓與龍髯號故後世因名其處曰鼎湖其弓曰烏號通典弘農郡湖城縣故曰胡漢武帝更爲湖縣有荆山黄帝鑄鼎於荆山其下曰鼎湖即此也太平廣記黄帝鑄十五鏡其第一横徑一尺五寸法滿月之數也以其相差各校一寸路史黄帝范十有二鏡六乳四獸變異得以占焉羅苹註應十有二次隨有得者以占日蝕刻分無差抱朴子黄帝陟王屋而授丹經路史黄帝回駕王屋啟石函發玉笈得九鼎飛靈神丹訣漢書强弩之末力不能入魯縞顔師古註縞素也曲阜之

地俗善作之尤爲輕細說文縑并絲繒也琦按二句相承而言上句旣用縞字則下句不當又用縑字疑縑乃兼字之譌也六書故二丈爲端二端爲匹爲兩爲兼兼匹兩之義一也今人猶以匹爲兼是五兼者爲五匹歟鄭玄周禮註十箇爲束又儀禮註凡物十曰束胡三省通鑑註唐制帛以十端爲束今止五匹故不成束也後漢書德重山岳澤深河海晏子春秋曾子將行晏子送之曰君子贈人以軒不若以言吾請以言乎以軒乎曾子曰請以言晏子曰嬰聞之君子居必擇居游必就士擇居所以求士求士所以避患也嬰聞汩常移質習俗移性不可不愼也說苑樹桃李者夏得休息秋得其實焉樹蒺藜者夏不得休息秋得其刺焉詩國風焉得諼草言樹之背毛傳曰諼草令人忘憂徐勉萱草賦惟平章之萱草欲忘憂而樹之上言長史以魯縞五匹見贈下言已無所荅而效晏子以言贈行託陰當樹李二句卽所贈之言蓋勉以樹人之義李以喻人之有德能可以庇蔭者萱以喻人之有才華可以欣賞者也史記范雎旣相秦秦號曰張祿而魏不知魏聞秦且東伐韓魏使須賈於秦范雎聞之爲微行敝衣閒步至邸見須賈須

賈意哀之留與坐飲食曰范叔一寒至此哉乃取一綈袍以賜之索隱曰綈厚繒也音啼蓋今之絁也正義曰綈袍今之麁袍

送族弟單父主簿凝攝宋城主簿至郭南月橋却回棲霞山留飲贈之唐河南道宋州睢陽郡有宋城縣在郭下有單父縣在州之東北一百四十九里一統志棲霞山在兖州單縣東四里單縣即舊時單父縣也○單父音善甫

吾家青萍劍操割有餘閑往來糾二邑此去何時還鞍馬月橋南光輝岐路間賢豪相追餞却到棲霞山群花散芳園斗酒開離顏樂酣相顧起征馬無由攀青萍劍名操割用子產未能操刀而使割語俱詳九卷註韻會糾督也又察也周禮大司徒糾萬民音與

九同陶潛詩斗酒開芳顔江淹別賦驅征馬而不顧

魯郡東石門送杜二甫 居易錄孔博士東塘言曲阜縣東北有石門山卽杜子美詩題張氏隱居所謂春山無伴獨相求劉九法曹鄭瑕邱石門宴集所謂秋水清無底者是也李太白有石門送杜二甫詩何時石門路更有金樽開亦其地山麓今尚有張氏庄相傳爲唐隱士張叔明舊居張薀與太白孔巢父輩同隱徂徠稱竹溪六逸者也山不甚高大石峽對峙如門故名中有石門寺寺後日涵峰峰頂有泉流入溪澗往往成瀑布

醉別復幾日登臨徧池臺何時緫本作言石門路一作下重有金樽開秋波落泗水海色明徂徠飛蓬各自遠且盡手緫本作林中杯元和郡縣志泗水源出兗州泗水縣東陪尾山其源有四四泉俱導因以爲名一統志泗水源發陪尾山四泉並發循泗水縣北八里始合爲一西經曲阜縣貫兗州府城下至濟

寧兮流南北南流入徐州境北流入會通河水經註鄒山記曰徂徠山在梁甫奉高博三縣界猶有美松亦曰尤來之山一統志徂徠山在泰安州東南四十里上有紫原池玲瓏山獨秀峰天平東西三寨商子飛蓬遇飄風而行千里

魯郡堯祠送張十四遊河北唐書地理志河北道蓋古幽冀二州之境有孟懷魏博相衞貝澶邢洺惠鎮冀深趙滄景德定易幽涿瀛莫平嬀檀薊營二十九州

猛虎伏尺草雖藏難蔽身有如張公子骯髒在風塵豈無橫腰劍屈彼淮陰人擊筑向北燕燕歌易水濱歸來太山上當與爾爲鄰後漢書註骯髒高亢倖直之貌淮陰用韓信爲淮陰少年所辱詳見三卷註水經註太子丹遣荆軻刺秦王賓客知謀者皆素衣冠送之於易水之上荆軻起爲壽歌曰風蕭蕭兮易水寒壯士一去兮不復還高漸離擊筑宋如意和之爲壯聲士皆髮冲冠爲哀聲

士皆流游陶潛詩老夫有所愛思與爾爲鄰

杭州送裴大澤時赴廬州長史唐時杭州餘杭郡屬江南東道廬州廬江郡屬淮南道

西江天柱遠東越海門深去割辭許本作慈親戀行憂報國心好風吹落日流水引長吟五月披裘者應知不取金漢書廬江郡灊縣天柱山在南三國志灊中有天柱山高峻二十餘里道險狹步徑裁通一號志霍山在廬州府六安州西南九十里一名衡山一名天柱漢武帝南巡至盛唐以南岳衡山遠阻乃移岳神於霍而祀焉又名南岳山山頂有天池龍湫風洞岳井試心崖凌霄樹咸淳臨安志海門在仁和縣東北六十五里有山曰赭山與龕山對峙潮生出其間輟耕錄浙江之口有兩山焉其南曰龕山其北曰赭山並峙於江海之會謂之海門論衡延陵季子出遊見路有遺金當夏五月有披裘而薪者季子呼薪

者曰取彼地金采薪者投鎌於地瞋目拂手而言曰何子居之高視之下儀貌之壯語言之野也吾當夏五月披裘而薪豈取金者哉季子謝之請問姓氏薪者曰子皮相之士也何足語姓氏遂去不顧

灞陵行送別

送君灞陵亭灞水流浩浩上有無花之古樹下有傷心之春草我向秦人問路岐云是王粲南登之古道古道連綿走西京紫闕繆本作關落日浮雲生正當今夕斷腸處驪歌蕭本作黄鸝愁絕不忍聽太平寰宇記霸陵在咸陽縣東北二十五里水經註灞水歷白鹿原東卽霸川西故芷陽矣是謂之霸上漢文帝葬其上謂之霸陵上有四出道以瀉水在長安東南三十里故王仲宣賦詩云南登霸陵岸迴首望長安王粲字仲宣以西京擾亂乃之荆州依劉表作七哀詩卽南登灞陵岸回首望長安一首漢書王式曰客歌驪駒主人歌客無容歸服

虔曰驪駒逸詩篇名見大戴禮客欲去歌之其辭曰驪駒在門僕夫具存驪駒在路僕夫整駕○驪音離

送賀監歸四明應制

冊府元龜賀知章爲秘書監授銀青光祿大夫天寶三載因老疾恍惚不醒若神游洞天三清上數日方覺遂有志入道乃上疏請度爲道士歸捨本鄉宅爲觀玄宗許之仍拜其子典設郎曾爲會稽郡司馬使侍養御製詩以贈行皇太子以下咸就執别御製詩并序云天寶三年太子賓客賀知章鑒止足之分抗歸老之疏解組辭榮志期入道朕以其夙有微尚年在遲暮用循挂冠之事俾遂赤松之游正月五日將歸會稽遂餞東路乃命六卿庶尹大夫供帳青門寵行邁也豈惟崇德尚齒抑亦勵俗勸人無令二疏獨光漢冊乃賦詩贈行云遺榮期入道辭老竟抽簪豈不惜賢達其如高尚心環中得秘要方外散幽襟獨有青門餞群英悵别深又云筵開百壺餞詔許二疏歸仙記題金籙朝章換羽衣悄然承睿藻行路滿光輝按詩紀載知章之歸越也詔令供帳東門外百僚祖餞於長樂坡自李

適以下作詩送之今詩存者三十七首太白其一也

久辭榮祿遂初衣曾向長生說息機真訣自從茅氏得恩波寧蕭本作應阻洞庭歸瑶臺含霧星辰滿仙嶠浮空島嶼微借問欲繆本作候棲珠樹鶴何年却向帝城飛

楚辭進不入以離尤兮退將復修乎初服製芰荷以爲衣兮集芙蓉以爲裳王逸註初服初始潔清之服也太玄真人傳茅盈仙去與家人及親戚辭歸句曲二弟聞之棄官還家漢元帝永光元年渡江求兄於東山遂與相見兄曰卿已老矣欲難可補縱得真訣適可成地上主者耳水經註太湖中有大雷小雷三山亦謂之三山湖又謂之洞庭湖吳地記揚州記曰太湖一名震澤一名洞庭拾遺記須彌山旁有瑶臺十二各廣千步皆五色玉爲臺基梁武帝詩瑶臺含碧霧羅幕生紫烟列子海渤之東中有五山其根無所連着常隨潮波上下往還詳見四卷註仙嶠浮空蓋用其事淮南子崑崙中有珠樹玉樹琁樹不死樹

在其西論衡海外西南有珠樹焉神仙傳蘇仙公得道數歲之後昇雲而去後有白鶴來止郡城東北樓上或挾彈彈之鶴以爪攫樓板似漆書曰城郭是人民非三百甲子一來歸我是蘇公彈我何爲○嶠音轎

送竇司馬貶宜春 按唐時宜春郡卽袁州也隸江南西道爲上州上州刺史長史之下有司馬一人從五品

天馬白銀鞍親承明主歡鬬雞金宮一作閨裏射雁碧雲端堂上羅中繆本作巾貴歌鍾清夜闌何言謫南國拂劍坐長嘆趙璧爲誰點隨珠枉被彈聖朝多雨露莫厭此行難 陳後主詩照耀白銀鞍鬬雞中貴俱見二卷註歌鍾見擬恨賦註史記趙惠文王時得楚和氏璧陳子昂詩青蠅一相點白璧遂成寃搜神記隨侯出行見大蛇被傷中斷疑其靈異使人以

藥封之蛇乃能去因號其處爲斷蛇邱歲餘蛇啣明珠以報之珠盈徑寸純白而夜有光明如月之照可以燭室故謂之隋侯珠亦曰靈蛇珠又曰明月珠莊子今且有人於此以隨侯之珠彈千仞之雀世必笑之是何也則其所用者重而所要者輕也

送羽林陶將軍

唐書百官志左右羽林軍大將軍各一人正三品將軍各三人從三品掌統北衙禁兵督攝左右廂飛騎儀仗

將軍出使擁樓船江上旌旗拂紫烟萬里橫歌探虎穴三杯拔劍舞龍泉莫道詞人無膽氣臨行將贈繞朝鞭

樓船水軍所載之船也詳見四卷註東都賦羽旄掃霓旌旗拂天不探虎穴安得虎子用呂蒙語詳見十五卷註龍泉劍名卽龍淵也見十一卷註繞朝鞭見十二卷註○唐仲言曰此篇全是律體疑龍泉下脫一聯方弘靜曰此篇當是近體八句而逸其五六也今以爲古詩或以爲六句律琦按六句近

體唐人時有之本於
六朝人或號爲小律

送程劉二侍御蕭本作郎兼獨孤判官赴安西幕府

按舊唐書封常清傳開元末安西四鎮節度使夫蒙靈詧判官有劉眺獨孤峻蓋其人也程則無考通鑑唐紀安西節度撫寧西域統龜茲焉者于闐疎勒四鎮治龜茲城兵二萬四千冊府元龜周禮六官六軍並有吏屬大則命於朝廷次則皆自辟除春秋諸國有軍司馬尉候之職而未有幕府之名戰國之際始謂將帥所治爲幕府唐節度使之屬有副使一人行軍司馬一人判官二人掌書記一人參謀無員隨軍四人自是正爲幕府之職皆奏請有出身人及六品以下正員官爲之

安西幕府多才雄喧喧唯道三數公繡衣貂裘明積雪飛書走檄如飄風朝辭明主出紫宮銀鞍送別金

城空天外飛霜下蔥海火旗雲馬生光彩胡塞塵清計日歸蕭本作清塵幾日歸漢家草綠遥相待漢書侍御史有繡衣直指顔師古註衣以繡者尊寵之也西京雜記枚皋文章敏疾揚子雲曰軍旅之際戎馬之間飛書馳檄用枚皋紫宮郎紫微宮天子所居也見二卷註金城長安城也見五卷註通典安西西郡西至疏勒鎮守使軍三千里去蔥嶺七百里涼州異物志蔥嶺水分流東西西入大海東為河源火旗謂旗之赤似火雲馬謂馬之多似雲梁簡文帝詩悲笳動胡塞

送姪良攜二妓赴會稽戲有此贈

攜妓東山去春光半道催遥看若繆本作二桃李雙入鏡中開一統志東山在紹興府上虞縣西南四十五里晉太傅謝安居此今絕頂有謝公調馬路白雲明月二亭遺跡曹植詩南國有佳人容華若桃李王逸少云山陰路上行如在鏡中遊詳見十一卷註

送賀賓客歸越

舊唐書天寶二年十二月乙酉太子賓客賀知章請度爲道士還鄉三載正月庚子遣左右相以下祖別賀知章於長樂坡賦詩贈之法書要錄賀知章字維摩會稽永興人太子洗馬德仁之孫少以文辭知名工草隸書進士及第歷官禮部侍郎集賢學士太子右庶子兼皇子侍讀檢校工部侍郎遷秘書監太子賓客慶王侍讀知章性放善諧晚年尤縱無復規檢年八十六自號四明狂客每興酣命筆好書大字或三百言或五百言詩筆惟命問有幾紙紙報十紙紙盡語亦盡二十紙三十紙紙盡語亦盡忽有好處與造化相爭非人工所可到也天寶二年以年老上表請入道歸鄉里特詔許之重令入閣儲皇以下拜辭上親製詩序令所司供帳百僚餞送賜詩叙別知章表謝手詔荅曰卿儒才舊業德著老成方欲乞言以光東序而乃高蹈世表歸心妙門雖雅意難違良深耿嘆眷言離祖是用贈詩宜保松喬愼行李也兒子輩常所執經故令親別尊師之義何以謝爲仍拜其子典設郎曾子爲朝散

大夫本郡司馬以伸侍養通典皇太子賓客四人掌調護侍從規諫凡太子有賓客之事則爲上齒蓋取象於四皓焉資位閑重其流不雜

鏡湖流水漾清一作春始波狂客歸舟逸興多山陰道士如相見應寫黃庭換白鵝通典越州會稽縣有鏡湖野客叢書西清詩話曰太白詩山陰道士如相見應寫黃庭換白鵝按晉書右軍寫道德經換道士鵝非黃庭也僕觀陶穀跋黃庭經曰山陰道士劉君以鵝群獻右軍乞書黃庭經此是也穀亦謂黃庭得非承太白之誤乎黃魯直詩爲君寫就黃庭了不博山陰道士鵝梅聖俞詩道士難換黃庭經又曰黃庭換白鵝皆承此謬或謂晉史但言道士鵝群不知穀何以知其爲道士劉君也僕考晉帖獻之有劉道士鵝群亦復歸也無乃據此乎米元章書史黃素黃庭經一春是六朝人書陶穀跋云山陰道士劉君以鵝群獻右軍乞書黃庭經此卽是也晉史載爲寫道德經當舉群相贈因李白詩送賀監云山陰道士如相見應寫黃庭換白鵝世人遂以

黃庭經爲換鵝經甚可笑也黃伯思東觀餘論世傳黃庭真本帖爲逸少書僕嘗考之非也按陶隱居真誥翼真撿論上清真經始末云晉哀帝興寧二年南岳魏夫人所授弟子司徒公府長史楊君使作隸字寫出以傳護軍長史許君及子上計掾掾以付子黃民民以傳孔默後爲王興先竊寫之始濟浙江遇風淪漂惟黃庭一篇得存蓋此經也僕按逸少以晉穆帝昇平五年卒是年歲在辛酉後二年歲在甲子即哀帝興寧二年始降黃庭於世安得逸少預書之又按梁虞龢論書表云山陰曇禳村養鵝道士謂羲之曰久欲寫河上公老子縑素早辦而無人能書府君若能自屈書道德經兩章便合群以奉於是羲之便停半日爲寫畢攜鵝去晉書本傳亦著道士云爲寫道德經當舉群相贈耳初未嘗言寫黃庭也以二書考之則黃庭非逸少書無疑然陶隱居與梁武帝啟云逸少有名之蹟不過數首黃庭勸進告誓等不審猶有存否蓋此啟在著真誥前故未之考證耳至唐張懷瓘作書估云樂毅黃庭但得幾篇卽爲國寶遂誤以爲逸少書李太白承之作詩山陰道士如相見應寫黃庭換白鵝苟欲隨之耳初未嘗考之而韓退之

第云數紙尚可傳白鵝而不云黃庭豈非覺其謬與王氏法書苑伯思之論似若詳悉以予考之其說非也葢書黃庭經換鵝與書道德經換鵝自是兩事伯思謂黃庭之傳在右軍死後此最失於詳審也道家有黃庭內景經黃庭外景經及黃庭遁甲緣身經黃庭玉軸經世俗例稱爲黃庭經內景經乃大道玉晨君所作扶桑大帝君命暘谷神王傳魏夫人凡三十六章即真誥所言者外景經三篇乃老君所作即右軍所書者與魏夫人所傳初不同予家舊藏右軍所書外景經石刻一卷凡六十行末云永和十三年五月二十五日在山陰縣寫與小歐陽集古錄目校之與文忠所藏本同則右軍之寫黃庭甚曉然緣諸公考之未詳故未免紛紜如此伯思謂與梁武啟在著真誥之前此又曲爲之辨也予又嘗於道藏中得務成子註外景經一卷有序云晉有道士好黃庭之術意專書寫常求序人聞王右軍精於草隸而復愛白鵝遂以數頭贈之得其妙翰右軍逸興自縱未免脫漏但美其書耳張君房所進雲笈七籤亦載此序此最爲的據也葢道德經是偶悅道士之鵝因爲之寫若黃庭是道士聞其善書且喜鵝故以是爲贈以求

其書此是兩事頗分明緣俱以寫經得鵝遂使後人指爲一事而妄起異論雅李太白知其爲二事故其書右軍一篇云右軍本清真瀟洒出風塵山陰過羽客要此好鵝賔掃素寫道經筆精妙入神書罷籠鵝去何曾别主人此言書道德經得鵝也送賀賔客歸越一篇云山陰道士如相見應寫黄庭换白鵝此言書黄庭經得鵝也太白於兩詩亦各言之都未嘗誤乃後人自誤也又程文簡演繁露云王羲之本傳以書换鵝者道德經也文士用作黄庭人皆以爲誤張彦遠法書要録載褚遂良右軍書目正書第二卷有黄庭經六十行與山陰道士其時真蹟故在旣可以見其爲黄庭無疑又武平一徐氏法書記親在禁中見武后曝太宗時法書六十餘函所記憶者扇書樂毅告誓黄庭又徐浩古蹟記玄宗時大王正書三卷以黄庭爲第一不聞道德經則傳之所云却誤程云晉書傳誤者葢未詳太白之詩故不知爲二事也琦按白氏六帖右軍王羲之嘗見山陰道士有群鵝求之乃邀右軍書黄庭經以换遂書之太平御覽何法盛晉中興書曰山陰有道士養群鵝羲之意甚悦道士云爲寫黄庭經當舉群相贈乃爲寫訖籠鵝而去

仙傳拾遺山陰道士管霄霞籠紅鵝一雙遺羲之請書黄庭經太白所用似非誤記卽謂仙傳拾遺或出於僞撰白氏六帖所引又不著本自何書自當以晉書所載爲信然太平御覽所引何法盛晉中興書則又晉史之先鞭也豈亦不足信乎夫一經也或以爲黄庭或以爲道德一道士也或以爲劉或以爲管一鵝也或以爲舉群或以爲一雙蓋所謂傳聞異辭之故遐考一事兩傳者載籍固多有也乃取其一說而以訾其餘或以爲太白之誤或以爲晉書之誤或以爲右軍換鵝本有二事或以爲右軍初未嘗書黄庭經皆失之執矣又洪容齋四筆謂太白眼高四海衝口成章必不規規然檢閲晉史看逸少傳然後落筆正使誤以道德爲黄庭於理正自無害夫詩之美劣原不關乎用事之誤與否然白璧微瑕不能不受後人之指摘若太白此詩則固未嘗有瑕者也故歷引昔人之論而辯晰之且以見考古者之不易也

送張遥之壽陽幕府

唐書地理志淮南道有壽州壽春郡中都督府本淮南郡天寶元年更名琦按壽春之名本自戰國史記楚世家考烈王徙都壽春正義曰壽春在

南壽州壽春縣是也壽陽之名起自東晉通典東晉以鄭皇后諱改壽春曰壽陽宜春曰宜陽富春曰富陽凡名春者悉改之唐時名壽春而太白用壽陽蓋襲用舊名耳史記索隱凡將軍謂之幕府者蓋兵門合施帷帳故稱幕府崔浩曰古者出征爲將帥軍還則罷理無常處以幕帟爲府署故曰幕府

壽陽信天險天險橫荆闗符堅百萬衆遥阻八公山不假築長城大賢在其間戰夫若熊虎破敵有餘閑張子勇且英少輕衞霍孱投軀紫髯將千里望風顔勗爾効才畧功成衣錦還太平寰宇記壽陽城臨淝水北有八公山山北即淮水自東晉至今常爲要害之地十六國春秋符堅銳意欲取江東遣征南大將軍陽平公融督驃騎將軍張蚝撫軍大將軍符方衞軍將軍梁成等率步騎二十五萬號稱三十萬爲前鋒堅發長安戎卒六十餘

萬騎二十七萬前後千里旗鼓相望衆號百萬晉遣謝石爲征虜將軍征討大都督與前鋒都督謝玄西中郎將桓伊輔國將軍謝琰等水陸七萬相繼來拒堅與融登壽春城望之見晉兵部陣嚴整將士精鋭又望見八公山上草木皆以爲晉兵顧謂融曰此亦勁敵何謂弱也憮然始有懼色謝玄謝琰桓伊等以精卒八千涉渡淝水擊之仍進決戰於淮水南融馳騎畧陣馬倒爲晉軍所殺軍遂大敗江南通志八公山在壽州城北五里淝水之北淮水之南漢淮南王安與其賓客八公俱登此山學仙今山有淮南王廟圖安及八士像山以八公名蓋本於此符堅望晉兵見八公山草木皆旌旗狀即此山也三國志劉備以梟雄之姿而有關羽張飛熊虎之將江表傳戰如熊虎不惜軀命蓋本於牧誓如虎如貔如熊如羆之義漢書張耳傳吾王孱王也孟康註冀州人謂懦弱爲孱鮑照詩投軀報明主紫髯將軍是孫會稽詳見四卷註南史柳慶遠出爲雍州刺史帝餞於新亭謂曰卿衣錦還鄉朕無西顧憂矣○孱士連切音近殘

送裴十八圖南歸嵩山二首

地理今釋嵩山在河南府登封縣北

十里西接洛陽縣北接鞏縣東接
開封府密縣界緜亘一百五十里

何處可爲別長安青綺門胡姬招素手延一作留客醉金樽臨當上馬時我獨一作因與君言風吹一作鷩芳蘭折日沒鳥雀喧舉手指飛鴻此情難具論同歸無早晚潁水有清源

三輔黃圖長安城東出南頭第一門曰霸城門民見門色青名曰青城門廟記曰霸城門亦曰青綺門洞冥記有青雀群飛於霸城門乃改爲青雀門乃更修飾刻木爲綺橑雀去因名青綺門風吹芳蘭折喻君子被抑不得伸其志也日沒鳥雀喧喻君暗而讒言競作也晉書郭瑀隱於臨松薤谷張天錫遣使者孟公明持節以蒲車玄纁備禮徵之公明至山瑀指翔鴻以示之曰此鳥安可籠哉遂深逃絕跡舉手指飛鴻蓋用其事以明已將去之意謝靈運詩風潮難具論潁水出嵩岳之少室山詳見七卷註吳均詩濟水有清源柱樹多芳根劉履註清源源水初出清淺處也

其二

君思潁水綠忽復歸嵩岑歸時莫洗耳爲我洗其心洗心得真情洗耳徒買名謝公終一起相與濟蒼生高士傳許由堯名爲九州長由不欲聞之洗耳於潁濵世説謝公屢違朝旨高臥東山諸人每相與言安石不肯出將如蒼生何

同王昌齡送族弟襄歸桂陽一作同王昌齡崔國輔送李舟歸郴州二首唐時桂陽郡即郴州也隷江南西道

秦地見碧草楚謡對清樽把酒爾何思鷓鴣啼南園子欲羅浮隱猶懷明主恩躊躇紫宫戀孤負滄洲言終然無心雲海上同飛翻相期乃不淺幽桂有芳根

名山洞天福地記羅浮洞周圍五百里名朱明耀真之天在惠州博羅縣八十里太平寰宇記羅浮山本是蓬萊山之一峰浮在海中與羅山合因名之山有洞通勾曲又有璇房瑶室七十二所裴淵廣州記云羅浮二山隱天惟石樓一路可登矣增韻躋躇猶豫也紫宫天子所居之宫以比天之紫微垣故曰紫宫吳均詩桂樹多芳根太白雖用其句然詩意則用淮南招隱士桂樹叢生山之幽也

其二

爾家何在瀟湘川青莎白石長江邊昨夢江花照江日（蕭本作國）幾枝正發東窗前覺來欲往心悠然魂隨越鳥飛南天秦雲連山海相接桂水橫烟不可涉送君此去令人愁風帆茫茫隔河洲春潭瓊草綠可折西寄長安明月樓（瀟水出湖廣道州之九疑山湘水出廣西桂林之海陽山至永州城西而

合流焉自湖而南二水所經之地甚廣至長沙湘陰縣始達青草湖注洞庭與岷江之流合故渕之北漢沔是王不得謂之瀟湘若湖之南皆可以瀟湘名之此詩送人歸桂陽而言爾家何在瀟湘川止是約畧所近之地而言之耳其實瀟湘之水在桂陽之下不能逆流而經桂陽也楚辭青莎雜樹兮薠草靃靡按莎草有二一是雀頭香其葉似幽蘭而絶細耐水旱樂蔓延雖拔心隕葉弗之能絶兮之香附子是也一是夫須可爲衣以遇雨今謂之蓑衣詩云南山有臺臺即此草是也水經註桂水出桂陽縣北界山山壁高聳三面特峻石泉懸注瀑布而下北逕南平縣而東北流屆鍾亭右會鍾水通爲桂水也故應劭曰桂水出桂陽東北入湘按桂水出郴州州桂東縣之小桂山下流合於來水來水至衡州府城北始與瀟湘合徐彥伯詩雲生陰海没花落春潭空自傷瓊草綠詎惜鉛粉紅○莎音梭

送外甥鄭灌從軍三首

六博爭雄好彩來金盤一擲萬人開丈夫賭命報天

子當斬胡頭衣錦迴演繁露博用六子楚辭謂之六博采本是采色之采指其文而言也如黑白之以色別雉犢之以物別皆采也投得何色其中程者勝因遂名之爲采今俗語凡事小而幸得者皆以采名之義葢起此也宋書劉毅家無擔石之儲樗蒱一擲百萬

其二

丈八蛇矛出隴西彎弧拂箭白猿啼破胡必用龍韜策積甲應將熊耳齊十六國春秋隴上人作壯士之歌曰丈八蛇矛左右盤十盪十決無當前說文弧木弓也淮南子楚王有白猿王自射之則搏矢而熙使項由基射之始調弓矯矢未發而猿擁柱號矣太公六韜有龍韜後漢書赤眉忽遇大軍驚震不知所爲乃遣劉恭乞降積兵甲宜陽城西與熊耳山齊

其三

月蝕西方破敵時及瓜歸日未應遲斬胡血變黃河水梟首當懸白鵲旗左傳齊侯使連稱管至父戍葵丘瓜時而往曰及瓜而代漢書梟故塞王欣頭櫟陽市顏師古註梟縣首於木上也史記武王以黃鉞斬紂頭懸太白之旗白鵲旗未詳

送于十八應四子舉落第還嵩山通典開元二十九年始於京師置崇玄館諸州置道舉生徒有差謂之道舉舉送課試與明經等京都各百人諸州無常員習老莊文列謂之四子蔭第與國子監同唐會要開元二十九年正月十五日於玄元皇帝廟置崇玄學令習道德經莊子文子列子待習成後每年隨舉人例送名至省准明經考試通者准及第人處分

吾祖吹橐籥天人信森羅歸根復太素群動熙元和炎炎四真人摛辯若濤波交流無時寂楊墨日成科

夫子聞洛誦誇才才故多爲金好踊躍久客方蹉跎道可東繆本作東賣之五寶溢山河勸君還嵩邱開酌盼庭柯三花如未落乘興一來過楊齊賢曰吾祖老子也老子云天地之間其猶橐籥乎又云萬物芸芸各復歸其根歸根曰靜列子太素者質之始也白虎通始起先有太初後有太始形兆既成名曰太素混沌相連視之不見聽之不聞潛夫論太素之時元氣窈冥形兆未成淮南子偃其聰明抱其太素舊唐書天寶元年莊子號爲南華真人文子號爲通元真人列子號爲沖虛真人庚桑子號爲洞虛真人其四子所著書改爲真經班固荅賓戲馳辯如濤波摛藻如春華顏師古註大波曰濤摛布也莊子副墨之子聞諸洛誦之孫陸德明音義李云副墨可以副貳元墨也洛誦誦通也苞落無所不通也崔云皆古人姓名或寓言耳無其人也莊子大冶鑄金金踴躍曰我必爲鏌鋣大冶必以爲不祥之金歸去來詞引壺觴以自酌盼庭柯以怡顏呂向註柯樹枝也初學記漢世有道士從外國將貝多

子來於嵩高西脚下種之有四樹與衆木有異一年三花白色香異○摛音痴

送別

尋陽五溪水沿洄直入巫山裏勝境由來人共傳君到南中自稱美送君別有八月秋颯颯蘆花復益愁雲帆望遠不相見日暮長江空自流

蕭士贇曰巫山介乎夔峽二州之間峽有青溪赤溪綠蘿溪滄浪溪姜詩溪爲峽之五溪蓋謂別者由尋陽上五溪而入巫山也乃子見指爲武陵五溪恐失詩意武陵五溪由沅合湘瀦於洞庭至岳陽而後入江與巫峽地勢不相聯屬所引非武陵五溪明矣琦按詩句五溪當在尋陽然無所考據按一統志五溪水在池州青陽縣西二十里源出九華山五溪龍溪池溪漂溪雙溪瀾溪合流北入大江尋陽或是青陽之誤未可知楊氏以武陵之五溪蕭氏以巫峽之五溪當之恐皆非是沿謂順水而下也洄謂逆水而上也王勃詩檻外長江空自流

送族弟綰一作琯從軍安西通典安西都護府本龜茲國也大唐明慶中置東接焉耆西連疏勒南鄰吐蕃北拒突厥

漢家兵馬乘北風鼓行而一作向西破犬戎爾隨漢將一作揮長劍出門去剪虜若草收奇功君王按劍望邊色旄頭已落胡天空匈奴繫頸數應盡明年應一作驅入蒲桃宮漢書項籍傳我引兵鼓行而西必舉秦矣顏師古註鼓行謂擊鼓而行無畏懼也國語穆王將征犬戎韋昭註犬戎西戎也文獻通考犬戎西戎之别名在荒服漢書昴曰旄頭胡星也賈誼傳陛下何不試以臣爲屬國之官以主匈奴行臣之計請必係單于之頸而制其命吳均詩匈奴數欲盡僕在鴈門關三輔黃圖蒲桃宮在上林苑西漢哀帝元壽三年單于來朝以太歲厭勝所在舍之即此宮也

送梁公昌從信安王蕭本缺王字北征冊府元龜開元二十年正

月以朔方節度副大使禮部尚書信安郡王禕爲河東河北兩道行軍副大總管知節度事率兵討契丹率戶部侍郎裴耀卿諸副將分道統兵出范陽之北大破兩蕃之衆擒其酋長餘黨竄入山谷

入幕推英選捐書事遠戎高談百戰術鬱作萬夫雄起舞蓮花劍行歌明月宮將飛天地陣兵出塞垣通祖席留丹景征麾拂綵虹旋應獻凱入麟閣佇深功

世說郄生可謂入幕賓也史記外黃徐子謂太子曰臣有百戰百勝之術漢書音義晉灼曰古長劍首以玉作井鹿盧形上刻木作山形如蓮花初生未敷時吳均詩玉鞭蓮花劍六韜武王問太公曰凡用兵爲天陣地陣奈何太公曰日月星辰斗柄一左一右一向一背此謂天陣邱陵水泉亦有前後左右之利此謂地陣塞垣邊牆也後漢書秦築長城漢起塞垣楊齊賢曰丹景日也張衡思玄賦前祝融使舉麾兮自

註尚書曰右秉白旄以麾案執旄以指麾也秦漢以來郎以所執之旄名曰麾謂麾幢曲蓋者也范甯穀梁傳註麾旌幡也古今註麾所以指麾武王右執白旄以麾是也乘輿以黃諸公以朱刺史二千石以纁沈佺期詩天人開祖席朝宋候征麾劉子京詩將軍獻凱入歌舞溢重城通鑑漢紀甘露三年上以戎狄賓服思股肱之美乃圖畫其人於麒麟閣法其容貌署其官爵姓氏霍光張安世韓增趙充國魏相丙吉杜延年劉德梁邱賀蕭望之蘇武凡十一人皆有功德知名當世是以表而揚之明著中興輔佐列於方叔名虎仲山甫焉陳子昂詩

單于不敢射天子佇深功

送白利從金吾董將軍西征

唐書百官志左右金吾衛上將軍各一人大將軍各一人將軍各二人

西羌延國討白起佐軍威劍決浮雲氣弓彎明月輝
馬行邊草綠旌卷曙霜飛抗手凛相顧寒風生鐵衣

後漢書西羌之本出自三苗姜姓之别也其國近南岳及舜流四凶徙之三危河關之西南羌地是也濵於賜支至於河首綿地千里南接蜀漢徼外蠻夷西北鄯善車師諸國所居無常依隨水草地少五穀以産牧爲業唐時則槩指吐蕃爲西羌延遷延也史記白起者郿人也善用兵料敵合變出奇無窮聲震天下莊子天子之劍上決浮雲下絶地紀孔叢子子高游趙平原君客有鄒文李節者與子高相善及將還魯諸故人訣既畢文節送行三宿臨别文節流涕交頤子高徒抗手而已分背就路李善文選註抗手舉手而拜也古木蘭辭朔氣傳金柝寒光照鐵衣

送張秀才從軍國史補進士通稱謂之秀才

六駮食猛武恥從駑馬群一朝長鳴去矯若龍行雲壯士懷遠畧志存解世紛周粟猶不顧齊珪安肯分抱劍辭高堂將投崔作霍蕭本冠軍長策掃河洛寧親歸

汝墳當令千古後麟閣著奇勳詩國風隰有六駮毛萇傳駮如馬鋸牙食虎豹孔穎達正義釋畜云駮如馬鋸牙食虎豹郭璞引山海經云有獸名駮如白馬黑尾鋸牙音如鼓食虎豹然則此獸名駮而已言六駮者王肅曰言六據所見而言也北史張華原爲兗州刺史先是州境數有猛獸爲暴自華原臨政州東北七十里甑山中忽有六駮食猛獸獸咸以爲化感所致蕭士贇曰猛武當作猛虎唐國諱虎故以武易之楚辭將隨駑馬之跡乎楚辭章句駑鈍馬也後漢書情存遠畧志闊四方史記伯夷叔齊義不食周粟謝靈運詩茲高犒晉師仲連却秦軍臨組乍不緤對珪寧肯分李善註史記曰平原君欲封魯連連不肯受左太冲詠史詩曰臨組不肯緤對珪不肯分據仲連文雖不見分珪之事古者分爵皆隨其爵之輕重而賜之珪璧執以爲瑞信令仲連不受齊趙之封爵明其不肯分珪也吳均詩僕本幽并兒抱劍事邊陲史記霍去病爲剽姚校尉斬首虜二千二十八級及相國當戶斬單于大父行籍若侯産生捕季父羅姑比再冠軍以千六百戶封去病爲冠軍侯揚子法言孝莫大於寧親詩國風

遵彼汝墳鄭康成周禮註水涯曰墳汝墳謂汝水之涯也後漢書郡國志汝陰本胡國註曰詩所謂汝墳也又應奉傳贊二應克聰亦表汝墳葢凡汝水之濱皆可謂之汝墳矣麟閣已見前註此詩當作於祿山寇陷洛陽之後

送崔度還吳度故人禮部員外國輔蕭本作之子輔國誤唐書藝文志崔國輔應縣令舉授許昌令集賢直學士禮部員外郎坐王鉷近親貶竟陵郡司馬唐書品彙崔國輔吳郡人

幽燕沙雪地萬里盡黃雲朝吹歸秋雁南飛日幾群中有孤鳳雛哀鳴九天聞我乃重此鳥綵章五色分胡爲雜凡禽雛鶩輕賤君舉手捧爾足疾心若火焚拂羽淚滿面送之吳江濆去影忽不見躊躇日將曛

孫萬壽詩被甲吳
江濆○濆音焚

送祝八之江東賦得浣紗石太平御覽孔曄會稽記曰句踐索美女以獻吳王得諸暨苧羅山賣薪女西施鄭旦先教習於土城山山邊有石云是西施浣紗石太平寰宇記諸暨縣有苧羅山山下有石跡云是西施浣紗之所浣紗石猶在

西施越溪女明艷光雲海未一作來入吳王宮殿時浣紗古石一作石古今猶在桃李新開映古一作杳查菖蒲猶短出平沙昔時紅粉照流水今日青苔覆落花君去西秦適東越碧山清江幾超忽若到天涯思故人浣紗石上窺明月廣韻楂水中浮木也江總詩古查横近澗危石聳前洲何遜詩野岸平沙合連山遠霧浮王巾頭陀寺碑文東望平皐千里超忽呂向註超忽遠貌

送侯十一

朱亥已擊晉侯嬴尚隱身時無魏公子豈貴抱關人余亦不火食遊梁同在陳空餘湛盧劍贈爾託交親

朱亥侯嬴事詳三卷註莊子孔子窮於陳蔡之間七日不火食吳越春秋楚昭王臥而寤得吳王湛盧之劍於牀不知其故乃名風胡子而問曰寡人臥覺而得寶劍不知其名是何劍也風胡子曰此謂湛盧之劍五金之英太陽之精寄氣託靈出之有神服之有威可以折衝拒敵然人君有逆理之謀其劍即出故去無道以就有道今吳王無道殺君謀楚故湛盧入楚

魯中送二從弟赴舉之西京一作送族弟鍠

魯客向西笑君門若夢中霜凋逐臣髮日憶明光宮復羨二龍去才華冠世雄平衢騁高足逸翰凌長風

舞袖拂秋月歌筵聞早鴻送君日千里良會何由同

桓譚新論人聞長安樂則出門向西而笑雍錄漢有明光宮三一在北宮與長樂宮相連者武帝太初四年起卽王商之所指借欲以避暑者也別有明光宮在甘泉宮中亦武帝所起發燕趙美女三千人充之至尚書郎主作文書起草更直於建禮門內則近明光殿矣建禮門內得神仙門神仙門內得明光殿省中皆胡粉塗壁以丹漆地謂之丹墀尚書郎握蘭含雞舌香奏事此明光殿約其方向必在未央正宮殿中不與北宮甘泉設爲奇玩者比則臣下奏事之地也琦按太白所用正指明光殿而借用宮字以趁韻耳世說謝子微見許子將兄弟曰平輿之淵有二龍焉謝靈運詩平衢修且直古詩何不策高足李善註高上也亦謂逸足也漢書高祖紀乘傳詣洛陽如淳註律四馬高足爲置傳四馬中足爲馳傳四馬下足爲乘傳江淹詩桂水日千里因之平生懷陳子昂詩蜀山余方隱良會何時同

奉餞高尊師如貴道士傳道籙畢歸北海 道籙詳見

十卷註唐時北海郡即青州也隸河南道

道隱不可見靈書藏洞天吾師四萬劫歷世遞相傳別杖留青竹行歌躡紫烟離心無遠近長在玉京懸

老子道隱無名河上公註道潛隱使人無能指名也莊子道不可聞聞而非也道不可見見而非也太平御覽後聖道君列記曰刻以紫玉爲簡青金爲文龜毋按筆真童拂筵玉童結編名曰靈書度人經此二章並是諸天上帝及至靈魔王隱秘之音皆是大梵之言非世上常辭言無韻麗曲無華宛上天所寶秘於玄都紫微上宮依玄科四萬劫一傳後漢書費長房隨從壺公入深山長房辭歸翁與一竹杖曰騎此任所之則自至矣既至可以杖投葛陂中長房乘杖須臾來歸以杖投陂顧視則龍也玉京詳見五卷註

金陵送張十一再遊東吳

張翰黃花句風流五百年誰人今繼作夫子世稱賢

再動遊吳棹，還浮入海船。春光白門柳，霞色赤城天。去國難爲別，思歸各未旋。空餘賈生淚，相顧共悽然。

張翰詩：青條若總翠，黃花如散金。胡三省通鑑註：白門，建康城西門也。西方色白，故以爲稱。古楊叛曲：暫出白門前，楊柳可藏鵶。台州府志：赤城山在天台縣北六里，一名燒山，石皆霞色，望之如雉堞，因以爲名。孫綽賦所謂赤城霞起而建標是也。支遁天台山銘序曰：往天台山，當由赤城爲道。而神邕山圖亦以赤城山爲天台南門，石城山爲西門也。

漢書：賈誼自傷爲傅無狀，常哭泣。

送紀秀才遊越

海水不滿眼，觀濤難稱心。卽知蓬萊石，却是巨鰲簪。送爾遊華頂，令余發舄吟。仙人居射的，道士住山陰。禹穴尋溪入，雲門隔嶺深。綠蘿秋月夜，相憶在鳴琴。

初學記玄中記曰東海之大者有巨鰲焉以背負蓬萊山周圍千里巨鼇巨龜也一統志華頂峯在天台縣東北六十里周圍百餘里高萬丈絕頂東望滄海俗名望海尖草木薰鬱非人世夏有積雪王粲登樓賦莊舃顯而越吟見九卷註藝文類聚孔曄會稽記曰縣東南十八里有射的山遠望的的有如射候故謂之射的射的之西有石室可方二丈謂之射室傳云羽客之所遊憩土人常以此占穀食貴賤射的明則米賤暗則貴諺曰射的白斛一百射的玄一斛千又云孔靈符會稽山記曰射的山西南水中有白鶴常爲仙人取箭曾刮壞尋索遂成此山也書斷王羲之性愛鵝山陰曇壤村有一道士養好者十餘王清旦乘小船往看之意大願樂乃告求市易道士不與百方譬說不能得之道士言性好道久欲寫河上公老子縑素早辦而無人能書府君若能自屈書道德經各兩章便合羣以奉羲之停半日爲寫畢籠鵝而歸大以爲樂方輿勝覽禹穴在紹興府龍瑞宮之側東萊云大石中斷成罅殊不古殆非司馬子長所探也輟耕錄會稽陽明洞天在秦望山後禹廟之西南云即古禹穴越之勝境也諸峯環聳鬱盤空曲施

宿會稽志會稽山與委宛相接宛委山卽禹穴號陽明洞天按舊經引吳越春秋東南天柱號委宛乃禹藏書處在會稽山南三里則宛委別一山也水經註山陰縣南有玉笥竹林雲門天柱精舍並疏山創基架林裁宇割澗延流盡泉石之好施宿會稽志雲門山在會稽縣南三十里舊經云晉義熙二年中書令王子敬居此有五色雲見詔建寺號雲門山有謝敷宅何公井好泉亭王子敬山亭永禪師臨書閣

送長沙陳太守二首　唐長沙郡卽潭州也隸江南西道

長沙陳太守，逸氣凌青松。英王賜五繆本作玉馬，本是天池龍。湘水迴九曲，衡山望五峯。榮君按節去，不及一作得遠相從。十六國春秋張謐幼有逸氣太守陸雲見而異之庾信春賦馬是天池之龍種水經註衡山東南二面臨映湘川自長沙至此江湘七百里中有九背故漁者歌曰帆隨湘轉望衡九面藝文類聚湘中記曰遥望衡山如陣雲沿湘千里九向九背乃不復見通鑑地理通釋衡岳在潭州衡山縣西

三十里衡州衡陽縣北七十里有五峰曰紫蓋天柱芙蓉石廩祝融子虛賦案節未舒索隱曰郭璞云言頓轡也司馬彪云按轡而行得節故曰按節

其二

七郡長沙國南連湘水濱定王垂舞袖地窄不迴身莫小二千石當安遠俗人洞庭鄉路遠遥羨錦衣春按唐時潭州長沙郡衡州衡陽郡永州零陵郡連州連山郡道州江華郡郴州桂陽郡邵州邵陽郡此七郡者在秦漢時皆長沙故地定王舞袖事詳見十五卷註漢時太守秩二千石通典岳州巴陵縣有洞庭湖

送楊燕之東魯

關西楊伯起漢日舊稱賢四代三一作五公族淸風播

人天夫子華陰居開門對玉蓮何事歷衡霍雲帆今始還君坐稍解顏爲我一作君歌此篇我固侯門士謬登聖主筵一辭金華殿蹭蹬長江邊二子魯門東別來已經年因君此中去不覺淚如泉

後漢書楊震字伯起弘農華陰人少好學明經博覽無不窮究諸儒謂之語曰關西孔子楊伯起永寧元年代劉愷爲司徒延光三年代劉愷爲太尉震子秉延熹五年代劉矩爲太尉秉子賜熹平二年代唐珍爲司空五年代袁隗爲司徒光和五年拜太尉賜子彪中平六年代董卓爲司空其冬代黄琬爲司徒興平元年代朱儁爲太尉自震至彪四世太尉德業相繼與袁氏俱爲東京名族云三公舊本或有作五公者楊註以三公爲是琦按後漢書諸袁事漢四世五公陳子昂梓州司馬楊君神道碑追震秉彪賜四代五公光烈昭於漢室盛德充於海内李頎詩漢家名臣楊德祖四代五公享茅土五公謂太傅太尉司徒司空大將軍也楊氏四世但爲

三公未有登太傅大將軍之位不知諸書何以言之然其語則已所本未可以爲誤也太平寰宇記華州華陰縣以在太華山之陰故名之華山有蓮花峯以形似蓮花故名玉蓮蓋指此或謂指玉女蓮花二峯而言或謂華山記云山頂有池生千葉蓮花服之羽化昌黎詩所謂太華峯頭玉井蓮花開十丈藕如船玉蓮似指玉井蓮也史記正義括地志云衡山一名岣嶁山在衡州湘潭縣西四十一里太平寰宇記霍山一名衡山一名天柱山在壽州六安縣南五里爾雅霍山爲南岳註云即天柱也漢武帝以衡山遼遠讖緯皆以霍山爲南岳故祭其神於此今其土俗皆呼南岳大山黄庭内景玉經曰霍山下有洞房二百里司命君之府也有西北東南二門其中有五香芝飛華金瓶之寶神瞻靈瓜食之者至京江南通志霍山在廬州府霍山縣西北五里漢武帝南巡以衡山遠阻移祭此山又名南岳山馬融廣成頌張雲帆施蜺幬列子夫子始一解顏而笑三輔黄圖未央宫有金華殿劉琨詩據鞍長嘆思淚下如流泉

送蔡山人

我本不棄世世人自棄我一乘無倪舟八極縱遠柂燕客期躍馬唐生安敢譏採珠勿驚龍大道可暗歸故山有松月遲爾翫清暉

韻會倪極際也郭璞江賦凌波縱柂釋名船其尾曰柂柂拖也後見拖曳也且弼正船使順流不使他戾也柂玉篇柁正船木也設於船尾與舵同一作柂戰國策燕客蔡澤天下駿雄弘辯之士也史記蔡澤者燕人也游學干諸侯小大甚衆不遇而從唐舉相曰若臣者何如唐舉孰視而笑曰先生曷鼻巨肩魋顏蹙齃膝攣吾聞聖人不相殆先生乎蔡澤知唐舉戲之乃曰富貴吾所自有吾所不知者壽也願聞之唐舉曰先生之壽從今以往者四十三歲蔡澤笑謝而去謂其御者曰吾持粱刺齒肥躍馬疾驅懷黄金之印結紫綬於腰揖讓人主之前食肉富貴四十三年足矣莊子千金之珠必在九重之淵而驪龍頷下詳見九卷註曹植詩遲奉聖顏李善註遲猶思也吕向註遲待也○倪音涯柂徒可切䭾上聲

送蕭三十一之魯中兼問稚子伯禽

六月南風吹白沙，吳牛喘月氣成霞。水國鬱一作歊蒸不可處，時炎道遠無行車。夫子如何涉江路，雲帆嫋嫋金陵去。高堂倚門望伯魚，魯中正是趨庭處。我家寄在沙邱旁，三年不歸空斷腸。君行既識伯禽子，應駕小車騎白羊。晉書惠帝元康中京洛童謡曰南風起吹白沙遥望魯國何嵯峨千歲髑髏生齒牙埋雅風俗通曰吳牛望月而喘言使之若於日是故見月而喘蓋傷禽驚於虛絃疲牛望月而喘物之憚怯見似而驚有如此者傳玄苦熱詩呼吸氣鬱蒸程曉詩平生三伏時道路無行車戰國策王孫賈之母曰汝朝出而晚來則吾倚門而望家語伯魚之生也魯昭公以鯉魚賜孔子榮君之貺故因名鯉而字伯魚沙邱詳見十三卷註世説註衞玠齠齔時乘白羊車於洛陽市上咸曰誰家璧人

送楊山人歸嵩山

元和郡縣志嵩高山在河南府告成縣西北二十三里登封縣北八里亦名外方山東曰太室西曰少室嵩高總名即中岳也山高二十里周回一百三十里

我有萬古宅，嵩陽玉女峰。長留一片月，挂在東溪松。爾去掇仙草，菖蒲花紫茸。一作君行到此峰餐霞駐衰容歲晚或相訪，青天騎白龍。登封縣志太室二十四峰有玉女峰峰北有石如女子上有大篆七字人莫能識江淹赤虹賦掇仙草於危峰鐫神丹於崩石神仙傳嵩山石上菖蒲一寸九節服之長生抱朴子菖蒲須得生石上一寸九節以上紫花者尤善謝靈運詩新蒲含紫茸李善註倉頡篇曰茸草貌然此茸謂蒲花也廣博物志瞿武後漢人也七歲絕粒服黃精紫芝入峨眉山天竺真人授以真訣乘白龍而去

送殷淑三首

顏真卿元靜先生廣陵李君碑真卿與先生門人中林子殷淑遺名

子韋渠牟嘗接采真之游緒聞含一之德云云是即此人也

海水不可解連江夜爲潮俄然浦嶼闊岸去酒船遥惜別耐取醉鳴榔且長謡天明爾當去應有便蕭本作便有風飄韻會浦水濵也嶼海中洲也劉淵林吳都賦註嶼海中洲上有石山也潘岳西征賦鳴榔厲響李善註說文云榔高木也以長木叩船爲聲所以驚魚令入網也一說榔船板也船行則響謂之鳴榔駱賓王詩鳴榔下貴洲沈佺期詩鳴榔曉帳前是也若太白此篇送客非觀漁停舟飲酒非挂帆長行所謂鳴榔者當是擊船以爲歌聲之節猶叩舷而歌之義

其二

白鷺洲前月天明送客迴青龍山後日早出海雲來流水無情去征帆逐吹開相看不忍別更進手中杯

六朝事跡白鷺洲圖經云在城西南八里周廻十五里對江寧之新林浦景定建康志青龍山在城東南三十五里周迴二十里高九十丈又溧陽縣界別有青龍山

其三

痛飲龍笻下燈青月復寒醉歌驚白鷺半夜起沙灘

送岑徵君歸鳴皋山唐書地理志河南府陸渾縣有鳴皋山

岑公相門子雅望歸安石奕世皆夔龍中台竟一作有三拆至人達機兆高揖九州伯奈何天地間而作隱淪客貴道能一作皆全真潛輝臥幽鄰一作鱗探元入窅默觀化遊無垠光武有天下嚴陵爲故人雖登洛陽殿不屈巢由身余亦謝明主今稱偃蹇臣登高覽萬

古思與廣成鄰蹈海寧受賞還山非問津西來一作終期

一搖扇共拂元規塵琦按岑參感舊賦序云國家六葉吾門三相矣江陵公爲中書令輔太宗鄧國公爲文昌右相輔高宗汝南公爲侍中輔睿宗相承寵光繼出輔弼逮乎武后臨朝鄧國公由是得罪先天中汝南公又得罪朱輪翠轂如夢中矣按唐書岑文本鄧州棘陽人祖善方後梁吏部尚書父之象隋邯鄲令貞觀中文本歷官中書令封江陵縣子從子長倩永淳中累官兵部侍郎同中書門下平章事垂拱中拜文昌右相封鄧國公爲來俊臣所誣陷斬於市文本孫羲累官至同中書門下三品景雲間進侍中封南陽郡公羲兄獻爲國子司業弟仲翔陝州刺史仲休商州刺史兄弟子姪在清要者數十人羲歎曰物極則反可以懼矣然不能抑退坐豫太平公主謀誅藉其家晉書謝安字安石自幼有公輔之望楊齊賢曰奕世累世也晉書天文志永康元年三月中台星坼占曰台星失常三公憂趙王倫尋廢殺賈后斬司空張華歐陽建詩古人達機兆孔安國尚書傳敉敉民九州之伯晉書桓玄曰父爲

九州伯兒爲五湖長桓譚新論天下神人五一曰神仙二曰隱淪謝靈運詩旣枉隱淪客莊子子之道狂狂汲汲詐巧虛僞事也非可以全眞也又曰至道之精窈窈冥冥至道之極昏昏默默淮南子上游於霄雿之野下出於無垠之門高誘註無垠無形狀之貌袁宏後漢紀伏見太原周黨使者三聘乃肯就車陛下親見諸庭黨伏而不謁偃蹇自高逡巡求退後漢書偃蹇反俗章懷太子註偃蹇驕傲也嚴子陵廣成子及魯仲連欲蹈東海事俱見二卷註晉書庾亮雖居外鎭而執朝廷之權旣據上流擁强兵趣向者多歸之王導內不能平常遇西風塵起舉扇自蔽徐曰元規塵汚人○窅音杳

送范山人歸太山

地里今釋泰山在今山東濟南府泰安州北五里

魯客抱白鶴一作雞別余往太山初行若片雪一作雲杳在青崖間高高至天門日觀一作海日近可攀雲生蕭本作山望不及此去何時還抱朴子欲求芝草入名山帶靈寶符牽白犬抱白雞以白鹽一

斗及開山符檄著大石上續博物志陶隱居云學道之士居山宜養白雞白犬可以辟邪後漢書祭祀志馬第伯封禪儀記曰是朝上泰山至中觀去平地二十里南向極望無不覩仰望天闕如從谷底仰視抗峰其爲高也如視浮雲其峻也石壁窅窱如無道徑遥望其人端如行杇兀或如白石或如雪久之白者移過樹乃知是人也初學記太山記云盤道屈曲而上凡五十餘盤經小天門大天門仰視天門如從穴中視天窓矣自下至古封禪處凡四十里山頂西巖爲仙人石閭東巖爲介邱東南巖名日觀日觀者雞一鳴時見日始欲出長三丈所

李太白文集卷十七

李太白文集卷之十八

錢塘　王琦琢崖輯註

濟　魯川較

古近體詩共三十五首

送韓侍御之廣德

繆本德字下多一令字。唐書地理志江南西道宣城郡有廣德縣本綏安縣至德二載更名廣德

昔日繡衣何足榮今宵貰酒與君傾暫就東山賒月色酣歌一夜送泉明

漢書侍御史有繡衣直指出討奸猾治大獄顔師古註衣以繡者尊寵之也漢書高帝紀嘗從王媼武負貰酒顔師古註貰賒也陶淵明嘗爲彭澤令故用之以擬韓侍御也野客叢書海錄碎事謂淵明一字泉明李白詩多用之不知稱淵明爲泉明者蓋避唐高祖諱耳猶

楊淵之稱楊泉非一字泉明也齊東野語高祖諱淵淵字盡改爲泉楊升菴曰今人改泉明爲泉聲可笑○貰始制切音世又神夜切音射義同

白雲歌送友人

楚山秦山多白雲白雲處處長隨君君今還入楚山裏雲亦隨君渡湘水水上女蘿衣白雲早臥早行君早起 蕭士贇曰此詩已見七卷特首尾數語不同而此則尾語差拙恐是初本未經改定者今兩存之

送通禪師還南陵隱靜寺 太平府志隱靜寺在繁昌縣東南二十里隱靜山一名五峯寺山有碧霄桂月鳴磬紫氣行道五峯寺當五峯之會巑岏拱合林木幽奇古澗委折殿雷轟地相傳寺爲杯渡禪師所建飛錫定基江神送木現諸神異寺外有十里松

徑傳云禪師手植或曰距寺二里許有雙松對峙勢若虬龍者即師手澤又嘗取新羅五葉松種寺西迄今尚存舊誌又言寺有朗公橘杯渡所携頻伽鳥一雙皆晉宋遺跡又有木米鹽醬等池言剏寺時諸物皆從此出云舊額云江東第二禪林按繁昌縣南唐時析南陵分置在唐時尚屬南陵

我聞隱靜寺，山水多奇蹤。巖種朗公橘，門深杯渡松。道人制猛虎，振錫還孤峰。他日南陵下，相期谷口逢。

釋氏要覽智度論云得道者名爲道人餘出家未得道者亦名道人法苑珠林晉沙門于法蘭高陽人也嘗夜坐禪虎入其室因蹲牀前蘭以手摩其頭虎奮耳而伏數日乃去沈約法王寺碑振錫經行祇林宴坐錫釋家所執錫杖一名德杖一名智杖有金環繞之作錫錫聲行時以節步趨者

送友人

青山横北郭，白水遶東城。此地一爲别，孤蓬萬里征。浮雲遊子意，落日故人情。揮手自兹去，蕭蕭班馬鳴。鮑照蕪城賦孤蓬自振驚砂坐飛浮雲一往而無定跡故以比游子之意落日啣山而不遽去故以比故人之情詩小雅蕭蕭馬鳴左傳有班馬之聲杜預註班别也主客之馬將分道而蕭蕭長鳴亦若有離群之感畜猶如此人何以堪

送别

斗酒渭城邊，壚頭醉不眠。梨花千樹雪，楊葉萬條烟。惜别傾壺醑，臨分贈馬鞭。看君潁上去，新月到應繆本作家圓。水經註長安故咸陽也漢高帝更名新城武帝元鼎三年别爲渭城在長安西北渭水之陽史記正義括地志云咸陽故城亦名渭城在雍州北五里今咸陽縣東十五里太平寰宇記故渭城在今縣

東北二十二里渭水北卽秦之杜郵其城周八里秦自孝公至始皇皆都於此城武帝元鼎三年更名渭城後漢省併地入長安故此城存史記集解韋昭曰鑪酒肆也以土爲墮邊高似鑪漢書註如淳曰酒家開肆待客設酒鑪故以鑪名肆臣瓚曰盧酒瓮也師古曰二說皆非也盧者賣酒之區也以其一邊高形如鍛家鑪故取名耳非卽謂火鑪及酒瓮也初學記醑首酒也玉篇醑美酒也正字通俗呼醽爲尾酒醑爲頭酒河南道潁川汝陰郡有潁上縣太平寰宇記潁上縣以地枕潁水上游爲名○滄浪詩話太白詩斗酒渭城邊壚頭醉不眠乃岑參之詩誤編入琦按文苑英華亦以此詩爲岑參作題云送楊子岑集亦載之

江上送女道士褚三清遊南岳南岳衡山也在今湖廣衡州府衡山縣西北三十里按衡陽縣及長沙府界

吳江女道士頭戴蓮花巾霓衣繆本作裳不濕雨特異陽

臺雲（繆本作神）足下遠遊履凌波生素塵尋仙（蕭本作倦尋）向南岳應見魏夫人（太平御覽登真隱訣曰太元上丹靈玉女戴紫華芙蓉巾巫山神女旦爲朝雲暮爲行雨朝朝暮暮陽臺之下詳見二卷註洛神賦踐遠遊之文履曳霧綃之輕裾凌波微步羅韈生塵呂向註遠遊履名步於水波之上如生塵也南岳魏夫人傳魏夫人者晉司徒劇陽文康公舒之女名華存字賢安幼而好道靜默恭謹志慕神仙味真耽玄欲求冲舉吐納氣液攝生夷靜年在世八十三年以晉成帝咸和九年歲在甲午太乙元仙遣飈車來迎夫人乃託劒化形而去位爲紫虛元君領上真司命南岳夫人比秩仙公使治天台大霍山洞臺中主下訓奉道教授當爲仙者男曰真人女曰元君）

送友人入蜀

見說蠶叢路崎嶇不易行山從人面起雲傍馬頭生芳樹籠秦棧春流遶蜀城升沉應已定不必問（繆本作訪）

君平蠶叢蜀王之先詳見三卷蜀道難註李善文選註通俗文曰板閣曰棧史記去輒燒絕棧道索隱曰棧道閣道也音士諫反包愷音士版反崔浩云險絕之處傍鑿山巖而施板梁為閣琦按入蜀之道山路懸險不容坦行架木而度名曰棧道以其自秦入蜀之道故曰秦棧水經註成都縣有二江雙流郡下故揚子雲蜀都賦曰兩江珥其前者也高士傳嚴遵字君平蜀人也隱居不仕嘗賣卜於成都市日得百錢以自給卜訖則閉肆下簾以著書為事○徐而菴曰山從二句是承上崎嶇不易行五字勿作好景會

送趙雲卿

白玉一杯酒綠楊三月時春風餘幾日兩鬢各成絲秉燭唯須飲投竿也未遲如逢渭川獵猶可帝王師

此篇與十二卷內贈錢徵君少陽詩無一字差異蓋編者重入未刪

送李青歸華陽川 胡三省通鑑註華陽川在虢州華陽山南雍勝略華陽水在漢中府褒城縣西二十五里源出牛頭山南流與漢水合蕭本作南葉陽川誤

伯陽仙家子，容色如青春。日月祕靈洞，雲霞辭世人。化心養精魄，隱几窅天真。莫作千年別，歸來城郭新。列仙傳老子姓李名耳字伯陽陳人也生於殷時為周柱下史轉為守藏史積八十餘年史記云二百餘年時稱隱君子江淹詩隱淪駐精魄莊子南郭子綦隱几而坐陸德明音義隱憑也丁令威歌去家千年今始歸城郭如故人民非

送舍弟

吾家白額馬一作駒，遠別臨東道。他日相思一夢君，應得池塘生春草。魏志曹休間行北歸見太祖太祖謂左右曰此吾家千里駒也吾家白額

駒卽吾家千里駒之意而改用李氏事耳晉書武昭王諱暠字玄盛姓李氏漢前將軍廣之十六世孫也嘗與太史令郭黁及其同母弟宗繇同宿黁起謂繇曰君當位極人臣李君有國土之分家有騧草馬生白額駒此其時也呂光末京兆段業自稱涼州牧以燉煌太守孟敏爲沙州刺史署玄盛效穀令敏尋卒護軍郭謙等以玄盛溫毅有惠政推爲燉煌太守玄盛初難之宗繇言於玄盛曰君忘郭黁之言耶白額駒今生矣玄盛乃從之謝靈運夢見從弟惠連得池塘生春草句詳見十一卷註

送別得書字

水色南天遠，舟行若在虛。還人發佳興，吾子訪閑居。日落看歸鳥，潭澄羨一作憐躍魚。聖朝思賈誼，應降紫泥書。漢書賈誼爲長沙王太傅後歲餘帝思誼徵之紫泥用之以封璽書見七卷註

送鞠十少府

試發清秋興因爲吳會吟碧雲斂海色流水折江心
我有延陵劍君無陸賈金艱難此爲别惆悵一何深
新序延陵季子將西聘晉帶寶劍以過徐君詳見十二卷註漢書陸賈有五男出所使越槖中裝賣千金分其子子二百金令爲生産

送張秀才謁高中丞 并序

余時繫尋陽獄中正讀留侯傳秀才張孟熊蘊滅胡之策將之廣陵謁高中丞余喜子房之風感激於斯人因作是詩以送之 史記世家第二十五爲畱侯世家曰畱侯傳蓋變稱也舊唐書高適者渤海蓚人也爲諫議大夫負氣敢言上皇以諸王分鎮適切諫不可及永王叛肅宗聞其論諫有素召而謀之適因陳江東利害永王必敗上奇其對以適兼御史大夫揚州天

都督府長史淮南節度使詔與江東節度來瑱率本部兵平江淮之亂會於安州師將渡而永王敗適喜言王霸大畧務功名尚節義逢時多難以安危爲已任然言過其實爲大臣所輕

秦帝淪玉鏡一作六雄 留侯降氛氲感激黃石老經過滄海君壯士揮金槌報讎六國繆本作合 聞智勇冠終古蕭陳難與群兩龍爭鬬時天地動風雲酒酣一作縱橫 舞長劍倉卒解漢紛宇宙初倒懸鴻繆本作洪 溝勢將分英謀信奇絶夫子揚清芬一作夫子稱卓絶趠然繼清芬 胡月入紫微三光亂天文高公鎮淮海談笑却繆本作廓 妖氛採爾幕中畫戡難光殊勳我無燕霜感玉石俱燒焚但灑一行淚臨岐竟何云 尚書帝命驗桀失玉鏡用其噬虎鄭康成註玉鏡謂清明之道

史記留侯世家留侯張良者其先韓人也秦滅韓良悉以家財求客刺秦王爲韓報仇以大父父五世相韓故良嘗學禮淮陽東見倉海君得力士爲鐵椎重百二十斤秦皇帝東遊良與客狙擊秦皇帝博浪沙中誤中副車秦皇帝大怒大索天下求賊甚急良乃更姓名亡匿下邳嘗從容步游下邳圯上有一老父衣褐至良所直墮其履圯下顧謂良曰孺子下取履良愕然欲毆之爲其老强忍下取履父曰履我良業爲取履因長跪履之父以足受笑而去良殊大驚隨目之父去里所復還曰孺子可教矣後五日平明與我會此良因怪之跪曰諾五日平明良往父已先在怒曰與老人期後何也後五日早會五日雞鳴良往父又先在復怒曰後何也後五日復早來五日良夜未半往有頃父亦來喜曰當如是出一編書曰讀此則爲王者師矣後十年興十三年孺子見我濟北穀城山下黃石卽我矣遂去不復見旦日視其書乃太公兵法也項羽本紀項羽兵四十萬在新豐鴻門沛公兵十萬在霸上范增說項羽急擊勿失項伯者項羽季父也素善張良乃夜馳之沛公軍私見張良具告以事欲呼張良與俱去毋從俱死良曰沛公有急

亡去不義不可不語良乃入具告沛公出要項伯入見沛公奉巵酒爲壽約爲婚姻曰願伯具言臣之不敢倍德也項伯許諾謂沛公曰旦日不可不蚤自來謝旦日從百餘騎來見項王至鴻門謝項王因留沛公與飲范增出召項莊謂曰若入前爲壽壽畢請以劍舞因擊沛公於坐殺之莊則入爲壽壽畢曰軍中無以爲樂請以劍舞項王曰諾項莊拔劍起舞項伯亦拔劍起舞常以身翼蔽沛公莊不得擊張良至軍門見樊噲噲曰今日之事何如良曰甚急項莊拔劍舞其意常在沛公也噲曰此迫矣臣請入與之同命噲卽帶劍擁盾入軍門須臾沛公起如厠因招樊噲出於是遂去令張良留謝漢四年項王與漢約中分天下割鴻溝以西者爲漢鴻溝而東者爲楚項王巳約乃引兵解而東歸漢欲西歸張良陳平說曰漢有天下大半諸侯皆附之楚兵罷食盡此天亡楚之時也不如因其飢而遂取之今釋弗擊此所謂養虎自遺患也漢王聽之漢書音義倉海君晉灼曰海神也如淳曰秦郡縣無倉海或曰東夷君長也顔師古曰二說並非蓋當時賢者之號也琦按史記漢書載博浪沙事並云鐵椎惟水經註云張良爲韓報仇於秦

以金椎擊秦始皇不中中其副車駱賓王詩金椎許報韓盍出於此漢書張良傳贊聞張良之智勇以爲其貌魁梧奇偉反若婦人女子盧諶詩智勇冠當代史記彭越傳兩龍方鬬且待之說文酣酒樂也應劭曰不醉不醒曰酣晉書月爲胡王陳書陳寶應起兵沙門惠標作五言詩以送之曰匹馬猶臨水離騎稍引風好看今夜月當入紫微宮陳書文參禮樂武定妖氛謝瞻詩婉婉幕中畫廣韻戡勝也克也太平御覽鄒衍事燕惠王盡忠左右譖之王繫之仰天而哭夏五月天爲之降霜書亂征火炎崑岡玉石俱焚。戡音堪

尋陽送弟昌峒繆本作岠鄱陽司馬作鄱陽唐時郡名即饒州也隸江南西道爲上州有司馬一人從五品

桑落洲渚連滄江無雲烟尋陽非剡水忽見子猷船飄然繆本作了見欲相近來遲杳若仙人乘海上月帆落

湖中天一覩無二諾朝歡更勝昨爾則吾惠連吾非爾康樂朱紱白銀章上官佐鄱陽松門拂中道石鏡迴清光搖扇及干越水亭風氣涼與爾期此亭期在秋月滿時過或未來兩鄉心已斷吳山對楚岸彭蠡當中州相思定如此有窮盡年愁太平寰宇記桑落洲在舒州宿松縣西南一百九十四里江水始自鄂陵分派爲九於此合流謂之九江口此洲與江州潯陽縣分中流爲界一統志桑落洲在九江府城東北過江五十里昔江水泛漲流一桑於此因名王子猷乘船往剡溪訪戴安道詳見九卷註魏徵詩季布無二諾侯嬴重一言宋書謝惠連幼有才悟而輕薄不爲父方明所知靈運嘗自始寧至會稽造方明過視惠連大相賞謂方明曰阿連才悟如此而尊作常兒遇之韻會紱綬也增韻印組也章印章也朱紱銀章詳見十一卷贈劉都使詩註凡除官到任謂之上官司馬州之佐職

江西通志松門山在南昌府城西北二百十五里枕鄱湖之東兩岸悉生松遥望如門故名上有石鏡光可照人謝康樂詩攀崖照石鏡牽葉入松門是也太平寰宇記于越渡在餘干縣西南一百二十步置津吏主守四時不絶干越亭在餘干縣東南三十步屹然孤立古今游者多留題章句焉江西通志干越亭在饒州府餘干縣羊角山文公談苑云前職琵琶洲後枕思禪寺林麓森鬱千峰競秀唐初張彦俊建通鑑地理通釋彭蠡在江州潯陽縣括地志在縣東南五十里六典註一名宫亭湖在南康軍星子縣南江州彭澤縣西地理志在豫章郡彭澤縣西郡縣志在都昌縣西六十里與潯陽縣分湖爲界禹貢揚州彭蠡既瀦即江漢所匯之澤合江西江東諸水跨豫章饒州南康軍三州之地

餞校書叔雲

少年費白日歌笑矜朱顔不知忽已老喜見春風還
惜别且爲懽徘徊桃李間看花飲美酒聽鳥臨晴山

向晚竹林寂無人空閉關晉書阮咸任達不拘與叔父籍爲竹林之游閉關猶閉門也江淹恨賦閉關却掃塞門不仕

送王孝廉覲省

彭蠡將天合姑蘇在日邊寧親候海色欲動孝廉船窈窕晴江轉參差遠岫連相思無晝夜東注蕭本作泣似長川江西志鄱陽湖在南昌府城東北一百五十里卽禹貢之彭蠡也一名官亭湖一名揚瀾湖跨南昌饒州南康三郡合上流諸水入焉周圍數百里闊四十里長三百里每春夏之間江漢水漲則彭蠡之水鬱不得流而逆回倒積遂成巨浸瀰漫數百餘里無復畔岸逮夫二水漸消則彭蠡之水始出大江循南岸而行與二水頡頏趨海韻會將與也鮑照登大雷岸與妹書長波天合楊齊賢曰姑蘇蘇州吳郡以其近東海日出之地故云日邊法言孝莫大於寧親世說張憑舉孝廉出都負其才氣謂必參時彥欲

詣劉尹鄉里及同舉者共笑之張遂詣劉清言彌日因留宿至曉劉曰卿且去正當取卿共詣撫軍張還船同侶問何處宿張笑而不荅須臾真長遣傳教覓張孝廉船同侶惋愕

同吳王送杜秀芝舉入京 按詩題當是送杜秀才赴舉入京芝字疑譌

秀才何翩翩王許回也賢暫别廬江守將遊京兆天秋山宜落日秀水出寒烟欲折一枝桂還來雁沼前

廬江郡名即廬州也隷淮南道通典雍州開元三年改爲京兆府凡周秦漢晉西魏後周隋至於我唐並爲帝都晉書郄詵曰臣舉賢良對策爲天下第一猶桂林之一枝崑山之片玉西京雜記梁孝王築兔園園中有雁池池間有鶴洲鳧渚其諸宮觀相連延亘數十里奇果異樹瑰禽怪獸畢備王與宮人賓客弋釣其中

洞庭醉後送絳州呂使君杲蕭本作果流澧州湖廣志洞庭湖在岳州西南綿跨八百里絳州又謂之絳郡隸河東道澧州在澧水之陽又謂之澧陽郡隸山南東道在京師東南一千八百九十三里

昔别若夢中天涯忽相逢洞庭破秋月縱酒開愁容

贈劍刻玉字延平兩蛟龍送君不盡意書及雁迴峰

中華古今註晉時斗牛間常有紫氣張華知是劍氣乃以雷煥爲豐城令煥到縣掘獄深得劍兩枚一送與張華一煥自佩後華死子韙佩過延平津躍入水使人尋之乃見化爲龍也雷煥卒子亦佩之於延平津亦躍入水化爲龍矣方輿勝覽回雁峰在衡陽之南雁至此不過遇春而回故名或曰峰勢如雁之回湖廣志回雁峰在衡州府城南里許相傳雁不過衡陽至此而回然聞桂林間尚有雁聲知此説非矣或謂峰之形勢如雁回轉者是也南岳周環八百里迴雁爲首岳麓爲足云

與諸公送陳郎將歸衡陽 并序○按唐書百官志左右十四衛及太子左右六率府皆有郎將乃五品官也衡陽唐時郡名卽衡州隸江南西道

仲尼旅人文王明夷苟非其時聖賢低眉况僕之不肖者而遷逐枯槁固非非字疑當作亦其宜朝心不開暮髮盡白而登高送遠使人增愁陳郎將義風凜然英思逸發來下曹城之榻去邈才子之詩動清興於中流泛素波而徑去諸公仰望不及連章祖之序慙起予輙冠名賢之首作者嗤我乃爲撫掌之資乎京氏易傳易曰旅人先笑後號咷又曰得其資斧仲尼爲旅人固可知矣周易明入地中明夷內文明而外柔順以蒙大難文王以之周易集解鄭玄曰夷傷也日出地上其明乃光至

其入地明則傷矣故謂之明夷日之明傷猶聖人君子有明德而遭亂世抑在下位則宜自艱無幹政事以避小人之害也荀爽曰明在地下爲坤所蔽大難之象文王君臣相事故當大難也王弼易註文王明夷則主可知矣仲尼旅人則國可知矣高唐賦登高望遠使人心悴晉書左思賦三都初陸機入洛欲爲此賦聞思作之撫掌而笑與弟雲書曰此間有傖父欲作三都賦須其成當以覆酒甕耳及思賦出機絕嘆伏以爲不能加也遂輟筆焉王羲之與謝萬書語田里所行故以爲撫掌之資其爲得意可勝言耶

衡山蒼蒼入紫冥下看南極老人星迴飈吹散五峰雪往往飛花落洞庭氣清岳秀有如此郎將一家拖金紫門前食客亂浮雲世人皆比孟嘗君江上送行無白璧臨岐惆悵若爲分方輿勝覽南岳一名衡山在衡山縣西三十里晉因

山以名郡湘中記度應斗衡位值離宫故曰衡山又名霍山南岳記衡山者朱陵之靈臺太虚之寶洞上承翼軫鈐總萬物故名衡山下踞離宫統攝火鄉故號南岳赤帝館其嶺祝融宅其陽逮於軒轅以潛霍二山副焉長沙記衡山軒翔聳拔九千餘丈尊卑參差七十二峯巖洞溪澗泉石之勝交錯其中又有數十洞十五巖三十八泉二十五溪九池九潭六源八橋六井三穿三漏此最著者七十二峯最大者五祝融紫蓋雲密石稟天柱而祝融爲最高水經註湘水又北徑衡山縣東山在西南有三峯一名紫蓋一名石稟一名容峯容峯最爲竦傑自遠望之蒼蒼隱天故羅含云望若陳雲自非清霽素朝不見其峯丹水湧其左醴泉流其右山經謂之岣嶁山爲南岳也史記天官書狼北地有大星曰南極老人老人見治安常以秋分時候之於南郊晉書老人一星在弧南一曰南極常以秋分之旦見於景春分之夕而沒於丁見則治平主壽昌魏書發響九皐翰飛紫冥謝靈運詩迴飈流輕雪陸機謝平原內史表懷金拖紫退就散輩後漢書聖恩横加猥賜金紫章懷太子註漢官儀曰二千石金印紫綬也史記孟嘗君在薛招致諸

侯賓客及亡人有罪者皆歸孟嘗君孟嘗君舍業厚遇之以故傾天下之士食客數千人無貴賤一與文等呂氏春秋郈成子爲魯聘於晉過衞右宰穀臣止而觴之酒酣而送之以璧

送趙判官赴黔府中丞叔幕

冊府元龜趙國珍天寶中爲黔府都督本管經畧等使國珍有武畧習知南方地形在五溪凡十餘年中原興師惟黔中封境無虞通鑑黔中節度使趙國珍本牂牁夷也胡三省註趙國珍牂牁別部充州蠻酋趙君道之裔楊國忠兼劍南節度以國珍有方畧授黔中都督護五溪十餘年天下方亂其所部獨寧所謂黔府中丞者即其人歟中丞是其兼銜耳唐書地理志黔州黔中郡下都督府本黔安郡天寶元年更名。黔音琴

廓落青雲心結交黃金盡富貴翻相忘令人忽自哂
蹭蹬鬢毛斑盛時難再還巨源咄石生何事馬蹄間

緑蘿長不厭却欲還東山君爲魯曾子拜揖高堂裏叔繼趙平原偏承明主恩風霜推（一作摧非）獨坐旌節鎮雄藩虎士秉金鉞蛾眉開玉樽才高幕下去義重林中言水宿五溪月霜啼三峽猿東風春草緑江上候歸軒（宋玉九辯廓落兮覊旅而無友生吕延濟註廓落空寂也韻會蹭蹬困頓也晉書山濤字巨源河内懷人也州辟部河南從事與石鑒共宿濤夜起蹴鑒曰今爲何等時而眠耶知太傅臥何意鑒曰宰相三不朝與尺一令歸第卿何慮也濤曰咄石生無事馬蹄間耶投傳而去未二年果有曹爽之事又晉書謝安雖受朝寄然東山之志始末不渝每形於言色史記曾參南武城人孔子以爲能通孝道故授之業作孝經平原君趙勝者趙之諸公子也諸子中勝最賢喜賓客賓客至者數千人漢時御史中丞與司隸校尉尚書令會同得專席而坐詳見十卷註舊唐書天寶中緣邊禦戎之地置八節度使受命之日賜

之旌節謂之節度使得以專制軍事外任之重無比焉新唐書百官志節度使辭日賜雙旌雙節行則建節監六纛入境州縣築節樓迎以鼓角虎士有力之士詳見八卷註詩商頌有虔秉鉞秉執也陸雲吳故丞相陸公誄金鉞鏡日雲旗絳天晉書阮咸任達不拘與叔父籍爲竹林之遊謝靈運詩水宿淹晨暮呂延濟註水宿宿舟中也通典黔中古蠻夷之國春秋戰國皆楚地秦惠王欲楚黔中地以武關外易之郎此是也通謂之五溪註云五溪謂酉辰巫武沅五溪也水經註宜都記曰自黃牛灘東入西陵界至峽口一百許里山水紆曲兩岸高山重嶂非日中夜半不見日月絶壁或千許丈其石彩色形容多所像類林木高茂略盡冬春猿鳴至清山谷傳響泠泠不絶所謂三峽此其一也白帖荊州記曰巴東三峽猿長鳴至三聲聞者莫不垂淚南齊書凡車有幡者謂之軒

送陸判官往琵琶峽 方輿勝覽琵琶峽在巫山對蜀江之南形如琵琶此鄉婦女皆曉音律

水國秋風夜，殊非遠别時。長安如夢裏，何日是歸期。

楊升菴曰：太白詩"天山三丈雪，豈是遠行時"，又曰"水國秋風夜，殊非遠別時"。"豈是""殊非"，變幻二字，愈出愈奇。孟蜀韓琮詩"晚日低霞綺，晴山遠畫眉。青青河畔草，不是望鄉時"，亦祖太白句法。

送梁四歸東平

東平，唐時郡名，即鄆州也，隷河南道。

玉壺挈美酒，送別強爲歡。大火南星月，長郊北路難。殷王期負鼎，汶水起垂竿。莫學東山臥，參差老謝安。

六經天文編：夏氏曰：仲夏之月，初昏之時，大火見於南方正午之位。史記：阿衡欲干湯而無由，乃爲有莘氏媵臣，負鼎俎，以滋味説湯，致於王道。越絶書：伊尹負鼎入殷，遂佐湯取天下。春秋正義釋例曰：汶水出泰山萊蕪縣西南，經濟北，至東平須昌縣入濟。行水金鑑：述征記云：泰山郡水皆名汶。今縣界有五汶，皆源別而流同。其原山之汶水，西南流經乾封縣治南，去縣三里，又西南流九十里，入鄆州中都縣。按五汶

者曰北汝小汝柴汝牟汝其一則經流也謝安高臥東山見七卷註

江夏送友人　江夏唐時郡名卽鄂州也屬江南西道

雪點翠雲裘送君黃鶴樓黃鶴振玉羽西飛帝王州鳳無琅玕實何以贈遠遊徘徊相顧影淚下漢江流

宋玉諷賦翳承日之華披翠雲之裘楊齊賢曰黃鶴樓在鄂州圖經云費文褘得仙駕黃鶴憩此鮑照舞鶴賦振玉羽而臨霞

琅玕實見二卷註

送郗昂謫巴中　按羊士諤詩集有詩題云乾元初嚴黃門自京兆少尹貶巴州刺史云云詩下註云時郄詹事昂自拾遺貶淸化尉黃門年三十餘且爲府主與郄意氣友善賦詩高會文字猶存又李華楊騎曹集序刑部侍郎長安孫公逖以文章之冠爲考功員外郎精試群材君與南陽張茂之京兆杜鴻漸琅琊顏眞卿蘭陵蕭頴士河東柳芳天水趙驊頓邱

李琚趙郡李嵒李頎南陽張階常山閻防范陽張南容高平郄昂等連年登第

瑶草寒不死，移植滄江濱。東風灑雨露，會入天地一作池。春予若洞庭葉，隨波送逐臣。思歸未可得，書此謝情人。江淹詩：瑶草正翕艴。李善註：瑶草，玉芝也。琦按：詩家用瑶草，謂珍異之草耳，未必專指玉芝而言。楚辭：洞庭波兮木葉下。

江夏送張丞

欲别心不忍，臨行情更親。酒傾無限月，客醉幾重春。藉草依流水，攀花贈遠人。送君從此去，迴首泣迷津。孫綽天台山賦：藉萋萋之纖草。李善註：以草薦地而坐曰藉。

賦得白鷺鷥送宋少府入三峽三峽詳見八卷註

白鷺拳一足月明秋水寒人驚遠飛去直向使君灘

水經註江水東經羊腸虎臂灘楊亮爲益州刺史至此舟覆懲其波瀾蜀人至今猶名之爲使君灘太平寰宇記使君灘在萬州東二里大江中昔楊亮赴任益州行船至此覆没故名一統志使君灘在荆州夷陵州西一百十里

送二季之江東

初發强中作題詩與惠連多慚一日長不及二龍賢

西塞當中路南風欲進船雲峰出遠海帆影挂清川禹穴藏書地匡山種杏田此行俱有適遲爾早歸旋

謝靈運有登臨海嶠初發强中與從弟惠連詩劉履曰强中地名今嵊山下有强口疑即此也世説謝子微見許子將兄弟曰平輿之淵有二龍焉楊齊賢曰西塞山在鄂州陸放翁入蜀記晚過道士矶石壁數

百尺色正青了無竅穴而竹樹迸根交絡其上蒼翠可愛自過小孤臨江峰嶂無出其右磯一名西塞山卽玄真子漁父辭所謂西塞山前白鷺飛者李太白送弟之江東云西塞當中路南風欲進船必在荊楚作故有中路之句張文潛云危磯插江生石壁劈青玉殆爲此山寫真又云已逢嫵媚散花峽不怕艱危道士磯蓋江行推馬當及西塞最爲湍險難上謝靈運詩滅跡入雲峰太平御覽九土文括畧曰會稽山有一石穴委曲黄帝藏書於此禹得之施宿會稽志陽明洞天在會稽縣宛委山龍瑞宫舊經云三十六洞天之十一洞也洞外飛來石下爲禹穴傳云禹藏書處一云禹得玉匱金書於此薛方山浙江通志宛委山上有石匱壁立中有孔穴號陽明洞卽舊經所謂三十六洞天之十一洞也夏禹發之得赤珪如日碧珪如月又於中得金簡玉字之書悟百川之理賀知章纂山記曰黄帝號委宛穴爲赤帝陽明之府於此藏書大禹始於此穴得書復於此穴藏之人因謂之禹穴匡山卽廬山也廬山記匡續結廬於山故號匡廬山神仙傳董奉還豫章廬山下居不種田日爲人治病亦不取錢重病愈者使栽杏五株輕者一株

如此數年計得十餘萬株鬱鬱成林乃使山中百禽群獸游戲其下卒不生草常如芸治杏子熟於林中作一草倉示人曰欲買杏者不須報奉但將穀一器置倉中卽自往取一器杏去常有人置穀少而取杏多者林中群虎出吼逐之大怖急挈杏走路旁傾覆至家量杏一如穀多少或有人偷杏者虎逐之到家嚙至死家人知其偷杏乃送還奉叩頭謝過乃却使活韻會遲待也謝靈運有南樓中望所遲客詩云臨江遲來客是也詩小雅言旋言歸復我邦族謝靈運詩三載期歸旋○遲音治

江西送友人之羅浮

藝文類聚羅浮山記曰羅浮者蓋總稱羅羅山也浮浮山也二山合體謂之羅浮在增城博羅二縣之境舊說羅浮高三千丈有七十二石室七十二長溪神明神禽玉樹朱草

桂水分五嶺衡山朝九疑鄉關眇安西流淚將何之
素色愁明湖秋渚晦寒姿疇昔紫芳意已過黃髮期

君王縱疎散雲壑借巢夷爾去之羅浮我還憩峨眉

中闊道萬里霞月遥相思如尋楚狂子瓊樹有芳枝

通典桂州臨桂縣有離水一名桂江水源多桂不生雜樹漢書南有五嶺之戍顏師古註西自衡山之南東窮於海一山之限耳而别標名則有五焉裴氏廣州記曰大庾始安臨賀桂陽揭陽是爲五嶺鄧德明南康記曰大庾嶺一也桂陽騎田嶺二也九真都龎嶺三也臨賀萌渚嶺四也始安越成嶺五也戴凱之竹譜五嶺之説互有異同余往交州行路所見兼訪舊老考諸古志則今南康始安臨賀爲北嶺臨漳寧浦爲南嶺五都界内各有一嶺以隔南北之水俱通南越之地南康臨賀始安三郡通廣州寧浦臨漳二郡在廣州西南通交州或趙佗所通或馬援所併厥跡在焉故陸機請伐鼓五嶺表道九真也徐廣雜記以剡松陽建安康樂爲五嶺其謬遠矣俞益期與韓康伯以晉興所統南移大營九岡爲五嶺之數又其謬也初學記南岳衡山朱陵之靈臺太虚之寶洞上承冥宿銓德鈞物故名衡山下踞離宫攝位火鄉赤

帝館其嶺祝融託其陽故號南岳周旋數百里高四千一十丈東南臨湘川自湘川至長沙七百里九向九背然後不見元和郡縣志九疑山在道州延唐縣東南一百里九山相似行者疑惑故名楊齊賢曰唐安西大都護府初治西州後徙治高昌故地又徙治龜茲而故府復爲西州交河郡琦按文義安西字疑訛指爲隴右道安西大都護府者恐未是陶潛祭從弟文流淚無成懼負素志疇昔昔日也巳見前註江淹詩終覲紫芳心李善註紫芳紫芝也爾雅黄髮壽也郭璞註黄髮髮落更生黄者邢昺疏舍人曰黄髮老人髮白更黄也曹植詩王其愛玉體俱享黄髮期張銑註黄髮期謂壽考也北山移文誘我松桂欺我雲壑通典嘉州峨眉縣有峨眉山列仙傳陸通者云楚狂接輿也好養生食橐盧木實及蕪菁子游諸名山在蜀峨眉山上世世見之歷數百年仙去

宣州謝脁樓餞別校書叔雲

一作陪侍御叔華登樓歌○江南通志疊嶂樓在寧國府郡治後卽謝脁爲宣城太守時之高齋地一名北樓亦稱謝公樓唐咸通

間刺史獨孤霖改建易今名

棄我去者昨日之日不可畱亂我心者今日之日多煩憂長風萬里送秋鴈對此可以酣高樓蓬萊文章建安骨中間小謝又清發俱懷逸興壯思飛欲上青天（一作雲）覽（一作）明（蕭本作日）月抽刀斷水水更流舉杯消愁愁更（一作復）愁人生（一作男兒）在世不稱意明朝散髮弄扁舟

一作舉棹還滄洲○陸機詩長風萬里舉慶雲鬱嵯峨後漢書竇章傳是時學者稱東觀爲老氏藏室道家蓬萊山章懷太子註言東觀經籍多也蓬萊海中神山爲仙府幽經秘錄並皆在焉東漢建安之末有孔融王粲陳琳徐幹劉楨應瑒阮瑀及曹氏父子所作之詩世謂之建安體風骨遒上最饒古氣鍾嶸詩品論謝惠連云小謝才思富捷恨其蘭玉夙凋故長轡未騁盧思道盧記室誄麗詞泉湧壯思雲飛散髮

科頭也扁舟特舟
也俱見二卷註

宣城送劉副使入秦按唐書百官志節度使之下有副使一人同節度副使十人又安撫使觀察使團練使防禦使之下皆有副使一人

君卽劉越石雄豪冠當時淒清橫吹曲慷慨扶風詞
虎嘯俟騰躍雞鳴遭亂離千金市駿馬萬里逐王師
結交樓煩將侍從羽林兒統兵捍吳越豺虎不敢窺
大勳竟莫敘已過秋風吹秉鉞有季公凜然負英姿
寄深且戎幕望重必台司感激一然諾縱橫兩無疑
伏奏歸北闕鳴騶忽西馳列將咸出祖英寮惜分離
斗酒滿四筵歌笑宛溪湄君攜東山妓我詠北門詩

貴賤交不易恐傷中園葵昔贈紫騮駒今傾白玉巵同驩萬斛酒未足解相思此別又一作外別千里秦吳耿天涯月明關山苦水劇隴頭悲借問幾時還春風入黃池無令長相思折斷綠楊枝晉書劉琨字越石少得雋朗之目與范陽祖納俱以雄豪著名在晉陽嘗爲胡騎所圍數重城中窘迫無計琨乃乘月登樓清嘯賊聞之皆悽然長嘆中夜奏胡笳賊又流涕歔欷有懷土之切向曉復吹之賊並棄圍而走劉越石有扶風歌朝發廣莫門暮宿丹水山左手彎繁若右手揮龍淵云云凡九首其橫吹曲今逸不存或指吹胡笳而言恐未的張衡思玄賦超踰騰躍絶世俗世說註晉陽秋曰祖逖與劉琨俱以雄豪著名年二十四與琨同辟司州主簿情好綢繆共被而寢中夜聞雞鳴俱起曰此非惡聲也史記所將卒斬樓煩將五人李奇曰樓煩縣名其人善騎射故以名射士爲樓煩取其美稱未必樓煩人也張晏曰樓煩胡國名漢書羽林掌送從武帝太

初元年置名曰建章營騎後更名羽林騎費昶詩家本樓煩俗名募羽林兒上元中宋州刺史劉展舉兵反其黨張景超孫待封攻陷蘇湖進逼杭州爲温晁李藏用所敗見後二十八卷註劉副使於時亦在兵間而功不得錄故有統兵捍吳越貔虎不敢窺大勳竟莫敘已過秋風吹之句詩商頌有虔秉鉞南齊書秉鉞出閫凝威江甸季公謂季廣琛舊唐書上元二年正月温州刺史季廣琛爲宣州刺史充浙江西道節度使十六國春秋英姿邁古藝業超時戎幕節度使之幕府羊祜讓開府表伏聞恩詔拔臣使同台司註台司三公也漢書貫高此固趙國立名義不侵爲然諾者也北闕是上書奏事之徒所詣者見十三卷註北史鳴騶清路盛列羽儀章懷太子後漢書註騶騎士也詩大雅韓侯出祖出宿於屠江南通志宛溪在寧國府城東世說謝安在東山畜妓毛萇詩傳北門刺仕不得志也言衛之忠臣不得其志耳古詩採葵莫傷根傷根葵不生結交莫羞貧羞貧交不成漢書高帝紀上奉玉巵爲太上皇壽應劭曰巵飲酒禮器也古以角作受四升晋灼曰音支顔師古曰巵飲酒圓器也韓非子今有白玉之巵而無當庾信蕩子

賦闗山惟月明郭仲産秦川記隴山東西百八十里登山嶺東望秦川四五百里極目泯然山東人行役至此而顧瞻者莫不悲思故歌曰隴頭流水分離四下念我行役飄然曠野登高望遠涕零雙墮劉三省通鑑註宣州當塗縣有黃池鎮一統志黃池河在太平府城南六十里東接固城河西接蕪湖縣河入大江南至黃池鎮北至宣城縣界江南通志黃池河在池州當塗縣南七十里寧國府城北一百二十里一名玉溪郡東南之水皆聚此出大江河心分界南屬宣城北屬當塗

涇川送族弟錞 太白自註時盧校書草序常侍御爲詩

涇川三百里若耶羞見之錦石照碧山兩邊白鷺鷥佳境千萬曲客行無歇時上有琴高水下有陵陽祠仙人不見我明月空相知問我何事來盧敖結幽期蓬山振雄筆繡服揮清詞江湖發秀色草木含榮滋

置酒送惠連吾家稱白眉媿無海嶠作敢闕河梁詩
見爾復幾朝俄然告將離中流漾綵鷁列岸叢金羈
歎息蒼梧鳳分棲瓊樹枝清晨各飛去飄落天南垂
望極落日盡秋深暝猿悲寄情與流水但有長相思

涇川卽涇溪也在涇縣西南一里唐時隷宣城郡源
出石埭流經南陵宣城踰蕪湖入大江通典宣州涇
縣有涇水越州會稽縣有若耶溪江南通志琴溪在
寧國府涇縣源出自寧國諸山與溪頭水合西過琴
高山下乃名琴溪傳是仙人琴高控鯉之地一統志
望仙亭在陵陽山中峰之半相傳漢竇子明昇仙之
地有唐天寶間所建仙壇宮陵陽祠卽仙壇宮也盧
敖詳見十四卷註學者稱東觀爲道家蓬萊山見前
二首註綉衣御史見十一十二卷註蓬山振雄筆謂
盧校書草敘也繡服揮清詞謂常侍御作詩也馬氏
五常白眉最良見十六卷註謝靈運有登臨海嶠與
從弟惠連詩與子别山阿含酸赴修畛中流袂就判

欲去情不忍李陵與蘇武詩攜手河梁上遊子暮何之劉良註河梁橋也魏書中山王熙之鎮鄴也知友才學之士袁翻李琰李神儁王誦兄弟裴敬憲等咸餞於河梁賦詩告别吳均詩有客告將離贈言重蘭蕙子虛賦浮文鷁張揖註鷁水鳥也畫其像於船首宋之問太平公主山池賦文虹橋兮彩鷁舟陸機雲賦翼靈鳳於蒼梧起滯龍於潰汙瓊樹枝見二卷註垂邊也

五松山送殷淑 楊齊賢曰五松山在宣州南陵

秀色發江左風流奈若何仲文了不還獨立揚清波載酒五松山頹然白雲歌中天度落月萬里遥相過撫酒惜此月流光畏蹉跎明日别離去連峯鬱嵯峨江左江南也詳見十二卷註晉書殷仲文南蠻校尉顗之弟也少有才藻美容貌

送崔氏昆季之金陵 一作秋夜崔八丈水亭送崔二

放一作吳歌倚東樓行子期曉發秋風渡江來吹落山上月主人出美酒滅燭延清光二崔向金陵安得不盡觴水客弄歸棹雲帆卷輕霜扁舟敬亭下五兩先飄揚峽石入水花碧流日更長思君無歲月西笑阻河梁劉鑠詩羅帳延秋月呂向註延引也馬融廣成頌張雲帆施蜺幬孟康漢書註扁舟特舟也唐書地理志宣州宣城縣有敬亭山郭璞江賦覘五兩之動靜韻會綜船上候風羽楚人謂之五兩

登黃山陵繆本作陵歊臺送族弟溧陽尉濟充一作統汎舟赴華陰一本下有得齊字三字。楊齊賢日太白自註時在當塗即今之太平也黃山在城北陵歊臺在其上太平府志黃山在郡治北五里高四十丈山如初月形舊傳浮邱公牧雞於此亦名浮邱山上有宋孝武避暑離宮及陵歊臺遺址陸放翁入蜀記陵歊臺正如鳳凰臺之類特因山巔爲之宋高祖所營面勢虛曠高出氛埃之表南望青山龍山九井諸峰如在几席稍西江中二小山相對云東梁西梁也北戸臨和州新城樓櫓歷歷可辨蓋自絶江至和州財十餘里溧陽宣州縣名隸江南東道華陰郡名卽華州隸關內道○歙音翕

鸞乃鳳之族翺翔紫雲霓文章輝五色一作五采雙在瓊樹棲一朝各飛去鳳與鸞俱啼炎赫五月中朱曦爍河堤爾從汎舟役使我心魂悽秦地無草木南雲喧鼓鼙君王減玉膳早起思鳴雞當是民飢之訛漕引救關輔疲人免塗泥宰相作霖雨農夫得耕犂靜者伏草間群才滿金閨空手許本作乎無壯士窮居使人低送君登黃山長嘯倚一作上天梯小舟若鳧雁大舟若鯨鯢

開帆散長風舒卷與雲齊日入牛渚晦蒼然夕烟迷相思在何許一作在何所一作定何許杳在洛陽西張華禽經註鸞者鳳凰之亞始生類鳳久則五彩變易高誘淮南子註翺翔鳥之高飛翼上下日翺直刺不動日翔瓊樹鳳所棲食之樹見二卷古詩第四十首註中郭璞詩朱羲將由白李善註朱羲日也左傳秦於是輸粟於晉自雍及絳相繼命之日汎舟之役舊唐書天寶六載自五月不雨至秋七月乙酉以旱命宰相臺寺府縣錄繫囚死罪決杖配流徒以下特免庚寅始雨九載三月時久旱制停封西岳五月庚寅以旱錄囚徒葢天寶時京師之旱見於史者有二未詳此詩作於何年後漢書其旱也公卿官長以次行雩禮求雨反拘朱索社伐朱鼓春秋繁露求雨開神山神淵積薪夜擊鼓譟而燔之文章正宗神農求雨書祈而不雨則積薪擊鼓而焚神山章懷太子後漢書註漕水運也鮑照詩家世宅關輔李善註關閡中也漢書日右扶風左馮翊京兆尹是爲三輔潘岳西征賦牧疲人於西夏書說命若歲大旱用汝作霖雨江淹別賦金閨之諸彥

李善註金閨金馬門也王逸九思緣天梯兮北上登太乙兮玉臺宜都記俯臨大江如縈帶焉視舟如鳧雁矣通典宣州當塗縣有牛渚圻亦謂之采石險固可守處楊齊賢曰華陰在洛陽之西

送儲邕之武昌

武昌縣鄂州之屬縣也隸江南西道

黃鶴西樓月長江萬里情春風三十度空憶武昌城送爾難爲別銜杯惜未傾湖連張樂地山逐汎舟行諾謂楚人重詩傳謝脁清滄浪吾有曲寄入棹歌聲

潛確居類書黃鶴山在武昌府城西南俗呼蛇山一名黃鵠山昔仙人王子安騎黃鶴憩此地志云黃鶴山蛇行而西吸於江其首隆然黃鶴樓枕焉其下即黃鶴磯莊子帝張咸池之樂於洞庭之野謝脁詩洞庭張樂地瀟湘帝子游史記楚人諺曰得黃金百斤不如得季布一諾南齊書謝脁善草隸長五言詩沈約常云二百年來無此詩也西京賦齊栧女縱棹歌

李太白文集卷十八

傳古樓景印

四部要籍選刊·集部

李太白文集

五

【唐】李白 撰
【清】王琦 注

浙江大學出版社

本册目録

第五册

卷之十九　古近體詩共三十二首

卷之二十　古近體詩共六十首

卷之二十一　古近體詩共三十六首

卷之二十二　古近體詩共五十八首

卷之二十三　古近體詩共四十七首

卷之二十四　古近體詩共六十五首

李太白文集卷之十九

錢塘 王琦琢崖輯註

燧蓀光 復曾宗武 較

古近體詩共三十二首

詶談少府

一尉居倏忽梅生有仙骨三事或可羞匈奴哂千秋壯心屈黃綬浪跡寄滄洲昨觀荊峴作如從雲漢遊老夫當暮矣蹀足懼驊騮太平御覽梅福於是棄南昌尉去妻子入洪崖山得道爲神仙代代有人見或於玉笥山中逢之漢書天子我監登我三事顏師古註三事三公之位謂丞相也田千秋以一言悟主旬月取宰相封侯匈奴譏之見十一卷註顏師古漢書註丞尉職卑皆黃綬唐六

典註荆山在襄州荆山縣峴山在襄州襄陽縣詩經集傳雲漢天河也在箕斗二星之間其長竟天曹粹中曰漢之在天似雲而非雲故曰雲漢漢書造父善御習馬得驊騮騄耳之乘顔師古註驊騮言其色如華之赤也顔延年赭白馬賦望朔雲而蹀足張銑註蹀足疾行也○蹀音疊

詶宇文少府見贈桃竹書筒　苕溪漁隱叢話桃竹葉如櫻身如竹客節而實中犀理瘦骨天成拄杖也嶺外人多種此胡三省通鑑註桃竹桃枝竹也今江南有之

桃竹書筒綺繡文良工巧妙稱絶群靈心圓映三江月彩質疊成五色雲中藏寶訣峨眉去千里提攜長憶君　寶訣仙書也唐書地理志劍南道嘉州羅目縣有峨眉山

五月東魯行荅汶上翁　蕭本作君

五月梅始黄一作梅子黄一作禾黍綠蠶凋桑柘空魯人重織作機杼鳴簾櫳顧余不及仕學劍來山東舉鞭訪前途獲笑汶上翁下愚一作宵人忽壯士未足論窮通我以一箭書能取聊城功終然不受賞羞與時人同西歸去直道落日昏陰虹此一作我去爾勿言甘心如轉蓬機杼見九卷註簾櫳見十一卷註史記燕將攻下聊城聊城人或纔之燕燕將懼誅因保守聊城不敢歸齊田單攻聊城歲餘士卒多死而聊城不下魯連乃爲書約之矢以射城中遺燕將燕將見魯連書泣三日乃自殺聊城亂田單遂屠聊城歸而言魯連欲爵之魯連逃隱於海上曰吾與富貴而詘於人寧貧賤而輕世肆志焉楊齊賢曰陰虹指林甫國忠輩昏蔽其君轉蓬蓬草之隨風旋轉者詳見九卷註

早秋單父南樓酬竇公衡太平廣記崔圓開元二十三年應將帥舉

科又於河南府充鄉貢進士其日正於福唐觀
試遇敕下便於試場中喚將拜執戟參謀河西
軍事應制時與越州剡縣尉竇公衡同場並坐
親見其事公衡之名位畧見於此○單父音善
甫

白露見日滅紅顔隨霜凋别君若俯仰春芳辭秋條
太山嵯峨夏雲在疑是白波漲東海散爲飛雨川上
來遥帷却卷清浮埃知君獨坐青軒下此時結念同
所懷繆本作同懷者我閉南樓看繆本作著道書幽簾清寂若蕭本作
在仙居曾無好事來相訪賴爾高文一起予梁簡文帝長沙
宣武王碑秋條下葉春卉含芳江淹詩鍊藥矚虛幌
泛瑟卧遥帷盧炎詩青軒明月時謝靈運詩結念屬
霄漢孤影莫與諼漢書揚雄家素貧嗜酒人希至其
門時有好事者載酒肴從游學江淹詩高文一何綺

山中問荅一作荅問繆本作山中荅俗人

問余何意一作事棲碧山笑而不荅一作語心自閑桃花流水窅一作宛然去別有天地非人間

荅友人贈烏紗帽中華古今註武德九年太宗詔曰自今以後天子服烏紗帽百官士庶皆同服之

領得烏紗帽全勝白接䍦山人不照鏡稚子道相宜廣韻接䍦白帽也歸去來詞稚子候門

詶張司馬贈墨

上黨碧松烟夷陵丹砂末蘭麝凝珍墨精光乃堪掇黃頭奴子雙鴉鬟錦囊養之懷袖間今日贈余蘭亭

去與來灑筆會稽山唐時上黨郡即潞州也屬河東道夷陵郡即峽州也屬山南東道江淹扇上彩畫賦粉則南陽鉛澤墨則上黨松心晁氏墨經古用松烟石墨二種石墨自晉魏以後無聞松烟之製尚矣漢貴扶風喻麋終南山之松晉貴九江廬山之松唐則易州潞州之松上黨松心尤先見貴曹植詩墨出青松烟齊民要術合墨法墨一斤好膠五兩鷄子白去黃五顆硃砂一兩麝香一兩都合調下鐵臼中宜剛不宜澤搗三萬杵杵多益善雙鵶鬟謂頭上雙髻色黑如鵶也晁氏墨經凡蓄故墨亦利頻風日時以手潤澤之時置於衣袖中彌善水經註會稽山陰縣湖口有亭號曰蘭亭亦曰蘭上里太守王羲之謝安兄弟數往造焉太守王廙之移亭在水中晉司空何無忌之臨郡也起亭於山椒極高盡眺矣太平寰宇記蘭亭在山陰縣西南二十七里輿地志云山陰縣西有蘭渚渚有蘭亭王羲之所謂曲水之勝境製序於此元和郡縣志會稽山在越州會稽縣東南二十里

荅湖州迦葉司馬問白是何人湖州唐時隸江東南道爲上州

上州之佐職有司馬一人從五品下通志氏族畧迦葉氏西域天竺人唐貞觀中有涇原大將試太常卿迦葉濟司馬殆其裔族歟

青蓮居士謫仙人，酒肆藏名三十春。湖州司馬何須問，金粟如來是後身。楊齊賢曰：青蓮居士，太白自號也。五色線淨名經義鈔：梵語維摩詰，此云淨名。般提之子，母名離垢，妻名金機，男名善思，女名月上。過去成佛，號金粟如來。嚴滄浪曰：因問人爲迦葉，故作此荅。不則誕妄矣。

荅長安崔少府叔封遊終南翠微寺太宗皇帝金沙泉見寄

唐書：長安縣南五十里太和谷有太和宮，武德八年置，貞觀十年廢，二十一年復置，曰翠微宮，龍山爲苑，元和中以爲翠微寺。元和郡縣志：太和宮在長安縣南五十五里終南山太和谷，武德八年造，貞觀十年廢，二十一年以時熱，公卿重請修築，於是使將作大匠閻立德繕理焉改爲翠微宫今廢爲寺雍錄翠微宫武德八年改名太和在終南山上正觀二十一年改翠微宫寢名含風殿蘇文忠詩曰植立含風廣殿用此也太宗於此宫上仙楊大年談苑曰宫在驪山絶頂太宗嘗避暑於此後改爲寺寺亦廢法苑珠林今上皇帝恭膺寶位慶祚惟新思罔極於先皇濡惠津於群品鼎湖之駕邈矣不追長陵之魂悠然滋永聿興淨業標樹福田先帝所幸之宫翠微玉華並捨爲寺供施殷厚緣設彫華據此所稱今上皇帝是指高宗而言則唐書所云元和中爲翠微寺者非矣又諸書皆云在終南山而談苑云在驪山者又非矣太白詩題亦其一證金沙泉湮沒無可考

河伯見海若傲然誇秋水小物昧（繆本作暗）遠圖寧知通方士（一作寧識通方理）多君紫霄意獨往蒼山裏地古寒雲（一作雪）深巖高長風起初登翠微嶺復憩金沙泉踐苔

朝霜滑弄波，夕月圓飲彼石下流（一作潭）結蘿宿谿煙
鼎湖夢淥水龍駕空（一作何）茫然早行子午關（一作間一作峰）
却登山路遠（一作却嘆山路遠一作頗識關路遠）拂琴聽霜猿滅燭乃
星飯人烟無明異鳥道絶往返攀崖倒青天（一作到青山）
下視白日晚旣過（一作遇）石門隱還唱（一作聞）石潭歌涉
雪搴紫芳（一作採紫莖）濯纓想（一作掬）清波此（一作斯）人不可
見此地君自過爲余謝風泉其如幽意何（莊子秋水時至百川灌河涇流之大兩涘渚涯之間不辨牛馬於是河伯欣然自喜以天下之美爲盡在已順流而東行至於北海東面而視不見水端於是河伯始旋其面目望洋向若而嘆曰野語有之曰聞道百以爲莫已若者我之謂也吾非至子之門則殆矣吾長見笑於大方之家北海若曰井蛙不可以語於海者拘於虚也夏

蟲不可以語於氷者篤於時也曲士不可以語於道者束於教也今爾出於涯涘觀於大海乃知爾醜陸德明註若海神也漢書通方之士不可以文亂顏師古註方道也舊唐書太宗紀貞觀二十三年四月已亥幸翠微宮五月已巳上崩於含風殿鼎湖龍駕黃帝昇天事見三卷註以喻太宗上仙也唐書地理志長安縣南有子午關漢書王莽以皇后有子孫瑞通子午道子午道從杜陵直絕南山徑漢中顏師古註子北方也午南方也言通南北道相當故謂之子午耳今京城直南山有谷通梁漢道名子午谷又宜州西界慶州東界有山名子午嶺計南北直相當此則北山是子南山是午共爲子午道元和郡縣志子午關在長安縣南一百里王莽通子午道因置此關也一統志子午谷在西安府城南一百五里子午關在子午谷中漢平帝時置關廣雅搴取也史記註臣瓚曰拔取曰搴江淹詩終覬紫芳心李善註紫芳紫芝也

贈李十二　左司郎中崔宗之　附

凉秋八九月白露空園亭耿耿意不暢梢梢一作悄悄繆本作捎捎俱誤風葉聲思見雄俊士共話今古情李侯忽來儀把袂苦不早清論旣抵掌玄談又絶倒分明楚漢事歷歷王霸道擔囊無俗物訪古千里餘袖有匕首劍懷中茂陵書雙眸光照人詞賦凌子虛酌酒絃素琴霜氣正凝潔平生心事中今日爲君說我家有別業寄在嵩之陽明月出高岑清溪澄素光雲散窗戸靜風吹松桂香子若同斯游千載不相忘舊唐書尚書省有左司郎中一員從五品上崔宗之事蹟見十卷註崔少府女詩哲人忽來儀戰國策見說趙王於華屋之下抵掌而談世說註衞玠別傳曰王平子高氣不群邁

世獨傲每聞玠之語議至於理會之間要妙之際輒絶倒於地前後三聞爲之三倒時人遂曰衛君談道平子三倒戰國策嬴縢履蹻負書擔囊史記索隱匕首匕音比劉氏云短劍也鹽鐵論以爲長尺八寸其頭類匕故曰匕首史記司馬相如家居茂陵口吃而善著書茂陵書葢用此事魏顥太白集序稱其眸子炯然哆如餓虎少任俠手刃數人西京雜記司馬相如爲上林子虛賦意思蕭散不復與外事相關控引天地錯綜古今忽然如睡煥然而興幾百日而後成○梢音筲

詶崔五郎中

朔雲橫高天萬里起秋色壯士心飛揚落日空嘆息長嘯出原野凜然寒風生幸遭聖明時功業猶未成奈何懷良圖鬱悒獨愁一作空坐杖策尋英豪立談乃知我崔公生民繆本作人秀緬邈青雲姿制作參造化託

諷含神祇海岳尚可傾吐諾終不移是時霜飈寒逸
興臨華池起舞拂長劍四坐皆揚眉因得窮歡情贈
我以新詩又結汗漫期九垓遠相待舉身憩蓬壺濯
足弄滄海從此凌倒景一去無時還朝遊明光宮暮
入閶闔闕但得長把袂何必嵩邱山 顏延年赭白馬賦望朔雲而蹀
足楚辭心飛揚兮浩蕩淮南子周視原野原野謂平
原曠野之地也劉琨詩功業猶未建夕陽忽西流楚
辭曾歔欷予鬱悒兮王逸註鬱悒憂也後漢書鄧禹
即杖策北渡揚雄解嘲或立談而封侯顏延年詩仲
容青雲器實稟生民秀李善註青雲言高遠也後漢
書崔瑗之稱平子曰數術窮天地制作侔造化楚辭
蛙黽游乎華池淮南子若士曰吾與汗漫期於九垓
之外吾不可以久駐詳見十四卷註蓬壺蓬萊也詳
見明堂賦註倒景見二卷古詩第二十首註王褒九
懷朝發兮蔥嶺夕至兮明光王逸註暮宿東極之丹

巒也又遠遊註云丹邱晝夜常明九懷云夕宿乎明光明光則丹邱也阮籍詩朝起瀛洲野日夕宿明光淮南子俶真訓排閶闔淪天門高誘註閶闔始昇天之門也又地形訓西方曰西極之山曰閶闔之門高誘註閶大也闔閉也大聚萬物而閉之故曰閶闔之門

以詩代書荅元丹邱

青鳥一作鳥海上來今朝發何處口銜雲錦字一作書與我忽飛去鳥去凌紫烟書留綺窻前開緘方一作時一笑乃是故人傳故人深相勗憶我勞心曲離居在咸陽三見秦草綠置書雙袂間引領不暫閑長望一作嘆杳難見浮雲橫遠山玉佩金璫經元始天王與大帝乘碧霞流飈輦上登九玄之崖有青鳥來翔口啣紫書集於玉軒漢武帝內傳盛以雲錦之囊李善文選註古白鴻頌曰玆亦瑰介矯翮

紫烟古詩交疏結綺窗李善註說文门綺文繒也此刻鏤象之蜀都賦列綺窗而瞰江吕向註綺窗彫畫若綺也陸機詩邃宇列綺窗蘭室接羅幕張銑註綺窗窗爲錦綺之文也說文㔁勉也詩國風亂我心曲韻會懷抱曰心曲楚辭折疏麻兮瑶華將以遺兮離居

金門荅蘇秀才　揚雄解嘲歷金門上玉堂應劭註金門金馬門也

君還石門日朱火始改木春草如有情山中尚含綠折芳媿遥憶永路當自㔁遠見故人心平生以此足巨海納百川麟閣多才賢獻書入金闕酌醴奉瓊筵屢忝白雲唱恭聞黄竹篇恩光照繆本作煦拙薄雲漢希騰遷銘鼎儻云遂扁舟方渺然我留在金門君繆本作不去卧丹壑未果三山期遥欣一丘樂京珠寄罔象赤

水非寥廓願狎東海鷗共營西山藥棲巖君寂滅繆本作蕿處世蕭本作士余龍蠖良辰不同賞永日應閑居鳥吟簷間樹花落窗下書緣谿見綠篠隔岫窺紅蕖採薇行笑歌眷我情何已月出石鏡間松鳴風琴裏得心自虛妙外物空頹靡身世如兩忘從君老烟水張華詩朱火青無光張協詩鑽燧忽改木呂向註改木謂改其鑽火之木也楚辭折芳馨兮遺所思陸雲詩永路隔萬里謝靈運詩百川赴巨海三輔黃圖漢宮殿疏云麒麟閣蕭何造以藏秘書處賢才也巨海二句是正喻對寫句法言麟閣之廣集才賢猶巨海之受納百川甚言其多也金闕天子之門闕猶金門也謝朓詩復酌瓊筵醴張銑註瓊筵天子宴群臣之席言瓊者珍美言之醴酒也白雲唱即白雲在天山陵自出一篇西王母與穆天子相唱和者詳見大獵賦註穆天子傳日中大寒北風雨雪有凍人天子作詩三章以

哀民曰我祖黃竹口員闕寒帝收九行嗟我公侯百辟冢卿皇我萬民旦夕勿忘我祖黃竹口員闕寒帝收九行嗟我公侯百辟冢卿皇我萬民旦夕無窮有皎者騶翩翩其飛嗟我公侯口勿則遷居樂甚寡不如遷土禮樂其民天子曰余一人則滛不皇萬民口登乃宿於黃竹江淹詩宵人重恩光雲漢天河也雲漢希騰遷猶致身青雲之上意也禮記夫鼎有銘銘者自名也自名以稱揚其先祖之美而明著之後世者也楊齊賢曰扁舟言功成名遂身退如范蠡乘扁舟泛五湖也鮑照詩妍容逐丹壑史記海中有三神山名曰蓬萊方丈瀛洲神仙居之漢書敘傳漁釣於一壑則萬物不奸其志栖遲於一邱則天下不易其樂莊子黃帝游乎赤水之北遺其亰珠乃使象罔象罔得之詳見大獵賦註李膺述志賦寄亰珠於罔象李善文選註寥廓高遠也列子海上之人有好鷗鳥每旦之海上從鷗鳥游鷗鳥之至者百住而不止魏文帝詩西山一何高高高殊無極上有兩仙童不飲亦不食與我一丸藥光耀有五色沈約詩若蒙西山藥頹齡倘能度周易尺蠖之屈以求信也龍蛇之蟄以存身也說文篠小竹也謝靈運詩綠篠媚淸漣廣

韻山有穴曰岫紅蕖荷華也詩國風陟彼南山言采其薇未見君子我心傷悲朱傳曰薇似蕨而差大有芒而味苦韻會說文薇似藿菜之微者也徐鉉曰一云似萍陸機曰山菜也莖葉皆似小豆蔓生味如小豆藿可作羹項氏曰今之野豌豆苗也蜀謂之巢菜方弘靜曰月出石鏡間松鳴風琴裏言月出石若鏡風入松若琴也琦謂石鏡風琴蓋是蘇秀才山中之地名耳若如方氏所解恐大家未必有此句法頹靡頹壞靡散之義○岫音袖靡音米

詶坊州王司馬與閻正字對雪見贈 唐武德二年析鄜州之中部鄜城二縣置坊州取馬坊爲名隸關内道州有司馬一人從六品唐書百官志司經局正字二人從九品上掌校刊經史按寶刻叢編天寶中太子正字閻寬撰襄陽令盧僎德政碑未知卽此閻正字否

遊子東南來自宛適京國飄然無心雲倏忽復西北

訪戴昔未偶尋嵇此相得愁顏發新歡終宴敘前識閻公漢庭舊沉鬱富才力價重銅龍樓聲高重門側寧期此相遇華館倍遊息積雪明遠峰寒城鎖繆本作沍春色王八蒼生望假我青雲翼風水如見資投竿佐皇極宛即南陽縣地在周時爲申伯國戰國時爲韓之宛邑秦爲宛縣至後魏時改上陌縣後周改上宛縣隋改南陽縣唐因之隸鄧州王子猷雪夜乘小船訪戴安道見九卷註世說嵇康與呂安善每一相思千里命駕漢書上嘗急名太子出龍樓門張晏曰門樓上有銅龍若白鶴飛廉之爲名也謝朓詩平明振衣坐重門猶未開呂向註重門帝宮門也書洪範建用皇極孔安國傳皇大也極中也凡立事當用大中之道

訓中都小吏攜斗酒雙魚于逆旅見贈唐時河南道鄆

州東平郡之中都縣本平陸縣隸兖州天寶元年更名貞元十四年改隸鄆州今爲山東之汶上縣

魯酒若琥珀一作琥珀色汶魚紫錦鱗山東豪吏有俊氣手攜一作持此物贈遠人意氣相傾兩相顧斗酒雙魚表情素繆本此下多酒來我飲之膾作別離處二句雙鰓呀呷鰭鬣張跋刺銀盤欲飛去呼兒拂机霜刃揮紅肥花落白雪霏爲君下筯一餐飽一作罷醉著金鞍上一作走馬歸元和郡縣志汶水北去中都縣二十四里行水金鑑尚書說云汶水五源皆出襲慶奉符縣界至東北中都縣貫鉅澤入濟史記少年豪吏如蕭曹樊噲等鮑照詩意氣相傾死何有史記蔡澤傳披腹心示情素廣韻鰓魚頰也木華海賦猶尚呀呷李善註呀呷波相吞吐之貌鰭鬣魚之翅也在背上曰鰭在鰓下曰鬣野客叢

書撥剌者劃烈震激之聲善謗文撥剌上音鉢下音辣魚跳魚掉尾聲謝靈運賦魚水深而拔刺杜子美詩船尾跳魚撥刺鳴曰跋刺曰拔刺曰撥刺字雖少異其義同也劉勰新論白羽相望霜刃競接張協七命支離飛霜鍔紅肌綺散素膚雪落太白意本於此謂其紅者如花白者如雪也廣韻霏雪貌晉書任愷一食萬錢猶云無可下筯處○呷呼甲切喊入聲

訓張卿夜宿南陵見贈南陵宣州之屬縣也隸江南西道

月出魯城東明如天上雪魯女驚莎雞鳴機蕭本作雞應秋節當君相思夜火落金風高河漢挂戶牖欲濟無輕舠我昔辭林邱雲龍忽相見客星動太微朝去洛陽殿爾來得茂彥七葉仕漢餘身爲下邳客家有圯橋書傳說未夢時終當起巖野萬古騎辰星光輝照

天下與君各未遇長策委蒿萊寶刀隱玉匣繡繆本作鏽澁空莓苔遂令世上愚輕我土與灰一朝攀龍去鼂黽安在哉故山定有酒與爾傾金罍莎雞秋夜鳴聲尤急札札不止詳見四卷註鷩猶趣織鳴嬾婦驚之意江淹麗色賦秋梭鳴機梁武帝詩鳴機罷秋日謝靈運詩已復謝秋秋節火大火也郎心星至秋則落而西流詳見五卷註白帖秋風曰金風廣韻舠小船也客星犯帝座嚴子陵事見二卷註晉書天文志太微天子庭也五帝之座也十二諸侯府也任昉詩濬沖得茂彥夫子值狂生吕向註王戎字濬沖爲吏部尚書得李茂彥爲吏部郎戎以禮待之左思詩金張籍舊業七葉珥漢貂漢書張湯傳張氏自宣元以來爲侍中中常侍諸曹散騎列校尉者十餘人張良匿於下邳步游沂水圯上遇黃石公受書見七卷註太平御覽帝王世紀曰武丁思建良輔夢天賜賢人姓傳名說乃使工寫其像求諸天下見築者胥靡衣褐帶索役於虞虢之間傅巖之野是爲傅說登以爲相淮南子此傅說之

所以騎辰尾也高誘註言殷王武丁夢得賢人使工寫其象旁求之得傅說於傅巖遂以爲相爲高宗成八十一符致中興死託精於辰尾之星一名策也漢書攀龍附鳳並乘天衢國語黿鼉之與同睹韋昭解黿鼉蝦蟆也顔師古急就篇註黿一名螻蟈色青小形而長股爾雅在水者黽郭璞註耿黽也似青蛙大腹一名土鴨金罍酒器也見七卷註○邳音批圮音夷鼃黽音哇猛

酬岑勛見尋就元丹邱對酒相待以詩見招世傳顔魯公所書西京千福寺多寶佛塔碑乃天寶十一載所建其文爲南陽岑勛所撰疑卽此人○勛古勳字

黃鶴東南來寄書寫心曲倚松開其緘憶我腸斷續
不以千里遥命駕來相招中逢元丹邱登嶺宴碧霄
對酒忽思我長嘯臨清飇蹇余未相知茫茫綠雲垂

俄然素書及解此長渴飢策馬望山月途窮造堦墀喜茲一會面若覩瓊樹枝憶君我遠來我歡方速至開顏酌美酒樂極忽成醉我情旣不淺君意方亦深相知兩相得一顧輕千金且向山客笑與君論素心詩國風亂我心曲鄭箋曰心曲心之委曲也世說嵇康與呂安善每一相思千里命駕楚辭蹇將憺兮壽宮王逸註蹇詞也蓋發語聲也李陵詩思得瓊樹枝以解長渴飢江淹詩願一見顏色不異瓊樹枝李周翰註瓊樹玉樹也在崑崙山故難見言君行之遠思見之難不異瓊樹枝也

荅從弟幼成過西園見贈

一身自瀟洒萬物何囂諠拙薄謝明時棲閑歸故園二季過舊壑四鄰馳華軒衣劍照松宇賓徒光石門

山童薦珍果野老開芳樽上陳樵漁事下敘農圃言
昨來荷花滿今見蘭苕蘩一笑復一歌不知夕景昏
醉罷同所樂此情難具陳繆本作論。謝靈運王子晉贊王子愛清淨區中實囂諠陶潛詩華軒盈道路劉孝綽詩芳樽散緒寒郭璞詩翡翠戲蘭苕李善註蘭苕蘭秀也張銑註苕枝鮮明也古詩歡樂難具陳。苕音條

詶王補闕惠翼莊廟宋丞泚贈別詩題疑有舛錯按睿宗子申王撝開元八年薨謚惠莊太子宋泚必爲惠莊太子陵廟丞者也翼則王補闕之名耳惠翼當作翼惠爲是

學道三十蕭本作千春自言羲皇蕭本作和人軒蓋宛若夢雲
松長相親偶將二公合復與三山鄰喜結海上契自

爲天外賔鸞翮我先鎩龍性君莫馴朴散不尚一作向古時訛皆失真勿踏荒溪波朅來浩然津薜帶何辭楚桃源堪避秦世迫且離別心在期隱淪詶贈非烱誡永言銘佩紳

宋書陶潛嘗言五六月北窗下臥遇凉風暫至自謂是羲皇上人韻會將與也三山蓬萊方丈瀛洲也見大鵬賦註顔延年詩鸞翮有時鎩龍性誰能馴李善註許慎曰鎩殘羽也朴散謂淳朴之風散失也王勣游北山賦荷衣薜帶藜杖葛巾薜帶用屈原語屈原既爲楚所放逐遷於沅湘之間作九歌其山鬼一章云被薜荔兮帶女蘿蓋指山鬼而言此用其意指屈原以薜荔爲帶矣桃源在武陵見一卷註朅發語聲詳見十三卷註班固幽通賦又申之以烱戒顔師古曰烱明也論語子張書諸紳何晏註紳大帶也邢昺疏子張以孔子之言書之紳帶意其佩服毋忽忘也以帶束腰垂其餘以爲飾謂之紳。朅音傑薜音佩

詶裴侍御對雨感時見贈

雨色秋來寒風嚴清江爽孤高繡衣人蕭灑青霞賞平生多感激忠義非外獎禍連積怨生事及徂川往楚邦有壯士鄢郢翻掃蕩申包哭秦庭泣血將安仰鞭尸辱已及堂上羅宿莽頗似今之人蝨賊陷忠讜湫然一水隔何由稅歸鞅日夕聽猿愁蕭本作怨懷賢盈夢想

繡衣御史所服見十一十二卷註江淹恨賦鬱青霞之奇意李善註青霞奇意志意高也謝靈運詩客心非外獎李善註獎勸也江淹詩得失非外獎張銑註得失由心非外物所能獎勸壯士謂伍胥按史記伍子胥者楚人也父曰伍奢爲太子太傅楚平王信費無極之讒殺伍奢及其子尚伍子胥奔吳闔閭以爲行人與謀國事九年悉興師伐楚乘勝而前五戰遂至郢時平王已卒子昭王出奔伍子胥求

昭王不得乃掘楚平王墓出其尸鞭之三百然後已於是申包胥走秦告急求救於秦秦不許申包胥立於秦廷晝夜哭七日七夜不絶其聲秦哀公憐之曰楚雖無道有臣若是可無存乎乃遣車五百乘救楚擊吳通鑑地理通釋鄖故城在襄州率道縣南九里今襄陽府宜城縣郢城在荆州江陵縣東北六里林氏曰江陵郢也襄陽鄢也蟊賊皆害苗之蟲也食根曰蟊食節曰賊又詩詁蟊賊一蟲以禾將黄而蟲害之故曰蟊賊取以諭讒惡之人楚辭夕攬中洲之宿莽王逸註草冬生不死者楚人名之曰宿莽謝朓詩無由稅歸鞅李周翰註稅息也鞅駕也

贈李十二　攝監察御史崔成甫　附

我是瀟湘放逐臣君辭明主漢江濱天外常求太白老金陵捉得酒仙人　按李華崔孝公文集序云長子成甫進士擢第校書郎陝縣尉知名當時不幸早世其攝侍御史無考而唐詩品彙載崔宗之名成輔以字行日用之子

開元中官至右司郎中侍御謫金陵與李白以詩酒倡和云云蓋以成甫宗之爲一人非也

訓崔侍御

嚴陵不從萬乘遊歸臥空山釣碧流自是客星辭帝坐元非太白醉揚州嚴子陵事見二卷註

訛月金陵城西孫楚酒樓達曙歌吹日晚乘醉著紫綺裘烏紗巾與酒客數人棹歌秦淮往石頭訪崔四侍御景定建康志舊傳秦始皇時望氣者言五百年後金陵有天子氣於是東游以厭之乃鑿方山斷長壟爲瀆入於江是曰秦淮按實錄註本名龍藏浦其水有二源一發自華山經句容西南流一發自東廬山經溧水西北流入江寧界二源合自方山埭西注大江分派屈曲不類人工疑非秦皇所開或曰方山西瀆直屬土山三十里是秦開又鑿

石硊山西而疏決此浦因名秦淮江南通志秦淮在江寧府上元縣東南以秦始皇所開故曰秦淮有二源一出句容縣之華山一出溧水縣之東盧山合流由方山埭北流西入通濟水門南經武定鎮淮飲虹三橋又西出三山水門沿石城以達於江胡三省通鑑註石頭城在今建康城西二里張舜民曰石頭城者天生城壁有如城然在清涼寺北覆舟山上江行自北來者循石頭城轉入秦淮六朝事跡吳孫權沿淮立柵又於江岸必爭之地築城名曰石頭嘗以腹心大臣鎮守之輿地志云環七里一百步在縣西五里去臺城九里南抵秦淮口今清凉寺之西是也諸葛亮論金陵地形云鍾阜龍盤石城虎踞眞帝王之宅正謂此也

昨翫西城月青天垂玉鈎朝沽金陵酒歌吹孫楚樓
忽憶繡衣人乘船往石頭草裹烏紗巾倒披紫綺裘
兩岸拍手笑疑是王子猷酒客十數公崩騰醉中流

謔浪掉（蕭本作棹）海客喧呼傲陽侯半道逢吳姬卷簾出揶揄我憶君到此不知狂與羞月下（蕭本作一月）一見君三杯便迴橈捨舟共連袂行上南渡橋興發歌綠水秦客爲之搖（一作謳）雞鳴復相招清宴逸雲霄贈我數百字百字凌風飈繫之衣裳上相憶每長謠（鮑照月城西門解中詩始見西南樓纖纖如玉鉤纖衣御史所服詳見十一十二卷註紫綺紫色綾也古詩紫綺爲上襦王子猷雪夜乘舟訪戴安道事見九卷註詩國風謔浪笑傲應劭漢書註陽侯古之諸侯也有罪自投江其神能爲大波後漢書王霸至市中募人市人皆大笑舉手邪揄之章懷太子註說文曰歋瘉手相笑也歋音弋丈反瘉音踰或音由此云邪揄語輕重不同廣韻橈楫也綠水古歌曲見四卷註○橈音饒）

江上荅崔宣城（唐時宣州有宣城縣隸江南西道）

太華三芙蓉明星玉女峰尋仙下西岳陶令忽相逢
問我將何事湍波歷幾重貂裘非季子鶴氅似王恭
謬忝燕臺名而陪郭隗蹤水流知入海雲去或從龍
樹繞蘆洲月山鳴鵲鎮鐘還期如可訪台嶺蔭長松

一統志太華山在陝西華陰縣南一十里即西岳也以西有少華山故此曰太華白虎通云西方太陰用事萬物生華故曰華山是山削成四方高五千仞有芙蓉明星玉女三峰蒼龍嶺黑龍潭白蓮池日月崖及仙掌石月之勝陶令謂陶潛潛嘗爲彭澤令以喻崔宣城戰國策李兌送蘇子黑貂之裘黃金百鎰蘇子得以爲用西入於秦季子蘇秦字也見史記註晉書王恭嘗披鶴氅裘涉雪而行孟昶窺見之嘆曰此真神仙中人也燕臺郭隗見二卷註蘆洲舊註指爲樊口之蘆洲琦按鮑照還都道中詩昨夜宿南陵今旦入蘆洲是蘆洲當在南陵之下若樊口之蘆洲舊傳爲伍子胥所渡處其地乃在武昌與南陵宣城殊

遠恐未是元和郡縣志鵲頭鎮在宣州南陵縣西一百一十里郎春秋時楚伐吳敗于鵲岸是也沿流八十里有鵲尾洲吳時屯兵處孫綽游天台山賦苟台嶺之可攀亦何羨於層城又曰藉萋萋之纖草蔭落落之長松○鸞昌兩切昌上聲隗五委切危上聲

荅族姪僧中孚贈玉泉仙人掌茶 并序

余聞荊州玉泉寺近清溪諸山山洞往往有乳窟窟中多玉泉交流其繆本無其字中有一作見白蝙蝠大如鴉按仙經蝙蝠一名仙鼠千歲之後體白如雪一作銀棲則倒懸蓋飲乳水而長生也其水邊處處有茗草羅生枝葉如碧玉惟玉泉真公常采蕭本作來而飲之年八十餘歲顏色如桃花而此茗清香滑

熟異於他者所以能還童振枯扶（一作壯）人壽也余遊金陵見宗僧中孚示余茶數十片拳然重疊其狀如手號爲仙人掌茶蓋新出乎玉泉之山曠古未覿因持之見遺兼贈詩要余荅之遂有此作後之高僧大隱知仙人掌茶發乎中孚禪子及青蓮居士李白也

方輿勝覽玉泉寺在荊門軍當陽縣西南二十里玉泉山陳光大中浮屠知顗自天台飛錫來居此山寺雄于一方殿前有金龜池一統志玉泉寺在荊州當陽縣西三十里隋大業間建清溪山在南漳縣臨沮城界內其山高峻東有泉潛確居類書玉泉山在當陽泉色白而瑩又曰珠泉泉南爲天台智者道場卽關帝遺鬼工所造抱朴子千歲蝙蝠色如白雪集則倒懸腦重故也述異記荊州清溪秀壁諸山山洞往往有乳窟窟中多玉泉交流中有白蝙蝠大如鴉按

仙經云蝙蝠一名仙鼠千載之後體白如銀棲即倒懸蓋飲乳水而長生也太白此序所謂余聞者蓋本之此本草拾遺乳穴水近乳穴處流出之泉也人多取水作飲釀酒大有益其水濃者稱之重於他水煎之上有鹽花此真乳液也說文茗茶芽也郭璞爾雅註茶樹小如梔子冬生葉可煮作羹飲今呼早採者爲茶晚取者爲茗呂温南岳彌陀寺承遠和尚碑開元二十三年至荆州玉泉寺謁蘭若真和尚即玉泉真公也。蝙音鞭

常聞玉泉山山洞多乳窟仙鼠如白鴉倒懸清一作深溪月茗生此中石玉泉流不歇根柯灑芳津採服潤肌骨叢繆本作楚老卷綠葉枝枝相接連曝成仙人掌似拍洪崖肩舉世未見之其名定誰傳宗英乃禪伯投贈有佳篇清鏡燭無鹽顧慚西子妍朝坐有餘興長

吟播諸天郭璞詩左挹浮邱袖右拍洪崖肩薛綜西京賦註洪崖三皇時伎人新序齊有婦人極醜無雙號曰無鹽女趙岐孟子註西子古之好女西施也佛書言三界共有三十二天自四天王天至非有想非無想天總謂之諸天

訓裴侍御留岫師彈琴見寄岫音就

君同鮑明遠邀彼休上人鼓琴亂白雪秋變江上春瑶草綠未衰攀翻寄情親相思兩不見流淚空盈巾鮑照字明遠與休上人以詩相贈荅見十二卷註錦繡萬花谷內有德智外有勝行在人之上名上人初學記琴歷曰琴曲有幽蘭白雪樂府詩集謝希逸琴論曰劉涓子善歌琴制陽春白雪曲琴集曰白雪師曠所作商調曲也唐書樂志曰白雪周曲也張華博物志曰白雪者太帝使素女鼓五十弦瑟曲名也

張相公出鎮荆州尋除太子詹事余時流夜郎

行至江夏與張公相蕭本缺相字去千里公因太府丞王昔使車寄羅衣二事及五月五日贈余詩余荅以此詩舊唐書肅宗以張鎬不切事機遂罷相位授荆州大都督府長史尋徵爲太子賓客職官志東宫官屬有太子賓客四員正三品太子詹事一員正三品太府寺有丞四人從六品上

張衡殊不樂應有四愁詩慙君錦繡段贈我慰相思

鴻鵠復矯翼鳳凰憶故池榮樂一如此商山老紫芝張衡四愁詩序張衡不樂久處機密陽嘉中出爲河閒相時天下漸弊鬱鬱不得志爲四愁詩四思曰美人贈我錦繡段云云揚雄解嘲矯翼厲翮矯翼舉翼也李善文選註晋中興書曰荀勗徙中書監爲尚書令人賀之乃發恚曰奪我鳳凰池卿諸人何賀我耶愼蒙名山記商山在陜西商州東九十里一名楚山

一名商洛山漢四皓隱處四皓采芝操莫莫高山深谷逶迤曄曄紫芝可以療飢

醉後荅丁十八以詩譏予搥碎黃鶴樓閻伯珵黃鶴樓記州城西南隅有黃鶴樓圖經云昔費禕登仙嘗駕黃鶴還憩於此遂以名樓

黃鶴高樓巳搥碎黃鶴仙人無所依黃鶴上天訴玉帝却放黃鶴江南歸神明太守再雕飾新圖粉壁還芳菲一州笑我爲狂客少年往往來相譏君平簾下誰家子云是遼東丁令威作詩調繆本作掉我驚逸興白雲遶筆窻前飛待取明朝酒醒罷與君爛熳尋春暉漢書黃霸爲潁川太守吏民咸稱神明漢書嚴君平卜筮於成都市得百錢足自養則閉肆下簾而授老子搜神後記丁令威本遼東人學道於靈墟山○楊升菴曰李白過武昌見崔顥黃鶴樓詩嘆服之不復

作去而賦金陵鳳凰臺其後禪僧用此事作一偈曰一拳搥碎黄鶴樓一脚踢翻鸚鵡洲眼前有景道不得崔顥題詩在上頭旁一游僧亦舉前二句而綴之曰有意氣時消意氣不風流處也風流又一僧云酒逢知已藝壓當行原是借此一事設辭非太白詩也流傳之久信以爲真宋初有人僞作太白醉後荅丁十八詩黄鶴高樓已搥碎一首樂史編太白遺詩遂收入之近世解學士作弔太白詩云也曾搥碎黄鶴樓也曾踢翻鸚鵡洲殆類優伶之語太白一何不幸耶琦按太白江夏贈韋南陵詩原有我且爲君搥碎黄鶴樓君亦爲吾倒却鸚鵡洲之句要是設言之辭而玩此詩則真有搥碎一事矣要之禪僧偈語本用贈韋詩中語非醉荅丁十八一詩本禪僧之偈而僞撰也升菴因彼而疑此殆亦目瞠之見也夫

荅裴侍御先行至石頭驛以書見招期月滿泛洞庭

方輿勝覽汪彦章石頭驛記云自豫章絶江而西有山屹然並江而出者石頭渚也阻江負城十里而近胡三省通鑑註石頭驛在豫章江之西岸

君至石頭驛寄書黃鶴樓開緘識遠意速此南行舟風水無定準湍波或（一作成）滯畱憶昨新（一作初）月生西簷若瓊鉤今來何所似破鏡懸清秋恨不三五明平湖泛澄流此歡竟莫遂狂殺王子猷巴陵定近遠持贈解（繆本作何）人憂（古樂府破鏡飛上天古詩三五明月滿張銑註三五謂十五日也王子猷用乘舟訪戴事見九卷註巴陵縣名屬岳州古巴邱也洞庭湖在其地）

荅高山人兼呈權顧二侯

虹霓掩天光哲后起康濟應運生夔龍開元掃氛翳太微廓金鏡端拱清遐裔輕塵集嵩岳虛點盛明意謬揮紫泥詔獻納青雲際讒惑英主心恩疏佞臣計

徬徨庭闕下歎息光陰逝未作仲宣詩先流賈生涕

挂帆秋江上不爲雲羅制山海向東傾百川無盡勢

我於鴟夷子相去千餘歲運闊英達稀同風遥執袂

登艫望遠水忽見滄浪枻高士何處來虚舟渺安繫

衣貌本淳古文章多佳麗延引故鄉人風義未淪替

顧侯達語默權子識通蔽曾是無心雲俱爲此留滯

雙萍易飄轉獨鶴思凌厲明晨去瀟湘共謁蒼梧帝

楊齊賢曰虹霓指太平公主輩哲后指玄宗晉書虹蜺日旁氣也斗之亂精漢書夫日者衆陽之宗天光之貴潘尼釋奠頌於穆伊何思文哲后書蔡仲之命康濟小民開元玄宗即位所改年號晉書天文志太微天子庭也五帝之座也尚書考靈曜秦失金鏡註曰金鏡喻明道也端拱謂端居拱手猶垂拱無爲之

義晉書阮孚傳正應端拱嘯咏以樂當年耳遐裔遠方也張華鷦鷯賦鵰雞竄於幽險孔翠生乎遐裔循書涓流赴海誠心屢竭輕塵集岳功力蓋微裴駰史記集解序譬嘒星之繼朝陽輕塵之集華岳紫泥古人用之以封詔書詳七卷註班固兩都賦序朝夕論思日月獻納仲宣王粲字也作七哀詩南登灞陵岸回首望長安漢書賈誼上疏陳政事曰臣竊惟事勢可爲痛哭者一可爲流涕者二江淹詩曠哉宇宙間雲羅更四陳史記范蠡事越王句踐句踐以霸而范蠡稱上將軍以爲大名之下難以久居乃浮海出齊變姓名自謂鴟夷子皮耕於海畔鮑照詩登艫眺淮甸李善註李斐曰艫船前頭刺櫂處也謝朓詩早玩華池陰復鼓滄浪枻廣韻枻檝也滄浪枻用楚辭漁父事詳六卷註謝靈運詩虚舟有超越李周翰註輕舟而進曰虚舟楊齊賢曰通蔽通塞也漢書太史公留滯周南雙萍踰櫂顧二侯獨鶴踰高山人班固覽海賦遵霓霧之掩蕩登雲塗以凌厲博雅淩馳也廣韻凌歷也漢書息夫躬傳鷹隼橫厲顏師古註厲疾飛也凌厲猶橫厲也方輿勝覽湘水自陽海發源至零陵與瀟水會二水合流謂之瀟湘吳均詩欲謁蒼

梧帝過問沅湘姬蒼梧帝謂虞舜○柵音裔

荅杜秀才五松山蕭本鈌山字見贈舊註五松山南陵銅坑西五六里

昔獻長楊賦天開雲雨歡當時待詔承明裏皆道揚雄才可觀勅賜飛龍二天馬黃金絡頭白玉鞍浮雲蔽日去不返總爲秋風摧紫蘭角巾東出商山道採秀行歌咏芝草路逢園綺笑向人兩繆本作而君解來一何好聞道金陵龍虎盤還同謝朓望長安千峯夾水向秋浦五松名山當夏寒銅井炎爐歊九天赫如鑄鼎荊山前陶公矍鑠繆本作矍爍呵赤電回祿睢盱揚紫

烟此中豈是久留處便欲燒丹從列仙愛聽松風且高臥颼颼繆本作颼飀吹盡炎氛過登崖獨立望九州陽春欲奏誰相和聞君往年游錦城章仇尚書倒屣迎飛牋絡繹奏明主天書降問迴恩榮骯髒不能就珪組至今空揚高蹈繆本作道名夫子工文絕世奇五松新作天下推吾非謝尚邈彥伯異代風流各一時一時相逢樂在今袖拂白雲開素琴彈爲三峽流泉音從茲一別武陵去去後桃花春水深漢書揚雄傳孝成帝時客有薦雄文似相如者名雄待詔承明之庭從至射熊館還上長楊賦聊因筆墨之成文章故藉翰林以爲主人子墨爲客卿以諷顏師古註承明殿在未央宮長楊官名也在盩厔縣中有射熊館李善曰諸以才術見知直

於承明待詔卽見故曰待詔焉唐制學士初入院例
賜飛龍廐馬一匹天馬御廐之馬也俱詳九卷註古
樂府青絲繫馬尾黄金絡馬頭吳均詩白玉鏤衢鞍
黄金馬腦勒文子日月欲明浮雲蔽之叢蘭欲秀秋
風敗之商山采芝見本卷註楚辭采三秀兮山間王
逸註三秀謂芝草也漢書漢興有園公綺里季夏黄
公角里先生此四人者當秦之世避而入商洛深山
以待天下之定也金陵之地鍾山龍蟠石城虎踞詳
見七卷註謝朓有晚登三山還望京邑詩灞涘望長
安河陽視京縣秋浦水名在池州秋浦縣依此水立
名詳八卷註唐書地里志南陵有銅官冶元和郡縣
志銅井山在南陵縣西南八十五里出銅一統志銅
官山在銅陵縣南十里又名利國山山有泉源冬夏
不竭可以浸鐵煮銅舊嘗于此置銅官場韻會歊炎
氣也元和郡縣志荆山在虢州湖城南卽黄帝鑄鼎
之處列仙傳陶安公者六安鑄冶師也數行火火一
旦散上行紫色冲天公伏冶下求哀須臾赤雀止冶
上曰安公安公冶與天通七月七日迎汝以赤龍至
期赤龍至大雨而安公騎之東南上一城邑數萬人
衆共送視之皆與辭訣云矍鑠勇健貌漢光武稱馬

援語見十一卷註左傳禳火於玄冥回祿杜預註回
祿火神莊子而睢睢而盱盱郭象註睢睢盱盱跋扈
之貌初學記小風曰颷水經註風颷颷而飀飀虞騫
詩清風送凉氣薄暮蕩炎氛新序客有歌於郢中者
爲陽春白雪國中屬而和者數十人而已錦城卽蜀
郡成都府城詳三卷八卷註通鑑天寶五載以劍南
節度使章仇兼瓊爲戶部尚書寶刻叢編章仇兼瓊
魯郡任城人官至戶部尚書殿中監謚曰忠三國志
蔡邕才學顯著貴重朝廷常車騎塡巷賓客盈坐聞
王粲在門倒屣迎之粲至年旣幼弱容狀短小一坐
盡驚邕曰此王公孫也有異才吾不如也韻會絡繹
連屬不絕也趙壹詩骯髒倚門邊章懷太子註骯髒
高亢倖直之貌晉書袁宏字彥伯有逸才文章絕美
曾爲咏史詩是其風情所寄少孤貧以運租自業謝
尚時鎮牛渚秋夜乘月率爾與左右微服泛江會宏
在舫中諷詠聲旣清會辭又藻拔遂駐聽久之遣問
焉荅曰是袁臨汝郎誦詩卽其咏史之作也尚傾率
有勝致卽迎升舟與之談論申旦不寐自此名譽日
茂尚爲安西將軍豫州刺史引宏參其軍事邢邵遺
辛術書足下今能如此可謂異代一時樂府詩集琴

集曰三峽流泉晉阮咸所作也武陵桃花見二卷註
○歊音囂雎音輝盱音吁颼音搜骯杭上聲髒音葬

至陵陽山登天柱石詶韓侍御見招隱黃山楊齊
賢曰陵陽山在涇縣西南百里乃竇子明釣得
白龍放之之處按地志陵陽山在池州府石埭
縣之北寧國府宣城縣之西三峰連接迤邐屈
盤天柱石是其山之一峰也洪焱祖新安續志
新安廣錄云郡西北黃山有三十六峰與宣池
接境巖岫秀麗可愛仙翁釋子多隱其中山有
湯泉色紅可以澡瀹一統志黃山在寧國府太
平縣南三十里昔黃帝與浮邱仙人煉丹於此
山當宣徽二郡界有三十二峯三
十六源二十四溪十八洞八大巖

韓衆騎白鹿西往華山中玉女千餘人相隨在雲空
見我傳祕訣精誠與天通何意到陵陽游目送飛鴻
天子昔避狄與君亦乘驄擁兵五陵下長策馭繆本作遏

胡戎時泰解繡衣脫身若飛蓬鸞鳳翻羽繆本作翕翼啄

粟坐樊籠海鶴一笑之思歸向遼東黃山過石柱巘

崿上攢叢因巢翠玉樹忽見浮邱公又引王子喬吹

笙舞松風朗咏紫霞篇請開蘂珠宮步綱繞碧落倚

樹招青童何日可攜手遺形入無窮神仙傳劉根字君安如華陰山中見一人乘白鹿車從者十餘人左右玉女四人執采旄之節皆年十五六餘再拜稽首求乞一言神人乃告曰爾聞有韓衆否荅曰實聞有之神人曰我是也嵇康詩目送歸鴻手揮五絃後漢書桓典拜侍御史常乘驄馬京師畏憚五陵謂獻陵昭陵乾陵定陵橋陵也詳見八卷註過秦論振長策而御宇內任昉詩時泰玉階平綉衣御史之服詳見十一十二卷註枚乘七發飛鳥聞之翕翼而不能去吕延濟註翕斂也陶潛詩久在樊籠裏復得返自然謝靈運詩連嶂疊巘崿李善註巘崿崖之別名甘泉賦翠玉樹之青

葱列仙傳王子喬者周靈王太子晉也好吹笙作鳳凰鳴游伊洛之閒遇道士浮邱公接以上嵩高山蕭士贊曰紫霞篇卽黃庭內景經也經曰上清紫霞虛皇前太上大道玉晨君閑居蘂珠作七言散化五形變萬神是爲黃庭曰內篇梁邱子註蘂珠上清境宮闕名也真誥使經師授以方諸洞房步綱之道真靈位業圖栢成子高湯時退耕修步綱之道度人經道言昔於始青天中碧落空歌註云始青天乃東方第一天有碧霞徧滿是云碧落真靈位業圖龔仲陽幼陽兄弟二人受道於青童君莊子廣成子曰余將去汝入無窮之門以遊無極之野琦按太白武昌宰韓君碑云雲卿文章冠世拜監察御史朝廷呼爲子房李翱韓夫人韋氏墓誌銘禮部郎中雲卿好立節義有大功於昭陵其事跡史傳不載觀此詩所謂天子昔避狄與君亦乘驄擁兵五陵下長策馭胡戎之句相合韓侍御之爲雲卿殆無疑矣但太白未嘗作侍御何以云與君亦乘驄耶豈他人之作誤採入集抑字句少有訛謬歟○巘語蹇切年上聲崿音諤

詶崔十五見招

爾有鳥跡書相招琴溪飲手跡尺素中如天落雲錦讀罷向空笑疑君在我前長吟字不滅懷袖且三年水經註倉頡本鳥跡爲字取其孳乳相生故文字有六義焉一統志琴溪在寧國府涇縣東北二里溪側有石臺相傳琴高控鯉之所古詩呼兒烹鯉魚中有尺素書木華海賦雲錦散文于沙汭之際張銑註雲錦朝霞也古詩置書懷袖中三歲字不滅

荅王十二寒夜獨酌有懷

昨夜吳中雪子猷佳興發萬里浮雲卷碧山青天中道流孤月孤月滄繆本作蒼浪一作波河漢清北斗錯落長庚明懷余對酒夜霜白玉牀金井冰崢嶸人生飄忽百年內且須酣暢萬古情王子猷居山陰夜大雪眠覺開室命酌酒忽憶戴安

道詳九卷註謝莊月賦素月流天滄浪猶滄涼寒冷之意廣雅太白謂之長庚曹憲音釋金星也晨見東方爲啟明昏見西方爲長庚床井欄也玉床金井者言其美麗之飾如玉如金也陸機嘆逝賦時飄忽其不再

君不能狸膏金距學鬬雞坐令鼻息吹虹霓君不能學哥舒橫行青海夜帶刀西屠石堡取紫袍吟詩作賦北窗裏萬言不直一杯水世人聞此一作之皆掉頭有如東風射馬耳藝文類聚莊子謂惠子曰羊溝之雞三歲爲株相者視之則非良雞也然而數以勝人者以狸膏塗其頭爾雅翼鬬雞私取狸膏塗其頭輒鬬無敵此非有厭勝特是狸能捕雞畏雞聞狸之氣則畏而走左傳季郈之雞鬬季氏介其雞郈氏爲之金距高誘曰金距施金芒於距也梁簡文帝雞鳴篇陳思助鬬協狸膏郈昭妒敵安金距京宗好鬬雞時以鬬雞供奉者若王準賈昌之流皆赫奕可畏詳見二卷註舊唐書哥舒翰天寶七載築神威軍於青海上吐蕃至攻破之又築城於

青海中龍駒島吐蕃屏跡不敢近青海吐蕃保石堡城路遥而險久不拔八載以朔方河東監牧十萬衆委翰總統攻石堡城翰使麾下將高秀巖張守瑜進攻不旬日而拔之上錄其功拜特進鴻臚員外卿與一子五品官賜物千匹莊宅各一所加攝御史大夫太平廣記哥舒翰爲安西節度控地數千里甚著威令故西鄙人歌之曰北斗七星高哥舒夜帶刀吐蕃總殺盡更築兩重濠胡三省通鑑音註石堡城本吐蕃鐵仞城也宋白曰石堡城在龍支縣西四面懸崖數十仞石路盤屈長三四里西至赤嶺三十里莊子鴻蒙拊髀雀躍掉頭

魚目亦笑我請（一作謂）與明月同驊騮拳跼不能食蹇驢得志鳴春風折楊黃華合流俗晉君聽琴枉清角巴（一作幾）人誰肯和陽春楚地猶來賤奇璞黃金散盡交不成白首爲儒身被輕一談一笑失顏色蒼蠅貝錦喧謗聲曾參豈是殺人者讒言三及慈

母鶩張協詩飆颻誇璵璠魚目笑明月明月謂明月珠也穆天子傳天子之駿赤驥盜驪白義踰輪山子渠黃華騮綠耳郭璞註華騮色如華而赤今名馬標赤者爲棗騮棗騮赤也離騷僕夫悲予馬懷兮蜷局顧而不行王逸註蜷局詰屈不行貌廣韻蹐跼不伸也拳跼與蜷局蹐跼義同漢書騰駕罷牛驂蹇驢兮顏師古註蹇跛也莊子大聲不入里耳折楊皇華則嗑然而笑陸德明註折楊皇華皆古歌曲也韓非子晋平公曰音莫悲于清徵乎師曠曰不如清角平公曰清角可得而聞乎師曠曰不可昔日黃帝合鬼神于太山之上駕象車而六蛟龍畢方並轄蚩尤居前風伯進掃雨師洒道虎狼在前鬼神在後騰蛇伏地鳳凰覆上大合鬼神乃作清角今主君德薄不足聽之聽之將恐有敗平公曰寡人老矣所好者音也願遂聽之師曠不得已而鼓之一奏之有玄雲從西北方起再奏之大風至大雨隨之裂幃幕破俎豆隳廊瓦坐者散走平公恐懼伏於廊室之間晋國大旱赤地三年平公之身遂癃病巳人陽春事見二卷註卞璞用卞和獻玉事見四卷註司馬彪詩卞和潛幽冥誰能證奇璞蒼蠅即青蠅也詩小雅營營青蠅

止於棘豈弟君子無信讒言又萋兮斐兮成是貝錦彼譖人者亦已太甚新序昔者曾參之處鄭人有與曾參同名姓者殺人人告其母曰曾參殺人其母織自若也頃然一人又來告之其母曰吾子不殺人有頃一人又來告其母投杼下機踰牆而走夫以曾參之賢與其母信之也然三人疑之其母懼焉

與君論心握君手榮辱於余亦何有孔聖猶聞傷鳳麟董龍更是何雞狗一生傲岸苦不諧恩疎媒勞志多乖嚴陵高揖漢天子何必長劍拄頤事玉階達亦不足貴窮亦不足悲韓信羞將絳灌比禰衡恥逐屠沽兒君不見李北海英風豪氣今何在君不見裴尚書土墳三尺蒿棘一作下居少年早欲五湖去見此彌將鐘鼎疏史記孔子將西見趙簡子至於河而聞竇鳴犢舜華之死也曰竇鳴犢舜華晉國之賢大

夫也趙簡子未得志之時須此兩人而後從政及其已得志殺之乃從政丘聞之也刳胎殺夭則麒麟不至郊竭澤涸漁則蛟龍不合陰陽覆巢毁卵則鳳凰不翔何則君子諱傷其類也夫鳥獸之於不義也尚知避之而况乎丘哉乃還息乎陬鄉作爲陬操以哀之又孔子嘗歎鳳鳥之不至悲西狩之獲麟或指此二事而言亦可也十六國春秋王墮爲宰相著匪躬之節性剛峻疾惡雅好直言右僕射董榮以佞幸進疾之如仇每於朝見之際略不與言或謂之曰董尚書貴幸一時無比公宜降意接之墮曰董龍是何雞狗而令國士與之言乎榮聞而慙恨會有天變榮言於苻生曰天譴甚重宜以貴臣應之乃殺墮龍榮之小字也鮑照詩傲岸平生中不爲物所裁宋玉神女賦交希恩疎不可盡暢楚辭心不同兮媒勞嚴子陵事註見二卷說苑大冠若箕長劍拄頤史記韓信爲淮陰侯居常鞅鞅羞與絳灌等列後漢書禰衡來游許下是時許都新建賢士大夫四方來集或問衡曰盍從陳長文司馬伯達乎對曰吾焉能從屠沽兒耶唐書李邕字泰和揚州江都人開元二十三年起爲括州刺史後歷淄滑二州刺史上計京師邕早有名

重義愛士久斥外不與士大夫接旣入朝人間傳其眉目瓌異至阡陌聚觀後生望風內謁門巷填隘中人臨問索所爲文章且進上以讒媢不得留出爲汲郡北海太守天寶中左驍衛兵曹參軍柳勣有罪下獄邕嘗遺勣馬宰相李林甫素忌邕因傅以罪就郡杖殺之邕雖詘不進而文名天下時稱李北海盧藏用嘗謂邕如干將鏌耶難與爭鋒但虞其傷缺耳後卒如言邕資豪放不能治細行所在賄謝田游自肆終以敗云江鄰幾雜志李白詩君不見裴尚書古墳三尺蒿棘居問修唐書呂縉叔云是漼又云是冕宋次道云是檢校官與李北海作對非齷齪人也琦按玄宗朝裴耀卿爲尚書左僕射裴光庭爲吏部尚書裴漼爲吏部尚書裴伷先爲工部尚書裴寬爲户禮二部尚書裴敦復爲刑部尚書凡六裴尚書太白所指稱未知何人考裴敦復以平海賊功爲李林甫所忌貶淄川太守與李邕皆坐柳勣事同時杖死今與李北海並稱或者正指其人而言似爲近之若裴冕之爲尚書左僕射則又在肅宗時矣

李太白文集卷十九

李太白文集卷之二十

錢塘　王琦琢崖輯注

趙樹元[illegible]校

古近體詩共六十首

遊南陽白水登石激作

南陽唐時郡名即鄧州也隸山南東道方輿勝覽襄陽有白水即白河一統志淯水在南陽府城東三里俗名白河石激在南陽府城東三里淯水環流爲一城之勝可以禦水患而障城郭其堅完甃石猶在

朝涉白水源暫與人俗疎島嶼佳境色江天涵清虛
目送去海雲心閑游川魚長歌盡落日乘月歸田廬

遊南陽清冷泉

一統志豐山在南陽府東北三十里下有泉曰清冷泉

惜彼落日暮，愛此寒泉淸西輝繆本作耀逐流水蕩漾游子情空歌望雲月曲盡長松聲蕭子範詩暝景促西暉

尋魯城北范居士失道落蒼耳中見范置酒摘蒼耳作居易錄魯城北有范氏莊卽太白訪范居士失道落蒼耳中者琦按杜甫有與李十二白同尋范十隱居詩云李侯有佳句往往似陰鏗予亦東蒙客憐君如弟兄醉眠秋共被携手日同行更想幽期處還尋北郭生入門高興發侍立小童淸落景聞寒杵屯雲對古城何來吟橘頌誰欲討蓴羹不願論簪笏悠悠滄海情疑卽此人也埤雅荆楚記曰卷耳一名璫草亦云蒼耳叢生如盤今人以葉覆麥作黃衣者所在有之爾雅翼卷耳菜名也幽冀謂之禬菜雒下謂之胡枲江東呼爲常枲葉青白色似胡荽白花細莖可煮爲茹滑而少味又謂之常思菜傖人皆食之又以其葉覆麴作黃衣其實如鼠耳而蒼色上多刺好着人衣今人通謂之

蒼耳

雁度秋色遠，日靜無雲時。客心不自得，浩漫將何之。
忽憶范野人，閑園養幽姿。茫然起逸興，但恐行來遲。
城壕失往路，馬首迷荒陂。不惜翠雲裘，遂爲蒼耳欺。
入門且一笑，把臂君爲誰。酒客愛秋蔬，山盤薦霜梨。
他筵不下筯，此席忘朝飢。酸棗垂北郭，寒瓜蔓東籬。
還傾四五酌，自詠猛虎詞。近作十日歡，遠爲千載期。
風流自簸蕩，謔浪偏相宜。酣來上馬去，却笑高陽池。

江淹詩：飲馬出城濠。呂延濟註：濠，城池也。壕、濠古字通用。説文：陂，阪也。宋玉諷賦：翳承日之華，披翠雲之裘。齊民要術藏梨法：初霜後即收。本草陶弘景曰：酸棗今出山東間，云即山棗樹子，似武昌棗而味極酸。

東人啖之以醒睡蘇頌曰酸棗今近汴洛及西北州郡皆有之野生多在坡坂及城壘間似棗木而皮細其木心赤色莖葉俱青花似棗花八月結實紫紅色似棗而圓小味酸梁書滕曇恭母楊氏患熱思食寒瓜本草陶弘景言永嘉有寒瓜甚大可藏至春史記秦昭王詳爲好書遺平原君曰寡人聞君之高義願與君爲十日之飲鮑照詩從風簸蕩落西家詩國風謔浪笑敖高陽池用山簡事見五卷註

東魯繆本作魯東門泛舟二首一統志東魯門在兖州府城東

日落沙明天倒開波搖石動水縈迴輕舟泛月尋溪轉疑是山陰雪後來王徽之嘗居山陰夜雪初霽月色清朗忽憶戴逵逵時在剡便夜乘小船詣之詳見十三卷註

其二

水作青龍盤石隄桃花夾岸魯門西若教月下乘舟

去何曾風流到剡溪剡音閃

秋獵孟諸夜歸置酒單父東樓觀妓杜預春秋經傳集解孟諸宋大藪也在梁國睢陽縣東北元和郡縣志孟諸澤在宋州虞城縣西北十里周迴五十里俗號盟諸澤○單父音善甫

傾暉速短炬走海無停川冀餐圓丘草欲以還頹年此事不可得微生若浮烟駿繆本作俊發跨名駒雕弓控鳴弦鷹豪魯草白狐兔多肥鮮邀遮相馳逐遂出城東田一掃四野空喧呼鞍馬前歸來獻所獲炮炙宜霜天出舞兩美人飄飖若雲仙留歡不知疲清曉方來旋鮑照詩傾暉忽西下郭璞詩圓丘有奇草李善註外國圖曰圓丘有不死樹食之乃壽呂向註

圓邱山名奇草芝草也陸機愍思賦樂來日之有繼傷頽年之莫纂詩周頌駿發爾私鄭箋云駿疾也東京賦雕弓斯彀薛綜註雕弓謂有刻畫也漢書逢蒙列背羿氏控絃顏師古註控引也羽獵賦淫淫與與前後要遮說文炰毛炙肉也韻會錢氏曰凡肉置火中曰炮近火曰炙應瑒詩公子敬愛客樂飲不知疲

遊太山六首

一作天寶元年四月從故御道上太山○史記正義泰山一曰岱宗東岳也在兖州博城縣西北三十里山東通志泰山在濟南府泰安州北五里一曰兖鎮周圍一百六十里自山下至絕頂四十餘里上有石表巍然傳是秦時無字碑

四月上太山石平蕭本作屏御道開六龍過萬壑澗谷隨縈迴馬跡遶碧峰於今滿青苔飛流灑絕巘水急一作色松聲哀北眺崿嶂奇傾崖向東摧洞門閉石扇地底許本作低霏玉本作阺興雲雷登高望蓬瀛想象金銀繆本作籙

臺天門一長嘯萬里清風來玉女四五人飄颻下九垓含笑引素手遺我流霞杯稽首再拜之自媿非仙才曠然小宇宙棄世何悠哉

舊唐書開元十三年十月辛酉東封泰山發自東都十一月丙戌至兖州岱宗頓巳丑日南至備法駕登山仗衛羅列山下百餘里詔行從留于谷口上與宰臣禮官升山庚寅祀昊天上帝於上壇有司祀五帝百神於下壇禮畢藏玉冊於封祀壇之石䃭然後燔柴燎發群臣稱萬歲傳呼自山頂至岳下震動山谷宋書天子所御駕六其餘副車皆駕四按書稱朽索御六馬逸禮王度記曰天子駕六六袁盎諫漢文馳六飛魏時天子亦駕六六龍之義本此餘見八卷註鮑照詩千巖盛阻積萬壑勢迴縈孫綽天台山賦瀑布飛流以界道張協七命發絕巘遡長風絕巘高峰也鮑照詩合沓崿嶂雲郭璞詩神仙排雲出但見金銀臺山東通志上泰山屈曲盤道百餘經南天門東西三天門至絕頂高四十餘里左思詩長嘯激清風郭璞詩升降隨長烟飄颻戲九垓張銑註九垓九

天也抱朴子項曼都入山學仙十年而歸家曰仙人以流霞一杯與我飲之輒不飢渴漢武內傳王母曰雖當語之以至道殆恐非仙才也○巇語蹇切年上聲嵃音䓘嶂音帳垓音該

其二

清曉騎白鹿直上天門山山際逢羽人方瞳好容顔捫蘿欲就語却掩青雲關遺我鳥跡書飄然落巖間其字乃上古讀之了不閑感此三嘆息從師方未還

楚辭仍羽人於丹邱王逸註人得道身生羽毛也朱子註羽人飛仙也抱朴子仙人目瞳正方神仙傳李根瞳子皆方按仙經云八百歲人瞳子方也徐幹中論蒼頡視鳥跡而作書爾雅閑習也荀子多見曰閑

其三

平明登日觀舉手開雲關精神四飛揚如出天地間

黃河從西來，窈窕入遠山。憑崖覽（蕭本作攬）八極，目盡長空閑。偶然值青童，綠髮雙雲鬟。笑我晚學仙，蹉跎凋朱顏。躊躇忽不見，浩蕩難追攀。（水經註：應劭漢官儀云：泰山東南山頂名日日觀，雞一鳴時，見日始欲出，長三丈許，故以名焉。北山移文：扃岫幌，掩雲關。雲關者，雲氣擁蔽如門闕也。初學記：泰山記云：黃河去泰山二百餘里，於祠所瞻黃河如帶，若在山趾。）

其四

清齋三千日，裂素寫道經。吟誦有所得，衆神衛我形。雲行信長風，颯若羽翼生。攀崖上日觀，伏檻窺東溟。海色動遠山，天雞已先鳴。銀臺出倒景，白浪翻長鯨。安得不死藥，高飛向蓬瀛。（南岳魏夫人傳：夫人入洛陽山中，清齋五百日，讀大）

洞真經顏師古急就篇註素謂絹之精白者即所用寫書之素也楚辭坐堂伏檻臨曲池兮東溟東海也海色曉色也俱見二卷註天雞見一卷大鵬賦註謝靈運詩張組眺倒景列筵矚歸潮李善註游天台山賦曰或倒景於重溟王彪之遊仙詩曰遠遊絶塵霧輕舉觀滄溟蓬萊蔭倒景崑崙罩層城並以山臨水而景倒謂之倒景此篇倒景正作此解與二卷中所用倒景故自不同蓬萊瀛洲在渤海中有不死藥金銀爲宮闕詳見四卷註

其五

日觀東北傾兩崖夾雙石海水落眼前天光遥空碧千峰爭攢聚萬壑絶凌歷緬彼鶴上仙去無雲中跡長松入霄（蕭本作雲）漢遠望不盈尺山花異人間五月雪中白終當遇安期於此鍊玉液（緬思貌歲華紀麗泰山冬夏有雪安期生）

古之仙人見二卷註江淹詩道人讀丹經方士鍊玉液張銑註玉液玉膏也

其六

朝飲王母池暝投天門闕繆本作闕獨抱綠綺琴夜行青山間繆本作月山明月露白夜靜松風歇仙人遊碧峰處處笙歌發寂靜繆本作聽娛清輝玉真連翠微想象鸞鳳舞飄颻龍虎衣捫天摘匏瓜恍惚不憶歸舉手弄清淺誤攀織女機明晨坐相失但見五雲飛山東通志王母池在泰山下之東南麓一名瑤池水極甘冽濆沸瀠瀯不竭不盈鄉人取水禁雨頗驗張載詩美人遺我綠綺琴李周翰註綠綺琴名傅玄琴賦序曰司馬相如有綠綺蔡邕有焦尾皆名器也爾雅疏山未及頂上在旁陂陀之處名翠微楚辭遂儵忽而捫天隋書匏瓜五星在離珠北史記索隱荆州占云匏瓜一名天雞

在河鼓東匏瓜明則歲大熟古詩河漢清且淺相去復幾許史記正義織女三星在河北天紀東天女也五雲五色雲也見七卷註

秋夜與劉碭山泛宴喜亭池碭山縣名唐時隸河南道宋州睢陽郡劉藎爲碭山令者也江南通志宴喜臺在徐州碭城縣東五十步臺上有石刻三大字相傳唐李白筆○碭音蕩

明宰試舟楫張燈宴華池文招梁苑客歌動郢中兒月色望不盡空天交相宜令人欲泛海只待長風吹華池郢中歌見二卷註梁苑客見七卷註

携妓登梁王棲霞山孟氏桃園中一統志棲霞山在兗州單縣東四里世傳梁孝王嘗游此

碧草已滿地柳與（繆本作與柳）梅爭春謝公自有東山妓金屏笑坐如花人今日非昨日明日還復來白髮對綠酒強歌心已摧君不見梁王池上月昔照梁王樽酒中梁王已去明月在黄鸝愁醉啼春風分明感激眼前事莫惜醉臥桃園東（陳後主詩三春桃照李二月柳爭梅謝安在東山畜妓見十卷註黄鸝今謂之黄鶯兒見六卷註）

與從姪杭州刺史良遊天竺寺（唐時杭州隸江南東道州有天竺寺乃今之下天竺寺詳見十六卷註咸淳臨安志下竺靈山寺在錢塘縣西十七里隋開皇十三年僧真觀法師與道安禪師建號南天竺寺唐永泰中賜今額淳佑志云大凡靈竺之勝周迴數十里而巖壑尤美實聚於下天竺靈山寺自飛來峯轉至寺後巖洞皆嵌空玲瓏瑩滑

清潤如虬龍瑞鳳如層華吐萼如皺縠疊浪穿幽透深不可名貌林木皆自巖骨拔起不土而生傳言茲巖産玉故腴潤能育焉其間唐宋游人題名不可殫紀一統志下天竺寺在杭州府城西十五里晉咸和中建寺前後有飛來蓮花諸峰合澗跳珠諸泉夢謝流盃月桂諸亭遊人多至其間

挂席凌蓬丘觀濤憩樟樓三山動逸興五馬同遨遊天竺森在眼松風繆本作門颯驚秋覽雲測變化弄水窮清幽疊嶂隔遥海霏玉本作響當軒寫歸流詩蕭本作轉成傲雲月佳趣滿吳洲十洲記蓬邱蓬萊山也夢梁錄樟亭驛即浙江亭也在跨浦橋南江岸浙江通志樟亭在錢塘縣舊治南五里後改爲浙江亭今浙江驛其故址也三山謂蓬萊方丈瀛洲三神山見四卷註五馬古太守事見六卷註楊齊賢曰自西湖入天竺寺路夾道皆古松其地名曰九里松

靈隱天竺同在一處皆由松門而進顏延年詩振楫發吳洲

同友人舟行 繆本於行字下多游台越作四字

楚臣傷江楓謝客拾海月懷沙去瀟湘挂席泛溟渤蹇子訪前跡獨往造窮髮古人不可攀去若浮雲沒願言弄倒景從此鍊真骨華頂窺絶冥蓬壺望超忽不知青春度但怪緑芳歇空持釣鼇心從此謝魏闕

楚辭湛湛江水兮上有楓目極千里兮傷春心王逸註言湛湛江水浸潤楓木使之茂盛傷已不蒙君惠而身放棄曾不若樹木得其所也宋書謝靈運小字客兒故詩人多稱爲謝客其遊赤石進帆海詩有云揚帆採石華挂席拾海月李善註臨海水土物志云海月大如鏡色白正圓常生海邊其尖柱如搔頭大本草陳藏器曰海月蛤類也似半月故名水沫所化史記屈原作懷沙之賦於是懷石遂自投汨羅以死

溟渤海也註見七卷楚辭蹇誰留兮中洲王逸註蹇辭也莊子窮髮之北有冥海者天池也倒景見本卷游太山第四首註方輿勝覽華頂峯在天台縣東北六十里益天台第八重最高處高一萬丈絕頂東望滄海俗名望海尖草木薰郁殆非人世孫綽所謂陟降信宿迄乎仙都是也絕冥遠海也十洲記蓬壺蓬萊也王巾頭陀寺碑文東望平皐千里超忽呂向註超忽遠貌釣鰲事見四卷註淮南子身處江湖之上而神游魏闕之下高誘註魏闕王者門外闕也所以用懸教民之書於象魏也巍巍高大故曰魏闕

下終南山過斛斯山人宿置酒　元和郡縣志終南山在雍州萬年縣南五十里太平寰宇記終南山在鄠縣南三十里雍錄終南山橫亘關中南面西起秦隴東徹藍田凡雍岐郿鄠長安萬年相去且八百里而連綿峙據其南者皆此一山也通志氏族畧代北複姓有斛斯氏其先居廣牧世襲莫勿大人號斛斯部因氏焉

暮從碧山下山月隨人歸却顧所來徑蒼蒼橫翠微

相攜及田家童稚一作稚子開荆扉綠竹入幽徑繆本作楥青蘿拂行衣歡言得所憩美酒聊共揮長歌吟松風曲盡河星稀我醉君復樂陶然共忘機翠微山嶺之色詳十卷註沈約詩荆扉新且故李周翰註荆扉以荆爲門扉也

朝下過盧郎中敘舊遊

君登金華省我入銀臺門幸遇聖明主俱承雲雨恩復此休浣時閑爲疇昔言卻話山海事宛然林壑存明湖思曉月疊嶂憶清猿何由返初服田野醉芳樽

劉孝綽詩步出金華省遥望承明廬蔡夢弼杜詩註按漢宮闕記金華殿在未央宮白虎觀右秘府圖書皆在焉故王思遠遜侍中表云奏事金華之上進議玉臺之下後世以門下省名金華省蓋出此也雍錄

翰林院在大明宫右銀臺門内稍退北有門榜曰翰林之門鮑照詩休浣自公日休浣猶休沐也漢律吏五日得一休沐言休息以洗沐也楊升菴曰唐制十日一休沐故韋應物詩云九日驅馳一日閑白樂天詩云公假日三旬是也杜預左傳註疇昔猶前日也任昉詩疊嶂易成響重以夜猿悲楚辭退將復修吾初服劉孝綽詩芳樽散緒寒

侍從遊宿温泉宫作

温泉宫註見九卷

羽林十二將羅列應星文霜仗懸秋月霓旌卷夜雲嚴更千戸肅清樂九天聞日出瞻佳氣葱葱繆本作叢叢繞聖君漢書武帝太初元年初置建章營騎後更名羽林騎顏師古註羽林宿衛之官言其如羽之疾如林之多也一説羽所以爲王者羽翼也按唐制左右羽林軍各置大將軍一人將軍三人凡八將無所謂十二將也而開元天寶之時天子禁兵有十六衛共左右衛左右金吾衛總謂之四衛若左右驍

衛左右武衛左右威衛左右領軍衛左右監門衛左右千牛衛十二衛謂之雜衛疑所謂十二將者指十二雜衛之主將而言以其專掌禁衛當爪牙禦侮之任與漢之羽林騎相似故曰羽林十二將也晉書羽林四十五星在營室南一曰天軍主軍騎又主翼王也楊升菴曰唐武德中置十二軍皆取天星爲名以萬年道爲參旗軍長安道爲鼓旗軍富平道爲玄戈軍醴泉道爲井鉞軍同州道爲羽林軍華州道爲騎官軍寧州道爲折威軍岐州道爲平道軍豳州道爲招搖軍麟州道爲苑遊軍涇州道爲天紀軍宜州道爲天節軍太白蓋用其事琦按通典會要諸書分關中之衆爲十二衛取象天官爲名號乃武德二年事五年即廢久矣楊說雖創撰之作者之心恐未必用此典故上林賦拖霓旌張揖註析羽毛染以五采綴以縷爲旌有似虹蜺之氣也西京賦重以虎威章溝嚴更之署薛綜註嚴更督行夜鼓也唐會要清樂九代之遺聲其始即清商三調是也並漢魏以來舊曲樂器制度并諸歌章古調與魏三祖所作者皆備於史籍自晉氏播遷其音分散不存於內地符堅滅涼始得之傳於前後二秦及宋武定關中收之入於江

南隋平陳獲之隋文聽之善其節奏曰此華夏正聲也因更損益去其哀怨考而補之乃置清商署總謂之清樂至煬帝乃立清樂西凉等九部隋室喪亂日益淪缺天后朝猶有六十三曲新唐書禮樂志清商伎者隋清樂也有編鐘編磬獨絃琴擊琴瑟秦琵琶卧箜篌筑箏節鼓皆一笙笛簫篪方響跋膝皆二歌二人吹葉一人舞者四人夢溪筆談先王之樂爲雅樂前世新聲爲清樂後漢書望氣者蘇伯阿爲王莽使至南陽遥望見春陵郭唶曰氣佳哉鬱鬱葱葱

邯鄲南亭觀妓　邯鄲縣名唐時隸河北道之磁州

歌鼓一作妓燕趙兒魏姝美鳴絲粉色艷日繆本作月彩舞袖一作衫拂花枝把酒領一作顧美人請歌邯鄲詞清箏何繚繞度曲綠雲垂平原君安在科斗生古池座客三千人於今知有誰我輩不作樂但爲後代悲潘岳笙賦

縈纏歌鼓網羅鐘律韻會姝美色也顔師古急就篇註箏亦瑟類也本十二絃今則十三苕溪漁隱叢話藝苑雌黄云世人言度曲者多作徒故切謂歌曲也張平子西京賦云度曲未終雲起雪飛子美陪李梓州泛江詩翠眉縈度曲雲鬢儼成行皆作徒故切讀考之前漢元帝紀贊云帝多才藝善史書鼓琴吹洞簫自度曲被歌聲應劭註自隱度作新曲因持新曲以爲歌聲也顔註度音大各切則與張平子杜詩所言度曲異矣而臣瓚註則云度曲謂歌終更授其次則又誤以度曲爲歌曲夫度曲雖有兩音若讀元帝紀止可作大各切唐書段安節善樂律能自度曲其意正與元帝紀相合琦按太白詩意自應作徒故切讀而楊註引自度曲解之非是綠雲垂卽響遏行雲之意古今註蝦蟇子曰蝌蚪一曰玄針一曰玄魚形圓而尾尖尾脫卽腳出顔師古急就篇註科斗一名活東一名活師卽蝦蟆所生子也未成蝦蟆之時身及頭並圓而尾長漸乃變耳史記平原君喜賓客賓客蓋至者數千人又曰平原君得敢死之士三千人古詩爲樂當及時何能待來茲愚者愛惜費但爲後世嗤○姝音樞

春日繆本缺日字遊羅敷潭王阮亭曰羅敷谷水在華州

行歌入谷口路盡無人躋攀崖度絕壑弄水尋迴溪雲從石上起客到花間迷淹留未盡興日落群峰西

說文躋登也

春陪商州裴使君遊石娥溪原註時欲東遊遂有此贈遊繆本作歸○商州古商國也在晉爲上洛郡在西魏爲洛州在後周爲商州在唐亦謂之商州或爲上洛郡地有商山洛水依此立名屬關內道使君太守之稱石娥溪當在仙娥峰下按雍勝畧商畧陝西通志仙娥峰在商州西十里峰之麓有西巖洞壑幽邃下臨丹水古稱棲真之地李白甞游此有詩曰暫出城東邊遂游西巖前橫天聳翠壁噴壑鳴紅泉云云是石娥溪即仙娥峰下之溪也所謂紅泉者其即丹水歟

裴公有仙標拔俗數千丈澹蕩滄洲雲飄飄紫霞想剖竹商洛間政成心已閑蕭條出世表冥寂閉玄關我來屬芳節解榻時相悅褰帷對雲峯揚袂指松雪暫出東城邊遂遊西巖前横天聳翠壁噴壑鳴紅泉尋幽殊未歇愛此春光發溪傍饒名花石上有好月命駕歸去來露華生翠繆本作綠苔淹留惜繆本作昔將晚復聽清猿哀清猿斷人腸遊子思故鄉明發首東路此歡焉可忘世說註向秀別傳曰秀字子期河內人少爲同郡山濤所知又與譙國嵇康東平呂安善並有拔俗之韻謝靈運詩剖竹守滄海商洛詳見題註郭璞客傲無巖穴而冥寂無江湖而放浪王巾頭陀寺碑玄關幽鍵感而遂通張銑註玄幽謂道之深邃也關鍵皆所以閉距於門者宋南平王鑠詩

徘徊去芳節梁元帝纂要春節曰芳節後漢書陳蕃爲樂安太守郡人周璆高潔之士前後郡守招命莫肯至唯蕃能致焉特爲置一榻去則懸之搴帷後漢賈琮事見十四卷註顏延年詩山明望松雪謝靈運詩銅陵映碧澗石磴瀉紅泉孔子歌巾車命駕將適唐都江淹詩風光多樹色露華翻蕙陰蘇武詩征夫懷遠路游子戀故鄉漢書韓信傳北首燕路顏師古曰首謂趣向也音式究反鮑照詩首路或參差投駕均遠託

陪從祖濟南太守泛鵲山湖三首唐時齊州隸河南道本謂之齊郡天寶元年更名臨淄郡五載十月又更名濟南郡一統志濼水自大明湖東北流注華不注山下匯爲鵲山湖又東北入于濟僞齊劉豫自城北導之東行爲小清河而水不及鵲山湖矣山東志鵲山湖在濟南府城北二十里

初謂鵲山近寧知湖水遙此行殊訪戴自可緩歸橈

隋書齊郡歷城有鵲山一統志鵲山在濟南府城北二十里俗云每歲七八月間烏鵲翔集於此又云扁鵲嘗於此煉丹王子猷乘船訪戴安道見九卷註方言楫謂之橈或謂之櫂○橈音饒

其二

湖闊數十蕭本作千誤里湖光搖碧山湖西正有月獨送李膺還郭林宗與李膺同舟而濟見十二卷註

其三

水入北湖去舟從南浦回遥看鵲山轉卻似送人來楊齊賢曰南浦在鵲山湖之南

春日陪楊江寧及諸官宴北湖感古作楊名利物爲潤州江寧令李善文選註樂游苑晉時藥圃元嘉中築堤壅水名爲北湖六朝事跡晉元帝大興

三年始創爲北湖築長堤以遏北山之水東至覆舟山西至宣武城太平寰宇記元武湖在昇州上元縣西北七里周迴四十里東西兩派下水入秦淮春夏深七尺秋冬四尺灌田百頃徐爰釋問曰湖本桑泊晉元帝大興中創爲北湖宋築堤南抵西塘以肄舟師也又京都記云從北湖望鍾山似宫亭湖望廬岳也按安帝元嘉二十三年築堤以堰水爲此

昔聞顏光祿攀龍宴京一作重一作明湖樓船入天鏡帳殿開雲衢君王歌大風如樂豐沛都延年獻佳作邈與詩人俱我來不及此獨立鍾山孤楊宰穆清風一作颸芳聲騰海隅英僚滿四座粲若瓊林敷鷁首弄倒景蛾眉綴繆本作掇明珠新絃採一作來繆本作綵非梨園古舞嬌吳歈曲度繞雲一作清漢聽者皆歡娛雞棲何嘈嘈沵一作

江月沸笙竽古之帝宫苑今乃人樵蘇感此勸一觴願君覆瓢壺榮盛一作盛時當作樂無令後賢吁南史顔延之字延年孝武登祚以爲金紫光祿大夫漢書攀龍附鳳並乘天衢帳帳殿天子行幸野次連帳以爲殿也沈約詩帳殿臨春籞帷宫繞芳薈左思白髮賦開論雲衢史記高祖還歸過沛留置酒沛宫悉名故人父老子弟縱酒發沛中兒得百二十人教之歌酒酣高祖擊筑自爲歌詩曰大風起兮雲飛揚威加海内兮歸故鄉安得猛士兮守四方令兒皆和習之漢書高祖沛豐邑中陽里人也應劭曰沛縣也豐其鄉也孟康曰後沛爲郡而豐爲縣按顔延年有應詔觀北湖田收詩所謂獻佳作者未知是此詩否抑另有其詩而今逸之歟唐六典註蔣山一名鍾山在潤州江寧縣詩大雅吉甫作頌穆如清風淮南子龍舟鷁首高誘註鷁大鳥也畫其像著船頭故曰鷁首也曹植洛神賦綴明珠以耀軀唐會要開元二年上以天下無事聽政之暇於梨園自教法曲必盡其妙謂之皇帝梨園弟子唐書禮樂志玄宗既知音律又酷愛法曲選坐

部伎子弟三百教於梨園聲有誤者帝必覺而正之號皇帝梨園弟子宮女數百亦爲梨園弟子居宜春院北梨園楚辭吳歈蔡謳奏大呂些梁元帝纂要吳歌曰歈王粲詩管絃發激音曲度清且悲吳質荅東阿王書耳嘈嘈而無聞劉良註嘈嘈喧甚也博雅笙以匏爲之十三管宮管在左方竽象笙三十六管宮管在中央宋書笙隨所造不知何代人列管匏內施簧管端宮管在中央三十六簧曰竽宮管在左旁十九簧至十三簧曰笙其他皆相似也漢書樵蘇後爨顏師古註樵取薪也蘇取草也覆瓢壺猶傾尊倒甕之意陶潛詩取歡當作樂

宴鄭參卿山池

杜甫詩參卿休坐幄蕩子不還家耿湋送郭參軍詩人傳府公政記室有參卿皆謂參軍也疑唐時有此稱謂

爾恐碧草晚我畏朱顏移愁看楊花飛置酒正相宜歌聲送落日舞影迴清池今夕不盡杯留歡更邀誰

蕭本作詩

遊謝氏山亭

淪老臥江海，再歡天地清。病閑久寂寞，歲物徒芬榮。借君西池遊，聊以散我情。掃雪松下去，捫蘿石道行。謝公池塘上，春草一作風颯已生。花枝拂人來，山鳥向我鳴。田家有美酒，落日與之傾。醉罷弄歸月，遙欣稚子迎。因謝氏山亭，故用靈運池塘生春草之句作映帶。

把酒問月

原註：故人賈淳令予問之。

青天有月來幾時，我今停盃一問之。人攀明月不可得，月行却與人相隨。皎如飛鏡臨丹闕，綠烟滅盡清輝發但見宵從海上來寧知曉向雲間沒白兔擣藥秋復春嫦繆本作姮娥孤棲與誰鄰今人不見古時月今月曾經照古人古人今人若流水共看明月皆如此唯願當歌對酒時月光長照金樽裏木華海賦朱爀緑烟傳玄擬天問月中何有白兔擣藥獨異志羿燒仙藥藥成其妻姮娥竊而食之遂奔入月中曹操短歌行對酒當歌人生幾何

同族姪一作弟評事黯遊昌禪師山池二首唐書百官志大理寺有評事八人從八品下

遠公愛康樂爲我開禪關蕭然松石下何異清涼山

花將色不染水與心俱閑一坐度小劫觀空天地間

蓮社高賢傳謝靈運爲康樂公主孫襲封康樂公至盧山一見遠公肅然心服乃即寺築臺翻涅槃經鑿池種白蓮時遠公諸賢同修淨土之業因號白蓮社歷代三寶記即立禪閣於閑曠地法苑珠林代州東南五臺山古稱神仙之宅也山方三百里巉巖崇峻有五高臺上不生草唯松柏茂林森於谷底地極嚴寒多雪號曰清凉山經中明文殊將五百仙人往清凉山說法即斯地也所以古來求道之士多游此山遺窟靈跡即目極多胡三省通鑑註五臺在代州五臺縣山形五峙相傳以爲文殊示現之地華嚴經疏云清凉山者即代州鴈門五臺山也歲積堅冰夏仍飛雪曾無炎暑故曰清凉五峰聳出頂無林木有如壘土之臺故曰五臺釋迦方誌案索河世界一大劫中千佛出世尋夫劫波之號不可以時數推之假以方石芥城准爲一期之候中含四大中劫謂成住壞空也如從十歲增至八萬復從八萬至于十歲經二十反爲一小劫二十小劫爲一成劫以年筭之則經八千萬萬億百千八百萬歲也止爲一小劫耳隋書每佛滅度遺法相傳有正象末三等淳漓之異年歲遠近亦各不同末法已後衆生愚鈍無復佛教而業

行轉惡年壽漸短經數千百載間乃至朝生夕死然後有大水大火大風之災一切除去之而更立生人又歸淳朴謂之小劫每一小劫則一佛出世法華經大通智勝佛破魔軍已垂得阿耨多羅三藐三菩提而諸佛法不現在前如是一小劫乃至十小劫結跏趺坐身心不動偈曰世尊甚希有一坐十小劫身體及手足靜然安不動涅槃經觀一切法本性皆空僧肇維摩詰經註二乘觀空惟在無我大乘觀空無法不在

其二

客來花雨際秋水落金池片石寒青錦疎楊挂綠絲高僧拂玉柄童子獻雙繆本作霜梨惜去愛佳景烟蘿欲暝時法華經是時天雨曼陀羅花摩訶曼陀羅花曼殊沙花摩訶曼殊沙花而散佛上及諸大衆彌陀經七寶池底純以金沙布地梁元帝詩飄花拂葉度金池玉柄謂麈尾

金陵鳳凰臺置酒

法苑珠林白塔寺在秣陵三井里晉升平中有鳳凰集此地因名其處爲鳳凰臺六朝事跡鳳凰臺山宋元嘉中鳳凰集於是山乃築臺於山椒以旌嘉瑞在府城西南二里今保寧寺是也方輿勝覽鳳臺山在建康府城南二里餘保寧寺是也鳳凰臺故基在寺後

置酒延落景金陵鳳凰臺長波寫萬古心與雲俱開借問往昔時鳳凰爲誰來鳳凰去已久正當今日迴明君越羲軒天老坐三台豪士無所用彈絃醉金罍東風吹山蕭本作出花安可不盡杯六帝沒幽草深宮冥綠苔置酒勿復道歌鍾但相催江淹詩徘徊踐落景羲軒伏羲軒轅也韓詩外傳黃帝即位施惠承天一道修德惟仁是行宇內和平未見鳳凰惟思其象夙寐晨興乃名天老而

問之曰鳳象何如天老對曰夫鳳象鴻前麟後蛇頸而魚尾龍文而龜身燕頷而雞喙戴德負仁抱忠挾義小音金大音鼓延頸奮翼五彩備明舉動八風氣應時雨食有質飲有儀往即文始來即嘉成惟鳳爲能通天祉應地靈律五音覽九德天下有道得鳳象之一則鳳過之得鳳象之二則鳳翔之得鳳象之三則鳳集之得鳳象之四則鳳春秋下之得鳳象之五則鳳沒身居之黃帝曰於戲允哉朕何敢與焉於是黃帝乃服黃衣戴黃冕致齋於宮鳳乃蔽日而至黃帝降於東階西面再拜稽首曰皇天降祉不敢不承命鳳乃止帝東園集帝梧桐食帝竹實沒身不去章懷太子後漢書註帝王世紀曰黃帝以風后配上台天老配中台五聖配下台謂之三公明君越羲軒二句乃一章上下闋鍵處上以承鳳凰今日當來之故下以起豪士無所用而置酒取樂之由金罍酒器詳七卷註六帝六代帝王也古詩棄捐勿復道國語歌鐘二肆韋昭註歌鍾歌時所奏

秋浦清溪雪夜對酒客有唱鷓鴣者

秋浦縣名唐時隸池

州清溪在其北詳八卷註樂府詩集山鷓鴣羽調曲也

披君（一作我）貂襜褕對君白玉壺雪花酒上滅頓覺夜寒無客有桂陽至能吟山鷓鴣清風動窗竹越鳥起相呼持此足爲樂何煩笙與竽

張衡詩美人贈我貂襜褕顏師古急就篇註襜褕直裾禪衣也謂之襜褕者取其襜襜而寬裕也桂陽唐時郡名即郴州也隸江南西道越鳥即鷓鴣也以越地最多故謂之越鳥。襜音近占褕音臾

與周剛清（繆本作青）溪玉鏡潭宴别

原註潭在秋浦桃胡陂下予新名此潭桃胡陂繆本作桃樹陂。周必大泛舟游山錄清溪水正碧色下淺灘數里至玉鏡潭水自南來觸岸西折彎環可喜潭深裁二三丈李白詩云溪水正南奔迴作玉鏡潭實錄也江南通志玉鏡潭在池州府城西南七十里過白面渡匯爲秋浦李白詩迴作玉鏡潭澄明洗心

魂卽此宋陳應直刻玉鏡潭三大字於石上潛確居類書玉鏡潭上有桃胡陂一名桃花陂

康樂上官去永嘉遊石門江亭有孤嶼千載跡猶存

我來游繆本作憩秋浦三入桃陂源千峰照一作點積雪萬壑盡啼猿興與謝公合文因周子論掃崖去落葉席月開清樽溪當大樓南溪水正南奔迴作玉鏡潭澄明洗心魂此中得佳境可以絕囂喧清夜方歸來酣一作蓮歌出平原別後經此地爲予謝蘭蓀南史謝靈運襲封康樂公出爲永嘉太守一統志石門山在温州府城北薛方山浙江通志温州府北山説者謂爲郡主山有石崖懸瀑高百餘丈瀦爲二潭名曰水際又曰石門山太平寰宇記孤嶼在温州城北四里永嘉江中渚長三百丈闊七十步嶼有二峰謝康樂有登石門最高頂詩又有登江中孤嶼詩陶隱居解官表席月澗

門横梁雲際江南通志大樓山在池州府城南六十里韻會蓀香草陶隱居云蓀生溪側有名溪蓀者極似石菖蒲而葉無脊

遊秋浦白笴陂二首 江南通志白笴堰在池州府城西南二十五里李白詩何處夜行好月明白笴陂即其地也○笴音笴又音杲又音稈

何處夜行好月明白笴陂山光摇積雪猿影挂寒枝但恐佳景晚小令歸棹移人來有清興及此有相思 蕭士贇曰末句有字依孟子音又去聲一本竟改作又字非也

其二

白笴夜長嘯爽然溪谷寒魚龍動陂水處處生波瀾天借一明月飛來碧雲端故鄉不可見腸斷正西看

宴陶家亭子

曲巷幽人宅，高門大士家。池開照膽鏡，林吐破顏花。
綠水藏春日，青軒祕晚霞。若聞絃管妙，金谷不能誇。

照膽鏡用西京雜記咸陽方鏡事詳四卷註借言池水之清照人若鏡也五燈會元世尊在靈山會上拈花示衆是時衆皆默然唯迦葉尊者破顏微笑石崇金谷詩敘予以元康六年從太僕卿出爲使持節監青徐諸軍事征虜將軍有别廬在河南縣界金谷澗中或高或下有清泉茂林衆果竹柏藥草之屬莫不畢備又有水碓魚池土窟其爲娛目歡心之物備矣時征西大將軍祭酒王詡當還長安余與衆賢共送往澗中晝夜游宴屢遷其坐或登高臨下或列坐水濱時琴瑟笙筑合載車中道路並作及住令與鼓吹遞奏遂各賦詩以敘中懷或不能者罰酒三斗感性命之不永懼凋落之無期故具列時人官號姓名年紀又寫詩著後後之好事者其覽之哉太平寰宇記郭緣生述征記曰金谷谷也地有金水自太白原南

流經此谷晉衞尉石崇因即川阜而造制園館

在水軍宴韋司馬樓船觀妓繆本下有永王軍中四小字

摇曳帆在空清流一作川順歸風詩因鼓吹發酒爲劒歌雄對舞青樓妓雙鬟白玉童行雲且莫去留醉楚王宫鮑照詩搖曳高帆舉藝文類聚俗語曰桓玄作詩思不來輒作鼓吹既而思得云鳴鵠響長阜歎曰鼓吹固自來人思

流夜郎至江夏陪長史叔及薛明府宴興德寺南閣

紺殿横江上青山落鏡中岸迴沙不盡日映水成空天樂流一作聞香閣蓮舟颺晚風恭陪竹林宴畱醉與

陶公徐陵孝義寺碑紺殿安坐蓮花養神說文紺深青揚赤色也華嚴經百萬天樂各奏百萬種法相續不斷宋之問詩香閣臨清漢丹梯隱翠微沈君攸詩平川映曉霞蓮舟泛浪華蓮舟採蓮舟也颺者隨風搖蕩之義晉書阮咸任達不拘與叔父籍爲竹林之游陶公謂陶潛以翰薛明府○颺音恙

泛沔州城南郎官湖并序○唐時沔州隸江南西道又謂之漢陽郡有漢陽汉川二縣湖廣通志郎官湖在漢陽府城内

乾元歲秋八月白遷於夜郎遇故人尚書郎張謂出使夏口沔州牧杜公漢陽宰王公觴於江城之南湖樂天下之再平也方夜水月如練清光可掇張公殊有勝槩四望超然乃顧白曰此湖古來賢豪遊者非一而枉踐佳景寂寥無聞夫子可爲我

標之嘉名以傳不朽自因舉酒酹水號之曰郎官湖亦由鄭圃之有僕射陂也席上文士輔翼岑静以爲知言乃命賦詩紀事刻石湖側將與大别山共相磨滅焉

唐詩紀事張謂登天寶二年進士第奉使長沙作長沙風土記大曆間爲禮部侍郎唐詩品彙張謂字正言河南人舊唐書鄂州江夏縣本漢沙羨縣地屬江夏郡江漢二水會於州西春秋謂之夏汭晋宋謂之夏口宋置江夏郡治於此隋不改武德四年改爲鄂州一統志唐史皆稱鄂州爲夏口梁元帝詩昆明夜月光如練上林朝花色如霰毛萇詩傳掇拾也廣韻酹以酒沃地也元和郡縣志李氏陂在鄭州管城縣東四里後魏孝文帝以此陂賜僕射李冲故俗呼爲僕射陂周迴十八里又云魯山一名大别山在沔州漢陽縣東北一百步其山前枕蜀江北帶漢水湖廣通志大别山在漢陽府城東北半里漢江西岸禹貢内方至於大别卽此一名翼際山又名魯

山山之陰有鎖穴即孫皓以鐵索截江處○酹音類

張公多逸興，共泛沔城隅。當時秋月好，不減武昌都。

四坐醉清光，爲歡古來無。郎官愛此水，因號郎官湖。

風流若未滅，名與此山俱。武昌孫權嘗建都於此故曰武昌都秋月似用庾亮南樓談詠竟坐事詳見二十二卷武昌夜飲懷古詩註晉書羊祜傳公德冠四海道嗣前哲令聞令望必與此山俱傳末句借用其語

陪侍郎叔遊洞庭醉後三首

元和郡縣志洞庭湖在岳州巴陵縣西南一里五十步周迴三百六十里

今日竹林宴，我家賢侍郎。三杯容小阮，醉後發清狂。袁宏竹林名士傳阮咸字仲容籍之兄子也與籍俱爲竹林之游漢書昌邑王傳淸狂不惠蘇林曰凡狂

者陰陽脉盡濁今此人不狂似狂者故言淸狂也或曰色理淸徐而心不慧曰淸狂淸狂如今白癡也琦按詩人所稱多以縱情詩酒之類爲淸狂與漢書所解殊異

其二

船上齊橈樂湖心泛月歸白鷗閑不去爭拂酒筵飛

廣韻橈楫也○橈音饒

其三

剗却君山好平鋪湘水流巴陵無限酒醉殺洞庭秋

廣雅剗削也北夢瑣言湘江北流至岳陽達蜀江夏潦後蜀漲勢高遏住湘波讓而退溢爲洞庭湖凡闊數百里而君山宛在水中秋水歸壑此山復居於陸岳陽風土記君山在洞庭湖中昔人有詩云四顧疑無地中流忽有山正謂此也夏秋水漲皆巨浸不可以陸行往楊齊賢曰君山在洞庭東距巴陵四十里

登岳陽樓望之横陳其前君山之後乃大湖湫茫無際直抵沅澧鼎三州通典岳州巴陵縣漢下雋縣地古巴卭也有君山洞庭湖〇剗音産

夜泛洞庭尋裴侍御清酌

日晚湘水綠孤舟無端倪明湖漲秋月獨泛巴陵西遇憩裴逸人巖居陵丹梯抱琴出深竹爲我彈鵾雞曲盡酒亦傾北窻醉如泥人生且行樂何必組與珪

文獻通考巴陵縣有湘水有洞庭湖潛確居類書湘江在長沙府城西水至清徹謝靈運詩溟漲無端倪李周翰註端倪猶崖際也謝眺詩即此陵丹梯李善註丹梯謂山也呂延濟註丹梯謂山高峰入雲霞處嵇康琴賦鵾雞遊絃李善註古相和歌有鵾雞曲李周翰曰琴有鵾雞鴻鴈之曲後漢時人語一日不齋醉如泥漢書人生行樂耳須富貴何時

陪族叔刑部侍郎曄及中書賈舍人至遊洞庭五首

舊唐書乾元二年鳳翔七馬坊押官爲盜劫掠平人天興令謝夷甫擒殺之其妻進狀訴寃詔監察御史孫鎣推之鎣直其事其妻又訴詔令御史中丞崔伯陽刑部侍郎李曄大理卿權獻爲三司訊之與鎣同妻論訴不巳侍御史毛若虛言伯陽等有情不能質定刑獄伯陽貶端州高要尉權獻貶郴州桂陽尉曄貶嶺下一尉賈至見十一卷註

洞庭西望楚江分水盡南天不見雲日落長沙秋色遠不知何處弔湘君

楊齊賢曰岷江自西來至岳陽樓前與洞庭之水合而東行潭州長沙郡在洞庭上流三百餘里史記秦始皇問博士曰湘君何神博士曰聞之堯女舜之妻列女傳二妃死于江湘之間俗謂之湘君

其二

南湖秋水夜無煙耐可乘流直上天且就洞庭賒月色將船買酒白雲邊 耐可猶言若可也詳八卷註

其三

洛陽才子謫湘川元禮同舟月下仙記得長安還欲笑不知何處是西天 潘岳西征賦賈生洛陽之才子謂賈誼也賈至亦河南洛陽人故以誼比之後漢李膺字元禮與郭林宗同舟而濟見十二卷註用此以擬李曄二人俱謫官故用桓譚新論中人聞長安樂出門向西笑之語以致其思望之情

其四

洞庭湖西秋月輝瀟湘江北早鴻飛醉客滿船歌白苧不知霜露入秋衣 盧照鄰詩霜氛落早鴻白苧清商調曲也苧是吳地所產故舊

說以爲吳人之歌始則田野之作後乃大樂用焉一云郎子夜歌也在吳歌爲白苧在雅歌爲子夜餘見四卷註

其五

帝子瀟湘去不還空餘秋草洞庭間淡掃明湖開玉鏡丹青畫出是君山楚辭帝子降兮北渚王逸註帝子謂堯女也堯二女娥皇女英隨舜不反墮於湘水之渚因爲湘夫人元和郡縣志君山在岳州巴陵縣西三十里青草湖中昔秦始皇欲入湖觀衡山遇風浪至此山止泊因號焉或云湘君所游止故名之也方輿勝覽君山在洞庭湖中方七十里亦名洞庭之山昔帝之二女居之曰湘夫人又曰湘君所游故名君山一統志君山在岳州府城西南一十五里洞庭湖中狀如十二螺髻

楚江黃龍磯南宴楊執戟治樓

五月分霏玉本作入五洲碧山對青樓故人楊執戟春賞楚江流一見醉霏玉本作波漂月三杯歌棹謳桂枝攀不盡他日更相求水經註江中有五洲相接故以五洲為名宋孝武帝舉兵江中建牙洲上有紫雲蔭之卽是洲也胡三省通鑑註五洲當在今黄州江州之閒蜀都賦吹洞簫發棹謳劉淵林註棹謳鼓棹而歌也淮南王招隱士攀援桂枝兮聊淹畱

銅官山醉後絶句陸游入蜀記隔荻港卽銅陵界遠山嶄然臨大江者卽銅官山海錄碎事銅官山在宣州

我愛銅官樂千年未擬還要須迴舞袖拂盡五松山海錄碎事五松山在宣城南陵

與南陵常贊府遊五松山原註山在南陵銅井西五里有古精舍○

南陵縣隸宣州容齋隨筆唐人呼縣丞爲贊府潛確居類書輿地紀勝五松山在銅陵縣南銅官西南山舊有松一本五枝蒼鱗老幹翠色參天

安石泛溟渤獨嘯長風還逸韻動海上高情出人間靈異可並跡澹然與世閑我來五松下置酒窮躋攀徵古絶遺老因名五松山五松何清幽勝境美沃洲蕭颯鳴洞壑終年風雨秋響入百泉去聽如三峽流剪竹掃天花且從傲吏遊龍堂若可憩吾欲歸精修

世說謝太傅盤桓東山時與孫興公諸人泛海戲風起浪湧孫王諸人色並遽便唱使還太傅神情方王吟嘯不言舟人以公貌閑意悅猶去不止既風轉急浪猛諸人皆喧動不坐公徐云如此將無歸舟人即承響而回於是審其量足以鎮安朝野溟渤海也見七卷註胡震亨曰觀此詩是五松非山本名乃太白

所名亦如名九華也太平寰宇記沃洲山在越州剡縣東七十二里施宿會稽志沃洲山在新昌縣東三十二里晉白道猷法深支遁皆居之戴許王謝十八人與之游號爲勝會亦白蓮社之比也唐白樂天山院記云東南山水剡爲面沃洲天姥爲眉目山有靈湫杖錫泉養馬坡放鶴峰皆因支道林得名吳虎臣漫錄云沃州天姥號山水奇絶處自異僧白道猷來自西天竺賦詩云連峰數十里修林帶平津茅茨隱不見雞鳴知有人晉宋之世隱逸爲多詩大雅逝彼百泉通鑑地理通釋三峽廣溪峽巫峽西陵峽也廣溪爲三峽之首昔禹鑿以通江所謂巴東之峽東至西陵七百里蕭颯風雨百泉三峽皆狀五松濤聲之美法華經時諸梵天王雨衆天花香風時來吹去萎者更雨新者郭璞詩漆園有傲吏江南通志龍堂精舍在南陵縣五松山李白與南陵常贊府遊此有詩○沃音屋

宣城清溪

蕭本作青溪一作入清溪山○琦按清溪在池州秋浦縣北五里而此云宣城清溪者葢代宗永泰元年始析宣州之秋浦青陽及饒州之至德爲池州其前固隸宣城郡

耳

清蕭本作青溪勝桐廬水木有佳色山貌日高古石容天傾側綵鳥昔未名白猿初相識不見同懷人對之空嘆息太平寰宇記睦州桐廬縣漢爲富春縣地吳黃武四年分富春置此縣耆老相傳云桐溪側有大桐樹垂條偃蓋蔭數畝遠望似廬遂謂爲桐廬縣也吳均與朱元思書自富陽至桐廬一百里許奇山異水天下獨絶

與謝良輔遊涇川陵巖寺唐詩紀事謝良輔登天寶十一年進士第德宗時刺商州爲團練所殺江南通志涇溪在寧國府涇縣西南一里巖陵教寺在涇縣西七十五里隋時建涇川卽涇溪也

乗君素舸泛涇西宛似雲門對若溪且從康樂尋山

水何必東遊入會稽謝靈運詩可憐誰家郎緣流乘素舸方輿勝覽雲門寺在會稽縣南三十一里今名雍熙爲州之偉觀昔王子敬居此有五色祥雲詔建寺號雲門楊齊賢曰若耶溪雲門寺在越州會稽縣南宋書謝靈運出爲永嘉太守郡有名山水靈運素所愛好出守既不得志遂肆志遊遨偏歷諸縣動踰旬朔民間辭訟不復關懷所至輒爲詩咏以寄其意○舸音哿涇音京

遊水西簡鄭明府

天宮水西寺雲錦照東郭清湍鳴迴溪綠竹蕭本作水遶飛閣涼風日瀟灑幽客時憩泊五月思貂裘謂言秋霜落石蘿引古蔓岸筍開新籜吟翫空復情相思爾佳作鄭公詩人秀逸韻宏寥廓何當一來遊愜我雪山諸按江南通志有水西寺水西首寺天官水西寺皆在涇縣西五里之水西山中天宮水西寺者

本名凌巖寺南齊永平元年淳于棼捨宅建上元初改天宮水西寺大中時重建宋太平興國間賜名崇慶寺凡十四院其最勝者曰華嚴院橫跨兩山廊廡皆閣道泉流其下東京賦飛閣神行薛綜註閣道相通不在于地故曰飛韻會籜筍皮也顏師古漢書註寥廓天上寬廣之處廣弘明集案文殊師利般涅槃經云佛滅度後四百五十年文殊至雪山中爲五百仙人宣說十二部經訖還歸本土入于涅槃案地理志西域傳云雪山者卽葱嶺也其下三十六國先來屬秦漢以葱嶺多雪故號雪山焉文殊往化仙人卽其處也

九日登山

玩詩義當是偕一宗室爲宣城別駕者於九日登其所新築之臺而作詩題應有缺文

淵明歸去來不與世相逐爲無杯中物遂偶本州牧因招白衣人笑酌黃花菊我來不得意虛過重陽時

題輿何俊發遂結城南期築土接蕭本作按響山俯臨宛蕭本作遠水湄胡人叫玉笛越女彈霜絲自作當是非字之訛英王胄斯樂不可窺赤鯉湧琴高白龜道冰許本作馮夷靈仙如彷彿莫酹遥相知古來登高人今復幾人在滄洲逢宿諾明日猶可待連山似驚波合沓出溟海揚袂揮四座酩酊安所知齊歌送清觴蕭本作揚起舞亂參差賓隨落葉散帽逐秋風吹别後登此臺願言長相思

晋書陶潛爲彭澤令郡遣督郵至縣吏白應束帶見之潛嘆曰吾不能爲五斗米折腰拳拳事鄉里小人即解印去縣乃賦歸去來刺史王弘以元熙中臨州甚欽遲之後自造焉潛稱疾不見既而語人曰我性不狎世因疾守閑幸非潔志慕聲豈敢以王公紆軫爲榮耶弘每令人候之密知當往廬山乃遣其

故人龎通之等齎酒先於半道要之潛既遇酒便引酌野亭欣然忘進弘乃出與相聞遂懽宴窮日弘後欲見輒於林澤間候之至於酒米乏絶亦時相贍陶淵明詩天運茍如此且進杯中物藝文類聚續晋陽秋日陶潛甞九月九日無酒出宅邊菊叢中摘菊盈把坐其側久之望見白衣人至乃王弘送酒也卽便就酌醉而後歸夢梁録九爲陽數其日與月並應故號曰重陽北堂書鈔謝承後漢書曰周景爲豫州刺史辟陳蕃爲别駕不就景題别駕輿曰陳仲舉座也不復更辟蕃惶懼起視職方輿勝覽響山在宣城縣南五里一統志響山在寧國府城南五里下俯宛溪權德輿記響山兩崖聳峙蒼翠對起其南得響潭焉清泚可鑒瀠洄澄淡霜絲樂器上絃也韻會冑裔也系也嗣也列仙傳琴高者趙人也以鼓琴爲宋康王舍人行涓彭之術浮游冀州涿郡之間二百餘年後辭入涿水中取龍子與弟子期日皆潔齋待於水旁設祠果乘赤鯉來出坐祠中且有萬人觀之留一月餘復入水去山海經從極之淵深三百仞維冰夷恒都焉冰夷人面乘兩龍郭璞註冰夷馮夷也淮南云馮夷得道以潛大川卽河伯也穆天子傳所謂河伯

無夷者竹書作馮夷字或作冰也河圖括地象馮夷恒乘雲車駕兩龍白龜事未詳楚辭河伯云乘白黿兮逐文魚與汝遊兮河之渚白龜殆白黿之訛歟廣韻酹以酒沃地也木華海賦波如連山太白本其語而倒用之謂連山似驚波遂成奇語謝脁詩合沓與雲齊呂向註合沓高貌說文酩酊醉也盧照鄰詩客散同秋葉人亡似夜川晉書孟嘉爲征西桓溫參軍溫甚重之九月九日溫燕龍山僚佐畢集時佐吏並著戎服有風至吹嘉帽墮落嘉不之覺溫使左右勿言以觀其舉止嘉良久如廁溫令取還之命孫盛作文嘲嘉著嘉坐處嘉還見卽荅之其文甚美四坐嗟嘆

九日

今日雲景好水綠秋山明攜壺酌流霞搴菊泛寒榮
地遠松石古風揚絃管清窺觴照歡顏獨笑還自傾
落帽醉山月空歌懷友生流霞酒名按抱朴子項曼都言仙人以流霞一杯與

我飲之輒不飢渴故擬之以爲名耳楚辭章句搴手取也寒榮猶寒花也陶淵明詩一觴雖獨進杯盡壺自傾

九日龍山飲九域志太平州有龍山晉大司馬桓温嘗於九月九日登此山孟嘉爲風飄帽落即此山也太平府志龍山在當塗縣南十里蜿蜒如龍蟠溪而卧故名舊志載桓温以重九日與僚佐登山孟嘉落帽事或云孟嘉落帽之龍山當在江陵而元和志寰宇記皆云是此山疑必温移鎮姑孰時事也

九日龍山飲黄花笑逐臣醉看風落帽舞愛月留人淮南子季秋之月菊有黄花高誘註菊色不一而專言黄者秋令在金以黄爲正也史正志菊譜菊草屬也以黄爲正所以槩稱黄花

九月十日即事

昨日登高罷今朝更舉觴菊花何太苦遭此兩重陽歲時雜記都城重九後一日宴賞號小重陽菊以兩遇宴飲兩遭採掇故有太苦之言

陪族叔當塗宰遊化城寺升公清風亭太平府志古化城寺在府城內向化橋西禮賢坊吳大帝時建基趾最廣宋孝武南巡駐蹕於此增置二十八院唐天寶間寺僧清升能詩文造舍利塔大戒壇建清風亭於寺旁西湖上鑄銅鐘一李白銘之今盡廢宋知州郭緯以東城雄武之地攺遷化城寺撤其西北之地爲城守而存其餘爲西菴凡西菴至西北兩城隅皆古化城寺基也

化城若化出金牓天宮開疑是海上雲飛空結樓臺升公湖上一作山一作中秀粲然有辯才濟人不利巳立俗無嫌猜了蕭本作子誤見水中月青蓮出塵埃閒居清風

亭左右清風來當暑陰廣殿太陽爲徘徊茗酌待幽
客珍盤薦彫梅飛文何灑落萬象爲之摧季父擁鳴
琴德聲布雲雷雖游道林室亦（一作不）舉陶潛杯清樂
動諸天長松自吟哀畱歡若可盡劫石乃成灰（法華經導
師以方便力於險道中過三百由旬化作一城是時
疲極之衆心大歡喜我等今者免斯惡道前入化城
生安穩想寺之立名蓋取此義神異經中央有宫以
金爲牆有金榜以銀鏤題三齊畧記海上蜃氣時結
樓臺名海市維摩詰經維摩詰深達實相善説法要
辯才無滯智慧無礙又云菩薩觀衆生如智者見水
中月昭明文選序飛文染翰則卷盈乎緗帙説苑宓
子賤治單父彈鳴琴身不下堂而單父治法苑珠林
支遁字道林本姓關氏陳留人或云河東林慮人幼
而神理聰明秀徹王羲之覩遁才藻驚絶罕儔遂披
衿解帶畱連不能已乃請住靈嘉寺意存相近又投
跡剡山於沃洲小嶺立寺行道僧衆百餘常隨禀學

晉書陶潛爲彭澤令在縣公田悉令種秫穀曰令吾嘗醉於酒足矣清樂前代新聲也見本卷註諸天釋氏所稱三十二天也見十九卷註王勣荅馮子華書松柏群吟搜神記漢武帝鑿昆明池極深悉是灰墨無復土舉朝不解以問東方朔朔曰臣愚不足以知之可試問西域人帝以朔不知難以移問至後漢明帝時西域道人來洛陽時有憶方朔言者乃試以武帝時灰墨問之道人云經云天地大劫將盡則劫燒此劫燒之餘也

李太白文集卷二十

李太白文集卷之二十一

錢塘　王琦琢崖輯註

縉端臣　思謙蘊山較

古近體詩共三十六首

登錦城散花樓

太平寰宇記錦城華陽國志云成都夷里橋南岸道西有城故錦官也命曰錦里楊齊賢曰成都記府城亦呼爲錦官城以江山明麗錯雜如錦也散花樓在摩訶池上蜀王秀所建春明退朝錄唐成都府有散花樓

日照錦城頭朝光散花樓金窻夾繡戶珠箔懸銀繆本作瓊鉤飛梯綠雲中極目散我憂一作愁暮雨向三峽春江繞雙流今來一登望如上九天遊梁簡文帝詩網戶珠綴曲瓊鉤

太平寰宇記三峽謂西峽巫峽歸峽俗云巴東三峽巫峽長清猿三聲淚沾裳卽禹所疏以導江也絶峻萬仞暫見陽光不分雲雨左思蜀都賦帶二江之雙流劉淵林註蜀守李氷鑿離堆穿兩江爲人開田百姓享其利水經註成都縣有二江雙流郡下故揚子雲蜀都賦曰兩江珥其前者是也風俗通曰秦昭王使李氷爲蜀守開成都兩江漑田萬頃元和郡縣志成都府雙流縣北至府四十里本漢廣都縣也隋仁壽元年避煬帝諱改爲雙流因縣在二江之間仍取蜀都賦云帶二江之雙流爲名也皇朝因之

登峨眉山

四川通志峨眉山去嘉州峨眉縣百里自白水寺登山初二十里有石磴可陟又二十里多無路以木爲梯行三二里方踏實地又二十里有雷洞始到光相寺則峨眉絶頂也其上樹木禽鳥多與平地異天氣尤不同九月初已下雪居者皆綿衣絮衾山上水煮飯不熟飯食皆從白水寺造上

蜀國多仙山峨眉邈難匹周流試登覽絶怪安可悉

蕭本作息

青冥倚天開彩錯疑畫出泠然紫霞賞果得錦囊術雲間吟瓊簫石上弄寶瑟平生有微尚歡笑自此畢烟容如在顔塵累忽相失儻逢騎羊子携手凌白日

青冥青而暗昧之狀楚辭據青冥而攄虹兮蓋謂天爲青冥也太白借用其字別指山峯而言與楚辭殊異江淹詩泠然空中賞李周翰註泠然輕舉貌武帝內傳帝以王母所授五真圖靈光經及上元夫人所授六甲靈飛十二事自撰集爲一卷及諸經圖皆奉以黄金之箱封以白玉之函以珊瑚爲軸紫錦爲囊安著栢梁臺上沈約詩象筵鳴寶瑟周禮樂器圖雅瑟餙以寶玉者曰寶瑟顔延年詩嘉運既我從欣願自此畢南史阮孝緒曰庶保促生以免塵累列仙傳葛由者羌人也周成王時好刻木羊賣之一旦騎羊入西蜀蜀中王侯貴人追之上綏山山在峨眉山西南高無極也隨之者不復還皆得仙道陳子昂詩携手登白日遠遊戲赤城

大庭庫

太平寰宇記大庭氏庫高二丈在曲阜縣城內縣東一百五十步路史大庭氏之膺籙也都于曲阜故魯有大庭氏之庫昔者黄帝齋于大庭之館茲其所矣羅苹註庫在魯城中曲阜之高處今在仙源縣內東隅高二丈

朝登大庭庫雲物何蒼然莫辨陳鄭火空霾鄒魯烟我來尋梓慎觀化入寥天古木翔氣多松風如五絃帝圖終冥沒嘆息滿山川左傳昭公十八年宋衛陳鄭皆火梓慎登大庭氏之庫以望之曰宋衛陳鄭也數日皆來告火杜預註大庭氏古國名在魯城內魯于其處作庫高顯故登以望氣左傳凡分至啓閉必書雲物杜預註雲物氣色災變也莊子安排而去化乃入于寥天一郭象註入于寂寞而與天爲一也宋之問詩笙歌入玄地詩酒坐寥天宋書帝圖凝遠瑞美昭宣

登單父陶少府半月臺

山東通志半月臺在舊單縣城東北隅相傳陶

沔所築單縣卽唐時之單父縣也隸宋州○單父音善甫

陶公有逸興，不與常人俱。築臺像半月，迥向一作出高城隅。置酒望白雲，商一作高飈起寒梧。秋山入遠海，桑柘羅平蕪。水色淥且明一作清，令人思鏡湖。終當過江去，愛此暫踟躕。陸機詩：歲暮商飈飛。呂延濟註：商飈，秋風也。江淹《去故鄉賦》：窮陰匝海，平蕪帶天。平蕪，庶草豐茂，遥望平坦若剪者也。鏡湖在會稽、山陰兩縣界，其水清澈澄明若鏡，故名。詳見六卷註。

天台曉望

天台隣四明，華頂高百越。門標赤城霞，樓棲滄島月。憑高遠登覽，直下見溟渤。雲垂大鵬翻，波動巨鰲沒。

風潮爭洶湧神怪何翕忽觀奇跡無倪好道心不歇
攀條摘朱實服藥鍊金骨安得生羽毛千春臥蓬闕
台州府志天台山在天台縣北三里自神跡石起至華頂峯皆是爲一邑諸山之總稱按陶弘景真誥曰高一萬八千丈周圍八百里山有八重四面如一十道志謂其頂對三辰或曰當牛女之分上應台宿故曰天台登真隱訣曰處五縣中央爲餘姚句章臨海天台剡縣也顧野王輿地志云天台山一名桐栢山衆岳之最秀者也徐靈府記云天台山與桐栢接而少異神邕山圖又採浮屠氏說以爲闔浮震旦國極東處或又號靈越孫綽賦所謂托靈越以正基是也華頂峯在天台縣東北六十里乃天台山第八重最高處可觀日月之出没東望大海瀰漫無際寧波府志四明山在府西南一百五十里爲郡之鎮山由天台發脉向東北行一百三十里湧爲二百八十峯周圍八百餘里綿亘于寧之奉化慈谿鄞縣紹之餘姚上虞嵊縣台之寧海諸境上有方石四面有穴如窻通日月星辰之光故曰四明山太平寰宇記赤城山

在天台縣北六里孫綽天台山賦赤城霞起以建標李善註支遁天台山銘序曰往天台山當由赤城為道巡孔靈符會稽記曰赤城山石色皆赤狀似雲霞天台山圖曰赤城山天台之南門也建標立物以為表識也溟渤海也見七卷註大鵬巨鼇俱見一卷註劉琨詩朱實隕勁氣王逸楚辭註人得道身生羽毛也梁簡文帝詩千春誰與樂王勃詩芝靨光分野蓬闕感規模

早望海霞邊

四明三千里朝起赤城霞日出紅光散分輝照雪崖

一餐咽瓊液五內發金沙舉手何所待青龍白虎車

楚辭章句陵陽子明經言春食朝霞朝霞者日始出赤黃氣真誥日者霞之實霞者日之精君惟聞服日之法未知餐霞之精也夫餐霞之經甚秘致霞之道甚易此謂體生玉光霞映上清之法也南岳魏夫人傳有冉酣瓊液而叩棺參同契金砂入五內霧散若風雨太平廣記沈羲吳郡人學道于蜀中能消災除病救

濟百姓功德感天天神識之羲與妻賈共載詣子婦卓孔寧家道逢白鹿車一乘青龍車一乘白虎車一乘從者皆數十人騎皆朱衣仗矛帯劍輝赫滿道問羲曰君是沈羲否羲愕然不知何等答曰是也何爲問之騎人曰羲有功于民心不忘道自少小以來履行無過受命不長年壽將過黄老今遣仙官來下迎之侍郎薄延之乘白鹿車是也度世君司馬生青龍車是也送迎使者徐福白虎車是也須臾有三仙人羽衣持節以白玉簡青玉冊丹玉字授羲羲遂載羲升天

焦山繆本下多一杳字望松寥山一統志焦山在鎮江府城東北九里江中後漢焦先隱此因名旁有海門二山王西樵曰海門山一名松寥夷山卽孟浩然詩所云夷山對海濱者也鮑天鍾丹徒縣志焦山之餘支東出分峙于鯨波瀰淼中曰海門山唐詩稱松寥稱夷山卽此

石壁望松寥宛然在碧霄安得五綵虹架天作長橋

仙人如愛我舉手來相招

杜陵絶句 胡三省通鑑註杜陵在長安南五十里

南登杜陵上北望五陵間秋水明落日流光滅遠山 西都賦南望杜霸北眺五陵章懷太子註杜霸謂杜陵霸陵在城南故南望也五陵謂長陵安陵陽陵茂陵平陵在渭北故北眺也

登太白峯 一統志太白山在陝西武功縣南九十里山極高上恒積雪望之皓然諺云武功太白去天三百山下軍行不得鳴鼓角鳴則疾風暴雨立至上有洞即道書第十一洞天又有太白神祠山半有橫雲如瀑布則澍雨人常以爲候驗語曰南山瀑布非朝即暮

西上太白峰夕陽窮登攀太白與我語爲我開天關願乘泠風去直出浮雲間舉手可近月前行若無山

一別武功去何時復更蕭本作見還爾雅山西曰夕陽山東曰朝陽邢昺疏曰卽陽也夕始得陽故名夕陽詩大雅公劉云度其夕陽幽居允荒是也莊子列子御風而行泠然善也郭象註泠然輕妙之貌○泠音零

登邯鄲洪波臺置酒觀發兵原註時將遊薊門○元和郡縣志洪波臺在磁州邯鄲縣西北五里○邯音寒

我把兩赤羽來遊燕趙間天狼正可射感激無時閑觀兵洪波臺倚劍望玉關請纓不繫越且向燕然山風引龍虎旗歌鐘昔一作憶追攀擊筑落高月投壺破愁顏遙知百戰勝定掃鬼方還赤羽謂箭之羽染以赤者國語所謂朱羽之矰是也又六韜註飛鳧赤莖白羽以鐵爲首電景青莖赤羽以銅爲首皆矢名楚辭舉長矢兮射天狼

王逸註天狼星名江淹詩倚劍臨八荒括地志玉門關在沙州壽昌縣西北一百十八里終軍自請願受長纓必羈南越王而致之闕下詳十五卷註後漢紀永元二年竇憲耿秉自朔方出塞三千里斬首大獲銘燕然山而還國語歌鐘二肆韋昭註歌鐘歌時所奏顏師古急就篇註筑形如小瑟而細頸以竹擊之通典筑不知誰所造史籍惟云高漸離善擊筑漢高帝過沛所擊釋名曰筑以竹鼓之也似箏細項按今制身長四尺三寸項長三寸圍四寸五分頭七寸五分上濶七寸五分下濶六寸五分後漢書祭遵爲將軍對酒設樂必雅歌投壺周易高宗伐鬼方三年克之漢書外伐鬼方以安諸夏顏師古註鬼方絶遠之地一曰國名晉書夏曰薰鬻殷曰鬼方周曰玁狁漢曰匈奴

登新平樓

新平郡名即邠州也隸關內道

去國登茲樓懷歸傷暮秋天長落日遠水淨寒波流
秦雲起嶺樹胡鴈飛沙洲蒼蒼幾萬里目極令人愁

王粲登樓賦登茲樓以四望兮聊暇日以銷憂楚辭目極千里兮傷春心

謁老君廟

先君懷聖德靈廟肅神心草合人蹤斷塵濃鳥跡深流沙丹竈滅關路紫烟沉獨傷千載後空餘松柏林

宋書靈廟荒殘遺象陳昧列仙傳關令尹喜與老子俱遊流沙化胡服巨勝實莫知其所終太平御覽關令內傳曰眞人尹喜周大夫也爲關令少好學善天文秘緯登樓四望見東極有紫氣西邁喜曰應有異人過此乃齋戒掃道以俟之及老子度關喜先戒關吏曰若有翁乘青牛薄板車者勿聽過止以白之果至吏白願少止喜帶印綬設師事之道老子重辭之喜曰願爲我著書說大道之意得奉而行焉於是著道德經上下二卷。文苑英華以此詩爲玄宗過老子廟詩而以先君爲仙居丹竈滅爲爲丹竈沒三字不同琦玩草合一聯似非太平時天子巡幸景象此詩定是太白作耳

秋日登揚州西靈塔

太平廣記揚州西靈塔中國之尤峻特者唐武宗末拆寺之前一年天火焚塔俱盡白雨如瀉旁有草堂一無所損

寶塔淩蒼蒼登攀覽四荒頂高元氣合標出海雲長萬象分空界三天接畫梁水摇金刹影日動火珠光鳥拂瓊簷蕭本作簾度霞連繡栱張目隨征路斷心逐去帆揚露浩梧楸白霜繆本作風催橘柚黃玉毫如可見于此照迷方

楚辭將往觀乎四荒王逸註荒遠也十洲記鍾山有金臺玉闕亦元氣之所合天帝居治處也孝經鉤命決地以舒形萬象咸載三天謂欲界天色界天無色界天也法華經起七寶塔長表金刹伽藍記寶塔五重金刹高聳胡三省通鑑註刹柱也浮圖上柱今謂之相輪舊唐書火珠大如雞卵圓白皎潔光照數尺狀如水精正午向日以艾蒸之即火燃張協七命翠觀岑青彫閣霞連沈約明堂登

歌彫梁繡栱丹楹玉墀楚辭白露既下百草兮掩離披此梧楸韻會梧桐色白葉似青桐有子肥美可食楸說文梓也通志曰梓與楸相似爾雅以爲一物誤矣陸璣謂楸之疏理白色而生子者爲梓齊民要術謂白色有角爲梓無子爲楸皆不辨楸梓梓與楸自異生子不生角說文柚條也似橙而酢史記正義小曰橘大曰柚樹有刺冬不凋葉青花白子黄亦二樹相似非橙也法華經爾時佛放眉間白毫相光照東方萬八千世界靡不周遍下至阿鼻地獄上至阿迦吒天鮑照佛影頌玉毫遺覿。柚音右

登金陵冶城西北謝安墩

太白自註此墩即晉太傅謝安與右軍王羲之同登超然有高世之志余將營園其上故作是詩。太平寰宇記冶城在今上元縣西五里本吳鑄冶之地因以爲名元帝太興初以王導久疾方士戴洋云君本命在申申地有冶金火相鑠不利遂使范遜移冶于石城東髑髏山處以其地爲園多植林館徐廣晉記成帝適司徒府遊觀冶城之園即此也六朝事跡謝安墩在半山報寧寺之後基址尚存謝安與王羲之

嘗登此超然有高世之志世說王右軍與謝太傅共登冶城謝悠然遠想有高世之志王謂謝曰夏禹勤王手足胼胝文王旰食日不暇給今四郊多壘宜人人自効而虛談廢務浮文妨要恐非當今所宜謝答曰秦任商鞅二世而亡豈清言致患耶

晉室昔橫潰永嘉遂蕭本作逐南奔沙塵何茫茫龍虎鬭朝昏胡馬風漢草天驕蹙中原哲匠感頹運雲鵬忽飛翻組練照楚國旌旗連海門西秦百萬衆戈甲如雲屯投鞭可填江一掃不足論一作投策可填江一朝爲我吞皇運有返正醜虜無遺魂談笑遏橫流蒼生望斯存冶城訪古跡一作至今古城隅一作至今冶城隅猶有謝安墩憑覽周地險高標絶人喧想像東山姿緬懷右軍言梧桐識嘉繆本

作佳樹蕙草留芳根白鷺映春洲青龍見朝暾地古雲物在臺傾禾黍繁我來酌清波於此樹名園功成拂衣去歸入一作長嘯武陵源南史中原橫潰衣冠道盡按晉書懷帝永嘉五年劉曜王彌入洛陽帝開華林園門出河陰藕池欲幸長安為曜等所追及曜等遂焚燒宮廟逼辱后妃百官士庶死者三萬餘人衣冠之族相率南奔避亂江左書費誓馬牛其風孔穎達正義風放也牝牡相誘謂之風然則馬牛風佚因牝牡相逐而遂至放佚遠去也漢書胡者天之驕子也左傳南國蹙韻會蹙迫也殷仲文詩哲匠感蕭辰組練戰服也見十一卷註陸機詩胡馬如雲屯晉書符堅載記堅銳意荊揚將謀入寇引羣臣會議堅曰以吾之衆旅投鞭于江足斷其流謝安傳時符堅強盛疆場多虞諸將敗退相繼安遣弟石兄子玄等應機征討所在尅捷堅後率衆號百萬次于淮淝京師震恐玄入問計安夷然無懼色答日已別有旨玄不敢復言乃令張玄重請安遂命駕出山墅親朋畢集方與玄圍棊賭別墅安常棊劣於

玄是日玄懼便爲敵手而又不勝安顧謂其甥羊曇曰以墅乞汝遂游涉至夜乃還指授將帥各當其任玄等既破堅有驛書至安方對客圍棋看書既竟便攝放床上了無喜色棋如故客問之徐答曰小兒輩遂以破賊既罷還內過户限心喜甚不覺其屐齒之折其矯情鎮物如此詩大雅仍執醜虜晉書索琳傳永嘉蕩覆海內横流世說謝公在東山朝命屢降而不動諸人每相與言安石不肯出將如蒼生何顔延年詩水國周地險河山信重複謝靈運詩想像崑山姿緬邈區中緣左傳宴於季氏有嘉樹焉宣子譽之太平寰宇記白鷺洲在江寧縣西三里大江中多聚白鷺因名之楊齊賢曰白鷺洲在金陵城下秦淮之外一統志青龍山在應天府東南三十五里江南通志青龍山在江寧府上元縣東三十里山產石甚良土人取爲碑礎通雅曉日爲朝暾謝靈運詩曉見朝日暾李周翰註暾日初出貌武陵源陶淵明所記者見二卷註又述異記武陵源在吳中山無他木盡生桃李俗呼爲桃李源源上有石洞洞中有乳水世傳秦末喪亂吳中人于此避難食桃李實者皆得仙則又一武陵源也○暾音吞

登瓦官閣

楊齊賢曰：瓦官寺碑云江左之寺莫先於瓦官晉武時建以陶官故地故名瓦官訛而爲棺或云昔有僧誦經於此既死葬以虞氏之棺墓上生蓮花故曰瓦棺中有瓦棺閣高二十五丈唐爲昇元閣景定建康志古瓦官寺又爲昇元寺在城西南隅晉哀帝興寧二年詔移陶官於淮水北遂以南岸窑地施僧慧力造瓦官寺舊志曰瓦棺者非也據俗說云瓦棺寺之名起自西晉時長沙城一隅陸地生青蓮兩朶民以聞官掘得一瓦棺見一僧形貌儼然其花從舌根生父老云昔有一僧不説姓名平生誦法華經百餘部臨死遺言以瓦棺葬之遂以寺名爲瓦棺本此其説頗涉誤誕縱有此事亦在長沙與此無與也不知陶官爲瓦官而易官爲棺殆附會而爲之説耳方輿勝覽昇元寺卽瓦棺寺也在建康府城西隅前瞰江面後據重岡最爲古跡李主時昇元閣猶在乃梁朝故物高二百四十尺李白詩所謂日月隱簷楹是也今西南隅戒壇乃是故基

晨登瓦官閣極眺金陵城鍾山對北戶淮水入南榮漫漫雨花落嘈嘈天樂鳴兩廊振法鼓四角吟一作吹風箏杳出霄漢上仰攀日月行山空霸氣滅地古寒陰生寥廓雲海晚蒼茫宫觀平門餘閶闔字樓識鳳凰名雷作百山動神扶萬栱傾靈光何足貴長此鎮吳京一統志鍾山在應天府東北山周迴六十里漢秣陵尉蔣子文逐盜死于此吳大帝爲立廟因改蔣山輿地志蔣山古曰金陵山一名北山其山磅礴奇秀比諸山特高楊齊賢曰淮水即秦淮源于句容溧水兩山間自方山合流至建鄴貫城中而西以達于江太平寰宇記昇州江寧縣有淮水北去縣一里源從宣州東南溧水縣烏刹橋西流八百五十里輿地志云秦始皇巡會稽鑿斷山阜此淮即所鑿也故名秦淮水孫盛晉春秋亦云是秦所鑿王道令郭璞筮卽此淮也又稱未至方山有直瀆行三十里許

以地形論之淮水發源詰屈不類人工則始皇所掘宜此瀆也丹陽記云建康有淮源出華山流入江徐爰釋問云淮水西北貫都輿地志云淮水發源于華山在丹陽姑熟之界西北流徑建康秣陵二縣之間縈紆京邑之內至于石頭入江綿亘三百許里上林賦隰于南榮郭璞曰榮南簷也應劭曰榮屋檐兩頭如翼也沈括筆談榮屋翼也今謂之兩徘徊又謂之兩廈阿彌陀經彼佛國土常作天樂晝夜六時雨天曼陀羅花天樂者天人所作音樂清暢嘹喨微妙和雅一切音聲所不能及雨花者諸天於空中散花供養若雨之從天而下故曰雨花埤蒼嘈嘈聲衆也法華經今佛世尊欲說大法雨大法雨吹大法螺擊大法鼓孫綽天台山賦法鼓琅以振響李周翰註法鼓鐘也眞西山曰風箏簷鈴俗呼風馬兒楊升菴曰古人殿閣簷稜間有風琴風箏皆因風動成音自諧宮商元微之詩烏啄風箏碎珠玉高駢有夜聽風箏詩僧齊已有風琴引王半山有風琴詩此乃簷下鐵馬也今人名紙鳶曰風箏非也寥廓寬廣貌景定建康志按宮苑記晉成帝修新宮南面開四門最西曰西掖門正中曰大司馬門次東曰南掖門最東曰東掖

門南掖門宋改閶闔門陳改端門江南通志按宫苑記鳳凰樓在鳳臺山上宋元嘉中建甘泉賦炕浮柱之飛榱兮神莫莫而扶傾顔師古註言舉立浮柱而駕飛榱其形危竦有神於冥冥之中扶持故不傾也魯靈光殿賦神靈扶其棟宇歷千載而彌堅後漢紀魯共王好宫室起靈光殿甚壯麗魯靈光殿賦序魯靈光殿者葢景帝程姬之子恭王餘之所立也恭王始都下國好治宫室遂因魯僖基兆而營焉吴京謂金陵之地見五卷註

登梅崗望金陵贈族姪高座寺僧中孚太平寰宇記梅嶺崗在昇州江寧縣南九里周迴六里輿地志云在國門之東晋豫章太守梅頤家于岡下故民名之景定建康志梅嶺崗在城南九里長六里高二丈上有亭爲士庶遊春之所江南志聚寶山在江寧府城南聚寶門外其東嶺爲雨花臺山麓爲梅岡晋豫章内史梅頤家於此舊多亭樹自六朝迄今爲士人遊覽勝地高座寺在江寧府雨花臺梅崗晋永嘉中建名甘露寺西

竺僧尸黎密據高座說法世謂高座道人葬此故名或云晋法師竺道生所居

鍾山抱金陵霸氣昔騰發天一作神開帝王居海色照宮闕羣峯如逐鹿奔走相馳突江水九道來雲端遥明没時遷大運去龍虎勢休歇我來屬天清登覽窮楚越吾宗挺禪伯持秀鸞鳳骨一作吾宗道門秀特異鸞鳳骨衆星羅青天明繆本作朗者獨有月冥居順生理草木不翦伐烟窓引薔薇石壁老野蕨吳風謝安屐白足傲履韈幾宿一下山一作下山來蕭然忘干謁談經演金偈降鶴舞海雪時聞天香來了與世事絶佳遊不可得春去蕭本作風惜遠別賦詩留巖屏千載庶不滅江南通志鍾山在江寧府

東北一曰金陵山一曰蔣山一名北山一名元武山俗名紫金山週圍六十里高一百五十丈諸葛亮對吳大帝云鍾山龍蟠指此曹植詩壯哉帝王居佳麗殊百城書禹貢荆州九江孔殷孔安國註江於此州界分爲九道琦按今之九江僅有其名九泒之跡邈不可見葢川瀆之形不能無變遷故也詳見十四卷註但金陵去九江甚遠卽使唐時水脉未改然登梅崗而望九江亦豈目力之所能及詩人誇大之辭多過其實往往若此矣何晏景福殿賦乃大運之攸戾李周翰註大運天運也龍虎勢謂龍蟠虎踞之勢金陵之地古爲吳地其西爲楚其南爲越吳風謂吳人風俗晉書謝安傳玄等旣破苻堅有驛書至安還內過戶限心喜甚不覺其屐齒之折謝安屐是借用其事神僧傳釋曇始關中人出家以後多有異跡足白於面雖洗涉泥水未嘗霑濕天下咸稱白足和尚長安人王胡其叔死數年忽見形將胡遍遊地獄示諸果報謂曰已知因果應當奉事白足何練胡遍訪衆僧惟見始足白於面因而事之北史酈道約好以榮利于謁偈釋氏韻詞也佛所說之偈謂之金偈華嚴經雨衆天花天香天末香

登金陵鳳凰臺 江南通志鳳凰臺在江寧府城內之西南隅猶有陂陀尚可登覽宋元嘉十六年有三鳥翔集山間文彩五色狀如孔雀音聲諧和衆鳥羣附時人謂之鳳凰起臺于山謂之鳳凰臺山曰鳳臺山里曰鳳凰里珊瑚鈎詩話金陵鳳凰臺在城之東南四顧江山下窺井邑古今題詠惟謫仙爲絶唱

鳳凰臺上鳳凰遊鳳去臺空江自流吳宮一作時花草埋幽徑晉代一作國衣冠成古邱三山半落青天外一一作二水中分白鷺洲總爲一作盡道浮雲能蔽日長安不見使人愁 吳宮謂孫權建都時所造宮室景定建康志三山在城西南五十七里周迴四里高二十九丈輿地志云其山積石森鬱濵於大江三峯排列南北相連故號三山陸放翁入蜀記三山自石頭及鳳凰臺望之杳杳有無中耳及過其下則距金陵才五十餘里史正志二水亭記秦淮源出句容溧

水兩山自方山合流至建業貫城中而西以達于江有洲横截其間李太白所謂二水中分白鷺洲是也一統志白鷺洲在應天府西南江中陸子新語邪臣之蔽賢猶浮雲之障日月也○劉後村曰古人服善李白登黄鶴樓有眼前有景道不得崔顥題詩在上頭之語至金陵乃作鳳凰臺詩以擬之今觀二詩真敵手棋也瀛奎律髓太白此詩與崔顥黄鶴樓相似格律氣勢未易甲乙此詩以鳳凰臺爲名不過起兩句已盡之矣下六句乃登臺而觀望之景也三四懷古人之不見五六七八咏今日之景而慨帝都之不可見登臺而望所感深矣田子藝曰人知李白鳳凰臺鸚鵡洲出於黄鶴樓不知崔顥又出於龍池篇沈詩五龍二池四天崔詩三黄鶴二去二空二人二悠悠歷歷萋萋李詩三鳳二凰二臺又三鸚鵡二江三洲二青四篇機杼一軸天錦燦然各用叠字成章尤奇絶也趙宧光曰詩原引沈佺期龍池篇云龍池躍龍龍已飛龍德先天天不違池開天漢分黄道龍向天門入紫微邸第樓臺多氣色君王鳧雁有光輝爲報寰中百川水來朝此地莫東歸崔顥篤好之先擬其格作雁門胡人歌云高山代郡東接燕雁門胡人

七三

家近邊解放胡鷹逐塞鳥能將代馬獵秋田山頭野火寒多燒雨裏孤烽濕作烟聞道遼西無鬬戰時時醉向酒家眠自分無以尙之別作黃鶴樓詩云昔人巳乘白雲去此地空餘黃鶴樓黃鶴一去不復返白雲千載空悠悠晴川歷歷漢陽樹芳草萋萋鸚鵡洲日暮鄉關何處是烟波江上使人愁然後直出雲卿之上視龍池直俚談耳李白壓到不敢措詞別題鸚鵡洲云鸚鵡來過吳江水江上洲傳鸚鵡名鸚鵡西飛隴山去芳洲之樹何青青烟開蘭葉香風暖岸夾桃花錦浪生遷客此時徒極目長洲孤月向誰明而自分調不若也於心終不降又作鳳凰臺云鳳凰臺上鳳凰遊鳳去臺空江自流吳宫花草埋幽徑晋代衣冠成古卯三山半落青天外一水中分白鷺洲總爲浮雲能蔽日長安不見使人愁然後可以雁行無媿矣按前後五篇並古風也而後人以龍池題作篇雁門題作歌遂入之古體黃鶴鸚鵡鳳凰入之近體非也并州元瑞亦舉崔顥雁門胡人歌及沈佺期龍池篇謂當與黃鶴同調不當一置之律二置之古也按黃鶴詩調取之龍池格取之雁門李之擬崔鸚鵡取其格鳳凰取其調徐栢山謂李白鸚鵡洲詩全效

崔顥黃鶴鳳凰非其正擬也予則以爲論字句鸚鵡逼真論格調則鸚鵡卑弱略非鳳凰黃鶴敵手當是太白既賦鸚鵡不慊而更轉高調調故可以相頡頏而語稍粗矣二詩皆本之崔然鸚鵡不敢出也又曰黃鶴鳳凰相敵在何處黃鶴第四句方成調鳳凰第二句即成調不有後句二詩首唱皆淺稗語耳調當讓崔格則遜李顥雖高出不免四句已盡後半首別是一律前半則古絕也郤氏聞見後錄歐陽公每哦太白三山半落青天外二水中分白鷺洲之句曰杜子美不道也予謂約以子美律詩青天外正可以白鷺洲作偶

望廬山瀑布二首

太平御覽周景式廬山記曰白水在黃龍南數里即瀑布水也土人謂之白水湖其水出山腹挂流三四百丈飛湍於林峯之表望之若懸素注水處石悉成井其深不測也

西登香爐峯南見一作望瀑布水挂流三百丈一作千匹噴

壑數十里歘如飛電一作練來隱若白虹起初驚河漢一作銀河落半灑雲天一作半瀉金潭裏仰觀勢轉雄壯哉造化功海風吹不斷江一作山月照還空空中亂潨射左右洗青壁飛珠散輕霞流沫沸穹石而我樂繆本作遊名山對之心益閑無論漱瓊液且得洗塵顏且諧宿所好永願辭人間一作集譜宿所好永不歸人間○白居易廬山草堂記匡廬奇秀甲天下山山北峰曰香爐峯太平寰宇記香爐峯在廬山西北其峯尖圓烟雲聚散如博山香爐之狀沈約詩掣曳瀉流電奔飛似白虹詩經集傳潨水會也上林賦觸穹石張揖註穹石大石也

其二

日照香爐生紫烟遙看瀑布挂前繆本作長川飛流直下

三千尺疑是銀河落九一作半天一本題云望廬山香爐峯瀑布曰廬山上與星斗連日照香爐生紫烟下兩句同○韻語陽秋徐凝瀑布詩云千古猶疑白練飛一條界破青山色或謂樂天有賽不得之語獨未見李白詩耳李白望廬山瀑布詩曰飛流直下三千尺疑是銀河落九天故東坡云帝遣銀河一泒垂古來惟有謫仙詞飛流濺沫知多少不爲徐凝洗惡詩以余觀之銀河一泒猶涉比擬不若白前篇云海風吹不斷江月照還空鑿空道出爲可喜也苕溪漁隱叢話太白望廬山瀑布絶句東坡美之有詩云帝遣銀河一泒垂古來惟有謫仙詞然余謂太白前篇古詩云海風吹不斷江月照還空磊落清壯語簡而意盡優于絶句多矣

望廬山五老峯 太平御覽潯陽記云廬山北有五老峯於廬山最爲峻極橫隱蒼穹積石巉巖逈壓彭蠡其形勢如河中虞鄉縣前五老之形故名太平寰宇記五老峯在廬山東懸崖突出如五人相逐羅列之狀方輿勝覽五老峯在廬山五峯相連故名浮屠老子之

宫皆在其下潛確居類書五老峯在廬山頂東南自府治北望森然如施帟幕者是也商丘漫語曰自下望之狀如傴立其上相距甚遠不相聯屬巉峭壁立數千仞軒軒然如人箕踞而窺重湖又如五雲翩翩欲飛舊有李太白書堂江西通志五老峯在南康府城北三十里爲廬山盡處石山骨立突兀凌霄如五人駢肩然懸巖峭壁難於登陟雲霧卷舒倏忽變化乃郡之發脉山也李白嘗築居於此

廬山東南五老峯青天削出金芙蓉九江秀色可攬結吾將此地巢雲松芙蓉蓮花也山峯秀麗可以比之其色黃故曰金芙蓉也樂府子夜歌玉藕金芙蓉晉書安帝隆安中百姓忽作懊憹之歌其曲曰草生可攬結女兒可攬擷方輿勝覽圖經李白性喜名山飄然有物外志以廬阜水石佳處遂往遊焉卜築五老峯下有書堂舊趾後北歸猶不忍去指廬山曰與君再會不敢寒盟丹崖綠壑神其鑒之杜甫詩匡山讀書處頭白好歸來或以爲綿

之匡山

江上望皖公山唐書地理志舒州懷寧縣有皖山太平御覽漢書地理志曰皖山在灊山與天柱峯相連其山三峯峭峙疊嶂重巒拒雲槩日登陟無由山經曰皖山東面有激水冬夏懸流狀如瀑布下有九泉井有一石床可容百人其井莫知深淺若天時亢旱殺一犬投其中卽降雷雨犬亦流出方輿勝覽皖山在安慶府淮寧縣西十里皖伯始封之地江南通志皖山一名皖公山在安慶府潛山縣與潛山天柱山相連三峯峭峙爲長淮之扞蔽空青積翠萬仞如翔仰摩層霄俯瞰廣野瓌奇秀麗不可名狀上有天池峯峯上有試心橋天印石甕巖狀如甕人不可到有石樓峯勢若樓觀○皖音近緩

奇峯出奇雲秀木含秀氣清宴皖公山巉絕稱人意

獨遊滄江上終日淡無味但愛兹嶺高何由討靈異

默然遙相許欲往心莫遂待吾還丹成投跡歸此地揚雄校獵賦於是天清日晏顔師古註晏無雲也陸游入蜀記北望正見皖山太白江上望皖公山詩巉絶稱人意巉絶二字不刋之妙也老子道之出口淡乎其無味甄鸞笑道論神仙金液經云金液還丹太上所服而神今燒水銀還復爲丹服之得仙白日升天求仙不得此道徒自苦耳

望黃鶴山蕭本作樓誤。太平御覽江夏圖經云黃鶴山在鄂州江夏縣東九里其山斷絶無連接舊傳云昔有仙人控黃鶴於此山故以爲名梁湘東王晋安寺碑云黃鶴從天而夜響是也苕溪漁隱叢話鄂州城之東十里許其最高聳而秀者是爲黃鶴山一統志黃鵠山在武昌府城西南一名黃鶴山世傳仙人騎黃鶴過此因名

東望黃鶴山雄雄半空出四面生白雲中峯倚紅日巖巒行穹跨峯嶂亦冥密頗聞列仙人于此學飛術

一朝向蓬海千載空石室金竈生烟埃玉潭秘清謐
地古遺草木庭寒老芝术蹇余羡攀躋因欲保閑逸
觀奇徧諸岳兹嶺不可匹結心寄青松永悟客情畢

鮑照詩青冥搖烟樹穹跨負天石陳子昂詩石林何冥密幽洞無留行清謐猶清靜也江淹詩金竈煉神丹謝靈運曇隆法師誄茹芝术而共餌披法言而同卷楚辭蹇誰留兮中洲王逸註蹇辭也謂發語聲說文躋登也○謐音密

鸚鵡洲

胡三省通鑑註鸚鵡洲在江夏江中彌衡作鸚鵡賦於此洲因以爲名洲之下郎黃鵠磯陸游入蜀記鸚鵡洲上有茂林神祠遠望如小山洲蓋禰正平被殺處按鸚鵡洲在漢陽府城西南二里大江中尾直黃鵠磯明季爲水冲没遂不可見

鸚鵡來過吳江水江上洲傳鸚鵡名鸚鵡西飛隴山

去芳洲之樹何青青烟開蘭葉香風暖岸夾桃花錦浪生遷客此時徒極目長洲孤月向誰明盧照鄰五悲鳳凰樓上隴山雲鸚鵡洲前吳江水藝文類聚秦川記曰隴西郡有隴山山東人升此而顧瞻者莫不悲思哀傷通典天水郡有大阪名曰隴坻亦曰隴山楚辭採芳洲兮杜若王逸註芳洲香草叢生水中之處洛陽伽藍記春風動樹則蘭開紫葉梁簡文帝詩春衫𤃩錦浪。瀛奎律髓太白此詩乃是效崔顥體皆於五六加工尾句寓感嘆是時律詩猶未甚拘偶也

九日登巴陵置酒望洞庭水軍舊註時賊逼華容縣。書經集傳東陵巴陵也今岳州巴陵縣也地理今釋東陵即巴邱山一名天岳山今湖廣岳州府城是其遺址一統志巴邱山在岳州府城南一名巴蛇塚羿屠巴蛇於洞庭積骨爲邱故名是巴陵即巴邱山也洞庭湖在岳州府城西南元和郡縣志岳州有華容縣去州一百六十里

九日天氣清登高無秋雲造化闢川岳了然楚漢分長風鼓橫波合沓感龍文憶昔傳遊豫樓船壯橫汾今茲討鯨鯢旌旆何繽紛白羽落酒樽洞庭羅三軍黃花不掇手戰鼓遙相聞劍舞轉頹陽當時日停曛酣歌激壯士可以摧妖氛握齱繆本作䠎踀東離下淵繆本作泉明不足群楚漢謂楚地之山及漢水也高唐賦長風至而波起昭明文選上行幸河東祠后土顧視帝京欣然中流與群臣飲燕上歡甚乃自作秋風辭曰泛樓船兮濟汾河橫中流兮揚素波簫鼓鳴兮發棹歌李善註作大船上施樓故號曰樓船鯨鯢大魚之惡者以喻盜賊詳八卷註家語白羽若月赤羽若日旌旗繽紛下盤于地劍舞停曛用虞公揮戈回日事已見三卷註謝宣遠詩頹陽照通津南史清妖氛於瀨石滅沴氣於雩都史記酈生傳皆握齱好苛禮應劭曰握齱急促之貌韋昭曰握齱小節

也陶淵明詩採菊東籬下悠然見南山蕭士贇曰用武之時儒士必輕太白此言其以淵明自況乎○鄦音近促

秋登巴陵望洞庭

清晨登巴陵周覽無不極明湖映天光徹底見秋色秋色何蒼然際海俱澄鮮山青滅遠樹水綠無寒烟來帆出江中去鳥向日邊風清長沙浦霜（蕭本作山）空雲夢田瞻光惜頹髮閱水悲徂年北渚旣蕩漾東流自潺湲郢人唱白雪越女歌採蓮聽此更腸斷憑崖淚如泉

謝靈運詩空水共澄鮮地理今釋洞庭湖在今湖廣岳州府巴陵縣西南北接華容安鄉二縣西南接常德府龍陽縣東南接長沙府湘陰縣界爲湖南衆水之匯長沙浦謂自長沙而入洞庭之水古

雲夢澤跨江之南北自岳州外凡江夏漢陽沔陽安陸德安漢陽荆州皆其兼亘所及藝文類聚宋玉小言賦曰楚襄王登陽雲之臺命諸大夫景差唐勒宋玉等並造大言賦賦畢而宋玉受賞曰有能爲小言賦者賜之雲夢之田瞻光瞻日月之光閱水閱逝去之水後漢書馬援傳徂年已流壯情方勇楚辭帝子降兮北渚江淹詩北渚有帝子蕩漾不可期漢書河蕩蕩兮激潺湲顔師古註潺湲激流也郢人白雪見二卷註劉琨詩淚下如泉流

與夏十二登岳陽樓方輿勝覽岳陽樓在岳州郡治西南西面洞庭左顧君山不知創始爲誰唐開元四年中書令張說出守是邦與才士登臨賦咏自此名著

樓觀岳陽盡川迥洞庭開雁引愁心一作鴈別秋江去山銜好月來雲間連繆本作逢下榻天上接行杯醉後涼風起吹人舞袖迴岳陽謂天岳山之陽樓依此立名洞庭一湖正當樓前浩浩蕩蕩茫無涯畔所

謂巴陵勝狀盡在是矣下榻用陳蕃禮徐穉周璆事見十四二十卷註沈約詩賓至下塵榻王勃文徐孺下陳蕃之榻下字本此傳杯而飲曰行杯

登巴陵開元寺西閣贈衡岳僧方外 唐會要天授元年十月二十九日兩京及天下諸州各置大雲寺一所開元二十六年六月一日並改爲開元寺胡三省通鑑註開元寺今諸州閒亦有之蓋唐開元中所置也

衡岳有開蕭本作闡士五峯秀真骨見君萬里心海水照秋月大臣南溟去問道皆請謁洒以甘露言清涼潤肌髮明湖落天鏡香閣凌銀闕登眺餐惠風新花期啟發 通典衡山在今衡陽郡湘潭縣釋氏要覽開士經音疏云開達也明也解也士則士夫也經中多呼菩薩爲開士前秦符堅賜沙門有德解者號開士李雁湖曰妙法蓮花經跋陀羅等與其同伴十六

開士云云開士者能自開覺又開他心菩薩之異名也傳燈錄惠可大師返香山終日宴坐經八載于寂默中見一神人謂曰將欲受果何滯此耶翊日覺頭痛如刺其師欲治之空中有聲曰此乃換骨非常痛也師視其頂骨即如五峯秀出矣法華經如以甘露洒除熱得清凉維摩詰經上方界分過四十二恒河沙佛土有國名衆香佛號香積其界一切皆以香作樓閣初學記梁元帝纂要曰春風曰惠風

與賈至繆本缺至字舍人於龍興寺剪落梧桐枝望

灉湖岳陽風土記龍興觀故基在太平寺東舊有西閣爲登覽之勝灉湖在州南春冬水涸昔人謂之乾湖水經謂之滃湖秋夏水漲即渺瀰勝千石舟通閣子鎮元和郡縣志灉湖一名滃湖在岳州巴陵縣南一十里一統志灉湖在岳州府城東南五里趙東巖灉湖詩序巴邱南灉湖者蓋沅湘澧汨之餘波焉茲水也淪漣洞庭澹澹千里夏潦奔注則泆爲此湖冬霜旣零則涸爲平野按爾雅云水反入爲灉斯名之作有由焉耳

翦落青梧枝灉湖坐可窺雨洗秋山淨林光澹碧滋
水閑明鏡轉雲繞畫屏移千古風流事名賢共此時

掛席江上待月有懷

待月月未出望江江自流倏忽城西郭青天懸玉鉤
素華雖繆本作難可攬清景不同遊耿耿金波裏空瞻鳷
鵲樓鮑照翫月城西詩始見西南樓纖纖如玉鉤陸機詩安寢北堂上明月入我牖照之有餘輝攬之不盈手謝朓詩金波麗鳷鵲劉良註金波月也鳷鵲館名

金陵望漢江

漢江迴萬里派作九龍盤橫潰豁中國崔嵬飛迅湍
六帝淪亡後三吳不足觀我君混區宇垂拱衆流安

今日任公子滄浪罷釣竿郭璞江賦流九泒乎潯陽應劭漢書註江自廬江潯陽分爲九詳見十四卷註謝靈運詩天地中橫潰江賦長波浹渫峻湍崔嵬張銑註崔嵬湍高貌六帝吳晉宋齊梁陳六代之帝水經註吳後分爲三世號三吳吳興吳郡會稽也東京賦區宇乂寧書武成垂拱而天下治孔穎達正義說文云拱歛手也垂拱而天下治謂所任得人人皆稱職手無所營下垂其拱故美其垂拱而天下治也戰國策秦王垂拱而受西河之外鮑彪註垂衣拱手言無所事也任公子投竿東海釣得大魚詳見大鵬賦註因衆泒安流水無巨魚故任公子之釣竿可罷喻言江漢寧靜地無巨寇則王者之征伐可除也

秋登宣城謝脁北樓一統志北樓在寧國府治北南齊守謝脁建江南通志陵陽山在寧國府城南岡巒盤屈三峯秀拔爲一郡之鎮上有樓卽謝脁北樓李白所稱江城如畫者

江城如畫裏山晚望晴空兩水夾明鏡雙橋落彩虹人烟寒一作空橘柚秋色老梧桐誰念北樓上臨風懷謝公宣州圖經宛溪句溪兩水遶郡城合流有鳳凰濟川二橋開皇時建江南通志宛溪在寧國府城東跨溪上下有兩橋上橋曰鳳凰直城東南泰和門外下橋曰濟川直城東陽德門外並隋開皇中建

望天門山圖經天門山在太平州當塗縣西南二十里又名蛾眉山二山夾大江對峙東曰博望西曰梁山

天門中斷楚江開碧水東流至北迴兩岸青山相對出孤帆一片日邊來至北繆本作直北一作至此毛西河曰因梁山博望夾峙江水至此一迴旋也時刻誤此作北既東又北既北又迴已乖句調兼失義理

望木瓜山一統志木瓜山在常德府城東七里李白謫夜郎過此有詩云云又江南

通志木瓜山在池州府青陽木瓜舖杜牧求雨處今尚有廟二處皆太白常遊之地未知孰是

早起見日出，暮見（繆本作看）棲鳥還。客心自酸楚，况對木瓜山。（千金翼方木瓜實味酸）

登敬亭北二小山余時（按客字上似缺一送字）客逢崔侍御並登此地（一統志敬亭山在寧國府城北十里）

送客謝亭北，逢君縱酒還。屈盤戲白馬，大笑上青山。迴鞭指長安，西日落秦關。帝鄉三千里，杳在碧雲間。

一統志謝公亭在寧國府治北即謝脁送范雲之零陵處漢書田廣與食其日縱酒顏師古註縱意而飲酒

過崔八丈水亭

高閣橫秀氣清幽併在君簷飛宛溪水窓落敬亭雲猿嘯風中斷漁歌月裏聞閑隨白鷗去沙上自為群宛溪水敬亭山俱見前註

登廣武古戰塲懷古水經註郡國志滎陽縣有廣武城城在山上漢所城也高祖與項羽臨絕澗對語責羽十罪羽射漢祖中胸處也後漢書註西征記曰有三皇山或謂三室山山上有二城東者曰東廣武西者曰西廣武各在一山頭相去二百餘步其間隔深澗漢祖與項籍語處元和郡縣志東廣武西廣武二城各在一山頭相去二百餘步在鄭州滎澤縣西二十里漢高與項羽俱臨廣武而軍今東城有高壇即是項羽坐太公於上以示漢軍處一統志古戰塲在開封府廣武山下即楚漢戰處

秦鹿奔野草逐之若飛蓬項王氣蓋世紫電明雙瞳

呼吸八千人橫行起江東赤精斬白帝叱咤入關中兩龍不並躍五緯與天同楚滅無英圖漢興有成繆本作來功按劍淸八極歸酣歌大風伊昔臨廣武連兵決雌雄分我一杯羹太皇乃汝翁戰爭有古跡壁壘頹層穹猛虎嘯繆本作吟洞壑飢鷹鳴秋空翔雲列曉陣殺氣赫長虹撥亂屬豪聖俗儒安可通沉湎呼豎子狂言非至公撫掌黃河曲嗤嗤阮嗣宗

史記蒯通曰秦失其鹿天下共逐之於是高材捷足者先得焉張晏曰以鹿喻帝位也項羽垓下歌力拔山兮氣蓋世史記項羽本紀聞項羽亦重瞳子又羽本紀籍與江東子弟八千人渡江而西漢書待詔夏賀良等言赤精子之讖應劭註高祖感赤龍而生自謂赤帝之精陳子昂詩復聞赤精子提劍入咸京斬白帝事詳一卷擬恨賦註史記

索隱叱咤發怒聲通典平王東遷洛邑以岐豐之地賜秦襄公乃爲秦地至孝公作爲咸陽築冀闕徙都之故謂之秦川亦曰關中地關中記曰東自函關今弘農郡靈寶縣界西至隴關今汧陽郡汧源縣界二關之間謂之關中東西千餘里史記漢王之入關五星聚東井井井者秦分也先至必霸西京賦高祖之始入也五緯相汁以旅於東井李善註五緯五星也宋書英圖武畧事駕前古高誘淮南子註八極八方之極也漢高帝沛宮歌大風起兮雲飛揚威加海內兮歸故鄉詳見二十卷註項羽本紀漢王引兵渡河復取成臯軍廣武就敖倉食項王已定東海來西與漢俱臨廣武而軍相守數月項王爲高俎置太公其上告漢王曰今不急下吾烹太公漢王曰吾與項羽俱北面受命懷王曰約爲兄弟吾翁卽若翁必欲烹而翁則幸分我一桮羹項王怒欲殺之項伯曰天下事未可知且爲天下者不顧家雖殺之無益祇益禍耳項王從之楚漢久相持未决丁壯苦軍旅老弱罷轉漕項王謂漢王曰天下匈匈數歲徒以吾兩人耳願與漢王挑戰决雌雄毋徒苦天下之民父子爲也漢王笑謝曰吾寧鬭智不能鬭力於是項王乃卽漢

王相與臨廣武間而語漢王數之項王怒欲一戰漢王不聽項王伏弩射中漢王史記秦楚之際月表撥亂誅暴平定海內卒踐帝祚成於漢家淮南子康樂沉湎高誘註沉湎淫酒也韓詩薛君章句夫飲之禮齊顏色均衆寡謂之沉閉門不出謂之湎廣韻嗤笑也三國志註阮籍字嗣宗魏氏春秋曰籍嘗登廣武觀楚漢戰處乃嘆曰時無英雄使豎子成名○東坡志林昔先友史經臣彥輔謂予阮籍登廣武而嘆曰時無英雄使豎子成名豈謂沛公豎子乎予曰非也傷時無劉項也豎子指晉魏間人耳今日讀李白登廣武古戰場詩沉湎呼豎子狂言非至公乃知太白亦誤認嗣宗語嗣宗雖放蕩本有志於世以魏晉間多故故一放於酒何至以沛公爲豎子乎洪容齋曰阮籍登廣武嘆曰時無英雄使豎子成名蓋嘆是時無英雄如昔人者俗士不達以爲籍譏漢祖雖李白亦有是言失之矣蕭士贇曰予嘗讀阮籍傳未嘗不羨其能以佯狂任達全身遠害於晉魏之交非見遠識微孰能與於此品量人物之際豈不識漢高之爲人至發廣武之嘆哉因味其言至於時之一字而知籍之所謂時無英雄者非指漢高也蓋謂所遭之時

炎劉之末，桓靈之君無英雄之材，卒使神明暗移於臣下也。豎子者，指曹氏父子。籍之興嘆者此耳。或曰：然則太白之詩失言矣？曰：此非太白之詩也。詩中語意錯亂，用事失倫。大風之歌，能事畢矣，詩乃重申廣武之事。此詩本意稱述高祖之美，如仗義入關，縞素伐楚，軍臨廣武，數羽十罪，可稱者不少，曾無一語及此。分羹之語，出於一時處變之權，奚足爲高祖道者，而詳言之，可謂無識者矣。太白有識者也，肯作此語乎？吾故曰非太白之詩也。琦按：阮籍蓋習見夫三國之時覆軍殺將，互勝互敗，而終未能一統，以視項羽之一敗而遂不復振，相去天淵矣。使三國之君而生於其世，恐漢高亦不能以五載而成帝業如此其易也。廣武一嘆，初無深義，自東坡別創一說，而後之人皆因之。蕭氏更謂桓靈無英雄之才，而以豎子指曹氏父子，則其說益左矣。漢高固英雄，然觀其鴻門之困，睢水之敗，滎陽之圍，廣武之弩，瀕於危者數矣，而卒不死，終以有天下者，天命也，豈真算無遺策而天下莫能當者哉？且觀其生平，惟以詐術制御群材，好罵侮士，謾言負約，以阮籍之白眼觀之，呼爲豎子，亦何足異。太白非至公之言，亦尊題之法自當如此。或兩人所見實有不同安得訾其誤哉若云詩中語意錯亂則歸酣歌大風以上是泛言楚漢之興廢伊昔臨廣武以下乃始着題與登金陵冶城西北謝安墩一詩同一機軸條理井然若云用事失倫在分我杯羹一語追想當時情事良平之儔何賈之伍言語妙天下豈不知此語之謬苐恐卑辭屈節適足以長楚人之欲而墮其計中矯手措足悉爲所制不得已而爲是悖逆之辭以見爲天下者不顧家之意非此一語不足以折楚人之心捨此一語亦無以復楚人之命其實太公生死全不在此一言正不必爲漢高諱也仗義入關縞素伐楚俱非軍廣武時事此處何可攙入蕭氏之云云無乃皆贅乎○吪嗔入聲咤嗏去聲湎音勉

嗤音癡

李太白文集卷之二十一終

李太白文集卷之二十二

錢塘　王琦琢崖輯註

濟　魯川較

古近體詩共五十八首

安州應城玉女湯作

舊註荊州記云常有玉女乘車投此泉。元和郡縣志淮南道安州有應城縣東北至州八十里藝文類聚盛弘之荊州記曰新陽縣惠澤中有溫泉冬月未至數里遙望白氣浮蒸如烟上下采映狀若綺疏又有車輪雙轅形世傳昔有玉女乘車自投此泉今人時見女子姿儀光麗往來倏忽一統志玉女泉在湖廣德安府應城縣西五十五里其泉熱沸野老相傳玉女煉丹之地

神女歿幽境湯池流大川陰陽結炎炭造化開靈泉

地底爍朱火沙旁歊素烟沸珠躍明（繆本作晴）月皎鏡涵
空天氣浮蘭芳滿色漲桃花然精覽萬殊入潛行七
澤連愈疾功莫尚變盈道乃全濯纓掬（蕭本作濯濯氣）清泚
晞髮弄潺湲散下楚王國分澆宋玉田可以奉巡幸
奈何隔窮偏獨隨朝宗水赴海輸微涓（賈誼鵩賦天地爲鑪兮造化爲工陰陽爲炭兮萬物爲銅古詩朱火然其中青烟颺其間說文歊氣出貌沈約詩洞徹隨清淺皎鏡無冬春呂向註皎鏡清明如鏡也淮南子承天地之和形萬殊之體子虛賦楚有七澤水經註溫泉能瘥百病周易地道變盈而流謙楚辭滄浪之水清兮可以濯吾纓謝朓詩寒流自清泚說文泚清也楚辭與汝沐兮咸池晞汝髮兮陽之阿王逸註晞乾也謝靈運詩且申獨往意乘月弄潺湲宋玉小言賦楚襄王登陽雲之臺令諸大夫景差唐勒宋玉等曰有能爲小言賦者賜之雲夢之田宋玉曰無內之中微物潛）

生比之無象言之無名云云王曰善賜以雲夢之田禹貢江漢朝宗於海孔安國傳二水入海有似於朝百川以海爲宗宗尊也孔穎達正義周禮大宗伯諸侯見天子之禮春見曰朝夏見曰宗鄭云朝猶朝也欲其來之早也宗尊也欲其尊王也朝宗是人事之名水無性識非有此義以海大而江漢小以小就大似諸侯歸於天子假人事而言之也張正見詩康衢飛駛羽大海滴微涓蕭士贇曰寄興謂士不幸居於僻遠之鄉雖抱王佐之才而無由自達身在江湖心存魏闕而已悲夫○爍音鑠歊音囂

之廣陵宿常二南郭幽居○蕭本作南顧北居誤廣陵郡名即揚州也唐時隸淮南道

綠水接柴門有如桃花源忘憂或假草滿院羅叢萱瞑色湖上來微雨飛南軒故人宿茅宇夕鳥棲繆本作歸楊園還惜詩酒別深爲江海言明朝廣陵道獨憶此

傾樽桃花源見二卷註。述異記：萱草一名紫萱，又呼為忘憂草，吳中書生呼為療愁草。稽中散養生論云：萱草忘憂。詩小雅：楊園之道。毛傳曰：楊園，園名。

夜下征虜亭景定建康志：征虜亭在石頭塢東，晉太元中創。

船下廣陵去，月明征虜亭。山花如綉頰，江蕭本作紅火似流螢。

下途歸石門舊居題下似缺別人字○按太平府志：橫望山在當塗縣東六十里，春秋楚子重伐吳至於橫山，即此山也，實為金陵朝對之山。真誥稱其石形瓌奇，洞穴盤紆，陶隱居嘗棲遲此地煉丹，故有陶公讀書堂、石門古祠、灰井、丹爐諸遺跡，書堂今為澄心寺。石門山水尤奇，盤道屈曲，沿磴而入，峭壁二里，夾石參天，左擁右抱，羅列拱揖，高者抗層霄，下者入衍奧，中有玉泉嵌空，淵淵而來，春夏霖潦奔馳，秋冬澄流一碧，縈繞如練。觀詩中所稱隱

居山寺陶公鍊液石門流水諸句知石門舊居蓋在其處矣

吳山高越水清握手無言傷別情將欲辭君挂帆去離魂不散烟郊樹此心鬱悵誰能論有愧叨承國士恩雲物共傾三月酒歲時同餞五侯門虞炎時聚學從烟郊棲遁事環華五侯見十一卷註羨君素書常滿案含丹照白霞色爛余嘗學道窮冥筌夢中往往遊仙山何當脫屣謝時去壺中別有日月天俛仰人間易凋朽鍾繆本作鑪峯五雲在軒牖惜別愁窺玉女窻歸來笑把洪崖手神仙傳王烈入河東抱犢山中見一石室中有素書兩卷琦按古人以絹素寫書故謂書曰素書含丹者書中之字以朱寫之白者絹色丹白相映爛然如霞矣江淹詩一時排冥筌閟赤如註冥理也筌跡也言理迹雙遣也一

說冥幽也筌跡也冥筌道中幽冥之跡也漢書郊祀志天子曰誠得如黃帝吾視去妻子如脫屣耳顏師古註屣小履脫屣者言其便易無所顧也列仙傳王子喬乘白鶴駐山頭舉手謝時人數日而去靈臺治中錄施存魯人學大丹之道三百年十鍊不成唯得變化之術後遇張申爲雲臺治官常懸一壺如五升器大變化爲天地中有日月如世間夜宿其內自號壺天人謂曰壺公名山洞天福地記鍾山周迴一百里名朱湖太生之天在潤州上元縣五雲五色雲也見七卷註玉女窻在嵩山見十六卷註洪崖三皇時伎人得仙者廣博物志青城山洞周迴二千里昔洪崖先生服琅玕之華而隱代爲青城真人。筌音詮

隱居寺隱居山陶公鍊液棲其間靈神閉氣昔登攀恬然但覺心緒閒數人不知知幾甲子昨來蕭本作夜誤猶帶氷霜顏我離雖則歲物改如今了然識許本作失誤所在別君莫道不盡歡懸知樂客遙相待因話錄宣州當塗隱居山

巖郎陶貞白鍊丹所也爐跡猶在後爲佛舍左傳晉悼夫人食輿人之城杞者絳縣人或年長矣無子而往與於食有與疑年使之年曰臣小人也不知紀年臣生之歲正月甲子朔四百有四十五甲子矣其季於今三之一也石門流水徧桃花我亦曾到秦人家不知何處得雞豕就中仍見繁桑麻儵然遠與世事間裴鸞駕鶴又復繆本作服遠何必長從七貴遊勞生徒聚萬金產挹君去長相思雲遊雨散從此辭欲知悵別心易若向暮春風楊柳絲桃花流水雞豕桑麻比之秦人之桃源也詳見二卷註莊子儵然而往儵然而來陸德明音義儵音蕭徐音叔李音悠向云儵然自然無心而自爾之義郭崔云往來不難之貌江淹別賦駕鶴上漢驂鸞騰天七貴見十一卷註庾信詩惜無萬金產東求滄海君挹郎揖也古字通用

客中作 蕭本作客中行

蘭陵美酒鬱金香，玉椀盛來琥珀光。但使主人能醉客，不知何處是他鄉。唐時沂州之丞縣，春秋時鄫國也。後魏於此置蘭陵郡，隋廢郡爲蘭陵縣，唐武德四年改曰丞縣，在沂州西一百八十里。元和郡縣志：蘭陵縣城在沂州丞縣東六十里。史記：荀卿適楚，春申君以爲蘭陵令。正義云：蘭陵縣屬東海郡，今沂州承縣有蘭陵山。梁書：鬱金出罽賓國，花色正黃而細，與芙蓉花果被蓮者相似。國人先取以上佛寺，積日香槁，乃糞去之，賈人從寺中徵顧以轉賣與他國也。香譜：鬱金香，魏畧云：生大秦國，二三月花如紅藍，四五月採之，其香十二葉，爲百草之英。

太原早秋 太原郡即并州也，唐時隸河東道。

歲落衆芳歇，時當大火流。霜威出塞早，雲色渡河秋。

夢遶邊城月心飛故國樓思歸若汾水無日不悠悠

張衡定情歌大火流兮草蟲鳴圖書編大火心星也以六月之昏加於地之南至七月之昏則下而西流矣唐六典註汾水出忻州歷太原汾晋絳蒲五州入河太平寰宇記汾水出靜樂縣北管涔山東流入太原郡界○塞音賽

奔亡道中五首

蘇武天山上田橫海島邊萬重關塞斷何日是歸年

唐書地理志伊州伊吾縣在大磧外南去玉門關八百里東去陽關二千七百三十里有折羅漫山亦曰天山劉删蘇武詩食雪天山近思歸海路長蓋以天山爲匈奴地耳其實蘇武齧雪及牧羊之處不在天山也史記漢滅項籍漢王立爲皇帝田橫懼誅與其徒屬五百餘人入海居島中韋昭曰海中山曰島正義曰按海州東海縣有島山去岸八十里

其二

亭伯去安在李陵降未歸愁容變海色短服改胡衣

後漢書崔駰字亭伯爲竇憲主簿出爲長岑長自以遠去不得意遂不之官而歸漢書李陵敗降匈奴大將軍霍光左將軍上官桀素與陵善遣陵故人隴西任立政等三人至匈奴招陵立政等至單于置酒賜漢使者李陵衛律皆侍坐後陵律持牛酒勞漢使博飲兩人皆胡服椎結夢溪筆談窄袖短衣長靿靴皆胡服也窄袖利於馳射短衣長靴便於涉草

其三

談笑三軍却交游七貴疎仍留一隻箭未射魯連書

左太冲詩吾慕魯仲連談笑却秦軍詳見二卷註七貴見十一卷註魯連射書聊城見十四卷註

其四

函谷如玉關幾時可生還洛陽繆本作川為易水嵩岳是燕山俗變羌胡語人多沙塞顔申包惟慟哭七日鬢毛斑

函谷詳見五卷註後漢書班超久在絕域年老思土上疏曰臣不敢望到酒泉郡但願生入玉門關帝乃徵超還章懷太子註玉門關屬敦煌郡今沙州也去長安三千六百里關在敦煌縣西北通志地理畧洛水出商州上洛縣經虢州河南入河史記正義易水出易州易縣東流過幽州歸義縣東與嘑沱河合通志地理畧中岳嵩山在河南告成縣隋書漁陽郡無終縣有燕山太平御覽隋圖經云燕山在易縣東南七十里左傳吳入郢昭王在隨申包胥如秦乞師曰吳為封豕長蛇以薦食上國虐始於楚寡君失守社稷越在草莽使下臣告急秦伯使辭焉曰子姑就館將圖而告對曰寡君越在草莽未獲所伏下臣何敢即安立依於庭墻而哭日夜不絕聲勺飲不入口七日秦哀公為之賦無衣九頓首而坐秦師乃出太白意謂函谷之地已為祿山所據未知何日平定得能生入此關洛川嵩岳之間不但有同邊界

而風俗人民亦且漸異華風已之所以從永王者欲效申包慟哭乞師以救國家之難耳自明不敢有他志也其心亦可哀矣

其五

淼淼望湖水，青青蘆葉齊。歸心落何處，日没大江西。歇馬傍春草，欲行遠道迷。誰忍子規鳥，連聲向我啼。

廣韻淼大水也子規即杜鵑鳥鳴聲哀苦若云不如歸去遠客聞之心爲悽惻○淼音藐

郢門秋懷

郢門即荆門也唐時爲峽州夷陵郡其地臨江有山曰荆門上合下開有若門象故當時文士槩稱其地曰荆門或又謂之郢門西通巫巴東接雲夢歷代常爲重鎮

郢門一爲客，巴月三城弦。朔風正搖落，行子愁歸旋。杳杳山外日，茫茫江上天。人迷洞庭水，鴈渡瀟湘烟。

清曠諧宿好緇磷及此年百齡何蕩漾萬化相推遷空謁蒼梧帝徒尋溟海仙已聞蓬海繆本作岳淺豈見三桃圓倚劍增浩嘆捫襟還自憐終當遊五湖濯足滄浪泉吳均詩別離未幾日高月三成弦劉向九嘆日杳杳以西頹後漢書仲長統欲卜居清曠以樂其志梁昭明太子陶靖節集序處百齡之內居一世之中莊子若人之形萬化而未始有極也吳均詩欲謁蒼梧帝過問沅湘姬十洲記蓬萊山對東海之東北岸周回五十里外別有圓海繞山圓海水正黑而謂之冥海也無風而洪波百丈不可得往來上有九老丈人九天真王宮蓋太上真人所居惟飛仙能到其處耳溟海仙謂海中島上神仙也梁簡文帝詩轂城踰石蜜蓬島表仙儀神仙傳麻姑云向到蓬萊水又淺於往日漢武故事東郡送一短人長五寸衣冠具足上疑其精召東方朔至朔呼短人曰巨靈阿母還來否短人不對因指謂上王母種桃三千年一結子此兒不良已三過偷之失王母意故被謫來此上

大驚始知朔非惟中人也江淹詩倚劍臨八荒宋之問詩捫心空自憐洞庭瀟湘五湖滄浪俱見前註

至鴨欄驛上白馬磯贈裴侍御 一統志鴨欄磯在岳州臨湘縣東十五里吳建昌侯孫慮作鬭鴨欄於此白馬磯在岳州巴陵縣境湖廣通志白馬磯在岳州臨湘縣北十五里

側疊萬古石橫爲白馬磯亂流若電轉舉棹揚珠輝臨驛卷緹幕升堂接繡衣情親不避馬爲我解霜威

劉公幹詩明月照緹幕李善註緹丹色也繡衣用漢書繡衣直指事見十一卷註避馬用後漢書桓典事見九卷註御史爲風霜之任故曰霜威○緹音題

荊門浮舟望蜀江 胡三省通鑑註荊門在峽州宜都縣按其地有荊門山故後人因以稱其處耳

春水月峽來，浮舟望安極。正是（繆本作見）桃花流，依然錦江色。江色綠（繆本作淥）且明，茫茫與天平。逶迤巴山盡，遙曳楚雲行。雪照聚沙雁，花飛出谷鶯。芳洲却已轉，碧樹森森迎。流目浦烟夕，揚帆海月生。江陵識遙火，應到渚宮城。

通典：渝州巴縣有明月峽，其山上石壁有圓孔，形如滿月，故以爲名。方輿勝覽：明月峽在重慶府巴縣，石壁高四十丈，有孔若明月。庾信枯樹賦：對月峽而吟猿。漢書溝洫志：來春桃花水盛，必羨溢。顔師古註：月令：仲春之月始雨水，桃始花。蓋桃方花時，既有雨水，川谷氷泮，衆流猥集，波瀾盛長，故謂之桃花水耳。韓詩傳云：三月桃花水。通典：蜀郡成都縣有錦江。按：錦江即蜀江也。成都人織錦既成，取此水濯之，則色更鮮麗，故又謂之錦江。說文：逶迤，邪去貌。通典：峽州夷陵郡巴山縣北有山，曲折似巴字，因以爲名。鮑照詩：搖曳高帆擧。昭明太子錦帶書：啼鶯出谷，爭傳求友之聲。說文：森，木多貌。後漢書：馮衍傳游精宇宙流目八紘謝靈運詩揚帆採石華還典荆州江陵縣故楚之郢地秦分郢置江陵縣今縣界有渚宫城方輿勝覽江陵府有渚宫郡縣志楚别宫也左傳楚子西沿漢泝江將入郢王在渚宫見之今之城楚船官地也梁元帝名以渚宫一統志渚宫在江陵故城東南楚建梁元帝卽位渚宫卽此。陸放翁曰杜子美曉看紅濕處花重錦官城李太白蜀江綠且明用濕字明字可謂奪化工之巧世未有拈出者又放翁入蜀記曰與兒輩登堤觀蜀江乃知李太白荆門望蜀江詩江色綠且明爲善狀物也

上三峽

巫山夾青天巴水流若兹巴水忽可盡青天無到時

三朝上黄牛三暮行太遲三朝又三暮不覺鬢成絲

一統志巫峽在夔州府巫山縣東三十里卽巫山也與西陵峽歸峽並稱三峽連山七百里畧無斷處自非亭午夜分不見日月水經云杜宇所鑿以通江水圖經云此山當抗峯岷峨偕嶺衡岳凝結翼附並出

青雲巴水謂三巴之水經三峽中者而言太平御覽三巴記曰閬白二水合流自漢中至始寧城下入涪陵曲折三回如巴字故曰巴江經峻峽中謂之巴峽即此水也太平寰宇記峽州夷陵縣有黃牛山盛弘之荆州記云南岸重嶺叠起最外高崖間有石狀如人負刀牽牛人黑牛黃成就分明此巖既高加以江湍紆迴雖途經信宿猶望見之行者歌曰

朝發黃牛暮宿黃牛三朝三暮黃牛如故

自巴東舟行經瞿唐峽登巫山最高峯晚還題壁

巴東即歸州也唐時隸山南東道方輿勝覽瞿塘峽在夔州東一里舊名西陵峽乃三峽之門兩崖對峙中貫一江望之如門陸放翁入蜀記瞿塘峽兩壁對聳上入霄漢其平如削成視天如匹練唐書夔州巫山縣有巫山方輿勝覽巫峽在巫山縣之西水經註云杜宇所鑿以通江水圖經云此山當抗峯岷峨偕嶺衡岳凝結翼附並出清霄謂之巫山有十二峯上有神女廟陽雲臺高百二十丈

江行幾千里海月十五圓始經瞿唐峽遂步胡本作陟巫

山巔巫山高不窮巴國盡所歷日邊攀垂蘿霞外倚

穹石飛步凌絶頂極目無纖烟卻顧失舟壑仰觀臨

青天青天若可捫銀漢去安在望雲知蒼梧記水辨

瀛海周遊孤光晚歷覽幽意多積雪照空谷悲風鳴

森柯歸途行欲曛佳趣尚未歇江寒早啼猿松暝已

吐月月色何悠悠清猿響啾啾辭山不忍聽揮策還

孤舟山海經西南有巴國郭璞註今三巴是杜元凱左傳註巴國在巴郡江州縣通典巴國今清化

始寧咸安符陽巴川南賓南浦是其地也郭璞詩翹

手攀金梯飛步登玉闕上林賦觸穹石張揖註穹石

大石也後漢書和熹鄧皇后嘗夢捫天蕩蕩正青若

有鍾乳狀乃仰嗽飲之章懷太子註捫摸也歸藏啟

筮有白雲出自蒼梧入於大梁史記騶衍以爲儒者所謂中國者於天下乃八十一分居其一分耳中國名曰赤縣神州赤縣神州內自有九州禹之序九州是也不得爲州數中國外如赤縣神州者九乃所謂九州也於是有裨海環之人民禽獸莫能相通如一區中者乃爲一州如此者九乃有大瀛海環其外天地之際焉鮑照詩孤光獨徘徊吳均詩疎峰時吐月任昉竟陵文宣王行狀清猿與壺人爭旦張銑註清猿謂猿鳴聲清也楚辭猿啾啾兮狖夜鳴

早發白帝城 一作白帝下江陵

朝辭白帝彩雲間千里江陵一日還兩岸猿聲啼不盡輕舟已過一作須臾過却萬重山楊齊賢曰白帝城公孫述所築初公孫述至魚復有白龍出井中自以承漢土運故號白帝城後爲劉備屯戍之地改名曰永安琦按白帝城在夔州奉節縣巫山在夔州巫山縣二地相近所謂採雲正指巫山之雲也水經註自三峽七百里中兩岸連山畧

無闕處重巖疊嶂隱天蔽日自非亭午夜分不見曦月至於夏水襄陵沿泝阻絶王命急宣有時朝發白帝暮宿江陵其間千二百里雖乘奔御風不加疾也每至晴初霜旦林寒澗肅常有高猿長嘯屬引淒異空谷傳響哀囀久絶故漁者歌曰巴東三峽巫峽長猿鳴三聲淚沾裳

秋下荆門　荆門已見前註

霜落荆門江樹空布帆無恙挂秋風此行不爲鱸魚鱠自愛名山入剡中　晉書顧愷之爲殷仲堪參軍仲堪在荆州愷之嘗因假還仲堪特以布帆借之至破冢遭風大敗愷之與仲堪箋曰地名破冢直破冢而出行人安穩布帆無恙藝文類聚世說曰張季鷹辟齊王東曹掾在洛見秋風起因思吳蓴菜羹鱸魚鱠曰人生貴適志耳何能從宦數千里以要名爵遂命駕便歸俄而齊王敗時人皆謂之見機而作廣博物志會稽集道經云兩火一刀可以逃言剡中多名山可以避災也故漢晉以來多隱逸之士沃州天姥是其處

江行寄遠

刳木出吳楚危槎百餘尺疾風吹片帆日暮千里隔別時酒猶在已爲異鄉客思君不可得愁見江水碧周易刳木爲舟孔頴達正義舟必用大木刳鑿爲之故云刳木也蕭士贇曰張騫乘槎乃刳全木爲之今沅湘中有此名爲艄艚船吳均詩悲銜別時酒。槎鋤加切音近茶

宿五松山下荀媪家五松山在池州銅陵縣南五里詳見二十卷註漢書註文頴曰幽州及漢中皆謂老嫗爲媪孟康曰媪母別名音烏老反顏師古曰媪女老稱也

我宿五松下寂寥無所歡田家秋作苦鄰女夜舂寒跪進彫胡繆本作凋葫飯月光明素盤令人慙漂母三謝不能飡楊惲報孫會宗書田家作苦宋玉諷賦爲臣炊雕胡之飯烹露葵之羹本草陶弘景曰菰

米一名彫胡可作餅食蘇頌曰菰生水中葉如蒲葦其苗有莖梗者謂之菰蔣草至秋結實乃彫胡米也古人以爲美饌今飢歲人猶採以當糧葛洪西京雜記云菰之有米者長安人謂爲彫胡菰之有首者謂之綠節李時珍曰彫胡九月抽莖開花如葦芀結實長寸許霜後采之大如茅針皮黑褐色其米甚白而滑膩作飯香脆杜甫詩波漂菰米沉雲黑即此周禮供御乃六穀九穀之數管子書謂之雁膳漂母見六卷註

下涇縣陵陽溪至澁灘一統志澁灘在寧國府涇縣西九十五里怪石峻立如虎伏龍蟠

澁灘鳴嘈嘈兩山足猨猱白波若卷雪側石蕭本作足不容舠漁子繆本作人與舟人撐折萬張篙詩國風誰謂河廣曾不容刀鄭箋不容刀喻狹小船曰刀孔穎達正義劉熙釋名云二百斛以上曰艇三百斛曰刀江南所謂短而廣安

不傾危者也。李君實謂末二句斷非太白語

下陵陽沿高溪三門六剌灘

三門横峻灘，六剌走波瀾。石驚虎伏起，水狀龍縈盤。何慙七里瀨，使我欲垂竿。李善文選註：甘州記曰：桐盧縣有七里瀨，瀨下數里至嚴陵瀨。太平寰宇記：七里瀨卽富春渚也。避暑錄話：嚴陵七里瀨在洞下二十餘里，兩山聳起，壁立連亘七里，土人謂之瀧，訛爲籠，言若籠中，因謂初至爲入瀧，既盡爲出瀧。瀧本音閒江反，奔湍貌，以爲若籠，謬也。七里之間皆灘瀨，今因沈約詩誤爲一名，非是。嚴陵灘最大，居其中。方輿勝覽：七里灘距睦州四十餘里，與嚴陵瀨相接。諺云：有風七里，無風七十里。

夜泊黄山聞殷十四吳吟 江南通志：黄山在太平府城西北五里，相傳浮邱翁牧雞於此，又名浮邱山。此詩所謂及下首鷄鳴發黄山，正是其處，在太平州當塗縣

（與徽州寧國二郡界內之黃山名同而地異矣）

昨夜誰爲吳會吟，風生萬壑振空林。龍驚不敢水中臥，猿嘯時聞巖下音。我宿黃山碧溪月，聽之却罷松間琴。朝來果是滄洲逸，酤酒提（蕭本作醍）盤飯霜栗。半酣更發江海聲，客愁頓向杯中失。（吳會吳地也詳十二卷註說文酤買酒也）

（○會音膾）

宿鰕湖

雞鳴發黃山，暝投鰕湖宿。白雨映寒山，森森似銀竹。提攜採鉛客，結荷水邊沐。半夜四天（蕭本作邊）開，星河爛人目。明晨大樓去，岡隴多屈伏。當與持斧翁，前溪伐雲木張景陽詩森森散雨足劉良註森森雨散貌鮑照登大雷岸與妹書棧石星飯結荷水宿太白古詩有採鉛清溪濱時登大樓山之句疑與此詩是一時之作黃山在池州府城南九十里大樓山在池州府城南七十里清溪在池州府城北五里鰕湖常與之相去不遠

西施

西施越溪女，出自苧蘿山。秀色掩今古，荷花羞玉顏。
浣紗弄碧水，自與清波閑。皓齒信難開，沉吟碧雲間。
勾踐徵絕艷，揚蛾入吳關。提携館娃宮，杳渺詎可攀。
一破夫差國，千秋竟不還。吳越春秋越王謂大夫種曰孤聞吳王淫而好色惑亂沉湎不領政事因此而謀可乎乃使相者於國中得苧蘿山鬻薪之女曰西施鄭旦飾以羅縠教以容步習於土城臨於都巷三年學服而獻於吳吳王大悅施宿會稽志苧蘿山在諸暨縣南五里輿地志云諸暨縣苧蘿山西施鄭旦所居其方石乃晒紗處十道志云勾踐索美女以獻吳王得之諸暨紵蘿山賣薪女西施山下有浣紗石一統志浣浦在諸暨縣治東南一名浣渚俗傳西子浣紗於此曹植詩時俗薄朱顏誰爲發皓齒沈約詩揚蛾一含睇嬛娟好且修吳地記胥葬亭東二里有館娃宮吳人呼西施作娃夫差置今靈巖山是也范石湖吳郡志硯石山在吳縣西三十里上有館娃宮方言曰吳有館娃宮今靈巖寺即其地也山有琴臺西施洞硯池翫花池山前有採香徑皆宮之故跡

王右軍

右軍本清真瀟灑在許本作出風塵山陰遇蕭本作過羽客要蕭本作愛此好鵝賓掃素寫道經筆精妙入神書罷籠鵝去何曾別主人晉書王羲之起家祕書郎征西將軍庾亮請爲參軍累遷長史亮臨薨上疏稱羲之清真有鑒裁爲右軍將軍會稽內史性愛鵝山陰有一道士養好鵝羲之往觀焉意甚悅因求

市之道士云爲寫道德經當舉群相贈耳羲之欣然寫畢籠鵝而歸甚以爲樂孔稚圭北山移文瀟灑出塵之想鄭玄禮記註素生帛也江淹別賦淵雲之墨妙嚴樂之筆精蔡邕篆書勢體有六篆妙巧入神古詩新聲妙入神

上元夫人

上元誰夫人偏得王母嬌嵯峨三角髻餘髮散垂腰裘披青毛錦身著赤霜袍手提嬴女兒閑與鳳吹簫眉語兩自笑忽然隨風飄

太平御覽茅君傳曰王母遣侍女郭密香與上元夫人相聞茅固問王母不審上元夫人何真也曰三天真皇之母上元之高真統領十萬玉女之名錄者也及上元夫人來聞雲中簫鼓聲龍馬嘶鳴既至從者甚衆皆女子齊年十六七容色明逸多服青綾之衣光彩奪目上元夫人年未笄天姿絶艷服赤霜之袍披青毛錦裘頭作三角髻餘髮散垂之至於腰戴九

晨夜月之冠鳴六山火藻之佩曳鳳文琳華之綬執流黃揮精之劍入室向王母拜王母坐止之呼與同坐嬴女兒謂秦穆公女弄玉見六卷註劉孝威詩窓疏眉語度紗輕眼笑來阮籍詩魂氣隨風飄

蘇臺覽古

舊苑荒臺楊柳新菱歌清繆本作春誤唱不勝春只今惟有西江霏玉本繆本作江西月曾照吳王宮裏人范成大吳郡志姑蘇臺舊圖經云在吳縣西三十里續圖經云三十五里一名姑胥一名姑餘史記正義云在吳縣西南三十里橫山西北麓姑蘇山上山水記云闔閭作春秋遊焉又云夫差作臺三年不成積材五年乃成造九曲路高見三百里越絕書云闔廬造九曲路以遊姑胥之臺吳越春秋言闔廬晝遊蘇臺蓋此臺始基於闔廬而成於夫差庶可以合傳記之說

越中覽古

越王句踐破吳歸義士還家許本作鄉盡錦衣宮女如花滿春殿只今惟有鷓鴣飛蕭本作啼○史記越敗吳越王句踐欲遷吳王夫差於甬東吳王自剄死越王滅吳誅太宰嚭以爲不忠而歸義士吳舒鳧以爲戰士傳寫之訛謂越人安得稱義士云云未知是否

商山四皓雍勝畧商山去商州東南九十里一名楚山一名商洛山形如商字湯以爲國號郡以爲名漢四皓隱處盛弘之荆州記曰商州上洛縣有商山其地險阻林壑深邃四皓隱焉

白髮四老人昂藏南山側偃蹇繆本作臥松雲繆本作雪間冥翳不可識雲窓拂青靄石壁橫翠色龍虎方戰爭於焉自休息秦人失金鏡漢祖昇紫極陰虹濁太陽前

星遂淪匿一行佐明兩（蕭本作聖）歘（蕭本作倏）起生羽翼功成身不居舒卷在胸臆窅冥合元（許本作玄）化茫昧信難測飛聲塞天衢萬古仰遺跡（高士傳四皓者皆河內軹人也或在汲一曰東園公二曰甪里先生三曰綺里季四曰夏黃公皆修道潔已非義不動秦始皇時見秦政暴虐乃退入藍田山而作歌曰莫莫高山深谷逶迤曄曄紫芝可以療飢唐虞世遠吾將安歸駟馬高蓋其憂甚大富貴之畏人不如貧賤而肆志乃共入商洛隱地肺山以待天下定及秦敗漢高聞而徵之不至深自匿終南山不能屈已漢紀上欲廢太子呂后聞之使留侯為太子計留侯曰上有所不能致者四人曰東園公夏黃公甪里先生綺里季皆逃在山中然上高之今令太子卑辭安車迎此四人來以為客時隨入朝則一助也呂后從其計四人果來年皆八十鬚眉皓白故謂之四皓及讌置酒太子侍四人從上怪而問之四人前對各言姓名上乃驚曰吾名公等不奉詔今侍太子者何四人對曰陛下喜罵輕士臣等義不受辱故亡

今聞太子仁孝愛人敬士天下莫不延頸願爲太子
死者臣等故來上曰煩公等幸卒調護太子四人退
上名戚夫人指示曰吾欲易太子彼四人者爲之輔
羽翼已成難揺動也太子遂定陸機周孝侯碑昂藏
寮采之土後漢紀太原周黨偃蹇自高詳十七卷註
鮑照登大雷岸與妹書左右青靄表裏紫霄廣韻靄
雲狀班固答賔戲分裂諸夏龍戰虎爭尙書考靈曜
秦失金鏡註曰金鏡喻明道也紫極王者所居之宫
曹植表情注於皇居心存乎紫極春秋潛潭巴虹出
日旁后妃陰脅主楊齊賢註陰虹以喻戚夫人晋書
心三星天王正位也中星曰明堂天子位前星爲太
子後星爲庶子周易明兩作離大人以繼明照於四
方虞翻註兩謂日月也作成也日月在天動成萬物
故稱作矣或以日與火爲明兩作也盧諶詩日磾效
忠飛聲有漢漢書攀
龍附鳳並乘天衢

過四皓墓

太平寰宇記四皓墓在商州上洛縣西四里雍勝畧四皓墓在商州西四里金鷄原

我行至商洛幽獨訪神仙園綺復安在雲蘿尚宛然荒凉千古跡蕪沒四墳連伊昔鍊金鼎何年繆本作言閉玉泉隴寒唯有月松古漸無烟木魅風號去山精雨嘯旋紫芝高咏罷青史舊名傳今日併如此哀哉信可憐商洛謂商山洛水之間詳二十卷註江淹別賦鍊金鼎而方堅李善註鍊金爲丹之鼎也賈公彥周禮疏魅人面獸身而四足好惑人山林異氣所生爲人害說文魅老精物也抱朴子山精之形如小兒而獨足走向後喜來犯人人入山若夜聞人音聲大語其名曰跂知而呼之卽不敢犯人也一名熱內亦可兼呼之又有山精如鼓赤色亦一足其名曰暉異苑玄中記山精如人一足長三四尺食山蟹夜出晝藏鮑照蕪城賦木魅山鬼野鼠城狐風嘷雨嘯昏見晨趨紫芝已見前首註江淹上建平王書俱啟丹冊並圖青史李善註漢書有青史子音義曰古史官記事

峴山懷古

湖廣通志峴山在襄陽府城南十里歐陽公記曰峴山臨漢上望之隱然蓋諸山之小者而其名特著於荊州襄沔記曰峴山南五百步東臨漢水上有羊祜碑漢武壇

訪古登峴首，憑高眺襄中。天清遠峰出，水落寒沙空。弄珠見遊女，醉酒一作月懷山公。感嘆發秋興，長松鳴夜風。

峴首謂峴山之巓鮑照詩晨登峴山首後人因之遂謂峴山曰峴首孟浩然峴首晨風送馬戴白雲登峴首皆本此襄中襄陽也張衡南都賦遊女弄珠於漢皋之曲李善註韓詩外傳曰鄭交甫將南適楚遵彼漢皋臺下乃遇二女佩兩珠大如荊鷄之卵山公醉酒見十五卷註

蘇武

蘇武在匈奴，十年持漢節。白雁上林飛，空傳一書札。牧羊邊地苦，落日歸心絕。渴飲月窟水，飢飡天上雪。

東還沙塞遠北愴河梁別泣把李陵衣相看淚成血

漢書天漢元年武帝遣蘇武以中郎將使持節送匈奴使留在漢者因厚賂單于旣至匈奴單于欲降之幽武置大窖中絶不飲食天雨雪武臥嚙雪與旃毛并咽之數日不死匈奴以爲神乃徙武北海上無人處使牧羝羝乳乃得歸別其官屬常惠等各置他所武杖漢節牧羊臥起操持節毛盡落初武與李陵俱爲侍中武使匈奴明年陵降昭帝卽位數年匈奴與漢和親漢求武等匈奴詭言武死後漢使復至匈奴常惠夜見漢使敎使者謂單于言天子射上林中得鴈足有繫帛書言武等在某澤中使者如惠語以讓單于單于視左右而驚謝漢使曰武等實在於是李陵置酒謂武曰今足下還歸揚名於匈奴功顯於漢室雖古竹帛所載丹青所畫何以過子卿泣下數行因與武訣匈奴名會武官屬前以降及物故凡隨武還者九人武留匈奴凡十九歲始以强壯出及還鬚髮盡白顏師古漢書高祖本紀註節以毛爲之上下相重取象竹節因以爲名將命者持之以爲信長楊賦西厭月窟東震日域李陵與蘇武詩攜手河梁上

遊子暮何之李陵與蘇武書此陵所以仰天搥心而泣血者也

經下邳圯橋懷張子房 按唐書地理志河南道有下邳縣初隸泗州臨淮郡元和中改隸徐州彭城郡水經註沂水於下邳縣北西流分爲二水一水經城東屈從縣南注泗謂之小沂水水上有橋徐泗間以爲圯昔張子房遇黃石公於圯上卽此處也漢書註服虔曰圯音頤楚人謂橋曰圯說文東楚謂橋爲圯或嗤詩題圯橋二字爲複用者按庾信吳明徹墓誌銘圯橋取履早見兵書則圯橋之稱唐之前早已有此誤矣一統志圯橋在邳州城東南隅年久湮沒元和郡志下邳縣有沂水號爲長利池池上有橋卽黃石公授張良素書之所○邳音批圯音夷

子房未虎嘯破産不爲家滄海得壯士椎秦博浪沙報韓雖不成天地皆振動潛匿遊下邳豈曰非智勇

我來圯橋上懷古欽英風唯見碧流水曾無黃石公
歎息此人去蕭條徐泗空漢書張良字子房其先韓人也大父開地相韓昭侯
宣惠王襄哀王父平相釐王悼惠王悼惠王二十三
年平卒卒二十歲秦滅韓良少未宦事韓韓破良家
僮三百人弟死不葬悉以家財求客刺秦王爲韓報
仇以五世相韓故良嘗學禮淮陽東見倉海君得力
士爲鐵椎重百二十斤秦皇帝東游至博浪沙中良
與客狙擊秦皇帝誤中副車秦皇帝大怒大索天下
求賊急甚良乃更名姓亡匿下邳良嘗閑從容步遊
下邳圯上有一老父衣褐至良所直墮其履圯下顧
謂良曰孺子下取履良愕然欲毆之爲其老乃彊忍
下取履因跪進父以足受之笑去良殊大驚父去里
所復還曰孺子可教矣後五日平明與我期此良因
怪跪曰諾五日平明良往父已先在怒曰與老人期
後何也去後五日早會五日雞鳴往父又先在復怒
曰後何也去後五日復早來五日良夜半往有頃父
亦來喜曰當如是出一編書曰讀是則爲王者師後
十年興十三年孺子見我濟北穀城山下黃石即我

已遂去不見旦日視其書乃太公兵法趙景真與嵇茂齊書龍睇大野虎嘯六合吳筠是曰張良傳云不愛萬金之資為韓報仇強秦天下振動太白正用其語刻本改為天地皆震動天地何震動之有耶

金陵三首

晉家南渡日此地舊一作即長安地即帝王宅山為龍虎盤一作碧宇樓臺滿青山龍虎盤金陵空壯觀天塹一作江塞淨波瀾醉客迴橈去吳歌且自歡一作誰云行路難○晉元帝南渡江於金陵即位遂都之鍾山龍蟠石頭虎踞諸葛武侯稱為帝王之宅詳七卷金陵歌註隋書陳禎明三年隋師臨江後主從容言曰齊兵三來周兵再來無勿摧敗彼何為者都官尚書孔範曰長江天塹古以限隔南北今日北軍豈能飛度耶顏師古漢書註楫謂櫂之短者也今吳越之人呼為橈○橈音饒

其二

地擁金陵勢城廻江一作漢水流當時百萬戶夾道起

朱樓亡國生春草王繆本作離宮沒古丘空餘後湖月波

上對瀛洲一作江州○藝文類聚徐爰釋問畧曰建康北十餘里有鍾山舊名金陵山漢末金陵尉蔣子文討賊戰亡靈發於山因名蔣侯祠故世號曰蔣山謝朓詩逶迤帶綠水迢遰起朱樓初學記建業有後湖一名元武湖景定建康志元武湖亦名蔣陵湖亦名秣陵湖亦名後湖在城北二里周廻四十里東西有溝流入秦淮深七尺灌田一百頃一統志元武湖在應天府太平門外周廻四十里晉名北湖劉宋元嘉末有黑龍見故改名今稱後湖

其三

六代興亡國三杯爲爾歌苑方秦地少一作小山似洛

陽多古殿吳花草深宮晉綺羅併隨人事滅東逝與

一作只滄波小學紺珠六朝吳東晉宋齊梁陳皆都建業景定建康志洛陽四山圍伊洛瀍澗在中建康亦四山圍秦淮直瀆在中故云風景不殊舉目有山河之異李白云山似洛陽多許渾云只有青山似洛中謂此也太平寰宇記丹陽記云出建陽門望鍾山似出上東門望首陽山也

秋夜板橋浦汎月獨酌懷謝朓水經註江水經三山又湘浦出焉水上南北結浮橋渡水故曰板橋浦太平寰宇記板橋浦在昇州江寧縣南四十里五尺源出觀山三十七里注大江謝玄暉之宣城出新林浦向板橋詩云江路西南永歸流東北騖天際識歸舟雲中辨江樹

天上何所有迢迢白玉繩斜低建章闕耿耿對金陵

漢水舊如練霜江夜清澄長川瀉落月洲渚曉寒凝

獨酌板橋浦古人誰可徵玄暉難再得灑酒氣填膺

謝朓詩玉繩低建章李善註春秋元命苞曰玉衡北兩星爲玉繩星宋書永光元年以石頭城爲長樂宮以北郎爲建章宮南齊書謝朓字玄暉陳郡陽夏人少好學有美名文章清麗江淹恨賦置酒欲飲悲來填膺李善註填滿也

過彭蠡湖

史記正義括地志云彭蠡湖在江州潯陽縣東南五十二里

謝公入彭蠡因此遊松門余方窺石鏡兼得窮江源前賞迹可見後來道空存而欲繼風雅豈惟蕭本作云清心魂雲海方助興波濤何足論青嶂憶遙月綠蘿愁鳴繆本作鳴愁猨水碧或可採金膏秘莫言余將振衣去羽化出囂煩謝靈運入彭蠡湖口詩攀崖照石鏡牽葉入松門三江事多往九派理空存靈物吝珍怪異人秘精魂金膏滅明光水碧綴流溫李善註張僧鑒潯陽記曰石鏡山東有一圓石懸崖明

淨照見人形顧野王輿地志曰自入湖三百三十里窮於松門東西四十里青松遍於兩岸呂向註金膏仙藥也水碧水玉也此江中有之豫章古今記松門在豫章北二百里江水遶山上有松栢太平寰宇記松門山在洪州南昌縣北水路二百一十五里其山多松遂以爲名北臨大江乃彭蠡湖口山有石鏡光明照人太平廣記幽明錄曰宫亭湖邊傍山間有石數枚其圓若鏡明可鑑人謂之石鏡後有行人過以火燎一枚今不復明山海經耿山多水碧郭璞註亦水玉類西溪叢語予嘗見墨子道書大藥中有水脂碧洪炎雜家引舊書云宫亭湖中有孤石介立周圍一里竦直百丈上有玉膏可採豈非水碧耶金膏見十五卷註左思詩振衣千仞岡濯足萬里流道家謂昇仙曰羽化

入彭蠡經松門觀石鏡緬懷謝康樂題詩書遊覽之志舊註二篇或同或異故并錄之

謝公之彭蠡因此遊松門余方窺石鏡兼得窮江源

將欲繼風雅豈徒清心魂前賞逾所見後來道空存
況屬臨汎美而無洲渚喧漾水向東去漳流直南奔
空濛三川夕迴合千里昏青桂隱遙月綠楓鳴愁猿
水碧或可采金精祕莫論吾將學仙去冀與琴高言

書禹貢嶓冢導漾東流爲漢又東爲滄浪之水過三澨至於大別南入於江東滙澤爲彭蠡孔安國書傳泉始出山爲漾水東南流爲沔水至漢中東流爲漢水通志畧漢水名雖多而實一水說者紛然其原出興元府西縣嶓冢山爲漾水東流爲沔水又東至南鄭爲漢水有褒水從武功來入焉又東左與文水會又東過西城旬水入焉又東過鄖鄉縣南又屈而東南過武當縣又東過順陽縣有清水自虢州盧氏縣北來入焉又東過中廬別有淮水自房陵淮山東流入焉又東過南漳荆山而爲滄浪之水或云在襄陽即爲滄浪之水又東南過宜城有鄢水入焉又東過鄀敖水入焉又東南臼水入焉又東過雲杜而爲夏

水有郧水水入焉又東至漢陽觸大别山南入於江班云行一千七百六十里孔頴達左傳正義釋例云漳水出新城沶鄉縣南至荆山東南經襄陽南郡當陽縣入沮通志畧漳水出臨沮縣東荆山東南至當陽縣右入於沮臨沮今襄陽南漳縣當陽今隸荆門軍一統志漳江源出臨沮縣南至荆州當陽北與沮水合流入大江謝朓詩空濛如薄霧三川三江也按三江孔安國班固鄭玄韋昭桑欽郭璞諸說不一惟鄭云左合漢爲北江右合彭蠡爲南江岷江居其中爲中江今考江水發源蜀地最居上流下至湖廣漢江之水自北來會之又下至江西則彭蠡之水自南來會之三水合流而東以入於海所謂三江既入也禹貢既以岷江爲中江漢水爲北江則彭蠡之水爲南江可知矣蘇東坡謂岷山之江爲中江嶓冢之江爲北江豫章之江爲南江蓋本鄭說也謝靈運詩州島驟回合王僧達詩黃沙千里昏木華海賦金精玉英瑱其裏李善註穆天子傳河伯曰示汝黃金之膏郭璞曰金膏其精汋也琴高事見二十八卷註

盧江主人婦

孔雀東飛何處棲廬江小吏仲卿妻爲客裁縫君繆本作石自見城烏獨宿夜空啼古詞孔雀東南飛五里一徘徊古樂府漢末建安中廬江府小吏焦仲卿妻劉氏爲仲卿母所遣自誓不嫁其家逼之乃投水而死仲卿聞之亦自縊於庭樹時人傷之爲詩云爾張華禽經註烏之失雌雄則夜啼

陪宋中丞武昌夜飲懷古元和郡縣志鄂州江夏郡有武昌縣西至州一百七十里

清景南樓夜風流在武昌庾公愛秋月乘興坐胡床龍笛吟寒水天河落曉霜我心還不淺懷古一作留客醉餘觴世說庾太尉在武昌秋夜氣佳景清佐吏殷浩王胡之之徒登南樓理詠音調始遒聞函道中有屐聲甚厲定是庾公俄而率左右十許人步來諸賢欲起避之公徐云諸君少住老子於此處興復不

淺因便攄胡床與諸人詠謔竟坐琦按世說晉書載庾亮南樓事皆不言秋月而太白數用之豈古本秋夜乃秋月之訛抑有他傳是據歟

望鸚鵡洲懷禰衡繆本作悲禰衡一統志鸚鵡洲在武昌府城南跨城西大江中尾直黃鵠磯乃黃祖殺禰衡處衡嘗作鸚鵡賦故遇害地得名海錄碎事黃祖殺禰衡埋於沙洲之上後人因號其洲爲鸚鵡洲以衡嘗爲鸚鵡賦故也

魏帝營八極蟻觀一禰衡黃祖斗筲人殺之受惡名吳江賦鸚鵡落筆超群英鏘鏘振金玉句句欲飛鳴鷙鶚啄孤鳳千春傷我情五岳起方寸隱然詎可平才高竟何施寡識冐天刑至今芳洲上蘭蕙不忍生

後漢書禰衡少有才辯而尙氣剛傲好矯時慢物建安初來遊許下孔融深愛其才數稱述於曹操操欲

見之衡素相輕疾自稱狂病不肯往而數有恣言操
懷忿而以其才名不欲殺之聞衡善擊鼓乃名爲鼓
吏孔融退而數之因宣操區區之意衡許往融復見
操說衡狂疾今求得自謝操喜勑門者有客便通待
之極晏衡乃着布單衣疎巾手持三尺梲杖坐大營
門以杖箠地大罵吏白外有狂生坐於營門言語悖
逆請收案罪操怒謂孔融曰禰衡豎子孤殺之猶鼠
雀耳顧此人素有虛名遠近將謂孤不能容之今送
與劉表視當如何於是遣人騎送之劉表及荆州士
大夫先服其才名甚賓禮之後復侮慢於表表耻不
能容以江夏太守黄祖性急故送衡與之祖亦善待
焉祖長子射爲章陵太守尤善於衡射時大會賓客
人有獻鸚鵡者射擧卮於衡曰願先生賦之以娛嘉
賓衡攬筆而作文無加點辭學甚麗後黄祖在蒙衝
船上大會賓客而衡言不遜順祖慙乃訶之衡更熟
視曰死公云等道祖大怒令五伯將出欲加箠衡方
大罵祖恚遂令殺之主簿素疾衡卽時殺焉射徒跣
來救不及祖亦悔之乃厚加棺斂衡時年二十六梁
簡文帝詩千春誰與樂三國志糾虔天刑章厥有罪
楚辭採芳洲兮杜若○嚴滄浪曰才高識寡斷盡禰

衡

宿巫山下

昨夜巫山下猿聲夢裏長桃花飛淥水三月下瞿塘雨色風吹去南行拂楚王高邱懷宋玉訪古一霑裳巫山瞿塘已見前註宋玉高唐賦妾在巫山之陽高邱之阻楚詞哀高邱之無女王逸註楚有高邱之山或云高邱閬風山上也舊說高邱楚地名也太平寰宇記巫山縣有高都山江源記云楚詞所謂巫山之陽高邱之阻高邱蓋高都也

金陵白楊十字巷六朝事跡白楊路圖經云縣南十二里石山岡之橫道是也

白楊十字巷北夾湖當作潮溝道不見吳時人空生唐

年草天地有反覆宮城盡傾倒六帝餘古邱樵蘇泣遺老一統志潮溝在應天府上元縣西四里吳赤烏中所鑿以引江潮接青溪抵秦淮西通運瀆北連後湖六朝事跡輿地志潮溝吳大帝所開以引江潮建康實錄云其北又開一瀆北至後湖以引湖水今俗呼爲運瀆其實自古城西南行者是運瀆自歸蔣山寺門前東出至青溪者名潮溝其溝向東已湮塞西則見通運瀆按實錄所載皆唐事距今數百年其溝日益淹塞未詳所在今府城東門外西抵城濠有溝東出曲折當報寧寺之前里俗亦名潮溝此近世所開非古潮溝也三國志註九州春秋曰馬騰韓遂之敗樊稠追至陳倉遂語稠曰天地反覆未可知也六帝謂六代帝王也漢書樵蘇後爨顏師古註樵取薪也蘇取草也

謝公亭原註蓋謝脁范雲之所遊○海錄碎事謝公亭在宣州太守謝玄暉置范雲爲零陵內史謝送別於此故有新亭送別詩方輿勝覽謝公亭在宣城縣北二里名勝志謝公亭

在江南寧國府宣城縣北郭外齊太守謝朓送別處舊圖經謂是朓送范雲之零陵内史處

謝亭蕭本作公

離别處風景每生愁客散青天月山空碧水流池花春映日窻竹夜鳴秋今古一相接長歌懷舊遊

紀南陵題五松山一作南陵五松山感時贈别山名銅坑村五里○五松山在南陵見二十卷註

聖達有去就潛光愚其德魚與龍同池龍去魚不測當時板築輩豈知傅説情一朝和一作殷人羹一作光甬氣爲列星伊尹生空桑捐蕭本作指庖佐皇極桐宫放太甲攝政無愧色三年帝道明委質終輔翼曠哉至人

心萬古可爲則時命或大謬仲尼將（一作其）奈何鸞鳳忽覆巢麒麟不來過龜山蔽魯國有斧且無柯歸來歸去來（一作歸去來歸去繆本作歸去來歸去來）宵濟越洪波（晉書郭璞傳潛光九皐懷真獨遠史記君子盛德容貌若愚韓詩外傳傅說負土而板築以爲大夫其遇武丁也李善文選註郭璞三蒼解詁曰板墻上下板築杵頭鐵沓也書說命若歲大旱用汝作霖雨若作和羹爾惟鹽梅莊子傅說得之以相武丁奄有天下乘東維騎箕尾而比於列星陸德明音義崔云傅說死其精神乘東維託龍角乃爲列宿今尾上有傅說星水經註昔有莘氏女採桑於伊川得嬰兒於空桑中言其母孕於伊水之濱夢神告之曰臼水出而東走母明視而見臼水出焉告其鄰居而走顧望其邑咸爲水矣其母化爲空桑子在其中莘女取而獻之命養於庖長有賢德殷以爲尹曰伊尹也史記伊尹欲干湯而無由乃爲有莘媵臣負鼎俎以滋味說湯致於王道湯舉任以國政湯崩伊尹乃立太丁之子太甲太甲既立三年

不明暴虐不遵湯法亂德於是伊尹放之於桐宮三年伊尹攝行政當國以朝諸侯帝太甲居桐宮三年悔過自責反善於是伊尹乃迎帝太甲而授之政委質有二解左傳策名委質孔穎達曰質形體也拜則屈膝而委身體於地以明敬奉之也章懷太子後漢書註委質猶屈膝也國語委質爲臣無有二心韋昭解質贄也士贄以雉委質而退史記索隱服虔註左氏云古者始仕必先書其名於策委死之質於君然後爲臣示必死節於其君也依前二說作哲音讀依後二說作至音讀莊子時命大謬也詳十一卷註家語孔子自衛入晉至河聞趙簡子殺竇犨鳴犢舜華乃臨河而嘆曰丘聞之刳胎殺夭麒麟不至其郊覆巢破卵鳳皇不翔其邑何則君子違傷其類也遂還息於陬孔子龜山操予欲望魯兮龜山蔽之手無斧柯奈龜山何樂府詩集琴操曰龜山操孔子所作也季桓子受齊女樂孔子欲諫不得退而望魯龜山作此曲以喻季氏若龜山之蔽魯也元和郡縣志龜山在兗州泗水縣東北七十里陸賈新語有斧無柯何以治之

夜泊牛渚懷古　原註此地即謝尚聞袁宏咏史處。太平寰宇記牛渚山在太平州當塗縣北三十五里突出江中謂爲牛渚磯古津渡處也輿地志云牛渚山昔有人潛行云此處通洞庭旁達無底見有金牛狀異乃驚怪而出牛渚山北謂之采石按今對采石渡口上有謝將軍祠淮南記云吳初以周瑜屯牛渚晉鎮西將軍謝尚亦鎮此城袁宏時寄運船泊牛渚尚乘月泛江聞運船中諷詠遣問之即宏誦其自作詠史詩於是大相嘆賞詳見七卷勞勞亭註

牛渚西江夜青天無片雲登舟望秋月空憶謝將軍余亦能高詠斯人不可聞明朝挂帆席一作洞庭去楓葉落一作正紛紛木華海賦維長綃挂帆席李善註劉熙釋名曰隨風張幔曰帆或以席爲之故曰帆席也。滄浪詩話律詩有徹首尾不對者盛唐諸公有此體如孟浩然詩挂席東南望青山水國遙

艑艫爭利涉來往接風潮問我今何適天台訪石橋坐看霞色晚疑是赤城標又水國無邊際之篇又太白牛渚西江夜之篇皆文從字順音韻鏗鏘八句皆無對偶趙宧光曰律不取對如李白牛渚西江夜云云孟浩然挂席東南望云云二詩無一句屬對而調則無一字不律故調律則律屬對非律也近有詩家竊取古調作近體自以爲高者終是古詩非律也中晚之律每取一貫而下已自失款況今日之以古作律乎楊用修云五言律八句不對太白浩然有之乃是平仄穩貼古詩也楊謬以對爲律亦淺之乎觀律矣古詩在格與意義律詩在調與聲韻如必取對則六朝全對者正自多也何不卽呼律詩乎律詩之名起於唐律詩之法嚴於唐未起未嚴偶然作對作者觀者慎勿以此持心方能得一代作用之旨王阮亭曰此詩色相俱空政如羚羊挂角無迹可求畫家所謂逸品是也

姑熟十咏

姑熟溪

太平寰宇記姑熟溪在太平州當塗縣南二里姑熟卽古縣名此水經縣

市中過故溪即因地以名之也江南通志姑熟溪在太平府當塗縣南二里一名姑浦合丹陽東南之餘水及諸港來會過寶積山入大江周必大泛舟游山錄姑熟溪水色紺碧與河流不相雜陸放翁入蜀記姑熟溪土人但謂之姑溪水色正綠而澄澈如鏡纖鱗往來可數溪南皆漁家景物幽奇

愛此溪水閑乘流興無極漾楫怕鷗驚垂竿待魚食
波飜曉霞影岸疊春山色何處浣紗人紅顏未相識

丹陽湖　元和郡縣志丹陽湖在宣州當塗縣東南七十九里周圍三百餘里與溧水縣分湖爲界六朝事跡丹陽湖圖經云在溧水縣西八十里與太平州當塗縣分界唐李白嘗遊此湖酷愛其景乃張帆載酒縱意往來而作詩曰湖與元氣連風波浩難止云云太平府志丹陽湖在府城東南跨多福黃池積善湖陽等鄉嶔池寧國廣德諸州之水

滙之與江寧之高淳溧水皆以湖心爲界東西七十五里南北九十里太平之巨浸也

湖與元氣連，風波浩難止。天外賈客歸，雲間片帆起。龜遊蓮葉上，鳥宿蘆花裏。少女棹輕蕭本作歸舟，歌聲逐流水。

謝公宅

太平寰宇記青山在太平州當塗縣東三十五里齊宣城太守謝朓築室及池於山南其宅階址尚存路南磚井二口天寶十二年改爲謝公山江南通志謝朓宅在太平府東南青山之椒南齊謝朓守宣城時建別宅於此今爲保和菴路旁有井名謝公井陸放翁入蜀記青山南小市有謝玄暉故宅基今爲湯氏所居南望平野極目而環宅皆流泉奇石青林文篠真佳處也由宅後登山路極險巇凡三四里許至一菴菴前有小池曰謝公池水味甘冷雖盛夏不竭

青山日將暝寂寞謝公宅竹裏無人聲池中虛月白荒庭衰草徧廢井蒼苔積唯有清風閑時時起泉石

陵歊臺方輿勝覽凌歊臺在太平州城北黃山上宋武帝南遊嘗登此臺乃建離宮焉江南通志凌歊臺在太平府當塗縣黃山有石如案高可五尺項平而圓宋武帝建宮避暑處周必大泛舟遊山錄出北門五里餘登凌歊臺臺在黃山上本不高而望甚遠西南即青山却顧采石天門及溧陽和州諸山皆在目中○歊音囂

曠望登古臺臺高極人目疊嶂列遠空雜花閒平陸閑雲入窗牖野翠生松竹欲覽碑上文苔侵豈堪讀王筠詩開窗延疊嶂邱希範與陳伯之書雜花生樹群鶯亂飛謝瞻詩夕陰曖平陸爾雅大野曰平高平曰陸

桓公井　一統志桓公井在太平府城東五里白紵山晉桓温所鑿

桓公名已古廢井曾未竭石甃冷蒼苔寒泉湛孤月
秋來桐暫落春至桃還發路遠人罕窺誰能見清澈

霏玉本作潔○韻會湛文減切音與巉同澄也

慈姥竹　藝文類聚丹陽記曰江寧縣南四十里有慈母山積石臨江生簫管竹王褒洞簫賦所稱即此竹也其竹圓緻異於衆處自伶倫採竹嶰谷其後惟此幹見珍故歷代常給樂府俗呼爲鼓吹山李善文選註江圖曰慈母山此山竹作簫笛有妙聲太平府志慈姥山在當塗縣北四十里積石俯江岸壁峻絶風濤洶湧估舟嘗依此以避其山産竹圓體而疏節堪爲簫管聲中音律○姥音母

野竹攢石生含烟映江島翠色落波深虛聲帶寒早

龍吟曾未聽，鳳曲吹應好。不學蒲柳凋，貞心常自保。龍吟用馬融笛賦中語見五卷註鳳曲用簫史事見六卷註晉書顧悅之曰蒲柳常質望秋先零蒲柳今之水楊也其葉易凋落

望夫山

太平寰宇記望夫山在太平州當塗縣北四十七里昔有人往楚累歲不還其妻登此山望夫乃化爲石其山臨江周圍五十里高一百丈

顒繆本作寫望臨碧空，怨情感離別。江草不知愁，巖花但爭發。雲山萬重隔，音信千里絕。春去秋復來，相思幾時歇。廣韻顒仰也

牛渚磯

江南通志牛渚山在太平府城西北三十五里山下有磯曰牛渚磯與采石磯相屬亦名燃犀浦晉溫嶠燃犀照水族於此太平府志牛渚磯在當塗縣采石山下

江淲有石柱高丈許突兀峭壁間相傳古有金牛見此故名後漢志丹陽疆域獨稱南有牛渚孫吳東晉每宿重兵其地

絕壁臨巨川連峰勢相向亂石流洑間迴波自成浪

但驚群木秀莫測精靈狀更聽猿夜啼憂心醉江上

韻會洑水洄也異苑晉温嶠至牛渚磯聞水底有音樂之聲水深不可測傳言其下多怪物乃燃犀角而照之須臾見水族覆火奇形異狀或乘車馬著赤衣幘其夜夢人謂曰與君幽明道隔何意相照耶詩國風憂心如醉

靈墟山　方輿勝覽靈墟山在當塗縣南十里一統志靈墟山在太平府城東北三十五里世傳丁令威學道飛昇於此山椒壇趾猶在山有洞後有井大旱不竭

丁令辭世人拂衣向仙路伏鍊九丹成方隨五雲去

松蘿蔽幽洞桃杏深隱處不知曾化鶴遼海歸幾度

搜神後記丁令威本遼東人學道於靈墟山後化鶴歸遼集城門華表柱時有少年舉弓欲射之鶴乃飛徘徊空中而言曰有鳥有鳥丁令威去家千年今始歸城郭如故人民非何不學仙冢纍纍遂高上冲天今遼東諸丁云其先世有升仙者但不知名字耳江南通志丁令威遼東人爲涇縣令遊姑熟樂靈墟山泉石幽秀煉丹於此丹成翔虛去抱朴子第一之丹名曰丹華第二之丹名曰神符第三之丹名曰神丹第四之丹名曰還丹第五之丹名曰餌丹第六之丹名曰鍊丹第七之丹名曰柔丹第八之丹名曰伏丹第九之丹名曰寒丹凡服九丹欲昇天則去欲且止人間亦任意皆能出入無間不可得而害之矣五雲見七卷註

天門山

太平寰宇記天門山在太平州當塗縣西南三十里有二山夾大江東曰博望西曰天門按郡國志云天門山亦名蛾眉山楚獲吳艅艎於此按其山相對時人呼

爲東梁山西梁山據縣圖爲天門山輿地志
云博望梁山東西隔江相對如門相去數里
謂之天門宋孝武詔曰梁山嶠岫雲峙流同
海岳天表象魏以旌國形仍以二山立闕故
曰天門焉太平府志天門山在郡西南三十
里亦稱東梁山與和州西梁山夾大江對峙
自江中遠望色如横黛修嫵靜好
宛宛不異蛾眉故又名蛾眉山

迥出江上山（蕭本作山上）雙峰自相對岸映松色寒石分
浪花碎參差遠天際縹緲晴霞外落日舟去遥迴首
沉青靄（柳顧言詩浹疊浪花生江淹詩虛空起青靄崦嵫生暮霞。蘇東坡曰過姑熟亭下讀李
白十咏疑其淺近孫邈云聞之王安國此乃李赤詩
秘閣下有赤集此詩在焉白集中無此赤見柳子厚
集自比李白故名赤赤其後爲廁鬼所惑而死今觀其
詩只如此而以比李白則其人心恙已久非特廁鬼
之罪也陸放翁入蜀記李太白集有姑熟十咏予族
伯父彥遠嘗言東坡自黄州還過當塗讀之撫手大

笑曰贋物敗矣豈有李太白作此語者郭功父爭以爲不然東坡笑曰恐是太白後身所作耳蓋功父少時詩句俊逸前輩或許之以爲太白後身功父亦遂以自負故東坡因是戲之或曰十咏及歸來乎笑矣乎僧伽歌懷素草書歌太白舊集本無之宋次道再編時貪多務得之過也

李太白文集卷之二十二終

李太白文集卷之二十三

錢塘　王琦琢崕輯註

古近體詩共四十七首

與元丹丘方一作城寺談玄作

茫茫大夢中惟我獨先覺騰轉風火來假合作容貌滅除昏疑盡領畧入精要澄慮觀此身因得通寂照朗悟前後際始知金仙妙幸逢禪居人酌玉坐相召彼我俱若喪雲山豈殊調清風生虛空明月見談笑怡然青蓮宮永願恣遊眺莊子且有大覺而後知此其大夢也釋家以此身爲

地水火風四大假合而成堅者是地潤者是水暖者是火動者是風楞嚴經淨極光通達寂照含虛空却來觀世間猶如夢中事湛然常定之謂寂瑩然不昧之謂照寂其體也照其用也體用不離寂照雙運即是定慧交修止觀互用之妙諦維摩詰所說經法無有人前後際斷故華嚴經雖知諸法無有前際而廣說過去雖知諸法無有後際而廣說未來雖知諸法無有中際而廣說現在金仙謂佛釋成時曰李白詩云朗悟前後際始知金仙妙束文人如稻麻竹葦吐不出此十字

尋高鳳石門山中元丹丘

尋幽無前期乘興不覺遠蒼崖渺難涉白日忽欲晚未窮三四山已歷千萬轉寂寂聞猿愁行行見雲收高松來（繆本作上）好月空谷宜清秋谿深古雪在石斷寒泉流峯巒秀中天登眺不可盡丹丘遙相呼顧我忽

而哂遂造窮谷間始知靜者閑留歡達永夜清曉方言還中天半天也窮谷深谷也永夜長夜也

安州般若寺水閣納涼喜遇薛員外乂安州唐時隸淮南道又謂之安陸郡般若讀若百惹釋言般若華言智慧也寺依此立名

儵然金園賞遠近含晴光樓臺成海氣草木皆天香忽逢青雲士共解丹霞裳水退池上熱風生松下凉吞討破萬象搴窺臨衆芳而我遺有漏與君用無方心垢都已滅永言題禪房儵然猶悠然也莊子儵然而往儵然而來詳見二十二卷註金園寺中園圃也須達長者欲買祇陀太子園爲佛住處太子戲言得金布滿地中卽當賣與須達遂出金餅布地周滿園中厚及五寸廣惟十里買此園地奉施如來起立精舍後人用金園事本此王

褒詩帶樓疑海氣含蓋似浮雲庾信詩天香下桂殿仙梵入伊笙謝朓七夕賦厭白玉而爲餙霏丹霞而爲裳大般若經云何有漏法佛告善現世間五蘊十二處十八界四靜慮四無量四無色定所有一切墮三界法是名有漏法莊子行乎無方郭象註隨物轉化也四十二章經心垢滅盡淨無瑕穢維摩詰所說經心垢故衆生垢心淨故衆生淨妄想是垢無妄想是淨顛倒是垢無顛倒是淨取我是垢不取我是淨

魯中都東樓醉起作　按唐書河南道有中都縣本平陸縣天寶元年更名

昨日東樓醉一作城飲還應一作歸來倒接䍦阿誰扶上馬不省下樓時　接䍦帽也用山公醉歸事見五卷註三國志龐統傳向者之論阿誰爲失

對酒醉題屈突明府廳　按通志氏族畧屈突氏乃代北複姓也本居玄朔後徙昌黎孝文改爲屈氏至西魏復爲屈突

陶令八十日長歌歸去來故人建昌宰借問幾時廻

風落吳江雪紛紛入酒杯山翁今已醉舞袖爲君開陶潛歸去來辭序予家貧耕殖不足以自給幼稚盈室缾無儲粟親故多勸予爲長吏家叔以予貧苦遂見用于小邑於時風波未靜心憚遠役彭澤去家百里公田之利足以爲酒故便求之及少日眷然有歸與之情自免去職仲秋至冬在官八十餘日因事順心命篇曰歸去來辭唐時江南西道有建昌縣隸洪州豫章郡

月下獨酌四首

花間一作下文苑作前一壺酒獨酌無相親舉杯邀明月對影成三人月既不解飲影徒隨我身暫伴月將影行樂須及春我歌月徘徊我舞影零亂醒時同交歡醉後各分散永結無情遊相期邈雲漢文苑作碧巖畔

其二

天若不愛酒，酒星不在天。地若不愛酒，地應無酒文苑作醴泉。天地既愛酒，愛酒不愧天。已聞清比聖，復道濁如賢。賢聖既已飲，何必求神仙。三盃通大道，一斗合自然。但得酒繆本作醉中趣，勿爲醒者傳。孔融與曹操論酒禁書：天垂酒星之耀，地列酒泉之郡。晉書：軒轅右角南三星曰酒旗，酒官之旗也，主宴享酒食。漢書：酒泉郡，武帝太初元年開。應劭註：其水若酒，故曰酒泉也。顏師古註：相傳俗云城下有金泉，泉味如酒。藝文類聚：魏畧曰：太祖禁酒而人竊飲之，故難言酒，以濁酒爲賢者，清酒爲聖人。晉書：孟嘉好酣飲，愈多不亂。桓溫問嘉：酒有何好，而卿嗜之？嘉曰：公未得酒中趣耳。○胡震亨曰：此首乃馬子才詩也。胡元瑞云：近擧李墨跡爲證，詩可僞，筆不可僞耶？琦按：馬子才乃宋元祐中人，而文苑英華已載太白此詩，胡說恐誤。

其三

三月咸陽城（一作時）千花晝如錦（一作好鳥吟清風落花散如錦一作園鳥語成歌庭花笑如錦）誰能春獨愁對此徑須飲窮通與修短造化夙所稟一樽齊死生萬事固難審醉後失天地兀然就孤枕不知有吾身此樂最爲甚（梁元帝詩黃龍戍北花如錦洛陽伽藍記春風扇柳花樹如錦淮南子輕天下細萬物齊死生同變化）

其四

窮愁千萬（一作有千）端美酒三百（一作惟數）杯愁多酒雖少酒傾愁不來所以知酒聖（一作聖賢）酒酣心自開辭粟臥首陽（一作餓伯夷）屢空飢（一作悲）顏回當代不樂飲虛名安用

哉蟹螯卽金液糟邱是蓬萊且須飲美酒乘月醉高臺晉書畢卓嘗謂人曰得酒滿數百斛船四時甘味置兩頭右手持酒杯左手持蟹螯拍浮酒船中便足了一生矣金液見五卷註糟邱見七卷註

春歸終南山松龍舊隱地理今釋終南山在今陝西西安府長安縣南五十里東至藍田縣西至鳳翔府郿縣綿亘八百餘里

我來南山陽事事不異昔却尋溪中水還望巖下石薔薇緣東窗女蘿遶北壁別來能幾日草木長數尺且復命酒樽獨酌陶永夕韓詩陶暢也

冬夜醉宿龍門覺起言志通典河南府河南縣有闕塞山俗曰龍門太平寰宇記闕塞山左氏傳晉趙鞅納王使女寬守闕塞服虔謂南山伊闕是也杜預註洛陽

西南伊闕口也俗名龍門

醉來脫寶劍旅憩高堂眠中夜忽驚覺起立明燈前開軒聊直望曉雪河氷壯哀哀歌苦寒鬱鬱獨惆悵傳說板築臣李斯鷹犬人歘繆本作飈起匡社稷寧復長艱辛而我胡爲者嘆息龍門下富貴未可期殷憂向誰寫去去淚滿襟舉聲梁甫吟青雲當自致何必求知音

古樂府有苦寒行因行役遇寒而作傳說板築見廿二卷註李斯鷹犬見三卷註韻會歘暴起也陳琳爲袁紹檄豫州文舉師揚威並匡社稷阮籍詩感物懷殷憂李善註韓詩曰耿耿不寐如有殷憂詩國風以寫我憂毛傳曰寫除也梁甫吟見三卷註史記范雎傳不意君能自致於青雲之上

尋山僧不遇作

石徑入丹壑松門閉青苔閑階有鳥跡禪室無人開
窺窓見白拂挂壁生塵埃使我空嘆息欲去仍徘徊
香雲徧繆本作隔山起花雨從天來已有空樂好況聞青當作清猿哀了然絶世事此地方悠哉華嚴經樂音和悅香雲照耀楞嚴經卽時天雨百寶蓮花青黃赤白間錯粉糅

過汪氏別業二首

遊山誰可遊子明與浮邱疊嶺礙河漢連峯横斗牛
汪生面北阜池館清且幽我來感意氣搥炰列珍羞
掃石待歸月開池漲寒流酒酣益爽氣爲樂不知秋
列仙傳陵陽子明上黃山採五石脂沸水而服之黃山圖經黃帝與容成子浮邱公合丹於此山故有浮

邱容成諸峰斗牛謂南斗牽牛二星史記正義吳地斗牛之分野謝靈運詩卜室倚北阜劉良註阜陵也

其二

疇昔未識君知君好賢才隨山起館宇鑿石營池臺星一作大火五月中景風從南來數枝石榴發一丈荷花開恨不當此時相過醉金罍我行值木落月苦清猿哀永夜達五更吳歈送瓊杯酒酣欲起舞四座歌相催日出遠海明軒車且徘徊更遊龍潭去枕石拂莓苔杜預左傳註疇昔猶前日也書堯典日永星火以正仲夏蔡沈集傳星火東方蒼龍七宿火謂大火夏至昏之中星也淮南子清明風至四十五日景風至史記律書景風居南方景者言陽氣道竟故日景風王叔齋籟記景風一曰凱風又曰薰風亦曰巨風起自赤天之暑門從南方來謝靈運詩行觴奏

悲歌永夜繼白日金罍酒器也詳七卷註楚辭吳歈蔡謳奏大呂些王逸註歈謳皆歌也○歈音于毋音梅

待酒不至

玉壺繫青絲沽酒來何遲山花向我笑正好銜杯時

晚酌東窗下流鶯復在茲春風與醉客今日乃相宜

獨酌

春草如有意羅生玉堂陰東風吹愁來白髮坐相侵

獨酌勸孤影閑歌面芳林長松爾何知一作本無情蕭瑟爲誰吟手舞石上月膝横花間琴過此一壺外悠悠非我心一本云春草遍野緑新鶯有佳音落日不盡歡恐爲愁所侵獨酌勸孤影閑歌面芳林清

風爭空來巖松與共吟手舞石上月滕橫花下琴過此一壺外悠悠非我心繆本第一句作春草變綠野第七句作碧松爾何知四字不同○楚辭秋蘭兮蘼蕪羅生兮堂下王逸註環其堂下羅列而生陶淵明詩揮杯勸孤影素問松吟高山虎嘯巖岫張正見詩松吟欲舞風

友人會宿

滌蕩千古愁留連百壺飲良宵宜清談皓月一作然未能寢醉來臥空山天地即衾枕

春日獨酌二首

東風扇淑氣水木榮春暉白日照綠草落花散且飛孤雲還空山衆鳥各已歸彼物皆有託吾生獨無依對此石上月長醉歌繆本作歌醉芳菲南史衡陽王義季傳陽和扇氣播厥

之始陸機詩蕙草饒淑氣張銑註淑善也陶潛詩萬族各有託孤雲獨無依謝靈運詩暝還雲際宿弄此石上月

其二

我有紫霞想緬懷滄洲間且蕭本作思對一壺酒澹然萬事閑橫琴倚高松把酒望遠山長空去鳥沒落日孤雲還但恐繆本作悲光景晚宿昔成秋顏廣韻緬遠也○緬音勉

金陵江上遇蓬池隱者太白自註時於落星石上以紫綺裘換酒爲歡

地理廣記開封縣有蓬池亦曰蓬澤故衛國之匡地竹書紀年云梁惠王發逢忌之藪以賜民即此太平寰宇記蓬池在開封府尉氏縣北五里按述征記云大梁西南九十里尉氏縣有蓬池阮籍詩云徘徊蓬池上回顧望大梁即此也隱者蓋居於其間故因以爲號江南通志落星

岡在應天府西北九里一名落星墩又曰落星石景定建康志落星岡一名落星墩在城西北九里周廻二十六里高一十二丈又江寧縣西五十里臨江亦有落星岡李白嘗於落星石以紫綺裘換酒爲歡此地也

心愛名山遊身隨名山遠羅浮麻姑臺此去或未返遇君蓬池隱就我石上飯空言不成歡强笑惜日晚綠水向雁門繆本作關黃雲蔽龍山嘆息兩客鳥徘徊吳越間共繆本作一語一執手留連夜將久解我紫綺裘且換金陵酒酒來笑復歌興酣樂事多水影弄月色清光奈愁何明晨掛帆席離恨滿滄波廣東通志麻姑峰在羅浮山之南其前有麻姑臺下有白蓮池池水注朱明洞羅浮山志冲虛觀西南有石峯峭拔名曰麻姑峯旁有巖

曰麻姑臺樹石清幽其上常有彩雲白鶴仙女集焉晉唐以來人多之有見者景定建康志雁門山在城東南六十里周廻二十里高一百二十五丈西連彭城山南連大城山北連陵山山勢連綿類北地雁門故以爲名輿地志云山東北有温泉可以浴飲之能治冷疾江南通志雁門山在江寧府上元縣東南六十里太平寰宇記巖山在昇州江寧縣南四十五里其山巖險故曰巖山宋孝武改曰龍山六朝事蹟鷄籠山寰宇記云在城西北九里西接落星澗北臨栖玄塘輿地志云鷄籠山在覆舟山之西二百餘步其狀如鷄籠因以爲名宋文帝元嘉中改爲龍山以黑龍嘗見真武湖此山正臨湖上因以爲名今去縣六里又景定建康志龍山在城西南九十五里周廻二十四里高一百二十丈入太平州當塗縣北有水以其山似龍形因以爲名木華海賦維長綃挂帆席

月夜聽盧子順彈琴

閑夜坐蕭本作坐夜明月幽人彈素琴忽聞悲風調宛若

寒松吟白雪亂纖手綠水清虛心鍾期久巳沒世上無知音釋居月琴曲譜錄有悲風操寒松操白雪操白帖陽春白雪綠水悲風幽蘭別鶴並琴曲名風俗通伯子牙方鼓琴鍾子期聽之而意在高山子期曰善哉乎巍巍若泰山頃之間而意在流水子期曰善哉乎湯湯若江河子期死伯牙破琴絕絃終身不復鼓以世無足爲知音者也

青溪半夜聞笛青溪當作清溪在江南池州府城西北五里其地在唐時爲秋浦縣

羌笛梅花引吳溪隴水情一作清寒山秋浦月一作空山滿明月腸斷玉關聲一作情。羌笛見四卷註楊齊賢曰梅花引曲名樂府詩集梅花落本笛中曲也古歌隴頭流水分離四下念我行役飄然曠野詳見愁陽春賦註玉關見四卷註

日夕山中忽然有懷

久卧青一作名山雲遂爲青一作名山客山深一作春雲更好賞弄終日夕月銜樓間峯泉漱階下石素心自此得真趣非外借蕭本作借鼯啼桂方秋風滅籟歸寂緬思洪崖術欲往滄海一作島隔雲車來何遲撫已空嘆息

周禮善溝者水漱之鼯飛生鳥也見七卷註初學記風吹萬物有聲曰籟廣韻緬遠也神仙傳衛叔卿與數人博戲其子度世曰是誰也叔卿曰洪崖先生魏武帝詩乘駕雲車驂駕白鹿古詩軒車來何遲○借音積緬音勉

夏日山中

嬾搖白羽扇躶袒繆本作體青林中脫巾挂石壁露頂灑松風

北堂書鈔語林云武侯乘素輿執白羽扇羽獵賦布乎青林之下

山中與幽人對酌

兩人對酌山花開，一杯一杯復一杯。我醉欲眠卿且去，明朝有意抱琴來。宋書陶潛性嗜酒貴賤造之者有酒輒設潛若先醉便語客我醉欲眠卿可去其真率如此

春日醉起言志

處世若大夢胡爲勞其生所以終日醉頹然臥前楹覺來盼繆本作眄庭前一鳥花間鳴借問此何時春風語流鶯感之欲嘆息對酒還自傾浩歌待明月曲盡已忘情宋書顔延之得酒必頹然自得張景陽詩借問此何時胡蝶飛南園浩歌大歌也楚辭臨風怳兮浩歌。麓堂詩話太白天才絶出真所謂秋水出芙蓉天然去彫飾今所傳石刻處世若大夢一詩序

稱大醉中作賀生爲我讀之此等詩皆信手縱筆而就他可知已琦嘗見石刻於星鳳樓帖中覺來盼庭前作攬衣覽庭際一鳥作有鳥對酒還自傾作未嘆酒巳傾數字不同賀生不知爲誰若指知章恐無此理疑其出於後人僞託也

廬山東林寺夜懷

江西通志東林寺在廬山之麓晋太元九年慧遠建此山儀形九疊峻竦天絶而寺之所居尤盡林壑之美背負爐峰旁帶瀑布清流環階白雲生棟別營禪室最居深靜凡在瞻禮神氣爲之清爽慎蒙名山記廬山有東林寺寺始於晋慧遠法師謝靈運爲鑿池種蓮師與隱者十八人同修淨土社緇素咸在謂之蓮社師送客至虎溪而止常與陶淵明陸修靜談不覺過溪共笑而反今三門內屋於橋上水淹塞云即虎溪傍稻田中有蓮數本即蓮池也出寺有大溪度石橋或云此爲虎溪

我尋青蓮宇　獨往謝城闕　霜清東林鐘　水白虎溪月

天香生虛空，天樂鳴不歇。宴坐寂不動，大千入毫髮。

湛然冥真心，曠劫斷出没。陳子昂詩：聞道白雲居，窈窕青蓮宇。楊齊賢曰：青蓮宇，梵宮也。楚辭章句：謝，去也。阿彌陀經：彼佛國土常作天樂。維摩詰經：舍利弗言，憶念我昔曾於林中宴坐樹下。釋氏要覽：宴坐，又作燕坐。燕，安也，安息貌也。李善文選註：大千者，謂一三千界，下至阿毗地獄，上非想天，爲一世界。千世界爲小千世界，千小世界爲中千世界，千中世界爲大千世界。法苑珠林：須菩提答阿難曰：我念一時入於三昧，此大千世界弘廣若斯，置一毛端，往來旋轉，如陶家輪。南史：帝問大僧正慧念曰：見不可思議事不？慧念答曰：法身常住，湛然不動。楞嚴經：一切衆生從無始來，生死相續，皆由不知常住真心。韻會：梵書以一世爲一劫。謝靈運山居賦：析曠劫之微言，說象法之遺旨。

尋雍尊師隱居

群峭碧摩天，逍遥不記年。撥蕭本作拔雲尋古道，倚樹聽流泉花暖青牛臥松高白鶴眠語來江色暮獨自下寒烟列仙傳老子乘青牛車去入大秦玉策記千歲之鶴隨時而鳴能登於木其未千歲者終不集於樹上也色純白而腦盡成丹楊齊賢曰青牛花葉上青蟲也有兩角如蝸牛故云琦按青牛白鶴不過用道家事耳不必別作創解

與史郎中欽繆本作飲聽黃鶴樓上吹笛湖廣通志黃鶴樓在武昌府城西南隅世傳仙人乘黃鶴過此因名雄據江山爲楚會大觀

一爲遷客去長沙西望長安不見家黃鶴樓中吹玉笛江城五月落梅花江淹恨賦遷客海上樂府詩集梅花落本笛中曲也

對酒

勸君莫拒杯春風笑人來桃李如舊識傾花向我開

流鶯啼碧樹，明月窺金罍。昨日（繆本作來）朱顏子，今日白髮催。棘生石虎殿，鹿走姑蘇臺。自古帝王宅，城闕閉黃埃。君若不飲酒，昔人安在哉。十六國春秋：石虎饗群臣於太武前殿，佛圖澄殿上褰衣而行，吟曰：殿乎殿乎，棘子成林，將壞人衣。虎令發石下而視之，有棘子生焉。漢書伍被傳：子胥諫吳王，吳王不用，迺曰：臣今見麋鹿遊姑蘇之臺也。鮑照蕪城賦：直視千里外，唯見起黃埃。李善註：埃，塵也。又鮑照詩：壯士皆死盡，餘人安在哉。

醉題王漢陽廳

我似鷓鴣鳥，南遷嬾北飛。時尋漢陽令，取醉月中歸。張華禽經註：廣志云：鷓鴣似雌雉，飛但徂南，不北也。異物記云：鷓鴣白黑成文，其鳴自呼，象小雉，其志懷南不北徂也。

嘲王歷陽不肯飲酒

地白風色寒雪花大如手笑殺陶淵繆本作泉明不飲盃中酒浪撫一張琴虛栽五株柳空負頭上巾吾於爾何有陶淵明畜素琴一張宅邊有五柳樹見十卷戲贈鄭溧陽詩註陶淵明詩若後不快飲空負頭上巾

獨坐敬亭山江南通志敬亭山在寧國府城北十里古名昭亭山東臨宛溪南俯城闉烟市風帆極目如畫

衆鳥高飛盡孤雲獨去閑相看兩不厭只有敬亭山

自遣

對酒不覺暝落花盈我衣醉起步溪月鳥還人亦稀

韻會暝夕也

訪戴天山道士不遇

西溪叢語綿州圖經云戴天山在縣北五十里有大明寺開元中李白讀書於此寺又名大康山即杜甫所謂康山讀書處也一統志大匡山在綿州彰明縣北三十里一名康山亦名戴天山

犬吠水聲中桃花帶露蕭本作雨濃樹深時見鹿溪午不聞鐘野竹分青靄飛泉挂碧峯無人知所去愁倚兩三松王筠詩日坂散朱霧天隅斂青靄陸機詩飛泉漱鳴玉○唐仲言曰今人作詩多忌重疊右丞早朝妙絕古今猶未免五用衣冠之議如此詩水聲飛泉樹松桃竹語皆犯重吁古人於言外求佳今人於句中求隙失之遠矣

秋日與張少府楚城韋公藏書高齋作

日下空亭暮城荒古跡餘地形連海盡天影落江虛舊賞人雖隔新知樂未疎綵雲思作賦冊壁間藏書杳擁隨流葉萍開出水魚夕來秋興滿回首意何如謝朓詩山川隔舊賞朋僚多雨散楚辭樂莫樂兮新相知綵雲作賦用宋玉賦朝雲事是贊其才思之美韻會楂水中浮木也

秋夜獨坐懷故山

小隱慕安石遠遊學子蕭本作屈平天書訪江海雲臥起咸京入侍瑤池宴出陪玉輦行誇胡新賦作諫獵短書成但奉紫霄顧非邀青史名莊周空說劍墨翟恥論兵拙薄遂疎絕歸閑事耦耕顧無蒼生望空愛紫

芝榮寥落暝霞色微茫舊壑情秋山綠蘿月今夕爲誰明王康琚詩小隱隱林藪大隱隱朝市謝安石高臥東山見七卷註向子平肆意遊五岳名山見十三卷註楚辭遠遊者屈原之所作也其辭曰悲時俗之迫阨兮願輕擧而遠遊鮑照詩雲臥恣天行穆天子傳天子觴西王母於瑤池之上潘岳籍田賦天子乃御玉輦誇胡用楊雄賦長楊事見一卷大獵賦註史記司馬相如常從上至長楊獵是時天子方好自擊熊彘馳逐野獸相如上疏諫之梁簡文帝賦升紫霄之舟地排玉殿之金扉青史見二十二卷註莊子說劍篇趙文王喜劍劍士夾門而客三千餘人日夜相擊於前死傷者歲百餘人如是三年國衰諸侯謀之太子悝患之募左右曰孰能說王之意止劍士者賜之千金左右曰莊子當能太子乃使人以千金奉莊子莊子弗受太子乃與見王王曰夫子所御杖長短何如曰臣有三劍唯王所用有天子劍有諸侯劍有庶人劍今大王有天子之位而好庶人之劍臣竊謂大王薄之呂氏春秋墨子爲守攻公輸般服而不肯以兵知高誘註公輸般在楚楚王使設雲梯爲

攻宋之具墨子聞而往説之楚王曰公輸般天下之巧工也寡人使攻宋之城何爲不得墨子曰使公輸般攻宋之城臣請爲宋守之備公輸般九攻之墨子九却之又令公輸般守備墨子九下之不肯以善用兵見知於天下也墨子名翟魯人也周禮二耜爲耦賈公彦疏二耜爲耦者兩人各執一耜若長沮桀溺耦而耕也禮記命農計耦耕事修耒耜具田器陳澔註耦耕謂二人相偶也通鑑謝安少有重名前後徵辟皆不就寓居會稽以山水文籍自娛雖爲布衣時人皆以公輔期之士大夫至相謂曰安石不出當如蒼生何四皓歌莫莫高山深谷逶迤曄曄紫芝可以療飢宋之問詩鏡愁玄髮改心愛紫芝榮

憶崔郎中宗之遊南陽遺吾孔子琴撫之潸然感舊

崔宗之見十卷註唐書地理志山南道鄧州南陽郡有南陽縣文獻通考琴有一十八樣究之雅度不過伏羲大舜夫子靈開雲和五等而已夫子樣長三尺六尺四分說畧古琴惟夫子列子二樣皆肩垂而濶非若今聳而狹也惟此二樣乃合古制或以夫子樣周遍皆作

竹節樣非古制

昔在南陽城唯飡獨山蕨憶與崔宗之白水弄素月
時過菊潭上縱酒無休歇泛此黃金花頽然清歌發
一朝摧玉樹生死殊飄忽留我孔子琴琴存人已沒
誰傳廣陵散但哭邙山骨泉戶何時明長歸蕭本作掃狐
兎窟太平寰宇記獨山在南陽縣西三十里一統志豫山在南陽府城東北十五里孤峯峭立俗名獨山下有三十六陂白水即淯水也見二十卷遊南陽白水詩註通典南陽郡菊潭縣有菊水旁水居人飲此水多壽也太平寰宇記菊水出南陽縣東石澗山一名菊溪水或云水出石馬峯峯如馬焉其水重於諸水盛弘之荆州記云源旁悉生芳菊被崖浸潭澗流滋液其水極甘香谷中有三十餘家不復穿井仰飲此水上壽百二十歲中壽百餘其七十八十者猶以爲夭菊能輕身益氣令人久壽於此有徵矣一

統志菊潭在南陽府內鄉縣西北源出析谷東石澗山或曰出石馬峯水旁生甘菊水極甘馨有數十家惟飲此水壽多至百歲之上其菊莖短花大其味甘美異於他菊人多收其種傳於四方縱酒出史漢田儋傳顏師古曰縱放也放意而飲酒也陶潛詩泛此忘憂物世說稽中散臨刑東市神氣不變索琴彈之奏廣陵散曲終曰袁孝尼嘗請學此散吾靳固不與廣陵散於今絶矣太平寰宇記芒山一作邙山在河南縣北十里一名平逢山亦郟山之別名也都城所枕楊佺期洛陽記云北山連嶺修亘四百餘里實古今東洛九原之地也又戴延之西征記云西岸東垣亘阜相屬伊尹蘇秦張儀扁鵲田橫劉寬楊修孔融吳後主蜀後主張華嵇康石崇何晏陸陲阮籍羊祜皆有冢在此山一統志北邙山在河南府城北十里山連偃師鞏孟津三縣綿亘四百餘里東漢諸陵及唐宋名臣墳多在此琦按邙山卽崔葬處隋煬帝秦孝王誄仲秋卜宅將歸泉戶張孟陽詩孤兎窟其中蕪穢不復掃

憶東山二首

施宿會稽志東山在上虞縣西南四十五里晉太傅謝安所居也一

名謝安山巍然特出於衆峰間拱揖虧蔽如鸞鶴飛舞其巔有謝公調馬路白雲明月二堂遺趾千嶂林立下視滄海天水相接蓋絶景也下山出微徑爲國慶寺乃太傅故宅旁有薔薇洞俗傳太傅携妓女游宴之所

不向東山久薔薇幾度花白雲還繆本作他自散明月落誰家

其二

我今携謝妓長嘯絶人群欲報東山客開關掃白雲

望月有懷

清泉映疏松不知幾千古寒月摇清繆本作輕波流光入窓戶對此空長吟思君意何深無因見安道興盡愁

人心王子猷雪夜訪戴安道詳九卷註

對酒憶賀監二首并序

太子賓客賀公於長安紫極宮一見余呼余爲謫仙人因解金龜換酒爲樂繆本下多沒後對酒四字悵然有懷而作是詩本事詩李太白初自蜀至京師舍於逆旅賀監知章聞其名首訪之既奇其姿復請所爲文出蜀道難以示之讀未竟稱嘆者數四號爲謫仙解金龜換酒與傾盡醉期不間日由是聲譽光赫金龜蓋是所佩雜玩之類非武后朝內外官所佩之金龜也楊升菴因杜詩有金魚換酒之句偶爾相似遂謂白弱冠遇賀知章在中宗朝未改武后之制云云考武后天授元年九月改內外官所佩魚爲龜中宗神龍元年二月詔文武官五品以上依舊式佩魚袋當是時太白年未滿十齡何能與知章相遇於長安又知章自開元以前官不過太常博士品居從七於例亦未得佩魚

楊氏之說殆未之考耶

四明有狂客，風流一作霞衣賀季真。長安一相見，呼我謫仙人。昔好盃中物，今一作翻為松下塵。金龜換酒處，却憶淚沾巾。名山洞天福地記：四明山周圍一百八十里，名丹山赤水之天，在明州。唐書：賀知章字季真，越州永興人。性曠夷，善談說。陸象先嘗謂人曰：季真清談風流，吾一日不見，則鄙吝生矣。證聖初擢進士，超拔群類科，累遷太常博士。開元十三年遷禮部侍郎，兼集賢院學士。一日併謝，遷太子右庶子，充侍讀。從工部。肅宗為太子，知章遷賓客，授祕書監。晚節尤誕放，遨嬉里巷，自號四明狂客及秘書外監。每醉輙屬詞，筆不停書，咸有可觀，未始刊飾。善草隸，好事者具筆研從之，意有所愜，不復拒，然紙纔十數字，世傳以為寶。陶潛詩：天運苟如此，且進杯中物。釋曇遷詩：我住刊江側，終為松下塵。

其二

狂客歸四明山陰道士迎赦賜鏡湖水爲君臺沼榮
人亡餘故宅空有荷花生念此杳如夢凄然傷我情

唐書賀知章天寶初病夢遊帝居數日寤乃請爲道士還鄉里詔許之以宅爲千秋觀而居又求周宫湖數頃爲放生池有詔賜鏡湖剡川一曲旣行帝賜詩皇太子百官餞送擢其子僧子爲會稽郡司馬賜緋魚使侍養幼子亦聽爲道士卒年八十六施宿會稽志唐賀祕監宅在會稽縣東北三里八十步今天長觀是琦按竇蒙述書賦註賀知章天寶二年以年老上表請入道歸鄉里特詔許之知章以羸老乘輿而往到會稽無幾老終九年冬十二月詔曰故越州千秋觀道士賀知章神清志逸學富才雄挺會稽之美箭蘊崑岡之良玉故飛名仙省侍講龍樓願追二老之奇蹤克遂四明之狂客允協初志脫落朝衣駕青牛而不還狎白鷗而長往舟壑靡息人琴兩亡推舊之懷有深追悼宜加縟禮式展哀榮可贈兵部尚書據此書及唐書本傳知章歸後無幾卽遷化矣乃許鼎撰通和祖先生墓志云賀監得攝生之妙近數百

年不死荷笈賣藥如韓康伯近在天台山升遐徧於人聽元和巳亥先生遇之謂曰子寛中柔外可以語至道也後十歲遇爾於小有乃授斷穀冊經徐鉉序云賀監以天寶二年始得還鄉旣而天下多事遂與世絶止於吳越故老亦不能知其所終是皆以知章仙去耶讀此詩所云今爲松下塵又云人亡餘故宅無稽之口可以杜矣

重憶一首

欲向江東去定將誰舉杯稽山無賀老却棹酒船回將與也稽山謂會稽山

春滯沅湘有懷山中史記浩浩沅湘兮正義曰說文云沅水出牂牁東北流入江湘水出零陵縣海山北入江按二水皆經岳州而入大江也後人以沅湘爲岳州之異稱○沅音原又音阮

沅湘春色還風暖烟草綠古之傷心人於此腸斷續予非懷沙客但美採菱曲所願歸東山寸心於此足

史記屈原乃作懷沙之賦於是懷石遂自投汨羅以死爾雅翼楚之風俗當菱熟時士女相與采之故有采菱之歌以相和爲繁華流蕩之極招魂云涉江采陵發陽阿陽阿者采菱之曲也沈約詩所願從之遊寸心於此足

落日憶山中

雨後烟景綠晴天散餘霞東風隨春歸發我枝上花花落時欲暮見此令人嗟願遊名山去學道飛丹砂

謝脁詩餘霞散成綺

憶秋浦桃花舊遊時竄夜郎

桃花春水生白石今出没搖蕩女蘿枝半挂蕭本作搖青天月不知舊行徑初拳幾枝蕨三載夜郎還於兹鍊金骨埤雅蕨初生無葉可食狀如大雀拳足又如其足之蹷也故謂之蕨爾雅翼蕨初生如小兒拳紫色而肥楊升菴曰黄山谷詩蕨芽初長小兒拳以爲奇句然太白已有不知行徑下初拳幾枝蕨之句山谷落第二義矣

李太白文集卷之二十三終

李太白文集卷之二十四

錢塘　王琦琢崖輯註

趙樹元石堂較

古近體詩共六十五首

越中秋懷

越中唐時之越州又謂之會稽郡隸江南東道

越水遶碧山，周迴數千里。乃是天鏡中，分明畫蕭本作畫相似。一本首四句云：蹈海思仲連，遊山慕康樂。攀雲窮千峰，弄水涉萬壑。愛此從冥搜，永懷臨湍遊。一作林湍幽一爲滄波客，十見紅蕖秋。觀濤壯天險，望海令人愁。路遐迫西照，歲晚悲東流。何必探禹穴，逝繆本作誓將歸蓬丱。不然五湖上，亦可乘扁舟。

孫綽天台山賦序遠寄冥搜李善註搜訪幽冥也梁簡文帝詩紅蕖間青瑣紫露濕丹楹越地左繞浙江江有濤水晝夜再上枚乘七發曰觀濤於廣陵之曲江正謂此江也漢書司馬遷傳上會稽探禹穴張晏曰禹巡狩至會稽而崩因葬焉上有孔穴民間云禹入此穴水經註會稽山東有硎去廟七里深不見底謂之禹井云東遊者多探其穴也詩國風逝將去女適彼樂土朱傳云逝往也十洲記蓬邱蓬萊山也國語范蠡乘輕舟以泛於五湖莫知其所終極史記范蠡乃乘扁舟浮於江湖變名易姓適齊爲鴟夷子皮之陶爲陶朱公

效古二首

朝入天苑中謁帝蓬萊宫青山映輦道碧樹搖烟空謬題金閨籍得與銀臺通待詔奉明主抽毫頌清風歸時落日晚胡本作花蹀躞浮雲驄人馬本無意飛馳自

豪雄入門紫鴛鴦金井雙梧桐清歌絃古曲美酒沽新豐快意且爲樂列筵坐群公光景不可留生世如轉蓬早達勝晚遇羞比垂釣翁天苑禁苑也唐書大明宮在禁苑東南西接宮城之東北隅長千八百步廣千八十步曰東內本永安宮貞觀八年置九年曰大明宮以備太上皇清暑百官獻貲以助役高宗以風痺厭西內湫濕龍朔三年始大興葺曰蓬萊宮咸亨元年曰含元宮長安元年復曰大明宮上林賦輦道纚屬顔師古註輦道謂閣道可以乘輦而行者也謝朓詩旣通金閨籍李善註金閨卽金門也應劭漢書註曰籍者爲尺二竹牒紀其年紀名字物色懸之宮門案省相應乃得入也唐大明宮有銀臺門詳六卷註通鑑玄宗卽位始置翰林院密邇禁廷延文章之士下至僧道書畫琴棊數術之工皆處之謂之待詔胡三省註唐天子在大明宮翰林院在右銀臺門內在興慶宮院在金明門內若在西內院在顯福門內若在東都及華清宮皆有待詔之所其待詔者有詞學經術合鍊僧道

卜祝術藝書奕各别院以廩之日晚而退其所重者詞學謝莊月賦抽毫進牘以命仲宣李善註毫筆毫也詩大雅吉甫作誦穆如清風韻會蹀躞行貌浮雲驄見四卷註紫鴛鴦見二卷註金井見三卷註梁元帝詩試酌新豐酒謝靈運詩列筵皆靜寂吕延濟註列筵謂四座也轉蓬見九卷註南史張纘年二十二累遷尚書吏部郎俄而長兼侍中時人以爲早達垂釣翁謂吕尚年八十釣於渭濵始遇文王○蹀躞音疊燮

其二

自古有秀色西施與東鄰蛾眉不可妒況乃効其矉所以尹婕妤羞見邢夫人低頭不出氣塞默少精神寄語無鹽子如君何足珍西施効矉見二卷註東鄰見四卷註史記武帝時幸夫人尹婕妤與邢夫人同時幸有詔不得相見尹夫人自請武帝願望見邢夫人帝許之郎令他夫人飾

從御者數十人爲邢夫人來前尹夫人前見之曰非邢夫人身也帝曰何以言之對曰視其身貌形狀不足以當人主矣於是帝乃詔使邢夫人衣故衣獨身來前尹夫人望見之曰此真是也於是乃低頭俛而泣自痛其不如也史記日者傳伏軾低頭卒不能出氣顏氏家訓公私宴集談古賦詩塞默低頭欠伸而已無鹽醜婦見四卷

註○婕音接妤音于

擬古十二首

青天何歷歷明星如白石繆本作白如石黃姑與織女相去不盈尺銀河無鵲橋非時將安適閨人理紈素遊子悲行役瓶冰知冬寒霜露欺遠客客似秋葉飛飄颻不言歸別後羅帶長愁寬去時衣乘月託宵夢因之寄金徽當作微○古詩衆星何歷歷歷歷行列貌太平御覽爾雅云河鼓謂之牽牛又古歌云東

飛伯勞西飛燕黃姑織女時相見黃姑者卽河鼓也爲吳音訛而然錦綉萬花谷牽牛謂之河鼓聲轉而爲黃姑也初學記天河亦曰銀河白帖淮南子烏鵲塡河以成橋而渡織女中華古今註鵲一名神女俗云七日塡河成橋顏師古漢書註紈素今之絹也柳惲詩念君方遠遊賤妾理紈素呂氏春秋見瓶水之氷而知天下之寒舊唐書貞觀二十二年契苾迴紇等十餘部落相繼歸國太宗各因其地土擇其部落置爲州府以迴紇部爲瀚海都督府僕骨爲金微都督府云云新唐書金微都督府以僕固部置隸安北都護府○蕭士贇曰此篇傷窮兵黷武行役無期男女怨曠不得遂其室家之情感時而悲者焉哀而不傷怨而不誹眞有國風之體

此晦菴之所謂聖於時者與

其二

高樓入青天下有白玉堂明月看欲墮當窗懸清光

遙夜一美人羅衣霑秋霜含情弄柔瑟彈作陌上桑

絃聲何激烈，風卷繞飛梁。行人皆躑躅，棲鳥去迴翔。
但寫妾意苦，莫辭此曲傷。願逢同心者，飛作紫鴛鴦。
古詩：黃金爲君門，白玉爲君堂。江總詩：併勝餘人白
玉堂。長門賦：懸明月以自照兮。遙夜，長夜也。楚辭：靚
杪秋之遙夜。陌上桑，古相和歌曲，詳六卷註。歌聲繞
梁，見十一卷註。魯靈光殿賦：飛梁偃蹇以虹指。韻會：
躑躅，住足也。○
躑躅，音擲逐。

其三

長繩難繫日，自古共悲辛。黃金高北斗，不惜買陽春。
石火無留光，還如世中人。即事已如夢，後來我誰身。
提壺莫辭貧，取酒會四鄰。仙人殊恍惚，未若醉中真。
傳玄詩：歲暮景邁群光絕，安得長繩繫白日。唐書尉
遲敬德傳：王曰：公之心如山岳然，雖積金至斗，豈能

移之又唐人詩身後堆金柱北斗疑當時俚語有此劉勰新論人之短生猶如石火炯然以過法苑珠林

石火無恒燄
電光非久停

其四

淸都綠玉樹灼爍瑶臺春攀花弄秀色遠贈天仙人香風送紫蘂直到扶桑津恥蕭本作取掇世上艷所貴心之珍相思傳一笑聊欲示情親楚辭造句始而觀淸都朱子註淸都列子以爲帝之所居也左思蜀都賦暉麗灼爍劉淵林註灼爍艶色也劉良註灼爍光彩貌鮑照詩朝日灼爍發園華拾遺記崑崙山傍有瑶臺十二各廣千步皆五色玉爲臺基抱朴子上士舉形昇虛謂之天仙木華海賦翔陽逸駭於扶桑之津呂延濟註扶桑之津日出之處

其五

今日風日好明日恐不如春風笑於人何乃愁自居
吹簫舞彩鳳酌醴鱠神魚千金買一醉取樂不求餘
達士遺天地東門有二疏愚夫同瓦石有才知卷施
無事坐悲苦塊然涸轍鮒鮒古本作魚蕭氏以魚字重上一韻當作鮒音蒲無疑今從之。吹簫致鳳用蕭史事見六卷註嵇康詩鸞觴酌醴神鼎烹魚說文醴酒一宿熟者曹植詩玉尊盈桂酒河伯獻神魚漢書疏廣爲太傅兄子受爲少傅太子每朝因進見太傅在前少傅在後父子並爲師傅朝廷以爲榮在位五歲廣謂受曰吾聞知足不辱知止不殆功遂身退天之道也今仕宦至二千石宦成名立如此不去懼有後悔豈如父子相隨出關歸老故鄉以壽命終不亦善乎受叩頭曰從大人議即日父子俱移病滿三月賜告廣遂稱篤上疏乞骸骨上以其年篤老皆許之加賜黃金二十斤皇太子贈以五十斤公卿大夫故人邑子設祖道供帳東都門外送者車數百兩辭决而去及道路觀者皆曰

賢哉二大夫廣既歸鄉里日令家供具設酒食請族人故舊賓客與相娛樂涸轍鮒用莊子事見二十卷註

其六

運速天地閉胡風結飛霜百草死冬月六龍頹西荒

太白出東方彗星揚精光鴛鴦非越鳥何爲眷南翔

惟昔鷹將犬今爲侯與王得水成蛟龍爭池奪鳳凰

北斗不酌酒南箕空簸揚

周易天地閉賢人隱月令孟冬之月天氣上騰地氣下降天地不通閉塞而成冬六龍謂天子大駕詳八卷註漢書太白出西方失其行夷狄敗出東方失其行中國敗宋書太白出東方利用兵西方不利晉書彗星所謂掃星本類星末類彗小者數寸長或竟天見則兵起大水主掃除除舊布新有五色各依五行本精所主史臣按彗本無光傅日而爲光故夕見則

東指晨見則西指在日南北皆隨日光而指頓挫其
芒或長或短光芒所及則爲災唐書乾元三年四月
丁巳有彗星見於東方在婁胃間色白長四尺東方
疾行歷昴畢觜觿參東井輿鬼柳軒轅至右執法西
凡五旬餘不見閏四月辛酉朔有彗星出於西方長
數丈至五月乃滅婁爲魯胃昴畢爲趙觜觿參爲唐
東井輿鬼爲京師分柳其半爲周分二彗仍見者薦
禍也曹植詩願隨越鳥翻飛南翔陳琳檄文謂其鷹
犬之才爪牙可任韻會將與也魏書楊大眼傳時將
南伐李冲典選征官用爲軍主大眼顧謂同僚曰吾
之今日所謂蛟龍得水之秋自此一舉終不復與諸
君齊列矣晋中興書荀勗徙中書監爲尚書令人賀
之乃發恚曰奪我鳳凰池卿諸人何賀我耶詩小雅
惟南有箕不可以簸揚惟北有斗不可以挹酒漿孔
頴達正義云言惟此天上其南則有箕星不可以簸
揚米粟其北則有斗星不可以㪺斟其酒漿○運速
天地閉喻國家否運之至如四運將終之時天地之
氣亦爲之閉塞不通胡風結飛霜喻祿山起兵爲害
百草死冬月喻人民遭亂而死六龍頹西荒喻明皇
西幸蜀中太白出東方彗星揚精光謂仰觀天象昭

昭可察災害不知何日可除鴛鴦非越鳥何爲眷南翔謂已非南人而向南奔走疑太白於此時偕婦同行故用鴛鴦爲喻此詩其作於流夜郎之前耶惟昔鷹將犬今爲侯與王謂出身微劣不過效鷹犬之用而能得尺寸之功以致身高位者多也得水成蛟龍謂將帥郭子儀李光弼一流爭池奪鳳凰謂宰相房琯張鎬一流北斗不酌酒南箕空簸揚傷已無人薦達如彼天星之中北斗雖有斗名而不可用之以酌酒南箕雖有箕名而不可用之以簸揚米穀徒有高才不爲人用其自悲之意深矣蕭氏以爲太白從永王時作詩諷其勸王而王不從故作是詩者非也

其七

世路今太行迴車竟何託萬族皆凋枯遂無少可樂
曠野多白骨幽魂共銷鑠榮貴當及時春華宜照灼
人非崑山玉安得長璀錯身没期不朽榮名在麟閣

劉孝標廣絕交論世路嶮巇一至於此太行孟門豈云嶄絕太行山路最爲險峻見五卷註陶潛詩萬族各有託魏許昌碑表白骨既交輝於曠野蘇武詩努力愛春華李善註春華喻少時也古讀曲歌千葉紅芙蓉照灼綠水邊韓詩外傳玉出於崑山說文璀玉光也魯靈光殿賦下岪蔚以璀錯漢宣帝圖畫功臣於麒麟閣詳四卷註

○璀取緯切催上聲

其八

月色不可掃，客愁不可道。玉露生秋衣，流螢飛百草。
日月終銷毀，天地同枯槁。蟪蛄啼青松，安見此樹老。
金丹寧誤俗，昧者難精討。爾非千歲翁，多恨去世早。
飲酒入玉壺，藏身以爲寶。歲華紀麗秋露白故曰玉露楚辭白日晼晚其將入兮明月銷鑠而減毀蟪蛄寒蟬也詳五卷註費長房見老翁賣藥市罷輒跳入壺中詳九卷註

其九

生者爲過客死者爲歸人天地一逆旅同悲萬古塵月兔空擣藥扶桑已成一作以爲薪白骨寂無言青松豈知春前後更嘆息浮榮何足珍列子古者謂死人爲歸人夫言死人爲歸人則生人爲行人矣左傳保於逆旅杜預註逆旅客舍也孔頴達正義逆迎也旅客也迎止賓客之處也莊子悲夫世人直爲物逆旅耳傳玄擬天問月中何有白兔擣藥楚辭章句東方有扶桑之木其高萬仞日下浴於湯谷上拂其扶桑爰始而登照曜四方

其十

仙人騎彩鳳昨下閬風岑海水三清淺桃源一見尋遺我綠玉盃兼之紫瓊琴盃以傾美酒琴以閑素心

二物非世有何論珠與金琴彈松裏風盃勸天上月風月長相知世人何倏忽十洲記崑崙山三角其一角正北干辰之輝名曰閬風巔神仙傳麻姑云接待以來見東海三爲桑田向到蓬萊水又淺於往日桃源見二卷註江淹詩素心正如此李善註方言曰素本也

其十一

涉江弄秋水愛此荷花鮮攀荷弄其珠蕩漾不成圓佳期綵雲重欲贈隔遠天相思無由見悵望涼風前吳均詩願君早旋反及此荷花鮮楚辭與佳期兮夕張

其十二

去去復去去辭君還憶君漢水既殊流楚山亦此分

人生難稱意，豈得長爲群。越燕喜海日，燕鴻思朔雲。别久容華晚，琅玕不能飯。日落知天昏，夢長覺道遠。望夫登高山，化石竟不返。古詩行行重行行與君生别離鮑照詩人生不得常稱意吳越春秋胡馬望北風而立越燕向日而熙誰不愛其所近悲其所思者乎酉陽雜俎紫胸輕小者是越燕爾雅翼越燕小而多聲頷下紫巢于門楣上謂之紫燕亦謂之漢燕顏延之赭白馬賦眷西極而驤首望朔雲而蹀足張衡南都賦珍羞琅玕充溢圓方李周翰註琅玕玉名飲食比之所以爲美初學記劉義慶幽明錄曰武昌北山上有望夫石狀若人立古傳云昔有貞婦其夫從役遠赴國難携弱子餞送此山立望其夫而化爲石因以爲名焉

感興八首

瑤姬天帝女，精彩化朝雲。宛轉入夢宵，無心向楚君。

錦衾抱秋月綺席空蘭芬茫昧竟誰測虛傳宋玉文瑤姬見一卷惜餘春賦註宋玉高唐賦見二卷古詩第五十八首註詩國風錦衾爛兮江淹詩綺席生浮埃

其二

洛浦有宓妃飄颻雪爭飛輕雲拂素月了可見清輝解珮欲西去繆本作走含情詎相違香塵動羅襪淥水不沾衣陳王徒作賦神女豈同歸好色傷大雅多爲世所譏楚辭九歎迎宓妃於伊雒王逸註宓妃神女蓋伊洛水之精也史記索隱如淳曰宓妃伏羲女溺死洛水遂爲洛水之神曹植洛神賦序黃初三年余朝京師還濟洛川古人有言斯水之神名曰宓妃感宋玉對楚王說神女之事遂作斯賦髣髴兮若輕雲之蔽月飄颻兮若流風之回雪願誠信之先達解

玉佩以要之凌波微步羅襪生塵皆賦中語也陳王即曹植植以太和六年封陳王蕭士贇曰高唐神女二賦乃宋玉寓言以成文章洛神賦則子建擬之而作後世之人如癡子聽人說夢以爲誠有其事太白知其託詞而譏其傷大雅可謂識見高遠矣○宓當作虙即古伏字後人有作宓者誤也或作宓音讀更非

其三

裂素持作書將寄萬里懷眷眷待遠信竟歲無人來征鴻務隨（繆本作從）陽又不爲我棲委之在深篋蠹（繆本作塵）魚壞其題何如投水（繆本作火）中流落他人開不惜他人開但恐生是非　後漢書范式傳列素爲書以遺巨卿李善文選註纂文曰書縑曰素東觀餘論古者謂使爲信故逸少帖云信遂不取答真誥云公至山下又遣一信見告謝宣城傳云荊州信去

倚待陶隱居帖云明旦信還仍過取反凡言信者皆謂使人也近世猶有此語故虞永興帖云事已信人口具而今之流俗遂以遺書餽物爲信故謂之書信而謂前人之語亦然不復知魏晋以還所謂信者乃使之别名耳江淹詩遠心何所慕雲邊有征鴻鄭康成毛詩箋雁者隨陽而處孔安國尚書傳隨陽之鳥鴻雁之屬孔穎達正義日之行也夏至漸南冬至漸北鴻雁之屬九月而南正月而北左思蜀都賦所云木落南翔氷泮北徂是也日陽也此鳥南北與日進退隨陽之鳥故稱陽鳥古人謂書籤爲題傳所云隋唐藏書皆金題玉躞是矣此所云題者乃書札面上手筆封題之處

其四

芙蓉嬌綠波桃李誇白日偶蒙春風榮生此艷陽質豈無佳人色但恐花不實宛轉龍火飛零落互相失詎知凌寒松千載長守一守一不變其常也蕭士贇曰按此篇已見二卷古詩

四十七首必是當時傳寫之殊編詩者不能別姑存於此卷觀者試以首句比並而論美惡顯然識者自見之矣註已見前不復重出

其五

十五遊神仙仙遊未曾歇吹笙吟松風汎瑟窺海月西山玉童子使我鍊金骨欲逐黄鶴飛相呼向蓬闕江淹詩汎瑟卧遥帷張銑註汎瑟撫瑟也魏文帝詩西山一何高高高殊無極上有兩仙童不飲亦不食靈寶經鍊骨成金

其六

西國胡本作北有美女結樓青雲端蛾眉艷曉月一笑傾城歡高節不可奪繆本作奪明主炯心如凝丹常恐彩色晚

不爲人所觀安得配君子共乘繆本作成雙飛鸞古詩君亮執高節晋書張華曰臣先帝老臣中心如丹江淹詩彩色世所重琦按此篇與二卷中古詩之二十七首互有同異想亦是其初藳編詩者不審遂重列於此耳註已見前者不復重出

其七

竭來荆山客誰爲珉玉分良寶絶見棄虛持三獻君直木忌先伐芬蘭哀自焚盈滿天所損沉冥道所群東海有碧水西山多白雲魯連及夷齊可以躡清芬竭來詳見十三卷懷友人岑倫詩註說文珉石之美者鮑照詩涇渭不可雜珉玉當早分蕭士贇曰此篇已見二卷古風之三十六首但有數語之異是亦當時初本傳寫之殊編詩者不忍棄兩存之耳註已見前者不復重出

其八

嘉穀隱豐草草深苗且稀農夫既不異胡本作易孤穗將安歸常恐委疇隴忽與秋蓬飛烏得薦宗廟爲君生光輝

書呂刑農殖嘉穀說文禾嘉穀也二月始生八月而熟得時之中故謂之禾詩大雅茀厥豐草陶潛詩草盛豆苗稀曹植詩黍稷委疇隴農夫安所獲蕭士贇曰此篇比興之詩刺時賢不能引類拔萃以爲國用者與嘉穀隱豐草草深苗且稀喻賢人在野混於常人之中農夫既不異孤穗將安歸農夫見穀之在草而不別異之猶賢者見賢之在野而不薦引之也常恐委疇隴忽與秋蓬飛喻在野之賢唯恐老之將至與草木俱腐也烏得薦宗廟爲君生光輝在野之賢冀在位之賢引而進之以羽儀朝廷也嗟乎士懷才而不遇千載讀之猶有感激○穗音遂

寓言三首

周公負斧扆成王何夔夔武王昔不豫剪爪投河湄
賢聖遇讒慝不免人君疑天風拔大木禾黍咸傷萎
管蔡扇蒼蠅公賦鴟鴞詩金縢若不啟忠信誰明之

逸周書成王嗣幼弱未能踐天子之位周公攝政君天下弭亂六年而天下大治乃會方國諸侯於宗周大朝諸侯明堂之位天子之位負斧扆南面立禮記明堂位昔者周公朝諸侯於明堂之位天子負斧依南鄉而立鄭康成註負之言背也斧依爲斧文屏風於戶牖之間周公於前立焉孔穎達禮記正義天子當依而立者依狀如屏風以絳爲質高八尺東西當戶牖之間繡爲斧文也亦曰斧依故覲禮曰天子設斧依於戶牖之間左右几天子袞冕負斧依鄭註云依如今綈素屏風也有繡斧文所以示威也爾雅云牖戶之間謂之扆郭註云窻東戶西也依此諸解是設依於廟堂戶牖之間天子見諸侯則依而立負之而南面以對諸侯也扆依古字通用書舜典夔夔齋慄孔安國傳夔夔悚懼貌尚書旣克商二年王有疾

弗豫二公曰我其爲王穆卜周公曰未可以戚我先王公乃自以爲功爲三壇同墠爲壇於南方北面周公立焉植壁秉珪乃告太王王季文王公歸納册於金縢之匱中王翼日乃瘳武王既喪管叔及其群弟流言於國曰公將不利於孺子周公乃告二公曰我之弗辟我無以告我先王周公居東二年則罪人斯得於後公乃爲詩以貽王名之曰鴟鴞王亦未敢誚公秋大熟未獲天大雷電以風禾盡偃大木斯拔邦人大恐王與大夫盡弁以啟金縢之書得周公所自以爲功代武王之說王執書以泣曰昔公勤勞王家惟余冲人勿及知今天動威以彰周公之德唯朕小子其親逆我國家禮亦宜之王出郊天乃雨反風禾則盡起歲則大熟史記蒙恬列傳昔周成王初立未離襁褓周公旦負王以朝卒定天下及成王有病甚殆周公旦自揃其爪以沉於河曰王未有識是旦執事有罪殃旦受其不祥乃書而藏之記府及王能治國有賊臣言周公旦欲爲亂久矣王若不備必有大事王乃大怒周公旦走而奔於楚成王觀於記府得周公旦沈書乃流涕曰孰謂周公旦欲爲亂乎殺言之者而反周公旦魯世家亦載此事太白此詩蓋合

二事而互言之蕭士贇曰此懼讒詩也隱括金縢之事以申其意○扆隱綺切衣上聲同倚

其二

遙裔雙綵鳳婉孌三青禽往還瑤臺裏鳴舞玉山岑以歡秦娥意復得王母心區區繆本作驅驅精衛鳥啣木空哀吟盧思道詩丰茸雞樹客遙裔鶴烟稠毛萇詩傳婉孌少好貌山海經三青鳥皆西王母使也詳六卷註瑤臺玉山皆西王母之居見五卷註江淹詩顧乘青鳥翼徑出玉山岑秦娥謂秦穆公女弄玉也見六卷註精衛啣木填海見一卷大鵬賦註蕭士贇曰此刺當時出入宮掖取媚后妃公主以求爵位者綵鳳青禽以比倖幸瑤臺玉山以比宮掖秦娥以比公主王母以比后妃精衛啣木以比小臣懷區區報國之心盡忠竭誠而不見知其意微而顯矣○裔音曳

其三

長安春色歸，先入青門道。綠楊不自持，從風欲傾倒。海燕還秦宮，雙飛入簾櫳。相思不相（繆本作可）見，託夢遼城東。

雍錄：青門在漢都城爲東面南來第一門，郎邵平種瓜之地也。謝惠連詩：升月照簾櫳。說文：櫳，房室之疏也。秦置遼西、遼東二郡，因在遼水之西東而名。在唐時，遼西爲柳城郡及北平郡之東境，遼東爲安東都護府之地，外與奚、契丹、室韋、靺鞨諸夷相接，皆邊城也，有兵戍之。蕭士贇曰：此閨思詩也。艮人從軍，滔滔不歸，感時觸物而動懷人之思者歟？綠楊、海燕以起興也，婉然國風之體，所謂聖於詩者，此哉。

秋夕旅懷

涼風度秋海，吹我鄉思飛。連山去無際，流水何時歸。目極（繆本作日夕）浮雲色，心斷明月暉。芳草歇柔艷，白露催寒衣。夢長銀漢落，覺罷天星稀。含悲（繆本作嘆）想舊國

泣下誰能揮

感遇四首

吾愛王子晉，得道伊洛濱。金骨旣不毀，玉顔長自春。可憐浮丘公，猗靡與情親。舉手白日間，分明謝時人。二仙去已遠，夢想空殷勤。王子晉浮丘公事詳見五卷鳳笙篇註。子虛賦扶輿猗靡，張銑註：猗靡，相隨貌。阮籍詩：猗靡情歡愛。蕭士贇曰：此詩蓋有所懷，託二仙而言也。

其二

可嘆東籬菊，莖疎葉且微。胡本作肥。雖言異蘭蕙，亦自有芳菲。未泛盈樽酒，徒沾淸露輝。當榮君不採，飄落欲何依。陶潛詩：採菊東籬下。

其三

昔余聞姮繆本作常娥竊藥駐雲髮不自嬌玉顏方希鍊金骨飛去身莫返含笑坐明月紫宮誇蛾眉隨手會凋歇淮南子羿請不死之藥於西王母恒娥竊以奔月高誘註恒娥羿妻羿請不死藥於西王母未及服之恒娥盜食之得仙奔入月中爲月精也左思詩列宅紫宮裏李周翰註紫宮天子所居處

其四

宋玉事楚王立身本高潔巫山賦綵雲郢路歌白雪舉國莫能和巴人皆卷舌一惑蕭本作感登徒言恩情遂中絶宋玉高唐賦言巫山綵雲及對楚玉問言客有歌於郢中爲陽春白雪其曲彌高其和彌寡俱詳二卷註登徒子好色賦大夫登徒子侍於楚王短宋玉曰玉爲人體貌閑麗口多微辭又性好色願王

勿與出入後宮王以登徒子之言問宋玉玉曰體貌閑麗所受於天也口多微詞所學於師也至於好色臣無有也王曰子不好色亦有說乎有說則止無說則退班婕妤詩棄捐篋笥中恩情中道絶蕭士贇曰太白此篇借宋玉事以申已意也

翰林讀書言懷呈集賢繆本多院內二字諸學士

唐書百官志開元十三年改麗正修書院爲集賢殿書院五品以上爲學士六品以下爲直學士宰相一人爲學士知院事常侍一人爲副知院事又置判院一人押院中使一人元宗常選耆儒日一人侍讀以質史籍疑義至是置集賢院侍讀學士侍講直學士其後又增置修撰官校理官待制官留院官知校討官文學直之員又云學士之職本以文學言語被顧問出入侍從因得參謀議納諫諍其禮尤寵而翰林院者待詔之所也唐制乘輿所在必有文詞經學之士下至卜醫伎術之流皆直於别院以備宴見而文書詔令則中書舍人掌之自太宗時名儒學士時時

名以草制然猶未有名號乾封以後始號北門學士玄宗初置翰林待詔以張説陸堅張九齡等爲之掌四方表疏批答應和文章既而又以中書務劇文書多壅滯乃選文學之士號翰林供奉與集賢院學士分掌制詔書勑開元二十六年又改翰林供奉爲學士別置學士院專掌內命凡拜免將相號令征伐皆用白麻其後選用益重而禮遇益親至號爲內相又以爲天子私人凡充其職者無定員自諸曹尚書下至校書郎皆得預選

晨趨紫禁中夕待金門詔觀書散遺帙探古窮至妙片言苟會心掩卷忽而笑青蠅易相點白雪難同調本是疏散人屢貽褊促誚雲天屬清朗林壑憶遊眺或時清風來閒倚欄一作簷下嘯嚴光桐廬溪謝客臨海嶠功成謝人間一作君從此一投釣謝莊宋孝武宣貴妃誄收華紫

禁李善註王者之宮以象紫微故謂宮中爲紫禁李延濟註紫禁卽紫宮天子所居也漢書東方朔傳待詔金門稍得親近說文帙書衣也謝靈運詩散帙問所知散帙者解散其書外所褁之帙而翻閱之也陳子昂詩青蠅一相點白璧遂成冤蓋青蠅遺糞白玉之上致成點汚以比讒譖之言能使修潔之士致招罪尤也白雪曲名其曲彌高其和彌寡見二卷註章華太子後漢書註桐廬縣南有嚴子陵漁釣處今山邊有石上下可坐十人臨水名曰嚴陵釣壇也謝客卽謝靈運客是其小名詳十六卷註靈運有登臨海嶠詩張銑註臨海郡名嶠山頂也

尋陽紫極宮感秋作 舊唐書開元二十九年正月制兩京諸州各置玄元皇帝廟天寶二年三月改西京玄元廟爲太淸宮東京爲太微宮天下諸郡爲紫極宮方輿勝覽江州紫極宮去州二里卽今天慶觀蘇東坡曰李太白有潯陽紫極宮感秋時紫極宮今天慶觀也道士胡洞微以石本示予蓋其師卓玘之所爲

何處聞秋聲翛翛北窗竹迥薄萬古心攬之不盈掬靜坐觀衆妙浩然媚幽獨白雲南山來就我簷下宿嬾從唐生決羞訪季主卜四十九年非一往不可復野情轉蕭散世道有飜覆陶令歸去來田家酒應熟

謝脁詩颯颯滿池荷翛翛蔭窗竹古塘上行邊地多悲風樹木何翛翛皇娥歌萬象廻薄化無方陸機詩攬之不盈手老子衆妙之門謝靈運詩幽獨賴鳴琴陶潛詩白雲宿簷端張衡思玄賦感蔡子之慷慨從唐生以決疑用唐舉相蔡澤事見十七卷註史記司馬季主者楚人也卜於長安東市淮南子蘧伯玉年五十而知四十九年非陶潛問來使詩歸去來山中山中酒應熟○翛音宵

江上秋懷

餐霞臥舊壑散髮謝遠遊山蟬號枯桑始復知天秋

朔雁别海裔越燕辭江樓颯颯風卷沙茫茫霧縈洲黃雲結暮色白水揚寒流惻愴心自悲潺湲淚難收蘅蘭方蕭瑟長嘆令人愁餐霞吞食霞氣仙家修鍊之法詳十三卷註散髮不冠而髮披亂也張華詩散髮重陰下謝靈運撰征賦眷轉蓬之辭根悼朔雁之赴越淮南子遊於江海裔高誘註裔邊也越燕今之紫燕已見本卷註楚辭橫流涕兮潺湲王逸註潺湲流貌郭璞爾雅註杜蘅似葵而香邢昺疏本草唐本註云杜蘅葉似葵形如馬蹄故俗云馬蹄香生山之陰水澤下濕地根似細辛白前等山海經云天帝山有草其狀如葵其臭如蘼蕪名曰杜衡可以走馬食之已癭是也

秋夕書懷 一作秋日南遊書懷

北風吹海雁南渡落寒聲感此瀟湘客悽其流涙情海懷結滄洲一作遠心飛蒼梧霞一作遐想遊繆本作遙赤城始探

蓬壺事（一作始採蓬壺術）旋覺天地輕澹然吟（一作思）高秋閑臥瞻太淸蘿月掩（一作隱）空幕松霜結（繆本作霜皓一作雲散）前榼滅見息群動獵微窮至精桃花有源水可以保吾生（初學記名山畧記云赤城山一名燒山東卿司命君所居洞周圍三百里上有上玉清平天詳見七卷註拾遺記蓬壺蓬萊也陶潛詩日入群動息莊子至精無形桃花源見二卷註）

避地司空原言懷（一統志司空山在安慶府太湖縣西北一百六十里山極高峻山半有洗馬池即古司空原李白嘗避地於此太平寰宇記司空山在舒州太湖縣東北一百三十里）

南風昔不競豪聖思經綸劉琨與祖逖起舞雞鳴晨雖有匡濟心終爲樂禍人我則異於是潛光皖水濱

卜築司空原北將天柱鄰雪霽萬里月雲開九江春

俟乎太階平然後託微身傾家事金鼎年貌可繆本作何

長新所願得此道終然保清真弄景奔日馭攀星戲

河津一隨王喬去長年玉天賓左傳晉人聞有楚師師曠曰不害吾驟歌北風又歌南風南風不競多死聲楚必無功杜預註歌者吹律以咏八風南風音微故曰不競也太白借用作晉朝南渡兵力不競解晉書祖逖與劉琨俱爲司州主簿情好綢繆共被同寢中夜聞荒鷄鳴蹴琨覺曰此非惡聲也因起舞論曰祖逖散穀周貧聞雞暗舞思中原之燎火幸天步之多艱原其素懷抑爲貪亂者矣太白樂禍之論蓋本於此梁書高祖覩海內方亂有匡濟之心曹植詩潛光養羽翼進趣且徐徐太平寰宇記皖水在舒州懷寧縣西北自壽州霍山縣南流入經縣北二里又東南流二百四十里入大江謂之皖口一統志皖水在潛山縣北下流會潛水經府城西達大江江南通志太白書堂在太湖縣

司空山李白避地於此有卜築司空原之句韻會將輿也唐六典註霍山一名天柱在舒州懷寧縣自漢以來爲南岳通典舒州懷寧縣有灊山一名天柱山方輿勝覽天柱峯在皖山高三千七百丈周三百五十里山東有瀑布漢武帝嘗登此山即司元洞府九天司命真君所主也江南通志天柱山在安慶府潛山縣與潛山連其峯最高突出衆山之上峭拔如柱屹然爲尊道書謂之司元洞天漢武帝嘗登封於此以代南岳山有魏左慈煉丹故跡九江在潯陽見十四卷註長楊賦玉衡正而泰階平詳一卷明堂賦註江淹別賦鍊金鼎而方堅李善註鍊金爲丹之鼎也廣雅日御謂之羲和陳子昂詩還丹奔日馭却老餌雲霞河津謂天河之津王喬有三一是上古之仙人或稱王子喬或稱王喬楚詞中累引之見十二卷註一是周靈王之太子晉亦稱王子喬見五卷註一是後漢時河東人爲葉縣令者見十一卷註玉天道家所謂玉清境之天天寶君所治即清微天也又王績詩三山銀作地八洞玉爲天○逖音剔皖音近緩

上崔相百憂章

原註時在尋陽獄○崔相即崔渙詳十一卷註按太白爲宋中

丞自薦表云避地廬山遇永王東巡脅行中道奔走卻至彭澤具已陳首前後經宣慰大使崔渙及臣推覆清雪尋經奏聞此詩及萬憤詞皆作於是時

共工赫怒天維中摧鯤鯨噴蕩揚濤起雷魚龍陷人成此禍胎火焚崑（繆本作昆）山玉石相磓仰希霖雨灑寶炎煨箭發石開戈揮日迴鄒衍慟哭燕霜颯來微誠不感猶縶（一作贄）夏臺蒼鷹搏攫丹棘崔嵬豪聖凋枯王風傷哀斯文未喪東岳豈頹穆逃楚難鄒脫吳災見機苦遲二公所咍驥不驟進麟何來哉星離一門草擲二孩萬憤結緝（蕭本作習一作緝）憂從中催金瑟玉壺盡爲愁媒舉酒太息泣血盈杯台星再朗天網重恢

屈法申恩棄瑕取材冶長非罪尼父無猜覆盆儻舉應照寒灰列子共工氏與顓頊爭爲帝怒而觸不周之山折天柱絕地維成公綏天地賦共工赫怒天柱摧折宋玉大言賦壯士憤兮絕天維鯤北溟大魚也鯨亦海中大魚俱見大鵬賦註漢書枚乘傳福生有基禍生有胎書胤征火炎崑岡玉石俱焚廣韻磓落也韻會煨燼也西京雜記李廣獵於冥山之陽見臥虎射之沒矢飲羽進而視之乃石也其形類虎退而更射鏃破幹折而石不傷予嘗以問揚子雲子雲曰至誠則金石爲開班固幽通賦李虎發而石開淮南子魯陽公與韓構戰酣日暮援戈而揮之日爲之反三舍李善文選註淮南子曰鄒衍盡忠於燕惠王惠王信譖而繫之鄒衍仰天而哭正夏而天爲之降霜史記桀名湯而囚之夏臺已而釋之索隱曰夏臺獄名廣雅獄犴也夏曰夏臺殷曰羑里周曰囹圄漢書郅都遷爲中尉是時民朴畏罪自重而都獨先嚴酷致行法不避貴戚列侯宗室見都側目而視號曰蒼鷹顏師古曰言其鷙擊之甚周易寘於叢棘虞翻註獄外種九棘故稱叢棘孔穎達正義謂囚

執之處以叢棘而禁之也初學記春秋元命苞曰樹棘槐聽訟於其下棘赤心有刺言治人者原其心不失赤實事所以刺人其情令各歸實槐之言歸也情見歸實爾雅翼棘有赤白二種丹棘即赤棘也陳子昂詩終古代興没豪聖莫能爭又云卬陵徒自出賢聖幾凋枯楊齊賢註豪聖周公也遭流言之變王道凋枯故豳以下諸詩傷哀之禮記孔子早作負手曳杖逍遙於門歌曰泰山其頹乎梁木其壞乎哲人其萎乎子貢聞之曰泰山其頹則吾將安仰梁木其壞哲人其萎則吾將安放夫子殆將病也蓋寢疾七日而没初學記泰山五岳之東岳也漢書楚元王以穆生白生申公爲中大夫穆生不嗜酒元王每置酒常爲穆生設醴及王戊即位常設後忘設焉穆生退曰可以逝矣醴酒不設王之意怠不去楚人將鉗我於市稱疾臥申公白生強起之曰獨不念先王之德歟今王一旦失小禮何足至此穆生曰易稱知幾其神乎君子見機而作不俟終日先王之所以禮吾三人者爲道之存故也今而忽之是忘道也忘道之人胡可以久處豈爲區區之禮哉遂謝病去申公白生獨留王戊稍淫暴乃與吳通謀二人諫不聽胥靡之衣

之赭衣使杵曰雅春於市鄒陽齊人也仕吳以文辯著名吳王以太子事怨望稱疾不朝陰有邪謀陽奏書諫吳王不納其言於是鄒陽知吳不可說去之梁從孝王遊廣韻哈笑也宋玉九辯驥不驟進而求服兮家語叔孫氏之車士曰子鉏商採薪於大野獲麟焉折其前左足載以歸叔孫以爲不祥棄之於郭外使人告孔子曰有麏而角者何也孔子往觀之曰麟也胡爲來哉胡爲來哉反袂拭面涕泣沾襟叔孫聞之然後取之子貢問曰夫子何泣爾孔子曰麟之至爲明王也出非其時而見害吾是以傷焉鮑照舞鶴賦忽星離而雲罷李善註星離分散也楚辭九思心結縎兮折摧博雅結縎不解也江淹詩白露滋金瑟清風蕩玉琴晉書三台六星兩兩而居起文昌列抵太微三公之位也在人曰三公在天曰三台老子天網恢恢疏而不失說文恢大也台星再朗謂崔相之明察能照見幽微天網重恢冀其赦巳之罪卬遲與陳伯之書主上屈法申恩吞舟是漏陳琳爲袁紹檄豫州文收羅英雄棄瑕取用史記公冶長齊人字子長孔子曰長可妻也雖在縲絏之中非其罪也以其子妻之抱朴子是責三光不照覆盆之內也三國志

起烟於寒灰之上生華於已枯之木○鯨音琴碓音堆煨音近威爇音執咍呼來切海平聲㺊音魁瑕音遐

萬憤詞投魏郎中

海水渤當作浡潏入羅鯨鯢蓊胡沙而四塞始滔天於燕齊何六龍之浩蕩遷白日於秦西九土星分嗷嗷悽悽蕭本作栖栖下韻重出恐誤南冠君子呼天而啼戀高堂而掩泣淚血地而成泥獄戸霏玉本作時當春而不草獨幽怨而沉迷兄九江兮弟三峽悲羽化之難齊穆陵關北愁愛子豫章天南隔老妻一門骨肉散百草遇難不復相提攜樹榛拔桂囚鸞寵雞舜昔授禹伯成耕犁

德自此衰吾將安棲好我者恤我不好我者何忍臨危而相擠子胥鴟夷彭越醢醢自古豪烈胡爲此緊蒼蒼之天高乎視低如其聽卑脫我牢狴儻辨美玉君收白珪木華海賦天綱浡潏李善註浡潏沸湧貌桓子新論曰夏禹之時洪水浡潏鯨鯢以喻不靖之人詳八卷註此以指祿山作亂也李善文選註蓊聚也書堯典浩浩滔沃祿山自范陽起逆遂據燕地燕燕與齊接壤故兼言之曰始滔天於燕齊也淮南子註言日乘車駕以六龍詳三卷註以喻明皇幸蜀也蜀在秦之西故曰秦西國語能平九土韋昭曰九土九州之土也淮南子何謂九州東南神州曰農土正南次州曰沃土西南戎州曰滔土正西弇州曰并土正中冀州曰白土西北台州曰肥土正北濟州曰成土東北薄州曰隱土正東陽州曰申土左思蜀都賦九土星分萬國錯峙左傳晉侯觀於軍府見鍾儀問之曰南冠而縶者誰也有司對曰鄭人所獻楚囚也使稅之召而弔之再拜稽首問其族對曰伶

人也使與之琴操南音公語范文子文子曰楚囚君子也蕭士贇曰高堂喻朝廷也琦按世之稱父母多曰高堂太白詩中絶無思親之句疑其遷化久矣考漢書賈誼傳曰人主之尊譬如堂群臣如陛衆庶如地故陛九級上廉遠地則堂高陛亡級廉近地則堂卑高者難攀卑者易陵理勢然也蕭氏以高堂爲喻朝廷其説近是梁書抱痛圓門含憤獄戶劉公幹詩沉迷簿領書回回自昏亂文獻通考九江在江州之西北詳十四卷註四川通志巫峽在巫山縣東三十里與西陵峽歸峽並稱三峽上自夔州下至歸州夷陵州凡七百里中皆三峽之地羽化如仙人之化生羽翼蓋謂弟兄天各一方欲如飛仙之輕舉遠逝而相聚會不能得也唐書地理志沂州沂水縣北有穆陵關山東通志穆陵關在沂水縣北一百二十里古齊關也一統志穆陵關在青州大峴山上左傳齊桓公曰賜我先君履南至於穆陵卽此又元和郡縣志穆陵關在黃州麻城縣西八十八里在穆陵山上是穆陵關有二處而太白所稱者則齊地之穆陵關也蓋是時伯禽尚在東魯未歸耳豫章郡名唐時屬江南西道又謂之洪州在潯陽郡之南疑太白卧廬山

時家室寓此流夜郎寄內詩曰南來不得豫章書可見後漢書公卿所舉率黨其私所謂放鴟鴞而囚鸞鳳莊子堯治天下伯成子高立爲諸侯堯授舜舜授禹伯成子高辭爲諸侯而耕禹往見之則耕在野禹趨就下風立而問焉曰昔堯治天下吾子立爲諸侯堯授舜舜授予吾子辭爲諸侯而耕敢問其故何也子高曰昔堯治天下不賞而民勸不罰而民畏今子賞罰而民日不仁德自此衰刑自此立後世之亂自此始矣夫子闔行耶無落吾事俋俋乎耕而不顧說死吳王賜子胥屬鏤之劍曰子以此死子胥乃自刺殺吳王取子胥尸盛以鴟夷浮之江中漢書比干剖心子胥鴟夷應劭曰吳王取馬革爲鴟夷盛子胥而沉之江鴟夷榼形顏師古曰鴟夷即今之盛酒鴟夷騰高誘呂覽註革囊之大者爲鴟夷史記索隱韋昭云以皮作鴟鳥形名曰鴟夷鴟夷皮榼也服虔云用馬革作囊以裹尸投之於江史記漢誅梁王彭越醢之盛其醢徧賜諸侯廣韻緊辭也韻會緊語助也莊子天之蒼蒼其正色耶呂氏春秋天之處高而聽卑初學記狴牢者亦獄別名家語孔子爲魯司寇有父子訟者夫子同狴執之王肅註狴獄牢也詩小雅白

圭之玷尚可磨也○琦按太白集中稱其兄者五人新平長史粲也襄陽少府皓也虞城宰錫也中都明府某也徐王延年也稱其弟者十七人金城尉叔卿也臨洺令皓也舍人臺卿也南平太守之遙也宣州長史昭也單父主簿凝也鄱陽司馬昌岠也溧陽尉濟也京兆參軍令問也不言職位者延陵也冽也幼成也況也襄也綰也錞也浮屠談皓也大抵皆從兄弟也此詩所云兄九江兮弟三峽與下文愛子老妻並言似指其親兄弟而言上有兄下有弟則太白乃其仲歟然兄弟之名則無可據姑表出之以俟淹博者之詳考○潏音聿繄音近衣狌邊迷切音篦又音批珪與圭同

荊州賊亂蕭本作平臨洞庭言懷作

通鑑乾元二年八月襄州將康楚元張嘉延據州作亂刺史王政奔荊州楚元自稱南楚霸王九月張嘉延襲破荊州荊南節度使杜鴻漸棄城一走澧朗郢峽歸等州官吏聞之爭潛竄山谷十一月康楚元等衆至萬餘人商州刺史充荊襄等道租庸使韋倫發兵討之駐於鄧之境招諭降者厚撫之伺其稍怠進軍

擊之生擒楚元其衆遂潰得其所掠租庸二百萬緡荆襄皆平

修蛇横洞庭吞象臨江島積骨成巴陵遺言聞楚老
水窮三苗國地窄三湘道歳晏天崢嶸時危人枯槁
思歸阻喪亂去國傷懷抱郢路方卯墟章華亦傾倒
風悲猿嘯苦木落鴻飛早日隱西赤沙月明東城草
關河望已絶氛霧行當掃長吁天可聞吾將問蒼昊

淮南子堯乃使羿斷修蛇於洞庭高誘註修蛇大蛇吞象三年而出其骨之類元和郡縣志昔羿屠巴蛇於洞庭其骨若陵故曰巴陵孔安國尚書傳三苗之國左洞庭右彭蠡在荒服之例去京師二千五百里通典岳州古蒼梧之野亦三苗國之地青草洞庭湖在焉二湖相連青草在南洞庭在北註云凡今長沙衡陽諸郡皆古三苗之地三湘詳一卷悲清秋賦註楚辭歳旣晏兮孰華予王逸註晏晚也鮑照舞鶴賦

歲崢嶸而愁暮李善註廣雅曰崢嶸高貌歲之將盡猶物之高也通典江陵郡今之荆州春秋以來楚國之都謂之郢都西通巫巴東接雲夢亦一都會也楚辭惟郢路之遼遠左思魏都賦臨淄牢落鄢郢邱墟吕延濟註邱墟謂居人少也方輿勝覽江陵府有章華臺晋杜預云在今南郡華容城中華容卽今監利水經註洞庭湖水廣圓五百餘里日月若出没於其中方輿勝覽洞庭湖在巴陵縣西西吞赤沙南連青草横亘七八百里岳陽風上記赤沙湖在華容縣南夏秋水泛與洞庭洪通杜甫道林岳麓詩所謂殿角插入赤沙湖也一統志赤沙湖在洞庭湖西夏秋水泛與洞庭爲一涸時惟見赤沙舊記云洞庭南連青草西亘赤沙七八百里又謂之三湖初學記盛弘之荆州記云巴陵南有青草湖周廻數百里湖南有青草山因以爲名一統志青草湖一名巴邱湖北連洞庭南接瀟湘東納汨羅之水每夏秋水泛與洞庭爲一水涸則此湖先乾青草生焉琦按城草恐是青草之訛然青草在南而詩云東青草則又未敢定也江淹詩皇晋遘陽九天下横氛霧張銑註氛霧喻亂賊也王延壽魯靈光殿賦承蒼昊之純殷張載註蒼昊

皆天之稱也春爲蒼天夏爲昊天

覽鏡書懷

得道無古今失道還衰老自笑鏡中人白髮如霜草捫心空嘆息問影何枯槁桃李竟何言終成南山皓

史記桃李不言下自成蹊南山四皓見二十二卷註

田園言懷

賈誼三年謫班超萬里侯何如牽白犢飲水對清流

漢書賈誼爲長沙傅三年有服飛入誼舍止於坐隅誼既以謫居長沙長沙卑濕誼自傷悼以爲壽不得長乃爲賦以自廣後漢書班超行詣相者曰祭酒布衣諸生耳而當封侯萬里之外超問其狀相者指曰生燕頷虎頭飛而食肉此萬里侯相也後使西域西域五十餘國悉皆納質內屬封超爲定遠侯淮南子

宋人好善者家無故黑牛生白犢高士傳許由堯名爲九州長由不欲聞之洗耳於潁濵時其友巢父牽犢欲飲之見由洗耳問其故對曰堯欲名我爲九州長惡聞其聲是故洗耳巢父曰子若處高岸深谷人道不通誰能見子子故浮游欲聞求其名譽汙吾犢口牽犢上流飲之詩意謂仕宦而不得志如賈誼一流得志如班超一流皆羈旅異方不如巢許隱居獨樂安步田園之爲善也其旨深矣

江南春懷

青春幾何時黃鳥鳴不歇天涯失鄉一作歸路江外老華髮心飛秦塞雲影滯楚關月身世殊爛熳田園久蕪没歲晏何所從長歌謝金闕埤雅黃鳥亦名黎黃其色黎黑而黃也鳴則蠶生韓子曰以鳥鳴春若黃鳥之類其善鳴者也陰陽運作推移時至氣動不得不爾故先王以候節華髮見九卷註歲晏見前三首註楚辭章句謝去也金闕猶金門長歌謝金闕見不復有仕進之意

聽蜀僧濬彈琴

蜀僧抱綠綺，西下峨眉峯。爲我一揮手，如聽萬壑松。客心洗流水，遺響入霜鐘。不覺碧山暮，秋雲暗幾重。綠綺，司馬相如之琴也，見二十卷註。唐書地理志：嘉州羅目縣有峨眉山。嵇康琴賦：伯牙揮手。李善註：揮，動也。流水，見十六卷註。山海經：豐山有九鐘焉，是知霜鳴。郭璞註：霜降則鐘鳴，故言知也。

魯東門觀刈蒲埤雅：蒲，水草也。似莞而褊，有脊，生於水涯，柔滑而溫，可以爲席。

魯國寒事早，初霜刈渚蒲。揮鐮若轉月，拂水生連珠。此草最可珍，何必貴龍鬚。織作玉牀席，欣承清夜娛。羅衣能再拂，不畏素塵蕪。陸倕詩：江關寒事早，夜露傷秋草。梁簡文帝詩：渚蒲變新節。方言：刈鉤，自關而西或謂之鉤，或謂之鐮。顏師古急就篇註：鉤，卽鐮也。形曲如鉤，因以名云。蜀本

草龍芻叢生莖如綖所在有之俗名龍鬚草可爲席謝朓咏席詩但願羅衣拂無使素塵彌○鎌音廉

詠鄰女東窗海石榴太平廣記新羅多海紅并海石榴唐贊皇李德裕言花名中帯海者悉從海東來

魯女東窗下海榴世所稀珊瑚映綠水未足比光輝清香隨風發落日好鳥歸願爲東南枝低舉拂羅衣無由一蕭本作共攀折引領望金屏潘岳安石榴賦似長離之棲鄧林若珊瑚之映綠水古詩清商隨風發潘岳詩引領望京室王延壽魯靈光殿賦排金扉而北入張銑註扉門扉也

南軒松

南軒有孤松柯葉自綿冪清風無閑時蕭灑終日夕陰生古苔綠色染秋烟碧何當凌雲霄直上數千尺

綿羃枝葉稠密而相覆之意。羃音密

詠山樽二首 前一首一作詠柳少府山瓚木樽

蟠木不彫飾且將斤斧繆本作斧斤疎樽成山岳勢材是棟梁餘外與金罍並中涵玉醴虛懃君垂拂拭遂忝玳筵居漢書蟠木根柢輪囷離奇顏師古註蟠木屈曲之木也金罍酒器見七卷註張衡思玄賦噏青岑之玉醴兮呂向註玉醴玉泉也嵇康琴賦玉醴湧其前呂延濟註玉醴玉漿也味如酒此詩之意則以玉醴爲酒也江總詩玳筵歡趣密

其二

擁腫寒山木嵌空成酒樽愧無江海量偃蹇在君門莊子吾有大樹人謂之樗其大本擁腫而不中繩墨甘泉賦嵌巖巖其龍鱗顏師古註嵌開張貌。嵌丘

銜切音近龕

初出金門尋王侍御不遇咏壁上鸚鵡一作勅放歸山

留别陸侍御不遇詠鸚鵡

落羽辭金殿孤鳴託蕭本作吒繡衣能言終見棄還向隴西繆本御史繡衣見十一卷註張華禽作山飛經註鸚鵡出隴西能言鳥也

紫藤樹筆談黃環即今之朱藤也葉如槐其花穗懸紫色如葛花可作菜食火不熟亦有小毒京師人家園圃中作大架種之謂之紫藤花者是也實如皂莢蜀都賦所謂青珠黃環者黃環即此藤之根古今皆種以爲庭檻之飾

紫藤挂雲木花蔓宜陽春密葉隱歌鳥香風留蕭本作流美人

觀放白鷹二首

八月邊風高胡鷹白錦毛孤飛一片雪百里見秋毫

其二

寒冬十二月蒼鷹八九毛寄言燕雀莫相啅自有雲霄萬里高 蘇武詩寒冬十二月晨起距嚴霜鷹一歲色黃二歲色變次赤三歲而色始蒼矣故謂之蒼鷹八九毛者是始養之鷹剪其勁翮令不能遠舉颺去啅衆口貌太白借用作嘲誚意〇此詩河嶽英靈集以爲高適之作題云見薛大臂鷹作適集亦載此詩〇啅音捉

觀博平王志安少府山水粉圖 唐河北道博州博平郡有博平縣

粉壁爲空天丹青狀江海游雲不知歸日見白鷗在

博平真人王志安沉吟至此願挂冠松溪石磴繆本作嶝

帶秋色愁客思歸坐繆本作生曉寒南史蕭昉素爲諸暨令到縣十餘日挂衣冠於縣門而去釋常談休官謂之挂冠西漢馮萌見王莽篡逆乃日不去禍將及身遂解冠挂於城東門而去韻會磴登涉之道也○磴音鐙或作嶝音義同

題雍丘崔明府丹竈唐河南道汴州陳留郡有雍丘縣

美人爲政本忘機服藥求仙事不違葉縣已泥丹竈畢瀛洲當伴赤松歸先師有訣神將助大聖無心火自飛九轉但能生羽翼雙鳧忽去定何依瀛洲海中仙山見十五卷註赤松子古仙人見二卷註抱朴子古之道士合作神藥必入名山山神必助之爲福藥必成又云一轉之丹服之三年得仙二轉之丹服之二年得仙三轉之丹服之一年得仙四轉之丹服之半年得仙

五轉之丹服之百日得仙六轉之丹服之四十日得仙七轉之丹服之二十日得仙八轉之丹服之十日得仙九轉之丹服之三日得仙魏文帝詩服藥四五日身輕生羽翼風俗通俗說孝明帝時尚書郎河東王喬遷爲葉令喬有神術每月朔嘗詣臺朝帝怪其來數而無車騎密令太史候望言其臨至時常有雙鳬從南飛來因伏伺見鳬舉羅但得一雙舄耳使尚方識視四年中所賜尚書官屬履也

觀元丹邱坐巫山屏風

昔遊三峽見巫山見畫巫山宛相似疑是天邊十二峯飛入君家綵屏裏寒松蕭颯如有聲陽臺微茫如有情錦衾瑤席何寂寂楚王神女徒盈盈高咫尺如千里翠屏丹崖粲如綺蒼蒼遠樹圍荆門歷歷行舟泛巴水水石潺湲萬壑分烟光草色俱氳氛溪花笑

日何年發江客聽猨幾歲聞使人對此心緬邈疑入

高蕭本作嵩誤邱夢綵雲太平寰宇記巫山縣有巫山盛弘之荆州記云沿峽二十里有新崩灘至巫峽因山而名也首尾一百六十里舊云自三峽取蜀數千里恒是一山此蓋好大之言也惟三峽七百里兩岸連山畧無歛處重巖叠嶂隱天蔽日自非亭午夜分不見日月所謂高山尋雲怒湍流水絶非人境神女廟在峽之岸四川省志巫山在夔州巫山縣東三十里形如巫字有峯十二曰望霞翠屏朝雲松巒集仙聚鶴淨壇上昇起雲棲鳳登龍望聖也此十二峯者不聚一面乃江繞此山周遭有十二峯繪者不得不彙爲一圖耳陽臺山在巫山縣治西北高邱山亦在其間高唐賦載巫山神女與楚王夢遇自言妾在巫山之陽高邱之岨旦爲朝雲暮爲行雨朝朝暮暮陽臺之下是也後人立神女廟於山下今謂妙用真人祠楚辭瑶席兮玉瑱王逸註瑶玉爲席湯惠休詩錦衾瑶席爲誰芳南史蕭賁善畫於扇上圖山水咫尺之内便覺萬里爲遥荆門在巫山之下流巴水在巫山之上流一統志荆門山在湖廣

荆州宜都縣西北五十里大江南與虎牙相對水經註巴水出晉昌郡宣漢縣巴嶺山西南流歷巴中經巴城故城南李嚴所築大城北西南入江四川通志巴江在重慶府巴縣東北閬水與白水合流曲折三回如巴字因名巴江琦謂詩中所云巴水似指巴地所經之水而言不專謂曲折三回之巴江也廣韻潺湲水流貌氛氲祥氣也謝靈運詩緬邈區中緣張銑註緬邈髣髴也

求崔山人百丈崖瀑布圖

天台山志百丈巖在天台縣西北二十五里崇道觀西北與瓊臺相望峭險東臨四山墻立下爲龍湫翠蔓蒙絡水流聲潨然盤澗繞麓入爲靈溪由高視下凄神寒骨

百丈素崖裂四山丹壁開龍潭中噴射晝夜生風雷
但見瀑泉落如潨雲漢來聞君寫真圖島嶼備縈廻
石黛刷幽草曾青澤古苔幽縅儻相傳何必向天台

韻會：瀑，飛泉懸水也。潨，水會也。除陵《玉臺新詠序》：南都石黛，最發雙蛾。《韻會》：黛，《說文》：畫眉墨也。本作黱，今作黛。《荀子·王制篇》：南海則有羽翮齒革曾青丹干焉。楊倞註：曾青，銅之精，可繪畫及化黃金者，出蜀山越崖。又《正論篇》：加之以丹矸，重之以曾青。楊倞註：曾青，銅之精，形如珠者，其色極青，故謂之曾青。謝惠連詩：盈筐自予手，幽緘候君開。李延濟註：幽，密；緘，封也。○瀑音僕，潨音叢。

見野草中有名（蕭本作曰）白頭翁者（《名醫別錄》：白頭翁處處有之，近根處有白茸，狀似白頭老翁，故以為名。《唐本草》：白頭翁，其葉似芍藥而大，抽一莖，莖頭一花，紫色，似木槿花。實大者如雞子，白毛寸餘，皆披下，如纛頭，正似白頭老翁，故名焉。陶言近根有白茸，似不識也。）

醉入田家去，行歌荒野中。如何青草裏，亦有白頭翁。折取對明鏡，宛將衰鬢同。微芳似相誚，留（繆本作流）恨向

東風

流夜郎題葵葉

慙君能衛足嘆我遠移根白日如分照還歸守故園左傳鮑莊子之智不如葵葵猶能衛其足杜預註葵傾葉向日以蔽其根

瑩禪師房觀山海圖

真僧閉精宇滅跡含達觀列障繆本作嶂圖雲山攢峯入霄漢丹崖森在目清晝疑卷幔蓬壺來軒窓瀛海入几案烟濤爭噴薄島嶼相凌亂征帆飄空中瀑水灑天半崢嶸若可涉想像徒盈嘆杳與真心冥遂諧靜者翫如登赤城裏揭涉繆本作步滄洲畔卽事能娛人從

兹得蕭（蕭本作消）散（謝靈運詩：滅跡入雲峯。韻會：障，步障也。廣韻：幔，帷幔也。拾遺記：蓬壺，蓬萊也；瀛海，大海也。見廿二卷註。初學記：海中山曰島，海中洲曰嶼。登真隱訣云：赤城山下有丹洞，在三十六洞天數，其山足丹。韻會：褰裳渡水，由膝以下曰揭。○嶼音序）

白鷺鷥

白鷺下秋水，孤飛如墜霜。心閑且未去，獨立沙洲傍。

詠槿二首（槿，繆本作桂。琦察詩辭，前首是詠槿，次首乃咏桂也。二本各有誤處，識者定之。○本草衍義：木槿花如小葵，淡紅色，五葉成一花，朝開暮斂。湖南北人家多種植之以爲籬障。韻會：槿，木名。爾雅：櫬也。其花朝生暮落，一名日及，一名蕣華，蓋取一瞬之義）

園花笑芳年，池草艷春色。猶不如槿花，嬋（繆本作嬋）娟玉墀側。芬榮何夭促，零落在瞬息。豈若瓊樹枝，終歲長翕艶廣韻嬋娟好姿態貌嫙娟美貌又云舞貌江淹詩終歲如瓊草紅華長翕艶又云瑤草正翕艶呂向註翕艶茂鬱貌○嬋音禪嫙音近騈艶音釋又音赫

其二

世人種桃李多蕭本作皆在金張門攀折爭捷徑及此春風暄一朝天霜下榮耀難久存安知南山桂綠葉垂芳根清陰亦可託何惜樹君園漢書蓋寬饒傳上無許史之屬下無金張之託顏師古註許氏史氏有外屬之恩金氏張氏自託在於近狎也離騷夫唯捷徑以窘步王逸註捷疾也徑邪道也

白胡桃

紅羅袖裏分明見白玉盤中看却無疑是老僧休念

誦腕前推下水精珠初學記沈懷遠南越志云海中有火珠明月珠水精珠

巫山枕障

巫山枕障畫高邱白帝城邊樹色秋朝雲夜入無行處巴水橫天更不流巫山在巫山縣白帝城在奉節縣俱在夔州之東高卯在巫山之陽巴水即巫山下所經之水俱見前註

南奔書懷一作自冊陽南奔道中作

遙夜何漫漫一作時旦空歌白石爛寗戚未匡齊陳平終佐漢攙搶掃河洛直割鴻溝半壓數方未遷雲雷屢一作起多難天人秉旄鉞虎竹光藩翰侍筆黃金臺傳觴青玉案不因秋風起自有思歸嘆主將動讒疑王

師忽離叛自來白沙上一作兵羅滄海上鼓噪丹陽岸賓御如浮雲從風各消散舟中指可掬城上骸爭爨草草出近鬪行行昧前算南奔劇星火北寇無涯畔顧乏七寶鞭留連道傍繆本作邊翫太白夜食昴長虹日中貫秦趙興天兵茫茫九州亂感遇一作結明主恩頗高祖遂言過江誓流水志在清中原拔劍擊前柱悲歌難重論孟子疏三齊記云齊桓公夜出迎客甯戚疾擊其牛角高歌曰南山粲白石爛生不遭堯與舜禪短布單衣適至骭從昏飯牛薄夜半長夜曼曼何時旦桓公乃名與語悅之遂以爲大夫楚辭靚杪秋之遙夜遙遙夜長夜也史記陳平曰臣事魏王魏王不能用臣說故去事項王項王不能信人其所任愛非諸項即妻之昆弟雖有奇士不能用平乃去楚聞漢王之能用人故歸大王爾雅彗星爲欃槍曹植武帝

誅攙搶北掃舉不淡辰史記項羽乃與漢王約中分
天下割鴻溝而西者爲漢鴻溝而東者爲楚書大禹
謨天之歷數在汝躬孔安國傳歷數謂天道也正義
云歷數謂天歷運之數帝王易姓而興故言歷數爲
天道雲雷用周易屯卦義其卦以震遇坎故取象雲
雷其義以乾坤始交而遇險難故名屯屯難也魏畧
邯鄲淳詣臨淄侯植歸對其所知嘆植之才以爲天
人周書王左杖黃鉞右秉白旄以麾虎竹銅虎符竹
使符也見五卷塞下曲註詩大雅价人維藩大宗維
翰黃金臺見二卷青玉案詩見十三卷註張翰爲齊
王冏東曹掾因秋風起思吳中菰菜蓴羹鱸魚膾遂
命駕而歸見三卷註文獻通考真州本唐揚州揚子
縣之白沙鎮胡三省通鑑註今真州治所唐之白沙
鎮也時屬廣陵郡揚州府志白沙洲在儀真縣城外
濱江地多白沙故名按南史南齊於白沙置一軍即
此左傳越子爲左右句卒使夜或左或右鼓譟而進
按唐書地理志江南東道潤州又謂之丹陽郡領丹
徒丹陽金壇延陵四縣鮑照詩賓御紛颯沓左傳楚
疾進師車馳卒奔乘晉軍桓子不知所爲鼓於軍中
曰先濟者有賞中軍下軍爭舟舟中之指可掬也又

左傳華元夜入楚師登子反之床起之曰寡君使元
以病告曰敝邑易子而食析骸以爨杜預註爨炊也
魏書陸真傳東平王道符反於長安殺雍州刺史魚
元明關中草草洛陽伽藍記洛中草草猶不自安左
傳蘧伯玉遂行從近關出謝惠連詩倚伏昧前算晉
書明帝紀王敦將舉兵內向帝密知之乃乘巴滇駿
馬微行至于湖陰察敦營壘而出有軍士疑帝非常
人又敦方晝寢夢日環其城驚起曰此必黃鬚鮮卑
奴來也於是使五騎物色追帝帝亦馳去馬有遺糞
輙以水灌之見逆旅賣食嫗以七寶鞭與之曰後有
騎來可以此示也俄而追者至問嫗嫗曰去已遠矣
因以鞭示之五騎傳玩稽留遂久又見馬糞冷以爲
信遠而止不追漢書荆軻慕燕丹之義白虹貫日太
子畏之衛先生爲秦畫長平之事太白食昴昭王疑
之應劭曰燕太子丹質於秦始皇遇之無禮丹亡去
厚養荆軻令西刺秦王精誠感天白虹爲之貫日也
蘇林曰白起爲秦伐趙破長平軍欲遂滅趙遣衛先
生說昭王益兵糧爲應侯所害事用不成其精誠上
達於天故太白爲之食昴昴趙分也將有兵故太白
食昴食者干歷之也晉書祖逖爲奮威將軍豫州刺

史渡江中流擊楫而誓曰祖逖不能清中原而復濟者有如大江詞色壯烈衆皆慨嘆江淹恨賦拔劍擊柱弔影慚魂○琦按此篇首引甯戚陳平蓋以自況思得見用於世之意攙搶掃河洛直割鴻溝半謂祿山反逆覆陷兩京河北河南半爲割據天人謂永王璘至德元載七月上皇制以永王璘充山南東路嶺南黔中江南西路四道節度使江陵大都督出鎮江陵所謂天人秉旄鉞虎竹光藩翰也侍筆黄金臺傳觴青玉案不因秋風起自有思歸歎謂在永王軍中雖蒙禮遇而早動思歸之志當是察其已有逆謀不可安處矣太白之於永王璘與張翰之於齊王冏事畧相類故引以爲喻惜乎其不能如翰之勇决潔身早去致遭汙累也璘以季廣琛渾惟明馮季康爲將兵及淮南採訪使李成式與河北招討判官李銑合兵討璘季廣琛召諸將謂曰吾屬從王至此天命未集人謀已隳不如及兵鋒未交早圖去就死於鋒鏑永爲逆臣矣諸將皆然之於是季廣琛以麾下奔廣陵渾惟明奔江寧馮季康奔白沙所謂主將動讒疑王師忽離畔也自來白沙上鼓譟丹陽岸賓御如浮雲從風各消散言軍中擾亂賓幕奔逃之狀璘與成式

將趙侃戰新豐而敗非水戰也璘至鄱陽郡司馬陶備閉城拒之璘怒命焚其城非久攻也其曰舟中指可掬城上骸爭爨甚言其撓敗之形有若此耳草草出近關行行昧前筭南奔劇星火北冦無涯畔顧乏七寶鞭留連道傍翫自言奔走匆遽之狀太白夜食昴長虹日中貫喻已爲國之精誠可以上干天象秦趙興天兵茫茫九州亂感遇明主恩頗高祖逖言過江誓流水志在清中原明已之所以從璘者實因天下亂離四方雲擾欲得一試其用以擴清中原如祖逖耳非敢有逆志也拔劍擊前柱悲歌難重論自傷其志之不能遂而反有從王爲亂之名身敗名裂更向何人一爲申論拔劍擊柱慷慨悲歌出處之難太白葢自嗟其不幸矣蕭士贇曰此篇用事偏枯句意倒雜决非太白之作果真灼見其爲非太白之詩耶抑爲太白諱而故爲此言耳○攙初啣切摤平聲搶音撑與攙搶同

李太白文集卷之二十四終

傳古樓景印

四部要籍選刊·集部

李太白文集

三

【唐】李白 撰　【清】王琦 注

浙江大學出版社

本册目録

第三册

卷之八　古近體詩共五十三首

卷之九　古近體詩共四十三首

卷之十　古近體詩共二十四首

卷之十一　古近體詩共三十二首

卷之十二　古近體詩共二十五首

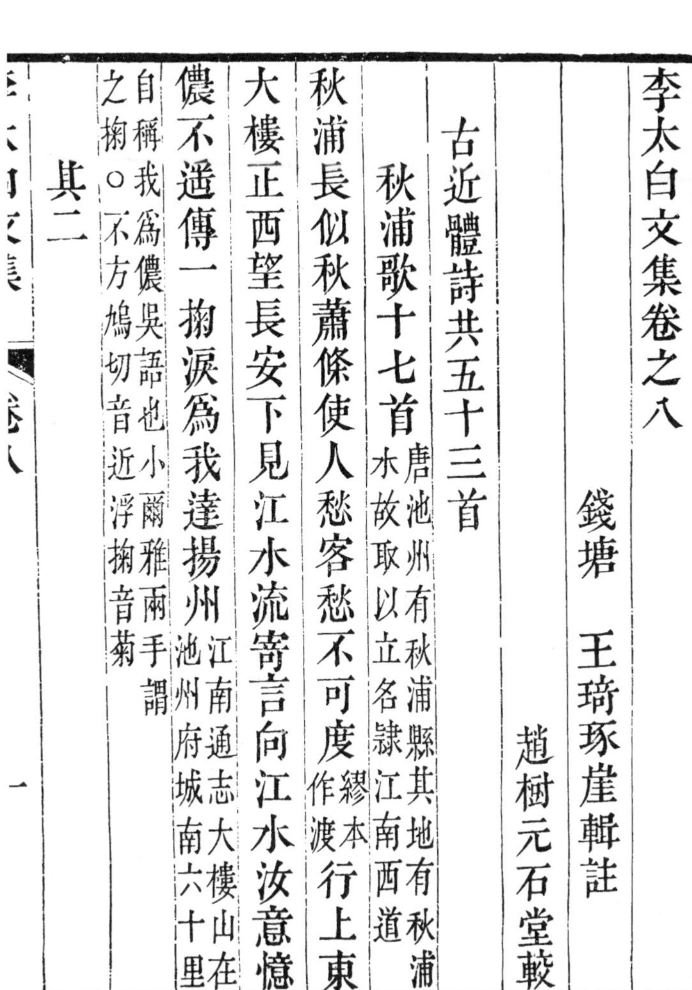

李太白文集卷之八

錢塘　王琦琢崖輯註

趙樹元石堂較

古近體詩共五十三首

秋浦歌十七首

唐池州有秋浦縣其地有秋浦水故取以立名隸江南西道

秋浦長似秋蕭條使人愁客愁不可度繆本作渡行上東大樓正西望長安下見江水流寄言向江水汝意憶儂不遥傳一掬淚爲我達揚州江南通志大樓山在池州府城南六十里自稱我爲儂吳語也小爾雅兩手謂之掬○不方鳩切音近浮掬音菊

其二

秋浦猿夜愁黃山堪白頭青溪非隴水翻作斷腸流
欲去不得去薄遊成久遊何年是歸日雨淚下孤舟

江南通志黃山在池州府城南九十里高百餘丈清溪在池州府城北五里源出考溪與上路嶺水合流經郡城至大江隴頭歌隴頭流水鳴聲幽咽遥望秦川肝腸斷絶謝靈運詩薄遊似邴生

其三

秋浦錦駝鳥人間天上稀山雞羞淥水不敢照毛衣

太平寰宇記歙州土産駝鳥郡國志云翎下青黄相映若垂綬其狀如蜀雞背如朱䳼符新安圖經鵨鳥一名楚雀尤愛其羽中矰弋則守死不動海錄碎事駝鳥出秋浦如吐綬雞博物志山雞有美毛自愛其色終日映水目眩則溺死

其四

兩鬢入秋浦，一朝颯已衰。猿聲催白髮，長短盡成絲。陸放翁曰：李太白往來江東，池州所賦尤多，如秋浦歌十七首及九華山、清溪、白笴陂、玉鏡潭諸詩是也。秋浦歌云：「秋浦長似秋，蕭條使人愁。」又云：「兩鬢入秋浦，一朝颯已衰。猿聲催白髮，長短盡成絲。」則池州之風物可見矣。然觀太白此歌高妙乃爾，則知姑熟十咏決爲贋作也。杜牧之池州諸詩，正爾觀之，亦清婉可愛，若與太白詩並讀，醇醨異味矣。

其五

秋浦多白猿，超騰若飛蕭本作冰雪。牽引條上兒，飲弄水中月。新序：子獨不見夫玄猿乎？當其居桂林之中，峻葉之上，從容游戲，超騰往來。

其六

愁作秋浦客，一作曲強看秋浦花。山川如剡縣，風日似長沙一統志秋浦在池州府城西南八十餘里闊三十里四時景物宛如瀟湘洞庭九域志剡縣在越州會稽郡東南一百八十里唐時潭州治長沙縣亦謂之長沙郡隸江南西道瀟湘洞庭皆在其境內○剡音閃

其七

醉上山公馬寒歌甯戚牛空吟白石爛淚滿黑貂裘山公乘馬事見五卷襄陽曲註藝文類聚琴操曰甯戚飯牛車下叩角而商歌曰南山矸白石爛生不逢堯與舜禪短布單衣裁至骭長夜冥冥何時旦齊桓公聞之舉以爲相戰國策蘇秦說秦王說十上而說不行黑貂之裘敝黃金百斤盡

其八

秋浦千重嶺水車嶺一作人行路最奇天傾欲墮石水拂

寄生枝一統志水車嶺在池州府齊山胡震亨曰貴池志縣西南七十里有姥山又五里爲水車嶺陡峻臨淵奔流冲激恒若桔槔之聲舊註以爲在齊山者誤名醫別錄寄生松上楊上楓上皆有形類一般但根津所因處爲異則各隨其樹名之生樹枝間根在肢節之內葉圓青赤厚澤易折旁自生枝節冬夏生四月花白五月實赤大如小豆處處皆有蜀本草諸樹多有寄生莖葉並相似云是烏鳥食一物子糞落樹上感氣而生葉如橘而厚軟莖如槐而肥脆

其九

江祖一片石青天掃畫屏題詩留萬古綠字錦苔生一統志江祖山在池州府城西南二十五里有一石突然出水際其高數丈上有仙人蹟名曰江祖石

其十

千千石楠樹萬萬女貞林山山白鷺一作鵬滿澗澗白

猿吟君莫向秋浦猿聲碎客心首四句皆疊二字葢仿古詩中青青河畔草一體唐本草石南葉似菵草凌冬不凋關中者葉細江以南者葉長大如枇杷顏師古漢書註女貞樹冬夏常青未嘗凋落若有節操故以名焉

其十一

邏人胡本作乂橫鳥道江祖出魚梁水急客舟疾山花拂面香胡震亨曰貴池志城西六十里李陽河出李陽大江中流有石槎牙橫突爲攔江羅乂二磯昔周灌鑿新河以避其勢今本作邏人誤琦按鳥道是高山峭嶺人迹稀到之處而邏乂橫其間今以水中磯石當之亦恐未是又魚梁論其跡亦當在池州註者或以徽州之魚梁當之不知徽州之水南流入於浙江池州之水北流入於安慶大江源流各異未可混也○邏郎佐切羅去聲又音羅

其十二

水如一疋練此地即平天耐可乘明月看花上酒船

論衡見其上若一匹練狀練熟素繒也田汝成曰杭人言寧可曰耐可音如能可漢書揚越之人耐暑註與能同鄭康成禮記註耐古書能字也

其十三

淥水淨素月月明白鷺飛郎聽採菱女一道夜歌歸

爾雅翼吳楚之風俗當菱熟時士女相與采之故有采菱之歌以相和爲繁華流蕩之極

其十四

爐火照天地紅星亂紫烟赧郎明月夜歌曲動寒川

琦按唐書地理志秋浦有銀有銅此篇蓋咏鼓鑄之景也楊註以爲煉丹之火蕭註以爲漁人之火此二火者安能照天地耶赧與赧同面慚而赤也楊註言媿汝明月之夜歌曲之聲振動寒川蕭註赧郎吳音

也歌者助語之詞未知是否○赧乃版切難上聲

其十五

白髮三千丈緣愁似箇長不知明鏡裏何處得秋霜

起句恠甚得下文一解字字皆成妙義洵非老手不能尋章摘句之士安可以語此

其十六

秋浦田舍翁採魚水中宿妻子張白鷳結罝映深竹

圖經本草白鷳出江南雉類也白色而背有細黑文可畜西京賦結罝百里薛綜註罝網也○罝咨邪切音嗟

其十七

桃波一步地了了語聲聞闇與山僧別低頭禮白雲

集內有清溪玉鏡潭詩謂潭在秋浦桃胡陂下然則桃波其桃陂之訛歟闇默也○闇音陰又音菴

當塗趙炎少府粉圖山水歌唐時宣城郡有當塗縣隸江南西道

少府縣尉之稱清波雜志古治百里之邑令附其俗尉督其奸故令曰明府尉曰少府嬾真子令呼明府故尉呼少府以亞於縣令

峨眉高出西極天羅浮直與南溟連名工蕭本作公繹思揮綵筆驅山走海置眼前滿堂空翠如可掃赤城霞氣蒼梧烟洞庭瀟湘意渺緜三江七澤情洄沿驚濤洶湧向何處孤舟一去迷歸年征帆不動亦不旋飄如隨風落天邊心搖目斷興難盡幾時可到三山巔西峰崢嶸噴流泉横石蹙水波潺湲東崖合沓蔽輕

霧深林雜樹空芊綿此中冥昧失晝夜隱几寂聽無鳴蟬長松之下列羽客對座不語南昌仙南昌仙人趙夫子妙年歷落青雲士訟庭無事羅衆賓杳然如在丹青一作霄裏五色粉圖安足珍真山蕭本作仙可以全吾身若待功成拂衣去武陵桃花笑殺人四川通志峨眉山在嘉定州峨眉縣南一百里兩山相對狀如蛾眉故名周圍千里高八十里有石龕一百十二大小洞四十南北有臺重巖複澗莫測遠近爲蜀山第一佛刹以千百計昔西竺僧謂其高出五岳秀甲九州爲震旦國第一山元和郡縣志羅浮山在循州博羅縣西北二十八里羅山之西有浮山蓋蓬萊之一阜浮海而至與羅山並體故曰羅浮高三百六十丈周迴三百二十七里峻天之峰四百三十有二莊子南溟者天池也李洪範曰廣大窕冥故以溟爲名謝靈運詩空翠難強名薛應旂浙江通志赤城山在台州天台縣

北六里土皆赤色狀似雲霞望之如雉堞然右有玉京洞道書第六洞天也蒼梧烟用蒼梧白雲事見七卷註洞庭瀟湘俱見惜餘春賦註三江之名不一以岷山之江爲中江嶓冢之江爲北江豫章之江爲南江此說禹貢之三江也或以松江錢塘江浦陽江爲三江或以松江東江婁江爲三江此說吳越之三江也或以岷江爲西江澧江爲中江湘江爲南江此說岳陽之三江也此詩從畫意泛說不必定指一處子虛賦楚有七澤後只稱雲夢一澤其六皆未詳所在謝靈運詩水涉盡洄沿逆流而上曰洄順流而下曰沿三山蓬萊方丈瀛洲三仙山也謝靈運詩石淺水潺湲李善註潺湲水流貌呂延濟註潺湲水聲謝朓詩茲山亘百里合沓與雲齊呂向註合沓高貌謝朓詩阡眠起雜樹呂延濟註阡眠遠望貌芊綿卽阡眠也王弼易註造物之始始於冥昧鮑照蕪城賦凝思寂聽水經註漢成帝時九江梅福爲南昌尉後一旦捨妻子去九江傳云得仙武陵桃花見二卷註○沿音延

永王東巡歌十一首

舊唐書永王璘玄宗第十六子也天寶十四載十一

月安祿山反范陽十五載六月玄宗幸蜀至漢中郡下詔以璘爲山南東路及嶺南黔中江南西路四道節度採訪等使江陵郡大都督七月璘至襄陽九月至江陵名募士將數萬人恣情補署江淮租賦山積於江陵破用鉅億因有異志肅宗聞之詔令歸覲於蜀璘不從命十二月擅引舟師東下甲仗五千人趨廣陵璘生於宮中不更人事其子襄城王偒勇而有力遇兵權爲左右眩惑遂謀狂悖

永王正月東出師天子遥分龍虎旗樓船一舉風波靜江漢翻爲鴈鶩池

駱賓王蕩子從軍賦樓船一舉爭沸騰漢書嚴助傳陛下以四海爲境九州爲家八藪爲圃江漢爲池太平御覽圖經曰梁孝王有雁鶩池周圍四里梁王所鑿王筠詩日照鴛鴦殿萍生雁鶩池蕭士贇曰咏永王出師而表之以天子遥分龍虎旗者夫子作春秋書王之意也百世而下未有發明之者○鶩有木務二音

其二

三川北虜亂如麻，四海南奔似永嘉。但用東山謝安石，爲君談笑靜胡沙。三川謂洛陽，北虜謂祿山。永嘉，晉懷帝年號。永嘉五年，劉曜陷洛陽，百官士庶死者三萬餘人，中原衣冠之族相率南奔，避亂江左。舊唐書：兩京蹂於胡騎，士君子多以家渡江東。

其三

雷鼓嘈嘈喧武昌，雲旗獵獵過尋陽。秋毫不犯三吳悅，春日遙看五色光。荀子：雷鼓在側而耳不聞。楊倞註：雷鼓，大鼓聲如雷者。鮑照詩：嘈嘈晨鼓鳴。李善註：埤蒼曰：嘈嘈，聲衆也。上林賦：靡雲旗。張揖註：畫熊虎於旒爲旗，似雲氣。鮑照詩：獵獵曉風遒。呂延濟註：獵獵，風聲。武昌，縣名，唐時屬鄂州江夏郡，東至尋陽郡六百里。尋陽亦縣名，唐屬江州尋陽郡以在尋水之陽故名後漢紀鄧禹佐命位冠諸臣嘗言曰我嘗將百萬衆秋毫不犯未嘗妄殺一人子孫必當大興范成大吳郡志三吳之說世未有定論十道四番志以吳郡及丹陽吳興爲三吳又以義興吳興及吳郡爲三吳郡國志謂吳興義興吳郡爲三吳又云丹陽亦曰三吳元和郡國圖志亦曰吳郡與吳興丹陽爲三吳酈元註水經云建中陽羡周嘉上書以縣遠赴會至難求得分置遂以浙江西爲吳東爲會稽後分爲三號三吳吳興吳郡會稽其一焉越絕書軍上有氣五色相連與天相抵此天應不可攻攻之無後南史王僧辯傳賊望官軍上有五色雲

其四

龍盤虎踞帝王州帝子金陵訪古邱春風試暖昭陽殿明月還過鳷鵲樓 一統志南京古金陵之地自周末時已有王氣秦始皇謂東南有天子氣諸葛亮謂龍蟠虎踞真帝王之都卽此地也謝朓詩金陵帝王州南齊書羊貴嬪居昭陽殿西

范貴妃居昭陽殿東隋書侯景作亂遂居昭陽殿一統志昭陽殿乃太后所居在臺城内吳均詩春生鳷鵲樓是皆謂金陵之昭陽殿鳷鵲樓也舊註以爲在長安者非是

其五

二帝巡遊俱未迴五陵松柏使人哀諸侯不救河南地更喜賢王遠道來時玄宗在蜀肅宗即位靈武故云二帝巡遊俱未迴五陵高祖太宗高宗中宗睿宗之陵也唐會要高祖葬獻陵在京兆府三原縣界太宗葬昭陵在京兆府醴泉縣界高宗葬乾陵在京兆府奉天縣界中宗葬定陵在京兆府富平縣界睿宗葬橋陵在京兆府奉先縣界楊齊賢曰河南洛陽也時祿山據洛陽

其六

丹陽北固是吳關畫出樓臺雲水間千巖烽火連滄

海兩岸旌旗繞碧山唐時江南東道有丹陽郡卽潤州也領丹徒丹陽金壇延陵四縣今爲鎮江府太平寰宇記北固山在潤州丹徒縣北一里南徐州記云城西北有別嶺斜入江三面臨水高數十丈號曰北固劉禎京口記云回嶺入江懸水峻壁舊北顧作固字梁高祖云作鎮作固誠有其語然北望海口實爲壯觀以理而推宜改爲顧望之顧輿地志云天淸景明登之望見廣陵城如在靑霄中相去烏道五十餘里方輿勝覽北固山在鎮江府州北一里迴嶺下臨長江其勢險固卽府治所據及甘露寺基建康實錄梁武帝幸京口登北固樓遂改名北顧

其七

王出三江蕭本作山按五湖樓船跨海次揚蕭本作陪非都戰艦森森羅虎士征帆一一引龍駒周禮東南曰揚州其川三江其浸五湖賈公彥疏按禹貢云九江今在廬江尋陽南皆東合爲大江揚州所以得有三江者江至尋陽南合爲

一東行至揚州入彭蠡復分爲三道而入海故得有三江也韻會徐按江出岷山至楚都名南江至潯陽爲九道名中江至南徐州名北江入海琦按禹貢以岷江之委爲中江漢水之委爲北江三江僅有其二鄭康成以彭蠡之水爲南江以備三江之數其説近是而駁者紛紛然詳其水道辨其大小則諸説未免近訛不可爲據若他書所稱三江之名亦多各隨地而分與禹貢周禮所記之三江不必相同學者或據其一説而爭以相難其何以異於扣盤捫燭之見也歟玉海五湖在蘇州西四十里太平寰宇記太湖者以其廣大名之又名五湖韋昭三吳郡國志云太湖邊有遊湖莫湖胥湖貢湖就太湖爲五湖又云胥湖蠡湖洮湖滆湖就太湖爲五也又云天下如此者五虞仲翔川瀆記云太湖東通長洲松江水南通烏程霅溪水西通義興荆溪水北通晉陵滆湖水西南通嘉興韭溪水凡五道謂之五湖徐陵陳王九錫文馳御樓船直跨滄海左傳凡師一宿爲舍再宿爲信過信爲次釋名釋船篇上下重牀曰艦四方施板以禦矢石其内如牢檻也周禮虎士八百人鄭玄註虎士徒之選有勇力者徐陵詩白馬號龍駒彫鞍名鏤衢

○艦音檻

其八

長風挂席勢難迴，海動山傾古月摧。君看帝子浮江日，何似龍驤出峽來。謝靈運詩：挂席拾海月。古月，胡字隱語也，出十六國春秋，見四卷註。晉書武帝紀：咸寧五年十一月，大舉伐吳，遣龍驤將軍王濬、廣武將軍唐彬，率巴蜀之卒，浮江而下。

其九

祖龍浮海不成橋，漢武尋陽空射蛟。我王樓艦輕秦漢，却似文蕭楊本作天，非。皇欲渡遼。祖龍，秦始皇也，事見二卷註。水經註：三齊畧記曰：始皇于海中作石橋，海神爲之豎柱。始皇求爲相見，神曰：我形醜，莫圖我形，當與帝相見。乃入海四十里，見海神，左右莫動手，工人潛以腳畫其狀。神怒曰：帝負約，速去。始皇轉馬還，前腳猶立，後腳隨奔，僅得登岸畫者溺死於海泉山之石皆領注今猶岌岌東趣漢書武帝紀元封五年冬行南巡狩自尋陽浮江親射蛟江中獲之陳書樓艦馬步直指臨川胡三省通鑑註樓艦即樓船兩面施重板列戰格故謂之樓艦文皇帝即太宗也舊唐書太宗本紀貞觀十九年二月庚戌上親統六軍發洛陽四月癸卯誓師於幽州城南因大享六軍以遣之五月丁丑車駕渡遼蕭士贇曰合十一篇觀之此篇用事非倫句調鄙俗别是一格僞贗無疑識者必能辨之

其十

帝寵賢王入楚關掃清江漢始應還初從雲夢開朱邸更取金陵作小山爾雅楚有雲夢郭璞註今南郡華容縣東南巴邱湖是也邢昺疏周禮荆州其澤藪曰雲瞢鄭註云雲瞢在華容禹貢云雲土夢作乂又昭二年左傳楚子與鄭伯田於江南之夢又定四年楚子涉雎濟江入於雲中杜預云南郡枝江縣西有雲夢城江夏安陸縣東南亦有

夢城或曰南郡華容縣東南有巴邱湖江南之夢也雲夢一澤而每處有名者司馬相如子虛賦云雲夢者方九百里則此澤跨江南北亦得單稱雲單稱夢曹卽夢也鄭樵註江北爲雲江南爲夢雲今之長洲監利景陵等縣是夢今之公安石首建寧等縣是太平寰宇記雲夢澤在安州安陸縣東南闊數里南接荆襄謝朓詩黃旗映朱邸李善註史記曰諸侯朝天子於天子之所立宅舍曰邸漢書曰代王入代邸諸侯王朱戶故曰朱邸方輿勝覽鍾山在今上元縣東北十八里輿地志古曰金陵山小山用淮南王小山事然借作山嶺用與古說殊異○邸音底

其十一

試借君王玉馬鞭指揮戎虜坐瓊筵南風一掃胡塵靜西入長安到日邊 太平御覽語林曰諸葛武侯與司馬宣王在渭濱將戰宣王戎服涖事使人覘武侯素輿葛巾持白羽扇指麾三軍皆隨其進止宣王聞而嘆曰可謂名士謝朓詩端儀

穆金殿敷教藻瓊筵日邊楊蕭二註皆引晉明帝不聞人從日邊來之語以爲後人稱帝都爲日邊因此琦按晉書陸雲傳已有雲間陸士龍日下荀鳴鶴之對似不始於東晉疑日爲君象故邦畿之地有日邊日下之名耳○漁隱叢話蔡寛夫詩話云太白之從永王璘世頗疑之唐書載其事甚畧亦不明辨其是否獨其詩自序云半夜水軍來尋陽滿旌旃空名適自誤迫脅上樓船徒賜五百金棄之若浮烟辭官不受賞翻謫夜郎天太白豈從人爲亂者哉蓋其學本出縱橫以氣俠自任當中原擾攘時欲藉之以立奇功故其東巡歌有但用東山謝安石爲君談笑靜胡沙之句其卒章云南風一掃胡塵靜西入長安到日邊亦可見其志矣大抵才高意廣如孔北海之徒固未必有成功而知人料事尤其所難議者或責以璘之猖獗而欲仰以立事不能如孔巢父蕭穎士察於未萌斯可矣若其志亦可哀已

上皇西巡南京歌十首

天寶十五載六月安祿山兵破潼關帝出幸蜀七月庚辰帝次蜀郡八月癸巳皇太子即皇帝位於靈武尊帝曰上皇天帝至德二載十月丁

巳皇帝復京師癸亥遣太子太師韋見素迎上皇天帝於蜀郡十二月丙午上皇天帝至自蜀郡戊午大赦以蜀郡爲南京蜀地於天下近西而謂之南京者以其在長安之南故也

胡塵輕拂建章臺聖主西巡蜀道來劍壁門高五千尺石爲樓閣九天開三輔黃圖建章宮有神明臺應德璉有侍五官中郎將建章臺集詩庾肩吾有過建章故臺詩張載劍閣銘惟蜀之門作鎮作固是曰劍閣壁立千仞呂延濟註劍閣言其峰如劍其勢如閣元和郡縣志大劍鎮在劍州普安縣東四十八里本姜維拒鍾會壘也去開遠戍東十一里其山峭壁千丈下瞰絕澗飛閣以通行旅老學菴筆記劍門關皆石無寸土

其二

九天開出一成都萬戶千門入畫圖草樹雲山如錦繡秦川得及此間無漢書地理志蜀郡有成都縣然唐時統謂蜀郡爲成都魯靈光

殿賦千門相似萬戶如一胡三省通鑑註秦地四塞以爲固渭水貫其中渭川左右沃壤千里世謂之秦川

其三

華（繆本作德）陽春樹似（蕭本作號）新豐行入新都若舊宮柳色未饒秦地綠花光不減上陽（繆本作林）紅華陽國志蜀志云地稱天府原日華陽是稱蜀地爲華陽其來舊矣或以唐書地理志蜀郡有華陽縣有新都縣爲實指二縣而云不知華陽縣舊名蜀縣至乾元二年始更名至德中尚無此稱而新都以舊官相比則非實指二縣可知若夫德陽乃漢州之郡名南至蜀郡百里玄宗未嘗駐蹕於此何得以新豐相擬耶西京雜記太上皇徙長安居深宫悽愴不樂高祖因左右問其故以平生所好皆屠販少年酤酒賣餅鬬雞蹴踘以此爲歡今皆無此故以不樂高祖乃作新豐移諸故人實之太上皇乃悅故新豐多無賴無衣冠子弟故也高祖少時嘗

祭枌榆之社及移移新豐亦還立焉高祖既作新豐并移舊社衢巷棟宇物色惟舊士女老幼相攜路首各知其室放牛馬雞鴨於通途亦競識其家其匠人吴寛所營也移者皆悦其似而德之故競加賞贈月餘致累百金蕭士贇曰肅宗即位靈武尊明皇爲太上皇故用此事上陽宫名見二卷註

其四

誰道君王行路難六龍西幸萬人歡地轉錦江成渭水天迴玉壘作長安天子駕六書稱若朽索之馭六馬漢書袁盎傳今陛下騁六飛是也何休公羊傳註天子馬曰龍高七尺以上稱車駕爲六龍其義疑出於此或謂取時乘六龍以御天之義又或謂韓非子黄帝駕象車而六蛟龍春秋命曆序有神人右耳蒼色大肩駕六龍出輔號曰神農六龍字義本此者非也錦水錦江也劉逵蜀都賦註譙周益州志曰成都織錦既成濯於江水其文分明勝於初成他水濯之不如江水也太平寰宇記濯錦江即蜀江水至此濯錦錦彩鮮潤於他水故曰濯錦

江九域志笮橋江水亦名濯錦江俗云以此水濯錦鮮明渭水出今臨洮府渭源縣之鳥鼠山東流逕西安府城之北西安府郎唐之西京也又東流至華陰縣入於河凡秦地諸水若灞若滻若涇若澧若鎬若潏若澇若彪莫不入之而後同歸於河故秦中諸水惟渭爲大元和郡縣志玉壘山在彭州導江縣西北二十九里蜀都賦曰包玉壘而爲宇方輿勝覽玉壘山在茂州汶川縣東四里出璧玉名山志玉壘山在成都府灌縣衆峰叢擁遠望無形惟雲表崔嵬稍露山石瑩潔可爲器亦碔砆之類

其五

萬國同風共一時錦江何謝曲江池石鏡更明蕭本作名天上月後宫親一作新得照蛾眉漢書終軍傳今天下爲一萬里同風劇談錄曲江池本秦世隑洲開元中疏鑿遂爲勝景其南有紫雲樓芙蓉苑其西有杏園慈恩寺花卉環周烟水明媚都人遊翫盛於中和上巳之節綵幄翠幬匝於隄岸鮮車健馬比肩擊轂上巳即賜宴臣僚京兆

府大陳筵席長安萬年兩縣以雄盛相較錦繡珍玩無所不施百辟會於山亭恩賜太常及教坊聲樂池中備綵舟數隻唯宰相三使北省官與翰林學士登焉每歲傾動皇州以爲盛觀入夏則菰蒲葱翠柳陰四合碧波紅蕖湛然可愛好事者賞芳晨翫清景聯騎攜觴亹亹不絶長安志昇道坊龍華尼寺南有流水屈曲謂之曲江其深處下不見底司馬相如賦云臨曲江之隑州蓋其所也華陽國志武都有一丈夫化爲女子美而艷蓋山精也蜀王納爲妃不習水土欲去王必留之乃爲東平之歌以樂之無幾物故蜀王哀念之乃遣五丁之武都擔土爲妃作冢蓋地數畝高七丈上有石鏡今成都北角武擔是也太平寰宇記冢上有一石厚五寸徑五尺瑩徹號曰石鏡王見悲悼遂作臾邪之歌龍歸之曲

其六

濯錦清江萬里流雲帆龍舸下揚州北地雖誇上林苑南京還有散花樓濯錦江卽岷江也過成都爲錦江至三峽爲峽江至漢口爲漢

江至揚州爲揚子江東流入海漢書地里志禹貢岷山在西徼外江水所出東南至江都入海過郡七行二千六百六十里此云萬里者蓋侈言其流之遠耳左思詩振衣千仞岡濯足萬里流馬融廣成頌張雲帆施蜺幬方言南楚江湘凡船大者謂之舸龍舸畫龍於大舟之首及兩旁者也上林苑見七卷註一統志散花樓在成都府城東北隅楊齊賢曰成都志宣華苑城上有散花樓隋蜀王秀所立

其七

錦水東流繞錦城星橋北挂象天星四海此中朝聖主峩眉山上一作下列仙庭太平御覽成都記曰府城本呼爲錦城秦滅蜀張儀所築也每面各三里周迴十二里高七丈華陽國志蜀郡有七橋直西門郫江中冲治橋西南石牛門曰市橋城南曰江橋橋南渡流曰萬里橋西上曰夷里橋亦曰笮橋從冲治橋西出折曰長昇橋郫江上西有永平橋長老傳言李冰造七橋上應七星故世祖謂吳漢曰安軍宜在七星間太平寰宇記漢州雒縣七

星橋昔秦李冰開江置七星橋橋各一鐵鎖上應七星故世祖謂吳漢曰安軍宜在七星間謂五星日月云李膺記一長星橋今名萬里二圓星橋今名安樂三璣星橋今名建昌四夷星橋今名笮橋五長星橋今名禪尼六沖星橋今名永平七曲星橋今名昇仙華陽國志犍爲郡南安縣有峨嵋山山去縣八十里孔子地圖言有仙藥漢武帝遣使者祭之欲致其藥不能得名山洞天福地記峨嵋山周圍三百里名靈陵太妙之天

在蜀嘉州

其八

秦開蜀道置金牛漢水元通星漢流天子一行遺聖跡錦城長作帝王州

水經註秦惠王欲伐蜀而不知道作五石牛以金置尾下言能屎金蜀王負力令五丁引之成道秦使張儀司馬錯尋路滅蜀因曰石牛道韻會漢水出興元府嶓冢山至漢陽爲漾水至武都爲漢水一名沔水地理今釋漾水出今陝西漢中府寧羌州北嶓冢山東至漢中

府南鄭縣南爲漢水漢水元通星漢流者言其所出高遠如從星漢而來即水從銀漢落及黃河之水天上來意也琦按輿元府即今漢中府爲自秦入蜀咽喉要道金牛峽在沔縣西一百七十里是五丁開道引石牛之處嶓冢山在沔縣西一百二十里爲漢水發源之所皆屬漢中地首二句用此見蜀地自昔與中國隔遠未嘗爲帝王巡幸以反起下文今得天子一行遂成都邑之美也

其九

水淥蕭本作綠天青不起塵，風光和暖勝三秦。萬國烟花隨玉輦，西來添作錦江春。三輔黃圖項籍滅秦分其地爲三以章邯爲雍王都廢邱司馬欣爲塞王都櫟陽董翳爲翟王都高奴謂之三秦通典三秦今關中秦川也玉輦見七卷註

其十

劍閣重關蜀北門，上皇歸馬若雲屯。少帝長安開紫

極雙懸日月照乾坤陸機詩胡馬如雲屯越旗亦星羅潘岳西征賦厭紫極之閑敞李善註紫極星名王者爲官以象之曹植上表曰情注於皇居心存乎紫極巖滄浪曰以中一句對上二句以下一句收三句是一法十首皆於蕭條奔寄中作壯麗語是爲得體舉秦蜀形勢不忘故都是爲用意○屯音豚

峨眉山月歌

峨眉山月半輪秋影入平羌江水流夜發清溪向三峽思君不見下渝州楊齊賢曰峨眉山在嘉州峨眉縣羅目鎮平羌江在嘉州龍游縣有平羌山資州清溪縣乾德五年省入内江内江在州東九十八里資州東至昌州二百二十八里昌州南至渝州三百里自渝州明月峽至夔州西陵峽四千里巴峽明月峽巫峽是爲三峽蕭士贇曰圖經平羌江在雅州嚴道縣東北城下至嘉州亦號平羌江一統志平羌江在雅州城北舊傳羌夷入寇諸葛

亮於此平之故名琦按後周保定間置平羌郡及平羌縣以其境內有平羌山郡縣皆依之以立名其地在今嘉定州之南十八里隋初郡廢改縣曰峨眉別置一平羌縣在今嘉定州之東六十里唐屬嘉州宋熙寧閒省入龍游縣唐之嘉州卽今之嘉定州龍游縣卽今之夾江縣平羌山今在夾江縣地可考平羌江者卽經流平羌縣中之水也因其流而及其源故自雅州至嘉州一水通流皆謂之平羌江太白所指乃嘉州之江非雅州之江葢峨眉山在嘉州之南而清溪又與嘉州相近若雅州則在峨眉山之上流去清溪又遠故知其非也輿地紀勝清溪驛在嘉州犍爲縣王阮亭曰清溪在納溪縣西五里太白詩夜發清溪向三峽卽此或謂李詩本三溪三溪在嘉州平羌峽非是楊註以清溪爲資州縣名按新唐書地理志劍南道資州有清溪縣本名牛鞞天寶元年始更名清溪此詩約是開元中太白未出蜀以前之作則指清溪爲縣名者亦恐未是蜀都賦經三峽之崢嶸劉淵林註巴東永安縣有高山相對相去可二十丈左右崖甚高人謂之峽江水過其中太平御覽庾仲雍荊州記曰巴陵楚之世有三峽明月峽茲不峽東

突峽即今之巫峽秭歸峽歸鄉峽峽程記曰三峽者明月峽巫山峽廣溪峽其他瞿塘灩澦燕子屏風之類皆不預三峽之數琦按書記或以西峽巫峽歸峽爲三峽或以廣溪峽巫峽西陵峽爲三峽或以巫峽巴峽明月峽爲三峽葢川河之中峽名甚多然據古歌巴東三峽巫峽長一語推之知古之所稱三峽者皆在巴東大抵起自夔州府奉節巫山二縣之東達於歸州夷陵州之西連山疊嶂隱天蔽日凡六七百里水極險迅在巫山下者爲巫峽巫峽之上爲廣溪峽巫峽之下爲西陵峽過西陵峽則水漫爲平流而險始平矣或以瞿塘爲三峽之門或以瞿塘即西陵峽或以明月峽即廣溪峽紛紜傳指難可憑依矣渝州周時爲巴子國秦漢爲巴郡之地至唐爲渝州以渝水得名後改南平郡今爲重慶府巴縣地○王鳳洲曰此是太白佳境二十八字中有峨眉山平羌江清溪三峽渝州使後入爲之不勝痕跡矣葢見此老鑪錘之妙王麟洲曰談藝者有謂七言律一句中不可入兩故事一篇中不可重犯故事此病犯者固多拈出亦見精嚴吾以爲皆非妙悟也作詩到精神傳處隨分自佳下得不覺痕跡使一句兩入兩句重犯

亦自無傷如太白峨眉山月歌四句入地名者五古今日爲絶唱殊不厭重蜂腰鶴膝雙聲疊韻沈休文三尺法也古今犯者不少寧盡汰之耶

峨眉山月歌送蜀僧晏入中京 唐書肅宗本紀至德二載十二月以蜀郡爲南京鳳翔郡爲西京西京爲中京胡三省曰以長安在洛陽鳳翔蜀郡太原之中故爲中京

我在巴東三峽時西看明月憶峨眉月出峨眉一作峨眉山月照滄海與人萬里長相隨黃鶴樓前月華白此中忽見峨眉客峨眉山月還送君風吹西到長安陌長安大道橫九天峨眉山月照秦川黃金師蕭本作獅子乘繆本作承高座白玉麈尾談重玄我似浮雲滯蕭本作滞吳越

君逢聖主遊丹闕，一振高名滿帝都。歸時一作來還弄

峨眉月通典唐武德二年分夔州秭歸巴東二縣置歸州後爲巴東郡三峽峨眉俱見上首註元和郡縣志江夏城西南角因磯爲樓名黃鶴樓太平寰宇記黃鶴樓在鄂州江夏縣西二百八十步昔費禕登仙每乘黃鶴於此樓憩駕故號爲黃鶴樓陸放翁入蜀記黃鶴樓舊傳費禕飛昇於此後忽乘黃鶴來歸故以爲樓號爲天下絶景崔灝詩最傳而太白奇句得於此者尤多今樓已廢故址亦不復存問老吏云在石鏡亭南樓之間正對鸚鵡洲猶可想見其地據此則南宋之初基址已不可考今之所立後人想像其處而爲之者也胡三省通鑑註自大散關以北達於岐雍夾渭川南北岸沃野千里謂之秦川法苑珠林龜茲王造金師子座以大秦錦褥鋪之令鳩摩羅什升而說法釋氏要覽智度論問云何名師子座爲佛化作爲實師子爲金銀木石作耶荅云是號師子座非實也佛爲人中師子凡佛所坐若牀若地皆名師子座夫師子獸中獨步無畏能伏一切佛亦如是於九十六種外道一切人天中一切

降伏得無所畏故稱人中師子世說王夷甫容貌整麗妙於談玄恒捉白玉柄麈尾與手都無分别重玄卽老子玄之又玄之義晉書索襲傳味無味於恍惚之間兼重玄於衆妙之内○嚴滄浪曰是歌當識其主伴變幻之法題立峨眉作主而以巴東三峽滄海黄鶴樓長安陌秦川吳越伴之帝都又是主中主題用月作主而以風雲作伴我與君又是主中主迴環散見映帶生輝真有月映千江之妙非擬議所能學巧如蠶活如龍迴身作蠒嘘氣成雲不由造得○⿰石帶音膩

赤壁歌送别

元和郡縣志赤壁山在鄂州蒲圻縣西一百二十里北臨大江其北岸卽烏林與赤壁相對卽周瑜用黄蓋策焚曹公舟船敗走處故諸葛亮論曹公危於烏林是也楊齊賢曰盛弘之荆州記蒲圻縣沿江一百里南岸赤壁周瑜黄蓋乘大艦破魏武兵於烏林烏林赤壁東西一百六十里也予嘗往來江漢間研求赤壁所在正在今鄂州上流八十里與百人山相對江邊石皆赤色故號爲赤壁磯東坡賦所謂東望夏口西望武昌非曹公之赤

壁也一統志赤壁山在武昌府城東南九十里唐元和志在蒲圻縣西一百二十里圖經云在嘉魚縣西七十里其地今屬嘉魚宋蘇軾指黃州赤鼻山爲赤壁按劉備居樊口進兵逆操遇於赤壁則赤壁當在樊口之上又赤壁初戰操兵不利引次江北則赤壁當在江南亦不應在江北今江漢閒言赤壁者五漢陽漢川黃州嘉魚江夏惟江夏之說合於史

二龍爭戰決雌雄赤壁樓船掃地空烈火張天照雲海周瑜於此破曹公君去滄江望一作夫澄碧鯨鯢唐突畱餘跡一一書來報故人我欲因一作觀之壯心魄

通鑑孫權以周瑜程普爲左右督將兵與劉備并力逆曹操進與操遇於赤壁時操軍衆已有疾疫初一交戰操兵不利引次江北瑜等在南岸部將黃蓋曰操軍方連船艦首尾相接可燒而走也乃取蒙衝鬬艦數十艘載燥荻枯柴灌油其中裹以帷幕上建旌旗豫備走舸繫於其尾先以書遺操詐云欲降時東

南風急葢以艦最著前中江舉帆餘船以次俱進操軍吏士皆出營立觀指言葢降去北軍二里餘同時發火火烈風猛船往如箭燒盡北船延及岸上營落烟炎張天人馬燒溺死者甚衆瑜等率輕鋭繼其後雷鼓大震北軍大壞操引軍從華容道步走漢書彭越傳兩龍方鬬且待之項羽傳羽使人謂漢王曰天下匈匈徒以吾兩人願與王挑戰決雌雄毋徒罷天下父子爲也宋書高祖本紀因命縱火烟焰張天左傳古者明王伐不敬取其鯨鯢而封之以爲大戮杜預註鯨鯢大魚名以諭不義之人呑食小國後漢書轉相招結唐突諸郡唐突犯觸也楞嚴經摧碎心魄

江夏行 唐時鄂州亦謂之江夏郡有江夏縣屬江南西道今之武昌府江夏縣是

憶昔嬌小姿春心亦自持爲言嫁夫壻得免長相思
誰知嫁商賈令人卻愁苦自從爲夫妻何曾在鄉土
去年下揚州相送黃鶴樓眼看帆去遠心逐江水流

只言期一載，誰謂歷三秋。使妾腸欲斷，恨君情悠悠。東家西舍同時發，北去南來不逾月。未知行李遊何方，作箇音書能斷絕。適來往南浦，欲問西江船。正見當壚女，紅妝二八年。一種爲人妻，獨自多悲悽。對鏡便垂淚，逢人只欲啼。不如輕薄兒，旦暮長追一作相隨。悔作商人婦，青春長別離。如今正好同歡樂，君去容華誰得知。黃鶴樓見峨眉山月歌註莫愁樂古辭聞歡下揚州相送楚山頭探手抱腰看江水斷不流演繁露今人謂出行資裝爲行李琦按杜氏左傳註行李行人也後人多據之而訾以行裝爲行李者爲非是方密之云使人行必有裝鄭當時之治行孟子之治任是已則以行李爲隨行之物何不可耶太平寰宇記南浦在鄂州江夏縣南三里離騷云送美人兮南浦其源出京首山西入大江秋冬涸竭春夏泛漲商旅往來皆於浦停泊以其在郭之南故日南浦古樂府胡姬年十五春日獨當壚詳見三卷註沈約詩洛陽繁華子長安輕薄兒江淹詩君行在天涯妾身長别離○胡震亨曰江夏行長干行並爲商人婦咏而其源似出西曲蓋古者吳俗好賈荆郢樊鄧間尤盛男女怨曠哀吟清商諸西曲所由作也第其辭五言二韻節短而情有未盡太白往來襄漢金陵悉其人情土俗因采而演之爲長什一從長干上巴峽一從江夏下揚州以盡乎行賈者之程而言其家人失身誤嫁之恨盼歸遠望之傷使夫誳吟之者足動其逐末輕離之悔雖其才思足以發之而踵事以增華自從西曲本辭得來取才固有在也凡太白樂府皆非泛然獨造必參觀本曲之詞與所借用之曲之詞始知其源流之自點化奪換之妙不獨此二篇爲然聊發凡資讀者觸解云

懷胡本作憶仙歌

一鶴東飛過滄海放心散漫知何在仙人浩歌望我

來應攀玉樹長相待堯舜之事不足驚自餘囂囂直繆本作囂囂真可輕巨鼇莫載許本作戴三山去我一作吾欲蓬萊頂上行十洲記滄海島在北海中地方三千里去岸二十一萬里海四面繞島各廣五千里水皆蒼色仙人謂之滄海也楚辭望美人兮未來臨風怳兮浩歌拾遺記崑崙山有五色玉樹陰翳五百里巨鼇事見四卷註

玉真仙人詞胡震亨曰玉真公主睿宗女字持盈太極元年出家爲道士築觀京師以居魏顥言白爲公主所薦達而白亦有客公主別館詩此詞豈其所獻於公主者歟

玉真之仙一作真人時往一作西上太華峯清晨鳴天鼓飈欻騰雙龍弄電不輟手行雲本無蹤幾時入少室王母應相逢元和郡縣志太華山在華州華陰縣南八里雲笈七籤九真高上寶書神明經曰扣

齒之法左相扣名曰打天鐘右相扣名曰槌天磬中央上下相扣名曰鳴天鼓若卒遇凶惡不祥當打天鐘三十六遍若經凶惡辟邪威神大呪當槌天磬三十六遍若存思念道致真招靈當鳴天鼓以正中四齒相扣閉口緩頰使聲虛而深響也漢武帝內傳東方叔昔爲太上使令到方丈助三天司命收籙仙家朔到方丈但務游戲了不共營和氣擅弄雷電激波揚風風雨失時陰陽錯迕謝靈運詩弄波不輟手玩景豈停目元和郡縣志少室山在河南府告成縣西北五十里登封縣西十里高十六里周回三十里潁水源出焉太平廣記西王母者九靈太妙龜山金母也位配西方母養羣品天上天下三界十方女子之登仙者得道者咸所隸焉○飈音標猋音忽

清溪行

一作宣州清溪○清溪在池州已見本卷秋浦歌註

清溪清我心，水色異諸水。借問新安江，見底何如此。
人行明鏡中，鳥度屏風裏。向晚猩猩啼，空悲遠遊子。

元和郡縣志新安江自歙州黟縣界流入桐廬縣東流入浙江蕭士贇曰圖經清溪屬宣城新安郎今徽州在唐爲歙州在隋在新安郡凡水發源於徽者皆曰新安江自歙者出黟山自休寧者出率山自績溪者出大嶂山自婺源者出浙山自浙江泝休寧者爲灘三百六十沈約有新安江水至清淺見底詩陳釋惠標咏水詩舟如空裏泛人似鏡中行

江淹詩夜聞猩猩啼猩猩見三卷註

詶殷明佐（繆本作佐明）見贈五雲裘歌（楊齊賢註五雲裘者五色絢爛如雲故以五雲名之）

我吟謝朓詩上語朔風颯颯吹飛雨謝朓已没青山空後來繼之有殷公粉圖珍裘五雲色曄如晴天散綵虹文章彪炳光陸離應是素娥玉女之所爲輕如松花落金粉濃似錦苔含碧滋遠山積翠橫海島殘

霞飛一作霏丹映江草凝毫採掇花露容幾年功成奪
謝朓觀朝雨詩朔風吹飛雨蕭條江上來原註
天造謝朓宅在當塗青山下江南通志青山在太平
府城東南三十里齊宣城太守謝朓嘗築室山南又
名謝公山有謝公井白雲泉帝王世紀酉戎渠搜國
服禹之德獻其珍裘盧諶詩崇臺非一幹珍裘非一
腋魏文帝詩丹霞蔽日彩虹垂天鍾嶸詩品文體相
輝彪炳可翫淮南子五彩爭勝流漫陸離高誘註陸
離美好貌謝莊月賦集素娥於後庭李周翰註嫦娥
竊藥奔月月色白故云素娥太上飛行九神玉經凡
行玉清之道出則諸天侍軒給玉童玉女各三千人
行上清之道出則五宿侍衞給玉童玉女各一千五
百人行太清之道則五帝侍衞給玉童玉女各八百
人抱朴子玉女來侍可得役使以致行廚玉女常以
黃玉爲誌大如黍米在鼻上是真玉女也無此誌者
鬼試人耳江淹詩閨草含碧滋張銑註碧滋謂草色
翠而滋繁顏延年詩積翠亦葱芊○朓音眺曄音葉
掇都活切故人贈我我不違着令山水含清繆本作晴暉
端入聲

頓驚謝康樂詩興生我衣襟前林壑斂暝色袖上雲
繆本作烟霞收夕霏謝靈運石壁精舍還湖中詩昏旦變氣候山水含清輝林壑斂暝色雲霞
收夕霏李善註霏雲飛貌言裘上所畫具此詩意群仙長嘆驚此物千崖萬
嶺相縈鬱身騎白鹿行飄飄手翳紫芝笑披拂相如
不足誇鷫鸘王恭鶴氅安可方瑶臺雪花數千點片
片吹落春風香爲君持此凌蒼蒼上朝三十六玉皇
下窺夫子不可及矯手蕭本作首相思空斷腸曹植詩忽逢二童顏
色鮮好乘彼白鹿手翳芝草廣韻翳隱也奄也鄣也
西京雜記司馬相如以所着鷫鸘裘就市人楊昌貰
酒張華禽經註鷫鸘鳥名其羽可爲裘以辟寒世說
孟昶未達時家在京口嘗見王恭乘高輿披鶴氅裘
於時微雪昶於籬間窺之嘆曰此真神仙中人鶴氅
析鶴羽而爲衣也鮑照詩胡風吹朔雪千里度龍山

集君瑶臺裏飛舞兩楹間張銑註瑶玉也以玉飾臺也蕭士贇曰三十六玉皇道家所謂三十六天帝也詳見三卷註矯手舉手也陸機詩矯手頓世羅○鷩昌兩切昌上聲

臨路歌

按李華墓誌謂太白賦臨終歌而卒恐此詩即是路字蓋終字之譌也

大鵬飛兮振八裔中天摧兮力不濟餘風激兮萬世遊扶桑兮挂石當作左袂後人得之傳此仲尼亡兮繆本作誰爲出涕

木華海賦迆延八裔李善註八裔猶八方也嚴忌哀時命衣攝葉以儲與兮左袪挂於榑桑王逸註袪袖也言己衣服長大攝業儲與不得舒展德能弘廣不能施用東行則左袖挂於榑桑無所不覆也琦按詩意謂西狩獲麟孔子見之而出涕今大鵬摧於中天時無孔子遂無有人爲出涕者喻己之不遇於時而無人爲之隱惜太白嘗作大鵬賦實以自喻故此歌復借大鵬以寓言耶

古意

君爲女蘿草妾作兎絲花輕條不自引爲逐春風斜百丈託遠松纏綿成一家誰言會面易各在青山崖女蘿發馨香兎絲斷人腸枝枝相糾結葉葉竟飄揚生子不知根因誰共芬芳中巢雙翡翠上宿紫鴛鴦若繆本作君識二草心海潮亦可量兎絲女蘿見四卷註

山鷓鴣詞 按教坊記山鷓鴣是曲名鄭谷詩座中亦有江南客莫向清風唱鷓鴣知山鷓鴣者乃當時南地之新聲○鷓音蔗鴣音姑

苦竹嶺頭秋月輝苦竹南枝鷓鴣飛嫁得燕山胡鴈壻欲銜我向鴈門歸山雞翟雉來相勸南禽多被北禽欺紫塞嚴霜如劍戟蒼梧欲巢難背違我心蕭本作今

誓死不能去哀鳴驚叫淚沾繆本作霑衣江南通志苦竹嶺在池州原三保李白嘗讀書於此太平廣記鷓鴣吳楚之野悉有嶺南偏多臆前有白圓點背上間紫赤毛其大如野雞多對啼南越志云鷓鴣雖東西回翔然開翅之始必先南翥其名自呼杜簿州又本草云自呼鉤輈格磔李群玉山行聞鷓鴣詩云方穿詰曲崎嶇路又聽鉤輈格磔聲水經註山海經曰鴈門之水出於鴈門之山鴈出其閒在高柳北高柳在代中其山重巒疊巘霞舉雲高連山隱隱東出遼塞劉淵林三都賦註山雞如雞而黑色樹棲晨鳴今所謂山雞者鷩也合浦有之禽經首有彩毛曰山雞張華註山雉長尾尤珍護之林木之森鬱者不入恐觸其尾也雨則避於巖石之下恐濡濕也久雨亦不出而求食死者甚衆水經註鵕鸃山雞也光色鮮明五色眩耀利距善鬬世以家雞鬬之則可擒也博物志翟雉長尾雨雪降惜其尾棲高樹杪不敢下食往往餓死紫塞蒼梧俱見三卷註琦按此詩當是南姬有嫁爲北人婦者悲啼誓死而不肯去太白見而悲之遂作此詩

歷陽壯士勤將軍名思齊歌 并序

歷陽壯士勤將軍神力出於百夫則天太后名見奇之授游擊將軍賜錦袍玉帶朝野榮之後蕭本少後字拜橫南將軍大臣慕義結十友即燕公張說館陶公郭元振爲首余壯之遂作詩唐時歷陽郡即和州也隸淮南道蓋古揚州之域勤將軍之名不載史冊然考許渾集有題勤尊師歷陽山居詩序云師即思齊之孫然則其名亦震耀一時者矣楊升菴述希姓引之作勤思齊者誤也通典游擊將軍爲五品以上武散官張說字道濟洛陽人武后時爲相元宗時再爲相封燕國公郭元振名振魏州人以字顯睿宗時爲相封館陶縣男後又封代國公

太古歷陽郡化爲洪川在江山猶鬱盤龍虎秘光彩

蓄洩數千載風雲何霮䨴特生勤將軍神力百夫倍

搜神記歷陽之郡一夕淪入地中而爲水澤今麻湖是也述異記和州歷陽淪爲湖昔有書生遇一老姥姥待之厚生謂姥曰此縣門石龜眼血出此地當陷爲湖姥後數往視之門吏問姥姥具荅之吏以硃點龜眼姥見遂走上北山顧城遂陷焉今湖中有明府魚奴魚婢魚魯靈光殿賦雲覆霮䨴呂延濟註霮䨴繁雲貌○霮徒感切潭上聲䨴音兌

草書歌行

少年上人號懷素草書天下稱獨步墨池飛出北溟魚筆鋒殺盡中山兔八月九月天氣涼酒徒詞客滿高堂牋麻素絹排數箱宣州石硯墨色光吾師醉後倚繩牀須臾掃盡數千張飄風驟雨驚颯颯落花飛

雪何茫茫起來向壁繆本作筆不停手一行數字大如斗怳怳如聞神鬼驚時時只見龍蛇走左盤右蹙如驚電狀同楚漢相攻戰湖南七郡凡幾家家家屏障書題徧王逸少張伯英古來幾許浪得名張顛老死不足數我師此義不師古古來萬事貴天生何必要公孫大娘渾脫舞

國史補長沙僧懷素好草書自言得草聖三昧棄筆堆積埋於山下號曰筆塚宣和書譜釋懷素字藏真俗姓錢長沙人徙家京兆元奘三藏之門人也初勵律法晚精意於翰墨追倣不輟禿筆成冢一夕觀夏雲隨風頓悟筆意自謂得草書三昧斯亦見其用志不分乃凝於神也當時名流如李白戴叔倫竇臮錢起之徒舉皆有詩美之狀其勢以爲若驚蛇走虺驟雨狂風人不以爲過論又評者謂張長史爲顛懷素爲狂及其晚年益進則復評其與張芝逐鹿茲亦有加無已故其譽之者

亦若是耶豉其平日得酒發興要欲字字飛動圓轉之妙宛若有神一統志懷素零陵人覩二王真跡及二張草書而學之書漆盤三面俱穴贈之歌者三十七人皆當世名流顔真卿作序北齊書雕蟲之美獨步當時法書要錄弘農張芝善草書臨池學書池水盡墨太平寰宇記墨池王右軍洗硯池也并舊宅在蕺山下去會稽縣二里餘方輿勝覽紹興府戒珠寺本王羲之故宅門外有二池曰墨池鵝池元和郡縣志中山在宣州溧水縣東南十五里出兎毫爲筆精妙太平寰宇記溧水縣中山又名獨山在縣東南十里不與群山連接古老相傳中山有白兎世稱爲筆最精箋麻皆紙也以五色染成或砑光或金銀泥畫花樣者爲箋紙其以麻爲之爲麻紙唐時詔書用黃麻白麻是也絹素皆繒名繒中至下者謂之絹絹之精白者謂之素十六國春秋佛圖澄坐繩牀燒安息香胡三省通鑑註程大昌演繁露曰今之交牀制本自虜來始名胡牀隋以讖有胡改名交牀唐穆宗於紫宸殿御大繩牀見群臣則又名繩牀矣余按交牀繩牀今人家有之然二物也交牀以木交午爲足足前後皆施橫木平其底使措之地而安足之上端其

前後亦施横木而平其上横木列竅以穿繩條使之可坐足交午處復爲圓穿貫之以鐵斂之可挾放之可坐以其足交故曰交牀繩牀以板爲之人坐其上其廣前可容膝後有靠背左右有托手可以擱臂其下四足著地錦繡萬花谷繩牀以繩穿爲坐器卽俗謂之交椅也湖南七郡謂長沙郡衡陽郡桂陽郡零陵郡連山郡江華郡邵陽郡此七郡皆在洞庭湖之南故曰湖南世說註文字志曰王羲之字逸少琅邪臨沂人少朗拔爲叔父廙所賞善草隸累遷江州刺史右軍將軍會稽內史後漢書張芝字伯英善草書至今稱傳之衛恒四體書勢漢興而有草書不知作者姓名至章帝時齊相杜度號稱善作篇後有崔瑗崔實亦皆稱工杜氏結字甚安而書體微瘦崔氏甚得筆勢而結字小疎弘農張伯英者因而轉精其巧凡家之衣帛必書而後練之臨池學書池水盡黑下筆必爲楷則常曰匆匆不暇草書寸紙不見遺至今世尤寶其書韋仲將謂之草聖國史補張旭草書得筆法後傳崔邈顔真卿旭言始吾見公主擔夫爭路而得筆法之意後見公孫氏舞劍器而得其神旭飲醉輒草書揮筆大叫以頭揾水墨中而書之天下呼

爲張顛醒後自視以爲神異不可復得後輩言筆札者歐虞褚薛或有異論至張長史則無間言矣舊唐書吳郡張旭善草書而好酒每醉後號呼狂走索筆揮洒變化無窮若有神助時人號爲張顛杜甫觀公孫大娘弟子舞器行序開元三載予尚童穉記於郾城觀公孫氏舞劍器渾脫瀏灕頓挫獨出冠時自高頭宜春梨園二教坊內人洎外供奉曉是舞者聖文神武皇帝初公孫一人而已往時吳人張旭善草書帖數嘗於鄴縣見公孫大娘舞西河劍器自此草書長進豪蕩感激樂府雜錄開元中有公孫大娘善舞劍器僧懷素見之草書遂長蓋准其頓挫之勢也渾脫唐時舞名唐書山惲傳將作大匠宗晉卿爲渾脫舞是也○蘇東坡謂草書歌決非太白所作乃唐末五代效禪月而不及者且訾其戕麻絹素排數廂之句村氣可掬墨池編云此詩本藏真自作駕名太白者琦按以一少年上人而故貶王逸少張伯英以推獎之大失毀譽之實至張旭與太白既同酒中八仙之遊而作詩稱謝有胸藏風雲世莫知之句忽一旦而訾其老死不足數太白決不沒分別至此斷爲僞作信不疑矣

和盧侍御通塘曲

君誇通塘好通塘勝耶溪通塘在何處遠（繆本作宛）在尋陽西青蘿嫋嫋挂（繆本作拂）烟樹白鷴處處聚沙堤石門中斷平湖出百丈金潭照雲日何處滄浪垂釣翁鼓棹漁歌趣非一相逢不相識出沒繞通塘浦邊清水明素足別有浣紗吳女郎行盡綠（繆本作淥）潭潭轉幽疑是武陵春碧流秦人雞犬桃花裏將比通塘渠見羞通塘不忍別十去九遲迴偶逢佳境心已醉忽有一鳥從天來月出青山送行子四邊苦竹秋聲起長吟白雪望星河雙垂兩足揚素波梁鴻德耀會稽日寧

知此中樂事多施宿會稽志若耶溪在會稽縣南二十五里北流與鏡湖合鄭樵爾雅註白鷴似鵠而大白色紅臉可愛江淹詩碧鄣常周流金潭恒澄澈呂延濟註潭水之深澄澈清者也言金者下有金沙故名陶潛詩鼓棹路崎曲棹楫也在舟之旁撥水以進舟者也一説短者曰楫長者曰棹梁簡文帝詩綠潭倒雲氣青山啣月規武陵桃花見二卷註莊子鄭有神巫曰季咸列子見之而心醉鮑照詩居人掩閨臥行子夜中飯王襃洞簫賦揚素波而揮連珠呂向註素白也後漢書梁鴻因東出關過京師作五噫之歌肅宗聞而非之求鴻不得乃易姓運期名燿字侯光與妻子居齊魯之間有頃又去適吳依大家臯伯通居廡下爲人賃舂每歸妻爲具食不敢於鴻前仰視舉案齊眉伯通察而異之曰彼傭能使其妻敬之如是非凡人也乃方舍於家鴻潛閉著書十餘篇琦按梁鴻所適之地在今蘇州而云會稽者葢其地古屬吳國秦屬會稽郡漢仍其舊不改至後漢順帝永建四年始分置吳郡鴻在肅宗朝尚未有吳郡之名史臣本古國名而言故曰吳與上齊魯一例通稱太白則指其本時之郡而言則曰會稽似

乎乖異而實不相妨也○棹直教切巢去聲浣音换

李太白文集卷八

李太白文集卷之九

錢塘　王琦琢崖輯註

縉　端臣　思謙　蘊山　較

古近體詩共四十三首

贈孟浩然

吾愛孟夫子，風流天下聞。紅顏棄軒冕，白首卧松雲。醉月頻中聖，迷花不事君。高山安可仰，徒（繆本作從）此揖清芬。

唐書：孟浩然，襄州襄陽人。少好節義，喜拯人患難，隱鹿門山。年四十，乃游京師。嘗於太學賦詩，一座歎服，無敢抗。張九齡、王維雅稱道之。維私邀入內署，俄而玄宗至，浩然匿牀下。維以實對，帝喜曰：朕聞其人而未見也，何懼而匿？詔浩然出。帝問其詩，浩然再拜，自誦所爲，至不才明主棄之句，帝曰：卿不求仕而朕未嘗棄卿柰何誣我因放還採訪使韓朝宗約浩然偕至京師欲薦諸朝會故人至劇飲歡甚或曰君與韓公有期浩然曰業已飲遑恤他卒不赴朝宗怒辭行浩然不悔也張九齡爲荆州辟置於府府罷開元末病疽背卒南史眷戀松雲輕迷人路三國志徐邈爲尚書郎時科酒禁而邈私飲至於沉醉校事趙達問以曹事邈曰中聖人達白之太祖太祖甚怒鮮于輔進曰平日醉客謂酒清者爲聖人濁者爲賢人邈性修愼偶醉言耳詩小雅高山仰止景行行止○中聖之中本作去聲讀協音當讀平聲

贈從兄襄陽少府皓

一作晧○唐書地理志山南東道襄州有襄陽縣

結髮未識事所交盡豪雄卻秦不受賞擊晉一作寧救趙爲功繆本此下多託身白刃裏殺人紅塵中當朝揖高義舉世欽英風四句小節豈足言退耕春陵東歸來無產業生事如轉蓬一朝烏一作狐裘敝百鎰黃金空彈劍徒激昂出門悲路窮吾兄

青雲士然諾聞諸公所以陳片言片言貴情通棣華儻不接甘與秋草同漢書李廣傳結髮與匈奴戰顏師古註言始升冠卽在戰陣也魯仲連不肯令趙尊秦爲帝秦將聞之爲卻軍五十里平原君欲封之魯仲連不肯受詳二卷註朱亥從魏公子無忌袖鐵錐錐殺晉鄙奪其軍以救邯鄲存趙詳見三卷註晉書阮渾少慕通達不修小節元和郡縣志春陵故城在隨州棗陽縣東南三十五里曹植詩吁嗟此轉蓬居世何獨然楊齊賢曰蓬花北土有之團欒如毬風起則隨地而轉不能自止戰國策蘇秦說秦王說十上而說不行黑貂之裘敝黃金百斤盡韻會國語二十四兩爲鎰趙岐孟康皆曰二十兩鄭玄曰三十兩漢書不自激昂乃反涕泣左傳召穆公思周德之不類故糾合宗族於成周而作詩曰常棣之華鄂不韡韡凡今之人莫如兄弟杜預註常棣棣也鄂鄂然花外發不韡韡言韡韡以喻兄弟和睦則强盛而有光輝韡韡然

淮海對雪贈傅靄

一作淮南對雪贈孟浩然。禹貢淮海惟揚州謂揚州之

域北至淮東南至海也後人稱揚州曰淮海本此

朔雪落吳一作湖天從風渡溟渤海蕭本作梅樹一作木成陽春江沙皓明月繆本下多飄颻四荒外想象千花發瑤草生階墀玉塵散庭闕四句興從剡溪起思繞梁園繆本作山發寄君郢中歌曲罷心繼絕後四句一作剡溪興空在郢路歌未歇寄君梁父吟曲盡心斷絕○鮑照詩胡風吹朔雪又穿池類溟渤江總詩海樹一邊出雲山四面通世說王子猷居山陰夜大雪眠覺開室命酌酒四望皎然因起仿偟詠左思招隱詩忽憶戴安道時戴在剡卽便夜乘小船就之經宿方至造門不前而返人問其故王曰吾本乘興而行興盡而反何必見戴一統志剡溪在紹興府嵊縣治南一名戴溪郎晉王徽之雪夜訪戴逵處謝惠連雪賦歲將暮時旣昏寒風積愁雲繁梁王不悅遊於兔園乃置旨酒命賓友名鄒生延枚叟相如末至居客之右俄而微霰零密雪下王乃歌北風於衛詩咏南山於周雅授簡於司馬大夫曰抽子

秘思騁子妍詞併色揣稱爲寡人賦之新序客有歌於郢中者其爲陽春白雪國中屬而和者數十人鮑照詩涕零心斷絶○剡音閃

贈徐安宜唐時淮南道楚州有安宜縣上元三年以其地得定國寶十三枚因改元寶應仍改安宜縣爲寶應縣徐蓋爲安宜令者也

白田見楚老歌詠徐安宜製錦不擇地操刀良在茲

清風動百里惠化聞京師浮人若雲歸耕種滿郊岐

川光淨麥隴日色明桑枝訟息但長嘯賓來或解頤

青橙繆本作棖拂戶牖白一作碧水流園池遊子滯安邑懷

恩未忍辭翳繆本作繄君樹蕭本作獨桃李歲晚託深期白田安宜地名楚老楚地父老也江南通志白田渡在寶應縣南門外左傳子皮欲使尹何爲邑子産曰少未知可

否子皮曰愿吾愛之使夫往而學焉夫亦愈知治矣子產曰人之愛人求利之也今吾子愛人則以政猶未能操刀而使割也其傷實多子有美錦不使人學製焉大官大邑身之所庇也而使學者製焉其爲美錦不亦多乎杜預註製裁也宋書劉道產之在漢南歷年踰十惠化流於樊沔公羊傳京師者何天子之居也京者何大也師者何衆也天子之居必以衆大之詞言之楊齊賢註浮人流人也王僧達詩麥隴多秀色鄭康成毛詩箋嘯蹙口而出聲也漢書諸儒爲之語曰無說詩匡鼎來匡說詩解人頤如淳註使人笑不能止也李陵詩遊子暮何之安邑郎安宜也吳均詩懷恩未忍去非無江海心緊惟也又發語聲左傳緊我獨無說苑陽虎得罪於魯北見簡子曰自今以後不復樹人矣簡子曰夫樹桃李者夏得休息秋得其實焉樹蒺藜者夏不得休息秋得其刺焉今子之所樹蒺藜也自今以來擇人而樹之毋已樹而擇之。緊音伊

贈任城盧主簿潛

蕭本少潛字。唐書地理志河南道兗州有任城縣唐官

制縣令之佐有主簿其位在丞之下尉之上京縣二人從八品畿縣上縣者正九品中縣下縣者從八品各一人

海鳥知天風，竄身魯門東。臨觴不能飲，矯翼思凌空。鐘鼓不爲樂，烟霜誰與同。歸飛未忍去，流淚謝鴛鴻。莊子昔者海鳥止於魯郊魯侯御而觴之於廟詳見大鵬賦註揚雄解嘲矯翼厲翮李周翰註矯舉也南齊書孝感烟霜

早秋贈裴十七仲堪

遠海動風色，吹愁一作秋落天涯。南星變大火，熱氣餘丹霞。光景不可迴，六龍轉天車。荆人泣美玉，魯叟悲匏瓜。功業若夢裏一作中，撫一作推琴發長嗟。裴生信一作

實英邁屈繆本作崛起多才華歷抵海岱豪結交魯朱家一作歷遊趙魏豪結交列如麻繆本下多艮圖竟未展意欲飛丹砂破産且救人遺身不爲家四句復攜兩少妾一作女艷色驚荷葩繆本作花雙歌入青雲但惜白日斜窮一作滄溟出寶貝大澤饒龍蛇明主儻一作必見收烟霄路非賒時命若不會歸應鍊丹砂一作知飛萬里道勿使歲寒嗟○南星南方之星也大火心星也初昏之時大火見南方於時爲夏若轉而西流則爲秋矣郭璞爾雅註大火心也在中最明故時候主焉江淹詩丹霞蔽陽影劉艮註丹霞赤雲也曹植詩白日西南馳光景不可攀六龍見三卷註天車即日車也荆人卞和泣玉事見四卷註孔子曰吾豈匏瓜也哉焉能繫而不食何晏註匏瓠也言瓠瓜得繫一處者不食故也吾自食物當東西南北不得如不食之物繫滯一處王粲詩攝衣起撫琴後漢書至於扶翼王運皆武人屈起章懷太子註屈起猶勃起也音其勿

反禹貢海岱惟青州孔傳曰東北據海西南距岱史記魯朱家者與高祖同時魯人皆以儒教而朱家用俠聞所藏活豪士以百數其餘庸人不可勝言然終不伐其能歆其德諸所嘗施惟恐見之振人不贍先從貧賤始家無餘財衣不完采食不重味乘不過軥牛專趨人之急甚已之私旣陰脫季布之厄及布尊貴終身不見也自關以東莫不延頸願交焉鮑照詩會得兩火妾說文葩花也韻會睒遠也木華海賦翔天沼戲窮溟又曰豈徒積大顛之寶貝左傳深山大澤實生龍蛇○葩普巴切怕平聲

贈范金鄉蕭本作卿二首唐書地理志河南道兗州有金鄉縣

君子枉清盼，不知東走迷。離家未幾月，絡緯鳴中閨。
桃李君不言，攀花願成蹊。那能吐芳信，惠好相招攜。
我有結綠珍，久藏濁水泥。時人棄此物，乃與燕石一作珉齊。
摭繆本作拂拭欲贈之，申眉路無梯。遼東慙白豕，楚

客羞山雞徒有獻芹心終流泣玉血一作啼祇應自索

漠留舌示山妻淮南子狂者東走逐者亦東走東走則同所以東走則異抱朴子此亦東走此亦東

走之迷忘葵之甘也絳緯見三卷註漢書桃李不言
下自成蹊顏師古註蹊謂徑道也言桃李以其花實
之故非有名呼而人爭歸趣來往不絕其下自然成
徑以喻人懷誠信之心故能潛有所感也顏延年詩
君子吐芳訊感物測予衷謝瞻詩煙熅吐芳訊李周
翰註芳訊芳言也詩國風惠而好我左傳招攜以禮
史記周有砥砨宋有結綠梁有懸黎楚有和璞此四
寶者土之所生良工之所失也曹植詩妾若濁水泥
燕石見二卷註說文攈拾也應瑒詩良遇不可值伸
眉路何階後漢書往時遼東有豕生子白頭異而獻
之行至河東見群豕皆白懷慚而還尹文子楚客擔
山雉路人問何鳥也擔雉者欺之曰鳳凰也路人曰
我聞鳳凰今直見之汝販之乎曰然則十金勿與請
加倍乃與之將欲獻楚王經宿而鳥死路人不遑惜
金惟恨不得以獻楚王國人傳之咸以爲真鳳凰貴
欲以獻之遂聞楚王王感其欲獻於已召而厚賜之

過於買鳥之金十倍嵇康絶交書野人有快炙背而美芹子者欲獻之至尊雖有區區之意亦已疎矣卞和泣玉見四卷註文心雕龍思不環周索莫乏氣史記張儀嘗從楚相飲已而楚相亡璧門下意張儀曰儀貧無行此必盜相君之璧共執張儀掠笞數百不服釋之其妻曰嘻子無讀書遊説安得此辱乎張儀謂其妻曰視吾舌尚在否其妻笑曰舌在也儀曰足矣○摭音炙

其二

范宰不買名，絃歌對前楹。爲邦默自化，日覺冰壺清。百里雞犬靜，千廬機杼鳴。浮人少蕩析，愛客多逢迎。遊子覩嘉政，因之聽頌聲。淮南子絃歌鼓舞緣飾詩書以買名譽於天下老子我無爲而民自化鮑照詩清如玉壺冰古詩札札弄機杼機杼織具也機以轉軸杼以持緯書盤庚今我民用蕩析離居孔穎達正義播蕩分析蜀志費禕傳丞相亮南征還群寮於數十里逢迎公羊傳什一行

而頌聲作矣何休註頌聲者太平歌頌之聲○杼音紵

贈瑕邱王少府 唐書地理志河南道兖州有瑕邱縣

皎皎鸞鳳姿飄飄神仙氣梅生亦何事來作南昌尉清風佐鳴琴寂寞道爲一作爲誰貴一見過所聞操持難與群毫揮魯邑訟目送瀛洲雲我隱屠釣下爾當玉石分無由接高論空此仰清芬 漢書梅福字子真九江壽春人爲郡文學補南昌尉後去官歸壽春至元始中王莽專政福一朝棄妻子去九江至今傳以爲仙晉書梁國張偉志趣不常自隱於屠釣瀛洲海中三山之一詳見四卷註

東魯見狄博通 按唐書宰相世系表博通梁公狄仁傑之曾孫戸部郎中光濟之孫

去年别我向何處有人傳道遊江東謂言挂席度滄海却來應是無長風謝靈運詩挂席拾海月宋書宗慤傳願乘長風破萬里浪

見京兆韋參軍量移東陽二首按唐書地理志京兆府京兆郡本雍州屬關內道婺州東陽郡屬江南東道日知錄唐朝人得罪貶竄遠方遇赦改近地謂之量移舊唐書元宗紀開元二十年十一月庚午祀后土於脽上大赦天下左降官量移近處二十七年二月己巳加尊號大赦天下左降官量移近處量移字始見於此

潮水還歸海流人却到吳相逢問愁苦淚盡日南珠莊子子不聞夫越之流人乎陸德明註流人有罪自流徙者也吳都賦淵客慷慨而泣珠劉淵林註俗傳鮫人從水中出曾寄寓人家積日賣綃綃者竹孚俞也鮫人臨去從主人索器泣而出珠滿盤以與主人洞冥記吠勒國去長安九千里在日南人長七尺被髮至踵乘犀象之車乘象入海底取寶宿於鮫人之

含得淚珠則鮫人所泣之珠也庾信擬連珠日南枯蚌猶含明月之珠

其二

聞說金華渡東連五百灘全勝若耶好莫道此行難猿嘯千谿合松風五月寒他年一攜手搖艇入新安

一統志五百灘在金華府城西五里灘之最大者俗傳舟行挽牽五百人方可渡若耶溪在紹興府城南二十五里下與鏡湖合西施採蓮歐冶鑄劍於此新安江一名青溪出徽州自歙縣經淳安縣界至嚴州府城南合婺港東入浙江廣韻艇小船也○艇音挺

贈丹陽横山周處士惟長

唐書地理志潤州丹陽郡有丹陽縣本曲阿天寶元年更名太平御覽山謙之丹陽記曰丹陽縣東十八里有横山連亘數十里傳云楚子重至於横山是也江南通志横山在江寧府江寧縣東南一百二十里高淳縣東二十里其

山四方望之皆横故曰横山亦名横望山太平府志横山在當塗縣東六十里高二百丈周八十里穹窿巉峻蒼翠亘天際四望皆横故名横山與江寧溧水接壤丹陽湖在其南春秋楚子重伐吳所至之地

周子横山隱開門臨城隅連峰入戶牖勝槩凌方壺時枉一作作白紵詞放歌丹陽湖水色傲溟渤川光秀菰蒲當其得意時心與天壤俱閑雲隨舒卷蕭本作卷施安識身有無抱石恥獻玉沉泉笑探珠羽化如可作相攜上一作攜手止清都

方壺方丈也海中三神山之一見明堂賦註白紵詞見四卷註江南通志丹陽湖在江寧府高淳縣西南三十里太平府當塗縣東南七十里以湖之中流分界其源有三徽州高淳寧國廣德諸溪皆匯之通爲三湖一曰石臼一曰固城一曰丹陽而丹陽最大蓋總名也周

圍三百餘里鮑照詩穿池類溟渤謝靈運詩菰蒲冒清淺本草蘇頌曰菰根江湖陂澤中皆有之生水中葉如蒲葦刈以秣馬甚肥春末生白芽如筍卽菰菜也又謂之茭白生熟皆可啖甜美其中心如小兒臂者名菰手作菰首者非矣寇宗奭曰菰乃蒲類河朔邊人止以飼馬作薦八月開花如葦結青子合粟爲粥食甚濟飢李時珍曰蒲叢生水際似莞而褊有脊而柔二三月生苗八九月收葉以爲席亦可作扇軟滑而溫張協詩清風激萬代名與天壤俱抱石獻玉用卞和事見四卷註莊子人有見宋王者錫車十乘以其十乘驕穉莊子莊子曰河上有家貧恃緯蕭而食者其子沒於淵得千金之珠其父謂其子曰取石來鍜之夫千金之珠必九重之淵而驪龍頷下子能得珠者必遭其睡也使驪龍而寤子尚奚微之有哉今宋國之深非直九重之淵也宋王之猛非直驪龍也子能得車者必遭其睡也使宋王而寤子爲虀粉矣羽化成仙而去也清都上帝所都見二卷註

玉真公主別館苦雨贈衞尉張卿二首 按唐書公主列

傳玉真公主睿宗之第十女也始封崇昌縣主太極元年出家爲道士以方士史崇玄爲師改稱玉真公主築玉真觀於京師俄進號上清玄都太洞三景師天寶三載上言先帝許妾捨家今仍叨主第食租賦願去公主號罷邑司歸之王府玄宗不許又言妾高宗之孫睿宗之女陛下之女弟於天下不爲賤何必名繫主號資湯沐然後爲貴請入數百家之產延十年之命帝知主意乃許之薨寶應時古樓觀紫雲衍慶集玉真公主與金仙公主俱入道今樓觀南山之麓有玉真公主祠堂存焉俗傳其地曰邸宮以爲主家別館之遺址也然碑誌湮沒圖經廢舛惟開元中戴璇樓觀碑有玉真公主師心此地之語而王維儲光羲皆有玉真公主山莊山居之詩則玉真祠堂爲觀之別館審矣因盡錄唐人題詠刻之祠中元祐二年歲在丁卯七月望日河東薛紹彭題所謂別館疑即此地一是歟埤雅雨久曰苦雨唐書百官志衛尉寺卿一人從三品少卿二人從四品掌器械文物

秋（繆本作愁）坐金張館，繁陰晝不開。空烟迷（繆本作送）雨色，蕭颯望中來。翳翳昏墊苦，沉沉憂恨催。清秋何以慰，白酒盈吾杯。吟詠思管樂，此人已成灰。獨酌聊自勉，誰貴經綸才。彈劍謝公子，無魚良可哀。（漢書：功臣之後，惟有金氏、張氏親近寵貴，比於外戚。左思詩：朝集金張館，暮宿許史廬。尚書益稷：下民昏墊。謝靈運詩：久痗昏墊苦。張銑註：昏霧墊溺也。言病此霖雨之苦也。論衡：人死血脉竭，竭而精氣滅，滅而形體朽，朽而成灰土。史記：馮驩彈其劍而歌曰：長鋏歸來乎，食無魚。○翳音衣，墊音店）

其二

苦雨思白日，浮雲何由卷。稷卨和天人，陰陽（許本作霾）乃（繆本作仍）驕蹇。秋霖劇倒井，昏霧橫絕巘。欲往咫尺塗，遂

成山川限潀潀奔澑聞繆本作瀉浩浩驚波轉泥沙塞中
逆牛馬不可辨飢從漂母食閑綴羽陵一作林簡園家
逢秋蔬蔡藿不滿眼蠨蛸結思幽蟋蟀傷禍淺廚竈
無青烟刀机生綠蘚投筋解鸊鷉換酒醉北堂丹徒
布衣者慷慨未可量何時黃金盤一斛薦檳榔功成
拂衣去搖曳繆本作裔滄洲傍卨卽契字東都賦統和天人公羊傳爲其驕蹇左傳
凡雨自三日已往爲霖楚辭皇天淫溢而秋霖韻會
劇尤甚也傳京詩霖雨如倒井韻會巘山峯也駱賓
王詩薄烟橫絕巘輕凍澀回湍韻會潀水會也鮑照
詩蹀蹀寒葉離潀潀秋水積莊子秋水時至百川灌
河涇流之大兩涘渚涯之間不辨牛馬陸德明註辨
別也言廣大故望不分別也漂母見六卷註廣韻綴
連補也穆天子傳天子東遊次於雀梁蠹書於羽陵
漢書司馬遷傳糲粱之食蔡藿之羹顏師古註蔡草

似蓬也藋豆葉也史記正義藜似藋而赤表本草綱目藜處處有之卽灰藋之紅心者莖葉稍大河朔人名落藜南人名臙脂菜亦曰鶴頂草皆因形色名也嫩時亦可食昔人謂藜藋與膏粱不同老則莖可爲杖詩國風蠨蛸在戸埤雅釋蟲云蠨蛸長蹄蕭梢長蹄之貌因以名云郭璞曰今小蜘蛛長脚者俗呼喜子亦如蜘蛛布網垂絲着人衣當有親客至荆州河内之人謂之喜母陸璣詩疏蠨蛸似蝗而小正黑有光澤如漆有角翅一名蛬一名蜻蛚楚人謂之王孫幽州人謂之趣織督促之言也里語曰趣織鳴嬾婦驚是也太平御覽古今註曰苔蘚空室無人行則生或紫或青一名圓蘚一名綠錢一名綠蘚西京雜記司馬相如以所著鷫鸘裘就市人楊昌貰酒南史劉穆之傳諸葛長人有異謀穆之厚爲之備謂所親曰貧賤常思富貴富貴必踐危機今日思爲丹徒布衣不可得也穆之少時家貧誕節嗜酒食不修拘撿好往妻兄家乞食多見辱不以爲耻江氏後有慶會屬令勿來穆之猶往食畢求檳榔江氏兄弟戲之曰檳榔消食君乃嘗飢何忽須此及穆之爲丹陽尹將名妻兄弟妻泣而稽顙以致謝穆之曰本不匿怨無所

致憂及至醉穆之乃令廚人以金盤貯檳榔一斛以進之○潨音叢綴音拙又音贅蛸音梢蘚音癬

贈韋秘書子春 唐書百官志秘書省有監一人少監二人丞一人秘書郎三人校字郎十人正字二人未詳子春爲省中何職

谷口鄭子真躬耕在巖石高名動京師天下皆藉藉斯繆本作其人竟不起雲臥從所適苟無濟代心獨善亦何益惟君家世者偃息逢休明談天信浩蕩說劍紛縱橫謝公不徒然起來爲蒼生秘書何寂寂無乃羈豪英且復歸碧山安能戀金闕舊宅樵漁地蓬蒿已應沒却顧女几峯胡顏見雲月徒爲風塵苦一官已白髮蕭本作鬢氣同萬里合訪我來瓊都披雲覩青天捫

虱話良圖留侯將綺里繆本作季出處未云殊終與安社稷功成去五湖高士傳鄭樸字子真谷口人也修道靜默世服其清高成帝時大將軍王鳳以禮聘之遂不屈揚雄盛稱其德曰谷口鄭子真耕於巖石之下名振京師雍錄谷口在雲陽縣西四十里鄭子真隱於此漢書國中口語籍籍顏師古註籍籍喧聒之意鮑照詩雲臥恣天行三國志管寧傳環堵蓽門偃息窮巷史記齊人頌曰談天衍雕龍奭裴駰註劉向别錄曰鄒衍之所言五德終始天地廣大書言天事故曰談天莊子有說劍篇世說謝公屢違朝旨高臥東山諸人每相與言安石不肯出將如蒼生何元和郡縣志女几山在河南府福昌縣西南三十四里一統志女几山在河南宜陽縣西九十里唐李賀集杜蘭香神女上昇遺几在焉故名曹植上詩表忍垢苟全則犯詩人胡顏之譏江淹爲蕭領軍拜侍中刺史章褒海順典瓊都咸光又淹齊太祖誄杳鬱遠域清麗瓊都世說衛伯玉爲尚書見樂廣與中朝名士談議命子弟造之曰此人人之水鏡也見之若披雲霧覩青天晉書桓温入關王猛被褐詣之

一面談當世之事捫虱而言旁若無人綺里季見四卷註吳越春秋范蠡乃乘扁舟出三江入五湖人莫知其所適○蕭本自徒爲風塵苦以下五聯另作一首髮字作鬚叶下韻也今按此詩一氣貫注不能斷乙通作一首爲是故校從古本

贈韋侍御黃裳二首 因話錄御史臺三院一曰臺院其僚曰侍御史衆呼爲端公二曰殿院其僚曰殿中侍御史衆呼爲侍御三曰察院其僚曰監察御史衆呼亦曰侍御

太華生長松亭亭凌霜雪天與百尺高豈爲微飆折桃李賣陽 繆本作搖 艷路人行且迷春光掃地盡碧葉成黃泥願君學長松愼勿作桃李受屈不改心然後知君子 太華即華山也王應麟詩地理考太華山在華州華陰縣南八里劉楨詩亭亭山上松呂向註

亭亭高貌

其二

見君乘驄馬，知上太行舊本皆作山，今依文苑英華本校作行道。此地果摧輪，全身以爲寶。我如豐年玉，棄置秋田草。但勗冰壺心，無爲歎衰老。魏武帝詩：北上太行山，艱哉何巍巍。羊腸坂詰屈，車輪爲之摧。後漢書：桓典拜侍御史。是時宦官秉權，典執正無所回避，常乘驄馬，京師畏憚，爲之語曰：行行且止，避驄馬御史。說文：驄，馬青白雜毛也。世說：世稱庾文康爲豐年玉，稚恭爲荒年穀。鮑照詩：清如玉壺冰。○驄音聰。

贈薛校書按唐書百官志：弘文館有校書郎二人，集賢殿書院有校書四人，秘書省有校書郎十八人，著作局有校書郎二人，崇文館有校書郎二人，司經局有校書四人，皆九品。

我有吳越（繆本作趨）曲，無人知此音。姑蘇成蔓草，麋鹿空悲吟。未誇觀濤作，空鬱釣鼇心。舉手謝東海，虛行歸故林。

古今註：吳趨曲，吳人以歌其地也。陸機詩：四坐並清聽，聽我歌吳趨。劉良註：趨，步也。此曲吳人歌其土風也。吳越春秋：吳宮爲墟，庭生蔓草。漢書伍被傳：子胥諫吳王，吳王不用，乃曰：臣今見麋鹿游姑蘇之臺也。枚乘七發：將以八月之望，與諸侯遠方交遊兄弟並往觀濤乎廣陵之曲江。釣鰲見四卷註。

贈何七判官昌浩

有時忽惆悵，匡坐至夜分。平明空嘯咤，思欲解世紛。心隨長風去，吹散萬里雲。羞作濟南生，九十誦古文。不然拂劍起，沙漠收奇勳。老死阡（繆本作田）陌間，何因揚清芬。夫子今管樂，英才冠三軍。終與同出處，豈將沮溺群莊子匡坐而絃司馬彪註匡正也後漢書清河孝王慶常夜分嚴裝衣冠待明章懷太子註分半也漢書張良傳後五日平明與我期此南齊書一朝嘯咤事功可立漢書伏生濟南人也故爲秦博士孝文時求能治尚書者天下無有聞伏生治之欲名時伏生年九十餘老不能行於是詔太常使掌故晁錯往受之史記名冠三軍水經註南陽葉方城邑西有黃城山是沮溺耦耕之所朱昇詩雖有遨遊美終非沮溺群○惆音抽又音儔咤丑亞切嗏去聲

讀諸葛武侯傳書蕭本少書字懷贈長安崔少府叔封昆季按唐書地理志京兆府有長安縣

漢道昔云季，群雄方戰爭。霸圖各未立，割據資豪英。赤伏起頹運，臥龍得孔明。當其南陽時，隴畝躬自耕。魚水三顧合，風雲四海生。武侯立岷蜀，壯志繆本作士吞

咸京何人先見許但有崔州平余亦草間人一作頗士

懷拯物情晚途值子玉華髮同衰榮託意在經濟結

交爲弟兄無令管與鮑千載獨知名季末也楊烱詩漢氏昔云季中原爭逐鹿宋書芟夷鯨鯢驅騁群雄晉書肇茲王業光啟霸圖陸機辨亡論割據山川跨制荆吳淮南子齊桓晉文五霸之豪英也後漢書光武先在長安時同舍生彊華自關中奉赤伏符曰劉秀發兵捕不道四夷雲集龍鬭野四七之際火爲主魏書入匡頹運出勳元凶蜀志諸葛亮字孔明瑯琊陽都人也躬耕隴畝好爲梁父吟身長八尺每自比於管仲樂毅時人莫之許也惟博陵崔州平潁川徐元直與亮友善謂爲信然時先主屯新野徐庶謂先主曰諸葛孔明者臥龍也將軍豈願見之乎先主曰君與俱來庶曰此人可就見不可屈致也將軍宜枉駕顧之由是先主遂詣亮凡三往乃見先主於是與亮情好日密關羽張飛等不悅先主解之曰孤之有孔明猶魚之有水也願諸君勿復言羽飛乃止孔明出師表臣本布

衣躬耕南陽後漢書崔瑗字子玉早孤銳志好學盡能傳其父業與扶風馬融南陽張衡特相友好又文苑列傳華髮舊德章懷太子註華髮白首也史記管仲少時嘗與鮑叔牙游鮑叔知其賢管仲貧困嘗欺鮑叔鮑叔終善遇之不以爲言已而鮑叔事齊公子小白管仲事公子糾及小白立爲桓公公子糾死管仲囚焉鮑叔遂進管仲以身下之

贈郭將軍

將軍少年出武威一作豪蕩有天威入掌銀臺護紫微平明拂劍朝天去薄暮垂鞭醉酒歸愛子臨風吹玉笛美人向一作騰一作嬌月舞羅衣嚋昔雄豪如夢裏相逢且欲醉春暉一作今日相逢俱失路何年灞上弄春暉○唐時涼州亦謂之武威郡隸隴右道大明宮圖紫宸殿側有右銀臺門左銀臺門紫微天子所居之宮也天有紫微宮王者象之故亦謂之紫微藝文

類聚日將暮曰薄暮左傳疇昔之羊子爲政杜預註疇昔猶前日也晉書劉琨與范陽祖納俱以雄豪著名

駕去温泉宮蕭本缺宮字後贈楊山人唐書京兆府昭應縣有宮在驪山下貞觀十八年置咸亨二年始名温泉宮天寶六載更曰華清宮治湯井爲池環山列宮室又築羅城置百司及十宅

少年落魄繆本作托楚漢間，風塵蕭瑟多苦顏。自言管葛一作介竟誰許，長吁莫錯還閉關。一朝君王垂拂拭，剖心輸丹雪胷臆。忽蒙白日迴景光，直上青雲生羽翼。幸陪鸞輦出鴻都，身騎飛龍天馬駒。王公大人借蕭本作惜顏色，金章蕭本作璋紫綬來相趨。當時結交何紛紛，片言道合唯有君待吾盡節報明主然後相攜一作攜手滄洲臥白雲漢書酈食其家貧落魄無衣食業北史楊素少落拓有大志不拘小節琦按揚雄解嘲何爲官之拓落也顏師古曰拓落不耦也落拓蓋倒用以取新耳楚戰國時楚王所據之地漢漢水之濱江淹恨賦閉關却掃塞門不仕鮑照詩白日廻清景後漢書光和元年始置鴻都門學生章懷太子註鴻都門名也於內置學時其中諸生皆勑州郡三公舉名能爲尺牘詞賦及工書鳥篆者相課試至千人焉翰林志唐制學士初入院賜中廄馬一匹謂之長借馬漁隱叢話唐學士例借飛龍廄馬唐書兵志其後禁中增置飛龍廄漢書西域傳大宛國多善馬馬汗血言其先天馬子也顏師古註大宛國有高山其上有馬不可得因取五色母馬置其下與集生駒皆汗血因號曰天馬子云傅玄詩寄言飛龍天馬駒呂氏春秋王公大人從而禮之北山移文紐金章綰墨綬李善註金章銅印也宋書太宰太傅太保丞相司徒司空大司馬大將軍太尉凡將軍位從公者驃騎車騎將軍凡諸將軍加大者征鎮安平中軍鎮軍撫軍前

左右後將軍征虜冠軍撫國龍驤將軍皆金章紫綬梁書蕭子恪與弟子範等嘗因事入謝高祖在文德殿引見之從容謂曰望卿兄弟盡節報我耳○魄音薄

温泉侍從歸逢故人

漢帝長楊苑誇胡羽獵歸子雲叨侍從獻賦有光輝
激賞搖天筆承恩賜御衣逢君奏明主他日共翻飛

雍錄漢世之謂侍從者以其職掌近君也行幸則隨從在宫則陪侍故總撮凡最而以侍從名之武帝詔嚴助曰君厭直承明之廬勞侍從之事長楊羽獵子雲獻賦事詳大獵賦註庾信詩校獵長楊苑陳書後主即位雅尚文詞每臣下表疏及獻上賦頌者躬自省覽其有辭工則神筆激賞加其爵位南齊書聖䨖元覽斷自天筆楊齊賢曰太白爲宫詞明皇賞賜以宫錦袍

贈裴十四

朝見裴叔則朗如行玉山黃河落天走東海萬里寫入胷懷間身騎白黿不敢度金高南山買君顧徘徊六合無相知飄若浮雲且西去世說裴令公有儁容儀脫冠冕粗服亂頭皆好時人以爲玉人見者曰見裴叔則如玉山上行光映照人楊齊賢註黃河出崑崙山在唐吐蕃中隷大羊同國極西爲最高其流入中國勢猶從天而落也楚辭乘白黿兮逐文魚

贈崔侍御蕭本作郎

黃河三蕭本作二尺鯉本在孟津居點額不成龍歸來伴一作作凡魚故人東海客一見借吹噓風濤儻相因蕭本作見更欲凌崑墟繆本下多何當赤車使再往名相如二句○水經註爾雅云鱣鮪也出鞏穴三月則上度龍門得度則爲龍矣否則點額而還白氏六帖大鯉魚登龍門化爲龍不登者點額暴腮

矣太平廣記龍門山在河東界禹鑿山斷如門一里餘黄河自中流下兩岸不通車馬每暮春之際有黄鯉魚逆流而上得上者便化爲龍林登云龍門之下每歲季春有黄鯉魚自海及諸川爭來赴之一歲中登龍門者不過七十二初登龍門卽有雲雨隨之天火自後燒其尾乃化爲龍矣其龍門水浚箭湧下流七里深三里出三秦記水經註魏土地記曰梁山北有龍門山大禹所鑿通孟津河口廣八十步巖際鐫跡遺功尚存尚書正義孟津孟是地名津是津處在孟地置津謂之孟津杜預云盟津河内河陽縣南孟津也在洛陽城北北都道所湊古今常以爲津武王渡之近世以來呼爲武濟盧思道孤鴻賦剪拂吹噓長其光價山海經海内崑崙之墟在西北帝之下都崑崙之墟方八百里高萬仞初學記楚國先賢傳曰神龍朝發崑崙之墟暮宿於孟諸超騰雲漢之表婉轉四瀆之裏○墟音區

述德兼陳情上哥舒大夫

唐書哥舒翰其先蓋突騎施首長哥施部之裔能讀左氏春秋漢書通大義疏財多施予故士歸心爲大斗軍副使遷左衛郎將吐蕃盜

邊與翰遇苦拔海吐蕃枝其軍爲三行從山差池下翰持半段槍迎擊所向輒披靡名益軍中擢授右武衛將軍副隴右節度爲河源軍使翰嘗逐虜馬驚陷於河吐蕃三將欲刺翰翰大呼皆擁矛不敢動救兵至追殺之拜鴻臚卿爲隴右節度副大使踰年築神威軍青海上吐蕃攻破之更築於龍駒島翰相其川原宜畜牧謫罪人二千戍之由是吐蕃不敢近青海天寶八載詔翰以朔方河東群牧兵十萬攻吐蕃石堡城數日未克捽其將高秀巖張守瑜將斬之秀巖請三日期如期而下遂以赤嶺爲西塞開屯田備軍實加特進賜賚彌渥十一載加開府儀同三司久之封涼國公兼河西節度使進封西平郡王胡三省通鑑註唐中世以前率呼將帥爲大夫白居易詩所謂武官稱大夫是也

天蕭本作人爲國家孕英才森森矛戟擁靈臺浩蕩深謀噴江海縱橫逸氣走風雷丈夫立身有如此一呼三

軍皆披靡衞青謏繆本作漫作大將軍白起真成一豎子晉書裴楷嘗目鍾會如觀武庫森森但見矛戟在前莊子不可納於靈臺郭象註靈臺心也晉書桓溫挺雄豪之逸氣韞文武之奇才史記項羽紀於是項王大呼馳下漢軍皆披靡衞青傳天子使使者持大將軍印即軍中拜車騎將軍青爲大將軍諸將皆以兵屬大將軍白起傳白起者郿人也善用兵事秦昭王平原君傳毛遂曰白起小豎子耳率數萬之衆興師以與楚戰一戰而舉鄢郢再戰而燒夷陵三戰而辱王之先人○劉世教曰按此詩述德有之而無陳情之詞疑有闕文胡震亨以爲上大帥只此數言亦太潦草不如杜之長律爲得體者非也

雪讒詩贈友人

嗟余沉迷猖獗繆本作蹶已久五十知非古人常有立言補過庶存不朽包荒匿瑕蓄此煩繆本作頑醜月出致譏

貽媿皓首感悟遂晚事往日遷白璧何辜青蠅屢前群輕折軸下沉黄泉衆毛飛骨上淩繆本作陵青天萋斐繆本作菲暗成貝錦粲然泥沙聚埃珠玉不鮮蕭本作憐洪燄繆本作炎爍山發自纖烟滄蕭本作蒼波蕩日起於繆本作乎微涓交亂四國播於八埏拾塵掇蜂疑聖猜賢哀哉悲夫誰察予之貞堅

邱遲與陳伯之書沉迷猖獗以至於此淮南子蘧伯玉年五十而知四十九年非左傳太上有立德其次有立功其次有立言雖久不廢此之謂不朽又曰能補過者君子也周易包荒用馮河王弼註能包含荒穢受納馮河者也左傳瑾瑜匿瑕杜預註匿藏也雖美玉之質亦或居藏瑕穢鄭康成禮記註瑕玉之病也說文瑕玉小赤也毛萇詩傳月出刺好色也在位不好德而悅美色焉李陵詩皓首以爲期埤雅青蠅糞尤能敗物雖玉猶不免所謂蠅糞點玉是也葢青蠅善亂色故詩人以

刺讒。爾雅翼：說者以青蠅點白爲黑，點黑爲白，自昔相傳如此。今青蠅之行，好遺矢於物上，遇物之潔者則見。論衡曰：淸受塵，白受垢，青蠅所汚，常在練素。此所謂點白爲黑也。漢書：叢輕折軸，羽翮飛肉。顔師古註：言積載輕物，物多至令車軸毀折；而鳥之所以能飛翔者，以羽翮扇揚之故也。淮南子：積羽沉舟，群輕折軸。詩小雅：萋兮斐兮，成是貝錦。彼譖人者，亦已太甚。毛傳曰：萋斐，文章相錯也。貝錦，錦文也。鄭箋曰：錦文者，文如餘泉餘蚳之貝文也。興者，喻讒人集作已過以成於罪，猶女工之集采色以成錦文。說文：涓，小流也。詩小雅：讒人罔極，交亂四國。封禪書：下泝八埏。孟康註：八埏，地之八際也。張銑註：八埏，八方也。家語：孔子厄於陳蔡，從者七日不食。子貢以所齎貨，竊犯圍而出，告糴於野人，得米一石。顔回、仲由炊之於壞屋之下，有埃墨墮甑中，顔回取而食之。子貢自井望見之，不悅，以爲竊食也。以告孔子，子曰：吾信回之爲仁久矣，雖汝有云，弗以疑也。其或者必有故乎？吾將問之。名顔回曰：疇昔予夢見先人，豈或啓佑我哉？子炊而進飯，吾將進焉。對曰：有埃墨墮飯中，欲置之則不潔，欲棄之則可惜，回卽食之，不可祭也。孔子曰：然。

乎吾亦食之顔回出孔子顧謂二三子曰吾之信回也非特今日也二三子由此乃服之琴操尹吉甫周上卿也有子伯奇伯奇母死更娶後妻生伯邦乃譖伯奇於吉甫曰見妾有美色然有欲心吉甫曰伯奇爲人慈仁豈有此也後妻曰試置妾空居中君登樓而察之後妻知伯奇仁孝乃取毒蜂綠衣領伯奇前持之於是吉甫大怒放伯奇於野宣王出遊吉甫從伯奇乃作歌感之於宣王宣王曰此放子詞吉甫乃收伯奇射殺後妻陸機詩掇蜂滅天道恰塵惑孔顔○埃音哀爍式灼切音鑠彼繆本下多一婦字人之猖狂不如鵲之彊彊彼婦人之淫昏不如鶉之奔奔坦蕩一作皎皎君子無悅簧言擢髮續罪罪乃孔多傾海流惡惡無以過人生實難逢此織羅積毀銷金沉憂作歌天未喪文其如予何詩國風鶉之奔奔鵲之彊彊鄭箋曰奔奔彊彊言其居有常匹飛則相隨之貌孔穎達正義曰言鶉則鶉自相隨奔奔然鵲則鵲自相隨彊彊然各

有常匹不亂其類何晏論語註坦蕩蕩寬廣貌詩小雅巧言如簧孔穎達正義巧爲言語結構虛辭速相待合如笙中之簧聲相應和史記須賈曰擢賈之髮以續賈之罪尚未足按續贖古通用詩小雅謀夫孔多祖君彦爲李密檄洛州文罄南山之竹書罪無窮決東海之波流惡難盡左傳人生實難其有不獲死乎漢書衆口鑠金積毁銷骨顔師古註美金見毁衆共疑之數被燒煉以至銷鑠江淹上建平王書積毁銷金積讒磨骨吕向註言毁讒之深能銷磨金石之堅劉鑠詩沉憂懷明發張銑註沉深也孔子曰天之未喪斯文也匡人其如予何何晏註如予何者猶言奈我何也天之未喪斯文則我當傳之匡人欲奈我何

妲己滅紂褒女馘周天維蕩覆職此之由漢祖吕氏食其在傍秦皇太蕭本作成后毒亦滛荒蝃蝀作昏遂掩太陽萬乘尚爾匹夫何傷辭殫意窮心切理直如或談妄昊天是殛子野善聽離婁至明神靡遁響鬼

無逃形不我遐棄庶昭忠誠史記殷本紀紂好酒淫樂嬖於婦人愛妲己妲己之言是從周武王率諸侯伐紂紂兵敗走入登鹿臺衣其寶玉衣赴火而死周武王遂斬紂頭懸之白旗殺妲己周本紀幽王嬖愛褒姒褒姒生子伯服幽王竟廢申后及太子以褒姒爲后伯服爲太子褒姒不好笑幽王欲其笑萬方故不笑幽王爲熢燧大鼓有寇至則舉烽火諸侯悉至而無寇褒姒乃大笑幽王説之爲數舉烽火其後不信諸侯亦不至申侯與繒西夷犬戎攻幽王幽王舉烽火徵兵兵莫至遂殺幽王驪山下虜褒姒盡取周賂而去後漢書天維陵弛民鬼慘愴西京賦振天維薛綜註維綱也左傳蓋言語漏洩則職汝之由杜預註職主也史記呂后紀呂太后稱制以辟陽侯審食其爲左丞相不治事令監宮中如郎中令食其故得幸太后常用事公卿皆因而決事説苑秦始皇帝太后不謹幸郎嫪毒封以爲長信侯爲生兩子毒專國事浸益驕與侍中左右貴臣俱博飲酒醉爭言而鬬瞋目大叱曰吾乃皇帝之假父也窶人子何敢乃與我亢所與鬬者走行白皇帝皇帝大怒毒懼誅因作亂戰咸陽宮毒敗始皇

乃取毒四肢車裂之取其兩弟囊撲殺之取皇太后遷之於萯陽宮鄭亰禮記註蝃蝀謂之虹孔穎達正義虹是陰陽交會之氣純陰純陽則虹不見若雲薄漏日日照雨滴則虹生毛萇詩傳元氣廣大則稱昊天李善文選註子野師曠字曉音曲者纏子董無心日離婁之目察秋毫之末於百步之外可謂明矣詩國風旣見君子不我遐棄毛傳遐遠也○褒慱毛切音包作薄侯切抔音讀者非食其音異基毒音靄

贈參寥子 參寥子當時逸士其姓名無考葢取莊子之說以爲號也莊子亰冥聞之參寥參寥聞之疑始崔云皆古人姓名或寓之耳無其人李云參高也高邈寥曠不可名也

白鶴飛天書南荆訪高士五雲在峴山果得參寥子

骯髒辭故園昂藏入君門天子分玉帛百官接話言

毫墨時灑落探亰繆本作元有奇作著論窮天人千春秘

麟閣長揖不受官拂衣歸林巒余亦去金馬藤蘿同

所攀繆本作歡相思在何處桂樹青雲端陸機演連珠南荊有寡和之歌李善註南荊謂楚也水經註京房易飛候曰何以知賢人隱師曰視四方常有大雲五色具而不雨其下賢人隱矣輿地廣記襄陽縣有峴山羊祜與鄒湛嘗登之今墮淚碑在焉趙壹詩骯髒倚門邊章懷太子註骯髒高亢倖直之貌陸機孝侯周處碑汪洋延闕之旁昂藏寮采之上詩大雅告之話言鮑照四賢咏陵令無人事毫墨時灑落世說何平叔註老子始成詣王輔嗣見王註精奇乃神服曰若斯人可與論天人之際矣因以所註爲道德二論梁簡文帝詩千春誰與樂三輔黃圖漢宮殿疏云麒麟閣蕭何造以藏秘書處賢才也吳均詩山中自有宅桂樹籠青雲金馬門名見二卷註○骯下黨切杭上聲髒音葬

贈饒陽張司戶燧繆本作璲○唐時深州亦謂之饒陽郡屬河北道係上州上州之佐有司戶參軍事二人從七品下

朝飲蒼梧泉夕棲碧海煙寧知鸞鳳意遠託椅桐前

慕藺豈曩古，攀嵇是當年。媿非蕭本作此黃石老，安識子房賢。功業嗟落日，容華棄徂川。一語已道意，三山期著鞭。蹉跎人間世，寥落壺中天。獨見遊物祖，探元窮化先。何當共攜手，相與排冥一作罝笭。

陸璣詩疏：梓實桐皮曰椅。史記：司馬相如少時，其親名之曰犬子。相如既學，慕藺相如之爲人，更名相如。顏延年詩：交呂既鴻軒，攀嵇亦鳳舉。嵇謂嵇康也。黃石公見七卷註。三山見一卷註。後漢書：費長房者，汝南人，曾爲市掾。市中有老翁賣藥，懸一壺於肆頭，及市罷，輒跳入壺中，市人莫之見，惟長房於樓上覩之，異焉，因往再拜，奉酒脯。翁知長房之意其神也，謂之曰：子明日可更來。長房旦日復詣翁，翁乃與俱入壺中，唯見玉堂嚴麗，旨酒甘肴盈衍其中，共飲畢而出。翁約不聽與人言之，後乃就樓上候長房曰：我神仙之人，以過見責，今畢當去。莊子：浮游乎萬物之祖，物物而不物於物。文子：虛無恬愉者，萬物之祖也。陳子昂詩：探玄觀群化。顏延年詩：開冬春徂物殘悴盈化先江淹詩一時排冥筌李善註筌捕魚之器言魚之在筌猶人之處塵俗今旣排而去之超在塵埃之外李周翰註冥理也筌跡也○檹音衣協音借讀音倚藺音吝稀音奚筌音詮

贈清漳明府姪聿

繆本少聿字○唐時清漳縣隸河北道之洺州南濵漳水因以爲名賓退錄明府漢人以稱太守唐人以稱縣令

我李百萬葉柯條布中州天開青雲器日爲蒼生憂小邑且割雞大刀佇烹牛雷聲動四境惠與清漳流絃歌詠唐堯脫落隱簪組心和得天真風俗猶一作獨繆本作由太古牛羊散阡陌夜寢不扃戶問此何以然賢人宰吾土舉邑樹桃李垂陰亦流芬河堤繞渌蕭本作綠水桑柘連青雲趙女不冶容提籠晝成群繅絲鳴機

杼百里聲相聞訟息鳥下階高臥披道帙蒲鞭挂簷枝示恥無撲抶琴清月當戶人寂風入室長嘯無一言陶然上皇逸白玉壺冰水壺中見底清清光洞毫髮皎潔照群情趙北美嘉（繆本作佳）政燕南播高名過客覽行謡因之誦德（一作得頌　繆本作頌德）聲（蕭士贇曰史老子傳老子者姓李氏名耳字伯陽謚曰聃正義云玄妙內篇云李母懷胎八十一載逍遥李樹下乃剖左腋而生生而指李樹因以爲姓唐以老子爲祖白與聿皆帝室之胄故用李樹事葉世也柯條猶枝分派別之義顏延年詩仲容青雲器史記子游爲武城宰孔子過聞絃歌之聲莞爾而笑曰割雞焉用牛刀水經清漳水出上黨沾縣西北少山大黽谷南過縣西又從縣南屈東過涉縣西屈從縣南東至武安縣南黍窖邑入於濁漳嵇康琴賦雅昶唐堯終咏微子吕向註唐堯微子操名也說文組綬屬其小者以爲冕纓蕭士贇曰隱簪組

謂隱於簪組之間郎吏隱之意晉書棨和履順以保天真鄭玄禮記註唐虞以上曰太古宋書餘糧棲畝戶不夜扃蓋東西之極盛也說文扃外閉之關也周易冶容誨淫正義云女子妖冶其容謝靈運詩虛館絶諍訟空庭來鳥雀北山移文道帙常殯說文帙書衣也後漢書劉寬遷南陽太守吏人有過但用蒲鞭罰之示辱而已絶不加苦南史崔景真爲平昌太守有惠政常懸一蒲鞭而未嘗用說文抶笞擊也鄭玄詩譜序詩之興也諒不於上皇之世正義云上皇謂伏羲三皇之最先者故謂之上皇鮑照詩清如玉壺氷後漢書燕南垂趙北際中央不合大如礪班固幽通賦考遘愍以行謠初學記爾雅曰聲比於琴瑟曰歌徒歌曰謠亦謂之咢韓詩章句曰有章曲曰歌無章曲曰謠○扃音駉杼音紵帙音姪抶音叱

贈臨洛縣令皓弟

原註時被訟停官○唐時臨洛縣隸河北道之洛州以北臨濵洛水爲名

陶令去彭澤茫然太繆本作元古心大音自成曲但奏無

絃琴釣水路非遠連鼇意何深終期龍伯國與爾繆本作余相招尋晉書陶潛爲彭澤令素簡貴不私事上官郡遣督郵至縣吏白應束帶見之潛嘆曰我豈能爲五斗米折腰拳拳事鄉里小人即解印去縣乃賦歸去來性不解音而畜素琴一張絃徽不具每朋酒之會則撫而和之曰但識琴中趣何勞絃上聲老子大音希聲龍伯國人一釣而連六鼇見四卷註

贈郭季鷹

河東郭有道於世若浮雲盛德無我位淸光獨映君恥將雞並食長與鳳爲群一擊九千仞相期凌紫氛後漢書郭太字林宗太原界休人也司徒王瓊辟太常趙典舉有道並不應卒於家同志者共刻石立碑蔡邕爲文旣而謂盧植曰吾爲碑銘多矣皆有慙德惟郭有道無媿色耳漢書莫能望陛下淸光楚辭將

與雞鶩爭食乎韻會將與也春秋後語宋玉曰鳳凰上擊九千里翱翔乎窈冥之上劉楨詩鳳凰集南岳徘徊孤竹根於心有不厭奮翅凌紫氛

鄴中贈蕭本缺贈字王大勸入高鳳石門山幽居鄴中即鄴郡唐時屬河北道又謂之相州後漢書高鳳傳鳳南陽葉人後教授業於西唐山中註曰山在今唐州湖陽縣不言石門山事庾信作高鳳贊有石門雲度銅梁雨來云云後人註者亦未詳其地在何處豈石門山即西唐山之異名耶

一身竟無託遠與孤蓬征千里失所依復將落葉并中途偶良朋問我將何行欲獻濟時策此心誰見明君王制六合海塞無交兵壯士伏草間沉憂亂縱橫飄飄不得意昨發南都城紫燕櫪上嘶青萍匣中鳴

投軀寄天下長嘯尋豪英恥學瑯邪人龍蟠事躬耕
富貴吾自取建功及春榮我願執爾手爾方達我情
相知同一已豈唯弟與兄抱子弄白雲琴歌發清聲
臨別意難盡各希存令名鮑照蕪城賦孤蓬自征吕向註孤蓬草也無根而隨風飄轉者賈誼過秦論履至尊而制六合曹植詩四海無交兵陸機詩沉憂萃我心張銑註沉深也鄭樵通志光武以南陽爲別都謂之南都沈約詩綠幘文照曜紫燕光陸離李善註尸子曰我得民而治則馬有紫燕蘭池吕延濟註紫燕良馬也陳琳荅東阿王牋秉青萍干將之器吕延濟註青萍劍名也北史投軀萬死之地以邀一旦之功後漢紀瑯邪陽都人諸葛亮字孔明躬耕隴畝好爲梁父吟習鑿齒通諸葛論諸葛武侯龍蟠江南託好管樂有匡漢之望孝經士有爭友則身不離於令名

贈華州王司士唐時華州又謂之華陰郡屬關內道係上州上州之佐有司士

參軍事一人
從七品下

淮水不絶波蕭本作濤瀾高盛德未泯生英髦知君先負廟堂器今日還須贈寶刀晉書王導傳初導渡淮使郭璞筮之卦成璞曰吉無不利淮水絶王氏滅其後子姓繁衍竟如璞言傳亮修張良廟教盛德不泯義存祀典爾雅髦選也俊也郭璞註俊士之選也士中之俊如毛中之髦也邢昺疏毛中之長毫曰髦晉書王祥傳呂虔有佩刀工相之以爲必登三公可服此刀虔謂祥曰苟非其人刀或爲害卿有公輔之量故以相與

贈盧徵君昆弟後漢書黄憲初舉孝廉又辟公府友人勸其仕憲亦不拒之暫到京師而還竟無所就年四十八終天下號曰徵君後世徵君名始此蕭註以盧徵君即是盧鴻考唐書及他書所載鴻事都不言其有弟同隱恐此盧又是一人

明主訪賢逸雲泉今已空二盧竟不起萬乘高其風

河上喜相得壺中趣每同滄洲卽此地觀化遊無窮

木落海水清蕭本作水落海上清鼇背覩方蓬與君弄倒影攜

手凌星虹神仙傳河上公者莫知其姓字漢文帝時公結草爲菴於河之濵帝讀老子經頗好之有所不解數事時人莫能道之聞時皆稱河上公解老子經義乃使齋所不決之事以問公曰道尊德貴非可遥問也帝卽幸其菴躬問之帝曰普天之下莫非王土率土之濵莫非王臣子雖有道猶朕民也公卽撫掌坐躍冉冉在虛空中去地數丈俛而荅曰予上不至天中不累人下不居地何臣民之有帝下車稽首公乃授素書二卷與帝曰予註此經以來一千二百餘年凡傳三人連子四矣言畢失所在壺中見本卷註莊子吾與子觀化而化及我我又何惡焉陳子昂詩平生倦游者觀化久無窮鼇背方蓬見四卷註倒影見二卷註星虹見七卷註

贈新平一作豐少年

新平郡名卽邠州也見七卷註新豐縣名隷京兆府見五

韓信在淮陰少年相欺凌屈體若無骨壯心有所憑一遭龍顏君嘯咤從此興千金苔漂母萬古共嗟稱而我竟何一作胡為寒苦坐相仍長風入短袂內一作兩手如懷冰故友不相恤新交寧見矜摧殘檻中虎羈紲韝上鷹何時騰風雲搏擊申蕭本作中所能韓信為淮陰少年所辱見三卷註張纘讓尚書僕射表吐言如傷屈體無骨漢書高祖為人隆準而龍顏應劭曰顏額顙也漂母事見六卷註鮑照詩猜恨坐相仍古善哉行自惜袖短內手知寒張華詩挾纊如懷冰漢書猛虎處深山百獸震恐及其在穽檻之中搖尾而求食積威約之漸也鮑照詩昔如韝上鷹劉良註韝以皮蔽手而臂鷹也班固苔賓戲振拔洿塗跨騰風雲○羈音雞紲音屑韝音鉤

贈崔侍御蕭本作郎

長劍一杯酒，男兒方寸心。洛陽因劇孟，託一作訪宿話
胷襟。但仰山岳秀，不知江海深。長安復攜手，再顧重
千金。君乃輶軒蕭本作軒轅佐，余叨翰墨林。高風摧秀木，
虛彈落驚禽。繆本作驚彈落虛禽不取回舟興，而來命駕尋。扶
搖應借力一作便，桃李願成陰。笑吐張儀舌，愁為莊舄
吟。誰憐明月夜，腸斷聽秋砧。漢書：劇孟者，洛陽人也。周人以商賈為資，劇孟
以俠顯。曹植詩：一顧千金重，何必珠玉賤。李充詩：願
爾降玉趾，一顧重千金。風俗通：周秦常以歲八月遣
輶軒之使，求異代方言，還奏籍之，藏於秘室。按太白
作崔公澤畔吟詩序，有中佐憲車之語，是崔嘗以事
為使副，故曰君乃輶軒佐。作軒轅者，非是。張協詩：寄
辭翰墨林。張銑註：翰，筆也。謂寄文辭於筆墨之林，言

林者謂多也李康運命論木秀於林風必摧之李善註秀出也劉良註木高出於林上者故風吹而先折也隋袁朗詩危絃斷客心虛彈落驚禽用戰國策更羸事見四卷註回舟用王子猷訪戴安道事見本卷註世說嵇康與呂安善每一相思千里命駕莊子搏扶搖而上者九萬里詳後上李邕詩註桃李用說苑趙簡子事與張儀舌俱見本卷註史記越人莊舄仕楚執珪有頃而病楚王曰舄故越之鄙人也今仕楚執珪富貴矣亦思越否中謝曰凡人之思故在其病也彼思越則越聲不思越則楚聲使人往聽之猶尚越聲也王粲登樓賦莊舄顯而越吟笑吐張儀舌驗談笑之美愁爲莊舄吟驗思家之切韻會砧擣繒石也○輶音由砧音斟

走筆贈獨孤駙馬

唐書玄宗女信成公主下嫁獨孤明初學記駙馬都尉漢武置也掌御馬歷兩漢多宗室及外戚與諸公子孫任之至魏何晏以主壻拜駙馬都尉其後杜預尚晉宣帝女高陸公主拜駙馬都尉王濟尚晉文帝女常山公主拜駙馬都尉後代因晉

魏以爲恒每尚公主則拜駙馬都尉通典唐駙馬都尉從五品皆尚主者爲之開元三年八月勅駙馬都尉從五品階宜依令式仍借紫金魚袋天寶以前悉以儀容美麗者充選

都尉朝天躍馬歸香風吹人花亂飛銀鞍紫鞚照雲日左顧右盼生光輝是時僕在金門裏待詔公車謁天子長揖蒙垂國士恩壯心剖出酬知已一別蹉跎朝市間青雲之交不可攀儻其公子重迴顧何必侯嬴長抱關薛道衡詩臥馳飛玉勒立馬前銀鞍吴均詩朱輪玳瑁車紫鞚連錢馬韻會鞚馬勒也曹植與吳質書左顧右盼謂若無人漢書哀帝紀待詔夏賀良等應劭註諸以才技徵名未有正官故曰待詔又東方朔傳朔上書高自稱譽上偉之令待詔公車顔師古註公車令屬衛尉上書者所詣也舊唐書翰林院天子在大明宮其院在右銀臺門內在興慶宮院在金明門內若在西內院在顯福門內若

在東都華清官皆有待詔之所其待詔有詞學經術合鍊僧道卜祝術藝書奕各别院以廩之日晚而退其所重者詞學戰國策豫讓曰智伯以國士遇臣臣故以國士報之江淹袁叔明傳友人袁炳與余有青雲之交非直銜杯酒而已史記信陵君傳魏有隱士曰侯嬴年七十家貧爲大梁夷門監者公子數厚遺之不肯受公子於是乃置酒大會賓客坐定公子從車騎虚左自迎侯生侯生攝敝衣冠直上載公子上坐不讓又謂公子曰臣有客在市屠中願枉車騎過之公子引車入市侯生下見其客朱亥俾倪故久立與其客語微察公子公子顔色愈和乃謝客就車至家公子引侯生坐上坐偏贊賓客酒酣侯生謂公子曰嬴乃夷門抱關者也而公子親枉車騎自迎嬴於衆人廣坐之中不宜有所過今公子故過之然嬴欲就公子之名故久立公子車騎市中過客以觀公子公子愈恭市人皆以嬴爲小人而以公子爲長者能下士也於是罷酒侯生遂爲上客○鞚苦貢切空去聲

贈嵩山焦鍊師

并序○孔帖道士修行德高思精者謂之鍊師

嵩山（繆本作邱）有神人焦（蕭本缺焦字）鍊師者不知何許婦人也又云生於齊梁時其年貌可稱五六十常胎息絕穀居少室廬遊行若飛倏忽萬里世或傳其入東海登蓬萊竟莫（繆本作不）能測其往也余訪道少室盡登三十六峰聞風有寄灑翰遙贈（漢武內傳王真字叔經上黨人習閉氣而吞之名曰胎息習嗽舌下泉而咽之名曰胎食真行之斷穀二百餘日肉色光美力並數人抱朴子得胎息者能不以口鼻噓吸如在胞胎之中則道成矣少室山有三十六峰詳見七卷註）

二室凌（一作倚）青天三花含（一作明）紫（一作綠）烟中有蓬海客宛疑麻姑仙道在喧莫染跡高想巳綿時餐金鵝

藥一作金蛾藥繆本作金鵝藥屢讀青蕭本作古苔篇八極恣遊憩九垓長周旋下瓢酌潁水舞鶴來伊川還歸東繆本作空山上獨拂秋霞眠蘿月挂朝鏡松風鳴夜絃潛光隱嵩岳鍊魄棲雲幄霓裳繆本作衣何飄飄繆本作飄飄一作葳蕤鳳吹一作羽駕轉綿邈顧同西王母下顧東方朔紫書儻可傳銘一作冥骨誓相學初學記嵩高山者五岳之中岳也戴延之西征記云其山東謂太室西謂少室相去十七里嵩其總名也謂之室者以其下各有石室焉少室高八百六十丈上方十里與太室相埒但小耳述異記少室山有貝多樹與衆木有異一年三放花其花白色香美俗云漢世野人將子種此麻姑已見四卷註楊升菴曰金鵝藥桂也藝文類聚臨海記曰郡東南有白石山高三百餘丈望之如雪山上有湖古老相傳云金鵝所集八桂所植陳子昂潘尊師碑頌道逢真人昇玄子授以寶書青苔

紙淮南子八紘之外乃有八極初學記九天之外次有九垓垓階也言其階次有九山海經潁水出少室山郭璞註今潁水出河南陽城縣乾山東南經潁川汝陰至淮南下蔡入淮吕氏春秋許由遂之箕山之下潁水之陽耕而食終身無經天下之色太平御覽琴操曰許由無有杯器常以手掬水人見由無器以一瓠瓢遺之由操飲飲訖挂瓢於樹風吹樹瓢動歷歷有聲由以爲煩擾遂取捐之伊川舞鶴用王子晉事已見五卷註薛道衡詩鶩鴻出洛水翔鶴下伊川左傳辛有適伊川杜預註伊川伊水也北山移文春蘿罷月盧照鄰五悲文蘿月寡色風泉罷聲宋之問詩夜絃響松月朝楫弄苔泉後漢書潛光隱耀世嘉其高太微靈書每月朔望晦日七魄流蕩交通鬼神制檢還魄之法當此夕仰眠伸足掌心掩兩耳令指相接於項上閉息七遍叩齒七通心存鼻端白氣如小指大須臾漸大冠身上下九重氣忽變成兩青龍在兩目中兩白虎在兩鼻孔中朱雀在心上蒼龜在左足下靈蛇在右足下兩玉女著錦衣手把火光當兩耳門畢咽液七過呼七魄名尸狗伏矢雀嬰天賊非毒除穢臭肺卽呪曰素氣九還制魄邪奸天獸守

門嬌女執闕鍊魄和柔與我相安不得妄動看察形源若有飢渴聽飲月黃日丹謝惠連詩寂寥雲幄空李周翰註幄帳也楚辭青雲衣兮白霓裳邱遲詩馳道聞鳳吹呂延濟註鳳吹笙也博物志漢武帝祭祀名山大澤以求神仙之道時西王母遣使乘白鹿告帝當來乃供帳九華殿以待之七月七日夜漏七刻王母乘紫雲車而至於殿西南面東向頭上戴七種青氣鬱鬱如雲時東方朔竊從殿南廂朱鳥牖中窺母母顧之謂帝曰此窺牖小兒嘗三來盜吾桃帝乃大怪之由此世人謂方朔神仙也漢武內傳地真素訣長生紫書真誥道有青要紫書金根衆文雲笈七籤紫書紫筆繕文也○垓音該

口號贈楊繆本作陽徵君原註此公時被徵○詩題有口號始於梁簡文帝和衛尉新渝侯巡城口號庾肩吾王筠俱有此作至唐遂相襲用之卽是口占之義蕭本作口號贈徵君鴻而註云見前贈盧徵君題註葢以爲卽盧鴻矣未詳是否註中被徵一作被名

陶令辭彭澤梁鴻入會稽我尋高士傳君與古人齊

雲臥留丹壑天書降紫泥不知楊伯起早晚向關西

陶令事已見九卷註梁鴻事見八卷註隋書高士傳六卷皇甫謐撰又高士傳二卷虞槃佐撰冊府元龜稽康爲中散大夫撰高士傳三卷鮑照詩雲臥恣天行又照詩姸容逐丹壑紫泥用以封璽書者見七卷註後漢書楊震字伯起弘農華陰人少好學受歐陽尚書於太常桓郁明經博覽無不窮究諸儒爲之語日關西孔子楊伯起

上李邕

舊唐書李邕廣陵江都人少知名開元中爲陳州刺史十三年玄宗車駕東封迴邕於汴州謁見累獻詞賦甚稱上旨由是頗自矜衒張説爲中書令甚惡之俄而陳州贓汙事發貶爲欽州遵化尉累轉括淄滑三州刺史上計京師邕素負美名頻被貶斥皆以邕能文養士賈生信陵之流執事忌勝剝落在外人間素有聲稱後進不識京洛阡陌聚觀以爲古人或傳眉目有異衣冠望風尋訪門巷又中使臨問索其新文復爲人陰中竟不得進天寶初爲

汲郡北海二太守嘗與左驍衛兵曹柳勣馬一匹及勣下獄吉温令勣引邕議及休咎厚相賂遺詞狀連引勅就郡决殺之時年七十餘

大鵬一日同風起摶霏玉本作扶搖直上九萬里假令風歇時下來猶能簸繆本作擲却滄溟水時繆本作世人見我恒蕭本作指殊調見霏玉本作聞余大言皆冷笑宣父猶能畏後生丈夫未可輕年少莊子鵬之徙於南冥也水擊三千里摶扶搖而上者九萬里陸德明註司馬云上行風謂之扶搖爾雅云扶搖謂之飊郭璞云暴風從下上也唐書禮樂志貞觀十一年詔尊孔子爲宣父蕭士贇曰此篇似非太白之作

贈張公洲革處士

楊齊賢曰張公洲在上元縣琦按景定建康志張公洲在城西南五里周圍三里湖廣通志張公洲在武昌府城南二十里晉隱士張公灌園處因名是

有二張公洲觀詩中所云楚人云漢水則是謂武昌之張公洲而非在上元者矣

列子居鄭圃，不將衆庶分。革侯遁南浦，常恐楚人聞。抱甕灌秋蔬，心閑遊天雲。每將瓜田叟，耕種漢水濱一作濆。時登張公洲，入獸不亂群。井無桔槔事，門絶剌繡文。長揖二千石，遠辭百里君。斯爲真隱者，吾黨慕清芬。

列子子列子居鄭圃四十年人無識者國君卿大夫視之猶衆庶也韻會將與也南浦即張公洲以在城之南故曰南浦莊子孔子逃於大澤衣裘褐食杼栗入獸不亂群入鳥不亂行鳥獸不惡而況人乎又莊子子貢南遊於楚反於晉過漢陰見一丈人方將爲圃畦鑿隧而入井抱甕而出灌搰搰然用力甚多而見功寡子貢曰有械於此一日浸百畦用力甚寡而見功多夫子不欲乎爲圃者仰而視之曰奈何曰鑿木爲機後重前輕挈水若抽數如泆湯其名曰槔爲圃者笑曰吾聞之吾師有機械者必有機

事有機事者必有機心機心存於胷中則純白不備純白不備則神生不定神生不定者道之所不載也吾非不知羞而不爲也陸德明註槹桔槹也說文桔槹汲水器也史記刺繡文不如倚市門二千石謂太守百里君謂縣令

李太白文集卷九

李太白文集卷之十

錢塘　王琦琢崖輯註

古近體詩共二十四首

秋日鍊藥院鑷白髮贈元六兄林宗 韻會鑷箝也音與涅

同

木落識歲秋瓶冰知天寒桂枝日已綠拂雪凌雲端弱齡接光景矯翼攀鴻鸞投分三十載榮枯同所歡長吁望青雲鑷白坐相看秋顔入曉鏡壯髮凋危冠窮與鮑生賈飢從漂母飡時來極胡本作拯天人道在豈

吟嘆樂毅方蕭本作豈適趙蘇秦初說韓卷舒固在我何事空摧殘淮南子見一葉落而知歲之將暮覩瓶中之冰而知天下之寒陶潛詩弱齡寄事外潘岳詩投分寄石友李善註阮瑀爲魏武與劉備書日披懷解帶投分寄意分猶志也莊子去其危冠楊縉詩壯髮危冠下匕首地圖中史記管仲曰吾始困時嘗與鮑叔賈分財利多自與鮑叔不以我爲貪知我貧也史記燕昭王問伐齊之事樂毅對曰齊霸國之餘業也地大人衆未易獨攻也王必欲伐之莫如與趙及楚魏於是使樂毅約趙惠文王别使連楚魏令趙嚪秦以伐齊之利諸侯害齊湣王之驕暴皆爭合從與燕伐齊燕昭王悉起兵使樂毅爲上將軍趙惠文王以相國印授樂毅樂毅於是并護趙楚韓魏燕之兵以伐齊破之濟西按史記蘇秦列傳共游說六國先說燕文侯二說趙肅侯三說韓宣惠王四說魏襄王五說齊宣王六說楚威王今引樂毅適趙蘇秦說韓二事皆言功業未成就之意

書情贈蔡舍人雄

嘗高謝太傅一作嘗聞謝安石攜妓東山門楚舞醉碧雲吳歌斷清猿暫因蒼生起談笑安黎元余亦愛此人丹霄冀飛翻遭逢聖明主敢進興亡言繆本下多蛾眉積讒妬魚目嗤璵璠白璧竟何辜一作本無瑕青蠅遂成冤一朝去京國十載客梁園猛犬吠九關殺人憤精魂皇穹雪冤繆本作天枉白日開昏氛繆本作氛昏太階得夔龍桃李滿中原倒海索明月凌山採芳蓀媿無橫草功虛負雨露恩跡謝雲臺閣心隨天馬轅蕭本作鞍○世說謝安在東山畜妓簡文曰安石必出既與人同樂不得不與人同憂劉孝標註宋明帝文章志曰安縱心事外疎畧常節每畜女妓攜持游肆蒼生事已見七卷註封禪書以浸黎元呂延濟註黎元百姓也王粲詩苟非鴻鵠孰能飛翻范雲詩遭逢聖

明后來棲桐樹枝王僧達詩聊訊興亡言陳子昂詩青蠅一相點白璧遂成寃梁園梁地也在唐爲汴州今爲開封府其地有漢梁王之園太白在天寶中游梁最久故詩中屢以梁園爲言宋玉九辯豈不鬱陶而思君兮君之門以九重猛犬狺狺而迎吠兮關梁閉而不通招魂虎豹九關啄害下人謝靈運詩盛明盪氛昏孟康漢書註泰階三台也每台二星凡六星晉書三台三公之位也在人曰三公在天曰三台文心彫龍倒海探珠謝靈運詩浥露馥芳蓀江總詩徐步採芳蓀漢書終軍傳軍無橫草之功顔師古註言行草中使草偃臥故云橫草也後漢書臣願與坐雲臺之下考試圖國之道又樊曄與光武少游舊建武初徵爲侍御史遷河東都尉引見雲臺玉海五行志雲臺周家所造圖書術籍珍玩寶怪所藏東京賦南則前殿雲臺洛陽記雲臺高閣十四間高誘淮南子註臺高際於雲故曰雲臺跡謝雲臺閣心隨天馬轅卽身在江湖心存魏闕之意

夫子王佐才而今復誰論曾飈振六翮不日思騰騫我縱五湖棹烟濤恣崩奔夢釣子陵

湍英風（繆本作氛）緬猶存徒（蕭本作彼）希客星隱弱植不足援

千里一迴首萬里一長歌黃鶴不復來清風奈愁（蕭本作愁奈）何舟浮瀟湘月（一作江横羅刹石）山倒洞庭波投汨笑

古人臨濠得天和閑時田畝中搔背牧雞鵝別離解

相訪應在武陵多（漢書劉向稱董仲舒有王佐之材雖伊呂無以加後漢書南陽何顒名知人見荀彧而異之曰王佐才也層飈高風也古詩昔我同門友高舉振六翮韻會翮鳥之勁羽也韓詩外傳鴻鵠一舉千里所恃者六翮耳蓋鳥翅之勁者左右各六飛時全藉其力鎩其六翮則不能飛矣說文騫飛貌國語越滅吳返至五湖范蠡辭於王曰君王勉之臣不復入越國矣遂乘輕舟以浮於五湖莫知其所終極謝靈運詩圻岸屢崩奔章懷太子後漢書註顧野王輿地志曰桐廬縣南有嚴子陵漁釣處今山邊有石上平可坐十人臨水名爲嚴陵釣壇也廣韻緬遠也藝文類聚會稽典錄曰嚴遵字子陵

與世祖俱受業長安建武五年下詔徵遵設樂陽明殿命宴會暮留宿遵以足荷上其夜客星犯天子宿明旦太史以聞上曰此無異也昨夜與嚴子陵俱臥耳左傳其君弱植孔穎達正義周禮謂草木爲植物植謂樹立君志弱不樹立也瀟湘洞庭見惜餘春賦註一統志秦望山在杭州府城南一十里山東南有羅刹石横截江濤後更名鎮江石五代開平中爲潮沙所沒錢塘縣志浙江一名羅刹江取風濤險惡意江中有羅刹石風濤至此倍險唐郡守仲秋設祭迎潮於此史記屈原懷石自投汨羅以死應劭註汨水在羅故曰汨羅也史記索隱荊州記云長沙羅縣北帶汨水去縣四十里是原自沉處北岸有廟也楚辭章句汨水在長沙羅縣下注湘水中通典岳州湘陰縣北有汨水即屈原懷沙自沉之處俗謂之羅江莊子莊子與惠子游於濠梁之上莊子曰儵魚出游從容是魚樂也惠子曰子非魚安知魚之樂莊子曰子非我安知我不知魚之樂通典濠州鍾離縣有濠水即莊惠觀魚之處莊子若正汝形一汝視天和將至淮南子交被天和食於地德唐時之武陵郡即朗州也屬山南東道○騫音軒汨音覓

憶襄陽舊遊贈繆本下多濟陰二字馬少府巨唐時之襄陽郡即襄州也屬山南東道濟陰郡即曹州也屬河南道

昔爲大堤客曾上山公樓開窻碧嶂滿拂鏡滄江流
高冠佩雄劍長揖韓荊州此地別夫子今來思舊遊
朱顏君未老白髮我先秋壯志恐蹉跎功名若雲浮一作有意未得言懷賢若沉憂歸心結遠夢落日懸春愁空思羊叔
子墮淚峴山頭一作何時共攜手更醉峴山頭。襄陽郡城外有大堤有峴山巳見五卷

註晉時山簡爲襄陽太守山公樓是其遺跡今亡所在韻會嶂山之高險者增韻山峯如屏障者韓荊州名朝宗開元中爲荊州長史太白謁見長揖不拜詳見後與韓荊州書及魏顥李翰林集序太平御覽荊州圖記曰羊叔子與鄒潤甫嘗登峴山嘆曰自有宇宙便有此山由來賢達登此遠望如我與卿者多矣

皆湮沒無聞念此令人悲傷潤甫曰公德冠四海道嗣前哲令聞令望必與此山俱傳若潤甫輩當如公語耳後參佐爲立碑着故望處百姓每行望碑莫不悲感杜預名爲墮淚碑○嶂音帳

對雪獻從兄虞城宰 唐時宋州睢陽郡有虞城縣隸河南道

昨夜梁園裏繆本作雪弟寒兄不知庭前看玉樹腸斷憶連枝

梁園巳見七卷註玉樹雪中樹也蘇武詩況我連枝樹與子同一身

訪道安陵遇蓋寰蕭本作還爲予造真籙臨別留贈

唐時德州平原郡有安陵縣隸河北道隋書道經者云其受道之法初受五千文籙次授三洞籙次受洞玄籙次受上清籙籙皆素書紀諸天曹官屬佐吏之名有多少又有諸符錯在其間文章詭怪世所不識受者必先絜齋然後齎金環一并諸贄幣以見於師師受其贄以籙授之仍剖金環各持其半云以爲約弟子得籙緘而佩之○寰音環

清水見白石仙人識青童安陵葢夫子十歲與天通
懸河與微言談論安可窮能令二千石撫背驚神聰
揮毫贈新詩高價掩山東至今平原客感激慕清風
學道北海仙傳書蘂珠宮丹田了玉闕白日思雲空
爲我草真籙天人慙妙工七元洞豁落八角輝星虹
三災蕩璿璣蛟龍翼微躬舉手謝天地虛無齊始終
黃金滿繆本作獻高堂苔荷難克充下笑世上士繆本作事沉
魂北羅酆昔日萬乘墳今成一科蓬贈言若可重實
此輕華嵩古艷歌行語卿且勿盼水清石自見太平廣記漢元壽二年八月巳酉南岳真人赤君西城王君及諸青童並從王母降於茅盈室晉書郭象能清言太尉王衍每云聽象語如懸河瀉水注

而不竭漢書昔仲尼沒而微言絶顔師古註精微要妙之言耳漢武帝內傳此元始天王在丹房之中所說微言鮑照詩奇聲振朝邑高價服鄉村平原客謂平原郡中賓客北海仙謂北海高天師如貴太白於齊州請高天師授道籙故蓋寰爲之書造真籙也西昇經遂徧歷九天上昇上清白闕丹城蘂珠宮梁邱子黄庭內景經註蘂珠上清境宮闕名也真靈位業圖有太和殿寥陽殿蘂珠宮黄庭外景經丹田之中精氣微梁邱子註臍下三寸是也黄庭內景經肺部之宮似華蓋下有童子坐玉闕梁邱子註玉闕者腎中白氣上與肺連也雲笈七籤太微黄書八卷素訣乃含於九天元母結文空胎歷歲數劫以成自然之章太皇中歲成洞真金真玉光八景飛經元始天王名之爲八景飛經廣生太真名之爲八素上經青真小童名之爲豁落七元隋書道經者云元始天尊所說之經亦稟元一之氣自然而有非所造爲亦與天尊常在不滅天地不壞則蘊而莫傳劫運若開其文自見凡八字盡道體之奧謂之天書字方一丈八角垂芒光輝照耀驚心眩目雖諸天仙不能省視樓炭經天地有三災變一者火災變二者水災變三者風

災變法苑珠林二十小劫中間有小三災次第輪轉一疾疫災二刀兵災三飢饉災劉昭後漢書補璇璣者謂北極星也晉書天文志魁四星爲璇璣杓三星爲玉衡三災蕩璿璣謂斗神覆護三災不能爲害也王康琚詩與物齊終始李善註孫卿子曰生人之始也死人之終也顏延年詩美價難克充真誥羅酆山在北方癸地山高二千六百里周圍三萬里其山下有洞天在山之中周圍一萬五千里其上其下並有鬼神宮室山上有六洞洞中有六宮輒周圍千里是爲六天鬼神之宮也註云此即應是北酆鬼王決斷罪人住處白帖羅酆山之洞周一萬五千里名曰北帝死生之天皆鬼神所治五帝之宮考謫之府也荀子贈人以言重於金石珠玉

贈崔郎中宗之

崔祐甫齊昭公崔府君集序公嗣子宗之學通古訓詞高典冊才氣聲華邁時獨步仕於開元中爲起居郎再爲尚書禮部員外郎遷本司郎中時文國禮十年三入終於右司郎中年位不充海內嘆息按唐書崔宗之乃宰相日用之子襲封齊國公好

學寬博有風檢與李白杜甫以文相知

胡鴈（一作鷹）拂海翼翱翔鳴素秋驚雲辭沙朔飄蕩迷河洲（一作胡鷹度日邊兩龍天地秋哀鳴沙塞寒風雪迷河洲）有（一作乃）如飛蓬人去逐（一作一去）萬里遊登高望浮雲彷彿如舊邱日從海旁沒水向天邊流長嘯倚孤劍目極心悠悠歲晏歸去來富貴安可（繆本作所）求仲尼七十說歷聘莫見收魯連逃千金珪組豈可（一作不足）酬時哉苟不會草木爲我儔希君同攜手長往南山幽（鮑照詩胡鴈已矯翼初學記梁元帝纂要曰秋日素秋張華詩星火既夕忽焉素秋李周翰註西方色白故曰素秋沙朔謂朔方沙漠之地薛道衡高祖文皇帝誄運天策於帷扆播神威於沙朔北史洎乎有魏定鼎沙朔商子飛蓬遇飄風而行千里江淹詩

湫然萬里遊。鮑照詩：復得還舊邱。呂向註：舊邱，舊里也。楚辭：目極千里兮傷春心。詩國風：悠悠我心。楚辭：歲既晏兮孰華予。王逸註：晏，晚也。淮南子：孔子欲行王道，東西南北七十說而無所偶。論衡：孔子不能容於世，周流遊說七十餘國，未嘗得安。魯連逃千金，詳見二卷註。左思詩：吾慕魯仲連，談笑却秦軍。功成恥受賞，高節卓不群。臨組
不肯緤，對珪寧肯分。

贈崔諮議

唐書百官志：王府官有諮議參軍事一人，正五品上，掌訏謀議事。

騄蕭本作綠驥本天馬，素非伏櫪駒。長嘶向一作起清風，倏忽凌九區。何言西北至，却走繆本作是東南隅。世道有翻覆，前期一作程一作途難預圖。希君一一作前一作相剪拂一作拂便，猶可騁中衢。張衡南都賦：騄驥齊鑣。李善註：騄驥，駿馬名也。穆天子傳：八駿有赤驥、騄耳。魏武帝詩：老驥伏櫪，志在千里。楚辭招魂：往來倏忽。王逸註：倏忽，疾急貌。史記：初，天子發書易云：神馬當從西北

來庚肩吾詩渥水出騰駒湘川實應圖來從西北道去逐東南隅九區剪拂俱見三卷天馬歌註中衢猶中道也淮南子猶中衢而致尊耶傳亰正都賦灑奔駟於中衢

贈昇州王使君忠臣　唐書地理志江南道昇州江寧郡至德二載以潤州之江寧縣置上元二年廢太平寰宇記安祿山亂肅宗以金陵自古雄據之地時遭艱難不可縣統之因置昇州仍加節制實資鎮撫時方艱弊力難興造因舊縣宇以爲州城祿山平後復廢州依舊爲縣

六代帝王國三吳佳麗城賢人當重寄天子借高名巨海一邊靜長江萬里清應須救趙策未肯棄侯嬴

楊齊賢曰唐昇州吳晉宋齊梁陳所都東極於海西帶長江胡三省通鑑註漢置吳郡吳分吳郡置吳興郡晉又分吳興丹陽置義興郡是爲三吳酈道元曰世謂吳郡吳興會稽爲三吳杜佑曰晉宋之間以吳

郡吳興丹陽爲三吳謝朓詩江南佳麗地北史足下宿當重寄早預心膂侯嬴事見三卷註

贈別從甥高五

魚目高太山不如一璵璠賢甥即明月聲價動天門能成吾宅相不減魏陽元自顧寡籌畧功名安所存五木思一擲如繩繫窮猨櫪中駿馬空堂上醉人喧黃金久已罄爲報故交恩聞君隴西行使我驚一作清心魂與爾共飄飄雪天各飛翻江水流或卷此心難具論貧家羞好客語拙覺辭繁三朝空錯莫對飯却慙寃自笑我非夫生事多契闊積蓄繆本作蓄積萬古憤向誰得開豁天地一浮雲此身乃毫末忽見無端倪

太虛可包括去去何足道臨岐空復愁肝膽不楚越山河亦衾幬雲龍若蕭本作將相從明主會見收成功解相訪溪水桃花流魚目魚之目睛似珠者也明月珠夜光珠也俱見二卷註說文璵璠魯之寶玉孔子曰美哉璵璠遠而望之奐若也近而視之瑟若也左傳陽虎將以璵璠斂杜預註璵璠美玉也晉書魏舒字陽元少孤爲外家甯氏所養甯氏起宅相宅者曰當出貴甥舒曰當爲外祖成此宅相三國志註江表傳曰公瑾文武籌畧萬人之英世說桓宣武與袁彥道樗蒱袁彥道齒不合遂厲色擲去五木元革五木經樗蒱古戲其投有五故白呼爲五木以木爲之因謂之木今則以牙角尚飾也演繁露古惟斲木爲子一具凡五子故名五木後世轉而用石用玉用象用骨故列子謂之投瓊律文謂之出玖世說窮猿奔林豈暇擇木唐隴右道有隴西郡按通典渭州禹貢曰導渭自鳥鼠同穴即其地也春秋爲羌戎之居秦置隴西郡以居隴坻之西爲名唐爲渭州亦謂之隴西郡領襄武隴西渭源障四縣沈約詩

短翮屢飛翻班固東都賦春王三朝章懷太子註三朝元日也謂歲之朝月之朝日之朝李善註三朝歲首朔日也然此詩所謂三朝卽三日之義與東都賦所言不同鮑照詩今朝見我顔色衰意中錯莫與先異左傳成師以出聞敵强而退非夫也杜預註非丈夫也詩國風死生契闊毛傳云契闊勤苦也夏侯湛東方朔畫贊明濟開豁包含弘大莊子號物之數謂之萬人處一焉此其比萬物也不似毫末之在於馬體乎又云反覆終始不知端倪又曰自其異者視之肝膽楚越也自其同者視之萬物皆一也詩國風抱衾與裯毛傳曰衾被也裯禪被也鄭箋曰裯牀帳也孔穎達正義鄭旣以衾爲被不宜復云禪被也漢世名帳爲裯葢因於古故以爲牀帳溪木桃花用武陵桃花源事見二卷註○璵音余璠音煩幬音儔

贈裴司馬

按唐書百官志刺史之僚佐有司馬一人位在別駕長史之下上州者從五品下中州者從五品上下州者正六品上

翡翠黃金縷繡成歌舞衣若無雲間月誰可比光輝

秀色一如此多爲衆女譏君恩移昔愛失寵秋風歸愁苦不窺鄰泣上流黃機天寒素手冷夜長燭復微十日不滿匹鬢蓬亂若絲猶是可憐人容華世中稀向君發皓齒顧我莫相違古白頭吟晴如山上雪皎若雲間月宋玉登徒子好色賦此女登墻窺臣三年至今未許也梁元帝詩網綴流黃機李善文選註環濟要畧曰間色有五紺紅縹紫流黃也禮記正義皇氏云正謂青赤黄白黑五方正色也不正謂五方間色綠紅碧紫騮黄是也黄是中央正騮黄是中央間中央爲土土克水水色黑故騮黄之色黄黑也騮黄卽流黄之義曹植詩誰爲發皓齒

敘舊贈江陽宰陸調唐時淮南道之揚州有江陽縣

太伯讓天下仲雍揚波濤清風蕩萬古跡與星辰高

開吳食東溟陸氏世英髦多君秉古節一作夫子岳特峻秀立冠入曹風流少年時京洛事遊遨腰間延陵劍玉帶明珠袍我昔鬬雞徒連延五陵豪邀遮相組織呵嚇來煎熬君開萬叢人鞍馬皆辟繆本作闢易告急清憲臺脫余北門厄間宰江陽邑剪棘樹蘭芳一本自腰間延陵劍以下作騶驛紅陽鷲玉劍明珠袍一諾許他人千金雙錯刀滿堂青雲士望美期丹霄我昔北門厄摧如一枝蒿有虎挾雞徒連延五陵豪邀遮來組織呵嚇相煎熬君披萬人叢脫我如狴牢此恥竟未刷且食綏山桃非天雨文章所祖託風騷蒼蓬老壯髮長策未逢遭別君幾何時君無相思否鳴琴坐高樓淥水淨窗牖政成聞雅頌人吏皆拱手投刃有餘地迴車攝江陽錯雜非易理先威挫豪強下俱相同又繆本特峻秀作時峻季狴牢作貔牢託風騷作記風騷城門何肅穆五月飛秋霜

好鳥集珍木高才列華堂時從府中歸絲管儼成行但苦隔遠道無由共啣觴江北荷花開江南楊梅鮮繆本作熟又下多正好飲酒時懷賢在心目二句挂席候海色蕭本作乘繆拾海月本作當風下長川多酤新豐醁滿載剡溪船中途不遇人直到爾門前大笑同一醉取樂平生年漢書周太王長子太伯次曰仲雍次曰公季公季有聖子昌太王欲傳國焉太伯仲雍辭行采藥遂奔荊蠻公季嗣位至昌爲西伯受命而王故孔子美而稱曰太伯可謂至德也已矣三以天下讓民無得而稱焉太伯初奔荊蠻荊蠻歸之號曰句吳太伯卒仲雍立至曾孫周章而武王克殷因而封之陸機詩太伯導仁風仲雍揚其波晉書激清風於萬古厲薄俗於當年鮑照詩誰令乏古節張銑註古節古人高尚之節陸機詩吳實龍飛劉亦岳立華陽國志谷口子真秉箕潁之操湛然岳立謝靈運詩仲春喜遊遨新序延陵季子將西聘晉帶寶

劍以過徐君王僧孺詩落日映珠袍鬬雞徒詳見二卷註五陵豪見五卷註漢紀邀遮前後危殆不測辟易見二卷註潘正叔詩迴跡清憲臺李善註漢官儀日御史爲憲臺袁宏三國名臣贊思樹芳蘭剪除荆棘李善註芳蘭以喻君子荆棘以喻小人晉書賀循歷試二城刑政肅穆稽康琴賦華堂曲宴張揖上林賦註梅楊其實似穀子而有核其味酸出江南齊民要術楊梅臨海異物志云其子大如彈丸正赤五月熟似梅味甜酸謝靈運詩挂席拾海月洛神賦浮長川而忘反說文酤買酒也新豐酒見四卷註廣韻酴美酒也剡溪船用王子猷訪戴安道事詳見九卷註○酴音餘

贈從孫義興宰銘

唐時常州晉陵郡有義興縣屬江南東道

天子思茂宰　天枝得英才　朗然清秋月　獨出映吳臺
落筆生綺繡　操刀振風雷　蠖屈雖百里　鵬騫望三台
退食無外事　琴堂向山開　綠水寂以閑　白雲有時來

河陽富奇藻彭澤縱名杯所恨不見之猶如仰昭回謝朓詩茂宰深遐睠王僧孺文天枝峻容帝葉英芬操刀用子產語見九卷註潘尼詩蠖屈固小往晉書三台六星兩兩而居起文昌列抵太微一曰天柱三公之位也在人曰三公在天曰三台主開德宣符也西近文昌二星曰上台爲司命主壽次二星曰中台爲司中主宗室東二星曰下台爲司祿主兵所以昭德塞違也詩國風退食自公楊齊賢曰宓子賤爲單父宰彈琴不下堂而單父治故後世以宰之室爲琴堂張協詩荒庭寂以閑山岫峭且深晉書潘岳才名冠世出爲河陽令岳美姿儀辭藻絶麗尤善爲哀誄之文盧諶鄰詩知君振奇藻晉書陶潛爲鎮軍建威參軍謂親朋曰聊欲弦歌以爲三徑之資可乎執事者聞之以爲彭澤令在縣公田悉令種秫穀曰令吾常醉於酒足矣詩大雅倬彼雲漢昭回於天朱傳曰雲漢天河也昭光也回轉也言其光隨天而轉也○鶱音軒元惡昔蕭本作皆滔天疲人散幽草鶱川無恬蕭本作活鱗舉邑罕遺老誓雪會稽

恥將奔宛陵道亞相素所重投刃應桑林獨坐傷激揚神融一開襟絃歌欣再理和樂醉人心蠹政除害馬傾巢有歸禽壺漿候君來聚舞共蕭本作若謳吟農夫棄蓑笠蠶女墮纓簪歡笑相拜賀則知惠愛深書康誥元惡大憝晉書巨猾滔天帝京危急潘岳西征賦牧疲人於西夏殷仲文解尚書表洪波振壑川無恬鱗元惡滔天二聯指上元中宋州刺史劉展舉兵爲亂連陷揚潤昇蘇湖濠楚舒和滁廬諸州凡三月始平其事詳後二十七卷註常州與蘇湖揚潤四州地界相接其亂離不遑安處槩可知矣春秋繁露大夫蠡大夫種大夫庸大夫臯大夫車成越王與此五大夫謀伐吳遂滅之雪會稽之恥宛陵即宣城也唐時宣州宣城郡理宣城縣本漢之宛陵縣地太白原註亞相李公重之以能政中丞李公免罷以移官蓋鎬以劉展稱兵避難奔走失官因二公而復職者也唐時御史臺有大夫一員正三品中丞二員正四品亞相謂

御史大夫獨坐謂中丞海錄碎事御史大夫謂之亞相蓋御史大夫漢時位爲宰相之副故唐人謂之亞相莊子庖丁爲文惠君解牛手之所觸肩之所倚足之所履膝之所踦砉然嚮然奏刀騞然莫不中音合於桑林之舞乃中經首之會陸德明註桑林司馬云湯樂名崔云宋舞樂名投刃應桑林言其治民之材如投刃得法綽然有餘地也後漢書光武特詔御史中丞與司隸校尉尚書令會同並專席而坐故京師號曰三獨坐激揚激濁揚清也潘岳西征賦開襟乎清暑之館絃歌用子游宰武城事因免罷移官故曰再理也漢書張禹傳後堂理絲竹管絃如淳曰今樂家五日一習樂爲理樂世說註名士傳曰阮咸字仲容陳留人太原郭奕見之心醉不覺嘆服莊子牧馬小童曰夫爲天下者亦奚以異乎牧馬者哉亦去其害馬者而已矣曲禮女子許嫁纓孔穎達正義婦人質弱不能自固必有繫屬故恒繫纓纓有二時一是少時常佩香纓二是許嫁時繫纓何以知然者內則云男女未冠笄給纓鄭以爲佩香纓不云纓之形制又昏禮主人入親說婦纓鄭註云婦人十五許嫁笄而禮之因著纓明有繫也蓋以五采爲之其制未聞

又內則云婦事舅姑紟纓鄭云婦人有纓示繫屬也以此而言故知有二纓也歷職吾所聞稱賢兩爲最化洽一邦上名馳三江外峻節貫纓本作冠雲霄通方堪遠大能文變風俗好客留軒蓋他日一來游因之嚴光瀨蜀志衞繼敏達夙成學識通博進仕州郡歷職清顯後漢書牟融以司徒茂才爲豐令視事三年縣無獄訟爲州郡最晉書鄭袤爲黎陽令吏民悅服太守班下屬城特見甄異爲諸縣之最史記索隱韋昭云三江謂松江錢塘江浦陽江今按地理志有南江中江北江是爲三江其南江從會稽吳縣南東入海中江從丹陽蕪湖縣東北至會稽陽羨縣東入海北江從會稽毗陵縣東北入海太平寰宇記郡國志云禹貢三江吳郡南松江錢塘江浦陽江是也峻節高節也顏延年詩峻節貫秋霜李善註貫通也漢書通方之士不可以文亂顏師古註方道也梁書尚書令沈約當朝顯貴軒蓋盈門水經註自桐廬縣至於潛凡十有六瀨第二是嚴陵瀨瀨帶山山下有石室漢光武時嚴子陵之所

居也故山及瀨皆即人姓名之山下有盤石周圍十數丈交枕潭際菑陵所游也

草創大還贈柳官迪

天地爲橐籥周流行太易造化合元符交媾（繆本作搆）騰精魄自然成妙用孰（繆本作熟）知其指的羅絡四季間緜微無一（繆本作一無）隙日月更出沒雙光豈云隻姹女乘河車黃金充轅軛執樞相管轄摧伏傷羽翮朱烏張炎威白虎守本宅相煎成苦老消爍凝津液髣髴明窓塵死灰同至寂擣（繆本作鑄非）冶入赤色十二周律曆赫然稱大還與道本無隔白日可撫弄清都在咫尺北酆落死名南斗上生籍抑予是何者身在方士格

才術信縱橫世途自輕擲吾求仙棄俗君曉損勝益不向金闕遊思爲玉皇客鸞車速風雹龍騎無鞭策一舉上九天相攜同所適老子天地之間其猶槖籥乎河上公註天地空虛和氣流行萬物自生其空虛猶槖籥也參同契乾坤者易之門戶衆卦之父母坎離匡廓運轂正軸牝牡四封以爲槖籥覆冒陰陽之道又曰易有周流屈伸反覆又曰易謂坎離坎離者乾坤二用二用無爻位周流行六虛往來既不定上下亦無常陸倕新刻漏銘入神之制與造化合符呂延濟註造化謂陰陽也符同也參同契觀夫雌雄交媾之時剛柔相結而不可解得其節符非有工巧以制御之本在交媾定制始先陳子昂詩精魄相交媾參同契自然之所爲兮非有邪僞道惟斯之妙術兮審諦不誑語又曰坎戊日精離己月光日月爲易剛柔相當土王四季羅絡始終天地媾其精日月相撢持蟾蜍與兔魄日月氣雙明又曰河上姹女靈而最神得火則飛不見埃塵彭曉註河上姹女者真汞也見火則飛騰抱朴子丹砂

可爲黄金河車可作銀子得其道可以仙身軏轅端
横木駕馬領者也龍虎經神室有所象雞子爲形容
五岳峙潛洞際會有樞轄淳于叔通大丹賦升熬於
甑山兮炎火張設下白虎倡導前兮蒼液和於後朱
雀翺翔戲兮飛揚色五采遭遇網羅施兮壓止不得
舉嗷嗷聲悲泣兮如嬰兒慕母顛倒就湯鑊兮摧折
傷毛羽俞琰註朱雀火也蕭士贇曰老者煉丹火候
之老嫩也參同契形體爲灰土狀若明窗塵擣冶并
合之馳入赤色門固塞其際會務令致完堅炎火張
於下晝夜聲正勤始文使可修終竟武乃陳候視加
謹愼審察調寒温周旋十二節節盡更須親氣索命
將絶休死亡魄魂色轉更爲紫赫然成還丹清都見
二卷註北酆見本卷註搜神記南斗注生北斗注死
後漢書窮折方士黄白之術章懷太子註方士有方
術之士也闕謂朝廷之門闕金闕猶金門也真靈位
業圖有玉皇道君太平廣記木公亦云東王父亦云
東王公蓋青陽之元氣百物之先也冠三維之冠服
九色雲霞之服亦號玉皇君居於雲房之間以紫雲
爲蓋青雲爲城仙童侍立玉女散香真僚仙官巨億
萬計各有所職皆禀其命而朝奉翼衛故男女得道

者名籍所隸焉出仙傳拾遺太平御覽尺素訣曰太微天帝登白鸞之車○媾音垢姹丑雅切嗦去聲

贈崔司戶文昆季唐時州之屬吏有司戶參軍事上州二人從七品下中州一人正八品下下州一人從八品下

雙珠出海底俱是連城珍明月兩特達餘輝傍照繆本作照旁人英聲振名都高價動殊鄰豈伊箕山故特以風期親惟昔不自媒擔簦西入秦攀龍九天上忝列繆本作別忝歲星臣布衣侍丹墀密勿草絲綸才微惠渥重讒巧生緇磷一去已十年今來復盈旬清霜入曉鬢白露生衣巾側見綠水亭開門列華茵千金散義士四座無凡賓欲折月中桂持蕭本作特為寒者薪路傍

已竊笑天路將何因垂恩儻卯山報德有微身三國志註孔融與韋康父端書曰前日元將來淵才亮茂雅度弘毅偉世之器也昨日仲將又來懿性貞實文敏篤誠保家之主也不意雙珠近出老蚌甚珍貴之魏文帝與鍾繇書不損連城之價事詳四卷註禮記圭璋特達郭璞詩圭璋雖特達吕延濟註特達美貌古詩照乘有餘輝長楊賦遐方疏俗殊鄰絶黨之域顔師古註鄰邑也高士傳許由字武仲陽城槐里人也隱於沛澤之中堯讓天下於許由由於是遁耕於中岳潁水之陽箕山之下終身無經天下色許由沒葬箕山之巔亦名許由山在陽城之南十餘里堯因就其墓號曰箕山公神以配食五岳風期猶風度也註見三卷列子魯有儒生自媒能治之管子自媒之女醜而不信史記虞卿躡蹻擔簦徐廣曰簦長柄笠音登笠有柄者謂之簦列仙傳東方朔者平原厭次人也久在吳中爲書師數十年武帝時上書說便宜拜爲郎至昭帝時時人或謂聖人或謂凡人作深淺默顯之行或忠言或戲語莫知其旨至宣帝時初棄郎以避世亂置幘官舍風飄之而去後見於會稽賣藥五

湖智者疑其歲星精也漢書俯視兮丹墀孟康註丹墀赤地也通典漢省中以朱漆地故謂之丹墀宋書明光殿以胡粉塗壁畫古賢烈士以丹朱色地謂之丹墀漢書密勿從事不敢告勞顔師古註密勿猶黽勉禮記王言如絲其出如綸鄭玄註言言出彌大也綸今有秩嗇夫所佩也孔穎達正義王言初出微細如絲及其出行於外言更漸大如綸也言綸粗於絲潘岳寡婦賦荷君子之惠渥劉良註荷恩惠之厚也任昉詩經途不盈旬謝靈運詩連榻設華茵張銑註茵褥也酉陽雜俎舊言月中有桂西京賦要羨門乎天路。墀音池

緇音支　磷音鄰

贈溧陽宋少府陟

唐時宣州有溧陽縣屬江南西道

李斯未相秦且逐東門兔宋玉事襄王能為高唐賦
嘗聞綠水曲忽此相逢遇掃灑青天開豁然披雲霧
葳蕤紫鸞鳥巢在崑山樹驚風西北吹飛落南溟去

早懷經濟策，特受龍顏顧。白玉棲青蠅，君臣忽行路。人生感分義，貴欲呈丹素。何日清中原，相期廓天步。

李斯事見一卷擬恨賦註。高唐賦見二卷註。綠水曲見四卷註。晉書：尚書令衞瓘見樂廣而奇之，命諸子造焉，曰：此人之水鏡，見之瑩然，若披雲霧而覩青天也。子虛賦：錯翡翠之葳蕤。呂延濟註：葳蕤，羽毛貌。鸞鳥見二卷註。南溟，南海也，見八卷註。青蠅見九卷註。北史司馬子如傳：子如初爲懷朔鎮省事，與齊神武相結託，分義甚深。劉璠傳：我與府侯分義已定。楊齊賢曰：丹，素心也。左傳：晉楚治兵，遇於中原。詩小雅：天步艱難。沈約法王寺碑：因斯而運斗樞，自茲而廓天步。

戲贈鄭溧陽

鄭名晏，爲溧陽令，與上篇宋少府陟俱詳見二十九卷溧陽瀨水貞義女碑銘序。

陶令日日醉，不知五柳春。素琴本無絃，漉酒用葛巾。

清風北窓下，自謂羲皇人。何時到栗一作溧里，一見平生親。宋書：陶潛少有高趣，嘗著五柳先生傳以自況曰：先生不知何許人，不詳姓氏，宅邊有五柳樹，因以爲號焉。性嗜酒，而家貧不能恒得，親舊知其如此，或置酒招之，造飲輒盡，期在必醉，既醉而退，曾不吝情去留。爲彭澤令，解印綬去職，賦歸去來。江州刺史王弘欲識之，不能致也。潛常往廬山，弘令潛故人龐通之齎酒具於半道栗里要之。潛有脚疾，使一門生二兒轝籃輿，既至，欣然便共飲酌，俄頃弘至，亦無忤也。潛性不解音聲，而畜素琴一張，無絃，每有酒適，輒撫弄以寄其意。郡將候潛，值其酒熟，取頭上葛巾漉酒，畢，還復著之。嘗言五六月北窓下臥，遇涼風暫至，自謂是羲皇上人。太平寰宇記：栗里原在廬山南，當澗有陶公醉石。蘇武詩：願子留斟酌，敘此平生親。任昉詩：何由乘此竹，直見平生親。

贈僧崖公

昔在朗陵東，學禪白眉空。大地了鏡徹，迴旋寄輪風。

攬彼造化力持爲我神通晚謁太山君親見日没雲中夜臥山月一作夜臥雪上月拂衣逃人群授余金仙道曠劫未始聞冥機發天光獨朗謝垢氛虛舟不繫物觀化遊江濆江濆遇同聲道崖乃僧英說法動海岳遊方化公卿手秉玉麈尾如登白樓亭微言注百川亹亹信可聽一風鼓群有萬籟各自鳴啟閉八繆本作開七窓牖託宿掣雷霆自言繆本作云歷天台搏壁躡翠屏凌兢石橋去恍惚入青冥昔往今來歸絶景無不經何日更攜手乘杯向蓬瀛元和郡縣志朗陵山在蔡州朗山縣西北三十里太平寰宇記朗陵故城漢爲縣所治在今蔡州朗山縣西南三十五里晉武帝封何曾爲朗陵公即此城也白眉

空疑是當時釋子之名猶禪宗所稱南泉願臨濟元趙州諗之類楊註引蜀志馬良白眉事非矣了者了然分明之意楞嚴經觀諸世間大地山河如鏡鑑明來無所粘過無蹤跡法苑珠林依華嚴經云三千大千世界以無量因緣乃成且如大地依水水輪依風輪風依空輪空無所依然衆生業感世界安住故智度論云三千大千世界皆依風輪爲基又新翻菩薩藏經云諸佛如來成就不思議智故而能行知諸風雨相知世有大風名烏盧博迦乃至衆生諸有覺受皆由此風所搖動故此風輪量高三拘盧舍於此風上虛空之中復有風起名風雲輪此風輪量高五拘盧舍於此風上虛空之中復有風起名瞻薄迦此風輪量高十踰繕那如是次第輪上六萬八千拘胝風輪之相如來應正等覺依止大慧悉能了知維摩詰經維摩詰卽入三昧現神通力示諸大衆太山君主太山之神也廣博物志東岳太山君領群神五千九百人主治死生百鬼之主帥也太山君服青袍戴蒼璧七稱之冠佩通陽太平之印乘青龍金光明經如來之身金色微妙後世稱佛有金仙之號以此隋書天地之外四維上下更有天地亦無終極然皆有成

有敗一成一敗謂之一劫楞嚴經我曠劫來心得無礙沈約千佛頌千覺俯應遁卯冥機莊子宇泰定者發乎天光謝靈運詩兼抱濟物性而不纓垢氛李善註垢滓也氛氣也莊子汎若不繫之舟虛而遨遊者也魏書獨浩然而任已同虛舟之不繫鮑照詩回風起江濆說文濆水涯也周易同聲相應同氣相求沈約爲齊竟陵王解講疏蕭萃僧英敬敷慧典傳亮文殊師利菩薩贊業化遊方罔識厥津晉書王衍妙善玄言唯談老莊爲事每執玉柄麈尾與手同色世說孫興公許玄度共在白樓亭共商畧先往名達林公既非所關聽訖云二賢故自有才情劉孝標註會稽記曰白樓亭在山陰臨流映壑也水經註浙江又東北逕重山西山上有白樓亭亭本山下縣令殷朗移置今處升陟遠望山湖滿目也微言已見前訪道安陵詩註中世說謝太傅未冠始出西詣王長史清言良久去後荀子問曰向客何如尊長史曰向客亹亹爲來逼人王巾頭陀寺碑文行不捨之檀而施洽群有劉良註群有謂萬物韻會凡孔竅機括皆曰籟莊子人籟則比竹是已地籟則衆竅是已天籟則人心之自動者是已孫綽天台山賦跨穹隆之懸磴臨萬

丈之絶冥踐莓苔之滑石搏壁立之翠屏李善註懸磴石橋也顧愷之啟蒙記註曰天台山石橋路徑不盈尺長數十步步至滑下臨絶冥之澗翠屏石橋之上石壁之名也孔靈符會稽記曰赤城山上有石橋懸渡有石屏風橫絶橋上邊有過徑裁容數人甘泉賦馳閶闔而入凌兢服虔註凌兢恐懼貌王逸九思增逝兮青冥註云青冥太清也法苑珠林宋京師有釋杯度者不知族姓名氏常乘木杯渡水因而爲目初見在冀州不修細行神力卓越世莫能測其由來嘗於北方寄宿一家家有一金像渡竊去家主覺而追之見渡徐行走馬逐而不及至孟津河浮木杯於水憑之而渡無假風棹輕疾如飛俄而渡岸達於京師

游溧陽北湖亭望瓦屋山懷古贈同旅 一作贈孟浩然

○景定建康志瓦屋山在溧陽縣西北八十里周迴二十里高一百六十七丈山形連亘兩崖稍陡起宛如屋狀李白嘗游溧陽望瓦屋山懷古賦詩即此地

朝登北湖亭遥望瓦屋山天清白露下始覺一作知秋風還遊子託主人仰觀眉睫間目一作日色送飛鴻邈然不可攀長吁相勸勉何事來吳闗閻有貞義女振窮溧水灣清光了在眼白日如披顔高墳五六墩崒兀棲猛虎遺跡翳九泉芳名動千古子胥昔乞食此女傾壺漿運開展宿憤入楚鞭平王凜冽天地間聞名若懷霜壯夫或未達十步九太行與君拂衣去萬里同翱翔遊子數句言遊客仰觀主人辭色見其仰覩飛鳥意不在賔客故長吁相勸何事來至此地目色送飛鴻是暗用衞靈公仰視蜚雁色不在孔子事已見四卷註越絶書子胥至溧陽界中見一女子擊絮於瀨水之中子胥曰豈可得託食乎女子曰諾卽發簞飯清其壺漿而食之子胥食已而去

謂女子曰掩爾壺漿毋令之露女子曰諾子胥行五步還顧女子自縱於瀨水之中而死一統志溧水在應天府溧陽縣西北四十里一名瀨水蕭士贇曰樓猛虎謂墳如猛虎之狀猶馬鬣封之謂也琦謂墳勢崒兀有若猛虎是寫遙望中擬似之景耳以馬鬣封爲比恐未是據此詩貞義女之墳唐時尚存當在瓦屋山下今則不可考矣木華海賦吹烱九泉李善註地有九重故曰九泉謝靈運詩道消結憤懣運開申悲涼吳越春秋吳王入郢伍胥乃掘平王之墓出其尸鞭之三百左足踐腹右手抉其目誚之曰誰使汝用讒諛之口殺我父兄豈不寃哉傅咸神泉賦六合蕭條嚴霜凛冽陸機文賦心懍懍以懷霜

醉後贈從甥高鎮

馬上相逢揖馬鞭客中相見客中憐欲邀擊筑悲歌飲正值傾家無酒錢江東風光不借人枉殺落花空自春黃金逐手快意盡昨日破產今朝貧丈夫何事

空嘯傲不如燒却頭上巾君爲進士不得進我被秋
霜生旅鬢時清不及英豪人三尺童兒唾（蕭本作重）廉藺
匣中盤劍裝鰌魚閑在腰間未用渠且將換酒與君
醉醉歸託宿吳專（繆本作鱄）諸（史記荊軻嗜酒日與狗屠及高漸離飲於燕市酒酣
以往高漸離擊筑荊軻和而歌於市中相樂也已而
相泣旁若無人漢書陳萬年傳傾家自盡文獻通考
唐制取士之科有秀才有明經有進士有俊士太平
御覽南越志曰鰌魚南越謂之環雷魚長二丈其鱗
皮有珠文可以飾刀劍琦按鰌魚古謂之鮫魚今謂
之沙魚以其皮爲刀劍鞘者是也廉頗者趙之良將
以勇氣聞於諸侯將兵數有功封安平君藺相如亦
趙人趙王使奉和氏璧入秦卒完璧歸趙趙王以爲
賢大夫使不辱於諸侯拜爲上大夫又從趙王與秦
王會澠池歸國以相如功大拜爲上卿位在廉頗之
右吳越春秋專諸堂邑人也伍胥之亡楚如吳時遇
之於途因相其貌碓顙而深目虎膺而熊背戾於從

難知其勇士陰而結之欲以爲用。鮨音鵲，鱒與專同

贈秋浦柳少府 唐時秋浦縣隸江南西道之池州

秋浦舊蕭索，公庭人吏稀。因君樹桃李，此地忽芳菲。搖筆望白雲，開簾當翠微。時來引山月，縱酒酣清輝。而我愛夫子，淹留未忍歸。樹桃李用潘岳事，詳見後三首註中。爾雅：山未及上，翠微。郭璞註：近上旁坡。邢昺疏謂：未及頂上，在旁陂陀之處，名翠微。一說山氣青縹色，故曰翠微也。潛確居類書：凡山遠望之則翠，近之則翠漸微，故山色曰翠微，亦曰山腰。漢書：乃罷歷下守備，縱酒。顔師古註：縱，放也，放意而飲酒。說文：酣，酒樂也。阮藉詩：明月耀清輝。

贈崔秋浦三首

吾愛崔秋浦，宛然陶令風。門前一作栽五楊柳，井上一作

夾二梧桐山鳥下聽事簷花落酒中懷君未忍去惆悵意無窮陶令五柳事已見本卷註元行恭詩惟餘一廢井尚夾兩株桐鹽鐵論曾子倚山而吟山鳥下翔北堂書鈔益部耆舊傳景放爲益州太守威恩洽暢有鳩巢於聽事胡三省通鑑註聽他經翻聽受也中庭曰聽事言受事察訟於是也漢晉皆作聽事六朝以後始加广作廳何遜詩燕子戲還飛簷花落枕前○聽音汀

其二

崔令學陶令一作君似陶彭澤北窗常晝眠抱琴時弄一作待秋月取意任無絃見客但傾酒爲官不愛錢東皋多種黍勸爾早耕田一作東皋春事起種黍早歸田○北窗臥無絃琴俱陶潛事已見本卷註阮藉奏記方將耕於東皋之陽輸黍稷之稅以避當塗之路張銑註東皋藉所居之東也澤畔曰皋

其三

河陽花作縣，秋浦玉爲人。地逐名賢好，風隨惠化春。水從天漢落，山逼畫屏新。應念金門客，投沙弔楚臣。

白帖：潘岳爲河陽令，種桃李花，人號曰河陽一縣花。庾信春賦：河陽一縣併是花。晉書：裴楷風神高邁，容儀俊爽，博涉群書，特精義理，時人謂之玉人。又晉書：王蘊爲竟陵太守，有惠化，百姓歌之。楊齊賢曰：水從天漢落，指九華山之瀑布也。漢書：賈誼爲長沙王太傅，既以適去，意不自得，及度湘水，爲賦以弔屈原。屈原，楚賢臣也，被讒放逐，作離騷賦，遂自投江而死。誼追傷之，因以自諭。謝靈運詩：投沙理既迫，如邛願亦愆。投，棄也，謂棄之於長沙，正用誼事。

望九華山蕭本缺山字贈青陽韋繆本作韋青陽仲堪太平寰宇記：九華山在池州青陽縣南二十里，舊名九子山。李白以九峯有如蓮花削成，改爲九華山，因有詩曰天河挂緑水秀出九芙蓉今山中有李白書堂基址存焉又按顧野王輿地志云其山上有九峰千仞壁立周圍二百里高一千丈出碧雞之類劉禹錫曰九華山在池州青陽縣西南九峰競秀神采奇異昔予仰太華以爲此外無奇愛女几荆山以爲此外無秀今見九華始悼前言之容易也元和郡縣志青陽縣西南至池州七十里本漢涇縣地天寶元年洪州都督徐輝奏於吳所立臨城縣南置屬宣州在青山之陽故名永泰二年隷池州

昔在九江上遥望一作觀九華峰天河挂緑水秀出一作山九芙蓉我欲一揮手誰人可相從君爲東道主於此臥雲松郭璞山海經註九江在潯陽南江自潯陽而分爲九皆東會於大江書曰九江孔殷是也通典九江在潯陽郡之西北此詩所謂九江則指池州之江也以其承九江之下流故亦目九江之稱左傳若舍鄭以爲東道主

李太白文集卷十

李太白文集卷之十一

錢塘　王琦琢崖輯註

燧葆光　復曾宗武　較

古近體詩共三十二首

贈王判官時余歸隱居廬山屏風疊 一統志屏風疊在廬山自五老峰而下九疊如屏游宦紀聞九疊屏風之下舊有太白書堂有詩曰吾非濟代人且隱屏風疊

昔別黃鶴樓蹉跎淮海秋俱飄零落葉各散洞庭流
中年不相見蹭蹬遊吳越何處我思君天台綠蘿月
會稽風月好却遶剡溪回雲山海上出人物鏡中來

李太白文集　卷一一

一度浙江北，十年醉楚臺。荆門倒屈宋，梁苑傾鄒枚。苦笑我誇誕，知音安在哉。大盜割鴻溝，如風掃秋葉。吾非濟代人，且隱屏風疊。中夜天中望，憶君思見君。明朝拂衣去，永與海鷗群。

黄鶴樓見八卷註。隋書：揚州於禹貢爲淮海之地。說文：蹭蹬，失道也。方輿勝覽：天台山在台州天台縣西一百十里。藝文類聚：名山畧記曰：天台山在剡縣，即是衆聖所降，葛仙公山也。世說註：會稽郡記曰：會稽郡多名山水，峰崿隆峻，吐納雲霧，松栝楓栢，擢幹竦條，潭壑鏡徹，清流瀉注。王子敬見之曰：山水之美，使人應接不暇。太平寰宇記：剡溪在越州剡縣南一百五十步，一源出台州天台縣，一源出婺州武義縣，即王子猷雪夜訪戴逵之所也，一名戴溪。初學記：輿地志曰：山陰南湖縈帶郊郭，白水翠巖，互相映發，若鏡若圖。故王逸少曰：山陰路上行，如在鏡中遊。夢梁錄：浙江在杭州東南，謂之錢塘江，內有浙山，正居江中，潮水投山下，曲折而行。楚臺，楚地之臺，若章華、陽雲之類荊門謂荊州之地唐時爲江陵郡今湖廣之荊州府是也其地有荊門山故文士取以爲稱梁苑古睢陽之地唐時爲宋州睢陽郡之宋城縣今河南歸德州是也其地漢梁孝王之苑囿在焉故文士以梁苑稱之屈原宋玉皆生於荊州鄒陽枚乘皆客梁孝王引此以喻當時兩州之文士大盜指安祿山史記項羽乃與漢王約中分天下割鴻溝而西者爲漢鴻溝而東者爲楚應劭曰在滎陽東南二十里文穎曰於滎陽下引河東南爲鴻溝以通宋鄭陳蔡曹衛與濟汝淮泗會於楚即今官渡水也十六國春秋溫平殘胡如風掃葉海鷗用列子事見二卷註○蹭音寸蹬音鄧剡音閃

在水軍宴贈幕府諸侍御永王軍中○漢書莫府省文書晉灼曰將軍職在征行無常處所在爲治故言莫府也或曰衞青征匈奴絕大莫大克獲帝就拜大將軍於幕府中故曰莫府莫府之名始於此也顏師古曰二說皆非也幕府者以軍幕爲義古字通單用耳軍旅無常居止故以帳幕言之廉頗李牧市租皆入幕府此則非因衞青始有其號

月化五白一作百非龍翻飛凌九天胡沙驚北海電掃洛陽川虜箭雨宮闕皇輿成播遷英王受廟畧秉鉞清南邊雲旗卷海雪金戟羅江烟聚散百萬人弛張在一賢霜臺降群彥水國奉戎旃繡服開宴語天人借樓船如登黃金臺遥謁紫霞仙卷身編蓬下冥機四十年寧知草間人腰下有龍泉浮雲在一決誓欲清幽燕願與四座公靜談金匱篇齊心戴朝恩不惜微軀捐所冀旄頭滅功成追魯連十六國春秋慕容熙建始元年太史丞梁延年夢月化爲五白龍夢中占之曰月臣也龍君也月化爲龍當有臣爲君者後漢書電掃群孽風行巴梁楚辭恐皇輿之敗績王逸註皇后也輿君之所乘十六國春秋華夏大亂皇輿播遷梁書大齊聖主之

恩規上黨英王之然諾隋書親承廟畧遠振國威趙次公杜詩註兵謀謂之廟畧蓋謀於七廟之中也詩商頌有虔秉鉞東京賦雲旗拂霓薛綜註熊虎爲旗其高至雲故曰雲旗也禮記一張一弛文武之道也漢書百萬之衆不如一賢霜臺御史臺也御史爲風霜之任故曰霜臺顔延年詩水國周地險謝朓辭隨王牋契闊戎旃從容讌語李周翰註戎兵也旃旗也陳子昂詩昔君事胡馬子得奉戎旃國語飲酒宴語相親也天人邯鄲淳美曹植語見五卷註樓船見四卷註太平御覽燕昭王爲郭隗築臺今在幽州燕王故城中土人呼爲賢士臺亦謂之招賢臺又謂之黄金臺東方朔非有先生論積土爲室編蓬爲戸越絶書歐冶子干將鑿茨山洩其溪取鐵英作爲鐵劍三枚一曰龍淵二曰太阿三曰工布龍泉即龍淵也唐人避高祖諱改稱龍淵曰龍泉莊子説劍篇上决浮雲下絶地紀史記紬史記石室金匱之書索隱曰石室金匱皆國家藏書之處隋書經籍志有太公金匱二卷後漢書蒙被朝恩負荷重任陸機詩不惜微軀退漢書昴曰髦頭胡星也追魯連言將如魯連功成身退不受爵賜而去也詳見二卷註

贈武十七諤并序

門人武諤深於義一作詩者也質木沉悍慕要離之
風潛釣川海不數數於世間事聞中原作難西來
訪余余愛子伯禽在魯許將冒胡兵以致之酒酣
感激援筆而贈

馬如一匹練明日過吳門乃是要離客西來欲報恩
笑開燕匕首拂拭竟無言狄犬吠清洛天津成塞垣
愛子隔東魯空悲斷腸猿林回棄白壁千里阻同奔
君爲我致之輕齎涉淮源精誠合天道不媿遠遊一作鄧攸魂藝文類聚韓詩外傳曰顏回望吳門馬見一匹練孔子曰馬也然則馬之光景一匹長耳故後

人呼馬爲一匹要離事見五卷註史記燕太子丹預求天下之利匕首說文赤狄本犬種元和郡縣志洛水在河南府洛陽縣西南三里西自苑內上陽之南彌漫東流宇文愷作斜堤束令東北流潘岳藉田賦清洛濁渠引流激水天津洛水浮橋名巳見二卷註後漢書天設山河秦築長城漢起塞垣所以別內外異殊俗也鮑照詩追虜窮塞垣張銑註塞垣長城也庾信五張寺經藏碑昔爲畿服今成塞垣世說桓公入蜀至三峽中部伍中有得猿子者其母緣岸哀號行百餘里不去遂跳上船至便卽絕破視其腹中腸皆寸寸斷公聞之怒命黜其人莊子林回棄千金之璧負赤子而趨或曰爲其布歟赤子之布寡矣爲其累歟赤子之累多矣棄千金之璧負赤子而趨何也林回曰彼以利合此以天屬也陸德明音義林回司馬云殷之逃民之姓名廣韻齋裝也玉篇齋行道所用也通志地理畧淮水源在唐州桐柏縣河南志淮瀆在南陽府桐柏縣西二十五里源出胎簪山流經息陽確山真陽息縣固始會沂泗東入於海晉書鄧攸沒於石勒石勒過泗水攸乃斫壞車以牛馬負妻子而逃又遇賊掠其牛馬步走擔其兒及其弟子綏

度不能兩全乃謂其妻曰吾弟早亡惟有一息理不可絶止應自棄我兒耳幸而得存我後當有子妻泣而從之其後妻不復孕卒以無嗣時人義而哀之爲之語曰天道無知使鄧伯道無兒

贈閭邱宿松 唐時舒州有宿松縣屬淮南道

阮籍爲太守乘驢上東平剖竹十日間一朝風化清偶來拂衣去誰測主人情夫子理宿松浮雲知古城掃地物莽然秋來百草生飛鳥還舊巢遷人返躬耕何慙宓子賤不減陶淵明吾知千載後郤掩二賢名

世說註文士傳曰阮藉放誕有傲世情不樂仕宦晉文帝親愛藉恒與談戲任其所欲不迫以職事藉常從容言曰平生常游東平樂其土風願得爲東平太守文帝悅從其意藉便騎驢徑到郡皆壞府舍諸壁鄣使內外相望教令清寧十餘日便復騎驢去謝靈運詩剖竹守滄海李善註漢書曰初與郡守爲竹使

符說文曰符信剖置以竹分而復合呂延濟註凡爲太守皆剖竹使符也家語宓不齊字子賤仕爲單父宰有才智仁愛百姓不忍欺孔子美之南史陶潛字淵明爲鎮軍建威參軍謂親朋曰聊欲絃歌以爲三徑之資可乎執事者聞之以爲彭澤令不以家累自隨公田悉令吏種秫稻妻子固請種粳乃使二頃五十畝種秫五十畝種粳○宓當作虙音服讀作宓音者非

獄中上崔相渙　舊唐書崔渙傳天寶十五載七月玄宗幸蜀渙迎謁於路抗詞忠懇皆究理體玄宗嘉之以爲得渙晚即日拜黃門侍郎同中書門下平章事扈從成都肅宗靈武即位八月與左相韋見素同平章事房琯崔圓同賫冊赴行在時未復京師舉選路絕詔渙充江淮宣慰選補使以收遺逸或於聽受爲下吏所鬻濫進者非一以不稱職聞乃罷知政事除左散騎常侍兼餘杭太守江東採訪防御使

胡馬渡洛水血流征戰場千門閉秋景萬姓危朝霜

賢相燮元氣，再欣海縣康。台庭有夔龍，列宿粲成行。

羽翼三元聖，發輝兩太陽。應念覆盆下，雪泣拜天光。

說文燮和也書周官論道經邦燮理陰陽十六國春秋海縣分裂天光分耀傅玄詩繁星依青天列宿自成行李周翰註列宿二十八宿也六韜王者帥師必有股肱羽翼以成神威元聖大聖也書湯誥聿求元聖三元聖謂玄宗肅宗廣平王也兩太陽亦謂玄宗肅宗也抱朴子是責三光不照覆盆之內也呂氏春秋吳起雪泣而應之高誘註雪拭也漢書夫日者衆陽之宗天光之貴東京賦登天光於扶桑呂向註天光日也

中丞宋公以吳兵三千赴河南，軍次尋陽，脫余之囚，參謀幕府，因贈之　舊唐書天寶十五載六月以監察御史宋若思爲御史中丞卽其人也脫太白囚執事詳見二十六卷及三十一卷中唐時潯陽郡又謂之江

州隷江

南西道

獨坐清天下，專征出海隅。九江皆渡虎，三郡盡還珠。

組練明秋浦，樓船入郢都。風高初選將，月滿欲平胡。

殺氣横千里，軍聲動九區。白猿慚劍術，黄石借兵符。

戎虜行當剪，鯨鯢立可誅。自憐非劇孟，何以佐良圖。

獨坐謂御史中丞與司隸校尉尚書令會同得專席而坐也詳見十卷註後漢書范滂爲清詔使登車攬轡慨然有澄清天下之志春秋元命苞賜弓矢得專征賜斧鉞得誅白虎通奸惡無私執意不傾賜以弓矢使得專征後漢書宋均遷九江太守郡多虎暴數爲民患常募設檻穽而猶多傷害均到下記屬縣曰夫虎豹在山黿鼉在水各有所托今爲民害咎在殘吏而勞動張捕非憂恤之本也其務退奸貪思進忠善可一去檻穽除削課制其後傳言虎相與東游渡江孟嘗遷合浦太守郡不産穀實而海出珠寶與交

趾比境常通商販貿羅糧食先時宰守並多貪穢詭人採求不知紀極珠遂漸徙於交趾郡界於是行旅不至人物無資貧者死餓於道嘗到官革易前獘求民病利曾未歲餘去珠復還百姓皆反其業商貨流通稱爲神明左傳使鄧廖帥組甲三百被練三千以侵吳杜預註組甲被練皆戰備也組甲漆甲成組文被練練袍賈逵曰組甲以組綴甲車士服之被練帛也以帛綴甲步卒服之史記江陵故郢都西通巫巴東有雲夢之饒漢書地理志南郡江陵故楚郢都楚文王自丹陽徙此北史邏將練兵贏糧聚甲隋書突厥候月將滿輒爲寇鈔劉淵林三都賦註吳越春秋越有處女出於南林之中越王使使聘問以劍戟之事處女將北見於越王道逢老翁自稱袁公問處女吾聞子善爲劍術願一觀之女曰妾不敢有所隱惟公試之於是袁公卽跳於林竹槁折墮地處女卽接末袁公操本以刺處女女應節入三入因舉杖擊之袁公卽飛上樹化爲白猿遂引去李嶠詩絳營韜將畧黃石請兵符史記如姬盜晉鄙兵符與公子孔穎達左傳正義節爲兵符秋浦樓船九區

黃石鯨鯢劇孟俱已見前註○郢音潁

流夜郎贈辛判官

昔在長安醉花柳五侯七貴同杯酒氣岸遥凌豪士前風流肯落他一作誰一作諸人後夫子紅顔我少年章臺走馬著金鞭文章獻納麒麟殿歌舞淹留玳瑁筵與君自謂長如此寧知草動風塵起函谷忽驚胡馬來秦宫桃李向明繆本作胡開我愁遠謫夜郎去何日金雞放赦回群輔錄平阿侯王譚成都侯王商紅陽侯王音曲陽侯王根高平侯王逢時並以元后弟同日受封京師號曰五侯並奢豪富侈招賢下士谷永樓護皆爲貴客潘岳西征賦竊七貴於漢庭李善註七貴謂呂霍上官趙丁傅王也梁書氣岸疎凝情遂狷隔漢書張敞無威儀時罷朝會過走馬章臺街孟康註在長安中臣瓚曰章臺下街也初學記三輔黃圖曰未央宫東有麒麟殿藏秘書即揚雄校書之

處也宋之問詩歌舞淹留景欲斜石闕猶駐五雲車劉楨瓜賦布象牙之席薰玳瑁之筵後漢書設後北虜稍強能爲風塵章懷太子註相侵擾則風塵起張駿薤露行三方風塵起獫狁竊上京函谷見二卷五卷註蕭士贇曰子見以桃李向明開爲公卿歸祿山非也是指同時儕類因兵興之際不次被用爲人桃李我獨遭讁也向明者向陽花木之義輿地廣記唐貞觀十六年開山洞置夜郎縣爲珍州治李白流夜郎卽此唐書地理志貞觀十六年開山洞置珍州并置夜郎麗皐樂源三縣後爲夜郎郡隸黔中道元和二年州廢地改屬溱州舊唐書凡國有赦宥之事先集囚徒於闕下命衛尉樹金雞待宣制訖乃釋之

贈劉都使

都使未詳何官詩中有飲冰事戎幕之句蓋幕職也當是兼銜若都水監使者之類耳

東平劉公幹南國秀餘芳一鳴卽朱紱五十佩銀章
飲冰事戎幕衣錦華水鄉銅官幾萬人諍訟清玉堂

吐言貴珠玉落筆迴風霜而我謝明主銜哀投夜郎

歸家酒債多門客粲成行高談滿四座一日傾千觴

所求竟無緒裘馬欲摧藏主人若不顧明發釣滄浪

三國志東平劉楨字公幹太祖辟爲丞相掾屬著文賦數十篇史記不鳴則已一鳴驚人易乾鑿度天子三公九卿朱紱諸侯赤紱廣雅紱綬也漢書韋賢傳黼衣朱紱四牡龍旂顏師古註朱紱爲朱裳畫爲亞文也亞古弗字也故因謂之紱漢書百官公卿表凡吏秩比二千石以上皆銀印青綬顏師古註漢舊儀云銀印背龜鈕其文曰章謂刻曰某官之章也宋書銀章青綬莊子今吾朝受命而夕飲冰陸機詩予固水鄉士李善註水鄉謂吳也唐書地理志宣州南陵縣武德四年隷池州州廢來屬後析置義安縣又廢義安爲銅官冶孔叢子吐言則天下之士莫不屬耳目世說註神猶淵鏡言必珠玉西京雜記淮南王安著鴻烈二十一篇自云字中皆挾風霜左傳投諸四裔以禦螭魅杜預註投棄也孔融詩歸家酒債多門

客粲成行晉書肆一醉於崇朝飛千觴於長夜成公綏嘯賦悲傷摧藏李善註摧藏自抑挫之貌明發猶明晨也詳見二卷註○紱音拂

贈常侍御

安石在東山無心濟天下一起振橫流功成復瀟灑大賢有卷舒繆本作舒卷季葉輕風雅匡復屬何人君爲知音者傳聞武安將氣振長平瓦燕趙期洗清周秦保宗社登朝若有言爲訪南遷賈傅亮修張良廟教夷項定漢大拯橫流呂向註橫流謂亂也淮南子盈縮卷施與時變化蕭士贇曰葉世也季葉猶季世也孔融論盛孝章書惟公匡復漢室史記趙奢傳秦軍軍武安西秦軍鼓譟勒兵武安屋瓦盡振後奢子括長平之戰無振瓦事而庾信哀江南賦云碎於長平之瓦周書云瓦震長平則趙分爲二兵出函谷則韓裂爲三未詳本何

書太白此句葢承二書之說而云耳不本史記也又武安將似指白起以起封武安君故也取以喻時之將帥燕趙皆爲祿山所據故期其洗清周地謂洛陽在唐爲東京秦地謂長安在唐爲西京宗廟社稷在焉故欲其保護安石東山事詳見七卷註賈誼南遷事詳見十卷註

贈易秀才

少年解長劍投贈卽分離何不斷犀象精光暗往時蹉跎君自惜竄逐我因誰地遠虞翻老秋深宋玉悲空摧芳桂色不屈古松姿感激平生意勞歌寄此辭

步光之劍陸斷犀象見四卷註吳志虞翻性疏直數有酒失孫權積怒非一遂徙翻交州雖處罪放而講學不倦門徒常數百人在南十餘年年七十卒宋玉九辯悲哉秋之爲氣也

經亂離後天恩流夜郎憶舊遊書懷贈江夏韋

太守良宰　唐時江夏郡乃鄂州也屬江南西道按方輿勝覽以贈此詩之韋太守爲韋景駿未知何據

天上白玉京十二樓五城仙人撫我頂結髮受長生誤逐世間樂頗窮理亂情九十六聖君浮雲挂空名天地賭一擲未能忘戰爭試涉霸王畧將期軒冕榮時命乃大謬棄之海上行學劍翻自哂爲文竟何成劍非萬人敵文竊四海聲兒戲不足道五噫出西京臨當欲去時慷慨淚沾纓嘆君倜儻才標舉冠群英開筵引祖帳慰此遠徂征鞍馬若浮雲送余驃騎亭歌鐘不盡意白日落昆明　五星經天上白玉京黃金闕抱朴子崑崙山上有五

城十二樓應劭漢書註昆侖玄圃五城十二樓仙人之所常居楊齊賢曰自秦始皇至唐玄宗中國傳緒之君凡九十有六華陽國志陳登曰雄姿傑出有霸王之畧吾敬劉玄德莊子古之所謂隱士者非伏其身而弗見也非閉其言而不出也非藏其知而不廢也時命大謬也史記項籍少時學書不成去學劍又不成項梁怒之籍曰書足以記名姓而已劍一人敵不足學學萬人敵後漢書梁鴻因東出關過京師作五噫之歌曰陟彼北芒兮噫顧覽帝京兮噫宫室崔嵬兮噫人之劬勞兮噫遼遼未央兮噫肅宗聞而非之求鴻不得乃易姓運期名耀字侯光與妻子居齊魯之間晉書彬彬藻思綽冠群英祖帳祖席蒔所設之帳幕杜審言詩祖帳連河闕軍麾動洛城陸機詩牽世纓時網駕言遠徂征驃騎亭玩詩意當在長安楊註以驃騎亭爲謝安建者恐誤國語女樂二八歌鐘二肆三輔黃圖漢昆明池武帝元狩四年穿在長安西南周圍四十里西南夷傳曰天子遣使求身毒國市竹而爲昆明所閉天子欲伐之越巂昆明國有滇池方三百里故作昆明池以象之以習水戰因名曰昆明池三輔舊事曰昆明池地三百三十二頃圖

曰上林苑有昆明池周圍四十里陝西通志昆明池在西安府城西南三十里十月到幽州戈鋋若羅星君王棄北海掃地借長鯨呼吸走百川燕然可摧傾心知不得語一作意却欲棲蓬瀛彎弧懼天狼挾矢不敢張攬涕黃金臺呼天哭昭王無人貴駿骨綠耳空騰驤樂毅儻再生于今亦奔亡蹉跎一作蒼茫不得意驅馬過蕭本作還貴鄉逢君聽絃歌肅穆坐華堂百里獨太古陶然臥羲皇徵樂昌樂館開筵列壺觴賢豪間青娥對燭儼成行醉舞紛綺席清歌繞飛梁歡娛未終朝秩滿一作解印歸咸陽祖道擁萬人供帳遙相望一別隔千里榮枯異炎涼東都賦元戎竟野戈鋋彗雲說文鋋

小矛也揚雄羽獵賦煥若天星之羅張銑註言如天星之羅列也陳琳瑪瑙勒賦駢居列峙煥若羅星按唐書安祿山傳天寶元年以祿山爲平盧節度使押兩番渤海黑水四府經略使三載代裴寬爲范陽節度仍領平盧軍則經畧威武清夷靜塞恒陽北平高陽唐興横海平盧盧龍十一軍及榆關守捉安東都護府兵十三萬有竒皆其所統幽薊嬀檀易恒定漠滄營平十一州之地皆其所治矣幽州以北盡與祿山所謂君王棄北海掃地借長鯨也宋書彎弧躍馬務是畋遊楚辭挾長矢兮射天狼王逸註天狼星名以喻貪殘又楚辭思美人兮擥涕而竚眙戰國策郭隗對燕昭王曰古之人君有以千金求千里馬者三年不能得涓人言於君曰請求之君遣之三月得千里馬馬已死買其骨五百金反以報君君大怒曰安事死馬而捐五百金涓人對曰死馬且買五百金況生馬乎天下必以君能市馬馬今至矣於是不能期年千里馬之至者三今王誠欲致士先從隗始於是昭王爲隗築宫而師之樂毅自魏往騶衍自齊往劇辛自趙往士爭湊燕水經註桃林中多野馬造父於此得驊騮綠耳盜驪之乘以獻周穆王使之馭以見

西王母荀子驊騮騄驥纖離綠耳此皆古之良馬也說文驤馬之低昂也西京賦乃奮翅而騰驤元和郡縣志魏州有貴鄉縣太平御覽陸績別傳曰太守王朗命爲功曹風化肅穆郡内大治嵇康琴賦華堂曲宴鄭玄禮記註唐虞以上曰太古元和郡縣志魏州有昌樂縣通典三十里置一驛其非通途大路則曰館薛道衡詩佳麗儼成行江淹詩綺席生浮埃顏師古漢書註綺文繒也卽今之所謂細綾也列子韓娥東之齊匱糧過雍門鬻歌假食既去餘音繞梁欐三日不絶高誘淮南子註日旦至食時爲終朝秩滿俸滿也漢書公卿大夫故人邑子設祖道供帳東都門外顏師古註祖道餞行也駱賓王詩一朝殊語默千里異炎涼

炎涼幾度改九土中横潰漢甲連胡兵沙塵暗雲海草木揺殺氣星辰無光彩白骨成邱山蒼生竟何罪函蕭本作幽關壯帝居國命懸哥舒長戟三十萬開門納凶渠公卿奴蕭本作如犬羊忠讜醢與菹二聖出游

豫兩京遂邱墟國語能平九土韋昭註九土九州之土也謝靈運詩天地中横潰李善註

横潰以水踰亂也抱朴子曰骨成山虛祭布野史記索隱顏師古曰今桃林縣南有洪涓澗水即古之函關按山形如函故稱函關餘詳二卷五卷註陳後主詩山河壯帝居唐書哥舒翰傳天寶十四載祿山反封常清以王師敗帝乃名見翰拜太子先鋒兵馬元帥以田良邱爲軍司馬蕭昕爲判官王思禮鉗耳大福李承光高元蕩蘇法鼎管崇嗣爲屬將火拔歸仁李武定渾蕚契苾以本部隷麾下凡河隴朔方奴剌等十二部兵二十萬守潼關師始東先驅牙旗觸門墮注旆竿折衆惡之天子御勤政樓臨送詔翰以軍行過門無下百官郊餞旌旗亘二百里明年祿山遣子慶緒攻關翰擊走之賊將崔乾祐守陝郡仆旗鼓羸師以誘戰覘者曰賊無備可圖也帝信之使者趣戰項背相望翰窘不知所出六月引而東慟哭出關次靈寶西原與乾祐戰大敗翰引數百騎絶河還營羸兵纔八千至潼津收散卒復守關乾祐進攻於是火拔歸仁等給翰出關執以降賊械送洛陽京師震動由是天子西幸魏樂府賊衆如犬羊北史讒諂甘

心忠讜息義三國志註遂集矢石於其宮殿而二京爲之邱墟帝子許專征秉旄控強楚節制非桓文軍師擁熊虎人心失去就賊勢騰風雨惟君固房陵誠節冠終古僕臥香爐頂飡霞嗽瑤泉門開九江轉枕下五湖連半夜水軍來尋陽滿旌旃空名適自誤迫脅上樓船徒賜五百金棄之若浮烟辭官不受賞翻謫夜郎天夜郎萬里道西上令人老掃蕩六合清仍爲負霜草日月無偏照何由訴蒼昊艮牧稱神明深仁恤交道王勃龍懷寺碑蜀王秀以文昭建國帝子專征梁書授以上將任以專征書牧誓王左杖黃鉞右秉白旄以麾庾信詩置酒仍開幕麾軍卽秉旄說文控引也荀子秦之銳士不可以敵桓文之節制漢書至於齊桓晉文之兵可謂入其域而有節制矣尚

書如虎如貔如熊如羆後漢書岑彭傳晨夜倍道兼行二千餘里徑拔武陽使精騎馳廣都去成都數十里勢若風雨所至皆奔散唐時房陵郡屬山南東道卽房州也劉孝標世説註終古往古也遠法師廬山記東南有香爐山孤峰秀起游氣籠其上則氤氲若香烟白雲映其外則炳然與衆峰殊別又記云衆嶺中第三嶺極高峻太史公東遊登其峯而遐觀南眺五湖北望九江東西肆目若陟天庭焉嵇康詩豈若翔區外飡瓊漱朝霞陶潛詩於我若浮烟元和郡縣志夜郎西北至上都五千五百五十里曰萬里者甚言其遠也徐幹詩峩峩高山首悠悠萬里道君去日已遠鬱結令人老十六國春秋掃蕩萬里今其時也禮記日月無私照北史崔士謙授江陵總管荆州刺史外禦强敵內撫軍人風化大行號稱良牧漢書班伯爲定襄太守郡中震慄咸稱神明

一忝青雲客三登黃鶴樓顧慙禰處士虛對鸚鵡洲樊一作焚誤山霸氣盡寥落天地秋一作形襜冠白筆爽氣凌清秋江帶峨眉雪川橫一作橫穿三峽流萬舸此

中來連帆過揚州送此萬里目曠然散我（一作煩）愁紛窗倚天開水樹綠（一作綠樹）如髮窺日（一作光）畏銜山促酒喜得（一作見）月吳娃與越艷窈窕誇鉛紅呼來上雲梯含笑出簾櫳對客小垂手羅衣舞春風賓跪請休息主人情未極覽君荊山作江鮑堪動色清水出芙蓉天然去雕飾逸興橫素襟無時不招尋朱門（一作旄）擁虎士列戟何森森剪鑿竹石開縈流漲清深登樓（一作臺）坐（一作入）水閣吐論多英（一作奇）音片辭貴白璧一諾輕黃金謂我不媿君青鳥（一作鸞）明（蕭本作問）丹心（黃鶴樓見八卷）

註昭明文選禰衡鸚鵡賦序黃祖太子射賓客大會有獻鸚鵡者舉酒於衡前曰禰處士今日無用娛賓

竊以此鳥自遠而至明慧聰善羽族之可貴願先生爲之賦使四座咸共榮觀不亦可乎衡因爲賦筆不停綴文不加點太平寰宇記鸚鵡洲在大江東江夏縣西南二里西過此洲從北頭七十步大江中流與漢陽縣分界後漢書云黄祖爲江夏太守時祖長子射大會賓客有獻鸚鵡於此洲故得名元和郡縣志樊山在鄂州武昌縣西三里謝玄暉詩曰釣臺臨講閣樊山開廣宴謂此也太平御覽江夏圖經云樊山西陸路去州一百七十三里出紫石英山東數十步有岡岡上甚平敞青松緑竹常自蔚然其下有寒溪夏時凛然常有寒氣故謂之寒溪有蟠龍石王勃江寧餞宴序霸氣盡而江山空皇風清而市朝改三峽記峨嵋積雪經時不散峨嵋山乃岷山之一支也峯巒高峻上極寒冷冬春積雪雖經風日不能消釋入夏始得融泮流入岷江經三峽而下清流爲之變色胡三省通鑑註江水自巴東至夷陵其間有廣溪峽巫峽西陵峽謂之三峽一曰三峽西峽歸峽巫峽七百里中兩岸連山畧無闕處隱天蔽日自非日中夜分不見日月廣韻楚以大船曰舸陸放翁入蜀記至鄂州泊稅務亭賈船客舫不可勝計銜尾不絶者數

里自京口以西皆不及李太白贈江夏韋太守詩曰萬舸此中來連帆過揚州蓋此地自唐爲衝要之地王勃採蓮賦吳娃越艷鄭婉秦妍說文吳楚之間謂好曰娃後漢書入則亂髮壞形出則窈窕作態章懷太子註窈窕妖冶之貌也方言美心爲窈美狀爲窕鉛粉也紅朱也謝惠連詩升月照簾櫳李周翰註櫳窗也說文櫳房室之疏也樂府雜錄舞者樂之容也有大垂手小垂手或如驚鴻或如飛燕樂府詩集大垂手小垂手皆言舞而垂其手也吳均曲云垂手忽迢迢飛燕掌中嬌羅衫恣風引輕帶任情搖又云舞女出西秦躡影舞陽春且復小垂手廣袖拂紅塵禮記客跪撫席而辭江鮑江淹鮑照也鍾嶸詩品謝詩如芙蓉出水江淹詩敢不自彫飾王僧達詩清氣溢素襟虎士出周禮已見八卷註中華古今註戟以木爲之後世刻爲無復典型赤油韜之亦謂之油戟亦謂之棨戟王公以下通用以爲前驅唐五品以上皆施棨戟於門唐書百官志凡戟一品之門十六二品及京兆河南太原尹大都督大都護之門十四三品及上都督中都督上都護上州之門十二下都督下都護中州下州之門各十衣幡壞者五歲一易之薨

卒者既葬追還漢紀季布立然諾之信時人爲之語曰得黄金百鎰不如季布一諾阮籍詩誰言不可見青鳥明我心宋書重披丹心目昧以請○禰乃里切音你或作祢音讀者誤觸音歌又音哿娃音蛙五色雲間鵲飛鳴天上來傳聞赦書至却放夜郎迴暖氣變寒谷炎烟生死灰君登鳳池去勿蕭本作忽棄賈生才桀犬尚吠堯匈奴笑千秋中夜四五嘆常爲大國憂旌旆夾兩山黄河當中流連雞不得進飲馬空夷猶安得羿善射一箭落旄頭歲華紀麗劉向別錄曰燕地寒谷不生五穀鄒衍吹律呂以暖之温風至五穀生因名黍谷史記韓安國坐法抵罪蒙獄吏田甲辱安國安國曰死灰獨不復然乎田甲曰然即溺之居無何梁内史闕漢使使者拜安國爲梁内史起徒中爲二千石通典魏晋以來中書監令掌贊詔命記會時事典作文書以其地在樞近多承寵任是以人固其位謂之鳳凰池焉

史記桀之犬可使吠堯漢書車千秋無他材能學術又無伐閱功勞特以一言悟主旬月取宰相封侯世未嘗有也後漢使者至匈奴單于問曰聞漢新拜丞相何用得之使者曰以上書言事故單于曰苟如是漢置丞相非用賢也妄一男子上書卽得之矣左傳今王室實蠢蠢焉吾小國懼矣然大國之憂也戰國策諸侯不可一猶連雞之不能俱止於栖亦明矣左傳將飲馬於河而歸楚辭君不行兮夷猶王逸註夷猶猶豫也桀犬喻賊將若史思明輩千秋喻宰相若苗晉卿王璵輩兩山太華山首陽山夾黃河之二山也連雞喻當時諸節度使輩漢書昴曰旄頭胡星也

江夏使君叔席上贈史郎中

鳳凰丹禁裏銜出紫泥書昔放三湘去今還萬死餘仙郎久爲別客舍問何如涸轍思流水浮雲失舊居多慙華省貴不以逐臣疎復如竹林下而蕭本作叨陪芳

宴初希君生羽翼一化北溟魚鳳皇啣詔事已見五卷註潛確居類書天子所居曰禁以丹塗壁故曰丹禁亦曰紫禁元和郡縣志武都有紫水泥亦紫漢朝封璽書用紫泥即此水之泥也三湘詳見悲清秋賦註莊子周昨來有中道而呼者周顧視車轍中有鮒魚焉曰我東海之波臣也君豈有升斗之水而活我哉潘岳秋興賦獨展轉乎華省晉書阮咸任達不拘與叔父籍爲竹林之遊北溟有魚其名爲鯤詳見大鵬賦註

博平蕭本作晉鄭太守自廬山千里相尋入江夏北市門見訪却之武陵立馬贈別唐時博平郡即博州也隸河北道武陵郡即朗州也隸山南東道元和郡縣志廬山在江州潯陽縣東三十二里本名鄣山昔有匡俗字子孝隱淪潛景廬於此山漢武帝拜爲大明公俗號廬君故山取號周環五百餘里

大梁貴公子氣蓋蒼梧雲若無三千客誰道信陵君

救趙復存魏英威天下聞邯鄲能屈節訪博從毛薛夷門得隱淪而與侯生親仍要鼓刀者乃是袖鎚人好士不盡心何能保其身多君重然諾意氣遙相託五馬入市門金鞍照城郭都忘虎竹貴且與荷衣樂去去桃花源何時見歸軒相思無終極腸斷朗江一作陵猿歸藏曰有白雲出自蒼梧入於大梁史記信陵君傳公子畱趙聞趙有處士毛公藏於博徒薛公藏於賣漿家公子欲見兩人兩人自匿不肯見公子聞所在乃閒步往從此兩人游甚歡公子畱趙十年不歸秦日夜出兵東伐魏魏王患之使使往請公子公子恐其怒之誡門下有敢爲魏王使通者死毛公薛公往見公子曰秦攻魏魏急而公子不恤使秦破大梁而夷先王之宗廟公子當何面目立天下乎語未及卒公子立變色告車趣駕歸救魏魏王以上將軍印授公子公子率五國之兵破秦軍於河外乘

勝逐秦軍至函谷關秦兵不敢出當是時公子威振天下其用夷門隱士侯生策使朱亥袖鐵椎椎殺晉鄙奪其軍進擊秦兵以救邯鄲存趙事詳見三卷註江淹詩延陵輕寶劍季布重然諾五馬見六卷註梁簡文帝詩金鞍照龍馬虎竹見五卷註楚辭荷衣兮蕙帶桃花源在武陵詳見二卷註梁昭明太子詩相思無終極長夜起嘆息方輿勝覽朗水在常德府武陵縣其水西南自辰錦州入郡界經郡城入大江謂之朗江

江上贈竇長史 長史已見七卷註

漢求季布魯朱家楚逐伍胥去章華萬里南遷夜郎國三年歸及長風沙閭道青雲貴公子錦帆游戲繆本作奕西江水人疑天上坐樓船水淨霞明兩重綺相約相期何太深棹歌搖艇月中尋不同珠履三千客別

欲論交一片心史記季布爲氣任俠有名於楚項籍使將兵數窘漢王及項羽滅高祖購求布千金敢有舍匿罪及三族季布匿濮陽周氏周氏日漢購將軍急迹且至臣家將軍能聽臣臣敢獻計卽不能願先自剄季布許之乃髡鉗季布衣褐衣置廣柳車中幷與其家僮數十人之魯朱家所賣之朱家心知是季布乃買而置之田誡其子曰田事聽此奴必與同食朱家乃乘軺車之洛陽見汝陰侯滕公滕公心知朱家大俠意季布匿其所待閒果言如朱家指上乃赦季布又史記楚平王四伍奢而名其二子伍尚遂歸伍胥彎弓屬矢出見使者曰父有何罪以名其子爲將射使者還走遂出奔吳章華臺詳見一卷註臺在楚地伍胥自楚出奔故曰去章華也華陽國志夜郎郡夜郎國也屬縣二千戶楊齊賢曰池州雁汊下八十里有長風沙江南通志長風沙在安慶府東六十里李白泊此作長干行陰鏗詩平湖錦帆張南史樊猛領青龍八十艘爲水軍於白下游奕以禦隋六合兵湖廣通志西江水在安陸府景陵縣境乃襄江之一派沈佺期詩人疑天上坐魚似鏡中懸西京賦齊栧女縱棹歌李善註棹歌引棹而歌

也說文艇小舟也史記春申君客三千餘人其上客皆躡珠履

贈王漢陽 唐沔州漢陽郡有漢陽縣屬江南西道

天落白一作上墮玉棺王喬辭葉蕭本作鄴誤縣一去未千年漢陽復相見猶乘飛鳧舄尚識仙人面鬢髮何青青童顏皎如練吾曾弄海水清淺嗟三變果愜麻姑言時光速流電與君數杯酒可以窮歡宴白雲歸去來何事坐交戰後漢書王喬者河東人顯宗世爲葉令喬有神術每月朔望常自縣詣臺朝帝怪其來數而不見車騎密令太史伺望之言其臨至輒有雙鳧從東南飛來於是候鳧至舉羅張之但得一雙舄焉乃詔上方詠視則四年中所賜尚書官屬履也後天下玉棺於堂前吏人推排終不動搖喬曰天帝獨召我耶乃沐浴服飾寢其中蓋便立覆宿昔葬於城東土自成墳其夕縣中牛皆流汗喘乏而人

無知者百姓乃爲立廟號葉君祠神仙傳麻姑云接待以來見東海三爲桑田向到蓬萊水又淺於往日陶潛詩一生復能幾倏如飛電驚又貧富常交戰道勝無戚顏○慽音怯

贈漢陽輔錄事二首

唐時刺史屬官司馬之下有錄事參軍事上州者從七品中州者正八品下州者從八品有錄事皆從九品每縣亦有錄事在丞尉之下則流外官也

聞君罷官意我抱漢川湄借問久疏索何如聽訟時天清江月白心靜海鷗知應念投沙客空餘弔屈悲

風俗通賈誼爲長沙太傅旣之官內不自得及渡湘水投弔書曰闒茸尊顯佞諛得志以哀屈原離讒邪之咎亦因自傷爲鄧通等所愬也投沙詳見十卷贈崔秋浦第三首註

其二

鸚鵡洲橫漢陽渡水引寒烟沒江樹南浦登樓不見君君今罷官在何處漢口雙魚白錦鱗令傳尺素報情人其中字數無蕭本作何多少祇是相思秋復春

潛確居類書鸚鵡洲在湖廣漢陽渡之上禰衡嘗作鸚鵡賦後埋玉於此故名洲雖跨漢江而尾連黃鶴磯故圖經屬武昌郡云秋水漲盛時隱沒不見至水落乃出一統志漢陽渡在漢陽府城東南浦在武昌府城南三里漢口在大別山北卽漢水與湏水合流入江處胡三省通鑑註漢口漢水入江之口其地在鄂州漢陽縣東大別山下楊升菴曰古樂府尺素如殘雪結成雙鯉魚要知心裏事看取腹中書據此詩古人尺素結爲鯉魚形卽緘也文選客從遠方來遺我雙鯉魚卽此事也下云呼兒烹鯉魚中有尺素書亦譬況之言非真烹也五臣及劉履謂古人多於魚腹寄書引陳涉罩魚倡禍事證之何異痴人說夢

江夏贈韋南陵冰 唐宣城郡有南陵縣隸江南西道

胡驕馬驚沙塵起胡雛繆本作騶飲馬天津水君爲張掖近酒泉我竄三巴九千里天地再新法令寛夜郎遷客帶霜寒西憶故人不可見東風吹夢到長安寧期此地忽相遇驚喜茫如墮烟霧玉簫金管喧四筵苦心不得申長一作一句昨日繡衣傾緑樽病如桃李竟何言昔騎天子大宛馬今乘欵段諸侯門頼遇南平豁方寸復兼夫子持清論有似山開萬里雲四望青天解人悶人悶還心悶苦辛長苦辛愁來飲酒二千石寒灰重暖生陽春山公醉後能騎馬別是風流賢主人頭陀雲月多僧氣山水何曾稱人意不然一作能

嗚笳按鼓戲滄流呼取江南女兒歌棹謳我且爲君搥碎黃鶴樓君亦爲吾倒卻鸚鵡洲赤壁爭雄如夢裏且須歌舞寬離憂漢書孝惠高后時冒頓寖驕驕矜傲之意晉書石勒年十四隨邑人行販洛陽倚嘯上東門王衍見而異之顧謂左右曰向者胡雛吾觀其聲視有奇志恐將爲天下之患馳遣收之會勒已去漢書狂夫嗚謼於東崖匈奴飲馬於渭水唐時張掖郡甘州也酒泉郡肅州也俱屬隴右道通典張掖郡西到酒泉郡四百二十里三巴詳見四卷註太白雖流夜郎然甫至三巴而遇赦故曰我竄三巴九千里江淹恨賦遷客海上漢書百官公卿表侍御史有繡衣直指出討奸猾治大獄顏師古註衣以繡者尊寵之也沈約詩憂來命綠樽漢書桃李不言下自成蹊史記大宛多善馬馬汗血言其先天馬子也後漢書乘下澤車御款段馬章懷太子註款猶緩也言形段遲緩也南平謂南平太守李之遙也開雲望青天用衛瓘美樂廣語已見八卷註寒灰重暖用韓安國語已見本卷註山公醉後騎馬

事見五卷註楊齊賢曰頭陀寺在鄂州宋大明五年建天竺言頭陀此言抖擻抖擻煩惱也元和郡縣志頭陀寺在鄂州江夏縣東南二里陸放翁入蜀記頭陀寺在鄂州城之東隅石城山方輿勝覽頭陀寺在黃鶴山上自南齊王巾作碑遂爲古今名刹謝靈運詩鳴笳發春渚李周翰註笳簫也楚辭敶鐘按鼓造新歌些劉良註按猶擊也蜀都賦吹洞簫發棹謳劉淵林註棹謳鼓棹而歌也黃鶴樓見八卷註鸚鵡洲見前首註華陽國志孫權遣周瑜程普水軍三萬助先主拒曹公大破公軍於赤壁焚其舟船曹公引歸楊齊賢曰赤壁磯與百人山對峙在今鄂州上流八十里

贈盧司戶

秋色無遠近出門盡寒山白雲遥相識待我蒼梧間

借問盧躭鶴西飛幾歲還水經註鄧德明南康記曰昔有盧躭仕州爲治中少棲仙術善解雲飛每夕輒凌虛歸家曉則還州嘗於元會至朝不及朝列化爲白鶴至閣前回翔欲下威

儀以石擲之得一隻履䟫驚還就列內外左右莫不駭異

贈從弟南平太守之遙二首唐時南平郡卽渝州也先名巴郡天寶元年更名隸劍南道

少年不得繆本作作意落魄繆本作拓無安居願隨任公子欲釣吞舟魚常時飲酒逐風景壯心遂與功名疎蘭生谷底人不鋤雲在高山空卷舒漢家天子馳駟馬赤車蜀道迎相如天門九重謁聖人龍顏一解四海春彤庭左右呼萬歲拜賀明主收沉淪翰林秉筆迴英盼麟閣崢嶸誰可見承恩初入銀臺門一作侍從甘泉宮著書獨在金鑾殿龍駒雕鐙白玉鞍象牀綺席一作食黃

金盤當時笑我微賤者却來請謁爲交歡一朝謝病
游江海疇昔相知幾人在前門長揖後門關今日結
交明日改愛君山嶽心不移隨君雲霧迷所爲夢得
池塘生春草使我長價登樓詩别後遥傳臨海作可
見羊何共和之史記酈生家貧落魄無以爲衣食業莊子任公子投竿東海釣得大魚見
大鵬賦註三國志芳蘭生門不得不鋤司馬相如赤
車駟馬事見四卷註鄭玄禮記註天子九門路門也
應門也雉門也庫門也臯門也城門也近郊門也遠
郊門也關門也列子夫子始一解顔而笑彤庭天子
之庭以朱漆飾之也詳見明堂賦註夢溪筆談唐翰
林院在在禁中乃人主燕居之所玉堂承明金鑾殿皆
在其間應供奉之人自學士以下工伎群官司隸籍
其間皆稱翰林如今之翰林醫官翰林待詔之類是
也謝朓詩俯仰流英盼初學記漢西京未央宮中有
麟閣亦藏秘書即揚雄校書之處也石林燕語唐翰

林院在銀臺門之北玉海兩京記大明宫紫宸殿北曰蓬萊殿其西曰還周殿還周西北曰金鑾殿殿旁坡名金鑾坡又云金鑾殿在蓬萊正西微南徐陵詩白馬號龍駒吳均詩白玉鏤衢鞍綺席見十一卷註疇昔前日也見九卷註三國志由夷逸操山岳不移南史謝惠連年十歲能屬文族兄靈運嘉賞之云每有篇章對惠連輒得佳語嘗於永嘉西堂思詩竟日不就忽夢見惠連即得池塘生春草大以爲工嘗曰此語有神助非吾語也按池塘生春草句乃靈運登池上樓詩故曰長價登樓詩靈運又有登臨海嶠初發彊中作與從弟惠連可見羊何共和之詩一首臨海晉時郡名即今台州也羊何謂泰山羊璿之東海何長瑜與靈運惠連以文章賞會共爲山澤之遊○鐙丁鄧切登上聲

其二

東平與南平今古兩步兵素心愛美酒不是顧專城

謫官桃源去尋花幾處行秦人如舊識出戸笑相迎

太白自註南平時因飲酒過度貶武陵李善文選註臧榮緒晉書曰阮籍拜東平相不以政事爲務沉醉日多晉書阮籍聞步兵廚人善釀有貯酒三百斛乃求爲步兵校尉江淹詩素心正如此李善註素本也專城謂縣令得專主一城政事者也古陌上桑詞三十侍中郎四十專城居桃源在武陵詳見二卷註

贈潘侍御論錢少陽

繡衣柱史何昂藏鐵冠白筆橫秋霜三軍論事多引納堦前虎士羅干將雖無二十五老者且有一翁錢少陽眉如松雪齊四皓調笑可以安儲皇君能禮此最下士九州拭目瞻清光漢書王賀爲武帝繡衣御史逐捕魏郡群盜堅盧等黨與通典漢武帝時侍御史又有繡衣直指者出討奸猾理大獄而不常置初學記漢官儀曰侍御史周官也爲柱下史冠法冠一名柱後以鐵爲柱言其審固不撓常清峻也魏畧曰帝嘗大會殿中御史簪白

筆側階而坐上問左右此爲何官何主左右不對辛毗曰此爲御史舊時簪筆以奏不法今者直備官但眊筆耳陸機孝侯周處碑汪洋延闕之旁昂藏寮采之上虎士出周禮見八卷註吳越春秋吳闔閭請干將作名劍二枚干將妻斷髮剪爪投於爐遂以成劍陽曰干將陰曰莫耶陽作龜文陰作漫理又子虛賦建干將之雄戟張揖註干將韓王劍師雄戟胡孑有鮔者干將所造則戟亦可稱干將矣説苑公子推行年十五而相荆仲尼聞之使人往視還曰廊下有二十五俊士堂上有二十五老人仲尼曰合二十五人之智智於湯武并二十五人之力力於彭祖以治天下其固免矣乎史記四皓保護太子事見四卷註謝瞻詩定都護儲皇三國志四海延頸八方拭目

贈榔圓

竹實滿秋浦蕭本作圃鳳來何苦飢還同月下鵲三繞未安枝夫子即瓊樹傾柯拂羽儀懷君戀明德歸去日

相思陸機詩疏鳳凰一名鸚非梧桐不棲非竹實不食非醴泉不飲魏武帝短歌行月明星稀烏鵲南飛繞樹三匝何枝可依瓊樹即瓊枝也以琇琳琅玕爲實鳳凰食之詳見二卷註中謝靈運詩傾柯引弱枝攀條摘蕙草

流夜郎半道承恩放還兼欣克復之美書懷示息秀才

黃口爲人羅白龍乃魚服得罪豈怨天以愚陷網目鯨鯢未翦滅豺狼屢翻覆悲作楚地囚何由蕭本作日秦庭哭遭逢二明主前後兩遷逐去國愁夜郎投身竄荒谷半道雪屯蒙曠如鳥出籠遙欣克復美光武安可同天子巡劍閣儲皇守扶風揚袂正北辰開襟攬

群雄胡兵出月窟雷破關之東左掃因右拂旋收洛陽宮迴輿入咸京席卷六合通叱咤開帝業一作宇手成天地功大駕還長安兩日忽再中一朝讓寶位劍璽傳無窮媿無秋毫力誰念矍鑠翁弋者何所慕高飛仰冥鴻棄劍學丹砂臨爐雙玉童寄言息夫子歲晚陟方蓬家語孔子見羅雀者所得皆黃口小雀問之曰大雀獨不得何也羅者曰大雀善驚而難得黃口貪食而易得黃口雀之初生其吻尚帶黃色者也東京賦白龍魚服見困豫且事詳六卷註王融策秀才文爲網羅之目尚簡李周翰註目網孔也梁書宗祉綴旒鯨鯢未翦曹冏六代論掃除凶逆翦滅鯨鯢李周翰註鯨鯢大魚吞食小魚者以喻不義人也鮑照詩邊塵屢翻覆吳越春秋申包胥乃之於秦求救楚晝馳夜趨足踵蹠劈裂裳裹膝鶴倚哭於秦庭七日七夜口不絕聲二明王謂玄宗肅宗太

白前事明皇被讒遭逐後值肅宗坐累遠流所謂兩遷逐也庾信哀江南賦序予乃竄身荒谷公私塗炭楊素詩在昔天地閉品物屬屯蒙屯蒙者艱難蒙晦之義楞嚴經遠離三有如鳥出籠劍閣入蜀之險道巳見前註時明皇幸蜀故曰天子巡劍閣至德元載七月改扶風爲鳳翔郡二載二月肅宗幸鳳翔至十月兩京克復始自鳳翔還長安駐兵扶風者凡十月故曰儲皇守扶風初學記荆州星占曰北辰一名天關一名北極北極者紫宮太一座也此以喻天子之位晉書張賓謙虛敬慎開襟下士士無賢不肖造之者莫不得盡其情後漢書鄧禹傳於今之計莫如延攬英雄舊唐書郭子儀傳二年九月從元帥廣平王率蕃漢之師十五萬進收長安迴紇遣葉護太子領四千騎助國討賊子儀與葉護宴狎修好誓平國難相得甚歡子儀與賊將安守忠李歸仁戰於京西香積寺之北王師結陣橫亘三十里賊衆十萬陣於北迴紇以奇兵出賊陣之後夾攻之賊軍大潰自午至西斬首六萬級賊將張通儒守長安聞歸仁等敗夜奔陝郡翌日廣平王入京師老幼百萬夾道歡呼涕泣而言曰不圖今日復見官軍廣平王休士三日率

師東趣十月安慶緒遣嚴莊悉其衆十萬來赴與張通儒同抗官軍屯於陝西負山爲陣子儀以大軍擊其前迴紇登山乘其背遇賊潛師於山中與鬭過期大軍稍却賊分兵三千人絶我歸路子儀麾迴紇令進盡殺之師馳至其後於黄埃中發十餘矢賊驚顧曰迴紇來即時大敗僵尸徧山澤嚴莊張通儒走歸洛陽遂與安慶緒渡河保相州子儀奉廣平王入東都陳兵於天津橋士庶歡呼於路肅宗紀至德二載十月癸亥上自鳳翔還京遣太子太師韋見素入蜀迎上皇丙寅至望賢宮得東京捷書上大喜丁卯入長安士庶涕泣拜忭曰不圖復見吾君十二月丙午上皇至自蜀上至望賢宮奉迎上皇御宮南樓上望樓辟易下馬趨進再拜蹈舞稱慶上皇下樓上匍匐奉上皇足涕泗嗚咽不能自勝遂扶侍上皇御殿親自進食自御馬以進上皇上馬又躬攬轡而行止之後退上皇曰吾享國長久吾不知貴見吾兒爲天子吾知貴矣上乘馬前導自開遠門至丹鳳門旗幟燭天緣柵夾道士庶抃舞路側皆曰不圖今日再見二聖百僚班於含元殿庭上皇御殿左相苗晋卿率百辟稱賀上皇詣長樂殿謁九廟神主即日幸興慶宮

上請歸東宮上皇遣高力士再三慰譬而止十二月甲子上皇御宣政殿授上傳國璽上于殿下涕泣而受之史記席卷天下包舉宇內吒咤發怒也漢書五載而成帝業國語夫成天地之大功者其子孫未嘗不章虞夏商周是也蔡邕獨斷大駕則公卿奉引大將軍參乘太僕御屬車八十一乘備千乘萬騎在長安出祀天於甘泉備之西京賦云大駕幸乎平樂之館呂延濟註大駕天子駕也蓋後人泛指天子之駕爲大駕易解終備日再中烏連嬉仁聖出握知時封禪書新垣平言臣候日再中居頃之日却復中周易聖人之大寶曰位西京雜記漢帝相傳以秦王子嬰所奉白玉璽高帝斬白蛇劍後漢書武威將軍劉尚擊武陵五溪蠻夷深入軍沒馬援因復請行時年六十二帝愍其老未許之援自請曰臣尚能披甲上馬帝令試之援據鞍顧眄以示可用帝笑曰矍鑠哉是翁也章懷太子註矍鑠勇貌又逸民傳楊雄曰鴻飛冥冥弋者何篡焉言其違患之遠也章懷太子註篡字諸本或作慕法言作篡宋衷曰篡取也鴻高飛冥冥薄天雖有弋人何所施巧而取焉喻賢者隱處不羅暴亂之害也方蓬方丈蓬萊海中二神山也

贈張相鎬二首 時逃難病在宿松山作蕭本缺病字○舊唐書張鎬博州人風儀魁岸廓落有大志涉獵經史好談王霸大畧天寶末自褐衣拜左拾遺玄宗幸蜀鎬自山谷徒步扈從肅宗即位玄宗遣鎬赴行在所鎬至鳳翔奏議多有弘益拜諫議大夫尋遷中書侍郎同中書門下平章事時方興軍戎帝注意將帥以鎬有文武才業命兼河南節度使持節都統淮南等道諸軍事及收復兩京加鎬銀青光祿大夫封南陽郡公以本軍駐汴州招討殘孽

神器難竊弄天狼窺紫宸六龍遷一作駕白日四海一作九落暗胡塵昊穹降元宰君子方經綸澹然養浩氣歘起持大繆本作天鈞秀骨象山岳英謀合鬼神佐漢解鴻門生唐爲後身一作興唐思退身一作功成思退身擁旄秉金鉞伐鼓乘柴輪虎將如雷霆一作電總戎向東巡諸侯拜馬首

猛士騎鯨鱗澤被魚鳥悅令行草木春聖智一作逢聖不失時建功及良辰醜虜安足紀可貽幗與巾倒瀉溟海珠盡爲入幕珍馮異獻赤伏鄧生欻蕭本作倏來臻庶同昆陽舉再覩漢儀新東京賦巨猾間釁竊弄神器薛綜註神器帝位也天狼謂狼星也見十一卷註曹植卞太后誄龍飛紫宸奄有九土蠡海集天子之居曰紫宸六龍駕日車者也詳見三卷註晉書昔者幽后不綱胡塵暗於戲水封禪書肇自昊穹生民顏師古曰昊穹皆謂天也顥言氣顥汗也穹言形穹隆也王融曲水詩序元宰比肩於尚父中鉉繼蹤於周南李善註元宰冢宰也周易雲雷屯君子以經綸北史陛下不以劉裕欻起納其使貢唐書張鎬典布衣不數年位將相獨孤及唐故洪州刺史張公鎬遺愛頌隱居南山蓋三十期天寶十四年始褐衣名見由是一命左拾遺再命右補闕修國史三命侍御史四命諫議大夫五命中書侍郎同中書門下平章事起布衣二年綰相印佐王業明歟

之盛耀動古今於時至德二載也周書英謀電發神
旆風馳漢書項羽至戲西鴻門聞沛公欲王關中獨
有秦府庫珍寶亞父范增勸羽擊沛公饗士旦日合
戰羽季父項伯素善張良良時從沛公項伯夜以語
良良與俱見沛公因伯自解於羽明日沛公從百餘
騎至鴻門謝羽自陳封秦府庫還軍霸上以待大王
閉關以備他盜不敢背德羽意已解范增欲害沛公
賴張良樊噲得免唐書肅宗本紀至德二載五月丁
巳諫議大夫張鎬爲中書侍郎同中書門下平章事
八月甲申張鎬兼河南節度使都統淮南諸軍事十
一月張鎬率四鎮伊西北庭行營兵馬使李嗣業陝
西節度使來瑱河南都知兵馬使嗣吳王祗克河南
郡縣班固涿邪山祝文杖節擁旄征人伐鼓任昉宣
德皇后令擁旄司部李周翰註擁持也旄旄旗之屬
以麾衆者也古今註大將軍出征特加黃鉞者以銅
爲之黃金塗刃及柄不得純金得賜黃鉞則斬持節
將陸雲吳故丞相陸公誄金鉞鏡曰雲旗絳天冊府
元龜天寶元年正月一日改元詔曰文宣垂訓事必
正名黃鉞古者以金爲飾金者應五行之數布肅殺
之威去金稱黃理或未當其黃鉞宜改爲金鉞符威

武之意焉詩小雅伐鼓淵淵又大雅如雷如霆徐方
震驚魏書奉律總戎廓寧淮右羽獵賦乘巨鱗騎鯨
魚史記智者不失時王者不絶世詩大雅仍執醜虜
通鑑司馬懿與諸葛亮相守百餘日亮數挑戰懿不
出亮乃遺懿巾幗婦人之服懿怒上表請戰亮曰彼
本無戰情所以固請戰者以示武於其衆耳胡三省
註劉昭註補輿服志公卿列侯夫人紺繒幗蔮婦人
首飾之稱獨孤及張公鎬遺愛碑眘選乃僚必國之人
良有若博陵崔賁昌黎韓洄趙郡李惟岳北海王士
華河間邢宙河東裴孝智隴西李道皆卿材也以嘉
言碩畫參公軍事晉書謝安與王坦之嘗詣桓温論
事温令郄超帳中卧聽之風動帳開安笑曰郄生可
謂入幕之賓矣後漢紀蕭王至中山群臣上尊號王
不聽諸將固請王名馮異問以群臣之議異曰三王
背叛更始敗亡天下無主宗廟之憂在於大王宜從
衆議上以安社稷下以濟百姓王曰我昨夢乘赤龍
上天覺悟心中悸動此何祥也異再拜賀曰此天命
發於精神心中悸動大王重慎之至也會諸生彊華
自長安奉赤伏符詣鄗群臣復請曰受命之符人應
爲大令萬里合信周之白魚焉足比乎符瑞昭晰宜

蒼天神以光上帝六月巳未即皇帝位於鄗後漢書鄧禹傳禹聞光武安集河北即杖策北渡追及於鄴光武見之甚歡漢書王莽傳莽遣大司空王邑馳傳之洛陽與司徒王尋發衆郡兵百萬平定山東邑至洛陽州郡各選精兵牧守自將定會者四十二萬人餘在道不絶車甲士馬之盛自古出師未嘗有也六月邑與尋發洛陽欲至宛道出潁川過昆陽昆陽時巳降漢漢兵守之二公縱兵圍昆陽世祖悉發郾定陵兵數千人來救昆陽尋邑易之自將萬餘人行陣勅諸營皆按部毋得動獨迎與漢兵戰不利大軍不敢擅相救漢兵乘勝殺尋昆陽中兵出並戰邑走軍亂天風蜚瓦雨如注水大衆崩壞號諕虎豹股慄士卒奔走各還歸其郡後漢書光武帝紀時三輔吏士東迎更始見諸將過皆冠幘而衣婦人衣諸于繡騙莫不笑之或有畏而走者及見司隸僚屬皆歡喜不自勝老吏或垂涕曰不圖今日復見漢官威儀○欸音忽

昔爲管將鮑中奔吳隔秦一生欲報主百代期榮親其事竟不就哀哉難重陳臥病宿松山繆本作古松滋蒼

茫繆本作山空四鄰風雲激壯志枯槁驚常倫聞君自天來目張氣益振亞夫得劇孟敵一作七國空一作定無人捫虱對桓公願得論悲辛大塊方噫氣何辭鼓青蘋斯言儻不合歸老漢江濱韻會將與也管鮑事見三卷註曹植求自試表事父尚於榮親呂向註榮親謂爵祿名譽太平寰宇記舒州宿松縣本漢皖縣地元始中爲松滋縣屬廬江晉武平吳以荊州有松滋縣遂改爲宿松縣左思詩荊軻飲燕市酒酣氣益振史記條侯時乘六乘傳會兵滎陽至洛陽見劇孟喜曰七國反吾乘乘傳至此不自意全又以爲諸侯已得劇孟劇孟今無動吾據滎陽以東無足憂者晉書桓溫入關王猛披褐詣之一面談當世之事捫虱而言旁若無人莊子大塊噫氣其名爲風宋玉風賦風生於地起於青蘋之末

其二一作書懷重寄張相公

本家（一作家本）隴西人先爲漢邊將功畧葢天地名飛青
雲上苦戰竟不侯當（蕭本作富）年頗惆悵世傳崆峒勇氣
激金風壯英烈遺厥孫百代神猶王十五觀奇書作
賦凌相如龍顏惠殊寵麟閣憑天居（一作侍從承明廬）晚途
未云已蹭蹬遭讒毀想像晉末時崩騰胡塵起衣冠
陷鋒鏑戎虜盈（一作荆棘生）朝市石勒窺神州劉聰（一作曜）
劫（一作役）天子撫劍夜吟嘯雄心日千里誓欲斬鯨鯢
澄清洛陽水六合（一作三台）灑霖雨萬物（一作六合）無凋枯我
揮一杯水自笑何區區（繆本作驅驅）因人恥成事貴欲決
良圖滅虜不言功飄然陟（一作向）方壺惟有安期舄留

之滄海隅唐書宗室世系表李氏出自嬴姓其後有仲翔爲河東太守征西將軍討叛羌於素昌戰沒葬隴西狄道東川因家焉仲翔生伯考隴西河東二郡太守伯考生尚成紀令尚生廣前將軍廣二子長曰當戶次曰敢郎中令關內侯敢生禹禹生丞公河南太守丞公生先蜀郡北平太守先生長宗漁陽丞長宗生君況博士議郎太中大夫況生本郎中侍御史本生次公巴郡太守西夷校尉次公生軌魏臨淮太守司農卿軌生隆長安令積弩將軍隆生艾晉驍騎將軍魏郡太守艾生雍濟北東莞二郡太守雍生二子長曰倫次曰柔北地太守柔生弇前涼天水太守武衛將軍安西亭侯弇生昶涼太子侍講昶生暠爲西涼武昭王興聖皇帝云云太白爲興聖皇帝九世孫故以廣爲祖李陵報蘇武書陵先將軍功畧蓋天地義勇冠三軍劉良註先將軍廣也功績謀畧甚大可蓋於天地道德指歸論名在青雲之上史記李廣嘗與望氣王朔燕語曰自漢擊匈奴廣未嘗不在其中而諸部校尉以下材能不及中人然以擊胡軍功取侯者數十人廣不爲後人然無尺寸之功以得封邑者何也豈吾相不當侯耶且固命也爾雅

太平之人仁丹穴之人智大蒙之人信空桐之人武郭璞註地氣使之然也史記正義括地志云崆峒山在肅州福祿縣東南六十里又云笄頭山一名崆峒山在原州高平縣西百里按通典原州平高縣有崆峒山岷州溢樂縣有崆峒山肅州福祿縣有崆峒山是有三崆峒山也惟岷州漢時屬隴西郡張景陽詩金風扇素節李善註西方爲秋秋主金故秋風曰金風也詩大雅貽厥孫謀世說見子嵩在其中常自神王漢書蜀有司馬相如作賦甚弘麗温雅楊齊賢曰龍顏惠殊寵言名見之時御手調羹步輦降迎事也劉琨表猥蒙天恩光授殊寵鮑照詩層閣肅天居劉良註高閣肅然天子之居謝靈運詩崩騰永嘉末逼迫太元始呂延濟註崩騰破壞貌梁書衣冠獎鋒鏑之下老幼粉戎馬之足晉書孝懷帝紀永嘉五年六月癸未劉曜王彌石勒同寇洛川王師頻爲所敗死者甚衆丁酉劉曜王彌入京師帝開華林園門出河陰藕池欲幸長安爲曜等所追及曜等遂焚燒宮廟逼辱妃后百官士庶死者三萬餘人帝蒙塵於平陽劉聰以帝爲會稽公左傳右撫劍左援帶後漢書斯誠雄心尚武之幾先志翫兵之日徐陵冊陳王九錫

文居猰貐於中原斬鯨鯢於濛汜後漢書時冀州飢荒盜賊群起乃以范滂爲清詔使按察之滂登車攬轡有澄清天下之志左思詩俯仰生容華咄嗟復凋枯廣雅區區小也史記毛遂曰公等錄錄所謂因人成事者也十六國春秋勉思良圖自求多福蓬壺蓬萊也見明堂賦註安期舄已見二卷註又南方草木狀番禺東有澗澗中生菖蒲皆一寸九節安期生採服仙去但留玉舄焉

聞謝楊兒吟猛虎詞因有此贈

同州隔秋浦聞吟猛虎詞晨朝來借問知是謝楊兒

同州隔秋浦謂同在池州而所隔者祇一秋浦之水也秋浦水在池州府城西南八十里見八卷註

宿清溪主人 清溪在池州詳見二卷註

夜到清溪宿主人碧巖裏簷楹挂星斗枕席響風水月落西山時啾啾夜猿起 楚辭猿啾啾兮狖夜鳴呂延濟註啾啾猿聲

繫尋陽上崔相渙三首

邯鄲四十萬同日陷長平能迴造化筆或冀一人生史記白起越韓魏而攻趙北坑馬服誅屠四十餘萬之衆盡之於長平之下流血成川沸聲若雷遂入圍邯鄲論衡秦將白起坑趙降卒於長平之下四十萬衆同時皆死沈烱自長安還至方山愴然自傷詩秦軍抗趙卒遂有一人生

其二

毛遂不墮井曾參寧一作不殺人虛言誤公子投杼惑慈親白璧雙明月方知一玉真西京雜記趙有兩毛遂野人毛遂墮井而死客以告平原君平原君曰嗟乎天喪予矣既而知野人毛遂非平原君客也戰國策曾子處費費人有與曾子同名族者而殺人人告曾子母曰曾參殺人曾子之母曰吾子不殺人織自若有頃焉人又曰曾

參殺人其母織尚自若也頃之一人又告之曰曾參殺人其母懼投杼踰牆而走說文杼機之持緯者也蕭士贇註太白引此自況其遭誣耳○杼音紵

其三

虛傳一片雨枉作陽臺神縱爲夢裏相隨去不是襄王傾國人庾信詩何勞一片雨喚作陽臺神舊註此一首恐非上崔相亦恐非太白之作

巴陵贈賈舍人唐時巴陵郡即岳州也隸江南西道唐書賈至字幼鄰擢明經第解褐單父尉從玄宗幸蜀拜起居舍人知制誥歷中書舍人至德中坐小法貶岳州司馬賓應初名復故官

賈生西望憶京華湘浦南遷莫怨嗟聖主恩深漢文帝憐君不遣到長沙史記賈生年少通諸子百家之書文帝名以爲博士超遷一歲

中至太中大夫後亦疏之不用其議乃以爲長沙王太傅賈生既辭往行聞長沙卑濕自以壽不得長又以謫去意不自得及渡湘水爲賦以弔屈原長沙在洞庭湖之南去巴陵又遠五百五十里

李太白文集卷十一

李太白文集卷之十二

錢塘　王琦琢崖輯註

趙樹元石堂較

古近體詩共二十五首

贈別舍人弟臺卿之江南

按舊唐書永王璘傳云璘以薛繆李臺卿蔡坰爲謀主其卽此臺卿歟太白之見辟於永王璘想斯人爲之累也

去國客行遠，還山秋夢長。梧桐落金井，一葉飛銀牀。覺罷攬明繆本作把朝鏡，鬢毛颯巳霜。艮圖委蔓草，古貌成枯桑。欲道心下事，時人疑夜光。因爲洞庭葉，飄落之一作流淚至瀟湘。令弟經濟士一作才，謫居我何傷一作出門見我傷潛虬隱尺一作斗水著論談興亡客一作玄遇王子喬口傳不死方入洞過天地登真朝玉皇吾將撫爾背揮手遂翱翔一作攜手凌蒼蒼○淮南王篇後園鑿井銀作牀金瓶素綆汲寒漿庚肩吾詩銀牀落井桐韻會井幹井上木欄也其形四角或八角又謂之銀牀皆井欄也史記明月之珠夜光之壁以闇投人於道路人無不按劍相眄者何則無因而至前也楚辭洞庭波兮木葉下謝靈運詩末路值令弟又詩潛虬媚幽姿說文虬龍子有角者水經註仙人王子喬碑曰王子喬者蓋上世之真人聞其仙不知與何代也博聞道家或言潁川或言產蒙抱朴子李少君有不死之方

醉後贈王歷陽淮南道有歷陽縣隸和州歷陽郡

書禿千兔毫詩裁兩牛腰筆蹤蕭本作縱起龍虎舞袖拂雲霄雙歌一作寄二胡姬更奏一作唱遠清朝舉酒挑朔

雪從君不相饒晉書雖禿千兔之翰聚無一毫之筋蘇頌曰詩裁兩牛腰言其卷大如牛腰也梁武帝書評王右軍書字勢雄強如龍跳天門虎臥鳳闕故歷代寶之永以爲訓寧戚歌清朝飯牛至夜半清朝猶清晨也鮑照詩日月流邁不相饒

贈歷陽褚司馬時此公爲稚子舞故作是詩也繆本缺此五字

北堂千萬壽侍奉有光輝先同稚子舞更着老萊衣因爲小兒啼醉倒月下歸人間無此樂此樂世中稀藝文類聚列士傳曰老萊子孝養二親行年七十嬰兒自娛著五色采衣嘗取漿上堂跌仆因卧地爲小兒啼或弄烏烏於親側

對雪醉後贈王歷陽

有身莫犯飛龍鱗有手莫辮猛虎鬚君看昔日汝南市白頭仙人隱玉壺子猷聞風動窗竹相邀共醉杯中綠歷陽何異山陰時白雪飛花亂人目君家有酒我何愁客多樂酣秉燭遊謝尚自能鸜鵒舞相如免脫鸘鷞裘淸晨鼓棹一作興罷過江去千里相思明月樓一作他日西看却月樓○莊子疾走料虎頭編虎鬚幾不免虎口哉神仙傳壺公者不知其姓名汝南費長房爲市掾忽見公從遠方來入市賣藥常懸一空壺於屋上日入之後公跳入壺中人莫能見惟長房樓上見之知非常人乃日日自掃公座前地及供饌物公受而不辭積久長房猶不懈亦不敢有所求公知長房篤信謂長房曰至暮無人時更來長房如其言卽往公語房曰見我跳入壺中時卿便可效我跳自當得入長房依言果不覺已入入後不復是壺惟見仙宮世界樓觀重門閣道公左右侍者數十人公

語房曰我仙人也昔處天曹以公事不勤見責因謫人間耳卿可教故得見我王子猷居山陰夜大雪眠覺開室命酌酒詳見九卷註王僧孺詩半飲杯中綠古詩晝短苦夜長何不秉燭遊晉書王導辟謝尚爲掾始到府通謁導以其有勝會謂曰聞君能作鸜鵒舞一坐傾想寧有此理否尚曰佳便著衣幘而舞導令坐者撫掌擊節尚俯仰在中旁若無人西京雜記司馬相如以所著鷫鸘裘就市人楊昌貰酒陶潛詩鼓棹路崎曲吳均詩相思自有處春風明月樓太平寰宇記江陵縣湘東苑有明月樓顏之推詩云屢陪明月宴將軍扈羲所造又鮑照吳歌夏口樊城岸曹公却月樓○鵒音育

贈宣城宇文太守兼呈崔侍御 唐時宣州亦謂之宣城郡隸江南西道今之寧國府也

白若白鷺鮮清如清唳蟬受氣有本性不爲外物遷飲水箕山上食雪首陽巔迴車避朝歌掩口去盜泉

岧嶤廣成子倜儻魯仲連卓絶二公外丹心無間然

隋書食貨志是歲翟雉尾一值十縑白鷺鮮半之登封縣志箕山在縣東南二十五里高大四絶其形如箕山北爲黄城許由隱處也又名許由山潁水自山陰東流而去世稱箕潁虚巖幽邃茂草平林郎當盛暑亦無炎蒸之氣旁爲棄瓢巖昔許由隱箕潁間以手掬水飲之人遺一瓢得以操飲飲訖挂木上風吹歷歷有聲由以爲煩棄之巖下故名棄瓢巖洗耳泉在其西元和郡縣志首陽山在河南府偃師縣西北二十五里太平寰宇記首陽山在偃師縣西北三十五里阮籍詩云步出上東門北望首陽岑下有採薇士上有嘉樹林山上有夷齊祠詩國風采苓采苓首陽之巔食雪事無考漢書邑號朝歌墨子廻車晋灼曰紂作朝歌之音朝歌者不時也顔師古曰朝歌殷之邑名也淮南子云墨子非樂不入朝歌水經註盜泉出卞城東北卞山之陰尸子曰孔子至於勝母暮矣而不宿於盜泉渴矣而不飲惡其名也故論語撰考讖曰水名盜泉仲尼不嗽即斯泉矣淮南子曾子立廉不飲盜泉廣成子魯仲連俱見二卷註岧嶤踰

其品之高邁倜儻美其才之不羈三國志管寧德行卓絕海內無偶○喉音側昔攀六龍飛今作百鍊鉛懷恩欲報主投佩向北燕彎弓綠弦開滿月不憚堅閑騎駿馬獵一射兩虎穿回旋若流光轉背落雙鳶胡虜三嘆息兼知五兵權鎗鎗突雲將却掩我之妍多逢勳絕兒先著祖生鞭據鞍空矍鑠壯志竟誰宣蹉跎復來歸憂恨坐相煎無風難破浪失計長江邊危苦惜頹光金波忽三圓時游敬亭上閑聽松風眠或弄宛溪月虛舟信洄沿顏公二繆本作三十萬盡付酒家錢興發每取之聊向醉中仙過此無一事靜談秋水篇六龍已詳八卷註百鍊鉛言其柔鉛性不能剛經百鍊則益柔矣袁

淑詩投佩出甘泉呂延濟註投佩謂去官也虞世南詩綠沉明月弦張華詩騰超如激電回旋如流光白帖後魏托跋翰從太宗遊白登東北有雙鳶飛鳴於上太宗命左右射之莫能中鳶旋飛稍高翰因而自射之二箭下雙鳶太宗嘉之賜御弓矢以旌之號曰射鳶都尉鄭康成周禮註鄭司農云五兵者戈殳戟酋矛夷矛又云車之五兵鄭司農所云者是也步卒之五兵則無夷矛而有弓矢晉書劉琨與祖逖爲友聞逖被用與親舊書曰吾枕戈待旦志梟逆虜常恐祖生先吾着鞭其意氣相期如此後漢書馬援披甲上馬據鞍顧盼以示可用帝笑曰矍鑠哉是翁也宋書宗慤曰願乘長風破萬里浪李嶠詩窮紀送顏光漢書月穆穆以金波顏師古註言月光穆穆若金之波流也李善文選註宣城郡圖經曰敬亭山在宣城縣北十里南史陶弘景特愛松風庭院皆植松每聞其響欣然爲樂一統志宛溪在寧國府城東源出嶧陽山其流清激陶潛詩虛舟縱逸棹謝靈運詩水涉盡洄沿洄逆水而上也沿順水而下也宋書顏延之在尋陽與陶潛情款後爲始安郡經過日日造潛每往必酣飲致醉臨去留二萬錢與潛潛悉送酒家稍

就取酒莊子有秋水篇君從九卿來水國有豐年魚鹽滿市井布帛如雲烟下馬不作威冰壺照清川霜眉邑中叟皆美太守賢時時慰風俗往往出東田竹馬數小兒拜迎白鹿前含笑問使君日一作早晚可迴旋遂一作還歸池上酌掩抑清風絃曾標橫浮雲一作游雲端下撫謝眺肩樓高碧海出樹古青蘿懸唐以太常光祿衛尉宗正太僕大理鴻臚司農太府爲九卿見通典顏延年詩水國周地險雲州多貌陳椎詩文錢百億萬采帛若烟雲鮑照詩淸如玉壺冰陸機詩淸川含藻影謝朓爲宣城太守有游東田詩後漢書郭伋爲并州牧始至行部到西河美稷有童兒數百各騎竹馬道次迎拜伋問兒曹何自遠來對曰聞使君到喜故迎伋辭謝之及事訖諸兒復送至郭外問使君何日當還伋謂別駕從事計日當告之行部既還先期一日伋爲違信於諸兒遂

止於野亭須期乃入藝文類聚謝承後漢書曰鄭弘爲臨淮太守行春有兩白鹿隨車夾轂而行弘怪問主簿黃國鹿爲吉凶國拜賀曰聞三公車轓畫作鹿明府當爲宰相後弘果爲太尉謝朓詩已有池上酌復此風中琴李周翰註池上酌謂酌酒池上也蕭士贇曰曾標言其標致之高也

光祿紫霞杯伊昔忝相傳良圖掃沙漠別夢繞旌旆富貴日成疎願言杳無緣登龍有直道倚玉阻芳筵敢獻繞朝策思同郭泰船何言一水淺似隔九重天崔生何傲岸縱酒復談玄身爲名公子英才苦迍邅鳴鳳托高梧凌風何翩翩安知慕群客彈劍拂秋一作青蓮後漢書李膺獨持風裁以聲名自高士有被其容接者名爲登龍門章懷太子註以魚爲喻也龍門河水所下之口在今絳州龍門縣辛氏三秦記曰河津一名龍門水險不通魚鼈之屬莫能上江海大魚薄集龍門下數

千不得上上則爲龍也世說魏明帝使后弟毛曾與夏侯玄共坐時人謂蒹葭倚玉樹左傳士會乃行繞朝贈之以策杜預註策馬撾臨别授之馬撾並示已所策以展情後漢書郭泰字林宗遊於洛陽始見河南尹李膺膺大奇之遂相友善於是名震京師後歸鄉里衣冠諸儒送至河上車數千兩林宗唯與李膺同舟而濟衆賓望之以爲神仙楚辭圜則九重孰營度之王逸註言天圓而九重孰營度而知之乎十六國春秋子陵頡頏於光武君平傲岸於蜀肆縱酒縱適而飲酒也史記田廣與酈生日縱酒晉書符融談玄論道雖道安無以出之左思詩英雄有迍邅由來自古昔韻會迍邅難行不進之貌馬融廣成頌棲鳳凰於高梧鮑照詩豈念慕群客咨嗟戀景沉

贈宣城趙太守悅

趙得寶符盛山河功業存三千堂上客出入擁平原

六國揚清風英聲何喧喧大賢茂遠業虎竹光南藩

錯落千丈松虬龍盤古根枝下無俗草所植唯蘭蓀史記趙世家簡子告諸子曰吾藏寶符於常山上先得者賞諸子馳之常山上求無所得毋卹還曰已得符矣簡子曰奏之毋卹曰從常山上臨代代可取也簡子於是知毋卹賢以爲太子簡子卒毋卹代立是爲襄子遂興兵平代地平原君傳平原君趙勝者趙之諸公子也諸子中勝最賢喜賓客賓客蓋至者數千人相趙惠文王及孝成王三去相三復位封於東武城虎竹謂銅虎符竹使符漢時郡守分其半與之詳見五卷塞下曲註東方朔七諫聞南藩樂而欲往王逸註南國諸侯爲天子藩蔽故稱藩也此用其字以稱宣城宣城在南方故曰南藩世說庾子嵩目和嶠森森如千丈松雖磊砢有節目施之大厦有棟梁之用沈約詩今守馥蘭蓀劉良註蘭蓀香草也詩意以千丈松喻平原君蘭蓀喻趙太守謂英豪之後其子孫自多俊異也憶在南陽時始承國士恩公爲柱下史脫繡歸田園伊昔簪白筆幽都逐游魂持斧佐蕭本作冠三

軍霜清天北門差池宰兩邑鶚立重飛翻焚香入蘭臺起草多芳言夔龍一顧重矯翼凌翔鵷赤縣揚雷聲強項聞至尊驚飈摧蕭本作頹秀木跡屈道彌敦出牧歷三郡所居猛獸奔唐時之南陽郡即鄧州也屬山南東道戰國策豫讓曰智伯以國士遇臣臣故以國士報之史記張蒼秦時爲御史主柱下方書索隱曰周秦皆有柱下史謂御史也所掌及侍立恒在殿柱之下故老聃爲周柱下史漢書蒼自秦時爲柱下御史通典侍御史於周爲柱下史老聃嘗爲之秦時張蒼爲御史主柱下方書亦其任也章懷太子後漢書註武帝置繡衣御史通典魏置御史八人當大會殿中御史簪白筆側陛而坐帝問左右此何官何主辛毗曰此爲御史舊時簪筆以奏不法當如今者直備位但珥筆耳淮南子南至交趾北至幽都漢書天兵四臨幽都先加顏師古註幽都北方謂匈奴太平寰宇記晉地道記曰幽州因幽都以爲名山海經有幽都之山今列於北荒矣鄭樵爾

雅註幽都即幽州在今燕北史勍寇游魂於北狡賊負險於南漢書武帝末軍旅數發郡國盜賊群起繡衣御史暴勝之使持斧逐捕盜賊以軍興從事誅二千石以下潘岳詩驅役宰兩邑政績竟無施埤雅鶡性好跱故每立更不移處所謂鶡立義取諸此漢書御史中丞在殿中蘭臺掌圖籍秘書外督部刺史內領侍御史通典御史所居之署後漢以來謂之御史臺亦謂之蘭臺寺謝朓詩平生一顧重通典大唐縣有赤畿望緊上中下七等之差京都所治爲赤縣京之旁邑爲畿縣其餘則以戶口多少資地美惡爲差胡三省通鑑註唐制凡置都其郭下縣爲赤縣餘縣爲畿縣通鑑辯誤唐之西京以長安萬年爲赤縣東都以河南洛陽爲赤縣後漢書董宣爲洛陽令時湖陽公主蒼頭白日殺人因匿主家吏不能得及主出行而以奴驂乘宣於夏門亭候之叱奴下車因格殺之主即還宮訴帝帝使宣叩頭謝主宣不從強使頓之宣兩手據地終不肯俯帝因敕強項令出荀子天子者勢位至尊無敵於天下陸機詩驚飈褰反信李康運命論木秀於林風必摧之陳子昂詩清淨道彌敦後漢書劉昆遷弘農太守先是崤黽驛道多虎災

行旅不通昆爲政三年仁化大行虎皆負子渡河庾信詩昆陽猛獸奔遷人同衞鶴謬上懿公軒自笑東郭履側慚狐白溫閑吟步竹石精義忘朝昏顛頹成醜士風雲何足論獼猴騎土牛羸馬夾雙轅願借羲和蕭本作皇景爲人照覆盆溟海不震蕭本作振蕩何由縱鵬鯤所期要津日蕭本作玄津白倜儻假騰騫左傳衞懿公好鶴鶴有乘軒者杜預註軒大夫車也孔穎達正義服虔曰車有藩曰軒史記東郭先生久待詔公車貧困飢寒衣敝履不完行雪中履有上無下足盡踐地道中人笑之東郭先生應之曰誰能履行雪中令人視之其上履也其履下處乃似人足者乎王微詩詎憶無衣苦但知狐白溫呂向註狐白謂狐腋之白毛以爲裘也陸機詩玄冕無醜士三國志註世語曰司馬宣王辟周泰泰頻喪考妣祖九年居喪宣王留缺待之至三十六日擢爲新城太守宣王爲泰會使尚書鍾繇調泰君釋褐登宰府三十

六日擢麾蓋守兵馬郡乞見乘小車一何駛乎泰日誠有此君名公之子少有文采故守吏職獼猴騎土土又何遲也廣雅日御謂之羲和抱朴子是責三光不照覆盆之內也列子終髮之北有溟海者天池也有魚焉其廣數千里其長稱焉其名爲鯤有鳥焉其名爲鵬翼若垂天之雲其體稱焉世豈知有此物哉大禹行而見之伯益知而名之夷堅聞而識之古詩何不策高足先據要路津吕向註要路津謂仕官居要職者亦如進高足居於要津則人出入由之廣韻騫飛舉貌

贈從弟宣州長史昭 按宣州在唐爲上州上州之長史爲從五品官

淮南一作北望江南千里碧山對我行倦一作畫過之半落青天外宗英佐雄郡水陸相控帶長川豁中流千里瀉吳會君心亦如此包納無小大搖筆起風霜推誠結仁愛訟庭垂桃李賓館羅軒蓋何意蒼梧雲飄

然忽相會才將聖不偶命與時俱背獨立山海間空老聖明代知音不易得撫劍增感慨繆本作槩當結九萬期中途莫先退唐時之淮南道江南道皆古揚州之境中隔一江江之北爲淮南江之南爲江南漢書河間賢明禮樂是修爲漢宗英三國志孫賁傳時策已平吳會二郡又朱桓傳使部伍吳會二郡知吳會者是吳郡與會稽也然此詩所稱吳會專指吳地而言葢在春秋戰國時爲吳國在秦漢爲會稽郡後又分爲吳郡合而言之曰吳會也歸藏啟筮曰有白雲出自蒼梧入於大梁莊子摶扶搖羊角而上者九萬里○吳會之會古外切音膾相會之會本音

於五松山贈南陵常贊府南陵縣唐時隸江南西道之宣州一統志五松山在池州銅陵縣南五里銅陵在唐爲南陵縣之銅官治南唐時始分置銅陵縣隸昇州宋改隸池州容齋隨筆唐人呼縣丞爲贊府

爲草當作蘭，爲木當作松。蘭幽（繆本作秋）香風遠，松寒不改容。松蘭相因依，蕭艾徒丰茸。雞與雞並食，鸞與鸞同枝。揀珠去沙礫，但有珠相隨。遠客投名賢，真堪寫懷抱。若惜方寸心，待誰可傾倒。虞卿棄趙相，便與魏齊行。海上五百人，同日死田横。當時不好賢，豈傳千古名。願君同心人，於我少留情。寂寂還寂寂，出門迷所適。長鋏歸來乎（繆本作長劍歸乎來，一作長劍歌歸來），秋風思歸客。

謝靈運詩：蒲稗相因依。長門賦：羅丰茸之游樹。李善註：丰茸，衆飾貌。說文：礫，小石也。謝靈運詩：歡娛寫懷抱。史記范雎傳：秦昭王遺趙王書曰：范君之仇魏齊在平原君之家，王使人疾持其頭來，不然吾舉兵而伐趙。趙孝成王乃發卒圍平原君家，急，魏齊夜亡出，見趙相虞卿。虞卿度趙王終不可說，乃解其相印，與

魏齊亡又田儋傳漢滅項籍立爲皇帝田橫與其徒
屬五百餘人入海居島中高帝聞之以爲田橫兄弟
本定齊齊人賢者多附焉今在海中不收恐後爲亂
乃使使赦田橫罪而名之橫乃與其客二人乘傳詣
洛陽未至三十里至尸鄉廄置自剄令客奉其頭從
使者馳奏之高帝爲之流涕拜其二客爲都尉發卒
二千人以王者禮葬田橫既葬二客穿其冢旁孔皆
自剄下從之高帝聞之乃大驚以田橫之客皆賢吾
聞其餘尚五百人在海中使使召之至則聞田橫死
亦皆自殺於是乃知田橫能得士也戰國策齊人有
馮煖者貧乏不能自存使人屬孟嘗君願寄食門下
左右以君賤之也食以草具居有頃倚柱彈其劍歌
曰長鋏歸來乎食無魚孟嘗君曰食之比門下之客
居有須復彈其鋏歌曰長鋏歸來乎出無車孟嘗君
曰爲之駕比門下之車客後有頃復彈其劍鋏歌曰
長鋏歸來乎無以爲家孟嘗君使人給其食用無所
乏○茸音
戎礫音力

自梁園至敬亭山見會公談陵陽山水兼期同

游因有此贈一統志梁園在開封府城東南一名梁苑漢梁孝王游賞之地敬亭山在寧國府城北十里江南通志陵陽山自石埭縣西北迤邐而來三峰連亘東接宣州西二峰下有黄鶴池昔竇子明跨鶴飛昇於此有丹池卽子明鍊丹處

我隨秋風來瑶草恐衰歇中途寡名山安得弄雲月
渡江如昨日黄葉向人飛敬亭愜素尚弭棹流清輝
冰谷明且秀陵巒抱江城粲粲吳與史衣冠耀天京
水國饒英奇潛光臥幽草會公真名僧所在卽爲寶
開堂振白拂高論横青雲雪山掃粉壁墨客多新文
爲余話幽棲且述陵陽美天開白龍潭月映清秋水
黄山望石柱突兀誰開張一作白柱插星漢西崖誰開張黄鶴久不

來子安在蒼茫東南焉可窮山鳥飛絕處繆本作山鳥絕飛處一作猿狖絕行處稠疊千萬峰相連入雲去聞此期振策歸來空閉關相思如明月可望不可攀何當移白足早晚凌蒼山且寄一書札令予解愁顏江淹詩瑶草正翕艶張載詩下車如昨日江淹詩弭棹阻風雪李善註弭止也范雲詩岱山饒靈異水國富英奇後漢書南山四皓有園公夏黄公潛光隱耀世嘉其高十六國春秋佛圖澄天竺人也本姓帛氏少出家清真務學誦經數百萬言石虎傾心事澄乃下書曰和尚國之大寶榮爵不加高祿不受榮祿匪顧何以旌德法華經手執白拂侍立左右雪山掃粉壁謂畫雪山於粉壁之上墨客多新文謂文墨之客多以新文贊美之會公蓋工於繪事者也宋書幽棲窮谷外緣兩絕楊齊賢曰白龍潭在宣州世傳竇子明棄官學道釣得白龍放之於此因名白龍潭江南通志黄山在徽州歙縣西北二百八十里寧國府太平縣南三十里山當二郡之界

高一千三百七十丈盤互三百里舊名黟山唐天寶間勅改今名以圖經稱爲軒轅棲真之所故也上多古木靈藥其泉香美清温冬夏不變沐浴飲之百疾皆愈有三十六峯三十六泉石柱山在寧國府旌德縣西六十里雙石挺立而一巨石承之名豹子尖列仙傳陵陽子明者銍鄉人也好釣魚於旋溪釣得白龍子明懼解釣拜而放之後得白魚腹中有書教子明服食之法子明遂上黄山採五石脂沸水而服之三年龍來迎去止陵陽山上百餘年山去地千餘丈大呼山下人令上山半告言溪中子安當來問子明釣車在否後二十餘年子安死人取葬石山下有黄鶴來棲其塚邊樹鳴呼子安云陸機詩振策涉崇邱安轡遵平莽張銑註振舉也策鞭也法苑珠林前魏太武時沙門曇始甚有神異常坐不卧五十餘年足不躡履跣行泥穢中舊足便淨色白如面俗呼曰白足阿練古詩客從遠方來遺我一書札張銑註札筆也琦按顏師古漢書註札木簡之薄小者也古時未有紙故書於札以爲筆者恐未是

贈友人三首

蘭生不當戶，別是閑庭草。夙被霜露欺，紅榮已先老。謬接瑤華枝，結根君王池。顧無馨香美，叨沐清風吹。餘芳若可佩，卒歲長相隨。陳琳詩：嘉木凋綠葉，芳草殲紅榮。楚辭：折疎麻兮瑤華。王逸註：瑤華，玉華也。古詩：冉冉孤生竹，結根泰山阿。史記：優哉游哉，維以卒歲。

其二

袖中趙匕首，買自徐夫人。玉匣閉霜雪，經燕復歷秦。其事竟不捷，淪落歸沙塵。持此願投贈，與君同急難。一作歲寒 荆卿一去後，壯士多摧殘。長號易水上，爲我揚波瀾。鑿井當及泉，張帆當濟川。廉夫惟重義，駿馬不勞鞭。人生貴相知，何必金與錢。史記：太子豫求天下之利匕首，得趙人徐

夫人匕首取之百金乃裝爲遣荊卿索隱曰徐姓夫人名謂男子也餘詳四卷結客少年場註西京雜記高祖斬白蛇劍刃上常如霜雪

其三

慢世薄功業非無胷中畫謔浪萬古賢以爲兒童劇立産如廣費匡君懷長策但苦山北寒誰知道南宅歲酒上逐風霜鬢兩邊白蜀主思孔明晉家望安石時來蕭本作入列五鼎談笑期一擲虎伏避胡塵漁歌游海濱弊裘恥妻嫂長劍託交親夫子秉家義群公難與鄰莫持西江水空許東溟臣他日青雲去黃金報主人嵇康司馬相如贊長卿慢世越禮自放詩國風謔浪笑敖三國志孫策與周瑜同年獨相友善

瑜推道南大宅以舍策升堂拜母有無通共梁元帝詩灘聲下濺石猿鳴上逐風又云長條垂拂地輕花上逐風諸葛孔明詳見九卷註謝安石詳見七卷註劉孝標辨命論開東閤列五鼎漢書音義張晏曰五鼎食牛羊豕魚麋也諸侯五卿大夫三戰國策蘇秦說秦王說十上而說不行黑貂之裘敝去秦而歸至家妻不下紝嫂不爲炊父母不與言長劒託交親用馮煖事詳見本卷註莊子莊周家貧往貸粟於監河侯監河侯曰諾我將得邑金將貸子三百金可乎莊周曰周昨來有中道而呼者周顧視車轍中有鮒魚焉周問之曰鮒魚來子何爲者耶對曰我東海之波臣也君豈有升斗之水而活我哉周曰諾我且南游吳越之王激西江之水而迎子可乎鮒魚忿然作色曰吾失我常與我無所處吾得升斗之水然活耳君乃言此曾不如早索我於枯魚之肆

陳情贈友人

延陵有寶劍價重千黃金觀風歷上國暗許故人深

歸來挂墳松萬古知其心懦夫感達節壯士激青衿繆本作壯氣激素衿鮑生薦夷吾一舉致齊相斯人無良朋豈有青雲望臨財不苟取推分固辭讓後世稱其賢英風邈難尚論交但若此有當作友道孰云喪多君騁逸藻掩映當時人舒文振頹波秉德冠彝倫卜居乃此地共井爲比鄰清琴弄雲月美酒娛冬春薄德中見捐忽之如遺塵英豪未豹變自古多艱辛他人縱以疎君意宜獨親奈何成離居相去復幾許飄風吹雲霓蔽目不得語投珠冀有蕭本作相報按劒恐相拒所思采芳蘭欲贈隔荆一作修渚沅憂心若醉積恨淚如雨

願假東壁輝餘光照貧女新序延陵季子將西聘晉帶寶劍以過徐君徐君觀

劍不言而色欲之季子爲有上國之使未獻也然其心許之矣致使於晉顧反則徐君死於楚於是脱劍致之嗣君從者止之曰此吳國之寶非所以贈也延陵季子曰先口吾來徐君觀吾劍不言而其色欲之吾爲有上國之使未獻也雖然吾心許之矣今死而不進是欺心也愛劍僞心廉者不爲也遂脱劍致之嗣君嗣君曰先君無命孤不敢受劍於是季子以劍帶徐君墓樹而去徐人嘉而歌之曰延陵季子兮不忘故脱千金之劍兮挂墳墓鮑照詩我方歷上國詩國風青青子衿毛傳曰青衿青領也學子之所服史記管仲夷吾者潁上人也少時嘗與鮑叔牙遊鮑叔知其賢管仲貧困常欺鮑叔鮑叔終善遇之不以爲言已而鮑叔事齊公子小白管仲事公子糾及小白立爲桓公公子糾死管仲囚焉鮑叔進管仲管仲既用任政於齊齊桓公以霸九合諸侯一匡天下管仲曰吾始困時常與鮑叔賈分財利多自與鮑叔不以我爲貪知我貧也徐勉詩壯思如泉湧逸藻似雲翔顔延年詩舒文廣國華張銑註舒其文章周禮大司

徒職云五家爲比遂人職云五家爲鄰鄭玄註鄭司農云田野之居其比伍之名與國中異制故五家爲鄰玄謂異其名者示相變耳釋名五家爲伍以五爲名也又謂之鄰鄰連也相連接也又曰比相親比也漢書徙入舍祭竈請比鄰周易君子豹變古詩同心而離居離騷飄風屯其相離兮帥雲霓而來御王逸註回風爲飄飄風無常之風以興邪惡之象也雲霓惡氣也以喻佞人史記明月之珠夜光之璧以闇投人於道路人無不按劍相眄者何則無因而至前也陸機詩沉憂萃我心張銑註沉深也詩國風行邁靡靡中心如醉魏武帝詩慨嘆淚如雨列女傳齊女徐吾者齊東海上貧婦人也與鄰婦李吾之屬會燭相從夜績徐吾最貧而燭數不屬李吾謂其屬曰徐吾燭數不屬請無與夜徐吾曰一室之中益一人燭不爲暗損一人燭不爲明何愛東壁之餘光不使貧女得蒙見愛之恩長爲妾役之事使諸君常有惠施於妾不亦可乎李吾莫能應遂復與夜終無後言

贈從弟冽

楚人不識鳳重（一作高）價求山雞獻主昔云是今來方覺迷自居漆園北（蕭本作地）久別（蕭本作識）咸陽西風飄落日去節變流鶯啼桃李寒未開幽閉豈來蹊逢君發花萼若與青雲齊及此桑葉綠春蠶起中閨日出布（繆本作撥）穀鳴田家擁鋤犂顧余乏尺土東作誰相攜傳說降霖雨公輸造雲梯羌戎事未息君子悲塗泥報國有長策成功羞執珪無由謁明主杖策還蓬藜他年爾相訪知我在磻溪（太平廣記楚人有擔山雞者路人問曰何鳥也擔者欺之曰鳳凰也路人曰我聞鳳凰久矣今真見之汝賣之乎曰然乃酬十金弗與請加倍乃與之方將獻楚王經宿而鳥死路人不遑恤其金惟恨不得以獻王國人傳之咸以爲真鳳而貴宜欲獻之遂聞於楚王王感其

欲獻已也名而厚賜之過買鳳之價十倍出笑林太平寰宇記漆園城在曹州宛句縣北五十里莊周爲吏之所城北有莊周釣臺又濠州定遠縣有漆園在縣東三十里其地東西南北約方三百步唐天寶中尚有漆樹一二十株野火燔燒其樹在故縣村西一百步卽楚國莊周爲吏之處今爲隴畝一統志漆園在鳳翔府定遠縣東三十里卽莊生爲吏之處又云漆園城在山東曹縣西北五十里莊生爲漆園吏卽此又云漆園城在大名府東明縣東北二十里今名漆園村內有莊子廟蓋莊周爲吏之所據二書漆園有三此所云者當指曹州漆園也史記桃李不言下自成蹊何遜詩伊我念幽閑夫君思贊務謝瞻詩花萼相光飾呂延濟註花萼喻兄弟也禽經鳴鳩戴勝布穀也張華註揚雄曰鳴鳩戴勝生樹穴中不巢生爾雅曰鵖鴔戴鵀卽首上勝也頭上尾起故曰戴勝農事方起此鳥飛鳴於桑間云五穀可布種也故曰布穀又云此鳥鳴時耕事方作農人以爲候廣韻鋤田器也犂墾田器也尚書平秩東作孔安國傳歲起於東而始就耕謂之東作漢書方東作時應劭註東作耕也顏師古註春位在東耕者始作故曰東作

尚書說命若歲大旱用汝作霖雨淮南子公輸天下之巧士作雲梯之械設以攻宋高誘註雲梯攻城具高長上與雲齊故曰雲梯左傳使吾子辱在泥塗久矣呂氏春秋得伍員者爵執圭高誘註周禮侯執信圭言爵之爲侯也又高誘淮南子註楚爵功臣賜以圭謂之執圭比附庸之君也漢書遷爲執珪張晏註侯伯執珪以朝位比之後漢書遂杖策歸鄉里水經註磻溪中有泉謂之茲泉泉水潭積自成淵渚卽呂氏春秋所謂太公釣茲泉也今人謂之凡谷石壁深高幽篁邃密林鄣秀阻人迹罕及東南隅有石室蓋太公所居也水流次平石釣處卽太公垂釣之所其投竿跪餌兩厀遺跡猶存是有磻溪之稱也其水清冷神異北流十二里注於渭通典扶風郡號縣有磻溪太公釣魚於此○磻音盤

贈閭邱處士

賢人有素業乃在沙塘陂竹影掃秋月荷衣霏玉本作花落古池閑讀山海經散帙臥遥帷且就田家樂遂曠

一作廣林中期野酌勸芳酒園蔬烹露葵如能樹桃李為我結茅茨江南通志沙塘陂在宿松城外唐閭邱處士築別業於此李太白有詩贈之云吳越春秋禹巡行四瀆與益夔共謀行到名山大澤名其神而問之山川脉理金玉所有鳥獸昆蟲之類及八方之民俗殊國異域土地里數使益疏而記之名之曰山海經謝靈運詩散帙問所知劉良註散帙謂開書帙也說文帙書衣也按古時書卷必有帙包之如裹袱之類或以細竹為簾襲以薄緗藏古書畫家尚存此製江淹詩汎瑟臥遥帷宋玉諷賦炊彫胡之飯烹露葵之羹爾雅翼古者葵稱露葵今摘葵必待露解語曰觸露不掐葵日中不剪韭各有宜也按本草葵一名露葵今謂之滑菜古人以為常饌四時皆可食六七月種者為秋葵八九月種者為冬葵正二月種者為春葵有紫莖白莖二種大葉小花花紫黃色其實大如指頭皮薄而扁今人不復食種者亦鮮漢書茅茨不翦顏師古註屋蓋曰茨茅茨以茅覆屋也釋名屋以草蓋曰茨茨次也次草為之也○帙音姪

贈錢徵君少陽一作送趙雲卿

白玉一杯酒，綠楊三月時。春風餘幾日，兩鬢各成絲。秉燭唯須飲，投竿也未遲。如逢渭水許本作川獵，猶可帝王師。古詩：晝短苦夜長，何不秉燭遊。投竿，謂投竿於水而釣也。周文王獵於渭水之陽，遇太公望，載與俱歸，立爲師，見四卷註。楊齊賢曰：少陽年八十餘，故方之太公。

贈宣州靈源寺仲繆本作冲濬公

敬亭白雲氣，秀色連蒼梧。下映雙溪水，如天落鏡湖。此中積龍象，獨許濬公殊。風韻逸江左，文章動海隅。觀一作了心同水月，解領得明珠。今日逢支遁，高談出有無。敬亭山、蒼梧、白雲已見本卷註。一統志：雙溪在寧國府城下，二水合流。釋子中能負荷大法者謂之龍象翻譯名義大論云那伽或名龍或名象是五千阿羅漢諸羅漢中最大力以是故言如龍如象水行中龍力最大陸行中象力最大中阿含經佛告鄔陀夷若沙門等從人至天不以身口意害我說彼是龍象胡三省通鑑註江郢揚南徐之地爲江左豫南兗南豫之地爲江右通雅金陵居長江下流前朝有江南者皆都之據金陵而言則江南居左尚書海隅日出罔不率俾水月謂水中月影非有非無了不可執慧者觀心亦復如是解領解悟也明珠喻菩提大道也晉書沙門支遁以清談著名於時風流勝貴莫不崇敬以爲造微之功足參諸正始僧肇維摩詰經註不可得而有不可得而無者其唯大乘行乎欲言其有無相無名欲言其無萬德斯行萬德斯行故雖無而有無相無名故雖有而無然則言有不乖無言無不乖有或說有行或說無行有無雖殊其致一也○濬音竣

贈僧朝美

水客凌洪波長鯨湧溟海百川隨龍舟噓吸繆本作喻竟

安在中有不死者探得明月珠高價傾宇宙餘輝照江湖苞卷金縷褐蕭然若空無誰人識此寶竊笑有狂夫了心何言說各勉黃金軀吳都賦長鯨吞航修鯢吐浪劉淵林註異物志曰鯨魚長者數千里小者數十丈雄曰鯨雌曰鯢或死於沙上得之者皆無目俗言其目化爲明月珠水經註北朓巨海杳冥無極天際兩分白黑方別所謂溟海者也海賦魚則橫海之鯨突兀孤遊茹鱗甲吞龍舟噏波則洪連蹙蹜吹澇則百川倒流淮南子龍舟鷁首浮吹以娛高誘註龍舟大舟也刻爲龍文以爲飾也隋書波斯多金縷織成楞嚴經汝之心靈一切明了若汝現成所明了心實在身內謝朓詩遂鑠黃金軀陳子昂詩之子黃金軀如何此荒域○詩言水客泛舟大海舟爲長鯨所噓吸遂遭溺没其中乃有不死者反於海中得明月之珠卷而藏之不自眩耀人亦不識以喻人在煩惱海中爲一切嗜慾所汨没醉生夢死飄流無極乃其中有不昧本來者反於煩惱海中悟得如來法寶其價則傾乎宇宙其

光則照乎江湖卷而懷之不自以爲有而若空無者然人皆不能識此寶而唯我能識之夫心旣明了更無言說可以酬對唯有勸勉珍重此軀而已葢人身難得六道之中以人道爲最是此軀之重等於黃金未可輕忽故曰各勉黃金軀也又按後漢書西方有神名曰佛其形長丈六尺而黃金色各勉黃金軀者是勉以修道成佛之意

贈僧行融

梁有（繆本作日）湯惠休常從鮑照游峨眉史懷一獨映陳公出卓絕二道人結交鳳與麟行融亦俊發吾知有英骨海若不隱珠驪龍吐明月大海乘虛舟隨波任安流賦詩旃檀閣縱酒鸚鵡洲待我適東越相攜上白樓（宋書時有沙門釋惠休善屬文辭采綺艷徐湛之與之厚善世祖命使還俗本姓湯位至揚州

從事史鮑照有秋日示休上人及荅休上人諸詩盧藏用陳子昂别傳友人趙貞固鳳閣舍人陸餘慶殿中侍御史畢構監察御史王無兢亳州長史房融右史崔泰之處士郭襲微道人史懷一皆篤歲寒之交崔顥贈懷一上人詩法師東南秀世實豪家子削髮十二年誦經峨嵋裏是史懷一爲峨嵋僧也三國志管寧德行卓絶海內無偶西京賦海若游乎玄渚薛綜註海若海神也莊子夫千金之珠必在九重之淵而驪龍頷下陸德明註驪龍黑龍也謝靈運詩溟漲無端倪虛舟有超越李周翰註輕舟而進曰虛舟沈佺期香山寺詩旃檀曉閣金輿度鸚鵡晴林綵仗分元和郡縣志鸚鵡洲在鄂州江夏縣西南二里東越郎會稽也施宿會稽志府城臥龍山南舊傳有白樓亭今遺趾無所考詩用支道林事詳見十卷贈僧崖公註。

驪音離

贈黃山胡公求白鷴

并序。張華禽經註白鷴似山雞而色白行止閑暇

黃山志白鷴性耿介難畜雄采而文素角玄英二角壯時隆起出英上有時靡縮蓋因氣鼓而

後壯也觜爪皆赤其羽末黑文如洒戢若緣裂又如界地錦惟尾爰二莖無緇文班如也志中亦載李白向黃山胡公求白鷳事以胡公名暉未詳何據存之以廣異聞

聞黃山胡公有雙白鷳葢是家雞所伏自小馴狎了無驚猜以其名呼之皆就掌取食然此鳥耿介尤難畜之予平生酷好竟莫能致而胡公輟贈於我唯求一詩聞之欣然適會宿意因援筆三叫文不加點以贈之郭璞爾雅註以筆滅字爲點南史劉儒嘗在御座爲李賦受詔便成文不加點

請以雙白璧買君雙白鷳白鷳白如錦白雪恥容顏照影玉潭裏刷毛琪樹間夜棲寒月靜朝步落花閑

我願得此鳥翫之坐碧山胡公能輟贈籠寄野人還孔穎達禮記正義素錦白錦也白鷴毛羽白質黑邊有似錦文故曰白如錦虞騫詩泠泠玉潭水山海經崑崙之墟北有琪樹

登敬亭山南望懷古贈竇主簿

敬亭一迴首目盡天南端仙者五六人常聞此遊盤谿流琴高水石聳麻姑壇白龍降陵陽黃鶴呼子安羽化騎日月雲行翼鴛鸞下視宇宙間四溟皆波瀾汰繆本作決絕目下事從之復何難百歲落半途前期浩漫漫強食不成味淸晨起長歎願隨子明去鍊火燒金丹元和郡縣志敬亭山在宣州宣城縣北十二里郎謝朓賦詩之所阮籍詩仙者四五人逍遙宴

蘭房江南通志琴高山在寧國府涇縣北二十里昔琴高於此山修煉得道故名有隱雨巖是其控鯉上昇之所巖下有煉丹洞洞旁有釣臺臺下流水卽琴溪也每歲上巳前後數日溪中出小魚謂之琴魚傳爲仙人藥渣所化九域志宣州宣城郡有花姑山亦謂之麻姑山昔麻姑修道於此上昇有仙壇在焉江南通志麻姑山在寧國府城東三十五里峯巒奇秀作鎮郡東昔麻姑修道於此飈舉有仙壇丹竈劍池石棊枰釣魚臺天游亭諸跡水經註水出陽陵山下徑陵陽縣西爲旋溪水昔縣人陽子明釣得白龍處後三年龍迎子明上陵陽山山去地千餘丈後百餘年呼山下人令上山半與語谿中子安問子明釣車所在後二十年子安死山下有黃鶴栖其冢樹常鳴呼子安莊子乘雲氣騎日月而游乎四海之外張協詩雨足洒四溟李善註四溟四海也曹植詩盛年處房室中夜起長嘆抱朴子夫金丹之爲物燒之愈久變化愈妙黃金入火百鍊不消埋之畢天不朽服此二藥鍊人身體故能令人不老不死一統志丹臺在陵陽山中峯之半平夷可容數人相傳竇子明嘗煉丹其上

經亂後將避地剡中留贈崔宣城剡中即剡縣唐時爲越州會稽郡之屬邑隸江南東道宣城縣爲宣州宣城郡之屬邑隸江南西道

雙鵝飛洛陽五馬渡江徼何意上東門胡雛更長嘯
中原走豺虎烈火焚宗廟太白晝經天頹陽掩餘照
王城皆蕩覆世路成奔峭四海望長安嚬眉寡西笑
蒼生疑落葉白骨空相弔連兵似雪山破敵誰能料
我垂北溟翼且學南山豹崔子賢主人歡娛每相召
胡牀紫玉笛却坐青雲叫楊花滿州城置酒同臨眺
忽思剡溪去水石遠清妙雪晝天地明風開湖山貌
悶爲洛生詠醉發吳越調赤霞動金光日足森海嶠

獨散萬古意閑垂一溪釣猿近天上啼人移月邊棹無以墨綬苦來求丹砂要華髮長折腰將貽陶公誚

晉書五行志孝懷帝永嘉元年二月洛陽東北步廣里地陷有蒼白二色鵝出蒼者飛翔沖天白者止焉陳留董養曰步廣周之狄泉盟會地也白者金色國之行也蒼爲胡象其可盡言乎是後劉元海石勒相繼亂華太安中童謠曰五馬游渡江一馬化爲龍後中原大亂宗藩多絶惟瑯琊汝南西陽南頓彭城同至江東而元帝嗣統矣史記索隱張揖云徼塞也以木柵水爲蠻夷界顔師古漢書註徼猶塞也東北謂之塞西南謂之徼塞者以障塞爲名徼者取徼遮之義晉書石勒年十四隨邑人行販洛陽倚嘯上東門王衍見而異之顧謂左右曰向者胡雛吾觀其聲視有奇志恐將爲天下之患張載詩季葉喪亂起盜賊如豺虎唐書安祿山陷兩京宗廟皆焚毁漢書太白經天天下革政孟康註謂出東入西出西入東也太白陰星出東當伏東出西當伏西過午爲經天晉灼註日陽也日出則星亡晝見午上爲經天文獻通考

肅宗至德二載七月巳酉太白晝見經天至於十一月戊午不見歷秦周楚鄭宋燕之分謝瞻詩顏陽照通津夕陰曖平陸顏陽落日也藝文類聚桓譚新論曰關東鄙語曰人聞長安樂出門向西笑後漢書舉首嚬眉之感漢書欲令久連兵無决列女傳南山有玄豹霧雨七日而不下食者何也欲以澤其毛而成文章也故藏而遠害王粲詩願我賢主人與天享巍巍胡三省通鑑註胡牀今謂之交牀其制本自虜來隋惡胡字改曰交牀唐猶謂之胡牀今之交椅是也十六國春秋京州人胡據盜發張駿墓得赤玉簫紫玉笛薛方山浙江通志剡溪在紹興府嵊縣南一名戴溪溪有二源一出天台一出武義西南流至東陽入剡南北流入上虞界以達於江晉王徽之雪夜由此溪訪戴逵世說人問顧長康何以不作洛生咏荅曰何至作老婢聲劉孝標註洛下書生咏音重濁故云老婢聲釋名山銳而長曰嶠賈公彦周禮疏漢法丞相中二千石金印紫綬御史大夫二千石銀印黄綬縣令六百石銅印墨綬南史陶潛爲彭澤令郡遣督郵至縣吏白應束帶見之潛嘆曰我不能爲五斗米折腰向鄉里小人即日解印綬去職賦歸去來以

遂其志○

徽音教

獻從叔當塗宰陽冰

唐江南西道宣州有當塗縣宣和書譜李陽冰字少溫趙郡人官至將作少監善詞章留心小篆迨三十年初見李斯嶧山碑與仲尼延陵季子字遂得其法乃能變化開合自名一家推原字學作筆法論以別其點畫又嘗立說謂於天地山川得其方員流峙之形於日月星辰得其經緯昭回之度近取諸身遠取萬類幽至鬼神情狀細至於喜怒之舒慘莫不畢載後人不足以明此於是謨謬滋多義理掃地雖李斯之博雅以束爲東蔡邕之知書以豊作豐故孔壁之餘文汲冢之舊簡所存無幾幸天未喪斯文宗旨在已其自許愼至是作刊定說文三十卷以紀其學人指以爲蒼頡後身方時顏眞卿以書名世眞卿書碑必得陽冰題其額欲以擅連璧之美葢其篆法妙天下如此議者以蟲蝕鳥跡語其形風行雨集語其勢太阿龍泉語其利嵩高華岳語其峻實不爲過論有唐三百年以篆稱者

唯陽冰
獨步

金鏡霾六國亡新亂天經焉知高光起自有羽翼生

蕭曹安峴屼耿賈摧欃槍吾家有季父傑出聖代英

雖無三台位不借蕭本作借四豪名激昂風雲氣終協龍

虎精弱冠燕趙來賢彥多逢迎魯連善繆本作擅談笑季

布折公卿北堂書鈔尚書考靈曜云秦失金鏡魚目入珠註曰金鏡喻明道也漢書王莽以戊辰直定卽真天子位定有天下之號曰新後漢書亡新修僭漸以卽真莊子亂天之經逆物之情蕭何曹參佐漢高以平天下耿弇賈復輔光武以定亂離峴屼不安也詳三卷註中爾雅彗星爲欃槍郭璞註亦謂之孛言其形孛孛如帚彗春秋含漢孳三公在天法三台九卿法北斗漢書列國公子魏有信陵趙有平原齊有孟嘗楚有春申皆藉王公之勢競爲游俠雞鳴狗盜無不賓禮皆以取重諸侯顯名天下搤擥

而游談者以四豪爲稱首周易雲從龍風從虎孔穎達正義龍是水畜雲是水氣故龍吟則景雲出是雲從龍也虎是威猛之獸風是震動之氣亦是同類相感故虎嘯則谷風生是風從虎也禮記二十曰弱冠孔穎達正義二十成人初加冠禮體猶未壯故曰弱也左太冲詩吾慕魯仲連談笑却秦軍詳見二卷註史記單于嘗爲書嫚呂后呂后大怒召諸將議之上將軍樊噲曰臣願得十萬衆横行匈奴中諸將皆阿呂后意曰然季布曰樊噲可斬也夫高帝將兵四十餘萬衆困於平城今噲奈何以十萬衆横行匈奴中面欺且秦以事於胡陳勝等起今瘡痍未瘳噲又面諛欲動摇天下是時殿上皆恐太后罷朝遂不復議擊匈奴事○霾音埋欃初銜切插平聲音同欃槍音撑

遥知禮數絶常恐不合并惕想結宵夢素心久巳冥顧慙青雲器謬奉玉樽傾山陽五百年緑竹忽再榮高歌振林木大笑喧雷霆落筆灑篆文崩雲使人驚吐辭又炳煥五色羅華

星秀句滿江國高才掞天庭任昉詩平生禮數絕式瞻在國楨李周翰註禮數絕謂交道相得雖品命有異不爲禮數王粲詩何懽不合并顏延年詩仲容青雲器江淹詩共借玉樽暮三國志註魏氏春秋曰嵇康寓居河內之山陽縣與陳留阮藉河內山濤河南向秀藉兄子咸琅邪王戎沛人劉伶相與友善游於竹林號爲七賢按阮藉叔姪與嵇康爲竹林之遊不知是何年而康之死在魏景元二年以後順數而下至唐肅宗上元二年共得五百年竹林之游相去亦不過在此時博物志薛譚學謳於秦青未窮青之旨遂辭歸秦青乃餞於郊衢撫節悲歌聲振林木響遏行雲鮑照飛白書勢銘輕如游霧重似崩雲路明太子錦帶書筆陣引崩雲之勢魏文帝詩丹霞夾明月華星出雲間上天垂光彰五色一何鮮蜀都賦摛藻掞天庭呂向註掞猶蓋也○掞舒贍初閃去聲

宰邑艱難時浮雲空古城居人若薙草掃地無纖莖惠澤及飛走農夫盡歸耕廣漢水萬里長流玉琴聲雅頌播吳越

還如太階平說文薙除草也陳書兩藩毗庶掃地無遺宋書政事修理惠澤沾被後漢書恩信寬澤仁及飛走詩國風漢之廣矣不可泳思稱漢水曰廣漢本此而非隴西之廣漢郡也當塗之江與漢水殊遠然漢水之下流亦由當塗而過詩意取子賤彈琴而單父治之意謂玉琴之聲與長流萬里漢水之聲相應蓋亦倒裝句法也太階平詳見一卷明堂賦註○薙音雉又音替小子別金陵來時白下亭群鳳憐客鳥差池相哀霏玉本作愛鳴各拔五色毛意重太山輕贈微所費廣斗水澆長鯨彈劍歌苦寒嚴風起前楹月啣天門曉霜落牛渚清長嘆即歸路臨川空屏營圖經白下亭在上元縣北景定建康志舊志白下亭驛亭也舊在城東門外李白獻從叔當塗宰陽冰詩曰小子別金陵來時白下亭留別金陵諸公詩曰五月金陵西祖予白下亭又云驛亭三楊樹正當白下門按此亭在府西蓋新舊各在一處舊志所指是其新者耳詩

國風燕燕於飛差池其羽鄭箋曰差池其羽謂張舒其尾翼也苦寒行古淸商曲也因行役遇寒而作元和郡縣志博望山在宣州當塗縣西三十五里與和州對岸江西岸山曰梁山兩山相望如門俗謂之天門山山上皆有郤月城宋車騎將軍王玄謨所築牛渚山在宣州當塗縣北三十五里山突出江中謂之牛渚圻古津渡處也舊唐書牛渚山一名采石在當塗縣北四十五里大江中後漢書夙夜屏營章懷太子註屏營彷徨也

○屏府盈切音并

書懷贈南陵常贊府 南陵贊府已見本卷註

歲星入漢年方朔見明主調笑當時人中天謝雲雨一去麒麟閣遂將朝市乖故交不過門秋草日上階當時何特達獨與我心諧置酒淩歊臺歡娛未曾歇歌動白紵山舞迴天門月問我心中事爲君前致辭

君看我才能何似魯仲尼大聖猶不遇小儒安足悲

雲南五月中頻喪渡瀘師毒草殺漢馬張兵奪秦蕭本作雲旗至今西二當作洱河流血擁僵屍將無七擒畧魯女惜園葵感陽天下繆本作地樞累歲人不足雖有數斗玉不如一盤粟頼得契宰衡持鈞慰風俗自顧無所用辭家方未蕭本作來歸霜驚壯士髮淚滿逐臣衣以此不安席蹉跎身蕭本作因世違終當滅衞謗不受魯人譏

太平廣記東方朔未死時謂同舍郎曰天下人無能知朔知朔者惟太王公耳朔卒後武帝得此語名太王公問之曰爾知東方朔乎公對曰不知公何所能曰頗善星曆帝問諸星皆具在否曰諸星具在獨不見歲星十八年今復見耳帝仰天嘆曰東方朔生在朕旁十八年而不知是歲星哉圖經淩歊臺在當塗

縣城北黃山上宋武帝南游嘗登此臺因建離宮焉太平寰宇記黃山在太平州當塗縣西北五里上有宋凌歊臺周圍五里一百步高四十丈石碑見存白苧山在當塗縣東五里本名楚山桓温領妓遊此山奏樂好爲白苧歌因改爲白苧山天門山巳見上首註江淹詩小儒安足爲闗中之地古秦地也故謂闗中兵旗曰秦旗唐書天寶十載四月壬午劒南節度使鮮于仲通及雲南蠻戰于西洱河敗績大將王天運死之十三載六月劒南節度留後李宓及雲南蠻戰於西洱河死之按西洱河即葉榆河也出雲南大理府之點蒼山匯爲巨湖周三百里亦曰西洱海傳云以形如人耳故名三國志註漢晉春秋曰諸葛亮至南中所在戰捷聞孟獲者爲夷漢所服募生致之既得使觀於營陣之間問曰此軍何如獲對曰向者不知虛實故敗今蒙賜觀營陣若祇如此即定易勝耳亮笑縱使更戰七縱七擒亮猶遣獲獲止不去曰公天威也南人不復反矣列女傳魯漆室邑之女過時未適人當穆公時君老太子幼女倚柱而嘯其鄰人婦從之游謂曰何嘯之悲也子欲嫁耶吾爲子求偶漆室女曰嗟乎吾豈爲不嫁不樂而悲哉吾憂魯

君老太子幼鄰女笑曰此乃魯大夫之憂婦人何與焉漆室女曰不然昔晉客舍吾家繫馬園中馬逸馳走踐吾葵使我終歲不食葵今魯君老悖太子少愚奸僞日起夫魯國有患者君臣父子皆被其辱禍及衆庶婦人獨安所避乎吾甚憂之子乃曰婦人無與者何哉鄰婦謝曰子之所慮非妾所及三年魯果亂齊楚攻之魯連有寇男子戰鬬婦人轉輸不得休息袁淑詩秦地天下樞李善註區要也漢書加安漢公號曰宰衡應劭註周公爲太宰伊尹爲阿衡采伊周之尊以加莽也後人稱宰相爲宰衡本此舊唐書天寶十二載八月京城霖雨米貴令出太倉米十萬石減價糶與貧人十三載秋霖雨積六十餘日京城垣屋頹壞殆盡物價暴貴人多乏食令出太倉米一百萬石開場賤糶以濟貧民○歊音囂

贈汪倫　楊齊賢曰白游涇縣桃花潭村人汪倫常醞美酒以待白倫之裔孫至今寶其詩

李白乘舟將欲行忽聞岸上踏歌聲桃花潭水深千

尺不及汪倫送我情按通鑑唐記閻知微爲虜踏歌胡三省註蹋歌者連手而歌蹋地以爲節也一統志桃花潭在寧國府涇縣西南一百里深不可測○唐仲詢曰倫一村人耳何親於白既醞酒以候之復臨行以祖之情固趍俗矣太白於景切情真處信手拈出所以調絕千古後人效之如欲問江深淺應如遠別情語非不佳終是杞柳杯棬

李太白文集卷十二

傳古樓景印

四部要籍選刊·集部

李太白文集

六

【唐】李白　撰　【清】王琦　注

浙江大學出版社

本册目録

第六册

卷之二十五　古近體詩共九十首

卷之二十六　表書共九首

卷之二十七　序文二十首

卷之二十八　記頌讚共二十首

卷之二十九　銘碑祭文共九首

李太白文集卷之二十五

錢塘　王琦琢崖輯註

縉端臣
思謙蘊山較

古近體詩共九十首

題隨州紫陽先生壁唐時隨州又謂之漢東郡屬山南東道紫陽先生見二十九卷漢東紫陽先生碑銘

神農好長生風俗久已成復聞紫陽客早署丹臺名喘息飡妙氣步虛吟真聲道與古仙合心將元化并樓疑出蓬海鶴似飛玉京松雪窓外曉池水堦下明忽耽笙歌樂頗失軒冕情終願惠金液提携凌太清

史記正義括地志云厲山在隨州隨縣北百里山東有石穴曰神農生於厲鄉所謂列山氏也春秋時爲厲國藝文類聚真人周君傳曰紫陽真人周義山字委通汝陰人也入蒙山遇羨門子乘白鹿執羽蓋伏青毛之節侍從十餘玉女乃再拜叩頭乞長生要訣羨門子曰子名在丹臺玉室何憂不仙抱朴子閉藏喘息又曰粗氣是喘息之氣也楚辭飡六氣而飲沆瀣兮異苑陳思王遊山忽聞空裏誦經聲清遠遒亮解音者則而寫之爲神仙聲道士效之作步虛聲樂府古題要解步虛詞道觀所唱備言衆仙縹緲輕舉之美陳子昂詩古之得仙道信與元化并玉京詳五卷註又一統志玉京洞在赤城山道書十大洞天之第六晉許邁嘗居此與王羲之書云自山陰至臨海多有金庭玉堂仙人芝草謂此庾信詩玉京傳相鶴太乙授飛龜顔延年詩山明望松雪金液仙家上藥詳十三卷註楚辭若王僑之乘雲兮載赤霄而遊太清

題元丹丘山居

故人棲東山自愛丘壑美青春臥空林白日猶不起
松風清襟袖石潭洗心耳美君無紛喧高枕碧霞裏

題元丹丘潁陽山居并序○唐河南府有潁陽縣本武林縣載初元年析河南伊闕嵩陽置開元十五年更名潁陽

丹丘家於潁陽新卜別業其地北倚馬嶺連峰嵩丘南瞻鹿臺極目汝海雲巖映鬱有佳致焉白從之遊故有此作元和郡縣志馬嶺山在河南府密縣南十五里洧水所出一統志鹿臺山在南陽府汝州北二十里有臺狀若蹲鹿枚乘七發南望荊山北望汝海李善註汝稱海大言之也一統志汝水源出嵩縣分水嶺經流郟縣合扈澗長橋等水戴液團造等溪東流入淮

仙遊渡潁水訪隱同元君忽遺蒼生望獨與洪崖群

卜地初晦跡興言且成文却顧北山斷前瞻南嶺分遙通汝海月不隔嵩邱雲之子合逸趣而我欽清芬舉跡倚松石談笑迷朝曛益作終（繆本作終）願狎青鳥拂衣棲江濆（通鑑謝安雖爲布衣時人皆以公輔期之士大夫至相謂曰安石不出當如蒼生何薛綜西京賦註洪崖三皇時伎人陸機文賦誦先人之清芬江淹詩青鳥海上遊李善註呂氏春秋曰海上有人好青者朝至海上而從青遊青至者前後數百其父曰聞汝從青遊盡取來吾欲觀之其子明旦至海上群青翔而不下劉良註青鳥海鳥也琦按此詩所謂青鳥當是用此事然考今呂氏春秋本青作蜻而註以爲蜻蝏小蟲與李氏所引不同疑今本之訛也詩意謂頴陽別業固盡邱壑之美而已之所好更在江湖是以欲與青鳥相狎而棲息江濆范傳正稱太白偶乘扁舟一日千里或遇勝境終年不移逸情所寄不卽此可見歟）

題瓜洲新河餞族叔舍人賁胡三省通鑑註揚州江都縣南三十里有瓜洲鎮正對京口北固山所謂新河卽今之瓜洲運河是也

齊公鑿新河萬古流不絶豐功利生人天地同朽滅兩橋對雙閣芳樹有行列愛此如甘棠誰云敢攀折吳蕭本作美關倚此固天險自玆設海水落斗門潮蕭本作湖平見沙汭繆本作汭我行送季父弭棹徒流悦楊花滿江來疑是龍山雪惜此林下興愴爲山陽别瞻望清路塵歸來空寂蔑蕭本作滅複第二韻恐誤○舊唐書玄宗紀開元二十六年潤州刺史齊澣開伊婁河於揚州南瓜洲浦又齊澣傳開元二十五年遷潤州刺史潤州北界隔大江至瓜步沙尾紆匯六十里船繞瓜步多爲風濤所漂損澣乃移其漕路於京口埭下直渡江二十里又開伊婁河二十五

里郎達楊子縣自是免漂損之患歲減脚錢數十萬迄今利濟焉風俗通名公當農桑之時重爲所煩勞不舍鄉亭止於棠樹之下聽訟決獄百姓各得其所壽九十餘乃卒後人思其德美愛其樹而不敢伐詩甘棠之所作也宋文帝詩極望周天險留察浹神京新唐書江南送租庸調物以歲二月至揚州入斗門木華海賦雲錦散文於沙汭之際李善註毛萇詩傳曰芮崖也芮與汭通左傳集解水之隈曲曰汭說文汭水相入也泬水從孔穴絶出也或疑廣韻韻會諸書屑薛韻中無汭字當以泬爲是者琦按江淹擬古詩赤玉隱瑶溪雲錦被沙汭昨發赤亭渚今宿浦陽汭皆作蘂音讀與設絶滅雪别字相叶何疑於此詩耶江淹詩弭棹阻風雪李善註弭止也鮑照詩胡風吹朔雪千里度龍山阮籍阮咸叔姪與嵇康等寓居河内山陽共爲竹林之遊見十二卷註曹植詩君若清路塵謝靈運詩各勉日新志音塵慰寂蔑寂蔑猶寂寞也○汭而拙切音蘂泬音血弭音米

洗脚亭

詩乃送行之作題内似有缺文

白道向姑熟，洪亭臨道旁。前有吳蕭本作昔時井，下有五丈牀。樵女洗素足，行人歇金裝。西望白鷺繆本作鳥洲，蘆花似朝霜。送君此時去，回首淚成行。一作雙○白道，大路也。人行跡多，草不能生，遙望白色，故曰白道。唐詩多用之。鄭谷白道曉霜迷，韋莊白道向村斜，是也。通典：宣州當塗縣城即晉姑熟城也。胡三省通鑑註：姑熟，前漢丹陽春穀縣地，今太平州當塗縣即姑熟之地，縣南二里有姑熟溪，西入大江。陸游曰：姑熟城在當塗北。牀，井欄也。傅玄秋胡行：遂下黃金裝。梁簡文登山馬詩：間樹識金裝。景定建康志：白鷺洲在城之西，與城相望，周廻十五里。江南志：白鷺洲在江寧縣西南大江中。

勞勞亭景定建康志：勞勞亭在城南十五里，古送別之所，吳置亭在勞勞山上，今顧家寨大路東即其所。江南通志：勞勞亭在江寧府治西南。

天下傷心處，勞勞送客亭。春風知別苦，不遣柳條青。

題金陵王處士水亭原註此亭蓋齊朝南苑又是陸機故宅○江南通志南苑在江寧府城外瓦棺寺東北方輿勝覽陸機宅圖經云在上元縣南五里秦淮之側有二陸讀書堂在焉

王子耽玄言賢豪多在門好鵝尋道士愛竹嘯名園樹色老一作秀荒苑池光蕩華軒北諸本皆作此今校從文苑英華本堂見明月更憶陸平原掃拭諸本皆作地今校從文苑英華本青玉簟爲余置金尊醉罷一作後欲歸去花枝宿鳥喧何時復來此再一作更得洗囂煩法書要錄王羲之性好鵝山陰曇䃤村有一道士養好鵝十餘王清旦乘小船故往意大願樂乃告求市易道士不與百方譬說不能得道士乃言性好道久欲寫河上公老子縑素早辦而無人能書府君若能自屈書道德經各兩章便合群以奉羲之便住半日

爲寫畢籠鵝而歸世說王子猷嘗行過吳中見一士大夫家極有好竹主已知子猷當往乃洒掃施設在廳事坐相待王肩輿徑造竹下諷嘯良久王徽詩長想憑華軒呂延濟註軒樓上鉤欄也華者有華飾文彩也陸機詩安寢北堂上明月入我牖照之有餘輝攬之不盈手晉書陸機傳成都王穎以機參大將軍軍事表爲平原内史

題嵩山逸人元丹邱山居 并序

白久在廬霍元公近遊嵩山故交深情出處無間嵒信頻及許爲主人欣然適會本意當冀長往不返欲便舉家就之兼書共遊因有此贈廬山在今江西九江南康二府界内霍山在今江南廬州界内嵩山在今河南登封洛陽鞏密四縣界内詳見前註○嵒古巖字

家本紫雲山道風未淪落沉繆本作況懷丹邱志沖賞歸寂寞堨來遊閩荒捫涉窮禹鑿貪緣汎潮海偃蹇陟廬霍憑雷躡天窓弄景憩霞閣且欣登眺美頗愜隱淪諾三山曠幽期四岳聊所託故人契嵩潁高義炳丹艧滅跡遺紛囂終言本峯壑自矜林湍好不羨市朝樂偶與真意并頓覺世情薄爾能折芳桂吾亦採蘭若拙妻好乘鸞嬌女愛飛鶴提携訪神仙從此鍊金藥

紫雲山在綿州彰明縣西南四十里峰巒環秀古木樛翠地里書謂常有紫雲結其上故名岡來自北爲天倉爲龍洞其東爲風洞爲仙人青龍洞爲露香臺其西爲蟇頤爲白雲洞其南爲天台爲帝舜洞爲桃溪源爲天生橋有道宮建其中名崇仙觀觀中有黃籙寶宮世傳爲唐開元二十四年神人由

他山徙置于此宮之三十六柱皆檀木鐵繩隱跡在焉此山地誌不載宋魏鶴山作記載集中太白生于綿州所謂家本紫雲山者葢謂是山歟梁書道風素論坐鎮雅俗楚辭仍羽人于丹丘兮留不死之舊鄉朅來詳見十三卷註閩今福建地在唐時爲建州福州泉州漳州汀州五郡之地東甌與閩地相連接在唐時爲温州台州處州三郡之地秦時立閩中郡合東甌在內至漢始分東甌以立東海王太白生平未嘗入閩而温台處三州則遊歷多見於詩歌疑此詩所謂閩荒者指東甌之地而言也說苑禹鑿龍門闢伊闕平治水土左思吳都賦釁緣山岳之岊三山謂海中三神山左傳四岳三塗杜預註四岳東岳岱西岳華南岳衡北岳恒葢古稱四岳不兼中岳在內後世兼中岳而言故稱五岳也嵩山潁水詳九卷註史記扁鵲傳竊聞高義之日久矣書梓材惟其塗丹雘孔穎達正義雘是采色之名有青色者有朱色者炳丹雘即炳若丹青之義顔延年詩芬馥歇蘭若李周翰註蘭若香草幽蘭杜若也金藥金丹上藥也○雘屋角切汪入聲

題江夏修靜寺（原註此寺是李北海舊宅。李邕爲北海太守以文字名天下時人稱爲李北海詳十九卷註）

我家北海宅作寺南江濱空庭無玉樹高殿坐幽人書帶留青草琴堂（一作臺）冪素塵平生種桃李寂滅不成春（三齊記鄭元敎授于不期山山下生草形如薤長尺餘堅韌異常土人名曰康成書帶韻會冪覆也。冪音覓）

改九子山爲九華山聯句（并序）

青陽縣南有九子山山高數千丈上有九峯如蓮華按圖徵名無所依據太史公南遊畧而不書事絶（許本作出）古老之口復闕名賢之紀雖靈仙往復而

賦詠罕聞予乃刪其舊號加以九華之目時訪道
江漢憇於夏侯迴之堂開簷岸幘坐眺松雪因與
二三子聯句傳之將來 太平御覽九華山錄曰此山奇秀高出雲表峯巒異狀其數有九故號九子山焉李白因遊江漢覩其山秀異遂更號曰九華山之上有池塘數畝水田于石其池有魚長者半尋頒首頳尾朱鬐丹腹人欲觀之叩木魚即躍以可食之物散於池中食訖而藏焉其水流洩爲龍池溢爲暴泉入龍潭溪太平寰宇記青陽縣天寶元年割秋浦南陵涇三縣置在青山之陽故號曰青陽屬宣州永泰元年隷池州史記太史公自序二十而南遊江淮上會稽探禹穴闚九疑浮於沅湘說文髮有巾曰幘岸幘謂脫其巾而露額也世說謝奕在桓温座席岸幘嘯咏無異常日

妙有分二氣靈山開九華 李白 層標遏遲日半壁明朝

霞高霽積雪曜陰壑飛流歕蕭本作歕陽崖韋權輿權一作瓘青熒玉樹色縹緲羽人家李白○孫綽天台山賦太虛遼廓而無閡運自然之妙有融而為川瀆結而為山阜李善註妙有謂一也言大道運彼自然之妙一而生萬物也老子曰道生一王弼曰一數之始而物之極也謂之為妙有者欲言有不見其形則非有故謂之妙欲言其無物由之以生則非無故謂之有斯乃無中之有謂之妙有也層標謂山峰之層疊者標當作嘌一作嘌廣韻嘌山峰是也遲日春日也見五卷註謝靈運詩朝旦發陽崖羽獵賦玉石嶜崟眩耀青熒顏師古註青熒言其色青而有光熒也李善註青熒光明貌羽人仙人也見二十卷註○歕音噴熒音螢

題宛溪館

吾憐宛溪好百尺照心明一作久照心益明何蕭本作可謝新安水千尋見底清白沙留月色綠竹助秋聲却笑嚴湍

上於今獨擅名江南通志宛溪在寧國府東水至清澈新安江在徽州府其源有四一出歙之黟山一出休寧之率山一出績溪之大鄣山一出婺源之浙嶺四水皆達歙浦會流至嚴州合金華水入浙江爲灘凡三百六十水至清深淺皆見底一統志七里灘在嚴州桐廬縣西一名嚴陵瀨卽漢嚴光垂釣處

題東谿公幽居

杜陵賢人清且廉東谿卜築歲將淹宅近青山同謝朓門垂碧柳似陶潛好鳥迎春歌後院飛花送酒舞前簷客到但知留一醉盤中秪有水精鹽雍錄杜陵在長安東南二十里韻會淹久留也滯也久也方輿勝覽青山在當塗縣東南三十里齊宣城太守謝朓築室於山南遺趾猶存絶頂有謝公池唐天寶間改爲謝公山山下有青草市一名謝家市南史陶潛少有高趣宅

邉有五柳樹故嘗著五柳先生傳蓋以自况梁書中天竺國有真鹽色正白如水精魏書太宗賜崔浩御縹醪酒十斛水精戎鹽一兩金樓子胡中白鹽產于山崖映日光明如水精胡人以供國厨名君王鹽亦名玉華鹽

嘲魯儒

魯叟談五經白髮死章句問以經濟策茫如墜烟霧足著遠遊履首戴方山繆本作頭巾緩步從直道未行先起塵秦家丞相府不重褒衣人君非叔孫通與我本殊倫時事且未達歸耕汶水濱曹植洛神賦踐遠遊之文履莊子宋鈃尹文作華山之冠以自表註云華山上下均平作冠象之表已心均平也後人所謂方山冠蓋出於此秦家丞相謂李斯史記李斯傳丞相謬其說絀其辭乃上書請諸有文學詩書百家語者蠲除去之令到三十

日弗去縣爲城旦始皇可其議收去詩書百家之語以愚百姓漢書雋不疑襃衣博帶盛服至門上謁顏師古註褒大裾也言著褒大之衣廣博之帶而說者乃以爲朝服垂褒之衣非也史記叔孫通說上曰臣願徵魯諸生與臣弟子共起朝儀於是叔孫通使徵魯諸生三十餘人魯有兩生不肯行曰今天下初定死者未葬傷者未起又欲起禮樂禮樂所由起積德百年而後可興也吾不忍爲公所爲公所爲不合古吾不行公往矣無汙我叔孫通笑曰若真鄙儒也不知時變遂與所徵三十人西說文汶水出琅邪朱虛東泰山東入濰桑欽說汶水出泰山萊蕪西南入泲○褒音包

懼讒

二桃殺三士詎假劍如霜衆女妬蛾眉雙花競蕭本作竟春芳魏姝信鄭袖蕭本作褎古字同掩袂對懷王一惑巧言子朱顏成死一作損傷行將泣團扇戚戚愁人腸晏子以二

桃殺三士見三卷梁甫吟註魏文帝詩歐氏寶劍何爲低昂白如積雪利若秋霜離騷衆女嫉予之蛾眉兮謠諑謂予以善淫戰國策魏王遺楚王美人楚王悅之夫人鄭袖知王之悅新人也甚愛新人衣服玩好擇其所喜而爲之宫室臥具擇其所善而爲之愛之甚於王王曰鄭袖知寡人之悅新人也其愛之甚於寡人此孝子之所以事親忠臣之所以事君也鄭袖知王以巳爲不妬也因謂新人曰王愛子美矣然惡子之鼻子見王則必掩鼻新人見王因掩其鼻王謂鄭袖曰新人見寡人則掩其鼻何也鄭袖曰妾不知也王曰雖惡必言之鄭袖曰其似惡聞王之臭也王曰悍哉令劓之無使逆命班婕妤怨歌行新裂齊紈素皎潔如霜雪裁爲合歡扇團團似明月出入君懷袖動揺微風發常恐秋節至涼風奪炎熱棄捐篋笥中恩情中道絶

觀獵

太守耀清威乘閒弄晚輝江沙横獵騎山火繞行圍

箭逐雲鴻落鷹隨月兎飛不知白日暮歡賞夜方歸

庾信詩山火即時燃山火獵者燒草以驅逼禽獸之火也抱朴子飛繳墮雲鴻沉綸引魴鯉

觀胡人吹笛

胡人吹玉笛一半是秦聲十月吳山曉梅花落敬亭愁聞出塞曲淚滿逐臣纓却望長安道空懷戀主情

漢書楊惲傳家本秦也能爲秦聲楊齊賢曰古者羌笛有落梅花曲輿地廣記宣州宣城縣有敬亭山古今註横吹胡樂也張博望入西域傳其法於西京唯得摩訶兜勒二曲李延年因胡曲更造新聲二十八解魏晋以來二十八解不復具存世用者黄鶴隴頭出關入關出塞入塞折楊柳黄覃子赤之陽望行人十曲○塞音賽

軍行

騮馬新跨（一作誇）白玉鞍戰罷沙場月色寒城頭鐵鼓聲猶震匣裏金刀血未乾（史記集解徐廣曰赤馬黑髦曰騮吳均詩白玉鏤衢鞍黃金馬腦勒胡三省通鑑註唐人謂沙漠之地爲沙場）

從軍行

百戰沙場碎鐵衣城南已合數重圍突營射殺呼延將獨領殘兵千騎歸（晉書匈奴傳其四姓有呼延氏卜氏蘭氏喬氏而呼延氏最貴）

平虜將軍妻

平虜將軍婦入門二十年君心自不悅妾寵豈能專出解牀前帳行吟道上篇古人不吐井莫忘昔纏綿（古樂府王宋者平虜將軍劉勳妻也入門二十餘年後勳悅山陽司馬氏女以宋無子出還於道中作詩）

二首曰翩翩床前帳張以蔽光輝昔將爾同去今將爾同歸緘藏篋笥裏當復何時披又曰誰言去婦薄去婦情更重千里不吐井況乃昔所奉遠望未爲遙踟躕不得並程大昌曰千里不吐井況乃昔所奉謂嘗飲此井雖舍而去之千里知不復飲矣然猶以嘗飲乎此而不忍吐也況昔所嘗奉以爲君子者乎陸機詩疇昔之遊好合纏綿

春夜洛城聞笛

誰家玉笛暗飛聲散入春風滿洛城此夜曲中聞折柳何人不起故園情折楊柳古曲名見前四首註

嵩山採菖蒲者

神人蕭本作仙多古貌雙耳下垂肩嵩岳逢漢武疑是九疑仙我來採菖蒲服食可延年言終忽不見滅影入

雲烟喻帝竟莫悟終歸茂陵田神仙傳漢武上嵩山登大愚石室起道宮使董仲舒東方朔等齋潔思神至夜忽見有仙人長二丈耳出頭巔垂下至肩武帝禮而問之仙人曰吾九疑之人也聞中岳石上菖蒲一寸九節可以服之長生故來採耳忽然失人所在帝顧侍臣曰彼非復學道服食者必中岳之神以喻朕耳爲之採菖蒲服之經三年帝覺悶不快遂止時從官多服然莫能持久唯王興聞仙人教武帝服菖蒲乃採服之不息遂得長生鄰里老少皆云世世見之竟不知所之謝靈運山居賦廣滅影於崆峒許遁音於箕山漢書武帝紀後元二年二月丁卯帝崩於五柞宮三月甲申葬茂陵臣瓚曰茂陵在長安西北八十里田即後人所謂墓田也盧照鄰詩花月茂陵田

金陵聽韓侍御吹笛

韓公吹玉笛倜儻流英音風吹繞鍾山萬壑皆龍吟

王子停鳳管師襄掩瑤琴餘韻蕭本作響渡江去天涯安

可筝廣韻倜儻不羈也江淹橫吹賦出天下之英音景定建康志鍾山一名蔣山在城東北一十五里馬融笛賦近世雙笛從羌起羌人伐竹未及已龍鳴水中不見已截竹吹之聲相似列仙傳王子喬者周靈王太子晋也好吹笙作鳳凰鳴沈約詩沃若動龍驂參差凝鳳管家語孔子學琴於師襄子襄子曰吾雖以擊磬爲官然能於琴江淹詩金簫哀夜長瑤琴怨暮多○倜音惕

流夜郎聞酺不預漢書文帝紀賜酺五日服虔曰酺音蒲文頴註酺音步漢律三人以上無故群飲酒罰金四兩今詔橫賜得令聚會飲食五日也顏師古註酺之爲言布也王德布於天下而合聚飲食爲酺服音是也唐時無三人群飲之禁所謂賜酺者蓋聚作伎樂年高者得賜酒食耳唐書至德二載十二月賜民酺五日此詩當是至德二載所作

北闕聖人歌太康南冠君子竄遐荒漢酺聞奏鈞天樂願得風吹到夜郎北闕見五卷註詩國風無已太康毛傳曰康樂也魏明帝野田

雲烟喻帝竟莫悟終歸茂陵田神仙傳漢武上嵩山登大愚石室起道宮使董仲舒東方朔等齋潔思神至夜忽見有仙人長二丈耳出頭巔垂下至肩武帝禮而問之仙人曰吾九疑之人也聞中岳石上菖蒲一寸九節可以服之長生故來採耳忽然失人所在帝顧侍臣曰彼非復學道服食者必中岳之神以喻朕耳爲之採菖蒲服之經三年帝覺悶不快遂止時從官多服然莫能持久唯王興聞仙人教武帝服菖蒲乃採服之不息遂得長生隣里老少皆云世世見之竟不知所之謝靈運山居賦廣滅影於崆峒許遁音於箕山漢書武帝紀後元二年二月丁卯帝崩於五柞宮三月甲申葬茂陵臣瓚曰茂陵在長安西北八十里田卽後人所謂墓田也盧照鄰詩花月茂陵田

金陵聽韓侍御吹笛

韓公吹玉笛倜儻流英音風吹繞鍾山萬壑皆龍吟

王子停鳳管師襄掩瑤琴餘韻蕭本作響渡江去天涯安

可爭廣韻偶儻不羈也江淹橫吹賦出天下之英音景定建康志鍾山一名蔣山在城東北一十五里馬融笛賦近世雙笛從羌起羌人伐竹未及已龍鳴水中不見已截竹吹之聲相似列仙傳王子喬者周靈王太子晉也好吹笙作鳳凰鳴沈約詩沃若動龍驂參差凝鳳管家語孔子學琴於師襄子襄子曰吾雖以擊磬為官然能於琴江淹詩金簫哀夜長瑤琴怨暮多○偶音惕

流夜郎聞酺不預漢書文帝紀賜酺五日服虔曰酺音蒲文穎註酺音步漢律三人以上無故群飲酒罰金四兩今詔橫賜得令聚會飲食五日也顏師古註酺之為言布也王德布於天下而合聚飲食為酺服音是也唐時無三人群飲之禁所謂賜酺者蓋聚作伎樂年高者得賜酒食耳唐書至德二載十二月賜民酺五日此詩當是至德二載所作

北闕聖人歌太康南冠君子竄遐荒漢酺聞奏鈞天樂願得風吹到夜郎北闕見五卷註詩國風無已太康毛傳曰康樂也魏明帝野田

黃雀行百姓謳吟咏太康南冠君子用左傳鍾儀事見二十四卷註漢書韋賢傳撫寧遐荒遐荒謂遠方荒僻之地鈞天樂用趙簡子事見一卷註

放後遇恩不霑

天作雲與雷霈然德澤開東風日本至白雉越裳來獨棄長沙國三年未許回何時入宣室更問洛陽才

首二句暗用周易雷雨作解君子以赦過宥罪意史記正義倭國西南大海中島居凡百餘小國在京師南萬三千五百里武后改倭國爲日本國韓詩外傳成王之時有越裳氏重九譯而至獻白雉東風白雉二句言遠人皆蒙恩澤之意史記賈生名誼洛陽人也爲長沙王太傅三年有鵩飛入賈生舍止於座隅楚人命鵩曰服賈生既以謫居長沙長沙卑濕自以爲壽不得長傷悼之乃爲賦以自廣後歲餘賈生徵見孝文帝方受釐坐宣室因感鬼神事而問鬼神之本賈生具道所以然之狀至夜半文帝前席既罷曰

吾久不見賈生自以爲過之今不及也三輔黃圖宣室未央前殿正室也庾信詩欣兹河朔飲對此洛陽才

宣城見杜鵑花

蜀國曾聞子規鳥宣城還見杜鵑花一叫一回腸一斷三春三月憶三巴子規一名杜鵑蜀中最多春暮則鳴聞者悽惻杜鵑花處處有之卽今之映山紅也以二三月中杜鵑鳴時盛開故名三巴巴郡巴西巴東也詳見四卷註太白本蜀地綿州人綿州在唐時亦謂之巴西郡因在異鄉見杜鵑花開想蜀地此時杜鵑應已鳴矣不覺有感而動故國之思楊升菴引此詩以爲太白是蜀人非山東人之一證或以此詩爲杜牧所作子規詩非也

白田馬上聞鶯白田地名今江南寶應縣有白田渡當是其處

黃鸝啄紫椹五月鳴桑枝我行不記日誤作陽春時

蠶老客未歸，白田已繅絲。一作吳人欲蠶絲驅馬又前去，捫心空自悲。一作嗤。陸璣詩疏：黃鳥，黃鸝留也，或謂之黃栗留，幽州人謂之黃鶯，一名倉庚，一名商庚，一名鵹黃，一名楚雀，齊人謂之搏黍，關西謂之黃鳥，一云鸝黃，當椹熟時來在桑間，故里語曰：黃栗留，看我麥黃椹熟，不亦是應節趨時之鳥也。椹本作葚，桑實也，生青熟則紫色。埤雅：蠶足於葉，三俯三起，二十七日而老。宋之問詩：越俗鄙章甫，捫心空自憐。○椹音甚

三五七言　楊齊賢曰：古無此體，自太白始

秋風清，秋月明，落葉聚還散，寒鴉繆本作烏棲復驚。相思相見知何日，此時此夜難爲情。本草綱目：慈烏，北人謂之寒鴉，以冬月尤盛也。○滄浪詩話以此詩爲隋鄭世翼之詩，臞仙詩譜以此篇爲無名氏作，俱誤

雜詩

白日與明月晝夜尙一作常不閑況爾悠悠人安得久世間傳聞海水上乃有蓬萊山玉樹生綠葉靈仙每登攀一食駐玄髮再食留紅顏吾欲從此去去之無時還列子蓬萊山在渤海之東其山高下周旋三萬里其頂平處九千里其上珠玕之樹皆叢生華實皆有滋味食之皆不老不死所居之人皆仙聖之種孫綽天台山賦玄聖之所遊化靈仙之所窟宅江淹詩玄髮已改素

寄遠十二首

三鳥別王母銜書來見過腸斷若剪絃其如愁思何遙知玉窗裏纖手弄雲和奏曲有深意青松交女蘿寫水山繆本作落井中同泉豈殊波秦心與楚恨皎皎爲

誰多三鳥三青鳥西王母使也見六卷相逢行註鮑照傷逝賦離若剪絃梁簡文帝詩何時玉窻裏夜夜更縫衣舊唐書如箏稍小曰雲和文獻通考雲和琵琶如箏用十三絃施柱彈之足黃鐘一均而倍六聲其首爲雲象因以名之非周官雲和琴瑟之制也又唐清樂部有雲和箏盖其首象雲與雲和琴瑟之制同矣

其二

青樓何所在乃在碧雲中寶鏡挂秋水一作月羅衣輕春風新妝坐落日悵望金一作錦屏空念此一作剪綵送短書願因一作同雙飛鴻江淹詩袖中有短書願寄雙飛燕李周翰註短書小書也

其三

本作一行書殷勤道相憶一行復一行滿紙情何極

瑶臺有黄鶴爲報青樓人朱顔凋落盡白髮一何新自知未應還一作老離居一作君經三春桃李今若爲當窓發光彩莫使香風飄留與一作取紅芳待何遜詩欲寄一行書江淹去故鄉賦願使黄鶴兮報佳人楚辭將以遺兮離居江淹詩瑶色行應罷紅芳幾爲樂

其四

玉筯落春一作清鏡坐愁湖陽水聞一作且與陰麗華風烟接鱗里青春已復過白日忽相催但恐荷一作飛花晚令人意已摧相思不惜夢日夜向陽臺白帖甄后面白淚雙垂如玉筯劉孝威詩誰憐雙玉筯流面復流襟古西門行何能坐愁拂鬱湖陽縣本漢舊縣唐時隸唐州淮安郡陰麗華漢光武帝之后南陽新野人見七卷南都行註自新野至湖陽道里遠近不及百里所謂

風烟接隣里也陽臺見二卷註

其五

遠憶巫山陽花明淥江暖躊躇未得往淚向南雲滿春風復無情吹我夢魂斷不見眼中人天長音信短

此詩與樂府大堤曲相同惟首三句異耳編者重入註已見前者不復再出

其六

陽臺隔楚水春草生黃河一作陰雲隔楚水轉遂落渭河相思無日夜浩蕩若流波流波向海去欲見終無因一作定繞珠江濵遥將一點淚遠寄如花人

其七

妾一作昔在春陵東君居漢江島百里望花光往來成白道一作日日采蘼蕪上山成白道又百里蕭本作一日一爲雲雨別此地生秋草秋草秋蛾飛相思愁落暉何由一相見滅燭解羅衣末二句一作昔時攜手去今時流淚歸遙知不得意玉筯點羅衣四句。通典漢春陵故城在今隨州棗陽縣東本草別錄云芎藭葉名蘼蕪蘇頌曰四五月生葉似水芹胡荽蛇床輩作叢而莖細其葉倍香江東蜀人採以作飲七八月開碎白花古詩上山採蘼蕪下山逢故夫白道註見本卷洗脚亭註江淹扇上綵畫賦促織兮始鳴秋蛾兮載飛子夜四時歌開窗秋月光滅燭解羅裳

其八

憶昨東園桃李紅碧枝與君此時初別離金瓶落井無消息令人行嘆復坐思坐思行歎成楚越春風玉

顏長銷歇碧窗紛紛下落花青樓寂寂空明月兩不見但相思空留錦字表心素至今緘愁不忍窺阮籍詩嘉樹下成蹊東園桃與李淮南王篇金瓶素綆汲寒漿釋寶月詩莫作瓶落井一去無消息鮑照詩安能行嘆復坐愁又鮑照詩容華坐銷歇江總詩橫波翻瀉淚束素反緘愁

其九

長短春草綠緣階繆本作門如有情卷葹心獨苦抽却死還生覩物知妾意希君種後庭閑時當採掇念此莫相輕藝文類聚南越志曰寧鄉縣草多卷葹拔心不死江淮間謂之宿莽

其十

魯縞如玉霜筆一作剪題月支蕭本作氏書寄書白鸚鵡西

海慰繆本作畏離居行數雖不多字字有委曲天末如見之開緘淚相續淚盡恨轉深千里同此心繆本作千里若在眼萬里若在心相思千萬里一書直千金顏師古漢書註縞繒之精白者也魯縞魯地所作之繒詳十七卷註月支漢時西域國名史記漢書皆作月氏史記正義氏音支涼甘肅瓜沙等州本月氏國之地漢書云本居敦煌祁連間是也後人皆作月支初學記南方異物志曰鸚鵡有三種青者大如烏臼一種白大如鴟鴞一種五色大於青者交州巴南皆有之桂海虞衡志白鸚鵡大如小鵝亦能言羽毛玉雪以手撫之有粉粘著指掌如蛺蝶翅用白鸚鵡寄書事奇而未詳所本謝莊月賦氣霽地表雲斂天末○縞音稿

其十一此首一作贈遠

美人在時花滿堂美人去後餘空床床中繡被卷不

寢（一作更不卷）至今三載聞餘（一作猶聞）香香亦竟不滅人亦竟不來相思黃葉落（一作盡）白露濕（一作點）青苔

其十二

愛君芙蓉嬋娟之艷色若（蕭本作色）可飡兮難再得憐君冰玉清迥之明心情不極兮意已深朝共琅玕之綺食夜同鴛鴦之錦衾恩情婉孌忽為別使人莫錯亂愁心亂愁心涕如雪寒燈厭夢魂欲絕覺來相思生白髮盈盈漢水若可越可惜凌波步羅韈美人美人兮歸去來莫作朝雲暮雨兮（繆本缺暮雨兮三字）飛陽臺（西京雜記卓文君姣好臉際常若芙蓉廣韻嬋娟好貌陸機詩鮮膚一何盛秀色若可飡鮑照舞鶴賦抱清迥之明

心阮籍詩朝餐琅玕實西京雜記趙飛燕女弟在昭陽殿遺飛燕鴛鴦被陳子昂詩聞有鴛鴦綺復有鴛鴦衾韻會婉孌美好也古詩盈盈一水間脉脉不得語曹植洛神賦凌波微步羅韈生塵雲雨陽臺見二卷註

長信宮漢書趙飛燕姊弟從自微賤興踰越禮制寖盛於前班倢伃失寵稀復進見趙氏姊弟驕妬倢伃恐久見危求供養太后長信宮上許焉三輔黃圖長信宮漢太后常居之按通靈記太后成帝母也后宮在西秋之象也秋主信故宮殿以長信爲名

月皎昭陽殿霜清長信宮天行乘玉輦飛燕與君同更有歡娛一作別有留情處承恩樂未窮誰憐團扇妾獨坐怨秋風西京雜記趙飛燕女弟居昭陽殿李德林詩天行肅輦路沈烱詩玉輦迎飛燕金山賞鄧通班倢伃詩新裂齊紈素鮮潔如霜雪裁爲合歡扇團團似明月出入君懷袖動搖微風發常恐秋節至

涼飈奪炎熱棄捐篋笥中恩情中道絕○按漢書成帝遊於後庭嘗欲與班倢伃同輦載倢伃辭曰觀古圖畫聖賢之君皆有名臣在側三代末主乃有嬖女今欲同輦得無近似乎上善其言而止太白翻其事而用之言飛燕與君同輦而行化實爲虛畦徑都別

長門怨二首 樂府古題要解長門怨爲漢武帝陳皇后作也后長公主嫖女字阿嬌及衛子夫得幸后退居長門宮愁悶悲思聞司馬相如工文章奉黃金百斤令爲解愁之詞相如作長門賦帝見而傷之復得親幸者數年後人因其賦爲長門怨焉

天回北斗挂西樓金屋無人螢火流月光欲到長門殿別作深宮一段愁 宋之問詩地隱東巖室天回北斗車金屋見四卷註

其二

桂殿長愁不記春黃金四屋起秋塵夜懸明鏡青天

上獨照長門宮裏人沈約詩恩暢蘭席歡同桂殿鮑照詩高墉宿寒霧平野起秋塵長門賦懸明月以自照兮徂清夜於洞房呂向註月在空如懸也

春怨

白馬金羈遼海東羅帷繡被臥春風落月低軒窺燭盡飛花入戶笑床空盧思道詩白馬金羈俠少年遼海郎古遼東郡地方千有餘里南臨大海故文人多稱遼海梁簡文帝序愁賦玩飛花之入戶看斜暉之度寮蕭子範詩落花徒入戶何解妾床空

代贈遠一作寄遠

妾本洛陽人狂夫幽燕客渴飲易水波由來多感激胡馬西北馳香鬉搖綠絲鳴鞭從此去逐虜蕩邊陲

昔去有好言不言久離別燕支多美女走馬輕風雪見此不記人恩情雲雨絶啼流玉筯盡坐恨金閨切織錦作短書腸隨回文結相思欲有寄恐君不見察焚之揚其灰手跡自此滅

元和郡縣志河北道易州易縣有易水一名故安河出縣西寛中谷周官曰并州其浸淶易燕太子丹送荆軻易水之上即此水也陶潛詩渴飲易水流曹植詩白馬飾金羈聯翩西北馳廣韻騣馬鬛也謝靈運詩鳴鞭適大河左傳虔劉我邊陲廣韻陲邊也燕支山見四卷註玉筯見本卷註武后璇璣圖序苻堅時秦州刺史扶風竇滔妻蘇氏名蕙字若蘭知識精明儀容秀麗然性近於急頗傷嫉妬滔拜安南將軍留鎮襄陽不與偕行蘇悔恨自傷因織錦爲回文五采相宣瑩心輝目縱廣八寸題詩二百餘首計八百餘言縱横反覆皆爲文章才情之妙超今邁古名曰璇璣圖讀者不能悉通蘇氏笑曰徘徊宛轉自爲語言非我家人莫之能解遂發蒼頭齎至襄陽滔覽之感

其妙絶迎蘇氏於漢南恩好愈重古有所思曲聞君有他心拉襍摧燒之摧燒之當風揚其灰

陌上贈美人

一云小放歌行一首在第三此是第二篇

駿馬驕行踏落花垂鞭直拂五雲車美人一笑褰珠箔遥指紅一作青樓是妾家真誥赤水山中學道者朱孺子八月五日西王母遣迎即日乘五色雲車登天庾信步虛詞東明九芝盛北燭五雲車五雲車仙人所乘者此蓋誇美言之

閨情

流水去絶國浮雲辭故關水或戀前浦雲猶歸舊山恨君流一作龍沙去棄妾漁陽間玉筯夜垂一作日夜流雙雙落朱顔黄鳥坐相悲綠楊誰更攀織錦心草草挑燈淚斑斑窺鏡不自識况乃狂夫還張協詩流波戀舊浦行雲思故

山元和郡縣志居延海在甘州張掖縣東北一百六十里卽居延澤古文以爲流沙者其沙風吹流行故日流沙通典沙州古流沙地其沙風吹流行在郡西八十里太平御覽流沙在玉門關外唐書西域傳吐谷渾西北有流沙數百里地理今釋流沙在今陝西嘉峪關外索科鄂模以北東至賀蘭山西至廢沙州界幾南北千餘里東西數百里其沙隨風流行隨處有之漁陽古北戎無終子國也戰國時屬燕秦於其地置漁陽郡二漢及隋因之唐爲幽州地開元十八年析幽州置薊州後謂薊州爲漁陽郡玉筯見前註

代別情人

清水本不動桃花發岸旁桃花弄水色波蕩搖春光
我悅子容艷子傾我文章風吹綠琴去曲度紫鴛鴦
昔作一水魚今成兩枝鳥哀哀長雞鳴夜夜達五曉
起折相思樹歸贈知寸心覆水不可收行雲難重尋

天涯有度鳥莫絶瑤華音綠綺琴司馬相如之琴也曲度猶度曲謂隱度作新曲俱見二十卷註紫鴛鴦疑卽所度之曲名焦仲卿妻詩中有雙飛鳥自名爲鴛鴦仰頭相向鳴夜夜達五更左思吳都賦相思之樹劉淵林註相思大樹也材理堅邪斫之則文可作器其實如珊瑚歷年不變東冶有之三國志註覆水不可收也楚辭折疎麻兮瑤華將以遺兮離居王逸註瑤華玉華也謝朓詩惠而能好我問以瑤花音

代秋情

幾日相別離門前生穭葵寒蟬聒梧桐日夕長鳴悲白露濕螢火清霜零兎絲空掩紫一作閨掩羅袂長啼無盡時廣韻穭自生稻也廣雅葵菜也甞傾葉向日不令照其根蔡邕月令章句寒蟬應陰而鳴鳴則天涼故謂之寒蟬也兎絲蔓草也多生荒野古道中蔓延草木之上有莖而無葉細者如線粗者如繩黃

色于入地而生初生有根及纏物而上其根自斷蓋假氣而生亦一異也○穭音呂

對酒

蒲萄酒金叵羅吳姬十五細馬馱青黛畫眉紅錦靴

道字不正嬌唱歌玳瑁筵中懷裏醉芙蓉帳裏一作底

奈君何史記大宛左右以蒲萄爲酒富人藏酒至萬餘石久者十數歲不敗太平寰宇記蒲萄酒西域有之前代或有貢獻及貞觀中破高昌收馬乳蒲萄實於苑中種之并得其酒法太宗自損益之造酒酒成凡有八色芳香酷烈味兼醍醐旣頒賜群臣京師始識其味北齊書神武宴僚屬於坐失金叵羅竇泰令飲酒者皆脫帽於祖珽髻上得之邵氏聞見後錄近世以洗爲叵羅若洗豈可置之髻上未知叵羅是何物唐六典註隴右諸牧監使每年簡細馬五十匹進其翔麟鳳苑廐別簡粗壯敦馬一百匹與細馬同進按此知所謂細馬乃駿馬之小者耳中華古同註梁天監中武帝詔宮人作白粧青黛眉韻會青

黛似空青而色深本草青黛從波斯國來今以太原并盧陵南康等處染澱甕上沫紫碧色者用之昭明太子七契身託玳瑁之筵鮑照詩七綵芙蓉之羽帳九華蒲萄之錦衾○叵音頗

怨情

新人如花雖可寵故人似玉猶來重花性飄揚不自持玉心皎潔終不移故人昔新今尚故還見新人有故時請看陳后黃金屋寂寂珠簾生網絲江總詩故人雖故昔經新新人雖新復應故金屋見四卷註

湖邊採蓮婦

小姑織白紵未解將人語大嫂採芙蓉溪湖千萬重長兄行不在莫使外人逢願學秋胡婦貞心比古松

韻會將與也古今註芙蓉一名荷華生池澤中實曰蓮花之最秀異者列女傳潔婦者魯秋胡子妻也既納之五日去而官於陳五年乃歸未至家見路旁婦人採桑秋胡子悅之下車謂曰若曝採桑吾行道遠願託桑蔭下飡下齎休焉婦人採桑不輟秋胡子謂曰力田不如逢豐年力桑不如見國卿吾有金願以與夫人婦人曰嘻夫採桑力作紡績織紝以供衣食奉二親養夫子吾不願金所願卿無有外意妾亦無淫泆之志收子之齎與笥金秋胡子遂去至家奉金遺母使人喚婦至乃向採桑者也秋胡子慚婦曰子束髮辭親往仕五年乃還當所悅馳驟揚塵疾至今也乃悅路旁婦人下子之糧以金與之是忘母也忘母不孝好色淫泆是汚行也汚行不義夫事親不孝則事君不忠處家不義則治官不理孝義並忘必不遂矣妾不忍見遂去而東走投河而死

范雲寒松詩凌風知勁節負雪見貞心

怨情

美人卷珠簾深坐嚬蛾眉但見淚痕濕不知心恨誰

代寄情繆本多人字楚詞體

君不來兮徒蓄怨積思而孤吟雲陽當作陽雲一去以蕭本作巳遠隔巫山綠水之沉沉留餘香兮染繡被夜欲寢兮愁人心朝馳余馬於青樓怳若空而夷猶浮雲深兮不得語却惆悵而懷憂使青鳥兮銜書恨獨宿兮傷離居何無情而雨繆本作兩絶夢雖往而交疎橫流涕而長嗟折芳洲之瑤花送飛鳥以極目怨夕陽之西斜願爲連根同死之秋草不作飛空之落花楚辭九辨蓄怨兮積思心煩憺兮忘食事子虛賦於是楚王乃登陽雲之臺孟康註雲夢中高唐之臺宋玉所賦者言其高出雲之陽也琦按詩意正暗用高唐賦中神女事知雲陽乃陽雲之誤爲無疑也曹攄詩薄暮愁人心

楚辭九歌朝馳余馬兮江皐夕濟兮西澨又云君不行兮夷猶王逸註夷猶猶豫也沈約詩御書必青鳥嘉客信龍鑣又九歌將以遺兮離居傳亮詩昔君與我兮形影潛結今君與我兮雲飛雨絶又九歌橫流涕兮潺湲又云採芳洲兮杜若王逸註芳洲香草叢生水中之處又九歌折疎麻兮瑤花王逸註瑤花玉花也謝靈運詩瑤花未堪折李周翰註瑤花麻花也其色白故比於瑤此花香服食可致長壽故以爲美

劉琨詩夕陽忽西流

學古思邊

銜悲上隴首腸斷不見君流水若有情幽哀從此分蒼茫愁邊色惆悵落日曛山外接遠天天際復有雲白雁從中來飛鳴苦難聞足繫一書札寄言歎蕭本作難離群離群心斷絶十見花成雪胡地無春暉征人行

不歸相思杳如夢珠淚濕羅衣

思邊一作春怨

去年何時君別妾南園綠草飛蝴蝶今歲何時妾憶君西山白雪暗秦雲玉關去此三千里欲寄音書那可聞張景陽詩蝴蝶飛南園西山即雪山又名雪嶺上有積雪經夏不消在成都之西正控吐蕃唐時有兵戍之杜子美詩西山白雪高西山白雪三城戍正指此地玉關詳見三卷註

口號吳王美繆本作舞人半醉口號即口占也詳九卷註

風動荷花水殿香姑蘇臺上見繆本作宴吳王西施醉舞嬌無力笑倚東窗白玉床徐陵詩荷開水殿香十六國春秋石虎正會殿上施白玉床流蘇帳琦按吳王即爲廬江太守之吳王也以其所宴之地比之姑蘇以其美人比之西施乃席

上口占以寓笑謔之意耳若作哌古味同嚼蠟

折荷有贈

涉江翫秋水，愛此紅蕖鮮。攀荷弄其珠，蕩漾不成圓。
佳人綵雲裏，欲贈隔遠天。相思無因見，悵望凉風前。

紅蕖紅荷也此篇卽前卷擬古之第十一首只五字不同

代美人愁鏡二首

明明金鵲鏡，了了玉臺前。拂拭皎（蕭本作交）冰月，光輝何清圓。紅顏老昨日，白髮多去年。鉛粉坐相誤，照來空凄然。

太平御覽神異經曰昔有夫妻將别破鏡人各執半以爲信其妻與人通鏡化爲鵲飛至夫前夫乃知之後人因鑄鏡爲鵲安背上自此始也女紅餘志淑文所寶有對鳳垂龍玉鏡臺淑文名婉姓李

氏賈充妻誚會鈆粉胡粉也以鈆燒煉而成故曰鈆粉○鈆音沿與鉛同

其二

美人贈此盤龍之寶鏡燭我金縷之羅衣時將紅袖拂明月為惜普照之餘輝影中金鵲飛不滅臺下青鸞思獨絶藁砧一别若箭弦去有日來無年狂風吹却妾心斷玉筯并墮菱花前蕭子顯詩明鏡盤龍刻簪羽鳳凰雕劉孝威詩瓊筵玉笥金縷衣抱朴子三光以普照著明藝文類聚宋范泰鸞鳥詩序曰昔罽賓王結罝峻卯之山獲一鸞鳥甚愛之欲其鳴而不能致也乃飾以金籠享以珍羞對之愈戚三年不鳴其夫人曰嘗聞鳥見其類而後鳴何不懸鏡以映之王從其意鸞覩影悲鳴哀響沖霄一奮而絶劉昫後漢書註補鸞鳳類而色青樂府古題要解古詞藁砧今何在藁砧趺也蓋婦人謂其夫之隱語也玉筯淚也江總詩紅樓千愁色

玉筋兩行垂飛燕外傳七出菱花鏡一奩埤雅群說鏡謂之菱花以其面平光影所成如此庾信鏡賦云照壁而菱花自生是也爾雅翼昔人取菱花六觚之象以爲鏡

贈段七娘

羅襪凌波生網塵那能得計訪情親千杯綠酒何辭醉一面紅粧惱殺人曹植洛神賦凌波微波羅襪生塵

别內赴徵三首

王命三徵去未還明朝離别出吳關白玉高樓看不見相思須上望夫山望夫山見二十二卷註

其二

出門妻子強牽衣問我西行幾日歸歸繆本作來時儻佩

黃金印莫見（蕭本作學）蘇秦不下機（初學記衛宏漢舊儀曰列侯黃金印龜鈕文曰印丞相將軍黃金印龜鈕文曰章新書天子之相號爲丞相黃金之印戰國策蘇秦說秦王書十上而說不行去秦而歸至家妻不下紝嫂不爲炊父母不與言）

其三

翡翠爲（一作高）樓金作梯誰人獨宿倚門啼（一作卷簾愁坐待鳴鷄）夜坐（繆本作泣）寒燈連曉月行行淚盡楚關西（郭璞詩翹手攀金梯）

秋浦寄內

我今尋陽去辭家千里餘結荷見（蕭本作捲）水宿却寄大雷書雖不同辛苦愴離各自居我自入秋浦三年北

信疎紅顏愁落盡蕭本作日白髮不能除有客自梁苑手携五色魚開魚得錦字歸問我何如江山雖道阻意合不爲殊尋陽郡唐時之江州也隷江南西道鮑照登大雷岸與妹書吾自發寒雨全行日少加秋潦浩汗山溪猥至渡泝無邊險徑遊歷棧石星飯結荷水宿旅客辛貧波路壯闊始以今日食時僅及大雷塗發千里日踰十晨嚴霜慘節悲風斷肌去親爲客如何如何太平寰宇記舒州望江縣有大雷池水西自宿松縣界流入雷池又東流經縣南去縣百里又東入於海江行百里爲大雷口又有小雷口宋鮑明遠有登大雷岸與妹書乃此地唐時秋浦縣隷江南西道之池州梁苑在唐爲河南道宋州之宋城縣魚書詳十一卷註

自代內贈

寶刀裁繆本作截流水無有斷絕時妾意逐君行纏綿亦

如之别來門前草秋巷春轉碧巷當是黃字之訛謬本作春盡秋轉碧

掃盡更還繆本作還更生萋萋滿行跡鳴鳳始相蕭本作何得

雄鸞雌各飛遊雲落何山一往不見歸估客發大樓

一作東海知君在秋浦梁苑空錦衾陽臺夢行雨妾家三

作相失勢去西秦猶有舊歌管淒清聞四隣曲度入

紫雲啼無眼中人繆本多女弟爭笑弄悲羞淚盈巾二句妾似井底桃

開花向誰笑君如天上月不肯一回照窺鏡不自識

别多憔悴深安得秦吉了爲人道寸心估客商人也古樂府有估

客樂大樓山在池州府城南唐時爲秋浦縣地陽臺

行雨巫言惟夢中得相見耳事見二卷註宗楚客三

爲宰相曲度曲之節奏俱詳十五卷註陸機詩髣髴

眼中人井底桃即四卷桃李出深井之意今庭中天

井是也蕭子顯詩桐生井底葉交加太平廣記秦吉了容管廉白州産此鳥大約似鸚鵡觜脚皆紅兩眼後夾腦有黄肉冠善效人言語音雄大分明於鸚鵡以熟雞子和飯如棗飼之桂海虞衡志秦吉了如鸚鵡紺黑色丹咮黄距目下連項有深黄文項毛有縫如人分髪能人言比於鸚鵡尤慧大抵鸚鵡聲如兒女吉了聲則如丈夫出邕州溪洞中

秋浦感主人歸燕寄内

霜凋繆本作杇楚關木始知殺氣嚴寥寥金天廓婉婉綠紅潛胡燕別主人雙雙語前簷三飛四迴顧欲去復相瞻豈不戀華屋終然謝珠簾我不及此鳥遠行歲已淹寄書道中嘆淚下不能緘月令仲秋之月殺氣浸盛江淹詩殺氣起嚴霜劉良註殺氣寒氣也陳子昂詩金天方肅殺白露始專征爾雅翼胡燕比越燕而大臆前白質黑章

其聲亦大巢懸於大屋兩榱間其長有容匹素者謂之蛇燕謝靈運詩華屋非蓬居呂向註華畫飾也

送內尋廬山女道士李騰空二首

方輿勝覽延真觀在南康軍城北四十里舊名昭德唐女真李騰空所居騰空宰相李林甫之女廬山志蔡尋真侍郎蔡某女也李騰空宰相李林甫女也幼並超異生富貴而不染遂爲女冠同入廬山蔡居屏風疊之南李居屏風疊之北學三洞法以丹藥符籙救人疾苦至三元八節會於詠真洞以相師講貞元中九江守許渾以狀聞昭德皇后賜以金帛土田已而蛻去門人收簪簡瘞之鄉俗歲時祭祀不絕昭德崩許渾入朝因乞賜觀額以昭追奉詔以詠真洞尋真觀騰空所居爲昭德觀

君尋騰空子應到碧山家水舂雲母碓風掃石楠花若戀幽居好相邀弄紫霞

白居易詩有何處水邊碓夜舂雲母聲及雲碓無人水自舂之句自註云廬山中雲母多故以水碓擣鍊俗呼爲雲碓本草衍義石楠葉似枇杷葉之小者而

背無毛正二月間開花冬有二葉爲花苞苞既開中有十餘花大小如椿花甚細碎每一苞約彈許大成一毬一花六葉一朶有七八毬淡白緑色花罷去年葉盡脱漸生新葉○詩人玉屑詩體有借對孟浩然厨人具雞黍稚子摘楊梅太白水舂雲母碓風掃石楠花少陵竹葉於人既無分菊花從此不須開是也○碓音對

其二

多君相門女學道愛神仙素手掬青靄羅衣曳紫烟

一往屏風疊乘鸞著玉鞭一作不著鞭○多猶重也鮑照與妹書左右青靄表裏紫霄韻會靄雲集貌屏風疊在廬山見十一卷註○靄哀上聲

贈內

三百六十日日日醉如泥雖爲李白婦何異太常妻

後漢書周澤爲太常清潔循行盡敬宗廟常臥病齋宮其妻哀澤老病闚問所苦澤大怒以妻干犯齋禁遂收送詔獄謝罪當世疑其詭激時人爲之語曰生世不諧作太常妻一歲三百六十日三百五十九日齋一日不齋醉如泥

在尋陽非所寄內後漢書陳蕃傳或禁錮閉隔或死徙非所晉書曹攄傳獄有死囚歲夕攄行獄愍之曰卿等不幸致此非所後人以囹圄爲非所本此劉長卿有非所留繫聞長州軍笛聲亦用其字

聞難知慟哭行啼入府中多君同蔡琰流淚請曹公知登吳章嶺昔與死無分崎嶇行石道外折入青雲相見若悲歎哀聲那可聞後漢書陳留董祀妻者同郡蔡邕女也名琰字文姬祀爲屯田都尉犯法當死文姬詣曹操請之時公卿名士及遠方使驛坐者滿堂操謂賓客曰蔡伯喈女

在外今爲諸君見之及文姬進蓬首徒行叩頭請罪音辭清辯旨甚酸哀衆皆改容操曰誠實相矜然文狀已去奈何文姬曰明公廄馬萬匹虎士成林何惜疾足一騎而不濟垂死之命乎操感其言乃追原祀罪江西通志吳章山在九江南康二府之界西去九江府城三十里南去南康府城四十五里與廬山相接嶺路峻隘宋孔武仲吳章嶺詩云廬山北轉是吳章巖草紛紛靜有香或云昔有吳章者居此故名或謂吳障山以其爲吳之障也周必大泛舟游山錄上吳章嶺亂石犖牙頗亦險峻嶺脊分江東西兩路界過界便見五老峰是爲山南韻會崎嶇山險也○琰以冉切音近兖

南流夜郎寄內

夜郎天外怨離居明月樓中音信疎北雁春歸看欲盡南來不得豫章書古詩同心而離居憂傷以終老一統志章山在湖廣德安府城東四十里古文以爲內方山左傳吳自豫章與楚夾漢舊圖經云豫章即今之章山唐李白娶安陸許氏

逮流夜郎妻在父母家有寄內詩云南來不得豫章書亦言安陸之豫章也琦按魏顥序太白始娶於許終娶於宗則此時之婦乃宗也因寓居豫章故云一統志猶以流夜郎時之婦爲許相之女以豫章爲德安府之豫章山俱誤

越女詞五首

長干吳兒女眉目艷星月屐上足如霜不着鴉頭襪

江南通志長干里在江寧府城南五里梁武帝詩容色玉耀眉如月晉書五行志初作屐者婦人頭圓男子頭方圓者順之義所以别男女也至太康初婦人屐乃頭方與男無别則知古婦人亦著屐也

其二

吳兒多白皙好爲蕩舟劇賣眼擲春心折花調行客

史記齊桓公與蔡女戲船中夫人蕩舟桓公止之不止賣眼即楚騷目成之意梁武帝子夜歌賣眼拂長

袖含笑留上客調嘲笑也世說康僧淵目深而鼻高王丞相每調之

其三

耶溪採蓮女見客棹歌回笑入荷花去佯羞不出繆本作肯來雲笈七籤若耶溪在越州會稽縣南

其四

東陽素足女會稽素舸郎相看月未墮白地斷肝腸唐書地理志婺州東陽郡有東陽縣越州會稽郡有會稽縣俱隸江南東道白地猶俚語所謂平白地也按謝靈運有東陽溪中贈答二詩其一曰可憐誰家婦緣流洗素足明月在雲間迢迢不可得其一曰可憐誰家郎緣流乘素舸但問情若何月就雲中墮此詩自二作點化而出○舸音歌

其五

鏡湖水如月，耶溪女如雪。新粧蕩新波，光景兩奇絶。鏡湖在會稽山陰兩縣界。若耶溪在會稽縣東南，北流入于鏡湖。詳見六卷註。

浣紗石上女一統志：浣紗石在若耶溪側，是西施浣紗之所。或云在苧蘿山下。

玉面耶溪女，青蛾紅粉粧。一雙金齒屐，兩足白如霜。古詩：娥娥紅粉粧。南越志：軍安縣女子趙嫗著金箱齒屐。

示金陵子一作金陵子詞。○粧樓記：金陵子能作醉來粧。

金陵城東誰家一作金陵子，竊聽琴聲碧一作夜窗裏。落花一片天上來，隨人直渡西江水。楚歌吳語嬌不成，似能未能最有情。謝公正要東山妓，攜手林泉處處行。通鑑：謝安每遊東山，常以妓女自隨。

出妓金陵子呈盧六四首

安石東山三十春，傲然携妓出風塵。樓中見我金陵子，何似陽臺雲雨人。

其二

南國新豐酒，東山小妓歌。對君君不樂，花月（蕭本作有）奈愁何。（梁元帝詩：試酌新豐酒，遥勸陽臺人。陸放翁入蜀記：早發雲陽，過新豐小憩。李太白詩云：南國新豐酒，東山小妓歌。又唐人詩云：再入新豐市，猶聞舊酒香。皆謂此地，非長安之新豐也。然長安新豐亦出名酒，見王摩詰詩，至今居民市肆頗盛。）

其三

東道煙霞主，西江詩酒筵。相逢不覺醉，日墮歷陽川。

左傳若舍鄭以爲東道主唐書地理志淮南道和州歷陽郡有歷陽縣

其四

小妓金陵歌楚聲家僮丹砂學鳳鳴我亦爲君飲清酒君心不肯向人傾丹砂太白奴名見魏顥李翰林集序中學鳳鳴謂吹笙也梁武帝鳳笙曲朱唇玉指學鳳鳴

巴女詞

巴水急如箭巴船去若飛十月三千里郎行幾歲歸唐之渝州涪州忠州萬州等處皆古時巴郡地其水流經三峽下至夷陵當盛漲時箭飛之速不是過矣

哭晁卿衡蕭本作行。舊唐書日本國開元初遣使來朝因請儒士授經詔四門助教趙元默就鴻臚寺教之所得錫賚盡市文籍泛海而還其偏使朝臣仲滿慕中國之風因留不去改姓名爲朝衡仕歷左補闕儀王友衡留京師五十年好書籍放歸鄉逗遛不去上元中擢衡爲左散騎常侍鎭南都護新唐書朝衡歷左補闕儀王友多所該識久乃還天寶十二載朝衡復入朝云云王維有送秘書晁監還日本國詩序趙驊有送晁補闕歸日本詩儲光羲有洛中貽朝校書衡詩蓋晁字即古朝字朝衡晁衡實一人也新舊唐書俱不言衡終于何年據太白是詩則衡返棹日本而死矣豈上元以後事耶抑得之傳聞之譌耶

日本晁卿辭帝都征帆一片遶蓬壺明月不歸沉碧海白雲愁色滿蒼梧唐書日本古倭奴也去京師萬四千里直新羅東南在海中島而居國無城郭聯木爲柵落以草茨屋左右小島五十餘皆自名國而臣附之後稍習夏音惡倭名更號日本使者自言國近日所出以爲名或曰日本乃小國爲倭所并故冒其號使者不以情故疑焉拾遺記蓬壺蓬萊也水經註東北海中有大洲謂之郁洲山海經所謂郁山在海中者也言是山自蒼梧徙此云

山上猶有南方草木崔季珪之叙述初賦言郁州者故蒼梧之山也心悅而怪之聞其上有仙人石室也乃往觀見一道人獨處休休然不談不對顧非已及也即其賦所云吾夕濟於郁洲者也一統志淮安府海州朐山東北海中有大洲謂之鬱洲又名郁洲一名郁州山一名蒼梧山或云昔從蒼梧飛來

自溧水道哭王炎三首 說文溧水出丹陽溧水縣元和郡縣志溧水在宣州溧水縣南六里江南通志溧水一名瀨水在溧陽縣西北上承丹陽湖東流爲宜興之荆溪入太湖舊名永陽江又名中江一統志王炎宣城人與李白爲友嘗遊蜀及死白詩輓之

白楊雙行行白馬悲路傍晨興見曉月更似發雲陽
溧水通吳關逝川去未央故人萬化盡閉骨茅山岡
天上墜玉棺泉中掩龍章名飛日月上義與風雲翔
逸氣竟莫展英圖俄夭傷楚國一老人來嗟龔勝亡

有言不可道雪泣憶繆本作惜蘭芳謝靈運廬陵王墓下詩曉月發雲陽落日次朱方李善註越絕書曲阿爲雲陽縣任昉哭范僕射詩一朝萬化盡猶我故人情江淹恨賦烟斷火絕閉骨泉裏太平寰宇記茅山在句容縣南五十里本名句曲山其山形如句字三曲昔茅山君得道於此後人遂名焉其山接句容金壇延陵三縣界玉棺漢王喬事見十一卷註趙景真與嵇茂齊書表龍章於裸壤李善註龍衮龍之服也章章甫之冠也陸雲南征賦雄聲泉涌逸氣風亮漢書王莽傳遣謁者持安車印綬卽拜楚國龔勝爲太子師友祭酒勝不應徵不食而死龔勝本傳勝死有老父來弔哭甚哀既而曰嗟乎薰以香自燒膏以明自銷龔生竟夭天年非吾徒也遂趨而出莫知其誰謝靈運詩楚老惜蘭芳吕氏春秋吳起雪泣而應之高誘註雪拭也

其二

王公希代寶棄世一何早弔死不及哀殯宮已秋草

悲來欲脫劍挂向何枝好哭向茅山雖未摧一生淚盡丹陽道言弔死而不及其新哀之時殯宮之上已生秋草蓋言久也與左傳贈死不及尸弔生不及哀句同意異陸機詩哀鳴興殯宮論衡延陵季子過徐徐君好其劍季子以當使於上國未之許與季子使還徐君已死季子解劍帶其冢樹御者曰徐君已死尚誰爲乎季子曰前已心許之矣可以徐君死故負吾心乎遂帶劍於冢樹而去溧水在兩漢時乃丹陽郡之地故曰丹陽道

其三

王家碧瑤樹一樹忽先摧海內故人泣天涯弔鶴來未成霖雨用先天許本作失濟川材一罷廣陵散鳴琴更不開淮南子絳樹在其南碧樹瑤樹在其北世說王戎云太尉神姿高徹如瑤林瓊樹自然是風塵表物陶侃別傳侃丁母憂在墓下忽有二客來弔不哭而退儀服鮮異知非常人遣隨視之但見雙鶴冲

天而去書說命若濟巨川用汝作舟楫若歲大旱用汝作霖雨晋書嵇康將刑東市顧視日影索琴彈之曰昔袁孝尼甞從吾學廣陵散吾每靳固之廣陵散於今絕矣初康甞游乎洛西暮宿華陽亭引琴而彈夜分忽有客詣之稱是古人與康共談音律辭致清辯因索琴彈之而爲廣陵散聲調絕倫遂以授康仍誓不傳人亦不言其姓字

哭宣城善釀紀叟

紀叟黃泉裏還應釀老春夜臺無曉日沽酒與何人

一作題戴老酒店云戴老黃泉下還應釀大春夜臺無李白沽酒與何人○老春是紀叟所釀酒名唐人名酒多帶春字陸機詩送子長夜臺李周翰註墳墓一閉無復見明故云長夜臺後人稱夜臺本此沈約傷美人賦忽淪軀於夜臺盧照鄰詩夜臺無曉箭朝奠有虛尊

宣城哭蔣徵君華

敬亭埋玉樹知是蔣徵君安繆本作果得相如草空繆本作仍餘封禪文池臺空有月詞賦舊凌雲獨挂延陵劍千秋在古墳一統志蔣華墓在敬亭山華唐人嘗與李白游白詩曰敬亭山下墓知是蔣徵君世說庾文康亡何揚州臨葬云埋玉樹著土中使人情何能已已史記相如既病免家居茂陵天子曰司馬相如病甚可往從悉取其書若不然後失之矣使所忠往而相如已死家無書問其妻對曰長卿固未嘗有書也時時著書人又取去卽空居長卿未死時爲一卷書曰有使來求書奏之無他書其遺札言封禪事所忠奏其書天子異之漢書武帝好神仙相如上大人賦欲以諷帝反縹縹有凌雲之志延陵劍見前三首註

李太白文集卷之二十五終

李太白文集卷之二十六

錢塘　王琦琢崖輯

表書共九首

爲吳王謝責赴行在遲滯表

通鑑天寶十四載十二月安祿山以張通晤爲睢陽太守與陳留長史楊朝宗將胡騎千餘東畧地郡縣官多望風降走惟東平太守嗣吳王祇濟南太守李隨起兵拒之郡縣之不從賊者皆依吳王爲名十五載二月上以吳王祇爲靈昌太守河南都知兵馬使三月戊辰吳王祇擊謝元同走之拜陳留太守河南節度使五月太常卿張垍薦夷陵太守虢王巨有勇畧上徵吳王祇爲太僕卿以巨爲陳留譙郡太守河南節度使至德二載十一月張鎬率魯炅來瑱吳王祇李嗣業李奐五節度徇河南河東

郡縣皆下之其赴行在疑在徵爲太僕卿時事漢書徵詣行在所顔師古曰天子或在京師或出巡狩不可豫定故言行在所耳三輔黃圖行在所天子以四海爲家不以京師宮室居處爲常則當乘車輿以行天下車輿所至奏事皆曰行在獨斷天子所在日行在所十六國春秋天子以四海爲家故行日乘輿止日行在

臣某言伏蒙聖恩追赴行在臣誠惶誠恐頓首頓首繆本少二字臣聞胡馬矯首嘶北風以蹋顧越禽歸飛戀南枝而刷羽所以流波思其舊浦落葉墜於本根在物尚然矧於臣子齊東野語今臣僚上表所稱誠惶誠恐及誠懽誠喜頓首稽首者謂之中謝中賀自唐以來其體如此蓋臣某以下畧叙數語便入此句然後敷陳其詳古詩胡馬依北風越鳥巢南枝水經註胡馬感北風之思遂頓羈絶絆驟首而馳晨發京城食時至燉煌北塞外長鳴而去揚

雄甘泉賦仰矯首以高視兮劉良註矯舉也潘岳寡婦賦馬悲鳴而踟顧劉良註踟顧踟躕顧盼不前也潘岳詩徒懷越鳥志眷戀想南枝梁簡文帝詩銜苔入淺水刷羽向沙洲張協詩流波戀舊浦張駿東門行休否有終極落葉思本莖臣位叨盤石辜負明時才闕總戎謬當強寇驁拙有素天實知之伏惟陛下重紐乾綱再淸國步憖憖當作慭臣不逮賜臣生全歸見白日死無遺恨韻會叨濫也漢書高帝王子弟地犬牙相制所謂盤石之宗也韻會孤負也毛氏曰孤負之孤當作孤俗作辜非隋書總戎塞表胡虜淸塵盧思道孤鴻賦序才本駑拙性實疏嬾范甯穀梁傳序周道衰陵乾綱絶紐疏曰乾綱者乾爲陽喻天子坤爲陰喻諸侯天子總統萬物若綱紀衆紐故曰乾綱絶紐者紐是連繫之詞諸侯背叛四海分崩若紐之絶故曰絶紐詩大雅國步斯頻朱子註步猶運也廣韻慭憐也憖聰也二字異義世多以慭作憖非是然臣年過耳順風瘵日加鋒鏑

殘骸劣有餘喘雖決力上道而心與願違貴貪尺寸之程轉增犬馬之戀非有他故以疾淹留郭璞爾雅註今江東呼病曰瘵廣韻劣弱也少也陳書高祖紀決力取之曹植上責躬應詔詩表不勝犬馬戀主之情。瘵音債鏑音的今大舉天兵掃除戎羯所在郵驛徵發交馳臣逐便水行難於陸進瞻望冊闕心魂若飛慙墜履之還收喜遺簪之再御不勝涕戀屛營之至謹奉表以聞繆本少謹奉表以聞五字。韻會羯本地名上黨武鄉羯室也晉匈奴別部居之後因號胡戎爲羯說文郵境上行書舍也驛置騎也一云步傳爲郵馬傳爲驛新書楚昭王與吳人戰楚軍敗昭王走而履決背而行失之行三十步復旋取履及至于隨左右問曰王何惜一踦履乎昭王曰楚國雖貧豈愛一踦履哉惡與偕出勿與俱反也自是之後楚國之俗無相棄者韓詩外傳孔子出遊少源之野有婦人中澤而哭其音甚哀孔子使弟子問焉曰夫子何哭之哀婦人曰向者刈蓍薪亡吾蓍簪吾是以哀也弟子曰刈蓍薪而亡蓍簪有何悲焉婦人曰非傷亡簪也蓋不忘故也廣雅屏營征伀也國語屏營傍偟於山林之中後漢書夙夜屏營未知所立蓋言惶懼之意後人表箋言激切屏營正是此義。羯音揭屏音并

爲宋中丞請都金陵表 宋名若思爲御史中丞

臣某言臣誠惶誠恐頓首頓首臣聞社稷無常奉明者守之君臣無定位闇者失之所以父作子述重光疊輝天未絕晋人惟戴唐以功德有厚薄運數有修短功高而福祚長永德薄而政教陵遲三后之姓於今爲庶非一朝也 左傳社稷無常奉君臣無定位自古已然杜預註奉之無常人言惟德也書顧命昔君文王武王宣重光左傳介之推曰獻公之子九人唯君在矣惠懷無親外内棄之天未

絶晉必將有主主晉祀者非君而誰漢書谷永傳以功德有厚薄期質有修短王嘉傳繼心恣欲法度陵遲顏師古註陵遲卽陵夷也言漸頹替也魏書政教陵遲至於凋薄左傳三后之姓於今爲庶主所知也杜預註三后虞夏商也伏惟陛下欽六聖之光訓擁千載之鴻休有國之本群生屬望粤自明兩光岐之陽昔有周太王之興發跡於此天啟有類豈人事與六聖高祖太宗高宗中宗睿宗玄宗也書顧命用答揚文武之光訓孔安國傳用對揚聖祖文武之大教隋書鴻休永播久而彌新北齊書太子國之根本周易明兩作離大人以繼明照於四方唐時岐州領天興岐山扶風麟遊普潤寶雞盩厔虢郿九縣屬關內道去京師三百十七里周太王遷國於岐山之下卽其地也魯頌云后稷之孫實惟太王居岐之陽實始翦商天寶元年改稱扶風郡肅宗卽位於靈武改稱扶風爲鳳翔郡二載遂駐驆於鳳翔其年十月克復兩京始還長安皇朝百五十年金革不作逆

胡竊號剣亂中原雖平嵩邱填伊洛不足以掩宮城之骸骨決洪河灑秦雍不足以蕩犬羊之羶臊毒浸區宇憤盈穹旻此乃猛士奮劍之秋謀臣運籌之日夫不拯横流何以彰聖德不斬巨猾無以興神功十亂佐周而克昌四凶及虞而乃去去元凶者非陛下而誰

嵩邱嵩山也爲河南巨鎮伊洛二水爲河南巨川見一卷明堂賦註唐書地理志西京宮城長千四百四十步廣九百六十步周四千八百六十步其崇三丈有半東都宮城長千六百二十步廣八百有五步周四千九百二十一步其崇四丈八尺以象北辰藩衛曰紫微城雍錄唐都城三重外一重名京城内一重名皇城又内一重名宮城亦名子城洪河黄河也西京賦帶以洪河涇渭之川唐之西京古秦地在禹貢爲雍州之域故曰秦雍周禮羊泠毛而毳羶犬赤股而躁臊正義云依庖人職註臊謂犬也羶

謂羊也羚毛謂毛長也毳謂毛別聚結者此羊肉必羶也赤股者股裏無毛謂之赤股非謂肉赤而走又臊疾犬有如此者其肉必臊鄭康成周禮註杜子春云臊犬青羶羊脂也張衡東京賦區宇乂寧穹旻天也爾雅疏李巡云仰視天形穹隆而高其色蒼蒼故曰穹蒼旻閔也言其以仁慈之恩覆閔在下則稱旻天今曰穹旻葢變文稱之漢書運籌帷幄之中決勝千里之外傅亮修張良廟教夷項定漢大拯橫流東京賦巨猾間舋竊弄神器書泰誓予有亂臣十人同心同德正義云亂治也謂我治理之臣有十人也論語引此而孔子論之有一婦人焉則十人之中其一是婦人故先儒鄭玄等皆以十人爲文母周公太公名公畢公榮公太顛閎夭散宜生南宮适也左傳昔帝鴻氏有不才子天下之民謂之渾敦少皞氏有不才子天下之民謂之窮奇顓頊氏有不才子天下之民謂之檮杌此三族也世濟其凶增其惡名以至於堯堯不能去縉雲氏有不才子天下之民以比三凶謂之饕餮舜臣堯賓於四門流四凶族投諸四裔以禦魑魅宋書志梟元凶少雪仇恥

且道有興廢代有中季漢當三七

莽亦爲災赤伏再起丕業終光非陛下至神至聖安
能勃然中興乎漢書谷永傳時世有中季天道有盛衰顏師古註中讀爲仲宋書漢元成世道士言讖者云赤厄三七三七二百一十年有外戚之篡祚極三六當有龍飛之秀興復祖宗及莽篡漢漢二百一十年矣莽十八年而敗光武興焉赤伏見九卷註司馬相如封禪文天下之壯觀王者之丕業
以臣料人事得失敢獻疑於陛下臣猶望愚夫千
慮或冀一得列子北山愚公其妻獻疑漢書廣武君日臣聞智者千慮必有一失愚者千慮亦有何當作一得向
者賊臣楊國忠蔽塞天聽屠割黎庶女
弟席寵傾國弄權九土泉貨盡歸其室怨氣上激水
旱荐臻重羅暴亂百姓力屈卽欲平殄蠭賊恐難應
期且圖萬全之計以成一舉之策魏書樹列朋黨蔽塞天聽舊唐書楊

國忠傳太真妃卽國忠從祖妹也書畢命茲殷庶士席寵惟舊孔安國傳居寵日久正義云席者人之所處故爲居之義太真外傳楊氏權傾天下每有囑請臺省府縣若奉詔勑四方奇貨童僕駝馬日輸其門瀟湘錄楊國忠權勢漸高四方奉貢珍寶莫不先獻之豪富奢華朝庭間無敵通鑑天寶十三載自去歲水旱相繼關中大飢詩大雅飢饉薦臻左傳率我蟊賊以來搖蕩我邊疆杜預註蟊賊食禾稼蟲名。蟊音茅今自河以北爲胡所凌自河之南孤城四壘大盜蠶食割爲洪溝宇宙峴屼繆本作杌昭然可覩凌凌轢謂踐蹈也禮記四郊多壘鄭康成註壘軍壁也漢書稍蠶食六國顏師古註蠶食謂漸呑滅之如蠶食葉也孔穎達毛詩正義蠶食者蠶之食桑漸漸以食使桑盡也洪溝卽鴻溝見十一卷註峴屼不安也見三卷註臣伏見金陵舊都地稱天險龍盤虎踞開扃自然六代皇居五福斯在雄圖覇跡隱軫由存咽喉控帶縈錯如繡天下衣冠士庶避地東吳永嘉南遷未盛於此龍盤虎踞見七卷註石林燕語太一有五福大游小游四神天一地一直符君綦臣綦民綦凡十神皆天之貴神而五福所臨無兵疫玉海說者謂太一貴神有十而尊曰五福遷徙有常率四十五歲而一易靈遊所直之方祥慶駢集雨暘時叙農扈屢豐民物阜康無或疵癘晉書武畧雄圖比蹤前烈謝靈運詩隱軫邑里容緬邈江海遼史記秦韓之地形相錯如繡宋書晉永嘉大亂幽冀青并兖州及徐州之淮北流民相率過淮亦有過江在晉陵郡界者

臣又聞湯及盤庚五遷其邑典謨訓誥不以爲非衛文徙居楚邱風人流詠尚書序盤庚五遷將治亳殷民咨胥怨作盤庚三篇孔安國傳自湯至盤庚凡五遷都史記帝盤庚之時殷已都河北盤庚渡河南復居成湯之故居乃五遷無定處殷民咨胥皆怨不欲徙盤庚乃告諭諸侯大臣正義曰湯自南亳遷西亳仲丁遷敖河亶甲居相祖乙居耿盤庚渡河南居西亳是五遷也毛詩傳定之方中美衛文

李太白文集　卷二十六　六

公也衛爲狄所滅東徙渡河野處漕邑齊桓公攘夷狄而封之文公徙居楚邱始建城市營宮室得其時制百姓悅之國家殷富焉伏惟陛下因萬人之蕩析乘六合之籌張去扶風萬有一危之近邦就金陵太山必安之成策苟利於物斷在宸衷書盤庚今我民用蕩析離居書無逸無或胥譸張爲幻孔安國傳譸張誑也劉琨答盧諶書自頃輈張困於逆亂李善註侜張驚懼之貌舊說侜譸通用是太白所用譸張字當作驚懼解○譸音舟況齒革羽毛之所生楩楠豫章之所出元龜大貝充牣其中銀坑鐵冶連綿相屬剡銅陵爲金穴煮海水爲鹽山以征則兵强以守則國富横制八極克復兩京俗畜來蘇之歡人多徯后之望禹貢揚州厥貢齒革羽毛惟木孔安國傳齒象牙革犀皮羽鳥羽毛旄牛尾木楩梓豫章正義曰楩梓豫

章此三者是揚州美木故傳舉以言之所貢之木不止於此大禹謨昆命於元龜正義曰元龜謂大龜也白虎通江出大貝海出明珠尚書正義伏生書傳云散宜生之江淮取大貝如大車之渠子虛賦充仞其中者不可勝紀唐書地理志揚州廣陵郡有丹陽監廣陵監錢官二江都縣有銅六合縣有銅有鐵海陵縣有鹽官天長縣有銅昇州江寧郡上元縣有銅有鐵句容縣有銅溧水縣有銅溧陽縣有銅有鐵剗創也銅陵出銅之山金穴藏金之窟漢書採山銅以爲錢煮海水以爲鹽書仲虺之誥攸徂之民室家相慶曰徯我后后來其蘇徯待也后君也蘇復生也○楩音腁剗音産

陛下西以峨嵋爲壁壘東以滄海爲溝池守海陵之倉獵長洲之苑雖上林五柞復何加焉峨嵋山見三卷註漢書枚乘傳轉粟西向陸行不絕水行滿河

不如海陵之倉修治上林雜以離宮積聚玩好圈守禽獸不如長洲之苑晉灼曰海陵海中山爲倉也臣瓚曰海陵縣名也有吳太倉服虔曰長洲吳苑孟康曰以江水洲爲苑也韋昭曰長洲在吳東太平寰宇

記海陵倉郎漢吳王濞之倉也枚乘上書曰轉粟西向水行滿河不如海陵之倉謂海渚之陵因以爲倉今已堙滅長洲苑在蘇州長洲縣西南七十里藝文類聚吳地記曰長洲在姑蘇南太湖北岸闔閭所遊獵處也吳先主使徐詳至魏魏太祖謂詳曰孤願越橫江之津與孫將軍遊姑蘇之上獵長洲之苑吾志足矣上林苑五柞宮俱見一卷大獵賦註○柞音昨

上皇居天帝運昌之都儲精真一之境有虞則北閉劍閣南扃瞿塘蚩尤共工五兵莫向二聖高枕人何憂哉飛章問安往復巴峽朝發白帝暮宿江陵首尾相應莘然之舉

左思蜀都賦遠則岷山之精上爲井絡天帝運期而會昌劉淵林註河圖括地象曰岷山之地上爲井絡帝以會昌神以建福上爲天井昌慶也言天帝於此會慶建福也甘泉賦儲精垂恩李善註儲精儲畜精誠也羅苹路史註三皇經云皇人者泰帝之所使在峨眉山黃帝往受真一五牙之法楊谷授道記云黃帝見天皇真一之經

而不決遂周流四方謁皇人於蛾眉而問真一之道其言大率論水火絳宫大淵之事云劍閣見三卷蜀道難註瞿塘見四卷長干行註説文扃外閉之關也述異記軒轅之初立也有蚩尤氏兄弟七十二人銅頭鐵額食鐵石軒轅誅之於涿鹿之野蚩尤能作雲霧涿鹿今在冀州有蚩尤神俗云人身牛蹄四目六手今冀州人掘地得髑髏如銅鐵者即蚩尤之骨也秦漢間説蚩尤氏耳鬢如劍戟頭有角與軒轅鬭以角觸人人不能向羅苹路史註世本云蚩尤作五兵戈矛戟酋矛夷矛黄帝誅之涿鹿之野淮南子昔共工之力觸不周之山使地東南傾與高辛爭爲帝遂潛於淵宗族殘滅繼嗣絶祀文獻通考女媧末年共工氏任智刑以强覇而不王與祝融戰不勝怒觸不周山以死朝發白帝暮宿江陵詳見二十卷早發白帝城詩註禮記正義兵書云善用兵者似率然率然者常山蛇也擊其首則尾至擊其尾則首至擊其中則首尾俱至○儲音除扃涓熒切音駉

不勝屏營瞻雲望日之至謹先奉表陳情以聞謹先以下八字繆本缺○晋書張軌傳瞻雲望日孤憤義傷

爲宋中丞自薦表

臣某聞天地閉而賢人隱雲雷屯而君子用周易天地閉賢人隱孔穎達正義謂二氣不相交通天地否閉賢人潛隱又周易雲雷屯君子以經綸王弼註君子經綸之時也臣伏見前翰林供奉李白年五十有七天寶初五府交辟不求聞達亦由子真谷口名動京師上皇聞而悅之名入禁掖既潤色於鴻業或間草郭本作進於王言雍容揄揚特見褒賞爲賤臣詐詭遂放歸山閑居製作言盈數萬屬逆胡暴亂避地廬山遇永王東巡脅行中道奔走却至彭澤具已陳首前後經宣慰大使崔渙及臣推覆清雪尋經奏聞後漢書張楷傳五府連辟舉賢

良方正不就章懷太子註五府太傅太尉司徒司空大將軍也三國志諸葛亮遭漢末擾亂隨叔父玄避難荆州躬耕於野不求聞達華陽國志鄭子真褒中人也玄靜守道履至德之行乃其人也教曰忠孝愛敬天下之至行也神中五徵帝王之要道也成帝元舅大將軍王鳳備禮聘之不應家谷口世號谷口子真漢書谷口鄭子真不詘其志耕於巖石之下名震於京師顔師古漢書註掖門非正門而在兩旁若人之臂掖也雍錄御覽曰出禁省爲殿門外出大道爲掖門禁掖者謂禁中之掖門也班固兩都賦序以興廢繼絶潤色鴻業李善註言能發起遺文以光讚大業也唐書宰相表至德元載七月庚午蜀郡太守崔渙爲門下侍郎同中書門下平章事十一月戊午渙爲江南宣慰使

臣聞古之諸侯進賢受上賞蔽賢受明（郭本作顯）戮若三適（郭本作道）稱美必九錫光（繆本作先）榮垂之典謨（繆本作謀）永以爲訓臣所管李白實審無辜懷經濟之才抗巢由之節文可以變風俗

學可以究天人一命不霑四海稱屈漢書元朔元年詔曰進言受上賞薇賢掌顯戮古之道也其與中二千石禮官博士議不舉賢者罪有司奏議曰古者諸侯貢士一適謂之好德再適謂之賢賢三適謂之有功乃加九錫服虞曰適適得其人也應劭曰九錫一曰車馬二曰衣服三曰樂器四曰朱戶五曰納陛六曰虎賁七曰鈇鉞八曰弓矢九曰秬鬯此皆天子制度尊之故事事錫予但數少耳張晏曰九錫經本無文周禮以爲九命春秋說有之臣瓚曰九錫備物伯者之盛禮齊桓晉文猶不能備今三進賢便受之似不然也當受進賢之一錫尙書大傳云三適謂之有功賜以車服弓矢是也梁書鍾嶸傳文麗日月學究天人周禮一命受職再命受服三命受位四命受器五命賜則六命賜官七命賜國八命作牧九命作伯孔穎達禮記正義天子上士三命中士再命下士一命後世以受初品官爲一命本此伏惟陛下大明廣運至道無偏收其希世之英以爲清朝之寶昔四皓遭高皇而不起翼惠帝

而方來君臣離合亦各有數豈使此人名揚宇宙而枯槁當年傳曰舉逸人而天下歸心伏惟陛下迴太陽之高輝流覆盆之下照特請拜一京官獻可替否以光朝列則四海豪俊引領知歸不勝慺慺之至敢陳薦以聞四皓見四卷註抱朴子是責三光不照覆盆之內也後漢書君以兼覽博照爲德臣以獻可替否爲忠爾雅替止也廣韻替廢也滅也潘岳秋興賦序攝官承乏猥厠朝列後漢書楊賜傳豈敢愛惜垂没之年而不盡其慺慺之心哉章懷太子註慺慺猶勤勤也○慺音樓又音臚

代壽山答孟少府移文書

方輿勝覽壽山在常德府安樂縣西北六十里昔山民有壽百歲者前人德安府記西揖白兆峯巒秀出其下李太白之廬想見拏丹砂撫青海而凌八極北壽山卽太白所謂攢吸霞雨隱居靈仙者也人境之勝如此一統志壽山

在湖廣德安府城西北六十里與應山接境山下居民有壽至百餘歲者故名

淮南小壽山謹使東峯金衣雙鶴銜飛雲錦書於維揚孟公足下曰僕包大塊之氣生洪荒之間連翼軫之分野控荊衡之遠勢盤薄萬古邈然星河憑天霓以結峯倚斗極而横嶂頗能攢吸霞雨隱居靈仙産隋侯之明珠蓄卞氏之光寶馨宇宙之美殫造化之奇方與崑崙抗行閬風接境何人間巫廬台霍之足陳耶按唐書地理志安州安陸郡隷淮南道鶴色白而曰金衣雙鶴謂黄鶴也維揚揚州也摘禹貢淮海維揚州之句以成文也高誘淮南子註大塊天地之間也漢書楚地翼軫之分野也今之南郡江夏零陵桂陽武陵長沙及漢中汝南郡盡楚分也宋書翼軫荊州之分也韻會控引也荊衡謂荊州衡州之

地或曰荆山衡山也荆山在湖廣襄陽府南漳縣西北八十里衡山在衡州府衡山縣西三十里薛綜東京賦註霓天邊氣也世說註舊說云隋侯出行有蛇斬而中斷者侯連而續之蛇遂得生而去後啣明月珠以報其德光明照夜同晝因曰隋珠卞和寶玉見四卷註水經註崑崙之山三級下曰樊桐一名板松二曰京圃一名閬風上曰增城一名天庭是謂太帝之居又曰崑崙山有三角其一角正北干辰星之輝名曰閬風巔其一角正西名曰京圃臺其一角正東名曰崑崙宮巫山在四川夔州府巫山縣廬山在湖廣九江府德化縣天台山在浙江台州府天台縣霍山在江南六安州霍山縣

昨於山人李白處見吾子移文繆本作一昨於山人李白處奉見吾子移文責僕以多奇鄙繆本作叱僕以特秀而盛談三山五岳之美謂僕小山無名無德而稱焉觀乎斯言何太謬之甚也吾子豈不聞乎無名為天地之始有名為萬物之母假令

登封瘞祀曷足以大道議耶然能損人費物庖殺致祭暴殄草木鐫刻金石使載圖典亦未足爲貴乎且達人莊生常有餘論以爲尺鷃不羨於鵬鳥秋毫可並於太山由斯而談何小大之殊也老子無名天地之始有名萬物之母河上公註無名者謂道無形故不可名也始者道之本吐炁布化出於虛無爲天地本也有名謂天地有形位陰陽有柔剛是其有名也萬物母者天地含氣生萬物長大成熟如母之養子漢書武帝紀夏四月癸卯上還登封泰山孟康曰王者功成治定告成功於天封崇也助天之高也刻石紀號有金策石函金泥玉檢之封焉應劭曰封者壇廣十二丈高二丈階三等封於其上示增高也刻石紀績也立石三丈一尺其辭曰事天以禮立身以義事親以孝育民以仁四守之內莫不爲郡縣四夷八蠻咸來貢職與天無極人民蕃息天祿永得尚玄酒而俎生魚下禪梁父祀地主示增廣此古制也周禮以禋祀祀昊天

上帝孔安國尚書傳精義以享謂之禋杜預左傳註絜齊以享謂之禋說文鐫琢石也尺鷃鵬鳥見一卷大鵬賦註莊子天下莫大於秋毫之末而太山爲小郭象註夫以形相對則太山大於秋毫也若各據其性分物冥其極則形大未爲有餘形小不爲不足苟各安於其性則秋毫不獨小其小而太山不獨大其大矣若以性足爲大則天下之足未有過於秋毫也若性足者非大則雖太山亦可稱小矣故曰天下莫大於秋毫之末而太山爲小太山爲小則天下無大矣秋毫爲大則天下無小矣　又恠於諸山藏國寶隱國賢使吾君牓道燒山披訪不獲非逼談也夫皇王登極瑞物昭至蒲萄翡翠以納貢河圖洛書以應符設天網而掩賢窮月窟以率職天不秘寶地不藏珍風威百蠻春養萬物王道無外何英賢珍玉而能伏匿於巖穴耶所謂牓道燒山此則王者

之德未廣矣昔太公大賢傅說明德棲渭川之水藏虞號之巖卒能形諸兆朕感乎夢想此則天道闇合豈勞乎搜訪哉果投竿詣麾捨築作相佐周文贊武丁總而論之山亦何罪乃知巖穴爲養賢之域林泉非祕寶之區則僕之諸山亦何負於國家矣晉書孫惠詭稱南岳逸士秦祕之以書干東海王越越省書榜道以求之惠乃出見越越卽以爲記室參軍專掌文疏預參謀議三國志註文士傳曰太祖雅聞阮瑀名辟之不應連見迫促乃逃入山中太祖使人焚山得瑀送至梁邵陵王貞白先生陶君碑牓道求賢焚林拾士鍾嶸詩品屬詞比事乃爲通談西陽雜俎尉瑾曰蒲萄出自大宛張騫所致有黃白黑三種成熟之時子實逼側星編珠聚西域多釀以爲酒每來歲貢周書王會解成周之會倉吾翡翠翡翠者所以取羽琦按蒲萄西域所產翡翠南越所產畧舉二物以見遠方

納貢之意淮南子洛出丹書河出綠圖白虎通王者德至淵泉則河出龍圖洛出龜書宋書黄帝軒轅氏遊於洛水之上見大魚殺五牲以醮之天乃甚雨七日七夜魚流於海得圖書焉龍圖出河龜書出洛赤文篆字以授軒轅禮緯含文嘉伏羲德合上下天應以鳥獸文章地應以河圖洛書則而象之乃作八卦曹植與楊修書吾王於是設天網以該之頓八紘以掩之顔延年宋郊祀歌月竁來賓呂延濟註竁窟也月窟西極顔延年赭白馬賦五方率職四隩入貢家語昔武王克商通道於九夷百蠻王肅註百蠻夷狄百種也漢書威震百蠻武暢西海後漢書杜篤傳厝裂百百蠻章懷太子註百蠻夷狄之總稱也公羊傳桓八年王者無外楚辭章句周文王夢立令狐之津太公在後帝曰昌賜汝名師文王再拜太公夢亦如此文王出田見識所夢載與俱歸以爲太師傅說抱懷道德而遭遇於刑罰操築作於傅巖武丁思想賢者夢得聖人以其形象求之因得傅說登以爲公道用大興孔安國尚書傳傅氏之巖在虞虢之界通道所經有澗水壞道常使胥靡刑人築護此道說賢而隱代胥靡築之以供食正義曰尸子云傅巖在北海之

州傳言虞虢之界孔必有所案據而言之也皇甫謐云高宗夢天賜賢人胥靡之衣蒙之而來曰我徒也姓傳名說天下得我者豈徒也哉武丁悟而推之曰傳者相也說者懽悅也天下當有傳我而說民者哉明以夢視百官百官皆非也乃使百工寫其形像求諸天下果見築者胥靡衣褐帶索執役於虞虢之間傳巖之野名說以其得之傳巖謂之傳說淮南子欲與物接而未成兆朕高誘註兆朕形怪也廣韻吉凶形兆謂之兆朕韻會麾旗屬周禮建大麾以田○寱音囈又音串義同朕直引切陳上聲近者逸人李白自峨眉而來爾其天爲容道爲貌不屈己不干人巢由以來一人而已乃蚪蟠龜息遁乎此山僕嘗弄之以綠綺臥之以碧雲嗽之以瓊液餌之以金砂旣而童顏益春真氣愈茂將欲倚劍天外挂弓扶桑浮四海橫八荒出宇宙之寥廓登雲天之渺茫俄

而李公仰天長吁謂其友人曰吾未可去也吾與爾達則兼濟天下窮則獨善一身安能飡君紫霞蔭君青松乘君鸞鶴駕君虯龍一朝飛騰爲方丈蓬萊之人耳此則未可也乃相與卷其丹書匣其瑶瑟申管晏之談謀帝王之術奮其智能願爲輔弼使寰區大定海縣清一事君之道成榮親之義畢然後與陶朱留侯浮五湖戲滄洲不足爲難矣卽僕林下之所隱容豈不大哉必能資其聰明輔以正氣借之以物色發之以文章雖烟花中貧没齒無恨其有山精木魅雄虺猛獸以驅之四荒磔裂原野使影跡絶滅不干

戶庭亦遺清風掃門明月侍坐此乃養賢之心實亦勤矣莊子道與之貌天與之形左思吳都賦輪囷虯蟠說文虯龍子無角者抱朴子史記龜策傳云江淮間居人爲兒時以龜支床至後死家人移床而龜故生此亦不減五六十歲也不飲不食如此之久而不死其與凡物不同亦遠矣仙家象龜之息豈不有以乎廣博物志司馬相如作玉如意賦梁王悅之賜以綠綺之琴琴銘曰桐梓合精見古琴疏瓊液玉液也金砂仙藥也俱見二十一卷註阮籍詩彎弓掛扶桑長劍倚天外方丈蓬萊見四卷註陸機詩佳人理瑤瑟孔叢子王者前有疑後有丞左有輔右有弼謂之四近後漢書蟬蛻囂埃之中自致寰區之外隋書皇明御曆仁深海縣後漢書憲度旣張遠邇淸一吳都賦川瀆爲之中貧後漢書以爲沒齒之恨章懷太子註沒終也齒年也木魅山精見二十二卷註雄虺見一卷註猛獸猛虎也唐人諱虎或易稱武或易稱獸韻會磔裂也○虯音求磔音窄孟子孟子無見深責耶明年青春求我於此巖也

上安州李長史書今湖廣之德安府在唐時爲安州地屬淮南道州設長史一人正五品上

白嶔崎歷落可笑人也雖然頗嘗覽千載觀百家至於聖賢相似厥衆則有若似於仲尼紀信似於高祖牢之似於無忌宋玉似於屈原而遙觀君侯竊疑魏洽便欲趨就臨然舉鞭遲疑之間未及迴避且理有疑誤而成過一本無過字事有形似而類真惟大雅含弘方能恕之也晉書桓彝字茂倫雅爲周顗所重顗嘗嘆曰茂倫嶔崎歷落固可笑人也漢書武帝罷黜百家表章六經顏師古註百家謂諸子雜說史記孔子既沒弟子思慕有若狀似孔子弟子相與共立爲師師之如夫子時也史記漢書載紀信誑楚事不言其貌似高祖惟白帖云紀信貌似漢王乘

黃屋車左纛詐稱漢王出降項羽不詳出於何書要必有所本晉書何無忌劉牢之之甥酷似其舅襄陽耆舊傳宋玉識音而善文襄王好樂而愛賦既美其才而憎其似屈原也曰子盍從俗使楚人貴子之德乎漢書註如淳曰漢儀註列侯爲丞相稱君侯師古曰楊惲傳北嘗謂惲爲君侯是則通呼列侯之尊稱耳非必在於丞相也盧諶贈劉琨詩序大雅含弘量苞山藪

白少頗周慎忝聞義方入暗室而無欺屬昏行而不變今小人履疑誤形似之迹君侯流愷悌矜恤（繆本作拾）之恩戢秋霜之威布冬日之愛睟容有穆怒顏不彰雖將軍息恨於長孺（一作孫）之前此無慙德司空受揖於元淑之際彼未爲賢一言見冤（當作免）九死非謝（後漢書龍伯高敦厚周慎口無擇言嵇康詩萬石周慎安親保榮周慎謂周詳審慎也左傳臣聞愛子教之以義方邢昺曰方猶道也南史梁簡文帝紀

弗欺暗室豈况三光又阮長之爲中書郎直省夜往鄰省誤著屐出閤依事自列門下以暗夜人不知不受列長之固遣送日一生不侮暗室列女傳衛靈公與夫人夜坐聞車轔轔至闕而止過闕復有聲公問夫人曰知此爲誰夫人曰此蘧伯玉也公曰何以知之夫人曰妾聞禮下公門式路馬所以廣敬也夫忠臣與孝子不爲昭昭變節不爲冥冥隋行蘧伯玉衛之賢大夫也仁而有智敬於事上此其人必不以闇昧廢禮是以知之劉勰新論蘧瑗不以昏行變節詩小雅既見君子孔燕豈弟毛傳曰豈樂弟易也荀悅申鑒喜如春陽怒如秋霜十六國春秋去秋霜之威垂三春之澤左傳趙衰冬日之日也趙盾夏日之日也杜預註冬日可愛夏日可畏也王融三月三日曲水詩序睟容有穆賓儀式序張銑註睟潤澤之貌也穆和也漢書汲黯字長孺爲人性倨少禮大將軍青既益尊姊爲皇后然黯與亢禮或說黯曰自天子欲令群臣下大將軍大將軍尊貴誠重君不可以不拜黯曰夫以大將軍有揖客反不重耶大將軍聞愈賢黯數請問以朝廷所疑遇黯加於平日司空受揖事未詳後漢書趙壹字元叔漢陽西縣人光和元年舉

郡上計到京師是時司徒袁逢受計計吏數百人皆拜伏庭中莫敢仰視壹獨長揖而已逢望而異之命左右往讓之曰下郡計吏而揖三公何也對曰昔酈食其長揖漢王今揖三公何遽怪哉逢即斂衽下堂延置上坐因問西方事大悅顧謂坐中曰此漢陽趙元叔也朝臣莫有過之者吾請爲諸君分坐坐者皆屬觀或用其事司空當是司徒元淑當是元叔之誤未可知也楚辭雖九死其猶未悔○晬音粹

白孤劍誰託悲歌自憐迫於恓惶席不暇暖寄絕國而何仰若浮雲而無依南徙莫從北遊失路遠繆本作言客汝海近還邛蕭本作卭城昨遇故人飲以狂藥一酌一笑陶然樂酣困河朔之清觴飫中山之醇酎屬早日初眩晨霾未收乏離朱之明昧王戎之視青白其眼瞢而前行亦何異抗莊公之輪怒螳螂之臂御者趨

名明其是非入門鞠躬精魄飛散昔徐邈緣醉而賞魏王却以爲賢無鹽因醜而獲齊君待之逾厚白妄人也安能比之上挂國風相鼠之譏下懷周易履虎之懼慭當作憖以固陋禮而遣之幸容寗越之辜深荷王公之德銘刻心骨退思狂愆五情氷炭罔知所措晝愧於影夜慙於魄啟處不遑戰跼無地陳子昂詩孤劍將何託長謡塞上風班固答賓戲聖哲之治棲棲遑遑孔席不暖墨突不黔李善註棲遑不安居之意也韋昭曰暖溫也言坐不暖席也淮南子墨子無暖席高誘曰坐席不至於溫歷行諸國汲汲於行道也宋書竈不得黔席未暇暖絶國謂遠地見六卷註汝海見十三卷註史記正義括地志云安州安陸縣城本春秋時鄖國城杜預春秋經傳集解鄖國在江夏雲杜縣東南有鄖城邧城即鄖城也古字通用晉書長水校

尉孫季舒嘗與石崇酣燕慢傲過度崇欲表免之裴楷聞之謂崇曰足下飲人狂藥責人正禮不亦乖乎初學記魏文帝典論曰大駕都許使光祿大夫劉松北鎮袁紹軍與紹子弟日共宴飲常以三伏之際晝夜酣飲極醉至於無知云以避一時之暑故河朔有避暑飲江總瑪瑙盌賦獲阿宗之美寶命河朔之名觴左思魏都賦醇酎中山流湎千日劉淵林註中山出好酎酒其俗傳云昔有人曰玄石者從中山酒家沽酒酒家與之千日之酒語其節度比歸百里可至於醉如其言飲之至家而醉其家不知其醉以爲死也歛棺而葬之中山酒家計向千日憶曰玄石前來沽酒其醉向解也遂往問其隣人曰玄石死來三年服已闋矣於是與其家至玄石家上掘而開其棺玄石於是醉始解起於棺中其俗語曰玄石飲酒一醉千日說文酎三重醇酒也晨霾早時昏霧之氣趙岐孟子註離婁古之明目者蓋以爲黃帝時人也黃帝亡其玄珠使離朱索之離朱卽離婁也能視於百步之外見秋毫之末晉書王戎幼而穎悟神彩秀徹視日不眩裴楷見而目之曰戎眼爛爛如巖下電又晉書阮籍能爲清白眼見禮俗之士以白眼對之及嵇

喜來弔籍作白眼喜不懌而退喜弟康聞之乃齎酒挾琴造焉籍大悅乃見青眼韻會眥目不明也韓詩外傳齊莊公出獵有螳螂舉足將搏其輪問其御曰此何蟲也對曰此螳螂也其爲蟲知進而不知退不量力而輕就敵莊公曰以爲人必爲天下勇士矣於是廻車避之而勇士歸焉莊子汝不見夫螳螂乎怒其臂以當車轍不知其不勝任也魏志徐邈爲尚書郎時科酒禁而邈私飲至於沉醉校士趙達問以曹事邈曰中聖人達白之太祖太祖甚怒鮮于輔進曰平日醉客謂酒清者爲聖人濁者爲賢人邈性修慎偶醉言耳竟坐得免刑文帝踐祚車駕幸許昌問邈曰頗復中聖人否邈對曰昔子反斃於陽穀御叔罰於飲酒臣嗜同二子不能自懲時復中之然宿瘤以醜見傳而臣以醉見識帝大笑顧左右曰名不虛立無鹽醜女見四卷註詩國風相鼠有皮人而無儀人而無儀不死何爲周易履虎尾咥人凶世說王安期作東海郡吏錄一犯夜人來王問何處來云從師家受書還不覺日晚王曰鞭撻寧越以立威名恐非致理之本使吏送令歸家廣韻愆過也俗作僁五情見二卷註郭象莊子註喜懼戰於胸中固已結氷炭於

五歲矣詩小雅王事靡盬不遑啟處毛傳云遑暇啟跪處居也○卭音云飫於據切於去聲酎音宙霾音埋瞢音夢伏惟君侯明奪秋月和均韶風掃塵詞場振發文雅陸機作太康之傑士未可比肩曹植爲建安繆本作武誤之雄才惟堪捧駕天下豪俊翕然趨風白之不敏竊慕餘論南齊書挺清譽於弱齡發韶風於早日韶風和風也鍾嶸詩品陳思爲建安之傑陸機爲太康之英太康西晉年號時則有左思潘岳二張二陸之詩建安漢末年號時則有曹氏父子及鄴中七子之詩說苑比肩繼踵而在何爲無人何圖叔夜潦倒不切於事情正平猖狂自貽於恥辱一忤容色終身厚顏敢昧繆本作沐芳負荊請罪門下儻免以訓責恤其愚蒙如能伏劍結纓謝君侯之德嵇叔夜與山巨源絕交書足下舊知吾潦倒麤疎不切事

情後漢書彌衡字正平孔融深愛其才數稱述於曹操操欲見之而衡素相輕疾自稱狂病不肯往而數有恣言操懷忿以其才名不欲殺之聞衡善擊鼓乃召爲鼓史因大會賓客試閱音節諸史過者皆令脫其故衣更著岑牟单絞之服次至衡衡方爲漁陽摻檛蹀躍而前容態有異聲節悲壯聽者莫不慷慨衡進至操前而止吏呵之曰鼓史何不改裝而輕敢進乎衡曰諾於是先解衵衣次釋餘服裸身而立徐取岑牟单絞而著之復參檛而去顔色不怍操笑曰本欲辱衡衡反辱孤孔稚珪北山移文芳杜厚顔薜荔無恥史記廉頗肉袒負荆至藺相如門謝罪索隱曰負荆者荆楚也可以爲鞭者也左傳魏絳將伏劍士魴張老止之孔穎達正義將伏劍謂仰劍刃身伏其上而取死也左傳太子下石乞盂黶敵子路以戈擊之斷纓子路曰君子死冠不免結纓而死江淹上建平王書結纓伏劍少謝萬一猶云殺身以報德也

敢以近所爲繆本作敢一夜力撰春遊救苦寺詩一首十韻石巖寺詩一首八韻上楊都尉詩一首三十韻辭旨狂

野貴露下情輕干視聽幸乞詳覽方輿勝覽救苦寺在常德府西四里今名勝業院李白有春遊救苦寺詩今考集中三詩皆不傳

與賈少公書

唐人通呼縣尉曰少府少公即少府也書內有中原橫潰及王命崇重大總元戎辟書三至嚴期迫切等語疑是永王璘脅行時所作

上似有缺文宿昔惟清勝白綿疾疲薾去期恬退才微識淺無足濟時雖中原橫潰將何以救之王命崇重大總元戎辟書三至人輕禮重嚴期迫切難以固辭扶力一行前觀進退謝靈運詩疲薾慚貞堅呂向註疲薾困極之貌宋書孝武帝紀恬退自守不交當世南史儒林傳中原橫潰衣冠道盡漢書統辟元戎顔師古註元戎大衆也庾信哀江南賦實總元戎身先士卒阮籍奏記辟書始下下走爲首李善註辟猶名也徐陵與宗室書扶力爲書多不詮

次扶力猶勉力也旦殷深繆本鈌深字源盧岳十載時人觀其起與不起以卜江左興亡謝安高臥東山蒼生屬望白不樹矯抗之跡恥振玄邈之風混遊漁商隱不絕俗豈徒販賣雲壑要射虛名方之二子實有慙德徒塵忝幕府終無能爲世說殷深淵在墓所幾十年於時朝野以擬管葛起不起以卜江左興亡謝安高臥東山見七卷註劉琨勸進表存舜禹至公之情狹巢由矯抗之節桓溫薦譙元彥表洗耳投淵以振玄邈之風後漢書郭林宗傳隱不違親貞不絕俗孔稚圭北山移文誘我松桂欺我雲壑書仲虺之誥惟有慙德孔傳曰慙德慙德不及古也唯當報國薦賢持以自免斯言若謬天實殛之以足下深知具申中欵惠子知我夫何間然勾當小事但增悚惕一作佩○陸雲詩何用結中欵仰指北辰

星曹子建與楊德祖書其言之不慚恃惠子之知我也李周翰註我有此言而不慚者恃子恩惠之知我也一云惠子惠施也勾當斡辦也唐宋時俚語今北人猶有此言俱作去聲呼

爲趙宣城與楊右相書趙宣城宣城太守趙悅也唐書天寶十一載十一月庚申楊國忠爲右相

某啟辭違積年伏戀軒屏首冬初寒伏惟相公尊體起居萬福某蒙恩才朽齒邁徒延聖日少忝末吏本乏之遠圖中年廢鈌分歸園壑昔相公秉國憲之日一拔九霄拂刷前恥昇騰晚官恩貸稠疊實戴丘山落羽再振枯鱗旋躍運以大風之舉假以磨當作摩天之翔衣繡霜臺含香華省宰劇懃强項之名酌貪礪清

心之節三典列郡寂無成功但宣布王澤式酬天獎

陸雲與陸典書年長而志新齒邁而曾勤唐書楊國忠傳天寶七載擢給事中兼御史中丞蔡邕文烈侯楊公碑逮作御史允執國憲阮籍詩高鳥摩天飛凌雲共遊戲繡衣御史之服霜臺御史之府俱見十一卷註初學記應劭漢官儀曰尚書郎含鷄舌香伏奏事黃門侍郎對揖跪受故稱尚書郎懷香握蘭趨走丹墀宋書尚書郎口含鷄舌香以其奏事對答欲使氣息芬芳也潘岳秋興賦獨展轉於華省漢光武呼洛陽令董宣爲强項令見十二卷註晉書廣州包帶山海珍異所出一篋之寄可資數世然多瘴疫人情憚焉惟貧窶不能自立者求補長史故前後刺史皆多黷貨朝廷欲革嶺南之弊隆安中以吳隱之爲廣州刺史未至州二十里地名石門有水曰貪泉飲者懷無厭之欲隱之既至語其親人曰不見可欲使心不亂越嶺喪清吾知之矣乃至泉所酌而飲之賦詩曰古人云此水一歃懷千金試使夷齊飲終當不易心在州清操逾厲典守也班固兩都賦序王澤竭而詩不作任昉奏答勑示七夕詩啟牽率庸陋式酬天

奬劉良註式用也酬答也奬猶恩也伏惟相公開張徽猷寅亮天地入夔龍之室持造化之權安石高枕蒼生是仰詩小雅君子有徽猷毛傳曰徽美也鄭箋曰猷道也君子有美道以得聲譽也書周官貳公弘化寅亮天地孔傳曰敬信天地之教安石不出當如蒼生何見七卷註某鳴躍無巳剪拂因人銀章朱紱坐榮宦達身荷宸眷繆本作睠目識龍顏旣齊飛於鵷郭本作鴛鷺復寄跡於門館皆相公大造之力也而鐘鳴漏盡夜行不息止足之分實愧古人犬馬戀主廹於西氾所冀枯松晚歲無改節於風霜老驥餘年期盡力於蹄足上答明主下報相公縷縷之誠屏息於此剪拂見三卷註銀章朱紱見十一卷註北史劉炫傳以此庸虛屢動宸眷隋書音樂志懷黃綰白鵷

鷺成行三國志田豫屢乞遜位司馬宣王以爲豫克壯書喩未聽豫書答曰年過七十而以居位譬猶鐘鳴漏盡而夜行不休是罪人也潘岳閑居賦序覽止足之分庶浮雲之志晉書陶侃季年懷止足之分不與朝權犬馬戀主見本卷註楚辭出自湯谷入於蒙汜王逸註汜水涯也言日出東方湯谷之中入西極蒙水之涯也謝瞻詩扶光迫西汜呂延濟註扶光日也迫薄也西汜日入處也縷縷見本卷註盧思道勞生論云違時薄宦屏息窮居伏惟相公收遺簪於少昊當作原念亡弓於楚澤哀當益壯結草知歸瞻望恩光無忘景刻獨異志孔子行過少陵原聞婦人哭甚哀使子貢問焉何哭之悲也婦人曰向者刈薪而遺簪孔子復問曰刈薪遺簪乃常也而哭悲者何也答曰非惜一簪所以悲不忘故也家語楚王出遊亡烏皡之弓左右請求之王曰已之楚王失弓楚人得弓又何求之後漢書馬援嘗謂賓客曰丈夫爲志窮當益堅老當益壯左傳魏顆敗秦師於輔氏獲杜回秦之力人也初魏武子有嬖妾無子武子疾命顆曰必嫁是疾病則

曰必以爲殉及卒顆嫁之曰疾病則亂吾從其治也及輔氏之役顆見老人結草以亢杜回杜回躓而顛故獲之夜夢之曰予爾所嫁婦人之父也爾用先人之治命予是以報江淹上建平王書大王惠以恩光顧以顏色謝靈運詩愛客不告疲飲讌遺景刻李善註刻漏刻也

與韓荊州書

唐書韓朝宗初歷左拾遺累遷荊州長史開元二十二年初置十道採訪使朝宗以襄州刺史兼山南東道坐所任吏擅賦役貶洪州刺史天寶初召爲京兆尹出爲高平太守貶吳興別駕卒喜識拔後進嘗薦崔宗之嚴武於朝當時士咸歸重之

白聞天下談士相聚而言曰生不用萬戶侯但願一識韓荊州何令人之景慕一至於此耶豈不以有周公之風躬吐握之事使海內豪俊奔走而歸之一登龍門則聲譽十倍所以龍盤鳳逸之士皆欲收名定

價於君侯願君侯不以富貴而驕之寒賤而忽之則三千賓中有毛遂使白得穎脫而出即其人焉梁簡文帝啟矧彼前賢寧忘景慕韓詩外傳周公曰吾文王之子武王之弟成王之叔父也又相天下吾於天下亦不輕矣然一沐三握髮一飯三吐哺猶恐失天下之士淮南子智過萬人者謂之英千人者謂之俊百人者謂之豪十人者謂之傑世說李元禮風格秀整高自標持欲以天下名教是非爲已任後進之士有升其堂者皆以爲登龍門史記平原君合從於楚約與食客門下有勇力文武備具者二十人偕得十九人有毛遂者前自贊於平原君平原君曰賢士之處世也譬若錐之處囊中其末立見今先生處勝之門下三年於此矣左右未有所稱誦勝未有所聞是先生無所有也毛遂曰臣乃今日請處囊中耳使遂早得處囊中乃穎脫而出非特其末見而已白隴西布衣流落楚漢十五好劍術徧干諸侯三十成文章歷抵卿相雖長不滿七

尺而心雄萬夫王公大人舊本作臣今從唐文粹本許與氣義此疇曩心跡安敢不盡於君侯哉繆本作爲。太白本蜀人稱隴西者本先世族望而言也爾雅曩嚮也疇曩猶疇昔。曩乃黨切囊上聲君侯制作侔神明德行動天地筆參造化學究天人舊本作筆參於造化學究於天人今從唐文粹本幸願開張心顏不以長揖見拒必若接之以高宴縱之以清談請日試萬言倚馬可待今天下以君侯爲文章之司命人物之權衡一經品題便作佳士而君侯何惜階前盈尺之地不使白揚眉吐氣激昂青雲耶何承天達性論妙思窮幽頤制作侔造化後漢書言行動天地舉厝移陰陽梁書鍾嶸傳文麗日月學究天人北史崔㥄常與蕭祗明少遐等高宴終日獨無言世說桓宣武北征袁虎時從會須露布文與袁倚馬前令作手不輟筆俄得七紙殊可觀昔王子師爲豫州未下車卽辟荀慈明既下車又辟孔文舉山濤作冀州甄拔三十餘人或爲侍中尚書先代所美而君侯亦薦一嚴協律入爲秘書郎中間崔宗之房習祖黎昕許瑩之徒或以才名見知或以清白見賞白每觀其銜恩撫躬忠義奮發以此感激知君侯推赤心於諸賢腹中所以不歸他人而願委身國士儻急難有用敢効微軀繆本作驅。後漢書王允字子師太原祁人也中平元年特選拜豫州刺史辟荀爽孔融等爲從事晉書江統傳昔王子師爲豫州未下車辟荀慈明下車辟孔文舉晉書山濤出爲冀州刺史冀州俗薄無相推轂濤甄拔隱屈搜訪賢才旌命三十餘人皆顯名當時人懷慕尚風俗頗革唐書百官志太常寺有協律郎二人正八品上掌和律呂後漢書光武自乘輕騎案行部陣降者更相語曰蕭王推赤心置人腹中安得不投死乎。昕音欣瑩音榮且人非堯舜誰能盡善白謨猷籌畫安能自舊本作畫今從唐文粹本矜至於制作積成卷軸則欲塵穢視聽恐雕蟲小技不合大人若賜觀芻蕘請給紙墨兼之書人舊本作兼人書之今從唐文粹本然後退掃舊本作歸今從唐文粹本閑軒繕寫呈上庶青萍結綠長價於薛卞之門幸惟下流大開獎飾惟君侯圖之任昉齊竟陵文宣王行狀所造箴銘積成卷軸三國志陸凱傳穢塵天聽隋書李德林傳經國大體是賈生晁錯之儔雕蟲小技殆子雲相如之輩雕蟲見二卷註詩大雅先民有言詢於芻蕘南齊書高嫿閑軒韻會編錄文字謂之繕寫青萍劍名結綠玉名俱見九卷註越絕書客有能相劍者名薛燭詳見二卷註新序荊人卞和得玉璞詳

見四卷註

上安州裴長史書 通典安州今理安陸縣春秋邔子之國雲夢之澤在焉後楚滅邔封鬬辛爲鄖公即其地也註邔或作鄖

白聞天不言而四時行地不語而百物生白人焉非天地 繆本多一也字 安得不言而知乎敢剖心析肝 蕭本作刻心柎肝 論舉身之事便當談笑以明其心而粗陳其大綱一快憤懣惟君侯察焉 北史長孫紹遠曰夫天不言四時行焉地不言萬物生焉史記鄒陽傳兩臣二主剖心析肝相信豈移於浮詞哉漢書司馬遷傳是僕終已不得舒憤懣以曉左右顔師古註懣煩悶也○柎即析字懣音悶又音滿

白本家金陵世爲右姓遭沮渠蒙遜難奔流咸秦因官寓家少長江漢五歲誦

六甲十歲觀百家軒轅以來頗得聞矣常橫經籍書制作不倦迄於今三十春矣按晉書凉武昭王諱暠字玄盛隴西成紀人姓李氏漢前將軍廣之十六世孫也廣曾孫仲翔後漢初爲將軍討叛羌於素昌素昌乃狄道也衆寡不敵死之仲翔子伯考奔喪因葬於狄道之東川遂家焉世爲西州右姓玄盛當呂氏之末爲群雄所奉遂啟霸圖兵不血刃坐定千里進號大都督大將軍凉公領秦凉二州牧據河右遷都酒泉薨子歆嗣位爲沮渠蒙遜所滅諸弟酒泉太守翻新城太守預領羽林監密左將軍姚右將軍亮等西奔敦煌翻及弟敦煌太守恂與諸子等棄敦煌奔於北山郡人宋承張弘以恂在郡有惠政推爲冠軍將軍凉州刺史蒙遜屠其城歆子重耳脫身奔於江左仕於宋後歸魏爲弘農太守蒙遜徙翻子寶等於姑臧歲餘北奔伊吾後歸於魏胡應麟續筆叢凉武昭王之世南北瓜分已久即云先世金陵後遷隴蜀亦萬萬不通蓋後人因白僑寓白門而僞爲此書云云琦按自本家金陵至少長江漢二十餘字必有缺文訛字否則金陵或是

金城之謬亦未可知斷爲僞作者非是唐書柳冲傳江左定氏族凡郡上姓第一則爲右姓太和以郡四姓爲右姓齊浮屠曇剛類例凡甲門爲右姓周建德氏族以四海通望爲右姓隋開皇氏族以上品茂姓則爲右姓唐貞觀氏族志凡第一等則爲右姓路氏著姓畧以盛門爲右姓李冲姓族係錄凡四海望族則爲右姓禮記九年教之數日鄭康成註朔望與六甲也漢書八歲入小學學六甲五方書計之事南史顧歡年六七歲知推六甲六甲今之六十甲子史記賈生年少頗通諸子百家之書北齊書儒林傳橫經受業之侶遍於鄉邑漢書敘傳徒樂枕經籍書紆體橫門○沮音葅以爲士生則桑弧蓬矢射乎四方故知大丈夫必有四方之志乃仗繆本作杖劍去國辭親遠遊南窮蒼梧東涉溟海見鄉人相如大誇雲夢之事云楚有七澤遂來觀焉而許相公家見招妻以孫女便憇跡繆本無跡字於此至移三霜焉

禮記男子生桑弧蓬矢六以射天地四方天地四方者男子之所有事也故必先有志於其所有事杖持也古杖伏通用漢書韓信傳項梁渡淮信乃杖劍從之陳平傳平身間行杖劍亡渡河顏師古曰言直帶一劍更無餘資蒼梧見五卷註雲夢七澤見一卷註許相公謂許圉師按舊唐書許紹字嗣宗本高陽人梁末徙於周因家於安陸累官硤州刺史封安陸郡公少子圉師有器幹博涉藝文舉進士顯慶二年累遷黃門侍郎同中書門下三品龍朔中爲左相爲李義山所擠左遷虔州刺史尋轉相州刺史上元中再遷戶部尚書儀鳳四年卒曩昔東遊維揚不逾一年散金三十餘萬有落魄公子悉皆濟之此則是白之輕財好施也向秀思舊賦序追思曩昔遊晏之好禹貢淮海維揚州落魄見三卷註○魄音薄又昔與蜀中友人吳指南同遊於楚指南死於洞庭之上白禫服慟哭若喪天倫炎月伏屍泣盡而郭氏本無而字繼之以

血行路聞者悉皆傷心猛虎前臨堅守不動遂權殯於湖側便之金陵數年來觀筋肉集本作骨今從唐文粹本尚在白雪泣持刃躬身洗削裹骨徒步負之而趨寢興攜持無輟身手遂丐貸營葬於鄂城之東故鄉路遥魂魄無主禮以遷窆式昭朋情此則是白存交重義也

禮記中月而禫禫而纖鄭康成註黑經白緯曰纖舊說纖冠者采纓也孔穎達正義禫而纖者禫祭之時玄冠朝服禫祭既訖而首著纖冠身著素端黃裳以至吉祭禫服即素服之義天倫兄弟也見十五卷註雪泣拭淚也見二十五卷註鄂城謂江夏郡城本名鄂州故曰鄂城小爾雅下棺謂之窆。禫徒感切覃上聲窆音貶

又昔與逸人東嚴子隱於岷山之陽白巢居數年不跡城市養奇禽千計呼皆就掌取食了無驚

猜廣漢太守聞而異之詣廬親覩因舉二人以有道並不起此則白養高忘機不屈之跡也尚書蔡傳晁氏曰蜀以山近江源者通爲岷山連峯接岫重疊險阻不詳遠近青城天彭之所環遶皆古之岷山青城乃其第一峰也地理今釋岷山跨古雍梁二州自陝西鞏昌府岷州衛以西大山重谷谽谺起伏西南走蠻箐中直抵四川成都府之西境凡茂州之雪嶺灌縣之青城皆其支脈而導江之處則在今松潘衛北西番界之浪架嶺漢書地理志所云岷山在湔道縣西徼外是也太白巴西郡人唐之巴西郡即漢之廣漢郡地取舊名以代時稱唐人多有此習其實唐時無廣漢太守之名也有道唐取士科名唐書高適傳舉有道科中第是也又前禮部尚書蘇公出爲益州長史白於路中投刺待以布衣之禮因謂群寮曰此子天才英麗下筆不休雖風力未成且見專車之骨若廣之以學可

以相如比肩也四海明識具知此談（唐書蘇頲字廷碩開元四年進同紫微黃門平章事八年罷爲禮部尚書俄檢校益州大都督長史按察節度劍南諸州釋名書姓字於奏白曰刺壯齊書楊愔傳神武至信都遂投刺轅門便蒙引見楊雄甘泉賦命群僚歷吉日班固與弟超書傳武仲以能屬文爲蘭臺令史下筆不能自休國語昔禹致群臣於會稽之山防風氏後至禹殺而戮之其骨節專車）前此郡督馬公朝野豪彥一見盡（繆本少盡字）禮許爲奇才因謂長史李京之曰諸人之文猶山無烟霞春無草樹李白之文清雄奔放名章俊語絡繹間起光明動徹（繆本作澈）句句動人此則故交元丹親接斯議（按唐書安州安陸郡設中都督府置都督一人正三品荅卽刺史之任長史一人正五品上）若蘇馬二公愚人也復何足（繆本多一盡字）陳儻賢賢也白有

可尚夫唐虞之際於斯爲盛有婦人焉九人而已是知才難不可多得白野人也頗工於文惟君侯顧之無按劍也伏惟君侯貴而且賢鷹揚虎視齒若編貝膚如凝脂昭昭乎若玉山上行朗然映人也而高義重諾名飛天京四方諸侯聞風暗許倚劍慷慨氣干虹蜺月費千金日宴群客出躍駿馬入羅紅顏所在之處賓朋成市故時人繆本作節歌曰賓朋何喧喧日夜裴公門願得裴公之一言不須驅馬埒繆本作將華軒白不知君侯何以得此聲於天壤之間豈不由重諾好賢謙以得也而晚節改操棲情翰林天材超然度越

作者屈佐鄖繆本作郧國時惟清哉稜威雄雄下情繆本作熠群物應休璉與侍郎曹長思書王肅以宿德顯授何曾以後進見拔皆鷹揚虎視有萬里之望漢書目若懸珠齒若編貝詩國風膚如凝脂世說見裴叔則如玉山上行光映照人江淹詩依劍臨八荒曹植七啟揮袂則九野生風慷慨則氣成虹蜺說文埒卑垣也韻會檐宇之末曰軒魏都賦註長廊之有窗也華軒謂華美之軒見二十五卷註晚節暮年也見十五卷註漢書籍翰林以爲主人子墨爲客卿李善註韋昭曰翰筆也翰林文翰之多若林也詩大雅有壬有林是也此云林郎文翰林猶儒林之意也元和郡縣志安州春秋時鄖國太平寰宇記左氏傳曰鄖人軍於蒲騷杜預註云鄖國在江夏郡雲杜縣楚滅之括鄖國今安州城是也威稜見一卷大獵賦註廣韻慴懾也〇埒音劣稜音楞慴音疊白竊慕高義已經十年雲山間之造謁無路今也運會得趨末塵承顏接辭八九度矣常欲一雪心跡崎嶇未便

何圖謗言繆本作詈忽生衆口攢毁將恐繆本作欲投杼下客震於嚴威然自明無辜何憂悔吝孔子曰畏天命畏大人畏聖人之言過此三者鬼神不害若使事得其實罪當其身則將浴蘭沐芳自屏於烹鮮之地惟君侯死生不然投山竄海轉死溝壑豈能明目張膽託書自陳耶史記臣所以去親戚而事君者徒慕君之高義也度猶次也投杼用曾母事見十一卷註楚辭浴蘭湯兮沐芳老子治大國若烹小鮮河上公註鮮魚也烹鮮之地猶云鼎鑊也南史王藻傳便當刑膚剪髮投山竄海史記陳餘傳將軍瞋目張膽出萬死不顧一生之計○杼音紵昔王東海問犯夜者曰何所從來答曰從師受學不覺日晚王曰吾豈可鞭撻甯越以立威名想君侯通人必不

爾也晉書王承遷東海太守有犯夜者爲吏所拘承問其故答曰從師受學不覺日暮承曰鞭撻寗戚以立威名非政化之本使吏送令歸家論衡博覽古今者爲通人又曰通書千篇以上萬卷以下弘暢雅言審定文讀而以教授爲人師者通人也願君侯惠以大過洞開心顏終乎前恩再辱英盻白必能使精誠動天長虹貫日直度易水不以爲寒若赫然作威加以大怒不許門下逐之長途白卽膝行於前再拜而去西入秦海一觀國風永辭君侯黃鵠舉矣何王公大人之門不可以彈長劍乎謝朓詩俯仰流英盻虹貫日易水寒見一卷註漢書項羽見諸侯將入轅門膝行而前莫敢仰視秦海秦地也古以秦地爲陸海故謂之秦海田饒謂魯哀公曰臣將去君黃鵠舉矣詳見二卷註彈劍見三卷註○容齋四筆李太白上安州裴長史書裴君不知何如人至譽其貴而且賢名

飛天京天才超然度越作者稜威雄雄下慴群物予謂白以白衣入翰林其蓋世英姿能使高力士脫靴於殿上豈拘拘然怖一州佐者耶蓋時有屈伸正自不得不爾大賢不偶神龍困於螻蟻可勝嘆哉白此書自序其生平云昔與蜀中友人吳指南同遊指南死於洞庭之上白禫服慟哭炎月伏尸猛虎前臨堅守不動遂權殯於湖側數年來觀筋肉尚在雪泣持刃躬申洗削裹骨徒步負之而趨遂丐貸營葬於鄂城其存交重義如此又與逸人東嚴子隱於岷山巢居數年不跡城市養奇禽千計呼皆就掌取食了無驚猜其養高忘機如此而史傳不爲書之亦爲未盡

李太白文集卷之二十六終

李太白文集卷之二十七

錢塘　王琦琢崖輯註
　　　　　　　熥　葆光
　　　　　　　復　曾宗武　較

序二十首

暮春江夏送張祖監丞之東都序

吁咄哉僕書室坐愁亦已久矣每思欲遐登蓬萊極目四海手弄白日頂摩青穹揮斥幽憤不可得也而金骨未變玉顔已緇何常不捫松傷心撫鶴嘆息誤學書劍薄遊人間紫微九重碧山萬里有才無命甘於後時劉表不用於禰衡暫來江夏賀循喜逢於張

翰且樂船中宋書樂志旋駕聳汎青穹莊子揮斥八極神氣不變郭象註揮斥猶縱放也說文緇黑色也謝朓詩薄遊苐從告紫微天子所居之宮以擬天之紫微垣而名也後漢書禰衡傳劉表及荆州士大夫先服其才名甚賓禮之後侮慢於表表恥不能容以江夏太守黃祖性急故送衡與之祖亦善待焉晉書會稽賀循赴命入洛經吳閶門於船中彈琴張翰初不相識乃就循言談便大相欽悅問循知其入洛翰曰吾亦有事北京便同載即去而不告家人達人張侯大雅君子統泛舟之役在清川之湄談玄賦詩連興數月醉盡花柳賞窮江山王命繆本作國祖有程告以行邁烟景晚色慘爲愁容繫飛帆於半天泛淥水於遙海欲去不忍更開芳樽樂雖寰中趣逸天半平生酣暢未若此筵至於清談浩歌雄筆麗藻笑飲醁酒醉揮素琴余實

不愧於古人也左傳秦輸粟於晉自雍及絳相繼命之曰泛舟之役詩國風行邁靡靡毛傳曰邁行也鄭箋曰行道也道行猶行道也劉孝綽詩芳樽散緒寒梁簡文帝大愛敬寺刹下銘序功超域外道邁寰中楚辭臨風怳兮浩歌郭璞爾雅序英儒贍聞之士洪筆麗藻之客疏曰洪大也麗美也藻水藻也有文以喻人之文章言大有詞筆美於文章之客也素琴見二卷註揚袂遠別何時歸來想洛陽之秋風將膾魚以相待詩可贈遠無乃闕乎張翰在洛見秋風起因思吳中蓴菜羹鱸魚膾遂命駕而歸見廿二卷註

奉餞十七翁二十四翁尋桃花源序名山洞天福地記桃源山周圍七十里名白馬玄光之天在朗州武陵縣一統志桃源山在湖廣常德府桃源縣南二十里其西南有桃源洞一名秦人洞洞北有桃花溪故老傳云晉太元中武陵漁人沿溪行忽逢桃樹夾岸復前行得一山山有小口便捨船入行數十步豁然平曠屋舍儼然桑竹交通

鷄犬相聞男女耕種怡然自樂見漁人驚問所從來爲設酒殺村中聞有此人咸來聞訊自云先世避秦亂率妻子來此不復出停數日送出漁人誌之太守卽遣人隨所誌迷不復得路琦按桃花源自陶淵明作記之後無人復至其地後人多云是仙境或云乃託言耳非實境也好奇之士慕想不可得而指近地之山以當之遂有桃源山其實非昔之桃花源矣

昔祖龍滅古道嚴威刑煎熬生人若墜大火三墳五典散爲寒灰築長城建阿房并諸侯殺豪俊自謂功高羲皇國可萬世思欲凌雲氣求仙人登封太山風雨暴作雖五松受職草木有知而萬象乖度禮刑將弛則綺皓不得不遁於南山魯連不得不蹈於東海則桃源之避世者可謂超升先覺夫指鹿之儔連頸

而同死非吾黨之謂乎祖龍見二卷註謂秦始皇楚辭九思我心兮煎熬孔安國尚書序伏羲神農黃帝之書謂之三墳言大道也少昊顓頊高辛唐虞之書謂之五典言常道也史記秦始皇三十四年丞相李斯請史官非秦紀皆燒之非博士官所職天下敢有藏詩書百家語者悉詣守尉雜燒之有敢偶語詩書棄市以古非今者族吏見知不舉者與同罪令下三十日不燒黥爲城旦賈生過秦論乃使蒙恬北築長城而守藩籬卻匈奴七百餘里胡人不敢南下而牧馬士不敢彎弓而報怨三輔黃圖阿房宮亦曰阿城惠文王造宮未成而亡始皇廣其宮規恢三百餘里離宮別館彌山跨谷輦道相屬閣道通驪山八十餘里表南山之巔以爲闕絡樊川以爲池作阿房前殿東西五十步南北五十丈上可坐萬人下建五丈旗以木蘭爲梁以磁石爲門周馳爲複道度渭屬之咸陽以象太極閣道抵營室也過秦論墮名城殺豪俊史記秦始皇二十六年制曰朕聞太古有號無謚中古有號死而以行爲謚如此則子議父臣議君也甚無謂朕勿取焉自今以來除謚法朕爲始皇帝後世以計數二世三世至於萬世

傳之無窮二十八年始皇上太山立石封祠祀下風雨暴至休於樹下因封其樹爲五大夫野客叢書按應劭云秦皇逢暴雨得五松因封爲五大夫獨異志始皇二十八年登封太山至半道忽大風雨雷電路旁有五松樹蔭翳數畝乃封爲五大夫忽聞松上有人言曰無道德無仁禮而王天下妄名帝何以封左右咸聞始皇不樂歸崩於沙邱綺皓遁南山見二十二卷註魯連蹈東海見四卷註史記趙高欲爲亂恐群臣不聽乃先設驗持鹿獻於二世曰馬也二世笑曰丞相誤耶謂鹿爲馬問左右左右或默或言馬以阿順趙高或言鹿者高因陰中諸言鹿者以法後群臣皆畏高李善文選註風俗通曰秦相趙高指鹿爲馬束蒲爲脯二世不覺

二翁耽老氏之言繼少卿之作文以述大雅道以通至精卷舒天地之心脫落神仙之境武陵遺跡可得而窺焉問津利往水引漁者花藏仙谿春風不知從來落英何許流出石洞來入晨光盡開

有良田名池竹果森列三十六洞别爲一天耶今扁舟而行笑謝人世阡陌未改古人依然白雲何時而歸來青山一去而誰往諸公賦桃源以美之史記老子修道德其學以自隱無名爲務居周久之見周之衰乃遂去至關關令尹喜曰子將隱矣彊爲我著書於是老子乃著書上下篇言道德之意五千餘言而去莫知其所終文選有李少卿與蘇武詩三首老氏之言少卿之作俱切李氏事用何許猶何處也何晏景福殿賦晨光内照流景外烻李善註晨光日光也述異記人間三十六洞天知名者十耳餘二十六天出九微志扁舟特舟也阡陌田間道也俱詳二卷註

夏日繆本於日字下多一奉字陪司馬武公與群賢宴姑熟亭序

武公名幼成爲宣州司馬見後趙公西候亭頌江南通志太平府當塗縣有采虹橋即下浮橋唐李陽冰建亭在其上李白序之名姑熟亭蓋走蕪湖道也

通驛公館南有水亭焉四甍翬飛巉絶浦嶼蓋有前攝令河東薛公棟而宇之今宰隴西李公明化開物成務又横其梁而閣之晝鳴閑琴夕酌清月蓋爲接輶軒祖遠客之佳境也說文甍屋棟也徐鍇曰所以承瓦故從瓦詩小雅如鳥斯革如翬斯飛鄭箋曰伊洛而南素質五色皆備成章曰翬翬者鳥之奇異者也孔穎達正義斯革斯飛言簷阿之勢似鳥飛也周易夫易開物成務冒天下之道左思吳都賦輶軒蓼擾李周翰註輶軒輕車也昔人多以輶軒爲使車之通稱見九卷註○甍音萌翬音揮輶音由製置既久莫知何名司馬武公長材博古獨映方外因據胡床岸幘嘯詠而謂前長史李公及諸公曰此亭跨姑熟之水可稱爲姑熟亭焉嘉名勝槩自我作也世說桓宣武引謝奕爲司馬奕

旣上猶推布衣交在温座席岸幘嘯咏無異常日宜武每日我方外司馬方輿勝覽姑熟溪在太平州當塗縣南二里西入大江且夫曹官紱冕者大賢處之若遊青山臥白雲逍遥偃傲何適不可小才居之窘而自拘悄若桎梏則清風朗月河英嶽秀皆爲棄物安得稱焉所以司馬南隣當文章之旗鼓翰林客卿揮辭鋒以戰勝名教樂地無非得俊之場也千載一時言詩紀志司馬指武公翰林白自謂於時爲客故曰客卿晋書思緒雲騫辭鋒景煥世說王平子胡毋彦國諸人皆以任放爲達或有裸體者樂廣笑曰名教中自有樂地何爲乃爾也

江夏送林公上人遊衡岳序

江南之仙山黄鶴之爽氣偶得英粹後生俊人林公

世爲豪家此土之秀落髮歸道專精律儀白月在天朗然獨出旣灑落於彩翰亦諷誦（繆本作詩）於人（繆本作金）口方輿勝覽黃鶴山一名黃鵠山在江夏縣東九里去縣西北二里有黃鶴磯顏延之宋武帝謚議英粹之照正性自天南史王規傳王威明風韻遒上神峯標映千里絶跡百尺無枝實俊人也梁書慈心深廣律儀清淨法苑珠林西方一月分爲黑白初月一日至十五日名爲白月十六日已去至於月盡名爲黑月此文所云白月則指滿月而言也華嚴經何況如來金口所說閑雲無心與化偕往欲將振五樓之金策浮三湘之碧波乘杯泝流考室名岳瞰憩冥鎣凌臨諸天登祝融之峯巒望長沙之烟火遙謝舊國誓遺歸蹤百千開士稀有此者（金策錫杖）也見十五卷註三湘見一卷註神僧杯渡常乘木杯渡河見十卷註初學記衡山一峯名石囷下有石室

中常聞諷誦聲冥壑幽谷也諸天見十九卷註一統志祝融峯在衡山縣西北三十里位值離宫以配火德乃祝融君遊息之所上有青玉壇道書以爲第二十四福地湖廣通志衡山有七十二峯其最高者爲祝融峯舊傳高九千七百三十丈或云祝融峯去地二萬丈唐盧載詩五千里地望皆見七十二峯中最尊是也峯頂有風穴毎將雨則風自穴發又有雷池禱雨皆驗按唐書地理志潭州長沙郡隸江南西道領長沙湘潭湘鄉益陽醴陵瀏陽六縣開士見廿一卷贈衡岳僧方外詩註

予所以歎其峻節揚其清波龍象先輩迴眸拭視比夫汨泥沙者相去如牛之一毛昔智者安禪於台山遠公托志於廬嶽高標勝槩斯亦嚮慕哉

顔延年詩峻節貫秋霜僧中能負荷大法者謂之龍象見十二卷註張九齡詩相去九牛毛慙歎知何已傳燈錄智顗禪師荆州華容人十五禮佛像誓志出家怳焉如夢見大山臨海際峯頂有僧招手接入一伽藍云汝當居此年十八依僧法緒出家陳大

建七年隱天台山佛隴峯有定光禪師先居此峯謂弟子曰不久當有善知識領徒至此俄而師至光曰憶疇昔舉手招引否師即悟禮像之徵悲喜交懷乃執手共至菴所其夜聞空中鐘磬之聲師曰是何祥也曰是揵椎集僧得住之相此處金地吾已居之北峯銀地汝宜居焉開山後宣帝建修禪寺割始豐縣調以充衆費及隋煬帝請師受菩薩戒號師爲智者師自始受禪教終乎滅度常披一壞衲冬夏不釋來往居天台山二十二年建造大道場一十二所國清最居其後神僧傳釋慧遠欲往羅浮及屆潯陽見廬峯清淨足以息心始住龍泉精舍此處去水本遠遠乃以杖扣地曰若此中可得栖立當使朽壤抽泉言畢清流引出浚以成溪於是率衆行道昏曉不絕釋迎餘化於斯復興自遠卜居廬阜三十餘年影不出山跡不入俗每送客遊履常以虎溪爲界○汩音骨紫霞搖心青楓夾岸目斷川上送君此行群公臨流賦詩以贈

金陵與諸賢送權十一序

斯高柄秦嬴世不二三傑伏草與漢並出莽夷朱暉耿鄧乃起自古英達未必盡用於當年去就之理在大運爾李斯趙高執秦國之柄毒痡天下致嬴氏甫二世而亡於是三傑輔漢高以出定天下王莽篡漢耿弇鄧禹之徒乃起而佐光武以致中興夷滅也朱暉火之光暉也漢以火德王故云史記高祖曰運籌策帷帳之中決勝於千里之外吾不如子房鎮國家撫百姓給餽饟不絕糧道吾不如蕭何連百萬之衆戰必勝攻必取吾不如韓信此三人皆人傑也吾能用之此吾所以取天下也三國志註江表傳曰有周瑜者與孫策同年亦英達夙成我君六葉繼聖熙乎玄風三清垂拱穆然紫極天人其一哉所以青雲豪士散在商釣四坐明哲皆清朝旅人韻會熙典也又廣也玄風清靜之風也玉海唐大明宮內有三清殿楊巨源詩金臺殿角直三清雍錄閣本大明宮圖有三清殿又韓詩外傳寒暑均則三光

清三光清則風雨時乖拱無爲之意詳見二十一卷註漢書東方朔傳於是吳王穆然俛而深思顏師古註穆然靜思貌紫極王者之居也見八卷註商釣或隱於市或漁於水也四坐明哲謂坐中諸賢旅人謂未登仕籍奔走四方猶仲尼旅人之意吾希風廣成蕩漾浮世素受寶訣爲三十六帝之外臣即四明逸老賀知章呼余爲謫仙人蓋實錄耳而嘗採姹女於江華收河車於清溪與天水權昭夷服勤爐火之業久矣後漢書海內希風之流遂共相標榜章懷太子註希望也廣成子古之仙人見二卷註寶訣道家修鍊之訣三十六帝見三卷註陳書出者稱爲元首處者謂之外臣賀知章事見二十四卷註姹女汞也河車鉛也皆煉丹藥物參同契河上姹女靈而最神得火則飛不見埃塵陰真君金液還丹歌云北方正氣名河車唐書地理志道州江華郡屬江南西道清溪在池州秋浦縣唐書宰相世系表權氏出自子姓商武丁之裔封於權其地南郡當

陽縣權城是也楚武王滅權遷於那處其孫因以爲氏秦滅楚遷大姓於隴西因居天水○姹丑下切㘎去聲之子也冲悟淵靜翰才峻發唐文粹作才翰駿發白每一篇一札皆昭夷之所操吁捨我而南若折羽翼時歲律寒苦唐文粹作色天風枯聲雲帆涉漢冏若絶電繆本舉作雷目四顧霜天崢嶸銜杯叙離群子賦詩以出餞酒仙翁李白辭馬融廣成頌張雲帆鮑照詩人生倏忽如絶電崢嶸言天氣之高也劉伶酒德頌銜杯漱醪

春於姑熟送趙四流炎方序在晉時爲姑熟在唐時爲宜州當塗縣詳見廿五卷註趙蓋爲當塗縣尉者也

白以鄒魯多鴻儒燕趙饒壯士蓋風土之然乎趙少

翁文苑英華作公爲是才貌瓌雅志氣豪烈以黃綬作尉泥蟠當塗亦雞棲鶴籠不足以窘束鸞鳳一作凰耳晉書儒林傳鴻儒碩學無之於時顏師古漢書註丞尉職卑皆黃綬後漢書中遺傾覆龍德泥蟠三國志秦宓傳揚子雲潛心著述有補於世泥蟠不滓行參聖師韻會棲鷄所止也○瓌音規棲音細或亦從西音讀以疾惡抵法遷於炎方辭高堂而隧心指絕國以搖恨天與尒遠雲連山長借光景於頃刻開壺觴於洲渚黃鶴曉別愁聞命子之聲青楓暝色盡是傷心之樹絕國謂絕遠之地見五卷註楚辭湛湛江水兮上有楓目極千里兮傷春心然自吳瞻秦日見喜氣上當攫玉弩摧狼狐洗清天地雷雨必作冀白日迴照丹心可明巴陵半道坐見還吳之棹令雪

解而松栢振色氣和而蘭蕙開芳僕西登天門望子於西江之上秦者長安帝都之地日見喜氣謂其有振興之象上者指元宗攬玉弩謂親秉征伐之柄摧狼狐謂勦滅安祿山之徒洗清天地謂宇宙清泰雷雨必作謂大赦天下尚書帝命驗玉弩發驚天下易解卦雷雨作解君子以赦過宥罪巴陵岳州也天門山在當塗縣西南詳二十二卷註吾賢可流水其道浮雲其身通方大適何往不可何戚戚於路岐哉

秋於敬亭送從姪耑遊廬山序敬亭山在今江南寧國府宣城縣北廬山在今江西九江府德化縣南山北隸南康星子縣詳見前註○耑音端

余小時大人令誦子虛賦私心慕之及長南遊雲夢覽七澤之壯觀酒隱安陸蹉跎十年初嘉興季父謫

長沙西還時予拜見預飲林下耑乃稚子嬉遊在傍今來有成鬱負秀氣吾衰久矣見爾慰心申悲導當作道舊破涕爲笑子虛賦見一卷註方輿勝覽雲夢澤在安陸縣南五十里預飲林下用阮籍叔姪爲竹林之遊事見十二卷註劉琨答盧諶書舉觴對膝破涕爲笑方告我遠涉西登香爐長山橫蹙九江却轉瀑布天落半與銀河爭流騰虹奔電潨射萬壑此宇宙之奇詭也其上有方湖石井不可得而窺焉廬山有香爐峯有瀑布水詳二十一卷註韻會潨水會也遠法師遊廬山記自託此山二十三載再踐石門四遊南嶺東望香爐峯北眺九江傳聞有石井方湖中有赤鱗涌出野人不能敘直嘆其奇而已○潨音叢羨君此行撫鶴長嘯恨丹液未就白龍來迎使秦人著鞭先往桃花之水孤負

夙願慚歸名山文苑英華作慚未歸於名山終期後來携手五嶽情以送遠詩寧闕乎冊液仙藥見二卷註白龍用陵陽子明事見十二卷註桃花水即桃花源見二卷註

送黃鐘之鄱陽謁張使君序鄱陽郡即饒州隸江南西道○鄱音婆

東南之美者有江夏黃公焉白竊飲風流嘗郭本作始接談笑亦有抗節玉立光輝炯繆本作冏然氣高時英辯折天口道可濟物志棲無垠任昉宣德皇后令辯折天口而似不能言李善註七畧曰齊田駢好談論故齊人爲語曰天口駢天口者言田駢子不可窮其口若事天呂向註辨析謂分别事理也鄱陽張公朝野榮望愛客接士即原嘗春陵之

亞焉每欽其辭華懸榻見往（當作待）而黃公因訪古跡便從貴遊乃僑裝撰行去國遐陟（原嘗春陵見七卷註陳蕃懸榻見十四卷註鮑照詩僑裝多闕絶廣韻僑客也撰定也諸僑裝謂客行之裝撰行謂定行日遐陟遠行也）子銜酒惜別沾（繆本作脫）巾分贈沉醉烟夕惆悵涼月天南迴以變夏火西飛而獻秋汀葭颯然海草微落夫子行邁我心若何毋金玉爾音而有遐心湖水演（繆本作悠）沔勗哉是行共賦武昌釣臺篇以慰別情耳（火心星也下而西流則爲秋候詳五卷註謝朓詩汀葭稍靡靡廣韻汀水際平沙也葭蘆也周朗報羊希書池上海草歲榮月蔓行邁見本卷註詩小雅毋金玉爾音而有遐心正義曰言汝雖不來當傳書信毋得自愛音聲貴如金玉不以遺問我而有疏遠我之心恐遂疏已故以恩責之冀音信不絶廣韻演水長流貌韻會

汚流滿貌太平寰宇記釣臺在武昌城下有石圻臨江懸峙四眺極目武昌記云釣臺在城南方輿勝覽釣臺在武昌北門外大江中郡志孫權嘗整陳於釣臺○汀音廳葭音加演音衍汚音免

早春於江夏送蔡十還家雲夢序

吾觀蔡侯奇人也爾其才高氣遠有四方之志不然何周流宇宙太多耶自遐窮冥搜亦以早矣海草三綠不歸國門又更逢春再結鄉思一見夫子冥心道存窮朝晚以作宴驅烟霞以輔賞朗笑明月時眠落花斯遊無何𡬶告睽索來暫觀我去還愁人孫綽天台山賦序遠寄冥搜李善註冥搜搜訪幽冥也何遜詩五載共衣裘一朝異睽索乃浮漢陽入雲夢鄉椪云叩歸魂亦飛且青山綠楓累道相接遇勝

因賞利君前行旣非遠離曷足多歎廣韻枻楫也陶潛詩叩枻新秋月臨流別友生○枻音曳秋七月結遊鏡湖無㥶我期先子而往敬慎好去終當早來無使耶川白雲不得復弄爾鄉中廖公及諸才子爲詩略謝之詩國風匪我愆期毛傳曰愆過也㥶與愆同耶川即若耶溪與鏡湖俱在會稽詳見六卷註

秋日於太原南柵餞陽曲王贊公賈少公石艾尹少公應舉赴上都序按唐書地理志太原府有陽曲縣有石艾縣天寶元年更石艾爲廣陽縣容齋隨筆唐人呼縣令爲明府丞爲贊府尉爲少府李太白集有餞陽曲王贊公賈少公石艾尹少公序蓋陽曲丞尉石艾尉也贊公少公之語益奇班固西都賦實用西遷作我上都張銑註上都西京也

天王三京北都居一其風俗遠蓋陶唐氏之人歟襟四塞之要衝控五原之都邑雄藩劇鎮非賢莫居三京謂西京東京北京也唐以雍州爲西京河南爲東京太原爲北京通典開元十一年以并州高祖起義之地置太原府號曰北京太平寰宇記并州大都督府天授元年置北都兼都督府開元十一年元宗行幸至此以此州王業所興又建北都仍改并州爲太原府立起義堂碑以紀其事通典今之并州爲太原府古唐國也昔帝堯爲唐侯所封之國太平寰宇記并州太原郡其人有唐堯之遺敎君子深思小人儉陋盧諶理劉司空表咸以并州之地四塞爲固東阻井陘西限藍谷前有太行之嶺後有句注之關廣韻控引也五原漢武帝所置郡唐時鹽州豐州勝州皆其故地去太原四百餘里詳見五卷註張載劒閣銘形勝之地匪親勿居則陽曲丞王公神仙之胄也爾其學鏡千古知周萬殊又若少府賈公以述作之雄也鰲弄筆

海虎攫辭場又若石艾尹少公廊廟之器卩折黃馬手揮青萍咸道貫於人倫名飛於日下實難沉屈永懷青霄劍有隱而氣衝七星珠雖潛而光照萬壑王氏一支相傳出自周靈王太子晉卽與浮丘公仙去者故曰神仙之胄駱賓王餞尹大官序請振詞鋒同開筆海王勃夫子廟碑虛舟獨泛乘學海之波瀾直轡高驅踐辭場之閫閾蜀志許靖夙有名譽旣以篤厚爲稱又以人物爲意雖行事舉動未悉允當蔣濟以爲大較廊廟器也莊子黃馬驪牛三司馬彪曰牛馬以二爲三曰牛曰馬曰牛馬形之三也曰黃曰驪曰黃驪色之三也曰黃馬曰驪牛曰黃馬驪牛形與色爲三也故曰一與言爲二二與一爲三也劉孝標廣絕交論騁黃馬之劇談呂延濟註莊子曰惠施云黃馬驪牛三謂黃驪色爲三也言辯者以此爲劇談也青萍劍名見九卷註後漢書郭林宗雖善人倫而不爲危言覈論許劭少峻名節好人倫多所賞識晉書桓彝有人倫識鑒拔才取士或出於無聞或得之孩

抱時人方之許郭人倫者品目人物之高下各爲倫類也日下謂帝都見八卷註左思蜀都賦干青霄而秀出張銑註霄天也七星謂北斗之星暗用豐城劍氣冲牛斗間事見三卷註今年春皇帝有事千畝湛恩八埏大搜群才以緝邦政而王公以令宰見舉賈公以王霸昇聞海激佇乎三千天飛期於六月必有以也豈徒然哉禮記天子爲籍千畝冕而朱紘躬秉耒玉海開元二十三年正月已亥耕籍田大赦賜勳爵所謂湛恩八埏大搜群才正指斯事漢書威武紛云湛恩汪濊顏師古註湛讀曰沉沉深也八埏八方也詳九卷註法苑珠林莊周說云有大鵬其形極大大鵬之背不知幾千里將欲飛時擊水三千里翼若垂天之雲搏扶搖而上去地九萬里方乃得逝要從北溟至於南溟一飛六月終不中息詩國風何其久也必有以也有從兄太原主簿舒才華動時規謀匠物乃黜翠幕筵虹梁瓊羞霞開羽觴

電舉然後抗目遠覽憑軒高吟繆本於此下多汾河鏡開漲藍都之氣色晉山屏列橫朔野之郊原四句屏俗事於煩襟結浮歡於落景俄而皓月生海來窺醉容黃雲出關半起秋色數君乃輟酌慷慨揺心促裝望丹闕而非遠揮玉鞭而且去太原縣隷河東道之太原府設主簿一人正九品上後漢書百官志註蓄維盤固規謀弘遠潘岳籍田賦翠幕黕以雲布班固西都賦抗應龍之虹梁李善註梁形似龍而曲如虹也楚辭瑤漿蜜勺實羽觴些王逸註羽翠羽羽也觴觚也漢書酌羽觴兮銷憂劉德註羽觴酒疾行如羽也孟康曰羽觴爵也作生爵形有頭尾羽翼如淳日以璹瑁覆翠羽於下徹上見師古曰孟說是也張衡西京賦羽觴行而無數劉良註羽觴杯上綴羽以速飲也謝靈運詩浮歡昧眼前沉照貫終始顏延年詩流雲藹青闕皓月鑒丹宮謝靈運詩恭承古人意促裝返柴荊白也不敏先鳴翰林幸叨玳

○黕都感切耽上聲

琄之筵敢竭麒麟之筆請各探韻賦詩寵行左傳平陰之役先二子鳴劉楨瓜賦布象牙之席薰玳琄之筵王勃春日孫學宅宴序俠客時有且傾鸚鵡之杯文人代輕聊舉麒麟之筆盧照鄰釋疾文東郊絕此麒麟筆西山秘此鳳凰柯○按唐書改京城爲西京東都爲東京北都爲北京乃天寶元年事而太白供奉翰林正在天寶初年此文有天王三京及先鳴翰林二句疑是其去國以後之作然天寶改元以後不見有耕籍事或是史臣失書亦未可定而改石艾縣爲廣陽則正在天寶元年此文猶稱石艾不稱廣陽知爲天寶以前作也三京之稱或在先時已有此名而翰林翶文翰之林蓋先作詩以爲文林之倡耳

送戴十五歸衡岳序

白上探玄古中觀人世下察交道海內豪俊相識如浮雲自謂德參夷顏才亞孔墨莫不名由口進實從

事退而風義可合者厥惟戴侯人物志夫名非實用之不效故曰名由口進而實從事退中情之入名不副實用之有效故名由衆退而實從事章戴侯寓居長沙繆本缺戴侯字郭本缺寓字稟湖岳之氣少長咸洛窺覇王之圖精微可以入神懿重可以崇德謨猷可以尊主文藻可以成化兼以五材統以四美何往而不濟也長沙之地在唐爲潭州長沙郡隸江南西道有洞庭湖有衡岳咸陽洛陽有古昔帝王覇主爭據之跡姜子所謂五材者勇智仁信忠也勇則不可犯智則不可亂仁則愛人信則不欺忠則無二心四美承上四句而言其二三諸昆皆以才秀擢用辭翰炳發昇聞天朝而此君獨潛光後世一作時以期太用鯤海未躍鵬霄悠然不遠千里訪予以道卭郭本作却誤國之秀有廖侯焉

人倫精鑒天下獨立每延以宴譃許爲通人獨孤有隣及薛諸公咸亦以爲信然矣韻會鄖說文漢南之國地理沿革表德安府古鄖子國一云在江夏集韻鄖或作䢵人倫已見前二篇註言其有知人之明獨立猶獨步之意後漢書袁紹客多豪俊並有才說見鄭元儒者未以通人許之屬明主未夢且歸衡陽憇祝融之雲峯弄茱萸之湍水軒騎糾合祖於魏公之林亭笙歌鳴秋劍舞增氣況江葉墜綠沙鴻冥飛登高送遠使人心醉見別張二子爲論平生雞黍之期當速赴也祝融峯見本卷送林公上人序註水經註郃陵水東北出益陽縣其間逕流山峽名之爲茱萸江海錄碎事濱江一名茱萸江在衡山縣一統志茱萸灘在湖廣寶慶府城北四十里濱江水勢險惡昔人置銅柱於岸側以固牽挽俗謂五十三灘四十八灘此其首也糾亦合也左傳糾合諸

侯而謀其不協高唐賦登高遠望使人心瘁李善文選註謝承後漢書山陽范式字巨卿與汝南張元伯爲友春別京師以秋爲期至九月十五日殺雞作黍二親笑曰山陽去此幾千里何必至元伯曰巨卿信士不失期者言未絕而巨卿至

早夏於繆本於字下多一江字將軍叔宅與諸昆季送傳八之江南序

易曰觀乎人文以化成天下窮此道者其惟傳侯耶侯篇章驚當作警新海內稱善五言之作妙絕當時陶公愧田園之能謝客慙山水之美佳句籍籍人爲美談北齊書雕蟲之美獨步當時陶淵明詩多言田園之適謝靈運詩多言山水之趣靈運小字客兒詳十六卷註前許州司馬宋公蘊冰清之姿重傳侯玉潤之

德妻以其子鳳凰于飛潘楊之好斯爲睦矣唐時許州潁川郡隸河南道州設司馬一人從五品下劉孝標世說註衛玠別傳玠娶樂廣女裴叔道曰妻婦有冰清之姿壻有璧潤之望所謂秦晉之匹也左傳初懿氏卜妻敬仲其妻占之曰吉是謂鳳凰于飛和鳴鏘鏘杜預註雄曰鳳雌曰凰雄雌俱飛相和而鳴鏘鏘然猶敬仲夫妻相隨適齊有聲譽潘岳楊仲武誄潘楊之睦有自來矣蓋岳乃楊之壻也故云潘陽之睦僕不佞也忝於芳塵宴同一筵心契千古清酌連曉京談入徽歡攜無何郭本作間旋告睽拆一本作析繆本作坼將軍叔雄舊本皆作英今依劉本畧蓋古英明洞神天王貴宗誕育賢子八龍增秀以列次五色相輝而有文會言高樂曉餞金門洗德絃觴怡顏上下似有鈇文○後漢書荀淑有子八人儉緄靖燾汪爽肅專並有名稱時人謂之八龍初荀氏舊里名西豪

潁陰令苑康以爲昔高陽氏有才子八人今荀氏亦有八子故改其里曰高陽里朱明草木已盛且江嶂若畫賞盈前途自然屏間坐遊鏡裏行到霞月千里足供文章之用哉屏間謂列嶂如屏鏡裏謂江明若鏡征帆空懸落日相逼二季揮翰詩其贈焉

冬日於龍門送從弟京兆參軍令問之淮南覲省序龍門山在河南府城西南詳十三卷註京兆即雍州也詳十八卷註參軍京兆尹之屬官

紫雲仙季有英風焉吾家見之若衆星之有月貴則天王之令弟寶則海岳之奇精遊者所謂風生玉林清明蕭灑真不虛也紫雲仙似其從弟之號季謂季弟也出曜經獨尊隻步無有疇

匹猶如明月在衆星中常醉目吾曰兄心肝五藏皆錦繡耶不然何開口成文揮翰霧散吾因撫掌大笑揚眉當之使王澄再聞亦復絶倒觀夫筆走群象思通神明龍章炳然可得而見晋書瑯邪王澄有高名少所推服每聞衛玠言輒嘆息絶倒故時人爲之語曰衛玠談道平子絶倒龍章言其文采炳焕若龍章之服也禮記有虞氏服韍夏后氏山殿火周龍章王勃文研精麝墨運思龍章歲十二月拜省於淮南思白華之長吟眺黄雲之晩色目斷心盡情懸高堂傾蘭醑而送行赫金鞍而照地錯轂蹲野朝英滿筵非才名動時何以及此東晳補亡詩白華朱萼被於幽薄呂延濟註喻孝子事父母之絜白如朱萼承白華於幽薄之中而鮮絜也唐高宗詩華冠列綺筵蘭醑申芳宴玉篇醑美酒也鮑照詩鞍馬光照地楚

辭車錯轂兮短兵接王逸註錯交也輪轂交錯也牛弘樂府揖讓皆時傑升降盡朝英○醑私呂切胥上聲日落酒罷前山陰烟殷勤惠言吾道東坐想洛橋春色先到淮城見千條之綠楊折一枝以相贈則華萼情在吾無恨焉群公賦詩以光榮餞謝瞻詩花萼相光飾呂延濟註花萼喻兄弟也琦按萼花蒂也花萼相倚附不能相離故古人取之以爲兄弟之喻

江夏送倩公歸漢東序漢東隨州也本春秋時隨子之國其地在漢水之東左傳漢東之國隨爲大是也後世以其地置州謂之隨州隋時改稱漢東郡蓋依此立名唐自天寶以前名隨州天寶初改漢東郡乾元初復爲隨州

謝安四十繆本作昔謝安四十臥白雲於東山桓公累徵爲蒼生而一起常與支公遊賞貴而不移大人君子神冥

契合正可乃爾僕與倩公一郭本鈌一字面不忝古人言歸漢東使我心痗夫漢東之國聖人所出神農之後季郭本作李誤良爲大賢爾來寂寂無一物可紀有唐中興始生紫陽先生先生六十而隱化若繼跡而起者惟倩公焉蓄壯志而未就期老成於他日且能傾産重諾好賢攻文卽惠休上人與江鮑往復各一時也僕平生述作罄其草而授之思親遂行流涕惜别今聖朝已捨季布當徵賈生開顔洗目一見白日冀相視而笑於新松之山耶作小詩絶句以寫别意世說註續晉陽秋曰謝安悠游山水以敷文析理自娱桓温在西藩欽其盛名諷朝廷請爲司馬以世道未夷志存

匡濟年四十起家應務晉書謝安寓居會稽與王羲之及高陽許詢桑門支遁游處出則漁弋山水入則言詠屬文無處世意東山蒼生已見七卷註詩國風願言思伯使我心痗毛傳曰痗病也元和郡縣志厲山亦名烈山在隨州隨縣北百里禮記曰厲山氏炎帝也起於厲山故曰厲山氏太平寰宇記荆州記云隨地有厲鄉村有厲山下有一穴是神農所生穴也穴口方一步容數人立今穴口石上有神農廟在方輿勝覽荆州記隨州厲山有石穴云是神農所生遂卽此地爲神農社常年祀之季良隨之賢大夫諫隨君無追楚師事載左傳桓公六年紫陽先生胡公見三十卷紫陽先生碑銘惠休上人見十二卷註廣韻罄盡也季布事見十一卷註徵賈生見二十五卷註○痗音昧

辭曰繆本少辭曰二字

彼美漢東國川藏明月輝寧知喪亂後更有一珠歸

新序珠產江漢玉產昆山荆州記荆藴玉以潤其區漢含珠而清其域○按繆本詩中重錄此文而寂寂作寂寞辭曰作李白辭彼美作路入凡六字不同蓋未及刪正也

餞李副使藏用移軍廣陵序通鑑上元元年宋州刺史劉展領淮西節度副使剛強自用爲其上者多惡之時有諸言曰手執金刀起東方節度使王仲昇使監軍使內左常侍邢延恩入奏展倔僵不受命姓名應謠讖請除之延恩因說上曰展方握強兵宜以計去之請除展江淮都統代李峘俟其釋兵赴鎮中道執之此一夫之力耳上從之以展爲都統淮南東江南西浙西三道節度使密勑舊都統李峘及淮南東道節度使鄧景山圖之延恩以制書受展展疑之曰展自陳留參軍數年至刺史可謂暴貴矣江淮租賦所出今之重任展無勳勞又非親賢一旦恩命寵擢如此得非有讒人間之乎因泣下延恩懼曰公素有才望主上以江淮爲憂故不次用公公反以爲疑何哉展曰事苟不欺印節可先得乎延恩曰可乃馳詣廣陵與峘謀解印節以授展展得印節乃上表謝恩悉舉宋州兵七千趨廣陵延恩知展已得其情還奔廣陵與李峘鄧景山發兵拒之移檄州縣言展反展亦移檄言峘反州縣莫

知所從峘引兵渡江屯京口景山將萬人屯徐城展素有威名御軍嚴整江淮人望風畏之展倍道先期至使人問景山曰吾奉詔書赴鎮此何兵也景山不應展使其將孫待封張法雷擊之景山衆潰與延恩奔壽州展引兵入廣陵遣其將屈突孝標將兵三千徇濠楚王暅將兵四千略淮西展軍於白沙設疑兵於瓜州若將趨北固者峘悉銳兵守京口以待之展乃自上流濟襲下蜀峘軍聞之自潰峘奔宣城甲午展陷潤州丙申陷昇州李峘之去潤州也副司李藏用謂峘曰處人尊位食人重祿臨難而逃之非忠也以數十州之兵食三江五湖之險固不發一矢而棄之非勇也失忠與勇何以事君藏用請收餘兵竭力以拒之峘乃悉以後事授藏用藏用收散卒得七百人東至蘇州募壯士得二千人立柵以拒展與展將張景超孫待封戰於郁墅兵敗奔杭州景超遂據蘇州待封進陷湖州景超進逼杭州藏用使其將温晁屯餘杭展將下江州徇江西於是屈突孝標陷濠楚等州王暅陷舒和滁廬等州所向無不摧靡聚兵萬

八騎三千橫行江淮間上命平盧兵馬使田神功將所部精兵三千討展展聞之始有懼色自廣陵將兵八千拒之選精兵二千渡淮擊神功於都梁山展敗走至天長以五百騎據橋拒戰又敗展獨與一騎亡渡江上元二年正月張景超引兵攻杭州敗李藏用將李彊於石夷門孫待封自武康南出將會景超攻杭州温晁據險擊敗之辛亥夜神功遣特進范知新等將四千人自白沙濟西趨下蜀展擊之不勝弟殷勸展引兵逃入海可延歲月展曰若事不濟何用多殺人父子乎死早晚等耳遂更率衆力戰將軍賈隱林射展中目而仆遂斬之孫待封詣藏用降張景超聚兵至七千餘人聞展死悉以兵授張法雷使攻杭州景超逃入海法雷至杭州李藏用擊破之

餘黨皆平

夫功未足以蓋世威不可以震主必挾此者持之安歸所以彭越醢於前韓信誅於後况權位不及於此

者虛生危疑而潛包繆本作苞禍心小拒王命是以謀臣將啖以節鉞誘而烹之亦由借鴻濤於奔鯨鱠生人於哮虎呼吸江海橫流百川左縈右拂十有餘郡國計文苑英華作討未及誰當其鋒抱朴子功蓋世者不賞威震主者身危漢書高帝紀十一年春正月淮陰侯韓信謀反長安夷三族三月梁王彭越謀反夷三族此云越醢於前信誅於後恐誤漢書黥布傳漢誅梁王彭越盛其醢以徧賜諸侯何承天鼓吹鐃歌西川無潛鱗北渚有奔鯨詩大雅闞如虓虎史記若夫泗上十二諸侯左縈而右拂之可一旦而盡也我副使李公勇冠三軍衆無一旅橫倚天之劍揮駐日之戈吟嘯四顧熊羆雨集蒙輪扛鼎之士杖于將而星羅上可以決天雲下可以絕地維翕振虎旅赫張王師退如山立

進若電逝轉戰百勝殭屍盈川水膏於滄溟陸血於原野一掃瓦解洗清全吳可謂萬里長城橫斷楚塞不然五嶺之北盡餌於修蛇勢盤地蹙不可圖也梁書馬仙琕每戰勇冠三軍當其衝者莫不摧破左傳有田一成有衆一旅杜預註方十里爲成五百人爲旅宋玉大言賦長劍耿耿倚天外淮南子魯陽公與韓搆戰酣日暮援戈而揮之日爲之返三舍陸機辨亡論哮闞之群風驅熊羆之衆霧集王襃四子講德論莫不風馳而集襲雜並至左傳狄虒彌建大車之輪而蒙之以甲以爲櫓左執之右拔戟以成一隊杜預註蒙覆也史記項籍長八尺餘力能扛鼎裴駰註韋昭曰扛舉也索隱曰說文云扛橫關對舉也音江盧思道爲隋檄陳文扛鼎蒙輪之卒事均驅兕千將劍名又戟名見十一卷註班固西都賦列卒周匝星羅雲布呂延濟註星羅雲布言衆也莊子說劍篇上決浮雲下絕地紀列子折天柱絕地維張衡西京賦陳虎旅於飛廉李善註周禮虎賁下大夫旅賁氏中士

也鬻子紂虎旅百萬陳於商郊琦按太白所謂虎旅指有力如虎之衆耳與李氏所解有異禮記總千而山立武王之事也曹植七啟飛軒電逝獸隨輪轉嵇康詩風馳電逝躡景追飛此借用其字以喻士卒進退用命之狀山立言其如山之峙卒難動搖電逝言其如電之流倏忽驟至淮南子紂之地左東海右流沙前交趾後幽都師起容關至浦水士億有餘萬然皆倒矢而射傍戟而戰武王左操黃鉞右執白旄以麾之則瓦解而走遂土崩而下杜氏通典自北徂南入越之道必由嶺嶠時有五處塞上嶺一也今南康郡大庾嶺是騎田嶺二也今桂陽郡臘嶺是都龐嶺三也今江華郡永明嶺是甿渚嶺四也今江華界白芒嶺是越城嶺五也今始安郡北零陵郡南臨源嶺是西自衡山之南東窮於海一山之限也文謂五嶺之北蓋指江南江西二道而言而功大用小天高路遐社稷雖定於劉章封侯未施於李廣使慷慨之士長吁青雲且移軍廣陵恭揖後命組練照雪樓船乘風簫鼓沸而三

山動旌旗揚而九天轉漢書文帝紀高后崩諸呂謀爲亂欲危劉氏丞相陳平太尉周勃朱虛侯劉章等共誅之李廣傳廣與望氣王朔語曰自漢征匈奴廣未嘗不在其中而諸妄校尉以下材能不及中以軍功取侯者數十人廣不爲後人然終無尺寸功以得封邑者何也豈吾相不當侯耶朔曰將軍自念豈嘗有恨者乎廣曰吾爲隴西守羌嘗反吾誘降者八百餘人詐而同日殺之至今恨獨此耳朔曰禍莫大於殺已降此乃將軍所以不得侯者也恭揖後命敬謹遜讓而侯天子之後命也組練見十一卷註樓船見四卷註元和郡縣志三山在潤州上元縣西南五十里晉王濬伐吳宿於牛渚部分明日前至三山即此也江南通志三山在江寧府江寧縣西南五十七里下臨大江三峰排列故名晉王濬伐吳順流鼓棹徑造三山即此地艮牧出祖烈將登筵歌酣易水之風氣振武安之瓦海日夜色雲帆繆本作河中流席闌賦詩以壯三軍之事白也筆已老矣序何能爲艮牧見十

一卷註易水風見一卷註武安尾見六卷註雲帆見三卷註○按通鑑上元二年秋七月以試少府監李藏用爲浙西節度副使冬十月江淮都統崔圓署李藏用爲楚州刺史考異曰劉展亂紀云劉展既平諸將爭功疇賞未及李藏用崔圓乃署藏用爲楚州刺史領二城而居盱眙按實錄七月藏用已除節度副使蓋恩命未到耳又獨孤及有爲杭州李使君論李藏用守杭州功表云今都統使停本職已罷孤軍無主莫知適從將士嗷嗷未有所隷天高聽邈無人爲言遂使殊勳見委忠節未錄口不言賞賞亦不及恐非聖朝旌有德表有功之義此文所謂社稷雖定於劉章封侯未施於李廣蓋亦有深慨矣未幾而藏用之牙將高幹挾故怨使人詣廣陵告藏用反先以兵襲之藏用走幹追殺之崔圓不能明其冤遂簿責藏用將吏以驗之將吏畏皆附成其狀獨孫待封堅言不反且曰吾始從劉大夫奉詔書來赴鎮人謂吾反李公起兵滅劉大夫今又以李公爲反如此誰則非反者吾寧就死不能誣人以非罪圓亦斬之蓋大亂之後刑賞之謬若此

澤畔吟序（郭本作澤畔吟詩序）

澤畔吟者，逐臣崔公之所作也。公代業文宗，早茂才秀，起家校書蓬山，再尉關輔，中佐於憲車，因貶湘陰。從宦二十有八載，而官未登於郎署，何遇時而不偶耶？所謂大名難居，碩果不食，流離乎沅湘，摧頹（繆本作穎）於草莽（後漢書：是時學者稱東觀爲老氏藏室、道家蓬萊山。太僕鄧康遂薦竇章入東觀爲校書郎。關輔，關中三輔之地，詳十八卷註。湘陰，縣名，隸岳州巴陵郡。後漢書馬融傳：安帝親政，名還郎署。史記：大名之下，難以久居。周易剥之上九：碩果不食。孔穎達正義云：處卦之終，獨得完全，不被剥落，猶如碩大之果，不爲人食也。沅湘，謂沅水、湘水，二水俱經長沙入洞庭，詳二十三卷註）。同時得罪者數十人，或才長命夭，覆巢蕩室。崔公忠憤義烈，形於清辭慟哭澤畔哀形翰墨猶風雅之什聞之者無罪覩之者作鏡書所感遇總二十章名之曰澤畔吟懼奸臣之猜常韜之於竹簡酷吏將至則藏之於名山前後數四蠹傷卷軸（漢書司馬遷傳僕誠已著此書藏之名山傳之其人通邑大都）觀其逸氣頓挫英風激揚橫波遺流騰薄萬古至於微而彰婉而麗悲不自我興成他人豈不云怨者之流乎余覽之愴然掩卷揮涕爲之序云

夏日諸從弟登汝州龍興閣序（汝州唐時隸河南道）

夫槿榮芳園蟬嘯珍木蓋紀乎南火之月也可以處臺榭居高明（月令仲夏之月鹿角解蟬始鳴半夏生木堇榮是月也可以居高明可以遠眺）

望可以升山陵可以處臺榭鄭康成註順陽在上也高明謂樓觀也闍者謂之臺有木者謂之榭珍木見二卷註南火謂大火星於仲夏昏時正當南方詳九卷註吾之友于順此意也遂卜精勝得乎龍輿留寶馬於門外步金梯於閣上漸出軒戸霞瞻雲天晴山翠遠而四合暮江碧流而一色屈指鄉路還疑夢中開襟危欄宛若空外寶馬見五卷註金梯見二十五卷註嗚呼屈宋長逝無堪與言起予者誰得我二季當揮爾鳳藻挹予霞觴郭本繆本作搜乎需觴文苑英華作飛乎鸞觴今從劉本與白雲老兄俱莫負古人也盧照鄰釋疾文謁龍主於武帳揮鳳藻於文昌

秋夜於安府送孟贊府兄還都序

安府安州也唐於州設中

都督府故曰安府贊府縣丞已見本卷註

夫士有飾危冠佩長劍揚眉吐諾激昂青雲者咸誇炫意氣託交王侯若告之急難乃十失八九我義兄孟子則不然耶莊子使子路去其危冠解其長劍陸德明音釋李云危高也子路好勇冠似雄雞形道合而襟期暗親志乖而肝膽楚越鴻騫鳳立不循常流孔明披書每觀於大略少君讀易時作於小文四方賢豪眩然景慕雖長不過七尺而心雄萬夫至於酒情中酣天機俊發則談笑滿席風雲動天非嵩邱騰精何以及此莊子自其異者視之肝膽楚越也沈約齊故安陸昭王碑文鴻騫舊吳作守東楚呂向註騫飛也江淹詩一言鳳獨立再說鸞無群三國志註魏畧曰諸葛亮在荆

州以建安初與潁川石廣元徐元直汝南孟公威等俱遊學三人務於精熟而亮獨觀其大畧漢武帝外傳薊遼字子訓齊國臨淄人李少君之邑人也見少君有不死之道遂以弟子之禮事少君而師事焉性好清淨嘗閑居讀易時作小小文疏皆有意義此文以爲少君事疑誤嵩邸騰精謂嵩山精靈之氣降生孟贊府

白以弱植早飲香名況親承光輝恩甚華萼他鄉此別誰無恨耶顏延年詩弱植慕端操盧思道盧記室誄善價斯待香名允集華萼已見本卷註太白與孟雖異姓而情不啻昆弟故曰恩甚花萼而稱之曰義兄也

時林風吹霜散下秋草海雁嘶月孤飛朔雲驚魂動骨戛瑟落涕抗手緬邈傷如之何且各賦詩以寵行繆本作岐路江淹四時賦軫琴情動戛瑟涕落戛瑟猶鼓瑟也抗手舉手拜別也見十七卷註緬邈遠行也張九齡詩云胡當此時緬邈復爲客

春夜宴從弟桃花園序

夫天地者萬物之逆旅也光陰者百代之過客也而浮生若夢爲歡幾何古人秉燭夜遊良有以也況陽春名我以烟景大塊假我以文章會桃花之芳園序天倫之樂事群季俊秀皆爲惠連吾人詠歌獨慚康樂幽賞未已高談轉清開瓊筵以坐花飛羽觴而醉月不有佳詠何伸雅懷如詩不成罰依金谷酒數繆本數字上多一斗字。逆旅客舍也詳二十四卷註魏文帝與吳質書古人思秉燭夜遊良有以也江淹詩烟景抱空意蘅杜綴幽心大塊天地也見三卷註天倫兄弟也見十五卷註宋書謝惠連幼而聰敏年十歲能屬文族兄靈運深相知愛謝朓詩瓊筵妙舞絶桂席羽觴陳羽觴已見前註左思吳都賦飛觴舉白

劉良註飛觴行觴疾如飛也成公綏洛禊賦列樽壘飛羽觴石崇金谷詩序遂各賦詩以叙中懷或不能者罰酒三斗

冬夜於隨州紫陽先生飡霞樓送烟子元演隱仙城山序

吾與霞子元丹烟子元演氣激道合結神仙交殊身同心誓老雲海不可奪也歷行天下周求名山入神農之故鄉得胡公之精術文苑英華作宇。元丹疑即元丹丘也蓋名與字之稱殊耳上安州裴長史書曰故交元丹親接斯議是其結納固已久矣元演約是其弟胡公即紫陽先生詳見三十卷紫陽先生碑銘初學記盛弘之荊州記曰隨郡北界有厲鄉村村南有厲山山下有一穴父老相傳云神農所生林西有塹兩重塹內周圍一頃二十畝地中有九井神農既育九井自穿汲一井則泉井水動卽以此爲神農社年常祀之庖犧生乎陳神農育乎楚考籍應圖於是乎在　胡公身揭日月心飛蓬萊起飡霞之孤樓鍊吸景之精氣延我數子高談混元金書玉訣盡在此矣　莊子昭昭乎若揭日月而行後漢書外運混元內侵毫芒章懷太子註混元天地之總名也武帝內傳尊母欲得金書秘字六甲靈飛左右策精之文十二事授劉徹梁邱子黃庭內景玉經序黃庭內景經一名大帝金書扶桑大帝君宮中盡誦此經以金簡刻書之故曰金書太平廣記張楷有玉訣金匱之學坐在立亡之道　白乃語及形勝紫陽因大誇仙城元侯聞之乘興將往別酒寒酌醉青田而少留夢魂曉飛度淥水以先去　古今註烏孫國有青田核莫測其樹實之形至中國者但得其核耳得清水則有酒味出如醇美好酒核太如六升瓠空之以盛水俄而成酒劉章得兩核集賓客設之甞供二十人之飲一核盡一核所盛以復飲飲盡隨

更注水隨盡隨盛不可久置久置則若不可飲名曰青田酒吾不凝滯於物與時推移出則以平交王侯遁則以俯視巢許朱紱狎我綠蘿未歸恨不得同棲烟林對坐松月有所欵然銘契潭石乘春當來且抱琴卧花高枕相待詩以寵別賦而贈之楚辭漁父曰聖人不凝滯於物而能與世推移朱紱見十一卷註陸雲與戴季甫書欽愛之情欵然至實

李太白文集卷之二十七終

李太白文集卷之二十八

錢塘　王琦琢崖輯注

趙樹元□□較

記頌讚共二十首

任城縣廳壁記

元和郡縣志任城縣本漢縣也屬東平國古任國太昊之後風姓也僖二十一年左傳曰任宿須句皆風姓也魏實司太皞與有濟之祀註曰任今任城縣也魏志曰文帝封鄢陵侯彰爲任城王齊天保七年移高平郡郡於此任城縣屬焉隋開皇三年罷高平郡縣屬兖州○任音壬

風姓之後國爲任城蓋古之秦縣也文苑英華作蓋秦之古縣也在禹貢則南徐之分當周成作文苑英華作成周洒東魯之邦

自伯禽到於順當作頃公三十二當作三代遭楚蕩滅因文苑英華作國屬楚焉炎漢之後更爲郡縣隋開皇三年廢高平郡移任城於舊居邑乃文苑英華作雖屢遷井則不改元和郡縣志兗州魯郡禹貢兗州之域兼得徐州之地春秋時爲魯國按史記封周公旦於曲阜是爲魯公周公不就封留佐武王使其子伯禽代就封於魯其後有考公煬公幽公魏公厲公獻公真公武公懿公孝公惠公隱公桓公莊公閔公僖公文公宣公成公襄公昭公定公哀公悼公元公穆公共公康公景公平公文公頃公頃公二十四年楚考烈王伐滅魯魯起周公至頃公凡三十四世謂三十四君也自伯禽起至頃公當云三十三世此云順公又云三十二代皆悞周易改邑不改井魯境七百里郡有十一縣任城其衝要東盤琅邪西控鉅野北走厥國南馳互鄉青帝太昊之遺墟白衣尚書之舊里

土俗古遠風流清高賢叵間生掩映天下按元和郡縣志魯郡州境東西三百三十一里南北三百五十三里管縣十一瑕邱金鄉魚臺鄒縣龔邱乾封萊蕪曲阜泗水任城中都今新舊唐書所載只十縣以貞元中割中都入鄆州故也漢書齊地東有甾川東萊琅邪高密膠東趙岐孟子註琅邪齊東境上邑也唐時以河南道所屬之沂州爲琅邪郡其地正在魯郡之東相去三百八十里水經註何承天曰鉅野湖澤廣大南通洙泗北連清濟舊縣故城正在澤中故欲置戍於此城城之所在則鉅野澤也衍東北爲大野矣昔西狩獲麟於是處也元和郡縣志大野澤一名鉅野在鄆州鉅野縣東五里南北三百里東西百餘里爾雅十藪魯有大野西狩獲麟於此澤琦按魯郡之東與鄆州接境乃鉅野澤之故區但屢遭河患冲决填淤高下易形涸爲平陸迄今畔岸不可復識矣章懷太子後漢書註東平平陸縣名古厥國也屬東平國今兗州平陸縣地太平寰宇記鄆州中都縣古中都之地漢爲東平陸縣屬東平國亦古之厥國地今邑界有厥亭存太平寰宇記徐州沛縣合鄉故城古互鄉之地

按劉芳徐州記云古之互鄉蓋孔子云難與言者又曰互鄉在陳州項城縣北一里古老傳云互鄉之地一統志互鄉在河南開封府商水縣論語云互鄉難與言卽此古今言互鄉者凡三處今考魯郡之南與徐州接壤則此文所指與沛縣之互鄉爲合獨斷註青帝太昊木行三皇本紀太皡庖犧氏風姓代燧人氏繼天而王都於陳其後裔當春秋時有任宿須句顓臾皆風姓之亂也後漢書鄭均字仲虞東平任城人帝東巡過任城乃幸均舍勑賜尚書祿以終其身時人號爲白衣尚書

地博厚川疎明漢則名王分茅魏則天人列土所以代變豪俊家傳文章君子以才雄自高小人則鄙朴難治

後漢書任城孝王尚元和六年封食任城亢父樊三縣魏志任城威王彰黄初三年立爲任城王

況其城池爽塏邑屋豐潤香閣倚日凌丹霄而欲飛石橋橫波驚彩虹而不去其雄麗坱圠有如此焉

左傳請更諸爽塏者杜預註爽

明塏燥也正義曰塏高地故爲燥也香閣見二十一卷註梁武帝詩青城接丹霄金樓帶紫烟賈誼服賦大鈞播物坱圠無垠劉良註坱圠無涯際也楊雄甘泉賦據軨軒而周流兮忽坱圠而無垠李善註坱圠廣大貌漢書作軮軋顔師古註軮軋遠相映也○塏音愷坱音央圠音札故萬商往來四海縣歷實泉貨之槖籥爲英髦之咽喉故資大賢以主東道製我美錦不易其人今鄉二十六戸一萬三千三百七十一帝擇明德以賀公宰之東道見十卷註製錦見九卷註公温恭克修儼碩有立季野備四時之氣士元非百里之才撥煩彌閑剖劇無滯鏑百發克破於楊葉刃一鼓必合於桑林寛猛相濟弦韋適中一之歲肅而教之二之歲惠而安之三之歲富而樂之然後青

矜向訓黃髮履禮耒耜就役農無遊手之夫杼軸和鳴機罕嚬哦之女物不知化陶然自春權豪鋤縱暴之心黠吏逐淳和之性行者讓於道路任者併於輕重扶老攜幼尊尊親親千載百年再復魯道非神明博遠孰能契于此乎詩國風有美一人碩大且儼毛傳曰儼矜莊貌世說謝太傅絕重褚公常稱褚季野雖不言而四時之氣亦備三國志龐統以從事守耒陽令在縣不治免官吳將魯肅遺先主書曰龐士元非百里才也使處治中別駕之任始當展其驥足耳南史邱仲孚爲山陰令長於撥煩善適權變吏人敬服號稱神明廣韻鏑箭鏃也漢書養由基楚之善射者也去楊葉百步百發百中楊葉之大加百中焉可謂善射矣鼓刀以刀擊物也合於桑林之舞庖丁事見十卷註上句喻其舉措無不中理下句喻其謀猷無不合宜左傳政寬則民慢慢則糾之以猛猛則民殘殘則施之以寬寬以濟猛猛

以濟寬政是以和韓非子西門豹之性急故佩韋以自緩董安於之性緩故佩弦以自急華陽國志西門豹佩韋以自寬宓子賤帶弦以自急毛萇詩傳青衿青領也學子之所服論衡人少則髮黑老則髮白白久則黄黄顔師古漢書註黄髮老稱謂白髮盡落更生黄者韻會柄曲木曰耒耒端曰耜易斲木爲耒剡木爲耜家語虞芮二國爭田而訟連年不决乃相謂曰西伯仁人也盍往質之入其境則耕者讓畔行者讓路禮王制輕任并重任分正義曰任謂有擔負者倶應擔負老少並輕則併與少者擔之老少並重不可併與少者一人則分爲輕重重與少者輕與老者漢書魯瀕洙泗之水其民涉度幼者扶老而代其任淮南子太公問周公曰何以治魯周公曰尊尊親親太公曰魯從此弱矣○鏑音的黠音轄

白採奇

東蒙竊聽輿論輒記於壁垂之將來俾後賢之操刀知賀公之絶跡者也太平寰宇記東蒙山在沂州費縣西北七十五里以其在蒙山之東故曰東蒙晉書王沉傳自古賢聖樂聞誹謗之言聽輿人之論操刀而割見九卷註

趙公西侯新亭頌

惟十有四載，皇帝以歲之驕陽，秋五不稔，乃慎擇明牧，恤南方凋枯。伊四月孟夏，自淮陰遷我天水趙公作藩於宛陵，祇明命也。廣韻：稔，歲熟也。廣雅：秋，穀熟也。謝朓詩：阽危賴宗袞，微管寄明牧。左思詩：俛仰生榮華，咄嗟復凋枯。晉書陶侃傳：作藩於外，八州肅清。唐時楚州淮陰郡治山陽縣，屬淮南道。宣州宣城郡治宣城縣，屬江南西道。按宣城郡本漢之丹陽郡，宣城縣本漢之宛陵縣，今爲寧國府地。太白稱宛陵，蓋本漢縣名也。○稔音袵。惟公代秉天憲，作程繆本作保南臺，洪柯大本，聿生懿德。宜乎哉！橫風霜之秀氣，鬱王霸之奇略。初以鐵冠白筆，佐我燕京，威雄振肅，虜不敢視。而後鳴琴二邦，天下取則。起草三省，朝端有聲。

天子識面宰衡動聽殷南山之雷剖赤縣之劇强項不屈三州所居大化咸刿碑頌後漢書手握王爵口含天憲李周翰註天憲謂帝王法令也通典御史所居之署漢謂之御史府亦謂之御史大夫寺亦謂之憲臺後漢以來謂之御史臺亦謂之蘭臺寺梁及後魏北齊或謂之南臺後魏之制有公事百官朝會名簿自尚書令僕以下悉送南臺胡三省通鑑註御史臺謂之南臺杜佑曰御史臺在宫闕西南故名南臺陶潛詩洪柯百萬尋森散覆暘谷詩周頌我求懿德鄭箋曰懿美也鐵冠白筆見十一卷註陶潛詩君子死知己提劍出燕京說苑宓子賤治单父彈鳴琴身不下堂而单父治唐以尚書省中書省門下省爲三省晋中興書謝安石上疏曰尸素朝端忽焉五載宰衡相臣也見十二卷註詩名南殷其雷在南山之陽毛傳曰殷雷聲也鄭箋曰雷以喻號令於南山之陽又喻其在外也名南大夫以王命施號令於四方猶雷隱然發聲於山之陽赤縣强項令俱見十二卷註金石錄淮陰太守趙悅遺愛碑張楚金撰行書天寶十四載立其二州碑

頌無考至於是邦也酌古以訓俗宣風以布和平心理人兵鎮唯靜畫一千里時無莠言漢書蕭何爲法講若畫一顏師古曰畫一言整齊也詩小雅莠言自口毛傳曰莠醜也退公之暇清眺原隰以此郡東塹巨海西襟長江咽三吳扼五嶺轄軒錯出無旬時而息焉出自西郭蒼然古道道寡列樹行無清陰至有疾雷破山狂飈震壑炎景爍野秋霖灌途馬逼側於谷口人周章於山項亭候靡設逢迎缺如詩國風自公退食小雅皇皇者華於彼原隰毛傳曰高平曰原下濕曰隰三吳見八卷註五嶺見十八卷註輶軒使車也見九卷註莊子疾雷破山風震海而不能驚曹植詩寒氷辟炎景涼風吹我身莊子秋水時至百川灌河子虛賦偪側泌瀄顏師古曰逼側相逼也楚辭聊翺翔兮周章王逸註周章猶周流也呂向註

周章往來迅疾貌後漢書光武紀築亭候修烽燧章懷太子註亭候伺候望敵之所自唐有天下作牧百數因循齷齪罔恢永圖及公來思大革前弊實相此土陟降觀之壯其迴崗龍盤沓嶺波起勝勢交至可以有作方農之隙廓如是營遂鏟崖繆本崖字下多一坦字堙甲驅石剪棘削汚壤皆高隅以門以墉乃棟乃宇儉則不陋麗而不奢森沉閉閟燥濕有庇若鰲郭本作鳧之湧如鵬斯騫縈流鏡轉涵映池底納遠海之餘清瀉漣郭本作蓮峰之積翠信一方雄勝之郊五馬踟蹰之地也韻會齷齪急促局陿貌詩小雅賁然來思大雅陟則在巘復降在原鄭箋曰陟升也降下也廣韻墉垣也鮑照詩銅溪晝森沉左傳高其閈閎孔穎達正義說文云閈門也汝南平輿里

門曰閈閈釋宮云衖門謂之閎李巡云衖頭門也然則閈閎皆門名言高爲其門耳左傳吾儕小人皆有闔廬以辟燥濕寒暑古羅敷行使君從南來五馬立踟躕○閈音岸長史齊公光乂人倫之師表司馬武公幼成衣冠之髦彥錄事參軍吳鎭宣城令崔欽令德之後良材間生縱風敎之樂地出入倫之高格卓絕映古淸明在躬僉謀僝功不日而就揔郭本作然是役也伊二公之力歟按唐書百官志每州自刺史而下有長史一人司馬一人錄事參軍事一人南史蔡興宗爲郢州引沈約爲安西外兵參軍兼記室與宗甞謂其諸子曰沈記室人倫師表宜善事之陳書後主紀思所以登顯髦彥式備周行詩小雅顯允君子莫不令德毛傳曰令善也左傳非令德之後誰能若是禮記淸明在躬氣志如神正義云言聖人淸靜光明之德在於躬身書經集傳僉衆共之辭書堯典共工方鳩僝功孔傳曰僝見也音釋僝馬云具也○僝

音棧揔與總同過客沉吟以稱嘆邦人聚舞以相賀僉曰我趙公之亭也群寮獻議請因謡頌以名之則必與謝公北亭同不朽矣白以爲謝公德不及後世亭不留要衝無勿拜之言鮮登高之賦方之今日我則過矣太平寰宇記北亭在温州北五里枕永嘉江謝靈運罷郡於北亭與吏民别詩云前期眇已往後會邈無因詩國風蔽芾甘棠勿剪勿拜召伯所說鄭箋曰拜之言拔也施士丐曰如人身之拜小低屈也嚴粲曰挽其枝以至地也韓詩外傳孔子遊於景山之上子路子貢顔淵從孔子曰君子登高必賦小子願言者何其願丘將啟汝敢詢耆老而作頌曰

耽耽高亭趙公所營如鼇背突兀於太清如鵬翼開張而欲行趙公之宇千載有覩必恭必敬爰遊爰處

瞻而思之罔敢大語趙公來翔有禮有章煌煌鏘鏘如文翁之堂淸風洋洋永世不忘張衡西京賦大厦耽耽薛綜註耽耽深邃貌水經註文翁爲蜀守立講堂作石室於南城太平寰宇記文翁學堂一名周公禮殿華陽國志云文翁立學講堂精舍作石室一作玉堂在城南安帝永初後學堂遇火太守陳留高眹更修立又增造一石室任豫云其欒櫨節制猶古建堂基高六尺夏屋三間通皆圖畫古人之像及禮器瑞物堂西有二石李膺記云後漢中平火延學觀廟廊一時蕩盡惟此堂欂櫨不及構制雖古巧異特奇

崇明寺佛頂尊勝陁羅尼幢頌

并序○梵語陁羅尼者華言總持謂總統攝持無有遺失卽呪之別名也法苑珠林陁羅尼者西天梵音東華人譯則云持也持善不失持惡不生幢者釋家旛蓋之類此則以石爲幢形而刻呪字於其上卽謂之幢也○幢音牀

共工不觸山，媧皇不補天，其鴻繆本作洪波汩汩流，伯禹不治水，萬人其魚乎。禮樂大壞，仲尼不作，王道其昏乎，而有功包陰陽，力掩造化，首出衆聖，卓稱大雄，彼三者之不足徵矣。論衡：儒書言共工與顓頊爭爲天子，不勝，怒而觸不周之山，使天柱折，地維絶。女媧銷煉五色石以補蒼天，斷鼇足以立四極。天不足西北，故日月移焉；地不足東南，故百川注焉。左傳：劉子曰：美哉禹功，明德遠矣，微禹吾其魚乎。法華經：大雄猛世尊，諸釋之法王。○媧音戈，汩音骨。

粤有我西方金仙之垂範，覺曠劫之大夢，碎群愚之重昏，寂然不動，湛而常存，使苦海靜滔天之波，凝山滅炎崑之火，囊括天地，置之清涼，日月或墜，神通自在，不其偉與！宋書謝靈運傳：方軌前秀，垂範後昆。涅槃經：我曠劫來，已入大寂。王巾頭陀寺碑文曜慧日於康衢則重昏易曉李善註頭陀經心王菩薩曰我見覆蔽飲雜毒酒重昏常寢云何得悟慈心示語使得開解易繫辭寂然不動感而遂通天下之故南齊書顧歡傳仙化以變形爲上泥洹以陶神爲先變形者白首還緇而未能無死陶神者使塵惑日損湛然常存梁簡文帝唱導文苦海易沉慈波空蕩書堯典浩浩滔天下民其咨亂征火炎崑岡玉石俱焚賈誼過秦論囊括四海之意說文偉奇也

魯郡崇明寺南門佛頂尊勝陁羅尼石幢者蓋此都之壯觀昔善住天子及千大天遊於園觀又與天女遊戲受諸快樂卽於夜分中聞有聲曰善住天子七日滅後當生七反畜生之身於是如來授之吉祥真經遂脫諸苦蓋之天徵一作從爲大法印不可得而聞也我唐高宗時有罽賓桑門持入中土猶曰藏大

寶淸園虛空檀金淨彩人皆悅見所以山東開郭本作聞士舉國而崇之時有萬商投珍士女雲會衆布蓄沓如陵琢文石於他山聳高標於列肆鑱珉錯綵爲鯨爲螭天人海怪若吒若語貝葉金言刋其上荷花水物形其隅良工草萊獻技而去大般若經是如來眞實法印亦是一切聲聞緣覺眞實法印飜譯名義佛陀波利罽賓國人志身狥道遍觀靈跡聞文殊師利在淸涼山遠涉流沙躬來禮謁高宗儀鳳元年杖錫五臺虔禮聖容忽見一翁從山出來作婆羅門語謂波利曰師何所求波利曰聞文殊隱此欲求瞻禮翁曰師將佛頂尊勝陀羅尼經來不此土衆生多造諸罪佛頂呪乃除罪秘方若不將經徒來無益縱見文殊未必能識可還西國取經傳此弟子當示文殊所在波利作禮舉頭不見老人遂反本國取得經來狀奏高宗遂令杜行顗及日照三藏於內共譯經留在內波利泣奏志在利

人請布流行帝愍專志遂留所譯之經還其梵本波利將向西明與僧順貞共譯佛頂尊勝陀羅尼經所願已畢持經梵本入於五臺不出唐書西域傳罽賓隋漕國也居葱嶺南距京師萬二千里而羸南距舍衛三千里王居修鮮城常役屬大月氏地暑濕人乘象俗治浮屠法魏書釋老志諸服其道者則剃落鬚髪釋累辭家結師資遵律度相與和居治心修淨行乞以自給謂之沙門或曰桑門亦聲相近總謂之僧皆胡言也僧譯爲和命衆桑門爲息心比丘爲行乞華嚴經譬如天上閻浮檀金惟除心王大摩尼寶餘寶無及者開士有德行之僧詳見二十一卷註詩小雅如岡如陵山海經瞻諸之山其陽多金其陰多文石詩小雅他山之石班固西都賦遊士擬於公侯列肆侈於姬姜呂向註肆市也說文螭若龍而黃北方謂之地螻從虫离聲或云無角曰螭丑知切酉陽雜俎貝多出摩伽陀國長六七丈經冬不凋此樹有三種一者多羅婆力叉貝多二者多梨婆力叉貝多三者部闍婆力叉貝多多羅多梨並書其葉部闍一色取其皮書之貝多是梵語漢翻爲葉婆力叉貝多者漢言樹葉也西域經書用此三種皮葉若能保護亦

得五六百年　聖君垂拱南面穆清而居大明廣運無幽不燭以天下所立茲幢多臨諸旗亭喧囂湫隘本非經行網繞之所乃須下明詔令移於寶坊吁百尺中標矗若雲斷委翳苔蘚周流星霜俾龍象興嗟仰瞻無地良可嘆也垂拱見二十一卷註穆清見一卷大獵賦註史記集解西京賦曰旗亭五重薛綜曰旗亭市樓也立旗於上故取名焉左傳景公欲更晏子之宅曰子之宅近市湫隘囂塵不可以居杜預註湫下隘小囂聲塵土也經行謂僧衆遇幢循行所以致其敬禮之心網繞謂以網圍繞其幢所以使鳥雀不得棲止污穢梁簡文帝答湘東王書鳴銀鼓於寶坊轉金輪於香地西方供佛宮殿以七寶增飾故謂僧坊曰寶坊韻會翳隱也奄也障也龍象高僧也見十二卷註。罽音記我太官廣武伯隴西李公先名琬奉詔書改爲輔其從政也肅而寛仁而惠五鎮方牧聲聞於天帝乃加剖竹於魯魯道粲然可觀方將和陰陽於太階致吾舊本少吾字今從劉本君於堯舜豈徒閉閤坐嘯鴻盤二千哉乃再崇厥功發揮象教

廣武縣名隸隴右道之蘭州乾元二年更名金城所謂五鎮方牧者輔歷官郢海鄂唐陳五州刺史也所謂剖竹於魯又爲魯郡都督也見後虞城令李公去思碑但碑文之名作浦頌文之名作輔未知孰是孰訛左傳晉公子其從者肅而寛忠而能力杜預註肅敬也後漢書劉寵徐東平陵令以仁惠爲吏民所愛剖竹見十一卷註太階見一卷明堂賦註爾雅小閨謂之閤說文閤門旁戶也後漢書吳祐遷膠東相政惟仁簡以身率物民有爭訴者輒閉閤自責然後斷其訟以道譬之此用其字却另作閉門不理事解坐嘯見十四卷註周易漸卦六二鴻漸於磐飲食衎衎吉王弼註磐山石之安者也進而得位居中而應本無祿養進而得之其爲歡樂願莫大焉鴻磐二千謂以二千石之職爲宴安之地也

王巾頭陀寺碑文正法旣沒象教陵夷李周翰註象教謂爲形象以教人也○閤音鴿於是與長史盧公司馬李公等咸明明在公綽綽有裕韜大國之寶鍾元精之和榮兼半刺道光列岳才或大而用小識無微而不通政其有經談豈更僕唐制會郡爲上都督府設長史一人從三品司馬二人從四品下詩魯頌夙夜在公在公明明鄭箋曰言時臣憂念君事早起夜寐在於公之所在於公之所但明義明德也詩小雅此令兄弟綽綽有裕毛傳曰綽綽寬也裕饒也後漢書元精所生王之佐臣章懷太子註元爲天元精謂天之精氣論衡天禀元氣人受元精蔡邕陳太丘碑文含元精之和應期運之數呂向註元精大道也北堂書鈔庾亮答郭豫書曰別駕舊與刺史別乘同宣王化於萬里者其任居刺史之半安可任非其人唐書百官志高宗即位改別駕皆爲長史徐陵爲陳武帝與嶺南酋豪書身居列岳自御强兵禮記遽數之不能終其物悉數之乃留更僕未可終也孔頴達

正義更代也言若委細悉說之則大久僕侍疲倦宜更代之若不代僕則事未可盡也有律師道宗心總群妙量包繆本作苞大千日何瑩而常明天不言而自運識岸浪注玄機清發每口演金偈舌搖電光開闢延敵罕有當者由萬竅同號於一風衆流俱納於溟海若乃嚴飾佛事規矩梵天法堂鬱以霧開香樓岌乎島峙皆我公之締構也以天寶八載五月一日示滅大寺百城號天四衆泣血焚香散花扶櫬臥轍仙鶴數十飛鳴中絶非至德動天深仁感物者其孰能與於此乎三綱等皆論窮彌天惠湛清月傳千燈於智種了萬法於真空不謀同心克樹聖跡大千

世界見二十三卷註金偈佛所說之偈也楊雄解嘲上說人主下談公卿目如耀星舌如電光李周翰註電光謂辭辯速如電光之閃也過秦論秦人開關延敵九國之師逡巡逃遁而不敢進莊子大塊噫氣其名爲風是惟無作作則萬竅怒呺法苑珠林色界有十八天初禪三天一名梵衆天二名梵輔天三者大梵天此大梵天無别住處但於梵輔有層臺高顯嚴博大梵天王獨於上位以别群下於此三天之中梵衆是庶民梵輔是臣大梵是君惟此初禪有君臣民庶之則自此以上悉皆無也梁武帝詩長塗橫翠微香樓閒紫烟締構結構也見一卷註翻譯名義自古皆以比丘比丘尼優婆塞優婆夷爲四衆禮記高子皐之執親之喪也泣血三年正義云凡人涕淚必因悲聲而出若血出則不由聲也今子皐悲無聲其涕出如血之出故云泣血說文櫬棺也翻譯名義寺立三綱上座維那典座也晉書時有桑門釋道安俊辯有高才自北至荆州與習鑿齒初相見道安曰彌天釋道安鑿齒曰四海習鑿齒人以爲佳對維摩詰經譬如一燈燃千百燈冥者皆明明終不盡菩薩開導衆生令發阿耨多羅三藐三菩提心於其道意亦不

滅盡隨所說法而自增益一切善法是名無盡燈也法華經成一切種智一切種智卽佛智也又謂之般若釋典以一切萬有終歸於無謂之爲空八法皆空則謂之真空卽般若智也○梵扶泛切音近范櫬音近寸湛音沉太官李公乃命門於南垣廟通衢曾盤舊規累構餘石壯士加勇力侔拔山纔擊鼓以雷作拖鴻縻而電掣千人壯萬夫勢轉鹿盧於橫梁泯環合而無際常六合之振動崛九霄之崢嶸非鬼神功曷以臻此項羽歌力拔山兮氣蓋世雷作謂如雷之發聲鴻縻大索電掣謂疾如電之掣也韻會轆轤井上汲水木一作樚櫨廣韻圜轉木也通作鹿盧○縻音麋況其淸景燭物香風動塵群形所霑積苦都雪粲星辰而增輝挂文字而不滅雖漢家金莖伏波銅柱擬茲陋矣班固西都賦抗仙掌以承露擢

雙立之金莖章懷太子註前書曰武帝時作銅柱承露仙人掌之屬三輔故事云建章宮承露盤高二十丈大七圍以銅爲之上有仙人掌承露和玉屑飲之金莖卽銅柱也後漢書交趾女子徵側徵貳反璽書拜馬援伏波將軍南擊交趾水經註俞益期牋曰馬文淵立兩銅柱於林邑岸北山水移易銅柱今復在海中林邑記曰建武十九年馬援樹兩銅柱於象林南界與西屠國分漢之南疆也

或日月圓滿方檀散華清心諷持諸佛稱贊夫如是亦可以從一天至一天開天宮之門見群聖之顏巍巍功德不可量也

按釋典欲界有六天一四天王天二忉利天三夜摩天四兜率天五化樂天六他化自在天色界有十八天一梵衆天二梵輔天三大梵天四少光天五無量光天六光音天七少淨天八無量淨天九徧淨天十無雲天十一福生天十二廣果天十三無想天十四無煩天十五無熱天十六善見天十七善現天十八色究竟天無色界有四天一空處天二識處天三無所處天四非有想非無想天凡三界

共二十八天天者言其清淨光潔最勝最尊故名爲天乃神境世界之位與蒼蒼在上之天不同一解能修至勝之因方能生其處功有優劣故所生之處有不同其錄事參軍六曹英寮及十一縣官屬有宏才碩德含香繡衣者皆列名碑陰此不具載按唐書兗州魯郡爲上都督府上都督府之屬官有錄事參軍事一人正七品上有功曹倉曹戶曹田曹兵曹法曹士曹參軍事各一人正七品下其曰六曹者田曹後罷故仍其舊稱不稱七而稱六也所管瑕丘曲阜乾封泗水鄒縣任城龔邱平陸金鄉魚臺萊蕪凡十一縣晉書郭璞傳景純通秀夙振宏才索襲傳索先生碩德名儒含香尚書郎事見二十六卷註繡衣御史事見十一卷註郡人都水使者宣道先生孫太冲得眞人紫藥玉笈之書能令太一神自成還丹以獻於帝帝服享萬壽與天同休功成身退謝病而去不謂古之亥通微妙

之士歟乃謂白曰昔王文考觀藝於魯賸雄辭於靈光陸佐公知名在吳銘雙闕於盤石吾子盍可美盛德揚中和恭承話言敢不惟命

册府元龜孫太冲隱於嵩山元宗天寶三年河南尹裴敦復上言太冲於嵩山合鍊金丹自成於竈中精華特異變化非常請宣付史官頒示天下以彰靈瑞仙聖之應從之又孫逖有爲宰相賀中岳合鍊藥自成表臣等伏見道士孫太冲奏事奉進止令中使薛履信監臣於中岳嵩陽觀合煉其竈中著水置炭於竈側封固却回已經數月泥拭既密鍼封并全卽與縣官等對開門其炭並盡灰又別聚不動人力其藥已成初乃五色發端終則太陽輝於爐際又河南尹裴敦復所奏并奉勅令右補闕李成式往驗並同者唐書百官志都水監使者二人正五品上掌川澤津梁渠堰坡池之政此云都水使者乃寵異方士而以虛銜加之耳後漢書王延壽字文考有儁才少遊魯國作靈光殿賦後蔡邕亦造此賦未成及見延壽所爲甚奇之遂輟翰而已王延壽魯靈光殿

賦序魯靈光殿者蓋景帝程姬之子恭王餘之所立也初恭王始都下國好治宮室遂因魯僖基兆而營焉遭漢中微盜賊奔突自西京未央建章之殿皆見隳壞而靈光巋然獨存予客自南鄙觀藝於魯覩斯而眙曰嗟乎詩人之興感物而作故奚斯頌僖歌其路寢而功績存乎辭德音昭乎聲物以賦顯事以頌宣非賦非頌將何述焉遂作賦張載註藝六經也李周翰註言魯有周孔遺風思禮樂之美故云觀藝梁書陸倕字佐公吳郡吳人也高祖雅愛倕才詔爲石闕銘記奏之敕曰太子中舍人陸倕所製石闕銘辭義典雅足爲佳作昔虞丘辨物邯鄲獻賦賞以金帛前史美談可賜絹三十匹六朝事跡縣北五里有四石闕在臺城之門南高五丈廣三丈六尺梁武帝所造及成朝士銘之陸倕字佐公其文甚佳士流推伏

遂作頌曰

揭高幢兮表天宮嶷獨出兮凌星虹神縱縱繆本作摐摐當是總總兮來空佗扶傾兮蒼穹西方大聖稱大雄橫絕

菩海舟群蒙陀羅尼藏萬法宗善住天子獲厥功明明李君牧東魯再新頹規扶衆苦如大雲王注法雨郭本作再邪人清涼喜聚舞揚鴻名兮振海湧銘豐碑兮貽萬古揭竪立也巖如山之巖然獨出也凌星虹謂其高與星辰虹蜺相凌歷也楚辭紛總總若其離合兮王逸註總總聚貌說文仡勇壯也揚雄甘泉賦神莫莫而扶傾詳見二十一卷註法苑珠林濟生靈於苦海救愚迷於火宅法華經悲體戒雷震慈意妙大雲澍甘露法雨滅除煩惱燄華嚴經如大龍王能雨一切妙法雨故鴻名大名也見三卷註張衡西京賦光炎爥天庭囂聲振海浦說文浦濱也徐陵孝義寺碑謹勒豐碑庚其舞詠○揭音傑仡魚乞切銀入聲

當塗李宰君畫讚

薛方山浙江通志李陽冰字少温趙郡人以辭翰名乾元間爲縉雲令修孔子廟自爲文記之歲旱禱雨於城隍神與之約五日不雨焚其祠及期雨霑

足秩滿退居吏隱山後遷當塗令陽冰篆書尤著舒元輿謂其不下李斯云

天垂元精岳降粹靈應期命世大賢乃生吐奇獻策敷聞王庭帝用休之揚光泰清濫觴百里涵量八溟縉雲飛聲當塗政成雅頌一變江山再榮舉邑抃舞式圖丹青眉秀華蓋目朗明星鶴矯閬風麟騰玉京若揭日月昭然運行窮神闡化永世作程元精已見前註詩大雅嵩高惟岳駿極於天惟岳降神生甫及申三國志趙儼謂繁欽曰曹鎮東應期命世必能匡濟華夏阮孝緒七錄序大聖挺生應期命世書多士夏廸簡在王庭有服在百僚郤正釋譏雖尺枉而直尋終揚光以發輝家語江始出於岷山其源可以濫觴王肅註觴可以盛酒言其微也此借言始仕之意縉雲縣唐時隷江南東道之處州縉雲郡西南至州八十五里當塗縣唐時隷江南西道之宣州宣城郡東南至州

一百九十里盧諶詩曰碑效忠飛聲有漢黄庭内景經眉號華蓋覆明珠太平廣記西王母所居宫闕在龜山春山西那之都崑崙之圃閬風之苑玉京見五卷註莊子昭昭乎若揭日月而行也周書與國咸休永世無窮

金陵名僧顧公粉圖慈親讚顧音均

神妙不死惜當作借生此身託體明淑而稱厥親粉爲造化筆寫天真貌古松雪心空世塵文伯之母可以爲鄰

謝朓新安公主墓銘誕茲明淑玉振蘭芳家語公父文伯之母紡績不懈文伯諫焉其母曰古者王后親織玄紞公侯之夫人加之以紘綖卿之内子爲大帶命婦成祭服列士之妻加之以朝服自庶士以下各衣其夫秋而成事烝而獻功男女紡績愆則有辟聖王之制也今我寡也爾又在位朝夕恪勤猶恐亡先人之業況有怠惰其何以避辟孔子聞之曰弟子志之季氏之婦可謂不過矣

李居士讚

至人之心，如鏡中影。揮斥萬變，動不離靜。彼質我斤，揮風是騁。了物無二，皆爲匠郢。吾族賢老，名喧寫真。貌圖粉繪，生爲垢塵。從白得衰，與天爲鄰。默然不滅，唐文粹作儼然不語長存此身。揮斥猶縱横，見二十七卷註。莊子：郢人堊漫其鼻端若蠅翼，使匠石斲之。匠石運斤成風，聽而斲之，盡堊而鼻不傷。詳見二卷註。嵇康養生論：積損成衰，從衰得白，從白得老，從老得終。

安吉崔少府翰畫讚唐時安吉縣隷江南東道湖州吳興郡。按唐書宰相世系表有崔翰，字叔清，汴宋觀察使巡官，試大理評事，未知即其人否。

齊表巨海，吳嗟大風。崔爲令族，出自太公。克生奇才骨秀神聰，炳若秋月，騫然雲鴻。爰圖伊人，奪妙真宰。
卓立欲語，謂行而在。清晨一觀，爽氣十倍。張之座隅，
仰止光彩。左傳：吳公子札來聘，請觀於周樂，爲之歌齊，曰：美哉，泱泱乎大風也哉！表東海者，其太公乎？國未可量也。杜預註：太公封齊，爲東海之表式。陶潛詩：於穆令族，允構斯堂。唐書：崔氏出自姜姓，齊丁公伋嫡子季子讓國叔乙，食采於崔，遂爲崔氏。

宣城吳錄事畫讚吳名鎮，爲宣城郡之錄事參軍，見趙公西候亭頌。

大名之家，昭彰日月。生此髦士，風霜秀骨。圖真像賢，
傳容寫髮。束帶岳立，如朝天闕。巖巖兮謂四方之削
成，澹澹兮申劉本作曰五湖之澄明。武庫肅穆，辭峯崢嶸。
大辯若訥，大音希聲。默然不語，終爲國楨。詩小雅：烝我髦士。毛

傳曰髦俊也岳立見十卷註梁簡文帝詩重門遠照耀天關復穹窿山海經太華之山削成而四方其高五千仞其廣十里史記正義韋昭曰五湖湖名耳實一湖今太湖是也在吳西南史記索隱五湖者郭璞江賦云具區兆滆彭蠡青草洞庭或云太湖周五百里故曰五湖晉書裴頠弘雅有遠識博學稽古自少知名御史中丞周弼見而嘆曰頠若武庫五兵縱橫一時之傑也陸績別傳風化肅穆郡內大治王勃山亭興序辭峰直上振筆札而前驅翰苑橫開列文章於後殿老子洪德章大辯若訥河上公註大辯者智無疑若訥者口無詞又同異章太音希聲河上公註大音猶雷霆待時而動喻常愛氣希言也任昉詩式瞻在國楨後漢書故北中郎將盧植名著海內學爲儒宗士之楷模國之楨幹也

壁畫蒼鷹讚 譏主人

突兀枯樹傍無寸枝上有蒼鷹獨立若愁胡之攢眉凝金天之殺氣凜粉壁之雄姿觜銛劍戟爪握刀錐

群賓失席以聘眙未悟丹青之所爲吾嘗恐出戶牖以飛去何意終年而在斯孫楚鷹賦疎尾潤臆高髻顏顱深目蛾眉狀似愁胡魏彥深鷹賦資金方之猛氣擅火德之炎精傳玄鷹賦雄姿邈世逸氣橫生廣韻銛利也班固西都賦猶愕眙而不能階章懷太子註字書曰愕驚也音五谷反字林曰眙驚貌也音丑吏反○銛音纖愕音諤眙音近熾亦音怡

方城張少公廳畫師猛讚郭本少上七字○方城縣名唐時隸山南東道唐州春陵郡少公猶少府見二十七卷註

張公之堂華壁照雪師猛在圖雄姿奮發森竦一作踈眉目颼灑毛骨鋸牙銜霜鉤爪抱一作把月掣蹲胡以震怒謂大繆本作有厦之峴屼繆本作嶢杌永觀厥容神駭不

歇一本少末二句○廣韻掣挽也說文蹲踞也蹲胡謂調獅之胡蹲踞而牽挽者獅方震怒曳獅之胡方若爲獅所曳也淮南子大厦成而燕雀相賀說文厦屋也峴屼不安也見三卷註曹植洛神賦精移神駭○蹲音存峴音孽

羽林范將軍畫讚羽林將軍見十七卷註

羽林列衛壁壘南垣四十五星郭本作里光輝至尊范公拜將遙承主恩位寵虎臣封傳雁門瞻天蹈舞踴躍精魂逐逐鷞視昂昂鴻騫心豪祖逖氣爽劉琨名震大國威揚列藩麟閣之階粉圖華軒胡兵百萬橫行縱吞爪牙帝室功業長存甘氏星經羽林軍四十五星壘壁十二星並在室南主翊衛天子之軍入安飛將星欲威明天下安星暗兵盡失西入室五度去北辰一百二十三度史記正

義羽林四十五星三三而聚散在壘壁南天軍也亦天宿衛之兵革壘壁陳十二星橫列在營室南天軍之垣壘詩魯頌矯矯虎臣在泮獻馘孔頴達正義矯矯然有威武如虎之臣雁門郡卽代州唐隸河東道梁書鶚視爭先龍驤並驅晉書祖逖劉琨並有英氣每語世事或中宵起坐相謂曰若四海鼎沸豪傑並起吾與足下當相避於中原耳晉書列藩九服式叙王官麟閣見四卷註華軒見二十五卷註橫行見五卷註詩小雅祈父予王之爪牙孔頴達正義鳥用爪獸用牙以防衛己身此人自謂王之爪牙以鳥獸爲喻也

金銀泥畫西方淨土變相讚并序

○西方淨土卽西方極樂國土也法苑珠林世界皎絜目之爲淨卽淨所居名之爲土故攝論云所居之土無於五濁如玻瓈珂等名清淨土法華論云無煩惱衆生住處名爲淨土

我聞金天唐文粹作方之西日沒之所去中華十萬億刹

有極樂世界焉彼國之佛身長六十萬億恒繆本作常沙由旬眉間白毫向右宛轉如五須彌山目光清白若四海水唐文粹作若四大海水端坐說法湛然常存沼明金沙岸列珍樹欄楯彌覆羅網周張車渠瑠璃爲樓殿之飾頗黎碼碯耀階砌之榮皆諸佛所證無虛言者佛說阿彌陀經佛告長老舍利弗從是西方過十萬億佛土有世界名曰極樂其土有佛號阿彌陀今現在說法彼土何故名爲極樂其國衆生無有衆苦但受諸樂故名極樂極樂國土七重欄楯七重羅網七重行樹皆是四寶周匝圍繞有七寶池八功德水充滿其中池底純以金沙布地四邊階道金銀琉璃玻瓈合成上有樓閣亦以金銀琉璃玻瓈硨磲赤珠瑪瑙而嚴飾之池中蓮花大如車輪青色青光黃色黃光赤色赤光白色白光微妙香潔彼佛國土常作天樂黃金爲地晝夜六時雨天曼陀羅花其土衆生常以清

旦各以衣裓盛衆妙花供養他方十萬億佛即以食時還到本國飯食經行彼國常有種種奇妙雜色之鳥白鶴孔雀鸚鵡舍利迦陵頻伽共命之鳥是諸衆鳥晝夜六時出和雅音其音演暢五根五力七菩提分八聖道分如是等法其土衆生聞是音已皆悉念佛念法念僧舍利弗汝勿謂此鳥實是罪報所生彼佛國土無三惡道尚無惡道之名何況有實是諸衆鳥皆是阿彌陀佛欲令法音宣流變化所作彼佛國土微風吹動諸寶行樹及寶羅網出微妙音譬如百千種樂同時俱作聞是音者自然皆生念佛念法念僧之心彼佛何故號阿彌陀彼佛光明無量照十方國無所障礙彼佛壽命及其人民無量無邊阿僧祇劫故名阿彌陀阿彌陀佛成佛以來於今十劫彼佛有無量無邊聲聞弟子皆阿羅漢非是算數之所能知諸菩薩衆亦復如是彼佛國土成就如是功德莊嚴又極樂國土衆生生者皆是阿鞞跋致其中多有一生補處其數甚多非是算數所能知之但可以無量無邊阿僧祇說衆生聞者應當發願生彼國土所以者何得與如是諸上善人俱會一處不可以少善根福德因緣得生彼國若有善男子善女人聞說阿

彌陀佛執持名號若一日若二日若三日若四日若五日若六日若七日一心不亂其人臨命終時阿彌陀佛與諸聖衆現在其前是人終時心不顛倒卽得往生阿彌陀佛極樂國土我見是利故說此言若有衆生聞是說者應當發願生彼國土如我今者稱讚阿彌陀佛不可思議功德之利東方亦有阿閦鞞佛須彌相佛大須彌佛須彌光佛妙音佛如是等恒河沙數諸佛南方世界有日月燈佛名聞光佛大燄肩佛須彌燈佛無量精進佛如是等恒河沙數諸佛西方世界有無量壽佛無量相佛無量幢佛大光佛大明佛寶相佛淨光佛如是等恒河沙數諸佛北方世界有燄肩佛最勝音佛難沮佛日生佛網明佛如是等恒河沙數諸佛下方世界有師子佛名聞佛名光佛達磨佛法幢佛持法佛如是等恒河沙數諸佛上方世界有梵音佛宿王佛香上佛香光佛大燄肩佛雜色寶華嚴身佛娑羅樹王佛寶華德佛見一切義佛如須彌山佛如是等恒河沙數諸佛各於其國出廣長舌相遍覆三千大千世界說誠實言汝等衆生當信是稱讚不可思議功德一切諸佛所護念經何故名爲一切諸佛所護念經若有善男子善女人聞

是經受持者及聞諸佛名者皆爲一切諸佛之所護念皆得不退轉於阿耨多羅三藐三菩提是故汝等皆當信受我語及諸佛所說若有人已發願今發願當發願欲生阿彌陀佛國者是諸人等皆得不退轉於阿耨多羅三藐三菩提於彼國土若已生若今生若當生是故舍利弗諸善男子善女人若有信者應當發願生彼國土云云剎謂諸佛所住國土觀無量壽經無量壽佛身高六十萬億那由陀恒河沙由旬眉間白毫右旋宛轉如五須彌山佛眼如四大海水青白分明法苑珠林毗曇論云四肘爲一弓五百弓爲一拘盧舍八拘盧舍爲一由旬以中國道里較之一由旬合得十六里南齊書顧歡傳陶神者使塵惑日損湛然常存湛然常存言其永無遷壞也

金銀泥畫西方淨土變相蓋馮翊郡秦唐文粹作太夫人奉爲亡夫湖州刺史韋公之所建也按唐書地理志同州馮翊郡隸關內道湖州吳興郡隸江南東道○馮音憑翊音翼夫人蘊氷玉之清敷聖善之訓以伉儷大義唐文粹無以字大義

作義大希拯拔於郭本缺於字幽塗父子恩深用重唐文粹作薰修於景福誓捨珍物搆求名工圖金創端繪銀設像詩國風母氏聖善鄭箋曰母有叡智之善德韻會伉儷敵也配偶也詳五卷註後漢書父子恩深不覺自失耳釋氏要覽薰義者顯識論云譬如燒香薰衣香體滅而香氣在衣此香不可言有香體滅故不可言無香氣在衣故詩大雅介爾景福毛傳曰景大也圖金創端者泥金爲質地而以爲創始繪銀設像者以銀代彩色而繪成形像八法功德唐文粹作八功德水波動青蓮之池七寶香花光映黃金之地清風所拂如生五音百千妙樂咸疑動作若已發願未及唐文粹作及未發願若已當生未及唐文粹作及未當生精念七日必生其國功德罔極酌而難明觀無量壽經極樂國土有八池水一一池水七寶所成其寶香輭從如意珠王生分爲十

四支一一支作七寶色黃金爲渠渠下皆以雜色金剛以爲底砂一一水中有六十億七寶蓮花一一蓮花團圓正等十二由旬其摩尼水流注花間尋樹上下其聲微妙是爲八功德水法苑珠林八功德水依順正理論云一甘二冷三輭四輕五清淨六不臭七飲時不損喉八飲已不傷腹觀無量壽經其諸寶樹七寶華葉無不具足一一花葉作異寶色琉璃色中出金色光玻瓈色中出紅色光碼磂色中出硨磲光硨磲色中出綠真珠光珊瑚琥珀一切衆寶以爲映飾大阿彌陀經七寶所謂黃金白銀水晶琉璃珊瑚琥珀硨磲精念卽所謂一心不亂也今人念念遷流不能終日若能注心淨土無二無雜至於七日終不散亂則心中佛境自然全現矣或有不信是事良由業障深重故耳罔極不可限量也

讚曰

向西日沒處遥瞻大悲顔目淨四唐文粹作碧海水身光紫金山勤念必往生是故稱極樂珠網珍寶樹天花散香閣圖畫了在眼願託彼道場以此功德海冥祐

爲舟梁八十一當作億劫罪如風掃輕霜庻唐文粹作諦觀無量壽長願唐文粹作放玉毫光佛報恩經我見佛身相喻如紫金山法苑珠林獅子月佛本生經云遥見世尊身放光明如紫金山普令大衆同於金色法苑珠林衆生功德海無能測量者北齊書慕容儼傳相率祈請冀獲冥祐觀無量壽佛經若觀是地者除八十億劫生死之罪捨身他世必生淨國大阿彌陀經阿彌陀佛號無量壽佛觀無量壽佛經觀無量壽佛者從一相好入但觀眉間白毫極令明了見眉間白毫者八萬四千相好自然當現○漁隱叢話司空圖云嘗觀杜子美祭太尉房公文李太白佛寺碑贊宏拔清厲乃其歌詩也

江寧楊利物畫讚唐之江南東道有江寧縣隸潤州丹陽郡至德二載改隸昇州江寧郡

太華高嶽三峯倚天洪波經海百代生賢爲夔爲龍

郞土濟川趙城開國玉樹淩烟筆鼓元化形分自然

明珠獨轉秋月孤懸作宰作程摧剛挫堅德合窈冥

聲播蘭荃鴻漸麟閣英圖可傳初學記太華山其上有三峯直上晴霽可

覩後漢書朱浮傳六國之時其勢各盛郞土數千里將兵數百萬書說命若濟巨川用汝作舟楫唐書地理志河東道晉州平陽郡有趙城縣百官志封爵之制開國郡公食邑二千戶正二品開國縣公食邑千五百戶從二品開國縣侯食邑千戶從三品開國縣伯食邑七百戶正四品上開國縣子食邑五百戶正五品上開國縣男食邑三百戶從五品上讚言楊氏出自關西關西之地山有華岳川有黃河山川精靈之氣蓄積百世挺生偉人而爲當代之夔龍出將則有郞土之功入相則有濟川之蹟以爵酬功得封趙城葢推言其祖父之賢而且貴如此玉樹以下始讚利物世說謝太傅問諸子姪子弟亦何預人事而正欲使其佳諸人莫有言車騎答曰譬如芝蘭玉樹欲使其生於階庭耳淩烟猶淩雲也老子窈兮冥兮其

巾有精河上公註道惟窈冥無形其中有精實神明相薄陰陽交會也韻會荃香草也周易漸卦初六鴻漸於干孔穎達正義鴻水鳥也漸進之道自下升上故進譬鴻飛自下而上也後漢書蔡邕傳鴻漸盈階振鷺充庭章懷太子註易曰鴻漸於陸鴻水鳥也漸出於陸喻君子仕進於朝麟閣見四卷註○荃音詮

金鄉薛少府廳畫鶴讚唐河南道有金鄉縣隸兗州魯郡

高堂閑軒兮雖聽訟而不擾圖蓬山之奇禽想瀛海唐文粹作洲之縹緲繆本作瞟眇紫頂烟赩丹眸星皎昂昂佇眙一作欲飛霍若驚矯形留座隅勢出天表謂長鳴一作唳於風霄終寂立於露曉凝翫益古俯察愈妍舞疑傾市聽似聞絃懽感至精以神變可弄影而浮烟鮑照舞鶴賦睛含丹而星曜頂凝紫而烟華說文赩大赤也左思吳都賦士女佇眙劉淵林註佇眙立視也霍若猶

忽若驚矯驚飛也班固西都賦若游目於天表劉良註表外也藝文類聚易通卦驗曰立夏清風至而鶴鳴春秋感精符八月白露降鶴即高鳴相警風土記白鶴性警至八月露降流於草葉上滴滴有聲則鳴張華禽經註露下則鶴鳴鶴之馴養於家庭者飲露則飛去吳越春秋吳王有女滕玉因謀伐楚與夫人及女會蒸魚王前嘗半而與女女怒曰王食魚辱我不忍久生乃自殺闔閭痛之葬於國西閶門外鑿池積土文石爲槨題湊其中金鼎玉杯銀樽珠襦之寶皆以送女乃舞白鶴於吳市令萬民隨而觀之還使男女與鶴俱入羨門因發機以掩之殺生以送死鮑照舞鶴賦出吳都而傾市韓非子師曠援琴而鼓一奏之有玄鶴二八道南方來集於廊門之垝再奏之而列三奏之延頸而鳴舒翼而舞音中宮商之聲聲聞於天舞鶴賦疊霜毛而弄影振玉羽而臨霞○赩音釋又音赫眙音夷

誌公畫讚

傳燈錄寶誌禪師金城人姓朱氏少出家止道林寺修習禪定宋太始初忽居止無定飲食無時髮長數寸徒跣執錫杖杖頭擐剪刀尺銅鑑或挂一兩尺帛數日不食

無飢容時或歌吟詞如讖記士庶皆共事之齊建元中武帝謂師惑衆收付建康獄明旦人見其入市及檢獄如故建康令以事聞帝延之於宮中之後堂師在華林園忽一日重著三布帽亦不知於何所得之俄而武帝崩豫章王文惠太子相繼薨由是禁師出入梁高祖即位下詔曰誌公跡拘塵垢神遊冥寂水火不能焦濡蛇虎不能侵懼語其佛理則聲聞以上談其隱淪則遯仙高者乃以俗士常情空相拘制何其鄙陋一至於此自今勿得復禁天監十二年冬忽告衆僧令移金剛神像出置寺外密謂人曰菩薩將去未及旬日無疾而終舉體香煗臨亡燃一燭以付後閤舍人吳慶慶以事聞帝歎曰大師不復留矣燭者將以後事囑我也因厚禮葬於鍾山獨龍阜仍立開善精舍敕陸倕製銘於冢內王筠勒碑於寺門處處傳其遺像焉南史沙門釋寶誌雖剃鬚髮而常冠下裙帽衲袍故俗呼爲誌公

水中之月了不可取虛空其心一作身寥廓無主錦幪

鳥爪獨行一作遊絶侶刀齊尺梁繆本作量扇迷陳語丹青聖容何往一作何住一作去往何所水中之月只一影耳初非真實幻軀亦爾雖賢聖降生化身靈變顯跡甚奇要亦無殊於此故曰了不可取楚辭下崢嶸而無地兮上寥廓而無天寥廓卽空虛之處說文幪蓋衣也南史寶誌出入鍾山往來都邑年已五六十矣齊宋之交稍顯靈跡被髮徒跣語默不倫或被錦袍飲啖同於凡俗神僧傳寶誌面方而瑩徹如鏡手足皆鳥爪每行遊市中其錫杖上常懸剪刀一事尺一枝麈尾扇一柄剪刀者齊也尺者量也麈尾扇者麈也蓋隱語歷齊梁陳三朝耳。楊士奇曰今靈谷寺有石刻誌公像贊吳道子畫李白贊顏真卿書世稱三絶舊刻已壞此重刻者不復見書法之妙矣

琴讚

嶧陽孤桐石聳天骨根老氷泉葉苦霜月斲爲綠綺

徽聲粲發秋風入松萬古奇絕尚書嶧陽孤桐孔氏傳孤特也嶧山之陽特生桐中琴瑟蔡氏集傳地志云東海郡下邳縣西有葛嶧山古文以爲嶧山陽者山南也孤桐特生之桐其材中琴瑟詩曰梧桐生矣於彼朝陽菶草木之生以向日爲貴也封氏見聞記兗州鄒嶧山南面平復東西長數十步廣數步其處生桐栢傳以爲禹貢嶧陽孤桐者也土人云此桐所以異於常桐者諸山皆發地兼土惟此山大石攢倚石間周圍皆通人行山中空虛故桐木絕響是以珍而入貢也絲綺琴見二十卷註徽琴節也見四卷註秋風入松喻琴聲之清韻。嶧音亦

朱虛侯讚史記孝惠帝崩呂太后稱制齊哀王弟章入宿衛於漢呂太后封爲朱虛侯朱虛侯年二十有氣力忿劉氏不得職嘗入侍高后高后燕飲高后令朱虛侯劉章爲酒吏章自請曰臣將種也請得以軍法行酒太后曰可酒酣章進飲歌舞已而曰請爲太后言耕田歌高后兒子畜之笑曰顧而父知田耳若生而爲王子安知田乎章曰臣知之太后曰試爲我言田

章曰深耕溉種立苗欲疏非其種者鉏而去之太后默然頃之諸呂有一人醉亡酒章追拔劍斬之而還報曰有亡酒一人臣謹行法斬之太后左右皆大驚業已許其軍法無以罪也自是諸呂憚朱虛侯雖大臣皆依朱虛侯其明年高后崩呂祿爲上將軍呂產爲相國皆居長安中聚兵以威大臣欲爲亂朱虛侯與太尉勃丞相平等誅之朱虛侯首先斬呂產於是太尉勃等乃得盡誅諸呂

嬴氏穢德金精摧傷秦鹿克獲漢風飛揚赤龍登天白日昇光陰虹賊虐諸呂擾攘朱虛來歸會酌高堂雄劍奮擊太后震惶爰鉏產祿大運乃昌功冠帝室於今不忘 史記秦之先柏翳舜賜姓嬴氏書秦誓穢德彰聞陸機漢高祖功臣頌金情仍頹朱光以渥秦在西方西爲金行故曰金精漢書昔秦失其鹿劉季逐而掎之漢高祖歌大風起兮雲飛揚威

加海內兮歸故鄉赤龍登天謂高祖升遐白日昇光謂惠帝卽世陰虹賊虐謂呂后比殺三趙王後漢書明帝紀朕承大運繼體守文

觀佽飛斬蛟龍圖讚淮南子荆有佽非得寶劍於干隊還反渡江至於中流陽侯之波兩蛟夾繞其船佽非謂枻船者曰嘗有如此而得活者乎對曰未嘗見也於是佽非瞋目勃然攘臂拔劍曰武士可以仁義之禮說也不可刼而奪也此江中之腐肉朽骨棄劍而已寻有奚愛焉赴江刺蛟遂斷其頭船中人盡活風波畢除荆爵爲執珪佽飛卽佽非古字通用○佽音次

佽飛斬長蛟遺圖畫中見登舟旣虎嘯激水方龍戰驚波動連山拔劍曳雷電鱗摧白刃下血染滄江變感此壯古人千秋一作載若對面趙景真與嵇茂齊書龍睇大野虎嘯六合

周易龍戰於野木
華海賦波如連山

地藏菩薩讚

并序。地藏菩薩本願經地藏菩薩於過去久遠不可說劫為大長者子時世有佛號曰師子奮迅具足萬行如來長者子見佛相好千福莊嚴因問彼佛作何行願而得此相佛告長者子欲證此身當須久遠脫度一切受苦衆生時長者子因發願言我今盡未來際不可計劫為是罪苦六道衆生廣設方便盡令解脫而我自身方成佛道以是於彼佛前立斯大願於今百千萬億那由他劫尚為菩薩

大雄掩照日月崩落惟佛知慧大而光生死雪賴假普慈力能救無邊苦獨出曠劫導開橫流則地藏菩薩為當仁矣大雄掩照謂釋迦入般涅槃也楞嚴經我曠曠劫來心得無礙曠劫謂久遠之劫也橫流謂苦海也地藏菩薩本願經爾時世尊舒金色臂摩百千萬億無量阿僧祇世界諸分身地藏菩

薩頂而作是言汝觀吾累劫勤苦度脫如是等難化剛强罪苦衆生其有未調伏者隨業報應若墮惡趣受大苦時汝當憶念吾在忉利天宮殷勤付囑令娑婆世界至彌勒出世已來衆生悉使解脫永離諸苦遇佛授記爾時諸世界分身地藏菩薩各復一形涕淚哀戀白佛言我從久遠劫來蒙佛接引使獲不可思議神力具大智慧我所分身遍滿百千萬億恒河沙世界每一世界化百千萬億身每一身度百千萬億人令歸敬三寶永離生死至涅槃樂但於佛法中所爲善事一毛一諦一沙一塵或毫髮許我漸度脫使獲大利惟願世尊不以後世惡業衆生爲慮

弟子扶風竇滔少以英氣爽邁結交王侯淸風豪俠極樂生疾乃得惠當作慧劒於眞宰湛本心於虛空願圖聖容以祈景福庶冥力憑助而厥苦有瘳地藏菩薩本願經臨命終時男女眷屬將是命終人舍宅財物寶貝衣服塑畫地藏形像或使病人眼耳聞見知其眷屬將舍宅寶貝等爲其自身塑畫地藏形像若是業報合受

重病承斯功德尋即除愈壽命增益唐時扶風郡郎岐州也屬關內道維摩詰經以智慧劍破煩惱網莊子若有真宰而特不得其眹韻會湛澄也景福已見本卷註說文瘳疾愈也　爰命小才式讚其事讚曰

本心若虛空清淨無一物焚蕩淫怒癡圓寂了見佛五絲圖聖像悟真非妄傳掃雪萬病盡爽然清凉天讚此功德海永爲曠代宣人心虛淨本無一物躭著於色則起而爲淫觸於忿戾則發而爲怒蔽於邪見昧於大道則流而爲癡三者謂之三毒皆心之累也苟能一切捐棄若火之焚若水之蕩而盡去之不使一毫少累其心則心之本體見矣心即佛也見心不即見真佛哉翻譯名義涅槃裝三藏翻爲圓寂賢首云德無不備稱圓障無不盡稱寂功德海已見本卷註謝靈運傷已賦丁曠代之渥惠

魯郡葉和尚讃 通典魯郡今之兗州古少皞之墟也東岳太山在焉

海英岳靈誕彼開士了身皆空觀月在水如薪傳火
朗徹生死如雲開天廓然萬里寂滅爲樂江海而閑
逆旅形內虛舟世間邈彼崑閬誰云可攀 東岳在魯郡境內東
海雖不在其境內以其相去不遠故廣言及之誕育
也開士謂僧之有德行者見二十二卷註四大幻身
本來空無故智者觀之如水中月影初非真實慧遠
形盡神不滅論火之傳於薪猶神之傳於形火之傳
異薪猶神之傳異形前薪非後薪則知指窮之術妙
前形非後形則悟情數之感深惑者見形朽於一生
便以謂神情俱喪猶覩火窮於一木謂終期都盡耳
涅槃經諸行無常是生滅法生滅滅已寂滅爲樂逆
旅見二十四卷擬古註虛舟見十卷贈僧崖公註楚
辭章句閬風山名在崑崙之上○誕音但閬音浪

李太白文集卷之二十八終

李太白文集卷之二十九

錢塘 王琦琢崖輯註

縉端臣 思謙蘊山較

銘碑祭文共九首

化城寺大鐘銘 并序○化城寺詳見二十卷註

噫！天以震雷鼓群動，佛以鴻鐘驚唐文粹作警大夢，而能發揮沉潛，開覺茫蠢，則鐘之取象，其義博哉！夫揚音大千，所以清真心、警俗慮；協響廣樂，所以達元氣、彰天聲；銘勳皇宮，所以旌豐功、昭茂德。莫不配美金鼎，增輝寶坊，仍事作制，豈徒然也！揚雄羽獵賦：撞鴻鐘。大千世界見二十三卷註廣樂見一卷註張衡東京賦銘勳彝器歷世彌光薛綜註銘勒也勳功也勒銘於宗廟之器鐘鼎萬世彌益光明寶坊見二十八卷註粤有唐宣城郡當塗縣化城寺大鐘者量函千盈唐文粹作量函千鈞聲盈萬壑八字蓋邑宰李公之所栁也公名有則系玄元之英蕤茂列聖之天枝生於公族貴而秀出少藴才略壯而有成唐文粹作聞西逾流沙立功絶域帝疇乎厥庸始學古從政歷宰絜白聲聞於天天書褒榮輝之簡牘稽首三復子孫其傳天寶之初鳴琴此邦不言而治唐文粹作理日計之無近功歲計之有大利物不知化潛臻小康神明其道越不可尚唐追號老子爲玄元皇帝嵇康琴賦飛英蕤於昊蒼李善註蕤草木花貌吕延濟註英蕤花也

王僧孺禮佛唱導發願文天枝峻峇帝葉英芬漢書地理志張掖郡居延縣居延澤在東北古文以爲流沙顏師古曰流沙在燉煌西韻會流沙地名在居延海南甘州張掖縣漢書陳湯傳討絕域不羈之君係萬里難制之虜宣帝紀復其後世疇其爵邑張晏曰疇者等也廣韻庸功也書周官學古入官議事以制政乃不迷鳴琴邑令事見二十卷註莊子日計之而不足歲計之而有餘詩小雅汔可小康鄭箋曰康安也

方入於禪關覩天宮崢嶸聞鐘聲瑣屑乃謂諸龍象曰盍不建大法鼓樹之層臺使群聾六時有所歸仰不亦美乎於是發一言以先覺舉百里而咸繆本作感應秋毫不挫人多子來銅崇朝而山積工不日而雲會

崢嶸高峻貌瑣屑細小貌龍象謂高僧見十二卷註大法鼓謂鐘見二十一卷註西域記時極短者謂刹那也百二十刹那爲一呾刹那六十呾刹那爲一臘縛三十臘縛爲一牟呼栗多五牟呼栗多爲一

時六時合成一日一夜是中國以一晝夜分作十二時者西國只分爲六時也莊子北宫奢爲衛靈公賦歛以爲鐘爲壇乎國門之外三月而成上下之懸王子慶忌見而問焉曰子何術之設奢曰一之間無敢設也奢聞之旣雕旣琢復歸於朴侗乎其無識儻乎其怠疑萃乎芒乎其送往而迎來來者勿禁往者勿止從其彊梁隨其曲傳因其自窮故朝夕賦歛而毫毛不挫而况有大塗者乎詩大雅庶民子來趙岐曰衆民自來趣之若子來爲父使之也詩國風崇朝其雨毛傳曰崇終也從旦至食時爲終朝南史鄧元起之在蜀也崇於聚歛財貨山積乃採鳧氏撰鳴唐文粹作鴻鐘火天地之爐扇陰陽之炭回祿奮怒飛廉震驚金精轉淯以融熠銅液星熒繆本作榮而爥爍光噴日道氣歊郭本作敲唐文粹作薇天維紅雲點於太清紫烟矗於遥海烜赫宇宙功侔鬼神瑩而察之吁駭人也周禮鳧氏爲鐘韻會撰造也賈誼服賦天地爲

爐造化爲冶陰陽爲炭萬物爲銅國語回祿信於聆隧韋昭解回祿火神傳雅風師謂之飛廉說文湝湝溢也今河朔方言謂沸溢爲湝韻會熠說文盛光也又閃爍貌隋書日循黃道東行一日一夜行一度三百六十五日有奇而周天六經天文編日所行之路謂之黃道與赤道相交半出赤道外半入赤道內說文歊氣出貌宋玉大言賦壯士憤兮絶天維韻會矗長直貌增韻聳上貌莊子梓慶削木爲鐻鐻成見者驚猶鬼神魯靈光殿賦吁可畏乎其駭人也○湝音達熠音逸歊音囂矗音觸爾其龍質炳發虎形虁跜縻金索以上絙懸寶樓而迭擊傍振萬壑高聞九天聲動山以隱隱唐文粹作殷殷響奔雷而闐闐赦湯鑊於幽途息劍輪於苦海景福肹蠁被於人天非李公好謀而成弘濟群有唐文粹作物孰能與郭本作歟於此乎梁簡文帝元圃園講頌預入寶樓竊窺妙簡宋玉九辨屬雷師之闐闐兮廣雅闐闐聲也法苑

珠林阿鼻地獄有十八劍輪地獄十八湯鑊地獄翻譯名義集若打鐘時一切惡道諸苦並得停止法苑珠林濟生靈於苦海救愚迷於火宅左思蜀都賦景福肸蠁而興作呂向註肸蠁濕生蟲蚊類是也其群望之如氣之布寫也言大福之興有如此蟲群飛而多也○絙居恒切音近耕闐音田鑊音穫肸義乙切欣入聲蠁音響丞尉等並衣冠之龜龍人物之標準大雅君子同僚盡心聞善賈勇贊成厥美蔡邕郭有道碑文猶百川之歸巨海鱗介之宗龜龍也李善註曾子曰介蟲之精曰龜鱗蟲之精曰龍左傳同官爲寮吾嘗同寮敢不盡心乎左傳欲勇者賈予餘勇寺主昇朝閑心古容英骨秀氣灑落毫素謙柔笑言海受水而皆納鏡無形而不燭直道妙用乃如是言繆本作然常虛懷忘情潔已利物是人行空寂不動見如來翻譯名義集僧史略云詳寺主起乎東漢白馬寺也寺既爰處人必主之

於時雖無寺主之名而有知事之者東晉以來此職方盛故梁武造光宅寺名法雲爲寺主創立僧制鮑照詩陵令無人事毫墨時灑落南史姚察將終曾無痛惱但西向坐正念云一切空寂

有若上座靈隱都維那則舒名僧日暉蘊虛常因調護賢哉六開士普聞八萬法深入禪惠精修律儀

○郭本作義唐六典每寺上座一人寺主一人都維那一人共綱紀衆事翻譯名義集五分律佛言上更無人名上座道宣勅爲西明寺上座列寺主維那之上毗尼毋云從無夏至九夏是下座自十夏至十九夏是中座自二十夏至四十夏是上座毗婆娑論云有三上座一生年上座即尊長者具舊戒名真生故二世俗上座即知法富貴大財大位大族大力大眷屬雖年二十皆應和合推爲上座三法性上座即阿羅漢維那南山云聲論翻爲次第謂知僧事之次第寄歸傳云華梵兼舉也維是綱維華言也那是梵語删去羯磨陀三字也僧史略云梵語羯磨陀那譯爲事知亦云悅衆謂知其事悅其衆也開士高僧也見二十一卷註報恩經

八萬法者如樹根莖枝葉名爲一樹佛爲衆生始終說法名爲一藏如是八萬又云佛一坐說法名爲一藏如是八萬又云十六字爲半偈三十二字爲一偈如是八萬又云長短偈四十二字爲一偈如是八萬又云如半月說戒爲一藏如是八萬又云佛自說六萬六千偈爲一藏如是八萬又云佛說塵勞有八萬法藏亦八萬名八萬法藏禪惠郎禪慧王巾頭陀寺碑文惟此名匾禪慧攸託李善註禪慧禪定智慧郎六度之二行也將博我以文章求我以述作功德大海酌而難名遂與六曹豪吏姑熟賢老乃緇乃黃鳧趨梵庭請揚宰君之鴻美白昔忝侍從備於辭臣恭承德音敢闕清風之頌法苑珠林衆生功德海無能測量者通典州府佐吏有司功司倉司戶司兵司法司士等六參軍在府爲曹在州爲司府曰倉曹功曹州曰司功司倉緇謂僧人緇服者黃謂道士黃冠者埤雅鵰鶚醜善立鳧鷖醜善趨又云鵲善步鳧善趨鷹善立鳧趨謂群趨如鳧鷖也江淹詩誓尋

青蓮果永入梵庭期詩大雅吉甫作誦穆如清風其辭曰

雄雄鴻鐘砰隱天雷鼓霆擊警大千含郭本作合號烜爀聲無邊摧慴魑魅招靈仙傍極六道極唐文粹作下九泉劍輪輟苦期息肩湯鑊猛火停熾燃愷悌賢宰人父母興功利物信可久德方唐文粹作芳金鐘永不朽漢書禮樂志休嘉砰隱溢四方顏師古註砰隱盛意又列子砰然聞之如雷廣韻慴懾也杜預左傳註魑魅山林異氣所生爲人害者又云魑山神獸形魅怪物釋家以天人阿修羅地獄餓鬼畜生六種衆生謂之六道九泉見九卷註息肩見一卷註詩大雅豈弟君子民之父母○苕溪漁隱叢話司空圖云嘗觀杜子美祭太尉房公文李太白佛寺碑贊宏拔清厲乃其歌詩也○砰音烹慴音疊

天門山銘

江南通志博望山在太平府西南三十里梁山在和州南六十里兩山石

狀巉巖東西相向横夾大江對峙如門俗呼梁山曰西梁山呼博望山曰東梁山總謂之天門山春秋時楚獲吳艅艎於此實大江要害之地自六代建都金陵皆於此屯兵扞禦兩岓山頂各有一城宋將王元謨所築

梁山博望關扃楚濱夾據洪流實爲吳津兩坐錯落如鯨張鱗惟海有若唯川有神牛渚怪物目閭車輪光射島嶼氣凌星辰卷沙揚濤溺馬殺人國泰呈瑞時訛迻珍開則九江納錫閉則五岳飛塵天險之地無德繆本作安匪親初學記海神曰海若牛渚磯在太平州當塗縣西北三十里大江之濱與天門山相去不及百里晉書牛渚磯水深不可測世云其下多怪物溫嶠燬犀角而照之須臾見水族覆火奇形異狀或乘車馬著赤衣者其夜夢神謂曰與君幽明道别何意相照也禹貢九江納錫大龜孔頴

達正義龜不常用故錫命乃納之蔡氏集傳大龜尺有二寸所謂國之守龜非可常得故不爲常貢若偶得之則使之納錫於上謂之納錫者下與上之詞重其事也陸機漢高帝功臣頌波振四海塵飛五岳波振塵飛以喻亂也

溧陽瀨水貞義女碑銘

并序○六朝事跡大唐貞義女碑李白文在溧陽縣潁陽江北周必大泛舟游山錄去溧陽縣四十里有貞義女廟女姓史黃山人李太白作記題云瀨水上古貞義女碑銘并序前翰林院內供奉學士隴西李白述景定建康志溧水一名瀨水在溧陽縣西北四十里東流爲潁陽江江上有渚曰瀨渚伍子胥乞食投金處故又曰投金瀨吳越春秋子胥奔吳疾於中道乞食溧陽適會女子擊綿於瀨水之上筥中有飯子胥謂曰夫人可得一餐乎女子曰妾獨與母居三十未嫁飯不可得子胥曰夫人賑窮途少飯亦何嫌哉女子知非恒人遂許之發其簞筥飯其盎漿長跪而與之子胥再餐而止女子曰君有

遠逝之行何不飽而餐之子胥已餐而去謂女子曰掩夫人之壺漿無令其露女子嘆曰嗟乎妾獨與母居三十年自守貞明不願從適何宜饋飯而與丈夫越虧禮儀妾不忍也子行矣子胥行反顧女子已自投於瀨水矣於乎貞明執操其丈夫女哉

皇唐葉有六聖再造八極鏡照萬方幽明咸熙天秩有禮自太唐文粹無太字古及今君君臣臣烈士貞女采其唐文粹下多史傳二字名節光彰可激清頹俗者皆掃地而祠之蘭蒸椒漿歲祀罔缺而茲邑貞義女光靈翳然埋冥唐文粹作名古遠琬琰不刻豈前修博達者爲邦之意乎六聖高祖太宗高宗中宗睿宗玄宗也再造八極謂玄宗平韋氏之難而天下復定也楚辭九思三光朗兮鏡萬方書堯典庶績咸熙孔安國傳咸皆也熙廣也皐陶謨天秩有禮自我五禮有庸哉正義云

天次序爵命使有禮法謂使賤事貴卑承尊是天道
使之然也人君當順天意用我公侯伯子男五等之
禮以故人君爲政當奉用我公侯伯子男五等之禮
接之使使五者皆有常哉唐會要天寶七載五月十五
日詔上古之君存諸氏號雖事先書契而道著皇王
緬懷厥功寧王咸秩其三皇以前帝王宜於京城內
共置一廟仍與三皇五帝廟相近以時致祭天皇氏
地皇氏人皇氏有巢氏燧人氏其祭料及樂請准三
皇五帝廟以春秋二時享祭歷代帝王肇跡之處未
有祠宇者所由郡置一廟享祭仍取當時將相德業
可稱者二人配享令郡縣長官春秋二時擇日粢盛
蔬饌時果酒脯潔誠置祭其忠臣義士孝婦烈女史
籍所載德行彌高者所在宜置祠宇量事致祭殷相
傅說等忠臣十六人吳太伯等義士八人周太王妃
太姜等孝婦七人周宣王齊姜等烈女十四人並令
郡縣長官春秋二時擇日准前致祭禮記至敬不壇
埽地而祭楚辭蕙肴蒸兮蘭藉奠桂酒兮椒漿王逸
註蕙肴以蕙草蒸肉也椒漿以椒置漿中也司馬相
如上林賦鼂采琬琰顏師古曰琬琰美玉也琬琰不
刻謂未刊立碑石楚辭蹇吾法夫前修兮呂向註前

修謂前代修習道德之人後漢書劉愷傳景化前修
有伯夷之節章懷太子註前修前賢也漢書陳湯少
好書博達善屬文○琬
音宛琰以冉切鹽上聲
貞義女者溧陽黃山里史氏
之女也以家溧陽史闕書之歲三十弗移天於人唐文
粹作不移其志清英絜白事母純孝手柔荑而不龜身擊漂
以自業移天謂嫁也見六卷去婦詞註詩國風手如
柔荑毛傳曰如荑之新生也莊子宋人有善
謂不龜手之藥者世以洴澼絖爲事陸德明音釋龜
手司馬云文拆如龜文也又云如龜攣縮也李云洴
澼絖者擊漂於水上
○荑音題龜音巂
當楚平王時平文粹缺平字王虐忠
助讒苛虐厥政芟於尚斬於奢血流於朝赤族伍氏
怨毒於人何其深哉史記伍子胥者楚人也名員員
父曰伍奢兄曰伍尚楚平王有
太子名曰建使伍奢爲太傅費無極爲少傅無極不
忠於太子日夜言太子短於王曰自太子居城父將

兵外交諸侯且欲入爲亂平王乃召伍奢考問之伍奢知無極讒太子因曰王奈何以讒賊小臣疏骨肉之親乎無忌曰王今不制其事成矣王且見禽於是平王怒囚伍奢無極曰伍奢有二子皆賢不誅且爲楚憂可以其父質而召之王使人召二子曰來吾生汝父不來今殺奢也伍尚欲往員曰楚之召我兄弟非欲以生我父也恐有脫者後生患故以父爲質詐召二子二子去則父子俱死不如奔他國借力以雪父之耻俱滅無爲也伍尚曰我知往終不能全父命然恨父召我以求生而不往後不能雪耻終爲天下笑耳謂員可去汝能報殺父之仇我將歸死尚既就執使者捕伍胥伍胥貫弓執矢嚮使者使者不敢進伍員遂亡伍尚至楚楚并殺奢與尚也揚雄解嘲不知一跌將赤吾之族也顏師古註見誅殺者必流血故云赤族李善註赤謂誅滅也海錄碎事古人謂空盡無物曰赤如赤地千里南史稱其家赤貧是也赤族言盡殺無類也漢書註以爲流血丹其族大謬

子胥始東奔勾吳月涉星遁或七日不火傷弓於飛逼迫於昭關匍匐於瀨渚

捨車而徒告窮此女目色以臆授之壺漿全人自沉形與口滅卓絕千古聲凌浮雲激節必報之讎雪誠無疑之地難乎哉漢書太伯初奔荆蠻荆蠻歸之號曰勾吳顏師古註勾音鉤夷俗語之發聲也亦猶越爲於越也莊子孔子窮於陳蔡之間七日不火食史記伍胥奔吳到昭關昭關欲執之伍胥獨身步走幾不得脫索隱云昭關其關在西江乃吳楚之境江南通志昭關在和州含山縣小峴西伍子胥自楚奔吳過此周易賁卦賁其趾舍車而徒借如曹娥潛波理貫於孝道聶姊殞肆槩動於天倫魯姑棄子以却三軍之衆漂母進飯没受千金之恩方之於此彼或易耳會稽典錄孝女曹娥者上虞人父盱能撫節按歌婆娑樂神漢安二年迎伍君神泝濤而上爲水所掩不得其尸娥年十四號慕思盱乃投瓜於江祝其父尸曰父在此瓜當沉旬有七日瓜偶沉遂自投於江而死縣令度

尚悲憐其意爲之改葬命其弟子邯鄲子禮爲之作碑史記聶政刺殺俠累因自皮面決眼自屠出腸遂以死韓取聶政屍暴於市購問莫知誰子於是韓購懸之有能言殺相俠累者予千金久之莫知也政姐榮聞人有刺殺韓相者賊不得國不知其名姓暴其尸而懸之千金乃於邑曰其是吾弟歟立起如韓之市而死者果政也伏屍哭極哀曰是軹深井里所謂聶政者也市行者諸衆人皆曰此人暴虐吾國相王懸購其姓名千金夫人不聞歟何敢來識之也榮應之曰聞之然政以妾尚在之故重自刑以絶從妾其奈何畏没身之誅終滅賢弟之名乃大呼天者三卒於邑悲哀而死政之旁晉楚齊衛聞之皆曰非獨政能也乃其姊亦烈女也列女傳魯義姑姐者魯野之婦人也齊攻魯至郊望見一婦人抱一兒携一兒而行軍且及之棄其所抱抱其所携而走山兒隨而啼婦人遂行不顧齊將乃追之問所抱者誰也所棄者誰也對曰所抱者妾兄之子也所棄者妾之子也見軍之至力不能兩護故棄妾之子齊將曰子之於母其親愛也痛甚於心今釋之而反抱兄之子何也婦人曰己之子私愛也兄之子公義也夫背公義而向

私愛亡兄子而存妾子幸而得全則魯君不吾畜大夫不吾養庶民國人不吾與也夫如是則脅肩無所容而累足無所履也子雖痛乎獨謂義何故忍棄子而行義不能無義而視魯國於是齊將按兵而止使人言於齊君曰魯未可伐也乃至於境山澤之婦人耳猶知持節行義不以私害公而況於朝臣士大夫乎請還齊君許之魯君聞之賜婦人束帛百端號曰義姑姊漂母事見六卷註卒使伍君開張闔閭傾蕩郢吳師鞭屍於楚國申胥泣血於秦庭我亡爾存亦各壯志張英風於古今雪大憤於天地微此女之力雖云爲之士焉能咆哮烜爀唐文粹作雖云爲忠孝之士亦焉能咆哮烜爀施於後世也文苑英華作耶○開張闔閭謂開大吳君之霸業鄢楚之別都唐時爲襄州之宜城縣郢楚之正都唐時爲荊州之江陵縣二地相去約二百五十餘里史記伍員與申包胥爲交員之亡也謂包胥曰我必覆楚包胥曰我必存之及吳兵入郢伍子胥求昭王

不得乃掘楚平王墓出其尸鞭之三百然後已於是申包胥走秦告急求救於秦秦不許包胥立於秦庭晝夜哭七日七夜不絶其聲秦哀公憐之曰楚雖無道有臣若是可無存乎乃遣車五百乘救楚擊吳北山移文張英風於海甸韻會微非也望其溺所愴然低迴而不能去每風號吳天月苦荆水嚮像如在精魂可悲惜其投金有泉而刻石無主哀哉荆水荆溪也溧陽縣志溧水在縣西北一名瀨水上承丹陽湖東流爲宜興縣之荆溪下注於太湖舊名永陽江又曰中江吳越春秋子胥既破楚過溧陽瀨水之上乃長嘆息曰吾嘗饑於此乞食於一女子女子飼我遂投水而亡將欲報以百金而不知其家乃投金水中而去有頃一老嫗行哭而來人問曰何哭之悲嫗曰吾有女子守志三十不嫁往年擊綿於此遇一窮途君子而輙飯之恐事泄自投於瀨水今聞伍君來不得其償自傷虛死是故悲耳人曰子胥欲報百金不知其家投金水中而去矣老嫗遂取金而歸一統志投金瀨在溧陽縣西北四十里邑宰榮

私愛亡兄子而存妾子幸而得全則魯君不吾畜大
夫不吾養庶民國人不吾與也夫如是則脅肩無所
容而累足無所履也子雖痛乎獨謂義何故忍棄子
而行義不能無義而視魯國於是齊將按兵而止使
人言於齊君曰魯未可伐也乃至於境山澤之婦人
耳猶知持節行義不以私害公而況於朝臣士大夫
乎請還齊君許之魯君聞之賜婦人束
帛百端號曰義姑姊漂母事見六卷註
卒使伍君開
張闔閭傾蕩郢吳師鞭屍於楚國申胥泣血於秦
庭我亡爾存亦各壯志張英風於古今雪大憤於天
地微此女之力雖云爲之士焉能咆哮烜爀
唐文粹作雖云爲忠孝之士亦焉能咆哮烜爀
施於後世也
文苑英華作耶○開張闔閭謂開大吳君之霸
業郢楚之別都唐時爲襄州之宜城縣郢楚之正都
唐時爲荊州之江陵縣二地相去約二百五十餘里
史記伍員與申包胥爲交員之亡也謂包胥曰我必
覆楚包胥曰我必存之及吳兵入郢伍子胥求昭王

不得乃掘楚平王墓出其尸鞭之三百然後已於是申包胥走秦告急求救於秦秦不許包胥立於秦庭晝夜哭七日七夜不絶其聲秦哀公憐之曰楚雖無道有臣若是可無存乎乃遣車五百乘救楚擊吳北山移文張英風於海甸韻會微非也望其溺所愴然低迴而不能去每風號吳天月苦荊水響像如在精魂可悲惜其投金有泉而刻石無主哀哉荊水荊溪也溧陽縣志溧水在縣西北一名瀨水上承丹陽湖東流爲宜興縣之荊溪下注於太湖舊名永陽江又曰中江吳越春秋子胥既破楚過溧陽瀨水之上乃長嘆息曰吾嘗饑於此乞食於一女子女子飼我遂投水而亡將欲報以百金而不知其家乃投金水中而去有頃一老嫗行哭而來人問曰何哭之悲嫗曰吾有女子守志三十不嫁往年擊綿於此遇一窮途君子而輙飯之恐事泄自投於瀨水今聞伍君來不得其償自傷虛死是故悲耳人曰子胥欲報百金不知其家投金水中而去矣老嫗遂取金而歸一統志投金瀨在溧陽縣西北四十里邑宰榮

陽鄭公名晏家康成之學世子產之才琴清心閑百里大化有若主簿扶風竇嘉賓縣尉廣平宋陟丹陽李濟南郡（諸集本皆作朝今從文苑英華唐文粹本作郡）陳然清河張昭皆有鄉才覇略同事相協緬紀英淑勒銘道周雖陵頽海竭文或不死（按唐時滎陽郡即鄭州屬河南道扶風郡即岐州屬關內道廣平郡即洺州屬河北道丹陽郡即潤州屬江南東道南郡即荊州屬山南東道清河郡即貝州屬河北道皆諸人之族望故冠於姓名之上而實非產於其地者也猶之太白生於蜀而自稱隴西李白退之生於南陽而自稱昌黎韓愈耳後漢書鄭元字康成北海高密人通京氏易公羊春秋三統曆九章算術周官禮記左氏春秋韓詩古文尚書史記子產者鄭成公少子也爲人仁愛人事君忠厚孔子嘗過鄭與子產如兄弟云及聞子產死孔子爲泣曰古之遺愛也唐時上縣置尉二人而此之列名者四人豈一時之制稍有增益）

與左傳晉卿不如楚其大夫則賢皆卿才也華陽國志陳登曰雄姿傑出有霸王之略吾敬劉元德駱賓王詩霸略今何在王宮尚巋然書洪範相協厥居孔穎達正義相助也協和也廣韻緬遠也勒刻也詩國風有杕之杜生於道周毛傳曰周曲也○煢音螢緬音免

其辭曰

煢煢貞女孤生寒門上無所天下報母恩春風三十花落無言乃如之人激漂清源碧流素手縈彼潺湲求思不可秉節而存伍胥東奔乞食於此女分壺漿滅口而死聲動列國義形壯士入郢鞭屍還吳雪恥投金瀨沚報德稱美明明千秋如月在水煢煢美潔貌上無所天言無父無夫也詳六卷註廣韻潺湲水流貌詩國風漢有游女不可求思史記李園陰養死士欲殺春申君以滅口

天長節使使字疑誤鄂州刺史韋公德政碑并序○唐書地
理志鄂州江夏郡隷江南西道胡三省通鑑註
鄂州春秋夏汭之地江夏記云一名夏口一名
魯口吳始築郡城晉末始立郢州
隋平陳改爲鄂州因鄂渚爲名

太虛既張惟天之長所以白帝真人當高秋八月五
日降西方之金精採天長爲名將傳之無窮紀聖誕
之節也孫綽遊天台山賦太虛遼廓而無閡李善註
太虛天也玉海實錄元宗以垂拱元年八月
五日生於東都開元十七年八月癸亥宴百僚於花
萼樓下左相乾曜右相說上表曰少昊著流虹之感
商湯本元鳥之命陛下二氣合神九龍浴聖月惟仲
秋日在端五五長星不見之夜祥光照室之朝請以爲
千秋節著之甲令布之天下咸令宴樂群臣以是日
獻甘露醇酎上萬歲壽酒王公戚里進金鏡綬帶士
庶以結絲承露囊相遺問村社作壽酒宴樂名爲
賽白帝報田神天寶七載八月巳亥改爲天長節我

高祖創業太宗成之三后繼統王猷如一大盜間起開元中興力倍造化功包天地不然何能遏犧農之頽波返淳朴於太古雖軒后至道由聞蚩尤之師今網漏吞舟而胡夷起於轂下三后謂高宗中宗睿宗張協七命王猷四塞函夏謚靜李善註毛詩曰王猶允塞猶與猷同張銑註猷道也大盜指韋武諸賊臣以其謀危宗社故曰大盜史記五帝紀蚩尤作亂不用帝命於是黃帝乃徵師諸侯與蚩尤戰於涿鹿之野遂擒殺蚩尤酷吏傳漏網於吞舟之魚司馬相如諫獵書是胡越起於轂下而羌夷接軫也李善文選註胡廣漢官解故註曰轂下喻在輦轂之下京城之中也先天文武孝感皇帝越在明兩總戎扶風正帝車於北斗拯橫流於鯨口廻日轡於西山拂蒙塵於帝顏呼吸而收兩京烜爀而安六合歷

列辟而罕匹顧將來而無儔太陽重輪合耀並出宇宙翕變草木增榮一麾而靜妖氛成功不處五讓而傳劍璽德冠樂推舊唐書至德三載正月戊寅上皇御宣政殿冊皇帝尊號曰光天文武大聖孝感皇帝上以歲號中有大聖二字上表固讓不允乾元二年春正月巳巳朔上御含元殿受尊號曰乾元大聖光天文武孝感皇帝越與粤通發語聲明兩見二十二卷註總戎扶風見十一卷註甘氏星經北斗星謂之七政天之諸侯亦謂帝車第一名天樞第二名璇第三名璣第四名權第五名衡第六名闓陽第七名瑤光橫流見十一卷註沈佺期詩魂魄遊鬼門骸骨遺鯨口庾信歌迴日轡動天關左傳天子蒙塵於外敢不奔問官守班固典引德臣列辟功君百王章懷太子註列辟謂古之帝王也任昉宣德皇后令白羽一麾黃鳥底定李善註鬻子曰武王率兵車以伐紂紂虎旅百萬陳於商郊起自黃鳥至於赤斧三軍之士靡不失色武王乃命太公把白旄以麾之紂軍反走漢書袁盎曰陛下至代邸西嚮讓

天子者三南衞讓天子者再夫許由一讓陛下五以天下讓過許由四矣傳劍璽見十一卷註肅宗克定兩京迎上皇還京請歸東宮及涕泣受傳國璽詳見十一卷註於戲昔堯及舜禹皆無聖子審曆數去已終大寶假人餙讓以成千載之美未若以文明鴻業授之元良與天同休相統億祀則我唐至公而無私越三聖而殊軌騰萬人之喜氣爛八極之祥雲上皇思汾陽而高蹈解負重於吾君能事斯畢與人更始堯舜無聖子文乃兼禹言之誤也書大禹謨天之曆數在汝躬蔡氏集傳曆數者帝王相繼之次第猶歲時節氣之先後周易聖人之大寶曰位鴻業大業也後漢書皇帝幼冲承統鴻業禮記一有元良萬國以貞世子之謂也漢書曹褒傳三五步驟優劣殊軌尚書大傳卿雲爛兮禮漫漫兮莊子堯治天下之民平海内之政在見四子藐姑射之山汾水之陽窅然喪其天下焉

淮南子堯舉天下而傳之於舜若解重負然非直辭讓誠無以爲也漢書夫赦令者將與天下更始後漢書蕩滌宿惡與人更始乃展祀郊廟望秩山川方掩骼於河洛弔人於幽燕但誅元凶不問小罪噫大塊之氣歌炎漢之風雲滂洋雨汪濊滌渥澤除瑕纇刬平國步改號乾元至矣哉其雄圖景命有如此者韻會展誠也書舜典望秩於山川孔氏傳諸侯境內名山大川如其秩次望祭之謂五岳牲禮視三公四瀆視諸侯其餘視伯子男蔡氏集傳望而祭之故曰望秩者其牲幣祝號之次第呂氏春秋掩骼霾髊高誘註白骨曰骼宋書志梟元凶少雪仇恥莊子大塊噫氣其名爲風漢高祖大風歌見二十卷註司馬相如難蜀父老文威武紛紜湛恩汪濊顏師古註汪濊深廣也王僧孺謝除吏部郎啟自遇休明多逢渥澤詩大雅國步斯頻集傳曰步猶運也江淹恨賦雄圖既溢武力未畢詩大雅君子萬年景命有僕○骼音格濊音穢纇音類我

邦伯韋公大彭之洪亂扶陽郭本作楊之貴族雄略邁古高文變風運當一賢才堪三事歷職剖劇能聲旁流振繆本作衣繡而白筆橫冠分符而彤襜入境囊者永王以天人授鉞東巡無名利劍承喉以脅從壯心堅守而不動房陵之俗安於太山休奕列郡去若始至帝名岐下深嘉直誠邦伯謂刺史見六卷註唐書韋氏出自風姓顓頊孫大彭爲夏諸侯少康之世封其別孫元哲於豕韋其地滑州韋城是也豕韋大彭迭爲商伯周赧王時始失國徙居彭城以國爲氏韋伯遐二十四世孫孟爲漢楚王傅去位徙居魯國鄒縣孟四世孫賢漢丞相扶陽節侯又徙京兆杜陵晉書樂志載德奕世垂慶洪亂後漢書荀彧聞曹操有雄畧甄鸞笑道論文始傳云五百年一賢千年一聖三事三公也見十九卷註繡衣白筆御史事見十一卷註分符彤襜刺史事分符謂郡守得

分虎符竹使符詳五卷註彤襜見十四卷註天人見五卷註薛道衡高祖文皇帝頌授鉞天人豁然清蕩永王東巡事詳後三十卷註藝文類聚摯虞新禮儀曰漢魏故事遣將出征符節郎授鉞於朝堂新禮遣將御臨軒尚書授節鉞古兵書跪而推轂之義也唐六典凡大將出征皆告廟授斧鉞唐書地理志山南東道有房州房陵郡漢書易於反掌安於泰山岐下岐山之下唐時爲岐州扶風郡肅宗時改稱鳳翔郡未復京師以前駐蹕其地者凡八月○盱音吁移鎮夏口救時艱也慎厥職康乃人滅兵歸農除害息暴大水滅郭洪霖注川人見憂於魚鼈岸不辨於牛馬公乃抗辭正色言於城隍曰若三繆本作一日雨不歇吾當伐喬木焚清祠精心感動其應如響無何中郭本作巾使銜命偏繆本作常祈名山廣徵牲牢驟欲致祭公又盱衡而稱曰今主上明聖

懷於百靈此淫昏之鬼不載祀典若煩國禮是荒巫
風其秉心達識皆此類也物不知化如登春臺杜氏通典
鄂州吳時常爲重鎮歷代亦爲兵衝其地亦曰夏口
亦曰魯口曹毗霖雨詩洪霖彌旬日翳翳四區昏劉
勰新論禹爲匹夫未有功名堯深知之使治水焉使
百川東注於海西被於流沙生人免爲魚鱉之患莊
子秋水時至百川灌河涇流之大兩涘渚涯之間不
辨牛馬按城隍之祀莫詳所自蕪湖城隍相傳建於
吳赤烏二年則其來久矣南史梁邵陵王綸祭城隍
神北史慕容儼鎮郢城城中先有神祠一所號城隍
神唐李陽冰縉雲縣城隍神記城隍神祀典無之惟
吳越有爾風俗水旱疾疫必禱焉太平廣記吳俗畏
鬼每州縣必有城隍神陸游云唐以來郡縣皆祭城
隍今世尤謹守令謁見儀在他神祠上社稷雖尊特
以令式從事至祈禳報賽獨城隍而已詩國風南有
喬木毛傳曰喬上竦也唐書肅宗嘗不豫太卜建言
祟在山川王嶼遣女巫乘傳分禱天下名山大川巫
皆盛服中人護領此文所云中使御命常祈名山即

其事也漢書盱衡厲色孟康註眉上曰衡盱衡舉目揚眉也左思魏都賦有睟其容乃盱衡而誥劉淵林註盱衡舉眉大視也班固東都賦禮神祈懷百靈左傳又用諸淫昏之鬼書伊訓敢有恒舞於宮酣歌於室時謂巫風老子衆人熙熙如享太牢如登春臺河上公註春陰陽交通萬物感動登臺觀之意志淫淫然也

有若江夏縣令薛公揖四豪之風當百里之寄幹蠱有立含章可貞遵之典禮恤疲於和樂政其成也臻於小康江夏縣鄂州附郭之縣四豪見十二卷註易蠱卦初六幹父之蠱坤卦六三含章可貞孔頴達正義云六三處下卦之極旣居陰極能自降退不爲事始惟內含章美之道待命乃行可以得正故曰含章可貞詩大雅汔可小康中京重覲於漢儀列郡還聞於舜樂選鄂之勝帳於東門乃登幽歌擊土鼓祀蓐收迎田祖招搖回而大火乃落閶闔啟而凉風始歸笙竽

和籥之音，象星辰而迭奏。吳楚巴渝之曲，各土風而備陳；禮容有穆，簪笏列序。羅衣蛾眉，立乎玳筵之上；班劍虎士，森乎翠幕之前。千變百戲，分曹賈勇。藺當作藺子跳劍，迭躍流星之輝；都盧尋橦，倒挂浮雲之影。百川繞郡，落天鏡於江城；四山入牖，照霜空之海色。獻觴醉於晚景，舞袖紛於廣庭。唐書地理志：上都初曰京城，天寶元年曰西京，至德二載曰中京，上元二年復曰西京。選鄂之勝，選擇鄂城名勝之區也。周禮籥章：掌土鼓豳籥。凡國祈年於田祖，歈豳雅，擊土鼓，以樂田畯。鄭康成註：杜子春云：土鼓以瓦爲匡，以革爲兩面，可擊也。田祖，始耕田者，謂神農也。豳雅，七月也。七月有于耜舉趾、饁彼南畝之事，是以亦歌其類。謂之雅者，以其言男女之正。蓐收，司秋令之神，見二卷註。詩小雅：琴瑟擊鼓，以御田祖。毛傳曰：田祖，先嗇也。正義曰：郊特牲註云先嗇若神農春官籥章註云田祖始耕田者謂神農是也以祖者始也始教造田謂之田祖先爲稼穡謂之先嗇神其農業謂之神農名殊而實同也鄭康成禮記註招搖星在北斗杓端主指者正義曰招搖北斗七星也北斗居四方宿之中以斗末從十二月建而指之則四方宿不差大火心星也見五卷註閶闔西極之門見十九卷註禮月令孟秋之月凉風至荀子鼓似天鐘似地磬似水竽簫筦籥似星辰日月鼗柷拊鞷椌楬似萬物隋書匏之屬一曰笙一曰竽並女媧之所作也笙列管十九于匏內施簧而吹之竽大三十六管風俗通大笙謂之巢小笙謂之和郭璞爾雅註籥如笛三孔而短小廣雅云七孔漢書樂志巴俞鼓員三十六人顏師古註巴巴人也俞俞人也當高祖初爲漢王得巴俞人並趫捷善鬭與之定三秦滅楚因存其武樂巴俞之樂因此始也巴郎今之巴州俞郎今之渝州各其本地晉書漢高祖自蜀漢將定三秦閬中范因率賨人以從帝爲前鋒及定秦中封因爲閬中侯復賨人七姓其俗喜舞高祖樂其猛銳數觀其舞後使樂人習之閬中有渝水因其所居故名曰巴渝舞舞曲有矛渝本歌曲弩渝本歌

曲安臺本歌曲行辭本歌曲總四篇王融三月三日曲水詩序麻容有穆賔儀式序劉楨瓜賦布象牙之席薰珖琱之筵班劍按文選註李善曰晉公卿禮秩曰諸公及開府位從公者給虎賁二十人持班劍焉漢官儀曰班劍者以虎皮飾之李周翰曰班劍木劍無刃假作劍形畫之以文故曰班也文獻通考班劍本漢一朝服帶劍晉易以木謂之象劍取裝飾斑斕之義此一說也又文選註劉良曰班劍謂執劍而從行者也呂向曰班列也言使勇士行列持劍以爲儀仗也胡三省通鑑註班劍持劍爲班立在車前也又曰班列也持劍成列夾道而行也以班爲行列之義又一說也未知孰是虎士見八卷註潘岳籍田賦翠幕黙以雲布分曹分爲二曹以較優劣賈勇爭先炫燿其技與左傳賈勇之義微異列子宋有蘭子者以技干宋元宋元名而使見其伎以雙枝長倍其身屬其脛並趨並馳弄七劍迭而躍之五劍常在空中元君大驚立賜金帛音釋所謂蘭子以技妄遊者也舊唐書梁有長蹻伎擲倒伎跳劍伎吞劍伎今並存張衡西京賦都盧尋橦漢書武帝享四夷之客作巴俞都盧詳見一卷大獵賦註初學記尋橦今之緣竿文獻

通考緣橦之技衆矣漢武帝時謂之都盧都盧國名其人體輕而善緣也○渝音于賈音古橦音牀鶴髮之叟雁序而進曰恭聞天子無戲言恐轉公以大用老父不畏死願留公以上聞悅坐棠而淪風庶刻石以實繆本作賔美庾信竹杖賦鶴髮雞皮蓬頭歷齒雁序猶雁行雁之飛也若有行列先後之序不相紊亂史記史佚曰天子無戲言言則史書之禮成之樂歌之風俗通名公當農桑之時重爲所煩勞不舍鄉亭止於棠樹之下聽訟決獄百姓各得其所壽百九十餘乃卒後人思其德美愛其樹而不敢伐詩甘棠之所作也隋書王貞傳坐棠聽訟事絕咏歌白觀樂入楚聞韶在齊採諸行謠遂作頌曰左傳吳公子札來聘請觀於周樂說苑孔子至齊郭門之外遇一嬰兒挈一壺相與俱行其視精其心正其行端孔子謂御曰趣驅之韶樂方作孔子至彼聞韶三月不知肉味鄂州本楚國之地故曰入楚因入楚而觀樂親見其美猶之在齊而聞韶二句乃流水對法或疑

入楚爲誤者非也

爽朗太白雄光下射崢嶸金天華岳旁連降精騰氣赫矣昭然誕聖五日垂休萬年孽胡挺災大人有作雷霆發揚攙搶乃落九服交泰五雲縈薄掃雪屯蒙洗清寥廓軒后訪道來登峨嵋郭本作娥眉上皇西去異代同時六龍轉駕兩曜迴規重遭唐主更覩漢儀肅肅韋公大邦之翰秀骨岳立英謀電斷宣風樹聲遠威逆亂不長不極樂奏爭觀九劍揮霍魚龍屈盤東廻舞袖西笑長安頌聲載路豐碑是刊史記正義天官占云太白者西方金之精白帝之子上公大將軍之象也徑一百里太白卽金星也附日而行或行在日之先或行

在日之後雖無定所而總之日行一度其光芒所射五星之中惟太白最爲明朗金天見三卷註華岳所見七卷註韻會說文方言楚部謂取物而逆曰挺一曰採也增韻引也爾雅彗星爲欃搶周禮乃辨九服之邦國方千里曰王畿其外方五百里曰侯服又其外方五百里曰甸服又其外方五百里曰男服又其外方五百里曰采服又其外方五百里曰衛服又其外方五百里曰蠻服又其外方五百里曰夷服又其外方五百里曰鎮服又其外方五百里曰藩服周易天地交泰五雲見七卷註屯蒙見十一卷註寥廓見一卷註抱朴子昔黃帝到峨嵋山見天真皇人於玉堂請問真一之道皇人曰子既君四海復欲求長生不亦貪乎六龍見八卷註復見漢官威儀見十一卷之註詩大雅大邦維屏大宗維翰又曰維申及甫維周之翰毛傳曰翰幹也鄭箋曰爲周楨幹之臣陸機吳實龍飛劉亦岳立周書英謀電發神旆風馳孫楚白起贊神機電斷氣濟師然宋書樹聲列藩宣風鉉德禮記敖不可長樂不可極張衡西京賦跳丸劍之揮霍薛綜註揮霍謂丸劍之形也張銑註跳弄也丸鈴也揮霍鈴劍上下貌漢書作巴俞都盧海中碭極曼

衍魚龍角抵之戲顔師古註魚龍者爲舍利之獸先
戲於庭極畢乃入殿前激水化成比目魚跳躍漱水
作霧障日畢化爲黃龍八丈出水敖戲於庭炫耀日
光西京賦云海鱗變而成龍即爲此色也西笑長安
見十二卷註詩大雅厥聲載路集傳曰載滿也徐陵
孝義寺碑謹勒豐碑陳其舞詠○挻音羶攙初銜切
揷平聲
搶音撐

比干碑　唐文粹載李翰所作殷太師比干碑即
此篇也雖文句之間畧有不同然異者
只八十餘字而已按唐書李翰傳翰擢進士第
調衛尉天寶末房琯韋陟俱薦爲史官宰相不
肯擬與此文所云天寶十祀余尉於衛極爲脗
合疑是太白代翰起草而翰竄改數字以上石
者歟或謂翰亦以文鳴似無倩人代筆之理不
知一行作吏簿書鞅掌之不遑代言視草勢所
不免如李衛公一品集序鄭亞所作亦命李義
山起草而自加更定者也又何疑於翰焉茅其
文質實疏達與集中諸作另成一格恐實出自
翰手後之編輯者或誤以李翰爲李翰林遂爾

採入集中耶巨眼者必能辨之

太宗文皇帝既一海內明君臣之義貞觀十九年征島夷唐文粹作東征島夷師次殷墟乃詔贈少師文粹作乃下詔追贈殷少師比干爲太師謚曰忠烈公遣大臣持節弔祭文粹作贈申命郡縣封墓葺祠置守冢文粹多五家二字以少牢時享著於甲令刻於金石故比干之忠益彰臣子得述其志文粹作得以述其志也○島夷高麗國也其地在東海之濱故曰島夷左傳命以康誥而封於殷墟杜預註殷虛朝歌也冊府元龜貞觀十九年二月庚戌輿駕發洛陽丁巳詔曰昔望諸列國之相漢主尚求其後夷吾霸者之臣魏君猶禮其墓况正直之道邁青松而孤絕忠勇之操掩白玉而振彩者哉殷故少師比干貞一表德鄰幾成性以明允之量屬無妄之辰玉馬遠馳愍其邦之殄瘁寶衣將燎惜其君之

覆亡其義不回懷忠蹈節讜言纔發輕百齡之命濡刑旣逞碎七尺之軀雖復周王封墓莫救焚如之禍孔聖稱仁寧追剖心之痛朕自趙魏問罪遼碣途經麥秀之墟緬懷桑梓之地駐蹕而瞻荒隴顧以爲臣撫躬而想幽泉思聞其諫豈可使愼終之義久闕於往冊易名之典無聞於後代宜錫寵命以展宿心可追贈太師謚曰忠烈所司崇其墓而葺其祠州縣春秋二時祀以少牢給隨近五戶以供灑掃帝自爲文以祭之鄭康成儀禮註禮將祭祀必先擇牲繫於牢而芻之羊豕曰少牢漢書吳芮傳著於甲令而稱忠也顏師古註甲者令篇之次也又叙傳著於甲令民用寧康

昔商王受毒痛於四海文粹下多一德字悖於三正肆厥淫虐下罔敢諍文粹作諫於是微子去之箕子囚之而公獨死之書泰誓今商王受弗敬上天降災下民又云作威殺戮毒痛四海孔安國傳痛病也史記今殷王紂乃用其婦人之言自絕於天毀壞其三正裴駰註馬融曰動逆天地人也史記紂愈淫亂不止微子數諫不聽乃與太師少師謀遂去比干曰

為人臣者不得不以死爭乃強諫紂紂怒曰吾聞聖人心有七竅剖比干觀其心箕子懼乃佯狂爲奴紂又囚之。痛音鋪非夫捐生之難處死之難文粹作非捐生之難處死之難非處死之難得死之難故不可死而死文粹下多一之字是輕其生非孝也可死文粹作得其死而不死是重其死非忠也王曰文粹作之叔父親其文粹作莫至焉國之元臣位莫崇焉親文粹作崇高二字不可以觀其危眤文粹作親眤二字不可以忘其祖則我臣文粹作成湯二字之業將墜於泉商王之命將絕於天整扶其顛遂諫而死剖心非痛亡殷爲痛文粹作殷亡是痛公之忠烈文粹下多一也字其若是焉文粹作乎。楚辭章句比干紂之諸父也書泰誓自絕於天結怨於民故能獨立危邦橫抗興運周武以三分之業，有諸侯之師，實（文粹作資）其十亂之謀，總其一心之衆（文粹少二字）。當公之存也，乃（文粹作則）戢彼西土；及公之喪也，乃觀乎（文粹作於）孟津。公存而殷存，公喪而殷喪，興亡兩（郭本作而）（文粹作所）繫，豈不重與？（史記文王伐崇密須犬夷，大作豐邑，天下三分其二歸周。十亂見二十六卷註。書泰誓：受有臣億萬，惟億萬心；予有臣三千，惟一心。孔安國傳：三千一心，言同欲也。又泰誓：西土有衆，咸聽朕言。孔安國傳：武王在西，故稱西土。史記：武王渡河，諸侯不期而會盟津者八百，諸侯皆曰：紂可伐矣。武王曰：女未知天命，未可也。乃還師歸。居二年，聞紂昏亂暴虐滋甚，殺王子比干，囚箕子，於是武王偏告諸侯曰：殷有重罪，不可以不畢伐。遂率戎車三百乘，虎賁三千人，甲士四萬五千人，以東伐紂。十一年十二月戊午，師畢渡盟津。孔安國尚書傳：武王三年服畢，觀兵孟津，以卜諸侯伐紂之心。）且聖人立教，懲惡勸善而已矣。人倫大統，父子君臣而已矣少師存則垂（文粹作正）其統歿則垂其教奮乎千古之上行乎百王之末俾夫淫者懼佞者懃義（文粹作睿）者思忠者勸其爲戒（文粹作式）也不亦大哉而（文粹缺而字）夫子稱殷有三仁是（文粹缺是字）豈無微旨嘗敢頤（文粹作論）之曰存其身存其宗亦仁矣存其名（一作身）存其祀亦仁矣亡其身圖其國亦仁矣（文粹作存其身存其祀亦仁也亡其身存其國亦仁也缺中間九字）若進死者退生者狂狷之士將奔走之（文粹作焉）褒生者貶死者寘安之人將寘力焉故同歸諸仁各順其志殊塗而一揆異行而齊致俾後（文粹多之字）人優柔而自得焉蓋春秋微婉之義（杜預春秋左傳序將令學

者原始要終尋其枝葉究其所窮優而柔之使自得之饜而飫之使自趨之左傳春秋之稱微而顯婉而辨杜預註文微而義著辭婉而旨别○寘與置同必將建皇極立彝倫闢在三之門文粹作彌在三之規垂不二之訓以明知於世文粹作以昭於世則夫人臣者旣移孝於親而致之於君焉有聞親失而不諍文粹下多一親字親危而不救從容安地而自得甚哉不然矣○文粹作從容安地而稱得理是不然矣○書洪範建用皇極孔安國傳皇大也極中也凡立事當用六中之道正義云施政教治下民當使大得其中無有邪僻也又曰彝倫攸敘集傳曰彝常倫理也所謂秉彝人倫也國語民生於三事之如一父生之師教之君食之非父不生非食不長非教不知生之族也故一事之韋昭曰三君父師也如一服勤至死也抱朴子民生在三奉之如一史記王蠋曰忠臣不聞二君貞女不更二夫夫孝於其親人之親皆欲其子

忠於其主人之主皆欲其臣文粹作孝於其親者人之親皆願其爲子忠於其君者人之君皆欲其爲臣故歷代帝王皆欲精顯文粹作莫不欲旌顯周武下車而封其墓魏武文粹作氏琦按當作文南遷而創其祠我太宗有天下禋百神文粹多一而字盛其禮追贈太師謚曰忠烈申命郡縣封墳文粹作墓葺祠置守冢五家以少牢時享著於甲令刻於金石於戲哀傷列辟主君封德文粹作主食舊封正與神明秩視郡王文粹作德爲神明秩視群望身滅而榮文粹作名益大世絶而神愈長然後知忠烈之道激天感人文粹作感激天人深矣禮記武王克殷反商下車封王子比干之墓鄭康成註積土爲封封比干墓崇賢也史記命閎夭封比干之墓正義曰封謂益其土及畫疆界括地志云比干

墓在衛州汲縣北十里二百五十步水經註牧野有殷大夫比干冢前有石銘題隸云殷大夫比干之墓所記惟此今已中折不知誰所誌也太和中高祖孝文皇帝南巡親幸其墳而加弔焉刊石樹碑列於墓隧墨莊漫錄比干墓在衛州西山去城數十里有漢唐以來碑刻甚多墓周圍數里生異木樛結不可入河南通志殷太師廟在衛輝府城北十五里祀殷太師比干魏文帝建唐貞觀中修葺北史魏孝文遷洛路由朝歌見殷比干墓愴然悼懷爲文以弔之據二書所云乃魏文帝也文言魏武恐誤韋氏國語解絜祀曰禋列辟見前篇註

天寶十祀余尉於衛拜首文粹作手祠堂魄感精動而廟在鄴邑官非式閭㪽文粹作刊石銘表以誌丕烈翰官於衛縣而比干廟在汲縣故曰鄴邑周書式商容閭孔穎達正義式者車上之橫木男子立乘有所敬則俯而憑式遂以式爲敬名說文云閭族居里門也武王過其閭而式之言此內有賢人式之禮賢也銘文粹作詞曰

糜軀非仁蹈難非智死於其死然後爲義忠無二軀文粹作體烈有餘氣正直聰明至今猛文粹作猶視咨爾來代爲臣不易盧諶贈劉琨詩序意氣之間靡軀不悔李善註說文曰靡爛也靡與糜古字通東方朔七諫子胥諫而靡軀兮

武昌宰韓君去思頌碑并序○新唐書韓愈傳七世祖茂有功於後魏封安定王父仲卿爲武昌令有美政既去縣人刻石頌德終秘書郎則韓君乃昌黎公之父也

仲尼大聖也宰中都而四方取則子賤大賢也宰單父人到於今而思之乃知德之休明不在位之高下其或繼之者得非韓君乎史記孔子爲中都宰一年四方皆則之家語孔子弟子有宓子賤者仕於魯爲單父宰得行其政於是單父治焉躬敦厚明親親尚篤敬施至仁加懇誠致忠

信百姓化之。單父音善甫

君名仲卿，南陽人也。昔延陵知晉國之政必分於韓獻子，雖不能遏屠岸之誅，存孤嗣趙郭本作起。太史公稱天下陰德也，其賢才羅生，列侯十世，不亦宜哉。南陽郡即鄧州也，唐時屬山南東道。新唐書：韓氏出自姬姓，晉穆侯少子曲沃桓叔成師生武子萬，食采韓原，生定伯，定伯生子輿，子輿生獻子厥，從封，遂爲韓氏。史記晉世家：吳延陵季子來使，與趙文子、韓宣子、魏獻子語曰：晉國之政卒歸此三家矣。又韓世家：晉景公之三年，司寇屠岸賈將作亂，誅靈公之賊趙盾，盾已死矣，欲誅其子趙朔。韓厥止賈，賈不聽。厥告趙朔令亡。朔曰：子必能不絶趙祀，死不恨矣。韓厥許之。及賈誅趙氏，厥稱疾不出。程嬰、公孫杵臼之藏趙孤趙武也，厥知之。景公十一年，晉作六卿，而韓厥在一卿之位，號爲獻子。景公十七年，疾，卜大業之後不遂者爲崇。韓厥稱趙成季之功，今後無祀，以感景公。景公問曰：尚有世乎？厥於是言趙武，而復與故趙氏田邑，續趙氏祀。太史公曰：韓厥之感晉景公紹趙孤之子武以成程嬰公孫杵臼之義此天下之陰德也韓氏之功於晉未覩其大者也然與趙魏終爲諸侯十餘世宜乎哉琦按全趙孤者韓獻子厥也延陵季子所稱者韓宣子起也今太白似作一人用疑誤

七代祖茂後魏尚書令安定王五代祖鈞金部尚書曾祖晙銀青光祿大夫雅州刺史祖泰曹州司馬考睿素朝散大夫桂州都督府長史分茅納言剖符佐郡奕葉郭本作業明德休有烈光君乃長史之元子也北史韓茂字元興安定安武人爲武賁郎將錄前後功拜散騎常侍殿中尚書進爵安定公文成踐祚拜尚書令加侍中征南大將軍卒贈安定王長子備襲爵安定公備弟均字天德初爲中散賜爵范陽子遷金部尚書兄備卒均襲爵安定公征南大將軍歷定青冀三州刺史除大將軍廣阿鎮大將加都督三州諸軍事復授定州刺史按此則鈞字是均字之誤但均乃茂之子非茂之孫與七代五代

之文不合而唐書宰相世系表亦以爲茂生二子備均均生晙晙生仁泰仁泰生叡素則疑文之誤也唐書之誤又因此文之誤而誤歟李翺韓文公行狀曾祖泰皇任曹州司馬祖濬素皇任桂州長史父仲卿皇任秘書郎皇甫湜韓文公神道碑曾祖叡素爲唐桂州長史善化行於江嶺之間通典魏尚書有金部郎其後歷代多有之北齊金部主才量尺度內外諸庫藏文帳唐書百官志文散階從三品曰銀青光祿大夫從五品下曰朝散大夫雅州盧山郡屬劍南道曹州濟陰郡屬河南道桂州始安郡屬嶺南道分茅見十五卷註漢書龍作納言出入帝命應劭註納言如今尚書官王之喉舌也北堂書鈔尚書唐虞官也唐虞曰納言周官爲內史大唐新語尚書古之納言潘岳馬汧督誄剖符專城紆青拖墨之司李善註東觀漢紀韋彪上議曰二千石皆以選出京師剖符典千里張銑註剖符謂剖竹分符符猶今之印也分茅謂加王爵納言謂爲尚書剖符謂爲刺史長史佐郡謂爲司馬詩周頌鞗革有鶬休有烈光魯頌建爾元子俾侯於魯毛傳曰元首也○晙音俊

妣有吳郭本作吾錢氏及長史即世夫

人早孀弘聖善之規成名四子文伯孟軻二母之儔

歟詩國風母氏聖善列女傳魯季敬姜者魯大夫公父穆伯之妻文伯之母也博達知禮穆伯先死敬姜守養文伯出學而還歸敬姜側目而盼之見其友上堂從後階降而却行奉劍而正履若事父兄文伯自以爲成人矣敬姜召而數之曰以子年之少而位之卑所與遊者皆爲服役子之不益亦以明矣文伯乃謝罪於是乃擇嚴師賢友而事之所與遊處者皆黄髦倪齒也文伯引衽攘捲而親饋之敬姜曰子成人矣君子謂敬姜備於教化又曰鄒孟軻之母也號孟母孟子既學而歸孟母方績問曰學所至矣孟子曰自若也孟母以刀斷其機孟子懼而問其故孟母曰子之廢學若吾斷斯織也夫君子學以立名問以廣知是以居則安寧動則遠害今而廢之是不免於厮役而無以離於禍患也何以異於織績而食中道廢而不爲寧能衣其夫子而長不乏糧食哉女則廢其所食男則墮於修德不爲竊盜則爲虜役矣孟子懼旦夕勤學不息師事子思遂成天下之名儒君子謂孟母知爲人母之道矣

少卿當塗縣

丞感槩重諾死節於義雲卿文章冠世拜監察御史朝廷呼為子房紳卿尉高郵才名振耀幼負美譽皇甫湜韓文公神道碑叔父雲卿當肅宗代宗朝獨為文章冠李翺韓君夫人韋氏墓誌銘禮部郎中雲卿好立義節有大功於昭陵其文章出於時而官不甚高韓愈科斗書後記愈叔父當大曆世文辭獨行中朝天下之欲銘述其先功行取信於來世者咸歸韓氏昌黎集註韓雲卿上元辛丑特進試鴻臚卿兼御史中丞仕終禮部侍郎唐書百官志御史臺有監察御史十五人正八品下韓愈虢州司戶韓府君墓誌銘安定桓王五世孫叡素為桂州長史化行南方有子四人最季曰紳卿文而能言嘗為揚州錄事參軍事故宰相崔圓圓狎愛州民丁某至顧省其家後大銜會日司錄君趨以前大言曰公與小民狎至至其家害於政圓驚謝曰錄事言是圓實過乃自署罰五十萬錢由是遷涇陽令破豪家水碾利名田頃凡百萬琦按此文本頌韓公德政而兼及其諸弟蓋因上文成名四子而叙其事以實之也又此文序其兄弟少

長名諱皆與昌黎集合乃唐書宰相世系表以獻素生七子無少卿而有晉卿季卿子卿升卿與此大異夫以歐陽公所修之史表而與其家傳不能無誤繆信史葢難言矣唐時淮南道有高郵縣隸揚州廣陵郡

君自潞州銅鞮尉調補武昌令未下車人懼之既下車人悅之惠如春風三月大化姦吏束手豪宗側目有爨玉者三江之巨横[此下似有缺文]白額且去清琴高張兼操刀永與二邑同化[唐時河東道有銅鞮縣隸潞州上黨郡江南西道有武昌縣有永興縣俱隸鄂州江夏郡吳錄陸稠爲廣陵太守奸吏歛手廣陵諺曰解結理煩我國陸君後漢書廉范傳漢興以廉氏豪宗自苦徑徙焉史記郅都行法不避貴戚列侯宗室見都側目而視號曰蒼鷹爨玉葢當時盜賊之名爲横於江上者白額虎也見一卷註清琴高張用子賤事見二十卷註操刀用子產事見九卷註○鞮音低]時鑿齒磨牙而[當作於]兩京宋城易子

而炊骨吳楚轉輸蒼生熬然而此邦晏如襁負雲集居未二載戶口三倍其初銅鐵曾青未擇地而出太當作大冶鼓鑄如天降神既烹且爍數盈萬億公私其賴之官絶請託之求吏無絲毫之犯揚雄長楊賦昔有彊秦封豕其士窫窳其民鑿齒之徒相與磨牙而爭之應劭曰淮南子云堯之時窫窳封豨鑿齒皆爲民害鑿齒齒長五尺食人李奇曰以喻秦貪婪殘食其民也此以喻祿山陷兩京而肆暴也史記楚莊王圍宋五月城中食盡易子而食析骨而炊按春秋時宋國在唐時爲宋州睢陽郡當至德二載三月賊將尹子奇圍睢陽至五月始退去七月復圍睢陽張巡許遠據城死守至十月救兵不至城遂陷先是城中食盡士卒食茶紙茶紙既盡遂食馬馬盡羅雀掘鼠鼠雀又盡括城中婦人食之繼以男子老弱人知必死莫有叛者所謂宋城易子炊骨正指其事漢書夫敖倉天下轉輸久矣曹植求自試表方今天下一統九州晏如三國

志註博物記曰襁織縷爲之廣八寸長丈二以約小兒於背上負之而行習鑿齒文故能德音悅暢襁負雲集唐書地理志永興縣有銅有鐵武昌縣有銀有銅有鐵太平御覽本草經曰曾青出蜀郡名山其山有銅者曾青出其陽曾青者銅之精能化金銀莊子今大冶鑄金大冶謂鼓鑄之所本道採訪大使皇甫公侁聞而賢之擢佐輶軒多所弘益尚書右丞崔公禹稱之於朝相國崔公渙特奏授鄱陽令兼攝數縣所謂投刃而皆虛爲其政而則理成去若始至人多懷恩本道謂江南西道冊府元龜開元中始置節度使其後又置諸道採訪使皆以刺史爲之節度使以司戎事採訪使以聽民政輶軒使車也見九卷註唐書百官志尚書省有右丞一人正四品下唐時江南西道有鄱陽縣隸饒州鄱陽郡孫綽天台山賦投刃皆虛目無全牛李周翰註庖丁解牛三年之後所見皆非全牛已見其骨節但以神爲不以目視而投刃皆虛爲其政句似有缺文

○侁音華新宰王公名庭璘巖郭本作嚴然太華浼然洪河含章可貞幹蠱有立接武比德絃歌連聲服美前政聞諸耆老與邑中賢者胡思泰一十五人及諸寮吏式歌且舞願揚韓公之遺美巖然太華喻其高峻如華岳浼然洪河喻其廣大如黄河韻會浼浼水流平貌詩河水浼浼含章幹蠱已見本卷註禮記堂上接武鄭康成註武跡也孔叢子昔者虢叔閎夭太顛散宜生南宮适五臣同寮比德以贊文武詩小雅雖無德與女式歌且舞○浼音美白採謠刻石而作頌曰

峨峨楚山浩浩漢水黄金之車大吳天子武昌鼎據實爲帝里時藉世訛薄俗如燬韓君作宰撫茲遺人滂汪繆本作註王澤猶鴻得春和風潛暢惠化如神刻石

萬古永思清塵通典鄂州自春秋以來皆屬楚有江漢二水在州西合秦屬南郡漢高祖置江夏郡吳分江夏更置武昌郡孫權嘗都之孫皓又徙都之常爲重鎮三國志孫權傳黃龍元年春公卿百司皆勸權正尊號夏四月丙申郎皇帝位大赦改年初興平中吳中童謠曰黃金車班蘭耳開閶門出天子薄俗如燬謂如火之焚壞而貧薄也詩國風王室如燬惠化見九卷註○蘜與鞠同

虞城縣令李公去思頌碑并序○虞城縣唐時隸河南道之宋州睢陽郡金石錄唐虞城令李公去思頌李白撰王遹書碑側題云元和四年二月重篆蓋遹不與白同時此碑後來始建歐陽集古錄云遹在陽氷前者誤也按此則此碑宋未南渡以前猶存

王者立國君人聚散六合咸土以百里雷其威聲革繆本作華其俗而風之漁其人而涵之其猶衆鮮洋洋樂化在水波而動之則憂頳尾之刺作焉徐而清之則

安頌首之頌興焉苟非大賢孰可育物而能光昭經歌卓立振古則有虞城宰公焉趙岐孟子註諸侯方百里象雷震也藝文類聚論語讖曰雷震百里聲相附近宋均註曰雷動百里故因以制國也雷聲謂諸侯之政教所至相附近也詩國風魴魚赬尾毛傳曰赬赤也魚勞則尾赤正義曰言魴魚勞則尾赤以興君子苦則容悴詩小雅魚在在藻有頒其首毛傳曰頒大首貌鄭箋曰魚之依水草猶人之依明王也魚處於藻既得其性則肥充其首頒然詩周頌振古如茲毛傳曰振自也○赬音稱頒音焚公名錫字元勲隴西成紀人也高祖揩隋上大將軍緜益原三州刺史封汝陽公曾祖騰雲皇朝廣茂二州都督廣武伯祖立節起家韓王府記室參軍襲廣武伯父浦鄖海淄唐陳五州刺史魯郡都督廣平太守襲廣武伯皆納

忠王庭名鏤鐘鼎侯伯繼跡故可略而言焉唐時成紀縣屬秦州天水郡不屬渭州隴西郡此云隴西成紀蓋叙族望本古郡縣而言也按隋書百官志上大將軍高祖所置其位在柱國之下大將軍之上蓋散爵也所以酬功臣者隋時縣州益州皆在蜀地原州在秦地汝陽縣名蔡州汝南郡所統唐時廣州南海郡隸嶺南道設中都督府有都督一人正三品茂州通化郡隸劍南道設下都督府有都督一人從三品廣武縣名隴右道蘭州所屬乾元二年更名金城唐書百官志王府官有記室參軍事二人掌表啟書疏鄂州富水郡隸山南東道海州東海郡淄州淄川郡皆隸河南道唐州淮安郡隸山南東道陳州淮陽郡隸河南道魯郡即兖州隸河南道設上都督府有都督一人從二品廣平郡即洺州隸河北道公即廣武伯之元子也年十九拜北海壽光尉心不挂細務口不言人非群吏罕測望風敬憚壽光縣唐時隸河南道之青州北海郡秩滿轉右武衛倉曹參

軍次任趙郡昭慶縣令奉詔修建初啟運二陵總徒
五郡支用三萬貫畢築雷野不鞭一人功成餘八千
貫其幹能之聲大振乎齊趙矣時名卿巡按陵有黃
赤氣上衝太微散爲慶雲數千處葢精勤動天地也
如此因粉圖奏名編入國史唐書百官志左右武衛有倉曹參軍事各二人
正八品下元和郡縣志河北道趙州有昭慶縣東北
至州九十里隋爲大陸縣武德四年改爲象城縣天
寶元年改爲昭慶縣皇十三代祖宣皇帝建初陵高
四丈周廻八十步皇十二代祖光皇帝啟運陵高四
丈周廻六十步二陵共塋周廻一百五十六步在縣
西南二十里唐會要獻祖宣皇帝葬趙州昭慶縣界
儀鳳二年五月一日追封爲建昌陵開元二十八年
七月十八日詔改爲建初陵懿祖光皇帝葬趙州昭
慶縣儀鳳二年五月一日追封爲延光陵開元二十
八年七月十八日詔改爲啟運陵後漢書光武紀長

轂雷野高鋒彗雲章懷太子註雷野言其聲盛也大溦垣十星見一卷註漢書若烟非烟若雲非雲郁郁紛紛蕭索輪囷是爲慶雲慶雲見喜氣也天寶四載拜虞城令而天章寵榮俾金玉王度烱繆本作冏若七曜昭回堂隅於戲敬之哉左傳思我王度式如玉式如金穀梁傳疏七曜者日月五星皆照天下故謂之七曜宸威郭本作滅騙顧作訓以理其俗魯而木舒而徐急則狠繆本作狠戾緩則鳥散公酌以釣繆本作鈞道和之琴心於是安四人敷五教處必糲食行惟單車觀其約而吏儉仰其敬而俗讓激直士之素節揚廉夫之清波三月政成鄰境郭本作墳取則史記夫趙王之狠戾無親大王之所明見漢書夫匈奴獸聚而鳥散從之如博影此言其風俗之儆事急則狠戾無相親之意事緩則鳥散無相顧之意說苑宓子賤爲單父宰過

於陽晝陽晝曰吾少也賤不知治民之術有釣道二請以送子王儉褚淵碑文參以洒德間以琴心此文借用其字垂釣鼓琴皆能令人心靜承上文緩急之事而言其當靜以治之也四人即四民士農工商也尚書汝作司徒敬敷五教孔安國傳布五常之教也廣韻糲麤也米不精也北史裴遼之任正平也以廉約自守毎行春省俗單車

因行春見枯骸於路隅惻

而已○糲音賴又音厲

然疢懷出俸而葬由是百里掩骼骼本作骸四封歸仁有居喪行號城市者習以成俗公曷之親鄰戹以凶事而鰥寡惸獨衆所賴焉可謂變其頹風永錫爾類

後漢書鄭弘傳太守第五倫行春見而深奇之章懷太子註太守常以春行所主縣勸人農桑振救乏絶見續漢志月令孟春之月掩骼埋胔鄭康成註骨枯曰骼左傳我有四封而詰其盜三國志註晉陽秋曰足以鎮靜頹風軌訓嚚俗詩大雅孝子不匱永錫爾類鄭箋曰永長也孝子之行非有竭極之時長以與汝之

族類謂廣之以敎導天下也○骼音格先時邑中有聚黨橫猾者實惟二耿之族幾百家焉公訓爲純人易其里曰大忠當作中正之里北境黎邱之古鬼焉或醉父以刃其子自公到職蔑聞爲灾太平寰宇記黎邱在虞城縣北二十里高二丈呂氏春秋梁北有黎邱部有奇鬼焉善效人之子姪昆弟之狀邑丈人有之市而醉歸者黎邱之鬼效其子之狀扶而道苦之丈人歸酒醒而誚其子曰吾爲汝父也豈謂不慈哉我醉汝道苦我何故其子泣而觸地曰孽矣無此事也昔也往責於東邑人可問也其父信之曰譆是必夫奇鬼也我固嘗聞之矣明日端復飲於市欲遇而刺殺之明旦之市而醉其真子恐其父之不能反也遂逝迎之丈人望見其真子拔劍而刺之丈人智惑於其似子者而殺其真子按此事在戰國時引此以頌德政近乎戲言豈唐時此鬼復作歟官宅舊井水清而味苦公下車嘗之莞爾而笑曰既苦且

清足以符吾志也遂汲用不敢變爲甘泉河南通志李令泉在虞城縣治内縣令李錫有清操李白撰錫去思頌載其事後因以名韻會莞小笑貌○莞音緩蠡本作蠡即蠡字省文卭館東有三栁焉公往來憇之飲水則去

行路勿剪比於甘棠鄉人因樹而書頌四十有六篇史記召公之治西方甚得兆民和召公巡行鄉邑有棠樹決獄政事其下自侯伯至庶人各得其所無失職者召公卒而民人思召公之政懷棠樹不敢伐歌咏之作甘棠之詩詩曰蔽芾甘棠勿剪勿伐召伯所茇○蠡音離又音里惟公志氣塞乎天地德音發乎聲容縞乎

若寒崖之霜湛乎若清川之月彈惡雪善速若箭飛

尤能筆工新文口吐雅論天下美士多從之遊非汝

陽三公三郭本作二伯之積德則何以生此邑之賢老劉

楚瓌等乃相謂曰我李公以神明之化大穎於虞人虞人陶然歌詠其德官則敬去則思山川鬼神猶懷之況於人乎乃咨群寮與去思之頌縣丞王彥暹員外丞魏陟主簿李詵縣尉李向趙濟盧榮等同德比義好謀而成相與採其瓌蹤茂行俾刻石篆美庶清風令名奮乎百世之上廣韻賴利也善也楊雄甘泉賦乃命群寮歷吉日後漢書李膺請孔融問曰高明祖父嘗與僕有恩舊乎融曰先君孔子與君先人李老君同德比義而相師友○縞音稿湛讒上聲瓌音規詵音辛　其詞曰

激揚之水兮白石有鑿李公之來兮雪虞人之惡厥德孔昭折獄既清五教大行殷雲雷之聲既父其父

又子共子春之以風化成草靡乃影我崗乃雨我田陽無驕僭繆本作僸四載有年人戴公之賢猶百里之天棄余往矣茫如隧川哀喪惠博掩骼仁深若井變甘兇人易心三柳勿剪永思清音詩國風揚之水白石鑿鑿毛傳曰鑿鑿鮮明貌鄭箋曰激揚之水波流湍疾洗去垢濁白石鑿鑿然興者喻桓叔盛强除民所惡民得以有禮義也韻會雪除也洗也詩小雅我有嘉賓德音孔昭鄭箋曰孔甚也昭明也說苑吾不能以春風風人陸賈新語上之化下猶風之靡草潘岳閑居賦訓若風行應如草靡詩大雅既景迺岡鄭箋曰以日景定其經界於山之春

為竇氏小師祭璿和尚文釋氏要覽受戒十夏以前西天皆稱小師毘奈耶云難陀比丘呼十七衆比丘為小師此蓋輕呼之也亦通沙門之謙稱也梵言烏波遮

迦于闐國翻爲和尚華言力生卽親教師也謂出家者因師之力生長法身出功德財養知慧命○璿音旋

年月日某謹以齋蔬之奠敢昭告於和尚之靈伏惟和尚降靈自天依化遊世角立獨出嶷然生知鳳凰開九苞繆本作包二字通用之翼豫章橫萬頃之陂始傳燈而納照因落髮以從師邁龍象以蹴踏爲天人之羽儀紹釋風於西域廻佛日於東維若大塊之噫氣鼓和風而一吹熱惱清灑道芽榮滋走吳楚以宗仰將掃地而歸之後漢書徐穉傳爰自江南卑薄之域而角立傑出章懷大子註角立如角之特立也詩大雅克岐克嶷毛傳曰岐知意也嶷識也正義曰岐爲有智之意嶷爲有識之貌九包見三卷註神異

經東方荒外有豫章焉此樹主九州其高千丈圍百尺本上三百丈始有枝條敷張如帳上有元狐黑猿枝主一州南北並列面向西南有九力士操斧伐之以占九州吉凶斫之復生其州有福創者州伯有病積歲不復者其州滅亡釋家師弟子以佛法遞相傳受繼續不絶如以燈遞相然點光明常在終不熄滅故謂之傳燈邁者勇往力行之意維摩詰經十方無量菩薩或有人從乞手足耳鼻頭目腦髓血肉皮骨聚落城邑妻子奴婢象馬車乘金銀瑠璃硨磲瑪瑙珊瑚琥珀真珠珂貝衣服飲食如此乞者多是住不可思議解脫菩薩以方便力而往試之令其堅固所以者何住不可思議解脫菩薩有威德力故行逼迫示諸衆生如是難事凡夫下劣無有力勢不能如是逼迫菩薩譬如龍象蹴蹋非驢所堪是名住不可思議解脫菩薩智慧方便之門釋者梵語具云釋迦此云能仁佛之姓也凡出家者皆以釋爲姓阿含經云四河入海同一鹽味四姓出家皆名爲釋是也梁簡文帝大法頌佛日出世同遣惑霜隋書李士謙傳客問三教優劣士謙曰佛日也道月也儒五星也韻會維方隅也莊子大塊噫氣其名爲嵐法苑珠林願我

出大風微窸滿虛空諸有熱惱處扇之以清涼嵇康琴賦樂百卉之榮滋韻會滋益也蕃也榮滋猶榮茂也○嶷音逆 嗚呼來無所從去復何適水還火歸蕭散本

宅寶舟輟棹禪月掩魄痛一往而無蹤愴雙林之變

白 謝靈運逸民賦來無所從去無所至圓覺經我今此身四大和合所謂毛髮齒皮肉筋骨腦垢色皆歸於地唾涕膿血津液涎沫痰淚精氣大小便利皆歸於水暖氣歸火動轉歸風四大各離今者妄身當在何處陶淵明自祭文陶子將辭逆旅之館永歸於本宅涅槃經如來應正徧知乘大涅槃大乘寶船周旋往返濟度衆生王僧孺禮佛文鷲法輪於長路棹寶舟於遙壑尚書正義魄者形也謂月之輪郭無光之處名魄也朔後明生而魄死望後明死而魄生律曆志云死魄朔也生魄望也涅槃經佛在拘尸那城力士生地阿利羅跋提河邊娑羅雙樹間二月十五日臨涅槃時爾時拘尸那城娑羅樹林其林變白猶如白鶴後分曰娑羅樹林四雙八隻西方一雙在如來前東方一雙在如來後北方一雙在佛之首南方

一雙在佛之足爾時世尊娑羅林下寢臥寶床於其中夜入第四禪寂然無聲於是時頃便般涅槃其娑羅林東西二雙合爲一樹南北二雙合爲一樹垂覆寶床葢於如來其樹卽時慘然變白猶如白鶴枝葉華果皮幹悉皆爆裂墮落漸漸枯悴摧折無餘某早承訓誨偏荷恩慈忝餐風於法侶旋落蔭郭本作陰於禪枝號無輟響泣有餘悲手撰茗藥精誠嚴恩冀神道之昭格庶明靈而饗之謝靈運盧山慧遠法師誄同法餐風棲遲道門洛陽伽藍記名僧德種負錫爲群信徒法侶持花成藪庾信碑禪枝四靜慧窟三明廣韻撰持也

爲宋中丞祭九江文漢書地理志禹貢九江在尋陽南皆東合爲大江應劭曰江自盧江尋陽分爲九水經註劉歆云湖漢等九水入彭蠡故言九江矣

謹以三牲之奠敬祭於長源公之靈按舊唐書天寶六載封河瀆爲

靈源公濟瀆爲清源公江瀆爲廣源公淮瀆爲長源公今祭江神而曰長源公蓋字之誤也惟神包括乾坤平準天地劃三峽以中斷流九道以爭奔綱紀南維朝宗東海牲玉有禮祀典無虧三峽見八卷註九道見十四卷註綱紀南維爲南方衆流之綱紀也朝宗東海見二十二卷註玉告神時薦於座之玉器與牲幣俱陳者今萬乘蒙塵五陵慘黷當作墋黷郭本作慘黷尤非蒼生悉爲白骨赤血流於紫宮宇宙倒懸攙搶未滅含識結憤思剪元兇左傳天子蒙塵於外敢不奔問官守五陵謂高祖太宗高宗中宗睿宗五帝陵寢詳見八卷註陸機漢高祖功臣頌茫茫宇宙上墋下黷李善註天以清爲常地以靜爲本今上墋下黷言亂常也墋不清澄之貌也黷媟也李周翰註墋垢也黷濁也庾信哀江南賦潰潰沸騰茫茫墋黷爾雅彗星爲欃槍梁武帝孝思賦彼含識而異見同有色而殊形高允貞婦咏結憤鍾心甘就幽冥○墋楚錦

切參上聲攙初銜切揷平聲搶音撐與攙搶同若思郭本作而況叅列雄藩各當
重寄遵奉王繆本作天命大舉天兵照海色於旌旗肅軍
威於原野而洪濤渤潏狂飈振驚北史宿當重寄早預心膂天兵見三
卷註渤潏水沸湧貌見二十二卷註狂飈狂暴之風惟神使陽侯卷波羲和奉
命樓船先濟士馬無虞掃妖孽於幽燕斬鯨鯢於河
洛惟神佑我降休於民敬陳精誠庶垂歆饗高誘淮南子註
陽侯陵陽國侯也溺死於水其神能爲大波有所傷
害因謂之陽侯之波也羲和日御也與江水無涉恐
誤樓船見四卷註鯨鯢見
八卷註說文歆神食氣也

李太白文集卷之二十九終

傳古樓景印

四部要籍選刊·集部

李太白文集

七

【唐】李白 撰　【清】王琦 注

浙江大學出版社

本册目録

第七册

卷之三十　詩文拾遺共五十二首

卷之三十一　附録文十二首

初印本卷之三十二　附録

後印本卷之三十二　詩文二十一首

卷之三十三　詩文五十九首

李太白文集卷之三十

錢塘　王琦琢崖輯註

濟　魯川較

詩文拾遺共五十二首

雜言用投丹陽知巳兼奉宣慰判官唐時丹陽郡卽潤州也屬江南東道肅宗至德元載十一月以崔渙爲江南宣慰使所謂宣慰判官乃渙之僚屬也太白有上崔相渙詩數首此詩乃與其僚屬者歟

客從崑崙來遺我雙玉璞云是古之得道者西王母食之餘食之可以凌太虛愛之頗謂絕今昔求識江淮人猶乎比石如今雖在卞和手□□正憔悴了了

知之亦何益恭聞士有調相如始從鎬京還復欲鎬京去能上秦王殿何時迴光一相盼欲投君保君年幸君持取無棄捐無棄捐服之與君俱神仙抱朴子玉亦仙藥經曰服金者壽如金服玉者壽如玉也又曰服元真者其命不極元真者玉之別名也令人身輕飛舉不但地仙而已不可用已成之器傷人無益當得璞玉乃可用也○此詩多有缺文訛字與下八首蕭氏本皆不錄唯姑蘇繆氏依宋本所刊者有之

南陵五松山別荀七南陵五松山俱見十二卷註

六郎潁水荀何慙許郡賓六郎唐詩類苑作軒昂琦按六字恐是草書君字之訛相逢太史奏應是聚賢人玉隱且在石蘭枯還見春俄成萬里別立德貴清真後漢書陳寔字仲弓潁川許人也荀淑字季和

潁川潁陰人也異苑陳仲弓從諸子姪造荀季和父
子于時德星聚太史奏五百里內有賢人聚論衡美
玉隱在石中左
傳太上有立德

觀魚潭

觀魚碧潭上木落潭水清日暮紫鱗躍圓波處處生
凉烟浮竹盡秋月照沙明何必滄浪去茲焉可濯纓
左思蜀都賦鮮以紫鱗潘岳詩游魚動
圓波劉良註圓波謂魚動波起而圓也

自廣平乘醉走馬六十里至邯鄲登城樓覽古
書懷廣平唐時郡名卽洺州也隸河北道邯鄲
縣名初隸洺州代宗永泰中改隸磁州○
邯鄲音
寒單

醉騎白花駱一作馬西走邯鄲城揚鞭動柳色寫鞚春

風生入郭登高樓山川與雲平深宫翳綠草一作雄都半古冢萬事傷人情相如章華當作臺巔猛氣折秦嬴兩虎不可鬬廉公終負荆提攜袴中兒杵臼及程嬰空孤獻一作立孤就白刃必死耀丹誠平原三千客談笑盡豪英毛君能穎脫二國且同盟皆爲黃泉土使我涕縱横磊磊石子崗蕭蕭白楊聲諸賢一作賢豪沒此地碑版有殘銘太古共今時由來互衰榮傷哉何足道感激仰空一作虚名趙俗愛長劍文儒少逢迎閑從博徒一作陵遊帳飲雪朝酲一作中醒歌酣易水動鼓震叢臺傾日落把燭歸凌晨向燕京方陳五餌策一使胡塵清毛萇

詩傳白馬黑鬣曰駱吳均詩聊爲路旁人寫鞓長楸
北韻會鞓馬勒也史記藺相如傳以相如功大拜爲
上卿位在廉頗右廉頗曰我爲趙將有攻城野戰之
大功藺相如徒以口舌爲勞而位居我上吾羞不忍
爲之下宣言曰我見相如必辱之相如聞不肯與會
每朝時常稱病不欲與廉頗爭列相如出望見廉頗
引車避匿舍人相與諫相如曰公視廉將軍孰與秦
王夫以秦王之威而相如廷叱之辱其群臣獨畏廉
將軍哉顧強秦之不敢加兵于趙者徒以吾兩人在
也今兩虎共鬭其勢不俱生吾所以爲此者以先國
家之急而後私仇也廉頗聞之肉袒負荊至相如門
謝罪曰鄙賤之人不知將軍寬之至此也卒爲刎頸
之交索隱曰負荊者荊楚也可以爲鞭其章臺見秦
王事見十五卷註秦本紀孝王曰昔伯翳爲舜主畜
畜多息故有土賜姓嬴今其後世亦爲朕息馬朕其
分土爲附庸邑之秦使復續嬴氏祀號曰秦嬴趙世
家屠岸賈攻趙氏于下宮殺趙朔滅其族趙朔妻成
公姊有遺腹走公宫匿趙朔客曰公孫杵臼謂朔友
人程嬰曰胡不死程嬰曰朔之婦有遺腹幸而男吾
奉之即女也吾徐死耳居無何而朔婦免身生男屠

岸賈聞之索于宮中夫人置兒絝中祝曰趙宗滅乎若號卽不滅若無聲及索兒竟無聲程嬰謂公孫杵臼曰今一索不得後必且復索之奈何二人謀取他人嬰兒負之衣以文葆匿山中程嬰出謬謂諸將曰誰能與我千金吾告趙氏孤處許之發師隨程嬰攻殺杵臼與孤兒然趙氏真孤乃反在居十五年晉景公疾卜之大業之後不遂者爲祟景公問韓厥厥知趙孤在乃曰大業之後在晉絶祀者其趙氏乎具以實告景公與韓厥謀立趙孤名而匿之宮中諸將入問疾景公因韓厥之衆以脅諸將而見趙孤趙孤名曰武遂攻屠岸賈滅其族及趙武冠爲成人程嬰乃謂趙武曰昔下宮之難我非不能死我思立趙氏之後今趙武既立爲成人復故位我將下報趙宣孟與公孫杵臼遂自殺毛遂脫穎見十六卷及二十六卷註說文磊衆石也太平寰宇記邯鄲縣有石子岡隋圖經云歷陵城西十里有石子岡實山也而高大有冢如硯子世謂之硯子冢是趙簡子冢古詩驅車上東門遥望北郭墓白楊何蕭蕭松柏夾廣路諸賢另指當時賢豪死葬于石子岡者故下文以太古今府雙承言之謝靈運詩碑版誰聞傳史記信陵君傳公

子聞趙有處士毛公藏于博徒薛公藏于賣漿家公子欲見兩人兩人自匿不肯見公子公子聞所在乃間徒步從此兩人游甚歡易水在燕地去邯鄲甚遠用之此處恐誤元和郡縣志叢臺在磁州邯鄲縣城內東北隅陶潛詩提劍出燕京漢書賈誼傳及欲試屬國施五餌三表以係單于顏師古註賈誼書謂賜之盛服車乘以壞其目賜之盛食珍味以壞其口賜之音樂婦人以壞其耳賜之高堂邃宇倉庫奴婢以壞其腹于來降者上以召幸之相娛樂親酌而手食之以壞其心此五餌也○駱音洛鞚苦貢切空去聲磊音儡

月夜金陵懷古

蒼蒼金陵月空懸帝王州天文列宿在霸一作鼎業大江流淥水絶馳道青松摧古丘臺傾鳷鵲觀宮沒鳳皇樓別殿悲清暑芳園罷樂游一聞歌玉樹蕭瑟後

庭秋一作千古不勝愁○謝朓詩江南佳麗地金陵帝王州三輔黃圖馳道天子所行道也今之中道宋書大明五年初立馳道自閶闔門至于朱雀門又自承明門至于元武湖六朝事跡宋孝武帝作馳道自閶闔北出承明抵元武湖十餘里爲調馬之所也古邱謂六代時陵墓鳷鵲觀六朝所建宮室今不可考景定建康志案宮苑記鳳凰樓在鳳臺山上宋元嘉中建有鳳凰集此爲名晉書太元二十一年春正月造清暑殿景定建康志清暑殿在臺城內晉孝武帝建殿前重樓複道通華林園爽塏奇麗天下無比雖暑月常有清風故以爲名太平寰宇記樂遊苑在覆舟山南北連山築臺觀苑內起正陽林光等殿六朝事跡樂游苑輿地志云在晉爲藥園宋元嘉中以其地爲北苑更造樓觀後改爲樂遊苑宋孝武大明中造正陽林光殿于內侯景之亂焚毀畧盡陳天嘉六年更加修葺陳亡遂廢其地在覆舟山南去縣六里隋書陳禎明初後主作新歌詞甚哀怨令後宮美人習而歌之其辭曰玉樹後庭花花開不復久時人以歌讖此其不久兆也

金陵新亭 方輿勝覽新亭在建康府城南十五里江南通志新亭在江寧府城西南十五里俯近江渚一名中興亭

金陵風景好豪士集新亭舉目山河異偏傷周顗情四坐楚囚悲不憂社稷傾王公何慷慨千載仰雄名

晉書過江人士每至暇日相邀出新亭飲宴周顗中坐而嘆曰風景不殊舉目有江山之異皆相視流涕惟王導愀然變色曰當共戮力王室克復神州何至作楚囚相對泣耶衆收淚而謝之○顗音以

庭前晚開花

西王母桃種我家三千陽春始一花結實苦遲爲人笑攀折唧唧長咨嗟 漢武內傳七月七日王母至侍女以玉盤盛仙桃七顆大如鴨卵形圓青色以呈王母母以四顆與帝三顆自食桃味甘美口有盈味帝食輒收其核王母問帝帝曰欲

種之王母曰此桃三千年一開花三千年一結實中夏地薄種之不生帝乃止

宣城長史弟眆贈余琴溪中雙舞鶴詩以見志

琴溪在寧國府涇縣見十九卷註

令弟佐宣城贈余琴溪鶴謂言天涯雪忽向窓前落白玉爲毛衣黃金不肯博當風振六翮對舞臨山閣顧我如有情長鳴似相託何當駕此物與爾騰寥廓

韻會博貿易也

暖酒

熱暖將來賓鐵文暫時不動聚白雲撥却白雲見青天掇頭裏許便乘仙寶藏論賓鐵出波斯堅利可切金玉○琦按庭前晚開花及此

首語尤凡俗不類太白

右九首見繆氏本

戲贈杜甫

飯顆山頭摭言作飯顆山前一作長樂坡前逢杜甫頭戴笠子日卓午借問別來摭言作因何一作新來太瘦生總爲從前摭言作祇爲從來作詩苦元和郡縣志長樂坡在京兆府萬年縣東北十三里即滻川之西岸舊名滻阪隋文帝惡其阪名改曰長樂坡雍錄通化門東七里有長樂坡下臨滻水本名滻阪隋文帝惡其名音與反同故改阪爲坡自其北可望長樂宮故名長樂坡也歐陽永叔曰太瘦生唐人語也至今猶以生爲語助如作麽生何似生之類是也

右一首見唐本事詩唐本事詩李白才逸氣高與陳拾遺齊名先後合德其論

詩云梁陳巳來艷薄斯極沈休文又尚以聲律將復古道非我而誰故陳李二集律詩殊少嘗言寄興深微五言不如四言七言又其靡也況使束于聲調俳優哉故戲杜曰飯顆山頭逢杜甫云云葢譏其拘束也○此詩又見摭言

唐詩紀事云此詩載唐舊史

寒女吟

昔君布衣時與妾同辛苦一拜五官郎便索邯鄲女妾欲辭君去君心便相許妾讀蘼蕪書悲歌淚如雨憶昔嫁君時曾無一夜樂不是妾無堪君家婦難作起來强歌舞縱好君嫌惡下堂辭君去去後悔遮莫

按通典漢時中郎將分掌三署郎有議郎中郎侍郎郎中凡四等無員多至千人三署者五官左右也凡郎官皆主更直執戟宿衛諸殿門出充車騎年五十以上者屬五官五官中郎將比二千石五官中郎比

六百石五官侍郎比四百石五官郎中比三百石鮑照詩洛陽少年邯鄲女古詩上山採蘼蕪下山逢故夫長跪問故夫新人復何如新人雖言好未若故人姝顏色類相似手爪不相如新人從門入故人從閤去新人工織縑故人工織素織縑日一匹織素五丈餘將縑來比素新人不如故遮莫俚語儘教也見六卷註

會別離

結髮生別離相思復相保如何日已遠五變庭中草
渺渺天海途悠悠漢江島但恐不出門出門無遠道
道遠行既難家貧衣復單嚴風吹雨雪晨起鼻何酸
人生各有志豈不懷所安分明天上日生死誓同歡

梁元帝纂要冬風曰嚴風○文苑英華郭茂倩樂府俱作孟雲卿詩詩題文苑作離別曲樂府作生別離

右二首見才調集

初月

玉蟾離海上白露濕花時雲畔風生爪沙頭水浸眉樂哉絃管客愁殺戰征兒因絶西園賞臨風一詠詩曹子建詩清夜游西園飛蓋相追隨明月澄清景列宿正參差

雨後望月

四郊陰靄散開戶半蟾生萬里舒霜合一條江練横出時山眼白高後海心明爲惜如團扇長吟到五更班婕妤怨歌行裁成合歡扇團團似明月

對雨

卷簾聊舉目露濕草綿綿古岫披雲毳空庭織碎烟
水紅（文苑英華註云疑作紋）愁不起風線重難牵盡日扶犂叟
往來江樹前（廣韻山有穴曰岫獸毛之縟細者爲毳又曰毳細布也犂墾田器也○岫音袖毳音脆）

曉晴

野凉疎雨歇春色偏萋萋魚躍青池滿鶯吟綠樹低
野花妝面溼山草紐斜齊零落殘雲片風吹挂竹溪

望夫石（見二十四卷註）

髣髴古容儀含愁帶曙輝露如今日淚苔似昔年衣
有恨同湘女無言類楚妃寂然芳靄内猶若待（一作帶）

夫歸楚辭章句堯以二女娶舜有苗不服舜往征之二女從而不反道死于沅湘之中因爲湘夫人左傳楚子滅息以息嬀歸生堵敖及成王焉未言楚子問之對曰吾一婦人而事二夫縱勿能死其又奚言

冬日歸舊山

未洗染塵纓歸來芳草平一條藤徑綠萬點雪峰晴地冷葉先盡谷寒雲不行嫩篁侵舍密古樹倒江横白犬離村吠蒼苔上壁生穿廚孤雉過臨屋舊猿鳴木落禽巢在籬疎獸路成拂牀蒼山一作鼠走倒篋素魚驚洗硯修良策敲松擬素貞此時重一去去合到三淸素魚白魚也即書篋中蠹魚

鄒衍谷 太平御覽：劉向別錄曰方士傳言鄒衍在燕燕有谷地美而寒不生五穀鄒子居之吹律而温氣至谷中生黍至今名黍谷焉一統志黍谷山在順天府懷柔縣東四十里跨密雲縣界亦名燕谷山劉向云燕有谷地美而寒不生黍稷鄒衍吹律以温其氣故名山曰黍谷衍廟基猶存

燕谷無暖氣，窮巖閉嚴陰。鄒子一吹律，能迴天地心。

入清溪行山中

輕舟去何疾，已到雲林境。起坐魚鳥間，動摇山水影。巖中響自合，文苑英華註云疑作荅溪裏言彌靜。無事令人幽，停橈向餘景。文苑英華一百六十六卷載李白入清溪行山中凡二首其一即本集七卷中清溪清我心一首其一乃此首也按崔顥集亦載此首題云入若耶溪當是顥作也日出東南隅行日出東南隅行卽樂府之陌上桑也一曰艷歌羅敷行古辭曰日出東南隅照我秦氏樓秦氏有好女自名爲羅敷云云後人擬之或卽以首句名篇

秦樓出佳麗正值朝日光陌頭能駐馬花處復添香

郭茂倩樂府載此首以爲殷謀詩

代佳人寄翁參樞先輩演繁露唐世舉人呼已第者爲先輩國史補互相推敬謂之先輩

等閑經夏復經寒夢裏驚嗟豈暫安南國風光當世少西陵演浪過江難周旋小字挑燈讀重疊遥山隔霧看直是爲君飡不得書來莫說更加飡說文演長流也○舊註云此詩總目及李集皆不載惟英華諸本有之

送客歸吳

江村秋雨歇，酒盡一帆飛。路歷波濤去，家唯坐臥歸。島花一作山桃開灼灼，汀柳細依依。別後無餘事，還應掃釣磯。詩國風：桃之夭夭，灼灼其華。毛傳曰：灼灼，花之盛也。廣韻：汀，水際平沙也。李善文選註：韓詩曰：昔我往矣，楊柳依依。薛君曰：依依，盛貌。

送友生遊峽中

風靜楊柳垂，看花又別離。幾年同在此，今日各驅馳。峽裏聞猿叫，山頭見月時。殷勤一杯酒，珍重歲寒姿。此詩亦載張籍集中

送袁明府任長江唐書地理志：劍南道遂州遂寧郡有長江縣

别離楊柳青樽酒表丹誠古道攜琴去深山見峽迎暖風花遶樹秋雨草沿城自此長江內無因夜犬驚

晉書披露丹誠不敢不盡後漢紀劉寵爲會稽太守正身率下郡中大治徵入爲將作大匠山陰縣有數老父年各八十餘居若耶山下去郡十里相率共往送寵曰他時吏發不去民間或狗吠竟夕民不得安自明府下車以來吏稀至民間狗不夜吠今聞當見棄故自力來送

送史司馬赴崔相公幕

詩題上一本多賦得鶴三字

崢嶸丞相府清切鳳凰池羡爾瑶臺鶴高棲瓊樹枝歸飛晴日暖吟弄惠風吹正有乘軒樂初當學舞時珍禽在羅網微命若猶絲願託周周羽相啣漢水湄

魏書對九重之清切望入襲之崢嶸鳳凰池見十一卷註瓊樹見二卷註王筠詩優游清露點徽穆惠風

吹左傳衛懿公好鶴鶴有乘軒者埤雅鶴生二年落子毛三年產伏七年飛薄雲漢後七年學舞後七年應節周周卿羽見二卷註旣以鶴比司馬以珍禽自喻復以周周啣羽事作結似乎夌雜恐有錯誤○滄浪詩話文苑英華有送史司馬赴崔相公幕一首云云此或太白之逸詩也不然亦是盛唐人之作琦按末二聯或是太白在尋陽獄中之作所謂崔相公者卽是崔渙似亦近之而岑參集中亦載此詩一云無名氏

戰城南 樂府漢鼓吹鐃歌詳三卷註

戰地何昏昏戰士如群蟻氣重日輪紅血染蓬蒿紫
烏烏啣人肉食悶飛不起昨日城上人今日城下鬼
旗色如羅星鼙聲殊未已妾家夫與兒俱在鼙聲裏

文苑英華一百九十六卷太白去年戰桑乾源之後載此一首不錄作者姓名後人採太白遺詩兼入此

作

胡無人行 樂府琵琶調曲 見三卷註

十萬羽林兒臨洮破郅支殺添胡地骨降足漢營旗

寒閼牛羊散兵休帳幕移空餘隴頭水嗚咽向人悲

羽林兒見十八卷註唐時隴右道有臨洮郡卽洮州也其地東北二面並枕洮水故名漢書使護西域騎都尉甘延壽副校尉陳湯矯發戊己校尉屯田吏士及西域胡兵攻郅支單于斬其首傳詣京師隴頭歌隴頭流水鳴聲幽咽。文苑英華一百九十六卷太白嚴風吹霜海草凋之後載此一首不錄作者姓名後人採入太白遺詩然考陳陶集中亦載此作當是陶詩。洮音叨郅音質

鞠歌行 樂府平調曲 見四卷註

麗莫似漢宮妃謙莫似黃家女黃女持謙齒髮高漢

妃恃麗天庭去人生容德不自保聖人安用推天道君不見蔡澤嵌枯詭怪之形狀大言直取秦丞相又不見田千秋才智不出人一朝富貴如有神二侯行事在方冊泣麟老人終困厄夜光抱恨良嘆一作撲悲日月逝矣吾何之世說漢元帝宮人既多乃令畫工圖之欲有呼者輒披圖名之其中常者皆行貨賂王明君姿容甚麗志不苟求工遂毀爲其狀後匈奴來和求美女于漢帝帝以明君充行既名見而惜之但名字已去不欲中改于是遂行尹文子齊有黃公者好謙卑有二女皆國色以其美也常謙辭毀之以爲醜惡醜惡之名遠布年過而一國無聘者衞有鰥夫時冒娶之果國色然後曰黃公好謙故毀其子不姝美于是爭禮之亦國色也國色實也醜惡名也此違名而得實矣史記蔡澤燕人也昌鼻巨肩魋顏蹙齃膝攣西入秦秦昭王與語大說之拜爲客卿范雎免相昭王新說蔡澤計畫遂拜爲秦

相漢書車千秋本姓田氏衛太子爲江充所譖敗久之千秋上急變訟太子寃武帝見而悅之立拜千秋爲大鴻臚數月遂代劉屈氂爲丞相封富民侯千秋無他材能術學又無伐閱功勞特以一言寤意旬月取宰相封侯世未嘗有也孔叢子叔孫氏之車子曰鉏商樵于野而獲獸焉衆莫之識以爲不祥棄之五父之衢冉有告夫子曰麕身而肉角豈天下之妖乎夫子曰今何在吾將觀焉遂往謂其御高柴曰若求之言其必麟乎到視之果信言偃問曰飛者宗鳳走者宗麟爲其難致也敢問今見其誰應之子曰天子布德將致太平則麟鳳龜龍先爲之祥今宗周將滅天下無王孰爲來哉遂泣曰予之于人猶麟之于獸也麟出而死吾道窮矣乃歌曰唐虞世兮麟鳳游今非其時來何求麟兮麟兮我心憂○文苑英華二百三卷太白玉不自言如洮李之後○載此一首失錄作者姓名後人遂編入太白遺詩○嵌音同龕

右十七首見文苑英華前十四首皆註太白姓名于下後三首首錄于太白詩名之後空白其下不書姓名後人以爲皆太白之作也編太白遺詩者遂并及焉今因之附錄于此滄

浪詩話文苑英華有太白代寄翁參樞先輩七言律一首乃晚唐之下者又有五言律三首其一送客歸吳其二送友生游峽中其三送袁明府任長江集本皆無之其家數正在大曆貞元間亦非太白之作又有五言雨後望月一首對雨一首望天石一首冬日歸舊山一首皆晚唐之語又有秦樓出佳麗四句亦不類太白是皆後人假名也

題許宣平菴壁

我吟傳舍詩來訪真人居烟嶺迷高跡雲林隔太虛窺庭但蕭索倚柱空躊躇應化遼天鶴歸當千歲餘

太平廣記許宣平新安歙人也唐睿宗景雲中隱于城陽山南塢結菴以居不知其服餌但見不食顔色若四十許人行如奔馬時或負薪以賣擔常挂一花瓠及曲竹杖每醉騰騰拄之以歸獨吟曰負薪朝出賣沽酒日西歸路人莫問歸何處穿入白雲行翠微邇來三十餘年或拯人懸危或救人疾苦城市人多

訪之不見但覽菴壁題詩曰隱居三十載築室南山巔靜夜玩明月閑朝飲碧泉樵人歌隴上谷鳥戲巖前樂矣不知老都忘甲子年好事者多詠其詩有時行長安于驛路洛陽同華間傳舍是處題之天寶中李白自翰林出東遊經傳舍覽之吟哦嗟嘆曰此仙詩也乃詰之于人得宣平之實白于是游及新安涉溪登山屢訪之不得乃題其菴壁曰云云是冬野火燎其菴莫知宣平踪跡百餘年後咸通七年郡人許明奴家有嫗嘗逐伴入山採樵獨于南山中見一人坐石上方食桃甚大問嫗曰汝許明奴家人也我明奴之祖宣平嫗言嘗聞已得仙矣曰汝歸爲我語明奴言我在此山中與汝一桃食之不可將出山虎狼甚多山神惜此桃嫗乃食桃甚美宣平遣嫗隨樵人歸家言之明奴之族甚異之傳聞于郡人出續仙傳太平寰宇記城陽山在歙縣南環迴孔高爲城郭之衿帶居郡之南故號爲城陽山焉卽許宣平得道之所亦爲李白所尋不遇今山上有遺跡存漢書沛公至高陽傳舍顏師古註傳舍者人所止息前人已去後人復來轉相傳也一音張戀反謂傳置之舍也其義兩通後漢書光武乃稱邯鄲使者入傳舍章懷太

子註傳舍客館也遼天鶴見二十一卷註

右一首見太平廣記

題峰頂寺

夜宿峰頂寺，舉手捫星辰。不敢高聲語，恐驚天上人。

侯鯖錄曾皐爲蘄州黃梅令縣有峰頂寺去城百餘里在亂山群峰間人跡所不到皐按田偶至其上梁間小榜流塵昏晦乃李白所題詩也其字亦豪放可愛詩云夜宿峰頂寺云云或曰王元之少登樓詩云危樓高百尺手可摘星辰不敢高聲語恐驚天上人漁隱叢話西清詩話云蘄州黃梅縣峰頂寺在水中央環伏萬山人跡所罕到曾皐爲令時因事登其上見梁間一粉板塵暗粉落拂滌視之乃謫仙詩云夜宿峰頂寺云云世傳楊大年幼時詩非也鄧氏聞見後錄舒州峰頂寺有李太白題詩夜宿峰頂寺云云曾子山始見之不出于集中恐少作耳太倉稊米集云聞道長庚曾入夢巳應能作上樓詩註云唐人載

李白在襁褓中其家携之上樓問頗能作詩否卽應聲作絕句一首所謂不敢高聲語恐驚天上神者是也又竹坡詩話世傳楊文公方離襁褓猶未能言一日家人携以登樓忽自語如成人因戲問之今日上樓汝能作詩乎卽應聲曰危樓高百尺手可摘星辰不敢高聲語怕驚天上人舊見古今詩話載此一事後又見一石刻乃李太白夜宿山寺所題字畫淸勁而大且云布衣李白作豈好事者竊太白之詩以神文公之事歟抑亦太白之碑爲僞耶

右一首見侯鯖錄等書

瀑布

斷巖如削瓜嵐光破崖綠天河從中來白雲漲川谷玉案赤文字落落不可讀攝衣凌青霄松風吹我足

二老堂詩話司空山在舒州太湖縣界初經重報寺過馬玉河至金輪院有僧本淨肉身塔及不受葉蓮

花池連理山茶自塔院乃上山至本淨坐禪巖精巧天成中途斷崖絶壑旁臨萬仞號牛背石宗室善修者言石如劍脊中起側足覆身而過危險之甚度此步步皆佳上有一寺及李太白讀書堂一峰玉立有太白瀑布詩云斷巖如削瓜嵐光破崖綠天河從中來白雲漲川谷玉案赤文字落落不可讀攝衣凌清霄松風吹我足予兒子中守舒日得此于宗室公霞今胡仔漁隱叢話載蔡絛西清詩話不言此山但云太白仙去後人有見其詩畧云斷崖如削瓜嵐光破崖綠天河從中來白雲漲川谷玉案敷文字世眼不可讀攝身凌青霄松風吹我足又云舉袖露條脫招我飲胡麻真烟雲中語也既誤以斷巖爲斷崖與第二句相重赤文作敷文落落作世眼攝衣作攝身皆淺近與前句大相遠當塗太白集本原無此詩因子中錄寄郡守遂刻于後然皆從蔡絛誤本子中爭之不從僅能改勅爲赤而已唐詩紀事近世傳白詩云斷崖如削瓜嵐光破崖綠天河從中來白雲漲川谷玉案赤文字落落不可讀攝衣凌清雲松風拂我足又不同者數字

斷句

舉袖露條脫，招我飯胡麻。太平廣記條跳似指環而大唐詩紀事文宗問宰臣古詩云輕衫襯跳脫跳脫是何物宰臣未對上曰即今之腕釧也真誥言安妃有斵粟金跳脫是臂飾跳脫即條脫也太平廣記劉晨阮肇入天台採藥有二女子邀還家其饌有胡麻飯山羊脯按胡麻即今之芝麻也相傳張騫自大宛得其種以歸以其出自胡中故曰胡麻○唐詩紀事亦載此句舉袖作舉手

野禽啼杜宇，山蝶舞莊周。杜宇杜鵑也見三卷註漁隱叢話法藏碎金云予記太白有詩云野禽啼杜宇山蝶舞莊周後又見潘佑有感懷詩幽禽喚杜宇宿蝶夢莊周席地一尊酒思與元化浮但莫孤明月何必秉燭遊予謂才思暗合古今無殊不可怪也

右三首見漁隱叢話諸書

陽春曲沈約作江南美四曲其三曰陽春曲

苿苡生前徑含桃落小園春心自搖蕩百舌更多言

陸璣草木疏苿苡一名馬舄一名車前一名當道喜在牛馬跡中生故曰車前當道今藥中車前子是也幽州人謂之牛舌草可鬻作茹大滑其子治婦人難產埤雅櫻桃爲木多陰其果先熟一名含桃許慎曰鶯之所含食故曰含桃也謂之鶯桃則亦以鶯之所含食故謂之鶯桃也爾雅翼櫻桃朱實甘美飛鳥所含故又名含桃爾雅謂之荆桃其花在梅後至果熟則最先本草綱目百舌處處有之居樹孔窟穴中狀如鸜鴿而小身畧長灰黑色微有斑點喙亦尖黑行則頭俯好食蚯蚓立春後鳴轉不已夏至後則無聲十月後則藏蟄月令仲夏反舌無聲卽此。苿音浮苡音以一作苢

舍利佛 舍利見七卷註

金繩界寶地珍木蔭瑤池雲間妙音奏天際法蠡吹

法華經時娑婆世界卽變淸淨琉璃爲地寶樹莊嚴黃金爲繩以界八道又云雨大法雨吹大法螺文獻

通考貝之爲物其大可容數升蠡之大者也南蠻之國取而吹之所以節樂也今之梵樂用之以和銅鈸釋氏所謂法螺赤土國吹螺以迎隋使是也法蠡即法螺也古螺字一作蠡通用

摩多樓子

從戎向邊北遠行辭密親借問陰山候還知塞上人陸機詩總轡登長路嗚咽辭密親陰山在北邊外見五卷註陸機詩徃問陰山候勁虜在燕然劉良註候伺望者

右三首見萬首唐人絶句郭茂倩樂府詩集三首俱作無名氏

春感

茫茫南與北道直事難諧榆莢錢生樹楊花玉糝街塵縈游子面蝶弄美人釵却憶青山上雲門掩竹齋

春秋元命包三月榆莢落。莢音劫𦘢桑感切歂上聲

右一首見彰明逸事楊天惠彰明逸事云太白遊成都賦春感詩云云益州刺史蘇頲見而奇之

殷十一贈栗岡硯

殷侯三玄士贈我栗岡硯灑染中山毫光映吴門練天寒水不凍日用心不倦携此臨墨池還如對君面

王羲之筆經諸郡毫惟中山兔肥而毫長可用練熟絹也韓詩外傳顔回望吴門焉見一匹練孔子曰馬也此用其字而意則指吴中所出之練耳九域志越州會稽縣有王右軍墨池

右一首見高似孫硯箋

普照寺

天台國清寺天下爲四絶今到普照遊到來復何別枏木白雲飛高僧頂殘雪門外一條溪幾回洗歲月

咸淳臨安志淨明寺在富陽縣北五里舊名普照天福五年重建治平二年改今額寺枕高山名曰舒壁山坳有龍潭澗水橫流上有橋亭有御書閣李翰林白詩天台國清寺天下爲四絶云云一統志國清寺在台州府天台縣北十里隋煬帝爲智顗禪師建晏殊類要云齊州靈巖荆州玉泉潤州棲霞台州國清世稱四絶本草拾遺枏木高大葉如桑出南方山中○枏音楠

右一篇見咸淳臨安志　蘇東坡曰予舊在富陽見國清院太白詩絶凡近卽此篇也漁隱叢話新安水西寺寺依山背下瞰長溪太白題詩斷句云檻外一條溪幾回流碎月今集中無之琦按漁隱所引卽此篇末二句也葢未覩全篇故承訛襲僞以爲題水西寺之句耳

小桃源

黟縣小桃源烟霞百里間地多靈草木人尚古衣冠

方輿勝覽樵貴谷在歙州黟縣北昔土人入山行七日至一穴豁然周三十里中有十餘家云是秦人避入此地按邑圖有潛村至今有數十家同爲一村或謂之小桃源李白詩黟縣小桃源云云錦繡萬花谷亦載此詩以爲太白作琦按此詩乃南唐許堅詩其後尚有二韻非太白作也○黟音衣

釣臺

磨盡石嶺墨潯陽釣赤魚靄峰尖似筆堪畫不堪書

方輿勝覽釣臺在徽州黟縣南十八里亦名潯陽臺相傳李白嘗釣于此有詩云磨盡石嶺墨云云太平寰宇記墨嶺山在黟縣南十八里嶺上有石如墨色嶺有穴中有墨石軟膩土人取爲墨色碧甚鮮明可以記文字方輿勝覽靄峰在黟縣南十五里孤峭如削○九域志亦引李白靄峰尖似筆之句錦繡萬花谷亦載此詩一統志引此作靄峰尖似削

題竇圖山

樵夫與耕者出入畫屏中 方輿勝覽竇圖山在綿州彰明縣李白題竇圖山詩樵夫與耕者出入畫屏中又送竇主簿詩願隨子明去煉火燒金丹竇子明名圖隱此山故名

右三則見方輿勝覽

贈江油尉 唐時江油郡隸劍南道之龍州應靈郡

嵐光深院裏傍砌水泠泠野燕巢官舍溪雲入□廳日斜孤吏過簾捲亂峰青五色神仙尉焚香讀道經

右一首見楊升菴四川藝文志

清平樂令 翰林應制

禁庭春晝鶯羽披新繡百草巧求花下鬬只賭珠璣

滿斗○日晚却理殘粧御前閑舞霓裳誰道腰肢窈窕折旋消得君王說文璣珠不圓也高誘淮南子註圓者爲璣顆者爲珠夢溪筆談霓裳羽衣曲劉禹錫詩云三鄉陌上望仙山歸作霓裳羽衣曲又王建詩云聽風聽水作霓裳白樂天詩註云開元中西凉府節度使楊敬述造鄭嵎津陽門詩註云葉法善嘗引上入月宮聞仙樂及上歸但記其半遂于笛中寫之會西凉府都督楊敬述進婆羅門曲與其聲調相符遂以月中所聞爲散序用敬述所進爲其腔而名霓裳羽衣曲諸說各不同鄭嵎津陽門詩註宮妓梳九騎仙髻衣孔雀翠衣佩七寶瓔珞爲霓裳羽衣之舞舞罷珠翠可掃焉禮記周還中規折還中矩經史中旋還二字通用

其二

禁幃秋夜詞律作禁闈清夜月採金窗鏤升菴詞品作明月探窗鏤玉帳鴛鴦噴沉詞品作蘭麝時落銀燈香灺○女伴莫話孤眠

六宮羅綺三千一笑皆生百媚宸遊詞品作衷教在誰邊鴛鴦爇香器也說文炧燭燼也江總詩春心百媚勝楊柳○炧才野切斜上聲借作去聲讀

右二首見絕妙詞選歐陽炯花間集序曰在明皇朝則有李太白應制清平樂詞四首絕妙詞選曰唐呂鵬遏雲集載太白應制詞四首以後二首無清逸氣韻疑非太白所作故只存其二胡應麟筆叢太白清平樂蓋五代人僞作因李有清平調故贗作此詞傳之

桂殿秋

仙女下董雙成漢殿夜凉吹玉笙曲終却從仙官去萬戶千門惟月明○河漢女玉鍊顏雲輧往往在人間九霄有路去無跡嫋嫋香風生佩環漢武內傳七月七日王母來命侍女董雙成吹雲和之笙黃庭經却滅百邪玉鍊顏雲輧見三卷註○詞綜吳虎臣曰此太白詞也

有得于石刻而無其腔劉無言倚其聲歌之音極清雅郤氏聞見後錄仙女是董雙成桂殿夜凉吹玉笙曲終却從天官去萬戸千門空月明河漢女玉鍊顔雲軿往往到人間九霄有路去無跡裊裊天風吹佩環李太尉文饒迎神送神二曲予游秦尚有能宛轉度之者或并爲一曲謂李太白作非也又許彦周詩話亦作李衛公步虚詞○軿音瓶

右一首見詞綜

漢東紫陽先生碑銘

嗚呼紫陽竟夭其志以黙化不眙然白日而升九天乎或將潛賓皇王非世所測□□□□□□□□□□挺列仙明拔之英姿明堂平白長耳廣顙揮手振骨百闋有聲殊毛秀采居然逸異□□□□□□

□□□□而直達何龜鶴早世蟪蛄延秋元命乎遭命乎予長息三日懵于變化之理黃庭經明堂四達法海源梁邱子註眉頭一寸爲明堂蟪蛄見五卷註論衡傳曰說命有三一曰正命二曰隨命三曰遭命遭命者行善得惡非所冀望遭逢于外而得凶禍故曰遭命禮記正義按援神契云命有三科有受命以保慶有遭命以謫暴有隨命以督行受命謂年壽也遭命謂行善而遇凶也隨命謂隨其善惡而報之云陳子昂弟孜墓誌銘豈其天絕喪茲良圖嗚呼其元命歟遭命歟東方朔荅客難東方先生喟然長息先生姓胡氏□□□□□族也代業黃老門清儒素皆龍脫世網鴻冥高雲但貴天爵何徵閥閱史記膠西有蓋公善治黃老言張晏曰黃帝老子之書也晉書王隱以儒素自守不交勢援法言鴻飛冥冥弋人何篡焉顏曾閥閱史記明其等曰閥積其功曰閱又有功曰閥有勞曰閱漢車千秋傳無伐閱功勞師古曰伐積功也閱經歷也

今人以世家門戶爲閥閱誤矣琦按人臣有功于國方得世祿閥閱之家猶言世祿之家耳又通鑑裴子野論曰降及季年專限閥閱胡三省註門在左曰閥在右曰閱則以世家門戶爲閥閱更有由也

始八歲經仙城山□□□□□□□□□□□有清都紫微之遐想九歲出家十二休糧二十游衡山雲尋洞府水涉冥壑神王□□□□□□□□名爲威儀及天下採經使因遇諸真人受赤丹陽精石景水母故常吸飛根吞日魂容而修之□□□□□□所居苦竹院置滄霞之樓手植雙桂棲遲其下列子王實以爲清都紫微鈞天廣樂帝之所居威儀道家職名如釋家維那之類白玉蟾玉隆萬壽宮道院記唐有左右街威儀五代末周太祖因避諱改爲道錄真誥日中五帝字曰日魂珠景眧韜緑映迴霞赤童元炎飈象凡十

六字此是金闕聖君採服飛根之道昔受之于太微天帝君一名赤丹金精石景水母玉胞之經梁邱子黄庭内景經註上清紫文靈書有採飛根之法常以月初出東向叩齒九通畢陰呪日魂名日中五帝字日日魂珠景昭韜綷映迴霞赤童元炎飈象呪呼此十六字畢瞑目握固存日中五色流霞來繞一身于是日光流霞俱入口中名曰日華飛根玉胞水母也詩國風衡門之下可以棲遲毛傳曰棲遲游息也

聞金陵之墟道始盛于三茅波乎四許華陽□□□□□□□陶隱居傳昇元子昇元子傳體元體元傳貞一先生貞一先生傳天師李含光李含光合契乎紫陽真誥句曲山漢有三茅君來治其上時父老又轉名茅君之山三君往曾各乘一白鵠各集山之三處時人互有見者是以發于歌謡乃復因鵠集之處分句曲山爲大茅君中茅君小茅君三山焉總而言之盡是句曲之一山耳山生黄金漢靈帝時詔敕郡縣採句曲之金以充武庫逮孫權時又遣宿衞

人採金常輸官兵帥百家遂屯居伏龍之地因改爲金陵之墟名也三茅者兄弟三人長兄名盈次弟名固又次弟名衷俱得仙道老君拜盈爲司命真君固爲定録真君衷爲保生真君故號爲三茅君四許者許穆汝南平輿人官至護軍長史晉太和中入茅山修道功成仙去爲上清真人第三子玉斧先于太和五年在茅山尸解爲上清仙官長子揆次子虎牙並亦得道南史陶弘景字通明丹陽秣陵人爲諸王侍讀除奉朝請上表辭祿止于句容之句曲山恒曰此山下是第八洞宫名金壇華陽之天周迴一百五十里昔漢有咸陽三茅君得道來掌此山故謂之茅山乃中山立館自號華陽陶隱居人間書疏即以隱居代名太平廣記陶弘景入茅山得楊許真書遂登巖告靜自稱華陽隱居書疏亦以此代姓名舊唐書王遠知瑯琊人少聰敏博綜群書初入茅山師事陶弘景傳其道法太宗登極將加重位固請歸山貞觀九年謂弟子潘師正曰吾見仙格以吾少時誤損一童子吻不得白日昇天見署少室伯將行在即翌日沐浴加冠衣焚香而寢卒年一百二十六歲調露二年追贈太中大夫謚曰昇真先生天授二年改謚曰昇

元先生潘師正趙州贊皇人大業中度爲道士師事王遠知盡以道門隱訣及符籙授之高宗幸東都因名見焉永淳元年卒時年九十八高宗追思不已贈太中大夫賜謚曰體元先生司馬承禎字子微河内温人少好學薄于爲吏遂爲道士事潘師正傳其符籙及辟穀導引服餌之術師正特賞異之謂曰我自陶隱居傳正一之法至汝四葉矣卒時年八十九其弟子表稱死之日有雙鶴遶壇及白雲從壇中湧出上連于天而師容色如生元宗深嘆異之贈銀青光祿大夫號貞一先生顔真卿元靜先生李君碑先生姓李諱含光廣陵江都人本姓弘以孝敬皇帝廟諱改焉提孩則有殊異晬日獨取孝經如捧讀焉髫丱好靜處習誦墳典年十八志求道妙遂師事同邑李先生游藝數年神龍初以清行度爲道士居龍興觀尤精老莊周易之深趣開元十七年從司馬鍊師于王屋山傳授大法靈文金記一覽無遺綜覈古今該明奥旨元宗知先生偏得子微之道乃詔先生居王屋山陽臺觀以繼之歲餘請歸茅山纂修經法頻徵皆謝病不出天寶四載冬乃命中官賫璽書徵之既至延入禁中每欲諮禀必先齋沐他日請傳道法先

生辭以足疾不任科儀者數焉元宗知不可强而止
先生常以茅山靈蹟翦焉將墜真經秘籙亦多散落
請歸修葺特詔于楊許舊居紫陽觀以宅之仍賜絹
二百匹法衣兩副香爐一具御製詩及序以餞之初
隱居先生以三洞真經傳昇元先生昇元付體元先
生體元付正一先生正一付先生自先生距于隱居
凡五葉矣皆總襲妙□□□□□于神農之里南抵
門大正真法云云
朱陵北越白水禀訓門下者三千餘人鄰境牧守移
風問道忽遇先生之宴坐□□□□□隱机雁行而
前爲時見重多此類也路史世言神農生而九井自出按九井在賴山荊州記云
江夏隨縣北界厲鄉村南重山也井在山北重塹周
之廣一頃一十畝內有地云神農宅神農生此神農
既育九井自穿舊說汲一井則八井皆動寰宇記在
縣北百里人不敢觸按今惟存一穴大木旁蔭人即
其處爲神農社年常祀之亦引荊州記所言厲鄉村
厲山下之穴神農所生穴口方一步容數人上有神

農廟即荆州圖永陽縣西北二百三十里厲鄉山東石穴也高三十丈長二百尺謂之神農穴名山洞天福地記南岳衡山周迴七百里名朱陵之天在衡州衡山縣白水即白河也一名清水在南陽府詳七卷註宴坐靜坐也見二十三卷註埤雅雁行斜步側身故莊子謂士成綺雁行避影而問老子天寶初威儀元丹邱道門龍鳳厚禮致屈傳籙于嵩山東京大唐□□宮三請固辭偃臥未幾而詔書下責不得已而行入宮一革軌儀大變都邑然海鳥愁臧文之享猿狙裂周公之衣志往跡留稱疾辭帝尅期離闕臨别自祭其文曰神將厭予予非厭世乃顧命姪道士胡齊物具平肩輿歸骨舊土王公卿士送及龍門入葉縣次王喬之祠目若有睹泊然而化天香引

道尸輕空衣及本郡太守裴公以幡花郊迎轝郭雷動□□□□開顔如生觀者日萬群議駭俗至其年十月二十三日葬于郭東之新松山春秋六十有二海鳥見大鵬賦註莊子今取猿狙而衣以周公之服彼必齕齧挽裂盡去而後慊觀古今之異猶猿狙之異乎周公也晉書王獻之嘗經吳郡聞顧辟彊有名園先不相識乘平肩輿徑入文章正宗龍門在西京河南縣地志曰闕塞山一名伊闕而俗名龍門王喬祠在南陽府葉縣治東北相傳即喬飛鳧之所故後人立祠于此以祀之今謂之雙鳧觀晉書葛洪卒時年八十一視其顔色如生體亦柔軟轝尸入棺甚輕如空衣世以爲尸解得仙云。狙子余切音雎

先生含弘光大不修小節書不盡妙鬱有崩雲之勢文非夙工時動彫龍之作存也宇宙而無光殁也浪化而蟬蜕豈□□□□□

口口乎周易含弘光大品物咸亨正義云包含以厚光著甚大也後漢書劉陶爲人居簡不修小節梁昭明太子錦帶書叢談發流水之源筆陣引崩雲之勢史記齊人頌曰談天衍雕龍奭裴駰註劉向別錄曰騶衍之所言五德終始天地廣大書言天事故曰談天騶奭修衍之術文飾之若雕鏤龍文故曰雕龍左思吳都賦赤須蟬蜕而附麗劉淵林註言此人昇仙如蟬之脫殼也有鄉僧貞倩雅仗才氣請予爲銘予與紫陽神交飽飡素論十得其九弟子元丹邱等咸思鸞鳳之羽儀想珠玉之雲氣灑掃松月載揚仙風篆石頌德與茲山不朽其詞

曰

賢哉仙士六十而化光光紫陽善與時而爲龍蛇固亦以生死爲晝夜有力者挈之而趨劫運頹落終歸

于無惟元神不滅湛然清都延陵旣沒仲尼嗚呼青青松柏離離山隅篆石頌德名揚八區莊子一龍一蛇與時俱化而無肯專爲淮南俶真訓以利害爲塵垢以死生爲晝夜方輿勝覽延陵季子墓在常州晉陵縣北七十里申浦之西孔子嘗題曰嗚呼有吳延陵季子之墓舊石湮滅唐玄宗命殷仲容摹以傳揚雄長楊賦洋溢八區李善註八區八方之區也劉淵林三都賦註八區四方四隅也○按宋敏求後序謂呂縉叔出漢東紫陽先生碑而殘缺間莫能辨不復收入本集太平寰宇記紫陽先生塔銘李白譔在廢光化縣今不知存否此本從道藏中劉大彬茅山志中錄出雖有缺文然與集中所稱紫陽先生元丹邱僧倩公仙城山飡霞樓等句多所取證且其文係太白真作銘詞元與可喜宋氏乃棄之不收固矣

右一篇見劉大彬茅山志

雜題

乘興踏月西入酒家不覺人物兩忘身在世外

其二

夜來月下臥醒花影零亂滿人衿袖疑如濯魄于冰壺也方輿勝覽象耳山在眉州彭山縣有太白書臺有石刻太白題夜來月下臥醒云云

其三

樓虛月白秋宇物化於斯凭闌身勢飛動非把酒自忘此興何極

其四

吾頭懵懵試書此不能自辨賀生爲我讀之

右四則見龍江夢餘錄唐錦龍江夢餘錄胡文穆記李白三帖其一云乘興

踏月云云其二云月下臥醒云云其三云樓虛月白云云余亦見其一帖云吾頭懵懵云云雖其字蹟真贗有不可必者然詞語豪爽趣韻自別信非太白不能道也

詩人玉屑十四卷第七則歷論諸家云詩之興作兆基邃古唐歌虞詠始載典謨商頌周雅方陳金石其後研志緣情二京彌甚含毫瀝思魏晉彌繁李都尉鴛鴦之辭纏綿巧妙班婕妤霜雪之句發越清迴平子桂林理在文外伯喈翠鳥意盡行間河朔人物王劉爲稱首洛陽才子潘左爲覺先乃若子建之牢籠群彥士衡之籍甚當時並文苑之羽儀詩人之龜鑑駱賓王爲詩格高旨遠若在天上物外神仙會集雲行物駕想見飄然之狀其下夾註云出李太白集琦按文苑英華自詩人之龜鑑以上乃駱賓王和閨情詩啓之前數行也格高旨遠以下乃裴敬翰林學士李公墓碑中之數語也不知魏菊莊何以連并爲一而以爲太白集中語漢魏詩乘亦仍此誤疑前段至駱賓王止其下當缺一集字四字本是註文後段自爲詩格高旨遠起其上當有缺文數字本是兩則抄錄者不悟

其故連作一則在玉屑原本要未嘗繆誤至此漢魏詩乘因玉屑俗本之誤而承其誤又不必論矣祂若海錄碎事錦繡萬花谷所載李白詩句頗多然皆非是俱不採録

李太白文集卷三十

李太白文集卷之三十一

錢塘　王琦琢崖輯註

慶霄周春校

附錄文十三首

草堂集序　宣州當塗縣令李陽冰撰

李白字太白隴西成紀人凉武昭王暠九世孫蟬聯珪組世爲顯著中葉非罪謫居條支易姓與繆本作爲名然自窮蟬至舜五世爲庶累世不大曜亦可嘆焉神龍之始逃歸於蜀復指李樹而生伯陽驚姜之夕長庚入夢故生而名白以太白字之世稱太白之精得

之矣唐時隴西郡渭州也無成紀縣而秦州天水郡乃有成紀此云隴西成紀人蓋推其先世郡邑而云耳漢書李廣傳言廣爲隴西成紀人在漢初成紀本屬隴西至武帝元鼎三年分隴西置天水郡于是成紀屬天水而不屬隴西矣唐李氏族望推爲廣所出者皆曰隴西成紀蓋本此也涼武昭王諱暠系出李廣之後當晉安帝之末爲群雄所奉推爲燉煌太守遂啟霸圖兵不血刃坐據河西五郡國號曰涼自稱爲公在位十八年薨國人上謚曰涼武昭王暠子曰歆歆子曰重耳重耳子曰熙熙子曰天賜天賜子曰虎虎子曰昺昺子曰淵于是代隋而有天下是爲唐高祖元宗天寶二年追尊涼武昭王曰興聖皇帝南史王筠傳爵位蟬聯文才相繼詩商頌昔在中葉毛傳曰葉世也按范傳正墓碑云隋末多難一房被竄于碎葉與此文所謂中葉非罪謫居條支地名不同新唐書畧之但言隋末以罪徙西域考漢書西域傳烏弋山離國去長安萬二千二百里條支國又在其西行百餘日方至其國與中國絕遠疑非謫戍者所居唐書地理志西域羈縻州有條支都督府以訶達羅支國伏寶瑟顛城置領州九隸安西都護府

乃唐龍朔元年所置隋時無之恐碎葉爲是條支乃借言作西域極遠之地說耳史記虞舜者名重華重華父曰瞽叟瞽叟父曰橋牛橋牛父曰句望句望父曰敬康敬康父曰窮蟬窮蟬父曰帝顓頊顓頊父曰昌意以至舜七世矣自從窮蟬以至帝舜皆微爲庶人藝文類聚老子姓李名耳字伯陽楚國苦縣賴鄉人也其母感大流星而有娠雖受氣于天然生于李家猶以李爲姓又云母到李樹下生老子生而能言指李樹曰以此爲我姓左傳鄭武公娶于申曰武姜生莊公莊公寤生驚姜氏故名曰寤生○寤音稿

不讀非聖之書恥爲鄭衛之作故其言多似天仙之辭凡所著述言多諷興自三代已來風騷之後馳驅屈宋鞭撻揚馬千載獨步唯公一人故王公趨風列岳結軌群賢翕習如烏歸鳳盧黃門云陳拾遺橫制頹波天下質文翕然一變至今朝詩體尚有梁陳宮

之矣唐時隴西郡渭州也無成紀縣而秦州天水郡乃有成紀此云隴西成紀人葢推其先世郡邑而云耳漢書李廣傳言廣爲隴西成紀人在漢初成紀本屬隴西至武帝元鼎三年分隴西置天水郡于是成紀屬天水而不屬隴西矣唐李氏族望推爲廣所出者皆曰隴西成紀葢本此也涼武昭王諱暠系出李廣之後當晉安帝之末爲群雄所奉推爲燉煌太守遂啟霸圖兵不血刃坐據河西五郡國號曰涼自稱爲公在位十八年薨國人上謚曰涼武昭王暠子曰歆歆子曰重耳重耳子曰熙熙子曰天賜天賜子曰虎虎子曰昺昺子曰淵于是代隋而有天下是爲唐高祖元宗天寶二年追尊涼武昭王曰興聖皇帝南史王筠傳爵位蟬聯文才相繼詩商頌昔在中葉毛傳曰葉世也按范傳正墓碑云隋末多難一房被竄于碎葉與此文所謂中葉非罪謫居條支地名不同新唐書畧之但言隋末以罪徙西域考漢書西域傳烏弋山離國去長安萬二千二百里條支國又在其西行百餘日方至其國與中國絕遠疑非謫戍者所居唐書地里志西域羈縻州有條支都督府以訶達羅支國伏寶瑟顛城置領州九隸安西都護府

乃唐龍朔元年所置隋時無之恐碎葉爲是條支乃借言作西域極遠之地說耳史記虞舜者名重華重華父曰瞽叟瞽叟父曰橋牛橋牛父曰句望句望父曰敬康敬康父曰窮蟬窮蟬父曰帝顓頊顓頊父曰昌意以至舜七世矣自從窮蟬以至帝舜皆微爲庶人藝文類聚老子姓李名耳字伯陽楚國苦縣賴鄉人也其母感大流星而有娠雖受氣于天然生于李家猶以李爲姓又云母到李樹下生老子生而能言指李樹曰以此爲我姓左傳鄭武公娶于申曰武姜生莊公莊公寤生驚姜氏故名曰寤生○暠音稿

不讀非聖之書恥爲鄭衛之作故其言多似天仙之辭凡所著述言多諷興自三代巳來風騷之後馳驅屈宋鞭撻揚馬千載獨步唯公一人故王公趨風列岳結軌群賢翕習如烏歸鳳盧黄門云陳拾遺横制頽波天下質文翕然一變至今朝詩體尚有梁陳宮

掖之風至公大變掃地併盡今古文集遏而不行唯公文章横被六合可謂力敵造化歟後漢書周燮專精禮易不讀非聖之書司馬相如難蜀父老文結軌還轅東向將報顔師古曰結屈也軌車跡也張華鷦鷯賦飛不飄揚翔不翕習李善註翕習盛貌新唐書盧藏用字子潛幽州范陽人神龍中累擢中書舍人歷吏部黄門侍郎陳子昂字伯玉梓州射洪人文明初舉進士擢麟臺正字遷右拾遺唐興文章承徐庾餘風天下祖尚子昂始變雅正初爲感遇詩三十八章王適曰是必爲海内文宗子昂所論著當世以爲法盧藏用陳氏集序君名子昂字伯玉蜀人也崛起江漢虎視函夏卓立千古横制頽波天下翕然質文一變非夫岷峨之精巫廬之靈則何以生此大唐新語梁簡文之爲太子好作艶詩境内化之浸以成俗謂之宫體陳書後主使諸貴人及女學士與狎客共賦新詩互相贈荅採其尤艶麗者以爲曲辭班固西都賦横被六合

天寶中皇祖下詔徵就金馬降輦步迎如見綺皓以

七寶牀賜食御手調羹以飯之謂曰卿是布衣名爲朕知非素蓄道義何以及此置于金鑾殿出入翰林中問以國政潛草詔誥人無知者醜正同列害能成謗格言不入帝用疏之公乃浪跡縱酒以自昏穢詠歌之際屢稱東山又與賀知章崔宗之等自爲八仙之遊謂公謫仙人朝列賦謫仙之歌凡數百首多言公之不得意天子知其不可留乃賜金歸之遂就從祖陳留採訪大使彦允請北海高天師授道籙于齊州紫極宮將東歸蓬萊仍羽人駕丹丘耳皇祖元宗也元宗于代宗爲祖是文作于代宗即位之後故曰皇祖雍錄金鑾殿在學士院之左長安志大明宮有金鑾殿在

環周殿西北唐會要翰林院開元初置在銀臺門內麟德殿西廂重廊之後蓋天下以藝能技術見名者之所處也唐書地理志河南採訪使治汴州陳留郡即汴州北海郡即青州濟南郡即齊州俱屬河南道楚辭仍羽人于丹邱兮留不死之舊鄉王逸註山海經言有羽人之國不死之民或曰人得道身生羽毛也朱子註仍因就也羽人飛仙也丹邱晝夜常明之處也陽冰試絃歌於當塗心非所好公遐不棄我乘扁舟而相顧繆本缺乘字相顧作相歡臨當挂冠公又疾亟草藳萬卷手集未修枕上授簡俾予爲序論關雎之義始媿卜商明春秋之辭終慙杜預自中原有事公避地八年當時著述十喪其九今所存者皆得之他人焉時寶應元年十一月乙酉也韓詩外傳子夏問曰關雎何以爲國風始也孔子曰關雎至矣乎夫關雎之人仰則天俯則地幽幽冥冥

德之所藏紛紛沸沸道之所行雖神龍化斐斐文章大哉關雎之道也萬物之所繫群生之所懸命也河洛出圖書麟鳳翔乎郊不由關雎之至則關雎之事將奚由至矣哉夫六經之策皆歸論汲汲葢取之乎關雎關雎之事大矣哉馮馮翊翊自西自東自南自北無思不服子其勉強之思服之天地之間生民之屬王道之原不外此矣子夏喟然歎曰大哉關雎乃天地之基也家語卜商衞人字子夏習于詩能通其意以文學著名晋書杜預立功之後從容無事乃沉思經籍爲春秋左氏經傳集解又參考衆家譜第謂之釋例又作盟會圖春秋長厯備成一家之學比老乃成當時論者謂預文義質直世人未之重惟秘書監摯虞賞之曰左邱明本爲春秋作傳而左傳遂自孤行釋例本爲傳設而所發明何但左傳故亦孤行

李翰林集序

前進士魏顥 摭言進士通稱謂之秀才得第謂之前進士

自盤古劃天地天地之氣艮於西南劍門上斷橫江

下絶岷峨之曲別爲錦川蜀之人無聞則已聞則傑出是生相如君平王褒揚雄降有陳子昂李白皆五百年矣良限也蜀于方位居中州之西南劍門岷山峨眉山錦江皆在其地司馬相如揚雄皆蜀郡成都人嚴君平王褒亦稱蜀人未詳生何縣陳子昂梓州射洪人俱見前註白本隴西乃放形因家于綿身既生蜀則江山英秀伏羲造書契後文章濫觴者六經六經糟粕離騷離騷糠粃建安七子七子至白中有蘭芳情理宛約詞句妍麗白與古人爭長三字九言鬼出神入瞠若乎後耳唐時縣州隷劍南道又謂之巴西郡古廣漢郡地在成都東北三百五十里孔安國尚書序古者伏犧氏之王天下也始畫八卦造書契以代結繩之政由是文籍生焉音釋云書者文字契者刻木而書其側故曰書契也一云

以書契約其事也鄭元云以書書木邊言其事刻其木謂之書契也濫觴謂原本也詳見二十八卷註莊子桓公讀書于堂上輪扁斵輪于堂下釋椎鑿而上問桓公曰敢問公之所讀爲何言耶公曰聖人之言也曰聖人在乎公曰已死矣曰然則君之所讀者古人之糟魄已夫陸德明註糟李云酒滓也司馬云爛食曰魄一云糟爛爲魄本文作粕音同許慎云粕巳漉粗糟也典論今之文人魯國孔融廣陵陳琳山陽王粲北海徐幹陳留阮瑀汝南應瑒東平劉楨斯七子者于學無所遺于詞無所假咸自以騁騏驥于千里仰齊足而並馳建安者漢獻帝年號七人聚于其時故世謂之建安七子莊子夫子奔逸絶塵而回瞠若乎後矣陸德明註瞠敕庚反又丑郎反字林云直視貌一云斜視。粃音彼

白久居峨眉與丹邱因持盈法師達白亦因之入翰林名動京師大鵬賦時家藏一本故賓客賀公奇白風骨呼爲謫仙子由是朝廷作歌數百篇上皇豫游名白白時爲

貴門邀飲比至半醉令製出師詔不草而成許中書舍人以張垍讒逐游海岱間年五十餘尚無祿位祿位拘常人橫海鯤負天鵬豈池籠榮之持盈法師玉真公主號公主出家爲道士故曰法師金石錄玉真公主墓誌王縉撰誌云公主法號無上真字元元天寶中更賜號曰持盈而唐史但言字持盈耳琦按舊唐書元宗本紀玉真公主先爲女道士天寶三載讓號及實封賜名持盈以爲字持盈乃新唐書之誤唐書百官志中書省有舍人六人正五品上掌侍進奏議表章凡詔旨制勅璽書册命皆起草進畫既下則署行張垍丞相說之子尚元宗女寧親公主以中書舍人供奉翰林海岱間古青徐二州地也文獻通考翰林學士唐元宗開元二十六年置初以中書務繁乃選文學之士號翰林供奉與集賢學士分掌制誥書命至是號供奉爲學士别建學士院專掌內命以張垍劉光謙首居之而集賢所掌于是罷息自後給事中張淑中書舍人張漸竇華等相繼而入焉其後有韓雄閻伯

璵孟匡朝陳兼蔣鎮李白等皆在翰林中但假其名而無所職雍錄開元前北門本無學士亦無職守如李白輩供奉翰林乃以其能文特許入翰林不曰以某官供奉也俗傳白衣入翰林者此也又曰上數欲命白以官爲宮中所捍而止是白在天寶竟無官也。坰音扃顥始名萬次名炎萬之日不遠命駕江東訪白遊天台還廣陵見之眸子炯然哆如餓虎或時束帶風流醞籍韻會哆大貌漢書薛廣德爲人溫雅有醞籍服虔曰寬博有餘也顏師古曰醞言如醞釀也籍有所薦籍也史炤曰醞籍有雅度之稱北史王昕母清河崔氏學識有風訓生九子皆風流醞籍。哆昌者切車上聲音與撦同顥音浩曾受道籙於齊有青綺冠帔一副少任俠手刃數人史記季布爲氣任俠有名于楚如淳曰相與信爲任同是非爲俠所謂權行州里力折公卿者也應劭曰任謂有堅完可任託以事也顏師古曰任謂任使其氣力俠之言俠也以權力俠輔人也任音人禁反俠音下頰反與友自荊徂揚路亡權窆迴棹方暑亡友麋潰白收其骨江路而舟事詳上安州裴長史書內又長揖韓荊州荊州延飲白誤拜韓讓之白曰酒以成禮荊州大悅世說鍾毓兄弟小時值父晝寢因共偷飲藥酒其父時覺且託寐以觀之毓拜而後飲會飲而不拜既而問毓何以拜毓曰酒以成禮不敢不拜又問會何以不拜荅曰偷本非禮所以不拜太白葢借毓語以解嘲也白始娶于許生一女一男曰明月奴女既嫁而卒又合于劉劉訣次合于魯一婦人生子曰頗黎終娶於宋太白上安州裴長史書云見鄉人相如大誇雲夢之事云楚有七澤遂來觀焉而許相公家見招妻以孫女是其始娶乃許圉師之孫女也太白竄夜郎留別宗十六璟詩有君家全盛日台鼎何陸離斬鰲翼媧皇三入鳳凰池令姊忝齊眉等語是其終娶者乃宗楚客之家也而此云朱葢是宗字之譌耳若劉若魯婦則

無所考太白後只一子伯禽則未知其明月奴與其頗黎與閒携昭陽金陵之妓迹類謝康樂世號爲李東山駿馬美妾所適二千石郊迎飲數斗醉則奴丹砂撫青海波滿堂不樂白宰酒則樂太白有小妓金陵歌楚聲家童丹砂學鳳鳴之句又有示金陵子詩昭陽妓無考其東山吟云酣來自作青海舞據此撫字乃舞字之訛顥平生自負人或爲狂白相見泯合有贈之作謂余爾後必著大名于天下無忘老夫與明月奴因盡出其文命顥爲集顥今登第豈符言耶解携明年四海大盜宗室有潭者白陷焉謫居夜郎罪不至此屢經昭洗朝廷忍白久爲長沙汨羅之儔路遠不存否極則泰白宜自寬陸機詩撫膺解携手永嘆

結遺音盍言解散其携手之歡也宋之問詩骨肉初分愛親朋忽解携張九齡詩義沾投分末情及解携初皆用其義

吾觀白之文義有濟代命然千鈞之弩魏王大瓠用之有時議者奈何以白有叔夜之短儻黃祖過禰晉帝罪阮古無其賢所謂仲尼不假蓋于子夏

史記穰侯傳以天下攻齊如以千鈞之弩決潰癰也莊子惠子謂莊子曰魏王貽我大瓠之種我樹之成而實五石以盛水漿其堅不能自舉也剖之以為瓢則瓠落無所容非不呺然大也吾為其無用而掊之莊子曰夫子固拙于用大矣有五石之瓠何不慮以為大樽而浮乎江湖而憂其瓠落無所容則夫子猶有蓬之心也夫叔夜之短謂其飲酒恃才如嵇叔夜也禰衡事見二十二卷註晉書山濤舉阮咸典選曰阮咸貞素寡欲深識清濁萬物不能移若在官人之職必絕于時武帝以咸耽酒浮虛遂不用家語孔子將行雨而無蓋門人曰商也有之孔子曰商之為人也甚悋于財吾聞與人交推其長者違其短者故能

久也嵇康與山濤絕交書仲尼不假葢于子夏護其短也經亂離白章句蕩盡上元末顯于絳偶然得之沉吟累年一字不下今日懷舊援筆成序首以贈顯作顯訓白詩不忘故人也次以大鵬賦古樂府諸篇積薪而錄文有差互者兩舉之白未絕筆吾其再刊付男平津子掌其他事跡存於後序唐時河東道絳州有絳縣沉吟累年謂諷咏不倦一字不下謂不敢妄加評騭積薪而錄謂蹉所得而編次不論先後如積薪然兩舉之謂兩存之再刊謂後有所得再加續補其他事跡存于後序謂事跡之未盡者俟有訪聞作後序以紀之也。琦按是篇鈎章棘句期期不易讀度其闕文譌字必多若筆體如是太白必著大名于天下之語毋乃爲不虞之褒乎

李翰林別集序

朝散大夫行尚書職方員外

郎直史館上柱國樂史述

李翰林歌詩李陽冰纂爲草堂集十卷史又別收歌詩十卷與草堂集互有得失因校勘排爲二十卷號曰李翰林集今于三館中得李白賦序表讚書頌等亦排爲十卷號曰李翰林別集新唐書藝文志李白草堂集二十卷李陽冰錄此云十卷蓋唐書誤也三館昭文館集賢院史館也皆寓崇文院中名雖有三實止一地爲宋時藏書之府玉海按六典武德四年始置脩文館貞觀二年建史館于禁中專掌國史開元五年乾元殿東廊寫四部書十三年改集仙殿爲集賢殿以修書院爲集賢殿書院三館之名肇于此矣其昭文館隸門下省史館寓集賢尚未合爲一自梁徙汴都舊制未備正明中始于今右長慶門東北小屋數十楹爲三館

湫隘庳陋僅庇風雨太平興國中詔有司度左升龍門東北車府地爲三館棟宇之制皆上親授三年二月畢功盡遷西館之書分于兩廡貯焉東廊爲昭文書庫南廊爲集賢書庫西廊爲史館書庫凡六庫分經史子集四部正副本凡八萬卷初乾德中平蜀得書萬三千卷開寶中平吳得書二萬餘卷參以舊書爲八萬卷凡六庫書籍皆以類相從用雕木爲架青綾帕幕之簡冊之府翕然一變矣　翰林在唐天寶中賀秘監聞於明皇帝名見金鑾殿降步輦迎如見綺皓草和藩書思若懸河帝嘉之七寶方丈賜食于前御手調羹于是置之金鑾殿出入翰林中其諸事跡草堂集序范傳正撰新墓碑亦畧而詳矣史又撰李白傳一卷事又稍周然有三事近方得之舊唐書上皇謚曰至道大聖大明孝皇帝廟號元宗晉書郭象能清言太尉王衍每云聽象語如懸河瀉

水注而不竭和蕃書集中不載蓋已亡軼史所撰李白傳卽宋史藝文志所載樂史李白外傳一卷是也今亦不傳嘗見合璧事類中引李白傳云每宴飲無不先及每慶具無不先沾中廐之馬代其勞內廚之膳給其食疑卽樂史所撰者與開元中禁中初重木芍藥卽今牡丹也得四本紅紫淺紅通白者上因移植于興慶池東沉香亭前會花方繁開上乘照夜車太真妃以步輦從詔選梨園弟子中尤者得樂一十六色李龜年以歌擅一時之名手捧檀板押衆樂前將欲歌之上曰賞名花對妃子焉用舊樂辭焉遽命龜年持金花牋宣賜翰林供奉李白立進清平調詞三章白欣然承詔旨由若宿醒未解因援筆賦之其一曰雲想衣裳

花想容春風拂檻露華濃若非群玉山頭見會向瑶臺月下逢其二曰一枝紅艷露凝香雲雨巫山枉斷腸借問漢宮誰得似可憐飛燕倚新粧其三曰名花傾國兩相歡長得君王帶笑看解釋春風無限恨沉香亭北倚闌干龜年以歌辭進上命梨園弟子畧約調撫絲竹遂促龜年以歌之太真妃持頗梨七寶杯酌西涼州蒲萄酒笑領歌辭意甚厚上因調玉笛以倚曲每曲徧將換則遲其聲以媚之太真妃飲罷斂繡巾重拜上自是顧李翰林尤異于諸學士會高力士終以脫靴爲深恥異日太真妃重吟前辭力士曰

始以繆本作爲妃子怨李白深入骨髓何翻拳拳如是耶

太真妃因驚曰何翰林學士能繆本下多一欲字辱人如斯

力士曰以飛燕指妃子賤之甚矣太真妃頗深然之

上嘗三欲命李白官卒爲宮中所捍而止此一事蓋得之唐人所著松窗錄太白入翰林在天寶初年此云開元中是敘得木芍藥之由不指賦清平調之時也原註開元天寶花木記云禁中呼木芍藥爲牡丹通志畧牡丹其花可愛如芍藥宿枝如木故得木芍藥之名芍藥著于三代之際風雅之所流咏也牡丹初無名故依芍藥以爲名亦如木芙蓉之依芙蓉以爲名也牡丹晚出唐始有名太真外傳載沉香亭賞牡丹事照夜車作照夜白按明皇雜錄上所所乘馬有玉花驄照夜白開元記照夜白封太山回令陳閎圖之畫鑑曹霸人馬圖紅衣美髯奚官牽玉面騂綠衣閹官牽照夜白則車字殆白字之訛歟通鑑武惠妃薨上悼念不已後宮數千無當意者或言壽王妃楊氏之美絕

世無雙上見而悅之乃令妃自以其意乞爲女冠號太真更爲壽王娶左衛郎將韋昭訓女潛納太真宮中太真肌態豐艷曉音律性警穎善承迎上意不期歲寵遇如惠妃宮中號曰娘子凡儀禮皆如皇后天寶四載八月冊爲貴妃舊唐書元宗于聽政之暇教太常樂工子弟三百人爲絲竹之戲音響齊發有一聲誤元宗必覺而正之號爲皇帝弟子又云梨園弟子以置院近于禁苑之梨園玉海梨園在光化門北韻會玻瓈西國玉此云水玉千年冰化亦書作頗梨唐時諸州有凉州無西凉州考晉末凉州之地爲群雄割據分裂爲三李暠都酒泉謂之西凉秃髮烏孤都樂都謂之南凉沮渠蒙遜都張掖謂之北凉西凉之地在唐時則肅州酒泉郡也又西魏于古之張掖郡置西凉州尋改爲甘州在唐亦爲甘州又謂之張掖郡則甘肅二郡皆有西凉之名及考白樂天詩註有西凉節度楊敬述以唐書元宗本紀校之楊敬述乃凉州都督也集異記葉法善言西凉府今夜之燈元稹樂府吾聞昔日西凉州人烟撲地桑麻稠疑唐時槩謂凉州爲西凉耳倚曲以聲合曲也今謂之倚聲

白嘗有知鑒客并州識

汾陽王郭子儀于行伍間爲脱其刑責而奬重之及翰林坐永王之事汾陽功成請以官爵贖翰林上許之因而免誅翰林之知人如此汾陽之報德如彼此一事得之裴敬所作翰林學士李公墓碑按唐書子儀以上元三年封汾陽郡王去太白既夜郎時已四歲矣史葢追書其爵如此學圃藼蘇引樂史李白序曰郭子儀初在行伍李白客并州于哥舒翰坐中見之曰此壯士目光如火照人不十年當擁節旄屢脱其刑責翰因署爲牙門將後子儀戡定安史之亂歷諸道節度及永王璘反事干李白子儀請以官爵贖翰林上許之因而免誅與此文不同考唐書子儀未嘗爲哥舒部下將而太白流夜郎時安慶緒尚在史思明方强何云戡定此葢出自諸家稗說而此書誤以爲樂史序耳白之從弟令問嘗目白曰兄心肝五臟皆錦繡耶不然何開口成文揮翰霞散爾爾蕭本只一爾字○此一事

得之太白所作送從弟京兆參軍令問之淮南觀省序傳中漏此三事今書于序中白有歌云吟詩作賦北窗裏萬言不及一杯水益嘆乎有其時而無其位嗚呼以翰林之才名遇元宗之知見而乃飄零如是宋中丞薦于聖真云一命不霑四海稱屈得非命與白居易贈劉禹錫詩云詩稱國手徒爲爾命壓人頭不柰何斯言不虛矣凡百有位無自輕焉撰集之次聊存梗槩而已時在繞霤州中咸平元年三月三日序聖真謂肅宗按唐書肅宗謚文明武德大聖大宣孝皇帝聖真疑是聖宣之訛繞霤州商州也漢書王莽傳繞霤之固南當荆楚顏師古註謂之繞霤者言四面塞陁其道屈曲谿谷之水回繞而霤也其處即今之商州界七盤十二繂是也咸平宋真宗即位

攺元之年號時樂史由著作郎值史館遷職方出知商州見宋史

故翰林學士李君墓誌　并序　　李華

嗚呼姑熟東南青山北址有唐高士李白之墓嗚呼哀哉夫仁以安物公其懋焉義以濟難公其志焉識以辯理公其博焉文以宣志公其懿焉宜其上爲王師下爲伯友年六十有二不偶賦臨終歌而卒悲夫聖以立德賢以立言道以恒世言以經俗雖曰死矣吾不謂其亡矣也有子曰伯禽天然長能持幼能辯數梯公之德必將大其名也巳矣姑熟卽當塗縣之舊名詳見二十五卷註青山在太平府城東南三十里太白初瑩龍山後乃遷瑩青山此云青山北址謂龍山在青山之北

耳左傳太上有立德其次有立功其次有立言雖久不廢此之謂不朽　銘曰

立德謂聖立言謂賢嗟君之道奇于人而侔于天哀哉莊子子貢曰敢問畸人曰畸人者畸于人而侔于天陸德明註司馬云畸不偶也侔等也亦從也按唐書李華傳言天下士大夫家傳墓板及州縣碑頌時時齎金帛往請今華之文多見于文苑英華唐文粹中乃作太白墓誌不特于生平行事一切不言卽郡邑世系表字配偶亦畧而不書寥寥數言何其惜墨如金乃爾卽其揄揚之辭亦與太白泛而不切較之元微之所作杜子美墓誌相去天淵矣○畸音雞

唐故翰林學士李君碣記 碣卽碑也韻會方者謂之碑圓者謂之碣

尚書膳部員外郎　劉全白撰

朝議郎行當塗縣令顧遊秦建

君名白廣漢人性倜儻好縱橫術善賦詩才調逸邁

往往與會屬詞恐古人（繆本缺人字）之善詩者亦不逮尤工古歌少任俠不事產業名聞京師（太白綿州人而此云廣漢蓋綿州在唐爲巴西郡在漢屬廣漢郡本舊時地名而言謂之廣漢唐時實無廣漢郡名也）天寶初元宗辟翰林待詔因爲和蕃書并上宣唐鴻猷一篇上重之欲以綸誥之任委之同列者所謗詬令歸山遂浪跡天下以詩酒自適又志尚道術謂神仙可致不求小官以當世之務自負流離轗軻竟無所成名有子名伯禽偶遊至此遂以疾終因葬于此文集亦無定卷家家（蕭本少一家字）有之代宗登極廣拔淹瘁時君亦拜拾遺聞命之後君亦逝矣嗚呼與其才不與其

命悲夫困學紀聞李白上宣唐鴻猷一篇即本傳所謂名見金鑾殿奏頌一篇者也今集中闕沈約齊安陸昭王碑文始以文學游梁俄而入掌綸誥李周翰註綸誥謂天子制勅之言韻會轗軻車行不利故人不得志謂之轗軻亦作轗軻楚辭轗軻留滯王逸曰不遇也唐書百官志門下省有左拾遺六人中書省有右拾遺六人皆從八品上掌供奉諷諫大事廷議小則上封事○轗音坎軻音可全俗本作李誤白幼則以詩爲君所知及此投弔荒墳將毀追想音容悲不能止邑有賢宰顧公游秦志好爲詩亦常慕効李君氣調因嗟盛才冥寞遂表墓式墳乃題貞石冀傳于往來也顏延年詩衣冠終冥漠陵邑轉蔥菁劉良註冥漠虛無也後漢書明帝紀遣使者以中牢祠蕭何霍光帝謁園陵過式其墓章懷太子註式敬也禮記曰行過墓必式王巾頭陀寺碑文勝幡西振貞石南刊劉良註貞堅也貞元六年四月七日記沙

門履文書墳去墓記一百二十步貞元德宗年號貞元六年去寶應元年太白沒時二十九年

唐左拾遺翰林學士李公新墓碑并序

宣歙池等州觀察使范傳正

騏驥筋力成意在萬里外歷塊一蹶斃於空谷惟餘駿骨價重千金大鵬羽翼張勢欲摩穹昊天風不來海波不起塌翅別島空留大名人亦有之故左拾遺翰林學士李公之謂矣王褒聖主得賢臣頌過都越國蹶如歷塊顏師古註如經歷一塊言其疾速之甚也詩小雅皎皎白駒在彼空谷毛傳空大也駿骨見十一卷註楚辭爲鳳凰作鶉籠兮雞鶩翅其不容塌翅猶鶩翅之謂又陳琳檄文垂頭搨翼莫所馮恃或用其字誤搨作塌亦未可定

公名白字太白其先隴西成紀人絶嗣之家難求譜牒公之孫女搜于箱篋中得公之亡子伯禽手疏十數行紙壞字缺不能詳備約而計之凉武昭王九代孫也隋末多難一房被竄于碎葉流離散落隱易姓名故自國朝已來漏于屬籍神龍初潛還廣漢因僑爲郡人父客以逋其邑遂以客爲名高卧雲林不求祿仕唐書地理志焉耆都督府貞觀十八年滅焉耆置有碎葉城調露元年都護王方翼所築四面十二門爲屈曲隱出伏没之狀隸安西都護府其敘自安西西入西域道里安西西出約千餘里至碎葉川口八十里至裴羅將軍城又西四十里至碎葉城城北有碎葉水韻會僑寓也增韻旅寓而居也公之生也先府君指天指以復姓先夫人夢長庚而告

祥名之與字咸所取象受五行之剛氣叔夜心高挺三蜀之雄才相如文逸瓌奇宏廓拔俗無類少以俠自任而門多長者車常欲一鳴驚人一飛冲天彼漸陸遷喬皆不能也由是慷慨自負不拘常調器度弘大聲聞于天天枝謂帝室之支派王僧孺發願文天枝峻峉帝葉英芬長庚亦謂之太白即五星之金星也五星各聚五行之精氣而成象五行之中金得其剛故曰得五行之剛氣三國志註嵇康字叔夜少有儁才曠邁不群高亮任性不修名譽寬簡有大量學不師授博學多聞長而好老莊之業恬靜無欲性好服食常採御上藥善屬文論彈琴咏詩自足于懷抱之中三蜀蜀郡廣漢郡犍爲郡也見四卷註世說註晉陽秋曰吕安志量開曠有拔俗風氣史記陳平家乃負郭窮巷以弊席爲門然門外多長者車轍齊威王之時喜隱淳于髡說之以隱曰國中有大鳥止王之庭三年不蜚又不鳴王知此鳥何也

王曰此鳥不飛則已一飛冲天不鳴則已一鳴驚人周易漸卦九三鴻漸于陸詩小雅伐木丁丁鳥鳴嚶嚶出自幽谷遷于喬木○瓌音規天寶初名見于金鑾殿元宗明皇帝降輦步迎如見園綺論當世務草荅蕃書辯如懸河筆不停綴元宗嘉之以寳牀方丈賜食于前御手和羹德音褒美褐衣恩遇前無比儔遂直翰林專掌密命將處司言之任多陪侍從之游他日泛白蓮池公不在宴皇歡既洽名公作序時公已被酒于翰苑中仍命高將軍扶以登舟優寵如是既而上疏請還舊山元宗甚愛其才或慮乘醉出入省中不能不言温室樹恐掇後患惜而遂之禰衡鸚鵡賦序筆不停綴文不加點舊唐書宦

官傳天寶初加高力士冠軍大將軍右監門衛大將軍進封渤海郡公七載加驃騎大將軍范不稱力士名而稱高將軍非尊力士也以見元宗優寵太白之至耳漢書長公主共養省中伏儼曰蔡邕云本爲禁中門閤有禁非侍御之臣不得妄入孝元皇后父名禁避之故曰省中顏師古曰省察也言入此中皆當察視不可妄也漢書或問孔光溫室省中樹皆何木也光嘿不應更荅以他語其不泄如是　公以爲千鈞之弩一發不中則當摧撞折牙而永息機用安能傚碌碌者蘇而復上哉脫屣軒冕釋羈韁鎖因肆情性大放宇宙間飲酒非嗜其酣樂取其昏以自富作詩非事于文律取其吟以自適好神仙非慕其輕舉將不可求之事求之欲耗壯心遣餘年也　太平御覽王琚教射經曰張弩左手承檀右手迎上釋名弩鉤絃者曰牙似齒牙也是檀者弩之匣牙者弩之機鉤

也史記平原君傳公等錄錄所謂因人成事者也索隱曰說文云錄錄隨從皃酷吏傳九卿碌碌奉其官救過不贍碌碌猶錄錄也左傳主人懸布堇父登之及堞而絶之墜則又懸之蘇而復上者三正義曰蘇者死而更生之名也堇父墜而悶絶似若死然得蘇悟而復緣布上脫屣見二十二卷註 在長安時秘書監賀知章號公爲謫仙人吟公烏栖曲云此詩可以哭鬼神矣時人又以公及賀監汝陽王崔宗之裴周南等八人爲酒中八仙朝列賦謫仙歌百餘首俄屬戎馬生郊遠身海上往來于斗牛之分優游沒身偶乘扁舟一日千里或遇勝境終年不移繆本移下多一時字 長江遠山一泉一石無往而不自得也晚歲渡牛渚磯至姑熟悅謝家青山有終焉之志盤桓利居

竟卒于此其生也聖朝之高士其往也當塗之旅人代宗之初搜羅俊逸拜公左拾遺制下于彤庭禮降于玄壤生不及祿沒而稱官嗚呼命與老子天下無道戎馬生于郊河上公註戰伐不止戎馬生于郊境之上久不還也史記正義吳地斗牛之分野今之會稽九江丹陽豫章廬江廣陵六安臨淮郡也牛渚磯姑熟青山俱見前註青山有謝朓舊宅故曰謝家青山周易屯卦初九磐桓利居貞孔穎達正義磐桓不進之貌處屯之初動則難生故磐桓也不可進惟宜利居處貞正彤庭見一卷註傳正共繆本缺共字生唐代甲子相懸常于先大夫文字中見與公有濟陽夜宴詩則知與公有通家之舊新唐書范傳正字西老鄧州順陽人父倫為戶部員外郎與趙郡李華善有當世名傳正舉進士宏辭皆高第授集賢殿校書郎歷歙湖蘇三州刺史有殊政進拜宣歙觀察使代還改光祿卿早

于人間得公遺篇逸句吟咏在口無何叨蒙恩奬廉問宣池按圖得公之墳墓在當塗屬（繆本缺屬字）邑因令禁樵採備灑掃訪公之子孫欲（繆本作故）申慰薦凡三四年乃獲孫女二人一爲陳雲之室一爲（繆本作乃）劉勸之妻皆編戶甿也因名至郡庭相見與語衣服村落形容朴野而進退閑雅應對詳諦且祖德如在儒風宛然問其所以則曰父伯禽以貞元八年不祿而卒有兄一人出游一十二年不知所在父存無官父歿爲民有兄不相保爲天下之窮人無桑以自蠶非不知機杼無田以自力非不知稼穡况婦人不任布裙糲

食何所仰給儷于農夫救死而已久不敢聞于縣官懼辱祖考鄉閭逼迫忍耻來告言訖淚下余亦對之泫然因云先祖志在青山遺言宅兆頂屬多故殯于龍山東麓地近而非本意墳高三尺日益摧圮力且不及知如之何聞之憫然將遂其請因當塗令諸葛縱會計在州得諭其事縱亦好事者學爲歌詩樂聞其語便道還縣躬相地形卜新宅于青山之陽以元和十二年正月二十三日遷神于此遂公之志也西去舊墳六里南抵驛路三百步北倚謝公山卽青山也天寶十二載勅改名焉因告二女將改適于士族

皆曰夫妻之道命也亦分也在孤窮旣失身于下俚仗威力乃求援于他門生縱偷安死何面目見大父于地下欲敗其類所不忍聞余亦嘉之不奪其志復井稅免徭役而已宣池二州唐時屬江南西道史記而況匹夫編戶之民乎說文甿田民也武庚切諦審也都計切禮記士曰不祿庶人曰死孔穎達正義不祿者士祿以代耕而今遂死是不終其祿也韻會糲米不精也儷偶也孝經卜其宅兆而安措之唐明皇註宅墓穴也兆塋域也周禮司會以逆群吏之治而聽其會計元和十二年去寶應元年公卒時得五十六年史記留侯世家大父開地相韓昭侯應劭曰大父祖父也○糲音賴杍音紵會音檜今士大夫之葬必誌于墓有勳庸道德之家兼樹碑于道余才術貧虛不能兩致今作新墓銘兼刊二石一寘于泉扃一表于道

一作通路亦峴首漢川之義也庶芳聲之不泯焉晉書杜預好爲後世名常言高岸爲谷深谷爲陵刻石爲二碑紀其勳績一沉萬山之下一立峴山之上曰安知此後不爲陵谷乎文集二十卷或得之于時之文士或得之于宗族編輯斷簡以行于代銘曰

嵩嶽降神是生輔臣蓬萊謫真斯爲逸人晉有七賢唐稱八仙應彼星象唯公一焉晦以麴蘖暢于文篇萬象奔走乎筆端萬慮泯滅乎罇前臥必酒甕行惟酒船吟風咏月席地幕天但貴乎適其所適不知夫所以然而然至今尚疑其醉在千日寧審乎壽終百年謝家山兮李公墓異代詩流同此路舊墳卑庳風

雨侵新宅爽塏松柏林故鄉萬里且無嗣二女從民
永于此猗歟琢石爲二碑一藏幽隧一臨岐岸深谷
高變化時一存一毁名不虧詩大雅崧高維嶽駿極于天維嶽降神生甫及申晉七賢見十二卷註應星象謂夢長庚而生也尚書說命若作酒醴爾惟麴蘖說文麴酒母也蘖牙米也劉伶酒德頌幕天席地縱意所如博物志昔劉元石于中山酒家酤酒酒家與千日酒忘言其節度歸至家當醉而家人不知以爲死也權葬之酒家計千日滿乃憶元石前來酤酒醉向醒耳往視之云元石亡來三年已葬於是開棺醉始醒俗云元石飲酒一醉千日左傳宫室卑庳廣韻庳下也爽塏高地詳二十八卷註宋孝武帝詩深松朝已霧幽隧晏未明韻會隧墓道也謂掘地通道以葬詩商頌猗與那與毛傳曰猗歎辭正義曰謂美而嘆之也○庳音陛塏音凱

翰林學士李公墓碑

前守秘書省校書郎裴敬

李翰林名白字太白以詩著名召入翰林世稱才名占得翰林他人不復爭先其後以脅從得罪既免遂放浪江南死宣城葬當塗青山下李陽冰序詩集粗具行止敬嘗游江表過其墓下愛其才壯其氣味其嗜酒知其取適作碑於墓（夏書脅從罔治江表謂江南之地）且曰先生得天地秀氣耶不然何異於常之人耶或曰太白之精下降故字太白故賀監號爲謫仙不其然乎故爲詩格高旨遠若在天上物外神仙會集雲行鶴駕想見飄然之狀視塵中屑屑米粒蟲睫紛擾菌蠢羈

絆跦躪之比張衡南都賦芝房菌蠢生其隈三國志註曹植上書固當羈絆于世繩維繫于祿位班固東都賦跦躪其十二三李善註字林曰跦踐也汝九切說文蹸轢也與躪同力振切○踕音接又音札菌音窘躪音吝又嘗有知鑒客并州識郭汾陽於行伍間爲免脫其刑責而獎重之後汾陽以功成官爵請贖翰林上許之因免誅其報也又常心許劍舞裴將軍子曾叔祖也嘗投書曰如白願出將軍門下其文高其氣雄世稀其本懼失其傳故序傳之太和初文宗皇帝命翰林學士爲三絕贊公之詩歌與將軍劍舞洎張旭長史草書爲三絕夫天付上才必同靈氣賢傑相投龍虎兩合可爲知者言非常人所知也張長

史草書見六卷註太平廣記開元中將軍裴旻居母喪詣吳道子請於東都天宫寺畫神鬼數壁以資冥助道子曰廢畫已久若將軍有意爲吾纏結舞劍一曲庶因猛厲獲通幽冥旻於是脫去縗服若常時裝飾走馬如飛左旋右抽擲劍入雲高數十丈若電光下射旻引手執鞘承之劍透室而入觀者數千百人無不驚慄道子於是援毫圖壁颯然風起爲天下之壯觀夫古以名德稱占其官諡者甚希前以詩稱者若謝吏部何水部陶彭澤鮑參軍之類唐朝以詩稱若王江寧宋考功韋蘇州王右丞杜員外之類以文稱者若陳拾遺蘇司業元容州蕭功曹韓吏部之類以德行稱者元魯山陽道州以直稱者魏文貞狄梁公以忠烈稱者顏魯公段太尉以武稱者李衞公英公以學行文翰俱稱者虞秘

監唐之得人于斯爲盛翰林其以詩稱之一也謝吏部謂謝朓南齊時爲尚書吏部郎何水部謂何遜梁天監中起家奉朝請爲安西安成王參軍事兼尚書水部郎陶彭澤謂陶潛晉末爲彭澤令鮑參軍謂鮑照宋臨海王子頊爲荆州以照爲前軍參軍掌書記之任王昌齡字少伯江寧人第進士中宏詞科爲汜水尉後貶龍標尉史稱昌齡工詩世稱王江寧蓋以其地名稱之宋考功名之問字延清號州弘農人景龍中爲考功員外郎韋應物長安京兆人貞元初爲蘇州刺史世號韋蘇州王維字摩詰太原祁人官至尚書右丞杜甫字子美河南鞏人嚴武出鎮成都奏爲節度參謀檢校工部員外郎陳子昂字伯玉梓州射洪人則天朝舉進士官右拾遺蘇源明京兆武功人天寶間舉進士第累遷國子司業擢考功郎中知制誥終秘書少監元結字次山河南人天寶十二年舉進士累官容管經畧使蕭穎士字茂挺蘭陵人開元二十三年舉進士對策第一後爲揚州功曹參軍韓愈字退之鄧州南陽人歷官吏部侍郎元德秀字紫芝河南人開元二十一年登進士第爲魯山令士大夫

高其行謂之元魯山而不名陽城字元宗北平人隱中條山遠近慕其德行多從之學李泌薦爲著作郎遷諫議大夫改國子司業出爲道州刺史魏徵字元成鉅鹿曲城人當太宗朝知無不言每犯顏進諫雖逢帝甚怒神色不移官至侍中特進謚曰文貞狄仁傑字懷英并州太原人則天朝前後匡正奏對凡數萬言睿宗時追封梁國公顏真卿字清臣琅邪臨沂人官刑部尚書封魯郡公出使李希烈不屈而死真卿立朝正色剛而有禮非公言直道不萌於心天下不以姓名稱而獨曰魯公段秀實字成公隴州汧陽人累官司農卿朱泚盜據宮闕將欲僭位秀實奪象笏擊之中其顙泚流血而走凶黨群至遂遇害詔贈太尉謚曰忠烈李靖字藥師京兆三原人南平蕭銑擒輔公祏北破突厥頡利西定吐谷渾累封衛國公李勣字懋功曹州狐離人從太宗平竇建德降王世充破劉黑闥斬徐圓朗與趙郡王孝恭平輔公祏與李靖破頡利又破薛延陀磧北悉定平高麗虜其王累封英國公唐初名將推英衛二公虞世南字伯施越州餘姚人累官秘書監太宗嘗稱世南有五絕一曰德行二曰忠直三曰博學四曰文辭五曰書翰

予嘗過當塗訪翰林舊宅又於浮屠寺化城之僧得翰林自寫訪賀監不遇詩云東山無賀老却棹酒船回味之不足重之爲寶用獻知者又於歷陽郡得翰林與劉尊師書一紙思高筆逸又嘗遊上元蔣山寺見翰林贊誌公云水中之月了不可取刀齊尺量扇迷陳語文簡事備誠爲作者附於此云江南通志李白宅在太平府當塗縣青山之麓白至姑孰依當塗令族人李陽冰見山水幽邃營宅以居古化城寺在太平府城内向化橋西禮賢坊巷内道林寺在江寧府之獨龍阜梁改開善寺宋改太平興國寺後改蔣山按此文稱蔣山寺謂蔣山中所建之寺也與劉尊師書今不存會昌三年二月中敬自溧水草堂南遊江左過公墓下四過青山兩發塗口徘

徊不忍去與前濮州鄄城縣尉李劭同以公服拜其墓問其墓左人畢元宥實備灑掃留綿帛具酒饌祭公知公無孫有孫女二人一娶劉勸一娶陳雲皆農夫也且曰二孫女不拜墓已五六年矣因告邑宰李君都傑請免畢元宥力役俾專灑掃事會昌武宗年號會昌三年去寶應元年太白沒時葢八十二年矣江南通志淠水亦曰沘沘水一名白沙河源出六安州霍山之北下流經壽州入於淮江左大江以南之地詳十二卷註唐書地理志河南道濮州有鄄城縣○淠音譬又音備鄄音眷劭音邵嘻享名甚高後事何薄謝公舊井新墓角落青山白雲共爲蕭索巨竹拱木如公卓犖天長地久其名不朽此爲祭文寫授元宥一統志謝公井在青山路側齊宣城

太守謝朓所鑿。左傳：爾墓之木拱矣。杜預註：合手曰拱。又爲碑曰貴盡皆然名存則難故予重名不重官作李翰林碑十五字而已

舊唐書文苑列傳

劉昫

李白字太白山東人少有逸才志氣宏放飄然有超世之心父爲任城尉因家焉李陽冰魏顥劉全白范傳正諸人之作皆以太白爲蜀人卽以太白之詩考之亦以巴蜀爲故鄉東魯乃寄寓瞭然分别而劉氏獨以爲山東人按杜子美詩近來海内爲長句汝與山東李白好元微之杜工部墓係銘是時山東人李白亦以奇文取稱疑太白寓家山東日久故以山東稱之舊史遂承其誤歟若言父爲任城尉因家焉則更與范傳正新墓碑所云父客高臥雲林不求祿仕者全不同未知又何所本少與魯中諸生孔巢父韓準裴政張叔明陶沔等隱於徂徠山酣歌縱酒時

號竹溪六逸天寶初客游會稽與道士吳筠隱於剡中筠徵赴闕薦之於朝與筠俱待詔翰林白旣嗜酒日與飲徒醉於酒肆元宗度曲欲造樂府新詞亟召白白已臥於酒肆矣名入以水灑面卽令秉筆頃之成十餘章帝頗嘉之嘗沉醉殿上引足令高力士脫靴由是斥去乃浪跡江湖終日沉飲時侍御史崔宗之謫官金陵與白詩酒唱和嘗月夜乘舟自采石達金陵白衣宮錦袍於舟中顧瞻笑傲旁若無人初賀知章見白賞之曰此天上謫仙人也祿山之亂元宗幸蜀在塗以永王璘爲江淮兵馬都督揚州節度大

使白在宣州謁見遂辟從事永王謀亂兵敗白坐長流夜郎太白避地廬山爲永王所迫致見於憶舊書懷詩及爲宋中丞自薦表甚明舊史謂白在宣州謁見者誤也後遇赦得還竟以飲酒過度死於宣城有文集二十卷行於時

新唐書文藝列傳　宋祁

李白字太白興聖皇帝九世孫其先隋末以罪徙西域神龍初遁還客巴西興聖皇帝謂李暠唐高祖之七世祖詳見前註巴西蜀中郡名即綿州也白之生母夢長庚星因以命之十歲通詩書旣長隱岷山州舉有道不應蘇頲爲益州長史見白異之曰是子天材英特少益以學可比相如然喜縱

横術擊劍爲任俠輕財重施更客任城與孔巢父韓準裴政張叔明陶沔居徂徠山日沉飲號竹溪六逸天寶初南入會稽與吳筠善筠被名故白亦至長安往見賀知章知章見其文嘆曰子謫仙人也言於元宗名見金鑾殿論當世事奏頌一篇帝賜食親爲調羹有詔供奉翰林白猶與飲徒醉於市帝坐沉香亭子意有所感欲得白爲樂章名入而白已醉左右以水頮面稍解援筆成文婉麗精切無留思帝愛其才數宴飲白常侍帝醉使高力士脫靴力士數貴恥之摘其詩以激楊貴妃帝欲官白妃輒沮止白自知不

爲親近所容益驁放不自修與知章李適之汝陽王璡崔宗之蘇晉張旭焦遂爲酒中八仙人懇求還山帝賜金放還白浮游四方嘗乘舟與崔宗之自采石至金陵著宫錦袍坐舟中旁若無人安祿山反轉側宿松匡廬間永王璘辟爲府僚佐句璘起兵逃還彭澤璘敗當誅初白游并州見郭子儀奇之子儀嘗犯法白爲救免至是子儀請解官以贖有詔長流夜郎此則本裴敬墓碑及樂史集序本文謂免其刑責而獎重之刑責不過謂犯笞杖小罪非謂其犯誅戮大刑新史叙筆稍晦後人乃謂子儀犯法將刑以太白言於主帥得免誅戮殆後子儀力戰而敵中興皆屬太白之力不特小說傳奇喧騰異說而文人才士間亦入之詩筆誤矣會赦還尋陽坐

事下獄時宋若思將吳兵三千赴河南道尋陽釋因辟爲參謀未幾辭職琦按太白有中丞宋公以吳兵三千赴河南軍次尋陽脫予之囚參謀幕府因贈之詩不言其因繫所坐何事又其爲宋中丞自薦表云永王東巡脅行中道奔走却至彭澤具已陳首前後經宣慰大使崔渙及臣推覆清雪尋經奏聞則知尋陽之囚正坐永王事新史以爲赦還之後在尋陽坐事下獄而宋若思釋之者以一事分爲二事非也曾南豐後序中已辨其誤李陽冰爲當塗令白依之代宗立以左拾遺召而白已卒年六十餘白晚好黃老度牛渚磯至姑熟悅謝家青山欲終焉及卒葬東麓元和末宣歙觀察使范傳正祭其塚禁樵採訪後裔惟二孫女嫁爲民妻進止仍有風範因泣曰先祖志在青山頃葬東麓非本意

傳正爲改葬立二碑焉告二女將改妻士族辭以孤窮失身命也不願更嫁傳正嘉嘆復其夫徭役文宗時詔以白歌詩裴旻劍張旭草書爲三絶

李太白文集後序

唐李陽冰序李白草堂集十卷云當時著述十喪其九咸平中樂史别得白歌詩十卷合爲李翰林集二十卷凡七百七十六篇史又纂雜著爲别集十卷治平元年得王文獻公溥家藏白詩集上中二帙凡廣一百四篇惜遺其下帙熙寧元年得唐魏萬所纂白詩集二卷凡廣四十四篇因裒唐類詩諸編洎刻石

所傳别集所載者又得七十七篇無慮千篇沿舊目而釐正其彙次使各相從以别集附於後凡賦表書序碑頌記銘讚文六十五篇合爲三十卷同舍呂縉叔出漢東紫陽先生碑而殘缺間莫能辨不復收云

夏五月晦常山宋敏求題

論太白詩集之繁富必歸功於宋然其紊雜亦實由於宋蓋李陽冰所序草堂詩集十卷出自太白手授乃其真確而無疑者也次則魏萬所纂太白詩集二卷當亦不甚謬誤樂史所得之十卷真贋便不可辨若其他以訛傳訛尤難考訂使宋當日先後集次之時以陽冰所序者爲正樂史所得者爲續雜採於諸家之二百五十五篇附於後而明題其右自某篇以下四十四首得自魏萬所纂自某篇以下一百四首得之王文獻家所藏自某篇以下若干首得之唐類詩自某篇以下得之某地石刻自某篇以下若干首得之别集使後之覽者信其所可信而疑其所可疑

不致有魚目混珠碔砆亂玉之恨豈不甚善乃見不及此而分析諸詩以類相從遂爾眞僞雜陳渭涇不辨功雖勤也過亦在焉不重可惜乎

李白集三十卷舊歌詩七百七十六篇今千有一篇雜著六十五篇者知制誥常山宋敏求字次道之所廣也次道旣以類廣白詩自爲序而未考次其作之先後余得其書乃考其先後而次第之蓋白蜀郡人初隱岷山出居襄漢之間南游江淮至楚觀雲夢雲夢許氏者高宗時宰相圉師之家也以女妻白因留雲夢者三年去之齊魯居徂來山竹溪入吳至長安明皇聞其名召見以爲翰林供奉頃之不合去北抵

趙魏燕晉西涉岐邠歷商於至洛陽游梁最久復之齊魯南游淮泗再入吳轉徙金陵上秋浦尋陽天寶十四載安祿山反明年明皇在蜀永王璘節度東南白時臥廬山璘迫致之璘軍敗丹陽白奔亡至宿松坐繫尋陽獄宣撫大使崔渙與御史中丞宋若思驗治白以爲罪薄宜貰而若思軍赴河南遂釋白囚使謀其軍事上書肅宗薦白才可用不報是時白年五十有七矣乾元元年終以汙璘事長流夜郎遂汎洞庭上峽江至巫山以赦得釋憩岳陽江夏久之復如尋陽過金陵徘徊於歷陽宣城二郡其族人陽冰爲

當塗令白過之以病卒年六十有四是時寶應元年也其始終所更涉如此此白之詩書所自敘可考者也范傳正爲白墓誌稱白偶乘扁舟一日千里或遇勝景終年不移則見於白之自序者蓋亦其畧也舊史稱白山東人爲翰林待詔又稱永王璘節度揚州白在宣城謁見遂辟爲從事而新書又稱白流夜郎還尋陽坐事下獄宋若思釋之者皆不合於白之自敘蓋史誤也白之詩連類引義雖中於法度者寡然其辭閎肆儁偉殆騷人所不及近世所未有也舊史稱白有逸才志氣宏放飄然有超世之心余以爲實

錄而新書不著其語故錄之使覽者得詳焉南豐曾鞏序

南豐據太白之詩書所自敘者以駁正新舊二史之誤是矣其謂留雲夢者三年去之齊魯尚未是按上裴長史書𥨊跡於此至移三霜蓋謂上書之時羈留雲夢已及三年非謂三年之後遂去雲夢而他適也太白有送姪耑游廬山序曰南游雲夢覽七澤之壯觀酒隱安陸蹉跎十年云云南豐偶失之考證耳然南豐云雜著六十五篇今本有六十六篇豈此一篇係後人增益而南豐所見尚無之耶又謂太白之卒年六十有四按李華墓誌乃六十二也以代宋中丞自薦表校之尋陽清雪之日年五十有七合其卽世之歲當以六十有二爲是

臨川晏公知止字處善守蘇之明年政成暇日出李翰林詩以授於漸曰白之詩歷世浸久所傳之集率多訛缺予得此本最爲完善將欲鏤板以廣其傳漸

切謂李詩爲人所尚以宋公編類之勤而曾公考次之詳世雖甚好不可得而悉見今晏公又能鏤板以傳使李詩復顯於世實三公相與成始而成終也元豐三年夏四月信安毛漸校正謹題刻本有删去此篇者以其無關於太白之事蹟耳然宋公編類之藁鏤木傳世實始於是今所傳諸刻無不濫觴焉不敢泯其所自故仍舊本存之

李太白文集卷三十一

李太白文集卷之三十二

錢塘 王琦琢崖編輯

熥葆光 復曾宗武 較

附錄

李太白年譜

據太白詩文自述系出隴西漢將軍李廣後見贈張相鎬詩於涼武昭王爲九世孫當隋之末其先世以事徙西域隱易姓名故唐興以來漏於屬籍至武后時子孫始還內地至蜀之綿州家焉因遁其邑遂以客爲名卽太白父也李陽冰草堂集序曰李白隴西成紀人涼武昭王暠

九世孫蟬聯珪組世爲顯著中葉非罪謫居條支易姓與名累世不大曜神龍之初逃歸于蜀復指李樹而生伯陽范傳正翰林學士李公新墓碑曰其先隴西成紀人公之孫女於箱篋中得公之子伯禽手疏十數行紙壞字缺不能詳備約而計之凉武昭王九代孫也隋末多難一房被竄於碎葉流離散落隱易姓名故自國朝以來漏於屬籍神龍初潛還廣漢因僑爲郡人父客以逋其邑遂以客爲名高臥雲林不求祿仕按陽冰序乃太白在時所作所述家世必出於太白自言傳正碑據太白之子所手疏二文序述無有異詞此其可信而無疑者也新唐書李白本傳曰李白興聖皇帝九世孫其先隋末以罪徙西域神龍初遁還客巴西蓋本二文以爲依據也太白之爲蜀人固彰彰矣魏顥李翰林集序亦曰白本隴西乃放形因家于綿劉全白翰林學士李君碣記云君廣漢人其說皆仝是知世謂太白爲隴西成紀人者本其先世族望而言也或謂蜀人或謂綿州或曰巴西或曰廣漢皆指其生長之地或據當時之名或援前占之名而互言之也至若杜子美元微之稱爲山東

李白則又因其流寓之地而言之也舊唐書竟以白爲山東人且云父爲任城尉因家焉與諸說獨異南部新書云李白山東人父爲任城尉因家焉少與魯人隱徂徠山號竹溪六逸俗稱蜀人非也今任城令廳有白之詞尚存蓋仍舊史之誤而云耳不可信也

傳疑

輿地廣記曰綿州彰明縣有唐李白碑白之先世嘗流巂州其後内移白生于此縣杜詩補遺曰范傳正李白新墓碑云白本宗室子厥先避仇客居蜀之彰明太白生焉彰明綿州之屬邑有大小康山白讀書于大康山有讀書堂尚存其宅在清廉鄉 洪邁容齋續筆曰杜子美贈李太白詩康山讀書處頭白好歸來說者以爲即廬山也吳曾能改齋漫錄内辨誤一卷正辨是事引杜田杜詩補遺云范傳正李白新墓碑云白本宗室子厥

先避仇客居蜀之彰明太白生焉彰明縣州之屬邑有大小康山白讀書于大康山有讀書堂尚存其宅在清廉鄉後廢爲僧房稱隴西院蓋以太白得名院有太白像吳君以是證杜句知康山在蜀非廬山也予按當塗所刊太白集其首載新墓碑宣歙池等州觀察使范傳正撰凡千五百餘字初無補遺所紀七十餘言豈非好事者僞爲此書如開元遺事之類以附會杜老之詩耶歐陽忞輿地廣記云彰明有李白碑白生於此縣蓋亦傳說之誤當以范碑爲証

方輿勝覽李陽冰草堂集序李白與聖皇帝之九世孫其先以罪謫居條支神龍之始逃歸于蜀之昌明今本李陽冰草堂集序無昌明字按彰明縣自先天以前止曰隆昌後避元宗諱始曰昌明五代時改曰彰明楊升菴文集引成都古今記云李白生於彰明之青蓮鄉

唐長安元年辛丑即武后之大足元年也十月始改長安

太白生舊譜起於聖曆二年己亥云白生于是年按曾鞏序享年六十四李陽冰序載白卒於寶應元年十一月自寶應元年逆數六十四年乃聖曆二年也薛氏據之故曰白生於是年然李華作太白墓誌曰年六十二則應生於長安元年以代宗中丞自薦表核之表作于至德二載丁酉時年五十有七合之長安元年爲是若生聖曆二年則當云五十有九矣自當以表爲正故訂以長安元年爲太白始生之歲又按李陽冰序云神龍之始逃歸於蜀復指李樹而生伯陽范傳正墓碑云神龍初潛還廣漢今以李誌曾序參互考之神龍改元太白已數歲豈神龍之年號乃神功之訛抑太白之生在未家廣漢之前歟驚姜之夕長庚入夢故名白以太白字之若青蓮居士酒仙翁又其所自號者青蓮居士見荅湖州迦葉司馬詩及荅僧中孚贈仙人掌茶詩序青蓮花出西竺梵語謂之優鉢羅花清

淨香潔不染纖塵太白自號疑取此義眉公秘笈謂其生於彰明之青蓮鄉故號青蓮按青蓮鄉在綿州舊彰明縣內彰明逸事原作淸廉鄉疑後人因太白生於此故易其字作青蓮耳謂太白因此而取號恐未是酒仙翁見送權十一序

長安二年壬寅

長安三年癸卯

長安四年甲辰

神龍元年乙巳是年中宗復位

太白年五歲能誦六甲

神龍二年丙午

景龍元年丁未卽神龍三年九月改元景龍

景龍二年戊申

景龍三年己酉

景雲元年庚戌 卽景龍四年六月改元唐隆睿宗卽位七月改元景雲

太白年十歲通詩書觀百家

景雲二年辛亥

先天元年壬子 是年正月改元太極五月改元延和八月元宗卽位始改先天

開元元年癸丑 卽先天二年十二月始改開元

附考 舊譜開元元年十月甲辰帝獵渭川有大獵賦按賦序但云以孟冬十月大獵于秦而不書年分考通鑑先天元年十月癸卯上幸新豐獵于驪山之下開元元年十月甲辰獵於渭川八年十月壬午畋於下邽十月而獵於秦地凡

三見舊譜竟屬之癸丑歲者大約以太白生於聖曆二年至是合十有五歲因十五觀奇書作賦凌相如一詩而附會其說若以太白生自長安元年數之至是始十有三歲耳恐未是

開元二年甲寅

開元三年乙卯

太白年十五上韓荊州書云十五好劍術徧干諸侯贈張相鎬詩云十五觀奇書作賦凌相如 按太白明堂賦序歷邈天皇天后中宗而不及睿宗則是賦之作不特在未改乾元殿之先并在睿宗未崩之先矣考睿宗之崩在開元四年六月制改明堂爲乾元殿在開元五年七月賦之作應在三四年間豈所謂十五觀奇書作賦凌相如者卽是明堂一賦歟

開元四年丙辰

開元五年丁巳

開元六年戊午

開元七年己未

開元八年庚申

太白年二十性倜儻喜縱橫術擊劍爲任俠嘗手刃數人輕財重施不事産業是年禮部尚書蘇頲出爲益州長史（舊唐書蘇頲傳開元八年頲除禮部尚書罷政事俄知益州大都督府長史事）太白於路中投刺頲待以布衣之禮因謂群寮曰此子天才英麗下筆不休雖風力未成且見專草之骨若廣之以學可以相如比肩逸人東嚴

子者隱於岷山之陽東嚴子姓名不可考楊升菴以爲卽徵君趙蕤梓州鹽亭人字雲卿者是又曰岷山之陽卽指匡山杜子美贈詩所謂匡山讀書處其說見晏公類要鄭谷詩所謂雪下文君沽酒店雲藏李白讀書山者也俱恐未是太白從之遊巢居數年不跡城市養奇禽千計呼皆就掌取食了無驚猜郡守聞而異之詣廬親覩因舉二人以有道科並不起上二事見太白所上安州裴長史書中自敘歷歷然無歲月可考而蘇頲之爲益州長史實惟開元八年故連其少年諸事并敘於此又書中先言隱居岷山後言投刺蘇公玩其文義作兩段敘述非接次而言者州舉有道應是見蘇公以後事新唐書本傳曰白旣長隱岷山州舉有道不應蘇頲爲益州長史見白異之曰是子天才英特少益以學可比相如蓋依書辭順序之耳恐未是又楊升菴以廣漢太守爲蘇頲且引頲薦疏所謂趙蕤術數李白文章爲證今按蘇頲爲益州

長史未嘗爲廣漢太守據書中所說明是兩人楊說殊謬傳疑唐詩紀事引東蜀楊天惠彰明逸事云元符二年春正月天惠補令於此從學士大夫求問逸事聞唐李白本邑人微時募縣小吏入令臥內嘗驅牛經堂下令妻怒將加詰責太白亟以詩謝云素面倚欄鉤嬌聲出外頭若非是織女何必問牽牛令驚異不問稍親招引侍硯席令一日賦山火詩云野火燒山後人歸火不歸思軋不屬太白從旁綴其下句云焰隨紅日遠烟逐暮雲飛令慚止頃之從令觀漲有女子溺死江上令復苦吟云二八

誰家女飄來倚岸蘆鳥窺眉上翠魚弄口旁朱太白輒應聲繼之云綠髮隨波散紅顏逐浪無何因逢伍相應是想秋胡令滋不悅太白恐棄去隱居戴天大匡山往來旁郡依潼江趙徵君蕤蕤亦節士任俠有氣善爲縱橫學著書號長短經太白從學歲餘去遊成都賦春感詩云茫茫南與北道直事難諧榆莢錢生樹楊花玉糝街塵縈遊子面蝶弄美人釵卻憶青山上雲門掩竹齋益州刺史蘇頲見而奇之時太白齒方少英氣溢發諸爲詩文甚多微類宮中行樂詞體今邑人所藏百篇大抵

皆格律也雖頹體弱然短羽褵褷已有鳳雛態淳化中縣令楊遂爲之引謂爲少作是也遂江南人自名能詩累譎爲令云○琦按此編今已不傳晁公武讀書志曰蜀本太白集附入左綿邑人所裒白隱處少年所作詩六十篇尤爲淺俗今蜀本李集亦不可見疑文苑英華所載五律數首或即是與始太白與杜甫相遇梁宋間結交歡甚久乃去客居魯徂徠山甫從嚴武成都太白益流落不能歸故甫詩云匡山讀書處頭白好歸來然學者多疑太白爲山東人又以匡山爲匡廬皆非也今大匡山猶有讀書臺而淸廉鄉故居遺地尚在廢爲寺名隴西院有唐梓州刺史碑失其名太平寰宇記綿州彰明縣有李

白碑在寧梵寺門下梓州刺史于邵文元豐九域志綿州有李太白碑唐梓州刺史于邵文及綿州刺史高視記太白有子曰伯禽女曰平陽皆生太白去蜀後有妹月圓前嫁邑子畱不去以故塟邑下墓今在隴西院旁百步外或傳院乃其所捨云

開元九年辛酉

開元十年壬戌

開元十一年癸亥

開元十二年甲子

有蟾蜍薄太清詩 新唐書開元十二年七月廢皇后王氏爲庶人舊註謂蟾

蜍薄太清一篇爲廢后而作玩詩意當是

開元十三年乙丑

太白出遊襄漢南泛洞庭東至金陵揚州更客汝海還憩雲夢故相許圉師家以孫女妻之遂留安陸者十年以上遊歷之處畧見上安州李長史裴長史二書中其歲月皆無可考而娶于許氏約計當在是年之後故并叙于此

訪戴天山道士不遇詩登峨嵋山詩登錦城散花樓詩在蜀所作者皆是年以前詩

開元十四年丙寅

開元十五年丁卯

開元十六年戊辰

開元十七年己巳

開元十八年庚午

太白年三十上韓荊州書云三十成文章歷抵卿相上安州裴長史書云五歲誦六甲十歲觀百家常横經枕籍制作不倦迄于今三十春矣以爲士生則桑弧蓬矢射乎四方故知大丈夫必有四方之志乃杖劒去國辭親遠遊南窮蒼梧東涉溟海見鄉人相如大誇雲夢之事云楚有七澤遂來觀焉而許相公家見招妻以孫女憩跡于此至移三

霜焉按太白送從姪耑遊廬山序云余少時大人令誦子虛賦私心慕之及長南遊雲夢覽七澤之壯觀酒隱安陸蹉跎十年是太白寓居安陸葢十年也合之此書觀之約其旅遊安陸娶于許氏當在開元十三年之後太白於時年二十六七矣踰三年年始三十有上裴長史書有憩跡於此至移三霜之語則開元十八年也又踰四年年三十五則開元二十三年計此十年間正是其酒隱安陸之十年自是而出遊太原轉之齊魯矣其蒼梧洞庭溟海維揚金陵鄂城之遊皆在二十六七以前此皆參互可考者曾子固序曰白出居襄漢之間南遊江淮至楚觀雲夢雲夢許氏者高宗宰相圉師之家也以女妻白因畱雲夢者三年三年字尚欠精審曩昔東遊維揚不踰一年散金三十餘萬有落魄公子悉皆濟之又昔與蜀中友人吳指南同遊於楚指南死於洞庭之上白伏屍慟哭若喪天倫行路聞者悉皆傷心

猛虎前臨堅守不動遂權殯於湖側便之金陵數年來觀筋肉尚在雪泣持刃躬申洗削裹骨徒步寢興攜持丙貸營葬於鄂城之東又曰前此郡督馬公朝野豪彥一見盡禮許爲奇才因謂長史李京之曰諸人之文猶山無烟霞春無草樹李白之文清雄奔放名章俊語絡繹間起光明洞徹句句動人故交元丹親接斯議

有安陸白兆山桃花巖寄劉侍御綰詩　詩有雲卧三十年好閑復愛仙之句雖未必即是三十歲所作亦其上下數年間詩也舊譜列是詩於戊午年下蓋既以聖曆二年爲太白始生之歲又誤以三十爲二十耳考其時太白尚未出蜀又舊譜

以門有車馬客行及荅湖州迦葉司馬詩皆列於三十歲之下按門有車馬客詩曰嘆我萬里遊飄飄三十春此嘆其客遊之久非紀其始壯之年觀下文北風揚胡沙埋翳周與秦之句應是祿山殘破兩京之後所作荅湖州迦葉司馬詩云青蓮居士謫仙人酒肆藏名三十春恐是長安遇賀監以後之作故有謫仙人之稱其曰三十春者是言放浪酒中約三十年非謂是時年甫及三十也茲皆不采

安州應城玉女湯詩安州般若寺水閣納凉喜遇薛員外乂詩代壽山荅孟少府移文書秋夜於安府送孟贊府還都序上安州李長史書上安州裴長史書皆在安陸十年中之作

開元十九年辛未

開元二十年壬申

有送梁公昌從信安王北征詩是年正月以禮部尚書信安郡王褘爲河東河北道行軍副元帥將兵擊奚契丹三月信安郡王褘與幽州長史趙含章大破奚契丹于幽州之北

開元二十一年癸酉

開元二十二年甲戌

按太白與韓荆州書有三十成文章語此書當是庚午以後甲戌以前四年中之作唐書韓朝宗傳朝宗累遷荆州長史開元二十二年初置十道採訪使朝宗以襄州刺史兼山南東道其爲荆州長史在是年以前其憶襄陽舊遊贈濟陰馬少府詩曰昔

爲大堤客曾上山公樓高冠佩雄劍長揖韓荆州魏顥作公集序云長揖韓荆州荆州延飲白誤拜韓讓之白曰酒以成禮荆州大悅皆是時事

開元二十三年乙亥

太白遊太原有秋日於太原南栅餞陽曲王贊公賈少公石艾尹少公應舉赴上都序是年太白遊太原因南栅餞飲一序知之舊唐書開元二十三年春正月乙亥親耕籍田加至九推而止卿以下終其畝大赦天下在京文武官及朝集採訪使三品以上加一爵四品以下加一階外官賜勳一轉其才有霸王之畧學究天人之際及堪將帥牧宰者令五品以上清官及刺史各舉一人致仕官量與改職依前

致仕賜酺三日此文所云今春皇帝有事千畝湛恩八埏大捜群材以緝邦政王公以令宰見舉賈公以王霸聲聞正其事也又開元十九年春正月丙子帝親耕于興慶宮龍池此乃帝欲知稼穡之事故習爲之雖曰親耕與籍田大禮不同無恩典逮下與此文所言不合故訂其的爲是年之作

識郭子儀於行伍中言於主帥脱其刑責與譙郡元參軍攜妓遊晉祠浮舟弄水見憶舊遊寄譙郡元參軍詩皆是時事已而去之齊魯寓家任城與孔巢父韓準裴政張叔明陶沔會徂徠山酣飲縱酒號竹溪六逸遊齊魯歲月不可詳考并附於此

有五月東魯行荅汶上翁詩曰顧余不及仕學劍來山東舉鞭訪前途獲笑汶上翁是初遊魯

地之作又有送韓準裴政孔巢父還山詩是酬

飲竹溪時之作

附考是年司馬子微化形於天台劉大彬茅山志司馬子微子開元乙亥歲六月十八日蛻形於天台按太白大鵬賦序云余昔於江陵見天台司馬子微謂余有仙風道骨可與神遊八極之表因著大鵬遇希有鳥賦以自廣此賦未詳作於何年舊譜列於開元十年之下未知何據

開元二十四年丙子

開元二十五年丁丑

開元二十六年戊寅

附考 是年潤州刺史齊澣開伊婁河於揚州南瓜洲浦太白有題瓜州新河餞族叔舍人賁詩曰齊公鑿新河萬古流不絶豐功利生人天地同朽滅正指其事乃是年以後之作

開元二十七年己卯

開元二十八年庚辰

太白年四十

附考 是年孟浩然卒 王士源孟浩然集序曰開元二十八年王昌齡遊襄陽時浩然疾疹發背且愈相得甚歡浪情宴謔食鮮疾動終於冶城南園年五十有二 太白有贈孟浩然詩黃鶴樓送孟浩然之廣陵詩春

日歸山寄孟浩然詩皆是年以前之作

開元二十九年辛巳

天寶元年壬午

時太白遊會稽與道士吳筠共居剡中會筠以名赴闕薦之於朝元宗乃下詔徵之太白至京師與太子賔客賀知章遇於紫極宫一見賞之曰此天上謫仙人也因解金龜換酒爲樂言於元宗名見金鑾殿論當世務草荅蕃書辯若懸河筆不停綴又上宣唐鴻猷一篇帝嘉之以七寶牀賜食御手調羹以飯之謂曰卿是布衣名爲朕知非素蓄道

義何以得此命供奉翰林專掌密命。本事詩曰李太白初自蜀至京師按太白出蜀之後歷遊吳楚齊魯多涉年所而後入京謂自蜀至京師誤也舍於逆旅賀監知章聞其名首訪之既奇其姿復請所爲文出蜀道難以示之讀未竟稱嘆者數四號爲謫仙解金龜換酒與傾盡醉期不問日由是稱譽光赫賀又見其烏棲曲或言是烏夜啼嘆賞苦吟曰此詩可以泣鬼神矣。摭言曰李太白謁賀知章知章曰公非人世之人可不是太白星精耶。魏顥序曰白久居峨眉與丹丘因持盈法師達白亦因之入翰林按李陽冰及樂史序皆言天寶中名入翰林劉全白碣記范傳正新墓碑云天寶初太白代宋中丞作自薦表亦曰天寶初五府交辟不求聞達亦由子真谷口名動京師上皇聞而悦之名入禁掖既潤色於鴻業亦間草於王言雍容揄揚特見褒賞考其時當在天寶元二年間蓋太白爲知章所薦而知章之辭職在天寶二年之十二月其祖餞出京在三年之正月則太白之因其薦而入朝及爲飲中八仙之遊在二年十二月以前不居然可知乎又按太白之名見舊唐書以爲吳筠薦之新唐書以爲賀知章言之新書蓋本之樂史別集序考太白有別内赴徴三首則其西入京師乃應詔而至非浪遊也疑當時吳筠薦之於先賀知章復言之於後在元宗於筠之薦視太白不過與預薦諸人一例等視而已及得知章之稱譽而後以奇才相待異禮有加世但知有賀之薦而不知有吳之薦殆未稽之于舊史耳至魏顥序謂丹邱因持盈法師達白亦因之入翰林持盈法師謂玉真公主也太白有玉真公主別館苦雨詩想其才名炫燿竦動一時公主亦欲識其人而揚聲于人主之前亦理之所有者乎

有遊太山詩　古本題下有註云天寶元年四月從故御道上太山則其時在魯而不在會稽并未嘗入京可知也但未知遊泰山之後方入會稽抑入會稽在遊太山之先皆不可考第一首云四月上太山石平御道開第五首云山花異人間五月雪中白五其時在四月五月之交矣

別內赴徵詩

附考　按開元二十九年正月始立崇元學置生徒令習老子莊子列子文子每年准明經例考試天寶元年二月號莊子爲南華真人文子爲通元真人列子爲冲虛真人庚桑子爲洞虛真人太白有送于十八應四子舉落第還嵩山詩中有炎炎四真人句應爲是時以後之作

附考　是年改鄆州平陸縣爲中都縣析涇縣南陵秋浦三縣置青陽縣公有别中都明府兄詩詶中都小吏攜斗酒雙魚於逆旅見贈詩改九子山爲九華山與高霽韋權輿聯句詩又有望九華山贈青陽韋仲堪詩皆是時以後所作

附考　是年胡紫陽卒　據紫陽碑文紫陽之卒在天寶元年其葬以十月望後

公有題紫陽先生壁詩冬夜於隨州紫陽先生飡霞樓送烟子元演隱仙城山序皆是年以前之作其漢東紫陽先生碑銘是年以後所作

天寶二年癸未

公在長安與賀知章汝陽王璡崔宗之裴周南爲酒中八仙之遊李陽冰集序云害能成謗帝用疎之公乃浪跡縱酒以自昏穢與賀知章崔宗之等自爲八仙之遊謂公謫仙人朝列賦謫仙之歌凡數百首多言公之不得意據此則八仙之遊乃被讒以後事賀監以天寶三載正月歸越時公作詩送之則其酣飲同遊正在元二年間豈供奉無多日即遭讒毁賀監未去之前已不能安其身歟八仙之名李序舉其二曰賀知章崔宗之與太白而三范碑舉其四曰賀知章汝陽王崔宗之裴周南與太白而五新唐書本傳云白與知章李適之汝陽王璡崔宗之蘇晉張旭焦遂爲酒中八仙人蓋據杜子美飲中八仙歌而記之耳錢牧齋譏其旣云天寶初供奉又云與蘇晉同遊爲自相矛盾蓋蘇晉以開元二十二年先卒見舊唐書而謂於天寶初與李白同遊恐其誤也然子美與太白同時偏舉其人自必不妄或者天寶初蘇晉尚存舊書二十二年之下卒字之上尚有缺文遂致玆誤亦未可知其裴周南一人不入杜詩

所詠之數意者如今時文酒之會行之日久一人或亡則以一人補之以致姓名流傳參差不一其以此歟

天寶三載甲申 五月改年爲載

太白在翰林代草王言然性嗜酒多沉飲有時名令撰述方在醉中不可待左右以水沃面稍解即令秉筆頃之而成帝甚才之數侍宴飲因沉醉引足令高力士脱靴力士恥之因摘其詩句以激太真妃帝三欲官白妃輒沮之又爲張垍讒譖公自知不爲親近所容懇求還山帝乃賜金放歸　本事詩云李白才逸氣高與陳拾遺齊名元宗聞之

名入翰林以其才藻絶人器識兼茂便以上位處
之故未命以官嘗因宫人行樂謂高力士曰對此
良辰美景豈可獨以聲伎爲娛儻時得逸才詞人
咏出之可以誇耀於後遂命名白時寧王邀白飲
酒已醉旣至拜舞頹然上知其薄聲律謂非所長
命爲宫中行樂五言律詩十首白頓首曰寧王賜
臣酒今已醉儻陛下賜臣無畏始可盡臣薄技上
曰可卽遣二内臣掖扶之命研墨濡筆以授之又
令二人張朱絲欄于其前白取筆抒思畧不停綴
十篇立就更無加點筆跡遒利鳳跌龍拏律度對

屬無不精絶出入宫中恩禮殊厚竟以疎縱乞歸
上亦以非廊廟器優詔罷遣之○松窗錄云開元
中禁中初重木芍藥卽今牡丹也得四本紅紫淺
紅通白者上移植於興慶池東沉香亭前會花方
繁開上乘照夜白太真妃以步輦從詔特選梨園
弟子中尤者得樂十六部李龜年以歌擅一時之
名手捧檀板押衆樂前將歌之上曰賞名花對妃
子焉用舊樂詞爲遂命龜年持金花箋宣賜翰林
供奉李白立進清平調辭三章白欣然承旨猶苦
宿酲未解因援筆賦之其辭曰雲想衣裳花想容

春風拂檻露華濃若非群玉山頭見會向瑶臺月下逢一枝紅艷露凝香雲雨巫山枉斷腸借問漢宫誰得似可憐飛燕倚新粧名花傾國兩相歡長得君王帶笑看解釋春風無限恨沉香亭北倚欄杆龜年遽以辭進上命梨園弟子約畧調撫絲竹遂促龜年以歌太真妃持玻瓈七寳盞酌西凉州蒲桃酒笑領歌意甚厚上因調玉笛以倚曲每曲徧將換則遲其聲以媚之太真妃飲罷斂繡巾重拜上龜年常語於五王獨憶以歌得自勝者無出於此抑亦一時之極致耳上自是顧李翰林尤異

於他學士會高力士終以脫靴爲深恥異日太真妃重吟前詞力士戲曰比以妃子怨李白深入骨髓何反拳拳如是太真妃驚曰何翰林學士能辱人如斯力士曰以飛燕指妃子是賤之甚矣太真妃深然之上嘗三欲命李白官卒爲宮中所捍而止松窗錄唐韋叡撰今亡此則自太平廣記中錄出樂史别集序中所載蓋本之此書○摭言云開元當是天寶之誤中李翰林白應詔草白蓮花開序及宮辭十首時方大醉中貴人以冷水沃之稍醒白於御前索筆一揮文不加點今本摭言鈌此一則太平廣記中引之按所謂草白蓮花開序疑卽范墓碑所云泛白蓮池序也所謂宮詞十首疑卽本事詩所云

宮中行樂詞五言律十首也蓋皆得之傳聞故其說不無少異今宮詞僅存八首白蓮序已亡○鍾秦華文苑四史云唐書曰元宗名李白草白蓮辭使太真捧硯力士脫靴今唐書無此文恐出自稗官小說鍾蓋誤引耳○魏顥集序云上皇豫遊名白白時為貴門邀飲比至半醉令製出師詔不草而成許中書舍人諸書皆言太白以醉中應詔而作詩文宮中行樂詞多言中春之景沉香亭賦清平調值牡丹繁開則春暮矣泛白蓮池又夏中事出師詔不詳何時大抵各舉其所聞之一事而言致有不同非傳聞之錯互也杜子美詩云李白一斗詩百篇長安市上酒家眠天子呼來不上船自稱臣是酒中仙想其扶醉而見天子固不止偶然一次矣○唐國史補云李白在翰林多沉飲元宗令撰樂詞醉不可待以水沃之白稍能動索筆一揮十數章文不加點後對御

令高力士脱靴上令小閹排出之舊唐書白嘗沉醉殿上引足令高力士脱靴由是斥去○酉陽雜俎云李白名播海内元宗於便殿召見神氣高朗軒軒若霞舉上不覺忘萬乘之尊因命納履白遂展足與高力士曰去靴力士失勢遽爲脱之及出上指白謂力士曰此人固窮相○李陽冰集序云醜正同列害能成謗格言不入帝用疏之公乃浪跡縱酒以自昏穢咏歌之際屢稱東山天子知其不可留乃賜金歸之按李陽冰魏顥皆嘗與太白遊處二序所紀出處較之他文定爲真確可信陽冰所謂醜正同列害能成謗顥序所謂以張垍讒逐劉全白翰林學士李君碣記亦曰爲同列者所謗詔令歸山三書大約相同而

新舊史皆不載知其疎畧矣野客叢書曰李白事所說不一魏顥作文集序曰上皇豫遊召白白時爲貴朋邀飲比至半醉令製出師詔不草而就許中書舍人以張垍讒逐遊海岱間年五十餘尚無祿位樂史作别集序則又云上與太真在沉香亭賞木芍藥令李龜年持金花箋宣賜李白立進清平調白宿酲未解援筆賦之會高力士挾脫靴之恨譖白于妃由是上三欲官白輒爲妃沮劉全白作碣記曰天寶初元宗辟翰林待詔因爲和蕃書并上宣唐鴻猷一篇上重之欲以綸誥之任委之爲同列者所謗詔令歸山遂浪跡天下范傳正新墓碑曰天寶初名見於金鑾殿論當世務草荅蕃書元宗嘉之遂直翰林專掌密命將處司言之任他日泛白蓮池公不在宴皇歡既洽召公作序時公被酒于翰苑中命高將軍扶以登舟優寵如是既而上疏請還舊山元宗甚愛其材或慮乘醉出入省中不能不言溫室樹恐掇後患惜而遂之其說紛紜不同如此惟樂史所說頗與傳文合傳曰白供奉翰林猶與飲徒醉於市帝坐沉香亭意有所感欲得白爲樂章召入而白已醉左右以水頮

面稍解援筆成文婉麗精切無畱思帝愛其材數宴飲白嘗侍帝醉使高力士脱靴力士數貴恥之摘其詩以激楊貴妃帝欲官白妃輒沮之白自知不爲親近所容懇求歸山帝賜金放還所載如此僕謂李白不容於朝固由高力士之譖然其爲人疎曠不容觀傳正所謂秉醉出入省中不能不言温室樹又觀李陽冰草堂集序謂出入翰林中問以國政潛草詔誥人無知者醜正同列害能成謗疑其醉中曾泄漏禁中事機

或者云云明皇因是疎之

計太白在長安不過三年所賦諸詩其玉真公主别館苦雨贈衛尉張卿詩灞陵行送别詩送程劉二侍御獨孤判官赴安西幕府詩望終南山寄紫閣隱者詩下終南山過斛斯山人宿置酒詩春歸終南山松龍舊隱詩登太白峰詩杜

陵絶句夕霽杜陵登樓寄韋繇詩怨歌行註云長安見內人出嫁友人令予代爲之皆在長安中之作先後不可考

其侍從宜春苑奉詔賦龍池柳色初青聽新鶯百囀歌宮中行樂詞清平調詞送賀監歸四明應制詩送賀賓客歸越詩舊唐書天寶二年十二月乙酉太子賓客賀知章請度爲道士還鄉三載正月庚子遣左右相以下祖別賀知章於長樂坡上賦詩贈之太白二詩一乃應制一私自送行而作者也其對酒憶賀監二首又重憶一首皆知章沒後之作

朝下過盧郎中敘舊遊詩金門荅蘇秀才詩侍從遊宿温泉宮詩駕去温泉宮後贈楊山人詩温泉侍從歸逢故人詩同王昌齡送族弟襄

歸桂陽詩詩曰秦地見碧草楚謡對金樽把酒爾何思鷓鴣啼南園予欲羅浮隱猶懷明主恩躊躇紫宮戀孤負滄洲言知此詩在翰林時之作其聞王昌齡左遷龍標遥有此寄詩則在是時以後至德以前皆供奉翰林時所作

翰林讀書言懷呈集賢院内諸學士詩送裴十八圖南歸嵩山詩詩曰何處可爲别長安青綺門臨當上馬時我獨與君言風吹芳蘭折日沒鳥雀喧舉手指飛鴻此情難具論同歸無早晚潁水有清源應是被讒而去志已决之語乃遭讒之後所作

還山畱别金門知己詩初出金門尋王侍御不遇詠壁上鸚鵡詩將去長安時所作

玉壺吟鳳凰初下紫泥詔謁帝稱觴登御筵揄揚九重萬乘主謔浪赤墀青瑣賢朝天

數換飛龍馬敕賜珊瑚白玉鞭

走筆贈獨孤駙馬詩

是時僕在金門裏待詔公車謁天子長揖蒙垂國士恩壯心剖出酬知己一別蹉跎朝市間青雲之交不可攀

贈從弟南平太守之遙詩

天門九重謁聖人龍顏一解四海春彤庭左右呼萬歲拜賀明主收沉淪翰林秉筆迴英盼麟閣崢嶸誰可見承恩初入銀臺門著書獨在金鑾殿龍駒雕鐙白玉鞍象牀綺食黃金盤當時笑我微賤者却來請謁爲交歡一朝謝病遊江海疇昔相知幾人在前門長揖後門關今日結交明日改

憶舊遊寄譙郡元參軍詩

此時行樂難再遇西遊因獻長楊賦北闕青雲不可期東山白首還歸去

寄王屋山人孟大融詩

我昔東海上勞山餐紫霞中年謁漢主不愜還歸家

留別廣陵諸公詩

中迴日月顧揮翰凌雲烟騎虎不敢下攀龍忽墜天

感時留別從兄徐王延年從弟延陵詩

小子謝麟閣雁行忝

肩隨别韋少府詩西出蒼龍門南登白鹿原欲尋商山皓猶戀漢皇恩魯中送二從弟赴舉之西京詩魯客向西笑君門若夢中霜凋逐臣髮日憶明光宮送楊燕之東魯詩我固侯門士謬登聖主筵一辭金華殿蹭蹬長江邊送岑徵君歸鳴皐山詩余亦謝明主今稱偃蹇臣訓張卿夜宿南陵見贈詩我昔辭林邱雲龍忽相見客星動太微朝去洛陽殿荅高山人兼呈權顧二侯詩輕塵集嵩岳虚點盛明意謬揮紫泥詔獻納青雲際讒惑英主心恩疏佞臣計徬徨庭闕下嘆息光陰逝未作仲宣詩先流賈生涕挂帆秋江上不爲雲羅制荅杜秀才五松山見贈詩昔獻長楊賦天開雲雨歡當時待詔承明裏皆道揚雄才可觀敕賜飛龍二天馬黄金絡頭白玉鞍浮雲蔽日不復返總爲秋風催紫蘭角巾東出商山道採秀行歌咏芝草秋夜獨坐懷故山

詩入書訪江海雲臥起咸京入侍瑶池宴出陪玉輦行誇胡新賦作諫獵短書成拙薄遂疎絶歸閑事耦耕皆去朝以後之作

於是就從祖陳留採訪大使彦允請北海高天師授道籙於齊州紫極宫自是浮遊四方北抵趙魏燕晉西涉郊岐歷商於至洛陽南遊淮泗再入會稽而家寓魯中故時往來齊魯間前後十年中惟遊梁宋最久此自天寶三載以後至十三載以前十年中遊歷久暫約畧可考者也并録於此太白贈蔡舍人詩曰一朝去京國十載客梁園以此知共遊梁最久其梁園吟曰我浮黄河去京闕挂席欲進波連山天長水闊厭遠涉訪古始及平臺間是去長安之後即爲梁宋之游也魏顥詶白詩曰去秋忽乘興命駕來東土謫仙遊梁園愛子在鄒魯兩處不一見拂衣向江東考是詩

爲天寶十四年所作而言去秋則十三載之秋也自天寶三載至十三載中間十年客遊梁宋之間而家在東魯往來其地有時北抵趙魏燕晉西涉邠岐歷商於到洛陽皆未嘗久羈而一過再過盤桓税駕多歷歲時則惟梁地爲然故其自言寓遊之地不舉其他而數稱梁園良有以也

有奉餞高尊師如貴道士傳道籙畢歸北海詩

留别西河劉少府詩 太白在開元時嘗遊晉矣於太原南栅餞飲一序見之天寶改元以後復遊晉地於留别西河劉少府一詩見之所謂秋髮已種種所爲竟無成知少非壯年時語又有謂我是方朔人間落歲星白衣千萬乘何事去天庭是不得於朝而去後之作也

單父東樓秋夜送族弟沉之秦詩 有長安宫闕九天上此地曾經爲近臣又曰屈平顦顇滯江潭亭伯流離竄遼海知是去朝後復歸東魯之作

送族弟單父主簿凝攝宋城主簿至郭南月橋郄

回棲霞山留飲贈詩送族弟凝至晏堌詩送族弟凝之滁求婚崔氏詩數詩之作大抵皆在此十年中

附考　新唐書杜甫傳曰甫少與李白齊名時號李杜嘗從白及高適過汴州酒酣登吹臺慷慨懷古人莫測也子美遺懷詩云昔與高李輩論交入酒壚兩公壯藻思得我色敷腴氣酣登吹臺懷古視平蕪又昔遊詩云昔者與高李晚登單父臺寒蕪際碣石萬里風雲來白有魯郡東石門送杜二甫詩沙邱城下寄杜甫詩皆在是時

按杜子美寄太白二十韻詩云乞歸優詔許遇我宿心親是其結交歡好之日在太白賜金放歸之後子美未獻三大禮賦以前乃天寶三載至十載間事其與高達夫詩酒倡和爲單父吹臺之遊正其時也

附是年三月改天下諸郡玄元廟爲紫極宮白考有尋陽紫極宮感秋詩是時以後之作○是年改邠州爲新平郡白有豳歌行上新平長史粲詩登新平樓詩贈新平少年詩皆是時以後之作

天寶四載乙酉

天寶五載丙戌

附考　是年五月以劍南節度使章仇兼瓊爲戶部尚書十月改臨淄郡爲濟南郡白有荅杜秀才五松山見贈詩聞君往年遊錦城章仇尚書倒屣迎飛箋絡繹奏明主天書降問迴恩榮陪從祖濟南太守泛鵲山湖詩皆是時以後所作

天寶六載丁亥

附考　是年正月杖殺北海太守李邕淄川太守裴敦復白有上李邕詩係少年時作有題江夏修靜寺詩蓋傷邕也係是時以後之作

天寶七載戊子

天寶八載己丑

有虞城令李公去思碑頌舊譜列是作於天寶四載下按其文曰天寶四載拜虞城令此紀其受職之年非紀其去官之日其下又云陽無驕僭四載有年則李公在虞四年而後去去思碑頌應作于是年矣其對雪獻從兄虞城宰詩亦是此四年中所作

崇明寺佛頂尊勝陀羅尼幢頌文中言律師道宗以天寶八載五月一日示滅云云詳其上下文義頌之作也亦當在是年間

附考是年六月隴右節度使哥舒翰攻吐蕃石堡城拔之白有荅王十二寒夜獨酌有懷詩云君不能學哥舒橫行青海夜帶刀西屠石堡取紫袍又云君不見李北海英風豪氣今何在君不

見裴尚書土墳三尺蒿棘居知爲是時以後之作

天寶九載庚寅

太白年五十

天寶十載辛卯

有羽檄如流星詩是年四月劍南節度使鮮于仲通伐雲南戰於西洱河敗績士卒死者六萬人楊國忠大募兩京及河南兵以伐雲南詩曰借問此何爲答言楚徵兵度瀘及五月將赴雲南征云云知此詩爲是時之作

比干碑文曰天寶十載余尉于衛拜首祠堂云云是代衛縣尉李翰作者然此文似非白筆

天寶十一載壬辰

附考 是年四月御史大夫王鉷賜死禮部員外郎崔國輔以鉷近親貶竟陵郡司馬白有送崔度還吳度故人禮部員外國輔之子云云乃是年以後之作

天寶十二載癸巳

有書情贈蔡舍人詩 詩曰遭逢聖明主敢進興亡言白璧竟何辜青蠅遂成冤一朝去京國十載客梁園是作詩時太白已去朝十年矣故定爲是時之作下二首仝

贈崔司戸文昆季詩 詩云惟昔不自媒擔簦西入秦攀龍九天上忝列歲星臣市衣侍彤墀密勿草絲綸才微惠渥重饞巧生緇磷一去已十年今來復盈旬留別

曹南群官之江南詩 詩曰時來不關人談笑遊軒皇獻納少成事歸休辭

建章十年罷西笑攬鏡如秋霜自梁園至敬亭山見會公談陵陽山水兼期同遊詩按獨孤及送李白之曹南序曰出車桐門將駕於曹送子何所平臺之隅合上一詩觀之則公之行蹤由梁園而曹南由曹南旋反遂往宣城然後遊歷江南各處爾後往來宣城不止一次而其始遊則自茲時始矣

天寶十三載甲午

太白遊廣陵與魏萬相遇遂同舟入秦淮上金陵與萬相别復往來宣城諸處按魏顥集序曰解携明年四海大盜據此推之則相遇之時乃天寶十三載也又序曰命駕江東訪白遊天台還廣陵見之太白送萬詩序曰於廣陵相見萬詶太白詩曰雪上天台山春逢翰林伯惕然意不盡更逐西南去同舟入秦淮建業龍蟠處故知其相遇於廣陵又同舟自秦淮而上金陵也太白詩曰五月造我語知非佁儗人是其

相處之久自春徂夏凡數月皆可考而知也　魏顥序云顥始名萬命駕江東訪白遊天台還廣陵見之眸子烱然哆如餓虎或時束帶風流醖籍顥平生自負人或爲狂白相見泯合有贈之作謂余爾必著大名於天下無忘老夫與明月奴因盡出其文命顥爲集

有送王屋山人魏萬詩贈宣城宇文太守兼呈崔侍御詩宣城九日聞崔四侍御與宇文太守遊敬亭余時登響山不同此賞醉後寄崔侍御詩玩詩意宇文乃天寶中爲宣城太守而非至德以後始官其地者也據趙公西候新亭頌天寶十四載趙悅來爲宣城守則宇文之守宣城在其前可意度也崔四侍御未詳其名太白

又有訓崔侍御詩云自是客星辭帝座元非太白醉揚州此是攝監察御史崔成甫未知與此崔四侍御郎一人否舊唐書曰侍御史崔宗之謫官金陵與白詩酒唱和嘗月夜乘舟自采石達金陵白衣宫錦袍於舟中顧瞻笑傲旁若無人按崔宗之乃崔日用之子唐書但言其襲封齊國公而不紀其官爵崔祐甫作日用集序云嗣子宗之開元中為起居郎再為尚書禮部員外郎遷本司郎中終於右司郎中其為侍御史及謫官金陵莫之載也新唐書削去侍御史及謫官等字而但云白浮遊四方嘗乘舟與崔宗之自采石至金陵著宫錦袍坐舟中旁若無人似亦知舊史之誤故耳考太白集中有與崔宗之詩三首皆云郎中又敘其同遊南陽之白水過菊潭上遺孔子琴等事而遊金陵采石事不一及焉恐舊唐書所載者是侍御史崔成甫而誤以為宗之耳

春日陪楊江寧及諸公宴北湖感古詩

宿白鷺洲寄楊江寧詩金陵阻風雪書懷寄楊

江寧詩江寧楊利物畫贊太白贈魏萬詩曰吾友楊子雲絃歌播清芬雖爲江寧宰好與山公群乘興但一行且知我愛君蓋謂江寧宰楊利物也集中與楊江寧諸詩皆在是時前後之作書懷贈南陵常贊府詩與南陵常贊府遊五松山詩於五松山贈南陵常贊府詩按是年六月劍南留後李宓率兵伐雲南蠻至西洱河舉軍陷沒又關中自去秋水旱相繼人多乏食詔出太倉米一百萬石賤糶以濟貧民太白詩所謂雲南五月中頻喪渡瀘師毒草殺漢馬張兵奪秦旗至今西洱河流血擁僵屍咸陽天下樞累歲人不足雖有數盤玉不如一斗粟正言是年事下二詩亦其時先後之作金陵送權十一序序言四明逸老賀知章呼余爲謫仙人又言我君六葉繼聖熙乎玄風三清垂拱穆然紫極是固天寶中既見賀監之後而幽燕未亂以前之作也考其送別之地在金陵當爲是年先後間之作無疑

天寶十四載乙未

太白在宣城

有贈宣城趙太守悅詩爲趙宣城與楊右相書

趙公西候新亭頌文曰惟十有四年皇帝以歲之曆陽秋五不稔乃慎擇明牧恤南方凋枯四月孟夏自淮陰遷我天水趙公作藩於宛陵又具載一時僚佐長史齊光乂司馬武幼成錄事參軍吳鎮宣城令崔欽之名於下知太白與諸公遊處皆在是時夏日陪司馬武公與群賢宴姑熟亭序宣城吳錄事畫贊

肅宗至德元載丙申卽天寶十五載也七月肅宗卽位於靈武始改元至德

太白自宣城之溧陽又之剡中遂入廬山永王璘

爲江陵府都督充山南東路及嶺南黔中江南西路四道節度使重其才名辟爲府僚佐及璘擅引舟師東下脅以偕行舊唐書元宗幸蜀在途以永王璘爲江淮兵馬都督揚州節度使白在宣州謁見遂辟從事與太白詩文所自序者不同且永王官爵與其本傳所載亦異有春於姑熟送趙四流炎方序據文中所謂自吳瞻秦日見喜氣上當攫玉弩摧狼狐洗清天地雷雨必作則祿山旣反之後元宗未幸蜀以前所作也又有少府以黃綬作尉泥蟠當塗之語集中有當塗趙少府炎粉圖山水歌送當塗趙少府赴長蘆詩寄當塗趙少府炎詩皆是時以前之作贈武十七諤詩序曰門人武諤深於義者也聞中原作難西來訪予愛子伯禽在魯許將冒胡兵以致之酒酣感激援筆而贈詩曰狄犬吠東洛天津成塞垣愛子隔東魯空悲斷腸猿是此詩爲東京陷後所作猛虎行

詩曰旌旗繽紛兩河道戰鼓驚山欲傾倒秦人半作燕地囚胡馬翻啣洛陽草一輸一失關下兵朝降夕叛幽薊城巨鼇未斬海水動魚龍奔走安得寧皆指是時事詳見本詩註中又有昨日方爲宣城客掣鈴交通二千石及溧陽酒樓三月春楊花茫茫愁殺人句是知太白遊宣城之溧陽而是詩之作在三月時

經亂後將避地剡中畱贈崔宣城詩

太白又有江上荅崔宣城詩曰太華三芙蓉明星玉女峰尋仙下西岳陶令忽相逢當是前此之作疑另是一崔宣城

爲吳王謝責赴行在遲滯表

通鑑天寶十五載二月以吳王祇爲靈昌太守河南都知兵馬使三月拜陳留太守河南節度使表所謂才缺總戎謬當強寇是也五月徵吳王祇爲太僕卿表所謂愍臣不逮賜臣生全是也其曰伏蒙聖恩追赴行在又曰重整乾綱再清國步則作表之時當在元宗幸蜀太子卽位於靈武之後矣疑吳王是時迂道入吳將由水路上泝荆襄轉趨商洛以至靈武表中所謂大

舉天兵掃除戎羯所在郵驛徵發交馳臣逐便水行難於陸進是也太白於時相遇爲之代作此表歟集中又有上吳王詩三首同吳王送杜秀才入京詩皆是時以前之作**贈王判官時余歸隱居廬山屏風疊詩**詩曰大盜割鴻溝如風掃秋葉吾非濟代人且隱屏風疊此正兩京陷沒之後將避地廬山時之作**與賈少公書**書有中原橫潰及王命崇重大總元戎辟書三至嚴期逼迫等語擬其作應在是時且疑是應永王辟命時之作**門有車馬客行**詩有北風揚胡沙埋翳周與秦大運且如此蒼穹寧匪仁亦是兩京陷後之作

至德二載丁酉

二月永王璘兵敗太白亡走彭澤坐繫尋陽獄按通鑑及新舊唐書永王璘元宗第十六子也天寶十五載六月元宗幸蜀至漢中郡下詔以璘爲山南

東路嶺南黔中江南西路四道節度採訪等使江陵郡大都督七月璘至襄陽九月至江陵名募士將得數萬人以薛繆李臺卿韋子春劉巨鱗蔡駟爲謀主補署郎官御史時江淮租賦鉅億萬所在山委恣情破用肅宗聞之詔璘還覲上皇於蜀璘不從命璘生長宫中未更人事自視富强其子襄成王偒勇而有力握兵權爲左右眩惑遂謀狂悖勸璘取金陵以季廣琛渾惟明高仙奇馮季康爲將甲士五千人十二月擅引舟師東下遣渾惟明向吳郡襲採訪使李希言季廣琛趨廣陵攻採訪使李成式璘進至當塗希言遣其將元景曜及丹徒太守閻敬之將兵拒之成式亦遣其將李承慶來拒璘擊斬敬之以狥景曜承慶並降於璘江淮震動時河南招討判官李銑在廣陵有騎百八十人進屯揚子成式遣判官裴戎以廣陵步卒三千拒於伊婁埭廣張旗幟大閱士卒于江津璘與偒登埤望之有懼色季廣琛知事不集與渾惟明馮季康謀各率衆亡走是夜銑陣江北夜然束葦人執二炬以疑之影亂水中覘者以倍告璘軍亦舉火應之璘疑王師已濟携兒女及麾下遁去遲明

覺其紿復入城具舟楫使傷驅衆趨晉陵江北之
兵齊進至新豐璘使傷與仙奇逆擊之銑張左右
翼搏戰射傷中肩軍遂敗璘奔鄱陽將南走嶺外
江西采訪使皇甫侁遣兵追及之戰大庾嶺璘中
矢被執潛殺之於傳舍傷爲亂兵所害薛鏐等皆
伏誅永王璘弄兵之始末如此太白入其幕中世
頗非之然考天寶末年宗室諸王若吳王祇虢王
巨皆受命將兵文人才士豈無入其幕者太白之
受辟于永王璘何以異是後之擅領舟師東下命
將交兵其始豈遽料其至此乎新唐書載季廣琛
謂諸將之言曰吾與公等從王豈欲反耶上皇播
遷道路不通而諸子無賢於王者如總江淮鋭兵
長驅雍洛大功可成今乃不然使吾等名挂叛逆
如後世何太白初見要亦類此太白本傳謂永王
璘辟白爲府僚佐及璘起兵白逃還彭澤是廣琛
奔走廣陵之日卽太白逃亡彭澤之日也乃廣琛
以擁衆歸降位至節度太白以隻身逃遁不免寘
流囬遇之幸不幸也夫觀其爲宋中丞自薦表曰
屬逆胡暴亂避地廬山遇永王東巡脅行中道奔
走卻至彭澤其憶舊遊書懷詩云僕卧香爐頂飡

霞嗽瑶泉半夜水軍來尋陽滿旌旃空名適自誤
迫脅上樓船徒賜五百金棄之若浮烟辭官不受
賞翻謫夜郎天其自序固甚明也蘇東坡謂太白
之從永王璘當由迫脅以璘之狂肆寢陋雖庸人
知其必敗太白能識郭子儀之爲人傑而不能知
璘之無成此理之必不然者蔡寬夫謂太白豈從
人爲亂者葢其學本出縱横以氣俠自任當中原
擾攘之時欲藉之以立功名耳大抵才高意廣如
孔北海之徒固未必有成功而知人料事尤其所
難議者或責以璘之猖獗而欲仰以立事不能如
孔巢父蕭穎士察于未萌斯可矣若其志亦可哀矣宣慰大使崔渙及御史
中丞宋若思爲之推覆清雪若思率兵赴河南釋
其囚使參謀軍事并上書薦白才可用不報新唐書本
傳長流夜郎會赦還尋陽坐事下獄時宋若思將
吳兵三千赴河南道尋陽釋囚辟爲參謀曾南豐
集序云永王璘節度東南白時卧廬山璘迫致之
璘軍敗丹陽白奔亡至宿松坐繫尋陽獄宣撫大

使崔渙與御史中丞宋若思驗治明白以爲罪薄宜貰而若軍思赴河南遂釋白因使謀其軍事上書肅宗薦白才可用不報乾元元年終以汙璘事長流夜郎新書稱白流夜郎還尋陽坐事下獄宋若思釋之者不合於白之自序蓋史誤也琦按太白所作爲宋中丞自薦表云前後經宣慰大使崔渙及臣推覆清雪尋經奏聞是尋陽下獄而宋若思釋之正坐永王璘事也新唐書以一事分爲二事殊謬

有永王東巡歌 按舊唐書至德元載十二月甲辰江陵大都督府永王璘擅領舟師下廣陵新唐書元宗本紀亦以璘反爲十二月甲辰事肅宗本紀又以璘反爲十月事陷鄱陽郡爲二載正月事與此詩所謂永王正月東出師者殊異恐正字有誤 在水軍宴贈幕府諸侍御詩在水軍宴韋司馬樓船觀妓詩奔亡道中詩南奔書懷詩送張秀才謁高

中丞詩序曰余時繫尋陽獄中尋陽非所寄内詩萬憤詞投魏郎中上崔相百憂章獄中上崔相渙詩雜言用投冊陽知己兼奉宣慰判官詩按渙以至德元載十一月爲江南宣慰大使次年八月罷爲左散騎常侍餘杭太守數詩皆其未罷使以前之作中丞宋公以吳兵三千赴河南軍次尋陽脫余之囚參謀幕府因贈之詩陪宋中丞武昌夜飲懷古詩爲宋中丞祭九江文爲宋中丞請都金陵表爲宋中丞自薦表武昌懷古有天河落曉霜句乃暮秋時作是年九月癸卯廣平王復西京十月壬子廣平王復東京請都金陵表當是未聞西京尅復捷音以前之作贈張相鎬詩通鑑至德二載八月以張鎬爲河南節度採訪等使都督

淮南諸軍事二詩之作在是月之後詩曰臥病古松滋蒼山空四鄰則其時以病暫寓宿松又不在宋中丞幕矣集中又有贈閭邱宿松贈閭邱處士二詩疑皆是時所作　上皇西巡南京歌　上皇以十二月丙午歸長安戊午改蜀郡爲南京詩有上皇歸馬若雲屯及南京還有散花樓之句蓋是上皇既歸之後所作

附考　是年正月乙卯安祿山爲其子慶緒所殺酉陽雜俎云祿山反太白製胡無人言太白入月敵可摧及祿山死太白入月按新舊唐書俱無太白入月事其說恐誤○舊唐書至德二年九月改宣州綏安縣爲廣德縣以縣界廣德故城爲名白有送韓侍御之廣德詩爲是年以後之

作太白有至陵陽山登天柱石訓韓侍御見招隱黄山詩云天子昔避狄與君亦乘驄擁兵五陵下長策遏胡戎時泰解繡衣脱身若飛蓬亦是此時所作○是年以潤州之江寧縣置昇州至上元二年乃廢白有贈昇州王使君忠臣詩是四年中之作○是年十二月改西京爲中京白有峨眉山月歌送蜀僧晏入中京詩乃自後五年中之作舊譜列於開元六年誤

乾元元年戊戌即至德三年也二月改乾元復以載爲年

終以永王事長流夜郎遂泛洞庭上三峽至巫山○樂史别集序云白有知鑒客并州識汾陽王郭子儀於行伍中爲脱其刑責而奬重之及翰林坐

永王之事汾陽功成請以官爵贖翰林上許之因而免誅（新唐書本傳璘敗當誅初白遊并州見郭子儀奇之子儀甞犯法白爲救免至是子儀請解官以贖有詔長流夜郎）

有流夜郎於烏江畱別宗十六璟詩流夜郎贈辛判官詩贈劉都使詩（有而我謝明主銜哀投夜郎句）贈易秀才詩（有竄逐我因誰句）贈别鄭判官詩（有竄逐勿復哀慚君問寒灰句）

憶秋浦桃花舊遊時竄夜郎詩流夜郎永華寺寄尋陽群官詩流夜郎至西塞驛寄裴隱詩流夜郎至江夏陪長史叔及薛明府宴興德寺南閣詩張相公出鎮荆州尋除太子詹事子時流

夜郎行至江夏與張公相去千里公因太府丞王昔使車寄羅衣二事及五月五日贈子詩子荅以此詩 按張鎬爲太子賓客新舊唐書皆不載年月獨孤及所作洪州刺史張公鎬遺愛頌曰拜公荆州大都督府長史明年元良肇建上日疇若余樂正父師之職汝作賓客卒調護太子嘉言惟允於是授太子賓客則似在乾元二年中也考舊唐書云乾元元年五月戊子以河南節度使中書侍郎平章事張鎬爲荆州大都督府長史本州防禦使庚寅立成王俶爲皇太子則二事相去不過二日獨孤及所云明年元良肇建者誤也若云張公之爲太子賓客在明年則可然與此題所云尋除者又不合其云詹事或傳聞之誤或先除詹事後除賓客亦未可知

鸚鵡洲詩 詩有遷客此時徒極目句泛是流夜郎至江夏時之作

沔州城南郎官湖詩 序云乾元歲秋八月白遷於夜郎遇故人尚書郎張

謂出使夏口沔州牧杜公漢陽宰王公觴於江城之南湖樂天下之再平也寄王漢陽詩詩云南湖秋月白王宰夜相邀錦帳郎官醉羅衣舞女嬌蓋泛郎官湖以後之作醉題王漢陽廳詩詩有我似鷓鴣鳥南遷嬾北飛句謂遷夜郎也三詩實一時之作放後遇恩不霑詩流夜郎聞酺不與詩題葵葉詩上三峽詩

附考是年六月京兆尹嚴武貶巴州刺史時郄昂亦自拾遺貶清化尉二人意氣友善時賦詩高會見羊士諤詩集公有送郄昂謫巴州詩亦是此時所作

乾元二年己亥

未至夜郎遇赦得釋按唐書本紀乾元元年二月丁未以改元大赦四月乙卯以有事南郊大赦十月甲辰以冊立太子大赦二年三月丁亥以旱降死罪流以下原之公之遇赦當在此數月中

還憩江夏岳陽復如尋陽

有南流夜郎寄內詩詩有北雁春歸看欲盡南來不得豫章書句蓋是三月中作

留別賈舍人至詩有君爲長沙客我獨之夜郎句是未遇赦以前之作

流夜郎半道承恩放還兼欣尅復之美書懷示息秀才詩經亂離後天恩流夜郎憶舊遊書懷贈江夏韋太守良宰詩詩有傳聞赦書至却放夜郎回句

天長節鄂州刺史韋公德政碑鄂州刺史韋公卽江夏韋太守良宰也詩與文俱一時之作

江夏使君叔席上贈史郎中詩詩有

昔放三湘去今還萬死餘句與史郎中欽聽黃鶴樓上吹笛詩江夏贈韋南陵冰詩贈從弟南平太守之遥詩贈韋南陵詩有天地再新法令寬夜郎遷客帶霜寒句是遇赦以後之作又曰賴遇南平豁方寸況兼夫子持清論則知與贈從弟南平太守之遥詩皆一時所作寄韋南陵冰余江上乘興訪之遇尋顏尚書笑有此贈詩考肅宗時尚書而顏姓者惟魯公一人則所尋之顏尚書必魯公也按唐書乾元元年顏真卿由工部尚書出為饒州刺史二年六月由饒州刺史為昇州刺史充浙江西道節度使此詩應在是時前後之作自漢陽病酒歸寄王明府詩有去歲左遷夜郎道今年勅放巫山陽句早春寄王漢陽詩望漢陽柳色寄王宰詩陪族叔侍郎曄及中書賈舍人至遊洞

庭詩李曄之貶在乾元二年四月則公與曄遊飲應在是年之秋而與賈至作詩贈答亦在此時矣

陪侍郎叔游洞庭醉後詩巴陵贈賈舍人

詩與賈舍人於龍興寺剪落梧桐枝望㴩湖詩

江夏送倩公歸漢東詩詩序有聖朝已舍季布當徵賈生語是遇赦以後之作

九日登巴陵置酒望洞庭水軍註云時賊逼華容縣通鑑乾元二年八月康楚元張嘉延據襄州作亂楚元自稱南楚霸王九月張嘉延襲破荊州有衆萬餘人商州刺史韋倫起兵討之十一月進軍擊之生擒楚元其衆潰散荊襄皆平此詩與下二首皆是年之作

司馬將軍歌有狂風吹古月竊弄章華臺句當是荊州陷後之作

荊州賊平臨洞庭言懷作

唐詩紀事曰韋渠牟韋述之從子也少警悟工爲

詩李白異之授以古樂府權載之敘其文曰初君
年十一嘗賦銅雀臺絶句右拾遺李白見而大駭
因授以古樂府之學按舊唐書韋渠牟傳渠牟以貞元十七年卒時年五十三逆數其十一歲見太白時在乾元二年中

上元元年庚子即乾元三年也閏四月改元上元

太白年六十

有江上贈竇長史詩有萬里南遷夜郎國三年歸及長風沙句應在是時作

運速天地閉一首詩有胡風結飛霜六龍頽西荒句謂祿山背畔元宗西狩也有鴛鴦非越鳥何爲眷南翔句謂南遷夜郎也有太白出東方彗星揚精光句按唐書乾元三年四月丁巳有彗星見於東方凡五旬餘閏四月辛酉朔有彗星出於西方至五月乃

滅正是時事此詩爲是年之作

上元二年辛丑是年九月制去上元年號但稱元年以建子月爲歲首

太白遊金陵又往來宣城歷陽二郡間

有餞李副使藏用移軍廣陵序通鑑上元二年七月以試少府監李藏用爲浙西節度副使十月江淮都統崔圓署李藏用爲楚州刺史領二城而居盱眙文有社稷雖定於劉章封侯未施於李廣移軍廣陵恭揖後命等語知是十月以前之作

聞李太尉大舉秦兵百萬出征東南懦夫請纓冀申一割之用半道病還留别金陵崔侍御詩通鑑上元二年五月以李光弼爲河南副元帥太尉兼侍中都統河南淮南東西山南東荆南江南西浙江東西八道行營節度出鎮臨淮是其事也詩中有舊國見秋月長江流寒聲之句乃是

是年秋宣城送劉副使入秦詩舊唐書上元二年正月辛卯温州刺史季廣琛爲宣州刺史充浙江西道節度使詩中所謂秉鉞有季公凜然負英姿正指季廣琛也所謂統兵捍吳越豺虎不敢窺指劉展餘黨張景超孫待封占據蘇湖將犯杭州之事所謂大動竟莫敍已過秋風吹是送餞之時約在冬時矣

寶應元年壬寅是年四月甲子改元寶應復以正月爲歲首巳巳代宗即位

時李陽冰爲當塗令太白往依之十一月以疾卒年六十二曾南豐序作六十四以其序之本文考之既以乾元之前一年參謀宋若思軍事時謂白年五十有七合之寶應元年病卒之歲正是六十二耳其曰四者恐是書寫之訛○

范傳正新墓碑曰晚歲渡牛渚磯至姑孰悅謝家青山有終焉之志盤桓利居竟卒於此○李華墓

誌云年六十二不偶賦臨終歌而卒集中作臨路歌劉全白碣記云偶遊至此遂以疾終代宗即位廣拔淹滯時君亦拜拾遺聞命之後君亦逝矣

傳疑摭言曰李白着宮錦袍遊采石江中傲然自得旁若無人因醉入水中捉月而死容齋隨筆曰世俗多言李太白在當塗采石因醉泛舟於江見月影俯而取之遂溺死故其地有捉月臺予按李陽冰作太白草堂集序云陽冰試絃歌於當塗公疾亟草藁萬卷手集未修枕上授簡俾予爲序又李華作太白墓志亦云賦臨終歌而卒乃知俗傳良

不足信葢與杜子美因食白酒牛炙而死者同也二老堂雜誌曰世傳太白因醉溺江故有捉月臺梅聖俞詩云采石月下逢謫仙夜披錦袍坐釣船醉中愛月江底眼以手弄月身翻然不應暴落飢蛟涎便當騎鯨上青天葢信此而爲之說也舊唐書本傳云白以飲酒過度死於宣城新唐書云李陽冰爲當塗令白依之而卒陽冰之序白集亦謂白疾亟枕上授簡俾予爲集序初無捉月之說豈古不弔溺故史氏爲白諱耶抑小說多妄而詩人好奇姑假以發新意耶方輿勝覽曰李白初葬采

石後遷青山去舊墳九里按李陽冰草堂集序劉全白作墓碣皆謂以疾終五侯鯖錄載太白過采石酒狂捉月恐好事者爲之千一錄杜子美之沒旅殯岳陽四十餘年乃克襄事於首陽元微之之誌詳矣李太白卒於當塗以集託族叔邑令陽冰陽冰之序明矣而稗家之說乃云皆以溺死二公生同聲而沒亦同毀豈相嫉者流言而志奇者不察耶

有獻從叔當塗宰陽冰詩詩云小子別金陵來自白下亭知太白自金陵往當塗也又云彈劍歌苦寒嚴風起前楹月啣天門曉霜落牛渚清則其時爲秋冬之交也是非辛丑即壬寅二年中之作

當塗李宰君畫贊贊有縉雲飛聲當塗政成之句則所贊者爲陽冰無疑集中又有陪族叔當塗宰遊化城寺升公清風亭詩又有化城寺大鐘銘詩稱升公湖山秀粲然有辯才濟八不利已立俗無嫌猜云云銘序稱寺主朝昇

英骨秀氣虛懷忘情潔已利物云云是朝昇升公本一人而詩與銘之作大約相去不遠也銘序稱當塗邑宰李公以西逾流沙立功絕域帝疇乎厥庸始學古從政歷宰潔白聲聞於天天寶之初鳴琴此邦其時代履歷與陽冰不類則所謂族叔當塗宰者乃另是一人在天寶中來爲邑令者非上元後作當塗宰之李陽冰也

翰林李太白年譜一帙宋薛仲邕所編集也薛閬中人宋紹興間爲右奉議郎薛以呂大防爲杜詩年譜韓柳二公亦有年譜而太白之集無之因采唐史及李陽冰曾鞏諸序參校詩文而爲此惜其疎畧又不無牴牾余嘗參伍諸詩而補訂其先後太白生於蜀中出蜀之後不復旋返凡蜀地諸作皆少作也中年遊京師出京之

後不復再入凡秦地諸作皆天寶初年中作也未至京師之前寓家東魯而往來於燕晉梁宋吳越諸州郡洎去京師之後至天寶之末猶寓家東魯復往來燕晉梁宋吳越諸州郡故凡燕晉梁宋吳越之詩有作自開元中者有作自天寶中者至德以後不復再至中原所經歷者岳陽江夏金陵宣城諸處而已雖開元中亦嘗遊歷其地然其詩要作於至德後爲多以此應證舊譜分别疑似或删或補雖不能廣引旁羅年經月緯悉以詩筆分隸其間然依此考之若者作於開元時若者作於天寶中若者作於至德以後

洎寶應初年亦約畧可定矣太白事跡多無實在年月可考因朝廷一二巨事及同時諸人列傳詩文中相關合者參互考訂稍可分屬故雖以詩文分繫某年之下多云其時者謂在是年先後之間其尤難分屬者則云是時以前是時以後惟是居今考古與太白相去千有餘歲典籍之散亡金石之磨滅遺文舊跡日就湮銷而不可復見較之薛氏之世蓋又倍焉薛不能廣輯於前而思欲拾遺補闕於後自知其拙矣況集中亥魯豕魚之字錯謬實多或雜以他人之作未能別其真贋證之史書年月尚多參錯不一其雜家記錄聞見異辭寧遂足爲文獻之徵乎今採其一說而依以爲據雖云增益較昔爲多安知其舛謬

較昔不又多耶至於傳聞之異辭者謂太白生於昌明之清廉鄉讀書於大匡山而其死也由捉月於采石之數事昔人多以爲不足信然在唐時巳傳說如此而圖經地誌且引爲故實名公才士亦往往見於詩文故附錄之而并載昔人之辯論於其下若其出自唐以後之書本之委巷流傳而依附擬擬尤不可憑槩不採輯非不知多文以爲富也闕其疑正以見所存者之可信焉耳

李太白文集卷三十二

李太白文集卷之三十二　附錄二

錢塘　王琦琢崖編輯

趙樹元石堂較

詩文二十一首

贈李白　杜甫

秋來相顧尚飄蓬，未就丹砂媿葛洪。痛飲狂歌空度日，飛揚跋扈爲誰雄。

贈李白　杜甫

二年客東都，所歷厭機巧。野人對羶腥，蔬食常不飽。豈無青精飯，使我顏色好。苦乏買藥資，山林跡如掃。

李侯金閨彥脫身事幽討亦有梁宋遊方期拾瑶草

與李十二白同尋范十隱居　　杜　甫

李侯有佳句往往似陰鏗余亦東蒙客憐君如弟兄醉眠秋共被攜手日同行更想幽期處還尋北郭生入門高興發侍立小童清落景聞寒杵屯雲對古城向來吟橘頌誰欲討蓴羹不願論簪笏悠悠滄海情

文獻通考杜子美云李侯有佳句往往似陰鏗今考之未見鏗之所以似太白者太白固未易似也子美云爾殆必有說

漁隱叢話學林新編曰或云杜甫李白同時以詩名相軋不能不無毀譽甫贈白詩云李侯有佳句往往似陰鏗此句乃所以鄙白也某按子美夔州詠懷寄鄭監李賓客詩曰鄭李光時論文章並我先陰何尚清省沈宋欻連翩蓋謂陰鏗何遜沈佺期宋之問也四人皆能詩文爲時所稱者而子

美又以陰鏗居四人之首則知贈太白之詩非鄙之也乃深美之也陳書阮卓傳曰武威陰鏗字子堅五歲能誦詩日賦千言及長博涉史傳尤善五言詩爲當時所重有集三卷行于世以此觀之則子美贈太白詩往往似陰鏗者乃美太白善爲五言詩似陰鏗也　西溪叢話杜甫憶李白詩云俊逸鮑參軍亦有譏焉鮑照白紵辭一篇白用之杜又云李侯有佳句往往似陰鏗如栁色黄金嫩梨花白雪香乃陰鏗詩也揮塵餘話栁色黄金嫩梨花白雪香陰鏗詩也李太白取用之杜子美贈太白詩云李侯有佳句往往似陰鏗後人以爲以此譏之然子美詩有蛟龍得雲雨鵰鶚在秋天一聯已見晉書記載矣　顧修遠杜詩註解畢致中曰王荆公言子美贈太白詩云清新庾開府俊逸鮑參軍但比之庾鮑而已又曰李侯有佳句往往似陰鏗則又在庾鮑下矣荆公此説不惟不知太白庾鮑陰鏗亦不知少陵甚矣少陵解悶絶句曰陶冶性靈存底物新詩改罷自長吟熟知二謝將能事頗學陰何苦用心少陵嘗苦學陰鏗而不至太白則往往似之此少陵所以見太白而心醉也太白能兼昔人獨專之妙故其詩無敵于天下少陵

欲與細論文正以此

送孔巢父謝病歸遊江東兼呈李白

杜甫

巢父掉頭不肯住東將入海隨烟霧詩卷長留天地間釣竿欲拂珊瑚樹深山大澤龍蛇遠春寒野陰風景暮蓬萊織女迴雲車指點虛無引歸路自是君身有仙骨世人那得知其故惜君只欲苦死留富貴何如草頭露蔡侯靜者意有餘清夜置酒臨前除罷琴惆悵月照席幾歲寄我空中書南尋禹穴見李白道甫問信今何如一作若逢李白騎鯨魚道甫問信今何如

飲中八仙歌　杜甫

知章騎馬似乘船眼花落井水底眠汝陽三斗始朝天道逢麴車口流涎恨不移封向酒泉左相日興費萬錢飲如長鯨吸百川銜盃樂聖稱避賢宗之瀟灑美少年舉觴白眼望青天皎如玉樹臨風前蘇晉長齋繡佛前醉中往往愛逃禪李白一斗詩百篇長安市上酒家眠天子呼來不上船自稱臣是酒中仙張旭三盃草聖傳脫帽露頂王公前揮毫落紙如雲烟焦遂五斗方卓然高談雄辯驚四筵

冬日有懷李白　杜甫

寂寞書齋裏，終朝獨爾思。更尋嘉樹傳，不忘角弓詩。短褐風霜入，還丹日月遲。未因乘興去，空有鹿門期。

春日憶李白　杜甫

白也詩無敵，飄然思不群。清新庾開府，俊逸鮑參軍。渭北春天樹，江東日暮雲。何時一尊酒，重與細論文。

柳亭詩話：少陵褒供奉詩：白也詩無敵，飄然思不群。徐子能詩說曰：李白天材，甫雖稱其敏捷，而于法律上有斯未安，其視白如老先生見少年門生，恐其不肯進，故贊他極有分寸云云。按太白生于武后聖曆二年己亥，子美生于睿宗先天元年壬子，相望已十四年，則太白實前輩也。杜詩于人或稱官閥，或稱爵里，或曰丈人，或曰先生，而于太白輒呼其名者，意是忘年之交，不妨爾汝也。若謂少年門生視白，則大不然。　漁隱叢話：雪浪齋日記云：或云太白詩其源流出于鮑明遠，如樂府多用白苧，故子美云俊逸鮑參軍蓋有譏也琦按杜用古人詩句亦時有之如白雲巖際宿一聯藍本何遜乃欲以此譏李恐無此自是非人之少陵　朱鶴齡杜詩註曰公與太白之詩皆學六朝前詩以李侯佳句比之陰鏗此又比之庾鮑蓋舉生平所最慕者以相方也王荆公謂少陵于太白僅比于庾鮑陰鏗則又下矣或遂以細論文譏其才疎此真瞽說公詩云頗學陰何苦用心又云庾信文章老更成又云流傳江鮑體相顧免無兒公之推服諸家甚至則其推服太白爲何如哉荆公所云必是俗子僞託耳　容齋隨筆維摩詰經言文殊從佛所將詣維摩丈室問疾菩薩隨之者以萬億計曰二士共談必說妙法予觀杜少陵寄李太白詩云何時一樽酒重與細論文使二公真踐此言時得灑掃撰杖屨于其側所謂不二法門不傳之妙啟聰發蒙出膚寸之澤以潤千里者可勝道哉

夢李白二首　杜甫

死別已吞聲生別常惻惻江南瘴癘地逐客無消息

故人入我夢明我常相憶恐非平生魂路遠不可測魂來楓林青魂返關塞黑君今在羅網何似有羽翼落月滿屋梁猶疑照顔色水深波浪闊無使蛟龍得

西清詩話李太白歷見司馬子微謝自然賀知章或以爲可與神遊八極之表或以爲謫仙人其風神超邁英爽可知後世詞人狀者多矣亦間于丹青見之俱不若少陵之落月滿屋梁猶疑照顔色熟味之百世之下想見風采此與李太白傳神詩也

其二

浮雲終日行遊子久不至三夜頻夢君情親見君意告歸常局促苦道來不易江湖多風波舟楫恐失墜出門搔白首若負平生志冠蓋滿京華斯人獨顦顇

孰云網恢恢，將老身反累。千秋萬歲名，寂寞身後事。

吳山民曰：子美《天末懷李白》詩，其尾聯云：「應共冤魂語，投詩弔汨羅。」今上篇云：「水深波浪闊，無使蛟龍得。」此又云：「江湖多風波，舟楫恐失墜。」疑是時必有妄傳太白死者，故子美云云。後世遂有沉江騎鯨之說，蓋因公詩附會耳。太白卒于當塗李陽冰家，葬于謝家青山，二史可考，安有沉江事乎？

天末懷李白　杜甫

涼風起天末，君子意如何。鴻雁幾時到，江湖秋水多。文章憎命達，魑魅喜人過。應共冤魂語，投詩弔汨羅。

寄李十二白二十韻　杜甫

昔年有狂客，號爾謫仙人。筆落驚風雨，詩成泣鬼神。聲名從此大，汩沒一朝伸。文采承殊渥，流傳必絶倫。

龍舟移棹晚獸錦奪袍新白日來深殿青雲滿後塵
乞歸優詔許遇我宿心親未負幽棲志兼全寵辱身
劇談憐野逸嗜酒見天真醉舞梁園夜行歌泗水春
才高心不展道屈善無鄰處士禰衡俊諸生原憲貧
稻粱求未足薏苡謗何頻五嶺炎蒸地三危放逐臣
幾年遭鵩鳥獨泣向麒麟蘇武先還漢黄公豈事秦
楚筵辭醴日梁獄上書辰已用當時法誰將此義陳
老吟秋月下病起暮江濱莫怪恩波隔乘槎與問津

本事詩李白出入宫中恩禮殊厚竟以疎縱乞歸上亦以非廊廟器優詔罷遣之後以不羈流落江外又以永王招禮累謫于夜郎及放還卒于宣城杜所贈二十韻備叙其事讀其文盡得其故跡杜逢祿山之

難流離隴蜀畢陳于詩推見至隱殆無遺事故當時號爲詩史　金壘子杜少陵平生何獨于太白數數然耶至讀寄白二十韻有云才高心不展道屈善無鄰處士禰衡俊諸生原憲貧稻梁求未足薏苡謗何頻五嶺炎蒸地三危放逐臣幾年遭鵩鳥獨泣向麒麟蘇武先還漢黄公豈事秦楚筵辭醴日梁獄上書辰已用當時法誰將此意陳子三復而深悲之數語爲太白灑謗事具而情激太白無濡跡于永王璘事省然矣白亦嘗有書懷贈江夏韋太守詩云僕臥香爐頂飡霞飲瑤泉門開九江轉枕下五湖連半夜水軍來潯陽滿旌旃空名適自誤迫脅上樓船徒賜五百金棄之若浮烟辭官不受賞翻謫夜郎天夜郎萬里道西上令人老掃蕩六合清仍爲負霜草日月無偏照何由訴蒼昊甚詳然不若杜詩之可據蓋親父不得爲其子媒其父譽之不若他人譽之之爲信也

王嗣奭曰此詩分明爲李白作傳其生平履歷備矣白才高而狂人或疑其乏保身之哲公故爲之剖白如未負幽棲志兼全寵辱身及楚筵辭醴梁獄上書數句皆刻意辯明與贈王維詩一病緣明主三年獨此心相同總不欲使才人含寃千載耳盧世㴶謂

是天壤間維持公道保護元氣文字。仇蒼杜曰：按太白本傳，白喜縱横術，擊劍爲任俠。杜公向贈詩云「飛揚跋扈爲誰雄」，蓋恐其負材任氣，至于僨事也。後來永王璘起兵，迫致不能自脫。觀其作東巡歌云「永王正月東出師，天子遥分龍虎旗」，又云「二帝巡遊俱未迴，五陵松柏使人哀」，又云「南風一掃胡塵靜，西入長安到日邊」，是以勤王望永王，意中實未嘗忘朝廷也。及璘敗而白遂繫獄，殆所遭時勢之不幸耳。少陵惓惓係念，亦曲諒其苦心而深爲之悲耳。

不見 近無李白消息 杜甫

不見李生久，佯狂真可哀。世人皆欲殺，吾意獨憐才。敏捷詩千首，飄零酒一盃。匡山讀書處，頭白好歸來。

滄浪詩話：少陵與太白獨厚于諸公，詩中凡言太白可十四處。至謂「世人皆欲殺，吾意獨憐才」，「醉眠秋共被，携手日同行」，「三夜頻夢君，情親見君意」，其情好可想。遯齋閑覽謂二人名既相逼，不能無忌，是以庸俗

之見而度賢哲之心也予故不得不辨

蘇端薛復筵簡薛華醉歌 以下三篇皆斷章

杜 甫

坐中薛華能醉歌歌辭自作風格老近來海内爲長句汝與山東李白好何劉沈謝力未工才兼鮑照愁絶倒 計東曰長句謂七言歌行太白所擅場者太白長句其源出于鮑照故言何劉沈謝但能五言于七言則力有未工必若鮑照七言樂府如行路難之類方爲絶耳公嘗以俊逸鮑參軍稱太白詩正稱其長也

昔遊

杜 甫

昔者與高李 適白 晚登單父臺寒蕪際碣石萬里風雲

來桑柘葉如雨飛藿去徘徊淸霜大澤凍禽獸有餘哀

遺懷　杜甫

憶與高李輩（適白）論交入酒壚兩公壯藻思得我色敷腴氣酣登吹臺懷古視平蕪芒碭雲一去雁鶩空相呼

容齋四筆李太白杜子美在布衣時同遊梁宋爲詩酒會心之友以杜集考之其稱太白及贈懷之篇甚多如李侯金閨彦脫身事幽討南尋禹穴見李白道甫問訊今何如李白一斗詩百篇自稱臣是酒中仙近來海內爲長句汝與山東李白好昔者與高李晚登單父臺李侯有佳句往往似陰鏗憶與高李輩論交入酒壚白也詩無敵飄然思不群昔年有狂客號爾謫仙人落月滿屋梁猶疑照顏色三夜頻夢君情親見君意秋來相顧尚飄蓬未就丹砂媿葛洪寂寞書齋裏終朝獨爾思凉風起天末君子意何如

不見李生久佯狂真可哀凡十四五篇至于太白與子美詩畧不見一句或謂堯祠亭別杜補闕者是也乃殊不然杜但爲右拾遺不曾任補闕兼自諫省出爲華州司功迤邐避難入蜀未嘗復至東州所謂飯顆山頭之嘲亦好事者所撰耳 漁隱叢話藝苑雌黄云洪駒父詩話言子美集中贈太白詩最多而李白初無一篇與杜者按段成式酉陽雜俎云李集有堯祠贈杜補闕者即老杜也其詩云我覺秋興逸誰云秋氣悲山將落日去水與晴空宜雲歸碧海夕雁度青天遲相失各萬里茫然空爾思又不獨飯顆山之句也予嘗考之太白集中有沙邱城下寄杜甫云我來竟何事高卧沙邱城城邊有古樹日夕連秋聲魯酒不可醉齊歌空復情思君若汶水浩蕩寄南征又有魯郡東石門送杜二甫云醉別復幾日登臨徧池臺何時石門路重有金尊開秋波落泗水海色明徂徠飛蓬各自遠且盡手中杯洪駒父畧不見此何也

初至巴陵與李十二白裴九同泛洞庭湖三首

江上相逢皆舊遊湘山永望不堪愁明月秋風洞庭水孤鴻落葉一扁舟　賈至

其二

楓岸紛紛落葉多洞庭秋水晚來波乘興輕舟無近遠白雲明月弔湘娥

其三

江畔楓葉初帶霜渚邊菊花亦已黃輕舟落日興不盡三湘五湖意何長

洞庭送李十二赴零陵　賈至

今日相逢落葉前洞庭秋水遠連天共説金華舊遊
處迴看北斗欲潸然

雜言寄李白　任華

古來文章有奔逸氣聳高格清人心神驚人魂魄我
聞當今有李白大鵬賦鴻猷文嗤長卿笑子雲班張
所作瑣細不入耳未知卿雲得在嗤笑限否登廬山
觀瀑布海風吹不斷江月照還空余愛此兩句登天
台望渤海雲垂大鵬飛山壓巨鼇背斯言亦好在至
于他作多不拘常律振擺超騰既俊且逸或醉中操
紙或興來走筆手下忽然片雲飛眼前劃見孤峯出

而我有時白日忽欲睡睡覺忽然起攘臂任生知有君君還知有任生未中間聞道在長安及余戾止君已江東訪元丹邂逅不得見君面每常把酒向東望良久見說往年在翰林胸中矛戟何森森新詩傳在宮人口佳句不離明主心身騎天馬多意氣目送飛鴻對豪貴承恩召入凡幾回待詔歸來仍半醉權臣妒盛名群犬多吠聲有敕放君却歸隱淪處高歌大笑出關去且向東山爲外臣諸侯交迓馳朱輪白璧一雙買交者黃金百鎰相知人平生傲岸其志不可測數十年爲客未嘗一日低顏色八詠樓中坦腹眠

五侯門下無心憶繁花越臺上細柳吳宮側綠水青山知有君白雲明月偏相識養高兼養閑可望不可攀莊周萬物外范蠡五湖間又聞訪道滄海上丁令王喬時往還蓬萊經是曾到來方丈豈惟方一丈伊余每欲乘興遠相尋江湖擁隔勞寸心今朝忽遇東飛翼寄此一章表胸臆倘能報我一片言但訪任華有人識

送李白之曹南序　　獨孤及

曩子之入秦也上方覽子虛之賦喜相如同時由是朝詣公車夕揮宸翰一旦褫被金馬蓬累而行出入

燕宋與白雲爲伍然則適來時行也適去時止也彼碌碌者徒見三河之游倦百鎰之金盡乃議子于得失虧成之間曾不知才全者無虧成志全者無得失進與退于道德乎何有是日也出車桐門將駕于曹仙藥滿囊道書盈篋異乎莊舄之辭越仲尼之去魯矣送子何所平臺之隅短歌薄酒擊筑相和大丈夫各乘風波未始有極哀樂且不足累上士之心況小別乎請偕賦詩以見交態

李太白文集卷三十二

李太白文集卷之三十三　附錄三

錢塘　王琦琢崕編輯

縉端臣
思謙蘊山　較

詩文五十九首

調張籍　韓愈

李杜文章在，光燄萬丈長。不知群兒愚，那用故謗傷。蚍蜉撼大樹，可笑不自量。伊我生其後，舉頸遥相望。夜夢多見之，晝思反微茫。徒觀斧鑿痕，不矚治水航。想當施手時，巨刃磨天揚。垠崖劃崩豁，乾坤擺雷硠。惟此兩夫子，家居率荒凉。帝欲長吟哦，故遣起且僵。

剪翎送籠中使看百鳥翔平生千萬篇金薤垂琳琅仙宫勑六丁雷電下取將流落人間者泰山一毫芒我願生兩翅捕逐出八荒精誠忽交通百怪入我腸刺手拔鯨牙舉瓢酌天漿騰身跨汗漫不著織女襄顧語地上友經營無天茫乞君飛霞佩與我高頡頏漁隱叢話隱居詩話云元稹作李杜優劣論先杜而後李韓愈不以爲然作詩曰李杜文章在光燄萬丈長不知群兒愚那用相謗傷蚍蜉撼大樹可笑不自量爲微之發也

讀李杜詩集因題卷後　白居易

翰林江左日員外劍南時不得高官職仍逢苦亂離暮年逋客恨浮世謫仙悲吟詠留千古聲名動四夷

文場供秀句，樂府待新詞。天意君須會，人間要好詩。

江行無題　錢起

高浪如銀屋，江風一發時。筆端降太白，才大語終奇。

漫成　李商隱

李杜操持事略齊，三才萬象共端倪。集仙殿與金鑾殿，可是蒼蠅惑曙雞。

讀李白集　鄭谷

何事文星與酒星，一時鍾在李先生。高吟大醉三千首，留著人間伴月明。

弔李翰林　曹松

李白雖然成異物，逸名猶與萬方傳。昔朝曾侍元宗側，大夜應歸賀老邊。山木易高迷故壠，國風長在見遺編。投金渚畔春楊柳，自此何人繫酒船。

李翰林 七愛詩七首之一 皮日休

負逸氣者必有真放，以李翰林爲真放焉。

吾愛李太白，身是酒星魄。口吐天上文，跡作人間客。磥砢千丈林，澄徹萬尋碧。醉中草樂府，十幅筆一息。名見承明廬，天子親賜食。醉曾吐御牀，傲幾觸天澤。權臣妒逸才，心如斗筲窄。失恩出內署，海岳甘自適。刺謁戴接䍦，赴宴著穀屐。諸侯百步迎，明君九天憶。

竟遭腐脇疾醉魄歸八極大鵬不可籠大椿不可植
蓬壺不可見姑射不可識五岳爲辭鋒四海作胸臆
惜哉千萬年此俊不可得

古意　釋貫休

常思李太白仙筆驅造化元宗致之七寳牀虎殿龍
樓無不可一朝力士脫靴後玉上青蠅生一箇紫皇
案前五色麟忽然製斷黃金鏁五湖大浪如銀山滿
船載酒撾鼓過賀老成異物顛狂誰敢和寧知江邊
墳不是猶醉臥

讀李白集　釋齊己

竭雲濤刳巨鰲摟括造化空牢牢冥心入海海神怖驪龍不敢爲珠主人間物象不供取飽飲遊神向元圃鏘金鏗玉千餘篇膾吞炙嚼人口傳須知一二丈夫氣不是綺羅兒女言

李翰林　徐賁

謫下三淸列八仙獲調羹鼎侍龍顔吟開鎖闥窺天近醉臥金鑾待詔閑舊隱不歸劉備國旅魂常寄謝公山遺編往簡應飛去散入祥雲瑞日間

經李翰林廬山屏風疊所居　許彬

放逐非多罪江湖偶不迴深居應有爲濟代豈無才

疊巘晴舒障寒川暗動雷誰能續高興醉死一千杯

太白戲聖俞 一作讀李集效其體 歐陽修

開元無事二十年五兵不用太白閑太白之精下人間李白高歌蜀道難蜀道之難難于上青天李白落筆生雲烟千奇萬險不可攀却視蜀道猶平川宫娃扶來白已醉醉裏詩成醒不記忽然乘興登名山龍咆虎嘯松風寒山頭婆娑弄明月九域塵土悲人寰吹笙飲酒紫陽家紫陽真人駕雲車空山流水空落花飄然已去流青霞下視區區郊與島螢飛露濕吟秋草

李太白雜言　　徐積

噫嘻欷奇哉自開闢以來不知幾千萬餘年至于開元間忽生李詩仙是時五星中一星不在天不知何物爲形容何物爲心胸何物爲五臟何物爲喉嚨開口動舌生雲風當時大醉騎遊龍開口向天吐玉虹玉虹不死蟠胸中然後吐出光燄萬丈凌虛空蓋自有詩人以來我未嘗見大澤深山雪霜冰霰晨霞夕霏千變萬化雷轟電掣花葩玉潔青天白雲秋江曉月有如此之人如此之詩屈生何悴宋玉何悲賈生何戚相如何疲人生何用自縲絏當須犖犖不可羈

乃知公是真英物萬疊秋山清聳骨當時杜甫亦能詩恰如老驥追霜鶻戴烏紗著宮錦不是高歌即酬飲飲時獨對月明中醉來還抱清風寢嗟君逸氣何飄飄枉教謫下青雲霄大抵人生有用有不用豈可戚戚反效兒女曹採蟠桃於海上尋紫芝於山腰吞漢武之金莖沆瀣吹弄玉之秦樓鳳簫

讀李白集戲用奴字韻　李綱

謫仙英豪蓋一世醉使力士如使奴當時左右悉佞諛驚怪怯應逃逋我生端在千載後祭公只用一束芻遺編凜凜有生氣玩味無斁誰如吾

讀四家詩選四首之一　李綱

謫仙乃天人，薄遊人間世。詞章號俊逸，邁往有英氣。明皇重其名，召見如綺季。萬乘尚僚友，公卿何芥蔕。脫靴使將軍，故耳非爲醉。乞身歸舊隱，來去同一戲。沉吟紫芝歌，緬邈青霞志。笑著宫錦袍，江山聊傲睨。肯從永王璘，此事不須洗。垂天賦大鵬，端爲真隱子。神遊八極表，捉月初不死。

題漢陽郎官湖　夏倪

太白當年夜郎謫，一樽聊與故人酌。南湖乞得郎官號，自此名傳五百秋。

讀李杜詩　　陸游

濯錦滄浪客，青蓮澹蕩人。才名塞天地，身世老風塵。士固難推挽，人誰不賤貧。明窗數編在，長與物華新。

讀李翰林詩　　陳藻

杜陵尊酒罕相逢，舉世誰堪入此公。莫怪篇篇吟婦女，別無人物與形容。

經采石渡留一絶句　　吳璞

抗議金鑾反見仇，一抔蟬蛻楚江頭。當時醉弄波間月，今作寒光萬里流。

白下亭　　任斯菴

金鑾殿上脫靴去，白下亭東索酒嘗。一自青山冥漠後，何人來道柳花香。見景定建康志

雜書　　方回

人言太白豪其詩麗以富樂府信皆爾一掃梁陳腐餘篇細讀之要自有樸處最于贈荅篇肺腑露情愫何至昌谷生一一雕麗句亦焉用玉溪纂組失天趣沈宋非不工子昂獨高步畫肉不畫骨乃以帝閑故

過池陽有懷唐李翰林　　薩天錫

我思李太白有如雲中龍垂光紫皇案御筆生青紅群臣不敢視射目目盡盲脫靴于污蠛蹴踏將軍雄

沉香走白兔玉環失顔容春風不成雨殿閣懸妖虹
長嘯拂紫髯手撚青芙蓉掛席千萬里遨遊江之東
濯足五湖水挂巾九華峰放舟玉鏡潭弄月秋浦中
羈懷正浩蕩行樂未及終白石爛齒齒貂裘淚濛濛
神光走霹靂水底鞭雷公采石波浪惡青山雲霧重
我有一斗酒和淚洒天風

采石懷太白　　薩天錫

夢斷金雞萬里天醉揮禿筆掃鸞箋錦袍日進酒一斗采石江空月滿船金馬重門深似海青山荒塚夜如年祇應風骨蛾眉妒不作天仙作水仙

李謫仙　舒遜

名對金鑾殿，榮膺白玉堂。氣吞高力士，眼識郭汾陽。醉骨生疑蛻，詩名死更香。何由見顏色，月落照空梁。

夜聞謝太史讀李杜詩　高啟

前歌蜀道難，後歌偪仄行。商聲激烈出破屋，林鳥夜起鄰人驚。我愁寂寞正欲眠，聽此起坐心茫然。高歌隔舍與相和，雙淚迸落青燈前。李供奉，杜拾遺，當時流落俱堪悲。嚴公欲殺力士怒，白骨江海常憂飢。二公高才且如此，君今謂我將何如。

弔李白　方孝孺

君不見唐朝李白特達士，其人雖亡神不死聲名流
落天地間千載高風有誰似我今誦詩篇亂髮飄蕭
寒若非胷中湖海闊定有九曲蛟龍蟠却憶金鑾殿
上見天子玉山已頽扶不起脱靴力士祗羞顔捧硯
楊妃勞玉指當時豪俠應一人豈愛富貴留其身歸
來長安弄明月從此不復朝金闕酒家有酒頻典衣
日日醉倒身忘歸詩成不管鬼神泣筆下自有烟雲
飛丈夫襟懷真磊落將口談天日月薄泰山高兮高
可夷滄海深兮深可涸惟有李白天才奪造化世人
孰得窺其作我言李白古無雙至今采石生輝光嗟

哉石祟空豪富終當埋沒聲不揚黃金白璧不足貴但願男兒有筆如長杠

過采石弔李謫仙　　邱濬

蛾眉亭下弔詩魂千古才名世共聞江上洪濤生德色磯頭草木帶餘醺光爭日月常如在思入風雲迴不群岸芷汀蘭無限意臨風三復楚騷文

丁卯歲過采石弔李白　　邱濬

采石江頭黃土一抔其東有蛾眉之亭其西有謫仙之樓謫仙仙去不復返惟有江水日夜流人生一世幾何久不如眼前一杯酒飢來文字不堪餐死後虛

名竟何有請君看此李謫仙掀揭宇宙聲轟然長安市上眠不足長來采石江頭眠百世光陰一大夢衾天枕地無人共寧知浩浩長江流不是醽醁春酒甕此翁自是太白精星月自合相隨行當時落水非失腳直駕長鯨歸紫清至人雖死神不滅終古長庚伴月明

李太白　　李東陽

醉別蓬萊定幾年被人呼是謫神仙人間未有飛騰地老去騎鯨却上天

過采石懷李白　　宗臣

閶闔天門夜不關酒星何事謫人間爲君五斗金莖
露醉殺江南千萬山

其二

憶君乘月下金陵何處吳山不夜登一曲瀟湘秋萬
里至今疑在白雲層

其三

楚水秋風薜荔高千帆明月大江濤蛾眉亭下芙蓉
色猶似當年宮錦袍

其四

夜夜銀河倒不流長虹西挂綵雲愁醉來江底抱明

月驚落天心萬片秋抱字本音之外又有庖浮裒三平聲皆作引取義釋

其五

到處孤槎秋萬重滄江終夜臥魚龍天風驅盡瀟湘色祇爲仙人破醉容

其六

秋山萬仞落秋潭無限青楓好駐驂君跨長鯨去不返獨留明月照江南

其七

采石磯頭望白雲青楓滿地落紛紛夜深吹笛江亭上明月窺人恐是君

其八

楚江南折是天門江上蛟龍日夜喧爲爾片帆開暮雨至今秋色鎖雲根

其九

短笛踏破楚山青日日蒼梧醉洞庭何事淹留姑熟水千秋風雨怨湘靈

其十

西望匡廬接九華當年醉色傲烟霞可憐一片寒江月猶爲下峰護落花

采石磯弔李太白　　王叔承

插江采石三千尺，何處蒼苔酬李白。乘風夜上金陵船，宫錦袍明淚花赤。天子將袍覆酒仙，沉香亭下百花前。幸臣脱靴紫貂恥，貴妃捧硯青娥憐。詞成投筆六宫羡，教坊回首新聲傳。一斗百篇猶未半，零落風騷走江漢。夜郎逐客潯陽囚，一片青山魂闌煨山頭。問月呼蒼旻，笑傲萬古空無人。古人既往君亦去，盃中舊月年年新。古今一明月，大化同精靈。人間傳羽蛻，天上懸才名。椒漿酹君還自傾，釣磯采采如飛鯨。安知太白不在此，江東忽見長庚星。

采石磯弔李太白　梁辰魚

停橈磯下奠椒觴草木猶聞翰墨香飛燕已辭青瑣
闥長鯨自上白雲鄉他年有夢游天姥此夕無魂到
夜郎西望長安漫惆悵金鑾春殿久荒涼

過南陵太白酒坊　　許夢熊

謫仙過日酒初熟此日猶傳新酒坊風度不隨茅屋
改山川時作錦衣香千秋客到千留珮一歲花開一
舉觴莫向斜陽嗟往事人生不朽是文章

五君詠五首之一　　尤侗

酒星不在天謫向人間住玉環斂繡巾笑領春風句
采石漾蘭舟足踏黿龍去却入廣寒宮醉倒珊瑚樹

七思七首　之一　尤侗

我思李供奉，醉草金花箋。玉笛媚新聲，天香照嬋娟。
一朝夜郎去，錦繡埋蠻烟。惟餘一杯酒，搔首問青天。

讀李青蓮集　鄭日奎

青蓮詩負一代豪，橫掃六宇無前矛。英雄心魄神仙骨，溟渤爲闊天爲高。興酣染翰恣狂逸，獨任天機摧格律。筆鋒縹緲生雲烟，墨騎縱橫飛霹靂。有如懷素作草書，崩騰歷亂龍蛇攄。更如公孫舞劍器，渾脫瀏漓雷電避。冥心一往搜微茫，乾端坤倪失伏藏。佛子嵌空鬼母泣，千秋詞客孰雁行。我讀君詩起我意，飄

然如有凌雲思便欲麾手謝塵緣相從飲酒學仙去

讀李太白詩　魏裔介

三謝與鮑庾江左稱獨步太白更絶塵汗血如飛兔
擲筆振金石有文懸瀑布萬象羅胸中百代生指顧
是氣日浩然不秪爲章句沉香亭畔詞諷諫有微趣
奴視高將軍才人豈能慕羽翮落九天挂席逐烟霧
晋濟東魯雲躡蹬采石路我思汾陽王再衍晉陽祚
云誰識此人青蓮慧眼故無知功未酬夜郎竟遠戍
璘也實惷愚偶而被籠絡龍章與鳳姿豈若爭食鶩
古今稱謫仙斯言良不誤黄金如可成須並子美鑄

論詩絶句　　王士正

青蓮才筆九州横六代淫哇總廢聲白紵青山魂魄在一生低首謝宣城

李太白碑陰記　　蘇軾

李太白狂士也又嘗失節于永王璘此豈濟世之人哉而畢文簡公以王佐期之不亦過乎曰士固有大言而無實虚名不適于用者然不可以此料天下士士以氣爲主方高力士用事公卿大夫爭事之而太白使脱靴殿上固已氣蓋天下矣使之得志必不肯附權倖以取容其肯從君于昏乎夏侯湛贊東方生

云開濟明豁包含弘大陵轢卿相嘲哂豪傑籠罩靡前跆籍貴勢出不休顯賤不憂戚戲萬乘若僚友視儔列如草芥雄節邁倫高氣蓋世可謂拔乎其萃游方之外者也吾于太白亦云太白之從永王璘當由迫脅不然璘之狂肆寖陋雖庸人知其必敗也太白識郭子儀之爲人傑而不能知璘之無成此理之必不然者也吾不可以不辨端明殿學士兼翰林侍讀學士眉山蘇軾撰

代人祭李白文　曾鞏

子之文章傑立人上地闢天開雲蒸雨降播産萬物

瑋麗瑰奇大巧自然人力何施又如長河浩浩奔放萬里一瀉末勢猶壯大騁厥辭至于如此意氣飄然發揚儁偉飛黃駃騠軼群絕類擺弃羈馽脫遺轍軌捷出横步志狹四裔側睨鶩駘與無物比始來玉堂旋去江湖麒麟鳳凰世豈能拘古今僻儒鈎章摘字下里之學辭卑義鄙士有一曲拘牽泥滯亦或獲巧爭馳勢利予之可異豈獨茲文輕世肆志有激斯人姑熟之野予來長民皋觴墓下感嘆餘芬

李太白贊　馬光祖

天地英靈之氣曠千載而幾人恍天仙之下墮驂雲

霧而絶風塵以匹夫而動九重乃供奉乎翰林將國論其與聞之奚見女子之云云蓋其抱負霸王之畧或庶幾乎少伸手攜郭令公足躡賀季真至于奉珪印以贖之有以信志業之等倫豈爲其道骨之可蛻詩思之不群耶鬱鬱此山悠悠大川公不來游今五百年

李太白贊　方孝孺

唐治既極氣鬱弗舒乃生人豪泄天之奇矯矯李公雄蓋一世麟遊龍驤不可控制粃糠萬物甕盎乾坤狂呼怒叱日月爲奔或入金門或登玉堂東遊滄海

西歷夜郎心觸化機噴珠湧璣翰墨所在百靈護持
此氣之充無上無下安能瞋目闞于黃土手搏長鯨
鞭之如羊至于扶桑飛騰帝鄉惟昔戰國其豪莊周
公生雖後其文可侔彼何小儒氣餒如鬼仰瞻英風
猶虎與鼠斯文之雄實以氣充後有作者尚覩于公

李白贊　楊榮

匡廬之山神秀所鍾瀑布千尺宛然飛虹偉哉謫仙
銀河在目咳吐天風燦然珠玉

補註李太白集序例　蕭士贇

唐詩大家數李杜爲稱首古今註杜詩者號千家註

李詩者曾不一二見非詩家一欠事與僕自弱冠知誦太白詩時習舉子業雖好之未暇究也厥後乃得専意于此間趨庭以求聞所未聞或從師以蕲解所未解冥思遐想章究其意之所寓旁搜遠引句考其字之所原若夫義之顯者槩不贅演或疑其贋作則移置卷末以俟巨眼者自擇焉此其例也一日得巴陵李粹甫家藏左綿所刊舂陵楊君齊賢子見註本讀之惜其博而不能約至取唐廣德以後事及宋儒記錄詩詞爲祖甚而并杜註内僞作蘇東坡箋事已經益守郭知達刪去者亦引用焉因取其本類此者

爲之節文擇其善者存之註所未盡者以予所知附其後混爲一註全集有賦八篇子見本無註此則併註之標其目月分類補註李太白集呼蕭菴朱子曰太白詩從容于法度之中蓋聖于詩者則其意之所寓字之所源又豈予寡陋之見所能知乃欲以意逆志于數百載之上多見其不知量矣註成不忍棄置又從而刻之棗者所望于四方之賢師友是正之發明之增而益之俾箋註者由是而十百千焉與杜註等顧不美歟其毋笑以註蟲魚幸甚至元辛卯中秋日章貢金精山北冰崖後人粹齋蕭士贇粹可

李詩選題辭　　楊慎

南豐曾子固曰：李白字太白，蜀郡人。遊江淮，娶雲夢許氏。去之齊魯，入吳，至長安，明皇召爲翰林供奉。不合去，北抵趙、魏、燕、晉，西涉岐、邠，歷商於，至洛陽，遊梁最久。復之齊魯，南游淮泗，再入吳，轉金陵，上秋浦、潯陽，卧廬山。永王璘以僞命逼致之，璘敗，白奔宿松，坐繫潯陽獄。宣撫崔渙與御史宋若思驗治，謂其罪薄，薦其才，不報。先是白嘗識郭子儀，子儀未遇時，子儀請解官贖白罪，乃長流夜郎。遂泛洞庭，上峽江，至巫山，以赦得釋。復如潯陽。族人陽冰爲當塗令，白過之，以病卒年六十四成都古今記云李白生于彰明之青蓮鄉而劉全白李翰林墓碣記以爲廣漢人葢唐代彰明屬廣漢故獨舉郡稱云載考公之自序上裴長史書曰白少長江漢見鄉人相如大誇雲夢之事云楚有七澤遂來觀焉又與逸人東巖子隱于岷山之陽巢居數年不跡城市廣漢太守聞而異之因舉二人有道並不起今按東巖子梓州鹽亭人趙蕤字雲卿岷山之陽則指匡山杜子美贈詩所謂匡山讀書處其說見晏公類要鄭谷詩所謂雪下文君沽酒店雲藏李白讀書山者也廣漢太守則蘇頲也頲薦疏

曰趙蕤術數李白文章卽其事也按太白上裴長史書所謂禮部尚書蘇公出爲益州長史者乃蘇頲也其廣漢太守不載姓名尋文索義自是兩人升菴以廣陵太守卽是蘇頲非是公後在淮南寄趙徵君詩曰國門遥天外鄉路遠山隔朝憶相如臺夜夢子雲宅可證矣五代劉昫修唐書以白爲山東人自元稹序杜詩而誤詩云汝與山東李白好樂史云李白慕謝安風流自號東山李白杜子美所云乃是東山後人倒讀爲山東元稹之序亦由于倒讀杜詩也升菴外集一則亦引樂史李太白詩序云太白遊山水每以聲妓自隨慕謝安之風自號東山李白杜詩云汝與東山李白好是也今之淺妄改倒其字云云琦按今本樂史序中無此數語而魏顥序有間攜昭陽金陵之妓迹類謝康樂世號李東山之辭升菴盡

謬憶耳　不然則太白之詩云學劍來山東又云我家寄東魯豈自誣乎宋有晁公武者孟浪人也信舊唐書及元稹之誤乃曰太白自序及詩皆不足信噫世安有己之族姓己自迷之而傍取他證乎新唐書知其誤乃更之爲唐宗室蓋以隴西郡望爲標也善乎劉子元之言曰作史者爲人立傳皆取舊號施之于今爲王氏傳必曰瑯琊臨沂人爲李氏傳必曰隴西成紀人欲求實錄不亦難乎且人無定所因地而生生于荆者言皆成楚生于晉者齒便成黄豈有世歷百年人更七葉而猶以本國爲是此鄉爲非則是孔子

里于昌平陰氏家于新野而系纂微子源承管仲乃爲齊宋之人非曰鄒魯之士乎宋景文修唐書其獎正坐此夫族姓郡國關係亦大矣誦其詩不知其人可乎予故詳著而明辨之以訂史氏之誤姓譜之缺焉若夫公之詩歌泣鬼神而冠古今矣豈容喙哉吾友禹山張子愈光自童習至白紛與走共爲詩者嘗謂予曰李杜齊名杜公全集外節抄選本凡數十家而李何獨無之乃取公集中膾炙人口者一百六十餘首刻之明詩亭中屬愼題辭其端云

合刻李杜詩集序

王穉登

李杜詩無合刻刻之自許子元祐始既成問序于王子王子曰是烏可序乎非獨不可蓋有所不能且不敢也夫此光燄萬丈者誰何傖父偃然任爲嘗矢哉曰柰何刻者一李而九杜耶學之者亦若是請問袒將誰左王子曰余曷敢言詩聞諸言詩者有云供奉之詩仙拾遺之詩聖聖可學仙不可學亦猶禪入所謂頓漸李頓而杜乃漸也杜之懷李曰詩無敵李之寄杜曰作詩苦二先生酬贈亦各語其極耳今試語杜之極如彤庭所分帛本自寒女出鞭撻其夫家聚斂貢城闕或紅如丹砂或黑如點漆雨露之所濡甘

苦齊結實中丞髑髏血糢糊手提擲還崔大夫非夫所謂驚人泣鬼者哉斯蓋匠心獨苦而非不似從人間來也至若語李之極則如羅幃舒卷似有人開明月直入無心可猜莫捲龍鬚席從他生網絲且留琥珀枕或有夢來時東風爾來爲阿誰蝴蝶忽然滿芳草江上相逢借問君語笑未了風吹斷若其言猶含霞吸月火食腹腸疇能貯此仙與聖頓與漸之分何俟更僕數耶然乃分路揚鑣或同一軌二先生詩不同而語其極則一耳今之學杜者不驚人泣鬼而木偃膚立學李者不含霞吸月而空疎無當是安得爲

李杜爲李杜罪人矣許子工于詩能去彼取此曷患不李杜哉是刻既出二先生之集將同運並行且俾學者各法其極不空疎無當與木偶膚立乎剞劂之功實弘多矣余之序姑述昔人之論明刻者之旨以復許子之問若曰評騭二先生詩是蛙坐井而談蒼旻廣狹鼠飲河而測洪流淺深也則吾豈敢

李翰林分體全集序

王穉登

古今論詩者自三百十九而後必遵李杜李才情俊杜才情鬱李情曠達杜情孤憤李若飛將軍用兵不按古法士卒逐水草自便杜則肅部伍嚴刁斗西宮

衛尉之師也供奉讀書匡山鳥雀就掌取食散金十萬如飛塵沉湎至尊之前嘯傲御座之側目中不知有開元天子何況太真妃高力士哉當其稍能自屈可立躋華要乃掉臂不顧飄然去之坎壈以終其身迨長流夜郎與魑魅爲伍而其詩無一羈旅牢愁之語讀之如餐霞吸露欲蛻骨冲舉非天際真人胸臆疇能及此其放浪于麴生禾曼醉月迷花特託而逃焉耳予友劉少彝取李杜集合刻之前此非無合刻者然蒼素溷淆元黃雜遝箋註訓詁人自爲政蒙茸猥瑣猶狝厲蟣虱使二先生之作不免珠殘玉碎未

嘗不扼腕口體掩卷太息少夔皆削去之正其舛訛定其真贗芟薙其重複麗雜品列眙分諸體各以類從名曰分體以李序見屬展讀之際使耳目滌清神情開朗誠哉千古大快也予生平敬慕青蓮願爲執鞭而不可得竊謂李能兼杜杜不能兼李葢天授杜由人力軌轍合迹鞅轡異趨如禪宗有頓有漸難與耳食之士言也少夔工于詩清俊似太白沉鬱似子美故于二集恒津津焉此刻成而紙價當十倍矣予怪夫宗李者畫虎難成妄加訾議指永王璘之事爲從逆嗟乎祿山篡亂翠華西幸靈武之位未正社

稷危于累棋璘以同姓諸王建義旗倡忠烈恢復神器不使未央井中璽落群凶手白亦王孫帝胄慨然從之識郭令公于行間卒復唐祚甫雖間關行在流離秦隴非不謂忠然視白之功恥矣夫璘非逆而從璘者乃爲逆乎王維亦嘗陷賊以凝碧管絃詩獲免青蓮故不幸而羅銷骨之口豈不冤哉予序其集而并論其人若此少參以爲然與否耶

合刻李杜分體全集序

劉世教

自三百篇後學士大夫稱詩之盛前無踰漢而後宜莫唐若開元天寶間隴西襄陽二先生出遂窮詩律

之能事觀于是止矣是二先生者其雄材命世同其横絶來禩同坎壈弗得志又無弗同顧千載而下使人披其編想見其爲人若隴西不勝樂而襄陽不勝憂者何也隴西趨風風故蕩詄出于情之極而以辭群者也襄陽趨雅雅故沈鬱入于情之極而以辭怨者也趨若異而軌無勿同故無有能軒輊之者益自唐以後諸尚論之士人持其指而莫之一迨近世瑯琊長公而二先生之論始定顧隴西好稱古調其于近體若雅意所不屑而襄陽沾沾此技篇什最稱繁富意又若不屑古調者然隴西之于古離之不啻遠

而襄陽象貌色澤猶若未盡澌滅也者是又二先生同異之徵指可解而不可解者也於戲當漢盛時子虛之賦奏至使人主冀幸同時而慮不可得而是二先生者俛遇而俛失之終其身抑塞而弗獲少信彼中郎太中文園都尉諸人卽遇合離殊要之無一廢棄者胡二先生之湮沒甚也蓋觀漢諸君子之無失職而知其時人無弗盡之材觀二先生之失志而知其時材多未盡之用此固當世得失之林而二代治亂之眹也其故蓋難言之矣不佞少習其言薄有當陽之癖而不無惜其編次之淆雜時從藏書家詢求

善本弗可得每讀昔人所箋詁往往未終篇而輒棄去竊不自量閒嘗區分其體裁擬盡蒐諸家訓故之籍筆削爲一家言方屆首俗業困京兆者十年已困公車者又十年鉛槧屢更殺青未竟客歲南遊從子鑒進而請曰先生必將箋而後行乎夫解者之不必箋而箋者之不必解也于是相與謀之梓人而二豎肆告乃與友人姚君孟承往復參訂始克卒業諸所釐正頗極苦心諸具凡例中再逾年始獲竣事輒論著其事質諸同好夫自二先生分鑣而馳而士各以其質之所近尸且祝焉有能袷享一堂之上者吾未

見其人也今而後庶幾有能擷其精而上探盛漢以直遡風雅之緒者必自茲藉始矣萬曆元默困敦夏六月朔平原劉世教序

又

劉鑑

予伯父少蘷先生刻李杜分體全集役將竣客有以私問者曰青蓮少陵兩公並爲詩壇不祧之主固也然而飯顆之逢陰鏗之擬爾時兩公相輕已甚自唐迄今賢豪揚扢左右互袒幾成聚訟意者都官南面各全其尊而埒享一堂吾未見靈之妥也夫詩之合離主輿象不主體裁篇之喻類徵識力亦微齒僕昔

人編年不爲無據刻二公集中一題而古今共體詎容擘裂今妄顛原本惟體之從分則分矣柰劉膚何予曰唯唯否否客睹其一未睹其二夫壎箎異竅而叶奏圭璧殊制而儷珍物固有之人亦宜然李杜齊名光燄千古後之君子誰能軒輊即或偏嗜者嚌贊顢頇者謬訕抑何關兩公之殿最耶至如杜之推李傾倒鄭重屢見篇什李之心服寧自口出偶摭一語謂其相輕二公有知政堪頤解夫詩有古近律絕體莫備于唐代而妙莫兼于兩公第世行本少有善者編年雜陳作者之心目交眯分類糺龐作者之形神

不湊束而裁之無如分體雖然更有說焉太史公曰詩三百篇大抵聖賢發憤之所爲作也予伯父固云李源風杜源雅相提而論乃知兩公之詩體從風雅出而情從憤入矣李何憤憤宮鄰之階厲杜何憤憤皇輿之洊傾然青蓮梁父行路諸吟巧言巷伯之倫也少陵驪山洞房等咏匪風下泉之思也其存君興國發于性情心術之隱者夫旣合不翅合而或風或雅互爲經緯非古近殊體幾于分無可分伯父殫二十餘年丹鉛之功于二集而以纂次嘗窮愁之著書史遷所稱發憤述之于作將無同乎哉而予猶規規

然猜其後吾亦謂予望洋向若不免見笑于大方之家客啞然謝去書成爰誌其語于末簡

又　李維楨

鹽官劉氏世紹雕龍之慶而孝廉少夔著名文苑最早其于供奉工部二家討論窮精藴垂二十年二家分體全集始成其集以古近諸體分而先後仍本編年古賦及雜文如之其體則古近律絶各以類從而删長短句之目其以他人集誤入者黜之其確爲二家所作而偶遺者收之其本古體而誤入律及二家自註誤入目中若字句之訛音釋之謬者更之其諸

家註與評不盡佳可筆則筆之可削則削之校讐謹譁幾無纖微憾而要領莫重于分體矣葢論二家者楊誠齋以李為神如列子御風無待者也以杜為聖如雲均乘桂舟駕玉車有待而未嘗有待者也允矣而體未分也王弇州以李五七言絶為神七言歌行為聖五言次之杜五言律七言歌行為神七言律為聖而總論二家五言古選各有所宗所主所貴體分矣而體所從來未晰也少參以李好稱古于近體若不屑而于古離之不啻遠杜若不屑古而氣象色澤若未盡離李趨風攸泆蕩杜趨雅攸沉鬱即弇州亦

言讀李使人飄揚欲仙讀杜使人情事欲絶苐就歌行一端論而必舉則以全集舉矣夫詩至唐而體備體至李杜而衆長備而李杜所以得之成體者則本三百篇學記曰三王之祭川也先河而後海或原也或委也此之謂務本後人知有李杜不知有三百篇是以學李學杜往往失之必舉爲之分體直指其本于風雅學人得所從來可以爲李可以爲杜可以兼爲李杜可以爲風可以爲雅可以兼爲風雅可以自爲聖可以自爲神不至爲李杜作使寧惟有功二家其于詩道豈曰小補之哉是說也必舉亦本之李杜

李之言曰興寄深遠五言不如四言若七言靡矣況束于聲調俳優哉杜戲爲六絶句其末章意以遞相祖述末及前賢惟裁僞體親風雅則轉益多師而得汝師夫李杜學詩必本三百篇人安能舍三百篇學李杜必懿見及此宜其詩駸駸李杜齊名也同參訂者姚君孟承從子伯臨皆名下士

李太白文集卷三十三

傳古樓景印

四部要籍選刊·集部

李太白文集

一

【唐】李白 撰

【清】王琦 注

浙江大學出版社

傳古樓據浙江圖書館藏
清乾隆寶笏樓刻本影印
原書框高一七六毫米寬
一二八毫米

出版説明

李太白文集三十六卷，唐李白撰，清王琦輯注，據浙江圖書館藏清乾隆寶笏樓刻本影印。

李白（七〇一至七六二）字太白，號青蓮居士，隴西成紀（今甘肅秦安西北）人。他於唐玄宗天寶元年（七四二）秋應詔入長安，爲翰林供奉，故世稱『李翰林』。李白與杜甫齊名，同爲唐代詩壇最具代表性的人物，但關於李集的注解卻遠不如後者之盛，杜詩在宋代已有『百家注』『千家注』之名，世傳《王狀元集百家注編年杜陵詩史》三十二卷（題宋王十朋集注）、《黄氏補千家注紀年杜工部詩史》三十六卷（宋黄希、黄鶴補注），李詩的宋元注本則不過寥寥兩三家而已。

目前所知最早的李詩注本是《千頃堂書目》著録的金王繪《注太白詩》，[一]題下曰『（王繪）

字質夫，濟南人，天會二年進士』，惜全書已佚。南宋時楊子見撰《集注李白詩》二十五卷，〔二〕元人蕭粹齋對其加以删選後編入《分類補注李太白詩》中，《補注》盛行於世而楊《注》原書遂亡。至明代時，復有胡孝轅《李詩通》、朱君佐《李詩選注》。這些舊注各具所長，但也瑕瑜互見，正如王載庵所言：『蕭（粹齋）譏楊（子見）取唐廣德以後事及宋儒記録詩詞爲祖，併引用杜詩僞蘇注之非，因爲節文而存其善者。今所傳楊注，非全文也。然蕭注亦不能無冗泛踳駁處。明季孝轅胡氏作《李詩通》二十一卷，頗有發明及駁正舊注之紕繆，最爲精確，但惜其不廣。』〔三〕又曰：『第思粹齋之作《補注》，所以補子見之闕也，而未能盡補其闕。孝轅作《李詩通》，力正楊、蕭二家之譌，而亦未能盡正其譌。』〔四〕所以他要『承三子之後，捃摭其殘膏剩馥，廣爲綜輯，將以竟三子之業也』。其綜輯之成果就是《李太白文集》一書。

王琦原名士琦，字載韓，號載庵，又號琢崖，浙江錢塘（今杭州）人。他生於清康熙三十五年（一六九六），卒於乾隆三十九年（一七七四），是乾隆時期的著名學者。〔五〕除《李太白文集》以外，還曾注解《李長吉歌詩》五卷，協助趙松谷箋注《王右丞集》，並整理《周慎齋遺書》（周係明代名醫），輯録《醫林指月》、《清貽堂存稿》等書。杭大宗序稱其『早鰥，闐處如退院老僧、空山道士，日研尋於二氏之精英』〔六〕。趙石堂《周慎齋遺書序》云：『琢崖先生復細加釐定（《周慎齋遺書》），始成完書。余於岐黄理無所窺，然以先生之博極群籍，又醉心於方藥術者數十年，其所許可謂補世之所未備，則其有裨益於醫道無疑也。』〔七〕可見其兼通釋道，雅擅醫學。《李太白文集》是其畢生精力所萃，素有『一注可以敵千家』（趙信序語）的美名。

《文集》的撰作宗旨與《文選》李善注相仿，『詳引博據，考索綜核』，『不厭過於繁釀，即被書簏之名，亦所不顧』（趙信序語），屬於徵引式注釋，其慣用的辦法是將古籍古注中數量繁多的相關材料羅列於欲解釋的詞句之下，使觀者自然得詩本意，只有當前人所言不足徵時，才用按語的形式加以考證或新解。這種體式極大地淡化了注釋者的個人色彩，自然也就較好地保護了被注釋對象的完整性與獨立性，對於需要沉浸式閲讀以體會其描述之情境的集部文獻來説，尤爲契合，故《文集》被視爲『清人箋注古典詩文作品的典範之作』〔八〕。除此之外，《文集》還有兩個特點：一是『善於利用前代學者的研究成果，加之個人的闡發辯駁，而給李白作品作一種比較切實的解説』〔九〕。不因爲對太白詩的個人喜好而妄作揣度，破除了前人許多過度闡釋、無當於詩人本意的褒貶之辭。一是『能考慮到作品本身的文學特性，通過箋注而在一定程度上呈現其創作的藝術特色』，『當檢索出典與作品的文學性發生矛盾時，又能從文學特徵著眼，不作迂執之論』[十]。因爲兼具這些長處，《文集》付梓後便迅速取代前人舊注，不僅成爲閱讀太白詩的最佳選擇，也被視爲研究唐代文學尤其是唐詩的必讀之書。

當然，《文集》也存在一些注釋不夠精到的地方。載庵自己就曾感歎：『此書之釋事忘意，動有無窮之憾。』（趙信序語）岑仲勉先生《唐集質疑》云：『王氏注太白集，於人事方面，殊多缺憾，遠不如宋人注韓柳集之詳細，此固時代較後使然，要亦未盡搜羅能事也。』[十一]尤爲可惜的是載庵在撰作時所依據的『元刻』蕭注只是明嘉靖玉几山人翻刻本，未能目驗《李太白文集》傳世的各種宋本，對據宋本翻刻的繆曰芑本亦缺乏重視，[十二]所以在校勘文本及利用舊注上仍有許多不足，需要通過參閱今人新注來彌補（如瞿蜕園、朱金城《李白集校注》、安旗主編《李白全集編年注釋》與詹鍈主編《李白全集校注彙釋集評》）。

《文集》卷端王載庵自序落款爲乾隆二十三年（一七五八），這是本書付梓時間的上限（不會早於此時），但齊次風、杭大宗二序均署乾隆己卯，即二十四年（一七五九）。序文與正文付梓的時間未必一致，因爲可能在正文刻成後再陸續補刻序文，寶笏樓刻本的傳世印本中也多有序文增減之實例（或齊、杭、趙三序俱全，或缺齊序，或缺杭序，或缺趙序），所以關於《文集》初刻之時間，有乾隆二十三年與乾隆二十四年兩説。《中國古籍善本書目》將其籠統地著録爲『清乾隆寶笏樓刻本』[十三]，是比較審慎的判斷。這個初刻本僅三十二卷，而上海圖書館藏寶笏樓增刻本内封題『王琢崖輯注　李青蓮全集　乾隆庚辰三月竣功　寶笏樓藏板　新增附録四卷』，由此可推定增刻爲三十六卷的工作完成於乾隆二十五年（一七六〇）。過去常有將三十六卷本斷爲乾隆二十四年刊者，[十四]都是因爲未見此增刻本内封而導致的誤判。

《文集》除寶笏樓原刻外，另有聚錦堂本（内封題『聚錦堂藏板』）、文聚堂本（内封題『文聚堂梓』）傳世，應屬於據寶笏樓增刻本翻刻者，但其載庵自序『二公之詩一以天分勝』、『文場筆海之中』兩句，此兩本『一以』二字、『之中』之『之』字皆作墨釘，疑出同源。正文亦間有墨釘（如聚錦堂本卷一第四十三葉後半葉注文有六處墨釘），而寶笏樓刻本對應文字皆完整，所以翻刻之底本可能是多有漫漶或殘損的印本。翻刻之時間暫難確定，《增訂四庫簡明目録標注》於該書注曰『【續録】道光初翻刻本，劣』[十五]，不知是否即指這兩種本子。

寶笏樓初刻三十二卷本與增刻三十六卷本的區别主要集中在最後幾卷。初刻本卷三十爲『詩文拾遺共五十二首』，卷三十一爲『附録文十三首』，卷三十二爲『李太白年譜』。增刻本卷三十爲『詩文拾遺共五十七首』，卷三十一爲『序誌碑傳十二首』，卷三十二爲『詩文二十一首』，卷三十三爲『詩文五十九首』(此二卷皆係他人所撰有關太白者)，卷三十四爲『叢説二百二十則』，卷三十五爲『李太白年譜』，卷三十六爲『外記一百九十四則』。

初刻本卷三十之篇目中，先《小桃源》後《釣臺》，增刻本則是先《釣臺》後《小桃源》。此外，增刻本該卷增加了《清平樂三首》、《連理枝二首》，故前者題『五十二首』，後者題『五十七首』。初刻本卷三十一實爲十二首，所題『十三首』爲誤計，故增刻本卷三十一僅改題爲『序誌碑傳十二首』，内容、次序保持原貌。增刻本除補輯他人所作詩文兩卷、叢説一卷、外記一卷外，於初刻正文亦有所挖改抽换。《文集》中華書局校點本出版説明曾舉數例，對比上海圖書館與浙江圖書館所藏之初刻本、增刻本，還能發現不少新的變化，如卷三十《釣臺》注，增刻本在初刻本所舉《九域志》、《錦繡萬花谷》、《一統志》之引文的基礎上補入《新安郡志》的有關材料，並就此類太白詩的真僞問題加以大段討論，由此亦可了解載庵集注《文集》不斷改進的過程。

《文集》寶笏樓刻本傳世者以增刻本居多，筆者曾在上圖、浙圖翻閲過十餘部增刻本，或墨色淡薄，或筆畫漫漶，或殘損嚴重，竟無一種宜讀。〔十六〕值得慶幸的是浙圖還保存著一部初刻本，刻印清晰，悦人心目，惜闕首卷，乃取浙圖、上圖所藏增刻本補之，所以這部傳古樓影印本，**原書目録與卷一係增刻本，卷二至卷三十二爲初刻本，其後則是增刻本的卷三十二至卷三十四、卷三十六。**初刻本卷三十二爲年譜，增刻本卷三十二爲他人詩文，卷次同而内容異，故並列之。增刻本卷三十五爲年譜，與初刻本卷三十二重複，故去除之。這個方案在保留初刻本原貌的基礎上，盡可能地兼顧了增刻本續輯的内容，雖然不夠完美，但卻是我們在現有條件下能夠實現的最好結果。歡迎讀者批評指正。

二〇一七年十二月　蔣鵬翔撰於湖南大學嶽麓書院

〔一〕【清】黄虞稷《千頃堂書目》卷三二，上海古籍出版社二〇〇一年版，第七八三頁。

〔二〕【明】高儒《百川書志》卷十四，上海古籍出版社二〇〇五年版，第二〇三頁。

〔三〕【清】王琦《李太白全集》，中華書局一九七七年版，第一六八八頁。

〔四〕王琦《李太白全集》，第一六八六頁。

〔五〕據程國賦、蔣曉光《清代王琦生平考證》説，《文學遺産》二〇〇八年第五期，第一四五至一四八頁。按孫易君《清人王琦家世及生平新考》（《文獻》二〇一四年第二期，第一七〇至一七四頁）別有新解，可參考。

〔六〕王琦《李太白全集》，第一六八四頁。

〔七〕據程國賦、蔣曉光《清代王琦生平考證》轉引。

〔八〕陳正宏師、章培恒先生主編《中國學術名著提要·文學卷》，復旦大學出版社一九九九年版，第三〇三頁。

〔九〕陳正宏師、章培恒先生主編《中國學術名著提要·文學卷》，第三〇二頁。

〔十〕陳正宏師、章培恒先生主編《中國學術名著提要·文學卷》，第三〇三頁。

〔十一〕岑仲勉《唐人行第録（外三種）》，上海古籍出版社一九七八年版，第三六五頁。

〔十二〕據詹鍈《李白全集校注彙釋集評・前言》説。詹鍈主編《李白全集校注彙釋集評》，百花文藝出版社一九九六年版。

〔十三〕《中國古籍善本書目・集部》，上海古籍出版社一九九六年版，第六十頁。

〔十四〕如范希曾補《書目答問》卷四曰『李太白集注三十六卷，【補】乾隆二十四年原刻本』，上海古籍出版社二〇〇一年版，第一九五頁。傅增湘《藏園訂補郘亭知見傳本書目》卷十二曰『李太白文集三十六卷，清乾隆間錢塘王氏寶笏樓刊本，乾隆二十四年刊』，中華書局二〇〇九年版，第九七六頁。

〔十五〕【清】邵懿辰撰、邵章續録《增訂四庫簡明目録標注》，上海古籍出版社一九七九年版，第六四七頁。

〔十六〕《杜詩詳注》與《李太白文集》都是清刻詩文集中流傳至廣、影響至深之書，而其印本卻鮮見刻印清晰、品相完好者，反觀其他小衆文集，卻常有精印本留存，這是一個很有趣的歷史現象，希望研究中國古典文獻學的同道能予以關注。

全書目錄

卷之四　樂府三十七首

卷之五　樂府四十四首

卷之六　樂府三十八首

卷之七　古近體詩共二十八首

第三册

卷之八　古近體詩共五十三首

卷之九　古近體詩共四十三首

卷之十　古近體詩共二十四首

卷之十一　古近體詩共三十二首

卷之十二　古近體詩共二十五首

第四册

卷之十三　古近體詩共二十五首

卷之十四　古近體詩共二十六首

卷之十五　古近體詩共三十五首

卷之十八　古近體詩共三十五首

第五册

卷之十九　古近體詩共三十二首

卷之二十　古近體詩共六十首

卷之二十一　古近體詩共三十六首

卷之二十二　古近體詩共五十八首

卷之二十三　古近體詩共四十七首

卷之二十四　古近體詩共六十五首

第六册

卷之二十五　古近體詩共九十首

卷之二十六　表書共九首

卷之二十七　序文二十首

卷之二十八　記頌讚共二十首

卷之二十九　銘碑祭文共九首

第七册

卷之三十　詩文拾遺共五十二首

卷之三十一　附録文十二首

初印本卷之三十二　附録

後印本卷之三十二　詩文二十一首

卷之三十三　詩文五十九首

第八册

卷之三十四　附録四

卷之三十六　附録六

本册目録

第一册

卷之一　古賦八首

卷之二　古詩五十九首

李青蓮全集

輯註

寶笏樓

藏板

李太白集輯註序

註古人書慮聞見不博也尤慮其識不精既博且精又慮心偶不虛不公知有疑勿闕有誤不曲為解風騷後詩至李杜齊名方駕一如飛行絕跡乘雲馭風之仙乃如萬象不同化工肖物

云聖觀止矣蔑以加矣後學因元相誌杜墓抑李揚杜遂乃議論滋繁妄分軒輕詎知少陵生平心服明推爲無敵不羣卽後世才高力厚起衰八代之昌黎公固合贊以光燄萬丈深慨流落人間者僅分泰山豪芒而

先笑撼大樹不自量之蚍蜉乎哉
兩集本非手定後人搜羅採摭
篇章遞增其中時有真贋殽
錯轉寫譌舛李集更多蓋自寶
應元年往依族子陽冰得疾以卒
遂塟當塗青山東麓陽冰序艸
堂集十卷即云當時著作十喪

其九今所存者皆得之他人魏顥序翰林集二卷亦云上元末偶得於絳與即劉全白碣記所謂集無定卷家家有之者也至宋時宜黄樂史始輯别集常山宋敏求廣裒遺文始合為三十卷尚豐曾鞏始考定先後次第元豐

中信安毛漸始校刻於蘇紹興中閱薛仲邕所為年譜太白本末惟諸序記誌范裴二碑及舊唐新唐二書可証本詩世遠事湮疑謬雜出寧得免焉而兩集之有註也一榮一枯斯又不可言者註杜自宗至今名氏更僕難數

後出多所因考辨易覈去取易
嚴也然且必殫精神需歲月盡
彙群籍以析其衆説始有當若
李集所有可見之注止楊蕭胡
氏三家今總廣爲訂正與注杜較
工拙不亦難易懸隔太甚乎余茲
閱錢塘王載菴先生輯注而深嘆

其好學不倦能數十年專心致志為人所不能為也憶余自幼好誦李杜詩苦於不能盡解洎在都中友朋聚談聞有優劣李杜者余曰杜誠不可及矣自李而外可與杜頡頏者誰與況謂仙不如聖一在學行甚正一在流離造次不忘君

國猶有說焉然李云受氣有本性不為外物遷又云我志在刪述垂輝映千春又云天地皆得一澹然四海清此其胸襟與自許稷契者何以異始見賞許公後見奇賀監居山東為竹溪六逸遊長安為醉中八仙後訪陽於行間折力士於

殿上輕富貴如塵土樂山水以逍遙嗜酒慕儔浩然自放即遭危困未見其憂豈非天際真人云邈不可攀者耶談者怨稍稍息今得此編持論平正其輯三家去短從長援引本本原原斟酌至慎固陋如余向所不解今漸解

言則知此編爲太白功臣也善讀書者當不以余言爲河漢

乾隆己卯中秋天台齊召南撰

作者不易箋疏家尤難何也作者以寸為主而輔之以學興到筆隨第抽其平日之腹笥而縱橫曼衍以極其所至不必沾沾獺祭也為之箋與疏者必語語核其指歸而意象乃明必字字還其根據而証佐乃確寸不必言夫必有什倍於作者之卷軸而後可

以從事焉空陋者固不足以與乎此粗疏者尤未可以輕試也李供奉太白才兼仙佛致離騷之幽著太史之潔其於杜也並驅方執未易軒輕也然注杜者自宋以後已有千家至我
朝而錢朱顧仇之書出搜括無遺藴矣太白之集歷五百年而始有蕭楊二

家又歷五百年而始有鹽官胡氏孝轅孝轅亾後今且百餘年矣文士林立未有起而補其闕者吾友王君載庵以三家之注之典未核也結轖之未疏瀹也疵繆之未剗削也專精覃思寤寐太白於千載之上一一扣其出處而究其指歸太白之精神與前注之

得失軒然若揭日月其諸太白之功臣與其諸三家之争友與吾不敢謂載庵之學果什倍於太白孝轅博極群書而載庵能掇其瑕礫即謂之什倍於孝轅可也且吾言太白才兼仙佛其蘊蓄為何如耶二氏之書與吾儒之著述相埒上下千古而能盡讀

之者吾於唐得一人焉曰叚柯古吾於宋得一人焉曰釋氏贊寧吾於前明得一人焉曰宋氏潛溪以近代而論蒙叟研精内典而吾門之白與未窺竹垞朱氏自言於竺乾之書詩文未敢闌入則并蒙叟之長而猶且怖若河漢他可知矣載庵早綴閒處如退院老

僧空山道士曰研尋於二氏之精英以其餘事而為是書足以發太白雖顯之情而抉三家未窺之妙書來質余方望洋驚歎五體投地而敢以一言半句相益乎然其苦心孤詣余學雖未至而心故識之聊識數言以冠其篇端以捻夫世之讀太白之集者

之不易并稔夫註是集者之尤難也

乾隆己卯閏月望後一日友弟杭世駿

唐詩人首推李杜二公爲大家古今註杜者百餘帙李之註傳於世者乃少余所見楊子見蕭粹齋胡孝轅三家外此寥寥未及矣世固軒李輕杜哉何言詩之士嚮往於太白不及嚮往於子美者多耶夫二公之詩一以天分勝一以學力勝同時角立雄視於文塲筆海之中名相齊才亦相埒無少遜也自優劣之論出而左右其袒者紛如以作文喻謂太白如史記子美如漢書以用兵喻謂太白如李廣子美如孫吳以人物喻謂太白仙而子美聖以禪悟喻謂太白頓而子美漸此論之兩持其平者也其餘甲杜乙李者

大約十居七八可異者評杜則多怨辭多過情之譽評李則多深文而索垢是何意見之辟耶宋人黄介讀李杜優劣論曰論文正不當如此山谷歎以爲知言夫山谷固服膺子美者也豈不能品其優劣蓋亦見其沉雄俊逸之槪本於性而成於學者分路揚鑣各有登峰造極之美不可以後人膚淺之見妄爲軒輊焉耳余於二公之詩有兼愛無偏好嘗讀張邇可顧修遠諸家杜註以爲勝於昔人譬之積薪後來者居上惜李集無有斐然繼起者爰合三家之註訂之芟柞繁蕪補增闕畧析疑匡謬頗有更定至於郡國

州縣之沿革山川泉石之名勝亭臺宮寺之創建鳥獸草木之名狀尤加詳考不厭繁複蓋將以爲多識之助而觀者嫌其綺碎鱗雜無當于詩人之本義自念徵經引史亦不無郢書燕說之誤或失作者命意修辭之旨雖摩研編削虛耗歲時上視張顧諸先輩無能爲役安敢與之接武而抗行哉第思粹齋之作補註所以補子見之闕也而未能盡補其闕孝轅作李詩通力正楊蕭二家之譌而亦未能盡正其譌余承三子之後捃摭其殘膏賸馥廣爲綜緝夫豈誇多炫麗哉將以竟三子之業也雖自愧才力未逮而念

博物洽聞之士世固不乏必有起而集其成者蒐羅軼典抉發奧思俾夫闕者譌者罔不甄釋將與杜註諸家之善本並傳藝苑而爲新學之津梁彼楊與蕭實爲之草創于其先者也余得肩隨胡氏之後而附於討論修飾之列其亦可乎

乾隆二十三年歲次戊寅正月望日王琦載菴漫述

李太白文集目錄

卷之四　樂府三十七首

卷之六　樂府三十八首

卷之七　古近體詩共二十八首

卷之八　古近體詩共五十三首

卷之九　古近體詩共四十三首

卷之十　　古近體詩共二十四首

卷之十一　　古近體詩共三十二首

卷之十二　古近體詩共三十五首

卷之十三　古近體詩共二十五首

卷之十四　古近體詩共二十六首

卷之十七　古近體詩共四十四首

卷之十八　古近體詩共三十五首

卷之十九　古近體詩共三十二首

卷之二十　古近體詩共六十首

卷之二十一　古近體詩共三十六首

卷之二十二　古近體詩共五十八首

卷之二十三　古近體詩共四十七首

卷之二十四　古近體詩共六十五首

卷之二十五　古近體詩共九十首

卷之二十六　表書共九首

卷之二十七　序文二十首

贈江油尉　清平樂令二首

清平樂三首　桂殿秋

連理枝二首　漢東紫陽先生碑銘

雜題四則

卷之三十一　附錄一

序誌碑傳十二首

卷之三十二　附錄二

詩文二十一首

卷之三十三　附錄三

詩文五十九首

總計
序四篇共十三頁
目錄二十五頁
本集三十卷共九百零一頁

附録六卷共二百二十九頁

跋九頁

共一千一百七十七頁

李太白文集卷之一

錢塘　王琦琢崖輯註

緡端臣　思謙蘊山　較

古賦八首

大鵬賦并序。

莊子北冥有魚其名爲鯤鯤之大不知其幾千里也化而爲鳥其名爲鵬鵬之背不知其幾千里也怒而飛其翼若垂天之雲是鳥也海運則將徙于南冥南冥者天池也齊諧者志怪者也諧之言曰鵬之徙于南冥也水擊三千里摶扶搖而上者九萬里去以六月息者也湯之問棘也是已窮髮之北有冥海者天池也有魚焉其廣數千里未有知其脩者其名爲鯤有鳥焉其名爲鵬背若泰山翼若垂天之雲摶扶搖羊角而上者九萬里絶雲氣負青天然後圖南且適南冥也斥鴳笑之曰彼且奚適也我騰躍而上不過數仞而下翱翔蓬

蒿之間此亦飛之至也而彼且奚適也此小大之辯也

余昔于江陵見天台司馬子微謂余有仙風道骨可與神遊八極之表因著大鵬遇希有鳥賦以自廣此賦已傳于世往往人間見之悔其少作未窮宏達之旨中年棄之及讀晉書覩阮宣子大鵬贊鄙心陋之遂更記憶多將舊本不同今復蕭本繆示俱作腹非存手集豈敢傳諸作者庶可示之子弟而已唐時江陵郡即荆州也隸山南東道

大唐新語司馬承禎字子微隱于天台山自號白雲子有服餌之術則天中宗朝頻徵不起睿宗雅尚道教稍加尊異承禎方赴召無何苦辭歸乃賜寶琴花帔以遣之淮南子廓四方拆八極高誘註八極八方之極也神異經崑崙山有大鳥名曰希有南向張左翼覆東王公右翼覆西王母背上小處無羽一萬九

千里西王母歲登翼上之東王公也其鳥銘曰有鳥希有綠赤煌煌不鳴不食東覆東王公西覆西王母王母欲東登之自通陰陽相須唯會益工楊修荅臨淄侯牋修家子雲老不曉事彊著一書悔其少作晉書阮修字宣子嘗作大鵬贊曰蒼蒼大鵬誕自北溟假精靈鱗神化以生如雲之翼如山之形海運水擊扶搖上征翕然層舉背負太清志存天地不屑雷霆鷽鳩仰笑尺鷃所輕超然高逝莫知其情韻會將輿也

其辭曰

南華老仙一作仙老發天機于漆園吐崢嶸之高論開浩蕩之奇言徵至一作志怪于齊諧談北溟之有魚吾不知其繆本脫其字幾千里其名曰鯤化成大鵬質凝胚渾脫鬐鬣于海島張羽毛于天門刷渤澥之春流晞扶桑之朝暾燀繆本作炟赫乎宇宙憑陵乎崑崙一鼓一舞

烟朦沙昏五岳爲之震蕩（繆本作落）百川爲之崩奔（唐書天寶元年詔封莊子爲南華眞人史記莊子者蒙人也名周嘗爲蒙漆園吏其學無所不闚然其要本歸于老子之言故其著書十餘萬言大抵率寓言也正義曰括地志云漆園故城在曹州宛句縣北十七里莊周爲漆園吏卽此按其城古屬蒙縣陸德明莊子音義齊諧人姓名郭璞江賦類胚渾之未凝李善注胚胎渾混尚未凝結木華海賦巨鱗插雲鬐鬣刺天李善注鬐魚背上鬣也增韻凡魚龍頷旁小鬐皆曰鬣司馬相如子虛賦浮渤澥顏師古曰渤澥海別枝也司馬貞曰案齊都賦海旁曰渤斷水曰澥也淮南子曰出于暘谷浴于咸池拂于扶桑是謂晨明楚詞暾將出兮東方照吾檻兮扶桑王逸註謂日始出東方其容暾暾而盛貌東方有扶桑之木其高萬仞日下浴于湯谷上拂其扶桑爰始而登照耀四方牛弘樂府扶桑上朝暾蕭士贇曰燀赫舊作烜赫莊子曰驚揚而奮鬐白波若山海水震蕩聲侔鬼神燀赫千里世本作烜字由傳寫者作烜字之誤人不能解遂作烜字今釐正之初學記四方上下謂之宇往古來今謂

之宙或謂天地爲宇宙左傳馮陵我城郭杜預注馮迫也博物志地部之位起形高大者有崑崙山廣萬里高萬一千里神物之所生聖人仙人之所集也出五色雲氣五色流水其泉南流入中國名曰河也其山中應于天最居中八十城布繞之中國東南隅居其一分說苑五岳泰山東岳也霍山南岳也華山西岳也常山北岳也嵩山中岳也詩小雅百川沸騰謝靈運詩嶄岸屢崩奔呂向注水激其岸崩頽而奔波也○崢嶸音撐橫厯音坯澥音蟹巇音吞爗音闖平聲爾繆本脫爾字乃蹶厚地揭太清亘層霄突重溟激三千以崛起向九萬而迴征背叢太山一作太虛繆本作大山之崔嵬翼舉長雲之縱橫左迴右旋倏陰忽明歷汗漫以天矯狂許本作蝎閶闔之崢嶸簸鴻蒙扇雷霆斗轉而天動山搖而海傾怒無所搏雄無所爭固可想像其勢髣髴其形高誘淮南子註太清元氣

之清者也抱朴子上昇四十里名曰太清太清之中
其氣甚剛霄近天雲氣天有九重故曰層霄孫綽天
台山賦或倒影于重溟李善註重溟海也韻會勃起
曰浡起天台山賦落五界而迅征呂向註迅疾也爾
雅石戴土謂之崔嵬淮南子徙倚于汗漫之宇高誘
註汗漫無生形形生元氣之本神也故盧敖見若士
者言曰吾與汗漫期于九垓之上是也郭璞江賦吸
翠霞而夭矯揚雄甘泉賦登椽欒而狃天門蘇林註
狃至也淮南子排閶闔鑰天門高誘註閶闔始升天
之門也夭矯飛騰貌崢嶸高峻貌莊子雲將東遊過
扶搖之野而適遭鴻蒙陸德明音義鴻蒙自然元氣也一云海上氣也○崛音掘狃音貢若乃足
縈虹蜺目耀日月連軒沓拖揮霍翕忽噴氣則六合
生雲灑毛則千里飛雪邈彼北荒將窮南圖運逸翰
以傍擊鼓奔飆而長驅燭龍銜光以照物列缺施鞭
而啟途塊視三山杯觀一作看五湖其動也神應其行

也道俱任公見之而罷釣有窮不敢以彎弧莫不投竿失鏃仰之長吁春秋元命苞虹蜺者陰陽之精雄曰虹雌曰蜺初學記凡虹雙出色鮮盛者爲雄雄曰虹暗者爲雌雌曰蜺木華海賦翔霧連軒長波沓泲張銑註連軒飛貌李周翰註沓泲延長貌張協七命翕忽揮霍雲迴風列劉良註並飛走亂長急也王肅家語註天地四方謂之六合郭璞客傲藹若鄧林之會逸翰鳥羽也奔厲疾風也山海經西北海之外赤水之北有章尾山有神人面蛇身而赤直目正乘其瞑乃晦其視乃明不食不寢不息風雨是謁是燭九陰是爲燭龍郭璞註離騷日安不到燭龍何曜詩含神霧曰天不足西北無有陰陽消息故有龍銜精以往照天門中云謝惠連雪賦若燭龍銜耀照崑山揚雄羽獵賦霹靂列缺吐火施鞭應劭曰霹靂雷也列缺天隙電光也史記海中有三神山名曰蓬萊方丈瀛洲仙人居之初學記周官揚州其浸五湖案張勃吳錄五湖者太湖之別名以其周行五百餘里故以五湖爲名又虞翻云太湖有五道別謂之五湖或說以太湖射貴湖上湖洮湖滆湖

爲五湖按國語吳越戰于五湖直在笠澤一湖中戰耳則知或說非也鶡冠子至人不遺動與道俱莊子任公子爲大鉤巨緇五十犗以爲餌蹲乎會稽投竿東海旦旦而釣期年不得魚已而大魚食之牽巨鉤餡沒而下騖揚而奮鬐白波若山海水震蕩聲侔鬼神憚赫千里任公子得若魚離而腊之自制河以東蒼梧以北莫不厭若魚者史記正義帝王紀云帝羿有窮氏未聞其姓何先帝嚳以上世掌射正至嚳賜以彤弓素矢封之于鉏爲帝司射歷虞夏羿學射于吉甫其臂長故以善射聞。飈音標颮音匏爾其雄姿壯觀坱軋蕭本作映背河漢上摩蒼蒼下覆漫漫盤古開天而直視羲和倚日以繆本作而旁嘆續紛乎八荒之間掩映乎四海之半當胸臆之掩晝若混茫之未判忽騰覆以迴轉則霞廓而霧散賈誼鵩鳥賦坱圠無垠揚雄甘泉賦忽軮軋而無垠顔師古註軮軋遠相映也坱圠軮軋音義俱同初學記天河謂之天漢亦曰河漢莊子天之蒼蒼其正色耶其遠而無所至極耶晉書天了無質仰而瞻之高遠無極眼瞀精絕故蒼蒼然也楚詞路漫漫其修遠兮此用其字對上天體蒼蒼而言蓋謂大地之形漫漫闊遠無有窮極之意藝文類聚徐整三五曆記曰天地混沌如雞子盤古生其中萬八千歲天地開闢陽清爲天陰濁爲地盤古在其中一日九變神于天聖于地天日高一丈地日厚一丈盤古日長一丈如此萬八千歲天數極高地數極深盤古極長後乃有三皇山海經東南海之外甘水之間有羲和之國有女子名曰羲和方浴日于甘淵羲和帝俊之妻生十日郭璞註羲和蓋天地始生主日月者也廣雅日御謂之羲和賈誼過秦論囊括四海并吞八荒之心顏師古曰八荒八方荒忽極遠之地也爾雅九夷八狄七戎六蠻謂之四海鄭康成周禮註四海猶四方也莊子古之人在混芒之中陸德明註混混芒芒未分時也。坱軋音近央札　然

後六月一息至于海湄欻翳景以橫翥蕭本作楮逆高天而下垂憩乎泱漭之野入乎汪湟之池猛勢所射餘

風所吹溟漲沸渭巖巒紛披天吳爲之怵慄海若爲之躨跜巨鼇冠山而卻走長鯨騰海而下馳縮殼挫鬣莫之敢窺吾亦不測其神怪之蕭本作而若此蓋乃造化之所爲嵇康琴賦俯闞海湄呂向註海湄海畔也欻忽也翳景蔽遮日月之景也司馬相如上林賦過乎泱漭之野張揖曰山海經所謂大荒之野也如淳曰大貌也謝靈運詩溟漲無端倪李周翰註溟漲皆海也王褒洞簫賦雷霆輘輷佚豫以沸渭李善註埤蒼曰沸渭不安貌劉良註沸渭聲踴躍不定貌又洞簫賦飄風紛披山海經朝陽之谷神曰天吳是爲水伯其爲獸也八首人面八足八尾背青黃怵慄恐懼貌初學記海神曰海若王延壽魯靈光殿賦虬龍騰驤以蜿蟺頷若動而躨跜李善註躨跜動貌左思吳都賦巨鼇贔屭首冠靈山呂向註巨鼇大龜也靈山海中蓬萊山而大鼇以首戴之冠猶戴也劉劭趙郡賦巨鼇冠山陵魚吞舟古今注鯨魚者海魚也大者長千里小者數十丈一生數萬子常以五

六月就岸邊生子至七八月導從其子還大海中鼓浪成雷噴沫成雨水族驚畏皆逃匿莫敢當者其雌曰鯢大者亦長千里眼為明月珠張衡思玄賦玄武縮于殼中。焱音忽翳音意翥音註沸音費怵音出鯨音擎豈比夫蓬萊之黃鵠誇金衣與菊裳恥蒼梧之玄鳳耀綵質與錦章既服御蕭本作御服于靈仙久馴擾于池隍精衛殷勤繆本作勤苦于喞木鷄鶋悲愁乎薦觴天雞警曉繆本作曙于蟠桃踆烏嘶耀于太陽不曠蕩而縱適何拘攣而守常未若茲鵬之逍遙無厥類乎比方不矜大而暴猛每順時而行藏參玄根以比壽飲元氣以充腸戲暘谷而徘徊馮炎洲而抑揚西京雜記始元元年黃鵠下太液池上為歌曰黃鵠飛兮下建章羽肅肅兮行蹡蹡金為衣兮菊為裳唼喋荷荇出入蒹葭自顧菲薄媿爾嘉祥按太液池中起三山以象瀛洲蓬萊方丈故曰蓬萊黃鵠也陳子昂詩葳蕤蒼梧鳳嘹唳白露蟬又詩崑山見玄鳳豈復虞雲羅說文隍城池也有水曰池無水曰隍山海經發鳩之山有鳥焉其狀如烏文首白喙赤足名曰精衞其鳴自詨是炎帝之少女名曰女娃遊于東海溺而不反化爲精衞常銜西山之木石以湮于東海國語海鳥曰爰居止于魯東門之外三日臧文仲使國人祭之展禽曰今茲海其有災乎夫廣川之鳥獸恒知而避其災也是歲也海多大風冬暖莊子昔者海鳥止于魯郊魯侯御而觴之于廟奏九韶以爲樂具太牢以爲膳鳥乃眩視憂悲不敢食一臠不敢飲一杯三日而死述異記東南有桃都山上有大樹曰桃都枝相去三千里上有天雞日初出照此木天雞則鳴天下之雞皆隨之鳴河圖括地象桃都山有大桃樹盤屈三千里上有金雞日照則鳴淮南子日中有踆烏高誘注踆猶蹲也謂三足烏蹦明也後漢書帝知羣寮拘攣章懷太子註拘攣猶拘束也玄根道之本也盧諶詩處其玄根廓焉靡結李善註玄道也張衡玄圖曰玄者無形之類自然之根作于太始莫與爲先尚書分

命羲仲宅嵎夷曰暘谷孔安國傳曰暘明也日出于谷而天下明故稱暘谷隋書東曰暘谷日之所出西曰濛汜日之所入十洲記炎洲在南海中地方二千里去北岸九萬里亦多仙家。鵠音斛鵷鷚與爰居同跋音遂又音蹲嘶音浙彎閒員切戀平聲暘音陽俄而希有鳥見謂之曰偉哉鵬乎此之樂也吾右翼掩乎西極左翼蔽乎東荒跨躡地絡周旋天綱以恍惚爲巢以虛無爲場我呼爾遊爾同蕭本作呼我翔于是乎大鵬許之欣然相隨此二禽已登于寥廓而斥繆本作尺鷃之輩空見笑于藩籬吳都賦包括於越跨躡荊蠻地絡者地之脈絡謂山川之屬天綱者天之綱維謂南北二極不動之處鮑照遊思賦仰盡兮天經俯窮兮地絡漢書玉衡杓建天之綱也司馬相如難蜀父老文焦朋已翔乎寥廓而羅者猶視乎藪澤顏師古註寥廓天上寬廣之處陸德明莊子音義斥小澤也本亦作尺鷃鷃雀也今野澤中鶬鶊是也。古賦辯體太白蓋以鵬自比而以希有鳥比司馬子微賦家宏衍巨麗之體楚騷遠遊等作已然司馬班揚猶尚此此顯出莊子寓言本自宏闊太白又以豪氣雄文發之事與辭稱俊邁飄逸去騷頗近。跨躡音誇 捻絡音落 寥廓音聊擴

擬恨賦 古恨賦齊梁間江淹所作爲古人志願未遂抱恨而死者致慨太白此篇段落句法蓋全擬之無少差異酉陽雜俎李白前後三擬文選不如意輒焚之惟留恨別賦今別賦已亡惟存恨賦矣

晨登太山一望蒿里松楸骨寒宿草 繆本作草宿 墳毀浮生可嗟大運同此于是僕本壯夫慷慨不歇仰思前賢飲恨而沒 元和郡縣志泰山一曰岱宗在兖州乾封縣西北三十里蒿里山在乾封縣西北二十五里一統志泰山在泰安州北五里亭禪山在泰安州西南五里一名蒿里山上有蒿里祠古蒿

里曲蒿里誰家地聚斂魂魄無賢愚蒞古時蒿里爲塋墓之所故言葬埋處多借蒿里爲名猶之九原北邙也禮記朋友之墓有宿草而不哭焉鄭康成註宿草謂陳根也何遜詩行路一孤墳路成墳欲毀莊子其生也若浮其死也若休何晏景福殿賦乃大運之攸戾李周翰註大運天運也

昔如漢祖龍躍羣雄競奔提劍叱咤指揮繆本作麾中原東馳渤澥西漂崑崙斷蛇奮旅繆本作怒掃清國步握瑤圖而倐昇登紫壇而雄顧一朝長辭天下縞素

劉孝標辯命論視湯武之龍躍後漢書四方鋒起羣雄競逐史記高祖曰吾以布衣提三尺劍取天下此非天命乎字林叱咤發怒也左傳晉楚治兵遇于中原揚雄長楊賦横巨海漂崑崙李善註漂搖蕩之也渤澥崑崙已見大鵬賦註史記高祖以亭長爲縣送徒酈山到豐西澤中止飲夜乃解縱所送徒曰公等皆去吾亦從此逝矣徒中壯士願從者十餘人高祖被酒夜徑澤中令一人行前行前者還報曰前有大蛇當徑願還高祖醉曰壯士行

何畏乃前拔劍擊斬蛇蛇遂分爲兩徑開行數里醉
因臥後人來至蛇所有一老嫗夜哭人問何哭嫗曰
人殺吾子故哭之人曰嫗子何爲見殺嫗曰吾子白
帝子也化爲蛇當道今爲赤帝子斬之人以嫗爲不
誠欲笞之嫗忽不見後人至高祖覺後人告高祖高
祖乃心獨喜自負漢書敘傳爰茲發跡斷蛇奮旅神
母告符朱旗乃舉詩大雅國步斯頻毛傳云步行也
徐陵檄周文䠶膺寶曆嗣奉瑤圖藝文類聚漢舊儀
曰皇帝祭天紫壇帷幄楊升菴曰漢行宮用紫泥爲
壇齊梁郊祀歌所謂紫壇也戰國策天下縞素小爾
雅縞之精者曰縞縞之粗者曰素。叱尺栗切嗔
入聲咤丑亞切嗏去聲瀨音蟹漂音飄縞音杲　若
乃項王虎鬭白日爭輝拔山力盡蓋世心違繆本作徽聞
楚歌之四合知漢卒之重圍帳中劍舞泣挫雄威騅
兮不逝喑噁繆本作嗚何歸史記項羽本紀項王軍壁垓
下兵少食盡漢軍及諸侯兵圍之數重夜聞漢軍四面皆楚歌項王大驚曰漢皆
已得楚乎是何楚人之多也起飲帳中有美人名虞

常幸從駿馬名騅常騎之于是項王乃悲歌慷慨自爲詩曰力拔山兮氣蓋世時不利兮騅不逝騅不逝兮可奈何虞兮虞兮奈若何歌數闋美人和之項王泣數行下左右皆泣莫能仰視于是項王乃上馬騎直夜潰圍南出馳走平明漢軍乃覺之令騎將灌嬰以五千騎追之項王至東城自度不得脫乃自刎而死淮陰侯傳項王喑噁叱咤千人皆廢索隱曰喑噁懷怒氣也。騅音追喑於禁切因去聲噁烏路切汙去聲

至如荆卿入秦直度易水長虹貫日寒風颯起遠讐始皇擬報太子奇謀不成憤惋而死戰國策燕太子丹質于秦亡歸見秦且滅六國兵已臨易水恐其禍至荆軻見太子太子曰丹之私計以爲誠得天下之勇士使于秦劫秦王使悉反諸侯之侵地不可因而刺殺之此丹之上願唯荆卿留意焉荆軻許諾燕國有勇士秦武陽年十三殺人人不敢忤視乃令秦武陽爲副太子賓客知其事者皆白衣冠以送之至易水上旣祖取道高漸離擊筑荆軻和而歌爲變徵之聲士皆垂淚涕泣又前而爲歌曰風蕭蕭兮易水寒壯士一去

兮不復還復爲羽聲慷慨士皆瞋目髮盡上衝冠于是荆軻遂就車而去終已不顧至秦秦王見燕使者咸陽宫荆軻奉樊於期之頭函秦武陽奉地圖匣以次進至陛秦武陽色變振恐羣臣怪之荆軻顧笑武陽前爲謝曰北蠻夷之鄙人未嘗見天子故振慴願大王少假借之起取武陽所持圖奉之秦王發圖圖窮而匕首見因左手把秦王之袖而右手持匕首揕之未至身秦王驚自引而起袖絶拔劒劒堅不可立拔環柱而走卒惶急不知所爲左右乃曰王負劒王負劒遂拔以擊荆軻斷其左股荆軻乃引匕首以提秦王不中中柱秦王復擊軻軻被八創自知事不就倚柱而笑箕踞以駡曰事所以不成者乃欲生劫之必得約契以報太子也左右前斬荆軻如淳史記註列士傳曰荆軻發後太子自相氣見虹貫日不徹曰吾事不成矣後聞軻死事不立曰吾知其然也。颯悉合切音撒

若夫陳后失寵長門掩扉日冷金殿霜淒錦衣春草龍綠秋螢亂飛恨桃李之秀絶思君王之有違漢書孝武陳皇后擅寵驕貴十餘年而無子又

挾婦人媚道頗覺上遂窮治之使有司賜皇后策罷退居長門宮楚辭雖萎絕其亦何傷兮哀衆芳之蕪穢王逸註萎病也絕落也昔者屈原既放遷于湘流心死舊楚魂飛長楸聽江風繆本作楓之嫋嫋聞嶺狖之啾啾永埋骨于漵水怨懷王之不收楚辭章句屈原與楚同姓仕于襄王爲三閭大夫同列大夫上官靳尚妒害其能共譖毀之王乃疏屈原屈原執履忠貞而被讒衺憂心煩亂不知所愬乃作離騷經是時秦昭王使張儀譎詐懷王令絕齊交又使誘楚請與俱會武關遂脅與俱歸拘留不遣卒客死于秦其子襄王復用讒言遷屈原于江南屈原放在山野復作九章援天引聖以自證明終不見省不忍以清白久居濁世遂赴汨淵自沉而死楚辭漁父云屈原既放遊于江潭蓋原所遷之地在江之南湘水經流之處也又九章云望長楸而太息兮涕淫淫其若霰王逸註長楸大梓也言顧望楚都見其大道長樹悲而太息涕下淫淫如雨霰也又九歌云嫋嫋兮秋風王逸註嫋嫋秋風搖木貌又九歌云猨啾啾兮狖

夜鳴劉逵三都賦註異物志曰狖猿類露鼻尾長四
五尺樹上居雨則以尾塞鼻建安臨海北有之韻會
淥水清也張衡東京賦淥水澹澹太白詩中多用淥
水字疑本此或有改作綠水者非是。嬝音鳥狖音
又淥音綠及夫李斯受戮神氣黯然左右垂泣精魂動天
執愛子以長別歎黃犬之無緣史記二世二年具李斯五刑論腰斬咸陽
市斯出獄與其中子俱執顧謂其中子曰吾欲與若
復牽黃犬出上蔡東門逐狡兎豈可得乎遂父子相
哭而夷三族或有從軍永訣去國長違天涯遷客海外思
歸此人忽見愁雲蔽日目斷心飛莫不攢眉痛骨抆
血霑衣江淹別賦寫永訣之情又云抆血相視李善註抆拭也。抆音刎霑音詹若乃錯
綉轂填金門烟塵曉沓歌鐘晝諠亦復星沉電滅閉
影潛魂楚辭車錯轂兮短兵接王逸註錯交也韻會轂者居輪之正中而爲輻之所湊也填塞也

滿也揚雄解嘲歷金門上玉堂應劭註金門金馬門也韻會沓合也國語女樂二八歌鐘二肆韋昭註歌鐘歌時所奏巳矣哉桂華滿兮明月輝扶桑曉兮白日飛玉顏滅蕭本作滅兮螻蟻聚碧臺空兮歌舞稀與天道兮共盡莫不委骨而同歸酉陽雜俎舊言月中有桂扶桑巳見大鵬賦註宋玉神女賦苞溫潤之玉顏鮑照蕪城賦委骨窮塵李善註委猶積也

惜餘春賦

天之何爲令北斗而知春兮迴指于東方水蕩漾兮碧色蘭蕙藂兮紅芳試登高而望遠極雲海之微茫魂一去兮欲斷淚流頰兮成行吟清風繆本作楓而詠滄浪懷洞庭兮悲瀟湘何余心之縹緲兮與春風而飄

揚鶡冠子斗柄東指天下知春何休公羊傳註昏斗指東方曰春指南方曰夏指西方曰秋指北方曰
冬蕩漾水搖動貌楚辭七諫上葳蕤而防露王逸註
葳蕤盛貌廣韻葳蕤草木花垂貌韻會江水出荊山
東南流爲滄浪之水括地志云水出嶓冢山爲沮爲
滄爲沔爲漢至均州爲滄浪之水楚辭漁父歌曰滄
浪之水清兮可以濯吾纓滄浪之水濁兮可以濯吾
足一統志洞庭湖在岳州府城西西南禹貢九江孔殷
註云即洞庭也沅漸元辰敘酉澧資湘九水皆合于
此故名九江又九江沅資湘最大皆自南而入荊江自
北而過洞庭瀦其間名爲五瀦戰國策云秦與荊
戰大破之取洞庭五瀦是也每歲六七月間岷峨雪
消水暴漲自荊江逆入洞庭清流爲之改色瀟水源
出九疑山南流至三江口東北與湘水合又東北流
至永州府城外北流至湘口會于湘水湘源出廣西
興安縣陽海山西北流至永州與瀟水合曰瀟湘至
衡陽與蒸水合曰蒸湘至沅州與沅水合曰
沅湘會衆流以達洞庭。蕤儒追切音緌飄揚兮
思無限念佳期兮莫展平原萋兮綺色愛芳草兮如

剪惜餘春之將闌每爲恨兮不淺楚辭與佳期兮夕張爾雅大野曰平廣平曰原後人合稱之以謂曠野之地說文綺文繒也顏師古曰卽今之細綾也韻會闋晚也又盡也衰也。綺音起漢之曲兮江之潭把瑤草兮思何堪想遊女于峴北愁帝子于湘南恨無極兮心氤氳目眇眇兮憂紛紛披衞情于淇水結楚夢于陽雲張衡南都賦遊女弄珠于漢皐之曲楚辭屈原既放遊于江潭漢曲謂漢水灣曲處江潭謂湘江深匯處瑤草草之珍美者故以美玉貌之猶琪花玉樹之謂江淹詩瑤草正翕絶詩周南漢有遊女不可求思太平寰宇記峴山在襄州襄陽縣南十里楚辭帝子降兮北渚目眇眇兮愁余王逸註帝子謂堯女也堯二女娥皇女英隨舜不反墮于湘水之渚因爲湘夫人眇眇好貌氤氳聚而不散之意詩衞風淇水在右泉源在左巧笑之瑳佩玉之儺鮑照詩發郢流楚思涉淇興衞情太平御覽襄陽耆舊傳曰楚襄王與宋玉遊于雲夢之野將使宋玉賦高唐之事望朝雲之館上有雲氣崒乎直上忽而改容須臾之間變化無窮王問宋玉曰此何氣也對曰所謂朝雲者也昔者先王遊于高唐怠而晝寢夢一婦人曖乎若雲皦乎若星將行未至如浮如傾詳而視之西施之行王悅而問焉對曰我夏帝之季女也名曰瑤姬未行而亡封于巫山之陽臺精魂爲草實爲靈芝媚而服焉則與夢期所謂巫山之女高唐之姬聞君遊于高唐願薦枕席王因幸之去而辭曰妾在巫山之陽高丘之岨旦爲朝雲暮爲行雨朝朝暮暮陽臺之下早旦視之果如其言故爲立廟號朝雲焉江淹詩相思巫山渚悵望陽雲臺一統志陽臺山在夔州府巫山縣北高百尺上有陽雲臺遺趾陽雲臺卽陽臺也。峴胡典切賢上聲今人作硯音讀者非氳於云切醞平聲

春每歸兮花開花已闌兮春改嘆長河之流速繆本作春送馳波于東海春不留兮時已失老衰颯兮逾疾恨不得挂長繩于青天繫此西飛之白日上林賦馳波跳沫傅玄詩歲暮景邁羣光絕安得長

繩繫白日若有人兮情相親去南國兮往西秦見遊絲之橫路網春輝以留人沈吟兮哀歌躑躅兮傷別送行子之將遠看征鴻之稍滅醉愁心于垂楊隨柔條以糾結望夫君兮咨嗟橫涕淚兮怨春華遙寄影蕭本作寄遙影于明月送夫君于天涯楚辭若有人兮山之阿韻會躑躅住足也鮑照詩居人掩閨臥行子夜中飯江淹詩雲邊有征鴻楚辭望夫君兮未來蘇武詩努力愛春華莫忘歡樂時李善註春華喻少時也。躑躅音擲逐糾音九

愁陽春賦

東風歸來見碧草而知春蕩漾惚恍何垂楊旖旎之愁人天光青蕭本作清而妍和海氣綠而芳新野蕭本少野字

綠翠兮阡眠繆本作芊綿雲飄颻繆本作飄飄而相鮮演漾兮貪綠窺青一作新苔之生泉縹緲兮翩緜見遊絲之縈煙魂與此兮俱斷醉一作對風光兮悽然江淹別賦春草碧色上林賦紛容蕭蔘旖旎從風張揖曰旖旎猶阿那也王粲柳賦覽茲樹之豐茂紛旖旎以修長韻會旖旎柔弱貌鮑照詩天色淨綠氣妍和楚辭望遠兮仟眠廣韻阡眠廣遠也陸機詩林薄杳阡眠呂延濟註阡眠原野之色說文演長流也演漾水流而動貌吳都賦貪緣山岳之岊韻會貪緣連絡也。旖旎音衣尼又去聲作椅梶讀妍音近延演音衍貪音寅若乃隴水秦聲江猿巴吟明妃玉塞楚客楓林試登高而望遠痛切一作咸痛骨而傷心春心蕩兮如波春愁亂兮如雪兼萬情之悲歡茲一感于芳節後漢書郡國志隴州有大阪名隴坻劉昭註三秦記其坂九迴不知高幾許欲上者七月乃越高處可容百餘家淸水四注下郭仲産秦川記曰隴山東西百八十里登山嶺東望秦川四五百里極目泯然山東人行役升此而顧瞻者莫不悲思故歌曰隴頭流水分離四下念我行役飄然曠野登高望遠涕零雙墮藝文類聚宜都山川記曰峽中猿鳴至淸山谷傳其響泠泠不絶行者歌之曰巴東三峽猿鳴悲猿鳴三聲淚沾衣明妃即昭君也晉人以文帝諱昭改稱明君後人又改爲明妃藝文類聚琴操曰王昭君者齊國人也顔色皎潔聞于國中獻于孝元帝訖不幸納積五六年昭君心有怨曠僞不飾其形容元帝每歷後宫疎畧不過其處後單于遣使者朝賀元帝陳設倡樂令後宫粧出昭君怨恚日久乃便循飾善粧盛服光暉而出俱列坐元帝謂使者曰單于何所願樂對曰珍奇怪物皆悉自備唯婦人醜陋不如中國乃令後宫欲至單于者起昭君喟然越席而前曰妾幸得備在後宫粗醜卑陋不合陛下之心誠願得行帝大驚悔之良久太息曰朕已誤矣遂以與之昭君至單于心思不樂乃作怨曠思惟歌曰秋木萋萋其葉萎黄有鳥處山集于苞桑養育毛羽形容生光既得升雲遊倚曲房離宫絶曠身體

攤藏志念抑冗不得頡頏雖得餧食心有徊徨我獨伊何故往變常翩翩之鶱遠集西羌高山峩峩河水泱泱父兮母兮道里悠長鳴呼哀哉憂心惻傷謝莊舞馬賦乘玉塞而歸寶玉塞謂玉門關乃入西域之路昭君入胡之路未必由此蓋借作邊塞字用耳楚辭宋玉憐哀屈原忠而斥棄愁懣山澤魂魄放佚厥命將落故作招魂欲以復其精神延其年壽其辭章曰湛湛江水兮上有楓目極千里兮傷春心王逸註言湛湛江水浸潤楓木使之茂盛傷已不蒙君惠而身放棄曾不若樹木得其所也或曰木旁林木中鳥獸所聚不可居也高唐賦登高望遠使人心悴枚乘七發陶陽氣蕩春心劉繪詩心中亂如雪寧知有所思劉鑠詩徘徊去芳節梁元帝纂要春節曰芳節

若有一人一作我所思兮湘水濱隔雲霓而見無因灑別淚於尺波寄東流于情親

若使春光可攬而不滅兮吾欲贈天涯之佳人陸機詩尺波豈徒旋。古賦辯體先用連綿字以起下句之意是學九辯第一首若乃以下則是梁陳體

悲清秋賦

登九疑兮望清川見三湘之潺湲水流寒以歸海雲横秋而蔽天余以鳥道計于故鄉兮不知去荆吳之幾千史記正義括地志云九疑山在永州唐興縣東南一百里太平御覽湘中記曰九疑山在營道縣九山相似行者疑惑因名九疑盛弘之荆州記曰九疑山盤基數郡之界連峯接岫競秀爭高含霧卷霞分天隱日隋書五行志巴陵南有地名三湘太平寰宇記湘潭湘鄉湘源是爲三湘衡州府志三湘浦在臨湘縣南四十五里湘中記曰湘水至清深五六丈下見底了了石子如樗蒲白沙如雪霜赤岸如朝霞湖嶺之間湘水貫之凡水皆會焉無出湘之右者與瀟水合則曰瀟湘與蒸水合則曰蒸湘與沅水合則曰沅湘故謂之三湘琦按湘水源出廣西桂林府東北流至湖廣永州府城西瀟水自南來會焉至衡州府城東蒸水自西南來會焉又北流環長沙府城東北至湘陰縣達青草湖而入于洞庭凡行二千五

百餘里大小諸水會入者頗衆若沅水則不與湘會而自入于洞庭雖沅湘之稱起自屈平但雙舉二水並未言其會同相合也三湘之名恐未必由此廣韻潺湲水流貌庾信麥積崖佛龕銘鳥道乍窮羊腸忽斷李善文選註南中八志曰交趾郡治龍編縣自興古鳥道四百里以其險絶獸猶無蹊惟上有飛鳥之道耳後人稱高峻之徑曰鳥道本此

于時西陽半規映鳥欲沒澄湖練明遥海上月念佳期之浩蕩渺懷燕而望越

西陽謂西落之日其半爲峯所蔽僅見其半如半規然謝靈運詩遠峯隱半規謝惠連詩分袂澄湖陰古賦辯體澄湖練明遥海上月與赤壁賦人影在地仰見明月語意同謂之倒語若云遥海上月澄湖練明仰見明月人影在地語意一順意味大減琦按太白故鄉在西蜀而荆吳則其東也燕地居北越地居南蓋登高而徧覽四方之意翻作兩層抒寫便覺變幻不可測○澄音丞

荷花落兮江色秋風嫋嫋兮夜悠悠臨窮溟以有羨思釣鼇于滄洲無修竿

以一皋撫洪波而增憂歸去來兮人間不可以託些吾將採藥于蓬邱楚辭九歌嫋嫋兮秋風又九辯襲長夜之悠悠木華海賦翔天沼戲窮溟窮窮溟即莊子所云窮髮之北溟海也漢書古人有言曰臨淵羨魚不如退而結網列子龍伯之國有大人舉足不盈數步而暨五山之所一釣而連六鼇阮籍爲鄭沖勸晉王牋臨滄洲而謝支伯登箕山以揖許由滄洲謂滄海中之洲渚也楚辭招魂歸來歸來不可以託些朱子註些說文云語辭也沈存中云今夔峽湖湘及南北江獠人凡禁呪句尾皆云些乃楚人舊俗十洲記蓬邱蓬萊山也對東海之東北岸周迴五千里○古賦辯體太白諸短賦雕脂鏤冰是江文通別賦等篇步驟

劍閣賦原註送友人王炎入蜀○通志地理略劍閣在劍州普安縣界今謂之劍門左思蜀都賦緣以劍閣阻以石門劉逵註劍閣谷名自蜀通漢中道一由此背有閣道在梓潼郡東北一統志劍閣在劍州北三十里兩岸峻拔鑿石架閣而爲棧道連山絕險故謂之劍閣秦

司馬錯由此道伐蜀

咸陽之南直望五千里見雲峯之崔嵬前有劒閣橫斷倚青天而中開上則松風蕭颯瑟颸有巴猿兮相哀旁則飛湍走壑灑石噴閣洶湧而驚雷通典京兆郡咸陽縣東十五里有故咸陽城秦所都也三輔黃圖咸陽在九嵕山渭水北山水俱在南故名咸陽今文士槩指秦地曰咸陽也說文颸大風也韻會颸颸風風貌江洪詩颸颸夕風高○颸音聿送佳人兮此去復何時兮歸來望夫君兮安極我沈吟兮歎息視滄波之東注悲白日之西匿鴻別燕兮秋聲雲愁秦而瞑色若明月出于劍閣兮與君兩鄉對酒而相憶鮑照觀漏賦波沉沉而東注日滔滔而西屬曹植詩白日忽西匿○古賦辯體其前有上則旁則等語是

擧斂上林兩都鋪敘體格而裁入小賦所謂天與其
紫鳳顛倒在短褐者歟故雖以小賦亦自浩蕩而不
傷儉陋蓋太白天才飄逸其爲詩
也或離舊格而去之其賦亦然

明堂賦并序

○按新舊唐書及通鑑隋無明堂季秋大享常寓雩壇唐高祖太宗時寓于圜丘高宗永徽二年勅令所司與禮官學士考覈故事造立明堂于是太常博士柳宣依鄭玄義以爲明堂之制當爲五室内直丞孔志約據大戴禮及盧植蔡邕等義以爲九室諸儒紛爭互有不同乾封二年二月詔以製造明堂宜及時起作于是大赦天下改元爲總章分萬年縣置明堂縣示必欲立之而議者益紛然乃下詔率意班其制度至取象黄琮上設鴟尾其言益不經而明堂亦不能立則天臨朝儒者屢上言請創立明堂則天以高宗遺意乃與北門學士議其制盡棄羣言垂拱三年春毁東都之乾元殿以其地立明堂爲三層下層象四時各隨方色中層法十二辰上層法二十四氣凡高二百九十四尺廣三百尺明堂以下圜繞施鐵渠

以爲辟雍之象四年正月明堂成號萬象神宮證聖元年正月爲火所焚又令重造規模率小于舊制其上施一金塗鐵鳳高二丈後爲大風所損更爲銅火珠羣龍奉之天冊萬歲二年三月重造明堂成號爲通天宮玄宗開元五年幸東都將行大享之禮以武太后所造明堂有乖典制遂依舊拆改爲乾元殿訖唐之世季秋大享皆寓圜丘太白此賦蓋在開元五年未復改乾元殿以前所作者也考賦中所言多係書傳所載古時規模制度與則天所造明堂或有不同蓋身在遠方聞其事而賦之固未親至東都得之目見以古準今約當如是以修詞焉耳

昔在天皇告成岱宗改元乾封經始明堂年紀總章時締構之未集繆本作輯痛威靈之遐邁天后繼作中宗成之因兆人之子來崇萬祀之丕業蓋天皇先天中宗奉天累聖纂就鴻勳克宣臣白美頌恭惟述焉冊府

元龜唐高宗上元元年八月皇帝稱天皇皇后稱天后以避先帝先后之稱舊唐書高宗本紀麟德三年春正月戊辰朔車駕至泰山頓是日親祀昊天上帝于封祀壇以高祖太宗配享巳巳帝升山行封禪之禮庚午禪于社首祭皇地祇以太穆太皇太后文德皇太后配享壬申御朝覲壇受朝賀改麟德三年爲乾封元年乾封三年二月丙寅以明堂制度歷代不同漢魏以還彌更訛舛遂增損古今新制其圖下詔大赦改元爲總章元年初學記太山五經通義云一曰岱宗言王者受命易姓報功告成必于岱宗也岱者代也東方萬物始交代之處宗長也言爲羣岳之長左思魏都賦縮構之初李善註縮結也韻會十萬爲億十億爲兆左傳天子曰兆民諸侯曰萬民詩大雅庶民子來萬祀萬年也南都賦彌萬祀而無衰司馬相如封禪文天下之壯觀王者之丕業顏師古註丕大也周易先天而天弗違後天而奉天時孔頴達正義先天而天勿違者若在天時之先行事天乃在後不違是天合大人也後天而奉天時者若在天時之後行事能奉順上天是大人合天也　其辭曰

伊皇唐之革天創元也我高祖乃仗大順赫然雷發以首之于是橫八荒漂九陽掃叛換開混茫景星耀而太階平虹蜺滅而日月張革命謂改革天命創元謂創造基業之始劉琨勸進表抗明威以攝不類仗大順以肅宇內楚辭夕晞予身兮九陽王逸註九陽謂天地之涯也漢書項氏畔換顏師古註畔換強恣之貌猶言跋扈也詩大雅皇矣篇曰無然畔換畔換子華子混茫之初是名太初此喻隋季擾亂有若混沌茫昧之世也史記天精而見景星景星者德星也其狀無常常出于有道之國孟康註精明也有赤方氣與青方氣相連赤方中有兩黃星青方中有一黃星凡三星合爲景星宋書景星大星也狀如半月生于晦朔助月爲明太平御覽孫氏瑞應圖曰景星者星之精也先後月出于西方王者不私人以官使賢者在位則見佐月爲明漢書願陳泰階六符以觀天變孟康註泰階三台也每台二星凡六星應劭註黃帝泰階六符經曰泰階者天之三階也上階爲天子中階爲諸侯公卿大夫下階

爲士庶人上階上星爲男主下星爲女主中階上星爲諸侯三公下星爲卿大夫下階上星爲元士下星爲庶人三階平則陰陽和風雨時社稷神祇咸獲其宜天下大安是爲太平三階不平則五神乏祀日有食之水潤不浸稼穡不成冬雷夏霜百姓不寧故治道傾長楊賦玉衡正而太階平晉書虹蜺日旁氣也斗之亂精主惑心主內淫主臣謀君天子誹后妃顓妻不一

欽若太宗繼明重光

廓區宇以立極綴蒼顥繆本作昊之頹綱淳風汋穆鴻恩滂洋武義烜赫于有截仁聲駁驁蕭本作杳乎無疆

書堯典欽若昊天周易大人以繼明照于四方書顧命昔君文王武王宣重光蔡沈註武猶文謂之重光猶舜如堯謂之重華也張衡東京賦區宇乂寧班固答賓戲超忽荒而蹳顥蒼顏師古註顥顥天也元氣顥汗故曰顥天其色蒼蒼故曰蒼天晉書振千載之頹綱落周孔之繩網穀梁傳疏上下無序綱紀頹壞故曰頹綱北史扇之以淳風浸之以太和賈誼鵩賦汋穆無窮兮胡可勝言顏師古註汋穆深微貌李善註汋穆不

李太白文集　卷一

可分别也漢書匈奴傳大化神明鴻恩博洽漢郊祀歌福滂洋邈延長顔師古註滂洋饒廣也羽獵賦仁聲惠于北狄武義動于南鄰呂向註武義武事也蕭士贇曰按詩赫兮咺兮咺字當作烜爾雅釋詩者曰赫兮烜兮者威儀也郭璞註云貌光宣陸德明音義曰赫赫火格反烜可遠反烜者光明宣著唐宋以前詩之咺字皆作烜今作咺者緣宋朝舊諱故改耳詩商頌濟濟外有截鄭箋曰截整齊也四海之外率服截爾齊整廣韻駁騎馬行也喻仁聲之流行如馬行之疾速也周易牝馬地類行地無疆○駁騎音颯踏若乃高宗紹興祐統錫羨神休旁臻瑞物咸薦元符剖兮地珍見既應天以蕭本作而順人遂登封而降禪將欲考有洛崇明堂惟厥功之未輯兮乘白雲于帝鄉天后勤勞輔政兮中宗以欽明克昌遵先軌以繼作兮揚列聖之耿光甘泉賦卹亂錫羨拓跡開統應劭註錫與也羨饒也言神明饒與福祥也

又甘泉賦揄𥙿休尚明號晉灼註休美也言見貺護以休美之祥也長楊賦方將俟元符李善註元符大瑞也周易湯武革命順乎天而應乎人東京賦登封降禪則齊德乎黄軒薛綜註登謂上太山封土降謂下禪梁父也輯集也古字通用莊子千歲厭世去而上仙乘彼白雲至于帝鄉書堯典欽明文思孔安國傳欽敬也鄭玄云敬事節用謂之欽照臨四方謂之明詩周頌克昌厥後三國志敷弘大猷光濟先軌書立政以覲文王之耿光

則使軒轅草圖羲和練日經之營之不綵不質因子來于四方豈殫稅于萬室乃准水臬攢雲楶矗玉石于隴坂空瓌材于瀟湘巧奪神鬼高窮昊蒼聽天語之察察擬帝居之將將繆本作鏘鏘雖暫勞而永固兮始聖謨于我皇漢書上欲治明堂奉高旁未曉其制濟南人公玉帶上黄帝時明堂圖孔安國書傳重黎之後羲氏和氏世掌天地四時之官漢書郊祀歌練時日俟有望顏

師古註練選也詩大雅經始靈臺經之營之庶民攻
之不日成之經始勿亟庶民子來廣韻繩畫也周禮
匠人建國水地以縣置槷以縣眡以景鄭康成註于
四角立植而縣以水望其高下高下既定乃爲位而
平地槷古文臬假借字于所平之地中央樹八尺之
臬以縣正之眡之以其景將以正四方也何晏景福
殿賦制無細而不協于規景作無微而不違于水臬
又曰渙若雲梁之承天張銑註梁高如雲虹之狀通
典天水郡有大坂名曰隴坻亦曰隴山三秦記其坂
九迴上者七日乃越顏師古漢書註隴坻謂隴坂即
今之隴山也班固西都賦因瓌材而究奇呂延濟註
瓌美也圖經瀟水去陵零縣三十里源出九疑山至
永與湘水合湘水在陵零縣北十五里其原自全來
與瀟水合二水合流謂之瀟湘甘泉賦配帝居之縣
圃兮西京賦仰福帝居薛綜註帝居謂太微宮五帝
所居福猶同也言長安宮上與之法矣詩大雅乃立
應門應門將將毛傳云
將將嚴正也。瓌音規

觀夫明堂之宏壯也則突兀
曈曨乍明乍蒙若蕭本繆本俱脱若字大古元氣之結空巃嵸

頽沓若嵬若嶪似天闕地門之開闔岌兀高也說文曈曨日欲明也子虛賦巃嵸崔巍郭璞註巃嵸崔嵬皆高峻貌西京賦狀嵬峩以岌嶪張銑註嵬峩岌嶪高壯貌甘泉賦天闕決分地垠開顔師古註天闕天門之開也○嵸音竦又音宗爾乃劃岩嶺以嶽立郁穹崇而鴻紛冠百王以繆本作而垂勲燭萬象而騰文窣惚怳以洞啓呼嶔巖而傍分又比乎崑山之天柱矗九霄而垂雲增韻劃剖也木華海賦啓龍門之岩嶺李善註岩嶺高貌司馬相如長門賦正殿塊以造天兮鬱並起而穹崇魯靈光殿賦彤彤靈宮巋𡼏穹崇又云羌瓌譎而鴻紛劉良註鴻大也紛多也言奇異之狀大而多也孝經鉤命訣地以舒形萬象咸載潘岳藉田賦閶闔洞啓甘泉賦嶔巖巖其龍鱗韻會嶔巖山險貌河圖玉版崑崙山天中柱也神異經崑崙之山有銅柱焉其高入天所謂天柱也圍三千里圓如削韻會矗聳上貌沈約詩託慕九霄中張銑註九霄九天仙人所居也按道書

九霄之名謂赤霄碧霄青霄絳霄黅霄紫霄練霄玄霄縉霄也一説以神霄青霄碧霄丹霄景霄玉霄琅霄紫霄大霄爲九霄○劃音畫岩音宅嶺音額峯音哮嵌音近龕嚞音觸于是結構乎黃道岧嶤乎紫微絡句陳以繚垣闢閶闔而啓扉崢嶸嶒嶷粲宇宙兮光輝崔嵬赫奕張天地之神威謝朓詩結構何迢遰李善註結構謂結連構架以成屋宇也晉書黃道日之所行也半在赤道外半在赤道內李善文選註七畧曰王者師天體地而行是以明堂之制內有太室象紫微宮南出明堂象太微西都賦周以鉤陳之位李周翰註鉤陳星名衞紫微宮今離宮別衞以取象焉魯靈光殿賦高門擬于閶闔張載註閶闔天門也王者因以爲名西都賦臨峻路而啓扉張銑註啓開也扉門扉也岧嶤崢嶸嶒嶷崔嵬並言山之高峻借以喻室之高峻也○岧音條嶒音層夫其背泓黃河垠瀕清洛太行卻立通谷前廓遠則標熊耳以作揭豁龍門以開

闕點翠綵于鴻繆本作洪荒洞清陰乎羣山及乎煙雲卷舒忽出乍沒岌嵩噴伊倚日薄月雷霆之所鼓蕩星斗之所伾扢蕭本作仡挐金龍之蟠蜿挂天珠之硉矶蕭本作兀○廣韻泬水深也垠岸也韻會瀨說文水流沙上也師古曰瀨疾流也又湍也元和郡縣志洛水在洛陽縣西南三里河南縣北四里郭璞山海經註洛水出上洛冢嶺山東北經弘農至河南鞏縣入河潘岳籍田賦清洛濁渠引流激水元和郡縣志太行山在懷州河內縣北二十五里河南志太行山在懷慶府城北其山西自濟源東北接河內修武輝縣林縣至磁州界縣亘數十里其間峯谷巖洞景物萬狀雖各因地立名實太行一山也爲中州巨鎮曹植洛神賦背伊闕越轘轅經通谷陵景山李善註華延之洛陽記曰城南五十里有大谷舊名通谷史記正義括地志云熊耳山在虢州盧氏縣南五十里水經註洛水之北有熊耳山雙巒競舉狀同熊耳東京賦太室作鎮揭以熊耳薛綜註揭猶表也歸田錄西京龍門

山夾伊水上自端門望之如雙闕故謂之闕塞一統志闕塞山在河南府城西南三十里一名伊闕亦名闕口大禹疏龍門伊水出其間漢服虔謂南山伊闕是也俗名龍門山鴻荒大荒也謂曠遠之地也史記正義括地志云嵩高山亦名太室山亦名外方山在洛州陽城縣北二十三里元和郡縣志伊水在河南縣東南十八里郭璞山海經註伊水出上洛盧氏縣熊耳山東北至河南洛陽縣入洛廣韻圪磨也隋唐佳話明堂始微于西南傾工人以木于中薦之武后不欲人見因加爲九龍盤糺之狀其圓蓋上本施一金鳳至是改鳳爲珠羣龍捧之東京賦龍雀蟠蜿韻會挐說文持也又牽引也蟠蜿龍蛇動也郭璞江賦巨石硉矹以前卻廣韻硉矹不穩貌○垠音銀圪音骨蟠音盤蜿音剜硉勒沒切論入聲勢拔五岳形張四維軋地軸以盤根摩天倪而創規樓臺崛岉以奔附城闕崟岑蕭本作嶔崟而蔽虧珍樹翠草含華揚蕤目瑤井之熒熒拖玉繩之離離撥華蓋以儻漭

仰太微之參差淮南子橫四維而含陰陽又曰東北爲報德之維西南爲背陽之維東南
爲常羊之維西北爲號通之維高誘註四角爲維也
初學記纂要曰東西南北曰四方四方之隅曰四維
說文軋輾也初學記河圖括地象曰崑崙者地之中
也地下有八柱柱廣十萬里有三千六百軸互相牽
制名山大川孔穴相通北堂書鈔河圖括地象云崑
崙之山橫爲地軸莊子和之以天倪陸德明註倪李
云分也崔云或作霓際也天倪謂天之邊際也魯靈
光殿賦隆崛岉乎青雲劉良註隆崛岉極高貌子虛
賦岑崟參差日月蔽虧思京賦嶚歷陂之嶔崟張銑
註嶔崟高貌左思魏都賦珍樹猗猗曹攄詩嚴霜凋
翠草南都賦芙蓉含華吳都賦羽毛揚蕤說文蕤草
木花垂貌鮑照詩參差玉繩高掩映瑤井沒瑤井玉
井也晉書玉井四星在參左足下主水漿以給廚博
雅熒熒光也太平御覽春秋元命苞曰玉衡北兩星
爲玉繩玉之爲言溝刻也瑕而不掩折而不傷宋均
註曰繩能直物故名玉繩溝謂作器甘泉賦撤北極
之嶟嶟應劭註撤至也說文撤刺也甘氏星經華蓋
十六星在五帝座上正吉帝道昌星邪傾大凶陸機

感時賦望八極之矘漭普宇宙而寥廓儻漭卽矘漭廣大之貌史記正義太微宮垣十星在翼軫北天子之宮庭五帝之座十二諸侯之府也張衡靈憲太微爲五帝之庭明堂之房春秋合誠圖太微其星十二四方。軋音揠倪音厓又音霓崛音倔岉音物崟音吟岑音近層嶸音縈儻他曩切渴上聲擁以禁扃橫以武庫獻房心以開鑿瞻少陽而舉措採殿制酌夏步雜以代室重屋之名括以辰次火木之數壯不及奢麗不及素層簷屹蕭本作屺其霞矯廣廈鬱以雲布掩日道遏風路陽烏轉影而翻飛大鵬橫霄而側度禁扃禁門也西京賦武庫禁兵薛綜註武庫天子主兵器之宮也史記索隱春秋說題辭云房心爲明堂天王布政之宮晉書天文志房四星爲明堂天子布政之宮也心三星天王正位也中星曰明堂天子位魯靈光殿賦承明堂于少陽漢書少陽者東方也考工記夏后氏世室堂修二七廣四修一五室三四步四三尺九階四旁兩夾窗白盛門堂三之二室三之一鄭康成註夏度以步令堂脩十四步其廣益以四分脩之一則堂廣十七步半堂上爲五室象五行也三四步室方也四三尺以益廣也木室于東北火室于東南金室于西南水室于西北其方皆三步其廣益之以三尺土室于中央方四步其廣益之以四尺此五室居堂南北六丈東西七丈代室即世室也唐以太宗諱改世爲代也又考工記殷人重屋堂脩七尋堂崇三尺四阿重屋鄭康成註重屋者王宮正堂若大寢也其脩七尋五丈六尺放夏周則其廣七尋七丈二尺也五室各二尋蔡邕明堂論夏后氏曰世室殷人曰重屋周人曰明堂春秋合誠圖明堂在辰巳者言在木火之際辰木也巳火也木生數三火成數七故在三里之外七里之內漢書廣夏之下細旃之上師古註廣夏大屋也夏屋通用西都賦星羅雲布漢書日有中道中道者黃道一曰光道北至東井去北極近南至牽牛去北極遠東至角西至婁去極中張協七命陽烏爲之頓羽李善註春秋元命苞曰陽成于三故日中有三足烏烏者陽精張銑註陽烏日中烏也○扃音駉屹魚乞切銀入聲

近則萬木森下千宮對出熠乎光碧之堂炅乎瓊華之室錦爛霞駮星錯波沏颯蕭寥以颼飀窅陰鬱以櫛密含佳氣之青葱吐祥烟之鬱律繆本作律。十洲記有墉城金臺玉樓相鮮如流精之闕光碧之堂瓊華之室韻會熠熾光也廣韻炅光也魯靈光殿賦霞駮雲蔚木華海賦激勢相沏劉良註沏淚相拂也錦爛霞駮者言其鮮麗如錦彩之煥爛雲霞之斑駮也星錯波沏者言其布列如天星之錯落水波之疊起也吳都賦與風颻颺颼颼飀飀張銑註颼飀風聲也韻會窈深遠也通作窅馬融長笛賦窅櫛疊重李善註窅櫛窅如櫛也論衡王莽時謁者蘇伯阿能望氣使過春陵城郭鬱鬱葱葱及光武到河北與伯阿相見問曰卿前過春陵何用知其佳氣也伯阿對曰見其鬱鬱葱葱耳爾雅青謂之葱淮南子青葱苓龍江總詩幾過祥烟初郭璞江賦時鬱律其如烟李善註鬱律烟上貌玉海洛陽宮閣疏偃師去宮四十三里望朱爵玉闕德陽其上鬱律與天連。熠音逸炅音憬颼音搜窅音杳九室窈窕五闈聯綿飛檻磊砢走栱負緣雲楣立岌以橫綺綵桷攢欒蕭本作巒而仰天皓壁晝朗朱甍晴鮮赩欄各落偃蹇霄漢尋檻迴合蟬聯汗漫沓蒼穹之絕垠跨皇居之太半遠而望之赫煌煌以輝輝忽天旋而雲昏迫而察之粲炳煥以照爛倏山訛而晷換蔑蕭本作誇蓬壺之海樓吞岱宗之日觀三輔黃圖大戴禮云明堂九室考工記云明堂五室稱九室者取象陽數也五室者象五行也郭璞爾雅註窈窕閑隙也說文窈深遠也窕深肆極也韻會闈宮中之門也增韻宮中相通小門西京賦繚垣緜聯薛綜註緜聯猶連蔓也魯靈光殿賦萬楹叢倚磊砢相扶李善註磊砢壯大貌李周翰註磊砢參差不齊貌栱柱頭斗栱也負緣連絡也吳都賦負緣山岳之岊西京賦繡栭雲楣薛綜註楣梁也呂延濟註雲楣畫雲飾之說文桷榱也椽

方曰桷韻會欒曲枅木也柱上横木承棟者謂之枅曲枅謂之欒說文甍屋棟也廣韻赬赤色也西都賦神明鬱其特起遂偃蹇而上躋李善註偃蹇高貌炅都賦蟬聯邛陵劉逵註蟬聯不絶貌汗漫空中元氣彌布之處詳見大鵬賦註蒼穹天也梁書感誓蒼穹張華鷦鷯賦或托絶垠之外李善註絶垠天邊之地也何晏景福殿賦備皇居之制度漢書今漢有天下太半韋昭曰凡數三分有二爲太半有一分爲少半景福殿賦遠而望之若摛朱霞而耀天文迫而察之若仰崇山而戴垂雲博雅煌煌光也說文晷日影也拾遺記三壺海中三山也一曰方壺則方丈也二曰蓬壺則蓬萊也三曰瀛壺則瀛洲也形如壺器此三山上廣中狹下方皆如工制猶華山之似削成水經註應劭漢官儀云泰山東南山頂名曰日觀雞一鳴時見日始欲出長三丈許故以名焉。磊音壘砢音裸栱音拱贇音寅蘲音藟蘱音櫑晷音癸

猛虎失道潛虬蟠（蕭本作登）梯經通天而直上俯長河而下（蕭本作復）低玉女攀星于網戶金娥納月于璇題藻井綵錯

以舒蓬天𢓜艴翼而銜霓扶標川而罔足擬跟綎而罷躋要離欻䨇而外喪精靚冰背而中迷失字當是夾字之訛

猛虎夾道謂刻爲猛虎以夾立道上潛虬蟠梯謂鏤作虬龍以蟠繞梯側也楚辭章句有角曰龍無角曰虬謝靈運詩潛虬媚幽姿蔡邕明堂論通天屋徑九丈陰陽九六之變也高八十一尺黃鐘九九之實也二十八柱列于四方亦七宿之象也楚辭網戶朱綴王逸註網戶綺文鏤也薛綜網戶者刻爲連文遞相綴屬其形如網也宋玉曰網戶朱綴刻方連是也既日刻則是彤木爲之其狀如網耳鮑照詩璇題納行月呂向註璇玉也題椽頭也甘泉賦璇題玉英應劭註題頭也榱椽之頭皆以玉飾言其英華相屬也西京賦蔕倒茄于藻井薛綜註藻井當棟中交木方爲之如井幹也夢溪筆談屋上覆橑古人謂之綺井亦曰藻井又謂之覆海今令文中謂之鬬八吳人謂之罳頂唯宮室祠觀有之海錄碎事藻井屋棟之間爲井形而加水藻之飾所以壓火災也胡三省通鑑註風俗通云殿堂象東井刻爲荷菱荷菱水物所以厭

火杜佑曰漢宮殿率號屋仰爲井皆畫水藻蓮芰之屬以厭火何晏景福殿賦繚以藻井編以綷疏又王文考靈光殿賦圓淵方井反植荷蕖爲方井而畫荷蕖其上也魯靈光殿賦天窻綺疏張載註天窻高窻也西京賦突倒投而跟絓說文跟足踵也毛萇詩傳躋升也韻會躍失明也要離事用此處不合恐誤精覩亦未詳。虬音求艴音顛又音赫跟音根絓音卦欻音忽

亘以複道蕭本下多一而字接乎宮掖坌入西樓是繆本作寶爲崑崙前疑後丞繆本作前丞後疑正儀躅以出入九夷五狄順方面而來奔韻會亘橫亘也廣韻通也增韻延袤也史記乃作複道韋昭曰複道閣道也韻會宮掖宮旁舍也司馬相如賦坌入曾宮之嵳峩張楫註坌並也漢書濟南人公王帶上黃帝時明堂圖明堂中有一殿四面無壁以茅葢通水水圜宮垣爲複道上有樓從西南入名曰昆侖天子從之入以拜祀上帝焉尚書大傳古者天子必有四鄰前曰疑後曰丞左曰輔右曰弼天子有問無以對責之疑可志而不志責之丞可正而不正責之輔

可揚而不揚責之彌其爵觀卿其祿視次國之君禮記昔者周公朝諸侯于明堂之位天子負斧依南鄉而立三公中階之前北面東上諸侯之位阼階之東西面北上諸伯之國西階之西東面北上諸子之國門東北面東上諸男之國門西北面東上九夷之國東門之外西面北上八蠻之國南門之外北面東上六戎之國西門之外東面南上五狄之國北門之外南面東上九采之國應門之外北面東上四塞世告至此周公明堂之位也後漢書夷有九種曰畎夷于夷方夷黄夷白夷赤夷玄夷風夷陽夷禮記正義東方謂之夷夷者風俗通云東方人好生萬物觝觸地而生夷者觝也其類有九依東夷傳九種一曰玄菟二曰樂浪三曰高驪四曰滿飾五曰鳧臾六曰索家七曰東屠八曰倭人九曰天鄙北方曰狄者風俗通云父子嫂叔同穴無別狄者辟也其行邪辟其類有五李巡註爾雅云一曰月支二曰穢貊三曰匈奴四曰單于五曰白屋○覆音福掖音亦坌房刎切焚上聲躅音逐　其左右也則丹陛嶗嶗彤庭煌煌列寶鼎敵金光流辟雍之滔滔像環海

之湯湯闕靑陽啟總章廓明臺而布京堂儼以太廟

處乎中央發號施令采時順方薛道衡隋高祖頌序趨事紫宸驅馳丹陛韻會陛升堂之階也西都賦玉階彤庭李善註漢書曰昭陽舍中庭彤朱而殿上髹漆張銑註彤赤色也以丹漆飾庭舊唐書萬歲通天元年鑄銅爲九州鼎旣成置于明堂之庭各依方位列焉神都鼎高一丈八尺受一千八百石冀州鼎名武興雍州鼎名長安兗州鼎名日觀靑州鼎名少陽徐州鼎名東源揚州鼎名江都荆州鼎名江陵梁州鼎名成都其八州鼎高一丈四尺各受一千二百石司農卿宗晉卿爲九鼎使都用銅五十六萬七百一十二觔鼎上圖寫本州山川物產之象仍令工書人著作郎賈膺福等分題之左尚方署令曹元廓圖畫之鼎成自玄武門外曳入令宰相諸王南北牙宿衛兵十餘萬人幷仗內大牛白象共曳之則天自爲曳鼎歌令相唱和九鼎初成欲以黃金千兩塗之納言姚璹曰鼎者神器貴于質朴無假別爲浮飾臣觀其狀先有五采輝煥錯雜其間豈待金色爲之炫燿乃止大戴禮明堂外水

曰辟雍藝文類聚桓譚新論曰王者作圓池如璧形實水其中以圜雍之名曰辟雍言其上承天地以班教令流轉王道周而復始獨斷天子曰辟雍謂流水四面如璧以節觀者李善文選註三輔黃圖曰明堂辟雍水四周于外象四海也毛萇詩傳滔滔流貌湯湯水盛貌班固辟雍詩乃流辟雍辟雍湯湯蔡邕明堂論明堂者天子太廟所以崇祀其祖以配上帝者也東曰青陽南曰明堂西曰總章北曰玄堂中曰太室人君南面向明而治故雖有五名而主以明堂也其正中皆曰太廟取其宗祀之貌則曰清廟取其正室之貌則曰太廟取其尊崇則曰太室取其向明則曰明堂取其四門之學則曰太學取其四面周水環如璧則曰辟雍異名而同事其實一也書問命發號施令罔有不臧高誘淮南子註明堂王者布政之堂上圓下方堂四出各有左右房謂之个凡十二所王者月居其房告朔朝歷頒宣其令宋均禮含文嘉註明堂者布政之宮在國之陽三室四面十二法十二月也天子孟春上辛于南郊總受十二月之政還藏于祖廟月取一政頒于明堂也蔡邕明堂月令論天子發號施令祀神受職每月異禮故謂之月令所以

順陰陽奉四時効氣物行王政也成法具備各從時月藏之明堂所以示承祖考神明不敢泄瀆之義。崿音諤湯音商其閎域也三十六戶七十二牖度筵列位南七酉九縿本作西八東九白虎列序而躨跜青龍承隅而蚴蟉大戴禮明堂凡九室一室而有四戶八牖三十六戶七十二牖考工記周人明堂度九尺之筵東西九筵南北七筵堂崇一筵五室凡室二筵爾雅東西牆謂之序邢昺疏云此謂室前堂上東廂西廂之牆也所以序次分別內外親疏故謂之序也尚書顧命云西序東嚮敷重底席東序西嚮敷重豐席及禮經每云東序西序皆謂此也沈括筆談今謂兩廊爲東西序非也序乃堂上東西壁在室之外者躨跜動貌詳見大鵬賦註上林賦青龍蚴蟉于東廂李善註蚴蟉龍行貌。蚴於九切憂上聲蟉音栁其深沈奧密也則赤熛掌火招拒司金靈威制陽叶蕭本作汁光摧陰坤斗主土據乎其心南齊書按禮及孝經援神契並云明堂有五室天子每月于其室聽朔布教祭五帝之神配以有功德之君藝文類聚黃圖曰明堂者明天地之堂也所以順四時行月令宗祀先王祭五帝故謂之明堂尚書帝命驗帝者承天立五府以尊天重象蒼曰靈府赤曰文祖黃曰神斗白曰顯紀黑曰玄矩鄭康成註天有五帝集居太微降精以生聖人故帝者承天立五帝之府是爲天府唐虞之天府夏之世室殷之重屋周之明堂皆同矣其蒼帝靈威仰之府名靈府周曰青陽其赤帝赤熛怒之府名文祖火積光明文章之祖故曰文祖周曰明堂其黃帝含樞紐之府名曰神斗斗主也土精澄靜四行之主故謂神斗周曰太室其白帝白招拒之府名顯紀紀紀統也金精斷割萬物以成故謂之顯紀周曰總章其黑帝叶光紀之府名曰玄矩矩法也水精玄昧能權輕重故謂玄矩周曰玄堂據此本文坤斗當是神斗之訛○熛音飄叶音協或作汁亦讀爲協若乃熠燿五色張皇萬殊人物禽獸奇形異模勢若飛動瞪眄睢盱明君暗主忠臣烈夫威政興滅表示賢愚繆本作表賢示

愚。此言室中圖畫之狀頡會熠燿鮮明貌書康王之誥張皇六師正義云皇大也魯靈光殿賦齊首目以瞪眄徒眽眽以狋狋又曰鴻荒樸畧厥狀睢盱廣韻瞪直視貌說文眄邪視也睢仰目也盱張目也。熠音揖燿音耀瞪音橙眄音勉睢音揮盱音吁于是王正孟月朝陽登曦天子乃施蒼玉轡蒼螭臨乎青陽左个方御瑤瑟而彈鳴絲展乎國容輝乎皇儀傍瞻神臺順觀雲之軌俯對清廟崇配天之規欽若肸蠁維清緝熙崇牙樹羽熒煌葳蕤納六蕭本作五服之貢受萬邦之籍張龍旗與虹旌攢金戟與玉戚延五更進百辟奉蕭本作舉珪瓚獻琛帛顒昂俯僂儼容疊跡乃潔蕰醢修粢盛奠三犧薦五牲享于神靈太祝正辭庶官精誠鼓大武之隱

轔張鈞天之鏗鍧作繆本作訇孤竹合奏空桑和鳴盡六變

齊九成群神來兮降明庭藹聖王之所以孝治天下

而享祀窅冥也春秋春王正月正義云正是時王所建故以王字冠之言是今王之正月也廣韻曦日光也淮南子孟春之月天子衣青衣乘蒼龍服蒼玉建青旗東宮御女青色衣青采鼓琴瑟朝于青陽左个以出春令高誘註馬七尺已上曰龍明堂中方外圓通達四出各有左右房謂之个猶隔也東出謂之青陽南出謂之明堂西出謂之總章北出謂之玄堂是月天子朝日告朔行令于左个之房東向堂北頭室也甘泉賦駟蒼螭兮六素虬呂向註蒼螭蒼龍也凡稱龍者皆馬也言龍美之也班固東都賦究皇儀而展帝容呂延濟註言盡帝王之容儀也太平御覽禮統曰所以置靈臺者何以尊天重民備災變豫防未然也夫王者當承順天地樂節陰陽也夏所以爲清臺何明明相承太平相續故爲清臺殷爲神臺周爲靈臺何質者具天而王天者稱神文者具地而王地者稱靈是其易也後漢書建初三

年正月宗祀明堂禮畢登靈臺望雲物左傳清廟茅
屋杜預註清廟肅然清靜之稱也正義曰清廟者宗
廟之大稱孝經昔者周公郊祀后稷以配天宗祀文
王于明堂以配上帝上林賦肸蠁布寫顏師古註肸
蠁盛作也李善註司馬彪曰肸過也芬芳之過若蠁
之布寫也呂延濟註肸蠁天中遊氣也言香氣發越
積浮而似之詩周頌維清緝熙文王之典鄭箋曰緝
熙光明也又周頌設業設虡崇牙樹羽毛傳曰業大
板也所以飾栒為懸也捷業如鋸齒或曰畫之植者
為虡橫者為栒崇牙上飾卷然可以懸也樹羽置羽
也正義曰設其橫者之業又設其植者之虡其上刻
為崇牙因樹置五采之羽以為之飾又云虡者立于
兩端栒則橫入于虡其栒之上加于大板側著于栒
其上刻為崇牙似鋸齒捷業然故謂之業牙即業之
齒矣以其形卷然得挂繩于上故言可以懸也樹羽
置羽者置之于栒虡之上角漢禮器制度云為龍頭
及頷口銜璧璧下有旄牛尾禮記夏后氏之龍簨虡
殷之崇牙周之璧翣鄭康成註簨虡所以懸鐘磬也
橫曰簨飾之以鱗屬植曰虡飾之以贏屬羽屬簨以
大板為之謂之業殷又于龍上刻畫之為崇牙以挂

懸紘也周人畫繒爲翣載以壁垂五采羽于其下樹于簨之角上飾䌯多也正義曰殷之崇牙者謂于簨之上刻畫木爲崇牙之形以挂鐘磬皇氏云崇牙者崇重也謂刻畫大板重疊爲牙杜氏通典樂懸横曰簨豎曰虡飾簨以飛龍飾趺以飛廉鐘虡以鷙獸磬虡以鷙鳥上則樹羽旁懸流蘇周制也懸以崇牙殷制也飾以博山後代所加也何晏景福殿賦流羽毛之葳蕤張銑註葳蕤羽毛美貌周禮邦畿方千里其外方五百里謂之侯服其貢祀物又其外方五百里謂之甸服其貢嬪物又其外方五百里謂之男服其貢器物又其外方五百里謂之采服其貢服物又其外方五百里謂之衞服其貢材物又其外方五百里謂之要服其貢貨物鄭康成註此六服去王城三千五百里相距方七千里公侯伯子男封焉書周官六服羣辟罔不承德正指此六服又益稷篇云弼成五服則指甸侯綏要荒五服也詩周頌龍旂陽陽正義云龍旂者旂上畫爲交龍左思魏都賦虹旌攝麾以就卷李周翰註虹旌畫爲虹者公羊傳朱干玉戚以舞大夏何休註戚斧也以玉飾斧禮記遂設三老五更羣老之席位焉鄭康成註三老五更各一人也皆

年老更事致仕者也天子以父兄養之示天下之孝弟也名以三五者取象三辰五星天所因以昭明天下者獨斷天子父事三老者適成于天地人也兄事五更者訓于五品也更者長也更相代至五也能以善道改更已也取首妻男女完具者古者天子親袒割牲執醬而饋三公設几九卿正履使者安車輭輪送迎而至其家天子獨拜于屏其明旦三老詣闕謝以其禮過厚故也又五更或爲叟叟老稱與三老同義也通典大唐制仲秋吉辰皇帝親養三老五更于太學所司先奏定三師三公致仕者用其德行及年高者一人爲三老次一人爲五更詩大雅百辟卿士媚于天子禮記王制賜圭瓚然後爲鬯鄭康成註圭瓚鬯爵也又祭統君執圭瓚康成註圭瓚裸器也以圭璋爲柄又明堂位灌用玉瓚大圭康成註瓚形如槃容五升以大圭爲柄是謂圭瓚又康成毛詩箋圭瓚之狀以圭爲柄黃金爲勺青金爲外朱中央矣詩魯頌來獻其琛毛傳曰琛寶也詩大雅顒顒卬卬如圭如璋毛傳曰顒顒溫貌卬卬盛貌鄭箋曰體貌則顒顒然敬順志氣則卬卬然高朗史記一命而僂再命而傴三命而俯服虔註僂傴俯皆恭敬之貌也劉

孝標廣絶交論趨走丹墀者疊跡此言俯僂者狀其鞠躬將事疊跡者狀其駿奔在廟禮記水草之菹陸產之醢鄭康成註水草之菹芹茆之屬陸產之醢蚳蝝之屬穀梁傳天子親耕以供粢盛范甯註黍稷曰粢在器曰盛左傳爲六畜五牲三犧以奉五味杜預註五牲麋鹿麏狼兎三犧祭天地宗廟三者謂之犧東都賦于是薦三犧效五牲禮神祇懷百靈周禮太祝掌六祝之辭以事鬼神示祈福祥求永貞唐書百官志太祝六人正九品上祭祀則跪讀祝文左傳祝史正辭信也杜預註正辭不虛稱君美也正義曰正其言辭不欺誑鬼神是其信也書皐陶謨無曠庶官鄭康成周禮註大武武王樂也武王伐紂以除其害言其德能成武功也上林賦隱轔鬱𡾋是言堆壟不平之貌此作樂聲用未詳或者即殷轔之訛甘泉賦振殷轔而軍裝顏師古註殷轔盛貌也史記趙簡子疾五日不知人七日寤語大夫曰我之帝所甚樂與百神遊于鈞天廣樂九奏萬舞不類三代之樂其聲動人心按淮南子九野之名中央曰鈞天鈞天之樂謂天樂也東都賦鐘鼓鏗鍧廣韻鏗鍧鐘鼓聲相雜也周禮孤竹之管空桑之琴瑟鄭康成註孤竹竹特

生者空桑山名述異記東海畔有孤竹焉斬而復生中爲管周武王時孤竹之國獻瑞筍一株空桑生大野山中爲琴瑟之最者空桑也周禮凡六樂者一變而致羽物及川澤之示再變而致贏物及山林之示三變而致鱗物及邱陵之示四變而致毛物及墳衍之示五變而致介物及土示六變而致象物及天神凡樂圜鐘爲宫黄鐘爲角太簇爲徵姑洗爲羽靁鼓靁鼗孤竹之管雲和之琴瑟雲門之舞冬日至于地上之圜丘奏之若樂六變則天神皆降可得而禮矣鄭康成註變猶更也樂成則更奏也書益稷簫韶九成正義曰成謂樂曲成也鄭云成猶終也每曲一終必變更奏故經言九成傳言九奏周禮謂之九變其實一也公羊傳疏鄭氏云樂備作謂之成王應麟曰節奏俱備謂之成備而更新謂之變邢昺孝經疏按史記云黄帝接萬靈于明庭明庭即明堂也子華子黄帝之治天下也百神出而受職于明堂之庭孝經昔者明王之以孝治天下也劉峻辨命論未達窅冥之情未測神明之數窅冥幽遠之意○螭音鴟肸音迄饗音響琛音郴菹音趄鍧音轟窅音杳辟音璧

然後臨辟雍宴羣后陰陽

爲庖造化爲宰餐繆本作飧元氣灑太和千里鼓舞百寮賡歌于斯之時雲油雨需恩鴻溶兮澤汪濊四海歸兮八荒會啶聒乎區宇駢闐乎闕外羣臣醉德揖讓而退書益稷羣后德讓廣韻庖食廚也賈公彥周禮疏宰者調和膳羞之名周易保合太和書皋陶謨百僚師師孔傳曰僚官也又書益稷皋陶拜手稽首颺言乃賡載歌曰元首明哉股肱良哉庶事康哉孔傳曰賡續也趙岐孟子註油然興雲貌楚辭九歎波滛滛而周流兮鴻溶溢而滔蕩漢書澤汪濊輯萬國顏師古註汪濊言饒多也司馬相如難蜀父老文威武紛紜湛恩汪濊顏師古註汪濊深廣也說文啶雜語也聒讙語也馬融長笛賦啶聒其前後李善註啶聒雜聲也寓即宇字籀文從禹王勃遊武擔山寺序龍鑣翠轄駢闐上路之遊古今註闕觀也古每門樹兩觀于其前所以標表宮門也其上可居登之則可遠觀故謂之觀人臣將朝至此則思其所闕故謂之闕其上皆丹堊其下皆畫雲氣仙靈奇禽怪獸以

昭示四方焉韻會曾闕說文門觀也葢爲二臺于門外作樓觀于上上圓下方以其縣法謂之象魏象治象也魏者言其狀巍巍然高大也使民觀之因謂之觀兩觀雙植中不爲門闕而爲道故謂之闕薛德郎詩所謂飾德之義○灑所蟹切篩上聲漇音蓰嚨音厖閫音田而聖主猶夕惕若厲懼人未安乃目極于天耳下于泉飛聰馳明無遠不察考鬼神之奧推陰陽之荒下明詔班舊章振窮乏散敖倉毀玉沉珠卑宮頹牆使山澤無間往來相望帝躬乎天田后親于郊桑棄末反本人和時康建翠華兮萋萋鳴玉鑾之鉠鉠遊乎昇平之圃憩乎穆清之堂天欣欣兮瑞穰穰巡陵于鶡首之野講武于驪山之旁封岱宗兮祀后土掩栗陸而苞蕭本作包陶唐遨

遊乎崆峒之上汾水之陽吸沆瀣之精英黜滋味之馨香貴理國其若夢幾華胥之故鄉自遨遊以下至故鄉三十五字繆本作遂遨崆峒之禮汾水之陽吸沆瀣之精於是黜滋味而貴理國其若夢華胥之故鄉三十字元元澹然不知所在若羣雲從龍衆水奔海此眞所謂我大君登明堂之政化也周易君子終日乾乾夕惕若厲無咎王弼註終日乾乾至于夕惕猶若厲也太玄經曰上于天耳下于淵東都賦申舊章下明詔禮記命有司發倉廩賜貧窮振乏絶鄭玄註振猶救也史記敖倉天下轉輸久矣臣聞其下乃有藏粟甚多正義曰敖倉在鄭州滎陽縣西十五里石門之東北臨汴水南帶三皇山秦時置倉于敖山上故名敖倉東都賦捐金于山沉珠于淵上林賦頽牆塡塹使山澤之民得至焉劉良註頽崩也言崩去苑牆以通山澤之利東都賦躬三推于天田脩帝籍之千畝呂延濟註天田天子之籍田也何休公羊傳註禮天子親耕東田千畝諸侯百

畝后夫人親西郊采桑以供粢盛祭服躬行孝道以
先天下東都賦遂令海内棄末而反本背僞而歸眞
上林賦建翠華之旗顏師古註翠華之旗以翠羽爲
旗上葆也說文葆草盛也言旗上之翠羽葆葆然如
草色之鮮縟也楚辭鳴玉鸞之啾啾王逸註鸞鸞鳥
也以玉作之著于衡東京賦鸞聲噦噦和鈴鉠鉠薛
綜註鸞在衡和在軾皆以金爲鈴也鉠鉠小聲玉鑾
即玉鸞字異而義同也漢書受命于穆清顏師古註
穆美也言天子有美德而政化清也甘泉賦崇襄欀
令委如山顏師古註穰穰多也唐會要貞觀式久存
秋仲月命使巡陵春則掃除枯朽秋則芟薙繁無據
此巡陵乃公卿事文則借爲天子謁陵之稱矣書佚
自井十度至柳三度謂之鶉首之次秦之分也一統
志驪山在陝西臨潼縣東南二里因驪戎所居故名
山之麓溫泉所出唐書開元元年十月癸卯講武于
驪山驪山固唐時講武之地也周易正義女媧氏沒
次有大庭氏柏黃氏中央氏栗陸氏驪連氏赫胥氏
尊盧氏混沌氏皞英氏有巢氏朱襄氏葛天氏陰康
氏無懷氏凡十五世皆襲庖犧氏之號也苞包古字
通用邢昺論語疏書傳云堯年十六以唐侯升爲天

子遂以爲號或謂之陶唐氏書曰惟彼陶唐世本云帝堯爲陶唐氏韋昭云陶唐皆國名猶易稱殷商也案經傳契居商故湯以商爲國號後盤庚遷殷故殷商雙舉歷檢書傳未聞帝堯居陶而以陶冠唐蓋以二字爲名所稱或單或複也莊子黃帝立爲天子十九年令行天下聞廣成子在於崆峒之上故往見之又曰堯治天下之民平海內之政往見四子藐姑射之山汾水之陽窅然喪其天下焉楚辭飡六氣而飲沆瀣王逸註陵陽子明經言冬飲沆瀣者北方夜半氣也張衡思玄賦餐沆瀣以爲粻註云沆瀣夕霞也呂向註沆瀣露氣也列子黃帝晝寢而夢遊於華胥氏之國華胥氏之國在弇州之西台州之北不知斯齊國幾千萬里蓋非舟車足力之所及神遊而已其國無師長其民無嗜欲自然而已不知樂生不知惡死故無夭殤不知親已不知疏物故無愛憎不知背逆不知向順故無利害都無所愛惜都無所畏忌入水不溺入火不熱斫撻無傷痛指擿無痟癢乘空如履實寢虛若處牀雲霧不硋其視雷霆不亂其聽美惡不滑其心山谷不躓其步神行而已黃帝既寤怡然自得名天老力牧太山稽告之曰朕閑居三月齋

心服形思有以養身治物之道弗獲其術疲而睡所夢若此今知至道不可以情求矣朕知之矣朕得之矣而不能以告若矣又二十有八年天下大治幾若華胥氏之國後漢書下爲元元所福章懷太子註元元謂黎庶也史記索隱戰國策云制海內子元元高誘註元元善也又按姚察云古者謂人云善人也因善爲元元故云黎元其言元元者非一人也顧野王云元元猶喁喁可憐愛貌未安其說聊記異也長楊賦海內澹然李善註澹安也李周翰註謂晏然無事也○汾音焚沆下黨切杭上聲瀣音械豈比夫秦趙吳楚爭高競奢結阿房與叢蕭本作崇臺建姑蘇及章華非享祀與嚴配徒掩月而淩霞由此觀之不足稱也況瑤臺之巨麗復安可以語哉史記秦始皇以爲咸陽人多先王之宮庭小吾聞周文王都豐武王都鎬豐鎬之間帝王之都也乃營作朝宮渭南上林苑中先作前殿阿房東西五百步南北五十丈上可以坐萬人下可以建五丈旗周馳爲閣道自殿下直抵南山表南山

之巔以爲闕爲複道自阿房渡渭屬之咸陽以象天極閣道絶漢抵營室也阿房宮未成成更欲擇令名名之作宮阿房故天下謂之阿房宮水經註叢臺六國時趙王之臺也郡國志曰邯鄲有叢臺故劉劭趙郡賦曰結雲閣于南宇立叢臺于少陽也一統志叢臺在廣平府邯鄲縣北趙靈王所築因其叢雜而名吳越春秋吳王起姑蘇之臺三年聚材九年乃成高見三百里吳地記姑蘇臺在吳縣西南三十五里闔閭造經營九年始成其臺高三百丈望見三百里外作九曲路以登之左傳楚子成章華之臺杜預註臺今在華容城內水經註離湖在華容縣東七十五里湖側有章華臺臺高十丈基廣十五丈左邱明曰楚築臺于章華之上韋昭以爲章華亦地名也王與伍舉登之舉曰臺高不過望國之氛祥大不過容宴之俎豆蓋譏其奢而諫其失也太平寰宇記章華臺在荆州江陵縣東三十里按渚宮故事云楚靈王所築臺形三角孝經孝莫大于嚴父嚴父莫大于配天淮南子晚世之時帝有桀紂爲旋室瑶臺象廊玉牀新序紂作瑶臺疲民力殫民財

敢揚國美遂作辭曰

穹崇明堂倚天開兮龍㟅鴻濛構瑰材兮偃蹇坱莽蕭本作莽邈崔嵬兮周流辟雍岌靈臺兮赫奕日噴風雷宗祀肸蠁王化弘恢鎮八荒通九垓四門啟兮萬國來考休徵兮進賢才儼若皇居而作固窮千祀兮悠哉司馬相如長門賦鬱並起而穹崇李善註穹崇高貌羽獵賦鴻濛沆茫顏師古註鴻濛沆茫廣大貌龍㟅瓌材偃蹇俱已見前註坱莽廣遠寥廓之意上林賦過乎泱漭之野杜甫八哀詩胡塵昏坱漭泱漭坱莽其義同也封禪書上暢九垓下泝八埏服虔註該重也天有九重東都賦登靈臺考休徵劉良註休美也徵應也張載劒閣銘作固作鎮左思魏都賦雖踰千祀而懷舊蘊于遐年○古賦辯體太白明堂賦從司馬揚班諸賦來氣豪辭艷疑若過之論其體格則不及遠甚蓋漢賦體未甚俳而此篇與大獵賦則悅于時而俳甚矣晦翁云白有逸才尤長于詩而其賦乃不及魏晉斯言信夫○穹音芎㟅音宗瓌音規

垓音該

大獵賦并序

白以爲賦者古詩之流辭欲壯麗義歸博遠蕭本作達不然何以光贊盛美感天動神班固兩都賦序賦者古詩之流也李善註毛詩序曰詩有六義二曰賦故賦爲古詩之流也子夏詩序動天地感鬼神莫近于詩而相如子雲競誇辭賦歷代以爲文雄莫敢詆訐臣謂語其略竊或褊其用心子虛所言楚國不過千里夢澤居其大半而齊徒吞若八九三農及禽獸無息肩之地非諸侯禁淫述職之義也司馬相如子虛賦臣聞楚有七澤臣之所見蓋特其小小者耳名曰雲夢雲夢者方九百里烏有先生曰齊東渚巨海南有琅琊觀乎成山射乎之罘浮勃澥遊孟

諸邪與肅愼爲鄰右以湯谷爲界秋田乎青邱徬徨乎海外呑若雲夢者八九其于胷中曾不蔕芥上林賦亡是公曰夫使諸侯納貢者非爲財幣所以述職也封疆畫界者非爲守禦所以禁淫也從此觀之齊楚之事豈不哀哉地方不過千里而囿居九百是草木不得墾闢而民無所食也周禮一曰三農生九穀鄭康成註鄭司農云三農平地山澤也玄謂三農原澤及平地也左傳子駟請息肩于晉杜預註以負擔喻也

上林云左蒼梧右西極考其實地周袤纔經數百上林賦獨不聞天子之上林乎左蒼梧右西極丹水更其南紫淵經其北文頴註蒼梧郡屬交州在長安東南故言左爾雅云西至于豳國爲西極在長安西故言右漢書武帝廣開上林東南至宜春鼎湖御宿昆吾旁南山西至長楊五柞北繞黃山濵渭而東周袤數百里師古曰袤長也○袤音茂

長楊誇胡設網爲周阹放麋鹿其中以搏攫充樂羽獵于靈臺之囿圍經百里而開殿門當時以爲窮蕭本作雄壯極

麗迨今觀之何齷齪之甚也揚雄長楊賦序上將大誇胡人以多禽獸命右扶風發民入南山西自褒斜東至弘農南驅漢中張羅綱罝罘捕熊羆豪豬虎豹狖玃狐兎麋鹿載以檻車輸長楊射熊館以網爲周阹縱禽獸其中令胡人手搏之自取其獲上親臨觀焉是時農民不得收斂雄從至射熊館還上長楊賦李善註李奇曰阹遮禽獸圍陣也揚雄羽獵賦帝將惟田于靈之囿虎落三嵕以爲司馬圍經百里而爲殿門吳都賦齷齪而算張銑註齷齪局小貌○阹音區但王者以四海爲家萬姓爲子則天下之山林禽獸豈與衆庶異之而臣以爲不能以大道匡君示物周博乎文論苑之小竊爲微臣之不取也史記天子以四海爲家漢書宣帝紀奉承祖宗子萬姓陳書太建六年詔王者以四海爲家萬姓爲子一物乖方夕惕猶厲今　聖朝園池遐荒殫窮六合以孟冬十月大獵于秦亦將耀威講

武掃天蕩野豈荒淫繆本作淫荒侈靡非三驅之意耶臣白作頌折中厥美西都賦耀威靈而講武事周易王用三驅失前禽正義曰三驅之禮先儒皆云三度驅禽而射之也三度則已又漢書田狩有三驅之制顔師古註三驅之禮一爲乾豆二爲賓客三爲充君之庖也楚辭令五帝以折中王逸註折猶分也分明言是與非也賦意謂分之而求其中惟兹所頌美較勝古人也其辭曰

粤若皇唐之契天地而襲氣母兮粲五葉之葳蕤惟開元廓海寓而運斗極兮總六聖之光熙誕金德之淳精兮漱玉露之華滋文章森乎七曜兮制作參乎兩儀括衆妙而爲師明無幽而不燭兮澤無遠而不施慕往昔之三驅兮順生殺于四時莊子狶韋氏得之以契天地伏

羲氏得之以襲氣母陸德明音義挈司馬云要也得天地要也崔云成也司馬云襲入也氣母元氣之母也崔云取元氣之本葉世也自高祖至玄宗凡五世葳蕤草木盛貌顔言其粲美如草木之盛也爾雅北戴斗極爲空桐邢昺疏斗北斗也極者中宮天極星其一明者太乙之常居也以其居天之中故謂之極極中也北斗拱極故曰斗極長楊賦高祖奉命順斗極運天關李善註服虔曰隨天斗極星運轉也緯書曰聖人受命必順斗極宋均尚書中候註曰順斗機爲政也六聖者高祖太宗高宗武后中宗睿宗也玄宗誕生于八月故以金德玉露頌言也古詩綠葉發華滋初學記日月五星謂之七曜河圖括地象易有太極是爲兩儀兩儀未分其氣混沌清濁既分伏者爲天偃者爲地傳玄洪業篇神聖參兩儀劉琨表陛下明並日月無幽不燭

若乃嚴冬慘切，寒氣凛冽，不周來風，玄冥掌雪，木脱葉，草解節，土囊烱陰，火井冰閉，是月也天子處乎玄堂之中滄（繆本作滄）八水兮休百工考王制兮遵國風樂農人之閑隙兮因校獵而講戎凜冽寒氣嚴猛之意傳咸神泉賦六合蕭條嚴霜凜冽春秋正義易緯通卦驗云立冬不周風至史律書不周風居西北主殺生月令孟冬之月其神玄冥謝莊月賦木葉微脫國語本見而草木節解韋昭註本氐也謂寒露之後十日陽氣盡草木之枝節皆理解也宋玉風賦盛怒于土囊之口李善註土囊大穴也盛弘之荆州記曰宜都佷山縣有山山有穴口大數尺爲風井土囊當此之類也華陽國志臨邛縣有火井夜時光映上照民欲其火光以家火投之頃許如雷聲火燄出通耀數十里以竹筒盛其光藏之可拽行終日不滅鮑照詩冰閉寒方壯月令孟冬之月天子居玄堂左个鄭康成註玄堂左个北堂西偏也說文滄寒也三輔黄圖關中八水皆出入上林苑霸水出藍田谷西北入渭滻水亦出藍田谷北至霸陵入霸涇水出安定涇陽开頭山東至陽陵入渭渭水出隴西首陽縣鳥鼠同穴山東北至華陰入河豐水出鄠縣南山豐谷北入渭鎬水在昆明池北牢水出鄠縣西南入潦谷北流入渭滈水在杜陵從皇子陂西北流經昆明池

入渭駱賓王詩五緯連影集星纏八水分流橫地軸許景先詩千門望成錦八水明如練皆謂此八水也呂氏春秋霜始降則百工休高誘註霜降天寒朱漆不堅故百工休不復作器東都賦若乃順時節而蒐狩簡車徒以講武則必臨之以王制考之以風雅李善註禮記王制曰天子諸侯無事則歲三田田不以禮曰暴天物風國風騶虞駟驖是也雅小雅車攻吉日是也左傳春蒐夏苗秋獮冬狩皆于農隙以講事也漢書成帝紀行幸長楊宮從胡客大校獵如淳曰合軍聚衆有幡校擊鼓也周禮校人掌王田獵之馬故謂之校獵顏師古曰如說非也此校謂以木自相貫穿爲闌校耳校人職云六廄成校是則以遮闌爲義也校獵者大爲闌校以遮禽獸而獵取也軍之幡旗雖有校名本因部校此無豫也上林賦天子校獵李奇曰以五校兵出獵也李周翰註校獵謂出校隊而獵也○滄音創

乃使神兵出于九闕天使羅于四野徵水衡與林虞辨土物之衆寡千騎颺掃萬乘雷奔梢扶桑而拂火雲兮括月窟而

搜寒蕭本作塞門赫壯觀于今古業搖蕩于乾坤此其大略也而內以中華爲天心外以窮髮爲海口豁咽喉以洞開吞荒裔而作繆本作以盡取大章按步以來往夸父振策而奔走足跡乎日月之所通囊括乎陰陽之未有陸機辯亡論神兵東驅奮寡犯衆九關即九門也謝朓郊祀曲整蹕遊九闕清籥聞八埏漢書水衡都尉武帝元鼎二年初置掌上林苑應劭註古山林之官曰衡掌諸池苑故稱水衡張晏註主都水及上林苑故曰水衡周禮有山虞澤虞皆掌山澤之官今稱林虞者變文言之也扶桑在東方日出之地詳見大鵬賦註長楊賦西壓月窟服虔註月窟月所生也大人賦軼先驅于寒門應劭註寒門北極之門也莊子窮髮之北李註云髮毛也司馬彪註北極之下無毛之地也咽喉謂險要扼塞之地李尤函谷關銘函谷險要襟帶咽喉潘岳西征賦駒中豁其洞開荒裔荒服諸裔之地班固燕然山銘鑠王師兮征荒裔方

言裔夷狄之總名郭璞註邊地爲裔亦四夷通以爲號也淮南子禹乃使大章步自東極至于西極二億三萬三千五百里七十五步使豎亥步自北極至于南極二億三萬三千五百里七十五步高誘註大章豎亥善行人皆禹臣也列子夸父不量力欲追日影逐之于隅谷之際渴欲得飲赴飲河渭河渭不足將走北飲大澤未至道渴而死棄其杖尸膏肉所浸生鄧林鄧林彌廣數千里焉張協七命夸父爲之投策策杖也顏延之詩振策聰東路賈誼過秦論囊括四海之意張晏註括結囊也言其能包含天下也劉良註括盛也猶囊盛而結之○飈音標夸音誇

君王于是撞鴻鐘發鑾音出鳳闕開宸襟駕玉輅之飛龍歷神州之層岑遊五柞兮瞰三危挾細柳兮過上林攢高牙以總總兮駐華蓋之森森于是擢倚天之劍彎落月之弓崑崙叱兮可倒宇宙噫兮增雄河漢爲之却流川岳爲之生風

羽毛繆本作旄揚兮九天絳獵火燃兮千山紅禮記正義尚書傳曰天子將出撞黃鐘之鐘右五鐘皆應入則撞蕤賓之鐘左五鐘皆應羽獵賦撞鴻鐘建九旒爾雅翼有虞氏之輅謂之鸞車亦曰鸞輅明堂月令春則乘之蔡邕稱以金爲鸞鳥懸鈴其中施于衡爲遲速之節崔豹古今註亦以爲五輅衡上金雀者朱鳥也口啣鈴鈴謂之鑾禮云衡前朱雀或謂朱雀者鸞鳥以前有鸞鳥故謂之鸞鸞口有鈴故謂之鑾事一而義異然則鳥之鸞主形鈴之鑾主聲鈴之爲鑾亦以象鸞鳥之聲爲名耳史記建章宮其東則鳳闕高二十餘丈水經註漢武故事曰鳳闕高二十丈關中記曰建章宮圓闕臨北道有金鳳在闕上高丈餘故號鳳闕也何遜詩宸襟動時豫歲序屬涼氛釋名天子所乘曰玉輅以玉飾車也東都賦登玉輅乘時龍南都賦馴飛龍兮騤騤李善註飛龍言疾也河圖括地象崑崙東南地萬五千里名曰神州中有五岳地圖帝王居之江滄詩四睇亂層岑呂延濟註層高也岑峯也三輔黃圖五柞宮漢之離宮也在扶風盩厔宮中有五柞樹因以爲名五柞皆連抱上枝覆蔭數畝甘泉賦

攀璇璣而下視兮，行遊目乎三危。張銑註：言臺高可攀北斗下視三危山。史記正義括地志云：三危山上有三峯，故曰三危，俗亦名卑羽山，在沙州燉煌縣東南三十里。上林賦：登龍臺，掩細柳。郭璞註：細柳，觀名也，在昆明池南。西京賦：斜界細柳。薛綜註：細柳在長安西北。潘岳詩：桓桓梁征，高牙乃建。李善註：牙，牙旗也。薛綜東京賦註：兵書曰：牙旗者，將軍之旗。古者天子出建大牙旗，竿上以象牙飾之，故云牙旗。甘泉賦：齊總總撙撙其相膠葛兮。顏師古註：總總撙撙，聚貌也。古今註：華蓋，黃帝所作也。與蚩尤戰于涿鹿之野，常有五色雲氣，金枝玉葉，止于帝上，有花葩之象，故因而作華蓋也。宋玉大言賦：方地爲車，圓天爲蓋，長劍耿耿倚天外。吳都賦：羽毛揚蕤。呂延濟註：羽毛，旌旗類。揚，動也。蕤，羽毛好貌。楚辭：指九天以爲正。王逸註：九天謂中央八方也。淮南子：天有九野，中央曰鈞天，東方曰蒼天，東北方曰變天，北方曰玄天，西北方曰幽天，西方曰皓天，西南方曰朱天，南方曰炎天，東南方曰陽天。班固燕然山銘：玄甲耀日，朱旗絳天。獵火，縱火焚草萊以驅禽獸也。○柞音昨。瞰，苦濫切，音勘。噎音兜，又音蔭。

乃名蚩尤之徒

聚長戟羅廣澤呵雨師走風伯稜威耀乎雷霆烜赫震于蠻貊陋梁都之體制鄙靈囿之規格而南以衡霍作襟北以岱恒繆本作常作陸繆本作袪夾東海而爲壍兮掩西冥而流渠麾九州之珍禽兮迴千羣以坌入聯八荒之奇獸兮屯萬族而來居

藝文類聚龍魚河圖曰黃帝攝政時有蚩尤兄弟八十一人並獸身人語銅頭鐵額食沙石子造立兵仗刀戟大弩威震天下誅殺無道不仁不慈萬民欲令黃帝行天子事黃帝仁義不能禁止蚩尤仰天而歎天遣玄女下授黃帝兵信神符制伏蚩尤帝因使之主兵以制八方蚩尤歿後天下復擾亂黃帝遂畫蚩尤形像以威天下天下咸謂蚩尤不死八方萬邦皆爲躡伏風俗通飛廉風伯也玄冥雨師也搜神記風伯者箕星也雨師者畢星也龍魚河圖太白星主兵凶其精下爲雨師之神熒惑星主司非其精下爲風伯之神揚雄河東賦呵雨師于西東漢書

威稜憺乎鄰國李奇曰神靈之威曰稜潘勗冊魏公九錫文稜威南邁術以隕潰烜赫已見大鵬賦註梁都常是梁鄒之誤東都賦制同乎梁鄒義合乎靈囿章懷太子註魯詩傳曰古有梁鄒者天子之田也三輔黃圖靈囿文王囿也靈者言文王之有靈德也在長安縣西四十二里衡山南岳也又謂之岣嶁山唐時屬江南道衡州衡陽縣霍山南岳之副也又謂之天柱山唐時屬淮南道舒州懷寧縣岱宗也即泰山唐時屬河南道兗州乾封縣泰山爲東岳而此云北者以天下大勢計之泰山不在正東而近于東北故云北也恒山北岳也漢時避文帝諱改稱常山唐時屬河北道定州恒陽縣襟字以下文作阹爲壍流渠例之當是襟字之誤方言襟格也類篇今竹木格蕃籬落之屬若以襟帶義解之與文義不合上林賦江河爲阹郭璞註因山谷遮禽獸爲阹蘇林曰阹獵者圍陣遮禽獸也說文阹依山谷爲牛馬圈也廣韻壍遶城水也西溟西海也渠溝渠也書旅獒珍禽奇獸不育于國坌入並入也詳見明堂賦註○阹音區坌笨上聲壍七艷切籤上聲

雲羅高張天網密布罝罘縣原哨格

掩路蟻蠓過而猶礙蟭螟飛而不度彼層霄與殊榛罕翔鳥與伏兔鮑照舞鶴賦掩雲羅而見羈呂延濟註雲羅言羅高及雲也易林行觸天網馬死牛傷鄭康成禮記註獸罟曰罝罘鳥罟曰網羅吳都賦峭格周施呂向註峭高也格張網之木也郭璞爾雅註蟻蠓小蟲似蚋喜亂飛列子江浦之間生麼蟲其名曰蟭螟群飛而集于蚊睫弗相觸也栖宿去來蚊弗覺也離朱子羽方晝拭眥揚眉而望之弗見其形觥俞師曠方夜擿耳俛首而聽之弗聞其聲晏子春秋東海有蟲巢于蚊睫再乳再飛而蚊不爲驚臣嬰不知其名而東海漁者命曰焦冥上林賦騰殊榛張揖註殊榛殊異林也顏師古註殊榛特立林榛也張守節註爾雅曰木叢生爲榛也殊異也西京賦超殊榛薛綜註殊猶大也漢書上覆飛鳥下不見伏兔○罝音嗟罘音孚又音浮峭音俏蟻音滅蠓音蒙又上聲榛音臻又鋤臻切音近神從營合技彌巒被岡金戈森行洗晴野之寒霜虹旗電掣卷長空之飛雪吳驂走練宛

馬蹀血縈泉山之聯緜隔遠水之明滅西京賦彌皐被岡薛綜註彌猶覆也謝脁詩翠葆隨風金戈動日劉向九歎褰虹旗于玉門粱簡文帝金錞賦野曠塵昏星流電掣論衡顏淵與孔子俱上魯太山孔子東南望吳閶門有繫白馬引顏淵指以示之曰若見吳閶門乎曰見之孔子曰門外何有曰有如繫練之狀漢書貳師將軍廣利斬大宛王首獲汗血馬來應劭註大宛舊有天馬種蹋石汗血汗從前肩髆出如血號一日千里西京賦緜垣緜聯四百餘里薛綜註緜聯猶連蔓也張銑註緜聯不絶貌○蹀音疊使五丁摧峯一夫拔木下鑿高頽深平險谷擺椿栝開林叢喤喤呷呷盡奔突于場中華陽國志蜀有五丁力士能移山舉萬鈞楚辭招魂一夫九首拔木九千些王逸註言丈夫一身九頭强梁多力從朝至暮拔大木九千枝也韻會擺開也掇也椿杙也類編栝木杖也吳都賦讙譁喤呷韻會喤呷衆聲○椿音莊栝音忝呷呼甲切喊入聲而田疆繆本作强古冶之疇烏獲中

黃之黨越崢嶸獵莽蒼喑嗚繆本作呼哮㘎風旋電往脫文豹之皮抵玄熊之掌批狻手猱挾三挈兩旣徒搏以角力又揮鋒而爭先行彪號以鴞睨兮氣赫火而敵烟拳封豨肘繆本作引巨猻梟羊應叱以斃踣猰貐亡精而墜巔或碎腦以折脊或歕髓而繆本作以飛涎窮遐荒蕩林藪扼土狛殪天狗脫角犀頂探牙象口掃封狐于千里捩雄虺之九首咋騰蛇而仰呑拖奔兕以卻走晏子春秋田開彊古冶子事景公以勇力搏虎聞趙岐孟子註烏獲古之有力人也能移舉千鈞孫奭孟子疏皇甫士安帝王世說云秦武王好多力之士烏獲之徒並皆歸焉秦王于洛陽舉周鼎烏獲兩目血出西京賦乃使中黃之士李周翰註中黃國名其俗多勇力尸子中黃伯曰予左執太行之猱

而右搏彫虎莊子適莽蒼者三月而反司馬彪註莽蒼近郊之色崔氏註草野之色韻會喑大呼也陸機辨亡論哮闞之群風驅李周翰註哮闞虎震聲言兵勇叫之聲若虎之震聲也說苑晉文公時翟人有獻封狐文豹之皮者說文抵側手擊也爾雅貘熊類大豕人足黑色春出冬蟄輕捷好緣高木見人自投而下亦以革厚而筋駑用此自快故稱熊經鳥伸方冬蟄時惟自舐其掌故其掌特美魯靈光殿賦玄熊蚺蜟以齗齗韻會批手擊也狻有二義一音酸乃獅子之名爾雅狻麑如虦貓食虎豹者是也一借用音俊又音逡又音詮乃狡兔之名戰國策東郭逡者海內之狡兔也或作㕙亦有作狻者此賦與猱類用而繼之以挾三輩兩是可用之丁文虞之獸而難以試之雄猛之獅當作兔解爲當陸機詩疏猱獮猴也楚人謂之沐猴老者爲玃長臂者爲猨說文挾俾持也挈懸持也西都賦脫角挫脰徒搏獨殺章懷太子註徒空也謂空手搏殺之也爾雅曰㬥虎徒搏也張協七命舉戈林竦揮鋒電滅爾雅虦白虎宋書接衝拔距鷹瞵鶚覷言獵徒勇健其聲猛如虎之號其覷精如鶚之覷也廣韻貒野豚也字林貒獸似豕而肥西京

賦鼻赤象圖巨㹢薛綜註巨㹢麕也怒走者爲㹢郭璞爾雅註狒狒梟羊也山海經曰其狀如人面長唇黑身有毛反踵見人則笑交廣及南康郡山中多有此物大者長丈許俗呼之曰山都爾雅猰貐類貙虎爪食人迅走述異記猰貐獸中最大者龍頭馬尾虎爪長四百尺善走以人爲食遇有道君卽隱藏無道君卽出食人淮南子雲臺之高墮者折脊碎腦漢書力拖虎顔師古註拖謂捉持也說文狛如狼善驅羊古賦辯體狛似狼有角韻會殺也山海經西山經曰陰山有獸焉其狀如狸而白首名曰天狗其音如榴榴可以禦凶大荒西經曰大荒之中金門之山有赤犬名曰天犬其所下者有兵郭璞註周書云天狗所止地盡傾餘光燭天爲流星長十數丈其疾如風其聲如雷其光如電吳楚七國反時吠過梁國者是也埤雅犀一形似水牛大腹卑脚脚有三蹄黑色三角一在頂上一在額上一在鼻上鼻上者卽食角也亦有一角者犀亦絕愛其角墮角卽自埋之交州記曰犀有二角鼻上角長額上角短或曰三角者水犀也二角者山犀也爾雅翼象南越之大獸獸之最大者形體特詭三歲一乳其身倍數牛而目不踰豕鼻長

六七尺大如管其牙長一尺每雷震必倉卒間似花暴出逡巡隱沒其齒歲脫猶愛惜之掘地而藏焉削木爲僞齒潛往易之覺則不藏故處楚辭蝮蛇蓁蓁封狐千里些雄虺九首往來儵忽吞人以益其心些王逸註封狐大狐也大狐健走千里雄虺一身九頭振紾也咋嚙也郭璞爾雅註騰蛇龍類也能興雲霧而遊其中通志畧兕如野牛青色重千斤一角長三尺餘形如馬鞭柄其皮堅厚可製鎧陳琳與魏文帝書駭鯨之決細網奔兕之觸魯縞○哮音嘐闞音喊抵音止猱奴刀切惱平聲虓音讙鶚音諤貐音象踏音匐與仆字同猰音札貐音臾歕音噴狛音湘殪音意捩音列虺音毀咋音責君王于是峩通天靡星旃奔雷車揮電鞭觀壯士之効獲顧三軍而欣然曰夫何神扶繆本作挾鬼摽之駭人也又命建爨鼓厲武卒雖躪轢繆本作躒之巳多猶拗怒而未歇集赤羽兮照日張烏號兮滿月戎車轞轞以陸離轂騎煌

煌而奮發鷹犬之所騰趠飛走之所蹉蹶攫麏麚之

咆哮蹂豻貉以挂格膏鋒染鍔塡巖掩窟觀殊材與

諸本皆作舉今從唐文粹本校正逸群尚揮霍以出沒蔡邕獨斷天子冠通天冠

後漢書通天冠高九寸正豎頂少邪却乃直下爲鐵卷梁前有山展筩爲述乘輿所常服唐書禮樂志通天冠者冬至受朝賀祭還燕群臣養老之服也二十四梁附蟬十二首施珠翠金博山黑介幘組纓翠纓玉犀簪導琦按子虛賦靡魚須之橈旃靡字本此靡偃也方獵而偃其旗者卽王制天子殺則下大綏之義廣韻旃曲柄旗以招衆士也羽獵賦立歷天之旗曳捎星之旃呂向註言旟旃之高歷拂于天星也揚雄河東賦奮電鞭驂雷輜顏師古註淮南子云電以爲鞭策雷以爲車輪雄用此言也羽獵賦神抶電擊顏師古註言所抶擊如鬼神雷電也李善註埤蒼曰抶笞擊也廣韻摽擊也山海經東海中有流波山其上有獸狀如牛蒼身而無角一足出入水則必風雨其光如日月其聲如雷其名曰夔黃帝得之以其皮

爲鼓撅以雷獸之骨聲聞五百里以威天下漢書魏氏武卒衣三屬之甲操十二石之弩負矢五十个置戈其上冠胄帶劍贏三日之糧日中而趨百里中試則復其戶利其田宅上林賦徒車之所蹸轢郭璞曰蹸踐也轢轢也西都賦蹂蹸其十二三乃拗怒而少息李善註拗猶抑也家語白羽若月赤羽若日子虛賦左烏號之雕弓右夏服之勁箭史記索隱張揖云黃帝乘龍上仙小臣不得上挽持龍髯髯拔墮黃帝弓群臣抱弓而號故名弓烏號見封禪書及郊祀志又韓詩外傳云弓工之妻曰此弓是泰山南烏號之柘桑淮南子云楚有柘桑其材堅勁烏棲其上將飛枝勁復起摽呼其上伐取其材爲弓因曰烏號古史考風俗通皆同此說也詩小雅戎車嘽嘽韻會轞車聲通作檻詩國風大車檻檻毛傳曰檻車行聲也上林賦先後陸離顏師古註陸離分散也史記彀騎萬三千索隱曰如淳云彀騎張弓之騎也毛詩傳煌煌明也楚辭白鹿麏麚兮或騰或倚朱子註麏麞也拔韻會麏即麕字埤雅麞麕也齊人謂麕爲麞麞如小鹿而美或曰麞性善驚蓋麕麃皆健駭而麕膽尤怯飲水見影輒奔道書曰麞鹿無魂又曰麞鹿白膽善

獘爲是故也說文麞牡鹿以夏至解角埤雅豺似狗而長尾白頰高前廣後其色黃季秋取獸四面陳之以祀其先世謂之豺祭獸故先王候之以田貉似貍善睡其營窟與貛皆爲曲穴以避雨暘亦以防患殊材逸羣指獸之健捷者而言揮霍謂飛走亂急也○旟音鐘扶音吡標音縹蹦音客轢音歷拗音郁鑑音檻豰音姤麏音均麖音加豩音鶴鎊音謗別有白貙飛駿窮奇貙貐蕭本作貒牙若蕭本作如錯劒鬣如叢竿口吞殳鋋目極槍櫓碎瑱弧攫玉弩射猛鏦透奔虎金鏃一發旁疊四五雖鑿齒磨牙而致伉誰謂南山白額之足覩白貙飛駿俱未詳山海經邽山其上有獸焉其狀如牛蝟毛名曰窮奇音如嗥狗是食人爾雅貙獌似貍郭璞註今山民呼貙虎之大者爲貙豻邪曷疏字林云貙似貍而大一名獌釋文云獌一作貗是貙貗即貙獌也韻會說文貙獌似貍者能捕獸祭天陸佃云虎五指爲貙吳都賦干鹵殳鋋張銑註殳鋋戈類也廣韻殳兵器長一丈二尺

無刃鋋小矛也槍稍也櫓大盾也琅弧玉弩者以玉石飾弧弩之上爲觀美也魯靈光殿賦奔虎攫挐以梁荷爾雅金鏃翦羽謂之鍭邢昺疏鏃箭頭也魏文帝詩發機若雷電一發連四五長楊賦鑿齒之徒相與磨牙而爭之服虔曰鑿齒齒長五尺似鑿亦食人伉即抗也古字通用晉書周處傳以南山白額虎爲三害之一白額虎蓄虎之老者力雄勢猛人所難禦今以鑿齒磨牙之怪獸尚能與之相抗而不懼彼南山白額虎又焉在目中耶深狀獵士之勇 總八校搜

○猸音眉貙音樞獌音瞞殳音殊琅音郎

四隅馳專諸走都盧趫喬林撇絕壁抄獅猢攬貊獼因颵飉于峻崖頓縠（蕭本作彀）玃于穹石養由發箭奇肱飛車巧聒更羸妙兼蒲且墜鶤鵾于青雲落鴻雁于紫虛捎鶬鴰（蕭本作䳁）漂鸕鷀彈地盧與神居斬飛鵬于日域摧大鳳于天墟龍伯釣其靈鼇任公獲其巨魚

李太白文集　卷一

窮造化之譎詭何神怪之有餘漢書中壘校尉屯騎校尉步兵校尉越騎校尉長水校尉胡騎校尉射聲校尉虎賁校尉凡八校尉皆武帝初置通典漢武帝初置中壘屯騎步兵越騎長水胡騎射聲虎賁等校尉為八校文獻通考漢八校校尉領禁衛諸軍皆尊顯之官吳越春秋勇士專諸堂邑人也碓顙而深目虎膺而熊背漢書地理志有都盧國顏師古註都盧國人勁捷善緣高故張衡西京賦曰烏獲扛鼎都盧尋橦又曰非都盧之輕趫孰能超而究升也西域傳作巴俞都盧之戲李奇曰都盧體輕善緣者也廣韻趫緣木也韻會撇畧也引也抄與鈔同說文鈔叉取也徐鍇曰今俗別作抄上林賦獑胡縠蛫張揖曰獑胡似獮猴頭上有髦腰以後黑薛綜西京賦註獑猢猿類而白腰以前黑在木表陸機詩疏猿之白腰者為獑胡獑胡駿捷于獮猴其鳴噭噭而悲太平御覽蜀地志曰僰道有獸名獑猢似猴而四足短為獸奇捷常在樹上欻然騰躍可一百五十步若迅鳥之飛取此皮為狐白之用盈百方成說文攬撮持也劉逵三都賦註貊獸毛黑白臆似熊而小以舌舐鐵須臾便數十斤出建寧郡章

懷太子後漢書註南中八郡志曰貊大如驢狀頗似熊多力食鐵所觸無不拉廣志曰貊色蒼白其皮溫暖䶂音義俱無考說文囚繫也郭璞爾雅註鼬似鼬赤黃色大尾啖鼠江東呼為鼪坤雅鼬鼠健于捕鼠今俗謂之鼠狼郭璞爾雅註鼯鼠狀如小狐似蝙蝠肉翅翅尾項脅毛紫赤色背上蒼艾色腹下黃喙頷雜白腳短爪長尾三尺許飛且乳亦謂之飛生聲如人呼食烟火能從高赴下不能從下上高西都賦超迴壑越峻崖頓偪也仆也史記索隱郭璞曰穀似鼬而大腰以後黃一名黃腰食獮猴爾雅貜父善顧郭璞註貜貜也似獮猴而大色蒼黑能攫持人好顧盼邢昺疏大猨也說文貜母猴也上林賦觸穹石張揖註穹石大石也漢書養由基楚之善射者也去楊葉百步百發百中楊葉之大加百中焉可謂善射矣博物志奇肱國民能為飛車從風遠行湯時西風至吹其車至豫州湯破其車不以視民後十年東風至乃復作車遣反其國去玉門關四萬里戰國策更嬴與魏王處京臺之下謂魏王曰臣為王引弓虛發而下鳥魏王曰射可至此乎更嬴曰可有間雁從東方來更嬴以虛發而下之王曰然則射可至此乎更嬴曰

此孽也其飛徐而鳴悲飛徐者故瘡痛也鳴悲者久失群也故瘡未息驚心未忘聞絃音烈而高飛故瘡隕也淮南子蒲且子之連鳥於百仞之上高誘註蒲且子楚人善弋射者蒱蒲通用史記正義鵁鶄郭云似鴨而大長頸赤目紫紺色辟水毒晉灼漢書註屬玉水鳥似鵁鶄韻會捎取也掠也子虛賦雙鶬下顏師古註鶬鶬鴰也今關西呼為鴰鹿山東通謂之鶬鄙俗名為錯落錯落者言鶬聲之急耳又謂之鴰將鴰鹿鴰將皆象其鳴聲也史記正義司馬彪云鶬似雁而黑亦呼為鶬括韓詩外傳云胎生也按本草鶬者水鳥也食于田澤洲渚之間大如鶴青蒼色亦有灰色者頂無丹兩頰紅長頸高腳群飛爾雅謂之麋鴰關西呼曰鴰鹿山東呼曰鶬鴰南人呼為鶬雞江人呼為麥雞天將霜鶬先知而鳴不過旬日而霜下鵠者今謂之天鵝禽經云鵠鳴哈哈故謂之鵠身大于雁羽毛白澤所謂鵠不日浴而白也亦有黃鵠丹鵠其翔極高而善步所謂黃鵠一舉千里是也湖海江漢之間皆有之漂當作摽擊也埤雅鸕鷀水鳥似鶂而黑一名鷧嘴曲如鉤食魚入喉則爛其熱如湯其骨主哽及噎蓋以類推之者也此鳥吐而生子神

農書所謂鶂鷁不卵生口吐其雛獨爲一異是也楊孚異物志云鶂鷁能没于深水取魚而食之不生卵而孕雛于池澤閒既胎而又吐生多者生七八少生五六相連而出若絲緒焉水鳥而巢高樹之上上林賦煩鶩鷛鷞漢書作庸渠郭璞曰庸渠似梟灰色而雞脚一名章渠顔師古曰庸渠卽今之水雞也彈當作殫盡也魏都賦大宁駭地廬驚木華海賦惟神是宅亦祇是廬劉良註宅居也言神祇之所居處長楊賦東震日域顔師古註日域日所出之處也大鳳非瑞鳥之鳳也若是瑞鳥之鳳則下文有解鳳凰與鸞鷟之語而此又云摧大鳳不但重複兼亦自相矛盾考楊升菴字說引通史繳大鳳于青邱戮修蛇于洞庭大鳳作大風云云是古書先有以大風爲大鳳者而太白因之歟淮南子云堯之時猰貐鑿齒九嬰大風封豨修蛇皆爲民害堯乃使羿誅鑿齒于疇華之野殺九嬰于凶水之上繳大風于青邱之澤下殺猰貐斷修蛇于洞庭擒封豨于桑林大大風與猰貐鑿齒封豨修蛇並稱是亦物類中之凶怪者而高誘註云大風風伯也能壞人屋舍則又以爲神名矣風俗通云飛廉風伯也漢書音義應劭曰飛廉神禽能致

風氣者也晉灼曰身似鹿頭如爵有角而蛇尾文如豹文豈大風卽飛廉之神鳥而因以訛爲風伯歟姑廣其說以俟知者升菴又引內典鳳當作風中從馬非鳳凰之鳳然鳳字他書不載恐未足據海賦北灑天墟李善註爾雅曰北陸天墟今爾雅本云北陸虛也與李所引不同龍伯國人釣得六鼇詳見悲清秋賦註任公子獲東海大魚詳見大鵬賦註東京賦魌異譎詭薛綜註譎詭變化也○校音效趫音蹺撇音儵獝音讒貊音麥颮音又彀音忽玃音覺鸀音燭鳿音玉捎音筲鵃音舟墟音區

所以噴血流川飛毛灑雪狀若乎高天雨獸上墜於大荒又似乎積禽爲山下崩於林穴陽烏沮色於朝日陰兔喪精於明月思騰裝上獵於太清所恨穹昊於路絕而忽也莫不海晏天空萬方來同雖秦皇與漢武兮復何足以爭雄子虛賦獲若雨獸揜草蔽地梁元帝晉安寺碑銘峰下陽烏林生陰兔陽烏詳

見明堂賦註枚乘七發如三軍之騰裝李善註裝束
也封禪書肇自顥穹生民顏師古註顥穹皆謂天也
顥言氣顥汗也穹言形穹窿也禮斗威儀君乘土而
王其政太平則河海夷晏海晏天空見天地清平之
意詩魯頌淮夷來同俄而君王茫然改容愀然有失於居繆本少居

字安思危防險戒逸斯馳騁以狂發非至理之弘術
且夫人君以端拱爲尊玄妙爲寶暴殄天物是謂不
道乃命去三面之網示六合之仁已殺者皆其犯命
未傷者全其天真雖剪毛而不獻豈割鮮以焠焠繆本作淬
輪解鳳凰與鸑鷟兮旋騶虞與麒麟獲天寶于陳倉
載非熊于渭濱上林賦天子芒然而思顏師古註芒然猶罔然也又上林賦愀然改容趙若自失李善註郭璞曰愀然變色貌左傳書曰居安思危思則有備有備無患老子馳騁田獵令人心發

狂道德指歸論窅然獨存玄妙獨處尚書暴殄天物害虐烝民禮王制無事而不田曰不敬田不以禮曰暴天物正義曰田獵不以其禮殺傷過多是暴害天之所生之物也史記湯出見野張網四面祝曰自天下下四方皆入吾網湯曰嘻盡之矣乃去其三面祝曰欲左左欲右右不用命乃入吾網諸侯聞之曰湯德至矣及禽獸毛詩傳面傷不獻剪毛不獻正義曰面傷不獻者謂當面射之剪毛不獻者謂在旁而逆射之二者皆爲逆射不獻者嫌誅降之意子虛賦割鮮染輪李奇曰鮮生也染擩也切生肉擩車輪鹽而食之也呂向註鮮牲也謂割牲之血染於車輪也又子虛賦將割輪焠韋昭曰焠謂割鮮焠輪也郭璞曰焠染也顏師古註焠亦擩染之義言臠割其肉擩車輪鹽而食之埤雅鳳神鳥也俗呼鳥王羽蟲三百六十而鳳爲之長鴻前麟後蛇頸魚尾鸛顙鴛思龍文龜背燕頷雞喙五色備舉出東方君子之國翺翔四海之外過崑崙飲砥柱濯羽弱水暮宿風穴見則天下大安寧舊云鳳凰其翼若干其聲若簫不啄生蟲不折生草不羣居不旅行不罹羅網非梧桐不棲非竹實不食非醴泉不飲詩曰鳳凰鳴矣於彼高岡梧

桐生矣於彼朝陽此之謂也陸璣詩疏雄曰鳳雌曰
凰其雛爲鸑鷟說文鸑鷟鳳屬神鳥也江中有鸑鷟
似鳧而大赤目張華禽經註鳳之小者曰鸑鷟五彩
之文三歲始備埤雅騶虞尾參于身白虎黑文西方
之獸也王者有至信之德則應不踐生草食自死之
肉傳曰白虎仁卽此是也夫其色見於白其文見於
黑又義獸也而名之曰虎則宜只以殺爲事今反不
履生草食自死之肉蓋仁之至也故序詩者曰仁如
騶虞則王道成也山海經曰騶虞五采畢具尾長於
身乘之日行千里陸璣詩疏麟麕身牛尾馬足黃色
圓蹄一角角端有肉音中鐘呂行中規矩遊必擇地
詳而後處不履生蟲不踐生草不羣居不侶行不入
陷阱不羅羅網王者至仁則出史記索隱張揖云雄
曰麒雌曰麟其狀麇身牛尾狼蹄一角郭璞云麒似
麟而無角京房傳云麟有五采腹下黃色羽獵賦追
天寶應劭註天寶陳寶也晉灼註天寶雞頭而人身
太康記曰秦文公時陳倉人獵得獸若彘而不知其
名道逢二童子曰此名犢弗述犢弗述亦語曰彼二
童子名爲寶雞得雄者王得雌者霸陳倉人舍犢弗
述逐二童子化爲雉雌止陳倉化爲石雄如楚止南

李太白文集　卷一　巨

陽搜神記呂望釣於渭陽文王出遊獵占曰今日獵得一狩非龍非螭非熊非羆合得帝王師果得太公於渭之陽與語大悅同車載而還○焠音逝翠鸑音岳鷟音浞於是亨獵徒封勞苦軒行炰繆本作庖騎酌酤韜兵戈火網罟西都賦陳輕騎以行炰騰酒車以酣酌說文炰毛炙肉也酤一宿酒也蕭士贇曰韜藏也火焚也以示不用意○炰音庖酤音顧然後發九霄之臺宴八紘之圃開日月之扃闢生靈之戶聖人作而萬物覩覽蒐岐與狩敖繆本作蒐敖與狩岐何宣成之足數哂穆王之荒誕歌白雲之西母九霄詳見明堂賦註淮南子九州之外乃有八殯方千里八殯之外乃有八紘亦方千里高誘註紘維也維落天地而為之表故曰紘也說文扃外閉之關也徐曰古人言外戶是也周易聖人作而萬物覩左傳成有岐陽之蒐杜預註周成王歸自奄大蒐於岐山之陽岐山在扶風美陽縣西北詩小雅建旐設旄搏獸於敖美宣王田獵

之詩也東京賦搏獸於敖既璅璅焉岐陽之狩又何足數薛綜註敖鄭地今之河南滎陽也謂宣王所狩之地岐陽岐山之陽謂成王所狩之地穆天子傳吉日甲子天子賓於西王母乃執白圭元璧以見西王母好獻錦組百純組三百純西王母再拜受之乙丑天子觴西王母於瑤池之上西王母爲天子謠曰白雲在天山陵自出道里悠遠山川間之將子無死尚能復來天子荅之曰予歸東土和洽諸夏萬民平均吾顧見汝比及三年將復而野曷若飽人以淡泊之○紘音洪扃音近窮蒐音搜味醉時以淳和之觴鼓之以雷霆舞之以陰陽虞乎神明狃於道德張無外以爲罝琢大朴以爲杙頓天網以掩之獵賢俊以御極若此之狩罔有不克虞樂也狃習也公羊傳王者無外蓋謂普天之下莫非王者之土無有内外之分也韻會杙說文橜也本作弋今作杙所以格獸曹植與楊德祖書吾王于是設天網以該之頓八紘以掩之北史儒林傳隋文膺期纂曆平

一寰宇頓天網以掩之賁旌帛以禮之使天人晏安草木繁殖繆本作植六宮斥其珠玉百姓樂于耕織寢鄭衞之聲卻靡曼之色天老掌圖風后侍側是三階砥平而皇猷允塞豈比夫子虛上林長楊羽獵計麋鹿之多少誇苑囿之大小哉史記節事以時諸產繁殖謂會繁殖滋生也周禮以陰禮教六宮鄭康成註婦人稱寢曰宮宮隱蔽之言后象王立六宮而居之正寢一燕寢五又曰詔王后率六后之人鄭康成註六宮之人夫人以下分居后之六宮者舊唐書開元二年六月內出金玉錦繡等服玩令于正殿前焚之所謂六宮斥其珠玉在當時實有其事矣然玩全節文義槩是獎勸其當然之詞非頌美其已行之政不當作實事解禮記鄭衞之音亂世之音也漢書目不視靡曼之色靡細也曼澤也靡曼之色謂色之美者也高誘淮南子註黃帝云夢見兩龍挺白圖即帝以授于河之都天老曰天其授帝圖乎黃帝乃齋河洛之間至于翠

嫣泉大盧魚折溜而至汎白圖蘭葉朱文以授黄帝
舒受之史記正義帝王世紀曰黄帝夢大風吹天下
之塵垢皆去帝寤而歎曰風爲號令執政者也垢去
土后在也天下豈有姓風名后者哉于是依占而求
之得風后于海隅登以爲相晉書職官志案黄帝時
風后爲侍中于周爲常伯之任三階卽三台星也三
階平則天下大安詳明堂賦註魏都賦長庭砥平篇
言其平如砥也魏書帝道休明皇猷允塞皇猷皇道
也允信也塞滿也言皇道信塞
滿于天下也○砥音紙又音底　方將延榮光於後昆
軼玄風於邃古摛嘉瑞臻元符登封於太山纂德於
祉首豈與乎七十二帝同條而共貫哉延施及也榮榮名也光光
華也郎長楊賦所謂延光比榮之意後昆後代也書
仲虺之誥垂裕後昆軼過之也玄風玄妙之風宋書
將洒玄風於四區道斯民於至德楚辭遂古之初誰
傳道之王逸註遂往也邃古遂古義同班固典引以
堅元符之臻章懷太子註元大也符瑞也長楊賦俟
元符以禪梁父之基增泰山之高延光于將來比榮

于往號漢書管仲曰古者封泰山禪梁父者七十二家而夷吾所記者十有二焉昔無懷氏封泰山禪云云虙羲封泰山禪云云神農氏封泰山禪云云炎帝封泰山禪云云黃帝封泰山禪亭亭顓頊封泰山禪云云帝嚳封泰山禪云云堯封泰山禪云云舜封泰山禪云云禹封泰山禪會稽湯封泰山禪云云周成王封泰山禪於社首風俗通封太山封者立石高一丈二尺刻之曰事天以禮立身以義事父以孝成名以仁四守之內莫不爲郡縣四夷八蠻咸來供職與天下無極人民蕃息天祿永得祭上玄尊而俎生魚壇廣十二丈高三尺階三等必於其上示增高也刻石紀號著已績也或曰金泥銀繩印之璽下篆德謂篆刻于石以頌功德也應劭曰社首山名在博縣元和郡縣志社首山在兖州乾封縣西北二十六里漢書夫帝王之道豈不同條共貫歟○軼音逸邃音粹君王于是迴蜺旌反鑾輿訪廣成於至道問大隗之幽居使罔象掇玄珠於赤水天下不知其所如也上林賦拖蜺旌張揖註析羽毛染以五采綴以縷爲旌有

似虹蜺之氣也西都賦乘鑾輿備法駕莊子黃帝立爲天子十九年令行天下聞廣成子在于空同之上故往見之曰我聞吾子達于至道敢問至道之精吾欲取天地之精以佐五穀以養人民吾又欲官陰陽以遂群生爲之奈何又莊子黃帝將見大隗乎具茨之山方明爲御昌寓驂乘張若謵朋前馬昆閽滑稽後車至于襄城之野七聖皆迷無所問途適遇牧馬童子問途焉曰若知具茨之山乎曰然若知大隗之所存乎曰然黃帝曰異哉小童非徒知具茨之山又知大隗之所存陸德明註大隗或云大司神名也又莊子黃帝遊乎赤水之北登乎崑崙之邱而南望還歸遺其玄珠使知索之而不得使離朱索之而不得使喫詬索之而不得乃使象罔象罔得之黃帝曰異哉象罔乃可以得之乎陸德明註赤水在崑崙山下又莊子吾聞至人尸居環堵之室而百姓猖狂不知其所如往○古賦辯體大獵賦與子虛上林羽獵等賦首尾布敘用事遣辭多相出入又曰太白天才英卓所作古賦差强人意但俳之蔓雖除律之根故在雖下筆有光燄時作奇語只是六朝賦爾○隗音危

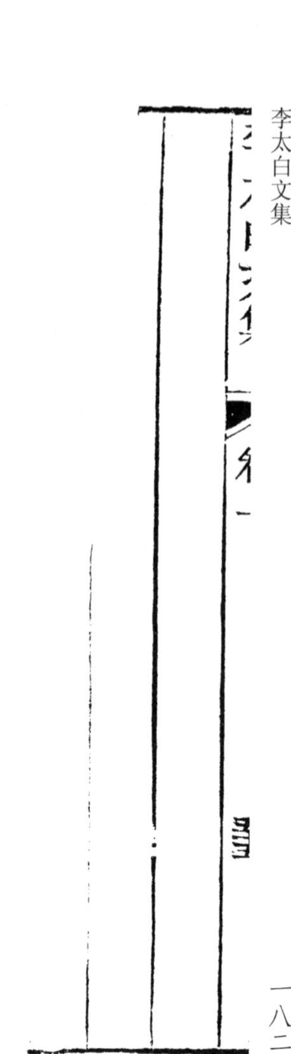

李太白文集卷之二

錢塘　王琦琢崖輯註

古詩五十九首

古風五十九首

大雅久不作吾衰竟誰陳王風委蔓草戰國多荆榛龍虎相啖食兵戈逮狂秦正聲何微茫哀怨起騷人揚馬激頹波開流蕩無垠廢興雖萬變憲章亦已淪自從一作蹉跎建安來綺麗不足珍聖代復元古垂衣貴清真羣才屬休明乘運共躍鱗文質相炳煥衆星羅

秋旻我志在刪述垂繆本作重輝映千春希聖如有立絕
筆於獲麟鄭玄毛詩箋小雅大雅者周室居西都豐鎬之時詩也王制命太史陳詩以觀民風
詩大序關雎麟趾之化王者之風顔師古漢書註春
秋之後周室卑微諸侯强盛交相攻伐故總謂之戰
國韻會榛木叢生貌班固荅賓戲于是七雄虓闞分
裂諸夏龍戰虎爭隋書八相啖食十而四五陶潛詩
漂流逮狂秦昭明太子文選序楚人屈原含忠履潔
君匪從流臣進逆耳深思遠慮遂放湘南耿介之意
旣傷壹鬱之懷靡愬臨淵有懷沙之志吟澤有憔悴
之容騷人之文自茲而作揚馬揚雄司馬相如也史
記推而大之至于無垠無垠謂無畔岸也建安漢末
年號于時曹氏父子及鄴中七子作焉詩體一變世
謂之建安體自是而後每降每變下逮梁陳隋氏靡
麗極矣世總謂之六朝體憲章謂詩之法度聖代謂
李唐也周易黄帝堯舜垂衣裳而天下治傳玄詩我
皇敍群才謝朓詩惟昔逢休明十載朝雲陛王彪之
詩飛鴻振羽騰龍躍鱗王珪詩高祖起豐沛乘運以
躍鱗左思魏都賦丹青炳煥爾雅秋爲旻天李巡註

秋萬物成熟皆有文章故曰旻天弘明集妙會與春
冰等釋至趣若秋旻共朗梁簡文帝採蓮曲千春誰
與樂夏侯湛閔子騫贊聖既擬天賢亦希聖杜預左
傳集解仲尼傷周道之不興感嘉瑞之無應故因魯
春秋而修中興之教絶筆于獲麟之一句所感而作
固所以爲終也○楊齊賢曰詩大雅凡三十六篇詩
序云雅者正也言王政之所由廢興也大雅不作則
斯文衰矣平王東遷黍離降於國風終春秋之世不
復能振戰國迭興王道榛塞干戈相侵以迄于秦中
正之聲日遠日微一變而爲離騷軒翥詩人之末奮
飛詞家之前司馬揚雄激揚其頽波疏導其下流使
遂閎肆法乎無窮而世降愈下憲章乖離建安諸子
夸尚綺靡摛章繪句競爲新奇雄健之氣由此萎爾
至于唐八代極矣掃魏晉之陋起騷人之廢太白蓋
以自任乎覽其著述筆力翩翩如行雲流水出乎自
然非由思索而得豈欺我哉琦按吾衰竟誰陳是太
白自嘆吾之年力已衰竟無能陳其詩于朝廷之上
也楊氏以斯文衰萎爲釋殊混唐仲言詩解引孔子
吾衰之説更非徐昌穀謂首二句爲一篇大旨綺麗
不足珍以上是申第一句意聖代復元古以下是申

第二句意其說極爲明了學者試一玩味前之二解不待辯而確知其誤矣本事詩曰李白才逸氣高與陳拾遺齊名先後合德其論詩云梁陳以來艷薄斯極沈休文又尚以聲律將復古道非我而誰此詩乃自明其素志歟○榛音近神垠音銀綺音起旻音民

其二

蟾蜍薄太清蝕此瑤臺月圓光虧中天金魄遂淪沒

螮蝀入紫微大明夷朝暉浮雲隔兩曜萬象昏陰霏

蕭蕭長門宮昔是今已非桂蠹花不實天霜下嚴威

沉嘆終永夕感我涕沾衣

淮南子精神訓月中有蟾蜍高誘註蟾蜍蝦蟇也又說林訓月照天下蝕于詹諸高誘註詹諸月中蝦蟇食月故曰蝕于詹諸薄侵也迫也釋名日月虧曰蝕稍稍侵虧如蟲食草木葉也沈約詩含吐瑤臺月陳子昂詩微月生西海幽陽始化昇圓光正東滿陰魄

巳朝凝沈佺期詩玉流含吹動金魄度雲來魄月體黑暗處朔日之月謂之死魄望日之月謂之生魄金魄者是言滿月之影光明燦爛有似乎金故曰金魄也毛詩正義螮蝀虹也色青赤因雲而見春秋潛潭巴虹出日旁后妃陰脅主後漢書凡日旁氣色白而純者名爲虹琦按螮蝀亦日之光氣但日在東則螮蝀見西方日在西則螮蝀見東方與日旁白色之氣均有虹之名而實則判然二物也太白以日旁之虹呼爲螮蝀不無混稱晉書紫宮垣十五星其西蕃七東蕃八在北斗北一曰紫微大帝之座也天子之常居也主命主度也鄭康成禮記註大明日也廣韻夷滅也陸機詩扶桑升朝暉初學記日月謂之兩曜漢書孝武陳皇后長公主嫖女也初武帝得立爲太子長主有力取主女爲妃及帝卽位立爲皇后擅寵驕貴十餘年而無子聞衞子夫得幸幾死者數焉上愈怒后又挾婦人媚道頗覺元光五年上遂窮治之女子楚服等坐爲皇后巫蠱祠祭祝詛大逆無道相連及誅者三百餘人使有司賜皇后策曰皇后失序惑于巫祝不可以承天命其上璽綬罷退居長門宮楚辭桂蠹不知所淹留漢書成帝時歌謠曰桂樹花不

實黃雀巢其顛潘岳西征賦弛秋霜之嚴威劉峻廣絶交論尹班陶陶于永夕○新唐書玄宗皇后王氏同州下邽人梁冀州刺史神念之裔孫帝爲臨淄王聘爲妃將清內難預大計先天元年立爲皇后久無子而武妃稍有寵后不平顯詆之然撫下素有恩終無肯譖短者帝密欲廢后以語姜皎皎漏言卽死后兄守一懼爲求厭勝浮屠明悟教祭北斗取霹靂木刻天地文及帝諱合佩之曰后有子與則天比開元十二年事覺帝自臨劾有狀乃制詔有司皇后天命不祐花而不實有無將之心不可以承宗廟母儀天下其廢爲庶人賜守一死當時王諲作翠羽帳賦諷帝未幾卒以一品禮葬後宮思慕之此詩蓋詠其事也蕭士贇曰王后事與漢武陳后事極相類二后雖各以無子巫蠱厭勝廢然推原其由實衛子夫武惠妃爭寵有以激之也陳后之廢司馬相如作長門賦王后之廢王諲亦作翠羽帳賦先後一致太白引此爲證最爲切當桂蠹不實是采廢后制中語唐仲言曰蟾蜍蝕月比武妃逼后月光虧而魄沒見后巳廢而憂死也蝃蝀借日之光以成形今入紫微而日反爲所蔽比武妃既得幸而蠱惑帝心至于荒亂也苟

日月俱爲陰邪所傷而蒼生無以仰照則萬象皆昏冥矣因言后之被廢正如陳后之居長門然陳后以嫉妒幾絶皇嗣實有可廢之條今王后撫下有恩明皇特以武妃之故而謀廢之則非陳后比矣所謂昔是而今非也且帝以后無子罪其花而不實然不觀諸桂樹乎桂蠹則不能成實寵分則不能有子奈何遽以天霜之威加之哉大抵國家之亂起自宫闈我因念及此事爲之感嘆沾衣也其後武妃幸早世而明皇卒以太真亂國太白可謂知幾矣琦按舊唐書開元十二年秋七月壬申月蝕既已卯廢皇后王氏爲庶人太白此篇首以月蝕爲喻是雖比而實賦也

其三

秦王掃六合，虎視何雄哉！揮（蕭本作飛）劍決浮雲，諸侯盡西來。明斷自天啟（一作雄圖發英斷），大畧駕群才。收兵鑄金人，函谷正東開。銘功會稽嶺，騁望琅邪臺。刑徒七十萬起土驪山隈尚採不死藥茫然使心一作人哀連弩射海魚長鯨正崔嵬額鼻象五岳揚波噴雲雷鬐鬣蔽青天何由覩蓬萊徐市載秦女樓船幾時回但見三泉下金棺葬寒灰賈誼過秦論及至始皇吞二周而亡諸侯履至尊而制六合西都賦周以龍興秦以虎視章懷太子註龍興虎視喻盛強也莊子天子之劍直之無前舉之無上按之無下運之無旁上決浮雲下絕地紀此劍一用匡諸侯天下服矣諸侯盡西來者六國之王皆爲所虜而西入於秦也左傳天之所啟人弗及也杜預註啟開也漢書如武帝之雄材大畧史記秦始皇二十六年收天下兵聚之咸陽銷以爲鐘鐻金人十二重各千石置宮廷中水經註潼關歷北出東殽通謂之函谷關也邃岸天高空谷幽深澗道之峽車不容軌號曰天險函谷正東開者當六國未滅之時慮其侵伐以函谷爲守禦之要樞啟閉甚嚴六國已滅天下一統無事守禦函谷可以常開矣史記始皇三十七年上會

稽祭大禹望于南海而立石刻頌秦德又云二十八年南登琅邪大樂之留三月乃徙黔首三萬戶琅邪臺下復十二歲作琅邪臺立石刻頌秦德明德意太平御覽伏滔地記曰琅邪東南十里有琅邪山郎古琅邪臺也秦始皇二十八年至琅邪大樂之留三月作琅邪臺臺亦孤山也然高顯出于衆山之上高五里下周二十五里山上壘石爲臺石形爲磚長八尺廣四尺厚八寸三級而上級高三丈上級平敞二百餘步刊石立碑紀秦功德史記始皇三十五年隱宮徒刑者七十餘萬人分作阿房宮或作驪山發北山石槨又云三十一年使韓終侯公石生求仙人不死之藥又云二十八年齊人徐市等上書言海中有三神山名曰蓬萊方丈瀛洲仙人居之請得齋戒與童男女求之于是遣徐市發童男女數千人入海求仙人徐市等入海求神藥數歲不得費多恐譴乃詐曰蓬萊藥可得然常爲大蛟魚所苦故不得至願請善射者與俱見則以連弩射之始皇夢與海神戰如人狀問占夢博士曰水神不可見以大魚蛟龍爲候今上禱祠備謹而有此惡神當除去而善神可致乃令入海者齎捕巨魚具而自以連弩候大魚出射之自

瑯邪北至榮成山弗見至之罘見巨魚射殺一魚木華海賦魚則橫海之鯨巨鱗插雲鬐鬣刺天顱骨成岳流膏爲淵史記葬始皇酈山始皇初即位穿治酈山及并天下天下徒送詣七十餘萬人穿三泉下銅而致棺宮觀百官奇器珍怪徙藏滿之正義曰顔師古曰三重之泉言其深也韓非子死者始死而血已血而衂已衂而灰已灰而土

其四

鳳飛九千仞五章備綵珍銜書且虛歸空入周與秦橫絕歷四海所居未得鄰吾營紫河車千載落風塵藥物秘海嶽採鉛青溪濱時登大樓山舉首（蕭本作手）望仙真羽駕滅去影飈車絕回輪尚恐丹液遲志願不及申徒霜鏡中髮羞彼鶴上人桃李何處開此花非

我春惟應清都境長與韓衆親太平御覽春秋後語云宋玉曰鳳凰上擊九千里翱翔乎窈冥之上左傳爲九文六采五章以奉五色杜預註青與赤謂之文赤與白謂之章白與黑謂之黼黑與青謂之黻五色備謂之繡集此五章以奉成五色之用宋書有鳳凰啣書遊文王之都書曰殷帝無道虐亂天下黃命已移不得復久靈祇遠離百神吹去五星聚房昭理四海漢書羽翮以就橫絶四海顔師古註絶謂飛而直度也蕭士贇曰道家蓬萊修煉法河車是水朱雀是火取水一斗鐺中以火炎之令沸致聖石九兩其中初成姹女次謂之玉液後成紫色謂之紫河車白色曰白河車青色曰青河車赤色曰赤河車亦曰黃芽徐禎卿曰落脫也謝也一統志清溪在池州府源出涔溪山與石人嶺水合北流匯爲玉鏡潭又東流經府門外復折而北至清溪口入大江大樓山在池州府城南七十里沈約詩若蒙羽駕迎得奉金書召桓驎西王母傳王母所居宫闕在龜山春山西那之都崑崙之圃閬風之苑左帶瑤池右環翠水其山之下弱水九重洪濤萬丈非飈車羽輪不可到也楊齊賢曰羽駕言乘鸞駕鶴

飈車言御風乗雲漢武內傳其次藥有九丹金液子得服之白日升天此飛仙之所服非地仙之所見也列子王賓以爲清都紫微鈞天廣樂帝之所居楚詞見韓衆而宿之兮問天道之所在王逸註韓衆仙人也抱朴子韓衆服菖蒲十三年身生毛日視書萬言皆誦之冬恒不寒○鉛音延飈音標液音亦

其五

太白何蒼蒼星辰上森列去天三百里邈爾與世絶中有綠髮翁披雲一作千春臥松雪不笑亦不語冥棲在巖穴我來逢真人長跪問寶訣粲然啟玉齒一作忽自哂授以鍊藥說銘骨傳其語竦身已電滅仰望不可及蒼然五情熱吾將營丹砂永世與人别水經註太白山在武功縣南去長安二百里不知其高幾許俗云武功太白去天三百杜彥達曰太白山南連武功山于諸山最爲

秀傑冬夏積雪望之皓然陶潛詩邈與世相絶謝靈運詩披雲臥石門顔延年詩山明望松雪曹植飛龍篇我知真人長跪問道穀梁傳軍人粲然皆笑范甯註粲然盛笑貌郭璞詩靈妃顧我笑粲然啟玉齒李善註啟齒笑也吳越春秋早朝晏罷切齒銘骨抱朴子夫得道者上能竦身於雲霄下能潛形於川海蒼然忿遽貌曹植上責躬應詔詩表形影相弔五情愧赧劉良註五情喜怒哀樂怨也陶潛詩身沒名亦盡念之五情熱

其六

代馬不思越越禽不戀燕情性有所習土風固其然昔别雁門關今戍龍庭前驚沙亂海日飛雪迷胡天蟣虱生虎鶡心魂逐旌旃苦戰功不賞忠誠難可宣誰憐李飛將白首沒三邊代馬代地所産之馬曹植詩願騁代馬倏忽北徂張

協詩土風安所習由來有故然徐禎卿曰代北越南鳥獸各有所戀以比去家就戍非人之情也山西通志雁門山在代州北三十五里雙闕陡絶雁欲過者必由此徑故名一名雁門塞倚山立闗謂之雁門闗山西之闗凡四十有餘皆踞臨保固而聳拔雄壯則雁門爲最趙李牧漢郅都備邊於此匈奴不敢近塞固皆一時良將然不可謂非籍地險也班固燕然山銘躡冒頓之區落焚老上之龍庭章懷太子註匈奴五月大會龍庭祭其先天地鬼神梁書鳥塞同文胡天共軌淮南子甲冑生蟣虱燕雀處帷幄而兵不休息後漢書武冠俗謂之大冠環纓無蕤以青系爲緄加雙鶡尾竪左右爲鶡冠五官左右虎賁羽林五中郎將羽林左右監皆冠鶡冠紗縠單衣虎賁將虎文袴白虎文劒佩刀虎賁武騎皆鶡冠虎文單衣襄邑歲獻織成虎文衣鶡者勇雉也其鬬對一死乃止故趙靈王以表武士秦施安焉太白所謂蟣虱生虎鶡者蓋謂其生於虎衣鶡冠之上猶之甲冑生蟣虱也周禮通帛爲旃析羽爲旌鄭康成註通帛謂大赤從周正色無飾析羽五采繫之於旌之上所謂注旄於干首也史記李廣爲右北平太守匈奴聞之號曰漢

之飛將軍避之數歲不敢入右北平元狩四年從大將軍大將軍青擊匈奴引兵出東道軍無導惑失道後大將軍大將軍使長史問失道狀欲上書報天子軍曲折廣謂其麾下曰廣結髮與匈奴大小七十餘戰今幸從大將軍出接單于兵而大將軍徙廣部行回遠而又迷失道豈非天哉廣年六十餘矣終不能復對刀筆之吏遂引刀自剄顧炎武曰昔人譏此詩以飛將軍剪截作飛將然古人自有此語後漢班勇傳班將能保北鹵不爲邊害乎後魏唐永正光中爲北地太守數與賊戰未嘗敗北時人語曰莫陸梁恐爾逢唐將並以將軍爲將小學紺珠三邊幽并凉三州也

其七

客有鶴上仙飛飛淩太清揚言碧雲裏自道安期名兩兩白玉童雙吹紫鸞笙去影忽不見回風送天聲舉首（蕭本作手）遠望之飄然若流星願飡金光草壽與天

齊傾一作五鶴西北來飛飛凌太清仙人綠雲上自道安期名兩兩白玉童雙吹紫鸞笙飄然下倒影倏忽無留行遺我金光草服之四體輕將隨赤松去對博坐蓬瀛叉舉首遠望之一作我欲一問之○凌經歷也楚辭九嘆譬若王僑之乘雲兮載赤霄而凌太清江淹詩日暮碧雲合張銑註碧雲青雲也史記李少君曰臣嘗游海上見安期生安期生食臣棗大如瓜安期生仙者通蓬萊中合則見人不合則隱於是天子遣方士入海求蓬萊安期生之屬蕭士贇曰白玉童言童之顏如玉之白也陳子昂詩馳驅翠虬駕伊鬱紫鸞笙楚辭悲回風之搖蕙兮王逸註回風謂之飄風釋名流星星轉行如流水也○飡音餐

其八此首繆本編入二十二卷題作感寓與諸本不同

咸陽二三月宮柳黃金枝綠幘誰家子賣珠輕薄兒一作咸陽二三月百鳥鳴花枝玉劍誰家子西秦豪俠兒日暮醉酒歸白馬驕且馳意氣人所仰一作傾冶遊繆本作遊冶方及時子雲不曉

事晚獻長楊辭賦達身已老草玄鬢若絲投閣良可
歎但爲此輩嗤謝尚大道曲青陽二三月柳青桃復
紅漢書帝姑館陶公主號竇太主堂
邑侯陳午尚之午死主寡居近幸董偃始偃與母以
賣珠爲事偃年十三隨母出入主家左右言其姣好
主名見曰吾爲母養之因留第中教書計相馬御射
頗讀傳記至年十八而冠出則執轡入則侍內爲人
温柔愛人以主故諸公接之名稱城中號曰董君主
因推令散財交士令中府曰董君所發一日金滿百
斤錢滿百萬帛滿千匹乃白之安陵爰叔與偃善謂
偃曰足下私侍漢主挾不測之罪將欲安處乎何不
白主獻長門園此上所欲也如是則上知計出于足
下則安枕而臥者無慘怛之憂偃入言之主主立奏
書獻之上大悅更名竇太主園爲長門宮上以錢千
萬從主飲後數日上臨山林主自執宰蔽膝道入坐
未定上曰願謁主人翁主乃下殿去簪珥徒跣頓首
謝有詔謝主簪履起之東廂自引董君董君綠幘傅
鞲隨主前伏殿下主乃贊館陶公主庖人臣偃昧死
再拜謁因叩頭謝上爲之起有詔賜衣冠上當是時

董君見尊不名稱爲主人翁飲大驩樂主乃請賜將軍列侯從官金錢雜繒各有數于是董君貴寵天下莫不聞沈約詩洛陽繁華子長安輕薄兒楊修荅臨淄侯牋吾家子雲老不曉事漢書揚雄字子雲蜀郡成都人以孝成帝時待詔承明之庭從至射熊館還上長楊賦以風哀帝時丁傅董賢用事諸附離之者或起家至二千石時雄方草太玄有以自守泊如也王莽時劉歆甄豐皆爲上公莽旣以符命自立卽位之後欲絶其原以神前事而豐子尋歆子棻復獻之莽誅豐父子投棻四裔辭所連及便收不請時雄校書天祿閣上治獄事使者來欲收雄雄恐不能自免乃從閣上自投下幾死莽聞之曰雄素不與事何故在此間請問其故乃劉棻嘗從雄學作奇字雄不知情有詔勿問然京師爲之語曰惟寂寞自投閣爰清淨作符命古詩但爲後世嗤唐仲言曰此刺戚里驕橫而以子雲自况所謂緣幘必有所指○嗤音鴟

其九

莊周夢胡蝶胡蝶爲莊周一體更變易萬事良悠悠

乃一作那知蓬萊水復作清淺流青門種瓜人舊日東陵侯富貴故一作苟繆本作固如此營營何所求莊子昔者莊周夢爲蝴蝶栩栩然蝴蝶也自喻適志與不知周也俄然覺則蘧蘧然周也不知周之夢爲蝴蝶與蝴蝶之夢爲周與周與蝴蝶則必有分矣此之謂物化神仙傳麻姑云接待以來見東海三爲桑田向到蓬萊水又淺於往日會時畧半耳豈將復爲陵陸乎王遠嘆曰聖人皆言海中行復揚塵也三輔黃圖長安城東出南頭第一門曰霸城門民見門色青名曰青城門或曰青門門外舊出佳瓜廣陵人邵平爲秦東陵侯秦破爲布衣種瓜青門外瓜美故時人謂之東陵瓜

其十

齊有倜儻生魯連特高妙明月出海底一朝開光曜卻秦振英聲後世仰末照意輕千金贈顧向平原笑

吾亦澹蕩人拂衣可同調

史記魯仲連者齊人也好奇偉倜儻之畫策而不肯仕宦任職適遊趙會秦圍趙聞魏將欲令趙尊秦爲帝乃見平原君曰事將奈何平原君曰勝也何敢言事前亡四十萬之衆于外今又內圍邯鄲而不去魏王使客將軍辛垣衍令趙帝秦今其人在是魯仲連曰梁客辛垣衍安在吾請爲君責而歸之魯仲連見辛垣衍而無言辛垣衍曰吾視居此圍城之中者皆有求於平原君者也今觀先生之玉貌非有求於平原君者也曷爲久居此圍城之中而不去魯仲連曰彼秦者棄禮義而上首功之國也權使其士虜使其民彼即肆然而爲帝過而爲政於天下則連有蹈東海而死耳吾不忍爲之民也所爲見將軍者欲以助趙也辛垣衍曰先生助之將奈何魯連曰吾將使梁及燕助之齊楚則固助之矣辛垣衍曰吾乃梁人也先生惡能使梁助之魯連曰梁未覩秦稱帝之害耳使梁覩秦稱帝之害則必助趙矣秦無已而帝則且變易諸侯之大臣奪其所不肖而與其所賢奪其所憎而與其所愛又將使其子女讒妾爲諸侯妃姬處梁之宫梁王安得晏然而已乎而將軍又何以得故

寵乎於是新垣衍起再拜謝曰吾請出不敢復言帝秦秦將聞之爲郤軍五十里適會魏公子無忌奪晉鄙軍以救趙擊秦秦軍遂引而去於是平原君欲封魯連魯連辭讓使者三終不肯受平原君乃置酒酒酣起前以千金爲魯連壽魯連笑曰所爲貴於天下之士者爲人排患釋難解紛亂而無所取也卽有取者是商賈之事也而連不忍爲也遂辭平原君而去終身不復見廣韻倜儻不羈也史記明月之珠出於江海淮南子明月之珠不能無纇高誘註夜光之珠有似月光故曰明月朱穆崇厚論振英聲於百世謝朓楚江賦願希光於秋月承末照于遺簪楊齊賢曰澹蕩猶放蕩也宋書王弘之拂衣歸耕踰歷三季謝靈運詩誰謂古今殊異代可同調○倜音惕

其十一

黃河走東溟白日落西海逝川與流光飄忽不相待春容捨我去秋髮已衰改人生非寒松年貌一作顏色豈

長在吾當乘雲螭吸景駐光彩一作誰能學天飛三秀與君采○顏延年詩日觀臨東溟呂向註東溟東海也謝瞻詩逝川豈住復曹植詩流光正徘徊春容謂少年之容秋髮謂衰暮時之髮郭璞詩雖欲騰丹谿雲螭非我駕呂延濟註雲螭龍也楊齊賢曰吸景吸日月之景○螭音鴟

其十二

松栢本孤直難爲桃李顏昭昭嚴子陵垂釣滄波間身將客星隱心與浮雲閑長揖萬乘君還歸富春山清風灑六合邈然不可攀使我長嘆息冥棲巖石間劉孝綽詩競嬌桃李顏將猶與也後漢書嚴光字子陵會稽餘姚人少有高名與光武同遊學及光武卽位乃變名姓隱身不見帝思其賢令以物色訪之後齊國上言有一男子披羊裘釣澤中帝疑其光備安

車玄纁遣使聘之三反而後至舍於北軍給牀褥太官朝夕進膳車駕卽日幸其館光臥不起帝卽其臥所撫光腹曰咄咄子陵不可相助爲理耶光眠不應良久張目熟視曰唐堯著德巢父洗耳士固有志何至相迫乎帝曰子陵我竟不能下汝耶於是升輿嘆息而去復引光入論道舊故相對累日因共偃臥光以足加帝腹上明日太史奏客星犯御座甚急帝笑曰朕故人嚴子陵共臥耳除爲諫議大夫不屈乃耕於富春山後人名其釣處爲嚴陵瀨漢書酈生長揖不拜顔師古註長揖者手自上而極下漢書天子畿方千里提封百萬井定出賦四十六萬井戎馬四萬匹兵車萬乘故稱萬乘之主張載詩昔爲萬乘君一統志富春山在桐廬縣西三十里一名嚴陵山淸麗奇絶號錦峰繡嶺乃漢嚴子陵隱釣處前臨大江上有東西二釣臺張華詩穆如灑淸風

陶潛詩袁安困積雪邈然不可干

其十三

君平旣棄世世亦棄君平觀變窮太易探元一作亘化

羣生寂寞綴道論一作真道空簾閉幽情一作清騶虞不虛一作復來鸑鷟有時鳴安知天漢上白日懸高名海客去已久誰人一作能測沉冥鮑照詩君平獨寂寞身世兩相棄李善註身棄世而不仕世棄身而不任漢書嚴君平卜筮於成都市以爲卜筮者賤業而可以惠衆人有邪惡是非之問則依蓍龜爲言利害與人子言依於孝與人弟言依於順與人臣言依於忠各因勢道之以善從吾言者已過半矣裁日閱數人得百錢足自養則閉肆下簾而授老子博覽無不通依老子嚴周之旨著書十萬餘言列子有太易有太初有太始有太素太易者未見氣也太初者氣之始也太始者形之始也太素者質之始也孝經鉤命訣天地未分之前有太易有太初有太始有太素有太極是爲五運形象未分謂之太易元氣始萌謂之太初氣形之端謂之太始形變有質謂之太素質形已具謂之太極鄭康成乾鑿度註以其寂然無物故名之爲太易漢書太史公習道論於黃子謝靈運詩委講綴道論毛萇詩傳騶虞義獸

也白虎黑文不食生物有至信之德則應之國語周之興也鸑鷟鳴於岐山韋昭解鸑鷟鳳凰之别名也蕭士贇曰二句喻聖賢不虚生其出也有時博物志舊説云天河與海通近世有人居海濵者年年八月有浮槎去來不失期人有竒志立飛閣於槎上多賫糧乘槎而去十餘日中猶觀日月星辰自後茫茫忽忽亦不覺晝夜去十餘月至一處有城郭狀屋舍甚嚴遥望宫中多織婦見一丈夫牽牛渚次飲之牽牛人乃驚問曰何由至此此人具説來意并問此是何處荅曰君還至蜀郡訪嚴君平則知之竟不上岸因還如期後至蜀問君平曰某年月日有客星犯牽牛宿計其年月正是此人到天河時也博雅天河謂之天漢漢書蜀嚴湛冥不作茍見不治茍得久幽而不改其操孟康註蜀郡嚴君平沉深玄默無欲也揚子蜀莊沉冥李軌註沉冥猶玄寂泯然無迹之貌吳祕註晦跡不仕故曰沉冥陳子昂詩玄感非象識誰能測沉冥○鸑音岳鷟音浞

其十四

胡關饒風沙，蕭索一作颯竟終古。木繆本作歲落秋草黃，登
高望戎虜。荒城空大漠，邊邑無遺堵。白骨橫千霜，嵯
峨蔽榛莽。借問誰陵虐，天驕毒威武。赫怒我聖皇，勞
師事鼙鼓。陽和變殺氣，發卒騷中土。三十六萬人，哀
哀淚如雨。且悲就行役，安得營農圃。不見征戍兒，豈
知關山苦。一本此下多爭鋒徒死節，秉鉞皆庸豎。戰士塗蒿萊，將軍獲圭組四句李牧一作衛霍今不在，邊人飼豺虎。胡關，近胡地之關，若雁門、玉門、陽關之類。張正見詩：
胡關辛苦地。楚辭：長無絕兮終古。班固燕然山銘：經
鹵磧，絕大漠。李周翰註：大漠，沙漠也。說文：堵，垣也。五
版爲一堵。張載詩：周墉無遺堵。劉琨上懷帝表：白骨
橫野。古樂府：延年壽千霜。廣雅：嵯峨，高也。榛，木叢生
也。莽，草深茂也。漢書：單于遣使遺漢書曰：南有大漢，
北有強胡。胡者，天之驕子也。詩大雅：王赫斯怒。鄭箋：

曰赫怒意說文鼙騎鼓也騷擾也魏武善哉行惋嘆淚如雨張載詩萌隸營農圃史記李牧趙之北邊良將也常居代雁門備匈奴匈奴小入佯北不勝單于聞之大率衆來入李牧多爲奇陣張左右翼擊之大破殺匈奴十餘萬騎滅襜襤破東胡降林胡單于奔走其後十餘歲匈奴不敢近趙邊城張載詩季世喪亂起盜賊如豺虎○鼙音皮

其十五

燕昭延郭隗遂築黃金臺劇辛方趙至一作往鄒衍復齊來奈何青雲士棄我如塵埃珠玉買歌笑糟糠養賢才方知黃鶴一作鵠舉千里獨徘徊史記燕昭王卽位卑身厚幣以招賢者謂郭隗曰齊因孤之國亂而襲破燕孤極知燕小力少不足以報誠得賢士以共國以雪先王之恥孤之願也先生視可者得身事之郭隗曰王必欲致士先從隗始況賢於隗者豈遠千里哉於是昭王

爲隗改築宮而師事之樂毅自魏往鄒衍自齊往劇辛自趙往士爭趨燕李善文選註上谷郡圖經曰黃金臺在易水東南十八里燕昭王置千金於臺上以延天下之士史記非附青雲之士惡能施於後世哉古詩棄我如遺跡左思詩覩之如塵埃韓詩外傳田饒事魯哀公而不見察謂哀公曰臣將去君黃鵠舉矣哀公曰何謂也曰雞有五德君猶日瀹而食之者何也以其所從來者近也夫黃鵠一舉千里止君園池食君魚鼈啄君黍粱無此五德君猶貴之以其所從來者遠也臣將去君黃鵠舉矣蘇武詩黃鶴一遠別千里顧徘徊○隗音危又上聲劇音極

其十六此首繆本編入二十三卷與感陽二三月一首俱題作感寓

寶劍雙蛟龍雪花照芙蓉精光射天地雷繆本作電騰不可衡一去別金匣飛沉失相從風胡歿已久一作聖人歿已久蕭本作風胡滅已久所以潛其鋒吳水深萬丈楚山邈千重

雌雄終不隔神物會當逢越絕書客有能相劍者名薛燭越王句踐名而問之

乃名掌者使取純鉤薛燭望之手振拂揚其華捽如芙蓉始出又越絕書楚王名風胡子而問之曰寡人聞吳有干將越有歐冶子此二子甲世而生天下未嘗有寡人願齎邦之重寶以奉子因吳王請此二人作鐵劍可乎于是乃令風胡子之吳見歐冶子干將使作鐵劍歐冶子干將鑿茨山洩其溪取鐵英作爲鐵劍三枚風胡子奏之楚王楚王見此三劍之精神大悅問之曰此三劍何物所象其名爲何風胡子對曰一曰龍淵二曰泰阿三曰工布楚王曰何爲龍淵泰阿工布風胡子對曰欲知龍淵觀其狀如登高山臨深淵欲知泰阿觀其鈲巍巍翼翼如流水之波欲知工布鈲從文起至脊而止如珠不可衽文若流水不絕太平御覽雷煥別傳曰煥字孔章鄱陽人善星曆卜占司空張華夜見異氣起斗牛問煥見之乎煥曰此爲寶劍氣華曰時有相吾者曰君當貴達身佩寶劍此言欲效矣乃以煥爲豐城令煥至縣移獄掘入三十餘尺得青石函一枚中有雙劍文采未甚明煥取南昌西山黃白土用拭劍光艷照耀乃送一劍

并少黄土與華自留一劍華得劍并土曰此干將也莫耶何復不至然天生神物終當合耳乃更以華陰赤土一斤送與煥煥得磨劍鮮光愈亮及華誅劍與玉匣莫知所在後煥亡煥子爽帶劍經延平津劍無故墮水令人没水逐覓見二龍長數丈盤交須臾光采徵發曜日映川鮑照贈故人馬子喬詩雙劍將别離先在匣中鳴烟雨交將夕從此忽分形雌沉吴江水雄飛入楚城吴江深無底楚闕有崇扃一爲天地别豈直限幽明神物終不隔千祀倘還并太白此篇蓋擬之也然鮑詩爲故人而贈别其居要處在神物一聯李詩感知巳之不存其警策處在風胡二語辭調雖近意旨自别

其十七

金華牧羊兒乃是紫烟客我願從之遊未去髮巳白不知繁華一作朱顏子擾擾何所迫崑山採瓊蘂一作藥可以鍊精魄神仙傳皇初平者丹溪人也年十五家使牧羊有道士見其良謹便將至金華山石

室中四十餘年不復念家其兄初起入山尋索歷年不得後見市中有一道士問之曰吾有弟名初平因令牧羊失之四十餘年莫知死生所在願道君爲占之道士曰金華山中有一牧羊兒姓黄名初平是卿弟非耶初起聞之卽隨道士去遂得相見悲喜語畢問初平羊何在曰近在山東初起往視之不見但見白石而還謂初平曰山東無羊也初平曰羊在耳但兄自不見之初平與初起俱往初平叱曰羊起於是白石皆變爲羊數萬頭初起曰弟獨得仙道如此吾可學否初平曰惟好道便可得之初起便棄妻子留住就初平學共服松脂茯苓至五百歲能坐在立亡行於日中無影而有童子之色後乃俱還鄉里諸親族死亡畧盡乃復還去初平改字爲赤松子起初改字爲魯班列仙傳丹火翼輝紫烟成蓋沈約詩所願從之遊阮籍詩昔日繁華子古詩戚戚何所迫司馬相如大人賦噏瓊華張揖註瓊樹生崑崙西流沙濵大三百圍高萬仞華蘂也食之長生陸機詩上山採瓊蘂穹谷饒芳蘭呂延濟註瓊蘂玉英也江淹詩隱淪駐精魄呂向註精魄魂魄也
徐榦中論形體者人之精魄也

其十八

天津三月時千門桃與李朝爲斷腸花暮逐東流水前水復一作非後水古今相續流新一作今人非舊人年年橋上遊雞鳴海色動謁帝羅公侯月落西上陽一作上陽西餘輝半城樓衣冠照雲日朝下散皇州鞍馬如飛龍黃金絡馬頭行人皆辟易志氣橫嵩邱入門上高堂列鼎錯珍羞香風引趙舞清管隨齊謳七十紫鴛鴦雙雙戲庭幽行樂爭晝夜自言度千秋功成身不退自古多愆尤黃犬空嘆息綠珠成釁讎何如鴟夷子散髮棹一作弄扁舟元和郡縣志天津橋在河南縣北四里隋煬帝大業元年

初造此橋以駕洛水用大船維舟皆以鐵鎖鈎連之南北夾路對起四樓其樓爲日月表勝之象然洛水溢浮橋輒壞唐貞觀十四年更令石工累方石爲脚爾雅曰斗牛之間爲天漢之津故取名焉劉庭芝詩可憐楊柳傷心樹可憐桃李斷腸花楊齊賢曰海色曉色也雞鳴之時天色昧明如海氣朦朧然舊唐書東都上陽宫在宫城之西南隅南臨洛水西距穀水東即宫城北連禁苑宫内正門正殿皆東向正門曰提象正殿曰觀風其内别殿亭觀九所上陽之西隔穀水有西上陽宫虹橋跨穀行幸往來皆高宗龍朔後置吳均詩落月有餘輝謝朓詩春色滿皇州張銑註皇州帝都也晋書食貨志車如流水馬若飛龍古雞鳴曲黄金絡馬頭頻頻何煌煌漢書楊喜人馬俱驚辟易數里顔師古註辟易謂開張而易其本處嵩邱即嵩山也又藝文類聚俗説曰傅亮北征在黄河中垂至洛遥見嵩高山于時同從客在坐問傅曰潘安仁懷舊賦云前瞻太室旁眺嵩高嵩高太室故是一山何以言旁眺亮曰有嵩邱山去太室七十里此是寫書誤耳據此則嵩邱别是一山矣家語列鼎而食王融詩香風流梵管何妥詩清管調絲竹初學記

梁元帝纂要曰齊歌曰謳吳歌曰歈古雞鳴曲鴛鴦七十二羅列自成行西京雜記茂陵富人袁廣漢於北邙山下築園養白鸚鵡紫鴛鴦犛牛青兕奇獸怪禽委積其間爾雅翼鸂鶒亦鴛鴦之類其色多紫李白詩所謂七十紫鴛鴦雙雙戲庭幽謂鸂鶒也漢書人生行樂耳須富貴何時老子功成名遂身退天之道也黃犬嘆息李斯事詳見擬恨賦註晉書石崇有妓曰綠珠美而艷善吹笛孫秀使人求之崇時在金谷別館方登京臺臨清流婦人侍側使者以告崇盡出其婢妾數十人以示之皆蘊蘭麝被羅縠曰在所擇使者曰君侯服御麗則麗矣然本受命指索綠珠不識孰是崇勃然曰綠珠吾所愛不可得也使者曰君侯博古通今察遠照邇願加三思使者出而又反崇竟不許秀怒乃勸趙王倫誅崇崇正宴於樓上介士到門崇謂綠珠曰我今爲爾得罪綠珠泣曰當効死於官前因自投於樓下而死崇母兄妻子無少長皆被害漢書越王句踐困於會稽之上迺用范蠡計然十年國富厚賂戰士遂報强吳刷會稽之恥范蠡乃乘扁舟浮江湖變姓名適齊爲鴟夷子皮孟康曰扁舟特舟也顏師古註自號鴟夷者言若盛酒之鴟

夷多所容受而可卷懷與時弛張也張華詩散髮重陰下抱杖臨清渠張銑註散髮言不爲冠所束也徐禎卿曰黃犬句應前貴寵之言綠珠句應前歌舞之言鴟夷句應前功成身退之言○辟音闢

其十九

西上一作嶽蓮花山迢迢見明星素手把芙蓉虛步躡太清霓裳曳廣帶飄拂昇天行邀我登雲臺高揖衛叔卿恍恍與之去駕鴻淩紫冥俯視洛陽川茫茫走胡兵流血塗野草豺狼盡冠纓初學記華山五岳之西岳也周官豫州其鎮山曰華山華山記云山頂有池生千葉蓮花服之羽化因曰華山陝西志華山北上有蓮花峯覩諸峯爲更高古詩迢迢牽牛星呂延濟註迢迢遠貌太平廣記明星玉女者居華山服玉漿白日升天古詩纖纖出素手楚辭章句芙蓉蓮花也楚辭青雲衣兮白霓裳愼蒙名山記雲臺峯在太華山東北兩峯崢嶸

四面陡絶上冠景雲下通地脈嶷然獨秀有若靈臺神仙傳衞叔卿者中山人也服雲母得仙漢元封二年八月壬辰孝武皇帝閑居殿上忽有一人乘雲車駕白鹿從天而下來集殿廷其人年可三十許色如童子羽衣星冠帝驚問爲誰荅曰我中山魏叔卿也帝曰子若是中山人乃朕臣也可前共語叔卿本意謂帝謂帝好道見之必加優禮而帝問曰是朕臣也於是大失望默然不應忽焉不知所在帝甚悔恨郎遣使者梁伯至中山推求叔卿不得見但見其子度世共之華山求尋其父未到其嶺於絶巖之下望見其父與數人博戲於石上紫雲鬱鬱於其上白玉爲牀有數仙童執幢節立其後郭璞詩駕鴻乘紫烟此詩大抵是洛陽破沒之後所作胡兵謂祿山之兵豺狼謂祿山所用之逆臣蕭氏以胡兵爲回紇以豺狼盡冠纓爲用官爵賞功不分流品似未是

其二十

昔我遊齊都登華不注峯兹山何峻秀綠翠如芙蓉

蕭颯古仙人了知是赤松借予一白鹿自挾兩青龍含笑淩倒景欣然願相從水經濟水又東北徑華不注山酈道元註單椒秀澤不連邱陵以自高虎牙桀立孤峰特拔以刺天青崖翠發望同點黛山下有華泉通典齊州歷城縣有華不注山其山直上如筍山東通志華不注山在濟南府城東北十五里不字即柎字如詩棠棣之華鄂不韡韡之不花之蒂也喻此山孤秀如華柎之注於水者然列仙傳赤松子者神農時雨師也服水玉以教神農能入火自燒往往至崑崙山上常止西王母石室中隨風雨上下炎帝少女追之亦得仙俱去至高辛時復爲雨師司馬相如大人賦貫列缺之倒景兮服虔註人在天上下向視日月故景倒在下也張揖註陵陽子明經曰倒景氣去地四千里其景皆倒在下也漢書登遐倒景如淳註在日月之上反從下照故其景倒也沈約詩一舉陵倒景無事適華嵩○華不音花孚泣與親友别欲語再三咽勗君青松心努力保霜雪世路多險艱白日欺

紅顏分手繆本作首各千里去去何時還蘇武詩努力愛春華又云去去從此辭○咽音噎在世復幾時倏如飄風度空聞紫金經白首愁相誤撫已忽自笑沉吟爲誰故名利徒煎熬安得閑余步終留赤玉舄東上蓬萊一作山路秦帝如我求蒼蒼但煙霧陶潛歸去來辭寓形宇內復幾時爾雅回風爲飄郭璞註旋風也毛萇詩傳飄風暴起之風論衡天地之間尤疾速者飄風也紫金經煉丹之書也王逸九思我心兮煎熬聊是兮用憂沈約詩聊可閑余步張銑註閑緩也列仙傳安期生者琅琊阜鄉人也賣藥於東海邊時人皆言千歲翁秦始皇東遊請見與語三日三夜賜金璧度數千萬出于阜鄉亭皆置去留書以赤玉舄一緉爲報曰後十年求我於蓬萊山始皇即遣使者徐市盧生等數百人入海未至蓬萊山輒逢風波而還立祠阜鄉亭海邊十數處云○此詩古本昔我遊齊都以下五韻作一首泣與親友別以下四韻作一首在世復

幾時以下六韻作一首蕭本合作一首而解之曰此遊遊仙詩意分三節第一節謂從仙人以遠遊第二節謂别親友而嗚咽第三節是泣别之際忽翻然自悟而笑曰沉吟泣别者爲誰故哉在世幾時不過爲名利煎熬耳於巳分上事初何所益於是決意遠遊終當高舉但留遺跡於人間雖帝王求之且不可得豈更復爲親友之戀哉琦按中節語意與上下全不相類當棄世遠遊何事猶作兒女子態與親友泣别至于欲語再三咽耶韋縠才調集只選中四韻作一首而前後不錄是知古本似未失真蕭本未免誤合但首章語意似未完或有缺文未可知朱子謂太白詩多爲人所亂有一篇分爲三篇者有二篇合爲一篇者豈指此章而言耶今姑仍蕭本俟識者再爲定之

其二十一

郢客吟白雪遺響飛青天徒勞歌此曲舉世誰爲傳
試爲巴人唱和者乃數千呑聲何足道嘆息空悽然

新序客有歌於郢中者其始曰下里巴人國中屬而和者數千人其為陽陵采薇國中屬而和者數百人其為陽春白雪國中屬而和者數十人而已引商刻角雜以流徵國中屬而和者不過數人是其曲彌高其和彌寡陸機詩哀音繞棟宇遺響入雲漢鮑照詩吞聲躑躅不敢言蕭士贇曰此感嘆之辭高才者知遇之難卑汚者投合之易負才不遇者能不為之吞聲嘆息也歟

其二十二

秦水別隴首幽咽多悲聲胡馬顧朔雪躞蹀長嘶鳴感物動我心緬然含歸情昔視秋蛾飛今見春蠶生嫋嫋桑結一作枯俗本作柘誤葉萋萋柳垂榮急節謝流水羇心揺懸旌揮涕且復去惻愴何時平太平御覽辛氏三秦記曰隴右西關其坂紆迴不知高幾里欲上者七日乃越高處可容百餘家上有清水四注流下俗歌曰隴頭流水

嗚聲幽咽遥望秦川肝腸斷絶隴首即隴頭也沈約詩西征登隴首通鑑地理通釋秦州隴城縣有大隴山亦曰隴首山陸機詩胡馬如雲屯吳均詩蹀躞青驪馬廣韻蹀躞行貌緬遠也江淹賦秋蛾兮載飛沈約詩寧憶春蠶起廣雅嫋嫋弱也萋萋茂也枚乘柳賦枝逶迤而含紫葉萋萋而吐綠楊齊賢曰毛詩昔我往矣楊柳依依今我來思雨雪霏霏曹子建詩昔我初遷朱華未希今我旋止素雪云飛太白意亦同此昔我在此見秋蛾之飛今既改歲春蠶生矣桑葉如絺柳條爭榮猶未得歸曹植與吳質書日不我與曜靈急節呂延濟註急節謂遷移速也楊齊賢曰謝去也謂時節之去如流水之急也史記心揺揺然如懸旌而無所終薄家語無揮涕王肅註揮涕不哭流涕以手揮之○咽音噎躞音燮蹀音疊緬音勉羈音雞愴音昌又音創

其二十三

秋露白如玉團團下庭綠我行忽見之寒早悲歲促

人生鳥過目胡乃自結束景公一何愚牛山淚相續物苦不知足得一作登隴又望蜀人心若波瀾世路有一作多屈曲三萬六千日夜夜當秉燭謝惠連詩團團滿葉露王融詩秋風下庭綠庭綠謂庭中草木也張協詩人生瀛海內忽如鳥過目古詩蕩滌放情志何爲自結束列子齊景公遊於牛山北臨其國城而流涕曰美哉國乎鬱鬱芊芊若何滴滴去此國而死乎使古無死者寡人將去斯而之何艾孔梁邱據皆從而泣曰臣賴君之賜疏食惡肉可得而食駑馬棱車可得而乘也且猶不欲死而況吾君乎晏子獨笑於旁公雪泣而顧晏子曰寡人今日之遊悲孔與據皆從寡人而泣子之獨笑何也晏子對曰使賢者常守之則太公桓公將常守之矣使勇者常守之則莊公靈公將常守之矣數君者將守之吾君方將蓑笠而立乎畎畝之中惟事之恤何暇念死乎則吾君又安得此位而立焉以其迭處之迭去之至於君也而獨爲之流涕是不仁也見不仁之君見諂諛之臣見此二者臣之所爲

獨竊笑也景公慙慝焉舉觴自罰罰二臣者各二觴焉後漢書敕岑彭書曰人苦不知足旣平隴復望蜀陸機詩休咎相乘躡翻覆若波瀾三萬六千日約計百年歲月有此數也抱朴子百年之壽三萬餘日耳沈烱詩百年三萬日處處此傷情古詩晝短苦夜長何不秉燭遊

其二十四

大車揚飛塵亭午暗阡陌中貴多黃金連雲開甲宅路逢鬬雞者冠蓋何輝赫鼻息干虹蜺行人皆怵惕世無洗耳翁誰知堯與跖初學記纂要云日在午曰亭午孫綽天台山賦義和亭午遊氣高褰劉良註亭至也阡陌田間道也史記索隱風俗通曰南北曰阡東西曰陌河東以東西爲阡南北爲陌史記天子使中貴人從李廣索隱曰案董巴輿服志云黃門丞主密近使聽察天下天下謂之中貴人使者崔浩云在中而貴幸非德望故云中貴也服虔曰內臣之貴幸者甲宅猶甲第魏書閹官

列傳太后嘉其忠誠爲造甲宅新唐書宦者傳開元
天寶中宦官黄衣以上三千員衣朱紫千餘人其稱
旨者輒拜三品將軍列戟於門其在殿頭供奉委任
華重持節傳命光燄殷殷動四方所至郡縣奔走獻
遺至萬計修功德市禽鳥一爲之使猶且數千緡監
軍持權節度反出其下於是甲舍名園上腴之田爲
中人所占者半京畿矣又高力士傳中人若黎敬仁
林昭隱尹鳳翔韓莊牛仙童劉奉廷王承恩張道斌
李大宜朱光輝郭全邊令誠等並內供奉或外監節
度軍修功德市鳥獸皆爲之使使還所裒獲動巨萬
計京師甲第池園良田美産占者十六與力士等
又王鉷傳鉷子準爲衛尉少卿以鬬雞供奉禁中李
林甫子岫亦親近準驕甚淩岫出其上過駙馬都尉
王繇以彈彈其巾折玉簪爲樂既置酒永穆公主親
視供具萬年尉韋黄裳長安尉賈季鄰等候準經過
餼具倡樂必素辦無敢逆意陳鴻東城老父傳賈昌
長安宣陽里人生七歲趫捷過人善應對解鳥語音
玄宗在藩邸時樂民間清明節鬬雞戲及即位治雞
坊於兩宫間索長安雄雞金尾鐵距高冠昂尾千數
養於雞坊選六軍小兒五百人使馴擾教飼之上好

之民風尤甚諸王世家外戚家公主家侯家傾帑破
産市雞以賞雞直都中男女以弄雞爲事貧者弄假
雞帝出遊見昌弄木雞於雲龍門道旁名入爲雞坊
小兒衣食右龍武軍昌三尺童子入雞群如狎群小
壯者弱者勇者怯者水穀之時疾病之候悉能知之
舉二雞雞畏而馴使令如人護雞坊中謁者王承恩
言於玄宗名試殿廷皆中玄宗意即日爲五百小兒
長加以忠厚謹密天子甚愛幸之金帛之賜日至其
家開元十三年籠雞三百從封東岳父忠死太山下
奉尸歸葬雍州縣官爲葬器喪車乘傳洛陽道十四
年三月衣鬬雞服會玄宗於温泉當時天下號爲雞
神童時人爲之語曰生兒不用識文字鬬雞走馬勝
讀書賈家小兒年十三富貴榮華代不如能令金距
期勝負白羅繡衫隨軟轝父死長安千里外差夫治
道挽喪車顔氏家訓印組光華車騎輝赫曹植七啟
揮袂則九野生風慷慨則氣成虹蜺廣雅怵惕恐懼
也高士傳堯之讓許由也由以告巢父巢父曰汝何
不隱汝形藏汝光若非吾友也擊其膺而下之由悵
然不自得乃過清冷之水洗其耳曰向聞貪言負吾
友矣遂去終身不相見莊子柳下季之弟名曰盜跖

從卒九千人橫行天下侵暴諸侯穴室樞戶驅人牛馬取人婦女貪得忘親不顧父母兄弟不祭先祖所過之邑大國守城小國入保萬民苦之史記正義按跖者黃帝時大盜之名以柳下惠弟爲天下大盜故世放古號之盜跖

○陌音麥跖音職

其二十五

世道日交喪澆風散淳源不采芳桂枝反棲惡木根所以桃李樹吐花竟不言大運有興沒群動爭飛奔歸來廣成子去入無窮門

莊子世喪道矣道喪世矣世與道交相喪也蕭士贇曰世不知有道之可尊是世喪道矣有道者見世如此遂亦無心用世焉非所謂道喪世者歟故曰交相喪也王巾頭陀寺碑文淳源上派澆風下黷漢書桃李不言下自成成蹊大運天運也已見前註神仙傳廣成子者古之仙人也居崆峒之山石室之中黃帝聞而造焉請問治身之要廣成子曰至道之精杳杳冥

冥無視無聽抱神以靜形將自正必靜必淸無勞爾形無搖爾精乃可長生愼內閉外多知爲敗我守其一以處其和故千二百歲而形未嘗衰得我道者上爲皇失吾道者下爲土將去汝入無窮之門遊無極之野與日月參光與天地爲常人其盡死而我獨存矣○滮音臬

其二十六

碧荷生幽泉朝日艷且鮮秋花冒綠水密葉羅青烟秀色空絕世馨香誰爲蕭本作竟誰傳坐看飛霜滿凋此紅芳年結根未得所願託華池邊曹植詩朱華冒綠池李善註冒猶覆也張協七命飛霜迎節高風送秋古詩結根太山阿楚辭鼃黽遊乎華池王逸註華池芳華之池也陸機詩移居華池邊

其二十七

燕趙有秀色綺樓青雲端眉目艷皎月一笑傾城歡

常恐碧草晚坐泣秋風寒纖手怨玉琴清晨起長歎

焉得偶君子共乘雙飛鸞陸厥中山孺子妾歌一笑傾城一顧傾市陸機詩佳人撫琴瑟纖手清且閑江淹扇上綵畫賦玉琴兮散聲素女兮弄情蕭士贇曰此與二十六首同意懷材抱藝之士惟恐未能見用而老之將至思得君子附離與共爵位而用世也

其二十八

容顏若飛電時景如飄風草綠霜已白日西月復東

華鬢不耐秋颯然成衰蓬古來賢聖人一一誰成功

君子變猿鶴小人爲沙蟲不及廣成子乘雲駕輕鴻毛萇詩傳飄風迴風也藝文類聚抱朴子曰周穆王南征久而不歸君子爲猿爲鶴小人爲蟲爲沙今本

抱朴子云三軍之衆一朝盡化君子爲鶴小人成沙與古書所引迥異徐禎卿曰誰成功言未有能仙舉者也爲猿鶴爲蟲沙言君子小人皆莫逃於陰陽變化之中也廣成子巳見前註沈約詩朋來握石髓賔至駕輕鴻

其二十九

三季分戰國七雄成亂麻王風何怨怒世道終紛拏至人洞玄象高舉淩紫霞仲尼欲一作亦浮海吾祖之流沙聖賢共淪沒臨岐胡咄嗟漢書三季之後厥事放紛顏師古註三季三代之末也東京賦七雄並爭薛綜註七雄謂韓魏燕趙齊楚秦也史記其後秦遂以兵滅六王并中國外攘四夷死人如亂麻毛萇詩傳亂世之音怨以怒其政乖正義曰亂世之政教與民心乖戾民怨其政教所以忿怒述其怨怒之心而作歌故亂世之音亦怨以怒也史記漢匈奴相紛拏正義曰三蒼解詁云

紛拏相牽也師古曰紛拏亂相持搏也拏音女居反楚辭殽亂兮紛拏淮南子芒繁亂澤巧爲紛拏按說文拏牽引也從手奴聲女加切拏持也從手如聲女加切蓋義雖别而音則同至韻會始以拏入麻韻拏入魚韻析而爲二然考之經史傳註拏拏二字通用並有二音義亦相互從合可也至人謂聖人玄象謂天象莊子不離於真謂之至人後漢紀玄象錯度日月不明列仙傳關令尹喜者周大夫也老子西遊喜先見其氣知有真人當過物色而遮之果得老子老子亦知其奇爲著書授之後與老子俱遊流沙化胡服巨勝實莫知其所終蕭士贇曰唐以老子爲祖太白乃與聖皇帝九世孫故云吾祖公羊傳疏咄嗟猶嘆息卽里語曰咄嗟之間也○咄當沒切敦入聲

其三十

玄風變太古道喪無時還擾擾季葉一作市井人雞鳴趨四關但識金馬門誰一作詎知蓬萊山白首死羅綺笑

歌無休[一作時]閑淥[蕭本作綠]酒哂丹液青娥凋素顏[一作萋萋千金骨風塵凋素顏]大儒揮金椎琢之[一作發冢]詩禮間蒼蒼三珠樹冥目焉能攀[阮籍詩季葉道陵遲季葉季世也李善文選註陸機洛陽記曰洛陽有四關東成皋南伊闕北孟津西函谷史記索隱關中咸陽也東函谷南嶢武西散關北蕭關在四關之中三輔黄圖金馬門宦者署武帝得大宛馬以銅鑄象立於署門因以爲名東方朔主父偃嚴安徐樂皆待詔金馬門郎此後漢書孝武皇帝時善相馬者東門京鑄作銅馬法獻之有詔立馬於魯班門外則更名魯班門曰金馬門十洲記蓬萊山對東海之東北岸周圍五千里上有九老丈人九天真王宮蓋太上真人所居惟飛仙能到其處耳陶潛詩清歌散新聲綠酒開芳顏廣雅哂笑也宋南平王白紵舞曲佳人舉袖曜青娥莊子儒以詩禮發冢大儒臚傳曰東方作矣事之若何小儒曰未解裙襦口中有珠詩固有之曰青青之麥生於陵陂生不布施死何含珠爲接其鬢壓其顪儒以金椎控其頤徐别其頰無傷口中珠山

海經三珠樹生赤水上其爲樹如栢葉皆爲珠一曰其爲樹如彗也蕭士贇曰此太白感時憂世之作意謂古道日喪季世之人不復返朴汩沒於名利聲色之場至死不悟所謂儒者又皆假經欺世借儒術以行其竊取之心漢諺所謂懸牛頭賣馬脯盜跖行孔子語者也彼豈知大道無爲自然之化哉三珠之樹喻大道也雖蒼蒼在前乃如之人冥然無見安能攀而至乎憂憤之意徵而顯矣琦按三珠樹乃仙境所生冥目焉能攀謂至死而不得採以照上文焉知蓬萊山之意

其三十一

鄭客西入關行行未能已白馬華山君相逢平原里璧遺鎬池君繆本作公明年祖龍死秦人相謂曰吾屬可去矣一往桃花源千春隔流水搜神記秦始皇三十六年使者鄭容從關東來將入函關西至華陰望見素車白馬從華山上下疑其非人道住止而觀之遂至問鄭容曰安之鄭

容曰之咸陽車上人曰吾華山使也願託一牘書致鎬池君所子之咸陽道過鎬池見一大梓有文石取欵梓當有應者即以書與之容如其言以石欵梓果有人來取書云明年祖龍死史記秦始皇三十六年使者從關東夜過華陰平舒道有人持璧遮使者曰爲吾遺鎬池君因言曰今年祖龍死使者問其故因忽不見置其璧去使者奉璧俱以聞始皇默然良久曰山鬼固不過知一歲事也退言曰祖龍者人之先也使御府視璧乃二十八年行渡江所沉璧也張晏曰武王居鎬鎬池君則武王也武王伐商故神云始皇荒淫若紂矣今亦可伐也孟康曰長安西南有鎬池索隱曰鎬池君按服虔云水神是也江神以璧遺鎬池之神告始皇之將終也且秦水德王故其君將亡水神先自相告也蘇林曰祖始也龍人君象謂始皇也搜神後記晉太元中武陵人捕魚爲業緣溪行忘路遠近忽逢桃花夾岸數百步中無雜樹芳華鮮美落英繽紛漁人甚異之復前行欲窮其林林盡水源便得一山山有小口髣髴若有光便捨舟從口入初極狹纔通人復行數十步豁然開朗土地曠空屋舍儼然有良田美池桑竹之屬阡陌交通雞犬相聞

男女衣著悉如外人黃髮垂髫並怡然自樂見漁人大驚問所從來具荅之便要還家爲設酒殺雞作食村中人聞有此人咸來問訊自云先世避秦難率妻子邑人至此絕境不復出焉遂與外人隔問今是何世乃不知有漢無論魏晉此人一一俱言所聞皆爲嘆惋餘人各復延至其家皆出酒食停數日辭去此中人語曰不足爲外人道也既出得其船便扶向路處處誌之及郡乃詣太守說如此太守劉歆卽遣人隨之往尋向所誌不復得焉

其三十二

蓐收肅金氣西陸弦海月秋蟬號階軒感物憂不歇良辰竟何許大運有淪忽天寒悲風生夜久衆星沒惻惻不忍言哀歌達蕭本作逮明發禮記孟秋之月其神蓐收山海經西方蓐收左耳有蛇乘兩龍郭璞註金神也人面虎爪白毛執鉞北堂書鈔漢書云立春春分月行東方青道曰

東陸立夏夏至月行南方赤道曰南陸立秋秋分月行西方白道曰西陸立冬冬至月行北方黑道曰北陸釋名弦月半之名也其形一旁曲一旁直若張弓弛絃也阮籍詩良辰在何許凝霜霑衣襟謝朓詩良辰竟何許夙昔夢佳期呂延濟註許處也言平生良時竟在何處徐禎卿曰良辰建功策名之時也大運天運也淪忽暮也歲華紀麗秋風曰悲風詩小雅明發不寐毛傳曰明發發夕至明正義曰夜地而晻至旦而明明地發後故謂之明發也集傳曰明發謂將旦而光明開發也

其三十三

北溟有巨魚身長數千里仰噴三山雪橫吞百川水憑陵繆本作淩隨海運燀繆本作烜赫因風起吾觀摩天飛九萬方未已

北溟巨魚用莊子逍遥遊中事詳見大鵬賦註陸德明莊子音義海運運司馬彪云運轉也向秀云非海不行故云海運梁簡文云運徙也阮籍詩高鳥摩天飛淩雲共遊戲餘俱見大鵬賦註

其三十四

羽檄如流星虎符合專城喧呼救邊急群鳥皆夜鳴白日曜紫微三公運權衡天地皆得一澹然四海清借問此何爲荅言楚徵一作征楚兵渡瀘及五月將赴雲南征怯卒非戰士炎方難遠行長號別嚴親日月慘光晶泣盡繼以血心摧兩無聲困獸當猛虎窮魚餌奔鯨千去不一回投軀豈全生如何舞干戚一使有苗平史記吾以羽檄徵天下兵裴駰註魏武奏事曰今邊有小警輒露檄插羽非羽檄之意也駰按推此言則以鳥羽插檄書謂之羽檄取其急速若飛鳥也顏師古漢書註檄者以木簡爲書長尺二寸用徵名也其有急事則加以鳥羽插之示疾速也又淮南王傳持羽檄從南方來顏師古註羽檄徵兵之書

也後漢書舊制發兵皆以虎符其餘徵調竹使符而已潘岳馬汧督誄剖符專城紆青拖墨之司張銑註專擅也擅一城也謂守宰之屬梁簡文帝詩輕兵救邊急莊子亂天之經逆物之情玄天弗成解獸之群而鳥皆夜鳴蕭士贇曰言一時喧呼驚擾棲鳥亦不得安其巢至於夜鳴也韓詩外傳三公者何曰司空司馬司徒也司馬主天司空主地司徒主人故陰陽不和四時不節星辰失度災變非常則責之司馬山陵崩弛川谷不流五穀不殖草木不茂則責之司空君臣不正人道不和國多盜賊下怨其上則責之司徒通典周以太師太傅太保爲三公漢以丞相大司馬御史大夫爲三公後漢魏晉宋齊梁陳後魏北齊皆以太尉司徒司空爲三公後周以太師太傅太保爲三公隋以太尉司徒司空爲三公大唐因之老子天得一以清地得一以寧河上公註一無爲道之子也天得一故能垂象清明地得一故能安靜不動搖琦按瀘水即禹貢梁州之黑水也漢時名瀘唐名金沙江今雲南姚州之金沙江是也其源出吐蕃界中爲麗水下流至四川敘州府爲馬湖江水經註瀘峯最爲高秀水之左右馬步之徑裁通而時有瘴氣三

月四月逕之必死非此時猶令人吐悶五月以後行者差得無害故諸葛亮表言五月渡瀘并日而食臣非不自惜也顧王業不可偏安於蜀故也益州記曰瀘水源出曲羅舊山下三百里曰瀘水兩峰有殺氣暑月舊不行故武侯以夏渡爲艱太平寰宇記十道記云瀘水出蕃中入黔府歷越巂郡界出拓州至此有瀘津關關上有石峰高三十丈四時多瘴氣三四月間發人衝之立死非此時中則人多悶吐唯五月上伏卽無害故諸葛武侯征越巂上疏云五月渡瀘深入不毛之地舊唐書南蠻質子閣羅鳳亡歸帝怒欲討之楊國忠薦閬州人鮮于仲通爲益州長史令率精兵八萬討南蠻與羅鳳戰於瀘南全軍陷沒國忠掩其敗狀敘其戰功仍令仲通上表請國忠兼領益部十載國忠權知蜀郡都督府長史充劒南節度副大使知節度事國忠又使司馬李宓率師七萬再討南蠻宓渡瀘水爲蠻所誘至太和城不戰而敗李宓死於陣國忠又隱其敗以捷書上聞自仲通李宓再舉討蠻之軍其徵發皆中國利兵然於土風不便沮洳之所陷瘴疫之所傷饋餉之所乏物故者十八九凡舉二十萬衆棄之死地隻輪不返人銜冤毒無

敢言者新唐書楊國忠傳國忠雖當國常領劒南名募使遣戍瀘南餉路險乏舉無還者舊勳戶免行所以寵戰功國忠令當行者先取勳家故士無鬭志凡募法願奮者則籍之國忠歲遣宋昱鄭昂韋儇以御史迫促郡縣吏窮無以應乃詭設餉名貧弱者密縛置室中衣絮衣械而送屯亡者以送吏代之人人思亂寺遣劒南留後李宓率兵十餘萬擊閣羅鳳敗死西洱河國忠矯爲捷書上聞自再興師傾中國驍卒二十萬踦履無遺天下寃之通鑑天寶十載夏四月劒南節度使鮮于仲通討南詔蠻大敗於瀘南制大募兩京及河南北兵以擊南詔人聞雲南多瘴癘未戰士卒死者十八九莫肯應募楊國忠遣御史分道捕人連枷送詣軍所舊制百姓有勳者免征役時調兵既多國忠奏先取高勳於是行者愁怨父母妻子送之所在哭聲振野說苑下蔡威公閉門而哭三日三夜泣盡而繼以血潘岳寡婦賦痛切怛以摧心左傳困獸猶鬭謝朓詩奔鯨自此曝呂向註奔鯨大魚呑食小物喻不義也鮑照詩投軀報明主身死爲國殤藝文類聚帝王世紀曰有苗氏負固不服禹請征之舜曰我德不厚而行武非道也吾前教由未也乃

修敎三年執干戚而舞之有苗請服蕭士贇曰此詩蓋討雲南時作也首卽徵兵時景象而言當此君明臣良天清地寧海內澹然四郊無警之時而忽有此舉問之於人始知徵兵者討雲南也乃所調之兵不堪受甲所謂驅市人而戰之如以困獸當虎窮魚餌鯨吾見師之出而不見師之入矣末則深嘆當國之臣不能敷文德以來遠人致有覆軍殺將之恥也

其三十五

醜女來效顰還家驚四鄰壽陵失本步笑殺邯鄲人一曲一作東西斐然子雕蟲喪天真棘刺造沐猴三年費精神功成無所用楚楚且華一作榮身大雅思文王頌聲久崩淪安得郢中質一揮成風斤一作承風一運斤蕭本作一揮成斧斤○莊子西施病心而矉其里之醜人見而美之歸亦捧心而矉其里之富人見之堅閉門而不出

貧人見之挈妻子而去之走陸德明註蹙額曰矉又
莊子子獨不聞夫壽陵餘子之學行於邯鄲與未得
國能又失其故行矣直匍匐而歸耳揚子或問吾子
少而好賦曰然童子雕蟲篆刻俄而曰壯夫不爲也
韓非子燕王好微巧衛人曰能以棘刺之端爲母猴
燕王悦之養以五乘之奉王曰吾試觀客爲棘刺之
母猴客曰人主欲觀之必半歲不入宮不飲酒食肉
雨霽日出視之晏陰之間而棘刺之母猴乃可見也
燕王因養衛人不能觀其母猴鄭有臺下之冶者謂
燕王曰臣削者也諸微物必以削削之而所削必大
於削今棘刺之端不容削鋒難以治棘刺之端王試
觀客之削能與不能可知也王曰善謂衛人曰客爲
棘刺之端以削吾欲觀見之客曰臣請之舍取之因
逃冶人謂王曰計無度量言談之士多棘刺之説也
詩國風衣裳楚楚毛傳楚楚鮮明貌莊子莊子送葬
過惠子之墓顧謂其從者曰郢人堊漫其鼻端若蠅
翼使匠石斲之匠石運斤成風聽而斲之盡堊而鼻
不傷郢人立不失容宋元君聞之名匠石曰嘗試爲
寡人爲之匠石曰臣則嘗能斲之雖然臣之質死久
矣自夫子之死也吾無以爲質矣吾無與言之矣蕭

士贊曰此篇譏世之作詩賦者不過藉此以取科第干祿位而已何益於世世教哉太白嘗論詩曰將復古道非我而誰雅頌之作太白自負者如此然安得雅頌之人識之使郢中之質能當匠石之運斤耶○顰音貧或寫矉或寫嚬音義俱同邯音寒

其三十六

抱玉入楚國見疑古所聞良寶終見棄徒勞三獻君直木忌先伐芳蘭哀自焚盈滿天所損沉冥道爲羣東海汎蕭本作沉碧水流一作西關乘紫雲魯連及柱史可以躡清芬韓非子楚人和氏得玉璞楚山中奉而獻之厲王厲王使玉人相之玉人曰石也王以和爲誑而刖其左足及厲王薨武王即位和又奉其璞而獻之武王武王使玉人相之又曰石也王又以和爲誑而刖其右足武王薨文王即位和乃抱其璞而哭於楚山之下三日三夜淚盡而繼之以血王

聞之使人問其故曰天下之刖者多矣子奚哭之悲也和曰吾非悲刖也悲夫寶玉而題之以石貞士而名之以誑此吾所以悲也王乃使玉人理其璞乃得寶焉遂命曰和氏之璧墨子和氏之璧隋侯之珠三棘六異此諸侯之所謂良寶也莊子直木先伐甘井先竭太平御覽金樓子曰蚌懷珠而致剖蘭含香而遭焚高士傳老子生於殷時爲周柱下史後周德衰乃乘青牛車去入大秦過西關關令尹喜望氣先知焉乃物色遮候之已而老子果至乃强使著書作道德經五千餘言爲道家之宗陸機文賦誦先人之清芬李善註清美芬芳之德沉冥及魯連欲蹈東海事已見前註

其三十七

燕臣昔慟哭五月飛秋霜庶女號蒼天震風擊齊堂精誠有所感造化爲悲傷而我竟何辜遠身金殿旁一本少此二句浮雲蔽紫闥白日難回光群沙穢明珠衆草

凌孤芳古來共歎息流淚空沾裳論衡鄒衍無罪見拘於燕當夏五月仰天而嘆天爲隕霜淮南子庶女叫天雷霆下擊景公臺隕支體傷折海水大出高誘註庶賤之女齊之寡婦無子不嫁事姑謹敬姑無男有女女利母財令母嫁婦婦終不肯女殺母以誣婦婦不能自明寃結叫天天爲行雷霆下擊景公之臺隕壞毀景公之支體海水爲之大溢出也江淹上建平王書賤臣叩心飛霜擊於燕地庶女告天振風襲於齊堂江淹詩刻坐金殿側孔融詩讒邪害公正浮雲翳白日崔駰達旨攀台階闚紫闥曹植求通親親表注心皇極結情紫闥劉良註皇極紫闥天子所居也孤芳芳草之孤生者蕭士贇曰此詩其遭高力士譖於貴妃而放黜之時所作乎浮雲比力士紫闥比中宮白日比明皇群沙衆草以喻小人明珠孤芳以喻君子

其三十八

孤蘭生幽園衆草共蕪沒雖照陽春暉復悲高秋月

飛霜早淅瀝，綠艷恐休歇。若無清風吹，香氣爲誰發。

說文：暉，日光也。歲華紀麗：九月曰高秋，亦曰暮秋。謝惠連雪賦：霰淅瀝而先集。劉良註：淅瀝，細下貌。抱朴子：芳蘭之芬烈者，清風之功也。蕭士贇曰：詩謂君子在野，未能自拔於衆人之中，雖蒙主知，而小人之讒譖已至，若非在位之人引類拔萃而薦用之，雖有馨香，何以自見哉。

其三十九

登高望四海，天地何漫漫。霜被羣物秋，風飄大荒寒。榮華東流水，萬事皆波瀾。白日掩徂暉，浮雲無定端。梧桐巢燕雀，枳棘棲鴛鸞。且復歸去來，劍歌行一作悲路難。

一本自第四句後云：殺氣落喬木，浮雲蔽層巒。孤鳳鳴天霓，遺聲何辛酸。游人悲舊國，撫心亦盤桓。倚劍歌所思，曲終涕泗瀾。○大荒謂荒野之地。楚辭：及榮華之未落。王逸註：榮華喻顏色也。呂氏春秋水泉東流日夜不休徂輝落日之光也駱賓王詩別情傷去蓋離念惜徂輝鴛鴦當是鵷字之訛莊子南方有鳥其名鵷雛發於南海而飛於北海非梧桐不止非練實不食非醴泉不飲陸德明註鵷雛鸞鳳之屬也廣韻鵷雛似鳳埤雅鸞赤色五采雞形鳴中五音頌聲作則至一曰青鳳爲鸞後漢書枳棘非鸞鳳所棲陳書枳棘棲鵷常以增嘆劍歌謂彈其劍而歌也行路難樂府曲名詳見後三卷註琦按登高望四海天地何漫漫見宇宙廣大之意霜被群物秋風飄大荒寒見生計蕭索之意榮華東流水言年華日去如水之東流滔滔不返萬事皆波瀾言生事擾擾反覆相乘如水之波瀾無有靜時白日掩徂輝謂日將落而無光如人將有去志而意色不快浮雲無定端言人生世上行踪原無一定何必戀戀於此或以落日爲浮雲所掩喻英明之人爲讒邪所惑兩句作一意解者亦可梧桐之木本鳳凰所止而燕雀得巢其上喻小人得志枳棘之樹本燕雀所萃而鵷鸞反棲其間喻君子失所以上皆即景而寓感嘆於閒以見不得不動歸來之念意者是時太白所投之主人或於群小而不見親禮將欲去之而作此詩舊註以時

世昏亂陰小用事爲解專指朝政而言恐未是〇漫謨官切滿平聲鴛與鵷同音宛

其四十

鳳飢不啄粟所食唯琅玕焉能與群雞刺蹙一作蹙促爭一飡朝鳴崑邱樹夕飲砥柱湍歸飛海路遠獨宿天霜寒幸遇王子晉結交青雲端懷恩未得報感別空長嘆藝文類聚莊子曰吾聞南方有鳥其名爲鳳所居積石千里天爲生食其樹名瓊枝高百仞以璆琳琅玕爲實天又爲生離珠一人三頭遞臥遞起以伺琅玕淮南子鳳凰曾逝萬仞之上翺翔四海之外過崑崙之疏圃飲砥柱之湍瀨山海經西海之南流沙之濱赤水之後黑水之前有大山名曰崑崙之邱元和郡縣志底柱山俗名三門山在陝州硤石縣東北五十里黃河中禹貢曰導河積石至於龍門又東至於底柱註云河水分流包山而過山見水中若柱然也又以禹理洪水山陵當水者破之以通河三

穿既決河出其間有似於門故亦謂之三門水經註王子晉好吹鳳笙招延與道士浮邱同遊伊洛之浦○啄音卓剌音七飡同餐祇同底

其四十一

朝弄紫泥海一作朝駕碧鸞車蕭本作朝弄紫沂海夕披丹霞裳揮手折若木拂此西日光雲臥一作舉遊八極玉顏已千霜飄飄入無倪稽首祈上皇呼我遊太素玉杯賜瓊漿一飡歷萬歲何用還故鄉永隨長風去天外恣飄揚

洞冥記東方朔去經年乃歸母曰汝行經年一歸何以慰我耶朔曰兒至紫泥海有紫水汚衣仍過虞淵湔洗朝發中返何云經年乎謝朓七夕賦厭白玉而爲飾霏丹霞而爲裳楚辭折若木以拂日兮聊逍遥以相羊王逸註若木在崑崙西極其華照下地拂擊也折取若木以拂擊日使之還去或謂拂蔽也以若

木鄣蔽日使不得過鮑照詩雲臥恣天行黃庭內景經滅却百邪玉鍊顏袁象詩萬古方一春千霜豈二髮倪際也楚辭信上皇而質正王逸註上皇上帝也真誥晨遊太素宮控轡觀玉河太平御覽王君內傳日紫清太素三元道君之所治也楚辭華酌既陳有瓊漿些左思吳都賦習御長風劉逵註長風遠風也蕭士贇曰或疑首二句爲不類起句不知正是取法選詩如朝發鄴都橋暮濟白馬津朝發廣莫門暮宿丹水山朝旦發陽崖暮落憩陰峯之類皆起句也而其文法則又皆自楚辭中來如朝發軔於天津兮夕予濟乎西極朝馳余馬乎江皋夕濟乎西澨是也

其四十二

搖裔雙白鷗鳴飛滄江流宜與海人狎豈伊雲鶴儔寄影蕭本作形宿沙月沿芳戲春洲吾亦洗心者忘機從爾遊　搖裔猶搖蕩也盧思道詩丰茸雜樹密搖裔鶴烟稠謝朓詩迴瞰滄江流列子海上之人有好

漚鳥者每旦之海上從漚鳥遊漚鳥之至者百住而不止其父曰吾聞漚鳥皆從汝遊汝取來吾玩之明日之海上漚鳥舞而不下埤雅鳧好沒鷺好浮故鷺一名漚列子曰漚鳥今字從鳥後人加之也蒼頡解詁曰鷖鷗也今鷗一名水鴞似白鴿而群飛謝朓詩喧鳥覆春洲○裔音曳沿郎沿字

其四十三

周穆八荒意漢皇萬乘尊淫樂心不極雄豪安足論西海宴王母北宮邀上元瑤水聞遺歌玉杯竟空言靈跡成蔓草徒悲千載魂列子周穆王肆意遠遊命駕八駿之乘右服驊騮而左綠耳右驂赤驥而左白𣾰主車則造父爲御𤕤𤕤爲右次車之乘右服渠黃而左踰輪左驂盜驪而右山子百夭主車參百爲御奔戎爲右馳驅千里遂賓於西王母觴於瑤池之上西王母爲王謠王和之其辭哀焉漢武外傳元封元年七月七日王母至天仙咸住殿下王母惟將二侍女上殿東向坐帝跪拜問

寒暄畢而立因呼帝坐帝面南王母乃遣侍女與上元夫人相聞云王九光之母敬謝比不相見四千餘年天事勞我致以愆面夫人可暫來否若能屈駕當停相須帝問王母上元何真也曰是三天真王之母上元之官統十萬玉女名籙者也俄而夫人至年可二十餘天姿精耀靈眸艷絶服青霜袍雲彩亂色非錦非繡不可名字頭作三角髻餘髪散垂至腰戴九雲夜光之冠帶火山大玉之佩結鳳林華錦之綬腰流黄揮精之劒上殿向王母拜王母坐止之呼同坐北向王母勅帝曰此真元之母尊貴之人汝當起拜問寒温還坐夫人笑曰五濁之人耽酒營利嗜味淫色固其常也且徹以天子之貴其亂目者倍於凡焉而復於華嚴之墟折嗜欲之根願無爲之事良有志矣按漢武内傳外傳諸書載王母及上元夫人來降漢庭俱不言所在宫名北宫則禮神君之地也此云北宫邀上元當另有所本王融曲水詩序穆滿八駿如舞瑶水之陰劉良註瑶水瑶池也三輔黄圖廟記曰神明臺武帝造祭仙人處上有承露盤有銅仙人舒掌捧銅盤玉杯以承雲表之露以露和玉屑服之以求仙道太平御覽漢武故事曰上崩後鄠縣有一

人於市貨玉杯吏疑其御物欲捕之因忽不見縣送其器推問乃茂陵中物也霍光自呼吏問之説市人形貌如先帝其事載在杯類中而今本多作玉碗蓋今本誤矣按二事註此皆可通但未知太白所用者何事耳若舊註引新垣平玉杯則文帝時事非武帝也恐未是

其四十四

綠蘿紛葳蕤繚繞松柏枝草木有所託歲寒尚不移奈何夭桃色坐嘆葑菲詩玉顔艷紅彩雲髮非素絲君子恩已畢賤妾將何爲郭璞詩綠蘿結高林呂向註綠蘿松蘿也陸機文賦紛葳蕤以駁遝呂向註紛葳蕤盛美貌廣韻繚繞纒也詩小雅蔦與女蘿施於松柏廣雅女蘿松蘿也詩國風桃之夭夭灼灼其華毛傳曰夭夭其少壯也詩國風習習谷風以陰以雨黽勉同心不宜有怒采葑采菲無以下體德音莫違及爾同死序云谷風刺夫婦失道也衞人化其上淫於新婚而棄其舊室夫婦

離絶國俗傷敗焉江淹詩庭樹發紅彩張銑註紅彩花也詩國風鬒髮如雲毛傳曰如雲言美長也王融詩騷首亂雲髮江淹詩君子恩未畢古詩賤妾亦何爲琦按古稱色衰愛弛此詩則謂色未衰而愛已弛有感而發其寄諷之意深矣○菲音斐

其四十五

八荒馳驚飈萬物盡凋落浮雲蔽頹陽洪波振大壑龍鳳脫罔罟飄飖將安託去去乘白駒空山詠場藿

驚飈暴風也陸機詩驚飈褰反信謝宣遠詩頹陽照通津呂延濟註頹陽落日也殷仲文表洪波振壑莊子大壑之爲物也注焉而不滿酌焉而不竭陸德明註大壑東海也列子渤海之東不知幾億萬里有大壑焉實惟無底之谷其下無底名曰歸墟八紘九野之水天漢之流莫不注之而無增無減焉詩小雅皎皎白駒食我場苗毛傳曰宣王之末不能用賢賢者有乘白駒而去者次章云皎皎白駒食我場藿毛傳

日藿猶苗也蕭士贇曰此詩前指祿山之亂乘輿播遷天下驚擾後言巳之羅難脫身羈囚無所依託

其四十六

一百四十年國容何赫然隱隱五鳳樓峨峨橫三川王侯象星月賓客如雲烟一本首六句云帝京信佳麗國容何赫然劒戟擁九關歌鐘沸三川蓬萊象天構珠翠誇雲仙鬬雞金宮一作城裏蹴踘瑤臺一作走馬蘭臺邊舉動搖白日指揮回青天當塗何翕忽失路長棄捐獨有楊執戟閉關草太玄唐自武德元年至天寶十四載得一百三十八年此詩約是天寶初年太白在翰林時所作四字疑誤赫然盛貌漢書司馬法曰國容不入軍初學記關中記云涇與渭洛爲關中三川唐書五行志玄宗好鬬雞貴臣外戚皆尚之貧者或弄木雞識者以爲雞酉屬帝生之歲也鬬者兵象近雞禍也史記處後蹴踘正義曰謂打毬也漢書蹴踘刻鏤顔師

古註蹴足蹴之也鞠以韋爲之中實以物蹴蹋爲戲樂也荆楚歲時記劉向别錄曰蹴踘黃帝所造本兵勢也或云起於戰國按蹴與毬同古人蹋蹴以爲戲也蕭士贇曰白日青天以比其君鬬雞蹴踘明皇所好此等得志用事舉動指揮足以動揺主聽揚雄解嘲當塗者升青雲失路者委溝渠翕忽疾貌吳都賦神化翕忽太白意謂此輩幸臣當其得志不過翕忽之頃一朝失寵長於棄捐不用葢言不足恃之意而蕭註謂得其蹊徑而依附之可以翕忽而暴貴不得其蹊徑而不依附終於棄捐而不用似失其解曹植與楊修書昔揚子雲先朝執戟之臣耳閑關猶閉門也鮑照詩閉幃草太玄兹事殆愚狂漢書哀帝時丁傅董賢用事諸附離之者或起家至二千石時揚雄方草太玄有以自守泊如也○蹴音蹙踘音菊

其四十七

桃花開東園含笑誇白日偶蒙春（蕭本作東）風榮生（一作矜）此艷陽質豈無佳人色但恐花不實宛轉龍火飛零

李太白文集 卷二 三八

落早相失詎知南山松獨立自蕭颸 阮籍詩東園桃與李 史通今俗文士謂鳥鳴爲啼花發爲笑鮑照詩豔陽桃李節張協七命龍火西頹李善註漢書曰東宮蒼龍房心心爲火故曰龍火也江淹詩松栢轉蕭瑟劉艮註蕭瑟風吹松栢聲蕭士贇曰此詩謂士無實行偶然榮遇者寵衰則易至於棄捐孰若君子之有特操者獨立而不改其節哉

其四十八

秦皇按寶劍赫怒震繆本作振威神逐日巡海右驅石駕繆本作架滄津徵卒空九寓作橋傷萬人但求蓬島藥豈思農扈春力盡功不贍千載爲悲辛 藝文類聚三齊畧記曰秦始皇作石橋欲過海觀日出處於時有神人能驅石下海城陽十一山石盡起立嶷嶷東傾狀似相隨而去云石去不速神人輒鞭之盡流血石莫不悉赤至今猶爾江淹恨賦秦帝按劍諸侯西馳削平天下同文共

規雄圖既溢武力未畢方架黿鼉以爲梁巡海右以送日九寓猶九州牛弘神州歌九寓載寧史記秦使徐福入海求神異物還爲僞辭曰臣見海中大神言曰汝西皇之使耶臣荅曰然汝何求曰願請延年益壽藥神曰汝秦王之禮薄得觀而不得取即從臣東南至蓬萊山見芝成宮闕有使者銅色而龍形光上照天於是臣再拜問曰宜何資以獻海神曰以令童子若振女與百工之事即得之矣秦皇帝大悅遣振男女三千人資之五穀種種百工而行徐福得平原廣澤止王不來獨斷少昊之世置九農之官春扈氏農正趣民耕種夏扈氏農正趣民芸除秋扈氏農正趣民收斂冬扈氏農正趣民蓋藏棘扈氏農正掌人百果行扈氏農正晝爲民驅鳥宵扈氏農正夜爲民驅獸桑扈氏農正趣民養蠶老扈氏農正趣民收麥陳子昂詩願罷瑤池宴來觀農扈春宋之問詩吾君不事瑤池樂時雨來觀農扈春扈扈古字通用說文贍給也○寓即宇字扈音戸

其四十九

美人出南國，灼灼芙蓉姿。皓齒終不發，芳心空自持。由來紫宮女，共妒青蛾眉。歸去瀟湘沚，沉吟何足悲。曹植詩南國有佳人又詩誰爲發皓齒左思詩列宅紫宮裏李周翰註紫宮天子所居處曹植詩夕宿瀟湘沚爾雅小渚曰沚蕭士贇曰此太白遭讒擯逐之詩也去就之際曾無留難然自後人而觀之其志亦可悲矣

其五十

宋國梧臺東，野人得燕石。一作宋人枉千金去國買燕石誇作天下珍，却哂趙王璧。趙璧無緇磷，燕石非貞真。流俗多錯誤，豈知玉與珉。藝文類聚闞子曰宋之愚人得燕石於梧臺之東歸而藏之以爲寶周客聞而觀焉主人齋七日端冕玄服以發寶革匱十重緹巾十襲客見之掩口而笑曰此特燕石也其與瓦

璧不殊主人大怒曰商賈之言醫匠之心藏之愈固史記趙惠文王時得楚和氏璧劉孝威詩白玉遂緇磷野客叢書論語磨而不磷涅而不緇今讀磷字多作去聲讀緇字多作平聲而古來文士以磷字爲平聲如摯虞傳咸以至李杜元白之流皆然緇字作去聲協見沈約高士贊今禮部押韻緇字只平聲一音葢當時未分四聲故耳韻會珉音與民同説文石之美者禮君子貴玉而賤珉珉石似玉而非也蕭士贇曰此譏世人不識真儒而假儒反得用世以非笑真儒焉辭簡意明切中古今時病○緇音支又音子磷音鄰

其五十一

殷后亂天紀楚懷亦已昏夷羊滿中野菉繆本作綠葹盈高門比干諫而死屈平竄湘源虎口何婉孌女嬃繆本作顔空嬋娟彭咸久淪沒此意與誰論亂征倣擾天紀正義曰始亂天

之紀綱也陶潛詩嬴氏亂天紀國語商之典也檮杌次於丕山其亡也夷羊在牧韋昭解夷羊神獸牧商郊牧野離騷薋菉葹以盈室兮判獨離而不服王逸註薋蒺藜也菉王芻也葹枲耳也三者皆惡草以喻讒諂盈滿於側也楚辭章句紂惑妲巳作糟邱酒池長夜之飲斷斮朝涉刳剔孕婦比干正諫紂怒曰吾聞聖人心有七竅於是殺比干剖其心而觀之史記屈原者名平楚之同姓也爲楚懷王左徒博聞彊志明於治亂嫺於辭令入則與王圖議國事以出號令出則接遇賓客應對諸侯王甚任之上官大夫與之同列爭寵而心害其能因讒之王怒而疏屈平屈平疾王聽之不聰也讒諂之蔽明也邪曲之害公也方正之不容也故憂愁幽思而作離騷所謂薋菉葹以盈室及女嬃彭咸事皆離騷中語也其後又信上官之讒遷屈原於湘江之南乃項襄王時事非懷王也詩萋互言之耳蕭士贇曰虎口事如史記秦二世拜叔孫通爲博士通曰我幾不脫於虎口之類謂比干以諫死是陷於虎口何所爲而婉孌如是哉詩云婉兮孌兮註曰皆顧慕貌陸機詩婉孌崑山陰註曰婉孌存思貌琦按虎口二句是反言以起下文見賢者

所爲衆人不知反以爲非之意離騷女嬃之嬋媛兮申申其詈予王逸註女嬃屈原姊也嬋媛猶牽引也言女嬃見已施行不與衆合以見流放故來牽引數怒重詈我也又離騷雖不周於今之人兮願依彭咸之遺則王逸註彭咸殷賢大夫也諫其君不聽自投水而死○孌音戀嬋音蟬娟音蠲

其五十二

青春流驚湍朱明一作火驟回薄不忍看秋蓬飄揚竟何託光風滅蘭蕙白露灑葵藿一作委蕭藿美人不我期草木日零落楚辭青春受謝王逸註青東方春位其色青也潘岳詩驚湍激巖阿劉良註湍急流也爾雅夏爲朱明郭璞註氣赤而光明也賈誼鵩賦萬物回薄震蕩相轉埤雅蓬蒿草之不理者也其葉散生如蓬末大於本故遇風輒拔而旋說苑曰秋蓬惡於根本而美於枝葉秋風一起根且拔矣楚辭光風轉蕙氾崇蘭些王逸註光風謂雨已日出而風草木有光也王禎農書葵陽草也其菜易生郊野

甚多不拘肥瘠地皆有之爲百菜之主備四時之饌本豐而耐旱味甘而無毒可防荒儉可以菹腊其枯栟可以榜簇根子又能療疾咸無遺棄誠蔬茹之要品民生之資益者也而今人不復食之亦無植者說文藿菽之少也菽謂豆之初生者廣雅豆角謂之莢其葉謂之藿王逸楚辭註零落皆墮也草曰零木曰落蕭士贇曰楚辭日月忽其不淹兮春與秋其代謝惟草木之零落兮恐美人之遲暮詩意全出於此美人況時君也時不我用老將至矣懷材而見棄於世能不悲夫

其五十三

戰國何紛紛兵戈亂浮雲趙倚兩虎鬭晉爲六卿分姦臣欲竊位樹黨自相羣果然田成子一旦殺繆本作弒齊君

魏書戰國紛紛年過十紀史記趙以藺相如功大拜爲上卿位在廉頗之右廉頗宣言曰我見相如必辱之相如聞不肯與會每朝時常稱病不欲與廉頗爭列已而相如出望見廉頗引車避匿於是

舍人相與諫相如相如曰强秦所以不敢加兵于趙者徒以吾兩人在也今兩虎共鬭其勢不俱生吾所以爲此者先國家之急而後私仇也漢書田氏篡齊六卿分晉顔師古註晉之衰也六卿擅權其後范氏中行氏智氏滅而韓魏趙兼其土田人衆故總言六卿分晉也按史記晉世家曰頃公十二年晉之宗家祁徯孫叔嚮子相惡於君六卿欲弱公室乃遂以法盡滅其族而分其邑爲十縣各令其子爲大夫晉益弱六卿皆大太白所謂晉爲六卿分者蓋用此事指大夫專政而言以起下文循至竊位弒君之事史記范中行氏反晉晉攻之急范中行請粟於齊田乞欲爲亂樹黨於諸侯乃説景公曰范中行數有德於齊齊不可不救齊使田乞救之而輸之粟田乞卒子常代立是爲田成子田成子與監止俱爲左右相相簡公田常心害監止監止幸於簡公子我者監止之宗人也常與田氏有隙田常於是擊子我子我率其徒攻田氏不勝出亡田氏之徒追殺子我及監止簡公出奔田氏之徒追執簡公於徐州恐簡公復立而誅已遂殺簡公莊子田成子

一旦殺齊君而盜其國

其五十四

倚劒登高臺悠悠送春目蒼榛蔽層丘瓊草隱深谷

鳳鳥繆本作皇鳴西海欲集無珍木鸒斯得所居一作匹居一作所棲

蒿下盈萬族晉風日已頹窮途方慟哭一本後六句云翩翩

衆鳥飛翱翔在珍木群花亦便娟榮耀非一族歸來
愴途窮日暮還慟哭○江淹詩倚劒臨八荒李周翰
註倚佩也謝朓詩遠近送春目庾闡詩瓊草蔽神丘
劉楨詩珍木鬱蒼蒼張銑註珍木謂珍異之木爾雅
鸒斯鵯鶋郭璞註鴉鳥也小而多羣腹下白江東亦
呼爲鵯鳥鄭樵註亦謂之雅鳥蓋雀類差小多群飛
食穀粟俗呼必烏江淹詩鸒斯蒿下飛晉書阮籍時
率意獨駕不由徑路車跡所窮輒慟哭而反蕭士贇
日三四比小人據高位而君子在野五句至八句謂
當時君子亦有用世之意而在朝無君子以安之反
不如小人之得位呼儔引類至於萬族之多也末句
借晉爲喻君子道消風俗頹靡若阮籍途窮慟哭毋

乃見事之晚乎○鸒音豫又音余

其五十五

齊瑟彈一作揮東吟秦絃弄西音慷慨動顏魄使人成荒滛彼美繆本作女佞邪子婉孌來相尋一笑雙白璧再歌千黃金珍色不貴道詎惜飛光沉安識紫霞客瑤臺鳴素一作玉琴曹植詩秦箏發西氣齊瑟揚東謳魏文帝詩齊倡發東舞秦箏奏西音漢書婉孌董公惟亮天工顏師古註婉孌美貌古詩一笑雙白璧再顧千黃金沈約詩飛光忽我道張銑註飛光日月也嵇康詩習習谷風吹我素琴素琴謂琴之素朴不用金玉珍寶以爲飾者也

其五十六

越客採明珠提攜出南隅清輝照海月美價傾皇一作

鴻都獻君君按劍懷寶空長吁魚目復相哂寸心增煩紆越南越也今廣東是其地當天下之南而臨南海海中有珠池產明珠東都賦嘉祥阜兮集皇都鄒陽上梁王書明月之珠夜光之璧以暗投人於道衆莫不按劍相眄者無因而至前也張協詩魚目笑明月張銑註魚目魚之目精白者也張衡詩何爲懷憂心煩紆李周翰註煩紆思亂也

其五十七

羽族禀萬化小大各有依周周繆本作啁啁亦何辜六翮掩不揮願銜衆禽翼一向黃河飛飛者莫我顧嘆息將安歸漢書千變萬化未始有極韓非子鳥有翢翢者重首而尾屈將欲飲於河則必顛乃啣其羽而飲之人之所有飲不足者不可以不索其羽也阮籍詩天網彌四野六翮掩不舒

其五十八

我行（蕭本作到）巫山渚，尋古登陽臺。天空綵雲滅，地遠清風來。神女去（蕭本作知）巳久，襄王安在哉。荒淫竟淪沒（蕭本作替），樵牧徒悲哀。

宋玉高唐賦：楚襄王與宋玉遊於雲夢之臺，望高唐之觀，其上獨有雲氣，崪兮直上，忽兮改容，須臾之間，變化無窮。王問玉曰：此何氣也？玉對曰：所謂朝雲者也。昔者先王嘗遊高唐，怠而晝寢，夢見一婦人曰：妾巫山之女也，爲高唐之客，聞君遊高唐，願薦枕席。王因幸之。去而辭曰：妾在巫山之陽，高邱之岨，旦爲朝雲，暮爲行雨，朝朝暮暮，陽臺之下。旦朝視之如言，故爲立廟，號曰朝雲。通典：夔州巫山縣有巫山。一統志：陽臺在夔州府巫山縣治西北，南枕大江。宋玉賦云：楚王遊於陽雲之臺，望高唐之觀，即此。王阮亭曰：巫山形絶肖巫字，其東即陽雲臺，在縣治西北五十步，高一百二十丈。二山皆土阜，殊乏秀色，而古今艷稱之，以楚大夫詞賦重耳。江淹詩：相思巫山渚，悵望陽雲臺。王融詩：巫山綵雲合。阮籍詩：三楚多秀士，朝雲進荒淫。○渚音主。

其五十九

惻惻泣路岐，哀哀悲素絲。路岐有南北，素絲易一作有變移。萬事固如此，人生無定期。田竇相傾奪，賓客互盈虧。世途多翻覆，交道方嶮巇。一本少萬事固如此四句，世途多翻覆作谷風刺輕薄，交道以下皆同斗酒强然諾，寸心終自疑。張陳竟火滅，蕭朱亦星離。衆鳥集榮柯，窮魚守枯一作空池。嗟嗟失懽客，勤問何所規。一作悲，又作窺〇淮南子：楊子見逵路而哭之，爲其可以南可以北；墨子見練絲而泣之，爲其可以黃可以黑。呂氏春秋：墨子見染素絲者而嘆曰：染於蒼則蒼，染於黃則黃，所以入者變，其色亦變，五入而以爲五色矣。故染不可不慎也。劉子：墨子所以悲素絲，楊朱所以泣路岐。史記：魏其侯竇嬰喜賓客，諸游士賓客爭歸魏其侯。武安侯田蚡新用事爲相，卑下賓客，進名士家居者欲以傾魏其諸將相武安侯以王太后故親幸數言事多效天下吏士趨勢利者皆去魏其歸武安又史記齊有孟嘗君趙有平原君魏有信陵君方爭下士招致賓客以相傾奪輔國持權劉峻廣絕交論世路險巇一至於此李善註嶮巇猶顛危也漢書灌夫喜任俠已然諾後漢書張陳凶其終蕭朱隙其末章懷太子註張耳陳餘初為刎頸交後搆隙耳從漢為將兵殺陳餘於泜水之上蕭育字次君朱博字子元二人為友著聞當代後有隙不終故時以交為難左思詩塊若枯池魚蕭士贇曰此詩譏市道交者太白羅難之餘友朋之交道其不能始終如一者諒亦多矣徒有一類失懽之客勤勤問勞亦何所規益乎

○嶮與險同巇音羲

劉克莊曰太白古風與陳子昂感遇之作筆力相上下唐之詩人皆在下風胡震亨曰太白古風其篇富於子昂之感遇儉於嗣宗之詠懷其抒發性靈寄托規諷實相源流也但嗣宗詩旨淵放而文多隱避歸趣未易測求子昂淘洗過潔韻不及阮而渾穆之象尚多包含太白六十篇中非指言時事卽感傷已遭

循徑而窺又覺易盡此則役於風氣之遞盛不得不以才情相勝宜洩見長律之往製未免言表繫外尚有可議亦時會使然非後賢果不及前哲也宋漫堂詩説阮嗣宗咏懷陳子昂感遇李太白古風韋蘇州擬古皆得十九首遺意

李太白文集卷二

傳古樓景印

“四部要籍選刊”已出書目

序號	書名	底本	定價
1	四書章句集注（3 册）	清嘉慶吴氏刻本	150
2	阮刻周易兼義（4 册）	清嘉慶阮元刻本	200
3	阮刻尚書注疏（3 册）	清嘉慶阮元刻本	150
4	阮刻毛詩注疏（10 册）	清嘉慶阮元刻本	500
5	阮刻禮記注疏（14 册）	清嘉慶阮元刻本	700
6	阮刻春秋左傳注疏（14 册）	清嘉慶阮元刻本	700
7	楚辭（2 册）	清初毛氏汲古閣刻本	100
8	杜詩詳注（9 册）	清康熙四十二年初刻本	450
9	文選（12 册）	清嘉慶十四年胡克家影宋刻本	600
10	管子（3 册）	明萬曆十年趙用賢刻本	150
11	墨子閒詁（3 册）	清光緒毛上珍活字印本	150
12	李太白文集（8 册）	清乾隆寶笏樓刻本	400

圖書在版編目（CIP）數據

李太白文集 /（唐）李白撰．（清）王琦注．— 杭州 ：浙江大學出版社，2018.1（2024.12 重印）
（四部要籍選刊 / 蔣鵬翔主編）
ISBN 978-7-308-17704-7

Ⅰ．①李… Ⅱ．①李… Ⅲ．①唐詩—詩集②古典散文—散文集—中國—唐代 Ⅳ．① I214.222

中國版本圖書館 CIP 數據核字（2017）第 324486 號

李太白文集
【唐】李白 撰　【清】王琦 注

叢書策劃　陳志俊
叢書主編　蔣鵬翔
責任編輯　王榮鑫
責任校對　田程雨
封面設計　夏　霖
出版發行　浙江大學出版社
（杭州市天目山路 148 號　郵政編碼 310007）
（網址：http://www.zjupress.com)
排　　版　杭州尚文盛致文化策劃有限公司
印　　刷　浙江海虹彩色印務有限公司
開　　本　850mm×1168mm 1/32
印　　張　78.5
字　　數　696 千
印　　數　901—1400
版 印 次　2018 年 1 月第 1 版　2024 年 12 月第 2 次印刷
書　　號　ISBN 978-7-308-17704-7
定　　價　400.00 元（全八册）